柴达木文史丛书
柴达木认知读本 6

青海海西州政协教科文卫和学文委◎编
张珍连◎主编

WOMEN CENGSHI MANGYAN REN

我们曾是茫崖人

青海海西州政协教科文卫和学文委◎编
张珍连◎主编

梁泽祥◎著

中国文史出版社

目 录

踏遍瀚海写春秋

茫崖地区的开拓者薛宏福

可能是命运的安排，这一辈子我和新闻打上了交道，并且深深地爱着它。几十年来，无论是工作岗位的变动，还是生活环境的变化，我都没离开新闻，新闻是我永远的眷恋。几十年过去了，回想我与新闻相伴的日子，那种骄傲自豪和幸福之情从心底里油然而生。

喜欢文字和摄影的我，积累了大量的文字和照片资料，因为一直没有时间整理归类，长期把它们束之高阁，甚至凌乱得不成体统。

退休后本来应该有时间，但要资料的人仍然很多，加之让我参加的活动也不少，我自己又抽空写了几本书，实在忙得不可开交。尤其是在写书过程中，有时我翻箱倒柜把收藏的文字资料和照片摊在没人用的双人床上，资料、照片，几乎是"乱花渐欲迷人眼"，之前我都想不到会有如此多的"宝贝"。有句话说得好，若不是工作所迫，谁愿把自己弄得一身才华。是啊，若不是有收藏情结，谁愿把自己弄得一屋纸团。

茫崖市 2018 年获批成立后，海西州政协的张珍连主任让我把参与茫崖建设的老功臣们写一写。我首先想到的就是薛宏福同志，茫崖开发初期，他是柴达木工委书记兼青海石油勘探局党委书记，是西部茫崖地区的开拓者之一，也是柴达木石油开拓者之一。我一边在脑海里尽情遨游，一边重温往事，虽然风华不在，墨香飘去，但我依然有久别重逢的喜悦。

薛宏福同志是陕西延安人，1936 年参加革命，1937 年入党，曾担任中国第一野战军后勤部财经处处长。新中国成立后，任青海省人民政府委员会委员，青海省商业厅厅长，青海省财委副主任，柴工委书记。1960 年 5 月任中共青海省委书记处书记。1963 年 11 月任中共青海省委副书记，副省长。1978 年调宁夏任自治区党委副书记、书记。1979 年任自治区革委会副主任、自治区政府副主席。1983 年任自治区顾问委员会主任。1989 年 10 月在银川病逝，享年70 岁。

在青海省工作期间，无论是当厅长还是省长，每次在西宁开大型会，只要有茫崖地区的人或青海油田的同志参加，他都到住地看望、拉家常，非常平易近人。

1978 年 4 月调到宁夏后，我和原油田地调处处长，后调大港油田任副局长、副书记的冯浩去过他家两次。一次是1987 年 8 月，不凑巧的是我们到他家，他正准备去北京开会，没来得及长谈。他走后，我和冯局长也去了北京，在天安门照了张合影，到长安街的民族饭店吃了顿饭，之后就随冯浩去了大港。

第二次好像是 1994 年 8 月，石油影协在宁夏召开中国石油摄影协会理事会，会议结束后到他家待了一天。那时他已不在，是他爱人接待了我们。他爱人是人民教师，当时已退休，非常活泼健谈。她把全家都召集来，陪我们聊了一天。他儿子在税务局工作，女儿忘了在哪个单位。在她家吃了两顿饭，一顿是在她家吃的，另一顿是在饭店吃的，我们走时全家送行，难舍难分，不是亲人胜似亲人。

几十年过去了，我收藏的资料都是取之不尽、用之不竭的宝贵财富。回首经年，梳理过往，真是庆幸，它们都是金钱买不到的。

我收藏的何尝是点点滴滴、碎碎念念，分明是一去不复返的旧时光。

尹克升的两次决策

尹克升同志曾经担任过青海省省长、省委书记，为青海发展做出了历史贡献。他到西宁之前，一直在茫崖地区工作了 28 年，当过油田的最高领导。他不仅有成功的思维能力，更有延续成功的眼光，他抓住了机遇，实现了人生的重点突破，也一举扭转了油田发展长期徘徊不前的被动局面。

一是组织涩北气田勘探会战。1976 年组织了以钻井为主，包括地球物理、修井试油、车辆运输、科研、水电、机修、器材供应、医疗、后勤服务等多个单位 1400 余人参与的涩北天然气勘探会战。当时吃住条件差，工作环境恶劣，但参加会战的同志精神饱满，以苦为荣，以苦为乐，自觉克服困难。局主要领导坐镇指挥，各单位都设有现场指挥部。

涩北气田是 1957 年地质普查时发现的涩北一号构造，1963 年至 1964 年地面地质预查时被进一步证实。1964 年，当时在该构造曾钻井两口，北地一井和北参三井，其中北参三井钻至 3058.18 米时发生强烈井喷并引起大火，当时大火沿 1 公里多长的裂缝燃烧，火苗高达百米。因大火无法扑灭，整整燃烧了几十年。大火令人痛心，但在第四系找到天然气，而且喷势这么猛，能量这么大，进一步展示了这个气区的发展远景。1975 年发现涩北二号气田，首钻涩中一井，对该井 1284～1297 米层段试气，日产气 10 多万立方米，从而证明了涩北二号为一工业气田。1988 年钻的台中一井，当钻达 1260.55 米时，发生强烈井喷，证明了台南潜伏构造为一工业气田。

涩北一号、涩北二号及台南气田的发现，不能全归功于涩北会战和尹克升同志，的确，不知有多少人为涩北气田的勘探和会战夜以继日，忘我工作，只不过是尹克升同志起了决定性的作用。可以说，涩北气田是一部创业开发史，是一部鸿篇巨制，这部巨制的作者就是它的创业者、建设者、开拓者，是青海油田的数万大军。

实践证明，20 世纪 70 年代石化部领导对"柴达木的天然气，很可能成为一个气候"的预测是正确的，目前涩北气田已是全国四大气区之一。

涩北天然气从 1995 年投入开发以来，托起了油田发展的半壁江山。近年来，还修通了涩—宁—兰、涩—格、仙—翼、仙—敦 4 条长输天然气管道，年输气能力达到 33 亿立方米。尤其是 2001 年 5 月 18 日"涩—宁—兰"天然气管道的投入使用，标志着"西气东输"时代的到来，掀起了柴达木盆地天然气开发的新高潮。

二是克服重重困难抢上跃进滩（尕斯油田）。1969 年管

图片 1

尹克升是从茫崖油田成长起来的省级领导，曾任青海省委书记，在油田工作生活了 28 年

理局提出"战戈壁，睡沙滩，重返西部建家园"，组织职工上西部再创辉煌。大量人员上去后，迅速开展了西部油田的勘探开发会战，产量迅速上升，尤其是花79井深层获得工业油流后，更加坚定了领导深层找油的决心，于是局党委提出了"猛攻深层关，钻井要翻番"的口号，并下决心到当时认为深层找油最有利地区的跃进滩。

上跃进滩这事说起来容易，但下决心是很难的，一是虽说1958年曾在此打过井，但没打成，井下情况复杂；另一方面当时也有些亟待解决的问题，比如物探、综合研究方面的资料少等。当然最主要的原因是，当时那里是盐碱沼泽一片，地面大片大片的积水，虽说一马平川，但暗洞较多，有的深不见底，物探地质工作时就曾有一辆汽车和一台拖拉机掉入盐洞中，造成惨剧。之前也曾有一部中小型钻机在钻探中，由于井下出水猛烈，来不及抢救就被陷入地下。在这种情况下，尤其是上大钻，本身就有上百吨重，困难和危险程度可想而知。

在召集地质和工程技术人员反复论证后，在充分做好保障措施的前提下，最后还是尹克升同志拍了板。结果1977年10月跃参一井在钻到2254米时见到工业油流。1978年2月又在跃深一井和跃深七井3000米以下相继获得高产，当时因压力过大，造成井喷失控，两口井的抢险，惊动了石油部和青海省。后经测算，单井日产原油上千吨，能力之大、产量之高，前所未有，从此发现了跃进油田。

可以说，以上两项工作是我们油田年上产百万吨甚至千万吨的拐点，也是尹克升同志的大手笔，他不仅有成功的能力，也有延续成功的大眼光、大境界，这才是真正难得的。

1978年2月20日，李先念副主席在一份《国内动态清样》上批示："此份国内动态清样，送余秋里、康世恩、宋振明同志阅。我冒昧说一句，柴达木盆地可能不是半个大庆，而是一个大庆。如何？请商酌。当然，经过努力实在办不到，也不要勉强。"

1991年3月，尹克升作为青海省委书记，与石油部部长王涛来茫崖视察，根据油田的实际情况，提出了青海油田的发展战略："西部油，东部气，油气并举，上下游同步发展。"从此，青海油田步入了油气同步发展的轨道，目前油田年产油气当量超过700万吨，正向年产千万吨的目标前进。

当然，我写这篇文章的目的，前边说了，并不是把功劳全归于尹克升同志，因为还有管理局和局党委的其他领导、技术负责人。另外1954年地质学家们就主张跃进找油重点应放在尕斯（即跃进滩）和冷湖。会战涩北也是石化部领导和规划院建议的，但作为当时青海油田的主要决策者，尹克升同志功不可没。

石棉矿出来的作家鲍义志

2019 年 11 月，中共茫崖市委宣传部、柴达木循环经济实验区冷湖工业园在西宁举办第二届冷湖奖获奖作品集《冷湖Ⅱ·宿主》新书发布会暨"我与柴达木"主题沙龙。从柴达木走出的作家鲍义志、王贵如、王泽群、井石、李玉真、刘玉峰和省垣文化名人崔永红、马钧、李成虎、卓玛，以及第二届冷湖奖获奖作者应邀参加。我也受邀到场。

在众多的文化名人中，真正从茫崖地区走出来的只有鲍义志、李玉真和我三个人。鲍义志曾任青海省政协副主席、民盟青海主委，是河湟文学代表性作家，现在为省文史研究馆名誉馆长、青海土族研究会会长，他曾在茫崖石棉矿工作多年；我一直在青海油田工作，从事过宣传、新闻、文学工作，曾任《中国石油报》驻青海记者站站长、青海油田文联副主席等职；而李玉真同志在茫崖石棉矿参加工作，后调到青海油田，曾任青海油田文学协会常务副主席、文学杂志编辑部主任、敦煌文学创作研究学会常务副主席，是柴达木著名女作家。在石棉矿时对鲍义志同志并不熟识，我知其大名，却从没有见过面，这次有幸在这次沙龙活动上碰见。

冷湖奖诞生于茫崖市冷湖火星小镇，是国内首个以地域命名的科幻文学奖项，为推进冷湖文化品牌提炼，挖掘冷湖人文地理精华，打造"冷湖火星小镇"旅游和文化品牌开辟了新的战场。冷湖泛热浪，一度荒凉冷寂的石油城，在新时代却成为文旅热点。大家对茫崖这块地方诞生的冷湖科幻文学奖很感兴趣，想在获奖作品集《冷湖Ⅱ·宿主》新书正式对外发布的时候前来祝贺，表达心愿。这次文化聚会，鲍义志家在西宁，我和李玉真家在外地，分别从敦煌和北京赶来，我们都为曾经工作生活过的第二故乡的变化而欣喜，也为文友们的意外聚会而高兴。

鲍义志同志在新书发布仪式上，说自己是"老茫崖人"。在沙龙活动后的晚餐会上，我被安排到鲍义志同志旁边，我们有机会更多地互动，其间我才了解他与茫崖的因缘。说到他的茫崖缘，可以从三个方面讲起。

一是，1970年9月他被分配到青海最西段的茫崖石棉矿，除去1973年到1976年他作为工农兵大学生到西安矿业学院（现西安科技大学）上学，在茫崖生活和工作了整整7年时间。茫崖远离西宁1200公里，来去路途得十天半个月，虽然矿山设备条件差，但他把最好的青春年华以技术员身份奉献在了这里。

二是，2011年他由民盟青海省委向省委、省政府提出《充分发挥区位优势，着力推进青海西部城市群建设》的提案，用政协提案的形式，建议省上在建设东部城市群的同时，规划西部城市群，逐渐把海西西部的茫崖、冷湖和大柴旦改为县级市。茫崖地处青海西北角，历史上的丝绸之路就曾经过这里，设市便于青海向西开放，进入新疆、进入中亚。茫崖设市源于鲍义志同志的故地情感，更源于他的前瞻远瞩。

三是，2016 年 11 月，茫崖和冷湖两个行政区即将合并建市的时候，关于城市的名称有多种意见，其中上报民政部的名称叫"尕斯浩特"。曾经生活战斗在这块土地上的"老茫崖人"鲍义志对这个市名不甚理解，也很难接受，就同一些曾经在海西工作过的同志进行电话沟通。还以省政协教科文卫体委员会的名义召开意见征询座谈会，表示应尊重历史与文化，主张保留"茫崖"或"冷湖"，沿用几十年的老地名，无须改换名称。结果，新市地名就保留了"茫崖"，蒙古语所说的"额头"永远挺立在柴达木西北高地。

鲍义志同志曾经工作过的茫崖石棉矿，与新疆相邻，但却是我们的近邻，距花土沟只有 70 公里，但隔行如隔山，很少有来往，真正去那里只有五六次。第一次是陪新华社青海分社记者张万象去采访，他准备写份内参，供中央领导参阅。那地方虽然人不多，名义上也只有青海茫崖石棉矿，但实际上却十分复杂，开矿的有数十家之多，有青海的、新疆的、甘肃的、四川的，还有说不出地方的。开矿性质既有公家的，也有私人的，乱采乱挖十分严重。尤其是新疆的，人员数量最多、规模最大，开采矿点也最多。最主要的是无序乱挖乱采，哪里富有，就往哪里挖。因边界历史遗留问题，两家纠缠不清，甚至武斗不断。为此乱象，国务院曾多次组织协调，但效果不佳，就这样纠纷一直持续着。

我陪张万象在那里待了好几天，除了吃饭，其余时间全在工地，一个矿点一个矿点作调查，矿点分布、规模大小、人员多少、所属省份，最主要还是要亲自进矿点深入筛选车间落实，那里没有除尘设备，进去看到工作人员身上被一层厚厚的尘棉包裹着，认不出谁是谁，可见开采条件何其恶劣。

青海石棉矿开采于 1958 年，开始属建材部直接领导，后下放到青海省，是个局级单位。人员有两三千人，年产石棉 10 万吨，在全国算是较大的石棉矿，棉质也较好。第一任矿长叫赵瑶台，山西人，是位老革命，人称"焦裕禄"。第二任矿长张居安，浙江人，非常干练。石棉矿的人我都不太熟悉，只是偶尔陪省部领导或文化名人到那里。他们都很热情，每次去都是主要领导出面，就这样认识了张居安矿长。我每次去，他都对我说：老梁，以后来人到花土沟你带他来我们石棉矿，我们热情接待。但绝大多数人来花土沟办完事后就直接离开了，去石棉矿的人不多。但也有例外。20世纪 70 年代中期，《青海日报》的赵得录、肖治业、孙正荃等记者到花土沟采访，我和曹随义主任把他们带到石棉矿，矿上非常热情地接待了他们，但采访完后却是在阿吉老人的儿子头头提明家吃的饭，那时阿吉老人的老伴还在，是她亲自为我们包的羊肉饺子。1980 年中央新闻电影制片厂的赵连方、刘大良来拍《漫游柴达木》，自始至终由我陪同，在拍了油田的有关镜头后，专门去了石棉矿，拍了石棉矿的几个镜头后，到买买提明家，拍阿吉老伴的生活起居和其儿女们的工作和生活状况。

我在写薛宏福同志的文章中提到茫崖镇曾在 1960 年搬到油砂山，但因冷湖地中四井的喷油，千军万马会战冷湖，西部地区进行了收缩，茫崖镇也就名存实亡了。随着石油局"战戈壁，睡沙滩，重返西部建家园"，大批人员来到西部后，对原来油田进行了重新开采，后来有了跃进油田深部的重大发现，青海油田的主战场才又重新移到茫崖。为此，于 1984 年 5 月 30 日经省政府批准，恢复茫崖行政区，建县级机构，驻地花土沟。

近几年，315 国道油砂山至茫崖石棉矿的公路也进行了重修，铺上了柏油，畅通无阻，进一步加速了茫崖地区的一体化。但无论如何，因石棉矿的地理位置、人员状况，办事还是比较难的，如子女教育、医疗救治、文化生活……刚才说了，石棉矿我认识的人不多，原来只认识作家李玉真，后调石油局，还认识了顾锁英，她喜欢绘画、摄影和写作，并专门来敦煌找过我。当时听说还有个鲍义志，原来只是听说并没见过，文章前边说过了，2019 年 11 月在西宁才见了面，有了交流，并在一起吃了顿饭。这里再对他的文学成就作一简要介绍。

鲍义志同志是土族，1951 年生于民和，是中国作家协会会员、青海省作协副主席，是河湟文学代表性作家。

他的作品较多，主要有中短篇小说集《呜咽的牛角号》，散文报告文学集《哦！大森林》，短篇小说《翠儿》《水磨沟里的最后一盘水磨》，中篇小说《黑牡丹，白牡丹，红牡丹》等，有些还获得过奖项。其中《黑牡丹，白牡丹，红牡丹》获全国文学奖；歌剧《三牡丹》获文化部剧协铜奖及全国第二届、第三届少数民族优秀作品奖。短篇小说《神仙淖尔》《水磨沟里的最后一盘水磨》《翠儿》还被译成英文、法文、日文等介绍到国外。

茫崖石油会战组织者之一郭究圣

若说这个世界上什么东西最无情，我想时间应该算是其中之一。不管你如何的小心谨慎，如何的深情款款，或者如何的恋恋不舍，它都不会为你多停留一分一秒，甚至都懒得为你回一下头，道一声"珍重"。

我 1958 年参加工作，至今已 60 多年，我工作时局领导还是 1955 年在西宁成立勘探局时的第一任班子，局长张俊，副局长陈寿华、杨文彬、郭究圣。1956 年局本部从西宁迁到茫崖帐篷城，甭看当时是个帐篷城，但在青海，甚至在全国也是非常有名的。在上海街头，在内地农村，"到青海去，到茫崖去"已成为人们的口头禅。

郭究圣，这个名字对 20 世纪 50 年代参加工作的人来讲，是再熟悉不过了。1955 年成立青海石油勘探局时他是副局长；成立茫崖工委时，他是书记，副书记是李建辛。油田于 1955 年成立茫崖办事处，郭究圣兼任主任，赵复成、胡振民、郝清江为副主任。不久由五十七师一个团的副参谋长刘安时来茫崖组建钻井筹备处,他也参与其中,不过最终由刘安时、赵复成、胡振民组成。

50年代中央新闻纪录电影制片厂来茫崖拍摄新闻纪录片,需要拍一个在野外帐篷里的新婚镜头,当时并不太具备这样的物质条件,但有一对技术员男女恋爱多年,于是就动员他们结婚。就这样,他们在野外的帐篷里举行了简单的婚礼仪式,副局长郭究圣当了证婚人。这名男技术员叫徐世庸,女技术员叫郑爱芳。

郭究圣当了三任的副职,第一任局长张俊,第二任局长李铁轮,第三任局长张定一。直到1962年张定一同志调走后,郭究圣才被任命为青海石油管理局局长。1963年调任玉门石油管理局副局长。从1962年7月12日被任命为青海石油管理局局长,到1963年9月14日调玉门石油管理局任职,在正局长这个位置上才干了一年零两个月。但那时的人不讲职务高低,只讲为人民服务。

1969年10月,石油部决定以玉门石油管理局为主,成立陕甘宁石油勘探会战指挥部,加强对陇东地区的石油勘探。1970年11月24日长庆会战指挥部成立,郭究圣同志出任指挥。长庆油田发展很快,1983年年产上了100万吨,2003年年产上了1000万吨,至今年产超过5000万吨,超过大庆,成为名副其实的全国年产最多的超大油田。

郭究圣同志从长庆油田局长、书记的岗位离休后,就一直住在甘肃庆阳而没有搬到西安。因他当过我油田的正职,所以我曾联系过他,想去庆阳采访一下他,一是详细了解一下他的过去——原来只知道他是河北人，其他情况并不十分了解；二是想照几张他的工作照和生活照，以便以后搞局史时用。每次接通电话，他都非常热情，听说是青海的老人，他总是滔滔不绝地讲述过去，回忆当年难忘的一个个故事。但因种种原因采访一直没能成行，不得不托人代我照了他的照片。每每看着他照片上和蔼可亲的面容，那遥远的过去依旧历历在目，我仿佛身临其境行走于当时的诗画中。

老人的现身说法和光辉形象，让我又回忆起了当年由3000多顶帐篷组成的热闹非凡的茫崖城，勾起了我对茫崖地区的眷恋，更唤醒了我对过去生活和战斗在那地方的美好记忆。世事沧桑，60多年匆匆而过，地方还是那地方，但早已物是人非，帐篷城已变成高楼大厦，茫崖地区已变成茫崖市，成了青海最西部的经济、政治、文化中心；油田面积大、产量高，成了青海的重点产油区。从建局至今60多年已经过去，在相同的茫崖而今却变得面目全非的地方，回忆和纪念我们的过去岂不是更有诗意？

随着时间的推移，老人越来越少，有的调走，有的退休，有的病逝，时间促使他们逐渐退出历史舞台，但是我们不能忘记他们曾在青海做出的巨大贡献。2005年，青海省人民政府下发《关于授予青海油田突出贡献者创业功勋奖章的决定》，其中就有郭究圣同志。是啊，老一辈开创的事业、创造的柴达木精神，我们永记。从他们身上，我们懂得了我们今天的生活来之不易，知道了今天生活的真正幸福源泉。

青海石油局第一任局长张俊

　　张俊是青海油田自 1955 年在西宁建局，至 1956 年搬到茫崖帐篷城期间的最高领导，也是青海石油勘探局的第一任局长，距今已 60 多年过去了。在时光的流逝中，1954 年进盆地、1955 年建局的那一代人，大多已进入历史，目前健在的已寥寥无几，就连第二代，也已经有人离开了人世。

　　2007 年 9 月初，张俊的女儿张玉凤和女婿刘文华给油田来信，询问其父亲当年在油田的情况，并不顾自己近 80 岁高龄，亲自沿着父亲当年的足迹，奔走于茫崖、玉门、延长、长庆油田及河南济源、陕西延安等地，收集父亲的有关资料，协助石油勘探研究院编写纪念张俊诞辰 110 周年的有关史料，难能可贵。

　　油田领导对此事十分重视，他们给局长付锁堂写了一封信，不巧付锁堂调长庆，他批示后又把信转来青海油田。青海油田对来信十分重视，主要领导作了批示，局办主任刘义发亲自安排接待及有关事宜，严谨细致。宣传部也参与了接待工作，宣传部宗福军副部长让我帮忙找一下有关张俊的资料，这对我来说并不是一件容易的事。我1958年参加工作，但他同年卸任离开青海，虽说我平时注意收集资料，却也并不是所有的资料都有。但张俊是油田的创业者，值得大书特书。不管多难，我还是找了一些资料和照片，交给了宣传部。

柴达木的茫崖市和茫崖的冷湖镇，我在那里工作、生活了40多年，回首40多年，耳闻目睹和亲身经历的感人往事说也说不完。但我只是想说，在那里确实有一种精神，在影响着一代代石油人。柴达木满是戈壁沙滩，自然条件差，的确需要有一种强大的精神力量才能留下来。当年张俊他们这群风华正茂、热血沸腾、充满正能量的年轻人，心怀建设新中国和为祖国找油的理想和信念，毅然舍弃内地优越生活，志愿来到这片戈壁滩，把人生最美好的青春留在了这里。他们克服重重困难，挑战生存极限，走戈壁，越沙滩，搞勘探，找油源，开创了人迹从无到有的新生活，为荒无人烟的戈壁带来了新知识、新理想、新理念。他们这种精神是我们石油人宝贵的精神财富，影响着我们的人生观和价值观。我深为父辈们感到骄傲和自豪，自己有责任把他们好好写写，让后辈了解父辈们的这段光荣历史，牢记父辈的精神，接过他们手中的接力棒，助推油田事业的全面发展。

张俊是我最敬佩的人之一，是我们青海油田的开拓者、老前辈。他是河南济源人，高级知识分子，也是1938年参加革命的老干部，左腿曾负伤并留有残疾。解放初期接管玉门油田时他是副军事代表，总军事代表是康世恩。1953 年任西北石油管理总局地质局局长，1955 年出任青海石油勘探局首任局长。青海石油勘探局是在青海省会西宁成立的，1956 年初迁到茫崖。茫崖是柴达木盆地西部的戈壁沙滩，那里海拔高，风沙大，雪雨不下，寸草不生，气候恶劣。就是在这么艰苦的地方，他率领石油职工艰苦奋斗，并很快开创了石油勘探的新局面，为柴达木的石油事业做出了重要贡献。

那时的柴达木条件艰苦，出门靠走路，搬家靠骆驼，工作不分白天黑夜，吃的是干菜、木耳、腊肉、粉条，一年到头几乎看不到青菜。住的是清一色的帐篷，当时叫茫崖帐篷城。几千人甚至上万人，数千顶帐篷挤在一起甚是壮观。局长和处长每人一顶，既是办公室又是卧室。局机关其他干部每 4 人一顶，晚上睡觉，白天办公。工人则 6～8 人一顶。小型会在局、处长帐篷内开，大型会，当时有个竹板房，既是食堂餐厅又是会议室。时间短了站着开，时间长了就坐在地上。没有桌凳，更没有主席台，哪位领导讲话，就站在那里，分不清谁是领导，谁是群众。

张俊戎马生涯几十年，又是位厅局级干部（后享受副部级待遇），应该说有风度、有派头，但他仍然保持着普通一兵的本色，与工人一起摸爬滚打，没有任何官架子。他的帐篷内经常挤满了人，有干部也有工人，有说有笑，热闹非凡。他与工人、干部融为一体，所以他对整个油田的情况了如指掌，甚至哪个工人有情绪或者家中有情况也瞒不过他。

图片 2

张俊是青海油田的开拓者、创建者。
1955 年青海石油勘探局成立时，他是第
一任局长

有时他也抽空到各个帐篷走走看看，受到人们的普遍欢迎。

他政策水平高、工作能力强，还是党的八大代表，在他身上既有一股撼人的领导之魄，又有一副和蔼可亲的面孔。他对工作认真负责，敢抓敢管，尤其是对自己要求十分严格，对干部也是如此，对群众中出现的错误倾向也不放过。这种对干部工人负责的态度，对整个队伍的健康成长是有好处的。一次，一位处长花400多元买了一顶皮帽子，副局长杨文彬知道后感觉太奢侈，作了严肃批评，张俊让这位处长立即到商店退了回去，并说干部要带头艰苦奋斗，处处做群众的表率，不能脱离群众，不能搞特殊化。1956年从内地大城市分来一批大中专毕业生，来后大多表现良好，但也有个别人嫌艰苦，闹情绪，张俊发现后，既提出严厉批评，又做耐心细致的思想政治工作，后来这些同志表现都很好，很快成了各技术岗位的骨干。

张俊虽然在青海待的时间不长，但他却把最美好的青春献给了柴达木，他对柴达木是有深厚感情的。据他的亲人讲，他调回到北京后，始终忘不了柴达木，忘不了茫崖。几十年过去了，仍然时常谈论柴达木，谈论茫崖帐篷城，每每见到青海人，他总是不厌其烦地询问青海柴达木的详细情况，询问茫崖和青海油田的详细情况。尤其是离休后，多次向子女提出再陪他到柴达木走一趟，看看油田的发展情况，看看油田的老同志。但因种种原因，这一愿望最终也没如愿，对他来说，不能不说是一个遗憾。

在一代代石油人的努力下，茫崖帐篷城变成了茫崖市，油田也得到了大发展，在那一滴滴的原油里，在那一股股的气流里，都流淌着老一辈石油人的汗水和鲜血。

张俊老局长，您放心吧，我们永远不会忘记为柴达木做过贡献的每一个人。

石油师长张复振将军

张复振将军1907年出生于山东莘县，1952年转业走上了石油运输事业之路，可以说他是石油运输的开拓者。

1952年8月1日，毛主席签发命令，中国人民解放军第十九军五十七师改编为石油工程第一师，参加石油部门的经济建设，张复振将军当时是师长。张复振同志率领石油工程师近8000人，1953年到达玉门油矿，担任玉门油矿第一副矿长。当时玉门油矿是我国唯一大型油矿，1951年政务院专门成立石油管理局，重点开发建设中国第一个石油基地——玉门油矿。数千名石油师指战员的参战，为我国第一个天然油田注入了巨大的动力，原油产量在9万吨的基础上迅速上升。

为了原油外运，玉门成立运输处，张复振同志兼任处长。

在1955年，国家举行首次授衔仪式，为在革命战争时期做出突出贡献的人进行表彰，张复振被授予开国少将军衔。同年成立玉门市，张复振将军兼任玉门市的第一任市长。

1956年5月，玉门矿务局运输处改为青海石油勘探局运输公司，11月任命张复振将军为青海石油勘探局第一副局长兼运输公司经理。1957年3月，石油部决定，青海石油勘探局运输公司改为石油部运输公司，直属部领导，任命张复振将军为经理，免去其青海石油勘探局第一副局长兼公司经理职务。

随着玉门油矿的发展以及青海和新疆油田的发展，石油运输范围扩大，任务加重，长途运输公司迁到甘肃敦煌，职工住在七里镇。敦煌是大漠戈壁滩上的一小片绿洲，七里镇周围比较荒凉，也比较贫穷。张复振将军来到后，本着因陋就简、生产与生活并举的方针，在昔日荒芜的大漠戈壁建起了职工宿舍、家属住宅区、医院、学校、文化娱乐场所。经过多年的建设，七里镇这个昔日的荒凉小镇，变成了一片绿树成荫、房舍整齐、厂站林立、生机盎然的基地大本营。1965年以后，石油运输形势发生了质的变化，玉门、青海、新疆的原油开始用火车运输，完成了汽车运输的使命。汽车运输的重点东移，运输公司近万名职工开始外迁，奔赴大庆、胜利、江汉、中原等油田，支援新油田的开发建设会战，敦煌只剩部分人员留守。20世纪80年代初，石油部决定将留守人员交由青海石油管理局管理。青海油田接管后，决定在此建设青海油田培训、教育、轮休基地，经过多年建设，面貌焕然一新。目前，敦煌七里镇成了青海油田职工轮休、教育培训的大本营，成了敦煌地区的一景。

石油部长途运输公司在张复振将军的领导下，从弱到强，发展成为我国石油工业战线上一支拖不垮、打不烂的石油野战军，成为我国最大的石油运输企业。哪里有石油，哪里就有石油运输人，为我国石油工业的发展做出了巨大贡献。

张复振将军在荒凉的戈壁滩奋战了15个年头，"文化大革命"开始后的1968年9月14日，这位曾在战争年代屡建战功，为新中国石油运输事业立下汗马功劳的"石油师长"被迫害致死，当时才61岁。

1972年6月，石油工业部、五七油田会战指挥部决定为张复振同志平反昭雪，恢复名誉。石油工业部、五七油田会战指挥部在江汉油田举行了隆重的张复振将军骨灰安放仪式。1985年在张复振将军率部起义40周年之际，石油部决定在中原油田黄河林园为张复振将军立碑纪念。此时，在九泉之下的张复振将军的英灵若有知，一定会欣慰不已。

张复振将军，您安息吧，我们茫崖人永远不会忘记你！

介霖说茫崖是一代人的记忆

　　介霖同志曾担任过山东胜利油田副总地质师、胜利油田会战指挥部副指挥、江苏石油勘探局局长、中原石油勘探局局长，退休时任中国石油天然气亚奥公司筹备组总经理。

　　介霖同志是 1954 年最早进入柴达木盆地的先驱者之一，为柴达木的石油勘探做出了重要贡献。谈到柴达木，谈到茫崖，他说那才是一代人的记忆啊！初进盆地时，条件异常艰苦，当时除一条通往柴达木的简陋得不能再简陋的公路外，全是大漠和戈壁沙滩，汽车沿着这条公路行驶，遇到不通处人还得下来修路。一路上什么也看不到，没树没水，更没村庄。经过一个多星期的行驶终于到达了阿拉尔，当时大队部就设在那里。之所以大队部设在那里，是因为那里驻有解放军的一个骑兵连，又是在昆仑山下，有水有草，具备生活条件。

　　经几天的休整后，他们奔赴油砂山，油砂山属柴达木盆地西部地区，那里才是石油勘探的主战场。那时的柴达木盆地给人的印象是恐怖和神秘。自然环境非常恶劣，首先是没有淡水，吃水要用骆驼到距油砂山几十公里之外的阿拉尔去驮，来回一趟快则四五天，慢则一个星期。刚上去时住的是单帐篷，有时帐篷不够，只好睡在露天里。戈壁滩的气候多变，真是早穿棉衣午穿纱，围着火炉吃西瓜。中午太阳似火，一早一晚又寒气逼人，而且又几乎天天刮大风，有时单帐篷也被刮跑。人们去野外测量，扛着标尺，风刮得人东摇西摆，人在风里睁不开眼。但是那时的年轻人，心里都做了充分的准备，用坚定的决心战胜了一切艰难险阻，胜利地完成了任务。

在艰苦的生活中，勘探队员们充满了乐观主义精神。每当晚霞来到戈壁大漠的时候，正是勘探队员收工的时候，大家扛着标尺和仪器，踏着金光灿灿的戈壁大漠，引吭高歌，结束了他们一天的工作。晚上油灯下，他们一起谈论着这一天的勘探成果。那时虽然吃的是干菜、木耳、粉条和由于高原缺氧做出的夹生饭，但他们却是兴致勃勃，一片笑声。

艰苦奋斗的创业精神既是一种崇高的思想境界，也是人们成就任何事业不可缺少的精神动力。尤其在进行现代化的建设进程中，我们更要大力提倡这种精神。

茫崖及柴西地区，是一个具有广阔前景的石油探区，1954 年刚去就发现了不少地面储油构造，之后又陆续发现一些地下潜伏构造，很是鼓舞人心，也给全国人民带来惊喜。的确，戈壁滩上的生活单调枯燥，但当看到自己的劳动成果、看到成排成带的储油构造时，一切苦都变成了甘甜与欢乐。

我认识介霖比较早，还是我1958年参加工作时，我分在冷湖三号打井的1401队，这个队属钻井二大队。开始大队部设在老基地，后来搬到三号，住的也是帐篷。介霖同志当时是大队地质师，因那时三号人少，所以三天两头见面。20世纪60年代他调出盆地，再也不知去向。80年代一次我去江苏油田出差，当时担任江苏油田副局长的沈福全对我说，我领你见个人，看你认不认识。见到后是他首先认出了我，让我十分激动，那时才知道他是江苏石油勘探局的局长。

他参加过大庆、华北等油田的勘探会战，之后调往胜利油田、江苏油田、濮阳油田担任领导职务。虽然长期担任行政领导职务，但他在学术上也有独到的见解，曾参加赴朝专家组，也参加过国内一些大型的地质专业研究。他和朱儒勋、陈瑞庚合著的《苏浙皖闽油气区》收入《中国地质志》，1996年由石油工业出版社出版；他与王捷合写的《盆地研究的地质模拟》刊登在《石油学报》1984年第三期上……

勇闯"禁区"的带头人郝清江

　　我采访1954年进盆地的先驱，不仅让我了解到他们如何战胜常人难以想象的艰难困苦，和为找油付出全部努力的鲜为人知的故事，更让我感受到了这些前辈崇高的理想追求、为石油勘探事业孜孜不倦的奋斗精神。这些故事让我受益匪浅，懂得了更多思考问题的方法和做人的道理。

　　伴随着石油事业的成长，半个多世纪的历史几乎漫过了他们的人生，几乎将他们整个覆盖。是的，柴达木地质大队400余人，当年进盆地者也有200余人，而受条件所限，2012年我只采访到了70余人，后来又补充采访了30余人，计100余人。其他因实在找不到和大部分已仙逝，无法采访，这成了我的一块心病。我老在想，在我们油田发展的长河中，我们的老油人曾为油田的发展做出了重大贡献，像一座座不朽的丰碑，为油田的发展增添了夺目的光彩，他们的献身精神，永远值得我们学习和发扬。所以对他们应该大书特书，比如以大队长郝清江、副大队长周济全、地质师张维亚、工会主席王全福、测量技术员佘植为代表的这批英雄。

郝清江同志于 20 世纪 70 年代调出盆地，后调徐州管道局任局长、书记，已病逝多年。虽然在青海我们相识，但交谈并不多，后来我外出采访时反映他的材料也不多，老同志对他的回忆也是零敲碎打，但我还是对他了解了个大概。他是河北沙河县人，1946 年参军，1949 年被提为一个连的指导员，1952 年十九军五十七师转为"石油师"参加祖国经济建设，转业时他是解放军的一位营教导员。1953 年调西北石油管理总局地质局青海民和大队任大队长，因民和盆地多年工作无突破性进展，故 1954 年管理总局决定进军柴达木盆地时，郝清江被任命为柴达木地质大队大队长。他带领地质普查、详查、细测 5 个队（101～105），物探重磁力队（301），测量队（401、403），手摇钻井队（601），配有 10 辆大卡和 1 部小车，并配有电台、报话机等，首批进入盆地。

1954 年春从西安出发，到达甘肃敦煌后，为了搞清盆地的情况，首先组织了一个以杨世和、梁发翔为首的小分队，在解放军战士的协助下，前去盆地探路。经过艰难跋涉，小分队终于到达盆地最西部的阿拉尔，找到了当时新疆军区驻守在柴达木盆地阿拉尔的解放军一个骑兵连。路探通了，情况搞明了，但成批人员进盆地却成了问题，没有车用汽油，没有经费，郝清江同志只好到玉门油田求援。找到玉门油田领导杨拯民、秦峰和当时正在玉门检查指导工作的西北管理总局局长康世恩同志后，他们给予了大力支援。

6月初，柴达木地质大队在大队长郝清江同志的带领下，从敦煌出发进盆地，因没路，又是风季，车行几小时也看不到一个村、一个人、一棵树，路上荒无人烟，而且一阵阵狂风大作，飞沙走石，打得脸生疼，大家只好用棉衣包起头。为了赶路，他们每天天不亮就出发，天黑走到哪里就在哪里露营，八九天才到达目的地阿拉尔。驻地的解放军热情地接待了他们。巧的是正赶上新疆军区的文工团慰问驻军，顺便也给刚进盆地的勘探人员演出了几场。演出结束后，为了感谢文工团，勘探队员给文工团赠送了一面锦旗，因当时条件所限，锦旗是用白布床单临时做成的，在床单上画了几朵花，中间写了几个大字。文工团团员看后很是激动，演出结束后与勘探队员在锦旗下合影留念。

柴达木盆地位于青海省的西北部，四面环山，平均海拔2700米以上，沉积面积24万平方公里，是我国海拔最高的内陆盆地。"天上无飞鸟，地上不长草，风吹石头跑"曾是柴达木西部茫崖局部地区生态环境的真实写照。为了方便开展工作，大队长郝清江毅然决定购买大批骆驼，另外从甘肃肃南县也来了不少骆驼，雇用了驼员，大批骆驼和驼员的到来，为后来者骑骆驼进盆地和野外地质队的驮水和搬迁创造了有利条件。

当然，当时进到盆地进行地质勘探，最大的困难是没水喝，那里是瀚海戈壁，一片黄沙，这点郝清江同志心里是清楚的。水只能用骆驼从阿拉尔驮，当时勘探队伍在油砂山一带施工，驮趟水来回近百公里，得近一个星期时间。后来向导阿吉在油砂山找到水，虽然苦涩难以下咽，喝了还拉肚子，但还是为勘探人员解了燃眉之急！喝的难，吃的也不容易，面粉是由敦煌县政府动员老百姓用小毛驴磨的面，副食全是干菜、罐头、粉条，根本吃不上青菜。但在那个年代，人们只想工作，毫无怨言。当然，跟随他们一起进盆地、负责护卫他们的解放军战士也和勘探人员一样，不过他们更苦，除夜间值班站岗放哨外，白天还帮助勘探人员拾柴、驮水、做饭，真是军民一家亲哪！

在郝清江同志的带领下，经过勘探人员的艰苦工作，当年就发现了 38 个地面构造和 9 处油苗。当年，也就是 1954 年夏天，石油管理总局局长康世恩率领专家组，还有作家李若冰、诗人李季来盆地考察，对他们的工作给予了肯定和表扬，还给勘探人员带来了笔记本和纪念章。作家李若冰写下了《在柴达木盆地》，诗人李季写下了《油砂山》《柴达木小唱》等不朽之作，给勘探队员们极大的鼓舞。

创业，在很多人的心目中就是"艰难"的代名词，这个词大家都很熟悉，但是大家仅仅是知道这个词而已，有多少人真正知道它的含义？又有多少人体验过它的内涵？

郝清江及他率领的先驱们，在创业大西北的同时，也创造了突破"禁区"的柴达木精神，他们挑战生存极限，突破大自然曾经为人类划定的禁区、界限，扎根高原戈壁，艰苦奋斗，无私奉献，百折不挠，这是对人类毅力与智慧的考验。的确，1954 年进盆地的老前辈，在他们身上凝聚着青海石油人的魂——柴达木精神。他们开发建设柴达木，为发展青海石油工业立下了丰功伟绩，将永远铭刻在人们的心中，他们的名字将永远闪耀在石油发展的史册中。

　　艰苦岁月，已走过了 60 余载，当年风华正茂的勘探队员已成为耄耋老人，当年进盆地的几百人也所剩无几。每每念及诸多仙逝的老前辈、老同志，怎能不让人感叹岁月的沧桑，怎能不引起最真挚的思念呢！通过他们的回忆和讲述当年峥嵘岁月，有多少波澜壮阔的序幕从这里拉开，有多少催人泪下的故事从这里演绎，又有多少英烈先驱在这里将丰碑高高矗起……然而，辉煌多是属于父辈们的荣耀和自豪。

　　我写郝清江大队长及他率领勘探开发柴达木先驱们的目的，就是让老同志经常重温油田勘探开发的历史，看一看创业时走过的艰苦道路，让年轻人想一想老一辈石油人战天斗地的英雄气概，掂一掂自己肩负的历史责任，激励斗志，发扬艰苦奋斗传统，奋发大干，开拓前进，为油田年产迈上千万吨做出新贡献，用我们的智慧和双手建功立业，造福后代。

　　是啊，青年一代渴望知道先辈们走过的艰辛创业路，渴望了解 60 余年来这片热土上的人和事，这会使他们知道今后该做什么，也知道该怎么做。

石油地质的领军人物张祉生

　　张祉生同志，河北抚宁县人，1930 年出生，1951 年考入长春东北地质学院就读于矿产地质勘查专业，1954 年毕业后，被分配到西北石油管理总局地质局柴达木地质大队，1954 年进盆地，担任技术员。

　　他先后在 107、108 地质联队、研究所、勘探局和管理局机关工作。调走时是局副总地质师。他以热爱柴达木和热爱祖国的坚定信念，在开发和建设柴达木的历史中做出了突出贡献。

　　20 世纪 50 年代勘探初期的茫崖和柴西地区，是让人难以置信的荒凉，没有路，寸草不生，淡水奇缺。在荒漠戈壁里搞勘探，骆驼是最好的伙伴，同时也是最好的交通工具，人们利用它搬家运输和驮水。骆驼能耐饥忍渴，性情温顺，不畏风沙，善走荒漠戈壁，被世界公认为"沙漠之舟"。

　　大漠戈壁有大漠戈壁的严酷，盆地有盆地的禁区，可是却有无数人痴迷它，那就是开发柴达木的英雄们。勘探队员们经历了太多的坎坷，经受住了艰难险阻和身处绝境的考验。的确，选择了创业之路，就不怕艰难险阻，不管前面是雷阵还是万丈深渊，都会义无反顾，用青春的激情创造美好的明天。是的，他们才是最可爱的人。

自古以来，大漠戈壁，就是人迹罕至、充满神奇色彩的地方。在柴达木荒无人烟的大漠戈壁中，勘探队员们竟创造了那么多奇迹，隐藏了那么多不为人知的秘密。张祉生同志是 1954 年进盆地的知识分子中为数不多的党员之一，他时刻把党和人民的利益放在心中，主动到一线、艰苦地区、复杂环境中历练成长，勇于担当急难险重任务，在复杂环境中经受锻炼和考验。工作初期，他参加了石油地质普查、详查和细测，通过实际工作的锻炼，他很快能够独立完成编图、撰写技术报告，他还参加了业务技术管理工作。实践中他不断学习和钻研技术，用自己的青春和汗水以及对事业的执着精神，在大漠戈壁走出了一条不平凡的成才之路，谱写了一曲动人的青春之歌。

1955 年 8 月张祉生同志被派到北京燃化部干校学习俄语，之后又被派到苏联全苏石油地质勘探研究院学习深造，三年学习结束后，于 1958 年又回到了茫崖，担任地质研究所地质师、副所长，管理局主任地质师、副总地质师。张祉生同志知识渊博，积极肯干，吃苦精神又极强，深得领导和同行的赞赏。

1966 年 6 月，他与 1955 年进盆地的爱人李惠芬同志一起调到了江汉石油勘探指挥部湘鄂西指挥部，他任指挥。

1971年后任江汉油田总地质师，其间曾赴越南进行石油地质考察，任考察组组长。1982年2月，中国海洋石油总公司成立后，任勘探开发部副经理、总地质师、代经理。

张祉生同志工作兢兢业业，为祖国石油事业的发展做出了突出贡献。由于他的突出表现，1955年9月，在青海工作期间，他被共青团中央评为"青年社会主义建设积极分子"，并出席了全国社会主义建设积极分子代表大会，受到毛泽东主席及其他中央领导人的亲切接见。工作中他多次被评为青海石油管理局"五好党员"、海洋石油总公司的先进工作者。

再回首，油田已走过了60多年的风雨历程，几代石油人无私奉献，艰苦奋斗，在昔日人迹罕至，草不生、鸟不飞的大漠戈壁，建设起了一座举世瞩目的油气田。解读青海油田60多年的辉煌历程，宛如一首激动人心、扣人心弦的岁月之歌，这一幅绚丽多彩的历史画卷，一批批创业人创造的骄人业绩，怎不令人心潮起伏，感慨万千！

柴达木初期的勘探者，现在都成了八九十岁的老人，在过去的风雨岁月中，他们都经历了各种各样的磨难，没有抱怨，没有退缩，只有暂时的停歇和永远的前进。柴达木的过去也成了他们美好的回忆和怀念。

张祉生同志1990年12月从中国海洋石油总公司退休，现住在北京市。

踏遍柴西地区沟沟坎坎的葛泰生

　　葛泰生同志，江苏人，1931年生于山东济南，早年毕业于清华大学。他是1954年最早进入盆地的地质人员之一，20世纪70年代调往辽河，曾担任辽河油田副总地质师，盘锦市人大常委会副主任。1998年退休，退休时是盘锦市政协副主席（厅局级），全国人大代表。

　　清华大学毕业后，葛泰生被分配到玉门地质大队任103队队长，当时作家李若冰同志正在该大队挂职锻炼，担任副大队长，作家李季也在玉门油田挂职担任宣传部副部长，所以在他们的笔下写了不少对这个有为青年先进事迹的报道，后来他们也都成了无话不谈的好朋友。一系列关于葛泰生同志的报道，引起了上级有关部门的重视，他们十分看好这位青年。石油管理总局西北地质局1954年号召进军柴达木盆地时，这位有志青年毅然报名随柴达木地质大队前往，担任101队队长，他为首批进军柴达木而自豪。

　　据葛泰生同志讲，当时进军柴达木盆地就是奔着油砂山去的，找油嘛，就是奔着"油"字跑。到了油砂山后，为了在大批勘探队到来之前做好准备，他决定先摸清西部各地情况，尽快开展工作。他只带着阿吉和另一名蒙古族向导、三位解放军战士和几名驼工一起，奔向大漠戈壁。结果才出去两三天，刚走到咸水泉，所驮木桶被挤坏，没有饮水不能前行，只好返回。经过几天休整后，他又带着原班人马上路了。这次，他们连续在荒无人烟的野外工作了九天，跑遍了西部的山山岭岭、沟沟坎坎。一方面是熟悉西部的地形、地貌、水源情况，并做出标记；另一方面是找水找路，绘制成明细图。当他们进入工作区时才发现，工作环境的恶劣程度远比想象的要复杂得多。满是戈壁沙滩不说，而且处处还有大山阻隔，有的高差达百米以上，人和骆驼都无法通行，因此，每次外出都是一次艰难跋涉。路被高山挡住了，沟深坡陡，人和骆驼过不去，勘探队员硬是攀岩登山而上，下沟匍匐前行，走出了一条属于自己的路。有的人脚趾严重充血，疼痛钻心，但从没人叫苦喊累。饿了啃口干馍，渴了喝口凉水。凭着这种坚韧不拔的精神，他带领勘探人员硬是创下了徒步一天走几十公里的纪录。为完成调查任务，苦点累点还不算啥，但在这种恶劣条件下工作，危险是可想而知的。除了工作极端艰苦之外，队员们还必须面对个人意志的考验。在从油砂山赶往红沟子构造时，又一只水桶过沟时被挤坏，吃水遇到了巨大的危机，他们只得忍受干渴，但更可怕的是骆驼也断水断粮。在极端困难面前，大家不约而同地选择了迎难而上，白天进行野外地质调查，晚上加班整理资料，之

图片 3

葛泰生（图左）带队的地质分队，发现了柴达木第一个油田——油泉子（石油标本以"柴达木之宝"为名送往北京）。图为作者拜访葛泰生时的合照

后迅速回返。因缺水造成的身体不适，加上严重的超负荷工作，使每个人的意志都经受着严峻的考验。断水的困境，简直就是一种煎熬。面对此种情况，他们能说什么呢？唯一能做的就是紧紧依靠在一起，心里默默地为逃出这个险境而虔诚祈祷……

最后他们不得不走下驼背艰难步行，年过六旬的阿吉也要坚持步行，但人们说"你年龄大不能和年轻人比，你还是骑在骆驼上"，硬是把他扶上了驼背。但此时的人们，却是举步维艰。几天的断水，人们只能用自己的尿液解渴，但随着时间的延长，到第六天，连骑的骆驼也有几峰因极度饥渴而死。此时，对每一个人都是一次严峻的考验，一次生与死的考验。英雄的柴达木人，在艰险和困苦的考验面前只能奋勇向前，他们为了尽快走出困境，才敢鼓足勇气在迷失方向的路上大胆前行，但累、饿、渴交织在一起，他们感受到了生理的极限。许多时候，他们都忘了自己是谁，只是下意识地、机械地向前再向前。就在他们绝望到极点时，真是老天有眼，第九天刚过，惊喜发生了。首先是骆驼来了精神，它们忘记了饥饿和饥渴，扬头狂奔起来。坐在驼背上的阿吉大声说："它们是嗅到了水草的信息，我们有救了。"走出不远时，很快在他们面前出现了一片水草，叮咚作响的水声犹如天籁。救命的水！他们不顾一切地趴在溪边狂饮。人们欢呼跳跃，忐忑不安的心情终于慢慢地平静下来，险情熬了过去，他们绝处逢生，奇迹般地生还了。

功夫不负有心人，经过九天艰苦卓绝的工作，前期准备工作圆满完成，为大部队全面开展工作提供了重要的科学依据。可以说西部的荒野是他们开拓的，西部的地名和构造的名称大部分也是他们命名的，什么花土沟、狮子沟、红沟子、咸水泉、油墩子、油泉子……开特米里克，开特米里克是维吾尔语，意思是"满是高低错落的山包"，也是葛泰生同志让阿吉命名的。葛泰生同志辨别方向的能力特别强，他说是跟阿吉学的，一是学习阿吉荒漠戈壁的生活经验，二是学习他严格掌握好大方向的能力，比如我们所处昆仑山、祁连山的方位，当地的地形、山形及其他特征等。学习加实践，掌握运用自如。

在大批勘探队全面开展工作后，为避免迷路造成重大人员伤亡事故的发生，他们规定，在驻地高山坡上插红旗，夜间悬挂马灯，出门必须做好各项特征的记录。由于他们提前做了大量的工作，使后来的地质勘探工作进展顺利，尽管出现过这样那样的问题，但避免了重大事故，尤其是人身伤亡事故的发生。1955 年地矿部的 632 队进入盆地，一开展工作队伍就散了形，造成人员伤亡，只好停产整顿，后来吸取他们的经验，才避免了重大事故的再次发生。

刚进入盆地勘探的时候，地质队各搞各的，各构造、地质剖面的叫法不统一，资料很乱。地质师张维亚同志发现后，及时作了纠正，并把统一的任务交给了葛泰生。为了统一构造及地质剖面的叫法标准，他又逐个跑了各个构造和各个点，最后 141 个构造的名称和标准就是他统一的。

葛泰生同志从清华大学毕业后曾在玉门油田、中科院兰州地质研究所工作过，也曾当过劳动模范，在地质研究上小有名气，在柴达木也曾大显身手，但令人惋惜的是一场政治运动把他卷入旋涡。但他对待生活的态度，是得意时不忘形，奋发图强，永不言败。遇挫折时，永远君子坦荡荡。他始终相信群众，相信党，会还他清白。

冤案平反后，石油部领导代表部党组向他道歉，要求他尽快出来工作，并点名要他到辽河油田参加会战，青海油田的领导也亲自到南湖农场为他送行。

一位可亲可敬的老者，一位廉洁耿直的老地质师。油田因有这样的人而强盛，油田因有这样的人才有发展，油田必须有这样的人才能有更大的发展。

葛泰生同志有个幸福美满的家，一儿一女，儿子在加拿大，是世界品牌大公司的副总裁；女儿在大连，是高级工程师，也是一个公司的老总。在这里还必须说明的是他的爱人马念和同志，也是位物探工程师，曾受到过严重的政治伤害，曾一度精神分裂，现已恢复正常，但因多病缠身生活不能自理，葛泰生把她侍候得很好。他们从相爱到相守积淀了50余年的感情，在各自的领域，共同为油田的勘探开发做出了突出贡献。

2019年10月，我陪茫崖市委的几位同志去辽河再次采访了他，采访录已在有关刊物上发表，这里不再赘述。

石油勘探和开发的功臣胡振民

　　青海石油勘探和开发的功臣应首推胡振民同志，如果这样说有点过分，起码他在油田大转折中起了关键作用。

　　1958年虽然全国都在"大跃进"，但青海油田却在退却，处在低潮期。青海石油勘探局茫崖钻井处撤销，当时担任副处长的胡振民同志奔赴冷湖，担任了冷湖勘探大队大队长。当时冷湖大部分钻机也处在停顿状态，准备撤出另作打算。

　　在此困难的情况下，胡振民同志对冷湖的勘探形势作了全面分析，他与赵光明地质师一起多次实地调查，在取得大量确切资料后，认为冷湖五号构造极有可能是个高含油区，或许大有希望，建议在此打井，并向上级提交了一份井位图。当时主持工作的副局长、副书记陈寿华同志批准了这一计划。当时井位图定在一高点，井号叫地中三井。因地中三井钻探中途出了事故，无法继续打到目的层，故决定采取整体搬家的方式向前移动几十米，继续打地中四井。结果在整体搬迁中，因 B3 钻机的底座是槽钢型，吃土较重，拖到距地中四井十几米处，怎么也拖不动了，如果再拖可能造成槽钢变形，使整个井架不能使用，因此经研究决定就此打井。结果歪打正着，打到 650 米时发生强烈井喷，从此发现冷湖五号油田。

1958 年 9 月 13 日，冷湖五号构造地中四井喷油，当时压力之大，喷势之猛，产量之高，油质之好，轰动全国。后经测算日产原油 800 吨。当时我刚参加工作不久，正在接受培训，还没正式分配工作，负责培训的同志把我们带到现场增长见识，接受锻炼，交给了土方大队大队长张鹏同志。张鹏同志带我们去挡油池，第一道土围埝因圈闭面积太小，考虑喷出的原油很快灌满，刚挡不久就叫人们后撤几十米重挡。当时现场地形对挡油池十分有利，当然现场的人也很多，主要是工人、民工，我们并不是主力。因当时对油田不了解，对原油更是一无所知，所以上井都穿得比较干净，其中有几个女同志还专门作了一番打扮。

喷油和群众大干的场面，很快使我们融入其中，装沙袋，扛沙袋，挖土挡埝，争先恐后。当时挡油池用的主要是麻袋和白布面袋，都是崭新的，张鹏和其他民工有意让我们远离油污处，怕我们身上沾上油，处处关心爱护我们。地中四井喷油的热烈场景和群众大干的场面，深深地鼓舞了我们，激励了我们。我想如果当时没有地中四井，就没有我们油田，更没有我们油田的今天！

当时给我印象最深的是，发现地中四井的一些英雄都在现场。负责打地中四井的 1219 队队长吴秀德及全队职工，负责抢装井口装置的敢死队员试油队的大班李天福、王生福、陈发友及全体同志，局总工程师刘树仁及有关处室的同志也亲临现场指挥；得到消息坐车赶到现场的胡振民同志，穿着一身崭新的蓝黑色呢子服、锃亮的黑皮鞋，就跳入油中指挥战斗。

当时井队的、试油队的，还有民工、机关干部等，人很多，为了安全起见，还安排了部分管理人员吃住在现场帐篷里，那几天人山人海，热闹非凡。关于地中四井的情况我写过多篇文章，为了避免重复，这里只就当时的现场及胡振民同志的情况，以纪实的形式，回顾往昔，为后人留下柴达木石油岁月某些场景或片段。

地中四井的喷油，掀起了会战冷湖的热潮，1959 年 3 月和 6 月，石油部副部长康世恩、石油部部长余秋里先后来到冷湖，亲自部署青海油田的会战。从茫崖、马海等构造调来的几十部钻机，争分夺秒，快搬硬上，年底就达到了 30 万吨产能，有力地支援了西北的经济建设，支援了中印反击战。石油工人没有节假日，没有星期天，拼搏出数不清的、一个又一个的战绩与辉煌，留下许许多多美好的回忆。

胡振民同志是陕西高陵人，1942 年参军入伍并于同年入党。当兵 10 年，参加过无数次战斗，枪林弹雨，无所畏惧，勇往直前，多次立功受奖。曾被评为十九兵团一等功臣、五十七师特等功臣等。他所在部队为步兵十九军五十七师一七〇团一营，当时他任营部副教导员。1952年"八一"建军节，毛泽东签署命令，将近8000人的五十七师改编为解放军石油工程第一师，参加石油部门的经济建设，一七〇团改编为第一师第一团。奔赴石油工业最为重要的钻井战场。胡振民同志恋恋不舍地放下握了10年的枪杆子，全身心地投入为中国找油的事业中。

1952年9月，近千人的钻井教导团在陕北枣园成立，整个团下设5个连队。西北石油管理局为教导团配备了技术干部和经验丰富的老工人，还配备了相当的设备和材料。陕北高原冬季的气候异常寒冷，很多同志的手脚都冻裂了，但广大指战员和工人的心却热乎乎的，一股争相学技术的热潮很快兴起。胡振民同志也不例外，他除了负责人员的思想工作外，尽量多挤出一些时间学习钻井技术。三九寒天，他带头赤足下到水里挖泥浆池，手被冻肿了，脚后跟被冻裂了，他毫不在乎。他的刻苦和认真，使他很快熟悉了业务。1953年8月，教导团被改编为枣园钻探大队，胡振民同志出任大队长。他身先士卒，带领石油工人，共打井二十几口，为陕北延长油矿石油资源的开发做出了不可磨灭的贡献。

1955年，战斗在陕北的胡振民同志接到进军柴达木的命令，他便率领枣园钻探大队40余人，星夜兼程，奔赴柴达木。1000多公里的艰难路程竟走了10多天。各路人马会师后，组成了青海石油勘探局茫崖钻井处，胡振民同志出任副处长。

陕北延长油矿是我国最早的油矿之一，据了解，是我国当时除台湾外第二个开采的油田。台湾苗栗打的第一口油井是 1878 年，而陕北延长打的第一口油井则是 1907 年。玉门油矿人工井见油是 1939 年，也就是说玉门油田是 1939 年发现的。我们 1954 年进盆地勘探开发，员工除了部队转业、招工的外，大部分也是从延长、玉门调来的。如原局党委书记薛纪元同志，他 1951 年参加工作就在陕北延长油矿当过记录员、青年干事等。陈文玺副局长也是一工作就在陕北延长油矿，后调来盆地。当然，从陕北延长调来的人据苏华处长跟我讲，永坪大队来后一般分到了茫崖大队，四郎庙大队来后一般分到油墩子大队，枣园大队来后一般分到油泉子大队。当然这些都不是绝对的。但随着时间的推移，现在从陕北延长来的人已经不多了，据我所知目前健在的还有苏华、贾玉芳、杨世英、袁紫星等。从玉门调来的人就更多了，如打盆地第一口深探井泉一井的 3269 队，从人员到设备都是从玉门调来的。从玉门调来的人和设备很多，但随着时间的轮转，现在健在的人已经不多了，就是健在，也是往事如烟，难尽其详了。

胡振民同志 20 世纪 60 年代初带着 800 余人从青海去大庆参加会战，自此胡振民同志在大庆一干就是 13 年，直到 1974 年初才又调到河南南阳油田，第二年又带着几个钻井队调到中原濮阳油田。东濮会战领导小组成立时，他任副组长。1982 年，中原石油勘探局成立，胡振民同志出任副局长。因他实干精神强，为民办实事，所以油田职工对他评价很高，深受人们的喜爱。顺便提一下，他的爱人陈秀芳，也是部队转业的，在企业搞劳资，人很贤惠，也是一个很好的人。

胡振民同志 1986 年从中原油田离职休养，其晚年生活非常的充实和幸福。他不忘初心，有时通过我们油田电视台向他曾工作过、战斗过的青海油田问好，向青海油田职工问好！

曹随义痴心不改写作情

曹随义同志，20世纪60年代中期毕业于北京地质学院，来油田后被分配到物探处的野外队。在基层锻炼后，调物探处机关搞宣传，是《青海石油报》的骨干通讯员。70年代初调局办公室任秘书、办公室主任，80年代初调省委办公厅任主任、省委秘书长。自此，他的主要工作就是为管理局和省委起草、编辑和撰写各种重要文件及评论。

管理局、省委主要领导的讲话，重要文件，在他们出题目、出提纲或有某些材料后，不少是由他起草加工整理而成的。

他文字熟练、准确、细腻、流畅，运用语言的能力极有穿透力。他不仅写作速度快，而且质量高也是有口皆碑的。所谓质量高，不仅是指理论水平，也包括文字水平。他起草的讲话及文件简洁、准确、严谨；他写的政论文章旗帜鲜明，鞭辟入里；就是别人写的东西送他修改后，就会别有天地，更上一层楼；他写的通讯、散文、诗歌、小品隽永凝练，绚丽多彩。

他没什么特别的嗜好，不会打麻将，不会打桥牌，不会吸烟，喝酒也是应付而已，就是在休息的时间，他也总是在思考。可以说，在他的一生中最美好的年华都奉献给了为管理局和省委起草讲话、整理文件和撰写评论工作。

90年代后期，根据工作需要，他又从省委调回了管理局，主管宣传文化工作。从此他心无旁骛，著书立说，他发扬革命加拼命的精神，不仅自己撰稿，还广泛发动群众和联络文友发表有分量有影响的文章。由于工作关系，他认识的各行各业知名人士很多，大多是著名学者、文化人。他无论走到哪里，都是群众中的中心，都是大家羡慕的对象。

他虽然写文件和讲稿出了名，但他更能驾驭新闻、散文、评论等多种文体，运用起来随心所欲，抒发自如，他酷爱读书，还喜欢写诗。他知识渊博，不断追求，富有创造性。他和许多文人一样，对书法也有较高的造诣，写得一手好字。

他是一位在青海省和青海油田名声响亮的人，无论写讲话稿还是新闻和文学作品，都是一个追求完美的人，这才是他成功的唯一秘诀。当然，一个人的魅力，是与其特殊的经历和天赋秉性分不开的，一般人想学，是学不来的。日常生活中，他没有官架子，是一个平易近人、简朴、重才、惜才和富有感情的人。

作为油田人，每每听到有人说起60多年的勘探开发史，都会在心头涌起一阵激动，如果不了解自己油田的发展过程，这应是一种人生的遗憾，为挖掘油田历史，他尽心尽力。是啊，柴达木油田不仅有光荣的历史，有生机勃勃的今天，更有令人向往的明天。当然，我们能有今天，是父辈所赐，我们不能忘本，不能忘恩……前事不忘，后事之师。

在柴达木这块大地上，不管是老人、新人，都给这片土地注入了新的活力，在充满艰险而又富有希望的征途中，实践着更加昂扬的大跨越。弹指一挥间。几十年过去了，油田得到了大发展，历史需要讴歌和纪念。

他的作品，大都是纪实，质朴、客观，让人信服。由于他在油田干了近20年，又是在勘探前线和指挥机关，对油田历史比较熟悉，尤其是他还在基层小队干了数年，不但增长了现场操作的技能，更能了解和体谅工人群众的疾苦和情感，同时也学习了工人同志的优秀品质，所以，几十年促使他、激励他勇往直前的都是他对石油人的一片深情。他的作品大多表现石油人的生活与心态，每一篇作品都有一种沁人肺腑的艺术气息，让人读了胸怀激荡，暖意融融。

他早已退休，而且年过七旬，但他仍然笔耕文作，默默奉献，先后在我们油田报纸和各种刊物上发表了不少作品，尤其是还在全国性的报纸和刊物上发表了多篇作品，影响广泛。石油文化，提高了油田的品位和综合竞争力。

他与有些人不同，有的人一离开工作岗位，马上就得了"退休综合征"的怪病，尤其是当过"领导"的同志，仍放不下官架子，大门不出，二门不迈，衰老得不成样子。生死是自然规律，谁也抗拒不了。一个人无论干过多么惊天动地的事业，无论在职时官位多高，权势多大，退休后都是普通百姓的一员，不值得炫耀。正像有些人说的，退休前的等级是按职务和学历的高低划分的，退休后的等级是按血压、血糖的高低划分的，人到老了都一样。退休后，人要有"放得下"的智慧，当然，它也是一种思想境界。担子卸下了，可以干自己喜欢干的事，找一个属于自己的空间，真真切切地享受一份唯有自己知晓的欢乐，切不可因孤独而与时代落伍。

曹随义同志从不计较职务高低，在位还是不在位。无论在高位上，还是退休之后，都对写作情有独钟。可以说写文章是他的第二生命。本来大西北就是一个神秘撩人的地域，一种精神、性格的象征。喜欢写西北人的他，表现了老有所学、老有所乐、老有所为和西北人所特有的那种精神风貌。

2012年他主持编撰的、由全国政协原主席李瑞环同志题写书名的、纪念尹克升同志的文集《魂系高原》，反映了尹克升同志50年代进盆地，从担任油田主要领导到担任青海省委书记43年的历程中，把青春、知识和力量无私地奉献给了青海。他立足本职，全心全意为人民服务，乐此不疲，无怨无悔。从阿尔金山到湟水河边，从祁连山麓到三江之源，到处都留下了他的足迹，到处都有对他的称赞。他根在青海，魂系高原。尹克升同志的人格魅力和高尚品质，给我们带来心灵的震撼、感动和深刻教育，令我终生难忘。《魂系高原》的出版发行，受到了青海各族人民和我油田全体职工、离退休老同志的热烈欢迎和称赞，取得了良好的社会效益。人生留书，精神永存。

丹心献石油，梦圆柴达木，岁月流不尽，总是写作情。曹随义同志决心继续为美丽中国加油，为油田发展争气，书写石油跨越路、磨砺铸就辉煌的多彩华章，把石油的好传统、好作风、好典型，留给后人，传之永远。

《青海石油报》首任总编傅广诚

    解放军五十七师转业战士、老报人傅广诚同志，山东人，是青海石油勘探局《青海石油报》第一任总编。

    《青海石油报》曾经叫《青海石油》，是青海油田整个石油系统企业办报比较早的报纸之一。报纸虽然几次更名，但作为油田的机关报，它一直站在舆论宣传的最前沿，忠实地履行着党和人民赋予的神圣职责。它在宣传油田建设成就、介绍典型经验、继承和发扬柴达木精神等方面，发挥了巨大的作用，同时也为青海油田留下了宝贵的历史资料。

    傅广诚同志20世纪60年代初调往大庆，在会战指挥部给余秋里同志当秘书。大庆会战全国支援，当然当时只有玉门、新疆、青海、四川几个较大油田，都支援了大庆会战不少人，其中仅我们油田就调去数千人，为大庆的石油会战出了力，做出了贡献。加之大批转业战士来到大庆，形成了大庆会战的高潮。

    会战结束后，傅广诚同志就一直留在大庆油田工作，曾任大庆市人大常委会副主任，政企分开后，仍任大庆市人大常委会副主任。1994年中国石油摄影协会在大庆开会，庆祝石油摄影协会成立十周年，会间，我与大港油田的冯浩副局长同住一个房间，得知情况的傅广诚同志，第二天就专程前来看望我们。他平和的微笑、简朴的着装，很难与他大气的文风联系在一起。老友相见，倍感亲切，我们在一起共同回忆了当年在青海茫崖办报和在柴达木盆地工作的往事和对老战友的思念，情真意切。

后来大庆和中国石油出版大型画册，傅广诚同志还专门给我打电话索要康世恩、李若冰等同志1954年进柴达木盆地考察和采访的照片。我寄去后，都用在了中国石油发展史和几本大型摄影画册上。

80年代中期，他随石油部一个考察团来过青海，而且还到了花土沟和格尔木，进行了故地重游，但当时我出差在外没能见上。这些石油师人，开始大都在西北，伴随着中国石油工业的发展陆续奔赴了各油田，我想，东部每一个新开发的油田，都有石油师人及柴达木人的足迹，他们走到哪里就把柴达木精神带到哪里，傅广诚同志也不例外。

2005年，《青海石油报》成立50周年，邀请了原报社的一些老同志回局庆祝，傅广诚同志回电话说因身体欠佳来不了，当时他已过八十高龄。一天，曾任《青海石油》副总编的杜中明同志从河南南阳油田给我来电话，询问傅广诚同志是否回青海的消息，我把傅广诚的意见说明后，他说你把他的电话给我，我给他打电话，动员他重返青海，我们同去会上一面，故地重游。可能是傅广诚同志的工作没做通，也可能是他本身身体欠佳，让再回青海看看的劲头极大的他也打了退堂鼓。

傅广诚同志在大庆工作多年，亲历过大庆石油会战，有丰富的油田生活经历，我在有关刊物和出版物上，看到过他写的不少关于大庆会战的文章，很有分量，后来还见过他的专著。他参与编写的《大庆企业文化辞典》也有一定的知名度。是啊，思想不老的人，会谱写出美丽的音符、动人的旋律。傅广诚同志确实是五十七师的一支笔、青海油田的一支笔、大庆油田的一支笔，也是石油战线的一支笔。

陈文玺的岁月人生

　　1990 年 2 月 21 日，青海石油局原副局长陈文玺同志在西安逝世，至今已经 30 多年，但他生前工作上勤勤恳恳、生活上不图享受的作风却一直铭刻在我心中。陈文玺同志不仅是一位好领导，也是一位普通的石油人，他为祖国的石油事业贡献了毕生的精力。这里我只整理了他生前部分工作和生活片段，以寄托对他永久的纪念。

　　陈文玺同志有一股旺盛的革命热情，说干就干，知难而上，从他身上我看到了一个革命者、一个人民公仆最可贵的优秀品质。1985 年，随着油田形势的发展，计划短期内把油田产能搞到年产 120 万吨，建设花土沟至格尔木 436 公里的输油管道，在格尔木建设年加工 100 万吨的炼油厂，也就是我们所说的三项工程。当时担任副局长的陈文玺同志就介入了此项工作。在三项工程可行性研究中，本着科学求实精神是三项工程出发点的要求，他进行了大量的调查研究工作，尤其是对花格管道选线的调查，付出了极艰苦的劳动。花土沟至格尔木 436 公里的管道沿线，全是戈壁滩、盐碱地、翻浆带，海拔高，气压低，条件十分艰苦。但每次探路他总是亲自参加，与同志们一起背上干粮，带上水，冒着酷暑，行进在盐碱和戈壁滩上，渴了喝口凉水，饿了啃口干馍，晚上几个人挤在车上过夜，中途遇上翻浆地带人只得步行，还要蹚几里地的河，艰难程度可想而知。每次穿线多则四五天，少则两三天，之后还要到西宁汇报，到兰州联系有关事宜，然后才能返回冷湖，转一圈近 3000 公里。仅 1985 年他就带着有关同志转了三圈之多，行程上万公里，收集了大量的第一手资料，当年就写出了可行性研究报告。1986 年上半年国家计委评估团亲临现场复查，认为报告中提出的数据真实可信。6 月，经国务院批准，三项工程正式立项，列入了国家计划，并成为青海省和石油部"七五"重点工程之一。

三项工程是同步进行的，油田产能建设铺开后，要求 1986 年元月尕斯油田试采井组投产。时间紧，任务重，工作难度大，加之油水分离和计量等工序还存在一些问题，但为了上产，陈文玺同志一方面组织人员冒着严寒搞整改，一方面验收投产。首站在启用中，由于工程上得急，施工中存在一些问题，陈文玺同志组织施工单位搞整改。这期间他跑前跑后，多方协调，反复做工作，使问题很快得到解决，理顺了生产管理，为原油上产和外运做了必要的基础工作。在试采井组投产和首站使用的工程建设中，他在花土沟紧张工作了两个月，春节都是在西部过的。

1988 年格尔木炼油厂总体设计开始招标，接到部里通知后，刚从北京返回不久的他，来不及休息和过春节，初三就登上了去北京的火车。上车后他与其他同志一样坐硬卧，到了北京就与承包单位落实合同的有关问题，连夜赶写有关材料。由于工作忙，他顾不得去食堂吃饭，加之过春节就餐人不多，生活安排不太好，他就以吃方便面为主，正月十五也不例外。无怪乎人们说，陈文玺同志为三项工程的立项和建设立下了汗马功劳。

陈文玺同志在敦煌基地的规划与建设中也尽了心，出了力。在规划中他到处联系设计单位，根据实际情况选择最佳方案。在建设中，他又经常深入现场参加劳动和调查研究，发现问题及时解决。他还经常把负责基建的同志找来，讲明加强管理的重要性，千方百计降低工程造价，提高工程质量，为此他做了大量的工作。

陈文玺同志具有高度的事业心和革命乐观主义精神，勇于在困难面前挑重担。冷大公路在酝酿修建过程中，群众有反映，上级有看法，认为运量小，效益差，得不偿失。为了保证决策的准确性，他组织工程技术人员反复论证，又到运量大户进行实地调查，终于达成了共识，认为改线修路是可行的，不但社会效果好，而且经济效益也是可观的。为了使所改路线更加合理，他与孟令章副局长一起，带着运输处的领导、油建工程处的领导、基建处负责人，背上干粮，坐着卡车进行实地勘察。由于沿线都是盐碱翻浆地，汽车无法通行，人只能步行。强烈的紫外线晒得他们脸上脱了皮，坚硬的盐碱地磨得皮鞋掉了底，从无人喊苦叫累，晚上几个人挤在一起用大衣裹着过夜，整整探了一个星期。经实地勘察确定了最佳线路，管理局据此给部里打了报告，部里肯定了他们的工作并拨了专款。当时由于石油部上马项目多，资金十分紧张，拨的钱不多，他建议筑路队搞承包，结果费用不但没超反而略有节余。新冷大公路修通后，不但路顺畅，路面等级高，而且比原来路距缩短了100公里，加快了周转，节省了费用，为管理局西部原油外运和加快油田开发发挥了巨大的作用，也使职工往返西部免受"万蹄之苦"了。

他当副局长后，有段时间还分管过农副业，为我局农副业的发展，为职工生活的改善，费了不少心血。南湖农场、东风农场、敦煌冷库、阿拉尔牧场等，都留下了他的足迹。尤其是70年代初期在水源办农场时，他吃在农场，干在农场，硬是在那恶劣的环境条件下，让其长出了青稞、小麦、蔬菜，还种出了黄瓜。

陈文玺同志身为领导干部，但毫无官架子，待人和和气气，时时处处以普通一兵的身份出现，在基建处党小组经常看到他在汇报思想，请示工作，按期交纳党费。运输处许多老同志以十分怀念和眷恋的心情对我讲，他在运输处任职期间，无论谁有病或因公负伤住院，尤其是老同志，他都亲自去看望；哪位同志病逝或因公牺牲，他又主动做好善后工作，受到人们的爱戴。在采访中我了解到，一次一位女同志的丈夫出差在外，一天晚上突然病了，深更半夜找谁呢？她自然想到了书记。陈文玺同志接到电话后，立即带上车把这位女同志送到了医院，直到医院检查完病情才放心地离去，第二天一早又赶来看望。1987年6月，组织上决定让他带上几个人到西部炼油厂蹲点，其主要任务是协调各施工单位之间的关系，加快炼油厂的建设进度。进点后他以身作则，既当指挥员又当战斗员，白天他深入现场调查研究，晚上又召集有关负责人分析研究施工中存在的问题。工作混乱，他指定了工序负责人，划清了工作范围，理顺了工作关系；个别干部事业心不强，他找其谈心并提出严肃批评，使其工作上有了很大改进；年轻人打架斗殴较多，他要求党团工会齐抓共管，基本上制止了此类现象的发生。工作关系理顺了，人们的精力集中了，干劲增大了，工地上出现了热火朝天的动人场面。在蹲点中他带的几个人都是技术干部，他尊重他们、关心他们，工作上虚心听取他们的意见，支持他们的工作。11月份技术人员提出，催化混凝土管带得马上施工，否则将会推迟工期，但当时已值冬季，弄不好保证不了质量。慎重起见，他除与他们商量外，又请来了设计院、基建处的权威和省一建的技术干部共同商量，最后他拍板进行施工，结果达到了预期目的，为催化工程赢得了时间。除工作上大力支持技术干部外，生活上也对他们给予关心照顾，除平时注意调剂饭菜花样，补充营养外，还安排他们每月回基地一趟处理一下家务，使他们十分感动，都说跟着陈文玺同志工作，心情舒畅，干劲大。

在运输处陈文玺同志是以团结为重的楷模，调任副局长后，他又和其他领导主动配合，团结得也很好，人们称他是不摆架子、不打官腔的好党员、好干部、好领导。他时刻牢记职位越高，权力越大，责任越重，要求自己就越严，对亲属也不例外。他爱人在运输处是个铜工，年龄大，工作累，想征求一下他的意见，把工种给调一下，他知道后坚决不同意。他调局后，爱人又主动要求到工作比较繁重的小卖部。其弟1958年参加工作一直当工人，任劳任怨，勤勤恳恳，从未因哥哥是运输处一把手而提过任何要求。他在运输处任职期间，子女想调内地，想找找当时的主管领导，又是他不让。运输处是个管车的单位，但他买东西坚持在小卖部买，从不让司机带，在粮站买粮他也是自己推小车。一次玉门油田来了两位处长联系工作，他让食堂中午准备了四菜一汤，上了一瓶好酒，事后才知道是他们几位领导凑的钱，好酒还是他从家拿来的。调局后职位高了，但其本色不变，仍是哪里艰苦到哪里去，只讲工作，不讲享受。他经常下基层，从不挑车，他经常外出，又很少带秘书，遇到事情自己办，遇到材料自己写，吃饭住宿更随便。他以吃苦为荣，以廉洁为本，始终保持着艰苦朴素的生活作风。据他家里人讲，陈文玺同志在饮食方面也很节俭，有时看到他工作累，身体不好，想给他单独炒个菜，他不同意，坚持和全家人吃一样的饭菜。有时菜炒多吃不了放坏了，他心疼地对家人说，现在条件好了，可也不能忘记节约啊。他食不求美味，衣不求阔绰，艰苦朴素，始终如一。他一生从没有图自己的家庭生活享受而向公家索要过任何东西，都是严格遵守党的纪律和规定。一次他因病住院，听说陈副局长病了，去医院看望的人较多，一些人还带去了水果、罐头及其他食品，这使他很感动，又使他很为难，他认为作为人民的公仆只能讲奉献，绝不能向群众索取什么好处。于是他立下了"不收礼"的铁规矩，并向来看望他的人讲清道理，既热情又诚恳，所以凡到医院来看望的人，总是长久地保留着一种亲切感。

陈文玺同志处处严格要求自己，待人却很宽厚，尤其是技术干部，既关怀又尊重，帮助他们解决工作和生活中的各种困难，在他负责三项工程期间表现尤为具体。一些同志调到"三项"后，由于没房住，工作之余到处"打游击"，吃不好，休息不好，陈文玺同志主动与管房的同志商量，短期内都得到了解决。陈文玺同志既是组织领导者，又是普通一兵，他想的是工作，为的是同志，走到哪里就把党的关怀带到哪里，在他负责后勤期间，经常研究改善技术干部和全局职工生活的措施，并付诸行动，见到了实际效果。

陈文玺同志工作起来像团火，雷厉风行，说干就干，不贪功，不诿过，勇于承担责任，而且事事认真。就是他这种认真的态度，使他"事必躬亲"，使他永远忙，使他无暇顾及自己的健康。他患高血压已十几年了，胃十二指肠溃疡也经常发作，还吐过两次血，但他很少看病，也不让家人给他开药。1980年心脏又出了毛病，但他满不在乎，只是买了些急救药品带在身边以防万一。1987年在西部蹲点期间，白天干活，晚上开会研究工作，为炼厂的建设呕心沥血，一个健壮的人都累得够呛，何况他那多病之躯。看到他偷偷地吃药，人们心疼得落泪了。1987年底，他与负责基建的副老总去北京汇报工作，顺便去中日友好医院检查病情，大夫发现他心脏问题较大，让他稍候一下，当值班大夫叫来权威医生复查时，他却悄悄地溜走了，原因是第二天要正式汇报，怕万一被留下住院耽误了工作。在重病面前，陈文玺同志如此坦然自若，把工作放在首位，表现了一个共产党员的崇高思想品质。直到1989年脑血栓形成，万不得已才到西安检查病情，回来后又忙于工作，实在坚持不了时，才不得已住进了本局医院。在住院期间，他关心的不是自己的病情，而是党的事业和全局工作，谁去医院看他，他总要询问三项工程及其他重点工程的进展情况，念念不忘党的工作、油田的建设。

为了照顾他，1989年组织上决定让他到西安办事处任职，一方面养病，一方面工作。他接到通知交接完工作就立即启程。9月30日到西安，他顾不得把家安顿好，国庆节还没过完就匆忙上班了。西安办事处的同志看到他多种疾病缠身，劝他好好休息一段时间，并两次联系好了医院让他去住院，但他却执意不肯，说刚来西安，人员不熟悉，工作没理顺，等一个时期再说吧。虽说重病在身，他依然以事业为重，不分白天黑夜，废寝忘食，不见效果不罢休，全然没有离开这个世界的准备。谁知刚到任不到半年的他，在1990年2月21日，在西安办事处召开的办公会议上，竟因心脏病突然发作，经抢救无效离开了我们。

陈文玺同志 1951 年参加石油行列，1955 年响应党的号召，从陕西永平来到柴达木，他为祖国的石油事业奋斗了 39 年，贡献了自己的一生。他是我们石油战线上的优秀代表，是我们学习的榜样。

柴西地区是孟令章奋斗的热土

孟令章同志，河北人，1954 年毕业于西北大学地质系，同年进入柴达木盆地，是新中国成立后较早进入盆地勘探的先驱者之一。退休时是青海石油管理局副局长，兰州办事处主任。2011 年在兰州病逝。谈起孟令章同志的人生，永远值得人们怀念。

初进盆地，他与其他地质工作者一样，拿着地质锤跑野外，吃尽了苦头。柴达木西部地区位于阿尔金山和昆仑山之间，平均海拔近 3000 米，空气中含氧量较低，满是戈壁沙滩。在戈壁沙滩上，有比金子更值钱的东西那就是水。没有水，灵魂都会蒸发，空气也会死亡。那里风刮个不停，凄惨而又苍凉，没有狼嗥，没有一棵树，也没有一棵草，那里拒绝生活的足迹。那片中国较大的无人区，冬季气候寒冷，夏季酷热，常年大风，雪雨不下。当你亲临那片无人区时，你想的只是对生存的渴望。你会感觉自己在这片土地上太渺小，而大自然的威力却那么巨大，它会震慑住人们的全部感觉与思维。是的，他们无法改变外部环境，但态度是自己决定的，他们立志：宁愿少活二十年，也要找到大油田。

他发扬迎难而上、奋发图强、敢于拼搏、敢为人先的思想，为柴达木人争气添彩。没饮用水，就用骆驼从几十公里之外的阿拉尔去驮；驼员紧张，他们就抽出护队的解放军战士帮忙，虽然十分困难，但还是保证了水的供应。勘探首先以柴西的地形地貌开始，寻找地面构造，以地面出露的油砂、油苗，再到以测量、物探、钻探等方法寻找地下潜伏构造，从地表油苗到钻探深层构造，从浅层到深层见油，再到年产上百万吨，油田的发展凝聚着第一代找油人的艰辛，也凝聚着几代人找油的追求。

孟令章同志是工程技术人员出身，高级知识分子，他作风正派，工作严谨，讲求工作效率，同时又是柴达木盆地勘探工作的老前辈，也是许多重大事件的亲历者和见证人。他长期从事地质勘探工作和担任领导的特殊经历，使他成为青海油田历史上的传奇人物。孟令章同志也遇到过坎坷，"文革"开始后，他从局政治部副主任的位置，下放到基层当工人，1970年才被提为1258队指导员，当时队长就是英雄肖缠岐。不久他调到机关，就是现在茫崖市所在地的花土沟，负责西部指挥部的工作，当时并没有任命他是指挥还是书记，只明确让他负责全面工作，所以后来人们都习惯地叫他"孟全面"。三项工程上马后，他被任命为负责人之一，1978年他升任副局长、甘青藏会战指挥部副指挥。后因身体原因调到兰州出任办事处主任。

他在世时，有一次与他交谈中，他说1954年进盆地的故事应该写写，但看到有些文章写得不够真实，有的作者根本就没采访过当事人，只是道听途说，又缺乏对历史的敬畏感，所以有些故事胡编乱造，特别是对一些工作艰苦"细节"有太多文字加工，不真实。任何作品都需要细节，但细节不是编出来的，只有源于生活，才能带给读者美的愉悦。

我和他虽都在机关多年，但接触并不多，只是在修冷大公路时相遇，当时他和陈文玺副局长负责探路。大家知道，原来的路是经过牛鼻子梁，到花土沟多绕行100多公里，既不经济又浪费时间。所以决定改为经大风山到花土沟，但出冷湖不远就是盐碱沼泽地，尖硬的盐巴壳使人穿着皮鞋也难以行走，鞋底很快就被磨穿。虽在物探处借了辆能行走特殊路的汽车，但跑不了多远轮胎就难以承受，当然最主要还是探路工作需丈量和实测，人只能步行，汽车随行，只是到了晚上人们才依偎在汽车上歇歇而已。冷大公路修好后，孟令章同志又投入花格管线的探路和工程中去了。

孟令章同志从1954年进盆地，直到退休，一直坚守在青海油田，为青海油田的勘探发展做出了不可磨灭的贡献。他的爱人是位大夫，也是进盆地较早者，人很好，医术高，为人热情，也深受人们的欢迎。

副局长杨秀东的柴达木情结

　　人生好比四季，也有春夏秋冬。当然人生是不可能像自然界的四季那样轮回。青春虽然好，但度过了青春就是中年、老年。是啊，"弹指一挥间"。从我1961年认识杨秀东同志算起，至今50多年过去了。他也于1998年从岗位上退下来。在退休后近8年的时间里，他又以无偿劳动，组织搞了三件事：完成矿史馆的两厅建设即发展史厅、勘探开发厅，中国石油钻井《青海篇》和当代中国石油工业《青海油田篇》。拂去历史的沙尘，蓦然发现，至今仍留在柴达木并将根深深扎在柴达木的人已为数不多了，他们才是值得我们敬仰的。因为他们将自己的满腔热忱和毕生精力融入了这片土地，并将子孙后代也留给了这片土地。四十几年在柴达木奋斗的那段历史是无论如何也不容涂改，更不能忘记的。我们希望这些历史和过去的故事能给生活在今天这样一个繁荣、开放时代的石油人一点提醒、一种思考和一份真实的记忆。

人总是要有一点精神的。几十年的义无反顾和后来人的油田聚首，新老两代柴达木人没有过多的客套，很快融在一起。"柴达木情结"这五个字已在不知不觉中融入了他们的血液和生活……

的确，没有柴达木的经历就不可能有我们今天的成就。在柴达木的经历正是他们勇往直前、不屈不挠和成就今天的基础。作为老柴达木人的副局长杨秀东同志经常跟我讲，现在他愈发怀念柴达木，感激柴达木给予的精神和物质财富，甚至每次做梦，无不是梦到柴达木的一草一木和山山水水。在梦中出现的都是大风山、油墩子、油泉子、小梁山、红沟子、冷湖……20世纪50年代工作中的那一幕幕场景和一桩桩抹之不去的往事。随着时间的流逝，柴达木已成为他今生全部的记忆与眷顾。

50年前，还不到20岁的他从重庆石油学校来到柴达木，开始了他开发建设柴达木的光辉历程。就是茫茫戈壁锤炼了他坚韧不拔的意志和吃苦耐劳的精神。60年代中期他就调来机关，先后担任调度室生产组长、副总调度长、局钻井负责人。1979年他被历史推到了大潮的风口浪尖，担任了管理局副局长、总工程师、副局长兼总工程师、副局长及科委主任、青海省石油学会理事长等职，并成为教授级高级工程师、享受政府特殊津贴的专家等。他把生命中流金般的岁月献给了这片土地，成为优秀的柴达木人，这是一代人的骄傲。

他在柴达木整整奋斗了42年，留在这片土地上的记忆太多了，有作为开拓者的追求、征服者的欣慰，也有火与血的考验和教训。他学的是钻井，管的是钻井，在油田风险最大的还是钻井，所以在冷深 38 井、跃试 2 井、花 79 井、跃深 1 井、狮深 20 井、南 2 井、南 7 井、台 2 井……的制服井喷或带火清障、扑灭大火的抢险中都有他的身影。在他的参与和组织下，一个个井喷被制服，一场场大火被扑灭，最大限度地减少了损失。谁都知道，制服井喷是与狂暴肆虐的气龙油龙打交道，充满了艰难和危险。杨秀东同志在与井喷失控、着火事故的长期较量中积累了丰富的经验。"降龙伏虎"，使他的柴达木生涯充满了传奇，也铸就了一个又一个丰碑。同时人们也为他不畏艰险进行创造性的劳动而感到自豪。的确，作为领导他在一线和现场办公的时间最长，经历的风险也最多。在柴达木工作的 42 年里，几乎每一个探区都留下了他的身影，他怀着挚爱钻井的心情，研究钻井，总结钻井，不断探索钻井中的新情况、新规律，进一步完善钻井措施，收到了好的效果，也培养和锻炼了一支过硬的钻井队伍。在他所管的领域，年年出新招，迎挑战，铸就了他向困难挑战的坚强性格。有人说，只要在柴达木待过，就不知道困难是什么！这话一点不假。这些人都自觉不自觉地铸就了一种精神，那就是柴达木精神。副局长杨秀东同志在位较长的时间里主要负责生产管理、钻井工程、安全环保、生产调度等工作，几十年的管理经验和钻井经历，丰富和提高了他的专业管理水平。为找到更多更大的油气田，他为青海油田钻井和整个油田的发展操了多少心，付出了多少爱啊！过去的记忆仿佛是一座万紫千红的花园，真是美丽之至。为了找油，春秋五十，万象更新。经过半个世纪的风雨历程，经过新老柴达木人的继往开来，艰苦奋斗，在戈壁大漠、旷古原野上，终于绽开了一朵朵芬芳的花。现在整个油田已年产油气当量超过 700 万吨，跨入了全国大油田的行列，可千万不能忘了这里边有老一辈柴达木人的青春、知识和力量的无私奉献啊。

　　一个人，在人们心目中的地位和影响力，是靠其人格的魅力建树的。豁达的杨秀东同志，当过上层领导，跑过全国各油田，识多见广，他的心灵深处是善、是宽容。他与想出名的人不同，他的心灵干净而平和，没有一丝浮躁，淡泊名利，与世无争，以平常心对待生活。1991 年初石油部将他召去，主要领导出面找他谈话让他出任油田一把手，对于领导的信任他十分感激，但他还是婉言谢绝了。后来部领导又给他一个星期的考虑期，他还是拒绝了领导的好意，并无私地推荐了比他更年轻的同志出任这一岗位，受到了上级和群众的普遍好评。他总是把群众放在心上，处处以群众为重。遇到困难和问题总是给予帮助和解决，尤其是碰到一些学术上的困难，也总是想尽一切办法给予帮助。以前有个顺口溜叫："天不怕地不怕，就怕杨局长与刘长栋通电话。"当时刘长栋是钻井公司的负责人之一，主要负责全面的技术工作，虽然来自石油院校，但到了现场却感到经验不足，遇上问题只好请教当时负责钻井的副局长杨秀东同志。这时的杨局长总是循循善诱，没有批评、讥讽、嘲笑过年轻人的不足。对于年轻技术人员全心关爱，用自己身体力行的示范，无声地激励、带动年轻人的进步。学为人师，行为示范，他为这句话作出了最好的注释。

副局长杨秀东同志为人谦和，做事认真谨慎，虽然他已退休多年，但仍以一种超然、旷达、淡泊、忧乐两忘的自由人格境界，继续忘我地工作着。他在完成生命的历程中最可骄傲的阶段后，以通达洒脱的人生观，忘却年龄，为培养年轻人，为热爱的事业尽力尽心。但老天爷却有意与他开了个不大不小的玩笑。2004年正在北京开会的他，突然皮肤病犯了，有人介绍他到军医大拿了些药，服用后因过敏引起了严重的反应。后到一个知名医院去看，结果被误诊为"淋巴瘤"，又是吃药、打针、化疗仍不见效，甚至生与死的抉择摆在了他的面前，人瘦得皮包骨头，乌黑的头发也全部脱落，成了一个名副其实的"和尚"。得知情况后，石油部的老领导、原石油部副部长李敬同志、青海省委的老领导、省委原书记尹克升同志等都前去看望，并多次找医院领导、权威了解病情，并帮助出主意、想办法。当时担任石油集团公司的一位领导，更是亲自找到医院领导，要求北京各有名医院专家会诊。在他的要求下，经会诊终于确定了病情，并很快得到了控制，见到了好转。这场误诊几乎夺走了副局长杨秀东同志的生命，在各方面的大力帮助下，他又从死亡的边缘活了过来。可能是苍天有眼，又或许是副局长杨秀东同志的韧性感动了上帝，他复原的速度之快，连医生也难以置信。经过5个多月的治疗，他已痊愈回到单位，完成了当代中国的石油工业"青海篇"的定稿工作。

如今，副局长杨秀东同志仍挂念着油田，虽然岁月像逝水一样，年复一年地奔流不息，但他仍然像个孩子，没有老。是啊，油田的前景，永远在他心里生辉，在他眼前发光……

我所认识的冯浩副局长

　　一天凌晨，我从睡梦中被急促的电话铃声所惊醒："喂，是泽祥吗？我今天上午动身！"这是他第五次来青海了。他是谁？为什么一个远在渤海之滨的老人却多次来青海呢？这话还得让我说仔细。

　　冯浩，这位青海石油人所熟悉的老局长，是1955年进盆地且对茫崖对柴达木石油的发展有着重大贡献的人。茫崖和柴达木是他工作了6年，献出了宝贵青春的地方，所以他把柴达木当成了他的第二故乡。他说，是柴达木给了他许多温暖，也给予他许多痛苦和宝贵的人生经验。"是柴达木艰苦的环境，才慢慢让我成长和坚强起来。"因此他常说，他对柴达木有着特殊深厚的感情，对柴达木的眷恋，有时甚至超过了他长期工作和生活的大港。

　　冯浩同志是陕西韩城人，1954年任绥德团地委书记的他，奉调来到石油管理总局西北地质局任测量科长、制图室主任。1955年青海石油勘探局在西宁成立，1955年6月他随大队人马来到茫崖。不久成立茫崖工委，他任工委委员、地质调查处副处长，后来又调任过运销处、采油处的副处长等职，是当时青海油田最年轻的处级干部之一。他年富力强，聪明能干，在柴达木油田发展史上留下了光辉的一页。

1961年大庆石油会战，石油部决定抽调松辽、玉门、青海、四川、新疆5个单位的物探骨干力量前去支援，组织了当时规模空前的也是最艰苦的地震会战，他是当时被点名的抽调者之一。5月份，他依依不舍地离开青海去了大庆，担任大庆地质调查处的处长兼书记。当然在这里我还要顺便说几句，因为我们是老油田，在坚持发展自己的同时，还按照石油部的要求，抽调大批骨干支援新探区。经过两年多的紧张会战，在初步摸清了大庆地区地下构造形态和含油面积后，又迅速转到华北参加会战，在北京、河北、山东及渤海、黄海海域广大地区进行勘探，取得了重要成果。后成立641厂，他被任命为党委副书记兼副指挥。后改为大港石油管理局后，仍任副书记、副局长等职，直到1989年离休。

离休后，他从不倚老卖老，不干扰新班子的正常工作，并积极支持年轻干部的成长，受到了新班子的敬重，每次油田召开重要会议总是让他参加并虚心听取他的意见。他是个闲不住的人，离休10多年来，除经常帮助年轻干部出谋划策外，还兼任所在单位党支部书记，所在党支部多次被评为天津市先进和模范党支部。另外，他还积极参加各种社会活动。他是陕西老青年书法协会和法门书法协会的顾问，每年一次的会议和书法比赛他都参加，并把所挣得的稿酬全部用于扶贫。他还是中国石油摄影协会的顾问、天津老年摄影协会的顾问，他的作品多次在行业、省市和国家级比赛中获奖。尤为值得一提的是，他离休后，石油物探学会组织的活动几乎都参加，为石油物探的发展发挥着余热，而且时刻关心着青海油田的发展。前几年湖、海、沼泽特种设备在西北地区搞盐碱沼泽方法攻关，他凭着人熟、地熟的有利条件，主动报名要求参加。被批准后，就立即提上他身边高原必备的小氧气瓶赶到花土沟。青海地域偏僻，信息不灵，技术落后，2001年他又与20世纪五六十年代也曾在柴达木工作过，后调海洋局担任研究院院长、资源战略组组长的教授级高级工程师王善书同志商量，能否在有生之年再回趟青海，与青海油田的技术干部搞搞学术交流。王善书同志愉快地答应了，并很快与冯局长一起来到了青海。王善书同志将他在海洋局多年负责地质技术工作和经常出国考察所获得的知识和资料，毫无保留地展示在青海广大技术人员面前，使广大技术干部受益匪浅。

青海石油人由于长期坚持在高原，身体状况大多不佳。冯浩同志还多方联系，带领全国著名医生来油田考察并为职工、家属义务治病，受到了广大群众的好评。为了对外宣传柴达木，他不顾高龄和身患高血压，用自己的爱好和特长，专门深入花土沟、茫崖及格尔木等地进行摄影创作，其中他有几张获奖作品就是在柴达木拍摄的。每次来，管理局、油公司领导都十分热情地接待他，已调省工作的尹克升同志也总是打电话询问他的身体状况，并嘱咐他好好注意身体，还几次指示让派车送他到西宁。每次到西宁后，已经担任省委书记的尹克升同志都非常尊敬地为他安排吃、住、行。冯浩同志给我讲，柴达木人与众不同，人与人关系融洽、友好、感情深厚，是一群最可爱的人。每次来真是像回到家一样，看看老朋友，结识新朋友，真是一件乐事。

冯浩同志多年在领导岗位上工作，却虚心好学，平易近人，从没领导的"派头"，他无论走到哪里，总是乐呵呵地、关心地、谦和地询问情况，赢得了人们的尊重。我经常听到一些老同志讲关于冯浩同志与老百姓的故事，尤其对少数民族同志更是倍加爱护。在鱼卡，一次一位蒙古族工人的小孩得了病，他知道后立即让小车送医院，而自己却步行数公里去开会。生活紧张时，藏族马万海长时间在昆仑山打猎，顾不了家，冯浩同志常去看望，从此二人结下了深厚的友情，几十年来一直保持着往来。一次我陪冯局长去西宁路经酒泉时，听说马万海住在酒泉，为找他硬是用去了一个下午，直到傍晚才找到，不得不在酒泉住了下来，第二天才又上路。乌孜别克族阿吉老人与冯浩同志也比较熟，也得到过冯浩同志的许多帮助。生活紧张时，除经常派人给他们送牛羊肉和生活用品外，他还托人买了十几丈布送给他们。阿吉老人十分感激，后来听说冯浩同志有时腿疼，就把自己保存多年的4张狼皮送给了冯局长。阿吉老人早已去世，但每次去花土沟，冯浩同志总是要到阿吉老人墓地扫墓和敬献花圈。2003

年8月又来敦煌，他非要坚持去趟花土沟，考虑到他年事已高，局领导再三劝说他才放弃了，但离开敦煌时一再嘱咐我，到花土沟一定要代他去看看阿吉老人的墓地。阿吉老人的后代为了继承父业，要求从地方单位调到油田上，并多次找到冯浩、尹克升、高风仪，他们三人不断找石油部门及新疆有关人员联系，冯浩同志为此事还专门跑了两趟新疆。尹克升同志在新疆和北京开会期间，专门与新疆的领导谈了此事，请他们帮忙，问题终于得到了解决。他的小女儿柴达木罕还当上了塔里木油田的工会副主席。

冯浩同志是柴达木老一代开拓者，是我们石油战线的老前辈，他为石油奋斗了50年，他目睹了我国石油工业翻天覆地的变化，也目睹了我们青海石油工业的大发展。我想，如果我们要建一座里程碑的话，这座里程碑上也应该刻上冯浩同志的名字。冯浩同志1930年7月生，来青海时73岁，除患有高血压外，眼不花，耳不聋，背不驼，谈笑风生，整个生命洋溢着一种乐观的基调。他来青海油田，我们虽然年龄、资历、职位都有很大差距，但却坦率交谈过很多问题，他向我清点了自己所走过的足迹，这些脚印像铅一样，印写成一部他的生活历史，一直排到今天。他还交给我一份联络图，上面密密麻麻地画满了曾在柴达木工作过，后来又调到其他油田工作的老同志，其中仅局、处级以上的干部就有几百人之多。是的，我们不会忘记这些为柴达木做过贡献的老同志。我总想，对于柴达木及全国石油战线的老人，他们那种艰苦奋斗、无私奉献的精神，值得我们大书特书。冯浩同志的事迹我也一直想写，但种种原因一直没能动笔，今天看着字里行间，使我更加敬重冯局长，留在我心中的，不仅是他平易近人、和蔼、慈祥可亲的面容，更是他火一样的心肠和对事业的一贯作风以及对社会和历史的价值。在这里，我再次向他祝福，祝他青春常在，宝刀不老。

税局长一路走好

  2012 年 10 月 8 日，久病的税为群副局长走了，永远地
走了。听到这一消息，虽然并不感到很突然，但我内心仍然
隐隐作痛，痛惜油田失去了一位老领导、老油人，我失去了
一位好师长、好同志、好朋友。

  我和税局长相处时间较长，早在 20 世纪 60 年代就相
识了，70 年代又同在一个支部过生活，90 年代他退居二线
担任油田文联主席，当时我是副主席，所以他成了我的直接
领导。

  我当了他几年的助手，这对我是重要的学习和锻炼。几
年间我和他经常在一起，工作上的接触、思想上的交流是很
密切的，我们之间存在着一种师生、同志、朋友的友谊，尤
其是他对我思想上的教诲、工作上的指导、作风上的熏陶，
使我终身获益，难以忘怀。

  当然最令人难以忘怀的，还是他对事业的挚爱和倾情。
税局长长期在机关技术管理部门工作，90 年代中期，他退

居二线又换到群众团体，恐怕有点不适应，但作为一个老党员，他服从组织决定。无论做哪种工作，他都对事业有着强烈的责任心。在文联担任主席期间，他反复强调文化人的责任和义务，要在全油田形成一个对文化崇敬的氛围，文联应负起这个责任。是的，企业文化建设有助于促进企业生产经营发展，有助于深入企业内部改革，有助于推动企业双文明建设，有助于完善企业内部经营机制。企业要振兴发展，加强企业文化建设势在必行。在油田二次创业中，他强调企业文化的核心是发扬柴达木精神，实践证明柴达木精神是时代精神在油田的反映，是油田的灵魂、象征，是油田自强奋斗的见证。所以那个时间段柴达木精神叫得很响，群众性的文化工作搞得也很活跃，并在当时出现了出书热，张同聚、肖复华、李玉真、李蕾、徐继成、凌须斌、朵兴福……都出了书，这些书从一个侧面记录了油田不同历史时期的发展轨迹，展示了特定的时代精神风貌，让我们真正了解了他们这一代人，在当年那段历史岁月里的反思，以及所想所作所为和对人生的感悟。这些书不仅是个人的财富，而且是油田历史的瑰宝。

税局长不计较职务高低，是位有文化、有思索、有勇有谋的老领导。在文联他干得有声有色，硕果累累，有些文学作品、摄影作品不但在全国、全省、石油系统刊物上发表，有的还在各种比赛中获了大奖，甚至个别摄影作品还在国际大赛中获得过金牌。当然这里也有张德国书记、吴耀文局长、蒋一鸣局长、李秋杰书记等的功劳，他们都当过油田摄影协会的主席，为此付出了极大的艰辛。群众性的文学和摄影创作热潮，激发了群众的积极性，也为油田留下了宝贵的资料。

中华文化的重要特征，是极其重视人与人、人与自然之间关系的和谐。税局长决策修养高、统筹能力强，做到了审时度势，多谋善断。在搞好文联的同时，注意协调工会、宣传等部门的关系，充分发挥党的宣传部门和各群众组织的作用，所以把群众性的文化活动搞得红红火火。本来税局长是位长期搞技术管理的人，喜欢恬静，对文化并不太感兴趣，但在文联任职后，他也挥起笔练起了书法，拿起杂志研究起了文章。我的散文《狼》发表后，他在兰州给我来电话，说取材很好，反映了在柴达木这个特殊环境下，艰苦的条件把两个对立面逼到了一起，通过这篇文章既反映了柴达木的艰苦，又歌颂了大自然及人与动物的和谐。还把儿时与狼打交道的情景告诉了我。我的散文《难忘马海》发表后，他又来电话说这篇文章写得很好，并鼓励我以后多写这样的好文章。

税局长举止稳重，为人随和，待人热情真诚。说句老实话，他在位时我们来往并不多，由于职务的差距，心里总像隔着一道坎似的，他退居二线才让我们亲热起来。他退到兰州后，经常给我来电话询问情况，一次我去东北开会，返回经兰州时他还亲自到车站接我，安排我的食宿，还带我游览黄河铁桥。从他那里才得知兰州黄河铁桥是德国一家公司与清道光皇帝达成协议后，在明代黄河浮桥的原址上完成的，距今已有百年的历史，是名副其实的黄河第一桥。他还带我参观了《黄河啊母亲》雕塑，给我讲了作者及其得奖情况。税局长真是个博学和细心之人。

税局长还是一位讲义气重感情之人，有几件小事至今历历在目，难以忘怀，值得回味。他退到兰州后几次应邀回局，每次回局他都让我陪他去看他的师傅雷廷善。雷廷善同志是钻井公司工会主席，原来是钻井队的柴油机司机，后来当了大班司机，所以人们都叫他"雷大班"。税局长参加工作就是在他手下实习的，所以对他念念不忘；2006年江苏油田的陆明老两口到兰州去看税局长，在他处看到老照片，回忆起当年在青海油田与税局长一起艰苦奋斗的情形，爱不释手，税局长立即给我来电话让我给陆明找上几张，还说了具体哪几张。后来还两次来电话询问邮寄情况，可见他对老同志的关心及细心的情况。

我是一个感情内敛之人，从来不善于表达自己的感情，不知用什么样的词语来表达我对税局长的尊敬。他虽然离开了我们，但他那淡泊名利，始终以一颗平静的心，责无旁贷地让自己投入新的工作之中的高尚品质让我永生难忘。我非常敬仰他，永远怀念他。

南文魁是新闻战线的优秀代表

　　翻阅 20 世纪七八十年代的石油旧报，经常可以看到南文魁同志的长篇通讯和报告文学，写的全是柴达木石油人的壮美诗篇。南文魁是谁？让我说给你听。

　　南文魁同志，青海湟源人，1971 年参加工作，开始在茫崖地区井队当钻工。70 年代末期调报社当记者。当时调来时我们的报纸还没恢复（1976 年停刊改出《简报》，1980年才恢复）。为配合当时的甘青藏石油会战，临时组织了个记者站，给当时的《玉门石油报》投稿，此报开辟专版，专门宣传甘青藏石油会战情况。但由于玉门距我们较远，加之当时交通不便，通讯不畅，报纸迟迟发不到工人手里。随着甘青藏会战规模的不断扩大和指挥机关的西移，指挥部决定恢复《青海石油报》。1980 年正式恢复，更名为《柴达木石油报》，不久又改为《青海石油报》。

　　南文魁同志在当记者的几年里，是个做人做事都认真的人，给后人留下了大量的名篇佳作。这些经久不衰作品的魅力，就在于鲜明而独特的时代背景下塑造的英雄形象，彰显了革命风尚，弘扬了柴达木精神。

说他是个写作天才这个评价可能不准，但他横溢的才华、不拘的思维创作方法，使得他的作品像一幅幅写实的画，好看也好读，风格独特，个性突出。他的作品大都是写油田精英和模范人物的，是啊，每一位英模背后都有一段油田辉煌历史的记忆。那一时期，榜样的力量对社会的发展发挥着巨大的引领作用，英模的精神也被推向了时代精神的巅峰。

的确，他的作品，不是普通记述闲情逸致的文字，这些文字是历史的真实记录、回忆、描写，为精英和劳模树立了一尊光芒四射的塑像，以无可辩驳的事实，让人们读懂了那个时代英勇奉献的人们所具备的崇高价值。我们不能忘记那些用汗水和生命浇灌每一段里程的老领导、英模人物、科研工作者和广大石油职工，不能忘记柴达木精神。

60多年来，一代又一代创业者，怀着为国争光、为民争气的远大胸怀，克服重重困难，创造了极不平凡的业绩，生产了大量国家经济发展所需的石油产品，培育了爱国、创业、求实、奉献的柴达木精神，锤炼了一支敢打硬仗、勇创一流的英雄队伍。对此，他怀着感恩的心情，描写如烟往事，写得很炽热、很朴素，也很平静，读了感到震惊、感慨、亲切、轻松和惬意。

文化是一个民族的精神脊梁，是一个国家经济发展的力量本源。文化以其对社会的巨大作用力，贯穿、渗透在社会实践和每一个具体而细微的环节中，在潜移默化中释放着无穷而巨大的能量。

南文魁同志的文章，记录了柴达木的发展，积累了柴达木的历史资料，丰富了柴达木的文化事业；记录了柴达木的昨天，也为后人留下了真实的柴达木。50 年代的创业者以及后来的石油人，他们在浩如烟海的戈壁滩，在这个生命禁区却到处留下了他们快乐的脚步，他们都以坚强不屈的毅力和团结协作的精神，在死亡的戈壁大漠中，创造了一个又一个不为人知的生命传奇。历史长河，是由一代一代的环节相接续的。每一个时代是对上个时代的继承，又是对下一个时代的启迪。

写张俊杰地质师的《大地的主人》、写解释工程师赵阶鼎的《他着眼于看不见摸不着的地下》、写女工程师孙子华的《女工程师的家与业》、写地质师陈德杰的《讲认真的地质师》、写优秀教师曾庆光的《美国博士的儿子》、写地质师杨百泉的《地质师的性格》、写范连顺院长的《范连顺》、写古生物专家杨藩的《杨藩和他的古生物》、写医生王高的《柴达木的优秀儿子——王高》、写家属窦当莲的《管柴米油盐的大嫂》……用真情凝聚而成的一篇篇佳作，具有历史价值、思想价值、审美价值，而且文笔优美，得到人们的称赞。

看南文魁同志的作品，倍感亲切，因为文章写出了青海油田的历史片段，写出了柴达木石油人的英姿。它与恶搞、扭曲、诋毁传统文化的现象，形成鲜明的对照。是啊，他不愧是我们新闻战线的优秀代表，他对事业的执着追求，昂扬的精神状态，新闻人独具的灵感，以及所获得的成功，也是一般人不可比拟的。

当然，作品不能脱离时代，没有时代背景不行，再宏大的主题也要落实到写作上，也要从小处着眼，从细部入手。新闻记者在采访中，被访者所告诉你的，也不全是事实，而是一个添加了他自己想象的素材。记者要善于从零碎、平薄、片段、混杂的采访素材里，厘出事件真相的大致面目，组装出具有价值的故事构想来。当然，写作需要细节，但细节不是编造出来的。文章一定要真实，真实才有生命力。作者以他敏感细腻的情思、富有感情的观察，记叙柴达木种种人物，使我们对其生活场景和细节，留下了深刻的印象。只有真正源于生活的作品，才能带给读者美的愉悦。

我和南文魁同志在报社相识，以文结缘，以心相诚。相处虽然时间不长，但关系却很好。在与他交往中，看到了他高尚人品的一面。他待人以诚，助人为乐，是个热心肠。1981年我去了局整党办公室，整党结束后，1983年调我去了宣传部。南文魁同志此时也被调往《青海日报》，但到西宁时遇上刚当副省长的尹克升同志，把他留在身边当了秘书。后来尹克升同志调省委当了省委书记，南文魁同志又跟到了省委。直到当了省委政策研究室副主任，后到外贸厅当了副厅长。虽然职位高升已成厅局级，但他是个性情中人，只想以笔耕为乐，当领导也不放下手中的笔，经常在青海省的报纸、杂志上见到他的文章。他虽然晋升，但我们的关系依然如故。常说一辈子同事三辈子亲，年轻时代相处的情谊，很少夹着利益关系和高下尊卑，这份情感是最真挚、纯粹、平等的。因此，虽身居异地，但都各自牵挂着对方。虽有电话往来，但有时相聚，还是相拥持久，就像在高楼林立的都市里找到一块绿地，让人倍感亲切温暖。

顾树松续写人生多彩华章

最近顾树松同志出了本《晚霞余晖》书画作品集，令人惊讶。大学他学的是石油地质，并没有接受过专业美术教育。他对我讲，画画是他的一个爱好，而且是自幼的爱好。但工作期间从未动过笔，真正抄起笔来是 70 岁以后了。他不但自己画，还在上海他退休后所居住的小区，成立了小区书画协会并负责该会工作，开始握笔执教油画。因油画受一定条件限制，因而开始利用油画的理念，作绘制国画的尝试。因效果较好，被该区老年大学聘为绘画教师，几年来培养了不少老年书画人才。他还对我讲，没接受过正规专业美术院校的教育培训并无遗憾，这样可以突破院校、导师设下的条条框框，敢于去奇思妙想，创造自己的一片新天地。

退休后，他全身心地投入自己的所爱，因此他活得充实而潇洒，活出了生命的质量。他已 80 多岁高龄，但眼不花、耳不聋，背不驼，思维敏捷，从他目前创作的势头，我们有理由相信他会在创作上超越自我。是啊，能为自己的所爱全心身地痴迷进去，是一个人生存质量的顶峰。

顾树松同志是个始终充满激情的人，才情横溢，学养深厚，在认定的道路上，是个永远都不知疲倦的进取者。他淡于名利，少有追逐，观其画作，实力和内涵颇为不俗。

文以载道，画以喻世，一花一世界，一叶一乾坤，乃艺术永恒之道也。顾树松同志的画作，通过线条的千变万化，造就了崇高的精神境界和深邃的思想内容。他调动作画的一切艺术手段，深入开掘主题，从整体到具象，从宏观到微观，笔笔到位，丝丝入扣，犹如一支交响曲。

人们对顾树松同志并不陌生，他的名字曾经响亮。他1952年毕业于西北大学地质系，之后就一直从事石油地质勘探，开始在玉门，1955年要求调青海进入柴达木盆地，曾任青海油田总地质师，在油田的勘探开发史上，写下了光彩夺目的一页。

作为一名老石油，一提起20世纪50年代找油的那段生涯，总叫人心潮难平，热血沸腾。的确，那是一个令人难忘的年代。从1954年开发柴达木的帷幕徐徐拉开之后，来自祖国四面八方的建设大军云集柴达木，在短短的几年内，就造就了一群热血儿女，磨炼出一支英雄而又光荣的队伍，石油勘探也硕果累累。自1954年到1957年，先后发现了172个储油构造，在47个构造上进行了钻探，结果在39个构造上见到了油气显示，并肯定了具有工业价值的油田9个，即冷湖三号、四号、五号及茫崖地区的油砂山、花土沟、油泉子、开特米里克、南翼山、尖顶山，还肯定了3个具有开采价值的东部气田，它们是马海、盐湖、小梁山，当然现在涩北成了全国的四大气田之一。

50 年代，是柴达木历史上空前辉煌的时代。1955 年，国家将柴达木盆地列为全国资源勘探重点区域之一。为了便于支援勘探工作，柴达木盆地被划为青海省直属行政区，青海省人民委员会在西部设立青海省人民委员会柴达木盆地工作委员会，1955 年元月 3 日在格尔木正式办公，1956 年 3 月 1 日迁至大柴旦。

"时势造英雄"，50 年代开发柴达木的实践，产生了千百个英雄人物，谱写了一曲曲英雄的乐章。曾几何时，顾总的地质成就得到了人们承认，也受到人们的尊敬，然而在 1957 年的反右运动中，他却受到挫折，行政降 5 级。为此，开始了他下放井队和多年劳动的特殊经历。

1961 年中央下发有关"有一定技术的右派可回原单位工作"的文件，使顾树松同志回到当时的冷湖地质研究所，被分配到地层对比组工作。他接手后认真钻研，工作开展顺利，不到半年，在他和李惠芬组长的共同努力下，不但完成了冷湖四号、五号构造地下地层的对比工作，而且完成了连片构造图，因而被评为当年的先进班组。

1978 年党的十一届三中全会后，他的问题得到了彻底平反，让他到西部茫崖地区地质研究队当了队长。当时已发现了跃进一号构造深层的高产油气藏。故于 1979 年石油部开始组织甘、青、藏石油勘探大会战，青海是重点。当石油部长宋振民、副部长兼总地质师阎敦实同志带领石油部有关司局长来青海，在了解跃进一号构造跃参一井深层油气情况时，顾树松同志作了详细汇报，阎敦实老总当场发表了看法说：跃参一井虽然发生了严重井喷事故，未能取得电测等所有资料，但经顾树松同志从砂样、钻速、油气显示等多方面分析，对该油藏情况有所了解，这比新疆柯克亚构造井喷后地下情况不清楚好得多。11 月 11 日，顾树松接到研究院领导电话，说 11 月 14 日在玉门召开西北第一届"地质地震科学大会"，要他三天内完成有关跃进一号深层油气藏专题报告。第二天顾树松同志赶回冷湖，经过一天一夜的赶写而完成了报告稿，并及时交付打印，按时赶到玉门参加了会议。在大会上，顾树松同志代表青海油田脱稿作了 45 分钟的发言，获得全体与会者一致好评。当时会议主持人石油部总工程师刘祁干当即表态，作报告就该像顾树松同志那样，做到心中有数，有条有理，使人听后感到清晰和信服。该报告在次年即获青海省科研个人成果一等奖，奖金 800 元。顾树松同志只拿了 200 元，其余的分给了有关人员。

顾树松同志工作表现突出，因而从 1980 年开始，石油部所召开的厂矿长会议就由他代表青海油田地质界参加。1980 年初，顾树松同志被研究所提为综合研究室主任。同年 10 月被提为管理局主任地质师，并明确由他主管全局的油气勘探工作。1982 年又被提为局副总地质师。1984 年 4 月再被提为管理局总地质师。随后几年被石油部首批定为有特殊贡献专家、教授级高级工程师，并被聘为西北大学兼职教授和享受政府特殊津贴。1997 年还被英国剑桥大学列入

图片 4

顾树松由地质队员逐步晋升为青海石油
局总地质师，曾组织探明了多个较大油气田，
还主编了《青海石油地质志》一书

《澳大利亚和环太平洋 56 个国家的名人传记辞典》。

顾树松同志在地质老总的岗位上整整干了 12 年，为青海油田的勘探开发做出了重大贡献。尤其是 70 年代继发现跃进一号油田后，他又在孙子华同志根据地震解释出跃进二号和台南构造的基础上，经认真分析研究后，确认为油气田的可能性极大，经钻探后，均获得预期效果。又如当他刚获彻底平反，而任西部队长时，看到研究所提交的 1980 年各探井设计中存在一定错误，他出于对找油的热忱，不避嫌地向领导提出并主动担任修改任务。如原西参一井设计井深仅 3500 米，他经工作后认为油层应在 3850 米左右，经修改设计并钻探证明，油藏的位置与顾树松同志所定油层仅差 10 米左右，从此宣告了砂西油田的诞生。

需特别指出的是，由于狮子沟构造地形复杂，无法开展地震探测工作，因此石油部勘探司坚持无地震资料不准钻探的原则。但针对现实，顾树松老总亲自对狮子沟构造深井进行电测等对比，在确定狮子沟构造大断层地下断点后，再与地面大断层作图结果，确定大断点的倾角为 26 度，因而地下油层的高点位置，该垂直地面轴线向西北位移 2 公里。在此坚定信念下，他取得了局党委张德国书记和石油部阎敦实老总的同意，并亲自与张德国书记、赵大年、石惠成、杨礼米地质师，赴狮子沟构造确定了狮 20 井的井位，经钻探获日产原油 1200 多吨和 22 万立方天然气的可喜结果，从而开展了对狮子沟深部油气藏的开发。

根据跃进一号和狮子沟深层油气田的发现，顾树松老总对南翼山深部油层提出了再进行勘探的建议，但当时在顶部上报井深仅 2500 米，顾树松老总经对比认为深部油藏在 2800 米以下，且当时所用钻机具备了加深条件。在此，他对设计井深作了修改，经钻井终于在预定位置发生了严重井喷而发现了深层气藏。

台南气田，孙子华根据地震资料解释出构造后，开始人们对其认识并不统一，因该构造顶部下凹形同向斜，为此较多同志提出是否有气的疑问而争论不休。顾树松同志注意发挥广大地质人员的作用，集思广益，多次组织广大地质人员和有关专家座谈讨论，并提出台南构造顶部之所以下凹呈向斜状，该是由于地层含较多天然气而降低了地层速度的反应，正好说明台南该是一个含气丰富的气田。最终统一了认识，上了钻机，结果井喷，日产气 196 万立方米。与此同时，他又主张对涩北一号和二号构造再重新勘探评估，得到当时石油部领导的支持，在这两个构造上打井数口，结果发现了 80 多米和 50 多米厚的气层，从而使涩北的天然气从 89 亿立方增加到数百亿立方的优质储量，具备了开发条件。目前此气田产量可观，前景广阔，已是我国四大气田之一。

决策的及时性和正确性，已为后来几十年的历史所证明。当然，正确的决策来源于丰富的实践经验，盆地的每个构造他不知跑了多少遍，对那里的一切了如指掌。是啊，经验是他对盆地地质特点和油气分布规律的认识，以及对勘探技术和经验的总结，尤其是他对生油、储油、圈闭、油气水分布特点和油气勘探潜力进行的深刻剖析和总结。有人说顾树松是化学脑子，对盆地每个构造，甚至每口井，他都记得很牢，油层在多深、油层有多厚，可以清楚地说到小数点后的三位数。当然，成绩的取得不能都记在顾树松同志的账上，但作为总地质师的顾树松，他的作用和功劳，是后人不可比拟的。

顾树松同志是 50 年代的创业者，为地质勘探吃了不少苦，其中 1955 年他在 113 队任队长期间，有一次在野外普查时迷失方向，他竟在野外为找驻地走了三天，喝了自己的尿。因长时间行走，疲劳、寒冷、饥饿，实在是筋疲力尽了，他多次昏倒。最后他想，为了让战友容易发现自己的尸体，他用尽全身的力气爬上了高坡，却意外发现了近在咫尺的"家"，人们把他抬回帐篷，救了他的命。详细情况，本人在《勘探队员之歌》中已作了详细交代，在此不再赘述。

是啊，青海石油人是中华民族的优秀儿女，这些民族的精英们，在荒无人烟的戈壁滩上艰辛创业 60 多年，所取得的成绩是巨大的，目前油气当量年产已超 700 万吨。柴达木石油人需要继续发扬勇于进取、积极奉献的柴达木精神，去争取更大的胜利。

为油砂山命名的周宗浚

    1946 年，国民党政府公路总局与青海省政府联合组成的青新公路踏勘队，自西宁到柴达木盆地南缘的扎哈及铁里木里克一带，进行路线调查。随行的地质工作者李树勋，在沿途中发现盆地西端中生代地层中有淡水石灰岩，颇有产油的可能，建议应进行详查和钻探之。

    1947 年初，中国国民党行政院同意拨款 19 万元作为考察经费，由经济部组织地质勘探人员分两次进入柴达木盆地进行考察，并责成经济部以中央工业实验所西北分所、中央地质调查所西北分所为主，邀请资源委员会西北地质勘探处共同组成"甘青边区及柴达木盆地工矿资源科学考察队"，对塔里木盆地以东，青藏高原以西，腾格里盆地西部以南，包括祁连山西部，阿尔金山全部，柴达木盆地西部的广大地区，进行我国第一次石油地质考察。

    元月 24 日，青海省政府派专人到兰州，在西北大厦邀请沈坼、王曰仑、戈福祥、吕炳祥、李树勋、朱新德、路岚、潘津生、梁勉、魏有道等20多位曾在西北工作多年的专家、科技人员，座谈讨论并听取他们对青海地质考察的意义和意见。

3月初，"甘青新边区及柴达木盆地工矿资源科学考察队"组成。资源委员会西北石油地质勘探处测绘专家周宗浚担任队长，中央工业实验所西北分所工程师吕炳祥、中央地质调查所西北分所地质师梁文郁为副队长，中央地质调查所西北分所地质师关佐蜀、戴天富、中央工业实验所西北分所工程师谷丕顺、李云阶、朱新德、资源委员会西北石油地质勘探处测绘专家吴永春等为考察队员，分别负责大地构造、岩石、矿物、土质、水源、牧草、矿产、工业原料、经济地理、社会人文、地形测绘等方面的考察。

5月30日，西北军政长官、公署副长官陶峙岳，甘肃省政府主席郭寄峤，西北文协等在兰州先后设宴，为甘青新边区及柴达木盆地工矿资源科学考察队送行。5月31日出发，人们对考察队人员寄予莫大期望。全队人员从兰州乘卡车两辆，经武威、张掖、酒泉、安西（瓜州），于6月上旬到达敦煌。在敦煌补充营养，招募人马，做考察的准备。经多次协商，雇用当地骆驼55峰，马两匹，向导、测工数人，然后沿党河逆流而上，翻越祁连山进入柴达木盆地。

由于地理位置特殊，加之当地部落头领阻挠，走到哪里都要送礼才能通行。他们和第一个头人阿都巴义接了头，送过了礼，在那里考察了5天，在向导的指引下越过了海拔4000米的乌兰大阪雪线，到达哈尔腾河流域，拜会了第二个部落的头目加南采尔，还是送礼后通过。

正当全队继续向苏干湖方向考察途中，电台收到了关于该地区发生民族武装冲突的消息，他们只好返回敦煌。在等待消息的几个月中，他们整理了考察的资料和标本。民族纠纷解决后，考察队第二次到达敦煌南湖时，考察队内部却发生了分歧，有的人认为进柴达木盆地有生命危险，主张收队回兰；有的人主张在附近及阿尔金山北麓考察后结束，不必进柴达木盆地；周宗浚、吴永春等人，坚持按原计划进柴达木盆地考察。三种意见各执己见，形成僵局。兰州派地调所副所长李树勋前往解决，结果也没取得一致意见。最后决定，考察队分成三部分：一部分组成祁连山考察队，取道安西到玉门考察回兰；一部分人乘车赴新疆若羌、米兰考察后回兰；其余仍以周宗浚为队长，梁文郁、吴永春、关佐蜀、朱新德为主，带电台、向导、翻译及45峰骆驼，继续按原计划进盆地进行考察。

在这里需插一段小插曲，1947年6月，中国石油公司与美、英三家石油公司组成甘青石油联合调查团。中国方面参加的有：中国石油公司协理兼甘青分公司经理郭可铨、地质师陈贲、地球物理勘探师丛范滋。孙建初也参加了这次调查，并且是组织者之一。外方有：美孚公司地质专家伯特、物理专家肯特曼、采油专家诺特斯特等。在玉门油田参观后，又到敦煌、安西、玉门、酒泉参观考察，随后又到祁连山北麓的石油沟、干油泉、大红圈、青草湾、文殊山、永昌的青土井、皋兰河口，青海民和之马厂塬、药水沟等地区作了详查，历时 50 天。之后返回兰州进行多日的研讨，并审阅了野外地质报告、各种图表及采集的化石、岩石等标本，建议对柴达木盆地亲临考察。

之前，中央地质调查所古生物研究室的主任尹赞勋同志，专程到安西、敦煌、酒泉等地进行山间调查，收集化石标本，以确定祁连山一带地层之年代，王尚文、杨义同志陪同。当时由于种种原因，他们都没进盆地，但对这一地区有了初步的了解。在这里我写这一段的原因是文中提到了陈贲和王尚文，他们后来都在我油田工作过，并且对油田的地质勘探做出过突出贡献。王尚文同志，河北人，1915 年生，1939 年毕业于清华大学地质系，曾在我油田担任过总地质师。陈贲同志，湖南人，1914 年生，1939 年毕业于清华大学地质系，曾是石油部地研所的副总地质师，20 世纪 60 年代也曾在我油田地质研究所工作过，对冷湖油田的勘探开发做出过重要贡献。

周宗浚同志坚定地带着考察队员向盆地进发了，他们经过沙枣园、南湖、独山子、阿克赛、长草沟和当金山口，折而向西，沿阿尔金山北麓至安南坝，进入渺无人烟的境地。这儿 6 月下雪，何况在敦煌已耽搁了几个月，目前已是冬季，尽管穿着皮衣皮裤，戴着狗皮帽子，还是冻得发抖。夜晚他们就靠在骆驼身上取暖，白天以骆驼粪为燃料做饭。就这样，他们仍以百折不挠的意志，克服了人们难以想象的困难，继续向前考察。尤其是穿过连四旱大戈壁时，四天不见水和草，几十峰骆驼，要驮电台、地质勘探用具、锅碗瓢勺、粮、油、面、烧柴、饮用水、骆驼饲料等，样样都得驮，加之那时工具笨重，特别是盛水容器又大又笨又重，一峰骆驼驮不了多少。再加之出了敦煌就是大漠戈壁，无水无生物更无人烟。一路上经勘探队员、向导、驮工、民工等十几人近一个月的消耗，所驮东西早已用尽，当他们到达新疆索尔库里时，已是四五天骆驼无饲料，人员无饮水。是啊，地球上没有第二个青藏高原，没有相同的或可与之相比的恶劣环境。那里地势高，气候干燥寒冷，空气稀薄，地质条件复杂，风沙大，温差大，人迹罕至，被外界称为"地球上的月球"。在这样自然条件恶劣的地方生活、工作要有坚韧的精神、足够的智慧和十足的信心，否则后果难料。他们团结协作，克服各种困难，终于到达盆地的红柳泉。人艰难，骆驼也死了好几峰，真是人困驼乏。的确，他们才是中国第一批进入柴达木盆地考察的地质勘探队员，他们的事业后人不会忘记。

他们一路走一路考察、测绘、采样、绘制路线图。年过四十的周宗浚同志，山东人，出生于1904年，1933年毕业于北京大学地质系。他们不放过每一个标高点，在索尔库里还测定了一个天文点。在苦水泉休息两天后，他们轻装上阵，深入昆仑山考察了5天。从昆仑山回来后，又深入阿拉尔、茫崖，又西行到达尕斯库勒湖北岸。1947年周宗浚和吴永春（河北人，1921年生，1945年毕业于浙江大学物理系），还有其他几位地质人员在一个山沟里发现了几块干沥青，在拾到沥青的地方，又发现了一个大断层，而且剖面全是油砂，他们欣喜若狂。当他们爬上断层的崖头，用地质锤一敲，掉下的一块岩石，结果很快变黑，发出一股浓烈的油味。于是，他们敲下一大堆岩块，垒起一个大宝塔，底下架上些红柳干枝，用火柴一点，立刻燃烧起来，火苗足有两米多高。他们高兴地欢呼起来，马上对其进行丈量，结果发现出露地表的油砂层足有 150 米。他们在那里连续考察了 3 天，测量、绘制了地质图和构造图，周宗浚在实测图上，标上了"油砂山"几个大字。从此"油砂山"名扬全国。

这个地质构造与玉门老君庙构造相似，为一穹形背斜层，地质年代均为第三纪，面积广大，蕴藏丰富。油砂山找到油的消息，使人们的精神振奋，"中央社"发了消息，当时的各大报也予以转载，柴达木盆地的油砂山从此出名。

这时已是 12 月下旬，天气寒冷，滴水成冰，许多人的手被冻裂，特别是到了晚上，零下 30 多摄氏度的严寒，在小单帐篷里更是冻得无法入睡。当然最主要还是担心大雪封山，食物无着落，在盆地的生活无法坚持下去，他们不得不忍痛割爱，返回敦煌。那时没有路，骆驼脚下就是路。进盆地时因沿路考察，驼队整整走了 1 个月，返回也走了 23 天。经原路返回敦煌后，45 峰骆驼已死大半。他们付清驮运费和骆驼死亡费以及临时工们的工资后，在敦煌简单整理了一下资料、标本和地质报告后，转经玉门时在玉门油矿住了几日，于 1948 年元月 25 日乘车返回兰州。

不久，他们以甘青新边区及柴达木盆地工矿资源科学考察队的名义写出了《青新地区及柴达木地质矿产》《柴达木西部红柳泉、油砂山油田地质初探》《关于勘探开发柴达木盆地油气资源之建议》的报告。

在这里需要说明的是，周宗浚同志曾于1935年随著名地质学家孙建初同志来过青海，考察过民和盆地，并且经西宁，过湟源，经日月山，到达恰卜恰、青海湖，再到达柴达木盆地东部边缘的茶卡盐湖。经地质调查，他们除绘制了青海湖、茶卡湖的地形图和地质图外，还调查了都兰、乌兰、贵德的一些铅锌、沙金、硫黄、芒硝等矿床，收获甚丰，达到了考察目的。之后他们又从青海祁连山南麓，横跨祁连山脉，翻过雪山，到达祁连山北麓，进入甘肃境内，展开对酒泉、玉门及祁连山一带的地质考察。

这是中国人最早进入柴达木盆地的地质考察，是青海找油的历史。历史是一面镜子，让我们记住这段历史吧。人常说，读史未必使人聪明，但忽视历史确是不可饶恕的愚蠢。

初进盆地首位地质师张维亚

张维亚同志，陕西华阴人，1919 年生，2012 年我和曹随义同志采访他时，身体状况还好，看上去不像 90 多岁高龄的人，只是耳聋和行走不便。

他是新中国成立后于 1954 年最早进入盆地的先驱者之一。当时进盆地时，柴达木地质大队大队长是郝清江，副大队长是周济全，地质师是张维亚，工会主席是王全福。张维亚不仅是领导者之一，而且也是当时仅有的地质权威之一。

张维亚同志早年就读于清华大学，打仗时迁往昆明，即清华、北大、南开三校组建的西南联大，闻一多、朱自清、李四光等都是他的老师。德国人米士是地质构造专家，也是他的老师。所以他精通德文，又自修俄文，加之在学校学的是英文，所以他精通三种文字和三国语言，是当时难得的外语人才。

1957 年张维亚同志从柴达木调往中国石油勘探开发研究院，当时院长是曾担任过青海石油勘探局局长的张俊。由

图片 5

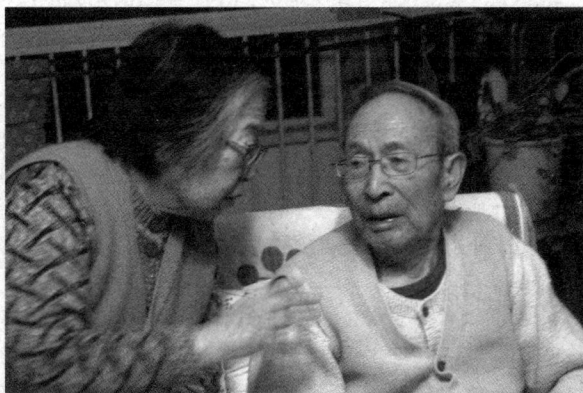

    1954 年 6 月,在西安组建的柴达木地质大队,从甘肃敦煌进入茫崖,开展地质和石油勘探工作,张维亚(图右)是队里的地质师。他们是新中国最早进入盆地的矿产开发者

于他心细，在基层干过，又懂外语，其成就突出，受到领导的高度重视。后来担任过石油部部长的康世恩和唐克同志不止一次地讲过，张维亚同志是难得的人才，他知识渊博而心细，他画的地质剖面图，不但准确，而且和印刷出来的成品差不多，他主持制定的标准层，绝对准确可靠。

20世纪60年代，大港油田会战，曾把他调到641厂，当时担任石油研究院院长的翟光明同志得知后，让他立即调回来，研究院离不开他。回来后他被安排在研究院情报室（后改为情报所）工作，专门翻译、汇总国外石油科技图书资料，以为我用。他结合实际和需要，翻译和收集了不少外文资料，填补了我国在石油发展方面的空白，为石油事业的发展做出了重要贡献。

张维亚同志是个事必躬亲的人，为石油事业的发展他舍得一切。老伴张筱燕也是一心扑在工作上。1956年西安音乐学院缺钢琴老师，得知她有此专长，学院派人前来交涉，经张俊批准于1956年借调到该院任教，直到1958年才又调回北京石油科学研究院。在西安音乐学院任教期间，经常到张治中先生家中为其女儿义务辅导钢琴。是的，她曾在西安、兰州等地任过教，教出了不少好学生，吴仪同志就是她的学生之一。

张维亚同志是一个重感情、关心体贴他人的长者，他调回北京后，经常让家人询问老向导阿吉老人家中的情况，每每提到阿吉他总是老泪纵横，想念当年这个为石油勘探事业做出过贡献的老人。采访中当我们告知他大港油田的副书记、副局长、老柴达木人冯浩同志已去世时，他立即哭了起来，老泪纵横，不能自已，提到当年的战友，他总是念念不忘。他当年写的《驼铃声声路漫漫》，对当年柴达木石油勘探的艰苦岁月，充满了激情，充满了对柴达木的热爱。从他文章中可以看到，在50年代初期，哪里需要他们，他们就在哪里安家，队伍远离基地成百上千公里，后勤保障困难，又缺乏现代通信设施和交通条件，日子过得很难。他们住帐篷、地窝子，饮苦水吃咸菜，全凭毅力和汗水承受着数不清的艰难险阻进行勘探。他们在那高寒缺氧，被视为生命禁区的地带，年复一年，日复一日，默默无闻地工作着、创造着，为后续勘探者提供了宝贵的地下油气信息。

经过半个多世纪的奋斗，青海油田得到了大发展，而当年为之奋斗的小伙，已成为一名老人了，无情岁月催人老，转眼已是白头翁。是啊，没有他们当年的付出和奋斗，哪有企业今天的辉煌，我们永远不能忘记他们呀！

为勘探献青春再苦也觉甜的周济全

有位哲人说过：过去不能忘，因为历史是一个永远的存在。

谈到历史，我总忘不了1954年进盆地进行石油勘探的创业者，有时我也总是细心阅读和翻阅他们当时写的和拍摄的、现已发了黄的那些老文章和老照片。读着看着当时他们写的文章和拍的照片，了解先辈们对创业的付出和独到的见解，心存感激。

的确，这些老文章和老照片，可以说是对我们探寻先辈足迹做出的一次尝试。我们尝试着能否解读先辈沉甸甸的历史，尝试着能否体会到先辈们的良苦用心，尝试着能否为油田勘探事业的发展书写一部壮丽的诗篇。

早期的勘探队员，他们用青春、热血甚至生命开辟的创业篇章，在油田历史上留下了光辉的一页。

青海省委书记尹克升同志讲过，作为史料，它留给了历史；作为教材，它教育着下一代；作为足迹，它将永远铭刻在柴达木戈壁大漠上。

1954年初，在石油管理总局西安召开的第五次全国石油勘探会议上，决定加强酒泉及四川盆地的勘探工作，继续进行陕北、潮水、民和盆地的勘探，稳步开展吐鲁番及柴达木盆地的勘探。

为了早出成果，决定以总局的地质局为主体，抽调酒泉地质大队、陕北枣园钻探大队、永坪大队、四郎庙钻探大队、青海民和勘探大队、甘肃潮水勘探大队的人员组织成立柴达木地质大队，分批进入盆地。

周济全同志就是柴达木地质大队的成员之一，而且是当时柴达木地质大队副大队长。当时分工是主管后勤，在保证第一批勘探队员进盆地后，他才率部分后勤人员进盆地，那时已是1954年10月了。周济全同志是位高级知识分子，从西安金融系统调入石油勘探部门。他为人随和，事业心强，1955年青海石油勘探局成立后，他出任第一任宣传部长。20世纪60年代末调往内地，一直没有音信，直到2012年有人在他的家乡西安碰到他的老伴，才得知周济全同志后来又调回西安金融部门，但他已作古多年。

作为当时柴达木地质大队负责人和勘探柴达木的先驱，尽管有关他的材料不多，但我还是想写写他。50年代初期的柴达木，无疑是中国最艰苦的地区之一，恶劣的自然环境、特殊的地理位置，让那里成为毫无生命迹象的死亡之地，到处飘散着无尽的恐惧与绝望。加之高海拔的生理反应，使不少人的身体受到极大的损害。但一群顽强奋斗的柴达木勘探人，却在浩大无边的戈壁滩留下了他们快乐的脚步，以饱满的政治热情，在条件艰苦、人迹罕至的地区，每日与单调枯燥相伴，与艰苦环境为伍，创造了一个又一个不为人知的生命传奇。

我在采访他们之中的健在者时，他们都异口同声地说，对自己的选择无怨无悔。是啊，人，只要有信念，有追求，什么艰苦都能忍受，什么环境都能适应。选择了艰苦创业之路，就要想尽一切办法，排除艰难险阻，推进勘探事业的发展。实践证明，任何艰难困苦都挡不住中华民族伟大复兴之路。一个有责任心的人，能够克服一切艰难险阻，完成他的使命。

很多人将青春甚至一生献给了柴达木的石油勘探事业，回顾那段峥嵘岁月，特殊的年代让他们经历了历史性的磨难，而且使后来者再也难以体会到当年创业的激情，只能凭借想象去勾勒当年的壮怀激烈。

柴达木地质大队初进盆地时，先是在阿拉尔地区开展工作，之后就扩展到整个西部地区。由于那里满是戈壁沙滩，寸草不生，雪雨不下，夏天酷热，冬天寒冷，住的又是单帐篷，困难可想而知。当然最主要的还是缺水，不得不用少量的骆驼从几十公里之外的阿拉尔驮水。由于驼少、路远，水一直跟不上，勘探队员不得不限制洗涮，只保证饮用，苦啊！就是在这样的情况下，还是在茫崖这个2万多平方公里的地区全面开展了普查、详查和细测工作，同时也展开了地球物理、重磁力、大地三角测量等工作，揭开了柴达木勘探的序幕，亘古的荒原戈壁上出现了勃勃生机，当年就发现了储油构造，取得了可喜成果。

在油田得到大发展的今天，我们更加怀念那些老勘探队员，那些为油田的发展做出过贡献的老前辈。在这里，我们要向那些不畏艰险的地质勘探队员们、老前辈们致敬！你们为石油勘探事业吃尽了苦，受尽了累。是你们的壮举写就了一个词，叫艰苦奋斗，你们的意志凝聚了一种力量，叫柴达木精神，你们的业绩永远激励后人奋勇前行，你们的名字将永远铭刻在石油人的心中！

目前，大部分地质勘探队员都已离去，剩下为数不多的也都是八九十岁的老人了，在过去艰苦的岁月中，他们都经历了各种磨难。健在的虽然年事已高，但他们看到油田60余年翻天覆地、日新月异的发展变化，乐得合不上嘴。当我问及1954年进盆地的故事时，健在的同志回忆起那段经历，留在记忆深处的不是死亡的威胁和经历的太多坎坷，也不是饥渴交加时喝了自己的尿，而是在荒凉的戈壁沙滩上踏出了一条生命之路，一条为石油地质勘探事业发展的创业之路，他们说，吃点苦值得。人生只要有梦想，一切艰难险阻都不算什么！

王全福：征战戈壁铸忠魂

王全福同志，陕西岐山县人，出生于 1928 年 9 月，1950 年参加工作，1954 年进盆地，曾任柴达木地质大队工会主席。1988 年在局工会退休。2019 年 10 月，我陪茫崖市委的几位同志采访他时，他身体尚可，但没过几个月，在今年春节后却病逝了，让人难以接受。

王全福同志是个乐观派，可以说搞了一辈子工会工作，进盆地时他是大队工会主席，退休时他是局工会的生产部长，仍是科长。他没有抱怨，不计个人得失，是一个自信、认真、坚强、乐观的人，对生活总是微笑面对。是的，快乐是人生之本，是一种生活态度。

2010 年 12 月我去西安采访时，不巧的是他得了脑梗塞正在住院治疗，好在并不太严重，还能够进行语言交流，不过记忆力明显减退。我不愿多占用他的时间，只作简短地交谈后我就离开了医院。2019 年 10 月我陪茫崖市委的同志再次采访他时，虽然他失去了语言表达能力，但思维还较敏捷，不断地用手语表达着自己的意愿。是啊，岁月无情。以前我曾多次采访过他，后来又同在机关工作，印象较深。其中他给我讲的几段故事还历历在目。

1954年的冬季，异常干旱的柴达木盆地却接连下了几场大雪，漫山遍野白雪皑皑，银装素裹，这对于戈壁大漠，应该是难得的喜讯。然而，职工冬训撤离到西安，对于负责留守盆地的王全福等人来说却是一场悲剧。尤其是通往盆地当金山的路面全是数尺厚的积雪，承运盆地物资的车辆统统被堵截在山前山后，几天也不能通行，盆地数十人吃的、用的都成了大问题。尤其是吃的已经断了顿。在这危急关头，只得用电台向西安地质局告急，但手摇电台却出了问题；想告知敦煌供应站赶快派人清除路面积雪，尽早把所用生活物资送上来，但因大雪封山也无法联系。断粮缺食的他们不得不组织人员上山打猎，应付当前。西安地质局长期得不到他们的消息，敦煌供应站又多次向地质局告急，西安地质局领导心急如焚。他们只好向青海省求援。正在北京开会的青海省委书记高峰同志，听到大雪封山，勘探人员被困断粮的消息后，立即电告海西州，要求他们以最快的速度，设法援助留守盆地的地质勘探人员。海西州立即派了一支驼运队，带上急需物资赶往盆地，因为雪太大，加之对勘探人员驻地方向不明，先后两次往返，费了九牛二虎之力，才在阿拉尔地区找到他们。这支骆驼队在寻找他们的过程中，所担的惊、所吃的苦、所受的累，真是一言难尽。

1954年8月，他带领机关的几位同志去野外小队慰问，离开油砂山大队部后，直奔茫崖工区。在 101 队、301 队、401 队等，共进行了 7 天的慰问，所到之处人心沸腾，似乎这里从来不曾有过艰苦，不曾有过疲劳。在结束了茫崖工区的慰问之后，向大乌斯一带的 105 队赶去。按理说，食宿站距 105 队队部只有十六七公里的路，但他们却整整走了两个钟头，显然是走了冤枉路。到 105 队的队部后，十几个勘探队员迅速围拢来，他们受到了热情的接待。在组织小队人员的座谈中，小队的同志给他们讲述了如何战斗生活，怎样当"团长"，怎样忍受饥渴坚持工作……

黄昏时分，他们离开小队返回，刚走出去不远，夜幕就降临了，没料到这时却迷了路。夜黑得吓人，前去不得，后退不能，脑子也转了向，分不清东西南北。停下车来，4 个人研究方向，有人提议看看北斗星，可是连个影子也没有，因为被乌云盖得严严实实。人到事中"迷"，突然他们想起了指南针，当时 4 人带着两块指南针，结果一个指南，一个指北，显示不一致，这说明其中一块肯定有毛病，但究竟哪块有毛病谁也闹不清，这使他们更转向了。当时虽是 8 月的天气，但到了夜里却是寒冷异常，而且还口渴得要命。有人提议等到天亮了再走，此法无人赞成，黑夜中只有摸索前行，直到天亮才走出了"迷魂阵"，回头看，真是跑了一夜的冤枉路。

盆地测量第一人——佘植

　　我用了两年多的大好季节，采访和写完了 1954 年进盆地进行石油地质勘探的，柴达木地质大队 400 余人中，现在还健在和部分已去世的百十余人。采访中有人多次提到测量权威佘植其人。这位出生在北京的广东人，当时是柴达木地质大队唯一测量技术员、大队测量组组长。可以说他是柴达木盆地测量第一人，为柴达木的早期石油勘探立下了赫赫战功。阿拉尔坐标系和红柳泉高程系统就是他主持测量制定的，一直沿用了 20 多年。1958 年他又参加了国家测绘局的重新测量修订，真是功不可没。再后来，他又随国家测绘局进盆地，引入国家坐标、高程系统，并在盆地布设一、二等大地控制网，使盆地大地测量工作开始走向正规化、规模化。

　　测量的定义，其实就是研究地球的形状和大小，确定地面点坐标的学科。前面提到的"高程"是测绘用词，通俗地理解，高程其实就是海拔高度，一般通过水准测量测定。有时为方便起见，常采用假设高程系统，它是地面点到任一假定基准面的距离，称为相对高程。我国规定采用的高程系统是正常高程系统。如果不是进行科学研究，只是一般使用，正常高程系统也可以称为海拔高度。过去我国采用青岛测潮站1950—1956年观测成果求得的黄海平均海平面作为高程零点，称为黄海高程系。后经几次改动，水准点设在青岛观象山，它的高程是以1985年国家高程基准所定的平均海水面为零点测算而得，废止了原来的黄海高程系统。

要进行地质勘探，要寻找石油，就得先测绘。如果没有测绘工作者提供可靠的点位坐标和精细的地形图，就无法进行地质勘探，因此，测绘工作是石油地质勘探的基础性工作。当时最早进入盆地的柴达木地质大队有一支主要力量，就是为石油勘探服务的测绘队伍，包括一个三角大地测量队、一个水准测量队和四个地形测量队，占当时总人数的近一半。

柴达木盆地的勘探初期，工作地因是无人区，不毛之地，生活异常艰苦，他们住的是单帐篷，吃的是干菜和腊肉，喝的水也是用骆驼从几十公里之外的阿拉尔驮，定量供应，测量全靠两条腿步行。面对艰苦的环境和生活，却没有一人叫苦和畏缩不前。首先在阿拉尔建点立标，采集数据，由此拉开了柴达木测绘工作的序幕。在较短的时间内，就确立了柴达木盆地历史上的第一个坐标系统——阿拉尔坐标系。之后又在红柳泉一个高点上，经过数日的艰苦工作，又取得大量数据，确定了盆地高程系统的基准——红柳泉高程系统。这个坐标高程基准，是柴达木盆地进行石油勘探，施测地形图，布设控制点的唯一依据。可以说，阿拉尔埋下的第一块基点标石，就是柴达木盆地测绘工作和石油勘探工作的奠基石。

在坐标、基准确定后，三角控制测量沿着地面地质构造向周围扩展。1954—1955 年完成了茫崖、油砂山、采石岭、油泉子、东柴山等 13 条三角锁、205 点的大地测量、水准测量任务。又在三角控制测量的基础上，在盆地西部的油砂山、油泉子、狮子沟、南翼山等地面地质构造上施测，制作了地形图，为石油地质调查提供了可靠的依据，有力地保证了盆地西部地区石油地质勘探工作的顺利进行。之后又不断向外围扩展，一直发展到冷湖甚至全盆地。

1956 年柴达木盆地大地测量和地形测量发展到最高峰。测量队伍由原来的二三百人猛增到 1700 多人，队形编制 12 个，其中三角队 1 个、水准队 1 个、图根队 2 个、地形队 4 个、专业测点队 4 个，并在相应的地质、地球物理勘探队中配有专业测量组。测绘工作盛况空前，测量队伍遍及整个盆地，并取得了显著的工作业绩。大量丰富的测绘成果，为石油地质调查、油田的勘探与开发提供了大量的测绘依据和保障，为青海油田的勘探、开发和建设做出了应有的贡献。

进入 20 世纪 70 年代，由于盆地大规模地面地质调查相继完成，测绘专业人员陆续调往国家测绘局和石油工业部的其他油田。但我们不能忘记他们，尤其是佘植，这位测量功臣。1958 年还有人在柳园碰到过他，他正带领国家测绘局的同志进盆地，但以后就再也没有他的信息。估计他应是50年代末或60年代初调走的，有人说他调到国家测绘局，也有人说他调到新疆测绘局，但都没有查到他的下落。

是的，记忆需要恢复，也需要唤醒，还需要校正，所有人的回忆就构成了最真实的历史。是啊，油田历史的每一页，都充满了艰辛。以铜为鉴，可以正衣冠；以人为鉴，可以明得失；以史为鉴，可以知兴替。历史总是给人以启迪和明鉴。

戈壁大漠拓荒者——朱儒勋

在 1954 年进盆地的那一辈人，大多走了，就是目前还活着的同志，如今也已进入耄耋之年。你可以想想，柴达木地质大队当时进盆地时平均年龄 22.5 岁，现在已过了 65 年，如果平均也得 87.5 岁了。这一代石油人伴随着石油事业的发展，漫过了他们的一生。在我们这些人心里，总感到历史和时代亏欠他们太多，但却是无法弥补的。

人的生命终究是有限的，但一个人能给社会、能给油田、能给后人留下一点值得永久怀念的东西，那他的追求和人格就算永生了。

朱儒勋同志 1954 年进盆地，并担任 105 地质队队长，为柴达木盆地的初期勘探做出了突出贡献。早在著名作家李若冰同志的散文集《漫游柴达木》中就提到过他："黝黑的脸庞一双大眼睛，长得十分帅气，有能力，干出了成绩。"本来我写《开路先锋今在何处》就想写他，因为他是初进盆地的骨干、队长，但一直找不到他的下落，了解他情况的人也找不到，实在无从下手。后来从石油信息杂志上看到他的地质论文，是写江汉油田的，经多方打听，终于得到他的一点信息。20世纪70年代他调到江汉油田，开始在江汉油田地质处工作，经熟人查找，说他又去了江汉石油学院，找到江汉石油学院后，又说调到了安徽地方地质部门去了，结果就再也查不到下落了。他是安徽人，我想是落叶归根吧。

其实，朱儒勋同志我见过，但只是见过而已，要写成文章光见过不行，得有具体的材料才行，今天真后悔那时没采访他，也没照他张照片。据说朱儒勋同志毕业于西北大学地质系，1954年进入柴达木盆地，担任地质大队105队队长。

进盆地前，人们对盆地的情况知之甚少，只是从周宗浚、关佐蜀解放前留下勘探狮子沟和油砂山的一点零星地质资料知之而已。柴达木地质大队到了盆地后，经过一段时间的工作，才发现盆地西部有大批背斜构造分布，具有面积广、沉积厚度大、背斜构造多、生油条件好等特点，具有很好的油气勘探发展前景。

柴达木的勘探历程，是一部用鲜血和汗水凝聚而成的艰苦奋斗的壮丽诗篇。地质勘探人员，在艰苦环境中形成的艰苦奋斗精神，是我们油田的根本宗旨和石油勘探人崇高理想追求，艰苦奋斗，勇往直前，勇攀石油勘探高峰。

1954年刚进盆地时，面临很多困难，因地域偏僻，交通不便，几乎与世隔绝，生活和工作条件极差，吃干菜，住单帐篷，夏日酷暑，冬日严寒，但主要还是戈壁滩上缺淡水，只靠骆驼从几十公里之外的阿拉尔驮水，水供应不上，勘探队员不得不限量使用，每人每天一杯水。但石油勘探人信念如磐石，意志如钢铁，没被困难吓倒，勘探队员发扬柴达木精神，不气馁，不退缩，不计较苦和累，始终保持着旺盛的工作热情，靠两条腿和少量的骆驼，长年在戈壁滩上奔波，很快跑完了盆地西部地区，取得了重要的第一手资料。是啊，在十几万平方公里的柴达木西部地区，留下了勘探先辈沉甸甸的脚印，我不禁感慨：那就是人生的足迹啊，我记得他和谢展还写过论文，对开特米里克、油泉子、盐滩及西部地区的勘探前景的乐观，谈了自己的看法。

在70年代调出盆地之前的十几年的勘探生涯中，朱儒勋同志为盆地的勘测事业做出过重要贡献。70年代调到内地后，无论在江苏油田也好，江汉油田也好，还是安徽地质部门也好，他都发挥了自己的聪明才智，取得了重要丰硕成果。我在一些地质杂志上看到了他写的不少地质论文，其中他与介霖、陈瑞庚等同志合著的《合肥盆地中生界地层时代判识及地质意义》《苏北盆地洪泽凹陷油气地质特征及下步勘探领域》等，受到同行的一致好评，并都被收录在《中国石油地质志》中。

柴达木的巨变，唤起了我心底的记忆，是啊，时间凸显历史的痕迹，岁月诠释人世的沧桑，流年绽放五彩的斑斓。创业中的真人、真事、真情、真景，观之平淡，品之隽永，意味深长。半个多世纪的岁月风霜，使其风采不减，魅力依旧，撼动着油田的广大读者。人生的这条路，总会有风雨，只要坚持，风雨过后总会有彩虹。

的确，在历史的长河中，创业者就是一部传奇，就是一座丰碑，就是一个时代！

难忘盆地一昼夜的王吉庆

王吉庆同志，生于 1929 年，天津市人，1952 年毕业于重庆大学地质系，分配到陕北永坪，1954 年随柴达木地质大队进盆地，担任 104 地质队队长。

说到王吉庆，我就想到了他写的一篇文章《柴达木盆地一昼夜》。这篇文章曾刊登在《大众日报》上，但我一直没查到此文。文章虽然写的只是一昼夜发生的事，但却是那个时代艰苦工作和生活的缩影。

一次，王吉庆等 5 人接受了一个去山间寻找第三纪甘肃系和中生代侏罗系白垩纪地层接触关系的任务，结果眼看着第三纪的地层快追完了，马上就可以看到中生代地层的接触关系时，偏偏地层改变了一个相反的倾向，没办法，他们只好再向西翻山，寻找老地层去。大自然常常给人们造成各种困难，回返寻找地层接触关系时，他们没有成功。下午 3 点多钟正准备回返时，结果发现水壶已空空如也，但就在此时却又迷了路。走在一段险峻的山间路上，谁也不说话，只是不时传来几声前面探路的哨子声。

时间已是凌晨 2 点多钟了，翻了一座山，又是一座山，爬了一条沟，又是一条沟，几个小时的奔波，人已筋疲力尽，说真的，第二天能否回到家，心中实在没数，因此不得不做最坏的打算。于是他告诉大家，为防止万一，每个人应把小便保存起来，如果明天还找不到家，不至于渴死在外头。没人回答，是默认了，此时谁也不愿多说一句话。

小憩后，再爬起来前进时，干渴再也压制不住了，大家经过多次的思想斗争，终于喝了自己的尿，那尿液究竟是什么滋味来不及品尝，反正是喝后顿觉舒畅不少。已经是凌晨 4 点多钟了，前面俩小伙开路，后边俩解放军压阵。"哈哈，终于走出了大山，找到了戈壁滩!"半个小时后他们找到了公路，看到了司机为找他们燃起大火烧剩的木炭。这时东方已发白，7 时 50 分，终于回到了家。全队的同志一个个跑来和他们拥抱、问候，温暖立即驱走疲劳，一昼夜啊，最难忘的一昼夜!

那些不为人知的努力，那些浸满了汗水和泪水的辛酸，正像捂在箱子里的香蕉一样，在成熟之前，沉默无助，承受着时光的黑暗。是啊，从一定意义上讲，一部油田创业史，就是一部油田人艰苦奋斗史。他们在寻找"家"的路上多坎坷，但他们却有一颗淡定的从容心。他们在迷途回返的路上还有个意外的发现——当他们爬上一个山顶，登高远望时，几乎使人难以置信，脚下却是一个完好的储油构造，一点也没受破坏。人们忘记了迷路的处境和极度的疲劳，立刻狂欢起来，大家乱叫了好一阵才安静下来。他们扳指算了一下，到盆地以来，已经发现好几个储油构造了。

王吉庆同志说：为勘探，为找油，吃点苦算个啥！吃苦，是石油勘探人的精神品格，也是中国人民的精神品格。

1962 年初王吉庆同志调大庆参加石油会战，之后于 1964 年初又调大港油田，1970 年又调辽河油田，1980 年调到渤海石油公司研究院。1989 年退休，现居住在天津市滨海新区。

物探先驱张德经

张德经同志，山东青岛人，1928 年生，1952 年参加工作，1988 年从海洋指挥部退休，现居住在北京市。

1952 年张德经同志毕业于北京大学物理系，之后被分配到石油管理总局西安地质局，1954 年柴达木地质大队成立，他任重磁力队即 301 队队长，首批进入柴达木盆地。

车向西去，经过几天的颠簸，行驶到了一段复杂区域，全体成员不得不下车修路。幸好，路边戈壁滩上长着一种叫骆驼刺的草，垫在车轮下车可以前进一步。大家都去拔草，张德经同志负责垫车轮，当车轮仍然打滑难以行进的时候，张德经同志毅然脱掉棉衣垫在了车下，这条路是队员们用汗水铺成的。张德经同志虽然是北京大学物理系的本科毕业生，但看不出他哪里有知识分子的味道，干起活来像个强劳力，53 加仑的一桶汽油，他用肩膀一顶就装上了车，队友们私下都叫他"起重机"。

从 1954 年 6 月在柴达木盆地建第一个观测点，到 1956

年 12 月底最终完成两条测线，301 队全体队员 3 年投入 4 个队的工作量，遍及范围十几万平方公里，完成 2 万多公里长度的勘探测线，跋涉 5 万公里以上的里程。测线基本实现近似网状分布的要求。应当说，对于当时几乎是一片空白的柴达木盆地来说，这种探索是有开拓意义的。

重磁力队好比是一个先遣侦察连，在油气田勘探中起着了解构造特征和发现构造显示的作用。1955 年重磁力队在铁木里克构造至东柴山一带开展详查工作，在尕斯库勒湖畔首次发现有两个"重力高"，推测是储油构造的显示。为了证明重力异常的存在，1958 年初进行重力细测，证实确有构造存在，并将该构造命名为"跃进一号"，也就是我们今天主力油田的所在地。

经过普查，他们编制出了柴达木盆地第一张地质图，并发现了油砂山、七个泉、油泉子等几个构造。1955 年 11 月 24 日开钻，在油泉子构造泉一井打了第一口探井，见到了可喜的油流。

让人欣慰的是，如今油田进入了快速发展的时期，跃进油田成了青海的主要产油区，但成就绝非无源之水、无本之木，它深深地植根于当年石油勘探人员艰苦奋斗的高天厚土之中。

张德经同志谈起当年在柴达木的那段艰苦岁月时，充满了激情，流露出他对柴达木的思念之情。虽然当时勘探住的是单帐篷，喝的是苦涩的水，吃的是干肉咸菜粉条，那却是他不能忘却的记忆，是他发自心底的怀念。

张德经同志是有名的物理学专家，为柴达木盆地的初期勘探做出了重要贡献，后来由于整个石油事业的发展需要，于 1958 年调到大庆油田，1963 年又调到大港油田，1965 年又调到海洋指挥部，任塘沽海洋局副总调度长。在 1979 年 11 月"渤海二号"沉船事故中，遭受过挫折。

的确，张德经同志为石油事业奋斗了一生，为石油事业的发展做出了突出贡献。再回头看看他走过的路，每一步都走得坎坷而又踏实。

老勘探队员杨少华

　　杨少华同志，山东寿张人，1929 年生，1951 年从南京矿专毕业，被分配到西北石油管理局勘探处实习。来盆地之前，曾任陕北大队 102 队队长，在贺兰山北段搞石油普查。1954 年进盆地任 102 队队长，从事野外地质勘探工作。研究所成立后，任研究所地质研究室主任。1974 年调辽河油田，1979 年借调到石油部，1982 年调石油勘探研究院，1984 年调中国海洋石油总公司科技部，任高级工程师。1989 年退休，现居北京。

　　1954 年进盆地时，柴达木地质大队共有 5 个地质队，杨少华同志是其中一个普查队的队长。大批队伍从甘肃敦煌出发向柴达木盆地进军，因没有路，又无人烟，走到哪里就在哪里露营住宿，从敦煌到油砂山汽车得跑一个多星期，可见行路之艰难。

　　柴达木盆地荒无人烟，野外队的工作区尽是戈壁荒滩野岭，当时最大的困难是没水喝，只能靠骆驼去几十公里之外昆仑山下的阿拉尔去驮。当时勘探队在盆地工作十分分散，虽租用和购买了四五百峰骆驼，后发展到千余峰，但仍不够用。供水问题一直困扰着人们，不得不限制用水量，每人每天一壶水。人们长期不能洗脸，更不能洗衣服，就是每天刷牙漱口也得省着用，真是水贵如油啊！

当时，柴达木盆地还有残匪余存，需要部队警戒，于是甘肃敦煌骑兵三团派了一个连。这个连队的战士到盆地后表现非常好，一切行动听指挥，紧紧围绕勘探这个中心，既当警卫，又当工人，既做饭，又送水，受到职工的欢迎和爱戴。

柴达木盆地西部地区不光有不毛之地的戈壁滩，还有山高沟深的险恶山岭地区，平均海拔3000米，空气干燥稀薄，气候变化无常，少雪雨，生存条件异常恶劣。勘探队员出工，身带三件宝：罗盘、榔头、放大镜，背着两个馒头一壶水，每天跑几十公里。由于长途奔波，断粮断水和当"团长"的事情时有发生。

柴达木石油地质尖兵，在条件艰苦、人迹罕至的地方，以顽强的精神，勘探、开发、建设着柴达木，表现了柴达木石油人的神圣使命意识和崇高的品质。在这特定的环境中，面对生命极限的考验，英勇的柴达木石油人知难而进，书写了一部对党的建设事业忠诚的创业史和奋斗史。

杨少华同志就是其中之一，而且是当时柴达木勘探队员中的骨干，他的足迹遍布盆地的角角落落。尤其是他当时写的《柴达木普查日记》非常珍贵难得，具有极高的历史价值。

后来曾担任过主任地质师和多种技术职务，为全盆地的地质勘探研究、为油田的勘探开发做出了重要贡献。

不能忘了老向导——阿吉

阿吉，这个念起来刚强、叫起来亲切的名字，不但为柴达木的老石油工作者所熟悉，也为年轻的石油工作者所敬仰，因为他是和柴达木石油工业的创始连在一起的。

木买努斯·依沙阿吉，1892 年 11 月 27 日出生在新疆的且末县，但他的祖籍却是乌兹别克斯坦的安集延市。因为他出生在新疆，所以原以为他是维吾尔族，其实他是乌孜别克族。当时由于沙俄对中亚、西亚人民的残酷剥削与压迫，加之对外侵略战争，人民的生活极端困苦。他父亲实在无法生活下去，于 1874 年丢下唯一的妹妹茹仙罕，与同乡一起逃荒来到中国的新疆。开始在喀什、和田等地以造靴为生，后搬至且末定居，开铺经商，出售土特产。1904 年阿吉的父亲带着阿吉回到安集延市，然后又带着阿吉和他的姑姑茹仙罕到耶路撒冷伊斯兰圣地麦加朝觐。1906 年他们越过约旦河、苏伊士运河到古城开罗，在亚历山大港海滨欣赏了地中海的落日，之后又经红海到埃及经商。1912 年茹仙罕得病要求回国，在途中病故，被安葬在约旦国。他们在约旦国作了短暂停留后，又经土耳其、伊拉克、伊朗，直到1914年春才回到老家安集延市。这时阿吉的父亲考虑自己年事已高，也考虑落叶归根，不想再外出了。为了留住阿吉的心，他托人给阿吉找了个乌孜别克族姑娘结了婚，不幸的是两人的孩子在生产时中风死亡，姑娘不久也离开人世。阿吉于1915年又独自回到他的出生地中国新疆的且末县。其间，阿吉随父在外待了9年之久，学到了不少知识和经商方面的经验。

木买努斯·依沙阿吉，1924年初进入盆地，在阿拉尔建立了商业网。从新疆、甘肃运进粮食、土布、茶叶、糖果等，然后向外地输送皮革、皮毛等。当时阿吉老人经商运力是较为充足的，有150多峰骆驼，来往于新疆的东部和甘肃的西部一带，后来又发展到兰州、成都、西藏等地。有人说阿吉老人的腿是长的，的确不假。往东他跑过半个中国，往西他跑过近远东。但由于当时反动政权的统治，从商是没有保障的。1938年，新疆的盛世才反动当局勾结青海马步芳匪徒，以宣传共产党的罪名将阿吉老人的岳父依明·阿吉和当时在兰州、敦煌负责购销货物的二妻弟苏来曼，在新疆哈密、若羌购销货物的二妻弟再东江和阿吉本人，分别在新疆和盆地逮捕，关押在迪化市，即现在的乌鲁木齐的乌拉泊监狱中。由于阿吉老人在柴达木西部地区的少数民族中威信很高，他们得到消息后，蒙古族部落头人阿哈台吉立即派人去水湖路口堵截，因反动当局耍花招，临时改变押运路线，结果他们白白等了三天三夜。1945年，反动当局以里通外国和私通共产党的罪名，将阿吉老人的妻弟杀害。为营救阿吉老人，当时亲戚朋友帮助变卖家产，才把阿吉老人和他的岳父从狱中赎了出来，但家里从此破了产。

　　1949年新疆、青海解放，但盘踞在柴达木地区的土匪残余仍不甘心灭亡。中国人民解放军要消灭这股残余力量，彻底解放阿吉老人长期居住的那片地方。阿吉老人成了当然的带路人。他从1949年到1954年的5年时间里，为解放军当向导三进三出柴达木，出生入死，为痛歼残敌立下了卓著战功。一次，当他带一个连行进到一个叫黑山的地方，天已经黑了下来，正准备宿营，突然发现一股牧民打扮的人在游荡，阿吉老人警惕性很高，通过观察认为他们不是牧民是土匪，建议立即行动收缴他们的武装。这伙土匪很狡猾，主动缴出了部分旧武装。半夜，这伙牧民打扮的土匪突然对解放军进行袭击，我们的机枪手被打死，其他同志被打散，连队遭受了严重的损失。等天亮集合队伍时，土匪已跑得无影无踪了。他们掩埋了战友，重新上路，但携带的干粮已被土匪抢光，通往团部的路也被切断。阿吉老人凭着他路熟的优势，带着部队绕道向团部进发，幸好半路上碰到一群被打散的羊，他们抓到后，就以羊肉充饥，用羊皮盛水，本来走三天的路结果八天才到达。他们会集部队，很快消灭了这股土匪。中国人民解放军用革命烈火为柴达木带来了历史的黎明。今天在西部阿拉尔，我们还可以看到那些最初进入柴达木盆地而又为柴达木新生贡献了自己生命的烈士坟墓。任何人到烈士墓前都会肃然起敬。

1949 年，柴达木地区的少数民族获得了解放，短期内又肃清了土匪武装。柴达木盆地各兄弟民族的悲惨生活永远结束了，柴达木成了各民族团结的大家庭。

解放初期，正是那些勘探人员首先打开了柴达木宝库的大门，给柴达木带来了好景如春的世界。1954 年，当柴达木还是一片鹰鹫高翔、黄羊四走、缺少人烟的荒原时，中央派来了地质队、测量队，他们从敦煌进入盆地的西北部。1955 年，青海石油勘探局成立了，数千人进入盆地。各民族在开发建设柴达木的事业中，做出了卓越的贡献。一个名叫尼哈买提的哈萨克人，为了把勘探人员从格尔木领到红柳泉，在无水无草的戈壁滩上，熬过四天四夜，终于完成了任务。像这样的事是极平常的，讲也讲不尽，说也说不完。为了说明问题，我在这里简单地举出一些数字，这些数字充满着何等丰富的内容啊！1955 年 3 月至 7 月，仅 4 个月的时间，当时只有几千人的都兰县，蒙古族等少数民族，就为勘探队员提供了 1600 多峰骆驼和 140 多名向导和翻译。在阿尔顿曲克区，每 10 个少数民族中，就有一人担负过支援盆地的建设工作。

是的，在开发建设柴达木的工作中，少数民族永远是一支不可缺少的力量。他们是直接创造幸福的功臣。在这数不清的功臣当中，特别令人尊敬和不能忘怀的还是那乌孜别克族的木买努斯·依沙阿吉。盘踞在柴达木地区的残匪被消灭后，阿吉老人即投入柴达木的工业建设当中。从柴达木勘探工作开始的那一天起,他就一直担负着为勘探队员当向导的任务。在盆地,他知道哪里有水,哪里有沟,哪里有山,只要有阿吉老人,大家就不怕没水喝,不怕迷失方向回不到家。1954年阿吉老人给第一支来盆地的普查队带过路,依靠他,这支普查队在茫茫戈壁才没有迷路,并且找到了储油构造。有一次阿吉老人带着一支地质队伍到油沙山寻找石油构造,路上水喝光了,骆驼渴得走不动路,人渴得也迈不开步。在这种情况下,工作不能进行,生命也在危险之中,大家都很焦急。这时,阿吉老人在沙滩上转来转去,突然指着脚下的地说:"有了,有了!"大家一看,也是一块干巴巴的土地。老人说:"这地下有水,你们快拿铁锨挖吧。"大家半信半疑地挖了起来,才挖了一米深,水就从地层里渗出来了,他们终于找到了救命之水。还有一次,阿吉老人领着一支荒地测量队进入昆仑山,一片软绵绵的沙滩挡住了去路,汽车开不过去了。阿吉老人下了车,用脚步踏着沙子,用眼睛仔细观察,终于找到了汽车通行的路线。1957年,阿吉老人又领着一支荒地测量队,走过了2000平方公里的尕斯草原,找到了16万亩可以耕种的土地。当铁路测量人员进入盆地以后,阿吉老人又热情地当起了他们的向导。

阿吉老人在盆地多年,跑遍了每座山、每条河、每道沟、每块滩,成了盆地的活地图。他不但知道哪里有山,哪里有水,哪里有草,而且知道哪里有矿。他随父在外多年,不但学到了经商方面的经验,也学到了找矿方面的知识。阿吉老人是个有心人,他经常在经商的路上,遇到奇异的石头就收藏起来，并做好记号。当寻找石棉时，他马上带领勘探队直奔海拔3200米的依吞布拉格山，找到了茫崖石棉矿。他还知道一个大铜矿，当他带着勘探队去找时，因半路上碰到一只大狗熊，他念了半天经不去了，至今是个谜。

1954年，石油勘探人员进入盆地，当时把阿吉老人找到后，他带着勘探队员，骑着骆驼从甘肃敦煌出发，经新疆的安南坝、拉配泉、索里库里，直奔水泉沟。他记得经商时，有一次从新疆返回盆地，路经水泉沟时，又饥又渴，准备停下做饭，但那里一根柴草也没有，怎么办呢？正在焦急之中，他发现一块石头在闪闪发光，用火一点不但能烧着，而且火势很旺。这意外的发现，使他欢喜若狂。他立即拣来几块同样的石头烧熟了饭，并取了标本收藏起来，想不到今天勘探队找的就是与这有关的东西。

在柴达木西部地区，从茫崖到油砂山、油墩子、油泉子、冷湖……在漫长的勘探线上，都留下了阿吉老人的脚印。阿吉老人对柴达木有着深厚的感情，凭着他热爱柴达木、热爱祖国的信念，在开发和建设柴达木的历史中做出了辉煌的贡献。

阿吉老人的辛劳没有白费，终于迎来了大发展。1956年茫崖工委成立了。人们给阿吉老人搭起了帐篷，配备了汽车和牛羊，从此他就定居在油田上。这时阿吉老人的名字已为广大石油工人、地质工作者、解放军战士所熟悉。1956年陈毅元帅到西藏参加庆祝活动，回返路经格尔木时还专门派慰问团员到茫崖进行慰问活动，慰问团主要领导还在茫崖亲切接见过他。

阿吉老人经历了苦难的岁月，又迎来了柴达木工农业的大发展，他是多么的高兴啊！可是，1959年隐藏在国内的一小撮土匪残余不甘心灭亡，在国际反动势力的煽动下进行了武装叛乱。阿吉老人看到匪徒的嚣张气焰，义愤填膺，他顾不得年老体弱，毅然带着剿匪部队进入了茫茫戈壁和草原之中。直到1961年初，阿吉老人才又回到了他长期居住的地方。但这时他的身体已经很弱，还得了病。解放军派来了医生，柴工委派来了医生，当地厂矿派来了医生，各方面的领导也前来看望，但终因病情过重，于1961年10月7日离开了人间。遵照他生前的嘱咐，将他葬在了油田上。

阿吉老人与石油结下了不解之缘，石油职工也没忘记阿吉老人及其一家。我局原老局长、阿吉老人的老战友尹克升同志，在阿吉老人健在时二人亲密无间，阿吉老人去世后，他又经常去他家看望。1982年我写了《阿吉老人与他的一家》，在本局报纸上刊出后，当时已担任副省长的尹克升同志还专门给我打电话指出文中不实之处。每年清明节，全局都组织石油职工去阿吉墓地扫墓和敬献花圈，逢年过节还派人到他家看望。1987年阿吉老人的老伴阿吉罕病逝，已担任了省委书记的尹克升同志和省委秘书长曹随义同志还发来唁电。

阿吉老人病逝至今已60多个年头了。今天当我们站在他墓前的时候，我们不仅会想到这位老人的一生一世所经历的风霜之苦，更会想到他对柴达木的贡献。当我们看到柴达木油田上喷射的油流，就会想到，它如阿吉老人的名字那样刚劲、勇猛啊！在乌黑发亮的原油里，我们看到了阿吉老人的热血。

经受住无人区考验的李长州

李长州同志，河南叶县人，1928 年 12 月生，毕业于西北大学地质系，高级工程师，在天津大港油田地质勘探开发研究院工作。1989 年退休。

1954 年随柴达木地质大队 102 地质队进盆地，当时的主要任务是对柴达木西部地区进行地质普查。因 1 : 50 万的比例尺较小，所以得天天转移驻地，每次搬家都是解放军战士和驼工帮助拆卸帐篷，尤其是解放军战士还要护卫驼队运输。穿越阿拉尔沼泽时，骆驼经常掉入沼泽中不能自拔，幸亏它肚子大，像船一样浮在水面，这时人们用大绳套套住它再把它拉出来。骆驼本是沙漠之舟，但若走在盐壳上，骆驼蹄子总会被刺破，鲜血直流，战士们和驼工就用布细心包扎好，不然骆驼就难以行走。爬山时骆驼负重，行走异常艰难，战士和驼工们就在后面用力推给它助力。到驻地后，战士们除帮助卸下驮运物资搭帐篷外，还要拾柴埋锅帮助做饭。他们就是这样马不停蹄地辛苦劳累一天，还要在驻地周围通宵站岗放哨。在勘探队员出工时，还要持枪寸步不离地保护勘探队员，解放军爱党爱人民的优秀品质，勘探队员们真是亲身体会到了。

柴西地区是真正意义上的戈壁滩，寸草不生，满目荒凉，勘探队员以坚强的意志，历尽千辛万苦，战胜了难以想象的艰难险阻，踏出了一条生命之路。人生中可能会遇到无数艰难险阻，但是只要你持之以恒，勇往直前地拼搏与奋斗，终将战胜它。1958 年夏天，机关的高凤仪同志（后任物探局党委副书记）带领宣传队去野外地质队慰问演出，第一站就是去正在昆仑山下搞地质详查的 118 队，当时队长就是李长州同志。在出发前两天，高凤仪同志见到该队管生活的高升有同志，告诉他要到他队去慰问演出，并向他打听了118 队的行车路线和大致方向。由于白天受烈日曝晒，地表温度极高，加之汽车一路爬坡，水箱老是开锅，所以行车速度特别慢。下午 6 点左右，发现前方有几个小白点，直到 9点才清清楚楚地看见了 118 队的几顶帐篷。到了队上后，他们忘记了疲劳，没有顾上休息，就开始了慰问演出。

饭间，当高凤仪同志问起高升有同志怎么没在队上时，队长李长州告诉他，原来他们驻地要搬家，让他把采购的食物仍运到原驻地，由小队派骆驼去接，但几次去都没接到。高凤仪同志感到了问题的严重性，因为高升有同志要比他们早两天离开基地，应该早到了，现在仍不见人影，必在原处当了"团长"，如果不抓紧时间接应，后果不堪设想。于是，他们决定连夜回返，到他们原住址察看情况，并动员队上全体出动在周围寻找，于当晚在沟口最高处燃起一堆篝火。他们回返经过这个队原住址后发现，在驻地确有一堆方方正正码好的粮食和副食品，但却不见高升有同志的踪影。他是去了新工地，还是因饮水断绝失去了水源？无论哪种情况，都有生命危险。天已蒙蒙亮，他们寻找无果，正在人们疑虑不解的时候，突然有人发现高升有同志写在烟盒上的字条"我已等了两天，没见到接应的骆驼，因饮水不多了，我朝茫崖水源方向去了"。看到纸条后，大家才放了心。队上随行人员返回，演出队的同志循着他返回的路查找，下午3点多钟才赶到水源附近的茫崖驼队队部。驼员告诉他们，高升有同志已被送到机关了。当看到高升有同志才得知，他等了两天后不见有人来接，又不知搬家的新地方，便朝水源方向走了。由于烈日曝晒和体力的消耗，加之晚上温度下降又冻得不行，他走了一天一夜后，第二天看到水源附近的白帐篷，虽近在眼前，由于饥寒交迫，却无力迈步，他只好爬着一步一步向前挪动，直到驼员发现了他。

是啊，人们永远不会忘记他们——柴达木的开路先锋，是他们荒野求生，挑战生命的极限，打破了不能进入柴达木的常规，拉开了柴达木石油勘探的序幕。

李长州同志是位地质专家，学术论文和著作较多，其中《黄骅坳陷天然气形成规律及勘探前景》以及他参与编写的《渤海湾天然气形成规律及勘探前景》曾获石油工业部颁发的科技进步二等奖。

勘探初期的艰辛让宋玉贵牢记

宋玉贵同志，甘肃永昌人，1933 年 2 月生，1953 年在甘肃潮水大队参加工作。1992 年退休，现住在西宁办事处。

他 1954 年 4 月进入柴达木盆地，当时七八个人拉着 80 峰骆驼，从甘肃敦煌到青海柴达木盆地西部的阿拉尔共走了 28 天。路过连四旱时，风大天寒，4 天又不见水草，骆驼一个个没精打采，举步维艰。人也恍恍惚惚，头昏脑涨，提不起精神。到了晚上让骆驼围个圈，人蹲在里面靠骆驼体温取暖，然而半夜却被冻醒，其寒难当。28 天的路，28 天的罪。

到了西部主要是给图根队送水，当时图根队在油砂山的山沟里住着，在英雄岭上施工，骆驼驮的水只能送到山脚下，然后再由人背着水上山。山高坡陡，背着笨重的胶皮水袋从沟底往上爬，从早晨爬到中午，爬上去后放下就走，不然来不及下山。有时爬上去天晚了，只好老老实实地待在那里过夜，直到第二天天亮才能返回。

当时油砂山即现在的纪念碑下是个芦苇滩，滩内有个小泉眼，有一片积水，用勺把水灌入桶内，然后再装入袋中，水和泥粥差不多。水本来是氢、氧两种元素组成的无机物，透明液体，浑浊说明水中含有泥沙、有机物、微生物等微粒悬浮物。不知含啥，又是啥滋味，喝了还拉肚子，一拉一大摊，但没办法只能凑合着喝啊。时间长了，人老喝那水也受不了，就找机会去阿拉尔驮一趟甜水，算是给人们改善生活，但中途有一大段翻浆路，来回得走一个礼拜，加之当时骆驼和人员拉不开栓，驮工只好加班赶路了。

不久调他到403队当学徒，403队是个图根队。后又调到三角测量队。三角测量队是负责大地构造范围的，首先给每个构造起个名字，然后才好找它，不然找不到哪个构造。三角队用的木头、木架子、石头等，都是人背上高点的，哪里高就往哪里设点。而图根队则是从稀点中再去加密，以制成更大比例、更实用的地形图。

1960年夏天，他随401队，当时队长是陈康皋、指导员是杨希斌，在驮南构造搞地质测量施工，突然断粮了，手摇电台也和基地失去了联系，怎么办？好在那时队上还有些菜，只能是以菜代粮。炖的芹菜每人一碗，结果7人中毒，可把人吓坏了，好在并无大碍，睡了几天后全都恢复了正常。后来听说兄弟队有个施工小组正在附近施工，宋玉贵同志知道后跑了几十公里去借粮，解了燃眉之急。但那时正是生活紧张的时期，平均每人每天一斤粮，为了让人们能吃够定量，队上取消了炊事员，这件新鲜事也惊动了其他队，都纷纷效仿。

那时的野外队，队员大都是知识分子，但他们和工人没什么两样，一天跑几十公里，迷路也照样当"团长"。勘探初期，野外迷路的事经常发生，一次他们施工迷了路，愣是走到家门口找不到家，围着驻地转悠了一个晚上，等天亮一看，帐篷就在跟前，真是活见鬼了。

　　如今的青海油田，已经历了 60 多个春秋，建成了我国西北重要的石油基地。在新的历史时期，我们不能忘本，仍要发扬柴达木精神，为在柴达木实现年产油气当量千万吨，再创新的辉煌。

王曰恩岁月留痕60年

王曰恩同志，甘肃金昌人，1952年参加工作。1992年在勘探处退休，现住在敦煌石油基地。

他刚参加工作是在兰州地质勘探大队，此地质勘探大队是中国最早的地质勘探大队，属中央燃料部管辖，主要是搞测量和地质调查。1952年下半年，西北地质局成立，兰州地质勘探大队撤销并划归西北地质局，人员也全部从兰州搬到西安。刚去时没住处，就住在正在筹建中的西北石油工业专科学校宿舍。

1954年由陕北枣园地质大队、永坪地质大队、甘肃潮水地质大队、酒泉地质大队、青海民和大队、新疆吐鲁番等抽调人员，组成柴达木地质大队，大队长郝清江，副大队长周济全，地质师张维亚。

1954年进盆地的主要任务是进行地面地质调查、大地测量、地球物理勘探及轻便钻井等。1955年6月1日，青海石油勘探局在青海省会西宁成立，不久便搬到柴达木盆地的茫崖。

当时除油砂山、茫崖外，油泉子也是勘探重点。1955年，钻井筹备处计划在油泉子构造打深井。但是工程用水靠汽车拉运难以保证，需敷设一条输水管线。当时可供选择的线路只有两条：其一，茫崖自流井至油泉子110公里；其二，大乌斯至油泉子70公里。该线虽近，但却地处英雄岭的东侧，沟壑纵横，落差达数十米，地形十分复杂，当时地质普查均未进入该地区。为了摸清该线情况，钻井筹备处请总工程师刘树仁同志亲赴油泉子，在测量工程师孙泽芹同志的陪同下，在该区进行了实际考察。之后决定由地质处协助勘测，地质处推荐王曰恩同志担任该项任务。其任务是完成1∶5000柱状剖面带地形图。他带着8个人和10峰骆驼，驮着水、测量器材、行李、生活用品，整整工作了8天才到达大乌斯沟口。8天的工作生活极为艰苦，天天啃干馍，吃挂面。水最为珍贵，必须节约用水，停止一切洗涤，只准人喝，骆驼8天不吃草不喝水，仍然驮着器材翻山越岭，正是这批骆驼帮助勘测队员完成了这次艰巨的任务。

1955年10月，王曰恩同志被借调到钻井筹备处，带领一批实习员到油泉子、大风山勘测公路和水管线的走向。1956年4月，地质处野外小队出工时，他又调回地质处406队担任控制点测量，完成全年任务后，10月份被派往敦煌、柳园，为石油运输公司和勘探局柳园材料库勘测1∶2000规划建设地形图。1957年5月完成上述任务，回大柴旦接着做1957年野外施工准备。

有人说，柴达木艰苦但工资高，那是这些人不了解当时的情况。的确，1958 年前是高些，但 1958 年上半年根据中央领导的指示，为降低勘探成本进行了工资调整，职工的工资降了将近一半，当时叫降成本保勘探。但那时的人把钱看得很淡，把工作看得很重，工资虽然降了，但情绪上没受任何影响。

　　1962 年地质处与马海大队合并，统归东部勘探处管辖，从此地质处改为勘探处。这样勘探处就由地球物理和钻探两部分组成，最高人数超过 800 人，1963 年勘探处又交出钻井职能，专搞地球物理勘探了。

初进盆地是向全寿抹不掉的记忆

向全寿同志，陕西汉中人，1937 年生，1950 年参军，1952 年从五十七师转业。1992 年退休，现住在兰州办事处。

向全寿同志是 1954 年"五一"节前后从敦煌开车进的盆地，当时有 5 辆大万国、1 辆奇姆西、1 辆中吉普、4 辆苏联"63"格斯，还有两辆新进的苏联吉斯"150"车。这是新中国成立后第一支整体勘探队伍进入柴达木盆地，说白了就是柴达木地质大队大队部，所有领导及其骨干都在这些车上，向那荒无人烟的大漠戈壁进发，去唤醒那沉睡了亿万年的处女地。

从甘肃敦煌出发后，因路难走，第一天只行进了大约 40 公里就宿营了，路边有个倒班房，已是残垣断壁，无房顶门窗，大家让司机住里边，其他人住外边，但大部分人却睡在露天的沙滩上，真是"天当被，地当床，望着蓝天入梦乡"。第二天他们又住在了小红山，司机们仍然享受"特殊待遇"，住在早已没人住的破烂不堪的道班房。第三天住在

图片 6

　　向全寿随解放军十九军五十七师转业，初进盆地是位汽车司机，开的是美国产的威力士吉普。他爱车如命，保证了全大队的用车需要，受到了人们的好评

拉配泉。第四天住在阿尔金山下的索尔库里，这个道班房还算完整一些，虽无门窗，但房顶尚存。第五天中午天气突变，顷刻之间大雪纷飞，寒气袭人，只好停车宿营，以避严寒。第六天下山时却没有了路，顺着山沟行驶，很快下到沟底，但让人惊喜的是发现已进入了柴达木盆地，当晚就搭起了帐篷，住在了红柳泉。清晨抬头四望，阿拉尔草原就在面前。第二天阿拉尔驻军出来迎接他们，但遍地是水，道路被淹没，是一位解放军背着他过去的，他说真是不好意思。

他们的到来，让阿拉尔沸腾了，解放军的骑兵连给大队送来了很多他们自己采集的当地野蘑菇。晚上还组织了一个别开生面的联欢会，正赶上新疆军区派来个文工团，也为大家进行了精彩演出。驻军腾出了一个大营房，其实是个干打垒，让大队部搬了过去。

很快全大队的工作全面铺开，人们离开了阿拉尔，搬到了油砂山。各小队也按照各自的工作目标分散开来，大家很少见面。为给小队找向导，阿吉又向大队推荐了3名维吾尔族同志。大队派向全寿、张崇祥二人开一辆"63"格斯，并有5名解放军战士护卫，去了新疆若羌接向导，遗憾的是他现在已忘了向导的名字。

后来，西北地质局给大队调拨了一辆美国产的威力士吉普车，让向全寿同志驾驶。他像爱护自己的眼睛一样爱护着小车。当时的确车很少，不光是自己的宝贝，也是全大队的宝贝。

当时盆地所需一切物资全靠车从敦煌拉运，也包括生活用的甜水。后来因为水的需要量大，车太少加之路线太长，无法满足，所以决定就近解决。因当时只有阿拉尔有淡水，但因好长一段路是沼泽翻浆地，汽车无法通行，只好改用骆驼驮了。但粮食的供应仍得从敦煌运来。8月份大队还是断粮了，大队的车不够用无法去拉运，局里的车又来不了，手摇电台一时又联系不上，野外勘探队伍处在极端困难之中。为避免人员恐慌，大队没有公开这件事，由随队的解放军同志到昆仑山打野维持了一段时间。局里很快派车运来了粮食和副食，解决了这一问题。

就在1954年的那段时间，西安石油管理总局局长康世恩同志带领4名苏联专家和国内的有关地质人员进盆地作考察，随行的著名诗人李季也就在那时写下了《柴达木小唱》这一著名诗篇。

一天一杯水的日子令宗树林难忘

　　宗树林同志，河南沁阳人，1929 年生，1954 年参加工作。1989 年在生活处退休，现住在西安办事处。

　　1954 年 5 月由解放军一个骑兵连武装护送，柴达木地质大队的首批 30 余人乘车进入盆地。先到昆仑山下的阿拉尔，等 6 个小队到齐后，才开始正式的勘探工作。后来为了工作方便，大队部搬到了油砂山。

　　当时宗树林同志的主要任务是负责生活和后勤保障工作，那时通信工具落后，只有一台手摇发报机，定时与上级和各个点上联系，所以首先要保证发报机处于良好状态。另外小队天天搬家，他负责保证帐篷及其他物品良好，不缺不损。当时的办公室也是单帐篷，里面就一张小木桌。每个帐篷里住着 4 个人，挤得满满的。到了晚上就用马灯联系，尤其是有人失去方向时。

　　一次地质师张维亚同志带领七八个人去野外看地形，结果迷路回不来了，家里人很着急。队里集合了所有的人积极寻找。当时张维亚等几人把带的水喝光了，口渴难耐，只好以喝尿来救急。据后来王吉庆同志讲，当时他们也不敢把尿喝完，以备后用。全体人员出动寻找他们，晚上马灯齐"明"，又在驻地附近燃起了大火，他们终于见到火光而赶了回来，这才避免了一次重大人员伤亡事故的发生。

为了加强对各小队的联系，大队指示各小队每个月派一人来大队部汇报一下工作，顺便把有关文件带回去学习。当时大队有个简单的医疗点，一次101队有个技工肚子痛，难以支撑，需要动手术，但没工具。他和负责后勤的同志及时到新疆索尔库里和解放军若羌团部去借，又自制手术床和消毒液，用气灯照明完成了手术。

到了夏季，因距尕斯湖草滩比较近，西部地区的蚊虫特别多。一次他和朋字达西去驮水，到水边骆驼不卧，因为蚊子多，牛虻多，连骆驼也受不了，何况人。有时人们上草滩去解手，蚊子围了一大群，解完手屁股都肿了。后来他们采购了蚊子帽，效果好多了。

当时生活是很艰苦的，全是干菜干肉干粉条，可以告诉你，刚上去有5个多月就连葱花也没吃过。西部淡水奇缺，开始在阿拉尔用骆驼驮，随着勘探重点向茫崖方向的转移，在茫崖终于找到了水。为了保护水源，在茫崖自流井水源，解放军驻了一个班守护，可见水之重要。的确，水是生命的源泉，人对水的需求仅次于氧气。人如果不摄入某种维生素或矿物质，也许还能继续活几周，但如果人没有水，却只能活几天。

1954 年地质勘探队刚开始施工时，因距水源远，又是骆驼驮运，所以无论天冷天热、夏天冬天，每人每天只发一茶杯水。本来人的身体三分之二是由水构成的，健康的肌体必须保持水分的平衡，每天应饮七八杯水，但艰苦和特殊的历史条件，只能逼他们战胜一切艰难险阻，也包括节约用水。

一次，他们试着往西走，想发现"另外一个世界"，当然主要是想找个有水有草的地方，以解决人和骆驼的生活问题。结果走出不远有个小山，再往西走百十公里又有个小盆地，全是光秃秃的一个样，又走了两天就到了一个叫依丁布拉克的地方，到头了。

多才多艺的洪武平

洪武平同志，1935 年生，浙江温州人，1954 年参加工作。1995 年在江苏油田退休，现住在江苏省扬州市。

洪武平同志 1954 年进盆地，是 404 队的测量组长。要找石油，先得测绘。如果没有测绘工作者提供可靠的点位坐标和精细的地形图，就无法进行地质、地球物理勘探，就无法进行油田的开发和建设。因此，测绘工作是石油资源勘探、开发工作中的一项超前性、基础性的重要工作。

1954 年组成的柴达木地质大队 484 人中，有一支主要力量，那就是为石油地质勘探服务的测绘队伍。包括 1 个三角大地测量队、1 个水准测量队和 4 个地形测量队，占了全大队人数的三分之一以上。他们其中一些人，经过长途跋涉，在甘肃敦煌骑兵三团解放军一个连的护送下，来到了柴达木盆地西部的阿拉尔安营扎寨，在那里建点立标，采集数据，由此拉开了柴达木盆地石油测绘工作的序幕。

柴达木无疑是中国最艰苦的地区之一，恶劣的自然环境及高海拔带来的高原反应，使不少勘探队员身体受到伤害，但他们无所畏惧，以苦为荣，以苦为乐，不屈不挠，为柴达木的石油勘探事业奉献了自己的青春。

洪武平同志是个多才多艺的人，不但本职业务精，绘画在全石油系统乃至全国也有一定的知名度，多次在全国大赛中得奖。每次石油系统举办大型展览，都少不了他，有时就是外单位举办大型展览，也借调他去帮忙。一次邮电部举办大型展览，借他去帮忙达一年之久。他文字水平也很高，很早就调入《青海石油报》当编辑。的确，由于他的多才多艺和广博的知识，一直是报社的主力之一，在采编，尤其是美编方面充分发挥了他的特长。20世纪80年代以前《青海石油报》还没制版机，有些照片还放不上去，只能是靠插图美化版面。他利用业余时间画了大量插图，拿到省报印刷厂进行制版，然后才能用在我们的报纸上。今天翻阅这些报纸，看到他画的插图，还感到特别亲切。

洪武平同志是个性格开朗之人，快人快语，从不隐瞒自己的观点，所以在报社威信很高，很受欢迎。他知识面广，善动脑子，有着超强的组织能力，被人们称为"智多星"，为办好报纸他出了不少好点子。70年代他调到江苏油田，开始在宣传部、工会等部门工作，后来成立江苏石油报社，他被任命为第一任总编、社长。

中国西部，一片神奇的土地，丰富的资源、神奇的风光、独特的民俗，真是让人能领悟到种种人生的真谛。他说，柴达木贫瘠、荒凉的只是自然环境，环境再艰苦也是故土难离，艰苦的环境最容易见人心，也最容易让人与人之间结下深厚的友谊。他虽然调离柴达木，但他始终挂念着柴达木，挂念着柴达木的石油人，挂念着柴达木油田的大发展。他说，我经常听到和看到关于青海油田发展情况的报道，实在令人振奋和鼓舞，我多么希望青海油田越来越好，产量越来越高，给国家的贡献越来越大啊！

走祁连进昆仑穿戈壁的马万海

曾引骆驼三百峰，戈壁滩上寻油龙。
九出祁连运给养，独上昆仑屠哈熊。
后勤心头点点血，前线战场日日功。
羌笛不奏往日曲，欢歌但唱"山谷风"。

　　这是苗族诗人石太瑞 1978 年到柴达木油田采访时写给开路先锋、青海省劳动模范马万海同志的一首诗。

　　在甘肃省境内的祁连山北麓，有一座草原环绕的县城——裕固族自治县。这里民风淳朴，社会和谐，牧歌声声，生机盎然。马万海同志就出生在这里。他是藏族人，本名叫知驰嘉，1930 年生，1952 年参加工作，1954 年进盆地。1982 年退休，现住在甘肃裕固族自治县祁丰乡。在草原上长大的马万海，有着一双炯炯有神的大眼睛，练就了一手百发百中的好枪法。他家祖祖辈辈以放牧为生，在 20 世纪 50 年代，家庭生活还很贫困。为了减轻父母操持全家生计的辛劳,马万海就用土枪打些野兔在路边出售。一个偶然的机会,马万海同志被作家李若冰发现了。马万海的刚毅、聪敏、机灵、质朴感动了李若冰,他坚信马万海是块好"料",毅然决然地向石油部门的领导者推荐,让马万海到了西北地质局,成了一名光荣的石油工人。在玉门,我国最早的石油基地,他以极大的政治热情出色地完成了组织交给的一项又一项任务,他的卓越表现得到了同志们的赞颂和领导的赏识,多次受到组织的表扬。1954年6月,他又奉命作为进军柴达木的先遣人员,翻越祁连山,进入柴达木,成为柴达木油田的最早开拓者。

从1959年到1961年,我们共和国连续三年遭受了严重的自然灾害。粮食大幅减产,加之当时的"苏修"逼还债务,国家遇到了暂时的困难。柴达木油田也和全国一样,面临着一场严峻的考验。当时,不得不实行粮食、副食、肉和油定量供应,而且粮食定量一减再减,最少时每人每月只有28斤。仅有这20多斤粮食,肉少,油少,菜少,饭量大的人确实难以应付。有的人饿急了,下班后就到垃圾堆里捡烂骨头、干菜叶,甚至有的人把存放多年的牛皮、羊皮煮烂吃,还有人试用工业机油炸馍馍填肚子。人们长期吃不饱,全局近3万名职工几乎一半得了浮肿病。就是在这种极端困难的条件下,我们的油田还担负着青藏地区用油和支援中印边界反击战用油的战略任务。为了与严重的自然灾害做斗争,为了保证油田职工的生命安全,油田党委作出了"上山打猎,下湖捕鱼,采集代食品,千方百计渡难关"的决定,成立了打猎队、捕鱼队，在深八井地区搭建温室种菜。这应该说是特殊时期为适应人们生存需要而采取的"以人为本"的战略性措施。就是在这样的背景下，马万海临危受命，成为油田打猎队的队长。石油工业部对青海油田党委的决定给予大力支持，专门为打猎队拨发了大量子弹。马万海临进昆仑山前，油田党委书记陈寿华特意把马万海请到办公室，深情地对他说："这次让你当打猎队队长，是组织对你的信任。给你配150人，你要把队伍带好，把打猎任务完成好！你的工作与全局职工的生命与健康息息相关，相信你一定会把这一重要任务完成好。"领导的嘱托让马万海更加体会到自己责任的重大、使命的崇高、任务的艰巨。带着组织的重托，带着几万名职工的期待，马万海率领打猎队进了昆仑山。在极端困苦、极端危险的条件下，马万海和他的打猎队在山里整整干了三年。马万海进山时，他的爱人生孩子，而他中间从山里回局汇报工作时（三年间他也只回来过这么一次），他的孩子已经会叫爸爸了。三年时间，马万海和他的打猎队的队员们，在昆仑山里住帐篷，喝雪水，过沟越岭，忍饥受寒，吃过多少苦，历过多少险，谁也无法说清；三年时间，他们没洗过一次澡，没过过一个星期天；三年时间，他们几乎很少脱衣服睡觉，经常是戴着皮帽子，穿着毡靴，和衣而眠，枕戈待旦；三年时间，他们有的得了胃病，有的得了雪盲症，有的患了严重的关节炎。三年时间，马万海和他的打猎队吃尽千辛万苦，历尽千难万险，为了全局几万名职工、家属的生存与健康，他们几乎丢掉了自己的性命。他们才真正是"苦了我一个，保存千万家"的最能吃苦、最能忍耐、最能战斗的英雄。三年困难时期过去后，油田昆仑山打猎队撤销回局。当马万海带领着全队人员回到局里时，油田领导像欢迎凯旋的将士一样，欢迎马万海和他的队员们。油田领导感谢他们！全局职工、家属感谢他们！石油部部长余秋里也十分关心马万海和他的打猎队，再三嘱咐局领导，把马万海和他打猎队人员的工作和生活安排好。

在以后的日子里，马万海又在基层干了12年。1964年调后勤部，管过库房、当过采购员。多年的管理经验使他迅速成长，"文革"期间全局进行机构改革成立政治部、生产部、后勤部、办公室（即三部一室），他被指定为后勤部后勤组组长。"文革"结束后，进行第二次机构调整，他被正式任命为生活处副处长。不久重返西部建家园，千军万马会战西部，于1971年又把他调到西部指挥部任副指挥，仍主管后勤工作。当时我们的采购点主要是新疆米兰、甘肃酒泉、兰州，四川成都和广州等地。为了使全局3万多职工和家属一年四季都能吃上新鲜菜，马万海的重点工作就是多方交涉协调，做好衔接工作。是的，作为一个管理者的根本，不是地位，而是责任心，而马万海做到了这一点。西部会战以来，为保证职工吃好，他还组织成立了畜牧队，在切克里克养羊5000多只，在阿拉尔养牦牛200多头，除平时让大家吃上肉外，逢年过节他还亲自出马，到乌图美仁、肃北和阿克塞求援，争取每家还能分上半只羊和一些牛肉，包括没户口家属在内。他还动员职工和家属，开辟了切克里克农场，在昆仑山下种出了青稞、小麦，种出了萝卜、大白菜。

当时我采访马万海同志时，他已 80 多岁，虽身患多种疾病，但精神很好，但是由于耳聋，虽戴有助听器，仍然得以文字交流为主。我采访结束临走时，他又讲起了李若冰。他说，李若冰逝世时，他没能见上最后一面，感到十分痛心，说着说着就泪流满面，泣不成声。这又让我看到，马万海是一个重感情的人，使我对他更加敬仰。

只讲奉献不讲索取的薛超

薛超同志是陕西人，1935年生，1954年参加工作。1991年在科技处退休，现住在西安办事处。

1954年4月他从西北大学刚毕业，就踏进了企业的大门，按照他的说法是，行李刚搬出校门就放到了去柴达木盆地的卡车上。他们一行16人，有王善书、孟令章、王怀玺、李崇焕等。在国家急需油我们有责任的信念感召下，他们手拿地质锤、罗盘仪、旅行壶，踏上了西行的路。

他们乘坐的吉斯150汽车翻越六盘山后到兰州加油，在兰州短暂的停留后，继续西去。仅从兰州到敦煌就走了10天之久，可见路况之差、行车之慢。在敦煌县委大院的土台子上住了大约一个星期的时间，一是学习民族政策，二是熟悉柴达木盆地的情况，三是等待进盆地的消息。一天上午，他正准备洗衣服，突然接到命令，立即坐车西行。

一行9辆车，一连全副武装的解放军战士压阵，雄赳赳，气昂昂，开向柴达木。但由于路况太差，车的性能也不好，没走多远就宿营了，一个破烂的道班房，成了人们露宿避风的好场所。越走越荒凉，越走天越冷，特别是到了索尔库里，喝了当地水窜稀，真像跑马射箭似的不能控制，甚至提不起裤子。后来人们不敢喝水，但路上又是带的干馍和饼干，干吃也根本吃不进去，真是受罪得很啊！的确，在油田的创业史上，艰苦奋斗、励精图治的例子不胜枚举，为后世所传承、所敬仰。

走了七八天终于到了阿拉尔，阿拉尔驻军像见到亲人一样出来迎接他们，他们也像见到久别的亲人一样，端坐在阿拉尔军营里感到无限的温暖。巧的是正赶上新疆军区的文工团来阿拉尔为骑兵团慰问演出，也邀请他们观看和联欢。薛超这个活泼而多才多艺的青年也上台赋诗一首，激起人们的一片掌声。

柴达木盆地是个聚宝盆，也是个炼钢炉，锻炼了无数坚强的石油人。吃苦受累人们无所畏惧，只讲奉献，不讲索取。

1958 年 9 月 13 日冷湖地中四井喷油，日产 800 吨，惊动了全国。为纪念地中四井的喷油，1959 年在地中四井喷油一周年之际，时任青海省副省长的李芳远同志陪同铁道部现场会议参观团来到冷湖参观，主持立下了地中四井纪念碑，碑由邓国光同志设计，碑文由杜其辉、纪生元、薛超等同志研究确定，并由薛超同志执笔书写，最后由油矿党委书记苗德胜同志拍板，刻在了纪念碑上："油龙逐浪高，东风浩荡时。"主题是："英雄地中四，美名天下扬。"薛超同志

图片 7

薛超曾为地中四井纪念碑题写了主碑文"英雄地中四　美名天下扬",还编写了《中国石油地质志》《石油地质通论》等书,真是个孜孜不倦的老知识分子

为地中四井冷湖英雄纪念碑写下了不朽的碑文，让人们永记不忘。

薛超同志在油田历史上曾遭遇不幸，但他不灰心，一心向上，公道自在人心，油田人没有忘记他。退休后被借调到总公司撰写《中国石油地质志》，计20本，100多万字，后来又完成了《石油地质通论》也有几十万字。真是个孜孜不倦的老知识分子、好知识分子。

为找油来了就不后悔的刘承志

　　刘承志同志是陕西商洛人，1933 年 8 月出生。1954 年参加工作。1992 年退休，现住在西安办事处。

　　刘承志 1954 年 5 月进盆地，当时也是成建制进盆地的第一批，大队长郝清江、地质师张维亚、工会主席王全福等，都是这一批进盆地的。还有 101 至 105 队 5 个地质队，其中 3 个搞普查，2 个搞细测，还有 401、402 三角测量队，重磁力队等。10 辆大卡，还有 1 辆中吉普。为了安全，解放军驻敦煌骑兵团派出一个全副武装的骑兵连护送，真是威风凛凛。

　　刚进盆地时条件十分艰苦，当时年轻气盛不在乎，但后来想想真有点后怕。大漠戈壁茫茫一片，工作中迷路，当"团长"是经常的事。一次工作完成后找不到家，硬是在野外跑了两天一夜，吃了牙膏喝了尿，回到家已不成人样了。过后有人问他，尿是啥滋味？他笑答，咸的，如果比较浓还有一点臊味。人只是到万不得已时才喝自己的尿。事实上在戈壁大漠，是没什么尿的。喝尿这种事逼急了谁都会做，保命嘛。当然负责保卫他们的解放军更苦，除白天与大家一块施工外，晚上还要轮流为地质勘探队站岗放哨。那时没手表，在帐篷前点根香，香点完交接班。天冷就用石头和盐巴块围围，做个简单的掩体，挡挡风。

当然最苦的还是生活，他们上去一年没见过青菜；没青菜不说，就是平常饭也是经常断顿；缺乏运输工具不说，路况差、交通不便才是最主要的；当然还缺水。地质勘探队在西部地区全面开展工作后，水的供应主要是靠骆驼从阿拉尔水源驮运，每个地质队30多人，固定有七八峰骆驼，专门为小队搬家和驮水用。阿拉尔的水不错，但战线长，加之搬家勤，骆驼不够用，再说来回一趟得走五六天，的确供应不上，只能是就近取水。当时油砂山有个泉眼，水量很少，也很脏，但没办法。水比酱油还难喝，喝了又拉肚子，一天上无数次厕所，不过好在那时野外队没有女同志，可以到处摆龙门阵。就这样，有时跑到远处施工，水也供不上，只能限量使用，长期不洗脸、不洗脚、不洗衣服，人都成了"要饭花子"。是的，人在最艰苦的环境中才能体现出他的最大价值。艰苦的环境，更能激发有理想的人奋发向上。实践证明，艰苦环境能磨炼人，创业过程能造就人。

再看看住在昆仑山下阿拉尔的解放军，他们更苦，一个时期因与外界失去联系，加之那时国家穷，他们穿的棉衣本来是绿色的却已变成了白色，表面已破烂，内部的棉花套子露在外，像个反穿的羊皮袄。他们每日与荒原相伴，与艰苦环境为伍，为祖国的安宁和人民的幸福履行使命，仍然坚持巡逻放哨，谱写出边防战士动人的篇章。

他说，在盆地没什么辉煌的业绩，也没什么卓越的贡献，但在学校我是学勘探的，当时分到东北我不去，就是一心想上柴达木。我把人生的坐标定在了柴达木，我愿在艰苦的环境中积累最宝贵的财富，他说：来了就不后悔。

老驼工朋字达西的骆驼情

朋字达西，蒙古族，甘肃肃北县人，1931 年出生，1954 年参加工作。1986 年退休，现住在敦煌石油基地。

朋字达西参加工作不久，就和其他 7 人，牵着从肃北租来的 200 多峰骆驼，驮着所需物资进盆地。在有水草的地方停下来休息做饭，让骆驼也饱餐一顿；没水没草的地方，人只能啃干馍喝凉水。一般晚上 12 点才休息。

4 月份的天还很冷，连帐篷也没有，7 名工人牵着 200 多峰骆驼进盆地，到晚上只能靠在骆驼身上打个盹，据说当时还有土匪，害怕得很，也苦得很，所以有的人只跑了一两趟就回家再也不来了。当时租骆驼，每峰骆驼每月 45 元钱，出意外死亡一峰赔 300 元。

骆驼主要是给盆地驮运东西，负责野外队的搬家、给野外队送水等。后来驼队不断发展壮大，除租的骆驼外，勘探队自己也买了一些骆驼，国家也给调拨了一批，最多时有近 1500 峰。成立了驮运大队，大队长是卯国财，大队下设

4个分队，主要是给地质勘探队搬家送给养。那时没路，车也很少，主要是靠骆驼驮，所以路是骆驼走出来的。再说地质勘探队员跑沟沟坎坎和山路时，骆驼上不去，只得靠驼工背水送。那时盛水的容器大都是铁桶，笨重得很，偶尔弄些胶皮袋也很重，不像现在的盛水容器那么轻便。

负责保卫的解放军战士与勘探队员一道活动，随时保护地质勘探队员和驼工的安全。当时解放军只发布鞋，穿不了多久就烂了，所以他们舍不得穿，遇上沙地就把鞋脱了赤脚行走，看到他们这样也真是于心不忍，但没办法。后来经请示，勘探局才给他们每人发了双皮鞋，解决了他们的大问题。

1956年中央慰问团来柴西的茫崖慰问，当时没有新鲜菜和新鲜肉招待他们。勘探局领导让朋字达西带几个人去昆仑山打几只野味，结果收获甚丰。20世纪60年代初全国生活紧张，于是趁机抽调几个有经验的猎手成立了打猎队，以改善职工生活，渡过难关。朋字达西，这个从小就拿土枪打黄羊的人，自然就被抽调到了打猎队，任东部勘探处打猎队副队长。他们打的野味在三年大饥荒中发挥了巨大的作用，1963年生活好转才撤销了打猎队。

说到打猎，有人认为好奇好玩，其实很苦很苦。我采访过几名打猎队员，都有伤病在身，有的走路困难，有的双手僵硬，等等。十冬腊月，昆仑山里零下四五十摄氏度，但他们住的却是单帐篷，尽管出门冰天雪地，但他们还是顶风而行，遇到野生动物就不顾一切。朋字达西给我们讲了一段经历。一次他遇上一只野牛，但前面却隔着条小溪，虽然天寒地冻，但为了打住这头野牛，他只得脱掉棉衣，悄悄接近野牛，牛打住了，人却冻僵了。

今天人们忌讳"打猎"这个词，说明人们的保护意识在增强，不过当时确实是出于无奈。另外需要说明的是，能打到的野味属老弱病残，年轻体壮的跑得快，一般枪支是打不到的。

朋字达西，除是位牵骆驼进盆地的开拓者外，还是一位民歌手，《阿尔次特山顶》翻译成汉语就是柏树山顶，这首好听的民歌原创者就是朋字达西。为此海西州文联主席、多才多艺的作家、蒙古族民歌手斯琴大同志还专门到敦煌采访过他。

为进盆地两次探路的先导梁发翔

梁发翔同志，生于 1929 年，1947 年参加革命，1952 年从五十七师转业。1985 年离休，现居住在河南省济源市。

梁发翔同志是 1954 年较早进入盆地的人员之一，在其他地质勘探队员没进盆地之前，他曾两次探路，为后续人员进入盆地做准备。

1954 年 2 月 28 日从西安出发，一辆 63 格斯、一辆中吉普，开始了探路征程。经过几天的颠簸后，到达去柴达木盆地必经之地的甘肃敦煌。在敦煌经过认真筹备，成立了柴达木地质大队敦煌供应站。站长张秉义、副站长黄正乾。站址是在北台庙。之后在敦煌骑兵三团一个排的兵力保护下，又由西安临时调来一辆十轮大卡，开始了艰难曲折的探路之旅。

3 月的大西北天气依然寒冷，虽然大家都全副武装，坐在车上仍不时地打战，翻过当金山很快进入了柴达木盆地。盆地虽然有简易公路，但因年久失修，无人管理，加上风沙侵袭，日晒雨淋，路基到处高低不平，车子难以行走。他们只好下车，边走边修路，但没有一个人叫苦喊累。住的是单帐篷，吃的是尕面片，由于水桶是装过汽油的，虽经几次刷洗，但做出来的饭汽油味还是大，经常是吃进胃里因反胃又吐出来。没有办法，就这个条件啊，为完成任务，大家硬着头皮往下咽。一路上大家基本没坐什么车，遇上翻浆路和特别难走的路，人还得推着汽车走。他们与驻守柴达木西部阿拉尔的解放军的骑兵连取得了联系，阿拉尔的解放军派出骑兵小分队来迎接他们，最后在红柳泉会师。因为他们的目的地就是红柳泉，完成任务后又及时返回，历时一个多月。

为了全面了解柴达木盆地西部的情况，便于开展工作，领导又决定让他第二次探路并捎带给先头勘探人员运送给养，他带领测量队的1名技工、8名雇用的驼员和30多峰骆驼，以及3000余斤白面和小米，于1954年4月10日从敦煌出发，沿着崎岖的山路开始了第二次探路。本来到南湖说好了有向导给他们带路，结果向导之事落空，只得自己摸索前进，夜晚就露宿野外。由于迷路延期，所带干粮和水、骆驼饲料都用光了，一个个嘴唇干裂，形成深深的血痕，又痛又渴，没有办法只好喝自己的尿液止渴。

快到七个泉时，大家迷了路，为寻路他在前面先行，突然遇到一个高坎，骆驼站不稳，把他摔了下来，摔得鼻青脸肿，胳膊也脱了臼，疼痛难忍。茫茫戈壁，真是叫天天不应，叫地地不灵。同行的人只好学着捏骨，把错位恢复，就这样他忍着疼痛坚持前进。第二天，他们在一个低凹处发现了一支"美女"牌小铅笔头,顿时大家脸上露出了笑容,证明他们的路走对了。

由于延期,大家用尿代替了水,用小米代替了骆驼饲料,经过24天的艰难跋涉终于到达了阿拉尔。先期到达的地质大队大队长郝清江同志看到大家狼狈不堪但又平安到来,深深地向他们鞠了一躬。

他们把这两次的探路情况整理上报,过罢"五一"劳动节,地质勘探大队开始正式进入柴达木盆地,从此拉开了柴达木盆地勘探的序幕,揭开了柴达木盆地的神秘面纱。

盆地的"活地图"杨家保

杨家保同志，陕西人，出生于 1933 年，1954 年参加工作，1954 年进盆地。1992 年在运输处退休，现居住在西安办事处。

这次在西安采访他时，他刚刚出院，身体状况不太好，但他还是滔滔不绝地叙述了他的过去，叙述了他的柴达木，可见他对柴达木感情之深。

1954 年初进盆地时杨家保同志是司机，开的是中吉普，也是从西安出发的。那时路况极差，加之中吉普又是从朝鲜战场缴获的战利品，车况也十分不好。他奉命拉着几个人，后面还挂个拖斗，拉着一部急需的手摇钻。由于路况差，车子性能又不好，只能是走走停停，尤其是车子这里漏油、那里漏气，只得下车穷捣鼓，走了 10 多天才到敦煌。

到了敦煌后，来不及休息就往盆地赶。那时的盆地根本就没路，出敦煌不久就是一片荒野，大漠戈壁，一马平川，猛看上去处处都是路，但走起来却处处路不通。只好边走边探路，边走边修路，又走了 10 多天才到阿拉尔。

从此，杨家保的足迹遍布整个柴达木盆地西部的山山水水。由于他开车技术好，又熟悉盆地的地理情况，所以有些重要任务都交给他去完成。一次，解放军驻阿拉尔骑兵连的领导要到新疆库尔勒执行特殊任务，情况紧急，骑兵连的领导请求柴达木地质大队派车协助。当时这条路我们的司机还没人走过，路况不明，风险很大，领导考虑再三，还是决定派杨家保同志去执行这次任务，杨家保同志二话没说就上了路。一路上他小心翼翼，精心驾驶，排除多次车辆故障和路段险情，将部队首长安全送达，圆满完成了任务，受到部队的高度赞扬。

还有一次在茫崖地区，一个地质队在野外施工时断水了，大队接到手摇电报机的讯息后，马上派车到自流井，装满水后，立即出发送水，然而派出几位司机都没能找到，主要是方位不清、地理不熟造成的。那时又没电话联系，几十号人没水喝，在炎热的戈壁沙滩，将会面临致命的危机。情急之下，领导想到了杨家保，派他再次给地质队送水。当时，他刚执行任务回来，还没来得及休息，但当他接到新的任务后，豪情满怀，上车就出发了。一路上，他汲取了前几部车送水失败的教训，注意观察周边的情况，不断调整方向，凭着他对柴达木盆地的熟悉和细心观察，历经一天一夜，终于将水送到地质队，解了他们的燃眉之急。

艰苦环境锻炼人也造就人，柴达木虽然艰苦，生活单调，但却有一群具有顽强精神的石油人，他们守护着柴达木，在这个条件艰苦，人迹罕至的环境中，他们不畏艰苦，忍耐寂寞，坚守在勘探一线。他们每日与戈壁大漠相伴，与艰苦环境为伍，为祖国的石油勘探履行使命，谱写了不少动人的篇章。

的确，20世纪50年代初期，柴达木盆地工作环境艰苦让人深深难忘，但到艰苦的地方去，更是人们的向往。柴达木初期的石油地质勘探，是一支石油人唱给时代的凯歌，更是一首奉献之歌。

杨家保，这位能吃苦的汉子，是这支队伍的一员，因他熟悉柴达木盆地地形地貌和勘探队员的分布情况，被人们称为柴达木盆地的"活地图"。

探路和建站的先锋杨世和

杨世和同志,陕西长安人,生于 1931 年。1991 年在敦煌筹建处退休。

杨世和同志 1954 年 3 月进入盆地,是最早进入盆地的人员之一。以前我曾多次采访过他,但资料已丢失,写作无从下手。这次采访,却找不到他人,也曾问过人,有人说他退到兰州,也有人说他退到西安,但一直不见人,后来才真正找到了他的确切住址。退休是退在敦煌,房子却换在了西安办事处,但人却一直住在湖北儿子处。

1954 年 3 月,在西安石油管理总局地质局,柴达木地质大队成立了,它包括 5 个地质队,1 个重磁力队,1 个三角测量队和 1 个手摇钻井队,总计 400 多人,并决定 5 月初进入柴达木盆地。

的确,当时除了月球,柴达木是最神秘的地方。它海拔高,空气稀薄,风沙大,无人烟,不长草。为了探明进入柴达木盆地沿途的真实情况,1954 年 3 月,燃料工业部石油管理总局派遣由张秉义、黄振乾带队的后勤分队，提前进入盆地，为随后启程的柴达木地质大队勘察行进路线，选择设置生活食宿点。队员有梁发翔、成清寿、杨家保、高占勋、李文儒、戈国枢、杨世和。

这支后勤分队的行程是从西安开始的，因为那时地质局在西安。但当时从西安到兰州，不通火车，就连正式公路也没有一条。当时局里派了一辆中吉普，这辆破旧不堪的中吉普，也真是"老牛破车"，每天走不了几十里地，1954年3月从西安出发，整整走了半个月才到达敦煌。

在敦煌作了短暂休整，保养车辆，补充给养。西安大本营又派来两辆十轮大卡、一辆拖斗水灌车。在当时敦煌骑兵团一个排的保护下，沿南疆公路经拉配泉、索尔库里、金鸿山，到达柴达木盆地的红柳泉。之后又与驻扎在阿拉尔新疆军区的骑兵团的骑兵连会师。

探路任务是艰巨的，车辆多，车况差，路况不明，又是开车首次进盆地，要在大漠戈壁中找出一条能行车的路来，负有开路先锋的使命，任务是光荣的，但也是艰巨的。在漫长的征途中，不时下车选择路线，有时还要受到风沙的袭击，在对面不见人的风沙中，只能缓步慢行，还要不时下来修路和推车。一路上遇到了各种艰难险阻，时常身处绝境，面临灭顶之灾，但他们用自己的智慧，战胜了各种艰难险阻，终于完成了考察和探路任务。

探路和建食宿站任务，历时一个月的时间，任务完成后，他们来不及休息，立即向西安地质局发电作了汇报，得到了地质局领导的高度赞扬。上级正式批准了他们的方案，大队部设在阿拉尔，中途设立敦煌北台、阿克塞、沙枣园、独山子、拉配泉、索尔库里及红柳泉7个生活供应和食宿站。所谓的7个生活供应和食宿站，其实什么也没有，只是一个可停留的地点，行车一天到此休息，第二天继续行军。唯独敦煌北台站是一个完全的生活供应和食宿站，其次是阿拉尔有可食用的水。

"五一"节过后，柴达木地质大队开始挺进柴达木盆地，开始了野外地质勘探工作，从而拉开了柴达木盆地在新中国成立后的第一次石油勘探的序幕。

激情岁月里因公致残的薛士英

薛士英同志，甘肃高台人，1936年生，1952年从兰州培黎学校分配到西北地质局，1954年进盆地。1992年在运输处退休，现住在敦煌石油基地。

上西部的第一口井是在红柳泉构造，叫浅二井，是1955年5月5日开的钻，井深108.45米，是油田第一口找油浅井。据他讲，由于没有路，汽车进不去，物资全靠人拉肩扛，从早上一直干到快天黑才把所有物资搬运到井场，之后又搭帐篷、做饭，这时送水的骆驼也赶到了。凑合一夜后，第二天天一亮就开了钻。要求每两米取一次芯，全队两班倒，每天工作12小时。但由于地层坚硬，加之又是自己焊的钨钢钻头，所以进度很慢。更糟的是负责驮水的骆驼有几峰突然得病死掉了，剩下两峰又要兼顾别的勘探队的用水，实在顾不过来。他们商量后决定，让一部分人正常上班钻井，一部分人组织起来去尕斯湖抬水保钻井。这样坚持了两个多月，直到把井打到完钻。

红柳泉、油砂山是找油的有利地区，为了尽快见到效果，各勘探单位全力以赴，都采取轻骑简装、突击速战的办法，施工一直坚持到冬季。

后来他在冷湖打井时却受了重伤。也许人们还记得这样一件事：1959 年 7 月 19 日，由 32109 队施工的冷湖深 38 井，设计井深 3200 米，但刚钻到 1000 多米时突然发生井喷，几十米高的油柱气浪，绞紧人们每一根神经。历史曾记载着不少因柴油机排气管喷出的火花而导致油井燃起大火，造成井毁人亡的惨剧。柴油机司机薛士英高度的事业心和责任心，促使他不顾一切地奔向机房，想立即关掉 5 部正在运转的柴油机，他与助手刚关掉一台，大火就冲天而起，他俩立即淹没在大火之中，当人们把他俩救出来时，已是烧得遍体鳞伤。虽经多次手术和植皮治疗，但还是浑身都留下了伤疤，尤其是双手残缺不全，胳膊僵直。虽然为工作落下残疾，但当他回忆过去的那些岁月，他的眼里闪着亮光，一股激越的豪气油然而生。

钻井的确是个危险行业，但他从 1954 年进盆地就一直搞钻井，他矢志钻井，献身石油。让我们以无限崇敬的心情讴歌钻井英雄，并让我们为默默做出奉献的广大钻井职工和家属致以崇高的敬礼。可爱，青海石油人，可爱，青海石油钻井人，是他们用勤劳的双手和辛劳的汗水甚至用鲜血和生命筑起了油田历史的丰碑。

在伤后的薛士英身上仍然体现着"爱国、创业、奉献"的柴达木精神。伤势略好后，他主动要求工作，他说工作上的事是大事，生活上的事是小事。组织上为了照顾他，把他从一线调到二线管材料，先后在勘探处、西宁办事处、油建工程处、运输处等单位的材料库干过，最后是在运输处材料库退休的。

在这里，我还要说说他现在的爱人鲍亚萍。薛士英受伤后，由于伤势过重，双手失去基本功能，而且还毁了容，他当时的爱人堕胎后与他离了婚。在这千难万难之中，是鲍亚萍同志主动来到了他的身边，从1965年开始，任劳任怨地照顾他的生活起居，同时她还积极参加家属劳动，赢得人们的一致好评。现在他们有儿有女且都已工作、成家。老两口相濡以沫，恩恩爱爱，携手共度晚年。

地质研究学科带头人王善书

王善书同志，四川资阳人，出生于 1933 年，1954 年毕业于西北大学地质系，同年随新中国第一次派出的柴达木地质大队进入盆地。进盆地后，最先开展工作的地区仍是阿拉尔、红柳泉和油砂山地区。

20 世纪 40 年代国民党政府提出了"开发柴达木"的口号，1947 年南京国民政府经济部组成的柴达木工矿资源调查队开进柴达木。12 月中旬，一行人马冒着隆冬严寒，在扎哈以北 30 公里、红柳泉以东 15 公里处，发现了油砂山构造以及厚达 150 米的油砂层。大家惊喜万分，现场绘制地质图，测量工程师周宗浚郑重地标上了"油砂山"几个字，从此油砂山就成为柴达木盆地石油宝藏的标志。

1954 年 4 月，新中国成立后的第一批由 400 余人组成的柴达木地质大队成立，并陆续开进柴达木，在柴达木盆地展开了地质勘查工作。这支队伍艰苦创业、无私奉献，战风沙、斗严寒、抗缺氧，足迹遍布整个柴达木盆地的角角落落，取得了一批又一批的勘探成果，打开了柴达木盆地石油宝藏的大门。

那时的野外条件异常艰苦，有时狂风四起，勘探队员为保护采集到的地质样品趴在地上，等风过后半个身子都埋在了沙子里。有时大雪封山，馒头冻得像冰疙瘩。有时饮水补充不足，就得忍受干渴，但他们的工作却从没停止过。他们怀着对石油地质勘探工作高度的事业心，每个人都对自己的工作一丝不苟，队员们都相互合作，出色完成上级下达的任务。

随着地质调查工作的不断深入，勘探队员都对柴达木盆地油气勘探前景非常乐观，认为柴达木盆地含油地质条件好，经水文地质调查，昆仑山冰雪融化渗入地下的淡水资源丰富，证明人类可以在此长期生活，可组织地质勘探队伍进行大规模勘探。

根据 1954 年的勘探成果，1955 年 6 月 1 日，燃料化学工业部石油管理总局决定撤销地质局、钻探局，柴达木勘探筹备处，以地质局为主组建了青海石油勘探局，局机关设在西宁市。同时将陕西枣园大队、永坪大队、四郎庙大队、青海民和钻探大队、陕西铜川转运站、吉林石油八厂等单位划归青海石油勘探局管辖。从甘肃酒泉、新疆吐鲁番、甘肃玉门、陕西延长、广东茂名等单位调集职工，充实柴达木勘探队伍，当年职工达 4700 余人。1956 年 4 月，勘探局机关从西宁迁到盆地的茫崖，从此展开了更大规模的柴达木盆地的石油勘探工作。

王善书同志是中国有突出贡献的地质专家，在盆地工作了 20 多年，为柴达木石油勘探事业的发展做出了重要贡献，曾两度被评为青海省劳动模范。70 年代初因工作需要调往外油田，曾担任过石油物探局副总地质师兼研究院副院长、中国海洋石油总公司研究中心主任及战略组副组长等职。曾两次获得国家科学技术进步奖一等奖。完成或参与完成石油地质调查研究和勘探项目有 60 余项，是我国石油地质研究、油气资源评价和石油勘探的学科带头人之一。1983 年被评为高级工程师，享受政府特殊津贴。对海洋石油勘探研究也颇有建树，发表论文较多，也有专著，其中与翟光明同志合著的《东海陆架盆地找大油气田方向探讨》、与胡仲琴合著的《中国近海超压含气盆地的地质特点及勘探工作建议》以及自著的《深层石油地质与勘探》等影响较大。他还写了一部自传式小说《石油老九》，也颇受欢迎。

科研成果丰硕的谢鸣谦

　　谢鸣谦同志，甘肃甘谷人，1932年生，1954年毕业于西北大学地质系，毕业后被分配到地质局，当年随柴达木地质大队进盆地，在301队当实习员。

　　柴达木盆地资源丰富，人称"聚宝盆"。但是由于地理位置偏僻，人烟稀少，自然条件恶劣，一直被誉为神秘地区。直到解放后，在中国共产党的领导下，大批勘探队员进入盆地，踏遍戈壁，战胜艰险，才打开了这个宝库的大门。

　　1954年，由于刚解放不久，人们缺乏生活基础，缺乏安全保障，柴达木地区更是一片荒凉，新疆的乌斯满残匪仍在到处流窜。当时，他和刚从学校分配来的18名学生和70多名老地质人员一起，由解放军护送，驱车进入柴达木盆地。

　　当时生活极其艰苦，食物主要是干菜、木耳、腊肉、粉条等，新鲜的东西基本吃不上。由于盆地气候干燥，导致嘴唇干裂出血，脸上脱皮斑斑，但大家仍精神饱满，无任何怨言，一个心眼只为找油。是的，艰苦奋斗是中华民族的传统，要奋斗就会有艰辛、有坎坷，艰辛孕育着新的发展。

在柴达木盆地，他们首先在油砂山、土林沟、盐山、红沟子、大红沟等地区开展工作，这些地区由于没水，用水全是由骆驼到阿拉尔去驮，因路途远，又要穿越沼泽地，驮一趟水来回得走四五天。为了节约用水，洗脸和洗脚的习惯都取消了，每人每天一茶杯水，连喝都不够，再别说干其他的了，忍饥耐渴的故事可多了。尤其是到 9 月份以后，天气突然变冷，每次工作回来后，鞋里湿漉漉的，没水又不能洗，在戈壁滩上又找不到柴，不能烤火，坐下休息又感觉冻得发痛，于是一吃过晚饭就立即钻进帐篷睡了，早晨起来头上一片冰霜，真是苦不堪言！但这一切人们早已习惯了。

10 月底，工作还没有结束，天更冷了，柴达木的风是无情的，尽管戴上皮帽子，穿上皮大衣，仍然无法抵御高原的风寒。西北风每天都刮个不停，吹起的沙子能把小坑填平，手指冻裂了，脚冻肿了，收工回来住的又是单帐篷，也不能很好御寒，但他们没有一个人叫一声苦，仍坚持早出工，晚收工，直到完成任务才收工回营。

是啊，我们不能忘记创业者的功勋，半个世纪的漫漫征程，60 余载的峥嵘岁月，是短时间难以阐述清楚的，所以我们要永远铭记创业史，弘扬艰苦奋斗的柴达木精神。

1962 年因工作需要，他被调到北京石油研究院，不久后国家号召科技人员下厂矿，调他去了东北石油学院从事教学工作，1979 年又调回北京中国科学院地质研究所从事科研工作。

由于他博闻强识，又精通几国语言，所以翻译出版的书籍较多，如英文《地球动力学原理》（科学出版社 1979 年版）、俄文《古构造对油气藏形成的控制作用》（石油出版社 1964 年版）、日文《岛弧》（地质出版社 1979 年版）。他的专著有《拼贴板块构造及其驱动机理》（科学出版社 2000 年版）。

与此同时，他还发表出版了不少大地构造和石油地质方面的论文，其中与柴达木有关的就有《论阿尔金山推覆带及油气富集》（《青海石油》1995 年第 4 期）、《再论阿尔金山斜坡推覆带的油气》（《青海石油》2002 年第 4 期）、《阿尔金山推覆带的发现及其意义》（《地质科学》1991 年第 3 期）、《柴达木盆地基底结构及第三纪变形特征》（海洋出版社 1992 年版）、《柴达木盆地基底花岗岩的形成及其对陆壳的消融作用》（海洋出版社 1992 年版）、《柴达木盆地的构造演化及油气聚集带的分布》（海洋出版社 1992 年版）等。

谢鸣谦同志现已退休，居住在北京市。

工作之余喜欢写作的魏守刚

魏守刚同志，1933 年生，四川人，1954 年进盆地，是较早进盆地的地质工程人员之一。

我采访他时，他给了我一本他写的当年初进盆地的回忆录《昆仑山下驼铃声》和他们初进盆地时的有关照片，这些材料和照片实在珍贵，令我非常激动。

初进盆地时，他是 301 重磁力队的成员，当时队长是张德经，他担任勘探组组长。1954 年 5 月进盆地时，由于他们坐的是敞车，沙尘冲击着车内人员和设备。他两手紧紧扶着石油勘探用的精密仪器，眼睛紧盯着前方，就怕仪器出点意外。虽然仪器放置在避震座上，但是汽车在颠簸不平的搓板路上行驶，弹跳幅度很大，万一被颠坏，全队人员就无法工作。他怀着极大的责任感，不敢有半点疏忽。按车程表计算，头一天走了 120 公里，歇在了一个沟旁的干草滩上，为了安全，解放军战士荷枪实弹为他们站岗。第五天上午，已是 6 月 2 日，却意外迎来了六月飞雪，同志们颤抖着，这是始料不及的。司机张师傅将车停在路旁，把棉帐篷的毡围解开，让车上 6 人裹在毡围里避寒挡雪，队长张德经很快赶过来帮他们又加了一层毡布。

他给我讲了一个他们曾经迷路的故事。一次，在风蚀地貌也就是我们平时说的魔鬼城工作时，他们被困其中，十几个人被困在迷宫三天三夜，用每人自带的两个馒头、一壶水顽强奋战三天三夜。大家团结互助、互相勉励，仅靠剩下的几片馍渣、自己的小便、几粒鱼肝油顽强坚持，最终得以活命。这件事虽已过去几十年，但还深埋在他的记忆中，因为他是当时的领队啊！还有一次，1956 年普查即将结束之时，综合考虑结果，还有两条关键的测线没有完成，构造形态还有个大缺口，位置在昆仑山一侧，进山往返约 100 公里。12 月下旬，漫天大雪纷飞，由他带队进山，15 个人配备 10 峰骆驼，历时 5 天时间。这次也是差点出大事。因为天冷，又是单帐篷，他与操作员商量，借用烤发电机的喷灯在帐篷内为大家取暖。半夜过后，头痛欲裂的感觉和刺骨的寒风将他惊醒，他呼叫却没人回应，预感到情况不妙，是"一氧化碳中毒"了。他昏昏沉沉地掀起帐篷一角，任凭寒风吹袭，一个钟头后，同志们才慢慢苏醒过来。没有想到，小小喷灯竟有如此威力。

从张德经、张先缜开始，经过三年的坚持，最终完成的全盆地普查工作报告中所凝聚的汗水和辛劳，只有那一代人才能做证。对于如何写好这个成果报告，他收集了地质部同行的意见，仔细征询了地质调查系统主要技术人员的看法。

得出的主要结论是：从盆地基底结构看出，南部昆仑山北麓为一山前凹陷，走向与昆仑山山脉基本一致；经过他们所取得的重力值推算，山前凹陷陆相沉积的厚度在万米以上，具有丰富的生油条件；基底由南向北逐步抬起，说明沉积岩向北变薄，到北部山区裸露；新生代沉积地层可能出现尖灭或超覆现象，那里有可能形成"油藏"；西北部为一斜坡，无论从南北向的重力、磁力剖面上，还是从重力、磁力构造成图上，都可以明显看出这个特征。寻找石油的方向应选择在西北斜坡，即以尕斯库勒、东陵丘、南陵丘、冷湖一带为重点……

由此可见，20世纪50年代初期他们的结论何其正确。魏守刚同志在盆地工作了5年，其中带领队伍3年，由小组长到队长，在极其惊险的情况下，没有出过任何伤亡事故，顺利完成任务，取得了全盆地普查勘探成果，获得良好评价。

1959年他从青海调到宁夏的陕甘宁勘探指挥部，1976年调到华北，1983年调到海洋。1993年在南海东部公司退休，现居住在广州市。

生做柴达木人死做柴达木魂的陈自维

陈自维同志，甘肃临泽人，1933 年生，1954 年随柴达木地质大队进入盆地。他是柴达木石油勘探的老前辈，是柴达木的第一代石油人。

陈自维同志毕业于兰州培黎学校，是 1954 年最早进入盆地的勘探队员之一，20 世纪 70 年代我曾采访过他。的确，柴达木的发展史尤其是石油发展史，与这些首先进入盆地的勘探队员是分不开的。正是他们打开了柴达木宝库的大门。1954 年，柴达木还是一片绝少人烟的荒野，他就坐着进盆地的第一辆车，载着粮食、饮用水、柴火和帐篷向茫茫沙海出发了。那时每人每天 3 斤水，不准洗漱，只供饮用。当时柴达木是没有路的，他们边行车，边修路，不知道经历了多少惊险，遭受了多少苦难，经过 10 天的颠簸才到达目的地——阿拉尔。

勘探工作还比探路更困难，在柴达木，大自然就像神话中的巫婆一样，总是把名贵的石油宝藏，深藏在最艰苦最隐蔽的地方，只有最勇敢的人才能取得它。为探明地下石油宝藏，他和第一批进盆地的地质勘探队员们，跋涉过雪山冰川，转战过荒野戈壁，经历了难以尽述的巨大困难，找到了无数个储油构造。他曾经担任东部勘探处的领导，多少风雪，多少风沙，多少次艰苦的考验，多少次胜利的喜悦。他带领勘探队伍，走遍了整个柴达木盆地，东起达肯大阪山，北至赛什腾山，南至奇曼塔格山，西到阿尔金山，都有他们勘探的足迹，都曾遗落他们辛勤的汗滴和欢乐的歌声。是啊，油田历史的每一页，都充满了艰辛、汗水甚至鲜血。

生做柴达木人，死做柴达木魂，是老柴达木人的夙愿，他以实际行动实践着自己的诺言。他的结发妻子张秀贞同志在冷湖病逝后，他调到了华北油田，又与当年的同学再婚。1987年也就是他去世的当年，我与局党委副书记陈洪振同志去华北油田出差顺便去看他，刚到招待所安顿好他就来了，他把我们领到他家，之后又到了他的办公室。只见他办公室玻璃板下压的、墙上挂的、桌旁的工具盒里，全是他在柴达木工作时的照片。之后，他又从办公桌的抽屉里拿出两本相册给我们看。翻开相册，许多照片已经泛黄，但依然保存完好，初进盆地的传奇风采尽显眼底。重病期间，他仍心系石油，情怀青海，人虽已调到华北，心仍向青海。是的，他经常仰望旧照，沉浸在甜美的回忆之中。我想，一个寻常人感到生命尽头到来时，也许恐惧，也许忧戚，也许坦然。他所能想的、做的，也许不外乎关心生前的财产、死时的墓葬及死后子孙的未来。但他和我们谈的却是当年在柴达木工作、生活的情况，他说他现在想的只有柴达木，并向陈洪振书记提出，死后把骨灰埋在柴达木。的确，这时柴达木成了他心中的一切。最使我难忘的是我们返回青海，在华北分别时的情景，握手告别时，我说陈书记（当时他是华北油田测井公司党委书记），你好好保重身体，明年我再来看你。他把我拉到一边小声说，可能这就是最后一次见面了。其实我心里也非常明白，但他这一说我就怎么也控制不了自己的感情，立即泪流满面，再也不敢抬头看他。他却笑着说，不久后我们还会见面的，一语双关，让人痛苦万分。

1987年12月9日，根据他生前的遗愿，忠骨从华北油田运到柴达木，与他结发妻子张秀贞合葬在冷湖四号墓地。张秀贞同志是河北人，1956年参加工作，开始在研究所当工人，后调任机关资料员。1936年生，1981年去世，还不到45岁就过早地离开了人世。

看到墓碑，我就想起了陈自维，想到了柴达木的老前辈！

难忘初进盆地酸甜苦辣的赵世英

赵世英同志，原籍辽宁，1933 年出生在北京，1954 年毕业于西安石油学校，被分配到石油地质局柴达木地质大队，同年进入盆地。

1952 年，开发柴达木盆地的筑路工人们发现有些石头可以燃烧，盆地的石油资源才重新引起人们的注意。1954 年 4 月，燃料工业部西北管理总局地质局决定成立柴达木地质大队，对盆地开始进行大规模的石油地质勘探，以揭开盆地石油的秘密。

4 月 18 日，首批进盆地的 70 多名石油勘探队员，从古城西安出发，经甘肃敦煌作短暂休整后，翻越阿尔金山，走了一个多月才到达柴达木盆地西部地区的阿拉尔。这是一支长长的驼队，驮着一群血气方刚的青年，当时他们的平均年龄还不到 25 岁。在荒无人烟的盆地里，在自然条件极为恶劣的环境中，开展了极其艰苦的野外石油地质勘探工作，当年就获得了可喜的发现。

赵世英同志先后在测量队担任实习技术员、技术员、队长。1954年勘探初期的条件是很苦的，直到1956年《人民日报》发表《支援克拉玛依和柴达木油区》的社论后，条件才有了些好转。国家陆续从部队转业一批军人参加油田建设，从其他油田和厂矿抽调一批技术骨干支援油田勘探开发，从内地招收社会青年和技术人员加入勘探队伍，使柴达木的勘探队伍不断增加，职工也从几百人增加到几千人，再到上万人，还成立了女子测量队、女子地质队等。同时勘探又有了新的成果，通过在油泉子、油墩子、油砂山、茫崖等构造上的勘探，初步发现了油砂山、南翼山等5个油气田。

1956年1月，局机关从西宁迁到盆地茫崖后，成千上万名职工涌向茫崖，茫崖成了油田的中心，一下子热闹起来。当时的茫崖到处是帐篷，发电在帐篷里，修车在帐篷里，机加工在帐篷里，器材供应在帐篷里，科学试验也在帐篷里。住宿当然也在帐篷里，办公也不例外，所以当时都叫茫崖为帐篷城。今天帐篷城早已不复存在，但她昔日的辉煌仍深深地印在了柴达木人的记忆中。

随着勘探工作的深入和发展，青海石油勘探局也在不断发展壮大，不少厂处陆续建立，其中勘探处、钻井处、运输处是成立较早的厂处之一。勘探处成立后，赵世英同志任生产技术科技术员、工程师、勘探处副处长，直到1969年才离开勘探处，出任管理局生产部科技组组长，1971年调研究所任所长。

1972年10月，根据石油事业发展的需要，调他到河北涿州石油物探局，先后担任物探局计划处处长，职工子弟学校校长，物探局机关党委副书记、书记。1992年退休，现居住在涿州物探局。

当采访中让他谈谈当年的情况时，他不无感慨地说，当年在柴达木艰苦的工作情景和生活的酸甜苦辣，历历在目，是艰苦的环境，锤炼了柴达木人的意志，使他们养成了不畏艰险、吃苦耐劳、质朴忠诚的性格。现在比以前条件好了，但回想往事，仍倍感亲切。

是啊，柴达木盆地令多少人为之激动，为之怀念，为之魂牵梦绕。

宦瑞保牵挂盆地 60 年

宦瑞保同志，江苏江都市人，1931 年 9 月出生，1953年 6 月毕业于南京市工业学校，1954 年随柴达木地质大队进入盆地。

1954 年 3 月到甘肃敦煌，4 月进入柴达木盆地。柴达木尤其是柴达木盆地的西部地区，是无边无际的大漠戈壁，行走在路上，真是前面是戈壁，后面是沙滩。初春的大漠戈壁，风是那样的狂野，夜是那样的孤寂，天是那样的寒冷。初进盆地时，没有公路，是边修路边行车，当时因沿途随时都有土匪出没，所以组织上安排了大约 15 辆大卡车和一个连的解放军护送。晚上车走到什么地方，就在那里露营，有柴就煮点尕面片，没柴就吃点干粮喝点凉水，因为所带吃的喝的数量有限。

幸运的是他们还是坐的汽车，虽然走路和修路比坐车的时间还多，但毕竟还是舒服些。而后边进盆地的一批人就没那么幸运了，他们是骑着骆驼进的盆地，走了将近一个月才到达青海柴达木的阿拉尔。

是初进柴达木盆地的勘探人唤醒了戈壁大漠，在这没有一棵树、没有一滴水、没有一间房，也没有一个人的不毛之地，石油勘探队员雄赳赳、气昂昂地投入战斗。他们扎根高原，不畏艰苦，甘于奉献，他们说，选择了勘探，就是选择了寂寞和艰苦。当时受技术和设备条件的限制，只能进行普查、详查、物探等区域性、浅表性勘探。无论生活还是工作，他们都经历了极端的枯燥与艰苦。是啊，人生如梦，岁月如歌，属于人们生命的时光能有多久，而他们却把自己生命中最美的青春献给了真挚的信念——为祖国找油。

老柴达木人正是怀着对党的无限忠诚，凭着一往无前的大无畏英雄主义气概，在这荒漠戈壁扎下了根、站住了脚，肩负起了为祖国找油的神圣使命。柴达木石油勘探的创业历程，先辈们曾创下无数的辉煌，使他们的人生充满了"传奇"，他们用自己的智慧，丰富的经验和坚定的信念，在青海石油的勘探开发史上和自己的人生历程中写下了不朽的篇章。

从1954年起，柴达木盆地就成了人们魂牵梦萦、为之前仆后继的勘探开发热土，一批批石油勘探队员，怀着对祖国的赤诚之心，走进了柴达木，他们奋发图强，克难攻坚，挑战生存的极限，他们也是我们心中"最可爱的人"。

从1954年进盆地算起，已60多年光阴。当年的勘探者，如今已经老去。人生如梦，岁月如歌。时光的脚步总是匆匆又悄悄，芳华的流逝无法逆转，我们唯有把握现在，珍惜今天。怀着一份梦想，脚踏实地，铿锵而行。

目前青海油田油气当量年产已突破 700 万吨，正向年产千万吨的目标前进。听到青海油田的发展情况，宦瑞保同志激动不已，在与我通电话时，他一再提醒我不要放下手机，对青海的情况问了又问，一再说青海能有今天，真是让人激动和高兴，相信青海会找到更大的油田，会有更大的发展！

1961 年宦瑞保同志由于工作需要，从柴达木盆地调到大庆油田参加会战，之后又调到江汉油田参加会战。在江汉油田曾任器材供应处组织科科长、政工师。1991 年退休，现住在湖北省潜江市江汉油田。

学者不老是地质学家廖健的心境

　　廖健同志，陕西汉中人，1931 年出生，1952 年毕业于西北大学地质系石油地质专业，1954 年 5 月随柴达木地质大队进盆地，担任 103 普查队队长。

　　1954 年 3 月在西安召开的第五次勘探会议上，提出要稳步开展吐鲁番及柴达木盆地的勘探工作，为第二个五年计划准备新的区域。柴达木盆地位于青海省的西北部，四面环山，平均海拔近 3000 米，沉积面积 24 万平方公里，是我国海拔最高的内陆盆地。5 月刚进盆地，他们就在西部 2 万多平方公里的地区展开了地区普查、详查、细测工作，同时也展开了地球物理、重磁力等勘探工作，当年就发现了三十几个地面构造和几处油苗，拉开了勘探开发柴达木石油资源的序幕。

　　勘探中，他们披荆斩棘，攀山越岭，风餐露宿，足迹几乎遍及柴达木盆地的角角落落，在长期的艰苦环境中，他们养成了"献身石油事业为荣，艰苦为荣，找油为荣"的光荣传统。正是这种传统，造就了勘探人员崇高的工作责任感和使命感、吃苦耐劳的意志、默默奉献的柴达木精神，谱写出一曲曲挑战生命极限的篇章。

廖健同志曾入选《中国专家学者辞典》，其介绍说：廖健同志原系江汉石油管理局勘探开发研究院情报研究室高级工程师。其主要业绩是，1952年至1979年先后在西北石油管理局、青海石油管理局从事地质勘探工作，1980年调入江汉石油管理局勘探开发研究院。40多年来，主持和参加的地质专题及综合研究工作约29项，包括地层对比、岩性岩相、大地构造、资源评价和勘探规划、油田地质、储量计算等方面。1975年开始钻研板块构造理论，用板块构造理论解释含油气盆地构造演化问题。撰写有《柴达木盆地构造特征及油气藏圈闭》和《江汉盆地及其周缘板块构造演化的三个阶段》等论文。1986年至1987年在江汉石油管理局职工大学讲授"大地构造概论"课程。

廖健同志是位有作为的地质学家，但"文化大革命"期间却遭到诬陷，被打成反革命并被降为4级地质工，曾遭批斗达半年之久，直到1979年才彻底平反，补发了工资。1980年调江汉油田勘探开发研究院，担任综合研究室构造研究组组长。1987年被评为高级工程师。1991年加入中国共产党。1992年年满60岁退休。

他尽管已取得了诸多成就，但时至今日，仍笔耕不辍。人生的意义和价值，虽古往今来解释不一，但有一点可以肯定，人活着就是为了让自己在有限的时光里，少一点遗憾，多一点美丽。

　　他的爱人韩志先也是我局职工，他们参加了1954年西北石油管理总局举行的春节团拜会和集体婚礼，典礼形式盛大而热烈。韩志先同志先在西北电影院任广播员，于1956年进盆地，与廖健同志一起为柴达木的石油事业的发展做出了贡献。1980年随廖健同志调江汉油田任小学教员，1982年退休。他们有二女一子，大女儿廖萍原是我油田医院主治医师，现已退休，住在北京燕青小区。二女儿廖小兰在冷湖参加工作，后随廖健同志调到江汉油田，也已退休。儿子在江汉油田担任保安。

坎坷一生蹉跎半世的阿官

　　闲暇时，翻翻我当年拍的历史照片，看到诸多老前辈、老同志已离我们而去，真是让人感叹岁月的沧桑，引起我对他们真挚的思念，其中就有阿官。他是1954年进盆地的柴达木第一代石油人，而且是当时的向导之一。他是许多重大事件的亲历者、见证人，对老油人来说，一个人就是一部传奇，一个人就是一座丰碑，一个人就是一个时代。

　　阿官，1924年出生在内蒙古，7岁随父母逃荒来到甘肃肃北县落了户，第二年他就在牧主才登家当了奴隶。1939年，阿官的父母兄弟全被马步芳匪徒赶到了蒙古国，只剩孤苦伶仃的阿官，为了生存，他在牧主的皮鞭下挣扎着⋯⋯

　　1949年，党的阳光照到了肃北草原，阿官获得了解放。他怀着对国民党反动派的深仇大恨参加了支前队伍，赶着骆驼为追剿马步芳匪帮的解放军运送粮草。1954年，西北石油管理局组成柴达木地质大队向盆地进发，勘探寻找石油，挑战生存极限。阿官同志拉着10峰骆驼，加入了他们的行列，肩负起了用骆驼给勘探队员驮运货物、运送粮食和水的艰巨任务。从此，20多万平方公里的柴达木盆地的角角落落都留下了他的足迹——从阿拉尔到油砂山，从花土沟到茫崖，从开特米里克到油泉子，从大风山到冷湖……

1955年勘探局又在原来的基础上，从宁夏买回600峰骆驼，从西藏公路局接收了600峰骆驼，骆驼总数达到了1500多峰，组成了有180人的驮运大队，卯国财同志任大队长。下设三个分队，阿官任三分队队长。阿官同志从参加驮运队第一天起就告诫自己，凡是共产党让干的事一定干好，凡是地质大队交给的任务一定完成。他以对党的忠诚，对人民事业负责的精神，对工作认真的朴素感情，默默地、脚踏实地地工作着、努力着。1954年柴达木盆地石油勘探，其艰苦和困难是常人无法想象的，他们为了在柴达木找到石油，付出了能够付出的全部努力。是啊，先驱们在创建青海油田的同时，也创造了艰苦奋斗的柴达木精神，这是一笔宝贵的精神财富。

20世纪60年代初期，生活紧张，为了渡过难关，他又毫不犹豫地参加了打猎队。正当打猎队在昆仑山繁忙时，他的爱人考尔丽因心脏病去世，等他得到消息已是7个月以后了，赶到家，妻子的坟头上已长满了草。打猎队工作结束后，他又去了马海农场，当了农牧工。干了几年后，又调他到行政处当起了勤杂工。他当牧工7年，7年里风餐露宿，没向人说过一个苦字；他当搬运工13年，经他双手搬运的物资有上千吨，没人听他喊过一声累；他在局小卖部当营业员两年，每年都有 20 万斤猪、牛、羊肉售出，是他用板斧剁成一块一块的，双手磨出了一层又一层老茧、一个又一个血泡，也从没有人听他叫过一声疼。作为一名普通工人，什么是对党的忠诚，什么是对祖国的热爱？阿官同志以实际行动作了回答。是啊，阿官同志留在戈壁滩上的足迹、洒在瀚海里的汗水、融在工作中的勤劳，就是最好的说明。

1980 年 11 月，党组织根据阿官同志的长期表现，接收他为中国共产党预备党员。他多年的愿望实现了，干工作的劲头更足了，就是退休后，仍不脱工衣，依然战斗在岗位上，干着力所能及的工作，直到病逝。

人们对阿官的评价是，工作上的蜜蜂牌，像蜜蜂一样辛勤工作，从来不知道辛苦；生活上的延安牌，像延安时代的老八路一样艰苦朴素。是啊，企业应珍藏这份文化遗产，让那些鲜活的、质朴的老油人的故事、话语、精神，永远活在一代又一代石油人的心中，成为连接石油人的情感纽带，成为企业文化的精神源泉，成为选择前进道路的坐标。

杜恒年难忘"生命禁区"的壮歌

杜恒年，1932年生，河南孟州市人。1953年毕业于西安石油学校测量专业，先后转战于青海油田、大庆油田和大港油田，1988年任高级工程师。1992年4月从大港油田录井公司退休。

1953年从学校毕业后，他被分配到西北地质局，开始了"我为祖国献石油"的豪迈人生。1954年6月随柴达木地质大队由敦煌北台站出发，经独山子、拉配泉、连四旱、索尔库里到达柴达木盆地西部的阿拉尔。先后在油沙山、大乌斯、茫崖、大黑山、六十四公里、南翼山、一里坪、冷湖、俄博梁、马海、南八仙、大柴旦等地工作过。

似水流年，青春如歌。如果说青春是一首歌，那一定是一首坚强的歌。回想起柴达木勘探初期的艰苦岁月，真是历历在目。柴达木无疑是中国最艰苦的地区之一，恶劣的自然环境以及高海拔带来的高原反应，使不少勘探队员的身体受到了损害。在柴达木最让他难忘的事是在1955年夏季的一天，他和付德顺还有一个季节工，一行三人在油沙山英雄岭进行图根布网工作。当完成任务后，太阳已快落山了，当他们回返进入山沟后天已黑了下来。当时，他们每人每天只带三四个馒头和一壶水，在七八月酷热的戈壁滩上工作，水早已用尽，高高举起水壶，也只有几滴"圣"水，此时，身冒虚汗，眼冒金星，两腿发软，咽喉似火。水啊，水！的确，不到大漠戈壁，不知道水的重要，更不知道生命对水的渴望。在这极端困难的情况下，他们三人就近在一个山洞里躺下，研究脱险的办法。但在这漆黑的夜晚到哪里去找路呢？老付同志出去沿山沟找帐篷，一个小时后，他又返了回来，说："沟太长，即使出去，也找不到家，本人也回不来了，就在这住一夜吧。"后半夜，干渴得再也无法忍受，他们只能喝了自己的尿，第一次品尝到了尿的味道，真是酸、苦、骚三味俱全，一口下肚，胃肠叽里咕噜响个不停。第二天天刚亮，他们沿着山沟，相互搀扶着，下午才滚爬到家。另外一组三人也是在第二天才回到家的。

他说，当今天回忆起那段经历，留在记忆深处的，不是死亡的威胁，也不是饥渴交加时喝了自己的尿，而是柴达木地质勘探的艰苦历程。在柴达木工作的四年里，当"团长"的次数不知有多少，四年里没有吃过一口青菜、没见过一棵青草、没见过一个百姓。他们是唱着《勘探队员之歌》，怀着为祖国找油的信念，在柴达木艰苦的环境里坚持下来的。

艰苦、贫瘠的只是柴达木的自然环境，对开拓柴达木的人来讲，只要有一种信念、有一种追求，什么样的艰苦都能忍受，什么样的环境也都能适应。在艰苦复杂的环境中经受锻炼和考验，具有更加重要的意义。艰苦的环境更能凝聚人心，也更容易让人与人之间结下深厚的友谊。回首一幅幅绚丽多彩的地质勘探画卷，回顾半个多世纪的勘探生涯，一批批开拓者奋发图强、克难攻坚创造出骄人的业绩，真是令人心潮澎湃，感慨万千！

"柴达木，我们想念你！"

护卫勘探队的解放军战士张天命

张天命同志，生于 1934 年，甘肃酒泉人，解放前参加工作，1954 年随柴达木地质大队进盆地。

提到初进盆地，人们还记得除勘探队员外，还有负责警戒保卫的解放军。张天命同志就是中国人民解放军西北军区骑兵团五连的战士，也就是当年护送勘探队员进盆地的那个连的战士。当时柴达木地区匪患较重，为保证柴达木地区石油勘探工作的顺利进行，保卫勘探人员的安全，当时驻守在敦煌地区的骑兵团，奉上级命令，派出了一个连队于 1954 年 5 月随柴达木地质大队进驻柴达木盆地，先后辗转于阿拉尔、油砂山、油泉子、红柳泉、茫崖、冷湖等地，负责各个野外勘探队及地质测绘人员的安全保卫工作。

那时的解放军是战斗队，也是工作队，除对勘探人员负责警戒安全保卫外，还协助勘探人员打柴、运水、做饭、挖槽、跑标尺等，他们同样也为柴达木的勘探做出了巨大贡献。1955 年，根据柴达木的实际情况和中央军委指示精神，部队人员可以转业安置工作。张天命同志要求留在柴达木，他说，通过与勘探人员一年的接触，感到他们热情、有朝气，他们与勘探队员的关系也很融洽。当然最主要的是柴达木石油勘探远景好，也急需用人，虽说苦些，但他觉得越苦越光荣嘛！部队批准了他的请求，于是他转业留在了柴达木。

　　他当时先被安置到 101 地质队，后调到油泉子钻井大队，之后又调至茫崖运输处当驾驶员。开始他认为当驾驶员好，但当了驾驶员后才知道，那时的车子都是老掉牙的，又缺配件，加之路况差，在这种艰苦的条件下，为了保质保量完成任务，他经常是披星戴月，早出晚归，每天工作都在 12 个小时以上。有时一个人单独外出执行任务，三五天才能回营地一趟是经常事。有时车子坏了，就露宿于戈壁滩。尤其是柴达木的夏天，烈日当空，骄阳似火，热不可耐，跑车时大汗淋漓，身上的衣服全湿透了，驾驶室里如同蒸笼一般闷热。而到了冬季，早晨起来发动车得用柴烧火烤引擎，常常是夜里三四点钟就起来。跑在路上驾驶室因无取暖设施，又能把人冻成冰棍。但那时的人不怕苦，不怕累，因为乐于奉献和英勇顽强的精神在鼓舞着他。的确在 20 世纪 50 年代他吃了不少苦，但他说，想想值得，没有那时的苦哪有今日的甜！

　　1957 年他随车一起被划归石油部运输公司，公司总部就设在敦煌。在这里需要说明的是，1956 年组建的石油部运输公司，归青海石油勘探局领导，公司经理张复振同志兼任青海石油勘探局第一副局长。1957年又独立成为石油部运输公司，为局级单位，经理仍是张复振。

这个公司因是石油部的长途运输公司，张天命划归这个公司不久后就奔赴新疆参加石油大会战，从此就再也没回到敦煌。1960年又去大庆参加会战，直到1972年才调到大港油田汽车修理厂，担任修理厂的领导直至离休。

张天命同志1993年在大港油田离休，现住在天津市滨海新区大港油田。

对柴达木怀有特殊感情的赵德法

　　新中国成立不久，百废待兴，祖国的社会主义建设急需石油。1954 年 3 月，燃料工业部石油管理总局在西安召开第五次勘探工作会议，决定派遣石油地质队伍进入柴达木盆地进行地质调查。

　　4 月下旬，一支由 400 余人组成的柴达木地质大队，从西安出发，经敦煌，在中国人民解放军驻敦煌骑兵团一个连队的护送下，沿若羌古道，进入柴达木盆地，到达西部的红柳泉。

　　当时从西安出发到达敦煌后，得到了敦煌政府的大力支持和帮助，当时是要什么给什么，进盆地时骑兵团还派了一个连保护他们。这批进盆地的人大都是刚从学校出来的年轻人，平均年龄只有 20 多岁。到了红柳泉后，水不能喝，因此很快与当时驻守在阿拉尔的解放军取得联系，他们是新疆骑兵七团的一个连，为了剿匪，他们住在阿拉尔已有三四年了，听他们讲，他们和流窜在那里的乌斯满匪徒残余进行过多次激战，为此还牺牲了不少同志。部队把勘探人员接到阿拉尔，并让出一排自己盖的营房，成了大队部，其他人也都在周围支起了帐篷，算是在阿拉尔安营扎寨了。

开展工作后，因工作区域在油砂山一带，满是戈壁滩，所以遇到的最大困难是缺水。各小队的生活用水，全靠骆驼从阿拉尔驮运，每五六天才能往返一趟，大家不得不节约用水。大家知道，柴达木干燥少雨，空气湿度几乎为零，健康的肌体必须保持水分的平衡，人在一天中应饮七八杯水，加之勘探队员在野外工作，每天要跑很多路，经常翻山越岭，需水量就更大了，但面对艰苦环境和条件，人们只能忍受干渴。每天跑下来后袜子上的汗渍很多，但没水洗。于是有人发明了一种"干洗法"，在吃午饭的时候，将袜子埋在被太阳晒烫的沙子里，让热沙子吸干脚汗，然后搓掉沙子，再把袜子穿上，舒服多了。但身上穿的衬衣就没办法了，只能任其被汗水浸湿了又干，干了再被浸湿，最后硬得像一块帆布。那时住单帐篷，白天太阳烤的你流油，晚上却又冻的你够呛，如果再遇上刮大风就更惨了，经常是半夜起来追帐篷。经过一年多的野外地质调查，地质大队核实了油砂山、干柴沟有很厚的含油砂层出露，发现了盆地西部第三系沉积岩厚度达三四千米，其中有很好的生油层。发现了油砂山、油泉子、油墩子、七个泉等18个可能储油构造和9处油苗，确定柴达木盆地具有勘探面积大、沉积岩层厚、背斜构造多、生油条件好等特点，具有十分乐观的油气勘探远景。

赵德法同志20世纪70年代调出盆地，人虽已调走，但心却留在了柴达木，与调出盆地的其他同志一样，对柴达木有着特殊的感情，他说每每看到或听到有关青海油田的一点点报道，都要反复地读、反复地看，如同回到了久别的油田，见到了久别的亲人。的确，他对青海油田的感情是深厚的，也是无法割舍的，尤其是当他听到青海油田的产量已上到年产 700 多万吨时，高兴得无法形容，因为他们当时油田年产量只有十几万吨啊！

　　赵德法同志已离休多年，现住在天津大港油田。

油田创业的白衣战士——贾向文

　　贾向文同志，陕西华县人，1921 年生，1954 年进入柴达木盆地，当时是医生。冷湖医院成立后，任内科副主任。1979 年调至航空部西安发动机公司职工医院，任内科副主任。1983 年退休，现居住在西安市。

　　1954 年从西安进盆地是先乘汽车到敦煌，稍作休整，再进盆地。从敦煌到阿拉尔这一段路程，汽车就走了 8 天之久。8 天里没有见到任何人，如果见到人，不是高兴，而是害怕。因为那时有一个传说，解放时，新疆的乌斯满匪帮的残余被追赶到柴达木盆地七个泉时大部分被消灭了，但其中一小撮匪徒逃脱，藏进昆仑山，威胁着人们的安全。这伙匪徒曾在一个夜晚摸到当时的阿拉尔驻军牧场，杀害了战士，掠走了牛羊。那场惨剧的阴影，印在了人们的脑海里。1954 年地质大队进盆地时，阿拉尔还驻扎着新疆军区骑兵团一个连的解放军，担负着对柴达木地区的警卫任务。

　　他们到达阿拉尔后，住的时间不长，随着勘探工作的全面展开，大队人马搬到了油砂山。当时油砂山下也成了一片帐篷城。由于盆地的自然条件差，气候冷热变化大。当时人们的口头禅是"天上无飞鸟，地上不长草，风吹石头跑"。吃的是干菜、腊肉、粉条，基本上吃不到新鲜蔬菜。饮用的水是当时在油砂山找到的泉水，因矿物质多，人喝了拉肚子。

就这样的环境，地质人员却个个精神饱满，干劲十足，从没有听到有人对环境抱怨。所以说，自然环境再差，只要有理想，就能激励人们奋发向上。贾向文同志本来是从西安借调到盆地帮忙的，当组织上要留他在盆地工作时，他二话没说，自己想办法克服了家中老人、小孩无人照顾的困难，放弃了大城市安逸的生活，愉快地留在了盆地。

1954年的医疗工作，是由4名医护人员组成的医疗站，个个都是多面手。医疗设备谈不上，住的是帐篷。盆地风沙大，有人要冲洗眼睛，没有洗眼壶，他们就地取材，用当地的芦苇秆，截成不同长度的两根管，插在大口瓶塞上，当洗眼壶用，给病人洗眼睛。遇到留下观察治疗的病人，住的也是帐篷、行军床。好在有台显微镜，需要时做些血、尿、便常规和血沉检查。没有化验员，只有医生亲自动手做。给野外小队送医送药也是他们的主要工作之一。多数野外小队都是一大早带着干粮、背着水壶就到野外工作点去了，天黑后才收工回到营地吃饭，所以送医送药只有到晚上等他们回来后才能见到人。有一次，他随大队工作组去给小队送药，等到同志们回来吃过晚饭，工作组布置完工作以后，他们才给野外队需要吃药的同志放下点儿药，谈些防病小常识，这样就到晚上 12 点以后了。离开时，天黑咕隆咚的，本应直走 20 多分钟就到小队前边约好的集结地了，谁知走在前边同志的脚略微向右一斜走偏了，越走越觉得不对头，走了一两个钟头，还没到集结点，才知道迷了路。因为天黑辨不清方向，大家决定原地不动，一直在戈壁滩上坐到天亮，才发现已偏离集结点七八公里了。

地质勘探工作，一般是在春季出工，天冷收工，之后回到西安整理资料，进行冬训。但 1954 年冬季收工时，有一个测量队的工作验收不合格，必须推倒重来，破常规地留在了盆地进行冬季施工。作为医务人员，贾向文同志也被留在了盆地。施工完成后，为安全起见，还是搬到了阿拉尔，与王全福率领的留守人员会合。由于留守人员的增加，造成了储备粮缺短，加之天寒地冻，不久大雪封山。他们马上给西安地质局发报联系，但发报机出了故障。从此与西安总部失去联系，因大雪封山，敦煌留守人员也得不到他们的消息，他们只好向地质局告急。西安地质局估计他们已断粮，但又长期得不到他们的消息，心急如焚，只好向青海省求援。当时正在中央开会的省委书记高峰同志得到消息后，命令海西州工委立即派骆驼队驮着所需物资前去救援。由于地理位置不明确，又没有现代化的联系方式，雪又下个不停，在一尺多深的雪地里，东奔西闯，反复多次，费了九牛二虎之力，经过半个多月的艰难跋涉，终于找到了阿拉尔留守人员的驻地。当时见面的场景真是令人感动得热泪盈眶啊！可又有谁知，留守人员已经 10 多天靠自己进山打的野牛肉度日了。

随着勘探事业的发展，1955 年由张石谦、贾向文、魏成俭等人组成的医疗队汇入茫崖医院，设在距茫崖帐篷城 12 公里的一处山坡下。1958 年茫崖医院随同机关搬到了大柴旦，随着冷湖地中四井的喷油，1959 年又随同机关搬到了冷湖。

贾向文同志一直是医院的骨干，多次被管理局和医院评为先进工作者、五好医务工作者等，尤其是在处理疑难病症方面颇有名望。他写的《指甲凹陷症的临床观察》曾在重庆全国工业卫生会议上交流，并在青海省卫生杂志第 2 期上转载；《高原对人体血压的影响》一文被载入《青海医药卫生资料汇编》一书中。

激情岁月中的干将薛维钧

薛维钧同志，河北丰润人，1929 年生，毕业于北京地质学院。1990 年退休，现居住在天津市。

大学毕业后被分配到西北石油管理总局中心实验室，不久后到陕西永坪进行地质调查，之后调到柴达木地质大队，于 1954 年春进入盆地，先后在土林沟、狮子沟等构造进行详查和细测工作。1956 年调到地质研究所地下地质研究队及勘探室做研究工作。1963 年根据工作需要，调到大港油田研究院搞地质研究及技术管理工作。1979 年调到天津理工大学任《天津理工大学学报》主编，直到退休。

他说，提起初进盆地真是一言难尽，吃了不少苦头。从甘肃敦煌出发一路向西，因一路上荒无人烟，根本就没有路，他们是边修路，边行车。因为是初春，天还很冷，但到晚上只能露天宿营，天当被地当床，半夜把人冻醒。尤其是带的水，都结成了冰，别说用嘴咬，就是用铁锤也砸不开；原来很松软的白馍，这时也变成了铁疙瘩。聚餐时只得用火把冰和馒头烤融化。每到一个地方露营，还得派一个人值班守车，让车不能熄灭，因为熄火了就发动不着。经过半个月的艰难跋涉，才到达红柳泉。

他们在矿产资源富饶但生活艰苦的柴达木盆地里，不分昼夜地工作着，每天东方的启明星伴着他们走上工地，晚上月亮陪着他们回到帐篷。扛着仪器、标尺，每天从这个山梁跑到那个山梁，越过一个深沟又一个深沟，脚上打起了泡，掐破了又打了起来。常常是天已黄昏，他们还要争取多测上几百米，然后才唱着《勘探队员之歌》回到驻地。

柴达木有的是油，缺的却是水，野外工作的队员们都自觉节约用水，几十天不刷牙、不洗脸、不洗脚已成常事，因为拥有的水量只够保证勘探队的饮用水，每天每人一壶水，只能节约，不能超标。一次，他们在野外搞测量，迷失了方向，连骆驼也找不到家，断水已3天，他们只好顶着大风，忍受着极度的干渴一路找寻，终于在第四天找到了家，这是一次严峻的考验。

当然最大的考验还是柴达木的冬季，寒冷异常，零下三四十摄氏度，加之住的单帐篷又无取暖设施，真是生死大考验，说这话一点也不夸张。每天完成任务晚上睡觉时，都是穿上棉衣、戴上皮帽，全副武装才躺下，早晨起来被子冻得掀不起，人的脸上全是霜，但在他们身上却有着一股革命的乐观主义精神。经过短暂活动，舒活了筋骨后，他们又愉快地投入工作了。真是苦中自有乐，乐在吃苦中啊！

与他们一起进盆地的解放军同志更苦，除每天与勘探队员一起工作外，晚上还要为勘探队员站岗放哨，无论天冷天热，一年365天，天天坚持，真不容易。还有驻守在阿拉尔的解放军，因年久没有换装，他们穿的军衣，已经破旧得像件反穿的羊皮袄，早已看不出军装的模样。他们天天巡逻放哨，守卫着祖国的边疆。为剿匪他们有的还献出了宝贵的生命。

在距离驻地不远的阿位尔墓地，被杂草掩盖的坟茔，是剿匪时献出生命的解放军战士，最年轻的才20岁。勘探队员前去瞻仰，向墓地三鞠躬，默默地站在那里很久很久，心里涌起一种难以表达的激动、敬仰之情，的确，任何人来到烈士墓前，都会肃然起敬。他们用生命之躯在柴达木写下了第一支壮丽的歌，他们为柴达木开辟了美好的前程。他们虽然壮烈牺牲了，但是，他们永远活在人们心中。

足迹遍布茫崖的郑宗义

郑宗义同志，河南鄢陵县人，1926 年出生，1953 年参加工作，1954 年随柴达木地质大队进盆地，在 104 队工作。1985 年退休，现住在河南省南阳油田。

郑宗义同志比较健谈，谈起当年在柴达木工作的情景时，他话语滔滔不绝，柴达木确实给他留下深刻的印象。他说 1954 年刚进盆地时确实苦。盆地自然环境差，生活条件艰苦，尤其是 1954 年冬季收工后，他和其他几个人留守阿拉尔，一段时间因手摇电台故障而与基地失去联系。情况发生后，当时惊动了省上，省上主要领导指使海西州派出骆驼队，带上救援物资积极寻找，结果几次反复，用了十几天才找到他们。当时的政务院还发电慰问了他们。为记录当年艰苦的工作历程，1955 年中央新闻电影制片厂还专门跟踪拍摄了一部电影纪录片。

郑宗义同志虽已年过九十，但身体尚好，只是在柴达木工作期间，从骆驼背上摔下来过，当时因年轻气盛没当回事，到后来一检查才发现问题严重，但已无法弥补，至今腰骨错位，遇到变天时腰酸腿疼，不能走长路，推着自行车腰还舒服一些，但也走不远。随着年龄的增大，出远门已成问题。人生的道路不全是顺利的，有时会遇到艰难挫折，全凭百折不挠的意志走过去。既然选择了一条艰难之路、一条创业之路，就已将个人安危置之度外。

1954年进盆地后，他在104地质队，地质勘探队员为了勘探石油构造，曾经踏遍了荒芜的戈壁滩，搏斗在近3000米的高山峻岭，狂风把野营帐篷卷进山沟，把沉重的油桶刮得无影无踪……但是，它卷不走勘探队员们为祖国找油的红心。他们屹立着、劳动着，把蓝图的标线，深深地镶嵌在千里戈壁之中。

多少风雪，多少沙尘，多少次艰苦的考验，多少次胜利的喜悦，写进了柴达木的开发史中。在短短几年中他几乎踏遍了柴达木盆地的西部地区，每个构造都留下了他的勘探足迹和欢乐的笑声。

那时的人哪，把工作看得很重，为了找油，他们豁出命来干。柴达木盆地由于空气稀薄，馒头蒸不熟，再白的馒头蒸出来也是发青的，吃起来还黏牙。但最主要还是当地没有淡水，因驮水的骆驼不足，常常是喝油砂山下的泉水，碱性大，又苦又涩，难以入口。队上没有固定车，只有几峰骆驼，也主要负责搬家，任务也很繁重，搬家、驮水、驮粮，从早忙到天黑。柴达木风大，一天工作下来，用手一抹脸，沾了一脸的沙子和尘灰，但没水洗，只有此时才真正体会到了，水贵如油的深刻含义啊！

如今我们所处的时代，物质水平已远非当年初进盆地时可比，但我们绝不能丢掉那个年代创造的柴达木精神，因为它才是老一代柴达木人传承下来的不朽魂魄。

由于工作的需要，郑宗义同志于1959年初从青海调往广东，在珠江三角洲和海南三水盆地进行石油地质勘探。本来要进行钻探打井，进一步弄清地下地质情况，也从地质部借调来钻机，但因种种原因并没打成，地质部的钻机又撤了回去。

石油部组织江汉油田勘探会战，他又被调到了江汉油田，之后又调到了河南南阳油田。他是在河南南阳油田退休的。

与骆驼争吃食料使李崇焕铭记

李崇焕同志，河南人，生于 1928 年，早期考入河南大学，不久后参军从戎赴朝作战。回国后又到西北大学地质系继续学业，1954 年毕业后被分配到西北地质局，不久随柴达木地质大队进入盆地。

1954 年进盆地，先后在地质小队任实习员、队长，后到机关科室任主任、地质师，1988 年提为高级工程师。在华北油田退休后，虽然年事已高，仍在做着力所能及的工作。

提到初进盆地，他有说不完的话题。刚到阿拉尔，大队部就公布了分配名单，他被分到正在盆地西北部搞 20 万分之一普查任务的 102 队。没几天小队来人到大队部驮运粮食和生活用品，顺便接他们回队。当时与他一起去小队的还有个叫土地希里克的向导，还有三位解放军战士，午饭后启程。当时到小队有两条路线可走：一是绕尕斯湖行走，路虽好走但路程长，当天难以到达；二是从尕斯湖边直接插过，路虽短但要冒风险。最后经研究和征得向导的同意，决定走捷径，直插湖边。没想到的是，到湖边后看着硬邦邦的盐壳，底下却是稀粥，人走过没事，第一峰骆驼走过也没事，但后跟上来的骆驼却陷进了泥潭中。腿越陷越深，动弹不得，人上去帮忙，聪明的骆驼不让，等它歇足了劲，只见它扬脖腾空而起，跳了上来，人们惊喜万分。但继续往前走，几峰骆驼又都陷了进去，人们费了好大的劲，才把所有的骆驼拉上来。本来想抄近路赶时间，反倒耽误了时间。这时天色已晚，只能找个干一点的地方宿营。

露宿在盐湖边的沼泽里，也许是路上折腾得人累坏了，竟睡得十分香甜，而解放军却轮流站岗一整夜，其认真负责的精神令人敬佩。一觉醒来，天已大亮，正担心如何走出沼泽，但向远处一看，已接近沼泽的边缘，人们高兴得跳了起来，立即收拾行装上路，不到中午就到达了小队。

那时各队都配有骆驼，任务有二：一是负责野外小队的搬迁；二是负责全队生活用品的运输。因为施工工地都是无人区，沿线设了几个无人供应点，放着面粉、干菜和粉条，各小队到此自取。当然驼队最大的工作量是驮水，淡水要到几十公里之外的阿拉尔去驮，路途远，沼泽地难走。所以各小队的饮用水都是限量的，几个月不洗脸、不刷牙是常事。

记得 1955 年的一次小队断粮断水，食堂开不成饭，群众着急，队长更着急。饿了一天之后，粮还是没运来，人是铁，饭是钢，一顿不吃饿得慌。队长作了几项决定：一是停止野外施工；二是取些骆驼食料食用；三是用手摇电台与基地联系求援。得知消息后，基地连夜送货，小队的骆驼也去接应，第四天才运来了黄花、木耳、粉条及粮食。那几天真是苦不堪言，由于吃了骆驼食料，加之喝水又少，肚子撑得生疼，但又拉不下屎来。更糟的是骆驼没有了食料，加之活动量大，倒下了，有一峰竟在无奈中死去。人们看着伙伴因自己食用了它们的食料而被饿离去，心如刀绞。

1954年，他们正在盆地西部的油砂山一带普查时，突然接到转战茫崖构造做20万分之一的普查任务，要求10月底前完成。队上派李崇焕和几个人先行，其他人随后就到。他到茫崖后，在普查中，发现由茫崖向北开始出现好的露头，地层清楚，属背斜构造，这一发现后来被命名为土林沟构造。再往前，看到蘑菇状土丘林立，十分壮观，走近一看，地层走向清晰可辨，又是一处背斜构造，后被命名为开特米里克构造。普查路线连续查实有三排背斜构造，他激动异常，沿背斜轴部还分布着大片的地腊堆，这个刚出校门不久的年轻人，头一次将书本知识在实践中得到了验证，甭提多高兴了，他顾不得疲劳饥饿与口渴，一直观测到天黑。

柴达木啊，真是个"聚宝盆"！

李崇焕同志是位高级工程师，长期从事石油地质勘探和研究，成果较多，在这里不再一一赘述。他1954年进盆地，1957年调到四川，1970年调到华北，为石油事业走南闯北。1988年退休，现住在河北省任丘市。

黄正芳：把蓝图镶嵌在大漠戈壁

黄正芳同志，四川自贡市人，生于 1929 年，毕业于重庆大学地质系，高级工程师。在职期间，科研成果较多，尤其是他参与编著的《华北碳酸岩潜山油藏开发》一书，对华北油田的开发研究具有指导意义，受到专家和地质工作者的普遍好评。1989 年在华北油田退休，现住在河北省任丘市。

黄正芳同志是 1954 年第一批进盆地的老地质勘探队员，曾为柴达木石油勘探开发做出过重要贡献。

柴达木盆地的西部是一片荒凉神秘的地方，素有"南昆仑，北祁连，八百里瀚海无人烟"的称谓。从安全因素考虑，初进盆地的人员是清一色的男同志，1955 年才有部分女同志进入盆地。的确，真正使柴达木焕发出耀眼的光彩、赋予它真实生命的，是进军柴达木的石油人。

柴达木是一个石油的海洋，盆地的四面八方都发现有石油储藏。从 1954 年到 1958 年的 4 年时间内，就已经找到可能储油构造 100 多个，其钻探结果显示，有 85% 喷出了油流和见到了油气显示，预示着柴达木的勘探开发具有广阔的前景。

在盆地的地图上，有不少吸引人的名称，如"油泉子""油墩子""油砂山""大油苗"等。看到这样一些地名，会使人自然地想到盆地的石油之多。这些地方，在石油勘探队进入前，还是渺无人烟的深山野岭。石油勘探队来到这里，首先发现第三纪地层形成的峻峭高山，几乎全被石油染黑了，在那里你可以随手挖到油砂，处处都可以闻到油香。勘探队员被那里的储油构造所鼓舞，就给那些地方取了足以炫耀的名称。在这里我要说说大油苗。大油苗是冷湖许多储油构造中的一个，属于四号地区，632队在那里打井见到油流。它所显示出来的油砂面积很大，所以给它取了大油苗的名字。1958年石油勘探局在五号地区钻探取得突破，冷湖地中四井喷油，日产原油800吨，震惊全国。

天然气与石油是双姊妹，盆地除找到几个油田之外，还找到几个气田，尤其是涩北气田，埋藏浅，压力大，产量高，已成为我国陆上四大气区之一。

柴达木的开路先锋、地质尖兵，在开发建设柴达木中，他们不怕苦，不怕死，搏斗在祁连山麓，苦战在尕斯库勒湖畔，跋涉在昆仑山下，奔波在千里荒野之中，来往于渺无人烟的戈壁滩上。他们用汗水甚至生命浇灌了这块沉睡了亿万年的土地，使它开出了石油之花。

初进盆地的先驱者，只靠几辆破旧汽车和大批骆驼为交通工具，手摇发报机为通信工具，单帐篷为家，战严寒，斗风沙，不知承担了多少风险，经历了多少苦难。柴达木的勘探队伍的脚步，几乎踏遍了柴达木盆地，东起达肯大阪山，西到阿尔金山，都有他们的勘探足迹，都曾留下他们辛勤的汗水和欢乐的笑声。

当然，在这里，我们还要把最高的敬意和感谢，献给保卫勘探队员顺利进入盆地的解放军战士。勘探初期，是我们最尊敬的解放军保卫着勘探人员平安地进入盆地。进盆地后，又与勘探队员携手共同谱写石油勘探的新篇章。当勘探队员忙时，他们又帮忙烧水、做饭、驮水，晚上却又是轮流站岗放哨，保卫着勘探队员们的安全。正是他们的执着坚守，才使柴达木得以顺利地进行勘探、开发和建设。

打冷湖地中四井的钻井队长吴秀德

　　吴秀德同志是甘肃人，从玉门调入青海，1954 年进盆地，1958 年钻冷湖地中四井时，他担任钻该井的井队即 1219 队队长，应当说他是个英雄钻井队长。地中四井的喷油，真是美名天下扬。本来 2010 年我就想写写他，巧的是我两次去采访他，第一次是他老伴病重，他正在医院陪护中，我只好作罢。第二次我刚到退休院，在大门口碰到刘声吉同志，他说你来迟了一步，我们刚送走吴老。我愣在那里数分钟都回不过神来。

　　吴老走了，"永远"地走了。"永远"只有两个字，却无人用文字说得清楚"永远"到底有多远，但我想："永远"它不会随着生命的终结而消散，真正的"永远"是藏在心里的。是的，吴老还活着，活在历史中，活在我们的心中！本想把他的故事趁他健在就早点写出来，却因我的拖拉错过了机会，真是遗憾终身。我认识他，但没专门采访过他，对他的详细情况不甚了解，只知道他是 1954 年进盆地，打冷湖地中四井的队长，我想，就凭这他就不愧是光荣可爱的柴达木人。前几年我写了1954年进盆地、当时还健在的70余人，后来又补充了30多人，计100多人。我写了《开路先锋今在何处》，受到普遍欢迎，其中就包括吴秀德同志，冷湖地中四井叫响全国的英雄。

的确，一个重感情的人是很怀旧的，我就属于这类人，不易忘记过去，总爱怀念过往岁月里那些点点滴滴。翻开历史画卷，打开记忆的闸门，我细细地品味着他们艰苦创业的每一件事。那时的柴达木穷山恶水，不毛之地，寸草不生，茫茫戈壁滩上一片荒凉。那里气候干燥，空气稀薄，被外界称为"生命禁区"。他们开展工作的艰苦更是超出你我的想象，那是对人的生理极限的挑战，偌大盆地的西部地区，竟没有淡水资源，吃的水全靠骆驼从远处驮来，人多骆驼少，水只得限量使用，有时只得忍受饥渴。吃水难，生活供应更难。因路途遥远和交通不便，不得不吃干菜，因条件所限住的是单帐篷。生活就是付出，只有吃苦流汗才能实现理想。但他们发扬一不怕苦、二不怕死的革命精神，以苦为乐，他们不顾严寒和酷暑，长年在光秃秃的戈壁滩上战斗着，我被他们坚忍不拔的精神深深折服，不敢想象他们这群柴达木的开拓者，在那样艰苦的环境之下，创造出了多少惊人的奇迹。想到这我内心感慨万千，久久不能平静。那真是一首首铿锵有力的诗篇，那真是一曲曲振奋人心的乐章，它时时撞击着我的心灵，使我受到了极大的震撼。正是他们的选择和付出，才开创了柴达木辉煌灿烂的历史，才找到了石油勘探的方向。是啊，我们不会忘记曾经的沧桑与苦难，不能忘记勘探开发柴达木的英雄志士为这片土地洒下的热血……

吃苦是人生的立业之本，先苦后甜，苦尽甘来。今日，我们油田已得到了大发展，但是我们不能忘记前辈们所吃的苦。这种吃苦是经验，是财富，是美好的回忆。这种甘甜前的苦，包含勇敢，包含智慧，也包含奋斗进取的奉献精神。奉献精神的核心是"自我牺牲"，这种"牺牲"有财力的、物力的、智力的甚至是生命。奉献精神不是某人一时的"心血来潮"，而是他们正确人生观、价值观的体现。

往事如烟，几十年过去了，过去只能留在记忆里，当然史料是随着时代的发展而发展，它是一代人写一代史。过去艰苦奋斗的优良传统，照亮今天，明天的历史也一定会在今天创造者的笔下，书写出更加精彩的篇章。天不老，情难绝。岁月或许会逝去一个人的容颜，但吞噬不了人的心。然而秋风中飘落的思念，酝酿成春天追寻的柳絮。一些美好的回忆，是思念，更是补档案之缺，辅史料之实。是啊，我们确实不能忘记历史！

丹心献石油梦圆柴达木的杨长暄

青海油田高级工程师杨长暄同志，是我们油田地质界的老前辈，是曾入选《中国地质名人辞典》的地质界名人。

他是在甘肃长大的河南人，1954 年毕业于西北大学地质系石油专业，刚毕业时在新疆吐鲁番地质大队实习一年后，于 1955 年进入柴达木盆地，一直干到退休，为青海石油勘探事业的发展做出了不可磨灭的贡献。

青海油田的勘探初期，我们地质工作者作为石油勘探的尖兵，奔波在戈壁沙滩，进行详查、细测，寻找储油构造，以及生油、储油、圈闭的规律、特征、历史演变等。那里条件艰苦，戈壁一片，无有人烟，夏天酷暑，冬季严寒，加之当时公路不通，器材供应尤其是生活供应存在许多困难。那里没有淡水，吃水全靠骆驼从几十公里之外的阿拉尔去驮，人多骆驼少，水不得不限量使用。住的又是单帐篷，其困难可想而知。但为了国家和人民的利益，只能迎着困难上，顶着艰苦行，他们艰苦奋斗的精神，受到了石油后代的敬仰。

杨长暄同志在盆地待了一辈子，跑遍了整个柴达木盆地的沟沟坎坎，对整个柴达木盆地的地质构造了如指掌，听着他的回忆讲述，更加深了我对艰苦奋斗的柴达木精神的理解。是啊，由我们前辈创造的柴达木精神，是找油人人生道路的里程碑，是激励找油人奋发向前、不畏艰辛、勇攀高峰的精神支柱。

60多年过去了，勘探初期的石油人，现在都成了爷爷奶奶辈，大部分已年过花甲，或离或退，也有些人已作古。虽然时过境迁，人世沧桑，但我相信这60多年来，正是他们这代找油人为柴达木盆地石油的勘探发展做出了贡献。继奋战在柴达木盆地后，也有一批骨干奔赴祖国各地，在不同的地区、不同的岗位为找油辛苦，为找油奔忙，为培养新生力量做贡献。

杨长暄同志是留在柴达木的老地质工作者，先后干过勘探、钻井、采油，20世纪70年代初调到局机关。的确，他在青海油田的勘探、开发中，发挥了主力军作用，也为青海油田大发展打下了坚实的基础，为青海油田产量的高速增长立下了大功。

我和他相识还是在70年代初，那时我们同在机关，他在总工程师室，我在报社，虽然接触不多，但有时跑野外、蹲点、前指固定，却也经常碰到一起。他是个干起工作不要命的人，也是大部分时间工作在前线的人。尤其是搞会战，只要哪里搞会战，准少不了他。涩北会战有他，西部会战有他，冷湖三号、五号会战也有他。

他人品好，与人为善，先人后己，公而忘私。70年代涩北会战，一次他的爱人有事去了内地，他扔下不到10岁的两个孩子去了前线。一天刮大风，煤炉烟囱被大风刮断，房子里乌烟瘴气，两个孩子缩在墙角连气也喘不过来，吓得直哭。孟令章副局长发现后，及时找人进行了处理，并给涩北会战前指打电话，让杨长暄同志回来。杨长暄同志回到冷湖把孩子安顿好后，又立即返回了前线。

80年代初，他被提为正处级的研究院副院长，除搞好自身的地质工作外，还负责全院的后勤工作。一上任，他就根据研究院的实际，抓了三项工作：一是抓办公楼的规划建设。当时研究院还是在原石油部敦煌资料库上班，一是此资料库建设时出于战备考虑，建在地下的一个大坑内，地方狭窄，人员活动不开。尤其是研究地质图时，图都没处放，只能放在走廊，图放下了人却没处站，大一点的地质图只能摆在院内，很不方便也很不安全，所以研究院需要个办公的地方。因他长期在机关工作，对领导、对机关处室人员很熟，他多次找领导和有关处室，在基地办公区统一规划的前提下，问题很快得到了解决。二是抓科研人员深入基层，为生产服务，为一线服务。在西部茫崖地区设立了科研服务点，建立了食堂和招待所，方便了在前线工作的科研人员。与此同时，抓好研究院办公区的绿化工作。对基地办公区的绿化，做到了严格规划，严格管理，发动群众多种树，研究院的绿化工作可能算不上最好，但也是基地绿化工作的前几名，多次受到上级的表扬。三是着力解决研究院家庭取暖用煤和家属参加劳动的问题。当时人们对这一问题反映强烈。杨长暄同志调查研究发现问题的症结后，积极与上级有关部门取得联系与沟通，使问题很快得到了解决，受到人们的赞扬。

杨长暄同志就是这样一个人，从大处着眼，从小事入手，一步一个脚印，履行着自己的职责，为共同的大目标，尽着自己的一份力量。他严于律己，身先士卒，执着追求，为青海油田的发展，倾注着满腔心血，贡献着毕生精力。有一件事至今让人们念念不忘。80年代中期，他在前指固定期间，为了弄清尕斯湖的基本情况，为下一步在湖中勘探做好准备，他随税为群副局长、李家骏前部机动工程师等一道，乘水陆两用坦克进了湖。当行进至湖中央时，由于地下结晶盐块的作用，坦克抛了锚，好在当时进入了两辆坦克，但用另一坦克拖拉时，也出了问题，两辆坦克都瘫痪在了湖中央。好在湖水并不太深，坦克下沉后顶盖还露在外面，当然人也处在十分危险的境地。遇险后，坦克上虽带有无线电通信设备，但由于当时设备还比较落后，通信网络还不发达，无法与外面取得联系，他们只能等待救援。

坦克虽然机械出了问题，但引擎还能发动着，因当时天凉，他们只得重新发动坦克在驾驶室进行取暖。由于对引擎发出的暖气所含成分了解不多，加之无通风处，结果发生了爆炸，驾驶室窗玻璃全被炸碎，这时人们才意识到，如果不是爆炸，更会带来人员中毒的一场灾难。

湖外人老是等不来他们，估计是出了事，立即向领导作了汇报。当时正在前指的局领导尹克升同志，一方面向上级求援，联系直升机前来救援；另一方面组织本单位人员进行自救，但在这187平方公里的湖水中，人们却无能为力。因为柴达木人历来就是"旱鸭子"，从没与水打过交道，更无救援设备，怎么办？这时有的人想出了个土办法，让钻井、采油等单位参加救援的人员，找来木板、床板、绳索等，试着用划船似的方法进入湖中，看来此法可行。为了增加牢固程度和载荷，他们又把多块床板加厚加宽连起来，终于艰难地划入湖中，之后固定好绳索，把他们救上岸来。两天一夜，三十几个小时，他们一口水没喝，一粒米也没下肚，真是饥寒交迫，困乏交加，上岸后几乎晕了过去，但经过短暂的休息，他们脸上又露出了笑容。

工作中，哪里有困难，哪里有问题，哪里就有杨长暄同志。他经常深入到一线和大家一起吃苦、受累，他的行动更加激发了广大科研人员克服困难的决心。正是有这么一位老地质工作者，有这么一位老领导，才有一大批青年以他为榜样，迸发出超常规、超体能、超意志的力量，克服工作中遇到的各种困难，取得一个又一个胜利。

他的工作态度、他有效率的工作、他的为人，不时在我脑海里萦绕，促使我笔吐为快。是啊，以杨长暄为代表的不是一个人、两个人，而是一个群体。这个群体，在盆地默默地无私奉献了几十年，真是做到了丹心献石油，梦圆柴达木。这是什么精神？是艰苦奋斗的柴达木精神！

张永高情系石油无休日

　　张永高同志 20 世纪 60 年代末期毕业于成都地质学院，在油田曾任开发处主任地质师、管理局副总地质师，成绩卓著，有目共睹。2005 年退休后，继续发挥余热，力所能及地进行石油天然气勘探开发、生产技术咨询服务工作。与油气田开发处、勘探开发研究院、昆仑石油开发公司、边远油田公司、冷湖油田管理处等部门的同志一起，参加过砂西、南八仙、马北等油田注水开发研究分析；参与过东柴山—乌南—扎哈泉—昆北（跃进油区）、狮子沟—花土沟—游园沟—油砂山—英东构造带储量资源评价研究分析；野外踏勘，进行咸水泉—咸东、油泉子—油南—黄瓜峁、开特米里克—盐滩—油墩子、红沟子—小梁山—大浪滩、月牙山—尖西—尖顶山—尖北、黑梁子—风西—大风山、牛东—俄博梁—昆特依、石泉滩—冷湖—赛什腾、马海—平滩—鱼卡—九龙山、绿梁山—马北—马海—南八仙、红山—怀头他拉、德令哈—可鲁克—托素湖—永吉构造等区带矿场线路调研。结合矿区生产实际，利用现代地球物理勘探精细处理成果、卫星遥感应用技术—区测地质详探—地球化探成果、探区老井老层复查—钻井录井测井试油试采成果和人文地理环境资料等，对储量资源有潜力、经济技术有条件、合作经营有实力、部署实施有成效的"四有"区块进行优化综合评价分析，提出合理建议，加大盆地西部北区、柴北缘油气显示较好边远难采的有利地区滚动勘探开发一体化力度；经油田各方面的合作努力，先后在油泉子油田沙丘西区、咸水泉油田中南部山地区块，整体部署，分批实施，钻探试采，取得一定成效；尔后，在小梁山构造、大风山构造运用"三井组合分进式实施"滚动钻探，经试采生产，也获得高产工业油流，从而发现了小梁山油田和大风山油田中浅层油气藏。

书山有路，油海泛舟。2005—2011 年间，张永高同志参与组织筹划编辑《青海柴达木油气田开发图集（1956—2005 年）》。随之，参加中国石油开发志编委会组织全国编写的《中国石油开发志》（青海油气田篇），历时 7 年，群策群力，顺利地编辑审定出版《中国石油开发志·青海油气田篇（1956—2005 年）》。

退休前后十来年，他曾受青海油田的委派，参加过中国石油咨询中心专家组组织的《2006—2020 年石油天然气勘探开发战略规划》；参加过《中国石油天然气工业》（青海气田部分）、《中国石油勘探开发百科全书》（尕斯库勒油田、涩北气田区部分）、《当代中国的石油工业》（续卷·青海油田部分）、《中国石油·低渗透油田开发技术》等书籍的编撰审校；还参与组织编写《中国石油工业若干历史问题回顾》（青海油田篇）、《中国石油油气田开发史》等工作。

休闲之余，还进行一些国内外油气田勘探开发义工性技术咨询服务。

国内部分，他先后进行参与过的技术咨询服务区域还有：冀东油田南堡二号开发方案，重庆罗家寨气田开发评估，塔里木盆地北缘克拉二号—迪拉二号气田评价井钻探研究，内蒙古二连盆地阿尔—镶黄旗区块石油资源评价，松辽盆地西缘牧图吉—通辽区域油砂资源评价分析，吉林大安北油田扩边挖潜，辽河静安堡稠油效益开采，陕甘宁鄂尔多斯西缘定边—盐池—灵东—环县边远难采油气井开发评价，陕西咸阳—西安—渭南地热水资源开采与防砂技术研究分析，油气水综合利用勘探开发技术论证等。

国外部分，曾受中国石油公司委托，先后进行过的石油勘探开发资源经济技术评价咨询服务有：中国石油哈萨克斯坦P—K油田合作开发调整方案，中国石化俄罗斯库页岛北区油气资源合作开发评价，里海西海岸区块油气资源评价分析，老挝班根盆地钾盐—天然气钻探资源分析等；服务中国民营企业的有：土库曼斯坦—哈萨克斯坦边际油田风险合作区块优化评价，刚果（金）阿伯特湖西区油气资源评估分析，美国得州难采区块合作开发油气资源技术评估等。按中国石油工业快速发展两条腿走路的办法，充分利用国内外国有和民营两种资源，先后为北京润发投资集团、香港中亚能源有限公司、马来西亚云顶公司、中金海石油投资有限公司

（蒙古国金海石油公司、CCF石油开发公司）等企事业公司单位进行过技术咨询、工程技术指导性服务等。

张永高同志是个闲不下来的地质工作者，虽然退休多年，也已年过古稀，但仍孜孜不倦地工作着。

石油师人出身的医生潘效昌

　　提起离休干部医生潘效昌，我就想起了医院的其他石油师人，是的，我们医院当年大部分的大夫和管理者都来自五十七师（其实我们医院的前身就是五十七师医院）。如担任过石油医院领导的赵启明、陈树发、张志鸿、郎山土、张善荣、程启堂、潘效昌、赵长明、郝月福、马福胜、赵文伯、蔚忠、李郁芬、蒋德成、何正之等。有些人我很熟悉，但要把他们一个个都写成稿却不行，因为写稿光靠熟悉不行，得有具体事，今天我真后悔的是当年没对他们进行采访，错过了机会，真是遗憾。

　　我与潘效昌同志虽然很熟，也采访过他，但是当年的笔记本丢了，有些事也记不清了。具体是哪一年我忘了，钻井工人常杰成同志在起钻过程中，由于操作不慎，被卷入传动链条中，左胳膊当场被绞掉，肋骨多条被绞断，更主要是颅脑和脏器也严重受损，一条腿也受到影响，命在旦夕。为抢救常杰成同志的生命，医院全力以赴。当时分管大夫潘效昌同志，日夜守护在病人身旁，随时掌握病人的病情变化，及时采取治疗措施。医院领导也不断组织有经验的大夫会诊，及时采取有效治疗方案，才保住了常杰成的性命。由于伤势过重，加之颅脑损伤，他昏迷了40多天才苏醒过来。人们高兴异常，潘效昌更是如此。经过近半年的精心治疗，常杰成终于出院了。他对我讲，能康复真是感谢医院的广大医务工作者，尤其是主治大夫潘效昌同志。恢复后的常杰成以前经常在冷湖遇见，但后来不见了，不知是调走了还是退休回老家了。

还是20世纪60年代，冷湖油矿采油五队袁维学家天然气爆炸起火，邻居黄进明等人为抢救阶级弟兄及财物，被严重烧伤，烧伤面积达80%。我们医院条件所限，又缺乏这方面的抢救经验和专业大夫以及医疗器械和药品，只能向上级求援。当时石油部、卫生部、邮电部、民航总局、青海省十分重视，立即派飞机空投抢救药品和血浆，同时也派有经验的大夫从北京飞到兰州，之后由我们派车接回。我们职工医院的潘效昌等全体人员都参与了抢救工作。那时的医院医疗水平还算可以，但更主要还是医务人员责任心强。在这个大集体里，无论是上下级之间，还是同事之间，都相互团结，相互照顾，人与人之间充满友情，洋溢着爱意和温暖。

潘效昌同志50年代毕业于西北医学院，是位副主任医师，按当时的规定，副主任医师享受副局级待遇。当时，我们局只有他和杨蕃两人享受此待遇。杨蕃是副主任地质师。潘效昌同志在职工医院工作多年，并担任过院长，参与抢救的病人无数，这里我只说涩北抢救几位伤员的事。1976 年 11 月 4 日下午 6 时，涩深 15 井放喷时，由于放喷装置固定不牢，加之防喷管线没有很好固定，前去观看喷势的副局长薛崇仁、钻井处副处长王警民、试油队指导员陈家良、技术员李松安、大班司钻张忠生、大班司机徐银福、当班司钻陈海潮 7 位同志被失去控制的防喷管线甩倒在血泊中。得知情况的冷湖职工医院的潘效昌同志，连夜赶到涩北，这时格尔木驻军医院的脑外科权威也被请来了，当务之急是全力以赴救人。当时 6 位同志已牺牲，只有陈海潮同志还有生命信息，两家医院的大夫检查研究后，决定就地立即手术。因是脑外伤，手术难度很大，决定由部队医院的大夫和我局职工医院的大夫潘效昌共同主刀，虽是在帐篷房里，普通木板床上，又是开颅大手术，但手术进展顺利，保住了他的性命，并没落下大的后遗症，创造了青海高原的奇迹。

当然，潘效昌同志与职工医院参与抢救病人的事例很多，不能一一列举，但有这么几件事影响是比较大的。一是 1960 年由交通部组织的，甘肃、青海参与的筑路队在修柳园至冷湖柏油路时，由于生活管理员缺乏经验，去敦煌买碱面时误买成砒霜，砒霜是剧毒品，结果造成大量人员中毒，因事件发生在冷湖地区，我们冷湖职工医院自然就成了抢救病员的主力军。为了抢救上百人的生命，我们医院的病房全部清空，会议室、走廊也全部清空消毒，摆上了临时病床。上级对此十分重视，卫生部、民航局派出飞机空投药品，交通部和有关医疗部门派来了大夫。这次抢救是及时的，也是成功的，除个别人中毒太重抢救无效死亡外，绝大多数人脱离了生命危险。二是 1984 年 12 月，一名民工队长在花土沟得了肺癌，这种病是威胁人类健康的一大"绝症"，及时手术是延长患者生命的关键。医院及时组织力量，西部分院实施，在北京阜外医院、天津大港油田医院大夫的参与指导下，在海拔 3000 米的花土沟实施了手术，创造了高原开胸手术成功的先例。

在这里我再说一遍，这些成绩的取得，是我局所有医护工作者努力的结果，他们确实为柴达木的石油事业，付出了极大的心血，做出了卓越的贡献，我们将永远铭记在心。

赵建科终生不悔钻井事业

认识赵建科同志是早在 60 年前的 1960 年，那时他与我同在 652 钻井队，他还年轻，刚刚 20 岁，现在我们已一起步入了老年。其实细想起来，在职期间我们见面的机会并不多，虽然我在局机关，他在钻井，相距并不遥远，但各忙各的工作。好在他这一路走来步履清晰响亮，声名远扬，探寻他的消息并不难。

人们可以列数他"工业学大庆标兵""局先进工作者""油田功臣"等荣誉称号，也可列数他的业绩与辉煌，可以众口一词地盛赞他为石油呕心沥血、刚直不阿的优良品质，而他一生的钻井情缘却鲜为人知。

1958 年，他从陕西的农村来到柴达木，怀着为祖国的石油干出一番事业的雄心壮志到了井队。在井队干什么都努力，在艰苦的环境和岗位上，努力实现着自我价值。赵建科同志从钻工、司钻、队长、科长到处长，是一步一个脚印走过来的。40 多年的钻井人生，这位普通的石油人不仅为国家创造了物质财富，而且在他身上积累了比物质更重要的精神财富。他就是这样一个脚踏实地、不断追求人生理想最高境界的人，他先后荣获油田、石油系统标兵称号，尤其是连续5年获得管理局标兵称号，这点是值得他骄傲的。在成绩面前，他没有陶醉和止步，而是以新的姿态投入为祖国找油的事业中。

他在钻井整整奋斗了40年，临退休前才把他调到局机关，后调到多经处。1998年从岗位上光荣退休。他常跟我说，在钻井战斗了这么长时间，听惯了钻机的轰鸣声，看惯了茫茫戈壁大漠，处惯了并肩作战的战友，还真舍不得离开钻井，真不甘心啊！钻井虽苦，但苦中有乐，乐在苦中。的确，赵建科同志是个吃苦耐劳的人，也是个活泼开朗的人，可以说，开朗是赵建科同志保持活力的一个标志。不管是在公众面前，还是在私下的交谈中，只要他在场，总是笑声不断，没有一点领导干部的架子。

赵建科同志能干、肯学、善总结，众口皆碑，"一不怕苦，二不怕死"是他工作和生活的座右铭。恶劣的环境，艰苦的生活条件，都没有使他退却。几十年如一日的顽强拼搏，赢得了职工们的高度赞扬，同时也得到了上级领导的肯定。他干一行爱一行钻一行，全身心地投入工作。他的工作追求是卓越，在他看来，干就干好，干出一流成绩。工人出身的处长赵建科，不喜欢坐在办公室里听汇报，三天两头往井队跑。哪里有险情，他就出现在哪里，井喷、卡钻、火灾、山洪及其他突发事件，他总是率先赶赴现场，组织指挥抢险，最大限度地减少损失。尤为台二井和南七井抢险，他被领导指定为指挥者之一。抢险中他既是指挥员又是"敢死队"队员，在制服井喷期间，他硬是凭着一种意志、一种信念、一种人们难以想象的钢铁毅力，和工人一起置身于油海之中，每天睡眠不足 5 小时，任务完不成，决不下来休息。在他、他的战友以及"敢死队"队员的努力下，井喷失控达 27 天和 214 天的台二井和南七井，终于重新掌握在柴达木石油人的手中。肯学是赵建科同志的又一特点。他是搞钻井的一把好手，这是有目共睹的，要不然怎么能当钻井的副处长、处长。当然，后来要当处一级的官，重要的是要有一纸文凭。"文凭"这家伙真灵，可以浮动一级工资，可以分到一套好房子，当了处长也不担心被"刷"下来，为此他也曾苦恼过。当然上级很快认识到唯文凭论的片面性。文凭只能说明一个人受教育的情况，并不是衡量一个人水平的唯一标准，只有把品德、知识、能力、业绩作为衡量人才的主要标准才对。英雄莫问出处，不拘一格选人才。当然，后来赵建科同志不是想拿文凭，而是为了弥补自己文化水平的不足，他几乎用去了全部的业余时间，努力提高自己的文化素质和业务知识，有时读书到深夜，遇上问题就请教工程技术人员，很快他也成了人们公认的钻井"专家"。善总结，也是他工作特点的一个重要组成部分。他勇于开拓进取，大胆创新，创造性地开展工作。他常说，打井不是靠运气，而是靠科学。要多打井、打好井，就必须掌握本地区的地质构造和地层特点，摸索和总结出一套适合该地区打井的一套工艺流程和措施。他大胆采用钻井新工艺新流程，不断提高钻井速度与水平。而且还经常与本单位的工程技术人员、老工人一起，探索和总结钻井中出现的技术难题，进一步完善技术措施。可以说，他把自己的全部精力和智慧都投注到了钻井中，他经常干在井场，吃在井场，住在井场，不断研究新情况，总结新经验，尤其是在提高钻井速度和质量，预防井喷、卡钻等恶性事故方面下功夫，都取得了良好的效果。以打地热井为例，1985年应西藏自治区之邀，受石油部的派遣，他带队去西藏援助打地热井时，那里的地质情况非常复杂，在以往羊八井地区打的48口地热井中，因井漏而地层塌陷整个钻机顷刻沉入地层的有之，因严重漏失、井口失控发生强烈井喷而引起水井爆炸的有之……根据这一情况，赵建科与唐国臻、池文政、李廷智等领导和工程技术人员一起，认真总结以往的经验教训，根据自己的情况制定安全措施和钻井工艺流程，胜利打完5口地热井，还修复了羊九井，受到了当时正在西藏考察工作的胡启立、田纪云等党和国家领导人的接见和西藏自治区领导的表扬。

几十年的钻井生涯，伴随着钻井科技水平的发展，他深深体会到，为了能在当今知识经济的环境中生存，要让钻井健康快速发展，把钻井技术转化为生产力，必须培养和造就一大批适应市场要求的科技人才。人才是最宝贵的资源，人才是最宝贵的无形资产。为多出人才，快出人才，他甘为人梯，把自己长期从事钻井积累的经验无私地传授给这些年轻人，并积极营造青年知识分子快速成才的舞台。为了提高钻井整体素质，强化队伍管理，建立一套竞争机制，对责任心强、肯吃苦、爱岗位的人，大胆提拔重用，让他们勇挑重担。1996年，他也主动从一线退居二线，积极协助他们干好钻井工作。经过多年的努力，在高压喷射钻井技术如定向井、水平井、丛式井和套管开窗侧钻等工艺技术日臻完善，近平衡和欠平衡钻井技术已经成熟，事故预防及处理技术、防漏堵漏技术获得同行的认同。

看到先进的钻井工程技术与钻井公司共同发展成长，赵建科同志感到十分欣慰，当他蓦然回首时，看到了自己踏出的一行行深深的足迹，这闪光的足迹，是老一代柴达木人的骄傲；也看到了钻井正在迅速发展，一大批年轻人正在茁壮成长……

女能人孙子华

孙子华主任，地质师，由于她主持发现了跃进二号油田和台南气田，被评为劳动模范，名声大噪，被人们称为"盆地第一女能人"。

孙子华认为自己是搞地质勘探的，是搞第一性资料的，因此，准确第一，是她工作的出发点和落脚点。所以她处处注意资料的准确性，无论写年终报告，还是研究报告，每份原始资料，她都吃准吃透，在此基础上提高自己的见解。

1980年，她写砂西地震勘探成果报告时，一稿拿出来，觉得不好，于是又写第二稿，但仍觉得分析得不够透彻，于是她又翻开地震队原始资料反复研究观看，写出了第三稿。为写好地震勘探成果报告，那些天她什么都忘了。一次下班回到家，才想起还没买做饭的菜，爱人出差在外，孩子刚放学回来，她们只好凑合着吃剩馒头，吃完饭打发孩子去上自习，她又匆忙去了办公室。

1982年初，局里急着要南乌斯构造地震剖面情况的报

图片 8

孙子华主任地质师，由于主持发现了跃进二号油田和台南气田，声名远播，被称为"盆地第一女能人"

告，这是一项紧急任务。孙子华同志早就主张在这里打井了，她认为这里是个找油的有利地区。她根据资料绘制成剖面图后，总是感到不满意。为了找准问题所在，她干脆把所有这个地区的地质图都挂在墙上，来了个地质历史大复原，把每个年代地层的变化全搞清楚，终于比较准确地绘制出了这个地区的剖面图，解决了对乌南地区地层的认识问题。

后来，她从物探处调到研究院，担任了物探主任工程师。当前，涩北台南气田能拿到可观的天然气储量，这使我们自然而然地想到孙子华同志为此做出的贡献。东部天然气勘探，自1976年会战发现涩北一、二号气田以后，直到1986年的10年间，基本没有多少新的进展，其关键问题是准备不出圈闭。东部的生气面积很大，资源量丰富，经综合研究认为，在生气范围内，只要有圈闭，就可成为气田。可是，东部的地层极为平缓，构造隆起幅度很小，再加上天然气对地震波能量的吸收，用一般的常规解释方法，很难发现构造。1987年孙子华同志运用速度下拉效应解释发现了台南构造，当年钻台南一井就获得高产工业气流，到1990年底，基本探明了涩北台南气田可观的储量。

人们还没忘记，孙子华同志在发现台南构造之前一年，即1986年在盆地西部的尕斯断陷，还发现了跃进二号东高点构造，当年上跃进12井获得高产工业油流。尕斯断陷的勘探程度较高，地震测网密度较大，相当大一点的构造基本已被发现。在这种情况下，孙子华同志利用原来的地震资料，经过精心解释，发现了跃进二号东高点。人们不禁会问，孙子华同志为何能在勘探难度很大的地区，连续解释发现两个含油气构造呢？成功之秘诀在哪里呢？在与她的交谈中悟出了其中的道理：其一是，她对全局的地震资料和解释状况了如指掌，何处存在什么问题心中有数；其二是，她有过硬的基本功和地震资料解释的技巧；其三是，她心中时刻想着油气，科研工作的目的就是要找到油和气。

我写这些，也许对从事油气勘探研究的青年会有点启发。

徐万琪真实人生的书写

什么东西都可忘记，唯独记忆这东西是忘不掉的。我和徐万琪同志于 1964 年在东陵丘相识，当时他是 3288 队的队长，我是钻工。至今已是 50 多年了，但记忆在我脑子里扎了根，是拔不掉、砍不断的。

徐万琪同志是甘肃武威人，1954 年在玉门油矿参加工作，1955 年调青海进入盆地，一直在井队当钻工、司钻、井队长，后升任西部指挥部政治处副主任，20 世纪 70 年代中期调西宁，出任西宁办事处党委书记直至退休。他在钻井待的时间最长，从 1955 年到 1975 年，长达 20 年。干的时间最长的是大钻，可打 3200 米井深的大钻。

他性格温和，敦厚朴实，谦虚，静定祥和，不善言辞，尤其是当了干部后，更是少言多听，少言多行，少言多思，难得的性格，赢得人们的高度评价和尊重。

他如今年已八十有六，由于受过工伤，加之年龄的增长，已显衰老，行走不便。人哪，衰老是那样让人无力和无奈，但客观规律谁也抗拒不了，你就是活神仙也不得不缴械投降。当然，老也没什么可怕，开开心心地老去，满怀期待地老去，本身就是一件很美好的事。

在油田，他先后在 3269 队、3274 队、32106 队、32107 队、32110 队、3288 队等干过，跑过油泉子、油砂山、东陵丘、红沟子、咸水泉、冷湖、盐湖、葫芦山……他几乎跑遍了盆地的各个构造，打的井也有数十口，但让他记忆犹新的还是泉一井和咸深二井。

这两口井也是油田找油的转折点之一。我先说说油田钻井找油的历史，1955 年所钻的红柳泉构造浅二井，5 月 5 日开钻，井深 108.45 米，是青海油田第一口找油浅探井。而他所在的 3269 队 1955 年用苏联产的五德钻机所钻的泉一井，则是青海油田在盆地找油的第一口深探井。这口井于 1955 年 11 月 24 日开钻，1957 年 7 月 10 日完钻，井深 2236.18 米。1955 年 12 月 12 日下完表层套管，正式打钻到 600 多米时，见到工业油流，标志着盆地石油工业的诞生。得到出油的消息后，中共青海省委副书记朱侠夫、副省长马辅臣率青海省党政军代表团出席庆典活动。青海省民族歌舞团也随团来现场慰问演出，井场一片欢腾，场面十分热烈。

泉一井的油质很好，轻质油占到 60% 以上，取样送到北京后，向党中央报了喜，至今那瓶原油样品还保存在北京展览馆里。

在这里我要说明的是，我采访过多位曾在泉一井工作过的当事人，但对当时出油的情况说法不一，有的说是下表层套管 350 米时就发现了油，有的说是下表层套管后，第二次开钻后，继续往下打到 600 米时见到油流。到底哪种说法正确？依我看，在一个新区打井，设计井深 2500 米，又有苏联专家指导，下 350 米的表层不可能。但由于时间久远，记忆有误差，加之当事人年事已高，再说也没剩几个知情者了，很难再说清楚。

前几天我看到局庆 60 周年出版的《青海油田大事记》中对此有所解释，那就以此为准吧。

3269 钻井队是由玉门油矿抽调人员负责组建的，得到西北石油管理总局的指示后，玉门油矿确实是抽调精兵强将、骨干力量，奔往油泉子，组成了钻井队。从钻工到司钻，从司助到司机，直到队长，人员配备确实是硬邦邦的。徐万琪同志当时是副司钻，队长是刘宏德。

这口井打得并不顺利，设计井深 2500 米，实际没打到设计井深，一是技术问题，二是设备问题，主要还是深处没见油气显示，但急于把上边的油层搞清楚，所以决定提前完钻。钻井过程中，井深在七八百米时，在一次起钻中，由于滚筒钢丝绳固定卡子脱落，负重在二层平台以上的游动滑车突然下落，被提升的整个钻具蹾在井筒里，几百米的钻具被蹾成了"麻花"。这事就出在徐万琪同志所在的班，由于钻台操作人员跑得快，才没造成人员伤亡。这样的事故很少见。通过这事，后来就把上班检查滚筒钢丝绳固定卡子列为重要内容之一。为了让井继续打下去，油泉子大队大队长郑用民、总支书记赵复成来到现场，鼓励大家认真总结经验教训，好好处理事故，尽快投入正常生产。油田总工程师刘树仁同志和正在井上观察油气显示的总地质师王尚文同志，还有副局长杨文彬同志，也在井上和大家一起处理事故。好在那时有苏联专家，处理事故的经验比我们多，终于采取倒扣的办法把掉在井下的钻具一根根倒出。最后只剩钻铤，怎么也倒不出，采用其他打捞办法也无能为力，只好作罢。为了不使井报废，最后研究决定在原井眼内打斜井，完成设计井深。涡轮钻具设备由苏联提供，并由苏联技术人员担任指导。虽然用时较长，但最后还是打到了要求的井深，创造了奇迹。

在这里我再说说咸深二井，咸水泉地区当时属西部勘探指挥部领导，指挥尹克升，书记雷昭贤，指挥部设在尖顶山。徐万琪同志当时是负责打这口井的井队长，副队长曾令中，指导员王英雄，副指导员王世炽。那是1966年春夏之交，3288队钻完红沟子的红深二井之后，搬到了咸水泉。漫长的历史，孕育了咸水泉奇特的景观。高高的华岩山巍然屹立，许多无名小山紧偎其间。那里的地形复杂，沟壑纵横，几乎找不出一片像样的平地，通往井场的路、井场、驻地，都是削平山头、填平沟壑平整出来的。加之春夏之交的咸水泉气候特别，经常是白天天气晴朗，傍晚却狂风四起，吹得人们睁不开眼，到了夜里，气温又猛降到零摄氏度以下，冻得人们直打哆嗦。真是抬头望，无边无际的滚滚黄沙；低头看，地上不见一棵草，渺无人烟，空无一物。

艰苦的环境、困难的条件，岂能挡住石油人前进的步伐。他们发扬大庆人"有条件要上，没有条件创造条件也要上"的革命精神。头顶青天一顶，脚踏荒漠一片，饿了啃口青稞馍，渴了喝口冰凉水，搭起帐篷即投入了紧张的安装工作。

1966年7月12日咸深二井开钻了，因这儿是新区，对于地下的地质情况人们了解得还不多，所以队长徐万琪同志要求每个人都要提高警惕，随时应付各种意外情况的发生。一天下午，当钻至841米时，突然遇到了高压油层，泥浆严重气侵，测不出比重，更测不出黏度，井口也迅速外溢。司钻雷积山同志叫人迅速到队部汇报情况。队长徐万琪同志带人立即跑到现场，决定加重泥浆，加大循环，压住井口外溢，防止井喷事故的发生。但由于泥浆比重一时难以加上去，加之井太浅，压井没有成功，不久便从井口涌出五六米高的油柱和气浪，油气里夹着沙石，打得井架"噼啪"作响。为了防止井喷失火造成机毁人亡的悲剧发生，他命令立即关掉柴油机、发电机，切断一切可进入井场的火源。并组织了几个精干的小伙，冒着强大的气流抢关封井器，让油气从防喷管线中远离井场喷出，此项工作顺利地完成了。

1966年7月22日，是柴达木石油开发史上又一个值得纪念的日子。当咸水泉金色的晚霞余晖洒向大地的时候，咸深二井喷油了。黑色的原油从碗口粗的防喷管线喷涌而出时，井场上油气腾天，浓烈袭人，人们奔走相告，"喷油了，喷油了!"不到半小时，井场小山包上挤满了人，人们跳啊，蹦啊，到处是欢乐的笑声。局驻队工作组组长、副局长侯志诚同志、队长徐万琪同志叫人到食堂破例拿来一瓶酒，又亲自送到井场上，"喝吧，这是一杯庆功酒！"人们激动的泪水在流。喷油的喜悦，赶走了疲劳，驱散了睡意，人们摸黑挤在一块谈论着。在石油工人的心里，油比什么都宝贵。经过几天测试，油井日产原油达千吨以上。

喜讯像长了翅膀一样，很快传遍了全局各个角落。这一消息，喜透了全局职工的心啊！这是继冷湖地中四井之后，又一次找出的高产井。西部指挥部的领导赶来了，在家的局领导赶来了，各单位也派人送来了贺信、慰问品，电影也送到了职工宿舍。特地从冷湖赶来的文工团，也在咸深二井现场排演了《东方油田序曲》。的确，咸深二井的喷油，振奋了人们的心，也给柴达木西部的发展带来了希望的春天。

为了使咸深二井尽快投入正常生产，25 日决定压井作业。为了使压井一次成功，进行了精心策划，副局长侯志诚同志担任总指挥，队长徐万琪同志担任副总指挥，指导员王英雄、副指导员王世炽同志、副队长曾令中同志、工程师沈志勤同志等，都作了详细分工。为了保险起见，全队还做了一次模拟演习。25 日一早，全队齐动员，按着分工奔向自己的岗位，钻台上下站满了人。上午 10 时开始作业。高压的油流夹带着天然气和泥浆，像火山一样，咆哮着冲出井口，窜上了二层平台。在"油老虎"的淫威面前，突击队员冒着生命危险，义无反顾地冲上去，用血肉之躯向死神挑战。原油、泥浆从头浇到脚，他们的外衣、内衣，直到脚跟都湿透了，但没一人退缩，坚守和战斗在自己的岗位上，犹如一群雕像。有人被油浪打倒了被抬下来，又有人抢着冲上去……李志跃同志的脚趾被方钻杆压断，他竟全然不知疼痛，直到抬下他来，他还嚷嚷着"我还没有完成任务"，死活不肯离开井场。中央人民广播电台称这些人是战胜井喷的勇士，也就是后来我们所说的23勇士。《咸深二井抢险的勇士》在《人民日报》刊登和由中央人民广播电台向全国播出后，给石油人以莫大的鼓舞，也在全国引起了强烈反响。徐万琪同志在此次抢险战斗中扮演了重要角色，安全地完成了任务，当然也毫无例外地成了23勇士之一。

井喷被制服了，之后又及时地固了井，因当时对裂缝油藏的认识不够，加之固井方法也不过关，致使固井后喷势大减。但我们相信，咸水泉有让人欣喜的昨天，定会有光辉灿烂的明天！

徐万琪同志70年代中期调西宁任职后，在西宁办事处书记的岗位上也干了十几年。办事处是油田对外的窗口，负责对省机关各部门的上情下达，下情上达，人员来往的接待、送往。特别是油田三项工程审批、施工期间，光国家计委、省计委、省建委及油田领导参加、在西宁召开的各种协调会就不知开了多少次，真是忙得不亦乐乎。另外，办事处还有个慢性病医院，负责盆地老弱病残职工的治疗和疗养，任务很重。还有个采购科，负责油田急需物资的采购。特别是油田井喷抢险及重大事件的发生，有时暂缺的急需物资，都是通过他们连夜采购运来。记得我采写台南台二井抢险的报道，正在现场采访时，看到有几样急需物资当时局里解决不了，通知西宁办事处采购立即送来，是西宁办事处办公室张主任押车送来的，一路他马不停蹄，顾不得吃喝，下车后我都认不出他了。这样的事情还有很多，不再赘述。

今天想想，徐万琪同志以及 50 年代初期、中期进盆地的同志，目前健在的虽然不多，但他们是油田勘探的先驱，没有他们的付出就没有我们油田的今天，更没有我们今天的幸福生活，没有我们如今的安居乐业。铭记历史，勿忘先驱。

橡胶"土专家"蒋兴德

    蒋兴德同志原是运输处副处长，也是全局叫得比较响的先进人物，连续多年被评为管理局、石油部和青海省先进生产者、标兵，被授予橡胶"土专家"等荣誉称号，当过全国劳模，受到过邓小平等党和国家领导人的接见，还光荣地出席过在北京召开的全国科学大会。

    蒋兴德同志，甘肃武威人，1954年参军，1959年转业来局，先后在运输处当过焊工、锻工、喷漆工、补胎工，尤其是1961年当了补胎工之后，一把剪刀一把锉刀起家。根据当时的条件，自力更生，艰苦创业，大搞修旧利废。在全局尤其是运输处部分橡胶配件短缺的情况下，他敢于实践，不怕失败，成功制造了大量的橡胶配件，解决了地质勘探、钻井、采油，尤其是汽车运输等方面的急需，为柴达木石油工业的发展做出了贡献。过去有人看不起"臭皮匠"，后来被人们称为橡胶"土专家"。

    蒋兴德同志文化水平不高，只有初小程度，但他肯学善思考，有股"穷捣鼓"精神，硬是把四车队和家属管理站共同创办的"橡胶班"，办成了个"橡胶厂"，创造了运输处辉煌而又值得回味的一段历史。1989年橡胶厂由冷湖迁至敦煌石油基地后，也由单一生产橡胶配件发展到内胎制造、外胎翻新等，其质量都达到了国家标准。1993年由于机构改革，此厂划归管理局化工公司。但这个厂多年来，发扬自力更生、艰苦奋斗精神，结合实际努力解决生产中的困难，为油田发展做出了重大贡献，不容易啊！

1970年，汽车上的风扇皮带经常缺料，严重影响生产，怎么办呢？蒋兴德同志提出自己造。四车队的领导鼓励他不要怕失败，不要怕挫折。他先是依着葫芦画瓢，做了一个压风扇皮带的模具，通过不断摸索规律，成功地硫化出了理想的皮带样品。在此基础上，各工种大力协作，制成了第一根风扇皮带。这根皮带从外表上看，和汽车制造厂生产出来的皮带没什么区别，但在汽车上一装，只跑了30公里，皮带就伸得很长，无法使用了。原因在哪里呢？他几天茶饭不进，苦思冥想，经过与原厂的皮带分析对比，从中发现了问题。原来他试制的皮带胶质太软，加上线绳绕制松紧不一，故一经使用，就会伸长。原因找到后，他重新配胶，为防止皮带拉长，他绕上了细钢丝，但万万没想到，这样试制的皮带装上后仅跑了100公里又断了。为什么会断？他又带着这个问题，虚心请教了技术干部和有经验的老同志，终于找到了皮带断的根本原因。皮带之所以断，是由于橡胶处理过硬，再加上皮带中间放有钢丝，伸长的问题虽然解决了，但

图片 9

负责油田运输工作的处长蒋兴德，为油田成功制造了大量的橡胶配件，被称为橡胶"土专家"

整个皮带由于内部过硬，失去了应有的弹性，故在高速运转的情况下，皮带围绕皮带轮急剧转弯扭曲，极易折断。"认识从实践开始，经过实践得到了理性的认识，还须再回到实践中去。"就这样他反复实践，反复试验，边摸索，边改进，经过107次试验，终于突破了质量关。这种皮带用在车上，都能跑1万公里以上，有的甚至能跑2万多公里，其质量不亚于正规厂的产品，司机反映很好。1973年初，橡胶房接受了一项制造井用套管橡胶水泥塞的任务。制造这种产品，必须在180～200℃的高温下工作，不要说当时已过了50岁的蒋兴德同志，就是小伙子也吃力，但他仍然乐哈哈地工作着。起初一班只生产2只，远远满足不了生产急需。蒋兴德同志冒着高温与其他参加劳动的家属一道，摸规律改流程，很快提高效率很多倍，不但满足了钻井急需，而且合格率达到100%。还是1973年5月，钻井水龙头盘根待料，严重影响生产，找到蒋兴德同志后，他满口答应，做到每天生产200只，满足了会战的需求。1974年初春，运输处派他去玉门油田学习，玉门油田职工大搞双革的事迹对他启发很大，回局后，他向领导提出试制锯末滤清器芯子这种新产品。锯末滤清器芯是汽车机油滤清器上的一个重要部件。过去用的是马粪纸结构，寿命短，损耗大。近几年国内也包括玉门油田在内，试制成功了这种新滤芯，性能很好。蒋兴德同志说，兄弟单位能制造，我们也能造。他和3名家属组成了试制组，经过3个多月几十次的试验，终于试制成功。经有关部门鉴定，透油性能良好，寿命比旧品种提高10倍，成本降低了一半。同时他还试制成功了 19 片装电瓶壳，钻井和采油上用的橡胶密封圈、胶皮堵头、传送皮带和各种规格和性能的胶皮垫圈等产品共 80 余种，数万件。

各种橡胶配件的试制成功，解决了运输及各单位急需的大问题，他也受到了上级的奖励和表扬。为了扩大生产，进一步提高产品质量，蒋兴德同志和橡胶班的同志一起，发扬艰苦创业精神，利用废旧材料，连续 3 个月中午和晚饭后不休息，自己动手，盖起了一个 100 多平方米的新工房。盖房期间，蒋兴德同志曾从房上摔下来，胸部受伤，但他一声不吭，坚持战斗。蒋兴德同志外出开会较多，但他每次都是会一散就日夜兼程赶回冷湖。回来后，他每天工作都在十几个钟头，就连星期天也不例外，仅 1975 年他就加班了 32 个星期天。

后来，橡胶厂生产的品种达 750 个之多，创造年产值达 20 余万元。1979 年，蒋兴德被提升为运输处副处长，在位 10 年，主管后勤。

妇科大夫马崇煊

　　从 20 世纪 60 年代初期到 2000 年，我始终工作在新闻、宣传战线上，在繁忙的采写和摄影经历中，有无数个难忘的瞬间。每当回忆起这些往事，眼前常常浮现出一幅幅画面，令人心潮澎湃。我多次为马崇煊大夫拍照，一次是她在冷湖五号构造一高点油区巡诊的照片，一次是她在产房的照片，还有就是她在幼儿园与儿童玩耍的照片。当然最使我难忘的是 2011 年去北京在她退休后的家中为她拍的照片。拿着今日的照片与她当年的照片相比，多么大的反差啊！当年这位能干的女大夫多么生龙活虎，多么光彩照人。光阴荏苒，岁月无情，如今的马大夫已两鬓如霜了，加之糖尿病综合征，嘴角歪斜，走路都不方便了。看到这样的画面，不由让人感慨万千，种种人生况味，在一瞬间涌上心头。为了留住美好的记忆，在宣传报道她时，我采用的都是她以前的老照片。

　　是啊，小小的照片里，有一个个生动的瞬间，一个个瞬间里，有长长的岁月。岁月如同流水，一天天滑过，可对马

图片 10

马崇煊干了 30 年的妇科大夫，经她手接生了上千个生命，其事迹被央视拍成纪录片《柴达木的母亲》

大夫青春的记忆，在我心底永远也挥之不去，成了我生命里不可或缺的回忆。马崇煊大夫，四川凉山人，哈萨克族，50年代末期毕业于四川华西医学院，60年代初来到茫崖市冷湖镇石油医院，任妇产科大夫，直至退休。在这个岗位上她接生了多少胎儿已无法统计，是油田整整两代人啊！在此岗位上她看好了多少妇科疑难病症，没人能够记得。在人们的口碑里，说是北京有个林巧稚，青海有个马崇煊，这话一点也不过分。

她医术精湛，作风泼辣，有不少文学素材是写她的，尤其是张同聚同志的小说《疯医》、李玉真同志的《西部圣母》，写得都非常精彩。局内反映她的电视专题片也不少，制作得也非常精致、活泼。80年代中期，中央电视台的记者来我油田采访，还专门拍摄了《柴达木的母亲》专题片，在全国播放后受好评。在陪同中央电视台的拍摄中，我还照了不少她的照片，今天看来也非常珍贵。

但我也有遗憾，一次马大夫跟我讲："我接收到一个特殊产妇，能不能帮我拍个从产妇入病房到生产完出院的系列组照，我以后教学时用？"我拒绝了。我说冷湖人少，有些人是抬头不见低头见，那多不好意思。今天回想起来，我感到深深自责，这是我老观念在作怪。马大夫和医院的广大医务工作者，为全油田职工的防病治病做了大量的工作，功不可没，而我却是生产、生产、再生产，在医疗战线留下来的资料却很少，成了我"图片资料库"中的软肋。

马崇煊大夫退休二十几年了，但油田的广大职工、家属还牢牢地记着她，想着她，可见她人格的魅力。是啊，柴达木留下了她的足迹，她在柴达木医疗史上，写下了光彩夺目的一页。作为老一辈柴达木人，我们衷心希望，当年医务工作者的优秀思想品质，良好的作风和精神，不仅能在油田一代代传下去，更应该青出于蓝胜于蓝。

"修井专家"魏天命

　　当年，在采油一厂，在修井一线，在青海油田各作业区，魏天命毫无疑问是个人物，人称"修井专家"。这个在青海油田土生土长的、以自学成才而闻名油田的魏天命成了名副其实的"修井专家"、采油一厂的副总工程师。魏天命是我同车进盆地的战友，从1958年参加工作，到1996年退休，几十年他没离开过修井战线，他以修井、堵水、防砂、油井增产措施以及设备维修、发明创造、节能降耗的骄人业绩，作了最好的诠释。

　　刚参加工作时他是一名普通的钻井工人，20世纪60年代初随着轻便钻机的整体改行成了修井工。每天与油管、泵杆打交道，奔波于各个井场之间。由于他技术出众，1975年被提为技师，1988年成为工程师，1993年被提为采油厂副总工程师。他还当过1031队队长，采油一厂生产科副科长、作业科科长。他是一名工人出身的优秀技术干部和基层生产管理者。多年来他所带的队伍创下无数个修井奇迹，做到了安全生产无事故、施工质量无返工的好成绩。从事修井行业近40年，从一名最普通的修井工人成长为独当一面的工程技术人员和基层生产管理者，并带出了一支思想、作风、技术均过硬的修井队伍，真是不容易。

修井要有一手好技术，尤其是跟故障井打交道的人，必须练就起死回生之术，让油井恢复生产，顺利出油，多少年来，魏天命始终牢记在心。他不断地在学中干，在干中学，成了名副其实的"修井通"。1965年在冷湖272井施工中，因套管损坏无法大修，人们提出在套管中进行侧钻。当时这项技术只有玉门油田搞过，他所在的1031队向玉门学习，大胆设想，谨慎施工，终于获得成功。之后，又在冷湖33井实行第二口油井侧钻，也获得成功。当时他还是个工人，1031队实行工人参加管理，人们一致推举魏天命为管理小组组长。他与队长白敬荣、指导员贾生浩、技术员王警民一起大搞技术攻关，使当时许多因井下事故无法修好的井，在大家的努力下都修好了，并很快投入了生产。当时大庆油田搞油井分层试油，一口油井完成7层试油任务，创造了奇迹。当时冷湖油矿矿长张俊杰得知情况后，要求1031队学大庆，在一口井完成10层试油任务。1031队没辜负矿长的希望，在矿技术室、地质室的大力支持帮助下，采用了压缩式封降器、堵塞器、滑套等新技术，实现了10层试油，创造了当时全国的最好成绩。1965年油矿1031队被石油部树为井下作业标杆单位，队长白敬荣还去北京参加了国庆观礼。

修井机是修井和井下作业施工中最基本、最主要的动力来源，由于当时的修井设备用的大都是老轻便钻机，固定不能动，载荷小，搬家麻烦，工作效率低。为了改变这一现状，提高工作效率，他们大胆设想，于1969年提出改装"反修一号"钻机。就是用亚斯吊车底盘装上"反修一号"钻机，自带井架，使不能动的钻机开上能行走，载荷也提高到32~40吨，大大提高了工作效率。1971年，他们又用151汽车底盘将瑞典B3钻机改装成能自动行走的"反帝一号"，进一步提高了工作效率。之后，他们又用亚斯吊车底盘改装成自带井架、能自动行走的红旗1000型钻机，效率更加提高了。在这些技术革新中，魏天命都参与其中，当然李家骏、涂明惠、王多护等人也都发挥了不可替代的指挥和骨干作用。

　　改革开放后，修井走入市场。1994年采油一厂大修队在新疆吐哈油田工作时，遇到一口难缠的井，井下掉有卡瓦式封隔器两个，打捞时又掉有打捞工具、油管、钻杆等落物，本身套管断裂，经几次施工，事故都没解除。他们接受这一任务后，也感到处理难度很大，但他们为给青海油田争气，集思广益，在魏天命同志的参与指导下，终于修好了这口难缠的井，并很快投入使用，日产原油70吨，受到吐哈油田指挥部的高度赞扬，并在全指挥部予以表彰和奖励。甘肃阿克赛县买了一台打水井的钻机，准备自己打水井，因缺乏技术人员向我单位求援，油田派魏天命带领4个司钻去给指导，从安装调试，到钻井过程，从下套管，到试水成功，全程培训，他们很满意。后来，他们自己钻井时，又出了事故，魏天命同志又前去帮助处理了，受到热烈欢迎。

魏天命同志不但健谈，而且善解难题；他没有高学历，又不是专业技术人员出身，但却让很多专业人员心服口服；他不再年轻，但却始终像年轻人一样充满活力、善于学习。40年中，在修井这个平凡的岗位上，他始终追寻着自己的目标，勤学苦练，增长技能，坚持不懈，勇于担当，攻坚克难。他干了近40年的修井，说句不好听的，光听个响，井底下的事也能知道个差不多。魏天命的修井技术逐渐被他人认可、模仿，在采油一厂已经得到了广泛的赞同。魏天命说他有的是经验，缺的是文凭，但最怕赶不上别人的，还是技术。

井下作业是油田改造挖潜的重要力量，是油田增储上产的生力军。在创建千万吨油田的进程中，继承和发扬柴达木精神、大庆精神、铁人精神，锤炼敢打硬拼的作风，把修井职工铸就成钢铁之躯，是他们战胜各种艰难困苦的利剑和法宝。随着油田的发展，井下作业施工的条件不断改善，但艰苦的环境和工作性质却没有变。这就要求他们必须毫不动摇地继承发扬艰苦奋斗精神。1995年油田进行老井普查，南八仙仙三井1983年试油时因套管损坏，没法正常施工，没有试出油来。普查中认为这口井可能有油，于是他带550修井机与包连云队长、齐长福教导员、严增英副大队长上去，将此井修好，在南八仙找到了油气。同年南翼山南九井，井下掉有两个卡瓦式封隔器，打水泥塞时又将油管卡入井内，处理事故时，又将打捞工具、钻杆等掉入井内，使事故无法处理。又是他亲自确定处理方案，在包队长、齐教导员和严副大队长的指挥下，很快将此井修好，使南翼山油田得到了开发。

作为修井的副总，多年的实践让他深刻地体会到，只有不断地适应形势，自我加压，历练过硬本领，不断超越自我，才能筑牢发展根基，创出一流业绩，打造真正的作业施工铁军。油气井大修的增多，给他们施工带来了新的严峻挑战。为了提高技术水平，采油一厂经常开展技术培训，组织技术实践活动，员工的技术素质不断提升，增强了解决实际问题的能力。近年来，他们采用和总结了多种新型应用技术，改进和自制了多种用具，促进了施工水平的提高。目前，他们不仅能处理一般的大修井，而且对高疑难井都具备了修复能力，有些还处于国内领先水平。

随着年龄的增长，1996年魏天命同志办了退休手续。退休后因他技术出众，名声在外，私人在陕北定边打油井时，几次托人请他出山帮助。在朋友的再三请求下，他几次去现场给予指导，从1997年一直干到2003年，直到私人油井收为国有他才回家。2003年刚回到西安不久，一位老战友的亲戚要在青海尖顶山承包打油井，邀他帮忙。得知消息的昆仑公司听说他到了尖顶山，又找人出面与他协商，让他帮忙解决疑难问题，于是他又在尖顶山干了几年。为找油，不管是退休还是不退休，身处艰苦环境都不觉得苦，面对艰难考验却不觉得难，艰苦奋斗的精神根植于他的心中，成了他的一种追求、一种习惯，始终保持旺盛的斗志。

　　当然，提到魏天命还有一点让人印象深刻，那就是脾气大，怪话多。我认为这正是他的可贵之处，他敢说敢干，敢于负责，为人正直，干事业就需要这样的人。

模范教师李正强

　　李正强给我的印象就是忠厚正直，淡泊名利。无论当教师还是当校长、教培中心主任，均能做到廉洁奉公，不染时弊。他的德行、他的操守、他的学问和他的胸襟，他为教育事业呕心沥血的精神，和他创新求实的教育理念，已经长期影响着后来人。

　　写李正强的这篇稿子是我 20 世纪 80 年代初写成的，尽管后来他当了基地中学的校长、教培中心主任、党委书记，但起步仍是在教师岗位上。今天发表此文我仍不作大的修改，基本保持原稿的模样。

　　冷湖油矿职工子弟学校中学教师李正强同志，是一位忠诚于党的教育事业的实干家，是一位充满爱心、受学生尊敬的教师。由于他教学成绩显著，曾被树为甘青藏石油会战战区模范教师。1980 年他光荣地加入了中国共产党。

　　李正强同志高中毕业后，于 1968 年从北京来到柴达木盆地工作。开始在采油队当工人，1974 年调到冷湖油矿职工子弟学校担任教师。教师是人类文明的传承者，人类灵魂的工程师，科学文化知识的传授者，社会主义现代化建设者和可靠接班人的培养者。在"四人帮"横行的日子里，他兢兢业业搞好教学工作。他教的语文、物理等文化课，学生的成绩都名列前茅。1978年冷湖油矿职工子弟学校为了尽快提高教学质量，在初中三年级办起了快班，党支部让李正强同志担任了这个班的班主任，并担任数学老师。开始他感到学生基础差，自己没经验，思想压力很大，但为了"四化"快出人才，他还是愉快地接受了这一任务。为了把班带好，他虚心向有经验的教师学习，还请来了家长征求意见，制订了学习规划。他默默耕耘，无私奉献，充分发挥爱的教育艺术，关心学生，热爱学生，特别是后进生，时刻都装在他心里。他收集了"文革"前的教学大纲和数学课本，在讲授现有课本的基础上，利用晚上和星期天，在3个月的时间内又把初中一、二年级的数学课补了一遍，并从中选出2000道数学试题让学生演算。由于这个班的学生复习了过去的基础课，成绩提高很快，期中考试数学成绩平均达到96分。1980年在各学校初中升学统考中，这个班的40名学生全部升入了高中和技校。

　　教育是一项极富理想的事业，让每个学生都得到发展，都得到全面发展，是教育事业的最高境界，也是教师的最大责任。要讲好课，首先要备好课。李正强同志是一位追求卓越、富有创新精神的教师。他具有强烈的责任感，备课从不敷衍了事，他准备的教材不仅字迹工工整整，而且记得滚瓜烂熟。在讲课中，他很注意语言的表达，尽量做到准确、通俗、易懂。他还常常把自己的讲课过程用录音机录下来，放给别的教师听，以征求意见，改进教学方法。这样，使学生听得明白，提高了学生的学习兴趣。

俗话说，教人一升，自装一斗。李正强同志坚持自学，几年来，他除了钻研初等和高等数学知识外，还自学了心理学、教育学等，80年代他参加全国统一考试取得了大专学历证书。教师的劳动是用心的劳动，这是世界上最复杂、最微妙、最具灵活性的劳动，承担这种劳动，需要高层次的精神追求、高标准的道德修养。的确，教师是一份沉甸甸的事业，是一份沉甸甸的责任。

另外，他严于律己，以身作则，做一个"具有人格魅力的教师"。他当过工人，奠定了他言传身教、自治自觉的精神。这一教育理念，贯穿了他整个人生与事业。他坦坦荡荡，为人师表。要求学生做到的，他自己首先做到，处处给学生做出表率。劳动中他带头干脏活、累活；学生自习，他比学生先到教室。教育无小事，教师无小节。教师的一言一行、一举一动，都应该是规范的象征，都应该是学生的楷模、社会的典范。

李正强同志被吸收为预备党员和树为战区模范教师后，他对自己的要求更严了，标准更高了，处处起到模范带头作用。是啊，为人师表是师德的本质，神圣的职业需要崇高的品质，一个令人尊崇和仰慕的教师常常有一种精神力量，使学生和同行耳濡目染，潜移默化，受益终身。1981年油田给部分职工升级，学校的同志一致同意给他升级。但他三番五次地向领导表示，自己是共产党员，只做了一些应做的工作，与党的要求还差得很远，他放弃了升级，把有限的名额让给了别人。

1981 年 10 月，学校让他担任了教务处副主任，工作更忙了，但他仍兼任高一数学老师，而且更加刻苦自学。他决心与其他教师一道，为培养祖国下一代贡献自己的全部力量。

他从教培中心党委书记的岗位退休后，住在敦煌，仍关心着下一代的成长。

茫崖是马秀梅的最终归宿

　　马秀梅同志是青海油田原组织部的工作人员、原副局长吴同才同志的爱人，吴同才牺牲后，她于 20 世纪 70 年代初带着孩子，调到了廊坊管道局。随着时间的推移，她的年龄越来越大，现已 80 多岁高龄。想想美好的青春年华是在茫崖地区的冷湖度过的，于是她想起了当年，想起了与吴同才同志的恩恩爱爱，旧时光牵回了她的思家之情，于是她与儿女们商量，重返青海，安度晚年，百年后与老吴团聚。

　　回归青海，与老伴吴局长相聚的想法，得到了孩子们的支持。已退休的老大吴旗，卖掉母亲在廊坊的房子，随母亲来到油田，并在敦煌城里买了套房，陪母亲安度晚年。

　　吴局长的孩子们，因走时太小，我并不十分熟悉。一次我去廊坊开会，住在管道局招待所，会后回屋，就见桌上摆着水果和点心，床下还有个纸箱里也盛满了水果。我问服务员是谁送的，她们说是所长，那时我才知道吴旗已当了廊坊管道局招待所所长，从此有了来往。90 年代初，他与弟弟吴毅来冷湖为父亲扫墓，因当时没有敦煌通往冷湖的班车，他找到我后，我向局办说明情况，当时的办公室主任王志学同志立即给派了车，我陪他们去冷湖上的坟。后来吴旗在茫崖地区承包了工程，他每次来盆地都跟我联系，来往就多了起来。

2017年8月，我油田原宣传部干部唐定民同志的儿子、长庆油田办公室主任和采油二厂厂长来油田考察，请老邻居杨秀东副局长的爱人吃饭，我也参加了。巧的是吴旗和他的母亲也出现在现场，他们的突然出现，让我高兴异常。吴旗半开玩笑地跟我说，预先没通知你，就是想给你个惊喜！

在这里我要多说几句。唐定民的儿子叫唐家青，11岁才离开冷湖，随父母调往长庆。有些事他是记得的，而且记忆很深，对青海油田的感情和对幼年同学、朋友的感情也是深厚的，每每谈到青海，他都有说不完的话题。当然，调往长庆也已经几十年，算来也是长庆油田的元老了。他人极聪明，能说会道，又见多识广，的确是个人才。他与吴旗、吴毅、吴力都是好朋友，他们平时联系也很多。

吴旗来到敦煌后，把一些想法告诉了我。他说已经和母亲商量好，第一步先在油田基地所在地敦煌买套房，家安好后，想把父亲的坟迁到敦煌来，一是父亲的坟是在冷湖原墓群，没在油田公墓里，显得孤单冷清；二是迁来敦煌后，儿女为他上坟也方便一些，因为儿女都不在青海油田。

2018年9月，我陪吴局长的老伴马秀梅、大儿子吴旗、小儿子吴力一同去了趟敦煌油田公墓，参观了墓群现场，了解了一下情况，具体还没最后定下来。局党委书记曹随义知道此事后，还专门给离退休管理处、局有关部门打了电话，让给予协助，帮忙解决一些具体问题。

目前，吴旗陪母亲买的房子已交付使用，在白马塔公园附近，地址和楼层都比较满意。离开了住了半年多的两间平房，生着煤炉子，取暖做饭很不方便的艰苦生活，马秀梅老人白内障手术后，恢复得很好。吴旗同志的腰痛也正在恢复当中。

吴同才同志是陕西旬邑县人，1953年从地方支援石油部门来到延长油矿，后在地质局保卫处工作。1956年调到青海油田，历任运输处保卫科长、设计处副处长、运输处长、青海石油管理局副局长等职。"文化大革命"中遭受迫害致死，1978年平反昭雪。

吴局长的管理严格是出了名的。60年代初，他在红沟子3288队蹲点，与工人同吃、同住、同劳动，同工人打成一片，深得职工的喜爱。但他对工作要求极其严格，一丝不苟，从不马虎，从不敷衍了事。一次一位副司钻操作不当发生顿钻，造成事故。他大会批评，小会帮助，并借此在全队展开严格执行操作规程的大讨论，使其本人和全队人员都提高了认识，深刻认识到不严格执行规章制度和操作规程所带来的危害和严重后果，全队人员认识上了一个台阶，工作前进了一大步。

大家还记得从五号推车到老基地的故事吧。60年代中期，当时运输处规定公车不得私用，禁止一切车辆乱停乱摆。

一次暗察时工作人员在五号地区职工住宅区发现一辆车，因当时司机不在，又缺乏调查研究，误认为这是自由车，当即贴了封条，并通知车辆所在单位来现场推车。当时这辆车是老基地一个车队的，队领导、处主管领导以及有关职能部门的有关同志，连夜赶来五号把车推回老基地，近30公里啊！但后来了解到此事有误，当时担任处长的吴同才同志在全处职工大会上作了自我批评，并亲自沿着推车路线，步行近30公里，从五号走到老基地。这种实事求是、敢于担责、从严要求自己的态度赢得了群众的谅解和好评。当然也从这件事中，让职工体会到执行制度的坚定性。

60年代中期，他从运输处长被提为副局长，虽在机关安排了住房，但因提职不久，爱人还在运输处上班，所以家还在老基地。他白天坚持工作，有时晚上还得接受群众批判，批判会结束后，他步行十几公里回老基地，回到老基地一般都是凌晨一两点了。为了求近，他绕过四号到老基地的那个沟槽弯，从礼堂顺着电线杆抄近往老基地走。1967年12月的一天，天特别冷，他走出不远，不知道为什么突然想不通，当他走到第七根电线杆时，结束了自己的生命。第二天一早人们才发现，立即将他抬到医院，但时间太晚了。当时他才41岁啊！多好的一个同志，就这样走了，永远地走了，怎不让人怀念。

吴同才同志是解放初期陕西地方单位支援石油建设的干部，当时是一个县公安局的干部。那时从陕北地方抽调了一大批干部支援了石油部门，壮大了石油部门参加祖国经济建设的力量。冯浩老处长，后调大港油田担任副局长，也是地方支援者之一，他多次跟我谈及此事。

吴同才同志，以及全家都为青海油田做出过贡献，吴同才同志还把生命献给了柴达木，我们可千万不能忘了他们啊！

石油作家肖复华

翻开肖复华送我的新书《柴达木笔记》，"我敬重的梁泽祥师傅指正"几个大字映入眼帘，手捧着书，我想起了与他相识相知和相处的情景。

第一次相识是在1972年，当时我送油田的工农兵大学生去天津大学上学，顺便我们几个人慕名去天津"狗不理"包子店进餐。因为慕名前来的人多，加之餐厅不大，人员比较拥挤，要吃上包子得等一阵子。我们刚排到座位坐下不久，就觉得背后有人用脚踩着我的凳子在等座位，我无意地回了一下头，"这人好面熟"。我还没有反应过来，他马上问我：你是不是青海来的？我说是。他又说，你好像是报社的，我见过你。之后他作了自我介绍。因为我们是3个人，他与他哥嫂也是3个人，经过几句闲谈后我们马上离席，让他们坐了下来。

第二次是1973年，他来报社找我，说能否帮忙把他从采油五队调到报社。我了解了他的情况和想法后，说"你先根据你写作的特长，把所在单位的重大事件或典型的好人好事写篇稿子，我好与大家商量"。他回去后迅速写了一篇小通讯《干之歌》，我拿给报社的黄振中、洪武平、闫增武等老同志们看，他们都说有发展前途，但目前还不成熟。我只好把他推荐给了组织部门。客观地讲，那时报社集中了一大批笔杆子，加之机关对人员又控制得特别严，所以进报社是很难的。1976年报纸停刊，直到1980年报纸才又复刊。1979年肖复华同志调到局调度室，1984年报社大批人员调走和调整，加之肖复华同志在写作方面的渐露才华，才由调度室调到报社。

第三次就是我们在文联直接相处了。其实他调到文联比我早，1990年文联刚成立时他就在文联，当时主席是税为群，副主席是金海荣。金海荣退休后，宣传部长师继勇同志兼任了一个时期。1994年机关进行机构调整，报社、电视台、中国石油报记者站合并成立新闻中心，才把我从记者站调到文联担任副主席。

在几年的相处中，我感到他诚实能干，尤其是一些重点文学题材他都积极参与并亲自动笔，所以写了不少有分量的好文章，尤其是文学作品。由于他来自基层，有着丰富的生活经历，所以他为写作贡献了不少生活资料和艺术构思，创作了生活的真实和艺术的真实这两个艺术典型，成为当时油田流行文化的象征，成为文学爱好者的偶像。尽管有些人对他喝酒成癖有争议，但并不妨碍他有一大批仰慕者。

酒，对于肖复华来讲，的确到了"宁可数日无饭，不可一日无酒"的地步。他哥哥肖复兴的《今朝有酒》就是写他的。对酒我倒有一点不成熟的理解,喝酒我认为不完全是坏事,当然我不是鼓励喝酒,但喝酒一定要把握"度",适可而止。古时候有段劝人节饮的《西江月》是这样写的:"酒可陶情适兴,兼能解闷消愁。三杯五盏乐悠悠,痛饮翻能损寿。谨厚化成凶险,精明变作昏流……"古人又云,男有四忌:酒、色、财、气,酒名列第一。无酒的人生或许算不上完美尽兴,可能欠缺几分诗意豪情,但无论如何,人的一生贫富不说,若交由酒这玩意来总结和了断,总归是恼事一桩。对于酒,我倒持容忍的态度。少量饮酒确实可以提高人的创造力,有的人趁着酒兴来精神来灵感,醉拳醉棍咱不说,醉八仙也只是个神话,但李白诗人确是真的吧,可李白却是个酒鬼。我认识新疆油田矿史馆的高锐馆长,平时他酒不离身,每天提包里装的都是酒,以酒代水。一次他生病住院医生劝他少喝酒,限量他每天不超过一斤,可见酒量之大。他天天醉醺醺的,可他的文章和拍的照片令人叫绝。酒,其实不过是一种饮料,是丰富日常生活的添加剂;造福还是惹祸,完全有赖于人的选择和把握,与酒本身无关。

肖复华同志是名副其实的油田作家,几十年来他一直笔耕不辍,用他那支笔兢兢业业地工作着,为写作他几乎到了疯狂的程度,的确,他为油田的文化事业做出了不可磨灭的历史贡献。他写了几部书,其中《啊!老三届》《世界屋脊神曲》《风会告诉你》《柴达木笔记》等,受到人们的一致好评。有的作品多次在石油系统、青海省及全国获大奖。当然，写作不只是为了发表获奖，更重要的是享受其中的过程，它无所谓开始，也无所谓结束，真诚的体验就足够了。他的书记录了他对油田发展过程的琐细之事，字里行间洋溢着他对油田的热爱、对油田人的温情。他的作品具有纪实客观的特征，同时又富有个性色彩，感情质朴，让人信服，越看越让人泪流纸页。是的，每本书都是从一个侧面记录了油田不同历史时期的发展轨迹，展示了特定的时代风貌，让后人真正了解了他这一代人，在当年那段历史岁月里所思所想、所作所为和对人生的感悟，它不仅是个人财富，而且是珍贵的历史资料。

他在文联期间，正处在油田二次创业中，当时柴达木精神是我们弘扬的中心。文联组织了几次大的活动，同时号召人们出书出画册，取得了比较好的效果。石油文化，提高了油田的品位和综合竞争力，也为油田积累了大量的资料，在此，肖复华同志发挥了重要的作用。1996 年他调入中国石油文联，但仍然与青海油田保持着频繁往来。1997 年他带领石油作家代表团来青海采风，收获甚丰，写出不少反映青海油田的好作品，有的还刊登在全国著名的杂志上。2010年上半年他突然得了喉癌，手术后刚刚一个月，身体状况勉强能维持，为了参加青海油田创业 55 周年庆祝活动和推广自己的新书，他不顾病情，在爱人周宏同志的陪同下毅然来到敦煌。在病魔面前他顽强抗争，决不低头。不幸的是，他参加完活动回北京后到医院复查，结果食道又出了问题，不得不进行二次手术。

肖复华同志，原籍河北沧州，生于北京。17岁来到青海油田参加工作，无论做哪种工作，他总是有股"钻"劲，对事业有着强烈的责任心。尤其是他苦心钻研写作，取得了重点突破，成为石油文化行业的专家。荣誉总是和勤劳、刻苦相伴，成就必须有艰辛的付出。长期的超负荷工作，使他积劳成疾。虽然病情较重，但他总是不愿让人看到他痛苦的一面，尤其是回到敦煌后，来看他的人很多，但他总是面带微笑地接待同事和朋友，好像什么事情也没发生一样。是的，人的根本标志就是精神，人活的就是精神，精神垮了一切全完。他坚强的毅力和那为自己所从事的事业锲而不舍的精神，以及他那淡淡的笑容和高昂饱满的精神状态，的确让人敬佩。

老摄影师王登岳

　　在油田摄影界，无论是专业摄影工作者，还是业余摄影爱好者，不知道王登岳摄影师的人恐怕不多。我和我的同事，都从王登岳同志的为人和摄影实践中获得过教益。

　　王登岳同志 1951 年在西北石油勘探局参加工作，不久被派往东北抚顺石油一厂、二厂学习。三年期满回到西安被正式分配到甘肃玉门炼油厂。1958 年支边来到青海，先后在茫崖、油泉子、油砂山、冷湖炼油厂工作过。油泉子土法炼油的第一张照片就是他拍的。后来短期在机关工作后，1971 年正式调入勘探开发研究院，专职搞摄影。

　　说起他与摄影结缘，还真是有点巧合。他在玉门炼厂工作期间，当时还有苏联老大哥帮忙，其中同班组的一人和他关系不错，一次探亲回来，给他捎来一台照相机，就是这台苏联制造的照相机，让他迷上了摄影。是的，我国摄影界早期没有正规的摄影教育，老一辈摄影家大都是半路出家，他们凭着多年的经验和直觉进行创作，并热心地向青年传授技艺，王登岳同志也不例外。

他在研究院搞摄影，成天与他打交道的是岩心、化石、剖面、地形、地貌、图表等，在这些枯燥、单调、一般人看不懂的东西面前，为拍好照片王登岳同志是下了功夫的。他抓住这些标本尤其是古生物标本在显微镜下画面变化无穷的特点，经常琢磨选择什么样的角度拍摄、怎样取舍这些关键性的问题。在拍照时摸索规律和有针对性地进行画面选择，拍得既真实，又能满足艺术创作的需求，使呆板的地质资料照片成为一张张既有知识性又有趣味性的作品，当然，取舍的条件是以资料要求为标准。

由于历史的原因，每次局里组织什么大型展览，或向外介绍油田情况，图片资料部分他都是唱主角，所以他在搞好本职工作的同时，也拍了不少反映油田的作品。当时对这些照片以后究竟能派上什么用场，并没多想，更没想参加什么大赛，得什么大奖。这些没有任何功利主义支配的拍摄，只有一个念头，那就是留住瞬间，留给后人，这代人种树，下代人乘凉，这就是他所谓的历史使命感吧。这些照片虽然年代已久，但保存得都很好。这些目击时代、记录历史的珍贵照片，愈发显示了它们的历史价值。的确，什么东西都可以成为过去，但照片永存。看到照片，能让我们勿忘昨天。

在那艰苦创业的 20 世纪五六十年代，在我们油田，照相机还是相当时髦的奢侈品，由于技术、经济条件以及其他方面的原因，公家配发的不多，个人买的更是微乎其微。在这种情况下，王登岳同志有幸接触了这一行业，照相成了他的职业，相机成了他忠实的伙伴。照相机"定格"了多少个难忘的场景，凝聚了多少愉快的回忆！

当然，为此他也吃了不少苦头。那时油田交通十分不便，相机也较为落后，拍摄难度很大，为拍张照片，都要背着沉重的单镜头反光相机及附件，步行几公里、几十公里，耗费数小时甚至更长时间，多么不容易啊！据他自己讲，柴达木盆地的角角落落他都跑了个遍，有些地方他还跑了数遍甚至数十遍。再说拍完照后还要自己动手冲胶卷、做照片，还要对底片和照片做必要的技术处理，一年四季从不间断。我们知道，王登岳同志虽然貌不惊人，形不出众，但心细过人。经他处理的底片和照片，可以说找不出一点瑕疵，存放100年也不会变质。更可喜的是他拍的照片大都是黑白片，有人说黑白片已过时，但其实彩色摄影绝不会取代黑白摄影，今天也是如此，正如大家常说"红牡丹艳丽，但黑牡丹更名贵"。

过去，历史主要是通过"口说"和"文字"来展现，图片的出现让我们"看"到了真实的过去，所以图片的积累和保存是我们应当重视的问题。王登岳同志数以万计的底片和照片，虽然今天看来并不绚丽多彩，但这些朴实无华的照片，让很多油田的地质史料和油田的历史有据可查。可以说，王登岳同志是较早以摄影作品写出油田历史的一位重要人物。他的《油田夜景》《大型搬迁》《蛟龙出海》等作品，早已名扬局内外。他反映研究院地质成果的《地质图册》，还与其成果一起获得过石油部颁发的科技成果二等奖。他的这些成果，不仅记录了油田几十年来的发展变化，同时也是他高尚品质的真实写照。

随着时间的推移和科学技术的发展，迷恋摄影的人越来越多，让人兴奋。但摄影是一门技术很强的艺术，所以我们要向王登岳同志学习，注意基本功的训练。当然，随着摄影器材自动化、电子化甚至数码化，拍摄中的人为控制因素逐渐减弱，但仍不可忽视基本功。何谓基本功，我想至少应包括有知识、有文化、有经历、有眼光、有思想。其次是懂得暗房技术及数码照片的后期制作。还应懂得用光、构图这些基本的造型手段。摄影是科学技术，又是艺术，不入门，不打基础，不循序渐进，不扎扎实实地练好基本功就去搞创作，我看也是难以成功的。摄影之路无捷径可走，许多老摄影家在这方面有宝贵的经验，年轻人应恭恭敬敬、诚诚实实地向他们请教，在摄影界，应树立这种"敬老"的风气。

王登岳同志不仅会照相，还是一位相机和手表的修理专家。我先举个例子，80年代初，我国地质部门与美国合作，来柴达木盆地进行遥感大地测量，中间仪器出了问题，厂家在美国，一时来不了人，国内又无人会修，怎么办？后来听说王登岳可能会修，他们抱着试试看的态度找到了他。王登岳同志到现场后，很快找到了毛病，动手修好了仪器，使其投入正常工作，连在场的美国技术人员也伸出了大拇指。的确，凡是与他打过交道、请他修过手表或相机的人，都对他精湛的修理技术和热心的工作态度留有深刻的印象。他有一颗赤诚的心，急人所急，想人所想，把别人的事看得比自己的事还重要。以前，由于经济条件和技术条件的限制，加之"新三年、旧三年，修修补补再三年"的陈旧观念，手表和相机的修理率很高。找他修理不但免费，质量也绝对有保证。每次修好，他都反复测试各项性能指标和参数，主动将改进意见提供给修家。80年代中期借调他到中国石油摄影有限公司帮忙，主要是为公司所购相机验收把关和对彩扩照片质量把关及彩扩机的维修，黑白、彩色照片暗房制作等。当时有人对他过严的把关并不理解，认为他缺乏商业头脑，对质量要求太严，会影响了其商业收益。然而，不长时间之后，正是其质量赢得了石油系统和当地人们的信任，生意十分兴隆，为公司取得了良好的经济效益，他也深受人们的尊重。

王登岳同志已八十有余，1992年退休。他虽已年逾古稀，仍然不忘摄影，利用业余时间仍在辛勤地工作，元宵节，我还看到他拿着徕卡数码相机穿梭在舞龙的队伍中。半个多世纪以来，他把自己的精力全部贡献给了石油摄影事业。他孜孜不倦的献身精神，值得我们学习，也深深教育着油田的下一代。

朱德旺谱写高原"三部曲"

　　一天我与朱德旺同志闲聊，才知道他是川藏公路和青藏公路修建的参与者，我心中肃然起敬。川藏公路原称康藏公路，东起四川成都，西至西藏拉萨，全长 2144 公里，是中国也是世界上最为艰险的公路之一。

　　1950 年 2 月，解放军奉命进军西藏，完成解放全中国的历史使命，毛主席指示进藏部队：一面进军，一面修路。1950 年 4 月，11 万人民解放军、工程技术人员和各族民工以高度的革命热情和顽强的战斗精神，投入修路中，用铁锤、钢钎、铁锹和镐头，劈开悬崖峭壁，降服险川大河，其壮志豪情传遍全国。

　　在 4 年多的时间里，川藏公路穿越整个横断山脉的二郎山、折多山、雀儿山、色季拉山等 14 座 5000 米的大山，横跨岷江、大渡河、金沙江、怒江、拉萨河等众多江河；横穿龙门山、青尼洞、澜沧江、通麦等 8 条大断裂带；沿途更有数不清的沼泽区、冻土区、地震区、碎石塌方区、大冰川，工程的巨大和艰险，在世界公路修筑史上是前所未有的。在川藏、青藏公路的修筑过程中，仅十八军就有3000多名干部、战士英勇捐躯，还有不少民工献出了宝贵生命，真是一代功绩永垂青史。

朱德旺同志在川藏公路干了7个多月，他重点给我谈了修筑号称"川藏第一险"公路最高点海拔5050米的北线雀儿山的情景。当时他是爆破工，是最危险的工种之一，因施工是在半山腰，打眼放炮都是在空中完成的，虽身系保险带，但随时都有被掉落的碎石块砸伤的危险，特别是炸药比较多的炮眼，人都要跑远躲避，但那时的爆破不像现在可以遥控，都是导火索点燃，稍有不慎，就有生命危险。加之那里高寒缺氧，四季穿棉袄，风吹石头跑，艰难程度可想而知。1951年，解放军以简陋的工具和血肉之躯，历时半年多时间，修通了雀儿山公路。雀儿山段修通后，他奉调到兰州，结果不久又去了青藏公路。

青藏公路的修建是这样的。西藏和平解放后，慕生忠将军作为西北进藏部队的政委，带领先遣部队，从青海的香日德长途跋涉到拉萨，整整花了113天。在茫茫无边的大沼泽地里，留下了成千上万具骆驼的尸体；在波浪翻滚的通天河里，淹没了无数骡马和牦牛；在冰天雪地、空气稀薄的唐古拉山，有不少战士倒下了。一路上，人员减少数百，驮畜损失三分之二，大批粮食抛在了雪山草地。1953年，时任西藏工委组织部长的慕生忠将军，担任了西藏运输总队政委，负责往西藏运粮，他带领27000多峰骆驼向西藏挺进，结果大批骆驼死亡，损失惨重。

于是慕生忠将军提出修路这一大胆设想，得到了彭德怀老总和李维汉同志的热情支持。当他提出第一步先要修通由格尔木到可可西里 300 公里道路需款 30 万元的时候，彭总及时转呈周总理，批准这一计划。同时彭总又拨给他们 10 个工兵、10 辆大卡车和 1 部吉普车。慕生忠将军急如星火地赶回格尔木，很快组织起了一支 1200 人的筑路队伍，编成 6 个施工队。慕生忠将军又精选了一个连参与其中。1954 年 5 月 11 日，修筑青藏公路的工程正式开工，结果只用了 7 个月零 4 天，筑路英雄们就修通了青藏简易公路。

青藏公路平均海拔在 4000 米以上，从青海西宁市到西藏拉萨市全长 1937 公里。格尔木至拉萨段 1161 公里。这条公路通车后毁坏严重，整治和改建不断，1974 年在世界上尚无先例的高寒冻土区铺设黑色路面工程，共投资 7.6 亿元，到 1985 年全线黑色路面工程基本竣工，每公里平均造价 2.52 万元。

1954 年 12 月 25 日，川藏公路、青藏公路同时正式通车，在西藏拉萨举行了隆重的川藏公路和青藏公路的通车典礼。

据朱德旺同志给我讲，青藏简易公路修通后，正式公路的修建仍在继续。不过人更多，战线更长，据说参加者在 10 万人以上，仍以部队为主。为保前方修路，后勤保障十分困难。当时主要是用牲畜驮，以骆驼为主，还有马匹、牦牛等，数万之巨，由 3 个连的解放军负责保护。但当时土匪比较多，物资经常被劫、被抢。土匪一般不伤害民工，主要是抢东西。当时的主要生活物资以干菜为主，黄花、木耳、粉条等。那时受经济条件限制，修路的人是住单帐篷，负责后勤的人一般还没此装备，靠自带棉衣取暖。1959年，因西藏上层反动分子叛乱，筑路暂时停止，筑路队伍一部分撤到格尔木，大部分撤到西安总工程队。当时决定留下的只是他所在西北军区建三师的一个连，因情况吃紧，也临时撤到柴达木工委所在地大柴旦。当时青海石油勘探局正上马海探区，修路中遇到困难，因这个连全是工程兵，是搞爆破的，与他们联系请求帮忙，结果全部留在了油田。

朱德旺同志在20世纪60年代末70年代初从青海油田重返西部建家园，南北山修路、平井场的战斗中，充分发挥了他的特长。因为那里全是高山大川，修公路、平井场，都是巨大的工程。不但去西部参加会战的人参与土方工程，就连住在冷湖的各单位也抽人去参加土方会战。会战中，朱德旺同志负责打炮眼和放炮，每天工作都在10个钟头以上，从没叫过一声苦、喊过一声累，也没出过一次安全事故。

朱德旺同志来到油田，先后当过普工，搞过钻井、后勤、农场、消防保卫，但主要是钻井，当过钻工、司钻、队长。尤其是北参三井失火，他当时是3278队的钻工。1963年北参三井完井后，正在装车准备搬家，5台柴油机装了3台，2台泥浆泵装了1台，还有一些其他物资，车子停在院内，刚吃完午饭，队长王兆褚同志发现井口异常，让各宿舍赶快灭掉炉子，大家立即行动，谁知有一个炉子的底火没灭彻底，结果整裂地层的天然气沿裂缝窜到火炉，突然发生大火，像一面墙似的，铺天盖地而来。因刚吃过饭，汽车司机还没到位，为及时抢救国家财产，王兆褚同志带头冲向院内，不顾大火的炙烤，组织大家奋力推出停在院内的车辆，全力以赴抢救国家财产，没一人拿近在咫尺帐篷里自己的东西。全队同志在生死面前，在公与私的斗争中，没有一人退缩。他们回到大柴旦后，都是衣不遮体，身无分文，是公家给每人补贴了300元钱和一身工衣。朱德旺同志在奋勇抢救国家财产中，不幸被倒下的铁管把腰砸伤，但他一声不吭，一直坚持到最后。

后来，他当了司钻、1243队副队长。当时1243队队长是张景义，是位50年代在民和参加工作的中专学生，聪明、能干。指导员是赵成铎，1958年西安石油学校的毕业生。他们配合把这个队带成了先进队。后来张景义同志升为西部指挥部调度室主任，赵成铎同志也升任了指挥部技术负责人，朱德旺同志当了队长，一直保持着先进队的称号，还创造了中钻取芯收获率最高的纪录。

在岗位工作40余年，他对我讲也遇到过几次惊险的事：第一次是在修青藏公路时，在西藏羊八井遭遇翻车，全车18个人中有17人遇难，只活他一人；第二次是在修川藏公路时，一次爆破躲避时，因受地形影响没退到安全范围之内，一块重几百公斤的大石头，就砸在他身边，幸亏躲闪及时才避免了一次重大事故；第三次是在尖顶山的一口井起钻时，方钻杆放入鼠洞时，水龙头与方钻杆连接处突然断裂，水龙头迅速砸了下来，好在正在操作的他跑得快，否则后果不堪设想。

朱德旺同志已年过八十，身体状况良好，正在乐呵呵地安度晚年。

烈火中的"玫瑰花"张勤秀

　　前几年我采访张勤秀同志时，她的烧伤部位发炎，她对着镜子正在换药，爱人也在帮忙。看到她右胳膊和右半身直至腰围都是伤疤，汗腺被破坏，汗水排泄不出来，阴雨天胀痛，炎热天痒痛难忍甚至溃烂。对于烧伤留下的后遗症，她却微笑面对，真是令人敬佩。是的，1976年，她为抢救油井和国家财产，赤心压烈火的英雄事迹是全局学习的榜样。

　　张勤秀同志，1974年参加工作，2005年退休，原是西部采油队女子采油班的班长。她们所管的油井大多在花土沟的山顶上，海拔高，氧气少，气候酷热酷寒。当时她们所在的采油队居住在深山沟里，职工和家属共百十来人。由于山高坡陡，交通不便，一叶菜，一把柴，都来之不易，生活比较艰苦。但西部女子采油班充分发挥人的主观能动性，战胜各种困难，改变艰苦的自然环境，高质量、高标准地完成党交给的各项任务，受到群众的称赞和领导的表扬。张勤秀同志身为班长，深知自己肩负的责任重大，因此她与全班人一起学习、一起工作、一起谈心，遇上问题及时商量解决。为了管好油井，为了班里的每个同志，张勤秀同志真是费尽了力，操碎了心。

带班就要负责把班带好，带班就要带出全班的好作风。张勤秀同志对自己要求严，对全班工人也从不迁就。一次，她接班来到井场，发现一口井有喷出的油散落在井场周围，既影响卫生又造成浪费，她要求即将下班的工人搞整改，她也拿起工具来帮忙，与工人一起，把散落的原油收了回来，而且把整个井场打扫得干干净净。这事虽不大，但却反映了石油人"三老、四严"的过硬作风，一种对国家、为人民高度负责的精神。

当然，表现在张勤秀身上的真正闪光点，是她奋不顾身，冒着生命危险，抢救油井和国家财产的事迹。那还是1976年的秋天，一口井正在用热油洗井，由于工种不同，交接班交代不清，致使开放闸门不及时，进入花三站的管线蹩裂，流出的热油被三号站边的水套加热炉的明火点燃。刚上班的她正在巡查，突然发现站内闪出火光，之后只听"轰"的一声，一团烈火从屋内冲出。火苗飞起几尺高，火舌卷着通向井场的管线网络，如果集输管线爆炸，其后果不堪设想。扑灭烈火，刻不容缓！

可是，拿什么去灭火呢？回去拿工具吗？回去叫人吗？都已来不及了。在这万分危急的时刻，她不顾一切地脱下自己的衣服，扑向了正在喷火的油管线，衣服烧焦了仍挡不住大火，她又用整个身子向烈火压了过去。由于火势太大，一下子把她的衣服烧焦了，她立刻成了一个"火人"。这位坚强的石油女工，硬是把"刀山敢上，火海敢闯"的豪迈誓言，变成了活生生的现实。战友们见到火光，立即飞奔而来。救火！救火！在大伙的共同努力下，烈火被扑灭，防止了管网爆炸，避免了一次重大事故的发生，保住了油井和管网的安全，但张勤秀同志却被大火烧成重伤。

一位伟人曾经说过，"我赞成这样的口号，叫作'一不怕苦，二不怕死'"。伟人倡导的这种精神，是一种强大的精神力量。张勤秀同志经受住了一次严峻的生死考验。在战烈火的关键时刻，她明知火烧人，偏向火海冲，战斗在危险处，无所畏惧。她胳膊、腹部、腰部甚至头部都被烧伤，烧伤面积达 30%。把她送到西部医疗队后，医生、护士全力抢救，医生给她清理伤口、消毒、制皮，手术进行了 4 个多小时，她没喊一声疼。当护士处理完她的伤口问她疼不疼时，她说的第一句话却是"管网和油井保住了没有"，的确是生死关头不闪私。

根据她的伤情，当时是应该送到冷湖医院进行救治的，但因为路途远，路况差，伤情危急也不允许，只能在西部医疗队进行抢救和处理。伤情稳定后，打算送她到冷湖医院继续治疗，但她不肯，她牵挂的是她的女子采油班和与她日夜相伴的油井啊！一个多月的日子里，西部医疗队给她做了数次修补和植皮手术，张勤秀同志经受住了多次痛苦的考验，伤势也一天天好转，可是身体的一些部位却留下了伤残。还能不能重返战斗岗位？还能不能回到女子采油班？她一次次向前来看望她的领导表示，我一定要重返采油队，重返女子采油班！

不久后她又出现在女子采油班，她还是干她的采油工，她还是女子采油班的班长。从此她变得更坚强了，一不怕苦、二不怕死的那股劲，更旺盛了。张勤秀同志确实是一位铁打的硬骨头战士，她以顽强的毅力继续战斗在平凡的岗位上。

她们班只有四五个女孩子，管着花二、花九、花十等八九口井，无论是油井管理、油井分析、油井产量等方面搞得都比较好，多次受到西部指挥部和管理局的奖励和表扬。

与此同时，她还担任本队的赤脚医生。深山采油队距花土沟基地虽然并不太远，但坡陡沟深，交通不便，尽管西部医疗队的"巡回医疗小分队"常年身背药箱，翻山越岭，足迹遍及花土沟各井队，但作为采油队却不是巡回医疗的重点。再说究竟医务人员少，巡回又受限制，采油队百十号人，万一哪个人得点小疾小病，治疗既不方便，又影响工作，她的受伤让她深深体会到了这一点，队上要是搞个医疗室多好啊。她向党支部反映了自己的想法，得到了党支部和西部医疗队的大力支持，也受到广大群众的拥护。医疗站成立后，张勤秀同志主动当上了赤脚医生。打那以后，她除倒班管理油井外，又当上了"大夫"。当大夫要会医术，张勤秀同志想，光有为人民服务的良好愿望，没有为人民服务的本领不行。为此她刻苦钻研医疗技术，几年中她看了多部医书，参加了几次医疗学习班。每次西部医疗队举办学习班，在不影响工作的前提下，她都坚持听课，有时刚下班就立即赶去听课，再忙她也抽空参加，学业务的积极性极高。她放弃休息，见缝插针，有空就学。除到医疗队听课和到病房实习之外，重点是回队实践，有不懂的就记下来到医院请教大夫，培养自己独立工作的能力。天下无难事，只怕有心人。张勤秀同志刻苦努力，终于学会了一般医疗知识。一般病症她能治，一般理疗她会搞，成了看病、打针、输液、急救的多面手，成了受人们爱戴的赤脚医生。队上不管是大人还是孩子病了，她都随叫随到、不叫也到。群众说，张勤秀同志心里装着全队百十号人的健康，唯独没有她自己。她怀着深厚的无产阶级感情为队上职工、家属治病的高尚精神，至今仍在西部采油队的广大群众中传颂着。

由于她的突出表现，1978年2月她被选为全国人大代表，出席了五届全国人大一次会议。她带着职工的重托，向人大提出牵涉我局职工利益的20条提案，如油田扩建、冷湖—花土沟公路建设、职工家属户口问题……其中11条都有回复。会议期间，华国锋主席在出席青海小组讨论时，听说张勤秀同志是来自柴达木油田，还专门走到张勤秀同志跟前，询问油田的发展情况，使职工深受鼓舞。1978年7月她参加了"全国石油化学工业第二次工业学大庆先进集体先进个人"表彰大会，并被树为标兵。1981年她被提拔当了干部，调到采油厂机关负责档案管理，1985年又调到敦煌筹建处。为了提高自己的文化素质，把工作做得更好，她抽空在党校上了个中专班，学的是行政管理。毕业后仍然回到原岗位，工作干得很好，经常受到本单位及上级主管部门的奖励和表扬。

茫崖走出的金牌摄影师雷力鸣

茫崖走出的摄影师雷力鸣同志，摄影技艺娴熟，题材广泛，其作品最大特点是主题鲜明，立意新颖，形神兼备，情节生动感人，让人过目不忘。尤其是他拍的人物，具备传神、雄健、豪放、古朴和厚重的特点。同时在立意、构图、用光、色调等方面锐意出新，精益求精。调走前，他在油田搞摄影十几年，创作了大量石油题材的摄影作品，其代表作有《大漠狂风》《擦拭》《试油工》等，都是后人难以超越的时代经典。

据不完全统计，他共在全国、青海省、石油部等摄影大赛中，获得金、银、铜牌奖23次，是1988年"全国首届十大金像奖"提名者之一，中国首届全国摄影大展的评委，《中国大型地质系列画册》首席摄影家。其中他1982年拍摄的《修井工》曾被视为中国工业的代表作品，并获"中国石油摄影大展金奖"。《大漠狂风》还在第四届国际摄影艺术展中获得金牌，为青海、石油系统和我们油田争了光。

我原来就讲过，"美"就在身边，雷力鸣同志的得奖作品充分证明了这一点。油田自有油田的深刻，油田摄影师更有条件拍出深刻的油田照片来。我们既不要妄自菲薄到盲目崇拜，也不要妄自尊大到忘乎所以，而应努力学习和实践，拍好自己的油田，用反映油田的好作品，奉献给油田和全国广大观众。当然，有人说油田包罗万象，摄影素材很多，但拍出精品很难，我认为不光油田，其他行业也是同样，这是个普遍规律。

　　雷力鸣同志的创作灵感来源于他对油田的了解和对生活的感悟，但又不是对油田生产生活的简单复制，而是通过对油田生产生活的感悟和体验，从中寻找创作灵感与激情，进行再创作。除油田之外，他还利用业余时间到玉树、果洛州等少数民族地区进行摄影创作，他拍摄和创作的反映藏风藏俗的作品，有着鲜明的独特风格。随着时间的推移，这些作品都成了不可多得的精品，尤其是反映藏族妇女的影像，表现了藏族妇女的真实生活，成了当时反映青海藏族妇女勤劳勇敢的代表作。

　　1981 年在北京举办的"中国石油摄影大展"中，他的多幅作品荣获金奖，争相被全国新闻部门报道，作品被名报名画册采用。也正是这次影展中的得奖，奠定了他的艺术地位，让更多的人了解了茫崖、青海油田，了解了柴达木。

　　纪实摄影，是当今摄影艺术发展的一种趋势。雷力鸣同志多年来，用真挚的情感、美好的影像，记录了油田许多重大事件和老油人，这些重大的历史见证，为油田、为后人留下了难得的研究资料。他的才能、他的摄影及其贡献，在油田艺术界中永放光辉。

20世纪80年代初，由他摄影和主持编撰的《青海石油》大型画册，是我油田第一部大型画册，由著名书法家舒同同志书写的书名庄重大方，为画册增色不少。但更重要的是它记录了油田的历史，真实地再现了青海石油人艰苦奋斗的精神风貌，其史料价值难能可贵。

雷力鸣同志1949年出生在陕西，1968年参加工作，70年代初调入我油田石油报社，是第二代石油人。父亲雷昭贤同志曾是油田西部勘探指挥部党委书记，与尹克升同志搭班，尹克升同志当时是指挥部指挥。雷力鸣同志由一名工人成长为报社记者和摄影大师，付出了极大的努力，但他说得最多的一句口头禅却是"我遇上了好机会"。

是的，雷力鸣同志最初调入报社是为充实机关篮球队和搞美编的，当时报社采编人员不多，美编由阿洪（洪武平）兼任。洪武平1954年进入盆地，是油田的开路先锋，是测量分队长。他多才多艺，不但文字过硬，而且画画更是了得，是全国闻名的画家，常被抽调到青海省、石油系统筹办大型展览，如中国石油展，大庆油田展及铁人精神展等，偶尔也被抽调到别的部门办展，如邮电部等，一次他去邮电部帮忙办展就达半年之久。为此报社想调个有这方面才能的人帮帮阿洪的忙。当时物色了两个人，一是马文忠，二是雷力鸣。经权衡认为雷力鸣同志更为合适，一是年轻，二是画画的功底不错。平时雷力鸣同志喜欢画画，你们还记得冷湖五号大礼堂门前的那幅毛泽东同志的巨型画像吧，那就是雷力鸣和洪武平同志的杰作。但令人遗憾的是他因种种原因没有在美编的岗位上持续工作下去。

后来报社买了台专业照相机，雷力鸣同志从此就成了摄影人。无疑，各种艺术、知识在陶冶与交会中开阔了他的眼界与思路，他的艺术空间扩展了，自由增大了。他天资聪明，有一个好思索的大脑，容易把情感融于作品之中，勇于创新，走自己的路，形成了他摄影大度、张扬、独特的风格。十几年中，他连续数十次在全国各大摄影大赛中获奖，这在油田乃至石油系统也是少有的。

后　记

　　海西州政协编纂出版《柴达木文史丛书》，我为此拍手叫好。

　　的确，社会上以前出书的不少，但写文史的不多，写了也是写一些戏说成分，搞不清真假，书是出了不少，但少有人看。

　　说人记事的文史丛书，为柴达木人树碑立传，著书立说，将他们载入史册，留给后人，传之永远，是一件天大的好事，也是一笔无法估量的精神财富。是啊，一个人做什么事情，一定要了解这个事情的历史，有了历史，现在的一切才有参考；有了历史，现在才不会浮夸；有了历史，人们才不会自大浮躁。这些朴实无华的文章，让历史有据可查。

　　我退休之前，经常奔波在茫崖的山沟沟里，亲历亲见了很多资源开发的史实。本书是力图谱写一部石油勘探者在茫崖地区创业的精神史诗，经由这部作品，笔者在向自己所感怀的那个年代、那段岁月和历史深处的茫崖人表达敬仰之意。今天，想到我们所取得的成绩，就不能不想到柴达木石油勘探的艰苦岁月，不能不想到为柴达木石油事业献出了青春乃至生命的同志，以及仍战斗在柴达木一线的而且还将继续战斗下去的同志，不能不想到为了祖国的石油事业的大发展调到各油田及大专院校及地方的同志。直到今天我们深深地怀念这些同志，敬佩这些同志，衷心地感谢这些同志。

一批有志青年，在艰苦年代，一次次承受苦难挫折，却从未选择放弃，而是融入了历史的洪流之中，在他们血管中流淌着热血、激情和梦想。在此，我对许多历史当事人进行过采访。采访不仅让我了解了海西及茫崖的过去以及许多鲜为人知的一些故事，更让我感受到了海西和茫崖人崇高的理想追求，为石油事业不倦的奋斗精神。这些故事，让我受益匪浅，懂得了更多思考问题的方法和做人的道理。同时忠实而生动地记录了他们革命生涯中许多精彩人生片段，笔者在整理和写作过程中，确是严格遵循实事求是的原则，不拔高，不夸大，追求朴实自然的纪实风格。

茫崖是柴达木的一片广袤大地，巍峨高耸的雪峰，坦荡辽阔的千里牧场，寸草不生的茫茫大漠，飞沙走石的荒野。沙漠戈壁不毛之地，冷酷无情之地，热烈赤诚之地，先知神往之地——啊！苦难的沙漠，辉煌的戈壁，我曾狂热地爱过你，我为作为一个海西和茫崖的柴达木人而自豪。

茫崖是一个神秘撩人的地方，一种精神性格的象征，很多人将一生献给了柴达木，献给了海西和茫崖，献给了石油事业。有些柴达木人，他们调离后，仍念念不忘海西和茫崖，不忘柴达木，当他们行将与世长辞的时候，嘱咐家人将他们的遗骨送回柴达木，埋在他们经历了苦难的地方。有的

柴达木文史丛书
柴达木认知读本 6

青海海西州政协教科文卫和学文委◎编
张珍连◎主编

MANGYA XUNGEN

茫崖寻根

青海海西州政协教科文卫和学文委◎编
张珍连◎主编

李玉真◎著

中国文史出版社

总　序

李科加

　　读者朋友，你现在打开的是由青海海西州政协教科文卫和学习文史委员会编纂出品的"柴达木文史丛书"第6辑。

　　这套文史丛书，是海西州政协根据文史工作需要，为繁荣发展柴达木文化事业，挖掘柴达木开发建设史料而选编的一套系列丛书。作品既重纪实性，又着眼文学品位，读者在欣赏纪实文学的同时，也可以增进对海西州地方史，特别是柴达木开发史的了解。

　　这套系列丛书，目前已经出版5辑，其中纪实文学类4辑、历史文化类1辑，每辑6册，每册12万字左右，总共出品30册，累计出版字数近300万。按照出品普及读本的初衷，丛书除少部分留作交流、赠阅之外，绝大部分被海西州相关职能部门配送到职工书屋、农家书屋、学校图书室、文化馆、寺院等文化机构，免费供基层读者阅读。丛书的出版，受到读者欢迎、社会好评。

　　这套陆续出版的丛书，将选编作家、学者、记者的作品，还原往事、记述历史、解析文化，反映中国西部柴达木的历史面貌及轰轰烈烈开发史。在已有的书稿中，一些历史人物和重要事件跃然纸上，使柴达木半个世纪举世瞩目的开发建设进程，以生活本身所具有的绚烂多姿，呈现在广大读者眼前。

前5辑的作者群中，既有全国知名的文化学者，也有我省一些颇具实力的本土文化人士。他们的作品，很多是大家熟悉的，也有不少是人们未必熟悉却非常值得一读的新作。关注丛书出版活动的领导和读者，期待我们接续编纂，推出新的读本。

新一届海西州政协常委会，接续支持教科文卫和学文委把丛书出版列为政协文史工作重要工程，组织人力挖掘整理史料，扩大丛书出版规模，在存史、资政、团结、育人方面再有作为。

柴达木是一座文史资料的"富矿"，积极挖掘文史领域的奇珍异宝，让丛书成为珍贵人文读本，为地方文史研究积累有益第一手资料。出版好文史丛书，更志在宣传柴达木精神，讲好海西故事。

我们满怀信心，热切期待新作品问世、新读本出品。

乙巳年暮春

目 录

寻访送给周总理的"柴达木之宝"

那是 2009 年国庆以后，我先生杨振去北京展览馆参观"新中国成立 60 周年成就展"，回家给我说了一件令人激动的事：他看见了"柴达木之宝"，是地质部 632 石油普查大队和青海石油勘探局（青海石油管理局的前身）送给周恩来总理的。

"这真是一个重要发现"，我说。632 石油普查大队是柴达木石油勘探的一支劲旅，后来以这个队为基础发展为青海省柴达木综合地质矿产勘查院。

杨振欣喜地讲述那个过程：在青海油田工作了 30 年，无疑对大西北尤其是青海柴达木地质勘探、石油工业的成果情有独钟。当参观的人流匆匆走过那个展柜的时候，我却停下了脚步——"柴达木"三个字跳入我的眼帘。这三个字让我心热，让我心跳，我立即仔细观看。这个展品前面的天蓝色横牌上写着："1955 年，地质部 632 石油普查大队在青海柴达木盆地发现油气田，献给周恩来同志的石油样品'柴达木之宝'。"我兴奋无比，再仔细看。是透明岩盐制作的一尺多高的凸形小博物架，6个格上摆放着装有石油样品的玻璃小瓶，正中间下方是一块黑色地蜡。后面有一个黑木架的玻璃框，看其形状大小，肯定是为保护"柴达木之宝"而精心制作的。框架的右上方用红漆写着"将柴达木之宝献给敬爱的恩来"，框架左下侧写着"青海石油勘探局 一九五六·二"。真是太棒了，我"咔嚓咔嚓"拍了两张照片。这是青海油田历史上没有记录的一件大事啊！

我们当即给青海油田宣传部部长石力打电话通报这件事。石力很重视，希望我们尽快找到"柴达木之宝"，并了解有关情况。

因为那天是展览的最后一天，我们只能去寻找"柴达木之宝"的提供部门。还好，杨振是有心人，他收集了几份"新中国成立60周年成就展"的宣传册。他从展览平面图的12个展区，分析"柴达木之宝"所在展区以及提供展品的部门。然后我打114询问了有关部门的电话号码，先后给国土资源部、环保部、国家测绘局等有关部委打电话询问。打了两天电话，要么打不通，要么回答说，不清楚。我们决定直接去寻找。先去国土资源部，因为它的前身是地质部，很可能与展品有关。

我们的居住地是青海油田的北京退休大院。杨振把此事告诉油田北京办事处主任马锋辉。他是第二代柴达木石油人，对柴达木有着浓郁的情感，他大力支持我们去寻找"柴达木之宝"。他为我们的出行开了证明，派了车。10月29

图片 1

送给周恩来总理的"柴达木之宝",展览于 2009 年北京展览馆"新中国 60 周年成果展"

日下午，我与杨振乘车去了国土资源部。在行政接待大厅，我们说明来意之后，接待人员给档案馆等若干相关的办公室都拨了电话，但依然找不到"柴达木之宝"的下落。我们不甘心，杨振说，今天就"咬定青山不放松"，盯住国土资源部，继续打电话。因为门厅管理很严，电话没有结果就进不了国土资源部，进不去就不可能有收获。这时杨振看见大门外不远处有一个中国地质博物馆，想过去看看，我们就兵分两路，任何一点可能性都不放过。于是他买票进了地质博物馆。

不多久，他来电话了。"你快过来！"听那兴奋的语气，一定是有眉目了。我飞也似的跑过去，他正在地质博物馆门口等着我。他说："我参观了一层、二层的展厅，没有看到'柴达木之宝'。在第三层，我发现一个'馆藏文物珍品展'。我忽然有些心跳加快，说不定就在这里。我仔细地一样一样地观看，突然眼前一亮——一件展品给我带来了希望。它是苏联元帅伏罗希洛夫送给国家主席刘少奇的一支猎枪，少奇同志又将这支猎枪转送给地质勘探队员。我想，送给周总理的石油也应该在这里。我继续寻找。在'60年成就展'中，我终于看见了与之前展出'柴达木之宝'有些相似的一个展柜。我浑身热血奔涌，快步向前。'柴达木之宝'果然就在这里！"

杨振把此行的目的告诉博物馆的工作人员，就顺利带我上了三层，进了展厅。啊，多么熟悉的黑石油！我向那6个装着石油的小瓶子俯下身去。它们，凝结着柴达木第一代石油地质队员、第一代石油工人对祖国的热爱与强烈的责任感。为了找到它，这一批勇士们不惜血汗与生命。

工作人员给我们找来藏品保管部的叶青培。她十分热情地介绍了有关"柴达木之宝"的参展情况。她说，这是20世纪50年代青海石油勘探局送给周恩来总理的，后来周总理办公室转送给了地质部，地质部又送给地质博物馆永久保存。这次"新中国成立60周年成就展"的矿产资源展区就是中国地质博物馆负责组织和提供展品的。但是关于"柴达木之宝"的详情她还不清楚。她介绍我俩认识了博物馆保管部的彭主任和办公室的张主任，张主任又向博物馆党委副书记汇报了此事。副书记过来对我们说，几十年了，历史资料也不详细，老同志们也退休了。可喜的是我们一直把"柴达木之宝"保护得完好无损，那6个装石油样品的是当时装过青霉素药液的小瓶子。

我们受到中国地质博物馆的热情接待，负责人还同意我们查阅博物馆的有关书籍。很遗憾，还是没有找到有关详情资料。

我与杨振用尺子仔细量了"柴达木之宝"展柜、瓶架的尺寸，从各个侧面拍了照片，并把寻找过程及我们了解的情况写了文字材料，一并寄到青海油田宣传部。

据《当代中国的石油工业》记载，"新中国成立60周年成就展"中提到的632石油普查大队，是1955年元月地质部在北京组建的。两年前即1953年，中国开始了第一个五年计划。新中国百废待兴，石油资源严重短缺，石油工业在全国工业战线中还是一个薄弱环节。毛泽东主席、周恩来总理等国家领导人曾征询地质部部长、著名地质学家李四光的意见。毛主席说："要进行建设，石油是不可缺少的，天上飞的、地下跑的，没有石油都转不动。"李四光表示，"他深信在中国辽阔的领域内，天然石油资源的蕴藏量应当是丰富的，关键是要抓紧做好石油地质勘探工作"。遵照毛主席的指示，国家地质部根据李四光《西北旋涡地质构造学》的理论，把找油的目光投向新疆、甘肃和青海。

据《青海省志·石油工业志》记载，1954年，进入柴达木的第一支勘探队——柴达木地质大队，发现地质构造18个、油苗9处。初步查明了盆地西部第三系含油层系的分布，找到了可供钻探的有利构造。1955年元月，第六次全国石油勘探会议确定柴达木盆地为1955年勘探重点。燃料工业部从陕北等地调集4000多人进军柴达木，并于6月1日成立青海石油勘探局，由张俊任党委书记兼局长，准备开展更大规模的地质普查和局部详查、细测工作。同年7月，国家成立了石油部，由李聚奎任部长，开始了全国石油工业的勘探、生产及建设工作，将三分之二的勘探力量集中在酒泉、潮水、民和、准格尔、吐鲁番、柴达木等盆地的局部地区。

632石油普查大队就是在这种背景下，于1955年夏奔赴青海柴达木盆地的。柴达木原始、荒凉，海拔3000米左右，高寒缺氧，干燥少雨，寒冷多风。在这样恶劣的自然条件下，5个分队分别在昆仑山脚下、那棱格勒河两岸、大小柴旦、冷湖、马海、俄博梁等地进行地质普查。一分队30名勘探队员，在柴达木中部黑色的赛什腾山山下落脚，开始了对周边的地质勘查。这个地方就是后来的冷湖老基地。因为离老基地西北10多公里的方向有一个小淡水湖，游牧的蒙古族叫它昆特依，翻译成汉语就是冷湖，所以，地质队发现的石油构造分别称为冷湖一号、二号……七号构造。随后对由此组成的冷湖构造带进行了地质调查。

这期间有3支石油地质队伍先后来到柴达木，相互配合，协同勘查，为柴达木早期石油勘探开发做出了重要贡献。他们分别是632石油普查大队、以1954年进盆地的柴达木地质大队为基础建立的青海石油勘探局地质队、由中国科学院负责组成的柴达木石油研究队。20世纪50年代在全国艰苦环境中勘探找矿的一批功勋地质队，被周恩来总理称为"中国地质尖兵"。

1955年，3支队伍协同勘查，又发现了99个可能储油构造。这一年，在全盆地地质调查取得重要成果的基础上，青海石油勘探局决定在西部地区选择有利构造进行钻探，争取突破，然后向中部、北部发展。油泉子构造是第一个进行深井钻探的构造，地质工作者将其命名为"沥青嘴"。

11月24日，举行油泉子一井开钻典礼时，由省委副书记朱侠夫任团长、副省长马辅臣任副团长的青海省党政军代表团前去慰问，参加典礼。

12月12日，钻至360米时钻进油层，井口溢出黑色的原油，原油性质好，轻质油含量高达68%。泉一井喜喷工业油流。这是柴达木石油工业踏上的第一个台阶，预示着石油勘探开采的美好前景。于是，632普查大队和青海石油勘探局精心制作了"柴达木之宝"，献给敬爱的周总理。这也是石油地质队伍和青海石油人为祖国找石油、献石油的见证。

6瓶"柴达木之宝"上分别注明了名称：有两瓶是油泉子原油，有一瓶是油泉子石蜡，其余是油泉子的原油蒸馏产品汽油和煤油，还有一瓶是地蜡。

也正是泉一井喜喷工业油流，青海石油勘探局机关从西宁迁往柴达木老茫崖，石油队伍迅速壮大，一座帐篷城像一大片莲花在戈壁上绽开。1956年9月5日，当《人民日报》发表题为《支援克拉玛依和柴达木油区》的社论，柴达木石油工业引起全国人民关注的时候，或许有不少中央领导正在观赏那6个青霉素药液小瓶子里的黑石油呢。

632石油普查大队1955年发现冷湖石油构造带，为柴达木油田的建立立下了汗马功劳。1956年5月5日，632石油普查大队对冷湖四号构造进行钻探，钻遇浅油层，原油喷射达20米。之后，青海石油勘探局决定对冷湖五号构造进行钻探，部署在构造高点上的地中四井，于1958年8月21日由1219钻井队施工开钻。9月13日，钻达650米后发生井喷，日喷原油高达800吨左右。由此发现冷湖油田。1959年元旦，青海石油勘探局改为青海石油管理局。同年2月20日，首车原油被运往兰州炼油厂。油田的工作重点东移，石油队伍逐渐向冷湖集中。

2010 年 6 月，青海油田建局 55 周年局庆时，我与杨振去了油田，参观了在科技馆举办的油田局史展览。我们看见了复制的送给周总理的"柴达木之宝"。回顾柴达木石油勘探开发史，怎能忘记早期奔赴柴达木的 632 石油普查大队、所有地质勘探队员以及石油队伍的英雄业绩呢？他们的无私奉献、艰苦奋斗的精神也是柴达木之宝，要一代代传下去。

（此篇与杨振合作，发表于 2015 年第 2 期《地火》杂志）

康世恩二进柴达木

    康世恩，作为中国石油工业最早的有卓越贡献的主要开拓者、领导人之一，20世纪50年代，二进柴达木，为柴达木最早的石油勘探开发作出重要部署，为柴达木石油工业的起步与发展起到引路指航的作用。

    康世恩1915年出生于河北省怀安县，少年时参加过学生运动。21岁考入清华大学，并加入中国共产党。1949年接管玉门油矿任军事总代表。1950年任西北石油管理局局长。1953年任燃料工业部石油管理总局局长。1955年7月成立石油工业部，任部长助理。1956年任石油部副部长，主管石油勘探和开发。1965年任中共石油工业部委员会党委书记，主持石油部工作。1978年任国务院副总理兼国家经济委员会主任、党委书记，国家计委第一副主任。1981年兼任石油部部长。1983年被任命为国务委员，分管石油和石化工业。1995年4月21日与世长辞，享年80岁。

    1954年3月，由康世恩主持，燃料工业部石油管理总局在西安召开全国第五次石油勘探会议。会上研究并确定了全国第一个五年计划期间的石油勘探任务：加强酒泉及四川盆地的勘探工作；继续进行陕北、潮水、青海民和的勘探；稳步开展吐鲁番及柴达木盆地的勘探，并为第二个五年计划准备好勘探领域。

康世恩在会上指示，根据 1947 年周宗浚、关佐蜀等人进行地质调查所提供的线索，首先从柴达木西部的油砂山一带开始普查工作。在地质局所属的陕北、酒泉等地的勘探单位中抽调人员，组织这次勘查工作。会后，组建了 484 人、平均年龄 25 岁的柴达木石油地质大队（包括 6 个地质小队、1 个重力队、1 个三角测量队、1 个手摇钻井队）。1954 年 4 月进入柴达木。他们在条件极其艰苦的戈壁荒漠，凭借"榔头加罗盘"，靠"构造加油苗"的方法进行地质调查和重力普查。半年里，取得了重要的地质成果：发现了比较完整而且适宜储油的地质构造 18 个、油苗 9 处；查明了柴达木盆地西部第三系含油层分布很广；确定了可以在盆地西部的有利构造上进行钻探，然后向中部、北部推进。

康世恩为了掌握第一手资料，加快柴达木勘探进程，决定在当年（1954 年）9 月亲自率领以苏联石油地质专家组为主要成员的考察队进入柴达木。他在北京给石油管理总局地质局副局长沈晨打电话，指明由他安排并参加这次勘查行动。这支队伍有苏联（专家组组长）总地质师特拉菲穆克、钻井专家阿辽亨、地质专家格罗斯、水文地质专家契雅契柯夫；中方有石油勘探局副局长杨文彬，国家经委石油地质处处长呼育之、康世恩的秘书李惠新、翻译窦炳文、李国玉、刘仁育，国家计委、建委、民航总局、铁道部的专家和警卫人员。路线是康世恩带队从北京到玉门，而新华社西北分社记者姚宗仪随石油地质局局长张俊、保卫处长苗德胜从西安直奔玉门。在玉门油矿担任宣传部部长、报社社长来深入生活的著名诗人李季，在酒泉地质大队挂职来深入生活的青年作家李若冰加入了这支队伍。

据姚宗仪回忆，当时的新华社西北分社社长莫艾对他说："这次柴达木之行，意义非同寻常，是关系到国家石油工业的战略决策问题。是朱德总司令亲自过问，并指定康世恩前去探路的，规模也不寻常。"

当时在柴达木荒原还残存乌斯满匪徒，他们的行踪飘忽不定，手段非常残忍。这支队伍从玉门出发时，玉门油矿矿务局的杨拯民局长派了一个警卫排，增加了人员和车辆：有20多台大道奇、嘎斯69、吉普车，还有一辆装着食用水和汽油的大型给养罐装车，给每个人配有一袋装着便于存放的锅盔、牛肉、大蒜，足够支撑一个月的口粮。车队浩浩荡荡从玉门到敦煌，然后沿着难以辨认的青新公路前行，绕阿尔金山向柴达木进发。

第一天在茫茫戈壁荒野行驶400公里。夜晚宿营在戈壁滩上，在一个被遗弃的土坯房的残垣断壁上搭上帐篷布，这成了最好的"房间"，被大伙戏称为戈壁上的"北京饭店"。另外的住处就是避风处的地铺。他们克服了各种困难和身体的不适，第四天夜晚才到柴达木花土沟山沟里。当年5月抵达柴达木的第一支柴达木地质大队的负责人吴斌和郝清江驾车到花土沟沟口迎接他们，当晚歇息在山沟里一个地质小队的宿营地。

次日早晨，打前站的沈晨和正在盆地搞勘探的总地质师王尚文及第一支进柴达木的石油勘探大队中的 101 队队长葛泰生等人，迎接专家队伍。康世恩不顾一路疲劳和缺氧带来的喘息，没有休息就带领专家队伍去花土沟油砂山察看柴达木最大的油苗。他们徒步走过一个个山岭，察看岩石露头，了解石油构造，追踪地层变化。他欣喜地敲打着渗出地表的油砂，与苏联专家讨论储油情况。他仔细听取北京石油总局的总地质师陈贲和王尚文、葛泰生详细地介绍柴达木的勘查情况，接着又勘查了干柴沟、油泉子、狮子沟等柴达木储油构造。

康世恩高度赞扬石油勘探队的同志，在如此艰苦的条件下做了柴达木石油工业的前期工作，希望早日找到大油田。

姚宗仪回忆，康世恩"一面观察现场，一面频频点头，似乎首肯了勘探人员的工作成绩"。他"瘦削、俊俏的脸上架着一副金丝边眼镜，深藏着一双充满睿智的眼睛，俨然一个学者模样；干练的身材，行动敏捷，健步如飞，又增添了几分儒将的风采"。苏联专家组组长竖起大拇指说："康是我见到过的最好的部长之一。"（当时石油部尚未成立，但苏联专家把他当石油部长。）

在康世恩的带领下考察了近半个月，得出的初步结论是：柴达木盆地是昆仑山与祁连山之间的断陷盆地高速沉降的结果，其构造条件和生油、储油条件都是很有利的，又有大面积油苗出露地表，证明地下石油大概率是丰富的。另外，由于地层升降快，有大量砾石层，使储层比较致密，孔隙度小，埋藏深，又增加了找油的复杂性。

9月中旬，康世恩召开了"茫崖（花土沟）帐篷会议"。会上，苏联专家和国内专家分别汇报情况，提出设想、方案。康世恩总结了这次考察的成果，充分肯定了勘探队伍在如此艰苦的环境中做出的贡献，指出了今后找油的方向。康世恩一行带着在柴达木盆地找油找气很有希望的喜悦之情离开盆地，经敦煌返回。

不久，康世恩派石油地质局局长张俊、钻探局副局长杨文彬带领地质队伍到柴达木盆地开展石油勘探工作，随后地质部也派了632石油普查大队进入柴达木。

1955年1月，第六次全国石油勘探会议确定柴达木盆地为1955年勘探重点。4月，燃料工业部石油管理总局决定，成立青海石油勘探局，张俊为代理局长（10月27日被任命为局长），陈寿华、杨文彬、郭究圣为代理副局长。这一年，燃料工业部从陕北调集4000多人进军柴达木，在柴达木盆地开始了一场更大规模的地质普查和局部详查、细测工作。

1955年9月，康世恩率团去苏联考察，在莫斯科写了16000多字的长信，作为他继石油部成立后在北京召开的第一次全国石油勘探会议上的书面发言。信中对柴达木盆地等地区如何展开勘探工作提出了具体的工作任务和目标。

1956年，油砂山、开特米里克、南翼山等构造获得工业油流。1955年11月24日，柴达木盆地有史以来第一口深井——油泉子一井开钻，12月12日出油，轻质油含量相当于玉门油田原油中的轻质油含量的两倍。柴达木向全国报捷，1956年9月5日《人民日报》发表题为《支援克拉玛依和柴达木油区》的社论。加上李季、李若冰、姚宗仪三位文人的文字传播，柴达木石油勘探更加引起各方关注。

1958年3月，石油工业部部长余秋里召开了党组会议，副部长康世恩根据中共中央总书记邓小平"战略东移"的指示精神，作了关于"确定第二个五年计划战略重点"的报告。会议确定在全国建立10个勘探战略区域，其中5个老区：准噶尔、柴达木、河西走廊、四川、鄂尔多斯，以川中、克拉玛依为重点。开辟5个新区：松辽、苏北、山东、贵州、吐鲁番，以松辽和苏北为重点。

1955年至1958年，是柴达木石油勘探、开采与油田建设迅速发展时期。1958年9月13日，冷湖地中四井由1219钻井队钻探至650米后原油井喷，连续三天三夜，日喷油量高达800吨左右。由此发现了冷湖油田。

1959年1月1日，石油工业部青海石油管理局正式成立。2月16日，油泉子10万吨炼油厂正式建成投产。2月20日，柴达木原油首次由冷湖外运至兰州炼油厂。

1959年3月6日至19日，一直关心柴达木石油工业的康世恩副部长率领石油工业部工作组来到冷湖探区，检查会战冷湖的部署，研究冷湖地区含油情况。3月16日下午，冷湖刮着大风。油田在冷湖五号基地的戈壁滩上召开了职工大会。康世恩在大会上作了动员报告。他首先代表余秋里部长和石油部祝贺柴达木石油人取得的成果，赞扬油田1958年打了个大胜仗。他说，虽然去年全国原油生产出现了"大跃进"，但远远不能满足国家的需要。他希望今年冷湖原油产量翻番，能够翻三番更好。他满怀信心地说："苏联专家和我国石油技术专家对冷湖地区进行了分析研究，认为冷湖地区油藏很丰富、分布很广。现在的一号、二号，一直到五号、六号、南八仙都有石油构造。柴达木石油工业今年的首要任务，就是拿下冷湖大油田。"他还讲了如何拿下大油田的"三个同时并进"。他说："你们干好了，石油部在冷湖开现场会议。"

紧接着，3月28日的《青海石油》报纸头版头条登载了《中共青海石油管理局委员会〈关于调动一切力量大战冷湖的决定〉》。

康世恩回京后研究确定了柴达木石油勘探开采的新战略。6月初，部长余秋里、副部长孙敬文来到冷湖。余秋里对冷湖会战作了具体指示，提出"调整部署，暂时收缩茫崖、马海探区，集中力量加速冷湖探区的勘探，拿下冷湖油田，打下面积，准备储量，为柴达木石油工业大发展打下基础"的方针。

青海石油管理局在半年里，相继探明了冷湖五号构造、四号构造、三号构造的油田，于1960年试采原油30万吨，使冷湖油田成为当时全国四大油田之一。冷湖油田的发现和试采，在石油工业和国民经济发展中起到了重要作用：一是经过就地加工生产的石油产品在全国国民经济困难时期支援了青海、西藏地区经济的发展和国防建设；二是冷湖油田的发现和建设，使柴达木盆地石油勘探工作有了依托之地。青海石油勘探局于1959年元旦改为青海石油管理局，并将局址迁到冷湖，结束了过去游牧式的勘探生活方式；三是锻炼了一支队伍，积累了一定的经验，为后来的柴达木石油勘探与产业发展培养了技术力量，铸造出艰苦奋斗、顾全大局的柴达木精神。

（发表于2016年第4期《柴达木开发研究》）

慕生忠将军访问格炼厂

　　1993 年 8 月 20 日，83 岁的慕生忠将军偕夫人来到格尔木炼油厂。正在格炼厂宣传部工作的我采访了他，并与他和夫人合影留念。

　　将军说，这是他第三次回到格尔木。第一次是 1985 年，他与骆驼队的勇士们欢聚一堂。将军说起这事"嘿嘿"地笑，脸颊上抖动的皱纹都像欢乐的浪波。可以想象，那是在举杯豪饮中热烈的回忆与情感的碰撞。

　　他说，1951 年，部队进藏后他担任工委委员。部队不能动用地方的一粒粮食，可是路途遥远，牲口运输能力远远不够，军人经常处于饥饿中。1953 年成立了运输总队，他兼任总队政治委员。从春季开始，从陕、甘、宁、青及内蒙古等地征购 2.8 万峰骆驼，雇用牵骆驼的驼工 1000 多人，集合在运输总队的大本营香日德。那时运粮到西藏要走过不少沼泽地，骆驼和人的生命都损失不小。为了寻找适合骆驼运输的路线，他找到马步方曾用过的地图，发现一个叫噶尔

图片 2

1993 年 8 月 20 日，83 岁的慕生忠将军与夫人访问格尔木炼油厂

穆的地方。他认为从噶尔穆通往西藏是比较好的途径，安排一个小分队骑着几峰骆驼去寻找噶尔穆。接着他带领更多的人，骑着骆驼赶了过去。将军说，荒凉着呢，我们就扎下了6顶帐篷，把噶尔穆叫作格尔木。再后来，我们运输总队浩浩荡荡的送粮队伍，就是从香日德到格尔木，再翻过唐古拉山送到西藏的。那条路，1930年有本《西藏始末纪要》里说："世上无任何人，到此未有不胆战股栗者。"我们不怕，后来我带队伍开路，7个多月，从格尔木通往西藏的公路建成了。一路艰险接着艰险，也有我们的驼工们啦。我就是回格尔木看望那时并肩战斗的战友啊！

将军说，第二次是1989年，他同新来格尔木的开拓者交谈，把昔日的开路故事讲给他们听，把神圣的责任感传递给他们。"今天来到格尔木，看见的是一个有10多万人的城市了，你们石油人还建了炼油厂，格尔木越来越好啊！"

那天慕生忠夫妻参观了炼油厂。那时的建厂正在最后的冲刺阶段。陪同的格炼厂张指挥给他介绍："青、藏两省区每年需要从外地调入油品35万吨左右，但燃料依然供不应求。听说牛粪都卖到了8元一斤。"

慕生忠说："是啊。现在西藏民间有个小调：'不愁吃，不愁穿，只愁烟囱不冒烟。'煮饭、熬奶茶，都靠烧牛粪，哪里够啊，于是就砍树、拔荆棘。破坏了生态，沙地就多了。"

张指挥说："为青藏人民供应燃油，得到国家的重视。1986年11月国家纪委批准青海油田建设三项工程，就是开发尕斯库勒油田 120 万吨产能、铺设从花土沟到格尔木 435 公里输油管线和建设格尔木炼油厂。建厂是 1991 年起步。中国石油天然气总公司要求三年建成投产，我们加快步伐，提前一年，就是今年 9 月建成投产。"

慕生忠说："好得很，好得很。投产了，西藏民用燃油和工业用油都解决了。这是石油人造福西藏人民啊！"他对西藏有特殊的感情。他接着说："在戈壁滩上建炼油厂太不容易了，当初我们讲开路精神，现在你们讲格炼精神，都是优秀的民族精神，今后一定要发扬光大。"

慕生忠临别时说："下个月你们开厂我见不着，遗憾啊。提前祝贺，向建设者们致敬！"

后来我写了一篇散文《将军不老》，抒发了我对慕生忠将军耄耋之年精神矍铄和开路精神不会老去的感慨，连同与将军夫妻的合影，登载在《青海日报》上，以作纪念。

写于 2022 年元月

李季诗话柴达木

康世恩（原石油部部长）20世纪50年代二进"生命禁区"柴达木，他曾感慨地说："在如此艰苦的条件下，莫说工作，只要能待住，生活下去，也是英雄啊！"

李季是新中国成立以后走进柴达木大戈壁的第一位闻名全国的诗人，那是1954年9月。1958年9月他再进柴达木。他曾在1959年4月1日发表在《星星》第4期的《为石油和探采石油的人们而歌——诗集〈石油诗〉编后记》里写道："1954年的后几个月，我感到难于抑止自己的感情……在不到半年的时间里，我利用业余空闲时间，写了近两千行诗。"他的《柴达木小唱》等诗歌，第一个用美感与激情将那片亘古蛮荒之地和地质勘探队员的顽强拼搏精神展示给大千世界，激发了许多爱祖国、有理想的年轻人奔赴柴达木，成为第一批青海石油工业的开拓者。1954年一起进柴达木的李季与李若冰，成为柴达木石油文学的奠基人。李季的诗歌不仅激励着一代又一代石油人，而且使他们受诗

图片 3

　　1954 年 9 月，李季（左 2）随康世恩带领的考察队到柴达木，在戈壁滩上采访勘探队员时留影

歌的感染，能从美的角度去审视柴达木戈壁荒漠，从精神的高度去铸造自己。李季诗歌的影响与传诵经久不衰，源远流长。

李季一进柴达木（1954年9月）

康世恩称李季为"我们的石油诗人"

1954年3月，燃料工业部石油管理总局（当时还没有石油部）第五次全国石油勘探会议确定，在全国第一个五年计划期间稳步开展柴达木盆地的勘探工作。4月，总局组织了第一支柴达木地质大队，从西安出发，5月中旬经敦煌挺进柴达木。同年9月中旬，由总局局长康世恩带队，由苏联专家和中国专家组成的柴达木西北部考察队进入柴达木，进行了近半个月的考察。

从西安出发的考察队伍抵达玉门油矿休整了两天，等待从北京出发的由康世恩带领的主力队伍。在玉门油矿任宣传部部长的李季和在酒泉石油大队挂职任副大队长的青年作家李若冰要求去柴达木。青海柴达木海拔高，风沙大，干旱缺氧。玉门油矿矿务局局长杨拯民对李季说，你虽然只有33岁，还年轻，但你有心脏病，还是不要去柴达木吧。一位去过柴达木的石油工人特意去劝他，在柴达木，正常人都喘不过气来，你去那里有生命危险。但李季执意要去柴达木。晚上下班回到家里，他兴奋地告诉夫人李小为："柴达木不仅有完整的地质构造，而且还有很厚的油砂露头呢！过几天我就要去柴达木。"李小为也很高兴。她了解他的身体，很担忧，却更了解他的心。她为他捆好了铺盖卷，准备了行装。

康世恩在出发前的会议上介绍了李季、李若冰和从北京来的新华社记者姚宗仪，说我们这支石油地质专家队伍里有了三个文人，称李季为"我们的石油诗人"。据姚宗仪《西行柴达木》中所述：李季"当时的模样已有三十开外"，"他的诗人气质很强烈，身躯消瘦，却有洪钟般的声音，健谈而又诙谐，还不时夹杂着他爽朗的笑声，毫不矫情。"

杨拯民局长大力支持考察队，派了车辆和一个警卫队（预防国民党残匪）。载有60多人和锅盔等食物、行李、帐篷的20多辆大道奇、嘎斯69、吉普车从玉门出发。一路戈壁大道，宽敞平坦。李季后来在长诗《向昆仑》里写了这段路程："轻车过玉门／星夜出阳关／跋涉三千里／直奔昆仑山／一条溜平的阳关大道／恰似北京长安街。"当天就抵达敦煌县。县委领导在县委会议大厅举行了盛大的招待会。县委书记和考察队负责人康世恩、苏联专家组组长特拉菲穆克分别致祝酒词和答谢词后，大家要求文化人发言，把视线投向著名诗人李季。李季很谦虚，请小姚说两句。姚宗仪说李季老师您是名人，非你莫属。李季就站起来举起酒杯，热情洋溢地"用浓重的河南口音、诗一般的语言，似乎给酒会点上一把火，气氛分外热烈地活跃起来"（姚宗仪《西行柴达木》）。大家频频祝酒，对柴达木美好的明天寄予希望和祝福。

次日，考察队增加了几辆装有食用水和汽油的大型罐车，敦煌阿克塞区派了两名向导。车队从敦煌出发，驶向辽阔的荒无人烟的戈壁滩。当年5月第一支进柴达木的地质大队走在南疆公路上，浩浩荡荡，沙尘滚滚，从东到西绕过阿尔金山脉向柴达木西部行驶。李季久久地凝视着车窗外，诗句印在了心里："大野滚滚望无尽 / 沙柳碎草都不见。"（《向昆仑》）三个文人乘坐同一辆小吉普，李季十分活跃，时常带来满车笑语。年久失修的戈壁公路虽然经过地质大队排沙检修，但仍然坎坷不平。车队一路颠簸在月球似的蛮荒之地，午餐是石头搭灶、骆驼刺当柴的野炊。第一天走了400多公里。傍晚，辽阔的戈壁滩上出现了一个残墙断壁的道班房。大家幽默地称它为"北京饭店"。李季后来也将它记录在《向昆仑》里："在沙漠戈壁上长途旅行 / 招待所就是你的'北京饭店'。"大家在避风处搭起了帐篷，在低洼处铺上了被子。第一天在戈壁荒滩过夜，正值中秋，圆镜高悬，月光如泻，视野空旷而清澈。尽管戈壁温差大，夜晚的中秋如冬，寒气逼人，一些人已经钻进了被窝，但此景却撩起了诗人李季的诗情。他与康世恩都是性情中人，触景生情，巧对诗赋。正如宋代张先所写："明月却多情，随人处处行。"李季如明月一样多情，给大家讲笑话，苏联专家开怀大笑，大家都笑得直不起腰来。接着，在快乐的气氛里，考察队的小伙们放声歌唱。嘻嘻哈哈，热热闹闹，热气冲去寒气，无人区的夜晚有了浓重的人气。李季兴奋地说："古人说，西出阳关无故人，十有八九不能还，这都是千年过往事。看咱们西

出阳关，热火朝天就像一家人。"（李小为《情系柴达木》）

一路上，更多的是狂风吹走了日月，苍凉包围着人们。李季将此景记在了心里："夜静天漆黑／只有帐篷顶上的小红灯在眨眼／四野寂无声／只有骆驼草在晚风里打战战。"（《向昆仑》）

经拉配泉、索尔库里、金鸿山，第四天翻过阿尔金山，抵达柴达木西部的花土沟北高坡。考察队全体人员惊喜万分，"到柴达木了！到柴达木了！"一阵热烈的呼声飘向柴达木。李季向南望去，白雪皑皑的莽昆仑横亘天边，那是一路向往的中华民族的雄伟高山。他心潮澎湃，无数个对话涌出心扉：

　　仰望昆仑／昆仑顶着天／昆仑昆仑我问你／千山万岭打从哪儿起／我的好兄弟／听我告诉你／千山万岭都从我的脚下起／子孙绵延千万里／仰望昆仑山／昆仑顶着天／昆仑昆仑告诉我／哪儿又是长江黄河源／我的好兄弟／请你听我谈／长江黄河发源在我的山脚下／一个山北一个南／翻越千山和万水／我从北京来找你／找你不为别的事／想问你石油在哪里／我的好兄弟／请你坐下来／我的怀抱里油如海／单等勇敢的人来把门开／油在哪架山／油在哪个湾／怎样才是勇敢的人／要用什么钥匙把油门开／遍山都是宝／地下油如泉／敢于胜利的就是勇敢的人／那钥匙就是一颗勇敢的心。（《我问昆仑山》）

李季是从考察队的角度问昆仑，是站在首都北京的高度与昆仑交谈。整首诗既充满了信心与责任感，也充满了对石油开拓者的赞美。而这些诗句，都存在他心里。

　　这天下山后，天黑了。这年5月抵达柴达木的第一支柴达木地质大队的负责人吴斌和郝清江驾车到花土沟沟口迎接他们，当晚歇息在山沟一个地质小队的宿营地里。柴达木一天的温差可达30摄氏度以上。9月的夜晚已如冬季。单帐篷挡不住早来的寒冷。而李季一夜未眠，一路的荒凉和吴斌、郝清江给他说的顺口溜在耳畔回旋：鸟雀不肯来，遍地不长草；四季少雨雪，风吹石头跑；头上烈日晒，脚下热沙烤；冬季寒风吹，夏季蚊虫咬；虱多用沙洗，指甲当汤勺；天天缺水喝，常年不洗澡……地质队员在这样的环境下为国家找石油，怎不令人肃然起敬！一定要多写他们啊！

　　次日，考察队来到阿拉尔牧区，这里有驻军和他们修筑的土木结构的城堡，有勘探队一字排开的十几顶白色帐篷。"九月秋风沙原黄／路过草滩见篷帐／白布帐篷插红旗／骆驼牧放草原上。"（1958年，同样是9月，路过同样的地方，李季写了这首《虎将歌》，描述了四年前与此时同样的情景。）

　　戈壁上又一个景致激起李季心海的浪涛，那就是尕斯库勒湖。在山上远望，昆仑山下，镶着银边的蓝色"镜子"已经深深地吸引了他，此时又居住在尕斯湖附近，穿着浅色半长风衣、戴着深色帽子的李季来到湖边，与几位同伴留个影。他举起望远镜——八路军出身的李季特别喜欢望远镜，那是观地形、察敌情必不可少的工具，也是多年陪伴他战斗的伙伴。此时，望远镜派上了新的用场。湖光水色一览无余，使他按捺不住涌动的诗情："在那美丽如画的尕斯湖边／野生的芦苇筑成了天然的围堤／硝烟凝结成银色的薄冰／昆仑山的倒影斜照在湖里。"来阿拉尔才认识的向导——乌孜别克族的木买努斯·伊沙阿吉给他讲了一个故事：一位哈萨克骑手乘着小船打算去彼岸，被深深的湖水吞没了，"从此，再也没有人敢来尝试／人们说尕斯湖连鹅毛也要沉底……"歌声传来，只见几个勘探队员正踩着湖上的结冰快步向湖中心走去。阿吉惊呆了："说实话，我没有见过这样的人。有了他们，昆仑也低头。"李季的敬佩之情油然而生，他把这个感人的情节记在了这首诗里："我的亲爱的好兄弟啊／我只说你们爬高山如走平地／谁知道在这'吱吱'作响的薄冰上／你们也能像燕子一样的飞／'说实话我没有见过这样的人／有了他们，昆仑山也要把头低'／惊呆了的阿吉老人自语说／湖风吹拂着他苍白的长须。"

在帐篷里，奔波一天的人们已经入睡，疲惫的李季却拿起笔记本和笔来。一位年轻的勘探队员理解诗人，为他点燃了蜡烛。在微弱的烛光下，李季以行军床为桌，俯身记下了来柴达木的第一首诗歌《在那美丽如画的尕斯湖边》（1955年4月收于作家出版社李季诗集《玉门诗抄》）。

在阿拉尔的解放军为了剿匪和保卫边塞，坚守四年了。李季感慨地在阿拉尔写下了《写给阿拉尔革命烈士墓的话》：在一次昆仑山上的战斗中，"人没有干粮，马没有草

料 / 人们连做梦都在摸着那早已干了三天的水壶 / 马呀, 饿得回过头来咬自己的尾巴。"一些战士已英勇献身。"年轻的石油地质勘探队员啊 / 请把你最热情的短歌献给它……因为有一群我和你最亲爱的亲人……他们用鲜血灌溉了我们今天和明天的生活。"

考察队到一个名叫七个泉的地方去找水;去考察了油泉子、狮子沟、切克里克、茫崖、油砂山,有几天驻扎在油砂山地质大队的大队部宿营地。

油砂山,是老地质工作者 1947 年在柴达木最先发现的石油构造带,也是柴达木地质大队首先勘查的地方。"李季随考察团攀登海拔 3000 多米的油砂山看油层露头。为了让大家观赏油砂山的富有,一位地质队员用火柴点燃一处油苗,'曜'的一声,沉睡亿万年的原油噼噼啪啪地燃烧起来。接着大家又跟着苏联专家向另一个海拔 4500 米左右的山头攀登,寻找其他油层的踪迹。柴达木盆地空气稀薄,高寒缺氧,初来乍到的健康人攀登油砂山都感到很吃力,何况患有风湿性心脏病的李季!人们只知道李季是个性格开朗、幽默的诗人,却不知他还是个病人。当李季往第二座悬崖攀登时,强烈的高山反应使他突然感到呼吸急促,心跳加快,喘不过气来。他悄悄从衣兜里掏出一片救急的药片塞到嘴里,踩着山上疏松的砂石,走两步,滑一步,继续向山顶攀登。他在咀嚼'人生就是跋涉,人生就是开拓'的滋味。人们终于攀上了山顶,苏联专家风趣地将这座光秃秃的陡山取名为'顽皮山'。李季和同志们一起欢呼、跳跃。他望着地质队员将一面小红旗插上山巅，突然觉着这不是一面普通的小旗，而是向大自然进军的信号。由这面红旗想到不久在柴达木的每片土地上都将会插上一面小红旗，想着这片荒滩将出现稠密的人烟和火车的轰响声……李季兴奋地和地质队员高唱着歌儿，一身的疲劳竟一扫而光。返回驻地后，他又很快将在油砂山涌动的诗句和美好的感觉记下来。"（李小为《情系柴达木》）

几天里，李季在油砂山创作了诗歌《油砂山》《旗》《柴达木—青年》。

"有多少荒僻的乡村、山岗……它们都成了天下闻名的地方……我们的油砂山 / 就是这样的地方 / 连鸟兽都不栖落的山岗啊……他们把一面旗帜插在你的山顶上！"油砂山在李季眼里"就像一个娇美待嫁的少女 / 就像一颗珍珠遗落在路旁"（《油砂山》）。

他在《柴达木—青年》中写道："在我们光辉灿烂的生活里 / 有着多少个黄金铸成的青年。"这是李季心中的柴达木地质队员。这个柴达木青年，虽然穿着破旧的工作服，一件罩衫"也是这个补丁和那个补丁紧相接连"，但"他整天地携带着气压表和小罗盘 / 草绿色的背囊和他的那把小榔头 / 在睡觉时也没有离开过他的身边"。"艰苦的劳动最能把人意志锻炼 / 支持着他的是为祖国寻找新油田的信念 / 他开始习惯了用沙子洗碗、洗脚的生活 / 也学会了几天不喝水 / 一根烟吸它三天。"一个青年在详查油砂山地质构造时，天黑了，迷路了，"像匹野马似的在戈壁上睡了一夜晚"，"包围着他的是冰点以下的严寒 / 为了怕冻坏了宝贵的仪器 / 他从身上脱下棉衣把仪器包掩"。此时正感动不已的诗人，低头凝视身边熟睡的地质队员。《柴达木一青年》也许写的是毕业于清华大学的 101 地质队队长葛泰生，也许是从石油师转业后任柴达木地质大队长的郝清江，也许是毕业于西北大学的地质师顾树松。李季把一群地质队员浓缩为"一青年"，这是李季心中石油勘探者的英雄的形象。

这些青年就是李季心中的榜样。他希望自己也成为一名石油地质勘探队员。为了体验迷路后找不到营地的饥渴无助，有一天，他与几个勘探队员一起，天当被子、地当床，在戈壁荒野睡了一个晚上。

李季在柴达木考察中结识了一群石油朋友。其中的石油总局西安钻探局副局长、考察队的负责人之一杨文彬，高高的个子，很有军人气质。李季曾经是军人，杨文彬得知他也当过兵，还是战斗英雄，与自己都是从部队走到了石油行业，于是就觉得更加亲切。李季原本就酝酿着用文学讲述一个从军人到石油人的典型人物，柴达木给予了这样的机会。杨文彬成为长篇叙事诗《向昆仑》中"喜相逢"的"你"的原型。（1955 年 4 月，燃料工业部石油管理总局决定成立青海石油勘探局，张俊为代理局长，陈寿华、杨文彬、郭究圣为代理副局长。同年 8 月 13 日，中共青海省委批准，杨文彬、吉建一、苗得胜等 10 人组成了第一届青海石油勘探局党委会。杨文彬是青海油田的老一代领导人，也是青海油田的奠基者之一）

长诗《向昆仑》分为十章一序一尾声。全诗写考察队从玉门出发，经河西走廊、敦煌进入柴达木的过程。其间与老战友相逢，回忆了"从太行山到昆仑山"的成长和友情，表达了李季对昆仑山、柴达木戈壁滩的热爱与怀念："千里戈壁一片白/透亮的晴空海样蓝/顶天立地的昆仑山啊/像一个战士雄立天地间/不知道别人喜欢不喜欢/我可是一到这里就被它迷恋/早也看来晚也看/年年月月朝朝暮暮总也看不厌。"诗中有告别柴达木时浓烈的依恋："冰雪彻骨寒/仰望昆仑山/苍茫万里一望白/云遮雾绕天际悬/回头望帐篷/茫茫雪一片……"这首诗创作于1963年，但取材与沉淀来自第一次进柴达木。

从跨入柴达木开始，李季的诗情就如流水奔涌。这年秋冬，李季写了一批诗作，记下了他对柴达木戈壁荒野的热爱和对石油勘探者的赞扬，这些诗歌也是李季在柴达木的足迹与心迹。李季离开柴达木以后，对柴达木依然魂牵梦绕。除了《向昆仑》，还有1954年冬季在北京创作的《柴达木小唱》《我问昆仑山》；1956年创作的歌词《心爱的柴达木》（宋立成谱曲，登载于当年2月号《歌曲》）。

李季从1954年11月开始发表初进柴达木的组诗。《旗》《写给阿拉尔革命烈士墓的话》《柴达木一青年》（分别发表于1954年11月15日、16日、19日《人民日报》），《我问昆仑山》《油砂山》（分别发表于1955年《旅行家》第1期、第2期），《柴达木小唱》（收入1965年2月作家出版社出版的李季诗集《石油诗》第一集）。

《柴达木小唱》有名歌风格，语言与节奏流畅而优美，深受石油人喜爱。这是李季创作的流传最广、影响力最大的柴达木的诗歌。多年来，由多人谱曲，多次搬上舞台演唱，至今仍在油田和民间传唱和朗诵：

> 辽阔的戈壁望不到边，
> 云彩里悬挂着昆仑山。
> 镶着银边的尕斯湖，
> 湖水中映照着宝蓝的天。
> 这样美妙的地方哪里有啊，
> 我们的柴达木就像画一般。
> 黄河长江发源在昆仑，
> 柴达木井架密如林。
> 油苗遍地似春草，
> 风吹原油遍地香喷喷。
> 这样富饶的地方哪里有啊，
> 我们的柴达木是个聚宝盆。
> 工业化的祖国要血液，
> 无数的飞机汽车要食粮；
> 愿把青春献给祖国的年轻人啊，
> 柴达木正是大显身手的好战场。
> 这样理想的地方哪里有啊，
> 柴达木是我们光荣的家乡！

李季二进柴达木（1958年9月）

为阿吉女儿取名"柴达木"传为佳话

1954年底，李季调离玉门油矿，到了北京。1955年初担任中国作家协会创作委员会常务副主任，在中国作家协会举行的第十次主席团会议中，被推举为青年创作委员会委员。

每到年初岁尾，李季就如"一个游子想念家人"，每次看见"玉门""柴达木"这几个词，"我都没有办法按捺住这颗激动的心"。1957年元旦那一天，在北京的李季情不自禁地提笔写了一首《致柴达木的兄弟们》："为了从千百公尺的地层深处／发掘出来的海河似的黑金／为了在那兽迹罕到的地方／建设起了一座座帐篷城镇……今天是1957年元旦新春／节日里分外想念在盆地里的你们／请接受我一千倍的期望、感激吧／祖国的骄傲——我的亲人们！"

李季深深地爱着柴达木。这年金秋，他陪同外宾到南京、上海等地参观，却依然惦念那片戈壁滩。他在组诗《江南草》里写道："我要把这片草叶带到沙漠上……我要把它种在戈壁滩上。""用我们的汗水浇灌它吧／让我们的大戈壁也变得像江南一样！"

1958年9月13日，冷湖地中四井喷油，柴达木发现了冷湖油田，青海石油工业翻开了新的一页。冷湖钻探会战开始了。

1958 年 9 月，李季正在兰州主持筹备创建《红旗手》月刊（《甘肃文艺》前身），听说冷湖喷油的喜讯，急匆匆赶往冷湖。一路上激动不已，"一听说冷湖喷了油 / 止不住心里好喜欢"这两句诗反复在脑海里翻涌。到了冷湖，那热火朝天的场面令他非常兴奋。一辆辆解放牌敞篷车拉上穿着沾了油泥的 48 条杠的工衣、戴着铝盔的汉子和包着花头巾的姑娘们，从柴达木其他探区来了。石油人顶着风沙，吸着只有内地 60% 的氧气，每天喘着粗气，拼命干活。东一片西一片云朵一般的帐篷飘落在荒漠上。《一听说冷湖喷了油》在激情中诞生了："……一听说冷湖喷了油 / 柴达木盆地闹翻天 / 千顶帐篷锣鼓响 / 万杆红旗飘山川 / 一听说冷湖喷了油 / 浑身流汗笑满脸 / 五年苦战未白过 / 给祖国找到了一个大油田……"他很快就把诗歌寄到北京诗刊社，他要让全国人民尽快知道这个喜讯。

李季迫不及待地去了英雄地中四井，那情景令他震撼。《车过冷湖》就像冲向云天的原油从心海里冲出："过冷湖 / 抬头看 / 一根油柱喷向天 / 远看就像火山口 / 近看好比大喷泉 / 过冷湖 / 心喜欢 / 盆地面貌大改变 / 原油产量直线升 / 翻它十万八千番 / 过冷湖 / 锣鼓响 / 千车万人上井场 / 山南海北来支援 / 开发冷湖大油矿……"

冷湖喷油后，当年油田生产原油 24 万吨，约占全国原油产量的 12%。1959 年 9 月，国务院批准冷湖为冷湖市。从此，冷湖这个地名出现在中国地图的西北部。

李季二进柴达木，看冷湖，登昆仑，去了他思念的油砂山、花土沟、阿拉尔、老茫崖等地。四年的变化太大了，他在《柴达木》里由衷地写道："昆仑山下柴达木 / 四周丛山聚宝盆 / 踏遍盆地三千里 / 处处石油处处金。"

李季去了青海石油勘探局名扬四方的茫崖"帐篷城市"。这里最多容纳了一万多石油人，被誉为"开拓者的乐园"。（后来石油人称帐篷城市所在地为"老茫崖"。是因为往西的油砂山、花土沟，与新疆若羌县接壤的依吞布拉克山脚下，都属于茫崖地区。1958 年开拓出一个茫崖石棉矿区，被称为茫崖，所以才有了"老茫崖"，以示开发前后的区别。）地中四井喷油后，石油人正从茫崖地区陆续搬迁到冷湖。李季此时看到了帐篷城市最后的容貌。《茫崖赞》记录了它的原貌："走过的城市成千上万 / 却从来没有见过这样的城市 / 白色帐篷千万顶 / 找不到砖瓦一片 / 城市的居民是那些生龙活虎的青年人 / 老年人在这儿也都成了青年 / 青春火焰赛长虹 / 一个个干劲冲天。"

李季很重情义，他特意去茫崖帐篷城看望他的老相识阿吉老人。得知阿吉一年前喜得一女儿，特地买了一块做衣服的花布送给她。李季听说她还没有取名字，就说，那就叫柴达木吧。这种不假思索的命名，是诗人李季对柴达木深切的热爱而迸发出的火焰，也是李季对第二代柴达木人热爱柴达木、建设柴达木的期待。阿吉一家与李季心有灵犀，高兴地点头赞同。从此阿吉的女儿就叫柴达木罕，就是柴达木花的意思。这件事在柴达木传为佳话。

往西的油砂山，留下过李季的诗句。再来这里，新的感觉跃然而出："那一边是昆仑山／这一边是油砂山／蓝得透亮的尕斯湖啊／夹在两座山中间／侧影映在湖里边／昆仑山高过油砂山／油砂山低昆仑高／昆仑山把油砂山全遮掩／油砂山上立井架／千军万马上了山／白天欢腾一哇声／黑夜灯火照满山／湖中侧影变了样／油砂山高过昆仑山／不是油砂山长高了／石油工人的干劲冲破天。"（《油砂山和昆仑山》）诗人巧妙地用两山高低的不同来表达油砂山的变化和石油人的精神，诗意浓郁，诗情真淳。

李季的《二进柴达木》记录了当时的心情："……遥闻鼓声震心弦／归心似箭急登途／难忘心爱聚宝盆／二次来到柴达木。""事隔四年重来看／山岭沙漠颜色变／汽车骆驼遍野跑／银色城市布满滩／愿把盆地当家乡／年年回家看亲人／探看亲人献赞歌／歌颂咱的聚宝盆……"

1958 年 9 月，李季在柴达木和昆仑山写了一系列诗歌：《一听说冷湖喷了油》（载 1958 年《诗刊》12 月号），《昆仑山放歌》（载 1958 年 9 月《文艺报》第 18 期），《登昆仑》《虎将歌》（载 1958 年 11 月《新观察》），《千军万马闹昆仑》《二进柴达木》《给一个地质勘探队员》《四川姑娘》（载 1958 年 12 月《红岩》），《阿拉尔有一伙小老虎》（载 1958 年 12 月号《文艺月报》），《柴达木》和《茫崖赞》（载 1958 年 12 月《文艺月报》），《油砂山和昆仑山》《过冷湖》（载 1959 年 1 月号《文艺红旗》）。这些诗歌初收于 1959 年 2 月百花文艺出版社出版的李季诗集《心爱的柴达木》。

李季的柴达木情怀深厚而辽阔，延绵不断。1963 年创作的长诗《向昆仑》回忆了第一次进柴达木的情景和巧遇战友的感慨。70 年代创作的一些石油诗作里，时有柴达木的影子。

《二进柴达木》的最后四句寄托了李季的美好愿望："唯愿亲人再加劲 / 早日采油千万吨 / 柴达木人到处夸 / 喜报送上天安门。"

柴达木的青海油田已实现年产油气当量 700 万吨。2019年，正处在高质量发展的转型期、千万吨建设的攻坚期。李季的愿望就要实现了！

（2019 年完稿的《李季的石油情怀》已收入中国现代文学馆和中国石油档案馆。此篇为全稿的一个章节，发表、转载、朗读于多刊及网络平台）

李若冰，真情永驻柴达木

　　得知李老病逝的噩耗，禁不住泪水涟涟。不久前还给李老家去了电话，从李老的夫人贺抒玉老师那里得知李老身体不太好，令人担忧。但是我坚信他会很快康复。在我和许许多多柴达木人的心中，李老的身体就像钢铁铸就的。早在20世纪50年代，他与诗人李季就在柴达木生命禁区与第一批挺进盆地的勘探队员一起击败了死神。1993年他第五次进柴达木时已年近古稀，却依然神采奕奕。李老有顽强的生命力，我坚信。可是李老怎么就走了……我无法相信这是事实，无法相信。前年，年近80岁的李老去青海油田敦煌基地时，不是说了："很遗憾这次没有去柴达木，我还要去的，一定要去。"李老，柴达木人等着您啊，您怎么就走了！

　　李老，您走了，我用泪水为您洗净前面的路……

　　我真希望发去的不是唁电。

　　我是柴达木人，柴达木那片辽阔而荒凉的戈壁是李老热爱的土地，正是那片土地把几代柴达木人与李老紧紧连在了一起。那种深情是难以分割的，那种怀念是难以述说的。李老已走了好些天了，我们的心依然没有平静，我们不由自主地聚在一起，通电话、说李老。真是难以忘怀——不仅难忘他的微笑、他的白发，他在戈壁滩上、昆仑山下风尘仆仆的身影，更难忘他对柴达木的依恋、对柴达木人纯洁真挚的一往情深。如今物质生活越来越好，真情却越来越少，像李老这样对柴达木一生怀着不变赤子之心的外省作家实在太少。李老的单位和户口从来就不在柴达木；他多年任陕西省文联主席，事务繁多；他还是著名作家，有广阔的视野、采撷不尽的素材，他有责任用更多的时间来写身边的故事、写评论和受无数作者作家之托为书写序，他完全有理由不来柴达木，不牵挂柴达木人。就凭他是最早（1954年春）进柴达木的两位作家之一，就凭他写了一本吸引内地青年奔赴柴达木的《柴达木手记》，他就足以享受一生奉献柴达木的荣誉以至名留千古。然而，李老没有丝毫居功自傲的想法，相反，总是对柴达木带着歉意。他多次在文章里这样写道：

　　　　我的思绪翻卷着浪花，这儿有怀念，有愧意，有快乐，也有苦楚。而牵动这一切的是，我强烈地尝受到一种歉疚的感觉。这种感觉萦回心头，使我坐卧不宁。

　　　　我虽然在自己的散文里，记载了勘探者走过的一些足迹，但是寥寥无几。我觉得，与勘探者一起相处的日子里，他们给予我的东西远比我给予他们的多得多，丰富得多，美丽得多。

他带着这种歉意，1957 年第二次进柴达木，途中，在"冷飕飕的风"中，他都"在呼吸里能够尝出来那种亲切的甜蜜的滋味"。他第一次去柴达木，他的生命中的每一个细胞就融入了那片荒漠、那一缕缕扑面而来的风。

他还写过这样的话："野外勘探者具有人类最美的素质，民族最优秀的品格，他们才是我最敬重的，所爱恋的。我曾经用自己笨拙的笔写过他们，今后还要继续写下去。"

作为柴达木人，不能不为之而感动！不能不更加怀念总是令我们感动的尊敬的李老！

越是怀念李老，就越是难忘李老对柴达木的怀念。一个除夕夜，夜已深了，李老在桌旁坐了许久，他的爱妻贺抒玉老师已经搂着刚满周岁的女儿酣睡了，可他的心却那样怅惘。在漫长的冬夜，一种怀念扰乱着他的心，使他不安。他打开窗户，遥望远方的柴达木。这个时候，勘探开拓的朋友们，你们在做什么呢？他提起笔来写道：

"我的心啊，被怀念咬嚼得疼痛。我觉得，怀念像海……"

李老，柴达木人又何尝不是这样怀念您！

我们难以平静，我们聚在一起回忆那些与您相连的美好的日子。

我 60 年代末经学校申请，毕业分配到了柴达木最西端的茫崖。就是在那片茫茫无际的戈壁上，一群同学触景生情，你一言我一语地说起了最早来柴达木的诗人李季和作家李若冰，说起了在杂志上读过的他们的作品。李季的《柴达木小唱》和李若冰的《茫崖——拓荒者的城市》令我们热血沸腾。开发初期的柴达木，精神力量是非常重要的。没有精神力量来支撑，很难舍弃鸟语花香的乡村和生活优裕的城市，义无反顾地走进原始蛮荒之地；没有精神力量来支撑，也很难在恶劣的自然环境和无比艰苦的开拓中坚持下来。

那时候，同学们都想弄到李季和李若冰的书，都在收集他们发表的作品，谁有了，就互相传看。在随时都可能在大自然的挑战中、在远离家乡亲人的思念中动摇"军心"的那个特殊时期，那是我们的精神食粮，是为我们的青春点燃激情的火炬。

是李季的诗歌使我们在艰苦奋斗的现实中体味出浪漫主义的乐趣，是李若冰的散文让我们知道柴达木有个察尔汗盐桥，有个铅锌矿，有个柴达木的"第一号尖兵"阿吉老人，有个地质学家朱夏和"六三二"尖兵勘探大队，知道带领修筑青藏公路的总指挥是慕生忠将军……李季和李若冰用切身的感受和生动的事例感染了我们，鼓动着我们，使我们能认识柴达木，认识柴达木可爱的人，也为自己是柴达木人而感到自豪。

是李季与李若冰，最早把鲜为人知的柴达木和柴达木人讲述给全社会，使一批又一批有志青年奔赴柴达木，使来到柴达木的一代又一代人透过恶风狂沙看到了柴达木的美丽。

我们不止一次这样感叹：我们是读着李季和李若冰的作品成长的一代柴达木人。

怎能忘记，那一段段宛如热流般扑进我们胸怀的佳句：

辽阔的戈壁望不到边，云彩里悬挂着昆仑山。这样美丽的地方哪里有啊，柴达木就像画一般！（李季）

我每走一个地方，都舍不得离开……虽然，我看到的是大沙漠、大戈壁，可是，不正是这样的地方，更能显示我们人民的生活、劳动、斗争和建设的魅力吗？

我和它们的感情，使我时常总想着用最好的字眼、最好的话语去表现它们，夸耀它们。（李若冰）

怎能忘记，1995年，李老为祝贺青海油田建局40周年挥笔写下的散文《紧贴你的胸口》：

在我心里，时常鸣响着一支歌。这支歌高亢激越、豪放悠长，紧扣着我脆弱的心扉，使我振奋，使我浑身像火焰般燃烧，任怎么也平静不下来，于是我被歌声所诱惑便疾步走向远方……从此，我像着了魔似的在柴达木几番走出走进，享受人生的快乐……

我们把这篇充满激情、饱含热泪的美文登在了油田杂志《瀚海魂》上，不少柴达木石油人读着就热泪盈眶。在局文联举办的1996年"四季精短散文朗诵比赛"活动中，一位女青年朗诵了这篇散文，听众感动得热泪滚滚，朗诵结束后，掌声经久不息。这是李老把自己融在一起的对柴达木的深情啊。评委与听众一样在爱的激浪中拍红了手掌，关不住泪河，最后不约而同地为女青年打了最高分，她获得了朗诵比赛的第一名！

李老，不知您是否听到了那萦绕在柴达木的掌声，您是否触到了那滋润着柴达木人心田的热泪？

李老，我一直渴望得到您的一本《柴达木手记》。80年代我从茫崖石棉矿调到青海油田后，终于如愿以偿了，我一直带在身边。《柴达木手记》不仅是我最爱读的著作之一，也是柴达木开发史的查询词典，柴达木的今天与她紧紧相连。我是柴达木人，我怎么离得开这本书？更何况，提起笔来，几乎一落笔就是柴达木。那是丢不开、舍不去的情之结啊！柴达木像有一种魔法笼罩住我的心，无论走到哪里都不能拂去。为了柴达木，写着柴达木，不知流下了多少泪水。岂止我一人是这样，还有肖复华，还有许多情系柴达木的人都是这样。李老，越是这样我们越理解您，我们的心越是相融，所以几十年来我们从来没有因为您的职务您的才华您的远离柴达木的工作地点而不敢去找您。我们找您为书写序，找您题字，找您请教；我们就像对自己的亲人一样，给您打电话，给您写信，把不像样的作品寄给您，不打招呼就去您家。您从来不拒绝名不见经传的作者，从来都热情地接待不速之客，只要他是柴达木人。您就是柴达木人的亲人。李老，我们怎能不怀念您！

我们无缘见到早去的诗人李季，却有幸与李季夫人李小为和李若冰及其夫人贺抒玉在柴达木相聚。1993年初秋，三位年近古稀的作家应邀到敦煌石油基地参加石油文学颁奖大会，将乘车穿越柴达木，去看思念已久的格尔木。正在格尔木炼油厂工作的我接受了接待任务。为组织一次有意义的接待，我首先想到了炼油厂学校的鼓乐队。在柴达木油田，男女老少谁不知道李季、李若冰啊！鼓乐队的几十名少年为有这样的机会而兴奋不已，老师也不知有多高兴。孩子们穿上嵌着花边的白色队服，挎着队鼓或者小号，在老师的带领下一遍又一遍地练习。应该说，表演了若干次了，可以不练了，但是他们执意要练。在他们幼小的心灵里，这是一次不寻常的仪式，是实现他们期盼已久的愿望。

那一天下午艳阳高照，鼓乐队与炼油厂的领导一起等候迎接我们崇敬的三位老人。柴达木的秋阳很烈，孩子们提前一个小时来了，排好队站在烈日下等候，一个个小脸蛋被晒得红红的，汗水打湿了衣服。可是因为正在修路，汽车无法按时到来。又一个小时过去了，我说孩子们，到招待所里凉快凉快吧。他们不肯，老师也说，就在外面等吧，说不定什么时候就到了呢。是啊，他们渴望用自己精彩的仪式来迎接爷爷奶奶，一旦误了，那将是永远的遗憾。我为孩子们的真情而感动，就说，那就在墙边的阴凉处等吧。孩子们这才散了队，可招待所的楼房没有屋檐，谁也不愿走得太远，阴凉处不多，有的孩子还是站在太阳下。又过去了一小时，"前哨"跑来，一边喊着，来了来了！孩子们军人似的眨眼工夫就站好了队，鼓号齐鸣，他们终于等来了终生难忘的那一时刻。三位老人笑盈盈地挥着手从鼓乐队中间走过，还时而俯下身摸摸孩子的头。合影之后，孩子们可以走了。我对老师

图片 4

　　1993 年初秋，李季夫人李小为（前排右 2）、李若冰（前排右 3）与贺抒玉（前排左 2）夫妇应邀到青海油田参加颁奖大会。此为在格尔木炼油厂与文学爱好者合影

说:"三位老人一路很辛苦,需要休息。"可是三位老人都为孩子们而感动,说:"不用休息,一定满足孩子们的愿望。"孩子们太激动了,簇拥着爷爷奶奶进了招待所会议厅,他们齐声朗诵了李季爷爷和李若冰爷爷的作品……

李老,您一定还记得那一天那群孩子们红扑扑的脸蛋和朗朗的诵读声,您知道吗,他们珍藏着那张合影,他们怀念您啊!

那一次,李老和贺老师、小为阿姨想去青藏公路走一段,直到昆仑山口。那里海拔 4000 米左右,三位老人的年纪已不适宜去了,可是他们的眼睛告诉我们,这个愿望不可能改变。我们很理解。尤其是李老 50 年代来格尔木采访过筑路将军慕生忠,写了《青藏路上剪影》等散文,他的心里一直惦念着这条"给青藏人民带来幸福和理想的公路",惦念着慕生忠。我对李老说:"一个月前,慕生忠将军来格尔木了,我采访了他。"李老觉得太遗憾了,晚来了一步,没见着他。这使他更坚定了走青藏公路的决心。李老,不知您是否记得,有个女孩跟随着你们,那是我的女儿,她才 3 岁就知道柴达木有个阿吉老人,这也是她爱给别人讲的故事之一。您来了,我告诉她,有许多人写阿吉老人,但是最早写阿吉老人的是李若冰爷爷。还有后来许多人写过的地质工作者朱夏、顾树松等,都是李若冰爷爷第一个发现、第一个采写的。我就要陪同三位老人去青藏公路了,汽车座位有限,女儿怀着崇敬的心情,硬是把我"挤"下了车。女儿了却了一个心愿,而那一次的美好感受和对她的影响是久远的。李老，您在柴达木少年的心灵上播下的种子，已经长成了小树，正在茁壮成长！

难以平静的小为阿姨对我说："玉真，要学习李老对柴达木、对石油人的真挚，唯有真挚才有真情，才会像李老那样在写作时饱含激情，饱含热泪。这是柴达木本质上的东西，也是石油人本质上的东西，一定要发扬光大。"

是的，心，难以平静，是因为怀念，是因为我们都在思索同一个问题：怀念李老，我们该做些什么？

小为阿姨的嘱咐正是我们该做的事情。

每一次重新拜读李老的《柴达木手记》，都被他的真情所打动。尤其是李老笔下的主要人物尽在戈壁、荒山、大漠那些西部边远之地，他一生追随着他们的足迹，为他们而感动，为他们而讴歌，任物欲横流、文风变幻也痴情不改，这正凸显了李老创作的至高境界。李老一生的创作文如其人，文字干净，情感真挚，让人拜读后如醍醐灌顶。这是当代文学中少有的。正是真挚、恒久的爱，才使得李老60年的创作生涯，走出了一条金光闪耀的真情之路。这是值得我们广大文学工作者学习与借鉴的。

李老给我们留下的宝贵财富除了《柴达木手记》等著作，还有对柴达木永远不变的真情，对生活与文学永远不变的真情。感慨之时，我不能不敲响键盘，再一次记下怀念李老的情思。

"我怀念你，怀念你啊！……正是这个冬夜，我更多地了解了，怀念意味着什么，怀念给人以什么。"（李若冰《怀念你啊，柴达木》）李老，忘不了您感人的怀念和怀念中的思索，我们更加怀念您，而这种特殊意义的怀念意味着什么，给人以什么，小为阿姨已经提醒了我们。我在遥寄给您的心声里也有这样一句话：李老，您没有走，您永远是我们心中为人民真情写作的榜样！

（发表于 2005 年第 4 期《延安文学》，2007 年收入《李若冰纪念文集》）

常书鸿夫妻的石油情缘

  1945年4月。从法国归来的著名画家、敦煌研究所第一任所长常书鸿，骑着枣红马从莫高窟急奔玉门方向，追赶私奔的妻子陈芝秀。靠近赤金时，从马上摔下昏迷不醒。戈壁滩上，路人极少。正巧，当时地质学家孙建初与一位石油工人开车运送器材到玉门油矿的老君庙，路过这里时发现了生命垂危的常书鸿。经过急救和三天三夜的护理，他脱离了危险。常书鸿的自传体文集《九十春秋》和著名作家徐迟的报告文学《祁连山下》里都记载了巧遇石油人得以救命这件事。常书鸿从此结下了剪不断的石油情缘。

  1954年9月，康世恩（曾任石油部部长）带领柴达木西北部考察团从柴达木返回途中，路过敦煌，常书鸿把他们接到莫高窟招待所，拿出从家乡浙江带来的琵琶陈酒，热情款待，一起载歌载舞。其夫人李承仙与石油专家一起唱歌，弹起风琴为苏联专家伴奏。次日，夫妇俩陪同他们参观了千佛洞。

图片 5

1998 年，作者在甘肃敦煌党河石窟采访李承仙

1956 年，位居敦煌七里镇的石油运输公司副书记周焕南带了一些职工去莫高窟参观，发现画家们在工作室正点着蜡烛绘画。他向所长常书鸿问清了情况。莫高窟虽然在 1954 年已经由文化部批准购置了发电机，但随着人员增多，新增的工作室还因经费等问题没装上电灯。周焕南返回单位后，把帮助莫高窟的想法告诉公司经理张复振。张复振说，莫高窟是国家的宝贵艺术财富呀，应该去帮助他们！周焕南很快就派了一辆大货车，领着一支队伍，带着电线、各类电器赶到莫高窟，为工作室引来了光明。

　　常书鸿曾经有开凿新石窟、延续敦煌石窟艺术的愿望，还带着夫人李承仙去党河沿岸寻找过新石窟的最佳地点。1996 年 6 月，常书鸿的儿子常嘉煌正式向敦煌市政府提出申请。敦煌市政府同意李承仙母子继承常书鸿的遗志，划出离莫高窟两公里以西、党河水库以东 1 公里的党河河床断崖戈壁，无偿提供。但开建洞窟由李承仙母子自费。1996 年 11 月 5 日，敦煌新石窟工程奠基，党河岸的戈壁上响起了"噼里啪啦"的鞭炮声。这是一个历史性转折的时刻，停止了 600 年的敦煌石窟开凿，今天就要动工了；中断了 600 年的敦煌壁画艺术，就要连接上了！

　　现代石窟的奠基引起新闻界的注意。1996 年 11 月 27 日，《人民日报》海外版登载了一篇由新华社记者写的报道，题为《敦煌石窟艺术续新篇》，副标题是《常书鸿之子等一批艺术家将开凿新窟》。

　　动工初期，凿洞窟与壁上绘画都是在无水无电的情境下进行。1998 年 10 月,敦煌市政府同意由党河水库将水电引入现代石窟。当时自费经费十分紧张,而无水电将影响开凿进度和今后的绘画等一系列的事情。面对困难,李承仙想到了石油人对常书鸿敦煌艺术事业的帮助,就给敦煌七里镇石油城的朋友李玉真去了电话。李玉真当天就请示青海油田副局长周铭涛,周当即请示局长得到支持。周局长很快就作了安排。次日,李玉真就陪同李承仙去周局长的办公室见面。在座的还有石油局水电厂负责人刘毅林和副总工程师龙金明,接受任务后,他们就带着技术人员到了现场。当天进行了勘测,确定了电线杆、水管、电线等的规格和数量,之后由机修厂做器材准备。11 月 3 日上午,石油施工队伍去现代石窟与党河水库之间的戈壁挖沟。11 点,李承仙点燃了鞭炮,喜庆的鞭炮声再一次在党河河岸响起。

石油施工队伍只用了一周时间就把水电引进了现代石窟,无偿援助。李承仙简直不相信会如此雷厉风行,不相信会如此快速。她连连说,这似乎是天方夜谭!然而光明就在眼前,水声"汩汩"撩人心弦。以后绘画再也不需要举马灯照亮了,以后喝水也方便了,古堡有了现代味了!她默默地对常书鸿说:"你说要遵照周恩来总理的指示,要创作无愧于前人、无愧于 21 世纪的文化财富,一代人做不完,还要第二代、第三代,子子孙孙延续下去。有水有电了,这是延续下去的基本条件啊!你放心吧。"她对在场的人们说:"饮水思源,看见光明,就想起石油人,谢谢,谢谢你们!"

李承仙又点燃了鞭炮，她多想九泉之下的常书鸿能听见这报喜和感谢的声音以及自己激动的心跳啊！这种情景，令在场的许多人也感动得热泪盈眶。

（摘于 1998 年发表于西安《金秋》杂志《为了敦煌艺术》一文）

寻找徐迟的柴达木诗作

　　想寻找徐迟的柴达木诗作，是在 2000 年编辑《首届中华铁人文学奖获奖作品集》的时候产生的。徐迟与孙维世、李季、李若冰、刘白羽、魏巍、张光年、杨朔、张天民、闻捷、玉杲、胡笳、韶华、吕雷、刘肖芜、曹杰、曹建勋、贾平凹、刘元举、吕远等著名作家、词作家、诗人都是获奖者。他们的有关资料都汇聚在我这里，这应该是一个契机。其实最早有这个念头是在若干年前读过徐迟的《祁连山下》之后。猜想他到敦煌采访常书鸿，可能翻越当金山去了柴达木。只是那时没有互联网，我又在远离城乡的柴达木西部戈壁上，有些力所难及。所以只有一闪念，而这一道闪光却藏在了我的心里。这一次编书，几乎有一麻袋纸质书报，在从中挑选入书章节的忙碌中，这个想法又搁浅了。

　　但是这件事情是必须做的。2014 年秋，在青海省电视台和海西州文联《柴达木，诗意的土地》摄制组来北京采访时，与同是采访对象的著名作家王宗仁先生见面，交谈中不谋而合，认为有不少名作家写柴达木这个话题，这是柴达木的宝贵精神财富，应该抓紧时间收集他们的优秀作品。这种念头，终于变成了行动。

我购买了2009年出版的纪念徐迟的文集《永远的徐迟》，仔细通读，寻找线索。从吕剑的《怀徐迟》文中见到他1956年7月写的《给徐迟的两首诗》。第一首《寄徐迟》中写到了青海："写诗寄武汉／你已进巫山／写诗发重庆／你已飞云南／想再寄昆明／你已去皋兰……苍山望夫云／青海草离离／得诗几万行／美丽又神奇……"徐迟的行程已一目了然。书中邵燕祥的《纯粹的诗人》里有一句话："他是真诚的，没有个人的功利。他在1956年真的相信在青海柴达木盆地将建成一个60万人的大柴旦市。"

为了进一步证实徐迟1956年去了柴达木，我在电脑上搜索"徐迟与柴达木"。有一段话出现了："50年代的中国是一个巨大的基本建设工地，从鞍钢、武钢到包钢，从长春一汽到洛阳拖拉机厂，从黄河三门峡到长江三峡，从武汉长江大桥到柴达木油井，到处留下徐迟的足迹。"赶上信息时代真好，坐在家里可以回望历史，纵观天下。我接着挨个点击徐迟与柴达木的地名：徐迟与茫崖，徐迟与冷湖，徐迟与大柴旦。找到了，徐迟还去了戈壁深处的茫崖。他的一首诗歌题名就是《茫崖》，发表在1957年第一期《诗刊》杂志上。有目录，也有这首诗，但诗歌文字全是乱码。好不容易找到徐迟去柴达木的"证据"，我却成了"文盲"，睁眼瞎。我是电脑的初级玩家，不知怎样才能解读乱码，或者怎样才能把这一期《诗刊》打开。

只好继续点击徐迟。很好，查到一篇文章《评徐迟的〈共和国的歌〉》的简介，关键词的冒号后面有"柴达木""石油基地"。太棒了！我直奔首都图书馆。首图，虽是华丽的大楼，楼下楼上的大厅有不少人走动，阅览室有不少人读书，却静如无人区。这是书的威力啊！这幢令读书人向往与敬畏的首图，不知收藏了多少古今典籍。我想起唐代柳宗元的句子："其为书，处则充栋宇，出则汗牛马。"他说的是陆文通的书塞满了屋宇，要让牛马拉出去会累得流汗。首图，是"学富五车，书通二酉"的书籍之乡。

办手续，静候。终于见到《共和国的歌》了。一看，是歌本。细看，是《共和国之歌》。我与年轻的服务员相视一笑。我的笑意里有几分遗憾。一字之差，距之千里。

再次静候。终于真正能捧读徐迟的诗集《共和国的歌》了。1958 年 7 月由作家出版社出版，是小 32 开，薄薄的有些发黄。但是我的手上感觉到的是历史价值的厚重。我先拜读，然后用手机拍照。徐迟写柴达木的诗歌，一共三首。

早上从家里出发，到成功收集徐迟的柴达木诗歌时，一看时间，已是下午两点。北京之大，一半时间耗费在路途上。我赶紧回家，草草吃点东西，就打开电脑记录今天的收获。

茫 崖

阳光照耀茫崖，

一座帐篷城市，

拓荒者居住在这里，
在美丽的理想中。
千百个帐篷，
像白色的羊群紧挨着，
后面高高耸雪峰，
像白发苍苍的牧人。

突然大风卷起砂石滚滚而来，
震撼这城市，
但是它早已经受考验。
风沙遮去了雪峰、阳光，
天昏地黑，
却遮不去倏然点亮的几千盏电灯。

我们冒风沙跑着回来，
回到了家，
饱餐一顿之后，
热水淋浴洗掉风沙。
浴罢，
谈起计划中登昆仑山雪峰，
猎野马，看地形，
准备向它大进军。

大柴旦

三月里的大柴旦，
只是一个骆驼站。
居民寥寥，像早晨的星星，
过路的行脚稀少。

四月里来了个地质队，
五月发现了宝藏。
宝藏放射灿烂的光芒，
震动了青海、北京。

六月建立起帐篷城，
七月航测铁路线，
八月开始建瓦房，
要建个六十万人的大柴旦。

柴达木

柴达木上空的穹隆，
笼罩荒凉的盆地；
柴达木地下的穹隆，
却富丽无比。

像一坛又一坛美酒，
埋在深深的地窖。

柴达木地下，无数
穹隆形的石油构造。

柴达木地下的穹隆，
是喷射油泉的彩虹。
明天，炼厂、石油城，
将照红上空的穹隆。

　　徐迟到柴达木的时间大约是 1956 年 9 月。后来从肖复
兴 2013 年出版的散文集《柴达木作证》中的《油城冷湖吟》
一文里了解到，徐迟的遗作《江南小镇》续集《共和国最初
的岁月里》中有对冷湖的描述，他是在冷湖度过的中秋之
夜。在帐篷里，他与石油工人一起开了联欢会。他买了月
饼和哈密瓜与石油工人分享，兴奋地喝酒、祝辞、唱云南小
调。他还在戈壁上散步赏月。他写道："事隔多年之后，回
想起来，这戈壁上的中秋之夜太美了，仍然神往不已。""冷
湖的高空上面，是一个从来没有见过的最大的月亮。""月
华如水，装满周围的山，又从山谷的边缘上，一如水银泻
地似的，尽情往外溢出。"他亲切地写道："我们在冷湖舞会
上……"徐迟写这篇回忆时，离 1956 年已经有 40 年之久，
但他依然与冷湖石油人亲如一家。他在冷湖重写了《柴达
木》这首诗，以歌颂冷湖：

　　藏于柴达木地下穹隆的

是无数的石油构造。
它将喷射一道道喷泉，
喷出无比绚丽的彩虹。
明天，炼油厂，石油城
将把盆地上空照得通红。

徐迟的日记《柴达木——青海》发表在《长江文艺》
1988年3月5日第3期上。也不知他对冷湖的回忆是否在
这篇文章里，也不知是否写了在柴达木的具体行程。徐迟的
《共和国的歌》里还有写青海的诗歌《快乐的幻想》《青海》
《青海基地》。《快乐的幻想》中也有关于柴达木的句子：

虽然柴达木盆地寸草不生，
唐古拉山野空气稀薄，
这里却好啊，景致太好，
大可以在这里修建休养所啦。

湖北2014年6月14日下午在卓尔书店三楼小剧场举办
了纪念徐迟百年诞辰诗歌研读会，朗诵了徐迟《青海》等诗
歌。这首诗的最后一两句是：

谁要第一眼看见青海，
这第一眼就一见倾心。

可以想象，当年徐迟去青海柴达木是带着一种怎样的崇敬与理想之情。正是这样的观照，一个被外国探险者称为"月球"的戈壁荒漠在他的心中才如此美好。他与比他早两年去柴达木的李季、李若冰一样，怀揣着纯真的爱。他对柴达木的歌颂与向往与李季、李若冰一样，同柴达木开拓者的心灵碰撞出激情的火花。

寻找，继续寻找。徐迟在柴达木的足迹是诗情的镌刻，只要爱着柴达木，就能触摸到那深长的寓意。

（发表于2016年《大昆仑》杂志春季卷）

雷抒雁的柴达木石油情歌

　　每到初春，布谷传来清脆的啼鸣，小草吐露含羞的嫩绿，我就会想起一个人——一位杰出的诗人，他就是在这个时节走了。那是 2013 年 2 月 14 日，在国内应是小草装点春意的时候，远在加拿大的我，眼前却白雪遍野。我忽然感到透心的凉。虽然诗人只是躯体的离去，他的灵魂依然在他的作品里飞扬，但天地人难舍他的血肉生命。他的生命是诗的河流，在中国大地流淌，也在青藏高原流淌。他对高原柴达木戈壁荒漠的理解与爱，对石油人生命的强悍、精神的广大，还有喷之不尽的诗情啊！

　　在网上看到雷抒雁离世的噩耗，我立即与青海油田的朋友曹建川联系，请他把 2010 年油田局庆丛书中收录的雷抒雁写西部戈壁的诗歌发给我。"我站在戈壁望你""亘古洪荒由此而有人的生活"……读着他的诗句，禁不住泪流满面。

　　第一次知道雷抒雁，是因为他在全国引起轰动的诗歌

《小草在歌唱》。那一声枪响后"渗进土壤"的"殷红的血"令人落泪；那在"没有星光的夜里"和"烈日暴晒的正午"，"像要砸碎礁石的潮水，像要冲决堤岸的大江"的歌唱令人震撼。那一声呐喊让人们嗅到小草的清香，听到歌声的悲壮。正义的呼声掀起大江南北的激情，良知亮出肩膀来争挑民族的栋梁！

雷抒雁这个响亮的名字与《小草在歌唱》紧紧地连在一起，在男人、女人、孩童与白发老人的口中传递。青藏高原西北的柴达木八百里瀚海，漠风也捧着这个名字、这首诗歌八方游走，碰热了"原始部落"的冷清。就在那片遥远的荒漠，若干年后我与这位诗人相识。

1997年盛夏，中国石油作家采风团从北京来到位于青藏高原柴达木的青海油田。时任鲁迅文学院常务副院长的著名诗人雷抒雁应邀随团前往，我一路陪同。那是干旱缺氧的蛮荒之地，那是石油人和所有开拓者与风沙较量、为祖国争夺宝藏的战场。数十年来，那片大戈壁吸引了内地一些著名作家：李季、李若冰、徐迟、王宗仁、朱奇、肖复兴、杨志军、朱春雨、刘元举、贾平凹、雷抒雁、陈忠实、李炳银、陈世旭、熊召政、赵瑜、邓贤……采风团的两辆车从敦煌西进青藏高原的柴达木，再从柴达木西部的大漠深处向东，横穿没有一只小鸟、没有一棵绿草的大戈壁，抵达格尔木。连续四五天的灰黄一色，雷抒雁的一双镜片上却闪烁着七彩的光。途中休息，作家、诗人们在戈壁上席地而坐。因为缺氧，雷抒雁嘴上说脑袋发木，手却不停地记录。一路采访的

图片 6

1997 年盛夏，雷抒雁（前排右 5）与中国石油作家采风团在冷湖地中四井纪念碑前留影

或偶遇的石油钻工、采油女工、养路工以及雄浑的戈壁、沙漠、雪山、野岭，正在变成他心中的诗句。他回北京后，写了《只有风，在汹涌》《戈壁，站立着》《怀念那匹狼》《在戈壁听〈二泉映月〉》等诗歌。从此，他开始惦记青藏高原，惦记那片土地上的石油人。

就是这一面之交。不久，我只是伴着漠风给他打了一次电话，他就欣然提笔为我的散文集《西部柔情》写序。他是用钢笔一笔一画地写好后寄给我的。"风沙依旧，烈日依旧；水的珍贵，空气的珍贵，依然无法改变。在那坦荡如砥的戈壁上，你会看到人类新近看到的火星的景致；而盐湖荒原，处处隐藏着深不见底的危险。"尽管，经过柴达木开拓者40多年的艰苦奋斗，环境已经有了较大的改变，"但是我们仍然会感到这里还是处在现代生活之外的世界""我自认为不是怯懦者，我也曾经在戈壁沙漠以军人的身份搏斗过。可比起柴达木，那里应该是幸运的地方。我深知在柴达木那种环境，维持生命的物质存在已经不易，要从中再寻找到审美的情趣，更得有一种特殊的品格。""把时间推前30年，一个年轻女性，在这荒苦之地，如何以青春为代价与恶劣的自然环境拼杀，你可以去想象。""李玉真是一个倔强的女性，在她的散文中你能听见一种生命力的张扬和呼喊……可以看到一个生命里挺立着的骨骼和涌动着的血流。"

展开信笺，我为字里行间漫溢的真情与理解而热泪盈眶，我为题名《生命里的诗》而感动。那些年，物欲的风暴正让精神的大树摇晃，生命的价值已用金钱来评定，不少名人需要用物质来垫高身价。而身居闹市、名扬海内外的雷抒雁依然是"小草"式的诗人,用爱心紧贴祖国的每一寸土地,用真挚观照很少有人问津的荒漠人的生存状态与审美情趣。他感怀的不只是在"荒苦之地"的一个文学作者,他深情地掂量着青藏高原柴达木石油人的生命质量。

重视生命质量,这是诗人一如既往的追求,"生命的伟大也正在于这选择的正确"(《生命的选择》),他认为选择决定生命质量。他在给作者讲课时说过:"一个诗人,不仅要会写情诗,还要会写国歌。"他所指的国歌,是国之歌。就是要站在祖国的高度去写,不能只停留在"小我"。石油人为了开采石油选择了偏僻的荒漠戈壁、雪山野岭,在雷抒雁心中是高尚的,是大爱,所以他热情地鼓与呼。

2012年春天的一个傍晚,同在北京的中国石油报社的毛竹与我和杨振相约去了雷抒雁老师的家里。那天第一眼看见穿着紫红色中式上装的他,就令人想起凝重的古代经典书籍。那天,我们就像翻阅一部经典,赞叹一个生命的历程如此精彩。

八百里秦川,是华夏文明的发祥地。雷抒雁带着拂之不去的生命印记从那里走出。从16岁发表第一首诗歌开始,他就以才华和人品铺路,唱响生命之歌。他说他有三分之二的作品是近10年创作的。屈指一算,令我们惊讶与敬佩不已。10年前,他因患直肠癌住进了医院。虽然他有幸"从她(死神)腋下悄悄溜走"(《贿赂死神》),但毕竟病魔缠身。他是用病弱的生命去争夺时间,去追寻他尚未实现的梦。一如他的诗句所言："我的梦在遥远的地方 / 那里总有星星一样的希望在闪烁 / 总有使我心跳的呼声在飞扬。"（《远方》）他去了新疆、内蒙古、山西、陕西、青海、四川等地。他深入塔克拉玛干大沙漠，从西气东输长输管道的首站开始沿线采访。他来到位于毛乌素沙漠边缘的匈奴"废都"统万城……他带着病体去了边远尤其不适宜癌症病人去的地方。他触摸现实，纵横历史。创作了《彩色的沙漠》《杀戮，历史的另一副嘴脸》等优秀散文；他了解民生，关注时代，为冰雪灾害、汶川地震写了《冰雪之劫：战歌与颂歌》《悲回风：哀悼日》，为新中国成立 60 周年写了《最初的年代》……他的十几本著作大多数是在这 10 年出版的：《祖国，为你而歌》《激情编年》《舌苔上的记忆》《青春的声音》《还原诗经》《国风》等。他不满足于这些成果，他还有许多事情要做。他在绵阳曾经的灾区与一个孩子同种一棵树，在树上挂的牌子上写下"要活着"。他说给小树和孩子，更是说给自己。他要继续与死神抗争，生命多一天，就多一天歌唱！

那一天，生命这个词更加沉重地撞击我的心灵。雷抒雁之所以对青藏高原柴达木石油人一见钟情，就是因为对生命价值的认同。他与石油人坚持顽强拼搏，都是精神力量的推动，要让生命发出光彩！

我们捧着他赠送的诗集，恋恋不舍地准备告别。我们这样想，不能过多打扰尊敬的老师、一个癌症患者。而此时他翻开他的一本诗集朗读起来，那是 1997 年去柴达木之后写的《一个"油"字，多少情怀》：

今夜，月白 / 沙尘不飞 / 真该有酒 / 对着柴达木的夜空 / 干他一杯 / 座座钻塔 / 远处站立 / 像不像咱站立的石油人 / 像不像那些老死戈壁的 / 石油前辈 / 说青春似花 / 却已逝如水 / 如今说会战 / 说艰辛说孤独 / 都没人理会 / 一个"油"字 / 多少情怀 / 站平台 / 钻千米深井 / 任日晒沙打风吹……

诗人又回到了那片辽阔无垠的戈壁荒漠。他正与漠风相携，正与钻工并肩。他正与石油人一样承受日晒沙打风吹。诗人激情四溢，他脱下了紫红色的中式上装，浅红色的 T 恤衫和兴奋红润的脸色使他青春回归。他说，那次在柴达木，阳光特别耀眼，蓝天特别清亮。可是，太干燥了，就一两天工夫，身体的水分就好像要被吸干了。几代石油人就是在那样让人难以承受的气候里拼搏啊。我真希望柴达木戈壁上泉水流淌。他继续朗读：

顿时，沿两根丝弦的河道 / 万顷江南之碧波汩汩流进 / 荒漠之干渴 / 渗透，是一种急切的渴饮 / 一万年的思念 / 相逢在顷刻 / 随即，便有白鸟之羽翅 / 在波涛之上闪动 / 便有花在远处亮如明眸 / 草在雨中绿似翠裳 / 一份湿淋淋的情感凌波起伏如梦 / 寂寥空阔的戈壁 / 有一丝江南潮湿如梅雨的忧伤 / 也是甜美的！

他读的是他的诗集《激情编年》里的《在戈壁听〈二泉

映月〉》。读罢，他沉浸在激情的旋涡里。静静地聆听的我，被诗人美好的意境和美好的愿望激荡了心海。柴达木西部戈壁的干旱缺水就像缺氧一样一直如同恶魔，威胁着人们，20世纪50年代开拓初期全靠骆驼把水送到几十甚至上百公里的地质队，一旦遭遇暴风狂沙迷了路，水没送到，地质队员就只能靠毅力与死神搏斗。也有因此而献出生命的。后来有了石油基地，打井引水了，仍然躲不过干旱的日夜侵袭。蒸发量高于降雨量200多倍，这是什么概念？也就是说，大自然会从人的身体吸取水分。所以石油人皮肤粗糙，常常是干裂着嘴唇，手指裂着血口。我与杨振在柴达木工作30年，与所有石油人一样，深受其苦，却习以为常。一旦回到内地，遇上雨季，多么希望这潇潇雨丝能飞到柴达木啊！那两年在西安的西北大学作家班就学，有一天在紫藤长廊下读书，忽然大雨降临。一首歌词《雨中恋情》就从我心中奔流而出。后来由作曲家谱了曲，这首歌表达的就是这种情怀：

> 潇潇春雨，紫藤叶低头不语；情泪涟涟，香径路清香已尽，流水潺潺。啊！长安雨，为何不去滋润那片干涸千年的戈壁，奉献一泓清泉？长安雨啊不要潇潇下，那片戈壁，那丛骆驼草也需要湿润的清甜，也需要春雨的缠绵……

对那片戈壁同样的爱，使我们产生了强烈的共鸣。

他意犹未尽，说起1997年的高原行，他感叹，柴达木戈壁，恶劣的气候摧残着生命，却是所有生命牵手共存的独有的天地。他还说，柴达木的戈壁确实荒凉，但柴达木的人特别可爱。我曾经听人说，也在一些文章中看到，在那片土地上生活的人，尤其是女性，脸颊会被强烈的紫外线烙出"红二团"，皮肤会被长期的风吹沙打而磨出戈壁脸。所以有一个概念印入脑海——柴达木的女人不漂亮。到了柴达木，彻底纠正了这种误导。柴达木的女人有一种独特的美，这种美是纯真的、坚毅的美，是大城市里少有的美。他说："柴达木人的美，是站立着的阳刚之美。"他继续朗诵他的诗歌《戈壁，站立着》：

四野风声 / 苍凉一如楚歌 / 层层围困 / 伤口干裂 / 血已凝成鳞片 / 千百次厮杀 / 无力突围 / 戈壁不倒 / 站立着 / 忍耐着 / 以男人的风姿……万里驰骋 / 穿云射月 / 拔山盖世……

情与情相撞迸发出的真爱与激情令我湿润了双眼，已看不清坐在沙发上的诗人。他仿佛正在遥远的柴达木——烈日下、钻塔旁，他的脸颊被晒干了、晒黑了，他的嘴唇与钻工一样干裂了，可他还在采访、记录。风沙涌起，黑云扑来，司机说返回吧，他说往前走啊，不能回头！

没有想到，那天竟是与诗人最后一次见面。我想，他是托着沉重的生命一直向前，向前。病后这 10 年，如果他歇一歇，把轻松留给自己，把治疗作为重中之重，也许会再一次从死神的腋下溜走。可是诗人做不到。他说过，人的生命，不能"像秒针一样，总在一个时间和空间里踱步，总在一次失败与成功里安躺"。

雷抒雁顽强地行走着，用生命歌唱着，跨越了时间与空间。

他虽然远走不归了，但无论他走到哪里，他的柴达木石油情歌都是他生命旅途中的一道闪烁的光彩！

（发表于 2018 年第 4 期《石油文学》）

生茂为油田谱曲

1995年6月1日，青海油田建局40周年。为开展庆祝活动，油田党委提前安排宣传部结集出版两本书《创业四十年》和《人们不会忘记》，由文联组织创作排练一台大型音乐舞蹈史诗《创业之歌》，为此，接待处处长杨振调任文联主席，并担任总策划、总导演，肖复华、李玉真任编剧。由此有了著名作曲家生茂、著名词作家洪源参与青海油田文艺创作。

人们熟知的《长征组歌》由生茂和晨耕、唐珂、遇秋合作谱曲，生茂谱曲的《马儿啊，你慢些走》《看见你们格外亲》《学习雷锋好榜样》等歌曲也受到国内群众和海外侨胞的喜爱。洪源创作了《看见你们格外亲》《学习雷锋好榜样》等不少优秀歌词。

负责这项工作的党委副书记刘扬寿创作了《创业之歌》的主题歌《柴达木石油工人之歌》4首歌词。由油田老同志李骏鹏（他曾与生茂共事为友）推荐给著名作曲家生茂和著

图片 7

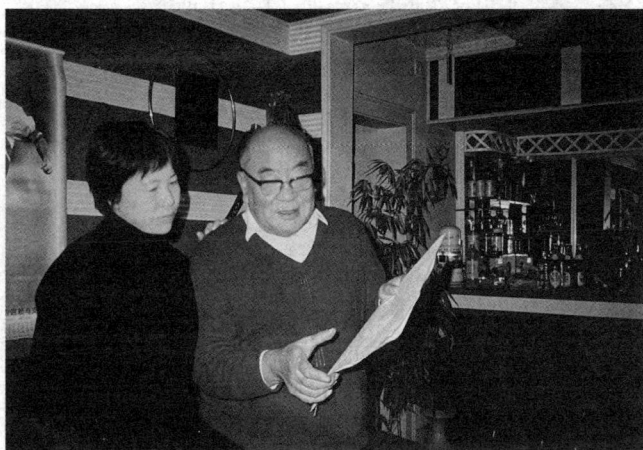

生茂给李玉真讲为油田 40 年局庆歌舞《创业之歌》中的合唱歌曲《柴达木石油工人之歌》谱曲的过程

名词作家洪源。他请洪源修改并润色歌词，请生茂谱曲。他们欣然接受，很快就投入创作之中。排练之前，刘书记就收到了生茂寄来的歌单。

著名作曲家和词作家的参与提高了局庆40周年音乐舞蹈史诗《创业之歌》的演出质量。"柴达木石油人，高原儿女大漠魂。钻塔竖起常青树，油井扎下幸福根。一身风沙一身胆，万顷油田万颗心。辉煌的柴达木，光荣的石油人。"这是开幕第一首大合唱。自豪的歌词、有气魄的旋律，像浩荡雄风席卷整个大礼堂，演员、演奏者们和爆满的观众群情激奋。首场演出的开篇就凸显出青海石油人朝气蓬勃、勇于拼搏的精神风貌，与满场的石油人产生强烈的共鸣，紧紧地抓住了观众的心。

第二首的歌单左上方印着情调提示："悲壮深情地"。一开始的集体吟唱"喔——"，就低沉深情，把人引向远去的岁月。接着是男低音独唱："当年进盆地，进盆地，铁肩挑重担，挑重担。吃尽千般苦，千般苦，闯过万重难……"旋律委婉，叙述有力："荒山野岭搞勘探，沙漠戈壁扎营盘。飞沙走石何所惧，缺水断粮志更坚。"生茂用强弱次强弱的四拍子小节使石油人的创业脚步落地有声："架起桥梁跨天堑，铲平坎坷大路宽，测线条条穿盆地，井架座座如云端。"第三首的情调提示是"欢快喜悦地"。"几多辛苦，几多欢笑，无私奉献心里甜。地中四井扬美名，尕斯库勒大发现。三项工程开新宇，油田建设史无前。"生茂用了八分音符一小节六拍的跳跃节奏，使合唱轻快欢乐，唱出了石油人"勘探结硕果，喜讯满高原"的喜悦。第四首演唱是音乐舞蹈史诗的尾声。生茂用了平稳的二拍子，情调提示为"满怀豪情地"，表达出"创业再创业，向前再向前，再创辉煌谱新篇"的壮志。前后4首领唱、合唱，是《创业之歌》的主旋律。生茂准确地创作出青海石油人艰苦创业、勇于创新的曲谱，使演出高潮迭起，人心振奋，收场后意犹未尽，掌声热烈。

生茂在40年的作曲生涯里，创作了近3000首乐曲，手法多变，旋律风格丰富而富有活力。他谱曲的歌曲受到人民的喜爱，是因为他的审美追求人民性。投入石油歌曲的创作，他是认真地走进石油人的心里。这一年夏天（1995年8月4—14日）生茂来到了油田，参观了第一中学、研究院等油田单位。他给文艺爱好者们讲了音乐创作的知识，讲了他的名作《学习雷锋好榜样》《看见你们格外亲》《老房东查铺》等歌曲的创作过程，称赞并点评了李玉真作词、洪斌谱曲的《石油管道工人之歌》。

与他同行的还有第一次在中央人民广播电台给全国人民教唱《学习雷锋好榜样》的歌唱家韩荣石和他的夫人、生茂的夫人和小孙子。杨振与我一直陪同生茂一行，后来我们成为好友。生茂后来一直关注油田的文艺创作，还为我的一首诗歌改名为《失去的为何不追回》并且谱了曲。

生茂为油田谱曲的4首《柴达木石油人之歌》，被油田文联于1998年编入青海油田建局以来第一本《青海石油歌曲集》。歌曲集由文联主席杨振主编，李玉真为执行责编。

柴达木油田的住房变迁

一、勘探初期的流动帐篷与帐篷村落

初进柴达木西部有三角帐篷、四角帐篷，材质上分帆布单帐篷和棉帐篷两种。它们与柴达木的风暴相交，"拔掉帐篷吹倒人。"地质队员说。

1954 年担任柴达木地质大队 101 队队长的葛泰生在回忆录《初识柴达木》里记载，到达红柳泉后，"风停了，几经努力搭起了各自的帐篷"。这是第一批地质队员的住房。大队部和野外队住帆布单帐篷，仅有几顶棉帐篷用作发报机房和储存医疗器械及药物。一顶单帐篷有七八平方米，睡七八个人。由于太挤，晚上翻身，还得统一行动。

同年 9 月，国家石油管理总局局长康世恩带领由 60 多人组成的考察团从北京来到柴达木西部，同样住单帐篷，夜晚照明点蜡烛和小马灯。随团的新华社记者姚宗仪在《西行柴达木》里写道："专家组的苏联水文地质专家契雅契柯夫，每每回到营地，就在帐篷里拉开嗓门，吼上几句，使人顿感勃勃生气。"

据顾树松（原青海石油局地质勘探总工程师）回忆，1955年，他所在的113地质细测队，为了尽早查明含油构造，出工前，就将帐篷和生活用水，用骆驼搬往工地。单层三角帐篷是基本住房，能在粗帆布四角帐篷内安铺，已经是"很好的满足"。帐篷随细测工地变换而搬迁。当时为了骆驼搬家方便，一人一条狗皮褥子就是全部床具。

油泉子是柴达木油田的第一口深井。1955年10月初，油泉子探区筹建工作组10多人搭起了两个帐篷，用石头支起了锅灶，在帐篷里安置了一张活动桌子，作为住宿兼办公室。11月成立了油泉子钻探大队，约400人，诞生了一片帐篷。11月24日，油泉子一井举行开钻典礼，帐篷招待所还接待了由省委副书记朱侠夫任团长、副省长马辅臣任副团长的青海省党政军代表团，石油人还在帐篷外观看了精彩的歌舞表演。

毕业于北京地质学院测井专业的董良彦，1955年底从青海民和到老茫崖，下车就搭帐篷。原本只能住4个人的帐篷住了同行的14个人。次日就去油泉子测井。老茫崖至油泉子约93公里，无路，电测车跑了11个小时，连夜搭起了帐篷。数九寒天，住在单帐篷里冻得睡不着。

测井技术人员单用寅回忆：1956年，在大风山构造测井，到了驻地先搭帐篷。十几个人，有一个女性，只有一顶帐篷。他们只好把毛巾挂起来，与最边上的女性隔开。

1956 年以后，地质、测量及重磁力队等野外队依然住单帐篷。随着钻探地点的移动，单帐篷散见于戈壁滩、荒山沟。单用寅回忆，测井队在油泉子就住了大半年。有时半夜被冻醒，原来帐篷顶被大风吹跑了。1958 年，102 地质普查队在冷湖以西 60 公里处的葫芦山测量期间，一个夜晚，几顶三角帐篷被暴风"连根拔起"。他们紧紧地裹着被褥，没被刮走，但先后经受了冰雹和冰沙的袭击与覆盖。

1958 年，为贯彻青海石油管理局党委"撒开大网，遍地开花"的勘探方针，轻便钻井队增加人员，在冷湖、马海、油砂山、油泉子四个探区的周围部署了轻便钻机，也搭起了帐篷村落。

同年 9 月 13 日，冷湖地中四井喷出高产油流，发现冷湖油田。1959 年 1 月 27 日，青海石油管理局党委扩大会议在大柴旦召开，提出"在已找到的油田上，集中力量，多打面积，多交储量，多采原油"的方针，同时成立冷湖前线指挥部，局领导、机关处室、科室领导及骨干力量于 2 月 10 日全部到达冷湖，冷湖搭起了一大片帐篷，组成帐篷村落，成为办公区。

1965 年 11 月，青海石油管理局勘探处在昆仑山北麓的乌图美仁组织冬季勘探会战。指挥部和 4 支队伍分乘几十辆车，拉着帐篷、勘探仪器、器材，在离大柴旦 500 多公里的乌图美仁河边搭起了 5 个帐篷大院，草原上一个整齐的帐篷村落成为勘探队员共同的家园。村落里有食堂、修理站、技术攻关组，还有用 2 个帐篷合起来的会议室。

帐篷是柴达木石油勘探初期的职工住所,柴达木各个探区都有帐篷的踪迹。

二、茫崖帐篷城

茫崖帐篷城始建于1955年5月。4月,青海石油勘探局机关从西宁迁至柴达木盆地的茫崖(后来称为"老茫崖"),成立青海石油勘探局,决定在离水源自流井8公里的茫崖建起第一个石油勘探、生活基地,由茫崖办事处和钻井筹备处负责。据首批到达茫崖的钻井筹备工作人员郭诚回忆:10多辆汽车载着100多人从西宁到茫崖走了30天,到达后就成为帐篷搭建的主力。在局总工程师刘树人、钻井筹备处负责人胡振民等领导的带领下,搭起了100多个帐篷。(郭诚《回忆幸福》,载于青海油田《创业四十年》。)

在茫崖建起帐篷城的同时,在自流井建立了水站,被称为"存迹"水站,将帐篷改为土坯房。那应该是油田最早的土坯房了。直到20世纪80年代,几间土房已破旧,却依然居住着三四个人,守护着水站。

1956年1月成立青海石油勘探局茫崖钻探大队,当时被称为"茫崖基地"。同年4月28日,青海省批准石油勘探局党委会及局领导机关迁入茫崖办公。迁入的油田部门增多,居住人员最多时超过1万人。

职工的生活条件有所改善,住上了30多平方米的大帐篷、棉帐篷。一顶帐篷里住十几个单身职工，也不显挤。那时有家属来了，还没有办法安排，只能在一顶帐篷内安排4对夫妇居住，中间用床单隔开。

税为群（1978年任副局长直至退休）回忆，他和西安石油学校的20多个同学毕业之后，先在玉门油田实习，于1956年7月到了茫崖帐篷城。从不远处的清明山望去，帐篷城南北约2公里，东西约1公里，一座座帐篷就像遍地雪白的羊群。他们住的招待所是由几顶帐篷围成的小院。宿舍、办公室、仓库全是帐篷，只有食堂和餐厅是木板房，发电房、汽修总装车间、钻修车间、内燃机修理车间、电影院、浴池等是木结构外面包铁皮的房子（装配式房屋）。不少领导和机关工作人员用的是办公室与宿舍合用的帐篷，中间用布帘或者报纸隔起来。比如董家宝的总工程师室和下属的机动室共两张办公桌，占帐篷前面的三分之二，后边三分之一是董家宝夫妻的卧室。第一任局长、曾任解放军某师参谋长的局党委书记陈守华，曾获"战斗英雄"称号的副局长杨文彬等领导也不例外。

1955年底，在柴达木医疗队的基础上成立了茫崖职工医院，位于离帐篷城西北约3公里的山沟里。设床位80张，医务人员百余人，设置了临床科室和基础科室。部分病房在几眼土窑洞里，其他全是活动帐篷，连手术室都是帐篷。后来建了简易土房。1959年6月，医院迁往冷湖，并入冷湖职工医院。

1956年初，茫崖基地建成柴达木第一个石油职工礼堂，属铁木构架装配式建筑，满足了开会、放电影、演节目的需要。

茫崖基地被称为"茫崖帐篷城市""拓荒者的乐园"，吸引了作家、艺术家、新闻工作者来访问，他们发表了不少作品，使茫崖帐篷城名扬全国。著名的作品有李若冰的散文《茫崖，拓荒者的城市》和李季的《茫崖赞》。李季的诗歌记录了它的原貌："走过的城市成千上万／却从来没有见过这样的城市／白色帐篷千万顶／找不到砖瓦一片／城市的居民是那些生龙活虎似的青年人／老年人在这儿也都成了青年／青春火焰赛长虹／一个个干劲冲天。"

中央新闻纪录电影制片厂到茫崖拍摄，希望有新婚的镜头。组织上就动员相爱多年的技术员徐世勇、郑爱芳结婚，由副局长郭究圣当证婚人。这是50年代第一次在帐篷里举办的婚礼，已永远记录在柴达木石油勘探开发的史册里。

1959年，由于集中精力会战冷湖，茫崖的人员和设备全部迁往冷湖，茫崖帐篷城随之荒废。10年以后，茫崖建立了食宿站和加油站。1986年，冷湖至花土沟沥青公路建成通车，食宿站和加油站完成了历史使命。

三、冷湖基地

1955年，地质部632地质队1分队，在柴达木盆地北缘搭起帐篷，这是冷湖最早的住所。当年他们发现了冷湖一号至七号石油构造组成的构造带。

据郭诚回忆（载《青海油田创业四十年》），1956 年春，他带领基地勘探队从茫崖帐篷城出发到冷湖选址建立基地。第一眼看见的是地质部 632 地质队一个小队的几顶帐篷。

据《青海省志·石油工业志》记载，冷湖油田的钻探与基地建设，始于 1956 年 6 月，当时成立了冷湖钻探大队。同年 8 月 3 日成立冷湖基地筹建处。冷湖的基地建设主要集中在冷湖四号、五号和老基地 3 个地区。

从 1956 年 3 月开始，青海省交通厅公路工程总队第五施工大队接受了修筑柴达木北干线（当金山—老茫崖）、冷湖支线（冷湖—南八仙）以及俄博梁支线（俄博梁——里坪）3 条路线的任务。当时的大队管理员赵荣林在《初进柴达木盆地筑路见闻》里回忆：大队部驻扎在北干线与冷湖支线的交叉路口，离他们的驻地十几公里处，有石油单位的老基地，有十几顶活动帐房。8 月，他到老基地看见一个在太阳下熠熠生辉的大建筑，原来是用白铁皮扣顶、用木板围墙的大礼堂。周围有许多帐篷和活动房子。这是冷湖建设的初期。

万心培在《高原的回忆》里回忆，1957 年 4 月，驻地在老茫崖的人事处派他到冷湖办事。路过老基地，建筑公司安装施工队的工人夜晚住在工房里，打地铺。驻地在冷湖四号的冷湖大队大队长胡振民是在帐篷里接待他。

1958 年冷湖地中四井喷出高产油流，发现冷湖油田。1959 年 1 月 1 日，石油工业部青海石油管理局正式成立。

局党委和机关工作部门由老茫崖迁至大柴旦。3月，局机关迁至冷湖。经国务院批准为冷湖市。冷湖搭起了一大片帐篷，如莲花开放。

1959年8月，由房建大队完成局机关和二级厂处的办公室、职工宿舍、职工食堂、局招待所、职工医院等土、木、芦苇把结构的房屋。这些房子以石头为基，土坯为墙，芦苇把子为房顶，抹上草泥以保温，简陋却实用。厂房与库房为装配式建筑。

1959年9月，职工医院住院部、门诊部完工，国庆前已开始接收病人。

1959年国庆节，冷湖四号建成礼堂（后称影剧院、俱乐部），1960年建成科学文化宫，都是砖、木、铁皮结构的装配式建筑。

也有二级厂处自己动手的。据当时的冷湖器材库副库长王承恩在《物管之路》里记载：1959年3月至5月，从茫崖器材库把上万件物资和3幢装配式大铁皮库房搬迁到冷湖老基地。之后，器材库全体职工，先后在水源和老基地打土坯，盖起了土木结构的办公大院、职工食堂和两幢简易宿舍。

杨藩回忆：1960年夏，研究所机关所辖各基层单位陆续搬迁到冷湖四号文化宫东侧的窑洞式土坯房子里住。之所以说是"窑洞式"，是因为整个建筑物的墙体由土坯垒成，但每间房子的屋顶都是用一捆一捆的芦苇草，弯成穹形排列，抹上泥后铺成的，加之整个建筑布局有点像个"半边楼",房间的门都向里开,也就是门都开在过道里,只有一扇比较小而固定在墙上的玻璃窗与外面隔窗相望;室内光线昏暗,人在里面的感受与窑洞相仿。(杨藩《坚守阵地》,载于《永存的记忆》)

从 1956 年开始筹建,到 1959 年建成初具规模的石油工业基地。

1959 年、1960 年,分别建房 9.7 万平方米和 11.41 万平方米。戈壁滩上建成一排排房屋,蔚为壮观,冷湖人口超过22000 人。

1961 至 1965 年,油田房建工作基本处于停滞状态,平均每年仅建房屋 2542 平方米。简陋的土坯芦苇平房,供职工居住 20 多年。

据曹随义(原青海油田副局长、青海省委秘书长)回忆:1969 年由勘探处调到冷湖的石油管理局机关,他"在我住的那一间半用土坯和芦苇把子堆起来的半窑洞式的房子里,一住就是 16 年。"

1979 年,冷湖进入新的建设时期。相继建成了砖混结构的局办公大楼、卫星通信地面站、计算机站、档案馆、电视台、医院、招待所等多层建筑;一排排职工宿舍都是砖柱土木结构或砖木结构,有的住房外有了围墙,住房内有了自来水;冷湖政府也建设起相应的房屋。

冷湖 3 个区块,也有处级单位自建房屋的。据杨海平《四车队分房讲民主,职代会讨论做决定》(1980 年 11 月 15日载于《柴达木石油报》)报道:10 月初,冷湖五号四车队建起了 3 幢（18 套）新房。面积比较宽裕，样式美观大方。

到 1991 年底，冷湖居住的职工、家属有 1 万多人。1992 年因搬迁到敦煌，冷湖大多数房屋渐渐沦为废墟。

四、花土沟基地

花土沟地区最早的基地在油砂山。50 年代初期，油砂山有采油井、集油站，山外建有基地。基地有办公区、住宅区和商业区，还有炼油厂和水电厂等。职工人数高峰时超过 4000 人。（《青海石油志》1990 年版）

1969 年，油田重返西部建家园，运输队职工在油砂山基地暂住过。石油队伍在花土沟戈壁荒漠上搭帐篷，在阿拉尔割芦苇、打土坯，盖起了简易厂房和职工集体宿舍。

1970 年，西部勘探指挥部新建的土木结构住房，满足不了大部分职工的住房需要，一些职工和家属自发地挖地窝子以代替帐篷居住。这一举措被领导肯定，认为是解决临时住房困难的好办法，倡导大家效法。花土沟很快就形成了利用业余时间挖地窝子的热潮。随着职工家属的增多，地窝子越来越多。到 1974 年，地窝子已发展到上千个，无论是指挥还是工人，凡是带家属的都住地窝子。地窝子群成为花土沟一景，象征着柴达木石油工人艰苦创业的精神风貌。（《青海省志·石油工业志》）

据原局文联副主席梁泽祥在《老照片的回忆》一文里记

载，3288钻井队是第一批到花土沟的井队。当时人多，帐篷少，居住拥挤。赵相如等人就试着在帐篷附近的土坡上挖了一个地窝子，这是花土沟第一个地窝子。因为干旱雨少，地窝子可以保温防风沙，适宜花土沟的气候环境，所以后面来了一大批人，也就仿效着挖，使花土沟的地窝子连成一片，很是壮观。这也是就地取材、操作简单的建筑方式：先是挖一个四方形或长方形的坑，深一米五以上，留一个进出门口，用废旧铁管搭在坑上，再用芦苇和废铁皮盖上，留一个小天窗，再装一个简单的门，即成。为了更加方便舒适，后来的地窝子又有改善：挖坑后，打土坯在周围砌墙，高1米左右，留一个在地窝子内站立可以平视外面地面的小窗；有的把土坯墙砌成后高前低，房顶就有了坡度，以防积沙积水。

据杨喜志回忆：1978年4月，800多名转业兵到花土沟的局油建指挥部报到，分别住在土坯房和帐篷里，大帐篷里住20多人，小帐篷里住六七个人。第二年春天，他们开始建地窝子。一部分人从阿拉尔红柳泉砖厂拉土和土坯，一部分人和泥砌墙，安装门窗。职工互相帮助，各式各样的地窝子就建起来了。

地窝子作为土坯房的补充，解决了职工住房的大问题。

从70年代末开始，职工住宅和文化设施逐年改善，逐步建起了比较正规的土木结构、砖木结构并带院墙的职工宿舍。

1981年12月4日《青海日报》载文《4000多名职工喜

迁新居》（作者为时任青海石油报社社长杨海平）写道：当年花土沟竣工的住房，以勘探一线的单位为多。有地质勘探处、钻井、试采、油建的职工住上了新楼房，共85幢，面积达23000平方米。

1982年，花土沟北山脚下有一片钻工宿舍区开始建设，1983年竣工住人，这是当时花土沟小镇令人羡慕的村庄式住宅区。本来命名为"井队区"，却被经常见不到丈夫的钻工家属们戏称为"寡妇新村"。我曾在报告文学《荒漠有个寡妇新村》里记载："村里有60幢灰黄色的长长的土平房，可住500户人家。有的是单间，有的是两室一厨房。大多数住户用破铁皮、破帐篷、破木板围成一个小院，有些人家还在小院外再围一个鸡圈或者猪圈。"

1987年开工并建成15幢给排水和采暖配套的职工公寓楼房，单套建筑面积有55平方米、75平方米，总面积达18000平方米。11月至12月，300多户职工及其家属从地窝子或土坯房搬进楼房。油田同时重建中学和招待所，为各生产单位建起了新型的办公大楼，修建环形公路，美化环境。职工的生活环境得到改善。1988年，又竣工8套住宅楼房。到1989年底，公寓建设面积达85293平方米，有住房1456套。（《青海石油志》1990年版）80年代末，地窝子随之消失。

截至1991年，花土沟基地有常住人口2万余人，各种房屋43万平方米。

柴达木石油新闻事业的兴起

　　1953 年，国家第一个五年计划提出了"大力勘探天然石油的资源，同时发展人造石油，长期地积极地努力发展石油工业"的要求。按此要求开展西部勘探，1954 年，石油地质勘探队伍进入柴达木盆地。1955 年 1 月，第六次全国石油勘探会议确定柴达木盆地为当年勘探的重点。6 月 1 日，按照燃料工业部石油管理总局的决定，在西宁市东关大街 150 号成立青海石油勘探局，1956 年 4 月 28 日迁入柴达木老茫崖办公。随着柴达木石油工业的诞生与发展，石油新闻事业的兴起势在必行。

　　柴达木石油新闻是从创办油印小报开始的。据解放后进入柴达木的第一支地质勘探大队队长郝清江回忆：1954 年，在"八百里瀚海无人烟"的处女地柴达木勘探，风沙大，缺氧，缺水，非常艰苦。在大戈壁上爬上海拔 3000 米的油砂山搞测量，更是喘不过气来，两腿无力。但是勘探队员坚持往上攀登。测量工王德超背着仪器第一个爬上去了，接着，一些队员也上去了。从此勘探队员们称这座山为"英雄岭"。为了表彰这些英雄勘探队员，大队部办了油印小报《柴达木》——柴达木盆地的第一份石油小报诞生了。大队部发动大家写稿，让电台报务员刻印，用油印小报记录和宣传勘探队员的事迹，鼓励大家克服重重困难，爬上英雄岭。郝清江说，小报的作用很大，"最后人人都能上去了，路也修好了，把钻机也拉上去了，这就开始了打井。"

据老报人孙万生回忆，1955 年在民和石油钻探大队工作时，编过几期《民和通讯》。1956 年 4 月调到柴达木油墩子钻探大队后，又编过几期《油墩子战报》。1956 年 7 月，青海石油勘探局钻井处党委创办了四开一版的油印小报《茫崖通讯》，由傅广诚负责编采、刻印。当年 7 月，傅广诚另有重任，孙万生接替，傅广诚和宣传部的梁海峰、郑铨兼管报纸审稿。《茫崖通讯》创办不久，就划归局党委宣传部管理，地点在老茫崖石油基地（茫崖帐篷城）。

随着石油勘探工作向前发展，勘探队伍不断壮大，石油新闻工作也需要发展。1956 年 8 月，青海石油勘探局党委副书记刘坚壁对孙万生说，茫崖工委已经成立，我们的石油报应该改一个有石油特色的名字。经党委研究，确定命名为《青海石油》，每周一期，四开一版。《青海石油》的诞生，使《茫崖通讯》从此完成了历史使命，共出版 5 期，每期发行 500 份左右。

改为《青海石油》时，采编只有孙万生一人，只有一块钢板、一台油印机，局领导将一台不久前中央慰问团赠送给勘探局的直流收音机发给报社，以便及时收录新华社新闻。为了加强新闻工作，8月，勘探局开始筹建印刷厂。到10月，先后调来赵江萍当记者，房兴愤任编辑部主任，周进想刻钢板，文化科长齐开章也帮助编辑部工作。报纸从四开一版改为四开多版，每期500份左右，且才开始每期用铁笔在蜡纸上勾勒报头四个字。房兴愤想请书法家写，却又因交通不便，只好暂时自己解决。经孙万生提议，取玉门油矿《石油工人报》上的"石油"和《青海日报》上的"青海"，由周进想用九宫格缩制出来，这样才大功告成。到1956年底，编辑部已有一台120相机。报纸编辑部三个人都兼任《青海日报》《青海石油工业通讯》和青海人民广播电台的通讯员，已能够及时对外报道柴达木石油勘探的重要新闻，提供新闻照片。

1958年9月13日，青海油田在柴达木戈壁深处的冷湖五号构造地中四井发现了理想的高产油田。接着，石油人集中勘探了冷湖三个构造，发现了冷湖油田。在热火朝天的勘探钻井工作中，新闻报道显示出更加重要的作用。1958年12月，青海石油勘探局党委任命傅广诚和杜中明分别任报社社长、副社长，加强新闻工作。

1959年1月1日，石油工业部青海石油管理局正式成立。局党委和机关工作部门由老茫崖搬迁到海西州大柴旦。报社也随之搬迁。在大柴旦一间土坯房里安装了第一台印刷机，油印改为铅印，《青海石油》定位为局党委机关报。中共青海石油管理局委员会将1959年1月1日这一天出版的《青海石油》报确定为创刊号。创刊号是八开两版，暂不定期。

在《青海石油》创刊号上，登载了中共青海石油管理局委员会《关于出版青海石油报的决定》。《决定》阐述了办报的背景："1958年，我们在撒开大网、遍地开花的方针指引下找到了两个高产量大油田、三个高产量大气田和八个具有工业价值的油田"，使柴达木成为全国重要油区之一。"当前，我们已经进入边勘探、边建设、边生产的新阶段"，职工也大量增加。因此，办报宗旨是：为了适应新的形势，"必须进一步地宣传和贯彻党的方针政策，大力加强党的宣传教育工作，动员一切积极因素，多快好省地完成党和国家交给的光荣任务，早日使柴达木的石油资源为国家利用"。

《决定》强调："《青海石油》报必须贯彻全党办报、全民办报的方针，坚决依靠各级党委，依靠全体职工。采取版面下放和流动编辑组相结合的方法。"《决定》还指出："《青海石油》报是面向职工的大众化的刊物，内容必须通俗易懂，文章必须短小精悍，版面清新活泼。"《决定》中有这样一句话："争取第一季度内固定为双日刊，改出四开四版。"

在创刊号上登载的中共柴达木委员会、柴达木行政委员会致柴达木开发者和解放军官兵的《慰问信》和中共青海石油管理局委员会、石油工业部青海石油管理局致全体职工的《贺年信》中，记录了大量的生产成果。《贺年信》更是对1958年全年生产、建设作了总结，集中阐述了青海油田各方面的成果和值得发扬的精神。创刊号为今后面向全局职工宣传生产这个办报方向开了个好头。

石油新闻工作者按照"决定"精神，奔波于柴达木戈壁荒漠，到勘探生产的一线采访写作。《青海石油》的报道紧紧围绕生产。例如，1959年2月16日，油泉子10万吨炼油厂正式建成投产；2月20日，柴达木原油首次由冷湖外运至兰州炼油厂。3月3日，第11期《青海石油》头版头条报道了青海油田原油首次外运的喜讯。正题《我局原油首次外运》用了醒目的加粗宋体，上方的眉题是略小一些的加粗宋体《柴达木石油工业揭开新的一页》，下方的副标题用的是再小一点的黑体字《这标志着柴达木石油工业开始从勘探阶段向勘探与开发并举的新阶段过渡》。报纸登载了有关社论、诗歌、贺信，还有《油泉子10万吨炼厂建成》等其他生产成果。

《青海石油》不仅成为柴达木油田职工了解全国形势的窗口，还成为宣传柴达木石油事业的重要工具，深受石油职工喜爱。1959年3月，青海石油管理局机关从大柴旦迁往冷湖，4月，报社也迁往冷湖石油基地。

《青海石油》报纸的创办，培养了一批专业石油新闻工作者和业余记者、通讯员。老报人做出了艰辛的努力。著名诗人李季和散文家李若冰的柴达木之行，也为激发石油人的写作热情、提高这支队伍的创作质量，起到了重要的作用。1954年冬季，李季与李若冰随康世恩带领的外国专家进入柴达木；1958年9月，李季二进柴达木。他们走戈壁，过荒漠，深入石油勘探、钻井等生产一线，采访、讲写作课，并且创作了一批纪实的诗歌、散文，记录了葛泰生、顾树松等一批优秀地质勘探工作者的感人事迹。他们的作品不仅收进《可爱的柴达木》（李季）、《柴达木手记》（李若冰）等书中，发表在各类报刊上，在全国广为流传，也在柴达木石油人手中、口中流传，成为石油新闻工作者和通讯员写作的范文。他们和石油老报人深入一线、不怕吃苦的精神也成为榜样，成为石油新闻队伍的优良传统。

《青海石油》因历史的原因几经曲折，几次更名，于1984年7月1日确定为《青海石油报》至今。2009年2月，获悉《青海石油报》荣获全省报业先进集体称号。适逢《青海石油报》创刊50周年，这50个春秋，《青海石油报》荣获过多少次省部级荣誉已不计其数了。她的历程伴随着柴达木石油工业的辉煌之路，她真实地记录着柴达木石油工业发展史，为推动柴达木石油工业快步向前起到了不可替代的作用。

20世纪50年代早期石油新闻工作的轨迹应该永远镌刻在柴达木石油工业的史册里。

（发表于2009年第3期《柴达木开发研究》）

茫崖石棉矿诞生记

柴达木听见了北京的声音

　　1955 年，国家将柴达木盆地列为全国资源勘查重点之一。为了便于支援勘查工作，青海省人民委员会把柴达木盆地划为青海省直属行政区，设立青海省人民委员会柴达木盆地工作委员会，1955 年元月 3 日在格尔木正式办公。1956 年，全国掀起社会主义建设高潮。为加强对茫崖地区资源的开发，国务院于元月 18 日批准成立了"柴达木茫崖临时工作委员会"（县级），作为柴达木工作委员会的派出机构，由刘存方率队进驻茫崖（老茫崖），即青海石油勘探局建起来的帐篷城。1956 年 4 月，中共茫崖工作委员会成立，与茫崖临时工作委员会同驻一地，合署办公。茫崖工委负责管辖那棱格勒河以西、金鸡山以南、昆仑山以北、阿尔金山以东的青海西北角区域。

1956 年的柴达木盆地已开发了煤矿、硼砂等燃料、化工产业，石油工业也因第一个深井——油泉子一井钻探出工业油流而进入开发的高潮阶段。这一年，地质部 632 地质队等勘探队伍还在盆地进行大面积的资源普查和地质勘探。加快步伐，挥动大笔，书写一篇大文章，亟待进行！

　　1956 年 3 月，为了新中国的加速建设，为了尽快填补建筑材料的空白与不足，重工业部在北京召开了第一届先进生产者代表大会，建材系统与会代表就有 102 名。毛泽东主席、周恩来总理等党和国家领导人接见了他们。国务院发出了关于加强和发展建材工业的决定，要求"大力发展建筑材料和结构配件的生产，增加数量和品种，提高质量，降低价格和合理使用建筑材料"。接着成立了建筑材料工业部，赖际发任部长。柴达木听见了北京的声音。非金属建材的石棉，柴达木聚宝盆里有啊。

　　在这之前，石棉的开发已经写下了伏笔。近年来，在柴达木西部放牧与商旅的乌孜别克族的木买努斯·依沙阿吉（世人敬称阿吉老人），在油砂山、依吞布拉格山等地发现了可以点燃的黑褐色的石块、石头缝里长着可以捻出纤维的怪石以及透明的浅褐色晶石。阿吉老人向地质队报告了这些宝石的发现。经过地质队与有关部门的鉴定，这些石头分别是石油油苗、石棉、水晶石。深藏地下的石油已经在石油开拓者的手中冲天而起，下一个牵出来的就是石棉了！

　　1958 年，柴达木的勘探开发进入高潮。在盆地普查中做出突出贡献的地质部 632 地质队所属的第九分队队长刘志刚在老茫崖帐篷城里找到了阿吉。阿吉呵呵地笑着说:"我正等着你们呢,依吞布拉格也等急了。"在刘志刚的率领下,一支骆驼队跟着阿吉出发了。

向西,150公里的戈壁路,驼铃声声,在寒风里摇出了温度。昼夜不断的驼铃声似乎在焦急地催促——快快走啊。勘探队员已经熟悉了茫崖地区的地形和自然环境的严酷,几年的磨砺已铸造成铮铮铁骨的汉子。当抵达西部的阿尔金山山脉依吞布拉格山脚下,他们看到灰白色、淡绿色、金黄色的岩体,延绵如带,一个个就像孩子似的欢呼雀跃了。这个过去勘探的盲点,竟然是不用我们喊"芝麻开门"就敞开着的宝库——这很可能就是石棉成矿带。他们不顾一路劳累,攀登上去。在露出地表的石棉岩石上,随手一抓,岁月风蚀的绒状石棉就服帖地归顺于手掌。石棉,石棉!他们尽情地呼喊!

山下有了与石棉相伴的第一顶帐篷,第一缕炊烟在天空书写出喜人的宣言,它向世界宣告:柴达木又一个无人区结束了!

经过勘探,矿石主要为块状、角砾状,棉脉多为网状脉、细脉。地质队发现石棉成矿带有10余公里,初步探明矿藏储量在300万吨以上,远景储量在1000万吨以上。

喜讯传到茫崖工委,帐篷城里运筹帷幄,立即组织队伍。在茫茫无际的戈壁荒漠和寸草不生的荒山开采石棉,跟开采石油一样,有水、有燃料才能扎下营盘。有经验的632地质队第九分队继续勘查,一是进矿山的公路线;二是燃料和用水。他们在离石棉矿山 5 公里处找到了斯巴里克河和蒙达里克湖，对水源进行了勘测和取样化验，确认可作为工业与生活用水；又在矿山以东、以西的 10 余公里处找到了两座小煤矿，探明 16 公里处的西山煤矿更为适用。

向导阿吉和 632 地质队，一次又一次为柴达木开发这篇大文章做好铺垫，一次又一次挥手离去，带着依恋与兴奋，带着回忆与希望。宋代著名词人李清照的"寻寻觅觅，冷冷清清"用于描绘他们的荒漠勘探真是太贴切了。将李清照的另外两句诗赠予他们也很合适："生当作人杰，死亦为鬼雄。"不是当事者，无法记录他们遭遇的艰难险阻，但在无人敢于涉足的生命禁区探宝，不畏牺牲的精神让他们成为后来者学习的榜样。为了寻找宝藏，前赴后继，23 名开拓者来了。就是他们，开创了茫崖石棉矿，从此有了"茫棉人"这个光荣的称谓。

23 位勇士的原始穿越

1958 年 11 月 20 日，是镌刻在柴达木石棉工业史上第一个闪光的日子。

这一年秋冬，青海石油勘探局因为冷湖地中四井喷出高产油流而把工作重点东移至冷湖。老茫崖帐篷城里，石油队伍开始忙着搬迁。中共茫崖工作委员会也在忙碌，他们在组织一支先遣队，要去西部的新茫崖书写柴达木石棉工业开发史的第一页第一行。

正逢全国经济大发展，西部开发进入高潮，全国各地的一些青壮年涌向甘肃、青海和新疆。有一个叫李凡玉的18岁安徽小伙，也经同乡的介绍去兰州当上了扛包工。因家庭贫困，经常吃不饱，体质虚弱，同乡见他扛包力不从心，就动员他去青海另找工作，听说西宁有个柴达木工委办事处正在招工。同乡借给他20元钱，李凡玉就去了西宁。待他找到办事处，只剩下8毛钱了。办事处的人说："是去开发柴达木。"他说："好。"办事处的人说："那里叫茫崖，很远很偏僻，但是发现了石棉矿山，我们组织第一批人去开采石棉。"他说："好。"报名成功了，他打心眼里欢喜。单纯朴实的他还没有想过"使命、理想"这类高大上的词汇，但潜意识里有了"第一批"的荣誉感。这晚他才知道，已经有20多名男子报名成功，他们说着南腔北调，却亲热得跟一家人似的。他很快融入了这个新群体。他们的情况与他差不多，本想着背井离乡找工作，吃饱饭，给家里挣点钱，可那个"茫崖"，那个"石棉"，给了他们新鲜感与神秘感。大伙都很兴奋。

第二天天不亮他们就由柴达木工委刘存方带队，坐上一辆旧卡车，从西宁出发，日升日落，向西，向西，渐渐进入了戈壁荒漠。次日抵达柴达木老茫崖。

一切都来得那么快，单纯朴实的李凡玉和同行的人，来不及仔细思量这次西行将决定他们怎样的人生，但是他们的心中有了四个新鲜的词儿："茫崖""阿尔金山""依吞布拉格""石棉"。有了一个新的想法:"开发柴达木,为祖国开采石棉。"

这天清晨,工委办公室干部张守义领着王振谦、刘绍祖、董献珍、袁雅秀、温永宪、毛瑞霞、徐继先、刘明跃、李明行、王子义、李凡玉、张世昌、杨瑞三等23人,带着两顶帐篷,17把铁锹、5把洋镐、17条麻袋和铁锤、榔头等小工具,以及少量生活必需品,整装待发。

一声号令,23名勇士乘坐一辆旧卡车,从老茫崖向西北进发。寒风刺激着他们的肌肤,他们的热血却沸腾着。"就是我们,要在神仙都不敢去的依吞布拉格山上采出第一批石棉!"他们感到自豪与光荣。有人编了两句顺口溜:"手捧石棉头顶天,誓在矿山当祖先。"有些幽默,他们却真是这么想的。"开创我为先,事业无穷年",他们想得很远。

1955年至1956年,国家已经投资为勘探队伍打通了格尔木至老茫崖、油砂山、七个泉、红柳泉的汽车通道,但都是路况极差的简易公路。油砂山到花土沟的道路还没有修筑,花土沟到新茫崖更是未曾关注的原始面目。这一路,天与地都不配合,刺骨的狂风夹带着砂石,戈壁路颠簸着汽车,翻腾着人的肠胃,按压不住的铁锹、洋镐时而敲打着他们的身体。150公里的路程,23名勇士逆风行驶一整天。一个个如同被捧打了一整天,筋疲力尽,四肢冻僵,难以舒展。

苍天有知,他们是冲着石棉而来,于是忽然间风沙隐退,晚霞满天,映照中的石棉矿山宛如宝石山熠熠生辉。他们什么都顾不上了，忘了腿的僵硬，争先恐后地爬下车，恨不得立即登上矿山去抚摸心中的宝石。他们与 632 地质队的勘探队员一样无比激动，动情地喊着："石棉——我们来了！石棉——我们来了！"

11 月 20 日夜晚，依吞布拉格山下，月光如清亮的水淹没了刚搭起的两顶单帐篷。睡在麻袋上的 23 位初来乍到的"居民"难以入睡。除了身躯的冷，还有心里的热。他们深知，23 人的到来意味着一支石棉队伍在这里扎根了。他们骄傲地认为，这里今后必然会建起一座石棉城，而石棉城的建设，从 23 人的两顶帐篷开始。

次日清晨，干饼是他们的早餐。然后带上 17 把铁锹和洋镐、铁锤等工具登上依吞布拉格山腰。

这是茫崖矿山的主要含棉岩体，被称为"一号含棉岩体南矿带"的东山。一层层金黄色的石棉长纤维在石缝里与阳光相碰，闪耀着金子一般的光芒。满山遍野啊，这就是许多人八方寻宝难以找到的宝库啊！勇士们兴奋异常，他们开始了与石棉的亲密接触。

这是原始的手工劳作。敲的敲，挖的挖，撬的撬，铲的铲，千百年来只有风沙声的依吞布拉格，有了清脆响亮的打击乐演奏，这分明是柴达木开天辟地第一支铿锵有力的石棉进行曲啊！他们利用洋镐挖开山皮，用铁锹铲走石块，用手拣拾块状棉，随拣随即装入麻袋，然后过磅缝合。日复一日，眼见着一条条麻袋鼓起来了。这支进行曲使他们忘记了缺氧与劳累导致的急促喘息，凭着一颗心、两只手在原始山岭开采石棉，那情景，使他们自己都感动不已。

他们没有工作服，没有手套，没有任何劳保用品。正值冬季，最低气温零下30多摄氏度，干旱穿透了人的肌体，就是不干活也会手指开裂，何况石块粗糙尖利，一天与它较劲八九个小时。每一天收获了块状石棉，也收获了伤痛。

从日升到日落，他们重复着简单的劳作，重复着收获的喜悦，乐此不疲。这种生产方式持续了半年。

茫崖行政委员会和柴达木交通局从老茫崖派车送来食物，但没有固定车辆。因为运输跟不上，除了粮食其他供应也跟不上，方圆几十里甚至几百里荒无人烟，没有社会依托，土地寸草不生，生存条件还不如原始部落。派来的临时水罐车和其他汽车，因路况差、车辆旧、缺少配件，常常因故障无法正常运输，只能自食其力。他们除了上山还得下湖，步行去5公里处背水，割芦苇；去16公里远的西山煤矿背煤。

依吞布拉格是干旱的王国。去蒙达里克湖取水虽然很累，但也是工人们尤其开心的亲水时刻。他们轮换着几人一组，一人背一个容量30斤的塑料桶，步行去蒙达里克湖。临近湖畔，潮气扑面而来，他们就会情不自禁地笑着、喊着跑步向前。在湖水边，他们像儿童，把水拍打出水花，俯身洗脸，总也洗不够；咕噜咕噜地喝水，总也喝不够。

取水不易，更困难的是把水背着回来。遇上大风沙，就不能去取水，而11月至5月是风季，风沙随性，大小轻狂无定数。所以一天3杯水，不洗脸，没水强咽干饼，满手、满脸、满头脏兮兮的,这是常态;更别说洗澡、洗衣了,想都别想。

每天得吃饭,在地上挖个坑就是灶,点燃干芦苇、搁上锅就煮饭。气压低,水热到80多度就沸腾,面条煮不熟,馒头黏牙。没有蔬菜,咸菜和酱油都得省着吃。住单帐篷,挡不住风沙。吃饭喝水连同沙子一起咽下。原来想躲进帐篷里吃饭总能避开一些沙子吧,结果不行,风沙无孔不入。还有睡觉问题。12月,开采的人增加到41名。到1958年底,已有202人。俯瞰山下,帐篷就像星星点点的骆驼草,让清一色的蛮荒之地有了原始部落的模样。但是人增加了,帐篷不够,有的帐篷里紧紧巴巴地住了30多人,麻袋铺在地上就是通铺,挤在一起睡觉跟罐头里排列的干鱼。谁要出去解手,回来就无处下脚。那时没有电,夜里有风还不敢点蜡烛。夜间帐篷里踩着人是常见的事情。

其实他们并不在意这些,不就是冲着艰苦创业来的嘛。更何况人是重感情的,一天天的辛劳,眼见着依吞布拉格山上山下的改变出自自己的双手,就生出情感来。当然他们还有一种情感,就是乡愁。他们经常感到寂寞、孤独。星期天他们会想家。最初进来的23位勇士之一的小伙子董献珍解除寂寞的办法是给家人写信,或者看家人的来信。没有邮政局,靠很少的运输车辆把信件带进来,捎出去。写了几封信还压在麻袋铺的下面,这是平常的事。一封家信都翻烂了,还没有收到下一封,这也是普遍的事情。要不就一群人站到山坡上去向东望啊望啊,要不就望着东方大哭。

不管怎样，一支石棉开采队伍已经初具规模。别说有泪抹干就是了，流血又算什么？他们都能承受。这是一群不畏艰辛、乐观向上的开拓者。

1959年初，新的一年带来了新的喜悦，石棉队伍迎来了第一辆固定的汽车——美国产老式道奇和一名司机。"我们的生产、生活条件会好起来的"，他们相信，不被困难吓倒，靠自己的双手可以将愿望变成现实。

1959年7月19日，召开"青海省柴达木地方国营茫崖石棉矿"命名大会。中共柴达木工委第一书记薛宏福主持大会，宣布王芝林、陈都成二位同志任正、副矿长；胡庆贵任党委书记。

茫崖石棉矿诞生了！

茫崖石棉矿电影俱乐部

茫崖石棉矿矿区在柴达木西部与新疆若羌县交界的戈壁深处，在阿尔金山西端的依吞布拉克山脚下。它隶属茫崖市茫崖镇。

依吞布拉格山上有丰富的石棉矿藏。1958 年建矿后，从 17 把铁锹、23 个人开始逐年增加设备和人员，到 20 世纪 60 年代末，已有职工近 3000 人。石棉开采是热火的，文化生活是冷清的。60 年代末去了百余名大学、中专毕业生，才像一锅凉水烧开了，热腾起来。

那时的学生被称为"臭老九"，参加工作一律接受工人阶级再教育：中专毕业生去山上当矿工；北航大学毕业生去开车；清华大学毕业生去食堂卖饭票。但是，星期天，学生们占领了篮球场；节假日，青年学生在舞台上独领风骚。冷清的所谓一条街上，女生们嬉笑着逛独一无二的商店。不安分的青春与不安分的风沙，还有石棉粉尘搅和成茫崖镇独有的人情市井。

当时石棉矿的娱乐中心，是建成没两年的电影俱乐部，被大家称为"大礼堂"。实际上是设备简陋的影剧院。舞台只有大幕，场里没有座位，落下银幕放电影，卷起银幕演节目。

一、文艺演出

我和秀琳、华渝等几个重庆的女生刚到石棉矿，就被叫去参加春节演出，与早已排好节目的宣传队一起歌舞。

那是 1969 年除夕，我们第一次登上俱乐部舞台。哇，场里挤满了人，跟豆芽似的紧挨着立着身子仰着脑袋，有的人脖子上还骑着孩子。听说除了上班的全都来了，门口还有人没挤进来，正急着嚷嚷。那情景，令我百感交集。我意识到，不是我们演得好不好，而是他们特别需要。有节日才有演出，一年才几个节日，完全不能填补两三千人空荡荡的精神胃口。

来了近百名城市的学生，石棉矿工会主席李景援很快把全矿有文艺特长的青年组织起来，使业余文艺宣传队的质量更上一层楼。乐队指挥是山东学生王春元，舞台设计、舞美绘画是重庆学生杨捷，主要舞蹈演员和编舞、独唱演员、剧本创作，都是学生打主力。70 年代初，工会李主席觉得条件成熟了，就组织排练革命样板戏《沙家浜》。真是人才荟萃，6 位主角都很棒。郭建光由工会主席扮演，阿庆嫂、刁德一、胡司令、沙四龙、沙奶奶分别由重庆学生金和明、河南籍工人李率玺、上海学生王崇维、徐州学生苏泰州、职工家属陈姐扮演。石棉矿领导支持演员去西安京剧团学习。他们回来后如虎添翼，演出很有专业范儿，场场客满。人们看不够，我们继续演。在石棉矿大礼堂演了十几场之后，我们就去石油局冷湖四号和五号、德令哈、柳园全场演出，只有去老茫崖、牛鼻子梁等戈壁公路沿途食宿站表演精彩片段。那是石棉矿非常光彩的一段文艺经历。正值样板戏在全国各地热演期间，柴达木戈壁深处的茫崖镇小小矿区，没有缺席。那时工会组织得力，剧组热情高涨，排练和演出数十场共有半年，除了外出演出，大半都是利用业余时间。大家都很刻苦。我是《沙家浜》乐队月琴弹奏者，每天都要弹琴。我的左手手指从磨破到红肿再到结茧，却体会到痛中的快乐。我们得到的是观众快乐的回赠。

去食宿站只能在外面演出，哪怕只有一个人，我们也要去慰问。记得在老茫崖食宿站演出时，是乍暖还寒的春季。乐队的可以穿厚衣服，穿戏服的演员却不能。本来就冷，那天演出中还"嗖嗖"地刮起了风沙，但是我们坚持一个多小时演完了"智斗"等几个片段。十几个观众里有大半是路过的司机。他们非常兴奋，时不时地拼命鼓掌、叫好。刮风时他们一起站到风口为演员挡风，我们非常感动。临走时他们热情相送，与我们握手说着感谢的话，就像当年百姓送红军，依依不舍。其实我们心里很难受，虽然是因为食宿站环境只适合演小场面而没有演全剧，还是觉得对不起他们。返程途中，我们都不说话，客车成了"闷罐车"。

尽管气候条件和物质条件很差，但石棉矿的文艺演出仍然大胆求新，追赶时尚。70年代初期，我们非常及时地排演了六七十年代一些全国专业团体演出过的经典舞蹈：傣族的《送粮路上》、朝鲜族的《红太阳照边疆》、汉族的《丰收舞》、蒙古族的《草原女民兵》、彝族的《雪里送炭》、藏族的《洗衣歌》以及新疆舞《亚克西》等，还有歌剧《毛主席来到咱军舰上》和芭蕾舞《白毛女》片段。打倒"四人帮"以后，北京的大型讽刺喜剧《枫叶红了的时候》在全国叫响。听说西宁的青海省话剧团到北京学习回来了，正在排练，工会李主席立即带上扮演江青的我，以及"四人帮"其他扮演者王春元、李率玺、郭洪武去省话剧团学习。两个多小时的演出，场场爆满，笑声不断。演了十几场，不少观众一场不漏。当迪斯科在南方沿海城市刚露头时，石棉矿教师、宣传队主力、编导黄晓燕从家乡带回来新鲜气息，欢快的迪斯科出现了石棉矿大礼堂舞台上。与《枫叶红了的时候》一样，让小镇人的心情就像打开了紧闭几年的鸟笼，欢笑声如鸟儿尽情地飞上了天。

　　在我的记忆里，七八十年代没有文工团到茫崖石棉矿演出，只有少数记者和作家光临。到过石棉矿的有青海省电视台张玉敏（1983年10月），1984年8月他又与刘小平扛着摄像机来了。这年8月，青海石油作家徐志宏带着《河北日报》文艺编辑韦野、河南诗人李清联、吉林诗人秋元来过。由青海省作家协会、省广播电台联合组织的青海省第二届报告文学创作笔会共23人，1987年5月9日至12日在冷湖开会、采访，13 日在茫崖石棉矿座谈采访。其中青海著名作家有朱奇、杨志军、邢秀玲、赵德录等，应邀参加的还有天津百花文艺出版社编辑室主任刘铁柯、编辑李华敏。

有作家、记者的来访，让 80 年代的茫崖小镇得到了一些关注。但是，我们石棉矿的文艺爱好者深深地知道，不能靠救世主，要靠我们自己。

后来宣传队的节目，更多的是靠我们自己的创作。后来任青海省作家协会副主席、省政协副主席的鲍义志是宣传队的编剧；晓燕、秀琳和后来任青海省总工会副主席的刘西昆，以及职工子女国华、国荣等都是宣传队歌舞创作的骨干。

但是只靠文艺演出远远不够。所以，到了电影队，我总希望天天放映，白天晚上都放。

二、电影放映

我接受再教育的时间不长，就通过考试当了广播员，一年后当上了电影放映员。那是 1970 年，电影放映队原来只有一台 16 毫米流动电影放映机，新增添了一套（两台）35 毫米流动放映机，还准备买一套 35 毫米松花江牌座机。电影队由两个师傅增加到 5 人。

当时石棉矿电影队的技术管理和电影供片，归属于德令哈的海西州电影管理站（后来改名为电影公司）。我们经常互通电话，通报什么电影拷贝到了，哪天去取，哪天送回，还有就是一季度去结算一次租片费用。

70 年代的电影比较少，而且主要是 16 毫米影片。偶尔在无风的晚上，在广场拉银幕放映。后来有了大礼堂，在广场放映就少了。还有一个任务，就是去石棉矿到柳园沿途的几个食宿站放映。这主要是 3 个年轻放映员的责任。

由于海西州属于边远地区，电影拷贝抵达时间比省市电影院要晚几个月，有时晚一年以上。而且在接片之前已经放映数十场甚至数百场，胶片已有损坏，甚至缺少多个片段。茫崖石棉矿是边远地区中的边远地区，取到拷贝的时间就更晚，影片的缺损就更多。尽管如此，那也是没看过的新电影，所以石棉矿几千人渴望早点看到，我们放映员更是急于求成。

记得 1972 年有人从内地城市探亲回矿区，尤其兴奋地告诉大家，电影《卖花姑娘》太好看了，讲着一些情节就眼泪汪汪。这可成了热门话题。差不多有十几天，问我的人没断过："《卖花姑娘》啥时候来呀？""你们怎么不去德令哈取呀？"那迫不及待的情绪，跟盼望恋人似的。其实，这些天，我们电影放映员给海西州电影管理站的电话都快打爆了。终于在一年以后接到管理站的通知，电影队马上派我去取片。那时取片没有专车，基本上是搭乘运货的便车，有时途中还要转乘。如果是大家期待的电影，而且租片时间只有三四天，调度室会特地往德令哈派车送货或接货。就这样，路途来回两天，放映只有一天，就只能接二连三地放映七八场。

大约是 1973 年 5 月，我乘坐调度室急派的货车去取片。

从茫崖石棉矿到德令哈，至少 800 公里，路况不太好。如果遇上大风沙，还会耽误时间。为了当天抵达德令哈，我们凌晨 5 点就出发了。司机比我还高兴，一路说笑，快速奔驰。搓板路跟嫉妒似的，让汽车狠狠地上下颠簸，毫不留情。别说我被撞晕了，连司机都撞伤了头。不过我们依然开着玩笑，乐了一路。谁让朝鲜的"卖花姑娘"在等着我们呢？戈壁路实在漫长，到牛鼻子梁食宿站吃午饭已是下午，到大柴旦吃晚饭已是夜里 11 点，去德令哈已是半夜赶路。

第二天早上，上班之前司机就把我拉到管理站门口等着，他赶紧去装货。非常让人高兴的是，《卖花姑娘》是 35 毫米影片。管理站的师傅帮我把 3 个装着电影胶片的方形铁箱（一箱装着 4 个铁圆盒，一个圆盒里装了一盘电影胶片，一盘胶片可放映 9～10 分钟）抱到门口等车。我们又开始了愉快的返程。说好了晚上 10 点赶回石棉矿，那时候才天黑，可以在广场放电影。我们在车上吃烧饼充饥，途中尽量不停车。真是争分夺秒地狂奔。那时没说"时间就是金钱"，而是"时间就是精神"，是茫崖人的精神所需。

我们按时回矿了。广场上已经挤满了人，坐小木凳、小马扎的，坐地上的，更多的人是站着的。还有不少抱小孩的，一家子都来的，好朋友聚在一起的，黑压压一大片。有人看见我们的车了，就一起欢呼："电影来了！""卖花姑娘来了！"好多人跑过来帮我抱影片铁盒，还有人送给司机一个大苹果，说着感谢的话。人们主动让出一条道。两台 35 毫米流动放映机早已架好，银幕早已拉开。两个放映员迅速

图片 8

在戈壁深处的茫崖石棉矿，在 20 世纪 60 年代到 80 年代中期，电影俱乐部都是职工、家属和孩子们最喜爱的娱乐场所

把影片铁箱打开，拿出 12 盘影片盒，按顺序摆好，快速装好影片。所有人静默无声，眼睛齐刷刷地望着银幕，就像等待一个庄严的时刻。

电影队长让我回去休息，我哪里肯走。那时年轻，劲头上来不知累。我坐在地上看电影，帮着拿影片。影片里，主人公花妮、顺姬姐妹的悲惨命运，瞎眼妹妹在街头卖唱的情景和那支歌，触动了人性的痛点。我跟着观众哭，整个广场呜呜一片。

这部电影，我们在广场免费放映了一场，第二天在大礼堂卖票放映也是场场爆满。人们对电影的热爱达到痴迷的高度，何况这是好看的电影。

在戈壁深处，人们对文艺的渴求，就像得了一种病，急需治疗。电影就是良药之一。

到了 1974 年，大礼堂安装了座位，从此不在广场放映。入座的人数比站着的人数少了一半，争抢电影票就成为常态。记得有一次印度的《流浪者》放映前，大礼堂门前用铁皮焊接的小小售票房前挤满了人。售票窗口很小，只能容纳两三只手。人们唯恐买不上票，拿着钱的两三只手一齐挤进去。我多次看见这种令人心痛的情景。那天也是这样。挤进去一只手的人还争着喊："5 张（电影票）！""5 张！"（规定一人最多买 5 张）有的抽出来的手已是道道血痕。他们仿佛是铁人，不知痛，举着电影票挥舞着，咧着嘴开心地笑，有的还喊着："买上了！买上了！"取票的人就围着他嘻哈着抢票。排在最后不一定能买上票的人真是羡慕嫉妒恨。一个人讥讽买上票的人："跟叫花子抢钱似的！"这句话像针尖刺痛了我的心，泪水立刻奔涌而出。

一定要多放电影，一定！我暗下决心。

我们电影队也是有决心的。放映场数，因供片多少和租片时间而定，想多放映可能事与愿违。但是，提高放映质量，我们可以做到。16毫米影片比较多，但超过应有距离，就光线弱，影像模糊。俱乐部有31排座位，放映机放在15排前面放映，后面的观众就看不清了。为了解决这一问题，我们研究、革新，把流动放映机改成座机，改装光源，提高有效光通量，扩大银幕画面。这个革新很受欢迎。

后来我们又把35毫米座机的光源进行改革，增加了银幕亮度。我们还不满足，又把座机半自动放映改造成自动放映，杜绝了两人两机换机衔接两盘胶片头尾时出现的空白。而且两人放映变成一人放映，节省的人力可进行放映的其他工作。

除了技术革新，我们还坚持放映前的宣传。我们自己采访写稿，自己写幻灯片，还制作动感幻灯片。这样使大礼堂也成为内容短小精悍、有"矿味"、有趣味的宣传窗口。

电影俱乐部电影放映队有团结合作的特点。无论是技术革新还是平时放映、故障处理，还是卖票、检票、打扫卫生，都是互相帮助。打扫俱乐部内场地卫生的是一位驼背老头，没有电影时他只是负责守门。尽管守门比打扫卫生轻松多多了，但31排1000多个座位，一个老人弯腰打扫还是很累的。我们放映队总有人去帮助他。我的上小学一年级的女儿还带着全班同学，拿着扫帚、簸箕去帮助爷爷。想起小朋友们排着队唱着歌走来，想着他们有计划有秩序地从舞台往外扫的认真劲儿，我就忍不住要笑。那是开心的笑。

电影俱乐部（大礼堂）是养成文明、互动文明、弘扬文明的聚集地，也需要守护与维护。每一次放映，都有上级的关注与到场，尤其是放映热门影片的时候。记得放映《少林寺》之前，党委段书记就到楼上放映室拿着话筒向观众喊话，强调文明守秩序，不带危险物进场，照护好小孩和老人。保卫科也全体出动，棋子似的站立全场各点。放映了7场，书记和保卫科场场值班，观众自觉配合，集中表现了石棉矿和整个茫崖镇的风貌。

流动放映也是放映队的任务。只要租片时间允许，我们就去给公路沿途各个食宿站放一场电影。节日，尤其是国庆节和春节必须去。有特别好看的电影，我们会力争延长租片时间，努力让食宿站的师傅们看上。

记得有一次带着《少林寺》去牛鼻子梁食宿站为两个师傅放映。我与小赵两个女性，晚饭后搭车前往。一部机子就有30多斤，还有几个影片铁箱、一个倒片机、两个三脚架、银幕等。我们从货车上搬上搬下，司机和食宿站师傅都热情帮忙。那天无风，我们把银幕挂在食宿站外面墙上，给他俩（司机有任务开车走了）放映。接着来了一辆车，司机不走了。电影放完了，司机说："我只看了一半，再重新放映吧。"好的！我们从不拒绝。食宿站师傅特别高兴，说："太好看了，看你两个姑娘很辛苦，没好意思说，咱就是想再看一遍!"电影还没完,又来了两辆车,两个司机就像遇上了大喜事,停下车大笑着跑来,喊着:"以为回矿上看不成《少林寺》了,憋着一肚子气。没想到今儿个在这里碰上了。好得很啊!""真有福气啊!"我们又从头开始给他们放映。后来,又有开夜车的司机在这里聚集。那天我们放映了一个晚上。那是个夏天,那晚老天心疼大伙,静悄悄地没刮风。但是,"早穿皮袄午穿纱"是柴达木戈壁滩温差大的准确描述,夜里跟深秋一样冷。食宿站两个师傅看了一夜的《少林寺》,也陪伴和照顾了我们一个晚上——一会儿拿来棉衣,一会儿递来开水,一会儿送来热乎乎的肉夹馍。一个司机开玩笑说:"你呀你呀,对你闺女都没这么好!"

在孤独的食宿站,我们是最受欢迎的人。矿上的人一年也看不了多少电影,他们看过的电影更是屈指可数,我心里就想着,以后应该多来。

天亮了。两个师傅很过意不去,让我们赶紧去休息,说房间已经给我们收拾好了。几个回矿的司机为了表示感谢,说把我们拉回去,回家好好睡一觉。大家说着温暖的话,似乎我们就是他们的闺女,但其实有的司机跟我们年龄差不多。尽管我们带着歉意,但每次在食宿站都受宠若惊。电影,岂止是电影!那是心灵的营养,是精神的填补!

因为还要去其他食宿站放映,那天我们睡了半天,吃了师傅给我们准备的丰盛的午餐,就搭车出发了。在戈壁路沿途各站放映,搭车太方便了。路过的司机,无论是石棉矿的还是石油局的,或者是大柴旦运输公司的,都热心服务。流动放映辛苦一些，却有更多的感动。

那天临走时，两个师傅分别握着我俩的手，问啥时候再来啊。那真挚的、渴望的眼神，直刺我的泪腺。我不住地点头。车开了，他俩挥着手，距离很远了，他俩还站在那里挥手。戈壁无垠，又剩他俩了。孤零零的，渐渐变小，直至消失。我的泪眼里却一直闪现着那两个身影，还有渴望的眼神。

1982年6月，我去西宁参加了青海省电影工作先进集体、先进个人表彰大会。我的先进个人发言稿的标题是《把青春献给电影事业》。6月21日，省文化局局长汤鲁英在工作报告中，点名表扬了一些成绩突出的先进个人。其中有海西州的两名，一个是都兰县香日德公社放映员赵克勤，另一个是我："积极改装16毫米流动机为座机，设计安装座机自动化装置，推广新光源，改装双频道喇叭的技术革新能手、茫崖石棉矿电影俱乐部放映员李玉真同志……"《青海日报》登载了我的先进事迹。1983年，茫崖石棉矿电影俱乐部被评为"海西州电影战线先进集体"。我代表俱乐部去德令哈参加了表彰大会，发言介绍了先进经验，标题是《领导群众同心干，文明之花开满园》。我至今还保存着这些文件和发言稿。今天在百度上查找海西州电影放映信息，发现了《青海电影志》，目录上有《茫崖石棉矿李玉真搞技术革新》。我在石棉矿工作了15年，其中在电影俱乐部就有11年。这些仅是茫崖石棉矿电影俱乐部的一点印记。

（原载于2022年2月19日《行知茫崖》，修改于2月22日）

创办《瀚海魂》杂志

　　这已经是遥远的事了，但回忆起来却如在近期，也许因为她一直牵着我的手，连着我的心。

　　这还得从我调到青海油田说起。1984 年 12 月，我的小说《我的同龄人》在上海《文学报》上发表后，次年春获得首届命题文学征文一等奖。那时全国性的文学大赛刚刚开始，青海省获此殊荣的极少，获奖作品是从 26000 多篇作品中精选出来的，所以《青海日报》把这一消息登在了头版中间。我到上海参加了大型颁奖会，返回时路过西宁被"拦截"，青海省电视台约我把获奖作品改编成电视剧本，拟在当年夏季拍摄。我如期改好剧本，经省广播电视厅和文化厅审查通过。由于我当时所在单位茫崖石棉矿没有能力接待摄制组，我就把故事背景改为青海油田。两厅把剧本呈省委书记尹克升，尹书记批示，由青海石油管理局接待剧组，协助拍摄。于是，青海省电视台与石油局党委宣传部签订合同，准备拍摄。我就是在这种情况下调到油田宣传部的。

那时我已经从事文学创作五六年，发表过一些作品，已有诗歌被收入诗集，参加过省上的文学会议。对文学的热爱和对文学价值的认识都促使我把文学与柴达木紧紧联系起来。这里荒凉却是文学的富矿，这里少有人知却是培育最可爱的人的土地。应该有大量的文学作品宣传这片土地，好的文学作品比新闻的宣传力度更大。柴达木油田应该有自己的文学队伍，应该有自己的文学刊物。

到宣传部不久，我就向部长曹仲仁提出，由宣传部牵头，成立文联或者作者协会，创办文学杂志。我谈了理由，他表示赞同，让我写一个报告。我当天就把报告递交给他。他笑了，说："你这不是报告，是散文。"我也笑了，激情使我把什么格式都丢在了云天之外，流出笔尖的全是我对柴达木的感情，对柴达木文学的信心。我说："我重写吧。"曹部长说："你先把油田的通讯报道中心小组建立起来，用新闻报道的形式加强油田的对外宣传，同时摸摸底，搞清楚有多少文学作者，大家的想法是什么，下一步再考虑是否成立文学组织，是否办文学刊物。"

我同意曹部长的看法，凡事预则立，不打无准备之仗。我便下基层，跑油田，建立了通讯报道中心小组，基层的文学青年张广恩、刘双鹏、燕建民、刘宗昌等成为通讯报道小组的骨干力量。由于大家的努力，当年在《青海日报》和省广播电台报道油田的消息多了起来。第二年，省广播电台同意我的建议开辟了《开拓者》专题节目，播出的第一篇作品就是我写油田修筑冷大公路的中篇通讯《一支能打硬仗的

图片 9

1988 年，作者策划创办了《瀚海魂》文学杂志

筑路队》。

这是 1986 年，我在抓对外报道的同时，也在文学作者
中作了调查，成立文学组织和办文学刊物正是他们的期望。
我再次向曹仲仁部长提出申请。而这时全国第一次普法教育
开始了，我被抽调到冷湖镇普法办公室，办起第一个由地方
和油田 80 多人组成的普法宣传员培训班，担任班主任、教
师。之后组织开展普法活动，一干就是一年多。

办班期间的 1987 年，我再次向局宣传部提出成立文
学协会和办文学杂志，曹仲仁部长和黄业副部长非常支持。
1988 年元月，让我写了报告，以宣传部的名义上报局党委。
党委书记张德国和副书记李秋杰一致同意创办文学刊物，指
示通过刊物培养一支文学队伍，以后再成立文学组织。

接着就是落实经费，我经过了解和计算，一年办 4 期，
印刷费和稿费加起来，需要 75000 元。我写了经费申请报
告，从书记、局长到财务处，层层签字，真是一路顺畅。

在这期间，宣传部的同志们一起琢磨杂志的名称，最后
采用了王洪提出的"瀚海魂"，由热爱书法的曹仲仁挥毫定
稿。由朵兴福去西安请著名作家李若冰为我们尚未问世的刊
物题词"柴达木之恋"。

万事俱备，只欠东风。宣传部在两位部长的领导下开始
了前期工作。为了吸引读者，也为了明确刊物的定位是宣传
油田的人和事，决定第一期全部登载报告文学。为了办好第
一期，在年初办了油田的第一个报告文学学习班，请有实力
的作者先进行采访创作，把作品带来，一边学习一边改稿。

学习班由宣传部乔培俊负责组织，由我和王洪讲课，帮助作者改稿。当时宣传部几间办公室在油田冷湖办公大楼旁边的板房里，挤出了一间办学习班。可以说条件十分简陋。但是学员们没有意见，学习、改稿十分认真。

因为是创刊号，还没有考虑组织机构。从两位部长到几位具体工作的同志，想到的只是尽快把刊物办成，为油田的作者开辟出一片创作园地。我与王洪开始选稿、编辑，梁泽祥开始准备与文章相配的照片。

我们选用了青海省著名作家冯君莉的《柴达木情思》和获得省级文学奖的本局作家徐志宏的《有这样一个局长》、肖复华的《当金山的母亲》《燃烧的雪》，还有梁泽祥的《阿吉老人与他的一家》、杨海平的《金牌，在汗水中闪光》、红柳（王洪）的《爱情与死亡》、张广恩的《耕耘在这块土地上》以及与王妍合作的《瀚海星辉》、都现民的《女工程师孙子华》、金青平等人合作的《昆仑山麓的劲草》、开南（张同聚）的《献身》、刘双鹏的《西出阳关》、张天晖的《盘龙山纪实》、张显琦的《泪洒戈壁》、张军良等人合作的《爱，倾注在这片土地上》、李玉真的《无情的魅力》。另外还有几首诗歌补白。这些作者为《瀚海魂》的创刊做出了贡献。

5月，《瀚海魂》创刊号编辑成型，9月由甘肃省张掖地区河西印刷厂印刷。青海油田的第一本内部文学刊物诞生了。

我与王洪还没有见到亲手办起来的《瀚海魂》，就离开了局宣传部。我考入西安西北大学中文系作家班，王洪调到深圳。1995年，我任《瀚海魂》编辑部主任直至退休。

（2010年收入《柴达木石油精神永放光芒系列丛书》之《永存的记忆》）

消失的"寡妇新村"

那是柴达木痛并光荣的一个印记。尽管它早已在漠风里消失，但每每想起那个在戈壁深处洒满女人泪水与欢笑、那个与世界上最大的墓地比邻的村庄，一阵痛感就从胸口传向全身；那一个个姐妹的身影就会飘然而至，一种油然而生的敬意与牵挂就会强烈地占据我的心。

1989 年 9 月，秋风萧瑟，万绿渐黄。正在西北大学中文系作家班就读的我，从西安回到柴达木，专程去西部的花土沟采访"寡妇新村"。

花土沟，南接白雪皑皑的莽昆仑，北连灰黄一色的阿尔金山，茫茫戈壁东西遥接蓝天。上百幢土平房和数十栋新建的五层彩色楼房组成了戈壁小镇。

寡妇新村在东山下。那是一条灰黄色的宛若女性身躯的山脉。我的视线停留在如同两座乳房的山峰间，一轮红日正从山间升起，乳房似的山峰像女性的胴体，边沿透明，闪烁着迷人的金光。我想起福建省曾经有个寡妇村在东山县。东山，与寡妇有何必然联系？

我向东山走去。村口，有一个大约两米高的班车站牌。站牌上有一个红色箭头，箭头箭尾都写着红字："井队区"。这就是"寡妇新村"。我心里飘过一丝悲凉。所谓的"新村"，已经十分陈旧，犹如几经沧桑的贫穷小村落，而村里村外没有一棵小草、一丛绿荫。村里有 60 幢灰黄色的长长的土坯房，可住 500 户人家。有单间，有两室一厨房。大多数住户用破铁皮、破帐篷、破木板围成一个小院，有些人家还在小院外围了一个鸡圈或者猪圈。几乎每家门口对面平房的墙下都有一个盛着黑色石油渣油的土坑，从土坑到院门三四米宽的地上都有星星点点的黑色油斑。院外有沾着灰土的鸡和沾着黑油污的猪在悠闲地散步。两个戴着沾了灰尘的大口罩、头上包着严严实实的方格花围巾、农村妇女打扮的人在扫地。徐徐晨风扬起灰尘，灰尘中站立着两个五六岁的女孩，头上、脸上都灰扑扑的，活像童话故事中的垃圾千金。一个露天水管龙头前围着七八个妇女，蹲着在用大盆或小脸盆洗衣。

服务站的张站长介绍，井队区建于 1982 年，1983 年竣工住人。在地窝子遍布花土沟的当年，这座小村还是令人羡慕的。当时柴达木油田就是为了照顾最艰苦的野外钻井队的钻工兄弟，让他们回来有个家，才建设了这个小村。可是油田发展快呀，1987 年开始消灭地窝子，修建彩色楼房，土平房也就黯然失色了。村里的女人们来自全国各地，主要是农村人，文化水平普遍较低。但是她们都是用自己的真诚与辛苦来支撑许久才能团聚一次的家，她们是柴达木女人中最艰苦的女人。

我来到搬进新村的第一家。六七平方米的自建院墙，正面由长短不齐的土砖垒成，左面是几张破铁皮拼凑，右面由破木板钉成。土砖墙中间有个旧铁皮门，用一根一米多长的木棍一头放在地上的小窝里，一头顶在铁门中间的横木条上。这是比较原始的顶门方法。从房间里走出一个大约28岁的女人，脸黑瘦，个子不高，但五官长得不错，见人一笑，让人看见的是善良和温柔。她叫周小影，是河南新蔡县人。家里极其简陋，只有一个用4张长木凳搭起来的双人木板床，一张低矮的小四方桌，4个相配的小方木凳。她说："1978年腊月初一，张国法从部队转业回到河南新蔡县。他来找我，说祖国最艰苦的地方在大西北，大西北最艰苦的地方在青海，青海最艰苦的地方在柴达木。问我跟不跟他去，我说跟。他说好，我们就结婚了。张国法离家时，没带我。他说钻井队的男人都不带家属，也没女人住的房子。等有房子你再来。"

1982年冬季，周小影抱着1岁多的儿子，肩上挎着一个用旧土布床单包裹的大包袱，经几次转车，五六天才来到柴达木西部的花土沟的井队区。那时还不叫井队区，也不叫寡妇新村，因为是新建的就叫新村。张国法憨憨地笑着，打开自家的门。只有一间房，室内只有一张用简易长木凳搭起的单人床。地上有两个装衣服的纸箱，一个铁皮水桶，一个铁皮水壶，一个锅，两个碗。看着张国法的全部家当，周小影没有皱一下眉头。去外面转了一圈。回家坐下来，问："这就是钻井队？这么多房子咋就住你一个人？""不是的。我原来在钻井队。去年钻井时头受伤了，分到这里看房子。以后钻工家属来一个就搬一个进来。我得看好钻工兄弟的房子。"周小影看了看男人头上的伤疤说："你就好好看房吧。"

次日，张国法天不亮就在 60 幢平房间转着察看。周小影把儿子锁在家里，手提一卷绳子、一个麻袋，像套狼的猎人那样，睁大搜索的眼睛，也在房屋周围转悠。见一小块木板、一根短铁丝、一颗钉子、半截砖块，都要弯腰拾起。一天下来，门口就有了一大堆建筑废弃物。满脸喜悦的周小影开始了建院工程。拼拼凑凑，敲敲打打，小院就建成了。

周小影来这里两个月，刚过了 1983 年春节，一辆辆大卡车就把钻工夫妻或者钻工的家属送到新村。也不知从谁嘴里说出，新村就叫寡妇新村了。那时村口还没有"井队区"三个字的站牌，后来有了，她们也不说这里叫井队区。家属们都学着周小影，想方设法弄来一些破铁皮、破木板、破砖头，修筑着自己的家园。这些从农村来的女人，离开庄稼已经够难受了，可种庄稼的地不能搬来，家畜是可以带来的呀，人都可以生存，畜生还不能？于是，狗、鸡、猪也在寡妇新村安了家。安了新家的家属们，开始在这里苦苦地等待丈夫归来。

周小影说："后来又陆续来了很多家属，500 套房子快住满了。妇女多了，油田钻井公司就成立了服务站。妇女就经常下山去石油基地找服务站要工作。钻工们也向单位申请，说钻工是钻塔，家属是地基（周小影羞赧地一笑），没地基咱怎么钻井找油？油田就成立了家属装卸队，钻井队要搬到哪里钻井，家属就先把石头、水泥运过去，打地基。咱妇女把石头搬上车，汽车走好远的路，然后把石头搬下车。遇上高低不平的硬地，就甩起大榔头对准钢钎打炮眼，然后放炮炸平。咱妇女很积极呢，有时候任务来得急，天还没亮，听见口哨声，正在做美梦、正在与难得回家的男人温存，也顾不上了，马上穿衣服去外面集合。有吃奶娃的女人狠下心把娃捆在床上，听着娃的哭声，关门就走。谁也不愿丢掉每一次干活的机会。"

那时的周小影已怀孕6个月，一个女人对她说："少干点，别把孩子流掉了。"周小影说："我皮实着呢。"说来也凑巧，在采访周小影的当天，我在她家的墙壁上看见贴着几张旧报纸，一个标题吸引了我：《孕妇的活动与休息》。这是1984年的《工人日报》。文章中有这样的话："孕妇的心脏负担较重，另外耗氧量肺部通气量也增大……要避免端重的衣盆和肩背重负，避免撞击腹部。"我的心隐隐作痛。柴达木荒凉缺氧，已对孕妇和胎儿不利，更应该注意妊娠保护。内地的妇女，无论是城市的还是农村的，早已把妊娠保护当着理应遵守的常识，而周小影还在恶劣的自然环境里干重活。她认为，这是她存在的价值。而她全然想不到，或许这一举动是以一条小生命，或者自己的生命下赌注的。幸亏她的身体顶住了，直到怀孕8个月，她的腰实在弯不下去了，才万般无奈地请了假，还向队长求情："别开除我，我生了孩子还要来……"

一群女人听说村里来了一个女记者，都来到周小影家，站在院里，大胆地挤在门口。一张张脸都红得发紫，嘴唇干裂。我叫大家进来，都不进，也不走。我就这样与她们对话。

"这位大姐，你为啥来柴达木？你不怕苦吗？"一个女人用浓重的河南口音说："俺和他订了婚，就嫁给他，他不怕苦俺也不怕。他叫俺来俺就来了。""你啥时候来的？""五年了。嫁给他那会儿，没叫来，他娘瘫痪了，俺在家给娘穿衣服，煮饭，倒尿罐。"女人们笑起来。一个山东口音的女人说："你真水灵。过去我们不比你差。龙王爷他女儿来荒漠上也会变成一座打不出水的荒山。"我十分感慨："你们受苦了！"女人们笑着说："就这命，咱认了。"

另一个女人说："我是甘肃张掖的，五年前他叫我来柴达木生孩子，我就跟他来了。""你们想家吗？"女人们七嘴八舌地抢着回答："谁不想家？这里没草、没树、没庄稼，荒凉得没处走。那也不能回呀，是他的人了，就忍着点。""人总得有个家，孩儿他爸十几年在荒山、戈壁转着打井，难得放假休息，只能在基地唯一的一条街上转悠，没个家，流浪汉，怪可怜的。女人来了，男人就有家了。""男人也是人哪，跟咱娘们一样，也想孩子。咱把孩子带来，男人回家来有个想头。"

朴实善良的姐妹们，跟柴达木的天地一样，明净，辽阔，不掺一丁点儿虚假与狭隘。她们令我肃然起敬。"这里条件这么差，你们都适应了吧?"我问。因为口干我不停地喝水，她们也是女人，女人是水做的。她们对钻工丈夫那么痴情，一定不介意这个干旱之地和艰辛的付出会让自己的躯体失去多少水分。她们的灵魂一定是水灵灵的。

她们又争着讲述自己的经历。青海民和县的小华来到钻井队，住在帐篷里。丈夫上班，她高兴地说再见，然后躺在地铺上唱青海花儿:"天上的星星麻拉拉 / 大星把小星压了 / 个个帐篷里出唱家 / 花儿声唱不罢了⋯⋯"忽然狂风大作，沙尘如浪扑进帐篷。小华尖叫一声，顺手抓起一个大白口罩冲出帐篷。口罩在手上狂飞，好不容易把它戴在嘴上。丰满的身躯已像一棵瘦弱的冻得瑟瑟发抖的小草，随时可能被连根拔起，然后不知随风飘到哪里去。但是她不敢回帐篷，怕帐篷被刮倒。她双手抱紧双肩，跺着脚，东张西望，盼丈夫快快回来。风刮了 4 个小时，她在帐篷外等了整整 4 个小时。丈夫终于回来了，满头满脸浑身都是黑色的油腻，只露出一对大眼睛。小华扑进了丈夫的怀里，哭着问:"刮这么大的风你为啥不回来? 你怎么像从污水沟里爬出来的?"丈夫说:"井喷了，必须及时处理好，就是天塌下来也不能走。"小华理解地点头。片刻，她又委屈地哭喊着用双手捶打丈夫:"我要回家! 我要回老家⋯⋯"

从 20 多个省市来的女人们都想过回老家，哭过，委屈过，可是最终还是没有走。她们是钻工的妻子，是与钻工一样的勇士，有了她们，在野外打井的男人们才有了家。家，对于这里的男人是定心丸。

我问:"你们的生活、医疗都方便吗?"一个女人回答:"到基地只有4里路,买东西、看病没啥不方便。服务站有时还把生活必需品和常见病的药带来,便宜着呢。咱男人(丈夫)的钻井队是原始部落,打井完了换地方,很不方便。我们寡妇新村,好歹是个村呢。"女人们都开心地笑。

一个女人讲:"咱们村也有不方便的时候。我们刚搬进来那一年,出了个传奇故事。咱姐妹的名字就保密了啊。她呀,半夜阵痛,要生孩子了。这咋办?没电话,没车,男人在远得很的钻井队。她只能忍着痛去敲别人的门。巧得很,开门的是个爷们儿,胡子拉碴的,眯盹着眼问:'咋哪?想你男人了?'这个妹子急了。她捧着肚子蹲下来呻吟,说:'大哥还……开啥玩笑,我……要生娃了。'男人一听就急了。'走,我送你!'女人跟着就走。男人说:'你碰巧了,我姐去钻井队探亲,白天我开车送她,晚上就待在姐家里了。不然的话,你咋生哪?就生不成啰!'

"男人开车了。女人说:'快一点,痛啊。'汽车就加快速度。马路是简易沙石路,高低不平,车跳起来。女人叫道:'哇,要出来了!'男人喊道:'别、别、别生啊,这不是医院!'女人说:'不是我想生啊,是肚里的娃想出来。啊,快出来了!痛啊!'男人急得汗流满面,双手紧握方向盘:'求你了你别这么叫,好像我要杀了你。'女人依然喊叫着,身体还不由得往下躺。女人喘着气:'好啦,生啦。'婴儿响亮的哭声把那男人震住了。男人一下刹住车,两眼直盯着前方黑夜中被车灯照亮的公路,不敢看女人。男人听见女人柔柔的却不可抗拒的声音：'剪脐带。'女人解开衣服伏身抱起血糊糊的孩子，看一看是男孩还是女孩，高兴地说：'是男孩。他爸就想要男孩。'然后放进怀里。

"男人是个转业军人，他觉得已经到了战场上冲刺的生死关头，他用刚劲有力的声音回答：'是！'就迅疾打开工具箱，点燃喷灯，取出剪刀在火上消毒，'咔嚓'一声剪断脐带；然后'哐当'一下丢掉剪刀，快速脱下脏工衣，把毛衣和衬衣脱下来递给女人包住小孩。女人抱着孩子闭着眼睛休息。男人还站在车外发愣。他终于想起来，像战士那样问道：'下一步怎么办？'女人说：'回家！'男人掉转车头，开车回到寡妇新村。女人进家时回头说：'对不起，把你的车弄脏了。'男人立正说：'弄再脏也在所不辞！'"

讲这个故事的女人说："这事很快在寡妇新村传开了。还说那个男人不会接生，把脐带剪了，留在妹子肚脐上有三尺长，他问：'你是神还是鬼？脐带怎么跟蛇似的？'他就绕在妹子腰上，还打了个结。女人们都向妹子打听给她接生的男人是谁，可这个妹子怎么也想不起敲的谁家的门，是什么车，也记不起男人的模样。妹子把那个男人的毛衣和衬衣洗得干干净净，不知该还送谁。所以寡妇新村的女人们都叫那个神秘的男人'三尺长'。那一天女人们崇拜的妇产大夫马大夫来寡妇新村，我们给她讲了这件事。她说这倒提醒了我，司机也该学接生。马大夫把常来寡妇新村运输的司机召集在一起，悄悄办了一个应急接生学习班。"这故事真有些传奇。

一天清晨，我到寡妇新村跟着一群戴方格头巾和大白口罩的家属装卸队到离村一里路的材料库看她们干活，一路了解情况。装卸队分6个组，各组每天轮流排第一，按顺序派活。每天早上9点以前就必须赶到材料库前面的调度室门口，等待调度员安排。装卸队承担了十几个钻井队的装卸任务，有时半夜需要也得走，钻井耽误不得，跟打仗没两样。有时活少，后面的组就派不上；如果能派上，每天能挣4块钱左右。她们说："是多是少好歹是咱自己挣的，咱没在家里吃闲饭，用着钱心不跳。"

到材料库前，才8点20分，已经有二十几个先来的女人在地上坐着，围了三圈，在吃馒头夹咸菜，或者端着饭盒吃酿皮。后来的女人们也纷纷掏出吃的，像男人一样狼吞虎咽地吃着。一个女人说："赶时间啦，没个吃相，别笑话咱。在家侍弄娃，顾不上吃。"差10分钟9点，她们全都吃完饭，静静地等待着今天的工作。9点整，一个青年男子从调度室出来，坐在地上的百余个女人忽地一下全站了起来，齐刷刷地望着调度员宣布："一、二、三组到材料库搬铁铬盐上车，四、五、六组在外面等命令。"一半女人拥进大院。3个组被分别带到6个装车点，灰白色塑料袋装的铁铬盐堆积如山。

在一个装车点，一辆五十铃大货车与铁铬盐"山"之间搭着两块木板桥。2个女人上车槽，5个女人爬上"山"。由2个女人抬着，一袋一袋地放在3个女人肩上，3个女人面朝黄土背朝天地扛着100斤重的铁铬盐，依次踩着晃悠的木板桥走上车，2个女人把铁铬盐抬下来放好。铁铬盐是黑色的，没抬几袋，女人们的口罩变黑，手指变黑，方格头巾和衣服上也沾着黑灰。

我问一个大姐："为什么不戴上手套？"她说："塑料袋打滑，戴手套不方便。"我又对一个妹子说："一袋铁铬盐100斤，手指都抓破了，还是戴上手套好。"妹子说："我男人大半年没回家，他给的手套早用烂了。有时到钻井队去拾破手套，缝一缝，好用着呢。最近忙，没去。"

调度员对我说："钻工家属干得很辛苦，不下于钻工。我带你过去看看装罐现场，装罐更苦。"来到材料库北边，见一个大罐在圆坑里，调度员说："这是装水泥的大罐，大罐的水泥用于钻井队固井。过去固井是钻工们将一袋一袋的水泥倒进井里，既呛人，又凝鼻孔。后来这个苦由家属们承担了，先倒进罐里再运往钻井队。只要固井就要得急，几十个家属排成串，从那边货场一袋袋扛过来，倒进罐里。饿着肚子连续干七八个小时，水泥粉尘弥漫空间，汗水将水泥凝在额头上、手指间、鼻孔里，连睫毛上都挂着水泥珠，简直看不出是男人还是女人。水泥凝在鼻孔里，就憋气。可是钻井队着急固井，憋气也得干到底。女人们常说的一句话就是：'累得伤心，明天不干了。'可是，第二天照样来了，一个也不少。"

我仿佛看见一群姐妹扛着水泥穿梭在粉尘弥漫的货场。铁人！柴达木油田的铁人不仅是男人啊！

休息的时候，一个女人与我说话，伸出一双手比画着。

这是一双与这个瘦小的女人极不相称的粗大的变形的手。这双手像旱田一样遍布深浅不一的裂纹，干翘的小皮密密麻麻，欲掉不掉，手背手心有洗不净的尘垢；十指是扁平的，大多数指甲已塌陷如坑，右手食指的指甲还缺了小半块。我抓起另一双手来比较。这时有十几双手伸了过来。这是十几双变形的女人的手。

爱美是女人的天性。可寡妇新村的女人们靠的就是这双手去创造价值啊，她们顾不上涂脂抹粉。柴达木，不要轻视这一双双变形的手，不要亏待这一双双变形的手！

临别时，我问："你们最需要的是什么？"女人异口同声："把户口上到柴达木！"这是她们心灵深处的呼声。这是一群具有极大牺牲精神的女人。她们付出的很多，得到的很少。她们也要索取，索取的不是地位和享受，而是继续付出的条件。落上户口，家属干活就有了保证。

一周的采访结束了。采访对象有痴情于钻工丈夫的女人，也有离异后带着愤怒又不肯离开这片戈壁的女人，还有带着痛苦的真正的寡妇。我的心里装着满满的故事、满满的怜爱，泪水打湿了我的采访本。采访结束后，我去了新村附近的油田公墓。天知人意，干旱到极致，以至于无情吸取女人身体的水分的戈壁荒山，忽然下起了大雨。我在墓茔里就如同在又一个村落里探望石油人和他们的家属。我在所有刻着女性名字的墓碑前伫立，我向所有把生命交给这片土地的先驱者鞠躬致敬。回望，大雨洗净了那座石碑上的两行字，它们闪烁着星星一般的光辉：为有牺牲多壮志，敢教日月换新天。

次日，我告别了花土沟。戈壁公路上，小车在金辉的沐浴中行驶。我眺望那从女性身躯般的东山上冉冉升起的浑圆的红日，那挥洒在辽阔荒漠上耀眼的五彩光辉。此时我正行驶在中国一张巨大的历史扉页上，这是女娲补天时炼出五色石的存迹，中华民族一代又一代女性继承着传说中女娲创造人类、拯救人类的未竟事业。

哦，柴达木花土沟东山下的太阳宿地井队区，怎么能叫寡妇新村？应该叫太阳村，那些被称为寡妇村的所有村庄都应该叫太阳村！人们应该像记住太阳一样，记住那段历史，记住那一群可敬可爱的女人！

（原文标题为《井队区——太阳村》，发表于1992年第11期《青海湖》，青海人民出版社收入《西部高原采风》。修改补充稿标题为《荒漠上的"寡妇新村"》，上、下篇分别发表于《柴达木开发研究》2010年第5期、2011年第1期。此文有大量删减。）

茫崖之路

一

　　那是难以抑制的喜悦，我逢人便说，有些话像红日从心中喷薄而出，势不可当："茫崖通火车了！火车站在花土沟！"我的微信也直奔主题。我把视频和列车时刻表发给亲朋好友、老同学、老同事，发到我的所有微信群里，依然意犹未尽。我的心里满满的都是从格尔木到茫崖市花土沟火车站那些欢乐的情景，耳畔尽是火车行驶的声音和欢庆的歌声。20世纪50年代末，铁路勘测队去过茫崖，由传奇的探路尖兵阿吉老人带领勘察线路。接着遭遇全国性的三年困难时期，铁路建设搁浅。而梦想未曾泯灭，如今终于变为现实。茫崖，你已展开了腾飞的翅膀！

　　真想去茫崖看看。曾经，我从茫崖到格尔木再到茫崖，像鹰在盘旋，不舍那片辽阔的天空。30年，那是与风沙和声的荒漠情歌，至今余音不断。

记得那年我 20 岁，与十几个同学毕业后去茫崖石棉矿工作。乘火车北行三天四夜从重庆到甘肃柳园，之后乘解放牌货车西行。司机说平时要两天，中途歇在牛鼻子梁食宿站。你们初来不适应，为了减少路途中的麻烦，就前后两个半夜，一次赶到吧。同学们穿着石棉矿转运站发的羊皮大衣和反毛大头皮鞋，戴上狗皮帽子，爬上货车。臃肿的我们与包裹挤在一起。戈壁上，夜空下，汽车如小爬虫，在搓板路上腾跃。我们什么也看不见，如同在一个黑洞里，被魔掌抛来抛去。大家相依着，紧紧抓住另一双手，恨不得有无数铆钉把身体固定。不久，一个个同学就像喝醉了酒，晕乎乎、傻乎乎，任由魔鬼抛落。不知何时，终于像包裹一样无知觉地融入苍茫之夜。

我在阳光下醒来，感觉在云里沉浮。只见几个同学正推开篷布看外面的世界。我也看。哇，从未见过如此金光灿烂的大地。原本阴郁的离愁别绪就在一瞬间消失。我感觉已来到人间与太阳最近的地方。

同学们都苏醒了，该吃饭了。大家拿出家乡的麻饼、麻花等。难以咽下，高原反应已进入肠胃，汽车的颠簸又助推这个反应。一个坚持进食的同学终于忍不住，开始"现场直播"。连锁反应，大家无奈只好拼命拍打驾驶室请司机停车，然后跳下车去集体"直播"，几个女生吐得眼泪汪汪。最早"直播"的同学赶紧道歉："对不起、对不起，我实在吞不下去了！"一阵大笑。胸中翻江倒海，奔涌而出，谁有回天之力？

在崇山峻岭的山城长大的青年们，此时已站立在一马平川的戈壁滩上。人生角色的转换就在脚下开始了。路已伸向地平线的那一边。辽阔的天空，清澈的阳光，纯净的大地，给予我们全新的视野，一种神圣的神秘感觉在心里弥漫。

继续向西。闪光的戈壁宛如万花筒，让一万种幻想冲撞我们的心扉。那时的茫崖，一个在中国地图的西北部无人区只有一个小点的边塞小镇，像巨大的吸铁石，正在拉近一群有着理想、铁质的热血青年。

车篷里热闹了。有人说我们正奔向古希腊最美丽的帕罗斯岛。有人说，不对呀，米洛斯的维纳斯雕像是帕罗斯岛的大理石雕刻的，茫崖有大理石吗？有人说，茫崖曾经属于海底，应该有帕罗斯岛那种鹅卵石大道。有人说，看啊，我们是来到了土星星球，这里有灰黄色的大地，有闪耀的光环，还一毛不拔、杳无人烟，这正是土星的特色……

青春与茫崖交结，漫漫长路铺满缤纷的星火。当夜幕镶嵌出钻石一样的星光，天地间就因火光的互映而通透了前方的念想。汽车依然腾跃，我自巍然不吐，一路安好。但是，心已明白，茫崖之路并不是想象中那么浪漫。

我初进茫崖是 20 世纪 60 年代末。后来才知道，1955 年，才修成全长 967 公里的茶卡到茫崖、全长 524 公里的敦煌到茫崖的"粗通便道"。后来修了一些支线，包括通往我所在的石棉矿，这里成为这条路的终点。后来也修整过这条路，但是直到 80 年代，依然千里砂砾不平坦，日夜颠簸行路难。

难忘一次次回家乡探亲，怎样激动地出发，又怎样心有余悸。为了亲人团聚，为了青山绿水，为了天天吃上新鲜蔬菜，得承受两天的汽车折腾和四天的火车静坐，中途还要经历几次像驴一样负荷沉重的行李转车的艰难。探亲假期到了，挥泪与亲人告别后，再重复承受一路的难受。我感叹过："进去了不想出来，出来了不想进去。"

然而，我们却年复一年地往返于那条路。家乡与茫崖，在那条路的两头。一头是养育，一头是回报，两头连接的，是牵挂。

我成为茫崖人。茫崖的存在感，触及身体的每一个器官、每一个细胞。每天必须接受茫崖 3000 米海拔的高原反应；接受蒸发量比降雨量高 200 倍的干旱；接受只有沿海氧气的 40% 的缺氧；还接受经常不期而遇的 8 级狂风和沙暴。茫崖，考验着我们的体质，拷问着我们的心灵，磨炼着我们的意志。

从地窝子到依吞布拉格山上开采石棉，千米的路也是路。有时没坐上班车——其实就是解放牌货车，就得步行。遇上风沙，举步维艰。那天在呼啸的风沙中我有了一个美好的设想：修一条地下通道！

当然，那只是想象中的现代版"曹操运兵道"。不过多年来我继续这么想。上小学一年级的女儿放学回家，顶着风沙扶着墙走。我去风口接她，却见她趴在地上喊"妈妈"。我心疼地抱起女儿，脸颊紧贴女儿冰疙瘩一样的脸，我就想，从住宅区到学校，何时修一条地下通道！

不敢想，茫崖之路也修一条地下通道。神仙都不敢想。

如同原始部落的茫崖石棉矿，在柴达木盆地东西 800 公里最西端的戈壁深处。天赐的大孤独，磨炼着来自城市的青年学生。蔬菜、大米、副食；乡愁、思亲、婚恋；阅读、娱乐、交流……具体到灵与肉的碰撞。盐碱板结地，小草都长不出，别说种庄稼和花卉。唯一的千里戈壁路，可谓交通不便。南昆仑，北祁连，千里瀚海无人烟。除了石棉人、石油人，难得有人光临。没关系，既来之，则安之。我们这么想。

在茫崖，那些年最头疼的是，有事急于出去而望路兴叹。遥远的天边，天那边还有长路，感觉与家人有天地之遥。找不到车，或者有狂风有沙暴无车远行，真是欲喊知无用，欲哭已是泪。那年父亲去世正是夏日，收到电报，正遇大风沙无车出行。就是有车，紧赶慢赶五六天才到重庆，已难看到父亲最后一眼。风沙里，只能仰天呼喊，泪水奔流，请父亲原谅，愿父亲走好。除此，还有什么办法？

借古诗叹息复叹息，已是常情："万里边城远，千山行路难。""太古以来无寸草，借问春从何处归？""人言落日是天涯，望极天涯不见家。"……茫崖让不爱文学的同学也变成了诗人。然而那只是借酒浇愁，终难解开心中的结。

有人站在空旷的戈壁滩，放声朗诵自个儿添加过的屈原的名句：茫崖之路，路漫漫其修远兮。

我却说：路漫漫其修远兮！

遥远的返乡之路，不要吞噬弱小的生命啊！我当广播员时，只要听见急促的敲门声，就紧张冒汗，准是又有孩子走失了。好几次，有从家乡带来的孩子，因不适应荒漠气候，或与久别的父母不和谐，就独自出行，要回到爷爷奶奶身边，孩子最终在风沙中昏迷或冻死。每一次，我都与家长一起在广播里哭喊："救救孩子，救救孩子!"接着，就是石棉矿区组织的或自发的数十辆大小汽车奔驰在戈壁上、公路上。喇叭的鸣笛起伏急迫惊魂，人们的呼喊哭叫凄切揪心。整个矿区，如临末日。

那一天，丢失孩子的母亲在石棉矿东边路口双膝跪地，不停地叩拜，不停地念叨："路太长，咋能走回去？我儿不知道，他不知道啊! 保佑我儿平安回来，保佑我儿，求你了……"

漫漫长路，有魔鬼让人遭遇灾难。可路没有错啊。

多次乘车在戈壁公路上。俄博梁那一带，路旁有不少凸起的奇形怪状的砂石柱和鱼尸一样西低东高顺着排列的土丘——那是大自然排斥人类、威胁人类的示意。那奇形怪状的砂石林也像鬼神张牙舞爪的手和头，那鱼尸一样的土丘或许就是生命在这里倒下的标志。这些，连同那绝无色泽之鲜活感的戈壁，都警告着敢于涉足的每一个人。40年代那些外国探险家走到了柴达木西部盆地边缘，望而生畏，称这片土地为"生命禁区"。

横穿柴达木戈壁荒漠的公路，是开拓者向死神挑战的长矛，直刺一切险恶；她是为勇士拼搏前行而卧倒的身躯，为一次次成功垫底。

正因为有了公路，戈壁深处的茫崖有了炊烟和房屋，有了油田和矿山，有了生命的延续。公路使"生命禁区"成为历史。

茫崖之路，就像著名的美国 66 号公路，有过险象，有过恐怖，有过灵异，却挡不住越来越多的人对她的喜爱和向往。美国人称 66 号公路为母亲之路。我们的茫崖之路是生命之路。

茫崖之路不同寻常，有天使助人免灾。石棉矿有过一件奇事。一位司机拉运煤炭回矿，车里无煤。收货人拿着司机递来的装货单据，反复看，确认在何时何地装了多少煤炭。司机也觉得奇怪，一路没停过车，煤炭怎么不翼而飞？很快就传来消息，几个道班工人发现了公路上的一大堆煤，带口信问"煤主"还要不要。原来，因为直路百余里，周围灰黄一色，司机产生视觉疲惫，同时久久不用动驾驶盘，导致睡眠状态。遇上一段缓缓下行的路，也因驾驶车速太快，汽车就往前翻滚一圈，毫发无损，继续行驶。

直路长长，这是通往茫崖的公路的一大特点。遥望，真不像是路，像是一根顶天立地的旗杆，茫崖就是顶端那面旗帜。

> 沧海去了，
> 龙虾海蟹，
> 都随着太古的水光泯灭，
> 留下一片盐泽，
> 几茎荒草……

对这片戈壁，青海的著名诗人昌耀这么看，1963 年写了题为《柴达木》的诗。

一群早期进入这片盐泽的人，就像龙虾海蟹死而复生，要用艰辛的汗水和痛苦的血泪汇聚成海，为了后来者能够驾驶希望的帆船。

我常常在茫崖依吞布拉格山上开采石棉的喘息中，眺望苍茫大地，想象汪洋大海波浪起伏，想象我是一个水手的豪迈。

尽管，有同学向上级递交了"分配一个老婆"的申请书，也有同学让爱人来到茫崖。但是，改变不了远离城乡、交通不便的客观环境，石棉矿区依然孤零零如大海上的荒岛。然而，孤独也是时间的赐予，无处可去的夜晚被知识照亮。那时的重庆学生有 60 多人，无线电技术、体育、绘画、写作、文艺都有人崭露头角，为丰富和提升茫崖的文化水平出了力。

那时，茫崖用锋利的雕刀镌刻着我们的人生。

那时，茫崖让我们在忍耐与进取中舍去与收获。

二

把茫崖之路，当作一个直径，再画一个圆。这是一个涵括了大西北所有自然景致的圆满的天地。这就是茫崖。她就是拥有戈壁、大漠、雪山、草地、湖泊的宝地。57 种矿藏是她深藏的内蕴，各类飞禽走兽是她的张扬的生命力。

茫崖的天空没有极限。爱上她，认识她，发现的灵感、创造的空间，也没有极限。

当我们的胸怀与茫崖博大的胸怀叠合，吟诵的诗歌也在变："野旷沙岸净，天高秋月明。""清气沉余渣，杳然天界高。""黄沙百战穿金甲，不破楼兰终不还。"……古代守边将士宁愿铠甲磨穿、不攻破楼兰誓不返乡的壮志，已深深地感染着我们。

再看茫崖之路，那是高天阔地的生命之树。千年的成长，日月记下了她的年轮，她却含而不露。我终于听见了她的声音。我知道，因为我爱，她才告诉我一次次生命"拔节"的情景。

穿越。拂去千层岁月的泥沙，我听见了羊的咩叫、马的嘶鸣。西羌牧人逐水草而行，踏出了散发着草香的足迹。常年的西北大风如干渴的巨龙吸走了天赐的甘露，顽强的砂砾以生命作赌，凝结出不屈的意志，守护这片土地。坚守，无论昔日的印痕在与不在！

此时我伫立在茫崖戈壁，已不仅是敬仰。我俯下身去，久久地亲吻我热爱的戈壁。

久久地聆听。那是丝绸之路的驼铃声。

商旅踏出了丝绸辅道，也称丝绸南路、丝绸之路青海道。只见风沙弥漫中，僧人昙无劫走来。他也叫法勇，是南朝宋武帝永初元年（公元420年）人，西行求经。他穿越河西走廊到西宁，过海晏，途经柴达木盆地，去新疆吐鲁番，越葱岭前往印度。又见乾陀罗人阇那崛多东从新疆和田走来，穿越柴达木，走向西宁，经兰州去长安。

来往的驼队，来往的身影，在驼铃与脚步的轻吟里映现。他们的背影拖着长长的路，那是他们开创的吉祥路，包括茫崖之路。翻开史页，明朝在柴达木地区设置了"塞外四卫"，其中安定卫的治所若尔丁在今天的茫崖市冷湖镇附近；阿端卫的治所帖尔谷，即在今天茫崖市的尕斯盆地内。茫崖，是南来北往商旅驼队的必经之路。这条路，让许多人的梦想变成现实，让柴达木在时代的天梯上攀登了几个台阶。

我看见了熟悉的身影。他来了，他是20世纪50年代初期为柴达木剿匪、开发的队伍领路的功臣、传奇老人木买努斯·依沙。因功勋照人，人们忽略了他的另一些故事。阿吉在当向导之前，是茫崖之路的初探者、丝绸南路的行者。1882年深秋出生于新疆且末的乌孜别克人阿吉，1914年进入柴达木西部，在阿拉尔建立了商业网。他的150峰骆驼，途径柴达木、敦煌，来往于新疆、甘肃、四川、西藏，给西部运进粮食、布匹、茶叶、糖果等物品，给西南输送皮革、皮毛等物品。阿拉尔及柴达木居民同时受益。阿吉在柴达木西部的少数民族中很有威信。直至1945年被国民党新疆政府诬陷而银铛入狱，才断了丝路之行。

茫崖之路也记录着血泪史。历史翻篇，风云变幻掩不住前行的道路。路是希望的载体，路是革故鼎新的指向。

20世纪50年代，为开发柴达木这个聚宝盆，茫崖受到关注。一批批开拓队伍跋涉而来。

真是艰难的跋涉。骆驼行走的丝绸之路已被岁月覆盖。就是重见天日也不能承载汽车这个新的交通工具。800公里的戈壁荒漠，公路成为这片土地获得新生的第一个吉祥物。

1954年3月，燃料工业部石油管理总局从西安派出的第一支探路队，先到敦煌，然后绕过当金山，沿着已经失修的青新公路进入盆地。途经拉配泉、索尔库里、金鸿山、红柳泉，最后抵达阿拉尔。然后大批人马就是走这条路进入茫崖，不仅绕开了冷湖至花土沟一大片柴达木土地，一路还非常艰难。一支队伍从敦煌到红柳泉，走了21天。因为从敦煌到茫崖没有路，青新公路是当时的唯一道路。

开发茫崖，路，成为头等大事。所以有了1955年敦煌至茫崖、格尔木至茫崖的两条公路的修筑。这是茫崖的两条命脉。

不知有多少次乘车奔驰在这两条路上。尽管路况逐年在变好，我却总是隐约听见历史的回声。

1954年10月，石油管理总局派出的第一批石油地质队伍已发现了茫崖（老茫崖）、油泉子、油墩子等18个"可能石油构造"和9处油苗。1955年在整个盆地展开大规模的地质调查。3月，由西北地质局派遣，一支筑路先锋队进入茫崖自流井，修筑茫崖至油泉子、油墩子的勘探区公路。修路的起点是茫崖总部，是茫崖办事处、茫崖钻井筹备处所在地。当时的茫崖是指老茫崖，在花土沟以东约100公里处。

坚硬的盐壳，铁板一样的砂石，而筑路工具简陋，真是为难这群筑路工了。他们的口号是："用嘴啃，用手扒，也要早日实现全线通车。"《人民日报》两个记者到工地采访，见他们皮肤粗黑，嘴唇干裂，衣衫褴褛，鞋子"空前绝后"，看着他们在如此荒凉艰苦的环境喘着粗气干活的情景，禁不住泪流满面。

筑路工人就这样，每天重复着凿、挖、推、拉、垫的艰苦劳动。临近冬季，他们还开展了"大决战"，拼着命早日修通两条路。大半年后，终于开通。那天，筑路队伍没有一人不高喊着欢呼着泪流满面。

老茫崖伸向东北的油墩子和伸向西北的油泉子，像两个翅膀，在冬季展开，从此油田跃跃欲飞。通往七个泉、红柳泉、金鸿山等地的支线也先后修筑成功。路，为茫崖铺开希望的金桥。无论是主线还是支线，路上都洒着筑路工人的汗水和鲜血。

茫崖之路，也谱写着运输队伍的壮歌。是路为他们提供了服务开发事业的条件；是路让他们把粮食、木材、钢铁等开发所需的一切送进了茫崖；是路连接了城乡与原始部落，连接了亲情、友情和各方的支援。吃着白面馍馍、香喷喷的大米饭，住着楼房，工作在厂房，在巍巍钻塔上打井，哪一样不是司机通过茫崖之路运进去的！是路上络绎不绝的车辆，为茫崖送去一支支队伍，为茫崖送去一个个城镇。茫崖之路再长，也超不过运送的物资连接的长度。茫崖之路的承载之功无法用长度来计算；司机的担当之功无法用数字来计算。

在茫崖之路，来回奔波最多的司机，经历的风险也最多。70 年代，这条路上有这样一个故事：

因为花土沟一位病人面临生命危险，石油局总医院一位大夫前去抢救。正逢一夜大雪，覆盖了公路。这种路况是不能出车的。然而，司机拉着大夫出发了。凭着他的驾驶经验，多次遇险都转危为安。快到油砂山下了，司机与大夫紧绷的心弦终于放松了。然而，他们看见了前面停着的车。司机预感不好。那是茫崖石棉矿拉货的车，严实地盖着大篷布。整个车都覆盖着白雪，司机在驾驶室里，保持着驾驶前行的姿态，眼睛坚定地望着前方。司机和大夫打碎窗玻璃，要救出他，然而，他已是冰雕。

那时没有手机，只能直奔有电话的地方，传递噩讯。二人向死者深深地鞠躬之后，赶往花土沟。欲哭无泪，只有碾碎心的行驶的声音。这时司机号哭一般，唱了一首《司机歌》：

在被窝里把身子暖透，
在屋子里把馍馍吃够。
喊一声老婆再见，
踩上油门就走。
嗨——热了探出头，
冷了喝口酒，
孤独了唱唱歌啊，
烦闷了吼一吼。
两眼要盯紧前面的路哟，

方向盘要紧抓在手。
咱是堂堂男子汉，
出门可别丢丑！

歌声戛然而止。大夫放声大哭。接着，歌声又震动着车窗：

你走了走了再不回来，
你让我猜了又猜猜了又猜。
陪伴你几个冬夏的汽车，
现在由我来开我来开。
想你想你想你，
你是不是变成雄鹰已飞向天外？……

无边无际的雪戈壁向汽车涌过来，涌过来，像海潮似的，而它却不能淹没生者对死者的哀思。

三

长路迢迢，远而快捷，一直是茫崖人的期盼。80 年代，有的公路段铺了沥青路面。新开辟的冷湖至大风山 128 公里公路，也全是沥青路面，而且让冷湖至花土沟缩短了 80 多公里。路况的改善在延续。搓板路提高了颜值，司机的"驾感"、乘客的"坐感",平稳而轻快了。

此时,仿佛有诗人在低吟:

> 于今,这死去了的,
> 海洋业已复活。
> 我看见钢铁在苍穹
> 盘着扶桑树的虬枝。
> 浓缩的海水从隐身的鲸头
> 喷起多少根泉突。
> 我看见希望的幻船
> 就在这浮动的波影中扬帆……

1963 年,诗人昌耀写这首《柴达木》时,钢铁与这片土地已有了缘分。油砂山上,尕斯湖旁,冷湖荒野,到处矗立着钻塔。诗人说的"钢铁在苍穹盘着扶桑树的虬枝"是指钻塔。也许他预想过铁路。诗人或许没想到,茫崖花土沟先有了飞机场。2015 年 6 月 26 日就开始航运了,飞机可通往西宁和敦煌。

这可是一个很棒的信号,柴达木开始飞速发展了。2018 年 12 月 27 日,冷湖、茫崖两个行委合并成立了茫崖市。这片戈壁荒漠翻开了崭新的一页。这座青海省最年轻的城市,担当着守护青海西大门的重任。

公路依然是重要命脉。2020 年初,格尔木至老茫崖公路扩建工程开工。这是青海省、海西州"十三五"规划的重点交通项目，是融入"新丝绸之路经济带"的"一带一路"的南线走廊，也是新青川大通道的重要组成部分。

2020 年 7 月 1 日，青海格尔木至新疆库尔勒铁路青海段通车了。

一个个喜讯在昆仑、祁连、阿尔金三山回响。钟情于茫崖、永远留在茫崖的阿吉老人若有知，一定会在另一个世界举酒痛饮！

如今的茫崖已牵动远方越来越多的人的心。新一代茫崖人从星空到大地，有了惊人的发现和创造：冷湖迷人的"火星营地"和天文观测基地；神秘的"天使之眼"；爆红的雅丹"魔鬼城"；媚惑的青海版马尔代夫茫崖翡翠湖……"今日头条"频频上榜，互联网上涌动热议，央视 10 套《地理·中国》栏目播出了尕斯湖区域探秘。如今，穿越柴达木茫崖无人区的 315 国道已经成为自驾游的驴友们热捧的神奇之路。

我这个老茫崖人早已动心。回归故里，飞机、铁路、公路，那么方便。我想观赏新的秘境，回味旧的故事，再一次俯下身去亲吻那片土地……

我禁不住给老同事老朋友亲人们孩子们说：走啊，去茫崖！

> 去茫崖，
> 从水泥森林飞出，
> 在天空自由翻跹。

穿上宇宙服，
火星在召唤，
去走一走，
住几晚。
再看三山护盆地，
一马平川。
回望，
漫长的茫崖之路，
是勇士的宝剑，
直刺艰险。
黑石油炫舞而起，
"石棉埋伏"古曲新弹。
尕斯湖存着驼影，
翡翠湖倒映迷幻。
好一个雅丹阵营，
长风雕塑勇士的容颜。
钢铁是勇士的骨骼，
看巍巍钻塔，
立地顶天。
铁路蔓延，
钢铁巨人拥抱大地，
让天使睁开惊羡的眼。
代代茫崖人，
别开生面创新篇。

英雄的茫崖之路，
奉献吉祥与甘甜。
去茫崖，回茫崖，
用漠风拂去心中的尘埃，
让心胸装下辽阔的云天。
用湖水洗净眼球与耳根，
回归原初的大自然。
去茫崖，回茫崖，
圆一个美好的心愿！

（发表于 2020 年第 2 期《瀚海潮》）

去冷湖寻根

　　退居北方的一群老石油人成群结队，久久不散，在议论一个标题为《被人类遗弃的戈壁村庄》的航拍：辽阔的戈壁荒漠，断墙残壁在镜头里缓缓移动，偶见大字"奋斗""团结"在断墙上隐现。拍摄者可能正巧碰上扬沙天，或许故意等待这种阴郁的天气，使整个画面如蒙纱幔，增添了悲怆色彩。

　　这是我们的冷湖！是啥标题啊，我们怎么会遗弃，怎么能遗弃！别看我们退休多年了，可我们的户口还在冷湖，我们还是冷湖人啊！发现冷湖油田60年了，有了冷湖油田，青海油田才成为继玉门、新疆、四川之后的全国第四大油田。废墟怎能掩盖冷湖的辉煌！

　　"人事有代谢，往来成古今。"老石油人议论着冷湖古今。

　　从敦煌以西的当金山口进入柴达木盆地，经冷湖、俄博梁到西陲茫崖800里，是古丝绸之路柴达木分道的支路之一。西汉末年至东汉初年，从当金山口到冷湖300里主要居住着狼何羌部落，以牧业为生。寒冷与风沙使水草渐少，牧人逐丰茂的水草而去。明朝在柴达木设置了"塞外四卫"，其中安定卫所在地若尔丁即位于今天的冷湖镇附近。那里的草适宜养马。有史书记载，官方在安定卫征马500匹，每匹马价值1~2匹绢布。

绿草终于在战事中凋零，若尔丁蛮荒千年无人问津。1954年，第一支石油地质队伍让柴达木西部有了人气。1958年9月13日，柴达木西北部的冷湖盆地中四井钻探成功，冷湖油田诞生了。这是第一批柴达木石油人近5年在海拔3000米、干旱缺氧的12万平方公里的生命禁区用生命拼搏收获的最大的成果啊！冷湖虽成废墟，但那是我们两代石油人的亲生骨肉，爱得深沉、思念得落泪啊！我们老了、健忘了经常记不住昨天吃了什么，记不住出门是不是关了门。可是说起冷湖，就清晰得如在眼前。

1958年8月21日，部署在冷湖五号构造高点上的地中四井，在冷湖钻探大队的大队长胡振民的指挥下，由1219钻井队施工开钻。9月13日，钻达650米后发生井喷，喷势异常猛烈，原油连续畅喷三天三夜，一天的喷油量高达800吨。冷湖探区组织人员筑堤储油，原油汇集成湖。连从不露面的野鸭也成群结队地飞来，误把油湖当成可以觅食的水域，结果被原油粘住了翅膀，成了钻井工人的美味佳肴。这不是传说，美妙的故事里有生命的赌注。这天中午12点，正在冷湖四号构造的中十二井施工的钻井队，突然接到紧急通知，全部到地中四井去抢险。一群石油人放下手里的活，顾不上吃中午饭，开着通井车向五号构造疾驶而去。远远地就听见了井喷的嘶鸣。循声赶到井场，只见天然气笼罩着井场，一条黑色油龙拔地而起，直冲云天，又泼洒下来，井口周围方圆 40 米已被淤积的原油和天然气包围。人是无法接近的。负责现场指挥的总工程师刘树仁立即组织人员抢装井口装置。第一次冲上去的是马文才、黄福成等 6 个人。他们被强大的气流和原油冲倒在地，只好退回来。第二组是李天福等 12 人。他们冲到井下了，但是压力太大，无法进行安装。人数增加到 25 人第三次冲到井下，6 个人对扣，其余人用身体压着装置。那是誓死不退却的意志，使他们临危不乱。他们憋着劲儿，心有灵犀的默契，终于对上了扣，压井装置装好了！正想喘口气，原油又从套管外喷射出来，势不可当。石油人又冒着起火的危险强行起钻，向井筒浇注水泥塞。那个场面，与战场上跟敌人死拼没有区别，每一秒钟都有可能阵亡，在场的都是英雄啊！终于制服了井喷！之后，石油人又奋战了七天七夜，油井终于听话了、正常工作了，井场也清理干净了！

说到这里，老石油人握紧拳头激奋地喊道："必须的，必然的！"地中四井让油田翻开了新的一页。1959 年元月 1 日，青海石油勘探局更名为"青海石油管理局"；3 月，管理局从大柴旦迁往冷湖。二级单位相继从茫崖、大柴旦迁往冷湖。一辆辆解放牌敞篷车拉上穿着还沾了油泥的 48 条杠的工衣、戴着铝盔的汉子和包着花头巾的姑娘们来了。冷湖地区四号、五号和老基地 3 个点，职工猛增到 2 万多人，占全局职工总数的 84.4%。1959 年 3 月，石油部副部长康世恩来到冷湖探区视察，提出集中力量加速冷湖勘探的指示。6月，石油工业部部长余秋里、副部长孙敬文来冷湖视察，确定了方针，开始了冷湖钻探会战。石油人纷纷表示，必获全胜。研究所的全体员工还在大会上宣誓，三年不休假！

东一片西一片云朵一般的帐篷，在黑色的赛什腾山脉腹地以色彩的反差形成一幅刚柔相济的版画，冷峻而奇美。冷湖很快建成初具规模的石油基地。厂房、库房是装配式结构，电影院和文化宫是土木结构。土坯墙和用芦苇把搭顶的窑洞式住房，一排排像骆驼似的趴在戈壁滩上。真是鸟枪换炮了，石油人兴奋不已。从游牧一样迁徙的天当房、地当床到住帐篷，再到住上正儿八经的土坯房，石油人第一次有了居家的幸福感。

真是快速啊，在半年时间里，相继探明了冷湖五号、四号、三号油田。当年全局生产原油 30.7 万吨，其中冷湖油田就有 24 万吨，约占全国原油产量的 12%。这是激情似火、轰轰烈烈的冷湖。

9月，国务院批准冷湖建市。从此，冷湖这个地名出现在中国地图的西北部。石油人很争气啊！年底，冷湖炼油厂炼制的成品油开始运往西藏，供应边防部队。

老石油人说着那段光辉的历史，脸上的皱纹也抖动着骄傲与自豪。有人打开微信相册让大伙看他在冷湖地中四井的留影。哈，这是青海省副省长李芳远特地到冷湖为纪念地中四井立的碑、题的词。大伙齐声念道："英雄地中四，美名天下扬！"

真是老天不作美。1960 年，全国罕见的自然灾害袭来。职工的月平均工资猛降，已低于建局的 1955 年。集体食堂的主食供不应求了，每天由三顿饭改为两顿。副食原本以咸菜为主，偶有罐头、鲜肉、蔬菜和大葱，那时只能天天馒头就咸菜了。

冷湖只有一条街，街上只有一个不大的商店。那天早上风和日丽，商店前一群人在看蒸饭技术表演。临时垒了一个炉灶，灶上放了一个大黑锅，锅上放了一个蒸笼。一位黑黑的男厨师手里提着一杆秤，秤盘上有一些米。秤平了，他提高了秤在人群中绕了一圈，喊道："看好啦，看好啦，一斤米，一斤米。"然后，他把米倒进一个洗脸盆里，舀水淘了淘，再倒上水，放上蒸笼，盖上蒸笼盖。他用一把大扇子猛力地扇火。炉火上窜，锅里的水沸腾着冒出热气。另一位厨师在一旁举着一个闹钟，喊道："水开了，一分钟，两分钟……"喊到 8 分钟时，表演的厨师丢下扇子，揭开蒸笼盖，左手端起一碗水，右手向米里洒水。之后，又盖上蒸笼盖。就这样，8 分钟一次，他洒了 4 次。待饭蒸熟时，他先用秤称了一个空瓷盆，喊道："一斤二两。"然后，他把米饭舀进这盆儿里，再放上秤盘兴奋地喊道："看好啦，看好啦，八斤半，一斤米煮成了六斤三两米饭！"大家鼓掌。

老石油人哈哈地笑：其实，那样的饭好像是多了，可撑肚子不经饿啊。石油人照样束紧裤腰带挨饿，身体浮肿。后来油田把社会服务处 300 多人增加到 2000 多人，从单纯的采购变为扩大采购地区，去有山水的地方办农场、挖野菜、捕鱼，政府还允许去昆仑山打猎。说起饥饿年代双手捧上香喷喷的肉的事，大伙想起了蒙古族的朋字达喜——一位50年代拉骆驼进戈壁的石油驼工。冬天在昆仑山打猎为了吸引野兽，他赤裸着在雪地里等候。他后来走路瘸着腿，就是在雪地里冻坏的啊。

1960年，那是冷湖最艰难也最有味道的一年。什么味道？有女人才有家，才能繁衍生命的味道。1955年5月，杨少华（1954年第一批进柴达木的国家燃料部石油管理总局柴达木地质大队102队队长）的妻子李庆媛隐瞒自己怀孕的事从西安去了柴达木西部。那一年4000多人的石油队伍都是清一色的男人，忽然间来了一个女人，又来了几个女人，到年底达到40个。1956年又从青岛等地来了一批姑娘。到1960年，2万多职工里已经有了2000多名女职工和少量的家属。可是，生命禁区除了让女人皮肤像戈壁滩、嘴唇与手脚干裂流血难以愈合，还不适宜怀孕与生育，孕妇全被送到西宁，幼儿园也在西宁。好不容易有了一些家庭，却因气候恶劣而使夫妻或父母子女两地分居。这一年冷湖职工医院来了个西南医科大学妇产专业的毕业生马崇煊，她与医护人员共同努力，实现了因地制宜的保胎和安全接生。她接生第一个时就主动将自己的鲜血输送给急需血液的初生儿，当孩子的生命之歌唱响的时候，在产房外焦急等候的人没有一个不掉泪的啊。这位四川姑娘还亲自伺候丈夫在生产一线回不来的孕妇，对所有病人如同家人。油田和远处牧区的孕妇都向冷湖涌来。冷湖成为生命禁区里诞生生命的圣地。马大夫，

20 多年在冷湖接生两代人，有的一家两代都是她捧出的。后来中央电视台来冷湖拍摄了她的纪录片《柴达木的母亲》。

1961 年，遵循石油部的命令，6000 多人支援松辽会战，600 多人支援其他油田，留下的石油人坚守柴达木。1964 年在东部涩北一号构造地一井获得了工业气流，为后来的青海油田天然气加入全国重点工程西气东输，打下了基础。

也是 1964 年，国务院批准撤销冷湖市。但是这一年没有因此而冷却什么，连"文化大革命"都坚持生产。钻井还创造了建局以来的各种最高纪录。这是老石油人尤为骄傲的事。

1969 年，按照石油部的指示，勘探重点转移到柴达木西部的花土沟。那场群情激昂的誓师大会令人难忘啊！石油人举起的拳头是一大片砸碎困难的铁锤，"重建西部家园"的口号声震得冷湖礼堂的墙壁掉渣儿。那气势，不打胜仗是不可能的。

何况，咱油田职工有实力。第一支队伍就有不少名校大学的毕业生和技术专业人才，后来又加入一批转业军人。60 年代末，冷湖又来了一群大学、中专毕业生，还从北京、格尔木等地来了一群中学生。他们纷纷要求到最艰苦的钻井队。领导只好让他们排队，挨个喊"一二、一二"，按单双数分配。他们不管在哪里，跟师傅学都特认真，就是娱乐也包括师徒技术表演。当钻工表演钳钳相扣的打管钳；蒙着眼睛换活塞；一边看司钻表演起钻，一边回答问题……这群知识青年改变了油田的知识结构，后来还出了个当代青年的榜样秦文贵。

到了 70 年代，油田的柴达木石油精神已经形成。"工业学大庆"在冷湖和全局热火朝天。狮子沟构造获得工业油流，涩北二号构造获得工业气流，发现了尕斯库勒油田。这些重大成果为 80 年代实现产炼运销一条龙走出了坚实的第一步。

看看咱 80 年代的冷湖，有了电视台，冷湖和花土沟建了地面卫星接收站。咱可以看到中央电视台当天的录像转播了。那个时候啊，职工托人在内地买电视机都疯狂了。想想啊，八百里瀚海、数千里铁路，30 多年的通信，一封信到老家、一张报纸到冷湖、花土沟，至少要十几天。遇上风沙或大雪阻路，时间就更长。有一位技术员没有收到母亲生病的家信，收到母亲去世的电报又遇大雪封山。遥望地平线，真是哭天喊地也没用啊。回到家乡，只能跪在母亲的遗像前痛哭，请母亲原谅。那时尽管书信依然慢，但电视离北京和家乡近了啊！

80 年代的冷湖已有办公楼了，土坯住房也多了。几经周折种活的几十棵白杨树已高过人头。职工从家乡如抱娇儿一样抱到冷湖的盆花，几乎占领了所有办公室的窗台。尽管还有许多半窑洞式的住房，窗户外还挂着厚厚的几层麻袋，以阻挡难得歇息的风沙，与盆花无缘，但冷湖已有小城模样和春的景象了。

80 年代最让石油人兴奋的是，国家计委批准了三项工程，而且动工了：尕斯库勒油田 120 万吨产能建设，花土沟至格尔木 435 公里输送原油管道建设，格尔木 100 万吨炼油厂建设。时任中共中央总书记的胡耀邦视察格尔木，还去查看了炼油厂厂址。

1991年，青海石油人经过38年的奋战，原油年产量首次超过了100万吨；天然气勘探获得的地质储量达到了石油天然气总公司"八五"计划天然气三项工程立项要求。冷湖，却因石油开采的需要，石油队伍要搬迁了。真是难舍难分啊。连石油汉子都含着泪跪下去，捧上沙子用手绢包好放进怀里；一些女士号啕大哭。那情景如同生离死别。

　　冷湖变成了废墟，青海油田却如骏马向前奔跑。如今，离建成千万吨规模高原油气田的目标越来越近。职工从冷湖迁移的敦煌石油城，早已是好房好车好景致；去钻采一线花土沟上班是乘飞机；缺氧的花土沟还有了生态园氧吧。青海油田今天的辉煌是昨天冷湖辉煌的延续，冷湖废墟不是废墟！

　　从冷湖走出的、退休的、在职的、调回内地的，一批接一批地奔向冷湖，寻找自己的足迹。在冷湖出生的油二代、油三代还带着未成年的油四代去寻根。照片、视频、诗文、自编歌曲《追忆冷湖》等，在石油人的微信群里铺天盖地。泪水一次又一次地模糊了双眼。在冷湖工作了8年的全国总工会原副主席张丁华80多岁了，想回去看看被劝住，只好在北京与一群白发的青海石油人一起尽情回忆，高唱永远让人激奋的《勘探队员之歌》《我为祖国献石油》。让思念飞向冷湖，飞向柴达木！无论我们走到哪里，无论她是不是废墟，那里都是我们的根啊！

　　（发表于2018年11月2日《文艺报》，荣获《文艺报》"铁人杯"征文比赛二等奖）

榜样秦文贵之妻

秦文贵，1982年大学毕业主动到柴达木青海油田，在钻井科技改革方面做出了突出贡献。他多次被评为优秀科技工作者和劳动模范，被青海石油管理局和中国石油天然气（集团）公司确定为"学科带头人"（1998），被青海省委树立为新一代青年知识分子的优秀代表和全省人民学习的榜样。先后荣获团中央、全国青联授予的"中国青年五四奖章"（1997）、"当代青年的榜样"（1999）以及"中国石油天然气集团公司特等劳动模范"称号，2009年当选"100位新中国成立以来感动中国人物"之一。1999年秦文贵调到中国石油天然气集团公司任职。

1999年5月3日，中宣部、共青团中央在人民大会堂举行"当代青年的榜样秦文贵"先进事迹报告会。此篇为秦文贵的妻子余艳萍在报告会上的发言稿，由报告团写作组成员李玉真执笔。

我叫余艳萍，在青海油田诚信昆仑生物工程公司工作。我是 1985 年同秦文贵结为夫妻的。初次认识他，是 1983 年的秋季。那时我们都在柴达木西部的花土沟，那是一片戈壁荒漠。父亲在油田钻井工程处生产科上班，经常见秦文贵去借外文资料。那时借外文资料的青年人很少，所以父亲和我对爱学习、爱钻研的他有很好的印象。第一次见面时，他刚从钻井队下来，又黑又瘦，头发又长。这都无所谓，关键是他显得比介绍的年龄老得多。我和父亲不放心，怀疑他是不是隐瞒了年龄。父亲还专门去劳资科查了，证明他确实只有 22 岁，我就同意了。

他一心扑在工作上，我们很少见面，但我理解他。过去父亲在钻井队工作时，也是这样，很长时间才回一次家。

结婚之后，为了支持他的学习，表达我的心意，我为他买了当时最新的 888 型录音机，那也是我们的第一件家电。没有多久，他搬了一台 18 英寸的电视机回来，说：“我整天不在家，这是我送给你的，让它来陪伴你。”当时我又高兴又难过。高兴的是，他不仅爱我而且心细；难过的是，难道我这一辈子就只有电视机做伴吗？你为什么不能像个丈夫那样好好地陪伴你的妻子？

1988 年，我和秦文贵有了孩子以后，家中的困难就多了。好几次深夜孩子生病了，我一人抱着孩子去医院。戈壁偏僻，黑乎乎的路又长，风沙呼叫着像鬼哭狼嚎，令人胆战心惊。可为了孩子，总是硬挺着奔向那希望的灯光。女儿上幼儿园了，我每天上下班都是风风火火的。有时刮着大风，我自行车前面坐着女儿，后面驮着液化气罐，或者一袋面粉。风沙迷了女儿的眼，女儿哭着，我喘着气，自行车推不动，我多想秦文贵回来帮帮我啊！那时他一个多月才回来一次，每次回来都带着一包脏衣服、一大摞记录的资料，很疲惫的样子。看着他这个样子，对他就再也没有什么要求了，只希望他好好休息几天。可他总是每天看资料、看书到深夜，有时一个通宵。

我从 1990 年开始腰痛，身体日渐虚弱。有空了去医院草草地看了门诊，没有诊断出结果，我也就不去管它。我一直默默地忍受着，没有告诉秦文贵。他那么忙，那么辛苦，我不忍心给他增加负担。

1992 年初，组织上派他到加拿大学习。临别时，他问我："你怎么瘦了？你是不是生病了？我有些不放心。"我说："没病，你安心走吧。"

他一走就是一年多。那时我在花土沟炼油厂工作，也很忙，有时下班回家比较晚，也顾不上女儿。女儿在上学前班，我给她的脖子上挂了一把家里的钥匙，让她放学后自己回家。有一天戈壁上刮着大风，女儿放学比我下班早，我真想去学校接她，可工作忙走不了。等我下班急急忙忙地回到家时，发现门口放了一个纸箱子，箱子外面的地上放着女儿的书包，一个作业本从书包里滑出来，风吹得哗哗地响。糟糕，女儿可能没有回家。我看了四周，没见女儿，突然意识到她在纸箱里，我急忙打开纸箱。女儿果然蜷在里面睡着了，脸上有两行泪痕，泪痕上沾着沙土。我立即把女儿抱了起来，眼泪也奔涌而出。我问女儿："你为啥不进家？外面这么冷，这么脏！"女儿说："我打不开门呀。"说着又哭了。我也开了好一会儿才把门打开，是风沙太大，沙子进了锁眼。

打那以后，我没有扔掉那个纸箱子。女儿只要打不开门，那就是挡风御寒的窝，可怜的女儿像一只无家可归的小羊羔。

又一个大风天，下午我下班回家后女儿不在家，纸箱里也没有人，我焦急地等待着、猜测着。刮风天阴，黑夜也来得早，眼看着夜幕逼近，我越等越急。在柴达木西部发生过小孩被大风刮走冻死在戈壁滩上的悲剧。女儿你千万别出事啊！我跑到风沙里大声呼喊女儿的名字，可我满耳都是风的呼啸，听不到女儿的回答。我真是失魂落魄呀。我心里一遍又一遍地呼唤秦文贵，你快回来吧，快来找孩子啊！

我找了好久，终于在黑夜里看见女儿顶着风非常吃力地向我走来。我跑过去抱住她，母女俩伤心地哭。女儿哭着说："放学的时候，一个同学爬上一辆班车，说搭上车可以去见到爸爸。我见又来一辆班车，就上去了。没想到搭错车了，没找到爸爸，我就摸黑回来了。"我这才知道，女儿见爸爸心切，离家却越来越远，她返回来逆风走了几公里呀！

1993年冬天，秦文贵出差走了。供应冬菜时我买了几十公斤大白菜，然后一棵一棵地搬到房顶上去晒，傍晚又一棵一棵地抱下来。我终于累垮了，腰和腹部痛得我在床上打滚。女儿哭着喊着："爸爸快回来呀！爸爸快回来呀！"为了不让女儿着急，我硬是撑起身子站起来，去找邻居。一个同事用自行车把我推到医院，我住院了。为了少给别人添麻烦，中午女儿在同事家吃饭，晚上我就摇摇晃晃地走回家做饭。女儿用小手揉揉我的腰，捶捶我的背，反复说，等爸爸回来，我让他在家照顾你。我说，你千万别说我有病，爸爸很忙，也很累。我从来就是这样想，有喜同喜，两个人喜，多一份喜；有忧我一个人忧，就少一份忧。

不想让他分忧，我住院时他却出差回来了。万分焦急的他问我为什么不早点告诉他。并且一再嘱咐我，液化气等他回来换，米面等他回来买，所有重活一定等他回来做。他为我买了些蜂蜜，精心照顾我。回井队后也经常打电话问我，吃药没有，吃了几碗饭……

1994 年，几年腰痛的我，体重已从 110 多斤下降到 82 斤。我已觉得情况不妙。我知道，应该到 500 公里以外的敦煌石油总医院去做全面检查了。可是父母退休回四川了，小孩在上学，我无法离开这个家。秦文贵见我消瘦得厉害了，也很着急，说尽快带我去敦煌。可是他正急着研究不下套管的钻井技术革新，几乎天天跑井队，顾不上我。我也想，可能是劳累所致，加上戈壁上寒冷风大的影响，应该没多大问题，就说你忙吧，吃吃药，等等再说。

秦文贵计划这年冬休时带我去敦煌，可是研究技术改革正是关键时期，他还是夜以继日地在钻井队和办公室忙碌，有时早晨五六点钟才回家。有一天夜里，他去办公室加班，我想到他深夜回来已很累了，摸黑开门很麻烦，就没锁院门。大约半夜3点了，一直惦记着他的我睡不踏实，听见院里有声音，以为他回来了，赶紧披上衣服出去迎他。走出门，只见大院墙下蹲着一个人。我顿时紧张起来，也不知是秦文贵病了还是小偷进来了。我试着问，你在这里干啥？他一下站了起来。我一看是人高马大的陌生身影，真是吓坏了。我喊道："快来人啦！快来人啦！"我反转身进屋，抓起一个凳子准备与他拼了，本能的反应是一定要保护女儿！就在这一瞬间，我又想到，一旦拼不过他怎么办？于是立即关上门，一边抓榔头一边喊女儿："快给爸爸打电话！"没有听见女儿的声音，我跑进卧室，见女儿已吓得将被子捂在头上，瑟瑟发抖。女儿哭了，喊着："我要爸爸，我要爸爸！"我抓起电话对秦文贵说："你快回来，有人进院里了！"放下电话我又抓紧榔头守在门口。秦文贵匆忙赶回来，那人已逃跑了。女儿哭喊着："爸爸我害怕，晚上你不要走嘛！"秦文贵紧紧抱住女儿说："对不起，爸爸应该保护你。"那晚秦文贵一直抱着女儿，紧紧地依偎着我。他深深地感到内疚。可是我不怪他，他是个很有责任感的丈夫和父亲，他很爱我和孩子。每次回家来再累也要抢着做点事，哪怕为孩子洗洗袜子。我一直都不让他做，不能因为家里的事情影响他的工作、学习和研究。

我的腰痛越来越严重。有一天痛得站不起来，更无法走路。他把我抱上自行车，推我去医院。我浑身无力，半路上从自行车上摔了下来。他非常着急，抱着我一边走一边叫车，累得他额上手上全是汗。到了医院，医生说应该到总医院去做全面检查。秦文贵也说:"艳萍,再也不能耽误了,我尽快送你去敦煌。"

我知道不下技术套管可行性研究已经结束,正进入可行性试验阶段,他得去野外实验井。我对他说:"吃药还真起作用呢,过些日子再去也不迟啊。"我给他准备了几套干净衣服,说:"你走吧,不要担心我,祝你成功。"他很内疚地看着我说:"对不起,你注意身体,按时吃药,等我回来,一定,一定……"

他一去就是两个多月。1995年5月13日,井上传来好消息,深井不下技术套管试验成功了,仅4口井的成功就节省综合钻井费用近700万元!我回家激动地告诉女儿:"爸爸成功了!"

女儿说:"爸爸该回来了,爸爸该回来了。"我和女儿一次又一次地在窗前看,在门外等,一次又一次地落空。有一天,女儿拿着作业本说:"妈妈,每次都是你签字,我最想最想的就是爸爸给我签字。"我说:"这次你爸爸回来可能会轻松一下了,你就让他签吧。"

秦文贵终于回来了,还是带着一大包资料和书、一大包脏衣服。我见他满头是灰,就说:"你快去洗洗。"他说:"我回家前才洗了,怎么又脏了?"盼着爸爸回来的女儿这时却躲在我的身后,盯着秦文贵,仿佛他是个陌生人。秦文贵笑一笑,赶紧去洗头。洗完后我见他头上的灰还没洗掉,我是高度近视眼,那天戴着眼镜也没看出真相来。等我走到秦文贵跟前,才看清,他有一半的头发已经花白了!可他,才

图片 10

在青海油田秦文贵家中，作者采访秦文贵夫妻

34 岁呀！我伤心地搂住他的脖子哭了。

他总是忙呀忙呀，从来没有想到过自己的身体，这么年轻就老成这个样子，连女儿都不敢认他。打那以后，秦文贵为了不让我难过，不让女儿把他当陌生人，在百忙中也要抽出时间去把白发染黑。

秦文贵总是这样，这个成功了，又忙着研究那个新技术，每天很晚才回来。有一天女儿对我说："我最想最想爸爸给我签字，可这个愿望总是实现不了。"那天晚上，女儿终于等着爸爸回来了，于是拿着作业本递给爸爸，兴奋地说："您终于可以给我签字了。"秦文贵给女儿签了字，女儿那晚连睡梦里都在笑。可第二天女儿擦着眼泪告诉我，老师批评她了。老师说："你爸爸是不是没文化，作业做错了也给你签字？"

1995 年 8 月，组织上让秦文贵去敦煌石油基地学习，他要带我去总医院。为了不影响他学习，我让他先走。可他态度坚决，我就和暑假中的女儿跟他去了敦煌。住院后，他只有晚上才能到医院守着我。

我住院还没检查完，柴达木西部的七个泉地区钻井发生严重井漏，他应该马上去处理。领导说："你妻子如果查出病情严重你就别回西部。"他非常为难地对我说："等你检查出结果我再走吧。"我太了解他了，他是个丢不下工作的人，就执意让他走，查出结果再给他打电话。就这样，他走了。检查的结果是右肾脏下垂，左肾脏先天性畸形并且肾积水。已经非常严重了，必须尽快动手术，才能保住肾脏，而且手术后要平躺两周以上。我落泪了。谁来照顾我呀，秦文贵哪有那么长的时间守着我啊？还有孩子怎么办？那天我特别伤心。我冷静地思考之后，决定回老家重庆，求得父母的帮助。秦文贵得知我的病情后非常着急，说一定要陪我到重庆亲自照顾我。一边是对油田的责任，一边是对妻子的责任，一时又不能两全，那晚他失眠了。我很理解他，就说缓一缓吧，吃药稳住，没事。就这样，一直到1996年初，钻井队冬休时，他陪我回到重庆。

我住进了重庆市第三军医大学住院部。军医说，已进入节日期间，轮休的人多，春节以后给你做手术吧。秦文贵一听就急了。他从来就惜时如金，更何况担任钻井高级工程师的他应该在春节后钻井开工前到位。他急迫地述说着柴达木那片土地的石油开采，述说着钻井的重要……医生被打动了，几天后就为我做了手术。医生说，小余，你真不容易啊，右肾快彻底脱落了，你还坚持了那么久！你的右肾现在是缝挂在背上的！

结婚10年来，秦文贵第一次陪我这么长时间——一个多月。他协助护士护理一点也不能动的我，一口一口地给我喂饭。我不想吃，他就哄着我，像父亲那样慈爱。他还给我讲工作上的事和他童年的故事，分散我的痛感。护士们对我爸说，你真有福气，有这么好的女婿。我也体会到夫妻相伴的美好。尽管我还在病床上，他就先回柴达木了，但我已经很满足了。有秦文贵这样事业心强、责任感强的优秀男子做丈夫，我感到幸福；为他尽心奉献做出牺牲，值得。

1997年，组织上调他到敦煌石油基地双攻办任副主任，我也调到基地的诚信昆仑生物工程公司任出纳。新的技术攻关还需要更多的知识。我说："什么事能难倒你呀！"他说："冲着你这句话，我也要加倍努力。只是，你身体虚弱，我顾不上你，给你请个保姆。"他心疼我，又不愿给我父母增加负担，但我父亲却来到我家中。

秦文贵有一种紧迫感，恨不得分分秒秒都掰开用。有时早上6点了，父亲醒来，看见饭厅里的灯还亮着，就催他去睡觉。父亲做好饭，下班时给他打电话，他"嗯"一声，就是不回来，有时干脆就不接电话。我和父亲理解他，孩子也理解他。孩子说："我太喜欢爸爸了，我现在好好学习，以后也要做他那样的人。"

秦文贵获得"五四青年奖章"之后，对我和孩子说："荣誉是过去的，柴达木石油工业还要靠我们这一代、下一代，更加努力地工作，去发展它，壮大它。"是的，我们共同努力，丈夫是妻子的榜样，父亲是孩子的榜样。

柴达木的母亲

那是喜马拉雅冲向世界之巅时半途扔下的洪荒之地。曾经，那里没有草，没有小溪，没有鸟，没有野兽。只有万年不变的干涸、任意肆虐的风沙，只有混沌未开的原始、辽阔无际的苍凉。

20世纪40年代，西方一个又一个探险家在它的边沿叹为观止，望而却步，无可奈何地叫道：啊，地球上的月球。到了50年代，剿匪的军人和探宝的地质队员挺进了。从此那里才有了人烟。但是，魔鬼不愿将那片土地拱手让给人类，死神与人们展开了残酷的较量，让你在风沙中迷路，在干渴和饥饿中受折磨。你每天都得与凶狠的大自然搏斗。勇士们这样说："我用生命为你铺路。"

只要进去，就不怕艰难，带着英勇与悲壮，所以人们称进去为挺进。人的顽强坚韧使魔鬼与死神节节败退。七八年过去了，油田建起来了，死亡渐渐减少。但死神没有服输，敌不过强悍的生命，就扼杀即将出世的生命。于是，生命的顺利繁衍成为当时的难题。

那片大戈壁在柴达木西北部。

20 世纪 60 年代初，一个叫马崇煊的女大学生进去了。她击败了魔鬼与死神，几十年内顺利接生了两代人。80 年代，她的故事传到了北京，中央电视台一个摄制组专程到柴达木采访她，接着向全国播放了她的专题片，题为《柴达木的母亲》。尽管她已经退休离开那片戈壁，但那里的人们一直想念她，由她接生的孩子已长大成人，都以此为荣。

一、独闯大西北

1959 年夏天。一个体重不到 80 斤的瘦小的姑娘背着比她的身体大得多的行李，艰难地走进成都火车站，独自登上了西去的列车。

她毕业于成都华西医科大学，100 多名毕业生中只有她一人被分配到青海，因为她的成绩好，又主动要求到祖国最艰苦的地方去。当她拿到毕业分配通知书的时候，全班都闹成了一锅粥。有的同学向她投去同情的目光，七嘴八舌地说："怎么让她去青海？是不是分错了？那可不是小姑娘待的地方，你们知道古人的诗吗？'君不见，青海头，古来白骨无人收。新鬼烦冤旧鬼哭，天阴雨湿声啾啾！'……"也有同学十分敬佩地称赞她："你真行，有胆量！"一个高大的男同学向她走去，两眼竟然含着泪，面带羞愧，对她说：

"我母亲瘫痪了，我要求分回武汉，我是弱者，不如你！"

这位姑娘叫马崇煊，是哈萨克和回民的混血儿，但她生长在四川凉山。哈萨克，本意是"避难者"。早年，她的祖辈为摆脱乌孜别克汗的残暴统治，从新疆逃难到四川，在偏僻的凉山山区定居。父亲去世早，她从小在贫困中度日，目睹了外公和母亲的艰辛。外公是败落的儒士，没有什么财产，只有一箱子书是他的宝贵财富。他不能给予优裕的生活条件，却是外孙女最好的启蒙老师。马崇煊在上学前就熟读了四书、五经、唐诗、宋词和不少古典名著。外公让她记住《爱莲说》里的"出淤泥而不染，濯清涟而不妖"，《岳阳楼记》中的"先天下之忧而忧，后天下之乐而乐"。对她说，记住，今后会有用的。她点头，其实并不理解其中的奥妙。

真正使她理解这两句话的含义，还是那一件事：有一天，不满周岁的小弟弟忽然昏迷不醒，母亲哭喊着、呼唤着弟弟的名字，外公焦急地一会看弟弟，一会儿翻医书，仍不知道该怎样让他醒来。正在紧要关头，一位中年男子出现在门口。母亲见过他，他是这个地区有名的医生，家住山坡那一边。她想也不敢想，去请他来给孩子看病，家里没钱呀，而今天他突然出现在门口！

"我来看看！"他一边说一边快步走进屋，伏下身来为弟弟检查。"是脑脊髓膜炎。"医生说着已打开医疗箱，为弟弟打针。片刻，弟弟苏醒过来了。母亲破涕为笑，说："你是我儿子的救命恩人，你就像神仙从天上降临啊，我们一家一辈子都感谢你！"外公激动地拉住医生的手说："需要多少钱？我一定会给你的。"医生摆摆手："我只收富人的钱，不收穷人的。"他把几包药放下，嘱咐按时给孩子喂药，说他还回来的，就走了。外公和母亲感激地望着他的背影，连连说："你是世间最好的人！"

那时的马崇煊才 6 岁。这一幕对她心灵触动很大，她想，我长大了也要当他那样的医生，成为世间最好的人！医生来家里好几次，弟弟的病全好了。她一直想着，要去找自己最崇敬的人，她想赠给医生一句古人的话："先天下之忧而忧，后天下之乐而乐。"有一天，马崇煊背着弟弟走了好几条街，翻过山坡，找到医生的家，在门口徘徊。因为医生在她心目中太高大了，她终未走进他的家。

为了今后做一个医生这样的好人，马崇煊更加努力地读书，一入学就考上了三年级。没几年，新中国成立了，国家鼓励孩子们好好读书，为他们设计了美好的前景。马崇煊带着孩提时的理想，发奋努力，后来终于考上了华西医科大学。这是无比光荣的事，凉山这一带山里的人家，祖祖辈辈没有出过大学生。不善交往的外公和母亲不得不笑脸迎送一个又一个登门祝贺的人。但外公却没有称赞外孙女一声，他只是淡淡地说："考上大学才走出第一步，学好本事是第二步，最重要的是第三步。"马崇煊睁着一双纯净如水的大眼睛望着外公，她牢牢记住了这句话。

她只身来到青海西宁。她的工作单位是青海油田职工医院。报到这一天，她的心灵就受到极大的震撼。她在医院看见了一群孕妇，有的肚子微微凸起，有的肚子已像大皮球一样滚圆。一数,足足有 8 人。她一问,才知道她们都来自油田的前线柴达木西部。油田海拔高,自然条件和生活条件差,油田规定不能在那里生孩子。有一个妇女自认为自己的身体好,悄悄藏在柴达木生了孩子,结果两条生命都没保住。打那以后,油田就严格管理孕妇,无论是职工还是家属,怀孕 3 个月以上就派车送到西宁的职工医院。

马崇煊看着一个个皮肤干涩、脸色黑中透红、包着各色方格花头巾的孕妇,崇敬之心油然而生。柴达木,那里拒绝生命的诞生,而你们不仅敢于走进去,而且敢于孕育生命!

马崇煊就是在这种敬意里,当了妇产科医生的助手,第一次在大西北捧出了生命。她听着孩子的哭声,第一个念头就是,走,到柴达木去,一定要让戈壁荒漠微笑着迎接人的新生命!

二、不是一般的姑娘

1960 年春夏之交,马崇煊的申请批下来了,她被调到地处柴达木西北部名叫冷湖的小镇。那是油田机关和石油职工医院所在地。她兴奋地乘坐在解放牌货车驾驶室里迎着西行的风。4 天的路程,有 3 天都在戈壁滩上,她领略到西部边陲的辽阔,更体味到什么叫原始苍凉。

冷湖只有一条街,街上只有一个小商店,与戈壁同一颜色的灰色土坯房、白色的帐篷和蓝的活动板房是街道两旁的主要建筑。方圆几百公里都是戈壁荒漠和光秃秃的黑色山、灰色山。有了这些房子，才有了一些生机。

马崇煊眼睛一亮，她看见女人了。这就是她在西宁见到过的穿着花上衣、戴着方格花头巾、黑脸干皮肤的女人。马崇煊到来的半年前，医院已成立妇产科，孕妇可以在冷湖生孩子了。现在又来了一个妇产科医生，这一下吸引了许多女人。女"病人"多了起来。她一一解答她们提出的女人问题。两个月前，冷湖成立了有史以来第一所幼儿园，只有5个孩子。她想，我一定要让油田的孩子越来越多！

因为地理环境和气候条件恶劣，怀孩子流产的比较多。女人们多希望在这里顺利生育啊！在这个特殊的地域，该怎样去做，她心里还没数。一定要让姐妹们的愿望在这里实现，她决心重新温习大学的课本和带来的医疗书籍，尽快解决安全孕育和生育问题。

正赶上自然灾害，江南水乡都有不少人饿肚子，何况这寸草不生的大戈壁。除了风沙，一切都要从外面运进来，现在运进的食品已经很少了。每人每月只有18斤粮食，发饭票，在食堂搭伙。在四川长大的马崇煊第一次到食堂打饭就傻眼了，一点米饭都没有，馒头是面粉和枸杞叶、蕃杨叶、羊蹄叶磨面揉成的，就像没蒸熟一样拿着黏手。她最爱吃蔬菜，但是没有，只有粉条。肉也没有。吃不？她见其他人都大口大口地吃，也就吃了起来。味道真不怎么样，馒头黏牙，难以下咽。她吃着吃着眼泪就流了下来。她怕别人看见了，就把头低着。总算吃完了，但肚里还是空空的。

吃饭是痛苦的，得靠毅力。有时吃饭时她就想家乡的豌豆尖儿下面条、炒藤藤菜，把嘴里的馒头想成西红柿、土豆那些好吃的东西。几天后一位副局长见了马崇煊，问她："小马，饿不饿？"她回答："饿。"副局长说："遇上了全国性的自然灾害，苏联还在要债。没法呀，勒紧裤腰带也得把债还清。是啊，谁不饿？可想想长征，总比那时吃草根树皮好，我们还流汗不流血。忍着点儿吧，总会过去的。"马崇煊点头。

　　一天，采油厂一个姓杨的女工临产了，汽车把她送到了医院门前。此时妇产科只有小马一位医生值班。她箭一样射到门口，抱起小杨转身就疾步进医院。医护人员和病人全都看呆了，这么瘦小的姑娘能抱起体积、体重比她大得多的孕妇。现在是困难时期，谁肚子里都没油水，哪来的力气？她还有精力顺利接生吗？

　　人们还在疑惑中，只听见产房传来婴儿响亮的哭啼声。婴儿顺产了！人们就要争相转告。那不仅是孩子父母的特大喜讯，而且是这一群开拓者的喜事，终于有生命在这里安全诞生了！小马出名了，谁都在议论这个瘦小的大学毕业生，这可不是一般的姑娘，一定是个好医生。从那以后，年龄比她大得多的人都不叫她小马了，叫她马大夫。敢大胆怀孕的妇女也多了。

　　一个钻工的妻子临产了，马崇煊给她接生，生下来一个女孩，出现头皮血肿，需要输血。这正是夜里11点，产妇急得叫唤，天哪，这么晚了到哪去找人来输血呀！马崇煊轻声对她说:"你别急,刚生了孩子情绪要稳定才好,输我的血吧,我是 O 型血,万能的。"这个女婴的血管里有了马崇煊的鲜血,病症消除了。钻工的妻子含着热泪对尚不谙人事的女儿说:"马大夫就是你的妈妈啊!"

这天一个 30 多岁的女工来医院找马大夫。一见她就哭着说:"我已经流产 3 次,现在又有了,可又开始流血了。我丈夫在花土沟,几个月才回来一次,他托人带口信让我来找你,说你是个好姑娘,你能不能帮我保住啊?"马大夫给她检查之后立即让她住院保胎,不让她活动,给她换内裤,一天给她擦几次血。这个女工遵命卧床,但躺着时间长点就喊腰痛,要起床。马大夫制止了她,给她揉腰。说:"只要没有产妇,我会一个小时来给你揉一次腰,你一定要卧床休息。"女工很不好意思地推开马大夫说:"别给我揉,我不起床就是了。"马大夫继续给她揉,说:"没什么,这是我们医生的责任。"马大夫每隔一小时给她揉一次腰,给她检查腹部和下身。每次马大夫掀开她的被窝时,都臭气扑鼻。同病房的人都捂住鼻子,马大夫连眉头都不皱一下。

夜半挑灯的是一个瘦小的身影。马崇煊在办公室研究女工流产的主要原因和解决的办法。狂风在窗外呼啸,咕咕的声音在饥肠中回旋。正是这两种声音的交融启发了她:外保内补。严重缺氧和营养不良,还有心理上过分的担忧是造成女工流产的综合因素。医院的条件很差,巧媳妇难为无米之炊,但她想出了办法。她教女工每天用若干次的仰卧深呼吸法补氧;她将每月仅有的两斤米饭饭票换成米,又发动所有医护人员找莲子等补品。每天她都给女工熬香喷喷的营养粥；一有空，她就给女工讲有趣、有启发的故事，调整她的心态。

在马大夫几个月的精心照顾下，女工生了一个儿子。她的丈夫回到冷湖就跑到妻子病房，抱起儿子喊道："马大夫，你让我有儿子啦！你是用的啥法儿呀？"病房里的人都乐了。

望着风沙弥漫的戈壁滩，她深知在这片特殊的土地上，顺利繁衍生命的奥秘尚处在烟雾中。她也深知，"要做世间最好的医生"这个愿望，在这里有着更深刻的意义。面对保胎的、生产的和难产的姐妹，只有一个想法、一个行动：保住生命！

她先后写出几篇有关高原妇女病治疗和保胎、顺产方面的论文，向医院提交了解决方案。她得到上级的支持，几年来，实施成功率相当高，保胎和接生没有失败过。马崇煊成为人们心中的神秘人物。

三、"女反动学术权威"

"文化大革命"时期，马崇煊被当成"反动技术权威"，送到油田建在甘肃敦煌古阳关旁的南湖农场接受劳动改造。这里有70多户农牧民，还有10余个被造反派看成"渣滓"的人。从戈壁到农场，正是夏季，这里到处是绿油油的庄稼。多年来眼里尽是灰黄的戈壁、黑色的山，她的眼睛已没有光泽了。现在看见绿色，仿佛悠悠的水流进了眼里。更让她感到意外的是，一个个有着古铜色皮肤、淳朴眼睛的农牧民都很欢迎她。一个牧民对她说："不管你是不是反动权威，只要你为我们治病，就是我们心目中的好人。"

马崇煊先把医疗室、产房办起来，还请农场的负责人想办法弄来了剖宫产的全套设备，又开始走家串户，了解农牧民特别是女性的身体情况，她很快就成了女人们的好姐妹。因发现及时，不到3个月里救了好几个人的性命，为几个产妇顺利接生。"文化大革命"中，像马崇煊这样天不怕地不怕、依然施展才华为群众服务的人实在太少了。她的美名在暗中流传着。

离南湖有20多里地的阿克赛牧区有一个50多岁的牧民赶着毛驴板车拉着妻子来找马崇煊。正是隆冬天，他的胡子和眉毛上都因哈气结成了冰碴儿，鼻子和握着鞭子的手冻得像紫辣椒和红薯。他用拗口的汉语急切地问："马大夫，在啦?"马崇煊闻讯赶来，得知他的妻子要生产了，立即与他一起把产妇库丽曼接进医疗室。库丽曼生了9个孩子都是死胎，她已经42岁了，真是百折不挠，又怀上第10胎。听说南湖来了个马大夫，她的手就是神手，只要这双神手接生，死的也会变活。这真是神在保佑啊，去找她，快! 他就赶着毛驴车把快要临产的库丽曼拉来了。

马崇煊把炉子烧得旺旺的，让他们暖和过来。经检查，第二天才生产，但胎位不正，同时因为9次生孩子失败又迫切希望这次成功，产妇的心理压力特别大，难以与医生紧密配合。马崇煊决定给她剖腹取婴。她对牧民说："你可以回去，明天来接两个人。"牧民觉得神女一样的马大夫说的什么都是对的，就顺从地赶着毛驴车走了。马崇煊开始和库丽曼聊天，给她讲剖宫产的科学道理，让她理解和配合。在库丽曼心中马大夫是神一样的医生，又那么和蔼可亲，她就不住地点头。医疗室只有一个病床，马崇煊用三张凳子搭成一个简易床，陪了库丽曼一个晚上，随时检查她的情况。天亮了，太阳升起来了，库丽曼临产了。早就准备好的马崇煊顺利地为她做了剖宫产手术，为她捧出一个胖儿子，为她洗身，还用前一晚自己亲手做的小被子包住孩子。

牧民赶着毛驴车来了，他的热泪融化了睫毛和胡子上的冰碴儿，滴落在儿子的脸上，儿子为他唱起了生命之歌。他又掉头出去抱进来一个包着羊皮套的汤钵，打开钵盖，羊肉味儿浓香四溢。马崇煊舀上一碗，一口一口地喂库丽曼。之后，他抱着汤钵站在马大夫的面前，感激地看着她，只说了两个字："你吃。"马崇煊从不接受病人及家属的东西，他就像木桩一样立在地上，足足一个小时。马崇煊被他诚挚的眼神和执着的神态感动了。她只好舀了一碗汤，像饮酒一样仰头喝下。他说："神手，你！最好的医生！"马崇煊流泪了，不，我还做得不够啊，我还会努力的……

农场一次也没有批判过马崇煊。造反派的头目又把她调到离冷湖机关十几里的五号矿区，不让她当医生，让她去建房。由老工人老罗带她干活，同时监督她。众口皆碑，老罗知道马崇煊是什么人。马崇煊说："我要尽到医生的责任，接生，治病救人。"他说："那你就去干吧。"

过去矿区的女人们看妇女病和生孩子都是搭车去30多里外的冷湖。这里没有有关设备，她就去找卫生所的亚蓝大夫，与她商量，尽快建产房，配齐剖宫产设备。亚蓝赞赏地微笑着说："我们一起干！"老罗和一些工人都来帮忙，产房和简易手术室很快就建起来了。马崇煊还做了调查，建立了全部女职工和家属的病历档案，对女性的病历和孕妇的产期了如指掌。

马崇煊在五号矿区，采用家庭病床的方式接生了506个婴儿，个个平安。还在简易手术室做各类妇科及计划生育手术。她们粗略地计算了一下，马崇煊在五号矿区500多天，平均每天接生一个孩子，还要做4次妇科手术，还不包括平时给妇女看病检查。有一天她接生了10个孩子，姐妹们说："咋都堆在一天生啊，把我们的马大夫累得腰都塌下了。"妇女们心里最清楚马大夫有多忙多累，马大夫真是太辛苦了！

谁都知道，马崇煊不仅为五号矿区的病人忙碌，冷湖各区的病人都爱来找她。相隔十几里、几十里呀。有一天中午，她刚下班，还没吃饭，就听见急促的敲门声和呼喊声："马大夫，快去救救我老婆！"马崇煊立即打开门，一个中年男子说老婆生娃胎盘不正，流血太多导致病情危急。马崇煊说一声"走！"就上了男子搭来的解放牌货车。车急速地行驶着，男子这才想到会为难马大夫："马大夫，这样也可能会给你带来麻烦。可是……我就放心你，心一急就找你来了！"马崇煊说："哪怕带来灾难我也要去，我不能见死不救!"到冷湖医院了,她听见病人的母亲凄厉的哭声。马崇煊径直走进手术室。

病人脱离了危险,病人的母亲拉着马崇煊的手说:"你是世上最好的人,我们一辈子都感谢你!"冷湖的医生也说:"谢谢你,马大夫!"

四、冻成冰棍的儿子

"文化大革命"过去了,马崇煊回到了冷湖职工总医院。1971年,她丈夫因工作需要调到北京。整天忙碌的马崇煊一人带两个孩子,老大9岁,老二才7个月,更忙了。

一天傍晚,狂风像失去理智的疯子,在冷湖歇斯底里地闯荡、吼叫。马崇煊想起了"大漠风尘日色昏"的古诗句。自从有了孩子之后,她对这种景色的欣赏就淡了许多。戈壁荒漠的现实告诉她,风沙是孩子的敌人,已有孩子被风沙刮走,冻死在戈壁滩上!下班回家,她脚步匆匆。还好,孩子都在家。老大眼巴巴地望着她。她知道儿子饿了。打开碗柜,一点剩菜一块剩馍也没有。她抱歉地拍了拍大儿子的头,就提上水桶,到水房提水回来煮饭。刚打开门,一个护士就与一股风沙一起迎面闯来。

"快,马大夫,有个产妇……"马崇煊没听她说完,丢下水桶就跑。风声中夹杂着小儿子的哭声。护士说:"你儿子在哭!"马崇煊说:"救人要紧!"她头也没回。

这是一个患有癫痫病的产妇，临产了，癫痫犯了。她的亲属慌乱地呼喊着："马大夫你在哪儿？马大夫你在哪儿呀!"当马崇煊出现在医院的时候，无数双眼睛都望着她，充满了信任和期待。她有条不紊地进行着检查、治疗、接生。外面风声紧，医院里，医护人员和病人们心里都紧绷着弦。深夜了，小生命才姗姗问世。听见新生儿的哭声，产妇家属哇的一声哭了，哭声和风声连成一片。没有危险了，马崇煊才感到饥饿与劳累，像大风在推着自己，她就要倒下了。这时她想起两个儿子，他们没吃晚饭，和自己一样饥饿，也不知道他俩盖好被子没有。冷湖的初冬比内地冷多了，已滴水成冰。她越想越担心，真想立即回家。可她的目光又转向产妇和婴儿——要仔细观察婴儿，他是在抑制产妇癫痫的状态下出生的，可能出现异常；产妇的癫痫还有可能复发，控制不好会大出血。我不能走。马崇煊坚持着，一直到天亮，值班大夫来了，她交代好了，才立即跑步回家。

还没到家她的心就悬了起来，她看见家门是大开着的！她快步跑回家，见大儿子和衣睡着，被子盖着大半个身子，睡得正香。小儿子躺在被子上面。她俯身一摸，小儿子冻得像冰棍，两只耳朵里装满了快要凝成冰块的泪水，呼吸已不正常！她抱起小儿子就往医院飞奔。

小儿子得了急性肺炎，医院下了病危通知。

马崇煊的心撕裂般的痛。我为什么不管自己的孩子？为什么呀？都是一样的生命，一样的宝贵呀！我不能失去他，不能啊！她谴责自己，骂自己，她想向儿子道歉，她想重新让儿子出生，从头开始好好关心他、爱他……可是儿子生命垂危了，紧闭着的双眼或许再也不睁开了！你不能死，不能死！睁开眼睛看看妈妈吧！

一滴滴泪水落在儿子脸上。一个护士含着泪怨她："你成天忙啊忙啊，只顾了别人的孩子顺利出生，总是顾不上自己的孩子。你总不能付出了自己，还搭上孩子啊！看这孩子多可怜！"马崇煊抽泣着："都怪我，昨晚走得太匆忙，门没关好。我怎么这么粗心，我太粗心了……"医院大厅里聚着许多女人，有的是病人，有的是闻讯赶来的，她们轻声议论着，有的人眼里含着泪。"小孩有个三长两短她怎么办呀？她丈夫已经调走了，有个啥事都得她一人担着。我说呀，她也该调走才是。"好几个女人抢着说："她走了我们怎么办？咱女人都靠着马大夫。"

马崇煊的小儿子还没有脱离危险。人们沉默了，他们的内心受到自己的谴责，仿佛马大夫的小儿子是他们害的一样。马崇煊只有此时才明白了一个道理，自己也是两个儿子的母亲，和其他女人一样，也应该对儿女尽到母亲的责任。只有此时，她才发现自己对儿子有着强烈的母爱，并不亚于对其他人的孩子。难道只有牺牲对自己孩子的母爱才能实现对这里的孩子们的母爱？外公的教诲跳入脑际：要记住"先天下之忧而忧，后天下之乐而乐"。她的思绪打结了。接着一个疑问出现了，真的要牺牲自己的孩子才叫"先天下之忧而忧"？不！她喊着扑向儿子，泪水滂沱！

这时有孕妇难产，马崇煊尚未顾上抹干眼泪，已经开始了她心目中神圣的工作。刚才还在劝她应该顾顾自己的孩子，应该调到丈夫身边的女人们，都无话可说。"马大夫……"她们只能用眼泪来表达此时的心情！

还好，经抢救和治疗，小儿子渐渐康复了。马崇煊听从院长和同事们的意见，把小儿子带到医院的儿科病房，医院专门给他安排了一张床。住院的孩子们和家长太欢迎他了，因为尊敬马大夫，他是马大夫的儿子，就叫他小马。马崇煊用大被子围着他，怕他掉下床。说："别管他，让他自己玩。"可她一走，家长们就轮换着抱他。

小马就这样在医院一天天长大。1岁了，他再也不想依靠别人了，还是自己学着走路吧。或许他是这样想的，趁病房没人，他就往床边爬，他要下床。咕咚一声，他滚下床了。头摔得好疼，他摸了一下，没关系，我不哭。他想站起来，不行，没劲儿，只好往外爬。这么长的走廊，怎么一个人也没有？他觉得有点饿，他想找妈妈，就快速地匍匐前进。他的妈妈正在给一个难产妇女接生。这时来了一个男人，感觉地上爬的像是一只小狗，他用脚轻轻踢了一下，这才明白是一个小孩，就赶紧弯腰抱他。原来这是一个眼科病人，算半个盲人。他说："好可怜，这是谁家的孩子。"他就把他抱到自己病房，给他喂鸡蛋羹。孩子愉快地哼着，太好吃了，可有好几勺差一点喂到小马的眼睛里，幸亏小马以迅雷不及掩耳的速度闭上了眼睛。

有一天下午儿科病房住满了人，马崇煊就把小儿子抱回家去，放在床上，用绳子捆住他的腰。小马怕妈妈生气，捆的时候不哭，等妈妈走了就死劲地哭一阵，然后东张西望。哥哥上学去了，只能观赏家里的东西。唉，老一套，没意思，只好睡大觉。

这天晚上马崇煊为抢救一个宫外孕病人，又管不了两个儿子。邻居见她走得匆忙，就让儿子去带两个弟弟。这个12岁的男孩很会讲故事，马崇煊走了，男孩就讲故事，讲啊讲啊，讲完了，马阿姨还不回来。他再讲一遍，大弟弟就不爱听了。小弟弟无所谓，只要他讲话就行。可忽然间停电了，家里漆黑一片，小弟弟就哭了。怎么办呢？他知道火柴在哪，就摸黑找来，可他找不到蜡烛。也好，把火柴划亮，一个小火苗，也很好看。小弟弟见了特别高兴，哈哈地笑。他想，只要你高兴我就再划亮。划了一根又一根。一盒没了。他也累了不想划了。可不划火柴小弟弟就哭。他想起妈妈的嘱咐，马阿姨是救人去了，你一定要好好带两个弟弟。好吧，只要弟弟不哭，我就划火柴吧。一盒、两盒……大弟弟睡着了，小弟弟精神还好得很，盯着小火苗，两手扑腾着，笑。小男孩一口气划了10盒火柴，小弟弟终于睡着了。他给两个弟弟盖好被子，瞌睡了，不敢闭眼，望着门发呆。马阿姨终于回来了，外面都有电，家里怎么漆黑，孩子们怎么样了？这时邻居男孩扑进阿姨怀里，大哭起来。马崇煊抱起男孩，连声说"谢谢你、谢谢你"。原来是风把电线刮断了。她打着手电把电线接好，这才看见满地的火柴，她知道邻居男孩是怎样费心逗儿子高兴的了。她真想到邻居家去说声对不起，可她知道邻居上班去了。她十分内疚。

不久，丈夫把大儿子接到北京上学了。小儿子还是在医院里成长。他是扶着医院的墙学会走路的。耳濡目染，他才两岁多就成了妈妈的好助手。住在病房的孕妇临产了，他会以最快的速度第一个跑去找妈妈："妈妈，阿姨肚肚痛了，要生了！"

马崇煊的小儿子对医学有了天然的兴趣，从小就可以与她交谈一些医疗常识。上学后生物学得特别好，以致后来热爱理科，1990年考大学时成为青海省少数民族理科状元。

五、孤独与人生选择

真正的孤独感是在"文化大革命"以后才有的。丈夫调走了，她望着掀起沙浪的汽车远去，直至消失在戈壁滩那一边的地平线上，她才发觉自己像在风里漂流的一粒沙子，无所依托。家在哪里？爱情在哪里？她觉得茫然。一些日子，唐诗宋词里缠绵忧伤的诗句老是萦绕在心中，赶也赶不掉。"昨夜夜半，枕上分明梦见，语多时……觉来知是梦，不胜悲。""秋寂寞，秋风夜雨伤离索。老怀无奈，泪珠零落。故人一去无期约……"

母亲生着病，全靠弟弟一家照顾，照理说，她不调到丈夫那里也该调回家乡。可她一想到戴着方格花头巾、皮肤粗糙、嘴唇裂着口子的女人们，就会谴责自己的一念之想。

在她心里搁着许多事。急于解决的是不孕症、孕育习惯性流产，还有产后出血，这里产后出血率达到20%。若在内地可以得心应手，而在这里却难上加难。这里海拔高，干燥、缺氧，气候恶劣，寸草不生，这是导致上述病症的原因之一，在这种特殊的地域里必须有特殊的医疗方法。"文化大革命"前的研究与措施只是走出了第一步。书。书？过去的书全被造反派烧了，现在内地也很难找到有用的参考书籍。她一个晚上写了二十几封信，向内地的同学、老师求助。有这么多书要读这么多事要做，她想到了身体，30多岁了，劳累与"文化大革命"时的折腾，身体远不如过去。她想起书上写的唐代诗人李白，本是一介书生，但他是"仗剑去国，辞亲远游"，"抽剑步霜月，夜行空庭遍"。他都知道练剑健身，我也该想到啊，没有健壮的身体怎么能做好这么多的事情？于是她早上5点就起床练跑步。本来就缺氧，这是需要毅力的，在高原戈壁上剧烈运动的人实在太少了，即使有也是小伙子。

盼星星盼月亮似的盼着医学书的到来。终于收到几本，还有不成书型的资料，她如饥似渴地钻了进去。为了学到更多的医学知识，外为中用，她又开始复习英语。

一本中医学书籍给了她启发，辩证施治，可以针对这里的地域特征实施中医疗法！马崇煊就像得到了"芝麻开门"这一打开宝库的密语那样兴奋不已。她又给老师和同学们写信，请他们把能够找到的中医书籍都寄来。

一个妇产科大夫把各种中草药的用途搞得清清楚楚。她终于研究出好几种治疗高原戈壁妇女病的药方。一个叫晓婷的女青年结婚后一年不孕，叔叔、阿姨都跟着她流泪。悲伤的她给远在西安的爸爸写信："……能给我抱一个孩子吗？我不能没有孩子……"马崇煊去找她了，说你吃吃中药吧。吃了两个疗程，40天后，她怀上孩子了。不孕的、保胎的，还有治疗盆腔炎、乳腺炎，抑制产后出血，等等，马崇煊都采用了中草药或者中西医结合的疗法，成功率达到98%以上。

马崇煊成了女人们心中的圣母。冷湖有三大片，分别相隔30多里，马崇煊经常到各片区去蹲点医疗。她走到哪里，另外两个片区的女人就一群一群地拥向哪里。她探亲路过哪里，哪里的女人就一群一群地堵住她。马大夫来了！她们喊着，比过节还高兴。只要是马大夫检查的，说有啥病肯定是啥病，说没病肯定没病；是马大夫开的药，绝对能治好病；马大夫说的每一句话都是圣旨，都一件一件地照着去做。哪个小孩是马大夫接生，这成了他永远的光荣。一个叫马锐的男孩上小学一年级时成绩很好，老师夸他聪明，他头一扬说，我是马奶奶接生的，能不聪明吗？

马崇煊生病了。那一天正在手术台上，她腹、背痛了起来。她忍住，手术不能停。越来越痛，汗水从额头掉到身上。助手在一旁看得清清楚楚，她知道马大夫的脾气，没有吭声。此时她实在于心不忍了，她对她说，我来吧，你马上去检查，你病了！马崇煊没有理她，硬是坚持把手术做完。她再也支撑不了了，腿一软就瘫倒在地上。

……啊，我今天捧出了10个婴儿，他们唱出了10支生命之歌呀……她仿佛刚回到家里，觉得腹、背很痛，越来越痛，就像要炸裂开了。汗水打湿了两层衣服，她支撑不了自己的身躯了，太沉。她跪在地上，用板凳压住腹部，还是止不住痛。止痛药，止痛药！药在哪？在哪？谁帮帮我，谁……

那是过去的一次病痛。那天终于熬过了漫长的夜晚，本想明天一定去查一查，可是正在给女职工做妇科普查，她就把这事放在了又一个明天。明天又有事，明日复明日，疼痛复疼痛，大半年就这么拖过去了。

马大夫住院了！人们听说后纷纷拥向医院。马崇煊是胆囊炎动了手术。院长说："马大夫需要休息，你们回吧。"人们点头说："是，是的，马大夫太累，是积劳成疾，家里又没人照顾她，她又不愿意麻烦别人。一个女人，太不容易，是该好好休息。"她们说是说，就是不走。病房外、走廊上，到处是来看马大夫的人。一个穿着工作服的小伙不听劝告，硬是进了病房。他一进去就叫道："妈妈！"马大夫听见了儿子叫她的声音，她浑身热血一涌就睁开眼睛。不认识。"你是谁呀？"她问。"马阿姨，妈妈，你怎么不认识我了？我是海涛啊，22 年前是我是您接的生，我身上还流着您的血。"小伙进去了，年轻人都往病房挤，一声声地叫着："马阿姨，妈妈。"都争着说："我是您接的生。"有的说："我一生下来喉咙里就堵住了，是您不怕脏，用嘴吸出了我喉咙里的东西，要不是您，我就失去生命了。"又有小孩和青年挤进来，小孩叫着："马奶奶，我爸爸和我都是您接的生，你不要生病，我不要你生病嘛！"挤不进病房的女人们都在外边掉泪。

从不接受礼品的马崇煊，此时无力谢绝，"都带走，一件也不能留！"说也没用，礼品堆了大半个病房。

"身体这个样子了，又是单身，你还不调走？你做的事比别人多，工资奖金没多拿，调回内地保了身体还一家人团聚，不走真傻。"

"你好像工作的机器，既不吃好的也不穿好的，也不追求爱情幸福，多没意思。"

这时有人顺手翻开放在她枕头边的一本厚厚的《实用妇科学》，看见她抄写在扉页上的范仲淹的名言："先天下之忧而忧，后天下之乐而乐。"

马崇煊在柴达木大戈壁上工作了近40年。组织上给她办了退休手续。她是在一个挂着月亮的凌晨悄悄离开那里的，她不愿看见送行的人们的泪眼，不愿面对难以承受的离别之情。

人们称她为"西部的林巧稚"，笔者以她为原型写了一部长篇小说《西部圣母》。人们想念她。有人写了一首诗，赞美她，有这样一句：

　　你有博大的爱　你是
　　繁衍柴达木生命的母亲！

（发表于2007年第3期《柴达木开发研究》）

西部寻梦者

序

西气东输，牵动着亿万人民的心。

按照国家西气东输的战略部署，2003 年，将形成全国三大天然气管网，其中塔里木盆地与柴达木盆地天然气经西宁、兰州、西安与陕甘宁输气管线汇合，输送至上海，气化长江三角洲。

柴达木盆地，这个深居青藏高原、占地面积 24 万平方公里，而油气勘探区 12 万平方公里全是"生命禁区"的西部宝地，在西气东输中占有多么重要的位置！

在生命禁区夺宝真不是一件容易的事！敢于进去的人是拿自己的生命做赌注的。但是，在柴达木奋战的三代石油人经过 40 多年的艰苦奋斗，已经使青海油田成为全国四大气区之一。并且，在 2001 年 5 月 18 日，从柴达木涩北气田通向青海西宁、甘肃兰州的"涩—宁—兰"天然气管道供气剪彩仪式已经举行，天然气已提前输送到西宁。当天，中央电视台在《新闻联播》的头条报道了这一喜讯："拉开了西气东输的序幕。"

青海油田的柴达木涩北气田有涩北一号、涩北二号和台南气田组成，累计探明和控制的天然气储量可以确保平均日供天然气1000万立方米40年以上。以涩北气田为中心，通往东南西北的天然气输运管网已经形成，青藏高原、河西走廊都是最早的受益区；方便群众，净化环境，带动经济，其社会效益更是难以估价。

不少老石油人在为青海油田的辉煌成果而激动的时候，提到一位科技工作者的名字，她叫孙子华。人们说："不能忘记她呀，柴达木的台南气田是她发现的！"

"孙子华也为柴达木尕斯库勒油田的勘探开发做出了重要贡献！"有人补充道。

是的，孙子华在青海油田是个带有传奇色彩的知识女性。她1968年毕业于北京地质学院物探系，在青海油田工作了22年，后来调到冀东油田。她的事迹多次上报刊，西安《金秋》杂志登载了我写孙子华的文章，还将她的照片登在了封面上。西气东输成功后，孙子华的贡献将延伸到祖国东部。

一、向往昆仑

孙子华出生在四川省岷江边一个山清水秀的小城，她的少年时代是在陕西咸阳度过的。父亲是西北工业大学的数学教授,母亲是中学生物教员。他们传给年幼的孙子华严谨地学习与做事的品行。小时候,对她影响最深的是一本杂志《少年文艺》,其中的《沙漠追匪记》《老鹰山探矿记》等惊险故事,使她对探险寻宝充满了向往。

爱唱歌的姐姐是她的艺术老师,那些新疆民歌、俄罗斯民歌让她陶醉,尤其是著名诗人李季的一首《柴达木小唱》让她痴迷,那歌词至今记忆犹新:

> 辽阔的戈壁望不到边,云彩里悬挂着昆仑山。镶着银边的尕斯湖啊,湖水中映照着宝蓝的天……

也许是《沙漠追匪记》中勇敢者的形象和《柴达木小唱》深深地铭刻在心中,所以她把姐姐唱的最后一句"光荣的家乡"记成了"勇敢者的家乡"。她对昆仑山下的柴达木和镶着银边的尕斯湖充满了向往,她暗暗立志,长大要学地质,要去柴达木。

那是1956年,是新中国成立后国家第一次号召开发西部的时期,《人民日报》发表了一篇重要社论,题目是《支援克拉玛依和柴达木油区》。一批又一批的有志青年去了大西北,去了柴达木。

一个梦想藏在她的心中。1960年初中毕业时,她想考地质学校,可正逢全国性的自然灾害开始了,地质学校不招生,她只好上了师范学校。她专心地学习教育学、心理学、音乐和美术，决心当一名合格的小学教师。可是，机会来了。1962年，国家实施"调整、巩固、充实、提高"方针，她上的师范学校被撤销了。孙子华命中注定要实现学地质、搞勘探的愿望。

经过一番努力，她踏进了高中校门，读高三。1963年高考，给她一次学地质的机会。当时，父亲劝她学数学，随他。姐姐叫她上交大，随她。物理老师建议她考北大，说她物理、数学好。她自己早有主意：学地质。她把前三个志愿全部填上了地质学院，把北大、交大放在了后面。终于，她如愿以偿，考上了北京地质学院地球物理勘探系石油物探专业。

五年的大学生活，孙子华和同学们游弋在知识的海洋：数学，物理，化学，地质，矿物，构造……为做勘探队员而努力积累知识。他们努力锻炼身体，为了实现为祖国健康工作50年的愿望而增强体魄。他们知道，地质队员就是要吃苦，谁也没指望在大城市里找石油。他们高唱《勘探队员之歌》，准备去高山，去沙漠，要"用火一般的热情"为祖国寻找地下宝藏。

在学习中，她惊异地发现，她向往的昆仑已不仅是神话与悬挂在云天的美丽。昆仑以不可比拟的巨大威力创作了一个震撼天地的真实故事，创造了一个令世人仰望的雄伟形象。4500万年前，地质史上最年轻的喜马拉雅运动使庞大的印度板块向欧亚板块猛烈俯冲，古老的昆仑山脉被推移500公里。昆仑趁势将珠穆朗玛举向万里苍穹，使之高耸为世界之巅。曾经与之毗邻比肩的马里亚纳海沟逃遁而去，以2万米高差仰望山之巨雄。"世界屋脊"青藏高原也在这时迅猛崛起，海拔超过7000米的公格尔、慕士塔格以及可可西里、巴颜喀拉等一同问世的大山以永恒的洁白晶莹与蓝天白云媲美。昆仑，从此作为中华民族的代称傲然于世。

孙子华为重新认识昆仑而喜悦，更加坚定了走向昆仑的决心。1968年，毕业分配时，正巧西部的陕西、宁夏、甘肃、青海需要大学生。她和同学朱惠铭毫不犹豫地选择了青海的柴达木。那支歌，已不知唱了多少次，她早就盼望见到那遥远的、悬挂在云彩里的昆仑山和昆仑山下那个"勇敢者的家乡"柴达木。

二、柴达木梦想

1968年冬天，孙子华和朱惠铭以及地质学院、石油学院的几十个同学一同来到青海柴达木。

在柴达木西部的花土沟，孙子华最先寻找的就是昆仑山。哦，她在柴达木南缘，冰峰雪岭，绵延起伏，气势巍峨；她像蠕动的银龙，像奔驰的白马，像汹涌的江水，又像西王母舞动的裙摆啊；她巍然屹立在人间，又好似在仙境里。孙子华触景而生万千感慨，禁不住豪爽地抒情。

昆仑山脉西起帕米尔，东经塔里木和柴达木南缘，蜿蜒至川西北，共有2500公里，什么时候能在她的身躯上走一趟？孙子华读过著名诗人李季在这里写的诗歌：

> 四川姑娘上昆仑，身背标杆脚登云……山顶摘星当
> 花戴，云雾纱巾缠满身。若问人间谁最美，姑娘应是第
> 一人！

"辽阔的戈壁望不到边！"这是李季站在这片戈壁滩上的赞叹。而孙子华将她的心投向脚下的土地。

柴达木，你是古老的欧亚板块的成员，沧桑巨变，你的兄弟姐妹们要么隆起，要么断裂，听凭板块碰撞造就出嶙峋峭壁、崇山峻岭、冰川河流。而你，却如此坦然而卧，仿佛千万年来一直静心养性，不曾有过丝毫动弹。莫非真是这样，已经修成正果，所以舒展开你千里胸襟，任风来沙去、车走人行？

不，你早已经历过沧海桑田的演变。海波汹涌的汪洋，剑峰千仞的山脉，平畴万里的原野。角色变换，使你将一个吸引人类的计划酝酿成熟。两亿年前你就毅然将覆盖你的最后一片海水——特提斯海倾倒出去，开始孕育石油、云母、黄金和其他数十种矿藏了。我来到这里，就是要探测你腹中的宝藏，实现我的梦想。你，可别吝啬哦。

孙子华听说大学生分配单位是排着队报数，单数在一个单位，双数在另一个单位。大学生们哑然失笑，这办法跟柴达木一样原始呀！排着队准备报数的孙子华，又听说不用报数了，学地质的都到勘探处地震队去当工人，接受工人阶级

再教育。为了不影响其他人的情绪，凡是恋人都不能分在一起。孙子华被分到294队，朱惠名被分到293队。这么大的柴达木，交通又不便，分开几十里都如同天上地下一般遥远。二人分别被人领走了，忍不住频频回首。但是，他们毫无怨言。

柴达木是富饶的，人们给予她"聚宝盆"的美称。柴达木又是严酷的，海拔高，缺氧，气压低，干燥，风沙大，紫外线强。刚进入盆地，柴达木就给他们一个下马威。走路都有些气喘，围着篮球场跑上一圈，心就乱跳，仿佛要从嗓子眼里蹦出来。孙子华和同学们再也不敢长跑，就连打篮球也只能悠着点儿。

由于气压低，水烧到80多度就开了，馒头蒸不熟，看着白白胖胖的大馒头，用手一捏，深深的五个指头凹陷却起不来。咬一口在嘴里，黏在牙上下不来。这群大学生苦中作乐，编了顺口溜："这里的生活真是好，天天都能吃年（黏）糕。"

这里风大干燥，他们一个个嘴唇干裂还流着血；这里紫外线强烈，使他们脸上的皮脱了一层又一层。有一次孙子华出工，没有护好耳朵，当天晚上耳朵就热乎乎的像针刺一般痛。过了两天，摸下来半个耳朵大的一块皮，她还以为耳朵掉了呢。另有一个同学，别出心裁要洗日光浴，一天的工夫，浑身的皮肤火烧火燎，不能碰衣服，不能挨床，被诊断为严重日光灼伤。钻井班的小伙子，个个手指甲塌陷，严重缺氧。这里是盐碱戈壁，寸草不生，食物要从千里外的西宁或敦煌等地运来。那时，不像现在有冷藏车，蔬菜水果几天颠簸下来，不是干了就是烂了，所以，他们常吃的就是罐头、海带、粉条。吃到后来，觉得所有的罐头都是一个味儿。多少年以后，孙子华已不想吃海带炒粉条，不想吃罐头。有一次队里胜利完成任务，举行会餐，吃了一顿糠萝卜炒咸肉，那个香啊，她至今不忘。

野外喝水要从远处拉来，盆地中的水绝大部分是饱和的卤水，不能喝。她刚去红柳泉出工时，去水源的路没修好，喝了两个月探井的水。那水虽说不咸，但是有一股臭鸡蛋味儿，喝了以后全队拉肚子，队里的氯霉素用光了，也没止住。还是后来换成阿拉尔河的水，腹泻才好了。

柴达木盆地，可怕的不是高山戈壁，而是那些看似平坦的盐沼，平平的盐壳下面藏着稀泥和饱和盐水，一旦踏破盐壳，就会陷入其中。曾经294队在红柳泉搞地震勘探时，就有一辆车在探路时，压破了盐壳，连人带车陷下去，再没出来。在柴达木勘探找石油，有不少献出生命的悲壮故事。

孙子华和测量组的人在鹊桥地区测量，就遇上了惊险的事。那是4月初的一天，他们7人一大早就出工了。早就知道这里是翻浆地，他们预先带了木板，一路测量，一路给汽车轮下铺木板，小心翼翼地前进。乐观的他们一边干，一边开玩笑：别人给火车铺铁轨，咱们给汽车铺木轨。

边铺边走，总算顺利，他们下午5点就干完当天的任务。正打算返回，出事了。大卡车压破了盐壳，车轮陷下去了，汽车底盘搁在了盐壳上。他们7人，挖的挖，垫的垫，忙到晚上 8 点，不但没挖出来，反而越陷越深了。不敢再动了，眼看着渐渐变黑的天，如同巨大的锅盖越压越低，他们知道再不回小队一旦遇上狂风就有葬身沼泽的危险，于是弃车徒步走回去。

工地离小队住地有 20 多公里，劳累一天的他们必须接受这个考验。水和粮食早就吃完了，又渴又饿，临走前得补充补充，只好放出汽车水箱里的水，每人趴在机油盆边上喝几口。那是水锈味儿和汽油味儿混合的水，真难喝呀。可再难喝，也得喝，一路上再也没有水喝了。喝完后，连嘴都舍不得抹干，大家冲着"家"的方向，上路了。

这 7 人中有 4 个小伙子、2 个老师傅，就孙子华一个女性。大家在夜空下的茫茫戈壁滩上走着，走着，没过多久就跟梦游似的，大伙走散了。夜空下，戈壁滩上万籁俱寂，孙子华听不见人声，只听见自己的呼吸声和脚步声。天上有微弱的星光，地上偶尔可见骆驼刺的黑影。走到凹地，就搞不清方向了，只凭自己的感觉走。走到高地，再寻找小队的灯光，辨别方向。有几次，竟发现自己的方向错了，要不是队上的灯光，她这一晚上，一定得当"团长"了。走了 4 个多小时，看见前面不远处有黑影，孙子华吓了一跳，不会是野兽吧？她听说戈壁上有狼。她的心扑通扑通地跳。停住脚步仔细看，黑影动了！是狼！

当她惊慌失措的这一瞬，她看清了，是走在前面的一个小伙子，他走不动了，坐在地上歇了一阵，刚站起来。虚惊一场。

他们结伴而行，两眼望着遥远的小队的灯光。终于，在半夜12点半，跌跌撞撞地回到了驻地。那时孙子华的形象别提多狼狈了：满脸通红，鬓角的头发上挂着汗水结成的冰凌，也不知是热还是冷。从此，她对小队的灯光，多了一分依恋。

作为一个从城市里来的姑娘，在这样的环境工作真有点可怕。但是，听了老石油工人话当年，她的心里又踏实了：50年代进盆地的青海石油人，拉着骆驼，住着帐篷，抗风沙，斗严寒，条件比现在差多了。可是，他们克服了难以想象的困难，在荒无人烟的戈壁滩上找到了石油，建成了冷湖、油砂山等油田。我们现在条件比他们好多了，还怕什么呢! 我们也一定能行。

勘探生活是艰苦的，也是快乐的。在老师傅的带领下，孙子华学着搭帐篷，垒炉子，找水，识别方向，学习在戈壁滩上生存的本领，学习各种勘探工作技能。很快，她就能独立工作了。孙子华又当了放线工。那是在戈壁滩上放电缆，接仪器，用双脚丈量戈壁的工种，一天要走几十里地。

那是知识分子接受工人阶级再教育的年代，大学毕业生只能当工人，不让搞技术。但是，孙子华想：国家培养我们这么多年，当工人也得当个好工人。她在当好放线工的同时，帮队里出板报，帮爆炸班捆药包，还给全队教歌。那时，野外生活很单调，方圆几百里的戈壁滩上，只有他们一个队，没有电影，更没有电视。孙子华从小爱唱歌，这下可有了用武之地。她把从收音机里听到的好歌记下来，抄在大纸上，在每晚学习之前，教给大家。《八角楼的灯光》《我爱祖国的蓝天》《海军战士想念毛主席》……每周一首新歌，队里的人兴致特高。后来，只要听到好歌，就有人来告诉她，让她教。唱歌成了294队很重要的活动。

除了唱歌，他们还在沙滩上打排球、打篮球、跳绳、跳高，文体活动丰富多彩。因为队上没有卫生员，孙子华经过短期培训，当上了全队的赤脚医生。她在空闲时间学习，努力记住各种常见病的症状和各种药的用法。一次，在红柳泉施工，一个小伙子突发腹痛，经她判断，是急性阑尾炎，急忙向队里要了一辆嘎斯车，把他送到十几里外的花土沟医院，当天就开了刀，小伙子转危为安。又一次在鹊桥地区，一个姑娘肚子疼得打滚，吃阿托品都止不住。她想起老师教的"胆道病疼起来什么药都止不住，而且放射到后背疼"的特征，判断是急性胆道病，她急忙让队里派车送往20公里外的冷湖医院。医院诊断为胆道蛔虫。医生说好险啦，幸亏送得及时。

几年的野外生活，使孙子华从老工人身上学到了很多知识，她也深深体会到，在这个特殊的环境里知识与生存能力的重要性。她尽力为大家多做事，得到了很多快乐。

六七十年代，在西部勘探，最不方便的要算通信了。戈壁滩上没有人烟，没有邮递员，全靠管理员一月一次回基地买粮油时，给大家捎来书信报刊。不管是急信还是电报，都得一个月后才能看到。看报上新闻都是看历史。第一次出工，293队在尕斯库勒湖西南的阿拉尔草原，294队在尕斯库勒湖西北的红柳泉。两队相隔只有 20 多公里，中间隔着一条阿拉尔河。但是，道路不通，消息不通。牛郎织女在银河两岸还可以相望，而孙子华与朱惠铭五六个月见不上面，一两个月看不到信，更别说相望了。孙子华只能把思念藏在心中。

一个偶然的机会，她发现，在夜晚时分，站在红柳泉的高坡上，可以望见昆仑山脚下 293 队的灯光——那是每个野外队特有的灯光。那时的野外队，怕有人迷路找不到家，会在驻地的帐篷顶上，竖起两根长长的竿，挑起两个大大的灯泡，夜晚迷路的勘探队员，老远就能看见。看到那灯光，孙子华知道，惠铭就在那灯光下，她心里踏实了许多。从此，每天夜晚，她就会去望 293 队的灯光，心里默默地祝愿惠铭平安。

直到 9 个月后，小队回基地休整，他们才见了面。1970 年 2 月，他们在北京结婚，20 天后，回柴达木，又各奔东西了。这一回，294 队搬到油砂山，293 队去了昆仑山下的甘森，她再也看不到惠铭的灯光了。5 月，她回基地，惠铭在野外。7 月，惠铭回基地，她又出野外了。9 月，她回基地，只见到惠铭留在家里的充满深情的纸条。10 月，惠铭的小队转移工区，搬到了离 294 队仅 200 米的地方，他们俩才得以相见。这一回，小队领导做好事，决定分给他们一顶小帐篷，他们才在油砂山下安了家，有了自己的小窝。就在油砂山下，她怀了他们的第一个孩子。两个月后，惠铭去参加西部修路会战，孙子华搬入女宿舍。他们的小窝没了，留下的又是思念。

与现在的年轻人相比，他们那一代人，少了很多的浪漫，更多的是默默的思念和等待。不知有多少次，寒风把帐篷门帘轻轻揭开，月光把浓浓的相思带给这个夜不能寐的女大学生。她只能默默地向惠铭倾诉满怀情思：

多少回梦里与君逢，良辰美景情如蜜。正青春人在天之涯，夜夜思情一缕缕。离别复离别，便纵有千种风情对谁语？

她仿佛听见惠铭的声音：

多情自古伤离别，休要执手相看泪眼无语凝噎。念去去千里烟波，且莫说寒蝉凄切对长亭晚骤雨初歇。带着儿女鸿鹄志，乘风万里来复去！

这一对恋人在柴达木转战南北，他们的心已紧贴着柴达木，一个个梦想在心海上升起。

三、尕斯库勒之谜

说来，孙子华与昆仑山下的尕斯库勒湖真是有缘，她在柴达木的第一次出工，就来到了湖边的红柳泉。当她爬上油砂山的小山头向南望时，就被眼前的景色惊呆了：在莽莽昆仑山下，静静地躺着一个大湖。它在阳光下，蓝莹莹的像宝石一般闪着光，它的西边是绿色芦苇环绕，东边是白色盐带环绕。湖水平静如镜，蓝天、白云、昆仑雪峰倒映在湖水中，景色真是美极了！她真想马上告诉几千里以外的姐姐："我来到昆仑山下了，我看到了镶着银边的尕斯库勒湖了！"姐姐一定会羡慕。多少年后，她还觉得遗憾：这么好的景色，怎么没人来旅游？她没料到，她后来的石油勘探工作，大部分都与尕斯库勒湖有关，这大概就是缘分吧。

1978 年到 1985 年，孙子华先后在勘探处研究队和研究院南区队柴达木西部南区担任解释组组长。几年间，她的足迹与视线集中于尕斯库勒湖畔的地质构造。经过几年的地质调查与研究，她发现尕斯库勒湖畔是一个诱人的谜面，等待着她去揭开谜底。

1985 年，在对南区连片成果图反复研究之后，她的目光再一次凝聚在尕斯库勒湖东边的一片沼泽上。

那是深秋的一次野外调查。不知来过多少次了，她与解释组的伙伴们早已体验过戈壁四季的各种滋味。那一天他们没有在预计的时间里回到基地，水与食物都成了想象中的供品。

饥饿中的孙子华仰望昆仑。传说昆仑山上有一种神树，结出的果子形状像梨，黄皮红肉没有核，名叫沙棠。吃后可以抵御水的侵袭，落水后不会被淹死。在昆仑之巅有一种长得像葵的苹草，其味美盖天下，而且食后解除劳顿。《吕氏春秋》里有"菜之美者，昆仑之苹"的记载；《离骚》中有"登昆仑兮食玉英"的诗句，"玉英"也是"君子服之，以御不详"的灵丹妙药……昆仑把自己拥有的美味都提供给孙子华了，但是，这种虚无缥缈的会餐，还是让饥饿折磨着她。

不知是昆仑还是饥饿使她产生了灵感，她的科学知识与判断力闪电般地从头脑里跳出，刹那间她目光如炬。那目光穿透了湖畔地层深处，她与它们开始交流……这是相互了解、相互认识的一次会晤，这是难得的一次情感对话。

这是一片长年不冻的盐碱沼泽地。因为有下陷的危险，给地震勘探带来困难。多年的勘探都从它的身边绕过，所以资料不足，使它成为难以真正认识的陌生地段。在历年的地质构造图上，都用虚线表示。

尕斯库勒湖畔早已引起石油人的关注。1977年10月14日，湖东的跃进一号构造第一口井钻至2000多米时获得工业油流，从此发现尕斯库勒油田。经过七八年的奋斗，这一地区已发现跃进一号、跃进二号、跃东等构造。当时，已经认识的跃进二号的高点，就在这片沼泽地之西。上面已钻一口跃进一井，日产原油只有几吨。这片沼泽在图上属于跃进二号的低部，自然没有引起重视。

孙子华的看法却不一样。她发现这一地区断裂带展布的形态很奇怪，像一个小孩玩的风车，这片沼泽地正处在风车的轴部。她与小组的同伴们商讨，按地质力学的观点，这里似乎应该有一个旋钮构造！

科学的推断是找到油田的第一步。这个推断需要资料来证实。孙子华提出复查旧资料。她认为要用新的观点、新的眼光来分析旧资料，不能让旧观念封锁了那些宝贵的资源。

尕斯库勒构造历年的成果图和时间剖面图都摆在他们面前，西部南区内 17 个三级构造的地表和断裂层一一呈现出来。他们发现，一条伸入盐沼的测线在末端有抬高的迹象。新的推断产生了——也许这里真有隆起？

推断离找到油田又进了一步。那片沼泽地依然伴着尕斯库勒湖水沉睡着，把人们渴望找到的石油搂在几千米厚的怀中。孙子华小组的科研工作者几天几夜没有睡意。对那些看过多少次的解释和曾经不被人注意或者没有交代清楚的蛛丝马迹，他们奉若至宝，再看再研究；再加上新的资料、加上所有可能的推断，放开再放开，作出新的解释。终于，触到了要点。他们大胆地在挤压盆地里解释了一条张性的正断层。太好了，一个 5 平方公里的穹隆终于勾了出来！

孙子华带着小组 8 人挑灯夜战，编制出一个重要的成果报告《柴达木盆地西部尕斯断陷地震反射资料综合解释及评价》。这一报告引起了油田的高度重视。

继续深入。经过生油条件、储积条件、运移条件等各方面的评价，他们认为，这里聚油的把握系数比较大，经过预测，地质储量有 125 万至 250 万吨！

好啊，应该上钻！

1986 年 3 月，初春的风轻轻抚摩着尕斯库勒湖，平镜般的水面漾起了不平静的波纹。湖畔开始打新井了，名为跃 12 井的探井打出了 30 多米厚的油层。经过计算，探明石油地质储量 800 多万吨，比预测的还要高！而且资料证实这里就是旋扭构造，与孙子华推测的一样！重要的是，旋扭构造的发现与打出石油不仅增加了尕斯库勒油田的石油储量，而且为油田的开发打开了思路，使尕斯库勒油田成为柴达木所有油田的主力油田！

柴达木石油人谁不高兴万分？孙子华你太棒了！孙子华说："这是我们小组的成果。"人们就笑着改口："孙子华小组太棒了！"

是的，很棒。这个新发现的地质构造被称为"跃进二号东高点"。这是柴达木盆地第一个在没有一条完整的地质测线，不能直接看到隆起形态的情况下，用科学理论加以指导与分析而推断勾画出来的穹隆构造；也是柴达木盆地第一个先由解释组进行综合评价，先预测出储量然后再进行探井的构造。这样的突破，不仅成果斐然，而且成为后来者的借鉴，其效益与价值是难以用数字评估的！

就在这一年，尕斯库勒油田的开发开始了。正因为尕斯库勒油田储量的增加，可以带动油田经济的全面发展，国家批准了柴达木油田的三项工程：建设尕斯库勒油田 120 万吨产能；由尕斯库勒油田为主要油源的 435 公里输送原油管道建设；原油管道终端的格尔木年加工原油 100 万吨的炼油厂。

1993 年，三项建设如期完成，柴达木油田走上了勘探、采油、运输、炼油、销售一条龙的现代化油田行列。

人们忘不了组织领导三项工程建设的局党委书记张德

国。人们也忘不了为三项工程打下坚实基础的孙子华等优秀石油人。

四、台南的奥妙

2003 年新年到来的那一天，青海省第二大城市格尔木的一个大礼堂里正在表演一场有关天然气开发的大型音乐舞蹈诗剧。男女主持人充满激情的朗诵让全场观众心潮澎湃。

……
柴达木盆地，天然气资源长年沉睡，
是谁把它引向高天阔地？
拉动经济，治理污染，
是谁为黄河上游创造了天然气时代？
让我们走进这片传奇的土地，
翻开她灵性的记忆。

是的，不能忘记过去，不能忘记曾经为发现气田做出贡献的人们。孙子华也是其中一个。

1968 年，她来到柴达木不久，得知 1964 年第一次勘探盆地以东的涩北，有一口完钻探井，气流冲裂地层，地火轰然而起。人们为找到了天然气而在熊熊烈火边呐喊狂舞。她在想，柴达木不可能只有涩北才有天然气。寻找天然气成为她的梦想。1973 年，调到综合研究队之后，她亲手调查的资料和各种历史地质资料像引路人，把她带到了柴达木东部的三湖。

台吉乃尔湖、涩聂湖和达布逊湖真是浩瀚戈壁上的仙景，也有人称它们为仙女。阳光下的金翠华彩，月色里的冰莹玉丽，飙风中的波澜不惊，阴云下的娴雅恬静，与戈壁的苍凉、死寂、粗犷、单调极不协调。孙子华来到三湖周围，除了与人们有同感，还另有想法。有人问："你想到了什么？"

她久久地凝视着湖面，清风撩起她的短发和衣袂，也吹皱一湖春水。她就像守望长江日日东去的神女峰的神女，亭亭玉立。她，正聆听着远古的巨响：碰撞、断裂、挤压、激流……惊天动地、振聋发聩的交混回响终止了，她的耳畔留下一声沉吟。她的双脚挪动了，她的双眼落在了湖边的凹陷中。剧烈的板块俯冲引起盆地沉积移动，在三湖凹陷处发现的暗色泥质岩就是地下有天然气的明证。

孙子华回答身旁的伙伴："三湖是多情的仙女。"

多情？对，多情。

与多情的三湖交流沟通的条件还不成熟。1976 年，勘探队伍再一次挺进涩北。

昆仑山下的格尔木，一个大礼堂里，正在表演那时的情景：

石油人，用燃烧的青春、燃烧的热血融化冷漠的大地；石油人，用圣洁的情意、顽强的意志牵引深藏的气龙。

涩北一号构造上的涩深 15 井，完钻后由试气二队试气。那是 1976 年 11 月 4 日，一个寒冬早临的日子。

忽然间，冲出强大的气流，两条旁通管线与井口的连接丝扣迅速旋转，井场上顿时被扫倒一片，血流遍地。薛崇仁、王警民、陈家良……6 位同志魂留荒漠，为国捐躯。

"为有牺牲多壮志，敢教日月换新天！"那是英烈的自白。

"生当作人杰，死亦为鬼雄"，开拓就是这么壮烈。

然而人心不是铁，一群男儿在呼喊，泪如倾盆，心在流血！

干涸千年的涩北潮湿了，气啸如虎的荒漠变得死一般静寂。

涩北，血染的涩北，泪洒的涩北，你真的就让人谈气色变吗？

涩北，血染的涩北，泪湿的涩北，你真的只给人们留下叹息？

不！一个声音回荡在西部大地：

我们要填补历史的空白，我们要在你的身躯上书写一万个满意！

我们要让狂野的气龙听从指挥！我们要让烈士的魂灵得到慰藉！

1978 年，孙子华带着烈士的遗志和生者的壮志，第二次查阅台吉乃尔湖南面凹陷的地质资料。经过资料解释，她发现构造顶部有断裂，有"速度偏低"，但是还勾不出圈闭来。孙子华看了地质解释，觉得还应该有所突破。因为正担任研究组组长，正在研究尕斯库勒油田的重要课题，只好暂且放下。

10年过去了，科技人员对台南作过三次解释，都没有突破。1987年4月，担任研究院主任工程师的孙子华，与助手吴光大在完成技术管理工作的忙碌之中，挤出时间来研究台南。

深夜，风从窗缝挤进来，"哗哗"地掀动桌上的图纸，掀动她的思绪。新的解释出来了，但是结果与前人一样，依然勾不出圈闭来！

毛病出现在哪里？她的视线好像已经粘在了图纸上。两天，她痴迷地看了两天。她终于发现这图的形态有点怪异：一般情况下，地层受挤压产生形变，应该是波状起伏、隆凹相间，是谁在高高的鼻子上按了一下？

她又仔细研究这个"高鼻子"上的凹坑坑沿，发现坑沿在同一个水平上。凭她丰富的知识和合理的推断，一个假想在脑子里闪现：会不会是地层含气造成的假象？对，有这种可能！她再复查资料，对，因为这里有"速度偏低"的现象，因为这里是构造最高处，还因为坑沿是平的，所以这很可能就是气水界面！

她无比兴奋，这样的推断使她看见了埋藏在地下的天然气，使她触摸到一个超越昔日的新的自我！

有人怀疑她的推断。特别是她那一脸稚气，让人觉得她还没有长大。

她是一个严谨的科技工作者，她不会停留在推断上。探询梦想的追求和科学先行的作风催促着她去挖掘深层的理性依据。为了验证地层含气会使构造顶部凹陷，她秉烛夜战，设计了一个地层模型：形态是隆起的。她借用涩北一号气田地层的数据，凭她的经验，请同事邹崇新在微机上计算合成地震剖面。同时她自己也做理论计算，她想用合成地震剖面证实新的推断。她胸有成竹，非常自信，她相信奇迹会出现。

奇迹果然出现了！在合成地震剖面上，应该含气的部位出现了反射同相轴下陷！与她和小吴在实际地震剖面上看到的一样，证明她的推断是合理的。这样，他们就确认，台南的隆起顶部凹陷是由于地层含气造成的异常现象，而不是断裂带！

这个认识，就像捅破了一层窗户纸，解开了多年的谜，为三湖地区找气提供了一把钥匙。

回到家中已是拂晓。要不是丈夫和两个孩子在睡觉，她真想放声高歌。她的嗓子很不错，十几年前在 294 地震队时她经常教队员们唱歌。此时她难以抑制内心的激动，禁不住轻声唱了起来："春天来了，春天来了……" 41 岁的人了，全然像个小姑娘。被吵醒的丈夫朱惠铭太了解妻子了，他知道她又有大的收获，他也知道妻子不愿吵醒他，他就偷偷看着她。他被她的情绪感动了，他的眼睛湿润了。

是的，春天来了，科学找气的大树刚刚发芽，她自个儿念叨着一句名言："革命尚未成功，同志仍须努力。"她又投入忘我的研究中。

她根据新的认识，结合地质家们地质剖面绘图的方法，设想出简便可行的"趋势面法"，恢复了构造顶部的真正形态。其圈闭面积达 48～60 平方公里。10 多年来没有被解释出来的含油气构造，第一次被孙子华描绘出来了！

孙子华小组人人都忙得忘记了夜与昼。他们根据各反射层下凹的幅度差异等特征，计算了地质模型，预测出台南构造含气层段在 800～1600 米。又参考涩北一号气田的各种参数，对台南构造进行综合评价，预测天然气储量在 68 亿～86 亿立方米之间。1987 年 5 月，孙子华与助手吴光大拿出地质报告《青海省柴达木盆地东部台南小幅度构造精细解释及含油气评价》。

报告还没有推出时，油田召开探井井位讨论会，当时油田勘探的热点是在柴达木西部找油。总地质师顾树松对到会的孙子华说："两年前，你为发现西部跃进二号东高点油田做出了重要贡献，你今天再提个井位。"

孙子华回答："找油，我提不出。找气，可以提一个地方试一试。"

会场的所有目光唰地一下集中在她的脸上。谁不想找气？可是还没有突破口呀！孙子华，你找到了？

孙子华摆资料，讲根据，娓娓道来，依据那样充分，那样令人信服，真让大家惊喜不已。有人开玩笑说："孙子华，你找到了油，你这回找出气来，该给你挂个匾了！"

吴耀文局长当场拍板："德令哈的探井完钻之后，钻井队直接搬台南，上台南一井！"

从此，柴达木盆地东部找气翻开了崭新的一页！

孙子华与助手吴光大的报告公开之后，有关技术界赞扬这是对地震反射低速异常的突破性认识，解决了构造解释中的难点问题。后来的实践证明，这个报告在柴达木盆地天然气开发中发挥了重要作用。

这年 12 月台南一井开钻时，劳累过度的孙子华正躺在医院病床上。要不是病重，她一定要到台南去守着打井，她要亲眼看见气流冲天而起！她无时无刻不在想着台南。

突然，她眼睛一亮，翻身坐起来。她看见油田党委书记张德国像大树一样伫立在眼前，微笑着。她还看见了闪着盈盈泪光的一双眼睛。

成功了？

成功了！

"台南一井钻至 1000 米喷出强大气流，日产气百万方！"张德国激动地说，"与预测含气层位基本一致！"

孙子华真想跳起来，真想放声高歌。她的泪水涌出来了，她太高兴了！

孙子华告诉张德国书记："我们预测在 800～1600 米，下面还应该有一层！"

后来钻探台南二井，证实含气层段 900～1700 米。预测得真准呀！

"孙子华发现了台南气田！"石油人在传诵，柴达木的风儿在说，鸟儿也在唱，孙子华发现了台南气田！这个女性，真是神奇！

孙子华列出了小组所有人的名字，她说这是集体的成果。她还说，探明地质储量还得由其他科技人员来完成。

她的丈夫朱惠铭在其中也做出了重要贡献。台南找气，夫妻齐上阵，这又是一段佳话。孙子华与其他科技人员创造了巧妙循环借鉴对比的方式，各个击破。研究台南，借用涩北气田的数据。台南成功了，涩北又借用台南气田检测的新方法。依靠科技的力量，两个气田的储量猛增。

格尔木一个大礼堂正在朗诵那个时候的情景：

　　一支生力军向涩北挺进，
　　一支科技队伍向涩北挺进！
　　有了生力军，涩北感动了；
　　有了科技开发，涩北变活了。
　　装起井口流程，竖起排空火炬。
　　一簇生命之火照亮了台吉乃尔湖畔，
　　一道希望之光刺破了昔日的云翳。
　　涩北沸腾了！气龙驯服了！

1995 年，全国海拔最高的天然气开发、气田建设企业青海油田天然气开发公司在格尔木建成。把台南气田划归涩北气田。涩北，成为柴达木新时期的亮点，成为中国第四大气区和中国西部的热门话题。

一场大规模的天然气开发在柴达木开始了。

从 1996 年至 2001 年，共建成 4 条天然气输气管道：涩北至格尔木全长189.4公里，涩北至敦煌全长345.6公里，南八仙至南翼山全长260公里。

更大的工程在后面。2000年，国家确定了西部大开发十大重点工程，其中就有从柴达木涩北气田输气的涩—宁—兰天然气管道工程——从涩北到青海省省会西宁，再到甘肃省省会兰州，全长953公里。2001年5月18日，管道竣工输气。

这一天，三代柴达木石油人都在欢呼啊！这天晚上，中央电视台向全世界播送了这个喜讯，称"西气东输的序幕已经拉开"！

昆仑山下的那场音乐舞蹈诗剧，正进入尾声，主持人正在朗诵：

从此人类的词典里有了一个闪光的名词：
——涩—宁—兰输气管线！
从此人民的心中有了一个神奇的名字：
——涩北气田！
这是一次检阅，这是一次赤诚的奉献；
这是一次飞跃，这是一次梦想的实现。
有人在问：涩北在哪里？
有人在地图上寻找：涩北气田在哪里？
看啊，朋友，一轮火红的太阳从西部冉冉升起！
遥远的地方不再遥远，遥远的地方有圣火点燃。
西气东输，送去我们的爱；

气贯长虹，我们心心相连。

请相信我们的承诺：

日供气一千万，四十年不变。

请到我们涩北来，领略荒漠气田的浩瀚！

……

写到这里，想起晚会前两个月，涩北天然气管道公司负责人石力请我为这次晚会写诗歌、节目串词和歌词。我与油田原文联主席杨振合作完成了这一任务。这一句句诗歌，从创作到此时，总是沸腾着我们的热血。孙子华等石油人组成的英雄群体谱写了涩北气田的英雄史诗，我们的文学创作不能失职。

晚会结束了，人们还不愿离去。人们在怀念过去，在思念一个神奇的女性，她就是孙子华。虽然她已调到北方的一个油田了，但是她是带着思念走的。青海、昆仑、柴达木、瀚海、尕斯库勒湖、台南，已成为她生命的一部分。她给儿女取名字都离不开这些字眼，一个叫晓昆，一个叫海仑，以纪念他们在昆仑山下战斗的岁月。

（发表于 2006 年第 4 期《柴达木开发研究》）

格尔木炼油厂建设纪实

　　青海高原以高峻奇拔的雄姿耸峙于地球之巅。那是诞生世界之最的地方。

　　1993 年 9 月 28 日 6 点 10 分，一炬圣火映红了昆仑雪峰冷峻苍白的脸颊——青藏高原又一个世界之最拔地而起。它就是全世界海拔最高的 100 万吨燃料型炼油厂、国家"八五"重点工程、扶贫项目——青海油田格尔木炼油厂！

　　这时，一个闪着火光的声音在向人类宣告：青藏高原第一个石油化工基地建成了，青藏高原能源依赖外运的时代结束了！

　　激动的不仅是青藏人民。这座工艺技术新、自动化程度高、年加工能力达 100 万吨的现代化炼油厂，其汽油、柴油、煤油和液化气等主要产品也被运往四川、云南、江苏等省，支援内地建设！

　　这是青海油田三代石油人经过近 40 年的艰苦奋斗，用血汗甚至生命换来的奉献之果。对于柴达木，这是长篇创业史中的一个重要章节。

青藏高原的呼声：从金水桥头、 湟水河畔吹来的春风

青藏高原的密林里，伐木叮叮，一棵棵古树倾倒，一缕缕阳光如利剑直刺树稀草残的荒地。一支凄楚的歌在哗哗流失的水土声中响起：不愁吃，不愁穿，只愁锅底不冒烟……

在这如同神话故事的镜头里，青海石油人看见了令人触目惊心的数字：青、藏两省区每年需要从外地调入油品35万吨左右，仅运费、燃料费用每年就得多花400万元；青、藏两省区年支出民用燃料费高达1700万元；每年运费补贴300万元。即便如此，燃料依然供不应求，连牛粪也卖到8元一斤。高原人要生存，企业要发展，于是砍伐树木、挖掘红柳，美丽的青藏高原水土流失，土质肥力下降，沙土飞扬，生态失去平衡。仅青海境内，20世纪50年代末沙漠面积就有8900万亩，80年代初就增加到1.2亿亩，平均每年增加124万亩。

土地沙漠化是人类文明的大敌。埃及曾经有96%的国土被埋葬在沙漠中。

影响生存与发展的现实和将会发生的灾难虎视眈眈地威胁着青藏大地，贫穷这个魔鬼也缠住了青藏人民。

1985年3月，地处柴达木的青海油田尚未挣脱冬寒，

石油部李敬副部长从北京来到青海，穿越八百里瀚海，来油田现场办公。他提出了建设 100 万吨炼油厂的意见。同月，青海省重工业厅传达了国务委员康世恩在北京同省顾委主任张国声交谈时提出在柴达木建设 100 万吨炼油厂的意见。

同年 4 月，在青海省委书记尹克升、省长宋瑞祥的直接领导下，省政府向国家计委提交了在柴达木建设 100 万吨炼油厂的建议书，此事得到班禅大师和阿沛·阿旺晋美的关注与支持。1986 年 8 月 29 日，中共中央总书记胡耀邦来到格尔木市东南角戈壁荒滩上查看厂址，并且欣然题词："一定要开发柴达木油田"。

1986 年 11 月 11 日，国家计委正式批准青海油田三项工程。

就在这一年，以开发尕斯库勒油田 120 万吨产能、铺设从花土沟到格尔木 435 公里输油管线和建设格尔木炼油厂前期工作为主要工程的一场勘探开发并举的艰苦创业，在柴达木戈壁深处全面展开。

1991：从艰难的起步到完成投资翻番

在 1990 年三项工程建成两项，即花格管线建成输油、青海油田跨入全国百万吨原油年产量行业的第一个年头。1991 年 2 月，青海油田三项工程指挥部综合组组长、副局长周铭涛担任了格尔木炼油厂工程建设指挥部总指挥。张广荣、胡振东分别从新疆油田、青海油田调来任副指挥。

这片荒滩海拔 2852 米，年风沙期 200 天以上。一方昆仑横亘，七方戈壁茫茫。虽然铁路蜿蜒向东，离最近的城市西宁也有 800 多公里。天时地利不尽如人意，主要是器材供应等，无社会依托。人和呢？青海油田没有建过 100 万吨炼油厂，管理人员和建筑队来自祖国各地。这是一支全新的队伍。青海省一位厂长对副指挥张广荣说："你们会碰得头破血流。"

中国石油天然气总公司了解建厂的困难，确定一期工程于 1994 年 9 月 4 日建成投产，1991 年投资 3980 万元。

面对青藏人民的强烈愿望和严峻的现实，格炼指挥部选择了增加压力、早日建成、早出效益。经过指挥部反复讨论决定，向总公司提出了提前一年建成炼油厂的申请。新的计划得到省委书记尹克升和省长金基鹏的支持。

最早来的是青海油田一批有志者。他们的骨髓里有柴达木石油人艰苦创业的本质基因。在油田基地建成，人人住上现代化楼房的 90 年代初，来到格尔木荒滩上建厂，就像回到 50 年代柴达木开发初期。他们在 218 公顷的荒滩上，开始了"没有条件创造条件也要上"的艰苦创业。这么大的面积，这么大的工程，在土建之前没有方格网不行。新组建的队伍没有专业人才。物探测量工马占钾承担了这一任务，边学边干，提前 17 天完成任务。施工急需图纸，资料室和施工办 10 余人在没有办公室的情况下，将 27 吨图纸依次摆放在尚未竣工的招待所走廊上，面朝黄土背朝天地清理了 20

多天。器材处在大雪纷纷的冬末就来戈壁上搭起了帐房。人少货多,赵进顺一人开两辆吊车和一辆小车。郭俊清等器材人员每天指挥卸车十几个车皮,忙得顾不上吃饭,也顾不上赶走叮在脸上的七八个蚊子。器材负责人李万忠乘着陈海涛驾驶的吉普小车,为取回急需零件,在雪地、雪山连续疾驰23个小时……三通一平,罐塔基础的施工在弥漫的黄沙中,在急促的喘息里。张广荣副指挥心疼地说:"在这里干活苦啊,有的人像活埋了又挖出来的!"大家照样争分夺秒地干。

白戈壁、黄戈壁,已会聚22个施工队伍4000多名建设者。那个时期到处在唱"外面的世界很精彩",他们却从精彩的世界走来。

1991年3月3日,江苏工业设备安装公司建设者走进这片荒滩,正值大雪纷飞、雪地如纸。雪下得黄沙如霜,踩一脚一个坑,吊车更无法开进去。他们,却把简易平房盖了起来。

3月23日,青海省第一建筑公司一幢5平方米的小铁房像积木似的摆放在这片白肥黄瘦的戈壁滩上,"金屋"里藏着3个看图纸研究作战计划的人。

3月28日,四川油建公司700多人开进这片荒滩,寄居在部队和地方招待所。60%以上的人在乍暖还寒且缺氧、干燥、气压低的高原气候中生病:喷嚏声、咳嗽声从宿舍带到工地,鼻血浸透的手帕越来越多,胸闷、喘不过气来的人数也数不清。

这年春末夏初,各施工单位的标语牌已迎风而立:"同心协力拼搏格炼中，艰苦奋斗奋战高原上"；"热爱格炼、建设格炼、献身格炼"；"身在高原志在高原无私奉献，建设石化基地造福青藏人民"。

他们铸造着格炼精神。

精神的力量是强大的，它可以改变人的观念。乙方与甲方融为一体，他们认为自己就是这片土地的主人，是格炼人。

荒滩上，一片又一片亿万年也未曾翻过身的黄沙在推土机和无数铁锨的威逼之下翻身了。这里有一道管沟在延长。这是青海省一建水电设备安装处一群有着古铜色脸膛的工人的成果。然而黄沙无情，刚挖好的管沟开始塌方，黄沙从管沟壁"哗哗"地流下来，与他们较劲，一会儿就填满了 2 米到 4 米深的管沟。工人们又挖。第一天，他们就用延长时间来征服黄沙。当他们回到简易平房里捧上热过多少次的馍馍时，秦时明月都在打瞌睡了。待疲惫的工人们如死去一般美美地睡过一觉醒来，夜间的一场大风早已将远近的黄沙赶来填平了管沟。

有的老工人说，自 1956 年建公司以来，几乎跑遍了青海，这里的土质是最差的。他们用延长施工时间来保工期、保质量。

条件很差，任务很重。格炼的建厂奋斗目标很有针对性："学大庆，鼓干劲，打基础，抓管理，上水平，降造价，工期提前一年；拿部优，创国优，实现四个第一。"定了目标，一定要实现。为激励施工单位，格炼开展了"三标"活动，大搞样板起步，让施工队伍投入竞争。

四川油建是承建格炼重中之重工程——催裂化系统工程的主攻单位。他们开工之前就建立了一整套管理机构。有实力，腰杆硬，口气也大。提出要"起步稳，出手高，树立人和物两个形象"，在所有参战队伍中"争当排头兵"。

川建工地。4座油罐基础像4个圆环花坛，非常漂亮。然而，它们遭到了自己的"枪杀"。第二天，4个更漂亮的"花坛"出现了。川建一大群人围在这里开"狠反低老坏，坚持高标准"现场会。接着，格炼指挥部召集所有施工单位的头儿在这里召开样板起步现场会。川建真的成了样板起步的排头兵。原来，那4座油罐基础质量合格。只是外表略失美观。川建五队本着"出手高"的原则，主动推倒重来。他们的作风是："宁可多花钱、多花时间，也要保质量、保进度。"而如此的高标准严要求，使整个川建真的出手高了，效益上去了。各施工单位"眼红"了，也奋起而追之。

格炼的起步高，速度快。中国石油天然气总公司要求当年"八一"开工典礼前，拿下10个大项目，实际已拿下16个。开工典礼那天，格炼人用5颗大型探空气球将写着格炼精神的条幅送上天空，再让数百只彩色气球腾空而起。青藏高原的蓝天上，一种精神、一个追求、一幅彩图交织为格炼人的形象，书写成格炼人的宣言。

来参加典礼的一位总公司基建局的领导听说格炼要实现当年开厂当年立常压三塔的目标，惊喜地说：是吗？这可是创造奇迹啊！

承建炼油厂龙头工程常压系统的新疆独山子炼油厂油建公司，7月份才陆续到格炼工地。8月1日，三塔还不见踪影。至11月3日，三塔却如期屹立在戈壁滩上，与昆仑一争高低。他们真的创造了奇迹。

这一年，一次又一次地提前完成任务，创造奇迹，格炼赢得了总公司的信任。岁末，格炼提前一年即"93.9.3"实现一期工程开厂出产品的决定，得到总公司的认可。

"93.9.3"，一个光辉的目标在鼓舞着格炼人。

1992：为了"93"，格炼建设高速度、高质量

1992年，一个没有星期天和节假日的拼搏之年从春到冬沸腾着格炼人的热血。

春是美好的季节、希望的季节，格炼指挥却把镜头对准了竣工和施工中的所有劣质工程。214个质量问题在格炼人眼前曝光。

这一年的高位起步仍然从质量抓起。格炼人非常清楚，忽视炼油厂建设质量将付出血肉垫底、名声扫地、国家受损的沉重代价。格炼人，左手把握着高质量，右手推动着高速度。

工地上成片的球罐像一只鹰从地上徐徐飞起又落下，指挥的哨声如它的鸣叫。一双双粗糙有力的手熟练而敏捷地安装着。风平沙静，阳光柔媚，这是安装球罐的天赐良机。江

苏工业设备安装公司的工人分秒必争。而好景不长,黄沙席地而起,汹涌地扑向专注的工人,以最快的速度钻进他们的脖子里、嘴里。无论沙潮是起是伏,工人们安装泰然,这是在江南不曾有过的。按国家标准,也是过去的组装速度,一台400M球罐的组装需要7天,在格炼,他们只用了3天。为了"93.9.3",他们还嫌3天太慢,5月13日,格炼出现了八个半小时组装一台球罐的奇迹,而且组焊一次合格率达99.8%。

新疆独炼的常压三塔联合平台是高空焊接、组架。一层原需3天,他们只用了1天。预计一个半月完成全部平台,实际只用了半个月。

格炼以这样的高速度跨进施工的黄金季节。6月5日,指挥部的青砖大院里,几百名格炼人席地而坐,指挥部17个部室的负责人纷纷站起来表态,大干6月份。

6月的工地像太阳一样火热。

6月的格炼如期突破了3000万元投资。

格炼指挥部又开展了从7月开始的"大干一百天,突破一亿元"的动员会。真可谓烈马再加鞭。

四川油建发出了"下死决心,背水一战,任务不完不回川"的命令。在格炼夺魁已不稀罕,他们要超过国内同行中的最高纪录。

9月5日,川建提前10天完成了催化裂化两器的组、焊、衬、吊;呼和浩特炼油厂用四个半月,创造全国同行新纪录;川建用128天,焊口探伤合格率达98%以上,超过了呼炼创下的 97.5% 的最高纪录。

大干 100 天，格炼工程提前 22 天突破了 1 亿元投资。

格炼指挥部又提出了"一年之计在于冬""变冬闲为冬忙"的口号，发出了"决战 50 天"战斗令，主攻动力系统和厂区设备供热保暖。

11 月下旬，一场大雪尚未消融，又一场大雪匆匆降落。格炼与昆仑，昆仑与白雾茫茫的天空，浑然一体，好一派北国风光。

只带着夏装秋装的江苏工业设备安装公司的南国人拼搏在早到的冬寒里。他们仅用四个半月就使厂区第一台 35 吨锅炉安装投产，创造了国内锅炉安装的高水平。

一个大雪纷飞的夜晚，青海省第一安装公司格尔木指挥部的董林昌经理带着一群工人，排除动力换热站的故障。白雪险些在他们的肩上、帽上或者弓着的背上堆成了山，而古铜色的脸膛却将雪花融化为热汗。

平均年龄才 19 岁的格炼动力车间经过几十天的战天斗地，迎来了给厂区供暖的胜利。昆仑不会忘记每天在冰天雪地里连续工作十几个小时的工人们。十几个负责外网正常流通的青年工，从早上零点到晚上 8 点一直守着管线。开阀门放水时，一个个的衣服变成了冰块。热水返回时，地上的冰块开始融化。一个叫韩林峰的小伙儿为供暖的成功哈哈一笑，不慎从 4 米高的管道上跳下地，正巧跳进回水坑里，浸湿的裤子立即变成了冰块。一群冰人走回车间会议室，一路响着"啪啪"的声音，如胜利的战鼓。饿极了，冻极了，他们捧起了热腾腾的饭碗围在炉旁。小韩没有端饭，只顾烤裤子。冰化了，滴水如雨，凳子却冒烟了。他没有发觉，伙伴们笑得喷出了饭粒儿。胜利的喜悦，真是难以掩饰。

厂区供暖一举成功，设备早早地走进春季。而春季前的雪地上，还有人在三九严寒里施工。青海省一建成立近40年，第一次冬季砌砖盖催化裂化装置的四机组房。搅拌水泥沙土的高温水热气腾腾，抵抗着隆冬的寒风冷箭。"冻不冻？""咋不冻？""想家吗？""10个月没回家，能不想？"几个头发快赶上披肩发女郎的小伙儿说着干着。

有格炼人的苦干，也有省委领导的支持。12月一天晚上，锅炉房急需三套1616轴承，跑遍了格尔木也没找到。电话打到西宁石油办事处，尹克升书记得知后立即打电话安排，第二天早上，轴承就送到了工地，保住了供暖。

为了"93.9.3"，格炼没有冬天。

1989年，总公司为格炼工程概算投资44649亿元，确定1994年9月4日一期工程投产出产品的目标。1992年实际上完成投资已过4亿。

昆仑山下，如林的枣红色炼塔在洁白的雪地上直冲霄汉；群聚的银白色球罐在洁白的雪地上稳坐如山。在一张白纸上格炼人绘出了最新最美的图画，这就是，以民族精神、柴达木精神为骨髓的格炼托起的青藏高原第一座初具规模的100万吨级炼油厂！

在一个瑞雪纷飞的日子，青海石油局副局长、格炼总指挥周铭涛告诉西藏那曲赴格尔木考察团："按这样的速度，提前一年即 1993 年 9 月 3 日开工出产品是大有可望的，早日造福青藏人民是大有可望的。"

西藏代表们仰望连着西藏的昆仑雪峰，仿佛看到了一组群像——那是永远不会倒下的英雄群体！

古人说："寸寸山河寸寸金。"为炎黄子孙挤出乳汁的西部，是祖国的希望。格炼人在艰苦创业中铸造的格炼精神，正是光焰夺目的西部之光。

12 月，总公司格炼现场办公小组评价格炼："第一仗打得非常漂亮；格炼有一个事业心很强、团结一心、坚强有力的领导班子；格炼有一个好的建厂指导思想。"

1993：最后的冲刺　提前一年点燃昆仑圣火

经过两年苦战，能不能如期点燃圣火，关键在 1993 年。格炼人，心里紧绷着一根弦。

指挥部提出了总的口号："深化改革、鼓足干劲、提高效率、建设生产为一体，实现'93'同决战"。又提出了总体目标："决战催化，突出动力、抓紧系统，大干快上保'93'；狠抓整改，精雕细刻，眉清目秀，工作收尾高水平；作风过硬，技术求精，准备充分，实现开厂四个一"。

指挥部让整个队伍目标明确，思路清晰，格炼呈现全力以赴保"93"的局面。保"93"深入人心，连走进石油幼儿园里第一眼看见的都是"保93"的大横幅。

调整领导班子，加强基层建设、业务技术培训、基础工作，备品备件的落实，开厂试运的准备，保运队伍和生产调度指挥系统的建立……这是一个纲举目张、全面铺开的保"93"战役，一场不仅没有星期天、节假日，而且每分钟都想掰开来用的连续奋战。

3月，四川油建公司职工的高原反应比例、感冒比例已直升至70%以上，他们到格炼的第二天就登上四五十米高的催化裂化装置平台进行精雕细刻的收尾工程。4月，厂前区接水管线只能放到晚上。这天晚上寒风刺骨，一个消防井的阀门冻裂，如胳膊粗的水柱冲出地面，两米多深的井很快就淹了。广汉施工队的两个小伙立即跳下去关阀。个头矮小，冲力太大，怎么也摸不到水下的另一个阀门。项目办赵生文一米八的个子，他跳下去了。4个人按着他，1个人提着他，5分钟之后，才关上阀门。4月的水比风更凉，他们宁肯冻病也要关上阀门。而赵生文这晚换过衣服又来工地，与调度员周光钧和施工队的同志焊接、挖埋管线直至凌晨2点。

5月，在忘我的苦干中，总公司炼化局、基建局领导来格炼对工程质量、生产准备、公用工程进行了重点检查，认为"格炼工程质量高，有些工程质量达到了国内同等炼厂的先进水平，生产准备抓得好，组织领导过得硬"，要求9月投产的目标不变。有的领导说："格炼的精神感动了我们。"为了确保9月投产，青海石油局徐中清局长来格炼与周铭涛总指挥签订了包、保协议书。月底，青海省田成平省长、刘光和副省长又率领有关厅局领导来格炼解决资金落实到位、电源扩增等急需解决的困难。田省长指示省、地方调动一切积极因素，确保格炼投产取得成功。

格炼借东风加倍苦干，试运投产必须先行的动力车间主任住进车间，副主任王宝玉推迟婚期。在济南学习的青工过家门而不入，临泰山而不游；青年女工孙菊露路过西安却没有下车去看看患癌症的母亲。当她回格炼拿出家中寄来的母亲癌症诊断证明和数百元住院费请领导签字报销时，指导员的心和手都在颤抖。为了早日让三台35吨锅炉投运送汽，车间干部工人从点炉到制满三罐合格除盐水，连续奋战八天八夜，水处理班长杨德娃等同志72小时没有合眼！

7月初，总公司现场办公小组再次前来检查、解决具体困难。管理局局长徐中清、副局长马力行、苗玉辰前来落实原油供给和检查现场准备工作，格炼的所有厂领导，老总都住进了厂区，24小时连轴转。箭在弦上，即刻将发！

7月10日，在水电气风，三修、油品储运安全消防等具备条件的情况下，按期引进柴油投入联运。15日按期引入原油试生产。17日凌晨2点，常压装置生产出第一批合格油品！

7月18日，中共中央总书记江泽民来格炼视察，两次说："你们已经提前了。"而且对催化裂化装置的投油试运作了重要指示："要抓紧投。"他为格炼题词："办好格尔木炼油厂，支援国防建设，造福青藏人民"。格炼人在双喜临门的大好时机里，猛鼓干劲，一定要早日实现江总书记的指示。

7月26日，按时加工原油3万吨，轻质油综合收率33.75%，达到了总公司的要求，开出了同类生产装置试生产的高水平，为下一步催化裂化装置的投运奠定了良好的基础。其间，以工人刘生富为主的常压车间干部及时解决了加热炉挡板的问题，保证了原油按时升温投炼，及时解决了原油倒罐时因管道死角存水导致的炼油污染问题，保住了1000多吨成品油。这次试生产调动了全厂各个系统，配合相当默契。连后勤部门都开展了"百日优质服务"活动，幼儿园也开展了"阿姨赛妈妈"活动。为了提高为"前线"服务的质量，全厂搞得红红火火。周铭涛说："这是一曲大协作的凯歌，一曲无私奉献的凯歌，一曲自力更生的凯歌。"取得成功的格炼新队伍平均年龄才20.8岁，主战场常压车间工人平均年龄才21.8岁。8月1日，当第一批油品外销时，有多少格炼人泣不成声啊！

　　催化裂化装置投油试运比常压装置投油试运复杂多了，连请来的保厂专家也不敢保证一次成功。但总公司要求的是四个"一次成功"，格炼拼搏的目标也是四个"一次成功"。

　　催化车间在去年10月份的施工高潮中就走进装置区内，跟踪施工，熟悉设备，提高素质。今年8月施工进入收尾阶段，他们又带上图纸与项目组的技术人员一起跟踪流程，查找问题。这支平均年龄不到22岁的百余人的队伍，以高度的主人翁责任感，破例走进施工单位，主动参与收尾施工的"精雕细刻"。他们为催化装置7000多只大小闸门加填料、盘根，还加垫片3000多个，预计20天的工作量3天就完成了。机泵试车、管线水冲洗等一系列施工单位的工作他们全都插手。这样，不仅在生产前熟悉了全套装置、流程，而且密切了甲乙方关系。四川油建的工人常常将自己的饭递给催化工人，甲乙双方亲如一家。

8月15日，催化装置水联运成功；21日，备机负荷试运开始，又是成功的好势头。9月6日15点55分，因施工原因突然低压停电，高压仍在工作。若不在几秒钟以内停机，转子将被烧毁，价值300万元的备机将成为废品。正在值班的大学毕业生、青年女助理工程师李淑敏刹那就按下VBS自保电源的按钮，而此时自保不工作，小李又迅速按下自动停机按钮。备机停止运转，避免了一次事故的发生。一群格炼人都像李淑敏一样，具有高度的主人翁责任感和熟悉的业务技能、敏捷的动作，他们就是保护神，守卫着催化和各配套系统的每一个装置，确保试生产准备工作严格按程序进行。

9月16日，催化装置非常关键的柴油联运和心脏部位的"三器"烘干取得成功。20日，格炼人盼望的"一期工程投产动员大会"召开了。中国石油天然气总公司现场办公小组胡福元等领导、管理局宋克显副局长通过实地考察，又与格炼领导进行了整整一天的研究，认为开工试生产的条件已经具备。从9月23日15点开始，催化装置进入试生产阶段！

最后的冲刺开始了，厂区的安全、公安、消防人员在增加，维修人员在增加，值班床在增加，后勤送饭的数量在增加，托儿所由日托变成了全托……而这时，负责催化投运的副总工程师牟超群食量减少，脸色苍白，总是挺直的背已有了弧形；他的肝上长了瘤，急需治疗；副厂长姜文每天早上流鼻血，已连续20天，太累了。再强壮的战马也有卸鞍的时候，他们已持续了两年！年轻的工人们都在拼搏。催化青年罗勇、唐海光等不知有多少天是一个班又一个班地接着干，甚至不管是否超越了自己的责任范围。有人说这帮青年为保9月投产达到"疯狂"而忘我的境界。

不仅格炼人如此，全局石油人都渴望早日把三代开拓者近40年找的油变为效益，奉献给青藏人民。全局上下都急格炼之所急。9月22日上午11点多，副厂长打电话给厂长周铭涛，急需的浮球液位计厂家没有按时送到。坐镇指挥投产的宋克显副局长得知后，立即打电话给花土沟炼油厂和局前线指挥部。预计深夜两三点可以送来，不料11点31分就送到了。435公里戈壁路，3个司机两辆小车如同飞驰，只用了8个小时。

有管理局保物资、资金和产供销一条龙；有格尔木市保供水电；有总公司和各保厂单位的指导，格炼人保开厂的热情如火如荼。

正在最后冲刺阶段，日本考察团前来格尔木考察。他们十分感慨地告诉市委书记、市长何大安，两年多时间在世界屋脊建成100万吨炼油厂，这在世界上也是一大奇迹！

格炼人就是要创造世界的奇迹！尽管，这支3000多人的队伍平均年龄才20.8岁！

9月28日6时10分，催化裂化装置投油试运了！格炼厂东部40米的火炬顶端一朵绚烂的圣火轰然而起，映红了尚未启明的天，映红了一夜未眠的昆仑。是日8点零6分，厂门口，周铭涛厂长点燃了第一串鞭炮。一群鏖战几天几夜的格炼人争着去点燃鞭炮。四溅的火花在震耳的炮声里烧伤了一些人的脸颊、眼角，他们也全然不顾。他们欢呼！他们流泪！他们忘情地表达着兴奋和激动！

　　格炼一期工程从开工到试投一次成功，才25个月，实际施工期还不到18个月！

　　圣火点燃了！这是在党和国家的关怀下，在总公司、青海省和青海石油管理局的正确领导下，在格炼人和建设单位、协助单位、设计单位的共同努力下，献给青藏人民的礼物。

　　一束火炬映红了天空、映红了昆仑！这是青藏高原脱贫致富、保护生态平衡、带动地方工业、支援国防建设、增强民族团结的光芒！这是一代又一代弘扬柴达木精神、格炼精神的人们用生命的火花点燃的昆仑圣火！这是燃烧在世界屋脊的生命之火！

1993年9月28日写于格炼

　　（此文收于《昆仑圣火》一书）

钻井队的姑娘们

　　青藏高原的柴达木盆地有一句口头禅："过了当金山，老母猪当貂蝉。"

　　海拔 4000 多米的当金山是甘肃和青海的分界线，司机驾车到山巅的路碑旁，都要歇一歇，向东回望。尽管百里以外的敦煌已不见踪影，但好歹那里有绿树、有庄稼、有女人。待会儿汽车向西下山，就到八百里瀚海无人烟的柴达木了。其实自从 20 世纪 50 年代开拓大军进去之后，那片大戈壁不是见不到人，也不是见不到女人，是女人太少太少。男人不能没有女人，尤其在蛮荒之地。西方一位哲学家说："男女本是一个肉球，硬是被魔鬼给劈开了，所以双方都要寻找另一半。"《圣经》里则说："最早的女人夏娃是男人亚当抽出的肋骨变的。"想想男人少一根肋骨是啥滋味。

　　且说历史上的西部开发。青海人的先祖是羌人。第一个羌人酋长是战国时的爱剑。他在战争中被秦兵追逐，逃难到草原上，遇见一个被秦兵割了鼻子的女子，二人结为夫妇。

爱剑将他从秦人那里学到的耕稼、养畜技术广泛传播。有女人才有了家和繁衍，有了生产力的发展。这在青海历史上留下了重重的一笔。

柴达木的钻井队曾经是"光棍"的队伍，他们喜欢谈女人，喜欢把女明星的照片贴在墙上。但是他们不喜欢镜中花水中月，他们宁愿做一只小羊，让那个美丽的牧羊姑娘用鞭子轻轻地抽在自己身上。这是我在钻井队听到的呼声，他们渴望和其他男子一样找对象谈恋爱结婚生子。然而事实上大多数姑娘不愿嫁给他们，生活对他们是不公平的。那一年，团省委书记去荒山看他们，乘车在戈壁路和荒山便道走了两三天才找到他们：这不是远离人间的原始部落吗？同情与敬佩油然而生，然后问他们有什么困难，他们齐声回答：我们需要老婆！

后来，《青海日报》登载了赞美钻工和钻工的心声的文章；青海油田派人去西宁招工，特地招了一群姑娘。

从向往到惊惧

1990 年、1991 年秋季，青海省大通县分别有 26 个姑娘应招到位于柴达木西部的青海油田去当工人。

姑娘们把自己最喜爱的东西，特别是各种样式的裙子、衣服、小玩具和价廉物美的手镯、项链什么的，全都装进行囊里，高高兴兴地上路了。20 岁左右的姑娘，在青海高原一个县城里长大，还没见过多大的世面，心，就像高原的清风一样，还纯净无瑕。一个人说："去柴达木好，要经过唐代文成公主嫁吐蕃松赞干布路过的草原，多有意思，我要去。"一大群姑娘都说："我也要去。"就这样，招工很简单，油田的人很快就把 26 个姑娘接走了。

姑娘们离开家乡的时候，前来送行的一位母亲讲了一个古人的故事：

> 战国时期，为了通婚免战，赵国赵威后将女儿嫁给燕王为妻。送别女儿时，她握住女儿的脚后跟，难舍难分，痛哭不已，实在令送行的人们哀痛。女儿走后，赵威后每逢敬神祭祖时总为她祷告，而祝福的却总是一句话："一定别让她回来！"

姑娘们和送行的人们都议论纷纷。有人说："这太狠心了吧。"有人说："这是从长远着想，希望女儿燕后的子孙世代相继做燕国的国王。"有位姑娘说："我的阿妈讲这个故事，不就是希望我安心工作嘛！"

姑娘们的表情几乎是一致的：那还用说嘛！

大通县离青海省的省会西宁不远，从西宁到柴达木可就像出了国。启程时星星点灯，车停下住宿时月亮高挂天上，司机说这才走了四分之一。姑娘们捶捶背，伸伸腰，嚷嚷："柴达木太远了吧，坐得我腰酸背痛。"司机乜斜一眼嘲讽道："你们以为是从县东到县西呀？青海大得很，就一个柴达木也有 24 万平方公里，从东到西两天得起早贪黑。今晚住的是德令哈!"

姑娘们"哦哟"一声没了劲儿，可两眼还是充满喜色的。有生以来没走过这么远的地方，文成公主路过的草原也观赏了，这不就是小时候的愿望吗?

第二天汽车开进了没有植物的戈壁滩上，第三天犹如进了原始无人区，深夜才到柴达木西部的花土沟，这是油田的基地。9 个人一个房间。认识的、陌生的，一下子亲密得如胶似漆。遥远而荒凉的柴达木大戈壁，使姑娘们觉得自己比文成公主悲壮，漆黑的夜和天地的静使她们觉得已被抛到了不见天日的万丈深渊。神秘、孤寂、恐惧，纷纷袭来，乡情就在这一瞬间变成了血肉般的亲情，每个寝室的姑娘们都挤在一张床上，紧紧地依偎在一起，度过了难眠之夜。

次日早晨，阳光挤进房间抚摸姑娘们的脸蛋了，新的生活就要开始了。26 个姑娘中的李庆芝给我讲述了当时的情境。

她们还没出门看看新的生活环境，就被男人们的吼声吓着了。外边在吼:

石油工人一声吼，地球也要抖三抖;
石油工人一声吼，找个媳妇没户口!

一遍又一遍，一浪高过一浪，惊心动魄，窗玻璃在抖，房子在抖，姑娘们浑身都在抖。她们紧紧抱在一起，不敢掀开窗帘看外面，有的姑娘脸色苍白，有的情不自禁地发出求

图片 11

20 世纪 90 年代，李庆芝工作在尕斯库勒湖畔的钻井队。喜欢文学的她，笔下多是钻井队的故事

救般的呼喊："阿妈呀……"

　　一时间，各种不祥的猜测全都涌进脑海：我们到了原始部落了？这里的男人都很野蛮？我们是被骗来的吗？越想越害怕，有的姑娘惊惧地放声大哭，室内和室外形成非常不和谐的男女声大合唱。更令她们胆战心惊的是，响起了急促的重重的敲门声。怎么办？野蛮的男人们就要进来了！胆小的姑娘惊叫着往屋角躲，挤成一团。一个胆大的姑娘抹一把眼泪，咬咬牙，挺挺胸，大步跨到门口，"咔"的一声打开门，挺立在门口，决一死战的样子。

　　片刻，什么也没发生。绝望的姑娘们一看，又惊呆了。门外站着一群壮实魁伟、英俊潇洒的小伙子，他们是着意打扮过的，他们的眼睛里还有几分羞涩。门里的人和门外的人就这么静静地对望着，姑娘们僵硬的目光渐渐变得柔软了，那一颗颗盈盈的泪珠成了眼睛和脸蛋的装饰，花沾露水似的。什么也不用说，就这么对望着，就可以做心与心的交流。一个小伙子还是开口了，他有些腼腆地问，听说你们是从大通来的，你们认识牛尾巴吗？

　　啥？牛尾巴？

　　姑娘们大笑。小伙解释，不，不是什么牛尾巴，这是一个人的小名儿。不认识。姑娘们摇头。那，就算了，不好意思，打扰了。

　　小伙子们退回去，充满野味的吼声再次响起。姑娘们挤在门边看，另两间姑娘的宿舍门前还站着许多小伙子。他们都是干什么工种的石油人？他们到底野蛮不野蛮？

后来她们才知道，那是一群钻工。他们听说基地来了20多个姑娘，都是分到钻井队的，这真让他们的心里乐开了花。没上班的不少钻工就搭车的搭车、走路的走路，从野外井队来到基地，有的邀约着走了一个夜晚哪，是特意来一睹姑娘们的风采。

　　这时有人对姑娘们说："钻工找对象难，就是找的也都是农村姑娘，没户口的。没对象的，谁不想在你们这群姑娘中找一个呢？钻井队几乎都是爷们，净在荒山、戈壁那些远离人间的地方打井，一年回一次基地或者老家，时间短，还没找到意中人就该回井队了，就是有对象的，一打听是钻工，人家也就回绝了。就这样一晃就成了大龄青年，谁不急呀？"

　　听了这些话，姑娘们着急了。"要把我们分到钻井队，钻工还想找我们谈对象，我们不就一辈子在野外了？这些钻工长得倒是像模像样的，可长时间在荒山野岭，谁知道他们会怎样对待女人？听听他们的吼声，让人浑身起疙瘩，太吓人了！"大家你一言我一语地说，越说越害怕，谁也不愿去钻井队。

　　然而，这不是姑娘们想干啥就干啥的地方，得服从分配。26个姑娘全被分到钻井队，各队的车来接人了。一排货车在招待所院里停着，一群接人的男人在门前站着。一个人拿着名单及分配表，念一个名字，车就带走一个姑娘。每走一个姑娘，姐妹们就抱头痛哭一次，一个还没哭完，又该哭下一个了，就像生离死别。最惨的是车上姑娘的哭声，仿佛赴刑场。直到26个姑娘全被车拉走了，哭声还不绝于耳……

　　这情境让人想起赵威后送女的故事。女性的作用太大，哪一个朝代都这样，让女性做出奉献。隋文帝把光化公主嫁给吐谷浑王世伏；唐太宗以弘化公主许嫁吐谷浑河源郡王诺曷钵，以文成公主嫁吐蕃松赞干布；唐高宗先后以宗室女金城县主与金明县主嫁诺曷钵的长子苏度摸末和次子闼卢摸末；唐中宗又将金城公主嫁往吐蕃赞普。这是青海历经的一桩桩盛事。热烈欢腾的迎送，感人肺腑的传说，在青海代代相传。青海的人们还深情地将文成公主摔落日月宝镜的赤岭改名为日月山。文成公主的画像更是民间供奉的女神。皇室联姻带动了民族之间的联姻通好与文化经济往来交流。这些史事影响着一代代青海女性。姑娘们哭是哭，启动那些埋藏在深处的"文成公主意识"是迟早的事。

钻井队的小才女

我是在尕斯库勒湖畔一个钻井队去采访时认识李庆芝的。她个子不高，长着一张圆圆的孩子脸，眼睛、鼻子和嘴都小小的，五官小巧精致，乍一看像个高中生。她和小林被分到这个钻井队。刚开始两人也像其他姑娘一样，哭得昏天黑地的，司机和钻井队长怎么劝也劝不住。可车开着开着，她俩就用饱含泪水的眼睛眺望起窗外来。哦，尕斯库勒湖好大好美呀！湛蓝湛蓝的，从水里可看见天上的朵朵白云、绵延起伏的昆仑雪山。

"我们的钻井队就在这么美的地方吗？"庆芝问。司机说:"可不是嘛,哭啥哭?这是西北的一大美景,你们知道著名诗人李季不?就是以写《王贵与李香香》闻名一世的李季。他50年代到这湖边之后就写了诗歌《柴达木小唱》,油田的人谁都记得呀:辽阔的戈壁望不到边,云彩里悬挂着昆仑山。镶着云边的尕斯湖啊,湖水中映照着宝蓝的天……原来在这儿打井的钻工把尕斯库勒湖喜欢得不行,搬迁时谁都舍不得走呢。"

俩姑娘疑惑地问队长:"是真的吗?"年轻的队长把头往后一甩,齐耳的长头发黑浪似的往后脑勺扑了过去,回答:"那还用说!"

来到钻井队,快步走过来迎接她们的是一个30岁左右的漂亮女性,中等身材,不胖不瘦,脸形和五官都长得那么合适,再加上轻描淡妆,使她楚楚动人。她还没走近车门就用带着南方味的普通话说:"欢迎两个妹妹。"声音那样温柔,与昨天那一群钻工的吼声形成鲜明的对比,俩姑娘心里一下就踏实多了。

新来了两个姑娘,在钻塔上下干活的钻工都转过头来看,有几个下班的小伙还没顾上换掉油腻的工衣,就疾步走了过来,帮她俩搬行李。到了深绿色的野营房门口,小伙很有礼貌地站住,说:"请进。"有钻工端开水来了,先递给庆芝和小林,说:"女士优先。"那像男人一样顶天立地的钻塔和钻工友好的举动、文明的语言,使两个姑娘彻底放心了,而且对钻工有了好感。

钻井队本来只有一个女性,钻工们叫她"少数民族",

她叫阿兰。庆芝和小林还是被称为"少数民族"。和阿兰姐姐一样,在食堂当服务员,负责洗菜、洗碗、打扫卫生,给上班的钻工端饭、烧开水、送开水、洗被子。姑娘多了(尽管只有 3 个),钻工们的笑声就多了。虽然杂活多,有时也累,但她们十分乐意干好,因为她们天天看见钻工兄弟打井,又脏又累又危险,和他们相比,这点活跟玩儿似的。更开心的是,钻工兄弟回报的是笑脸和热情的关心与帮助。

没几天,庆芝就爱上了钻井队,爱上了尕斯库勒湖畔的荒滩,那昆仑雪山、蓝宝石一样的湖、蓝得洁净蓝得透亮的辽阔的天空、洁白的云朵,更像诗一样让她感动。她总想说,想唱,想把心中的感觉表达出来。

有一天傍晚,钻工们吃过晚饭,到尕斯库勒湖边散步。庆芝看着钻塔一样的小伙与柔波粼粼的湖水如此和谐,形成了一道特殊的风景,就情不自禁地唱起歌来。正在洗碗的阿兰和小林惊异地看着她,听了一会儿,说,你的嗓子这么好呀!她们又笑了,因为厨房的两个师傅都像木头人那样一动不动地愣着,像是被魔女的歌声定在那里了。其实他们不知道,庆芝在学校就是多才多艺的小才女,写作、朗诵、歌舞和武术都有功底。钻井队来了个女歌手,这是钻工们意外的惊喜,于是就经常让她唱歌,她受到钻井兄弟的喜爱。

一个星期天的下午,庆芝到值班室去打扫卫生之后正要出去,就见一群休息的钻工堵在门口,说,你唱唱《烛光里的妈妈》。庆芝一笑,我不是已经唱了好多次了吗?钻工们说,你再唱唱。庆芝从来就抵挡不了钻工诚挚的目光,她立即点头答应。

妈妈，我想对你说，
你的腰身已不再挺拔，
你的眼睛为何失去了光华？
妈妈，你的女儿已经长大，
不再牵着你的衣襟走过春秋冬夏……

庆芝每一次唱这支歌，都特别想念家乡的妈妈，每次唱到这里，鼻子就酸酸的。可这一次她总想掉泪，她觉得钻工们和过去不一样。他们有的坐在铁长椅上，有的坐在地上，有的站在门口，值班室内外聚了那么多人。钻工们都像小孩子一样目不转睛地望着她，有的眼里还有泪花，她仿佛看见了一群远离妈妈的小孩。她心里一阵难受，差点唱不下去了。这时，她发现一个叫小强的钻工走出值班室了。过去唱完后大家都齐声鼓掌，这一次没有，不少人默默地流着眼泪。不知谁说了一声，今天是母亲节。庆芝立即明白了，她说快去找找小强！大家就跑到戈壁荒滩上。小强正对着东方号嚎大哭，他的妈妈已经去世了。有的要过去劝他，庆芝说，别，让他哭个痛快吧！

庆芝有一副好嗓子，可她只为钻工唱，其他人用十把铁锹也撬不开她的嘴。她对钻工情有独钟。这时已有钻工开始追求她了。

只为钻工服务，为钻工唱歌，她总觉得不足以表达心中的感情。阿兰姐姐说:"你可以写呀。"她把自己写的诗歌、散文拿给庆芝看。庆芝激动得血往上涌,圆脸蛋红扑扑的。是啊,我在学校时写作还是佼佼者呢,我该拿起笔来为钻井队写作。从此她开始写诗写散文。她给油田的报纸、杂志投稿,去参加钻井公司的诗歌比赛,成了钻工们"啧啧"称赞的才女。

这天晚上外边刮着大风,三个姑娘在活动板房里闲聊。庆芝说,我们在西宁时想到要像文成公主那样路过草原,走那么远的路,就很高兴。其实我们都没好好想想文成公主远嫁是为了什么。我现在有些明白了。汉人与吐蕃人联姻,为了不打仗,那是一个方面。还有很重要的,文成公主把技术、文化带去了。我想我们来钻井队,别的说不上,至少给钻工带来了快乐。阿兰说,还带来了希望。这是内心的、精神的需求。哪怕一个姑娘也不嫁给他们,他们也能得到安慰,毕竟身边有异性,可以填补那种难以说清的空虚。更何况,说不定就追上哪个姑娘呢。庆芝笑了,说,我们姑娘起的作用还真不小,我从钻井队越来越好的气氛里,感觉到我们的作用了。真好,不来钻井队,怎么能体会到我们的价值呢。不久,庆芝和小林都与钻工喜结连理。

五年后,庆芝被调到一个小卖部当售货员。离开钻井队了,她日日夜夜都想念自己的丈夫和钻工们,想念耸立着高高钻塔的钻井队。她写了一篇题为《苦恋》的散文诗:

无奈蓝天中那朵飘逸的白云消失了,消失在我依恋的目光里；

无奈白云下那座英俊的钻塔消失了，消失在我含泪的视线里。

曾经是那般情思如缕，曾经是那般激情似火。

当一切远逝的时候，目光里的清泉便弥漫成一个长长的雨季，在尕斯湖畔，在盐碱滩上，在荒山坡里，淅淅沥沥。

一颗心，在这漫长的雨季哭泣。

那朵在狂暴的风沙里在钻机的歌声中盛开的玫瑰，再也承受不了雨季的冲击，今夜也在一片悲泣声中撒下了第一片花瓣。

那撒落了的是初开时梦的美丽，是盛绽时对果实的渴望。

苦恋不是大山却有大山的深沉；苦恋不是瀚海却有瀚海的辽远；苦恋不是白云却有白云的圣洁。

我在烟雨中寻觅我朝夕相依的钻塔；我在雨夜里寻觅曾走过千百次的通向钻塔的路。

假如我还将拥有你一日的春光，我会驱散所有雨季，献给你生命的整个春天！

她在钻井队十几年

阿兰分配到钻井队比庆芝那群姑娘早 10 年。

阿兰 5 岁时，上海开始搞"文化大革命"，社会不安定，父母就把她带到柴达木西部的花土沟。阿兰聪明好学，一到花土沟就进小学念书。1978 年，她考上油田第一期技校。入学不久，已调回上海的爸爸来接她和妈妈回上海。阿兰舍不得已经工作的姐姐，说什么也不跟父母走。父母只好嘱咐她好好学习，毕业后再来接她。1980 年夏天毕业后，她被分到花土沟的钻井处。她先回上海看父母，同时告诉父母她决定留在花土沟，陪着姐姐。秋末她回到花土沟，高高兴兴地去了一个钻井队。

　　阿兰对钻井这两个字非常有感情，因为妈妈 1958 年来花土沟之后直到调走，一直在钻井处，现在姐姐又在钻井队。她从小到大听得最多的词儿，就是"钻井"。那两个字的含义她也清楚，小时候她最爱给新来的小朋友讲什么叫钻井。你知道吗? 钻井就是钻出地下的石油，地下有好多好多石油，不钻怎么出得来呢? 新来的小朋友就眨巴眨巴疑惑的眼睛。

　　阿兰去的钻井队在昆仑山下的盐碱滩。虽说在昆仑山下，其实离山还远得很，那里的说法是："看见山，跑死马。"阿兰自从第一眼看见像画一样的昆仑雪山，就渴望登上山去玩一玩，现在还是难以如愿。可她并不遗憾，因为高高的钻塔就在她的眼前，可以上钻塔呀。她真的爬上了钻井平台。她还要往上爬，被一个钻工拉住了："小姑娘，你真胆大。"阿兰头一扬，回答："捆着我的双手我都敢上!"钻工说："行啊，哪天试试，但是我要警告你，打井时可不能随便上啊。"阿兰一扭头就下了平台。

阿兰当了柴油机房的司助。其余女孩有十几个，都是保温队的，十来天一次轮流回花土沟。到了次年3月，天气暖和了，保温队的姑娘就全走了。现在剩下阿兰一个姑娘了。阿兰每一周都要到花土沟去参加一次文学社的活动，学会了写诗歌，她的诗《觉醒》参加钻井处的诗赛，还获得二等奖。

后来钻井队陆续调来几个姑娘。年复一年，钻井队转战戈壁荒山，队里的姑娘调走的调走、出嫁的出嫁，换了一批又一批，唯有阿兰没动窝。她早已习惯了和队上的钻工兄弟们工作在一起。她在队上恋爱了，结婚了，又离婚了。有人说你也该离开这个队了，她摇摇头。

10年后，钻井队搬迁到昆仑山下的尕斯库勒湖畔，庆芝和小林来到她的身边，她已经32岁了。庆芝在阿兰姐姐身上学到的最宝贵的东西是对钻工们真诚的感情。每次钻工们打井到千米以上的时候，阿兰都带着姑娘们把糖茶水送去，守在钻塔旁。钻工们的脸色好，她们心情就好。

一天吃早饭时，见钻工情绪不好，阿兰马上问昨晚打井的情况。得知套管从中间断了，这口井有可能报废，阿兰的脸色马上变了。庆芝和小林一急就想哭。阿兰走到桌边，从抽屉里拿出一把香，俩姑娘立即明白要做什么了。她们换上表示吉祥的白色衣服和表示喜庆的红色衣服。阿兰一手牵一个妹妹，很庄重地走到盐碱滩上，用手捧了一堆小砂堆，把香插上，点燃。三人跪在地上，双手合十，对苍天说，苍天保佑，赶紧把事故处理完！老天爷快显灵，不要让钻工太累，早日完成钻井任务！她们反复祈祷，最后一起磕了三个头，又静静地坐在地上，望着钻塔，等待苍天显灵。两天后，事故处理完了，打井非常顺利，完成任务非常快，后来给大家发的奖金也非常多。钻工们说，因为你们祈祷啦……

她们为钻工们祈祷的事，感动了不少人，笔者把这事写进了题为《西部女人》的散文中。

钻井队的姑娘功不可没

阿兰是在柴达木钻井队工作时间最长的女性；去柴达木钻井队最多的一批女性，是1990年、1991年招去的52名大通姑娘。庆芝等大通姑娘大多数嫁给了钻工。尽管她们的人数有限，但她们功不可没。庆芝已经是青海省作家协会会员、中国女摄影家协会会员，为青海石油文联各类书籍的责任编辑。她早已提笔书写钻井队姑娘的故事。她将继续记述那些可爱的姐妹。

如今，柴达木西部职工家庭大搬迁，美丽的敦煌有了钻工们美丽的家，钻工的妻儿都迁到了敦煌。钻井队又成了清一色的光棍队伍。这群姑娘成了钻工兄弟们美好的回忆。

（摘自纪实文学集《边塞曲》）

后 记

　　人们经历的每一天都是今后的昔日。柴达木西部深藏在青藏高原的怀里，曾经天高路远不为人知，有了第一个提笔书写者，才有了第一行历史记忆。

　　朱新德写了《柴达木盆地第一次考察纪实》，柴达木西部荒漠那片空白记忆簿上，才有了1945年原西北工业研究所、西北地质研究所提出我国自己的科学考察队考察柴达木的构想，有了1947年发现油砂山的实况记录；葛泰生、郝清江写了《初识柴达木》等文章，才有了1954年春进入柴达木的新中国第一支勘探队——柴达木地质大队初步查明盆地西部第三系含油层系的分布，找到了可供钻探的有利构造的过程记载。从此，柴达木西部开拓的历史篇章有了丰碑式的第一页。

　　李若冰的《柴达木手记》、李季的《可爱的柴达木》，是从实事记录转为纪实描述的跨越。后来的文学作者也秉承了这种"实中有诗、诗中有实"的风格，使柴达木西部的历史在真实的脉络中有了情感的热度、生命的力度，由记录的历史片段变为激情燃烧的史诗章节。

这是写作者对柴达木历史的真实性的尊重与审美的结合。其真实，是事实与感受的真实，是情感与表述的真实。

记录、新闻与文学都与柴达木开发史相依而行，尤其是文学呈现的题材、体裁的多样性，甚至已经与科幻亲密结合，得以更加全面、丰满和透彻地把柴达木展示给世界，留给后人。但是，写作的丰富多彩，并没有湮没纪实文学这种体例。相反，纪实文学如坚固的轨道，紧贴柴达木的土地，无止境地延长，它成为承载柴达木史诗这列火车的基础。

文学是社会的担当。纪实文学是以真实呈现这一担当，是以责任感贯穿采写的全过程。

无论是20世纪80年代采写《柴达木的母亲》马崇煊，还是近年写《石油诗人李季》（《李季诗话柴达木》为其中一个章节），我都以真实为原则，严格核实时间、地点、人物、事件、背景、起因、过程、结果。写《石油诗人李季》是受李季夫人李小为的委托，她与儿子李江树、李江夏提供了第一手资料，包括李季的手迹。但是在写作中我依然认真查看其他背景资料，核实李季在各个油田的足迹与创作成果，每一首诗歌写于何时何地，是什么背景，有什么社会效果，我在文章里都介绍得清清楚楚，便于读者、研究者查询。而且每次完成一稿，都要请李季的儿子江夏阅读，提出修改、补充意见。这篇5万字的纪实文学填补了中国著名诗人李季在石油战线深入生活与石油诗创作过程的空白，被收藏于中国现代文学馆和中国石油档案馆。

纪实文学的写作者必须有责任感，每一篇、每一个字都要对得起读者、社会、历史，对得起所写的主人公和他的家人，对得起自己的良心。在纪实文学里，真正尊重柴达木历史、尊重柴达木人的作者一定要杜绝编造与矫情。

从 50 年代至今，柴达木都有以真实为魂、有责任感、乐于担当的实事记录者、纪实文学写作者。他们大多数是利用业余时间深入采访、八方查询，把事件与人物变成文字，固定在纸张上，留给历史，无怨无悔。能做到对纪实写作的坚持，这是对柴达木的真爱使然。

非常荣幸，我是这支写作队伍中的一员。

2022 年 1 月 12 日
于青海油田北京燕青大院

图书在版编目（CIP）数据

茫崖寻根 / 李玉真著. —北京：中国文史出版社，
2023.8
（柴达木文史丛书 . 第六辑）
ISBN 978-7-5205-4208-1

Ⅰ.①茫… Ⅱ.①李… Ⅲ.①纪实文学—中国—当代
Ⅳ.①I25

中国国家版本馆 CIP 数据核字（2023）第 138203 号

责任编辑：李晓薇

出版发行：中国文史出版社
社　　址：北京市海淀区西八里庄路 69 号　　邮编：100142
电　　话：010 - 81136606　81136602　81136603（发行部）
传　　真：010 - 81136655
印　　装：河北京平诚乾印刷有限公司
经　　销：全国新华书店
开　　本：880mm×1230mm　1/32
总 印 张：53.125
总 字 数：1060 千字
版　　次：2025 年 7 月北京第 1 版
印　　次：2025 年 7 月第 1 次印刷
定　　价：180.00 元（全六册）

柴达木文史丛书
柴达木认知读本 6

青海海西州政协教科文卫和学文委◎编
张珍连◎主编

QINGHAI YOUTIAN CAIFANG LU

青海油田采访录

青海海西州政协教科文卫和学文委◎编
张珍连◎主编

杨海平◎著

中国文史出版社

品，还原往事、记述历史、解析文化，反映中国西部柴达木的历史面貌及轰轰烈烈开发史。在已有的书稿中，一些历史人物和重要事件跃然纸上，使柴达木半个世纪举世瞩目的开发建设进程，以生活本身所具有的绚烂多姿，呈现在广大读者眼前。

前5辑的作者群中，既有全国知名的文化学者，也有我省一些颇具实力的本土文化人士。他们的作品，很多是大家熟悉的，也有不少是人们未必熟悉却非常值得一读的新作。关注丛书出版活动的领导和读者，期待我们接续编纂，推出新的读本。

新一届海西州政协常委会，接续支持教科文卫和学文委把丛书出版列为政协文史工作重要工程，组织人力挖掘整理史料，扩大丛书出版规模，在存史、资政、团结、育人方面再有作为。

柴达木是一座文史资料的"富矿"，积极挖掘文史领域的奇珍异宝，让丛书成为珍贵人文读本，为地方文史研究积累有益第一手资料。出版好文史丛书，更志在宣传柴达木精神，讲好海西故事。

我们满怀信心，热切期待新作品问世、新读本出品。

乙巳年暮春

目 录

经济学家于光远的油田考察之行

时光易逝，到 2014 年 9 月 26 日，中国社科院原副院长、原中顾委委员、著名的马克思主义理论家、经济学家于光远同志谢世已一周年了。一年来，听到、看到多种媒体上报道人们对于老的回忆或评价等，不禁回忆起 31 年前的 1983 年 8 月初，在青海柴达木盆地冷湖油田等地，见到并采访于老带队考察时的难忘情形。作为一名晚辈和当时《柴达木石油报》的记者，有幸随考察团采访并多次聆听于老的讲话，深深地为他睿智的思想、求实的作风、犀利的见解所折服，又见证了于老关注关爱海西州边远荒寂环境中养路工人的文化生活等感人细节和风采，至今仍心生感慨。

"'一般政策'，就应从各地的实际出发，从实际出发制定的政策，算不得特殊政策。"

于光远同志带队的国土经济研究会考察团，在 1983 年 8 月专程赴被世人誉为"聚宝盆"的青海柴达木盆地考察。考察团是在 1983 年 8 月 3 日傍晚，从盆地大柴旦等地向西赶到冷湖油田的。20多名考察团成员中年龄最大的71岁，光远同志当年也已68岁高龄了。顾不上路途颠簸和劳累，8月4日上午，在青海省政府和海西州政府有关同志的陪同下，光远同志就和考察团的国务院相关部委工作人员包括时任石油部总地质师闵豫等成员一道，听取了青海油田领导张德国、蒋一鸣、顾树松等同志的工作汇报。

青海油田是目前世界上海拔最高的油气田，作业区域平均海拔在3000米上下，自然环境全部为荒漠戈壁，气候高寒缺氧。油田自1954年开始勘探开发，经过两代数万名职工的艰苦创业，到1983年，共发现175个地质构造，已在91个构造上进行2000多口井的钻探，发现油气田22个，其中半数以上的油田已投入开发。截至1982年底，已累计生产原油300多万吨，炼出成品油271万吨，1983年可产原油17万多吨。自1977年取得盆地西部尕斯库勒油田的勘探突破后，油田产量逐年上升。

油田领导在汇报中指出，柴达木油田的石油天然气开发，对青、藏、甘等省区的经济社会发展和国防事业，有着不可替代的地位和积极作用。石油部和青、藏、甘三省区及油田一道，正在筹划更大规模的开发。值此关键时期，油田领导向考察团汇报开发情况和开发设想，同时汇报了希望国家适当加大投资力度，扩大开发的后备资源储备；希望国家对基本没有社会依托条件的独立工矿区，在企业自办社会性服务项目包括基础教育、托幼、医疗、公安消防、农场、电视等；油气田区域内没有适合人居的基地，职工队伍解决定期轮换、子女就业、职工退休政策等问题，给予一些特殊政策，以利于企业持续协调发展。

于光远等同志在听取汇报中还观看了油田的几个专题汇报录像资料，询问了相关的细节。在听到油田希望给予特殊政策时，于光远同志明确强调："'一刀切'的政策不是一般政策，一般政策就应从各地的实际出发，从实际出发制订的政策，算不得特殊政策。"他表示，国家相关部委和地方政府，对柴达木油田等这样环境和条件下的企业，应当从实际出发，采取实事求是的政策，这不是什么"特殊"的要求和期望。光远同志的一席话，让在座的多年来期盼"特殊政策"关照、习惯了呼吁"特殊政策"思维的地方政府和企事业单位的同志，倍感亲切、实在、豁亮。

"响应胡耀邦总书记'立下愚公志，开拓青海省'的号召，我们要'志在四方'，想大事、干实事。"

于光远和考察团一行在 8 月 4 日下午，又先后深入到油田中美合作的地球物理作业项目驻地，参观了较为先进的震源车、沙漠作业装备、材料库、计算机房等，和外方几名工作人员进行了交流。后又赶到数公里外的采油六队，在 605 采油站参观了解采油工艺流程，走访了队部和几家职工宿舍。

在于光远一行到柴达木盆地考察前夕，7 月 23 日至 31 日，中共中央总书记胡耀邦到青海省视察。考察结束前，总书记在青海省党政军领导干部会议上，作了题为《立下愚公志，开拓青海省》的重要讲话。这篇讲话在广播、电视上播出时，光远同志和考察团成员及企业的同志，都在电视上收看了实况播出。总书记的号召，给了盼望开拓前行、治穷致富的青海各族人民极大的鼓舞和鞭策。于光远同志在考察中间，多次询问陪同的企业、地方政府的同志，"收看总书记讲话没有？总书记讲得好啊！"应油田党政组织之邀，在8月4日晚8点30分，于光远同志在油田科级以上干部大会上，就学习领会总书记讲话精神，结合考察工作感受等，作了一次专题讲话。

光远同志首先站起来说了几句："和大家见面，应邀讲讲话。考察团的工作情况包括听到、看到的，需要好好消化、深入讨论，从科学性上来说，不能随便讲话。结合学习贯彻总书记的讲话精神，想就我们要'志在四方'，'想大事、干实事'谈些心得感受。"

接着，光远同志谈到了1982年是我国明代著名地理学家徐霞客诞辰400周年，全国一些组织和地方在近期搞了些纪念活动和学术性研讨活动。封建时代的徐霞客，尚能勤奋好学，不畏艰险，在几乎没有任何赞助的条件下，只身旅行和考察了祖国数千里的区域，留下了数十万字地理学、地质学和富有文学价值的游记资料；他和西汉的张骞、唐朝的玄奘等——当然后者有朝廷的参与和赞助，都是"志在四方"的有为志士。胡耀邦同志的讲话很符合青海的实际，有很重要的指导意义。总书记号召我们"立下愚公志，开拓青海省"，我体会，首先是要求我们有一个"志在四方"的远大理想和追求。理想有大的，如消灭"三大差别"等，也有具体的中、小理想，如今一年、三五年、十年要达到什么目标。我们是社会主义新时代的人，要创立更加伟大的业绩，就需要有更多的有志青年到祖国边远的地方去。在谈到胡耀邦同志要求"青海同志的任务是要为大规模开拓青海创造条件"时，于光远同志说，我们搞民主革命时，先建设了一些根据地，由这些根据地出人力、出财力、出经验，而后去解放更多的地区。现在我们搞社会主义建设，我国的东南部就是现今的"根据地"，我国的西北部就是需要开拓和"解放"的地区，只是"解放"的含义不同罢了。我国东南部的人口和国民经济产值，分别占了全国人口总数和经济总产值的94%左右，而西北部的人口和经济产值，只分别占总量的6%左右。正像胡耀邦同志指出的那样，青海拥有丰富的矿产资源，是20世纪和21世纪初我国经济开拓的重点地区。身处西北的同志，要为迎接西北地区的"资源解放"，做好各方面的准备。

于光远同志说，前不久我曾给浙江省一家青年刊物写了一篇文章，勉励青年们要"志在四方"。要开拓大西北，现在还可改成"志在西方"。青年应该有远大的理想，有很强的事业心，不应该去追求腐朽没落的生活方式，不能只顾经营自己的"小家庭"。当然，我们的各级党组织和领导干部，要关心志在西北艰苦奋斗的人们的生活。光远同志动情地说道，通过我们在青海路途上的所见所闻，在柴达木盆地的考察和参观，真切地感受到这里的地理条件和生活环境确实比较艰苦。许多同志在这里奋斗了十几二十年，曾经和正在为大规模开拓青海做出贡献。于光远勉励盆地石油探区等企业的各级干部，要关心职工的生活，辩证地处理好艰苦奋斗和关心职工生活这两个方面的关系。他说，如果我们的组织和领导不去关心职工、家属的生活，个人就不得不去考虑自己的事情。关心人的问题也就是调动人的积极性的问题。调动群众积极性的方法是多种多样的，不是单靠"钱"所能调动起来的；有的同志要给压力、给目标、给题目、给支持。要切实把我们的各项事业、各条战线的工作，都建立在科学的基础上，像胡耀邦同志所要求的那样，"用智力的办法来开发智力"，加快柴达木盆地和青海地区国土资源的"解放工作"。

光远同志在讲到"我们要考虑一些大问题、想大事"时指出，过去讲大事，多讲"路线"，现在要考虑一些战略上的问题。他说，我给《青海社会科学》杂志写了一篇文章，今天看到已刊登出来了，题目是《中国社会主义的经济、社会发展战略》。过去讲经济也是社会的一个组成部分；现在提经济、社会是两个意思，突出经济，但不忘经济之外还有社会发展问题。我们要有计划地去发展国民经济，也要有计划地去发展我们的社会关系。我们的目的是实现人民的幸福和国家的富强。他谈到自己写出的一本没有公开发行的谈计划方面的著作，其中主张将计划方法中的最终产品法、部门法、资源法、最佳方案法四种方法搞成一个统一体，当然这需要继续探索实践、总结提高。光远同志讲道，"我们现在

图片 1

于光远（前中）在冷湖参观油田的计算机房

办事被计划牵扯很大。我不赞成'有计划按比例'这一提法。斯大林提出有计划按比例，我想'有计划不等于按比例'。我们计划是计划我们能计划的东西，不能计划我们不能计划的东西。比如我们能计划我们什么不出口，不能计划我们出口多少"。

在讲到"决策科学"时，光远同志指出，应当把我们社会主义的各项工作、各项事业都建立在科学的基础上。我们在决定、决策一项事情时，要广泛地发议论，多拿几个方案，一个方案里也可套几个小方案，要选择最佳的，选择可行的。光远同志讲到自己曾写过一篇《关于建设项目方案库的建议》。他指出，我们现在的一般程序是领导说什么项目要上，让有关部门去看看可行性，下面的人一般就是论证项目的可行性，而不去论证它的不可靠性。外国有的经济项目的决策办法，值得我们借鉴。决策层要有技术、经济、战略层面的几个专门委员会一起搞，责任要落实、要分明。决策的人是挑一个方案，经济账算错了由经济委员会负责，技术上有问题由技术委员会负责。我们现在不少项目决策，参与的每个人都有个"安然无恙"的屁股，出了差错，谁也打不上。光远同志还用幽默的语气讲道："我认为决策人要有'智囊'，'智囊'出了点子，决策人采用后，失败了，只能总结出你这个'智囊'不是'智囊'，是'窝囊'，但决策责任不能归罪于'智囊'"。光远同志在讲话结束前，建议在青海的报纸上开辟一个"提建议"的地方，发挥大家的聪明才智，调动大家开拓青海省的积极性。

光远同志一个多小时的精彩讲话，赢得了到会的200多名同志的热烈掌声。我深切地感到，光远同志的讲话对加深学习领会和贯彻胡耀邦总书记的讲话精神，有很强的针对性和指导意义，在写出《柴达木石油报》反映考察团活动新闻消息的同时，以"为西北的'资源解放'做好准备"为主题，以"于光远在冷湖畅谈学习胡耀邦同志重要讲话的体会"为副题，向《青海日报》发去了1000多字的电讯新闻稿。省报在1983年8月13日头版刊发。

"我看到盆地养路道班的工人和他们的生活，很受感动；我给他们写了一封信，表示敬意。回去后要为他们寄些书报杂志来。"

于光远同志在盆地考察后期，曾多次动情地讲道："我们从鱼卡往西到冷湖，几百公里路途，除了间隔几十公里有座养护公路的道班房和几名养路工，没有见过其他什么人。养路工在用手扶拖拉机拉着刮土板养护沙土公路。他们的道班房，多的只有三四个人，没有电灯照明，没有电视，电台广播难以收到，也少有书报杂志，平时很少能吃上青菜，长年和寂寞为伍，但他们却坚守在岗位上，实在令人敬佩！"

光远同志在冷湖考察期间，在8月4日早晨，专门给青海省交通局公路处养路段写了一封信，表达了以上感受，并在信中表示回到北京后，要给盆地养路工们挑选邮寄些书报杂志来，给他们的生活多少增添些乐趣。

光远同志在油田干部大会的讲话中再次动情地讲道：

"一路上，我就想，如果我是个青年养路工怎么办？我对同行的同志说，一个站上应给他们建一个风力发电装备。"光远同志当场委托青海油田的同志将此信整理打印出来，寄往公路养路段和南八仙等道班的职工。到 1984 年新春前夕，光远同志回京后曾向盆地南八仙等道班的职工多次邮寄去数百份书报杂志。在光远同志的感召和呼吁下，海西州地方交通公路管理部门想方设法改善野外道班养路职工的工作和生活条件，为他们配备收音机、电视接收装置，增订书报杂志，等等，受到一线基层职工的好评。南八仙等道班的职工专门给光远同志回信谈了新的变化，在表达感激心情的同时，请求光远同志不要再邮寄书报杂志了。光远同志和盆地道班养路职工间的这段情谊，在盆地工业矿区传为佳话……

于老离开了我们，但他的思想和智慧、他的作风和情怀，却留给了后人并影响着我们。

2014 年 9 月写于北京昌平

追忆油田老领导尹克升同志

　　时光易逝。到 2011 年 8 月 26 日，令人尊敬和怀念的青海油田老领导尹克升同志，谢世已有百日了。今年 5 月 23 日，我和青海油田内外数百名"柴达木石油人"一道，在北京八宝山革命公墓礼堂参加了尹克升同志遗体告别仪式。在仪式上生者与逝者之间、生者与生者之间那静默缅怀、沉痛泣声、心灵告慰的场景，久久萦绕在心间。我身为已退休的第二代柴达木石油人之一，因为在油田报社和油田团委工作，从 20 世纪 70 年代中期到 80 年代初期，有幸随尹书记等油田老领导下基层、到前线，参加调研、现场办公或是重大抢险，多次耳濡目染尹书记等老领导热爱石油事业、献身石油创业方面的感人言行，受益匪浅。近日，又欣闻青海油田党政组织在组织"柴达木石油精神再教育宣讲活动"，就愈发感到有必要将自己有限接触到尹书记的工作片段记述下来，因为尹书记的"高原情怀"，本身就是"柴达木石油精神"的生动写照！它折射着我们党所倡导的艰苦奋斗的精神，折射着大庆精神、铁人精神和青海高原精神。这种精神，正是我们落实科学发展观，建设千万吨级高原油气田所需要发扬光大的！

心　声

几个月来，青海油田内外的柴达木石油人在相聚中说起尹克升同志，依然是满怀崇敬和缅怀之情。比较熟悉、熟知尹克升同志的柴达木石油人，都亲切、习惯地敬称他为"尹书记"。这是因为他从 1971 年起，就在青海油田党委任副书记，同时任副局长，1979 年后任局长、副书记、书记等职。

比较熟悉青海油田开发历史和比较熟知尹克升同志的柴达木石油人，在谈及尹克升同志在高原油田的贡献、地位、作用、影响时，曾评价说："尹书记是青海石油人的优秀代表之一，是青海石油人的一面旗帜！"我从内心赞许这一评价和认识。这是因为尹克升同志从 1954 年起，就是新中国最早投身柴达木石油勘探开发职工队伍中的一员。这是因为在其后近 30 年的石油生涯中，尹克升同志转战盆地东西南北，特别是在担负油田主要领导职责后，先后参与和重点组织指挥了"重返西部建家园"、冷湖五号油田注水会战、冷湖三号新区产能会战、涩北气田勘探会战、西部地区勘探会战包括跃进一号构造即尕斯库勒油田发现和详探的会战等，为青海石油工业的持续发展奉献了自己的青春、心血、汗水、才智。这是因为自 1983 年到 1997 年在青海省任副省长和省委书记期间，尹书记十分关注、支持油田事业的发展，特别是在油田三项工程争取立项建设、天然气大规模工业性开发利用等方面，尹书记更是高度关切，竭尽所能，给予大力支持和帮助。这是因为尹克升同志在长期的刻苦学习和创业实践中，从一名普通的石油工作者，成长为熟悉油气勘探开发的内行和专家。在 1986 年 8 月 25 日中共中央总书记胡耀邦同志在西宁听取青海油田工作汇报（此时段为省、部和青海油田争取油田三项工程立项的关键时期，这次汇报和其后陪同总书记到格尔木视察格炼厂址等，均为尹书记等积极筹划并为油田争取到的宝贵机会）时，耀邦总书记对尹书记说："石油你也是内行嘛！"陪同总书记视察的石油部领导说道："尹克升同志在油田工作 20 多年，是专家！"这是对尹克升同志十分中肯的评价。这是因为尽管尹书记在 2004 年从领导岗位上退休，但他仍一如既往地把自己当作"柴达木石油人"队伍中的一员，无论是坚持阅读油田出版的报纸、杂志，还是曾多次回到油田看望老同志、了解油田的新变化，再或是和油田来京的石油人见面欢聚，都一如既往地关注、牵挂着青海油田，为油田持续发展所取得每一个进步、每一个重大喜讯感到高兴和欣慰，正如尹书记从内心、在口头上常说的那样："我走到哪里，都是柴达木石油人！"

涩北气区勘探会战的记忆

在"文化大革命"十年的动荡之中，为了持续发展柴达木盆地的油气勘探开发事业，油田党委贯彻石化部和青海省政府的指示精神，于1974年再次组织了盆地东部"三湖"地区的天然气勘探。1270钻井队在1974年里连续在盐湖地区钻探9口探井；1975年在涩北二号构造钻探涩中一井、二井，均获得工业气流，发现涩北二号气田。之后，油田钻井处和管理局先后组织设立涩北天然气勘探会战现场办公室，以7支钻井队和3支试油（气）队为主体，另有7支地震队、1个运输队和相应的后勤保障队伍参加的勘探会战。局处两级组织的会战，在1975年和1976年达到高潮。

记得是在1975年八九月间的一天，油田报社（时为《青海石油工人》）领导通知我，随局党委副书记、革委会副主任尹克升等，赴涩北会战前线采访。这是我作为油田记者，第一次随尹书记下基层到前线。随行的十来名人员中，有局总调、地质研究所、物探处工作人员和办公室的杨秀东、陈自维、曹随义等负责同志及地质科技人员等，分乘3辆老式六九吉普从冷湖赶赴涩北会战现场。途中，尹书记一行顺道到一个地震队野外驻地了解情况，看望职工。下午5点多，尹书记一行在地质专家的引导下，又专程到涩北气田发现井、1964年钻探并发生井喷着火的"北参三井"现场。记得在距离该井井口数百米的地方，油田地质专家们就让停车，大家步行走向该井井喷后井口所形成的土包和"泥火坑"。地质专家们介绍说，该井于1963年初由局勘探处的王善书、邓宗淮、邸世琪等地质工作者首次提出钻探建议，后在1964年10月初正式由3278钻井队担负钻井任务，设计井深3200米。到同年12月初，钻至井深3058米处时，因事故被批准提前裸眼完井。12月25日在安装简易井口后，井场附近地面出现裂缝，泄漏的天然气沿裂缝漫过井队帐篷的煤炉底部时，引发火苗，随即引至井口燃起大火，火焰气流嘶鸣着，最高达200多米，井架在数分钟后即被烧坍；除了井口的大火，沿地表裂缝中冒出火焰有高有低，也在长达数百米的范围内燃烧。这口井因事先有所准备，发现火情及时，没有造成人员伤亡，但大火持续燃烧了数十天。燃烧的光焰在空旷荒原的夜晚分外耀目，百余公里之外也能望到红亮的一片。后经油田内外抢险灭火队伍的多次爆炸作业、奋勇灭火，"北参三井"的多处明火被扑灭。但10多年来，该井井口附近泄漏的天然气仍间歇性地自燃自灭，所以机动车辆需要在距离井口较远的地点熄火停下。地质专家们指着井口附近几处条状呈褐色的地表说，这即是当时裂缝泄气着火后的痕迹。

我随尹书记一行人爬上"北参三井"井口附近因井喷所形成的小山包，那时的山包足有十来米高，颜色呈现暗红色或褐色，山包的面积也有数十平方米；在山包凹凸不平的沙土中，仍能见到零星被烧毁变形的铁器。爬上山包顶部，看到在山包的中部凹下去的深坑底部，有面积数平方米的一洼清水，水中不停地冒着气泡，那是地下的天然气仍在泄漏所形成的气泡。尹书记一行望着"北参三井"遗留下的现场，感慨着、议论着，同行的人员中有人粗略地测算，这口井井喷着火时估算日喷天然气达 10 万立方米以上，往后自然递减，如果按一天一万立方米算，10 年来也有数亿立方米白白地流失掉了。尹书记感慨地说："我们搞天然气勘探会战，就是在和'气老虎'打交道呀！"

离开"北参三井"，在那天的傍晚时分，尹书记一行赶到位于涩北荒野上的钻井处会战现场办公室的帐篷驻地。当时在钻井现办负责的处党委副书记董福科等，安排我们一行分别在驻地帐房里住下。尹书记一行在饭后顾不上休息，就开始听取现办工作汇报，并商议安排第二天在现办召开会战队伍再动员大会等事项。因为钻井处 1270 钻井队在 1974 年、1975 年里连续在涩北地区又快又好地打了 10 多口探井，事迹突出，按照尹书记的要求，我在现场先后重点采访了 1270 队的队干部和几名班组长骨干等。因为现场帐房里没有桌子，晚上我就趴在方凳上写出了反映该队事迹的工作通讯。

记得尹书记在现场职工大会上作了动员讲话，讲了油田勘探开发所面临的严峻形势，强调了东部找气会战的必要性和重要性，表扬了 1270 队等参战队伍的成果和经验，号召参战队伍再接再厉，为管理局即将组织更大规模的勘探会战再立新功。那一次调研和现场办公期间，尹书记一行还到格尔木县（那时未建市）及油田在县上的驻守单位了解情况，为日后局里组织会战掌握第一手资料。

　　而后在 1976 年里管理局组织的涩北气田勘探会战，倾注了尹克升等油田领导和青海石油人几多的心血和汗水，见证了青海石油人降龙伏虎、血洒荒原的英雄壮举，谱写下青海石油人为祖国献石油的赤子之情！1976 年 3 月，在涩北会战前线负责组织运作的第一任局领导是尹书记。1976 年 6 月 27 日，在涩北二号构造钻探涩深一井中发生强烈井喷并引发井场大火，在油田内外专家和抢险作业队伍实施"带火清障、安装井口装置、实施空中爆炸"灭火方案中，一直在现场组织指挥的是尹书记。1976 年 11 月 4 日，接替尹书记在涩北前线负责的局革委副主任薛崇仁和基层干部、职工一道，在涩深 15 井进行完井测试作业中，因井口突然发生天然气上涌并带动井口和旁通管线旋转，致使在井口作业的人员全部被扫倒，多人伤情严重。尹书记得知前线险情，在冷湖油田总部带病组织落实急救措施，省内外多家单位的专家赶赴现场，但因伤情过重，薛崇仁、王警民等 6 位同志不幸殉职。尹书记在其后的 30 多年里，在一些特定的场合，只要说起涩北会战、说起薛崇仁、王警民等烈士，都禁不住哽咽失声、眼含热泪。在庆祝建局 40 周年之际，油田编辑出版《创业四十年》等书籍，尹书记应邀专门写了《难忘一九七六年涩北会战》一文，讲述了这一段对于尹书记自己也对于青海石油人刻骨铭心的记忆。正因为尹书记和青海石油人为盆地东部涩北地区的天然气勘探付出了终生难忘的青春年华、心血和汗水，所以对涩北气田的资源开发利用格外心有所愿、朝思暮想。1991年3月，时任青海省委书记的尹克升同志和中国石油天然气总公司总经理王涛同志一道，带队到青海油田现场办公。王涛同志从盆地油气资源勘探实际状况出发，明确要求青海油田在全国"稳定东部、发展西部"的油气战略能源格局中，走出一条"油气并举"的发展之路，并提出油田天然气开发新三项工程的设想和要求。尹书记听到这个要求和设想，激动得当场站了起来，对省上随行的同志们说："听到没有？咱们青海是个穷省，有资源没有实力尽快开发，王部长（王涛总经理曾任石油工业部部长——作者注）他们掏钱开发天然气，这可是油田想了多少年的大好事，也是加快青海省资源开发的大好事!"听了尹书记的话，在场的同志禁不住鼓起掌来……

令尹书记和老一辈柴达木石油人感到欣慰和自豪的是，从20世纪90年代至今，青海油田的天然气勘探成果不断扩大，开发利用成果不断扩大，涩北气田已成为我国目前陆上四大气区之一，涩北的天然气已经东输西宁、兰州及沿线数十个市（区）、县或大中型企业，并和全国西气东输等主干管网相连，天然气年产量到今年将突破65亿立方米，涩北气田将要建成百亿立方米产能，天然气开发早已超过油田油气产量的"半壁江山"，成为油田持续快速发展和祖国甘青藏等地区能源结构调整的一大亮点。

当涩北气田开发规模逐年扩大的2003年7月，油田和天然气开发公司在薛崇仁等6位壮士献身的涩深15井现场，建成大型群英纪念雕像并特请尹书记题字时，尹书记欣然命笔、直抒胸襟，写下了"浩气长存"四个大字。这四个大字，表达了青海石油人献身石油浩气长存，高原油气田百年基业生机常青的心声和豪气！尹书记和许多已经故去的老一辈柴达木石油人，欣闻青海油田铿锵前行的步履，当可含笑于九泉……

西部前指的难忘记忆

青海油田西部前线指挥部是油田总部设立在花土沟生产基地的指挥、协调工作机构。它的设立，除了西部前线勘探开发、工程技术服务、后勤生活服务等距离油田机关较远的因素外，也是油田党政组织学习和发扬大庆精神，发扬余秋里、康世恩等石油工业战线老领导倡导并身体力行的"生产指挥靠前"，机关工作"三个面向""五到现场"，服务基层"马达正转"等优良传统的具体体现。油田西部前指从 1977年初成立至今，已有 35 个年头了。30 多年来，油田领导班子调整充实，更换过十来茬，但每一届领导班子成员和机关干部，都坚持西部前指的轮换现场办公制度，坚持发扬西部前指"生产指挥靠前、工作运行监督、协调服务基层"，"抓生产从思想工作入手，抓思想政治工作从生产经营出发，思想政治工作和生产建设同步融合"等光荣传统，和工作、生活在西部前线的石油职工、家属一道，见证了油田结束"十年内乱"之后踏上较快、持续发展的历史足迹。我曾撰写过工作通讯《陋室办公十四载、艰苦创业当表率》，发表于 1991 年 3 月 4 日《青海日报》头版头条；曾撰写回忆录《西部前指轶事》纪念前指设立 30 周年，发表于 2007 年第 2 期油田《企业文化》杂志。回想自己作为油田一名新闻工作者、油田机关一名普通的工作人员，在西部前指轮流固定工作期间的点点滴滴，其中最难忘怀的也是尹书记在前指工作的一些片段：

从 1977 年 6 月初前指正式设立到 1983 年尹书记调任青海省副省长为止，在 5 年多的时间里，尹书记带头身体力行，除了临时性工作需要上前线之外，每年都亲自带队到前指固定工作 3 个月以上。在 1979 年至 1982 年甘青藏石油勘探会战高峰时期，尹书记根据生产和工作实际需要，明确要求油田机关各处室工作以西部前线为重点，处室主要负责同志要以西部前线工作为主。那一阶段，机关相关处室"带上公章上前指"，使前指的规模空前扩大，油田的指挥中心也转移到了前线。

西部前指在 30 多年里曾多次换址搬迁。1977 年至 1979 年初，前指设在花土沟基地一座有 10 多间土坯平房的小院内。尹书记和局领导们所住的平房和大家一样，单间面积有 10 多平方米，均是办公、生活一体化；房子里支张床和条桌，放几把木凳，加上生火取暖、烧水用的油炉子，余下的空间很有限；房里来几个人，大都得坐在床板上。

开始一年左右，前指没有食堂，局领导和大家一样，到就近的三车队食堂打饭回来吃；再后来每人每月补助发 5 斤

图片 2

1982 年冬季，时任石油管理局局长的尹克升在跃进构造试二井抢险现场为抢险队员擦拭油污

优质面粉，尹书记等局领导和大家伙儿搭成"小伙食团"，把面粉、罐头等凑一块，用洗脸盆和面，办公桌当面案，借高压锅下拉条子吃，算是改善生活。尹书记的爱人王秀兰，时常托人给尹书记带些油炸花生、腌酱菜、瓶装白酒等，尹书记也常拿出来给大家分享；尹书记身边的工作人员也会趁工作不紧张的星期天里，邀请尹书记和前指的同志都较熟悉的"业余烹饪家"古正本（四川籍，时任钻井指挥部主任地质师，有祖辈相传的烹饪手艺）等，大家东拼西凑些主、副食原材料，由老古主厨，改善一下生活。那时期职工家属的肉类副食品供应太少，前线的同志利用上山下滩野外工作的机会，打点野牛、黄羊、野鸭、野兔等改善生活；尹书记自己不吃这些野味，可他看着大家有肉吃了，打心里高兴。

最让尹书记和前指工作人员兴奋、难忘的事，是在1977年10月3日，西部跃进一号构造上首钻的"跃参一井"探井，在钻至2700多米时喷出高产油流。在喜讯传出和其后的放喷测压试求产作业期间，西部前线的职工欢呼雀跃，高兴得往油坑里跳；冷湖地区的职工、家属也相互传告，喜讯被传至祖国的四面八方。在放喷求产的当天，尹书记等人到井场现场"盯"着测试，晚上10点多钟还没回来。前指的工作人员特别是常随尹书记在前指固定的人员，大都熟悉尹书记的工作"秉性"：他不喜欢前指机关人员整天坐在办公室里，见你几天不下基层、不跑现场，就会出题目、下任务撵着你下去，特别是在前线探区组织重大活动，出现重大险情、重大事件、重大突破的时候更是如此。有几回，前指相关处室的工作人员刚睡下不久，被尹书记叫了起来，让马上到重点探井现场了解情况；到现场后向基层的同志说明是尹书记让来了解情况的，基层的同志告知"尹书记等人刚刚从这里离开"。于是，前指的工作人员知道这是尹书记在"批评"跑现场不及时，私底下交流并掌握了尹书记的这一"秉性"：只要尹书记跑现场不回来，晚上不管多晚，大家也不先睡觉，等着尹书记回来，看他还有什么要求或指示；他睡下了，大家才跟着睡下。那一晚，前指小院的十来间房子在 11 点左右全亮着灯，听到尹书记一行的吉普车回到小院，大家伙儿全都聚拢到尹书记的房间里。尹书记毫无倦意，满脸的喜气，高兴地向大家说着跃参一井放喷求产的情形，并让秘书徐志宏拿出平时舍不得喝的一瓶"茅台"酒，给在场的曹逢申、刘扬寿、李潇清、崔宪鹏、余振刚、金火生、杨国振、杨海平、李玉兰（时任地质研究所驻"跃参一井"地质技术员）等 10 多位同志，用酒杯、茶缸、饭碗等斟上酒，高兴地说道："咱们盼了多少年了，'跃参一井'喷油了，咱们能抱上'金娃娃'了！来，咱们今天痛痛快快地干几杯！"这一高兴开了头，一瓶"茅台"没喝两轮就没有了，大家伙儿各自拿来散装酒甚至药酒，接着干杯。那一晚，尹书记和前指在场的 10 多人全都醉倒了，有的相互拥抱流泪，有的跑到院子里呕吐，有的深夜两三点还在"语无伦次"地给冷湖家人打电话告知喷油喜讯……

在前指工作期间，我时常见到尹书记带病坚持工作，有时病得难以支撑了，他才在秘书的劝说下，到西部医疗队输液，输完就回到前指继续工作。有时随他跑南翼山、大风山等现场，道路颠簸加上劳累，尹书记的痔疮时常复发，实在疼痛难忍，司机就停车让他下来活动活动；还有人建议在路边晒热的沙丘上坐一坐有利于缓解疼痛，尹书记就在沙滩上或坐或躺一阵儿，又接着赶路……

尹书记在 10 多年里身为青海油田党政组织的主要负责人之一，因为长期主管油田生产建设一路的工作，又常在前线基层一线调研、跑面，组织现场办公等，再加上他博闻强识，因此，他和基层一线单位的干部甚至包括不少骨干班组长等都很熟悉。尹书记到了井队，时常见到、听到他亲切地和井场的司钻、大班们打招呼，亲热地叫着他们的绰号，什么"王土匪""刘钢炮"，什么"毛二蛋""刘黑子"等。基层的同志也无拘无束地和尹书记攀谈着，有什么建议和意见也都敢痛快地讲出来，对好的、可行的意见或建议，尹书记当场表态支持，并要随行的机关相关处室和基层厂处负责同志协助落实。

尹书记在前线工作中关心、支持共青团和青年工作，时常给团组织、团干部出题目、交工作，尤其重视在青年员工身上继承和弘扬"柴达木石油精神"。在西部前指展开工作的头两年里，尹书记亲自邀请 1954 年首批进盆地的地质工作者、时任局地质研究所党委副书记的陈自维同志，给西部前线的团员青年和成批转业刚来油田工作的复转军人等，作油田初期艰苦创业的传统报告；有时，尹书记也亲自主持报告会并向青年们提出要求。

记得在 1982 年 7 月底，我在西部前指固定，从采访中得知，在探区 20 个钻井队的 159 名女青工中，越来越多的女青年在井队恋爱、成家，两三年里已有 43 对青年在野外井队安了新家，打破了以往在油田一部分人中流传的"有女不嫁钻工郎"的偏见。正巧，在油砂山下打井的 32799 钻井队，8 月 1 日这一天又有一对新人在井队新婚成家。新郎是该队钻工出身的 28 岁的队长、预备党员马登祥，新娘是本队 22 岁的采集工、团员宋启兰。我在局前指向尹书记简要汇报了上述情况，并邀请他前去参加这对新人的婚礼。尹书记高兴地答应了。8 月 1 日上午 10 点多钟，我们随尹书记赶到 32799 队的帐篷驻地，走进了帐篷新房，尹书记向这对新人祝贺新婚，并高兴地询问他们的家庭、籍贯及相识、相恋经过等；尹书记还高兴地说起自己当年也是在大柴旦地区的野外作业区谈恋爱、在帐房里安新家的经过，引来新房里一片笑声。从基层摸爬滚打成长起来的马登祥，不论是在过后的"试二井"井喷事故抢险处理、生产调度岗位，或是到格尔木炼油厂担任厂领导职务等，都曾多次得到过尹书记的教诲和关爱。

　　尹书记平易近人，关爱同志，对身边的工作人员工作上要求很严，但工余时间又和大家一起下棋、打牌，不论是机关干部还是司机、炊事员，在尹书记面前都能畅所欲言、少有拘束感，有什么意见也敢向尹书记提出来。记得在 1982 年底，冷湖地区包括局机关等单位盖起了油田第一批砖混结构的小四合院。因为首批房屋数量有限，加上当时油田没有统一的分房办法，有的单位分房以女方为主，有的单位以男方为主；这样就有一些同志在申请住房上两边靠不上。前指有的同志向尹书记反映此情况，尹书记亲自打电话给相关部门，要求他们统筹考虑，减少矛盾。

1978年之前，前指没有食堂，尹书记亲自过问办起了小食堂；前线副食品短缺，他也操心过问，千方百计地改善前线职工的生活；他还要求不定期地组织西部探区各单位和前指内部的篮球赛、乒乓球赛等文体比赛，以激励大家的创业斗志。

油田报人的难忘记忆

在尹书记担任油田党政组织主要负责人期间，对当时油田党委唯一的机关报《青海石油工人》报和后来的《柴达木石油报》《青海石油报》，都给予了高度重视和关注。直至他到省上任副省长、省委书记，或到北京中直机关、全国人大任职，或是退休之后，一直都要求将油田报纸逐期邮寄给他，他虽不在青海油田，但仍通过油田报纸，来了解和掌握油田的动态和发展情况；从油田报上看到重大动态或喜讯，他会亲自打电话或让身边的同志打电话给油田领导或报社的同志，表达自己的喜悦之情和勉励话语。

在油田担任领导期间，尹书记和局领导班子把油田报纸当作动员组织引导职工和家属艰苦创业，传达学习贯彻上级指示精神，部署油田不同阶段的重点工作，总结推广油田重大典型，发现和纠正不良倾向，活跃油田文化生活等方面的重要阵地和有效工具，坚持逐期审读报纸大样，坚持重大新闻和重要言论的审核把关，坚持定期不定期地出题目、压担子，解剖典型、推广典型等。尹书记在1979年担任局长职务直至1983年调离油田之前，每逢局里组织阶段性重点工作或活动，都要求油田报社派专人参加相关的宣传报道工作。这一时期，尹书记不论是带队上前指固定，或是临时性到基层、到野外作业现场调研或现场办公，再或是亲自组织重大事故的抢险排难，他都要求油田报社记者随行，便于报社组织宣传报道和掌握第一手资料。这一时期，我和南文夔等几名编采人员，随尹书记跑前线、下基层较多。在随行采访中，尹书记和局办负责人曹随义等，会根据工作重点或他们掌握的动态及典型，向记者们出题目、供线索、提要求，使我们的采写工作头绪清、重点明、见效快，同时也从尹书记等领导和专家以及基层干部、职工身上，学习到不少勘探开发和"三基"工作等方面的知识。

在20世纪80年代中期和90年代初，我在做好油田报纸宣传工作的同时，坚持向《青海日报》等省垣新闻媒体写报道，反映油田的重大动态或重大成果等，成为省报的特邀记者。尹书记在省上从省报等媒体上见到这些动态和喜讯，非常高兴。之后在省上见到我和在1986年5月底带队到油田视察时，尹书记都鼓励我说："你坚持给省报等写稿，反映油田的情况，这很好呀！你们要多反映油田的事情，要让全省更多的人了解油田!"1986年8月底,尹书记、宋瑞祥等省、部领导陪同胡耀邦总书记到格尔木视察,为了让总书记更多了解和掌握青海油田特别是三项工程筹建方面的情况,同时也让油田报纸、电视等媒体多记载些总书记和油田相关活动的镜头,尹书记和随行的省委办公厅主任曹随义等,尽力在安排视察活动中穿插油田的相关内容,使张德国、苗玉辰、顾树松等油田负责同志提前做好汇报等相关准备,也为油田新闻工作者创造采访条件,记录下了总书记视察拟建中的格尔木炼厂厂址、为油田题词等珍贵的历史镜头和宝贵史料。

尹书记到省上和北京工作之后,曾多次回到油田检查指导工作,或是参加油田的重大节日庆典等活动。每次回到油田,尹书记都尽量把每个二级单位都走一遍,包括油田报社和电视台。在油田庆祝建局40周年之际,尹书记到油田新闻中心看望报社、电视台的同志,为新闻中心写了"忠实记载创业史,热情讴歌石油人"的题词。近10年里,油田报社和宣传部门曾组织编写出版多本回忆录或反映创业历程的书籍、画册、筹办展厅等,只要向尹书记索取题字、题词、照片、作序或回忆文章等,他都毫不推辞,认真履约,尽力满足编辑的需要。2009年5月,在油田报纸庆祝创刊50周年之际,退休后的尹书记因身体等原因,未能再回油田看望,但他情真意切地用毛笔书写了150多字的贺词,称赞油田报人"颂扬可爱的柴达木石油人和爱国、创业、奉献精神,使我们更加情系青海油田,也为有你们这样的战友而自豪"！油田的新老报人看到老书记这样的题词和勉励，无不从心底生起对油田老一辈创业者的崇敬，无不从情感上更怀念和牵挂尹书记等油田老领导，无不从岗位工作和岗位职责上更感到肩上的担子沉重、任务光荣！

尹书记虽然离开了我们，但他身体力行的"柴达木石油精神"，他身上时时体现出来的高原"石油情怀"，却长久地激励着一代又一代的青海石油人，温暖和吹拂着坚守高原、持续创业的青海石油人。尹书记身上的"石油情怀"，是一种热爱祖国，献身祖国石油事业的崇高情怀；是一种热爱高原，立志高原油田，创业不息的奋斗情怀；是一种热爱石油，闻油而喜、为油而战的事业情怀；是一种热爱战友，甘苦与共、生死与共的手足情怀；是一种热爱生活，不懈学习、乐观向上、追求崇高的圣洁情怀！在青海石油人眼下全力建设千万吨级高原油气田的今天，愿更多的青海石油人学习和弘扬尹书记等老一辈创业者的"石油情怀"，继承和发扬"柴达木石油精神"，把青海油田建设得更加美好！

（原载于 2012 年 5 月石油工业出版社《魂系高原》）

全总原副主席张丁华的柴达木情结

　　知悉张丁华同志在 2021 年 1 月 25 日在京逝世的消息，已是 2 月初了。1 月底，青海油田北京退休基地的油田老领导曹随义同志在微信上曾转告于我，当时没有关注标明"今日头条"的这条微信内容。过后想起在和丁华同志自 2016 年 9 月起建起的微信通讯，自 2020 年 10 月上旬起，就见不到丁华同志的往来信息了。不论是年节的问候或是给他发去青海油田方面的信息，再也没能见到他的回复。我和熟识丁华的朋友们说起此况，都能想到丁华同志因癌症动过手术并后续治疗已有数年了，老人能不能挺过这个冬季？因为疫情又不便走动看望，只能在心底里祝福这位老柴达木石油人平安如常。果如猜测的那样，在岁末年首，他病情愈重，他那曾经挺拔魁梧的身躯，定格在了庚子年腊月十三的寒冬里，享年 87 岁。

　　从早年油田老同志的口中，知道柴达木石油队伍中曾有张丁华这位优秀的老石油、老领导的信息，到 1998 年 6 月有幸结识丁华同志，到眼下也有 20 多年时光了。自 1953 年在燃料工业部专家工作室走上工作岗位，到 1985 年从大港油田党委书记岗位上调至天津市委任职，在丁华同志 32 年的石油生涯中，他最难忘记的是在青海柴达木盆地工作过的 8 年；他最难忘记的一群战友、朋友，也是在柴达木盆地的老茫崖、油砂山、油泉子、开特米里克、冷湖等石油探区同甘共苦过的柴达木石油人。在他退休后及晚年病患缠身时，他最惦念和牵挂的一桩心愿，就是希望能再回柴达木油田看看、走走。

　　"在青海油田，我不能被称为老领导，只能称为老柴达木人之一。在青海油田的 8 年，是我步入社会，接受艰苦环境的考验，在外事工作特别是在一线基层单位摸爬滚打、奉献青春、锻炼成长的 8 年。它为我走好后来的人生之路，打下了坚实基础。"

　　这是丁华同志听到青海油田的战友们称呼他为"老领导"时，每每"声明"的话语。1953 年，是新中国成立后实施第一个国民经济五年发展规划的起步年，祖国建设急需生力军人才。这年初，20 岁的张丁华从西北大学俄语专业提前毕业，被分配到燃料工业部外国专家工作室工作，后又到北京石油学院进修石油地质专业。1956 年 4 月，刚刚成为中共预备党员的张丁华，就听从党的召唤，随同苏联专家组和石油部、青海勘探局有关负责同志一道，离京踏上了奔赴柴达木石油探区的征程。那时兰州至新疆铁路只通车到甘肃清水附近，之后他们又转乘汽车，沿着简易的沙土公路颠簸4天后，融入了柴达木石油探区茫崖"帐篷城"里热烈欢迎苏联专家组到来的人群之中。

在此后的8年里，张丁华同志在勘探局专家工作室任副主任。在两年左右的时间里，丁华同志随专家组成员奔波在老茫崖、油砂山、油泉子、大风山、冷湖等探区，为苏联专家的工作报告、讲话等作翻译。1957年8月，苏联专家撤走后，当时人事关系还在石油部的丁华同志，在组织上征求他的意见时，他不仅决定愿意留在青海油田，还主动要求下基层工作，并向党组织递交了申请。1957年8月，组织上任命他到油泉子试油队任队长。1958年8月，又调他到开特米里克钻采区队任区队长、党总支书记。在1957年到1960年3月，在试油队和钻采联队工作期间，丁华同志虚心向基层的工人、干部请教，学习试油、钻井、采油工艺方面的基础知识、操作技能和生产管理、队伍管理以及做好思想政治工作方面的实践经验。在班子成员和技术干部的协助下，他很快适应并熟悉了基层作业单位的协调运作。在1958年3月组织的石油会战中，他们针对油泉子地区探井较浅的实际，采取多井口交叉连续作业的方式，在月度试油作业中完成24层组，创下当时的全国同行业最新纪录。当时的局油印小报《青海石油》在头版显著位置刊发了这一创标杆的新闻。那年的五四青年节，丁华同志按上级要求，在茫崖简易大礼堂向青年们作了经验体会报告。之后还作为标杆单位的代表，随局领导到甘肃玉门油矿参加了石油部召开的现场交流会。

在开特米里克区联队任职时，联队管理着 5 部钻机以及试油队、采油队、发电机修车间各一个，加上后勤生活服务人员共有 500 多人。丁华同志和战友们又组织了进尺月上千、年上万的打井会战。队干部跟班作业，后勤服务到现场，放弃假日休息，工作连轴转。队里 5 部钻机实现了平均月进尺上千米，成绩在全局名列第二。在采油上产会战中，他们采取土洋结合的办法，除了机械抽油、电驱动绞车抽油之外，克服电力不足等困难，采取用人工拉绳提捞、人工摇辘轳等土办法，千方百计增产。据初步资料统计，油泉子油田自 1957 年试采，到 1959 年底暂时封闭关井，先后有生产井 118 口，最高年产 3 万吨，成为当时勘探局钻采炼及辅助配套生产的一个前线基地。开特米里克油田在同一时期共打井 195 口，产油 6000 多吨。

在 1958 年下半年，丁华同志的爱人贾燕，也从北京调入柴达木探区。夫妇俩和队里为数不多的夫妻一样，在开特米里克住进了临时在沙窝地里挖出搭建成的土屋子里。这两个探区因就近没有水源，生产生活用水要靠汽车从老茫崖或大风山水站拉运过来。因此探区职工用水限量，几天不洗一次脸是常事。工衣鞋帽上油泥多了，没有水洗，工人们除了用铁片刮，还发明了用沙子搓洗油污的办法。数九寒冬也是一场严峻的考验。如果在野外作业，穿着毡靴、老羊皮，依然哈气成霜、滴水成冰，帽檐上常挂着一堆小冰柱。晚上住在漏风的帐篷里，清晨起来被褥头边同样结着一层霜。还有一次经历让丁华同志终生难忘。他在一天下午开通井机到几公里外的井场后，回小队驻地时是一个人步行。走在一片沙丘沙包之间时，突然狂风呼啸，顿时沙尘遮天，天昏地暗，前面看不清路，脚下迈步艰难。他开始趴在沙包底部，想等风头过去。但不想风势不减，流沙难挡，不一会儿他就被流沙掩埋住全身。他急忙挣扎着爬出沙窝，用胳膊掩住眼睛，吃力地迈出一步，可稍一迟疑，大半个身子又陷进流沙里。此刻，他明白绝不能倒在沙窝里，他坚持手脚并用，跪爬着闯出了沙丘地段……

盆地冷湖构造带上的石油钻探，早在1956年里已先后在四号、五号构造上的数口探井中发现了石油。1958年9月，随着五号构造上的地中四井喷出高产油流，以这口井的重大发现为标志，引导着柴达木盆地当时的油气勘探主战场由西向东转移。在石油部和勘探局的部署下，收缩西部，集中力量，大上冷湖的石油会战拉开帷幕。张丁华在1960年3月带队完成油泉子、开特米里克所有油井的封闭任务后，来到已经成立的冷湖采油处担任采油二大队大队长。1959年，冷湖油田的产量已达24万多吨，加上其他几个油区的产量，青海油田在1959年、1960年连续跃上年产30万吨的台阶，成为当时全国四大油气生产基地之一。

丁华同志后来曾多次动情地回忆起在冷湖探区上产会战的难忘场景。在祖国建设和国防事业急需石油、上级下达的生产指标必须完成的背景下，那时的石油会战吸引着石油人忘我地为油而战。局领导轮流驻在前线基地指挥督促会战，采油处机关干部每天早晚在驻地敲锣，早上 8 点左右锣响，出工上井；晚上 11 点左右锣响，机关干部最后离开井场。几个采油大队和基层小队的干部，全都轮流跟班作业。有时连轴转的劳作使他们又困又累，在岗位上或生产现场躺下就睡着了。那时正遇上全国粮食紧缺的年代，参加会战的职工每人每月只有 22 斤粮食，主要是青稞面，食用油更少，一顿饭只配给两个小窝头。拿到窝头不敢几口吞下去，就放在碗里冲泡成一大碗面糊沫沫，喝下去哄哄肚子，很多职工、家属饿得患上了浮肿病。有的人去捡过去丢掉的牛羊骨头，回来再熬着啃一遍，甚至有人试着吃起擦脸用的雪花膏。再后来，局里组织了打猎队、捕鱼队，加上自办多个农场种粮种菜，从 1963 年后半年起，日子才逐渐好过些。就是在这样困难的条件下，柴达木石油勘探开发事业坚持了下来，油田生产炼制加工的石油产品，在国家建设和巩固国防中做出了积极贡献，受到党和国家领导人的肯定和称赞。在冷湖石油会战中也涌现出了一批国家级和省部级的先进集体、先进个人。全国"三八红旗手"刘秀娥等还赴京参加了表彰会，受到党和国家领导人的亲切接见。丁华同志在油田也多次被评为甲、乙等先进工作者、青年红旗手。

在 1961 年里，丁华同志经医院诊断患有风湿性关节炎和风湿性心脏病。组织上照顾其身体，将他调离一线基层单位，先后到采油处地质室任主任，石油局地质研究所任书记。直到 1964 年 4 月，丁华同志调赴山东胜利油田参加新的会战。至此，他结束了在柴达木盆地 8 年的石油生涯。

"不论后来的工作岗位和地点如何变动，我都会留心关注青海油田的发展和变化，对和我接触、联系着的青海石油人有着发自内心的亲近感，对青海油田持续发展的成果感到由衷的自豪和欣慰。"

1964 年至 1985 年 10 月，丁华同志先后在胜利油田报社、采油指挥部担任副社长、政治部副主任、副政委、副书记等职务，先后参加了胜利胜坨油田、河南濮阳油田等处的石油会战。1979 年，他被调任天津大港油田任副总指挥，1983 年任大港油田党委书记。直到 1985 年 10 月，调任天津市委常委、市委宣传部长、市纪委书记，走上新的领导干部岗位，他 32 年的石油生涯暂告一段落。不论是在黄河入海口荒滩上的石油会战，或是"十年内乱"中遭受不公正的冲击，再或是在大港油田主持日常生产和油田的全面工作，丁华同志都是无怨无悔，全身心地履行好自己的岗位职责。他多次对战友或朋友们感慨道："有了在柴达木盆地艰苦环境、艰难条件下的考验，有了在油田基层单位摸爬滚打的磨砺和工作经验的积累，自己面对新的环境、新的任务、新的挑战，就多了一份自信和勇气。"

1991 年底，丁华同志在中共内蒙古自治区区委副书记的任上奉调入京，任全国总工会副主席、书记处第一书记，全总党组副书记、书记，负责主持全总日常工作。再往后，任全国人大常委会内务司法委员会副主任委员，直至2009年9月退休。在此期间，丁华同志先后任中共第十三届中纪委委员，中共第十四届、十五届中央委员。在全总和人大工作期间，丁华同志依然怀着深深的石油情怀。在工作任务、工作范围和条件允许的情况下，他到各地开会、调研或巡视过程中，都尽可能抽空到当地有石油企事业单位的地方去走走看看。在20世纪90年代初，全总系统组织了全国性的为企业和职工"送温暖活动"，丁华同志曾到了青海西宁等地。他抽出时间，专门到青海油田西宁办事处，会见了油田部分离退休老同志，和昔日的盆地老战友们畅述友情，为他们送去温暖。丁华同志在全总工作期间，青海油田工会系统的负责人到全总参加相关会议、获得全国先进劳模荣誉的代表来京接受表彰时，他总是抽出时间和他们亲切相见，询问油田情况，共忆艰难创业的情谊。还曾多次诚挚地表示自己在柴达木工作的经历终生难忘，有空余时间或退休后要把柴达木这段工作经历整理出来、记录下来，给年轻后生留下一些真实的史料。

1998年6月初至中旬末，按照丁华同志的愿望，受油田党组织的委托，局党委副书记刘扬寿同志委派我前往北京，协助丁华同志将其在柴达木工作期间的珍贵回忆史料整理出来，作为油田进行柴达木石油精神教育活动的精神食粮之一。在京期间，我居住在离全总机关不远的一家旅店，丁华同志在10多天里，有时在下午抽出两个小时左右的工作间隙，有时利用晚上休息时间，来到我的住处，给我带来相关资料，并较为系统地回忆了他在柴达木油田工作 8 年的点点滴滴。回忆材料由我整理出初稿后，他再亲笔修订或补充，形成了丁华同志的 13000 多字的《柴达木工作 8 年》的文稿。1998 年 7 月，油田党组织将此稿作为传统教育的内容之一，先后在油田报纸和文学刊物《瀚海魂》上连载或刊载了。它为油田更多的年轻读者真切了解盆地油气勘探开发事业初创时期的艰难岁月和发展史，增添了一份宝贵的史料。

"能在有生之年，回到青海油田走走看看，特别是回到自己曾经挥洒过汗水的油泉子、开特米里克和冷湖走走看看，一直是我一个未了的心愿。我从心底里为柴达木油田的发展新成果感到高兴。油田近年的油气产量是我们那时产量的数十倍。盆地石油开拓者是一代更比一代强。"

丁华同志除了在全总工作期间到了西宁油田办事处，看望油田战友和同事之外，一直期盼着有机会能再回青海油田走走看看。他在 1998 年卸任全总职务之后，仍担任中共中央委员和全国人大常委会内务司法委员会副主任委员。1999 年 8 月中旬，丁华同志带队到甘肃省搞司法专题调研巡视时，于 8 月 20 日至 22 日上午，专门抽出两天多时间，从敦煌来到青海油田敦煌基地参观回访，看望油田战友。他先后听取了油田工作汇报，参观了科创中心的"两厅"展览，走访参观了活动中心、绿化林带、"仙敦"输气管道末站、勘探开发研究院、公安处等单位。在 21 日上午邀请油田部分老石油和劳模代表等一起座谈，见到了数位曾在油泉子、冷湖采油处共同奋斗过的老同志、老战友。丁华同志格外高兴，和老同志们共忆当年创业时光，并向与会的老同志赠送了慰问品。早年和丁华同志共过事的方士礼等老同志，从油田电视新闻中得知他的到来，就专程赶去招待所看望他。这次回油田，因为公务时间关系，丁华同志遗憾自己未能回到柴达木盆地石油矿区。在 2002 年 11 月底，我带队和油田的同事付青龙、雒成烈、白亚平、王有良、张成有等同志到中央党校学习期间，丁华同志得知后约我们会面交流，并留下了难忘的合影。

丁华同志在 2009 年退休后，仍如以往那样会不定时地收到青海油田宣传和新闻单位专门给他赠寄的油田书报杂志。每一期他都认真阅读，对油气勘探成果特别是涉及油砂山、油泉子、开特米里克、冷湖油田的相关信息，他都会打来电话进行更详细的询问，为新的成果表示赞赏。他看到油田刊物上有位名叫马永祥的作者，写了反映有油泉子等探区的诗歌，他很欣赏，打来电话询问作者情况和油泉子探区的现状，再次触发了他想回盆地看看的愿望。后因丁华同志患病并动了手术，加上年事已高，这一愿望已难以成行。2016年 9 月 28 日，他专门邀约油田老同志曹随义和我等，到他家中相见。交谈中，他回忆起多年来和青海油田的多名老领导、老战友及其子女保持联系的情况。曹随义同志也谈及自己近年来多方寻找早年调离油田的全国劳模刘秀娥的情形，并和退休在西安的青海油田老领导薛纪元进行了电话沟通。

丁华同志当时也和薛纪元同志通了话，并忆起了他们当年在冷湖采油处分任采油大队长参加会战时的情景。每当忆及当年在柴达木石油探区的人和事，丁华同志总是充满深情，如数家珍。

2017年11月2日，青海油田北京退休基地的老石油王秀兰、曹随义、李秋杰、周铭涛、陈世贤、谢福利、王魁章、王桂生、尚淑兰、杨振、李玉真、高三民等10多位老同志，特约丁华同志来退休院做客相聚。在京的油田老领导李建辛的后辈李润生、杨金玲，全总工人日报社的陈健妹等，因父辈和丁华同志相知相熟并和丁华同志时有联系，也赶来相聚。其间，丁华同志和大家共议盆地的创业历程，畅叙祖国多地"凡有石油处都有柴达木石油人"的奉献情怀，赞赏青海油田一步步发展壮大的创业佳绩。这种战友相见欢叙的场面，用丁华同志的话说，就是"见了柴达木石油人格外亲"。丁华同志曾兼任中华铁人文学基金会名誉会长多年。这次相聚之前的9月11日，在第四届中华铁人文学奖的颁奖会上，丁华同志和曾任青海油田党委书记，后任中国石油报社党委书记、社长，并兼任石油作协主席的李秋杰同志，因对石油文学创作及企业文化建设的辛勤付出，一齐获评特别贡献奖。青海油田的女作家李玉真荣获此届文学成就奖。此次三人在此相聚，叙谈中祝愿石油文学创作者能为后人创作出更多的佳作。丁华同志在这方面也身体力行，他近年克服病痛折磨，先后多次回到河南三门峡陕县的老家，为家乡的"希望工程"和乡村文化建设出力，先后筹资40余万元，和当地政府一起建起了一座新型农民工小学。他还将自家的宅基地托付给这所小学作为劳动实践基地。他自费 5 万多元，为小学和基地先后栽种了上千棵松柏、银杏、冬青树等，受到家乡群众的称赞。2018 年，已经 85 岁高龄的丁华同志，写出了自己和苏联专家在石油部和柴达木工作的回忆长文，刊登在同年第 3 期的《地火》杂志上。

自 2016 年 9 月到丁华同志家中探望后，油田几位老同志和丁华建立起了微信联系。我们时常将青海油田的发展新成果，油田周边社会变化包括花土沟建机场、通飞机、建铁路等讯息，油田发展史料方面的文章或是石油人郝玉岩等制作的回访油田方面的视频，通过微信发给丁华同志。他在收到后也都及时回复，表达赞赏、惊喜、欣慰之情。他也将自己所写的回忆文稿及出版的杂志寄来与我们分享。这几年里，他曾多次动情地表示，想回到柴达木盆地去看看，有时做梦都想去。他在交流中谈及有关回忆文章，看到反映盆地勘探开发初期的动人事迹，都禁不住流下热泪。话语中他也表露出自己时日无多，想回去看看的愿望可能很难实现了。

丁华同志离开我们了。他是带着未能实现回到柴达木油区看看的遗憾走的，柴达木石油矿区也未能再次迎来这位终生为祖国献石油的中国石油职工队伍中的优秀代表，这位青藏高原柴达木石油队伍中早期的创业开拓者，这位终生践行党的宗旨、将一生奉献给党的事业的优秀共产党员。丁华同志的石油情怀，给后来的石油创业者留下了一笔宝贵的精神财富。它会激励更多的后来人，续写为祖国献石油的壮丽篇章。

丁华同志——安息吧。柴达木石油人会铭记您和每一位前辈开拓者！你们创业奉献的业绩，会镌刻在柴达木石油发展史的丰碑之上。

（2021 年 12 月载于《海西文史资料》

回忆石油部李敬副部长油田调研

进入 2023 年，党中央决定把"在全党大兴调查研究"作为主要内容，在全党开展新一轮主题教育活动。大兴调查研究是我们党的优良传统，也是"以问题为导向"，依靠实事求是的思想路线，解决各种实际问题，把马克思主义中国化的重要途径。由此，我回忆起了前石油部副部长李敬同志带队，在 1985 年 3 月中下旬到青海油田现场调研和现场办公的点点滴滴⋯⋯

在青海油田企业发展面临重大转折关头，李敬副部长从北京远赴青海柴达木，进行现场调研和办公。

回顾青海柴达木盆地石油天然气工业发展的历程，从 1954 年开始大规模的油气勘探算起，到 1984 年的 30 年内，可以说主要经历了两轮勘探开发的高潮。首轮勘探开发高潮是 1955 年到 1959 年，盆地西部茫崖地区的油泉子、油砂山、花土沟、开特米里克、红柳泉、狮子沟、七个泉、咸水泉等油田，相继被发现并投入开发。特别是1955年12月中旬在油泉子钻探的"泉一井"获工业油流，标志着青海柴达木油田的诞生。《人民日报》在1956年9月5日，发表了题为《支援克拉玛依和柴达木油区》的社论，吹响了柴达木石油工业大发展的号角，数万名全国各地的有志青年和复转军人等奔赴高原盆地加入创业队伍。此阶段盆地内的油气勘探开发主战场，主要集中在茫崖地区的油砂山、油泉子和老茫崖地区。油砂山、油泉子分别建成集钻采、油品炼制、运输机修和生活保障的前线基地。老茫崖地区则成为勘探局指挥机关、地质勘探及化验分析、钻井和运输队伍、器材及生活水源供应、苏联专家驻地，闻名于世的"茫崖帐篷城"正是在1956年至1959年之间建成的。

盆地油气勘探开发的第二轮高潮，是1958年9月冷湖五号构造上的地中四井喷出高产油气流。随后，石油部组织了冷湖石油会战。青海油田的原油年产量在1959年突破了30万吨。1960年达到了31万多吨。据1988年中国社会科学出版社出版的《当代中国的石油工业》一书中记载，1959年甘肃玉门、新疆、青海、四川4个石油天然气生产基地的原油产量达到276.26万吨，占到全国同期原油总产量的73.9%；青海的原油产量在其中占到11%多。之后，冷湖油田由于过度开采和接替资源不足等因素影响，油田年产量逐年递减，1961年至1985年的20多年间，一直徘徊在10多万吨。这期间，青海油田的勘探开发及油品炼制主要集中在冷湖地区；虽然盆地东部地区的天然气勘探有了新的突破，但受多方条件制约，天然气也一直没有进行开发利用。

盆地的第三轮油气勘探开发高潮，是1977年7月在西部花土沟地区狮子沟构造上钻探的"花79井"，同年10月在茫崖尕斯库勒湖畔"跃进构造"钻探的"跃参一井"，1978年2月钻探的"跃深一井"，相继喷出高产油气流，发现了狮子沟裂缝性油气藏和尕斯库勒油田。1979年至1982年，石油部组织青海油田、山东胜利油田、玉门油田及石油运输公司等单位数万名职工，在柴达木盆地展开了以"广探柴西，解剖西南，详探跃进（尕斯库勒）"为勘探目标的甘青藏石油会战。这次会战，基本探明了地质储量为亿吨级的尕斯库勒整装大油田以及周边一些油气构造的资源情况，锻炼了队伍，改善了装备条件，为青海油田的持续发展奠定了坚实的基础。从1983年起，油田在茫崖花土沟成立采油厂，合并了冷湖油矿的大部分生产机构和职工队伍，并相继编制运行了尕斯库勒油田局部试验开采方案。1984年，油田党政组织明确了"两个加快"即加快盆地石油勘探步伐，为油田更大规模开发储备可靠的后备资源；加快敦煌基地建设，以期实现石油部要求的盆地石油工业发展"人要少，设备要好，效率要高"的工作指导方针精神。这期间，油田实施了"有油快流，以油养油"的工作部署，将尕斯库勒油田实验开采及狮子沟等油田的落地原油等，外运销售到玉门和兰州炼油厂，筹集了更多的勘探资金。到1986年，油田的原油产量达到了36万多吨，首次打破了冷湖油田保持了26年之久的年产量纪录。这期间，油田勘探开发及油品炼制的重点，主要集中在西部茫崖花土沟地区。这期间，随着盆地石油探明储量的增加，加上全国工农业生产形势发展的需要，青海油田的党政组织和石油部、青海省的决策指挥者们，开始酝酿提出了青海油田大规模开发的"三项工程"，即以尕斯库勒油田为主体的年150万吨原油产能建设、茫崖花土沟至格尔木的430多公里的"花格"原油管道建设、格尔木年加工原油100万吨的炼油厂建设，并着手项目的可行性研究及申请立项工作。

综上可以看出，到1985年前后，青海柴达木油田正面临着持续发展的转折关头和关键节点。正因为如此，受石油部党组和康世恩国务委员（1949年解放玉门油田时曾任首席军代表；1954年任燃料工业部石油管理总局局长时，曾带领苏联专家考察团到柴达木盆地西部茫崖一带考察；1959年任石油部副部长时曾到冷湖指导会战；后曾兼任石油部部长）的委托，李敬副部长带队到青海油田实地调研、现场办公，为油田实施"两个加快"特别是实现更大规模的开发提供决策指导性意见，并和青海省党政组织沟通协调相关事项。

对于李敬副部长，青海油田的不少干部、职工并不陌生。对油田的数百名1952年随中国人民解放军57师集体转业的石油工程师官兵来说，李敬是石油师的战友；对时任油田党委书记张德国来说，李敬是他在大庆会战时钻井战线的老领导。李敬在数十年的石油生涯中，曾转战玉门、四川、大庆、江汉、长庆、新疆、胜利油田，曾经在1963年、

1979 年两次来过青海油田，特别是 1979 年 3 月担任石油部副部长之后，结识了青海油田的一些领导干部和技术专家。对大多数青海石油人来说，他们对李敬同志的认识和了解，更多的来自 1979 年 10 月中旬发表于《人民日报》上的长篇通讯《和群众共甘苦的高级干部——李敬》（新华社记者于有海采写）。《人民日报》为此通讯配发的题为《要时刻想到群众》的短评中，曾引用了李敬在石油会战探区和秘书同住一顶既是宿舍又是办公室的小帐篷里，李敬对多次劝他搬迁的同志说："大家都能住帐篷，为什么我就要住好房子？"这篇人物通讯的结尾是"李敬、李敬，实在可敬"，这给青海石油人在内的读者留下了可亲、可敬的深刻印象。听到"可敬"的李敬副部长带队来油田调研和现场办公，面临着油田大发展转折关头的青海石油人热切地期盼着……

在 13 天的行程里，李敬副部长一行颠簸数千公里，走遍了油田探区的各个基层厂处和部分野外作业单位，转达慰问和敬意，勉励大家弘扬艰苦奋斗的优良传统。

在油田基层调研和现场办公期间，每到一地，不论是听取汇报、座谈讨论、查看生产现场或是走访职工家庭和开会讲话，李敬副部长都首先转达了石油部党组和康世恩国务委员、唐克部长，对长年坚持在高原艰苦创业、拼搏奉献的青海石油职工、家属的充分肯定和亲切慰问，并勉励青海石油人坚持和发扬"顾全大局、艰苦奋斗、为油而战"的柴达木石油精神，适应不断变化的形势需要，将青海石油工业持续推向发展新阶段。在当时的冷湖至大风山公路筑路现场，李敬副部长和现场的筑路职工一一握手致意，并对大家说："我们是专门到同志们用辛勤汗水铺成的这条路上来看看。你们的先进材料我在部里看了。全系统包括你们在内共有 4 套引进的筑路装备，在同类型装备的筑路竞赛中，你们完成的工作量不是最拔尖儿的，但你们得了竞赛金牌；主要就是你们这里的艰苦环境和条件，是其他队伍难以比拟的。你们的队伍有艰苦奋斗的优良传统，这个要好好宣传。这条路从冷湖至花土沟铺好后，比原先道路可减少 100 公里路程，经济和社会效益好啊，光油料就可省下多少呀？为此，我在这里向你们鞠躬致敬！"随着李副部长的鞠躬致意，现场响起了热烈的掌声。那时节，改革开放已成潮流，计划经济的藩篱已在打破，盆地内的职工队伍稳定经受着考验。新分配来油田的大中专毕业生中，有一部分不愿来艰苦的高原油田，有的在报到后又私自离开了。对此现象，李敬副部长在调研中多次指出："在这样的环境中创业，一是靠理想信念，二是靠艰苦奋斗。一个人的本事再大，不愿意在这里干，就和我们的事业沾不上边。青海油田有一大批 30 多年来坚守阵地的干部、技术人员和职工，我们要宣扬和表彰他们的精神和事迹"。李敬副部长要求油田劳资人事部门，把 1954 年进盆地的老同志的状况摸清楚，并要求油田在召开大型会议时，要把 1954 年进盆地的老同志请到前排来，设"雅座"让他们坐。在住房标准上，要让 1954 年进盆地的"老柴达木"，享受厂处级干部的户均 75 平方米的住房待遇。李敬副部长的这些要求和讲话，在油田引起强烈反响；油田也将这些要求变为后来的实际政策和行动。

关注和重视青海油田的油气勘探，为实现油田更大规模开发进一步打牢地质储量物质基础，是调研和办公最为关切的重点。

在关注油气勘探方面，李敬副部长一行曾多次先后听取油田的专题汇报；在涉及勘探的地调公司、勘探开发研究院、钻井公司、测录井总站、井下作业、采油厂等单位走访座谈；还先后到野外作业的"浅11井""风4井""狮20井""狮23井"及油泉子地区的2139飞机地震队等勘探作业现场调研。李敬副部长一行对油田在"七五"计划期间拿到4亿吨以上的探明石油地质储量，为实施油田"三项工程"奠定坚实的物质基础，作出了十分明确的要求和指示。他多次明确强调，柴达木盆地的油气资源潜力是巨大的，可供勘探的地区和构造也是初步明确的。要增加储量，既要解放思想，更要实事求是。像狮子沟、油南这些地区和构造，地质科研部门认为是有利的地区，但因为山高沟深、地形复杂，地震"先行"短期内上不去，就要想办法让钻井"先行"。布上几口深探井，打三四千米后下套管，再接着从三四千米处打定向斜井，这样一个井场就能打四五口井，可以控制五六平方公里的面积；钻井、测录井的地下资料经过项目工程的地质综合研究，再判断和指导深度勘探。国外的一些油区也是这样做的。搞油气勘探，是投资高、风险大的

图片 3

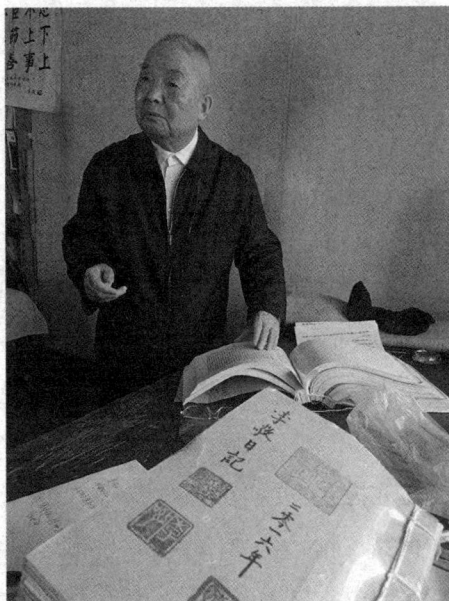

2017 年拍摄的央视纪录片《踏着铁人的脚步》
中，有晚年李敬的身影

事业，但我们重视地质综合研究，重视工程技术进步，选准像狮子沟这样已经喷出高产油流的构造实施重点突破，把有限的资金和力量放在重点突破上，再加上配套的激励机制，就可能收到事半功倍的效果。

3月27日上午，李敬副部长一行乘坐越野车上到目前世界上海拔最高的狮子沟"狮20井"现场。在海拔3430多米的山顶上，寒风阵阵，沙尘飞扬。年近六旬的李敬副部长披着棉大衣，登上钻台，查看井场，和队干部李社会、李忠祥等交流打井情况。3月28日上午，李敬副部长一行又乘车赶往老茫崖、油泉子、油南构造一带现场考察。在南翼山附近的土路上，车辆遇沙窝被陷，李敬副部长下车和大家一起推车，中午赶到2139飞机地震队驻地。这个队的工作区域海拔多在3400米左右的山间，主要用飞机吊装人员、炸药、装备上山，供布测线和地震放炮作业。油田初选的"油一井"井址也在荒山秃岭之间。李敬副部长坚持要乘坐直升机在空中查看地形地貌。同行的同志劝阻说："上面有规定，高级干部要坐直升机，应当向上级请示。"李敬副部长微笑着说："'将'在外，'君'命有所不受。"说完坚持上了飞机。在油田党委书记张德国的陪同下，在空中查看了油南地区的山势地形。下飞机回到驻地，他感慨地说："哎呀，这个地形地貌，没有飞机这些设备的配合，想干也不行啊！"他还在驻地专程看望慰问了和油田合作的民航单位的同志。

"从实际出发，进行调查研究，实事求是地对待我们的工作，分析新情况、新问题，提出新任务，研究新措施，夺取新成果。"

　　李敬副部长一行在现场调研和现场办公中，通过掌握大量的第一手资料，更加坚定了青海油田加强油气勘探、增加后备储量、建设油田年产 150 万吨原油生产能力的决心。在西部采油厂现场调研和座谈中，李敬副部长批评了个别基层干部对重点井生产情况掌握不清的现象，他动情地说："我们这些人姓'石'、名'油'，就是围绕着石油做工作的。生产数据是最简要的语言，讲科学离不开数字。对重点生产井，要把它当作自己的'儿子'一样，饱了、饿了，头疼、脑热，都要搞清楚。我们要认真细致地做工作，迎接大规模开发的到来。"在现场办公中，李敬副部长拍板明确了油田在狮子沟、油南等重点地区和构造上落实几口深探井的钻探决策，同时明确了给油田增加必要勘探装备的意见。1985年 3 月 29 日下午，在油田花土沟基地召开的西部探区近千人的干部大会上，李敬副部长作了《为使柴达木盆地建成我国重要的石油基地而努力奋斗》的重要讲话。他从 5 个方面既通报了当时全国石油工业发展的大好形势，也谈了这次现场调研和办公的基本认识、感受和重点决策意见，肯定了油田近年来实施"两个加快"所取得的成果，明确提出了在加速勘探的同时，在近年内要以尕斯库勒油田为主体，在西部探区配套建设年 150 万吨原油生产能力，将原油用管道输送到格尔木，在格尔木建设年加工 100 万吨原油的炼油厂，满足青、甘、藏周边社会用油需求。油田上下要围绕这三项工程，尽快着手进行相关各项工作的可行性研究、规划及上报，明确实施的步骤等。

4月1日，李敬副部长一行离开冷湖，赴西宁向青海省党政领导进行汇报交流。在从大柴旦赶往德令哈的途中，突遇沙尘暴，沙石遮天蔽日，能见度不足20米，车辆受阻难以行走，人在车内也需要用衣物遮掩口鼻。在油田调研的10多天里，大部分时间天气晴朗，李敬副部长就曾多次向随行的石油部司局长们介绍说，这样的天气不代表柴达木的典型气候条件，我们应该在风沙严寒恶劣天气的时候来，这样感受才深些。眼下突然遭遇恶劣天气，李敬副部长又对同行者们说："大家看见了吧？这就是柴达木。青海局的干部、职工常年在这样的环境里工作、生活，不容易呀！"4月2日赶至西宁，4月3日上午，李敬副部长一行和油田负责同志一道，参加了由青海省委、省政府领导尹克升、景生明、韩福才、王静先、程云峰、程步云以及相关厅局负责同志召开的联席会议。李敬副部长向省上的同志介绍了此次到油田考察和办公的情况及初步的决策意见。青海石油局党委书记张德国专题汇报了油田"三项工程"的设想和意见。省委、省政府的领导一致赞同石油部作出的大规模开发柴达木石油的决策意见，一致赞同李敬副部长一行对油田的考察成果，一致认为油田"三项工程"建设恰逢其时，对青海的经济社会发展意义重大，省上将从各个方面为工程建设提供支持。

此后一年多的时间里，油田党政组织按照李敬副部长现场办公和省上的要求，成立了油田"三项工程领导小组"及三项工程建设指挥部等，紧锣密鼓地开始了"三项工程"前期工作，并多次专程到京向石油部领导作专题汇报和请示，并在部里的指导和支持下，由石油部规划设计总院牵头，和油田相关部门一道，对"三项工程"从资源状况、自然环境、交通运输、工程及水文地质、市场产品供求情况、经济指标、城镇规划、配套工程等诸多方面，进行了系统的可行性研究和上报工作。

——1986年6月，国家工程咨询公司专家评估团专程到现场实地考察，并对"三项工程"作出了评估意见。

——1986年8月下旬，中共中央总书记胡耀邦在青海油田视察期间，在西宁胜利宾馆专门听取了青海油田包括筹建"三项工程"在内的工作汇报。8月29日，胡耀邦总书记在格尔木视察期间，来到拟建中的格尔木炼油厂厂址视察；多次明确表示对青海油田的"三项工程"的支持；并应邀为油田题写了"一定要开发柴达木油田"的题词。

——1986年11月11日，国家计委正式批准了青海油田"三项工程"立项，下达了设计任务书，并将其列为国家"七五"重点建设项目。

——经过油田内外数万名建设者数年的艰苦奋战，以尕斯库勒油田为主体的原油产能逐年上升，1991年油田年产原油首次突破100万吨台阶。2000年原油年产量突破200万吨。

——1990年初，全长430多公里的花土沟至格尔木原油输油管道全线建成投运。1995年输油量首次突破100万吨；经过二期扩能改造，2001年输油量迈上200万吨台阶。经过新线改扩建，眼下的年输油能力达到300万吨。

——1993年9月，格尔木年加工原油100万吨炼油厂建成投运；后经多次装置改扩建，年加工量已突破150万吨。

——进入21世纪，青海油田在中国石油天然气集团公司和青海省的指导和支持下，实施"油气并举"的勘探开发战略，油气年产当量已连续多年保持在700万吨以上；柴达木已成为全国目前天然气生产的四大气区之一；正朝着建设高原千万吨级新型能源化工基地的目标迈进。

李敬副部长和省、部领导在油田发展的转折关头，大兴调查研究之风，以深入细致的工作作风，实事求是的科学态度，敢于负责的担当精神，为企业实现持续发展指方向、提建议、作决策，这些将永远值得青海石油人铭记。

（2023年6月于北京昌平）

访国庆 35 周年观礼代表杨藩

　　10 月中旬的一天下午，在青海油田研究院冷湖办公大院内，我们和研究院副院长杨藩同志如约见面了。他把我们让进一间摆设简单的办公室里，主动询问我们来访的意图。

　　"您这次以省劳动模范的身份，前往首都参加国庆 35 周年观礼，我们想请您谈谈感受。"杨藩同志稍加思索，用不太高的声调向我们讲述起来："这次我能代表全局职工去北京参加观礼，实在是终生难忘的，是党给我的最高荣誉和奖励。我从接到前去观礼的通知到整个观礼过程，包括其他游览参观，再到我回到敦煌或冷湖，一直到你们现在来访，甚至再往后一个时期，我想我'又高兴，又不安'的这种心情和感受，是不会消失的。"杨藩同志顿了顿又接着说："为什么高兴就不多讲了。为什么不安呢？就是深感自己责任重大，贡献太少！在整个观礼活动中，我最受激励的就是在观礼台上看到石油工人的游行队伍走过天安门前的那一时刻，特别是看到原油年产量'一亿零六百万吨'的巨幅标语牌的

图片 4

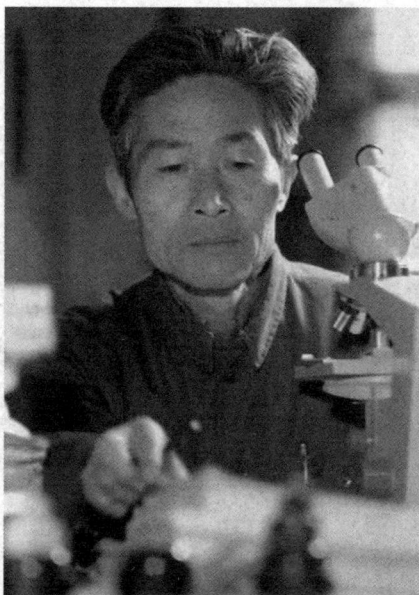

　　在油田勘探开发研究院古生物研究工作岗位上
的杨藩同志

时刻，我真是思绪万千……"

听到这里，我们频频点头。是啊，这种心情，每一个石油工人都会理解的。此时此刻，我们也跟着杨藩同志的思绪，仿佛看到了那"一亿零六百万吨"的巨幅牌子，仿佛看到了石油工人游行队伍，听到了那铿锵作响的石油工人的脚步声！

"我现在担负着院里的部分行政工作，抽业余时间搞些业务研究"，杨藩同志接着说，"不管干什么工作，我都要老老实实做'小学生'，不断用新的知识和本领武装自己，以便把工作做得更好。我有信心在院党委的领导下，在有生之年，为实现我局的油气地质储量翻番的目标做出新贡献！"

我们和杨藩同志握手告别时，从心底里祝愿着：努力吧，杨藩同志！你心里装着"一亿零六百万吨"的标语牌，我们相信你会为增大那块标语牌上的数字去竭尽全力的！

（原载于 1984 年 11 月 2 日《青海石油报》）

记司机木沙和他的"玛西那"

你驾驶的"玛西那"（维吾尔族语，意为汽车）印下的辙花既平凡又"特殊"。平凡，是你的车辙花和青海高原油田上 2000 来部"玛西那"印下的辙花相差不大；"特殊"，是你的车辙花 20 来年没有印出柴达木盆地一步，它一直伴随着高原油田钻井工人的脚印和高高的石油井架，伴随着令你魂牵梦绕的油香……

——采访札记

"想念咱们的戈壁和草滩……"

"今日的天安门广场红旗招展，十里长街花团锦簇。上午 8 时左右，当劳模们乘坐的一辆辆大轿车从四面八方驶向大会堂时，路边的过往行人纷纷驻足，向这些共和国的劳动英雄们致意。"

"举国瞩目的全国劳模和全国先进工作者表彰大会，9月28日上午在人民大会堂隆重开幕。大会表彰了来自全国51个系统或行业的2790名全国劳模和先进工作者。"

　　这是1989年9月29日《人民日报》对此次大会盛况报道的片段。

　　你，一个普普通通的维吾尔族的石油工人，一个22年前的牧羊"巴郎子"（维吾尔族语，意为小男孩或小伙子），一个在青海高原油田扳了22年方向盘的汽车司机，也坐在了宽敞明亮的大轿车上，接受了无数行人投来的敬佩、羡慕的目光，并以主人翁的姿态走进了庄严、神圣的人民大会堂。

　　同一天《人民日报》第三版刊登了"全国劳模和先进工作者名单"，在青海省的28名劳模名单中，你的名字——木沙，排在第12位。

　　当你受到邓小平、彭真等老一辈无产阶级革命家和党中央、国务院领导同志的亲切会见并合影留念时；当你亲耳聆听江泽民总书记、李鹏总理的重要讲话时；当你出席国庆焰火晚会望着盛开在广场上空的火树银花时；当你回到省城、回到油田，无处不是鞭炮震天、锣鼓喧闹的欢迎场面时；当你在掌声雷动的报告会上汇报群英会的盛况和心得感受时，你不仅仅是在自己的心头酝酿、翻腾着下面这几句话，而且只要张口讲话，就更少不了下面的这几句肺腑之言："我只是做了我应该做的事情，党和人民给了我这么大的荣誉，我一定要再大干一场，为青海油田勘探和开发再做贡献。"

　　你说，一路上开往人民大会堂去的大轿车，看到轿车师傅手中的方向盘，我手心就发痒；车子一开动，就好像我又开上了我的"玛西那"，奔跑在咱们油田的井场上。你还说，住在大城市，住进大宾馆，心里就憋得慌，就想咱们的大戈壁、大草滩……

巴郎子的"玛西那"之梦

难怪你惦记、想念着大西北的戈壁和草滩，你人生的辙花和戈壁、草滩有着难解难分的渊源。

虽说你的祖籍在南疆东部的戈壁小城若羌县，可你却呱呱坠地在丝绸之路上的重镇——甘肃敦煌市的南湖乡，这里更是典型的戈壁加绿洲的环境。1941 年 12 月里一个风寒沙舞的夜晚，你的生命之舟的起点就和戈壁连在了一起。戈壁和草滩留给你童年的记忆，是食难果腹、衣难挡寒。你在七八岁时就拿起牧羊鞭，给一家姓孙的地主放起了牛羊……

解放后，你随父母兄妹回到了家乡，才进入维吾尔族小学堂。土改后，你们一家人在若羌，在青海西部的阿拉尔牧场，分到了自己的土地，有了自己的牛羊。家里孩子多，拖累大，十几岁的你离开学堂，随大哥在阿拉尔牧场又挥起了牧羊鞭。

西部阿拉尔牧场，西连南疆，东接镶着银边的尕斯库勒湖，阿拉尔河从西北向东南流经宽阔的牧场，汇入尕斯库勒湖。河两岸芦苇丛丛，牧草青青，野鸭竞飞，小鸟欢唱。就是在这块青、甘、新三省区的维吾尔、蒙古、哈萨克等少数民族游牧民聚集的宝地上，十几岁的你，第一次见到了"穿着墨绿色的外衣、长着6个轮子的'玛西那'"。当时，那个轰鸣、奔跑的家伙"嘀嘀嘀"几声怪叫，惊炸了你要收圈起来的羊群。你生气了，抽动坐骑，挥起羊鞭，追了上去，要教训那家伙几下。可你追不上它，坐骑大汗淋漓，气喘吁吁，你自然不甘心，可望着屁股后冒烟、渐渐消失的那怪家伙的影子，新奇之念便占据了头脑……

就在"铁人"王进喜参加新中国成立十周年群英会的前后，你正式走上了石油工人的岗位。不过，你的岗位依然在牧场。尽管工作和生活的环境依然偏僻、单调，但你的眼界在开阔，见识在增多，特别是对各式各样的"玛西那"见得也多了起来。你听牧队的巴吾顿老大哥讲，那家伙也得有人"骑"，"骑"上它比骏马跑得快。那天，你一个人在切克里克牧场放羊，偶然碰上来野外出工的一辆"玛西那"，你眨着好奇的双眼，轻手轻脚地走近它，先是东瞧西瞅，又小心翼翼地伸手触摸它，最后用夹生的汉语央求"骑"车而来的两位师傅："师傅，今（真）了不起，让我骑骑它行吗?"两位正喝着你从帐房里沏冲好的香喷喷的酥油茶的师傅，听了你这位可爱的巴郎子的话儿，乐得把嘴里的酥油茶都喷了出来。你脸红了，辩白道："我细（是）个好骑手呀！"两位师傅不笑了，拍拍你的肩膀，指着"玛西那"说："小兄弟，这汽车是咱们找油的宝贝呀！以前咱们找油靠你们牧队喂养的骆驼当运输工具，现在差不多全换成'玛西那'了。你能骑马，可骑不了它呀！"

"那我怎么样才能骑上它？"你自然是不甘心的。维吾尔族人代代相传的刚毅、豪爽、倔强的性格，多年在戈壁和草滩上艰辛生活的磨炼，使你暗暗立下誓言："总有一天，我非要骑上'玛西那'不可！"

打那以后，帐房里的多少个不眠之夜，"玛西那"的身影在你眼前晃动；多少个梦境里，你骑着骏马在戈壁和草滩上飞奔，你总嫌马儿跑得太慢，跑着、跑着，你胯下的坐骑变成了"玛西那"，它轰叫着，箭一般地把你驮上了高高的昆仑山……

独一无二的"双边挎"

"木沙受伤住院了！"

这消息在高原油田的花土沟前线生产基地传开了，上百名相识、熟悉你的干部、工人，抽空儿都赶往职工医院……

这是 1987 年 3 月 12 日下午发生的事儿。你开着你的4562 号"双边挎"（这是同事们对你驾驶的改装后的大日野牌管子拖车的戏称），在钻井工程处管子站装钻杆，准备送往刚刚开钻的 32642 钻井队。当抓管机把两边的拖架装满钻杆，几名民工用绳子捆绑钻杆时，不慎牵动钻杆滚落下来。正在帮着捆绑的你，躲闪不及，被滚下来的钻杆砸伤了左腿……

你被同志们强行架到了医院，一检查，左小腿严重骨折，又被强令住院治疗。同志们在替你办入院手续，可你还在嘀咕着"钻杆没送去，井队等着要呢……"

运输处领导为你的受伤揪心不已。这些油田上的"老运输"们心中十分感慨：你和 20 世纪 60 年代的"老黄牛"范万祥、70 年代的"运输尖兵"刘德义一样，是 80 年代油田运输战线上的一面旗帜呀！他们懂得爱护这旗帜的宝贵意义。他们在想、在议论、在商定：你也是往 50 岁上奔的人了，这次伤好出院，该让你喘口气了，该考虑调换个岗位了……

你所在的西部运输一大队和三车队的干部、工人们，为你的受伤而揪心，他们在回忆，在议论：你木沙跑起车来，真有股不要命的劲儿，身患胃病，多次带病出车，累得吐血不说，可因公负伤的事儿，少说也有三四回了。

那一次，你从 1258 钻井队收车回队，晚饭顾不上回家吃，就重复起你那多年坚持下来的"车子有小毛病，修复不过夜"的老习惯。你在砸装钢板销子时，一块细小的铁屑进入你的右眼。你硬是点上眼药水、绷上纱布，坚持跑车。几个月后，才被队上和亲属的几番催促下，到医院动了手术……

就在距离你这次腿部受伤两个月前的 1 月 12 日，你给32822 钻井队送去一车钻杆。卸车中，当你看到起吊到半空的一根钻杆，因绑绳捆得重心不稳，摇晃着直向你的"双边挎"驾驶室砸落而去时，站在拖架上帮着卸车的你，急忙伸出双手去推那根钻杆。那根钻杆几乎擦着驾驶室的漆面，在悬吊和你的推力下，向一旁落去，可你的右手却被挤伤了，不一会儿，手背红肿得像块面包……

油田的党政组织和工会组织的领导们，关切地询问着你的伤情，带着慰问品到医院去探望你。特别是组织油田日常生产、几乎整天和井队、车辆打交道的油田前线指挥部生产调度室的调度长、调度员们，也为你受伤住院而心疼忧虑。只要谈起你，他们就感慨万分地说："咱们油田上的每个车队，要是都有几个木沙这样的司机，保好一线生产就不用犯愁了！"他们清楚地记得：1985 年开春，当位于花土沟北山峻岭之巅、海拔高度 3400 多米的"狮 20 井"钻探喷出高产油气流之后，油田上决定调整勘探部署，对这一我国目前海拔最高的生油气构造带——狮子沟构造带，增布井位，增加钻机，加强勘探。由于狮子沟山高路险，过去保井队的大型"太拖拉"等车型，不是车况老化，就是马力有限，各类又长又重的管材难以运上山去。经研究决定，油田让西部运输一大队用马力较大的 15 吨大日野车改装一部管材拖车，专门保送山上的 3 个钻井队所需的钻具。

当大队和三车队的干部们正在为选派谁来承担这一艰巨的任务而忧愁时，你得知消息，推开了队部办公室的门，开口道："让我的车改管拖吧！"

队干部们没有答应你的要求。他们了解你、熟悉你、信任你，可他们心里都有你开车近 15 年来的一本账：你从 1971 年单独接车至今，连续 14 年在前线开罐车保井队；往东，你驾驶的车没有迈出柴达木边缘的橡皮山；往北，你驾驶的车没有越过甘青两省的分界线当金山口；往南或者往西更不用说，不是进入海拔更高的唐古拉山，就是奔向更为荒僻的塔里木盆地。在20多万平方公里的柴达木盆地，只有往东往北这两条出路，才是越走海拔越低，气候越好，环境越美。如果说在柴达木当一名司机比其他工作岗位稍有些优越性的话，那就是能时常出盆地执行任务，到"关内"换换气候，购得些时新价廉的物品，可仅此一点优越性，你木沙也没有"优越"过一回。你的"换气候"，就是柴达木的春沙秋霜、夏酷冬寒；你的"换线路"，就是从这个油气构造到另一个油气构造，从这个井场奔向另一个井场……

队干部们心里还清楚：你眼下开罐车保的是大风山的6057钻井队的工程用水，虽说路远些，可路况较好，跑一趟就有6元的差旅费，一个月下来，少说也有100元；可要是改了管拖车，路程是近了，路况却差了，差旅费也没有了。可你的身体状况，这任务常常是不分白天黑夜的，井队啥时候需要，就得随叫随到……

不管队干部们怎么犹豫，平日里连有些汉话也说不准的你，这时候摆出来的理由倒是一条又一条的：咱是党员就得挑重担了，当了先进就得再卖劲儿了，狮子沟的路况咱最熟了，等等。不用说，最后是你"得胜"了。1985年的4月12日至15日，你在队上车、钳、铆、锻、焊等班组的配合下，卸掉水罐，改装拖架，加固车身。16日一大早，你的"玛西那"——油田唯一的一部大日野"双边挎"，就出现在奔向狮子沟的路上。

时至 1991 年 4 月，整整 6 年过去了。你的"玛西那"仍是"双边挎"。同事们叫"双边挎"叫顺了嘴，甭说井队的同志们熟悉了它，就连花土沟基地的不少人见到它，准知道这就是"木劳模"开的"玛西那"……

钻井工人心目中的"玛西那"

狮子沟——这是早年石油地质勘探队员根据它的地貌特征而起的名字。它东倚阿尔金山，南眺尕斯湖水，盘踞在距离花土沟石油基地几十公里的北山之上。常年在北山上打井或采油的工人，给狮子沟编了一首顺口溜："狮子沟、狮子沟，狮头秃脑袋，狮身满是沟；晴天沟底不见日，雨天上山鬼也愁。"在狮子沟荒山上打井的 3 个 6000 米钻机井队的职工，看到是"木劳模"的"双边挎"保运钻具，就心里踏实，脸上高兴。为什么呢？从下面这几组镜头里，人们或许能悟出缘由：

镜头之一：时间——1985 年 7 月的一天中午。地点——狮子沟。

这天上午，花土沟、狮子沟一带下起了少见的大雨。雨声中，油田前线指挥部的调度室从电台中得知"狮 23 井"急需钻杆。

十几分钟后，4562 号"双边挎"驶出了三车队车场。

一个小时后，"双边挎"装满一车长出车身三四米的钻具，驶出管子站，缓慢地向狮子沟沟口奔去。

雨，时大时小下个不停。沟底七弯八拐的土路，不少地段已被山上冲下来的雨水毁得七零八落。"双边挎"走走停停，木沙不时跳下驾驶室，冒着雨水，手握铁锹，挖路边的沙土垫铺水沟。大的水沟铲土铺垫不起作用，他就从土崖下抱来脸盆大小的碱土块，估摸着"双边挎"的左右车轮轮距，先垫出两条几十厘米宽的车道来，再用双脚上去踩实，又爬上驾驶室，小心翼翼地开车过去。即使这样，车轮仍被泥水陷住。木沙只得用铁锹挖，用碱块垫，前拱后倒，驶过一道道水沟。

井队的同志从电台中得知木师傅已经上山，平时一个来小时的路程，已经过了四五个小时，几次派人到井场的路口迎接，都不见"双边挎"的影子。6个小时后，"双边挎"在夜幕中出现在井场上。队干部们疾步上前，把浑身泥水的木师傅迎进了宿营房，炊事班的同志端来了热腾腾的面条。队干部们望着疲惫不堪的木师傅，感动地说："我们常听到'保一线风雨无阻'的口号，今天，我们亲眼见到了'风雨无阻'的行动。"

镜头之二：时间——1982年11月26日下午。地点——盆地西部"跃进构造"上32856钻井队井场。

这一天，油田报社的两名记者，名为搭乘木沙的大日野罐车到井队采访，实则为跟车实地观察"木劳模"怎样为井队服务。

几十公里的路程，不到一个小时就来到了井场。只见你

图片 5

油田劳模木沙（右）在井场帮助钻井队职工摆放钻具

熟练地把罐车倒到放水的车台，车尾的放水管对准长方形的铁水池，水哗哗地流淌进水池中，不用井队当班工人的协助，你又熟练地起动水池旁边的电动水泵，将池子里的水又泵进储水大罐。趁这放水、倒水的工夫儿，只见你走到储水大罐的铁扶梯旁，双手抓着扶梯，爬到了罐顶，向罐内探望。这时，队上的王风格队长走过来。这位山东汉子见你从罐顶下来，半认真半开玩笑似的喊道："木师傅，你看我这罐里的水够用几天？"你蛮认真地答道："喔，我看够用两天。明天我就先给别的队送，后天再给你送来两车。"

正说着话，忽然听着泵水的马达声变了音调，水池里的水不往大罐里进了。没等井队的同志跑到眼前，只见木师傅已奔上车台，先转动手轮关上了车尾的闸门，又急步赶到水池边拉掉了水泵的电闸，然后走到水泵跟前，打开电闸箱看清了闸刀线路没啥问题后，接着搬开了水泵的简易护板，伸手从泵口下面掏出了几团沾着油污的棉纱，又挖出了几把碎石砂块……

这一连串的举动，发生在短短的几分钟里。电泵又恢复了欢唱。王队长目睹这场面，冲着站在水泵旁面带愧色的年轻场地工，大声训斥起来："你小子怎么搞的？这点分内的活儿，干成这熊样！要不是木师傅……"木师傅伸起手劝阻了队长，拍拍场地工的肩膀说："以后注意点，勤检查检查，别烧坏了马达。"

难怪队长生气，在上述镜头中，木师傅一多半的举动，都本该是井队场地工职责范围内的工作。当司机的，可以坐等在驾驶室里，场地工说声"水放完了"，然后在路单上签字盖章，司机就起步开路。可木师傅到井队送水、送泥浆、送钻具，差不多回回都是重演上述镜头，不仅帮着卸车、检修水泵，而且主动询问或查看工程水、泥浆、钻具的储备情况，了解打井的工程进度，以便提供及时、周到的服务。井队的同志称赞木师傅和他的"玛西那"，常常是"雪中送炭""雪前送炭"；有的钻工还开玩笑说："木师傅是咱井队的'半个队长'。"

镜头之三：时间——1987 年 11 月下旬。地点——距离花土沟基地 200 多公里的南翼山探区。

木沙的"双边挎"来到坐落在黄土山包围的 32799 钻井队井场，卸完钻具，木沙拿着一封电报，大步向井场旁那间地质采集房走去。他看见那相识却又叫不上姓名的女采集工，正在弯腰捆系一小袋一小袋的砂样，就扬起电报，大声道："姑娘，你的妈妈回电报了。"姑娘抬头，面带疑虑，上前接过电报，"母病愈出院勿念"。姑娘小声念完电文，眼眶里噙满了喜悦的泪水……

当姑娘再三向木师傅道谢时，队上的工人围上来不少。"木师傅，我家里寄来个包裹，这是单据，劳驾您给代取回来。""木师傅，这是 10 块钱，劳驾您到花土沟给买上几筒'中华牌'牙膏。""我带封家信，劳驾您丢进邮筒……"人群中，有几位姑娘在传看着那位采集女工的家中来电，她们都清楚：前几天，采集工姑娘从探亲归队的同事那里，听到母亲在千里之外的省城患病住院，可详情不知，她急得掉下了眼泪。想请假探亲，但工作离不开；想打长途电话，还得颠簸200多公里赶去花土沟，去了也不一定打得通；只好先托来队送料的木师傅，到基地拍个电报问问详情。姑娘们料想不到的是，木师傅发了电报后，心里依然惦记着此事，每趟出车来南翼山之前，都顺便拐到邮局或钻井收发室问一问，省城的回电，也让他及时地捎到了姑娘手中……

队上的干部望着大家围着木沙让捎这带那的场面，带着喜悦和感慨的声调说："木师傅，您成了咱们队上的办事员了！"

"办事员"——多么亲切又准确的称呼呀！多年来，木沙在开车保井队的本职工作之余，主动为野外井队的职工们代办类似的杂事儿，多得谁也难以数清。

在木沙20多年服务一线的工作中，上面的几组镜头，既普普通通，又真实鲜明、感人至深。在钻井工人的心目中，木沙和他驾驶的"玛西那"，既是一体同心、志在高原找油的战友，又是甘当配角、热忱服务的象征，还是情同亲人、可以信赖的兄长。钻井工人喜欢木沙的"玛西那"的辙花，这辙花开在戈壁，开在井场，也开在钻工们的心房。

"玛西那"和你的妻儿们

俗话说，"伤筋动骨一百天"，这一次你的左腿受伤，被打上石膏，夹上钢板，不得不躺在病床上。可你躺在病床上，嘴里还总是不时地嘟囔着："玛西那，我的玛西那……"有的医护人员一时搞不准这句维吾尔语的含义，还以为你在想念自己的亲人。

这些天，是你的儿女们轮流来医院送饭、照料。你的妻子白西汗因为大儿媳阿那尔罕在家乡新疆且末县临近分娩，赶回去照料。没想到你俩盼望的孙子和孙女还没出世，白西汗却被你受伤住院的电报"牵"回了油田。

白西汗在儿女们的陪伴下，刚迈进病房，就急不可待地走近病床，掀起床被，双手扶住你那被绷带和钢板捆得硬邦邦的腿，一颗颗泪珠滴在了洁白的纱布上……

你坐起身来，擦去妻子的泪痕，劝慰道："伤得不要紧，大夫说，我伤好了还能开'玛西那'。"

白西汗真想冲你发一通火：都这个样子了，还是三句话不离你那"玛西那"。可当她抬头望见你那又黑又瘦的面庞，望着你那在深陷的双眼衬托下显得更高了的鼻梁，望着你那双露着倔强神情的眼睛，话一出口，就变成了："想吃抓饭了吧？我晚饭做抓饭给你吃……"

呵，家乡风味儿的抓饭，特别是老母亲和妻子做的抓饭，那是你最好的"口福"享受，甚至比吃大宴席还过瘾。你望着妻子的泪眼，像个孩子似的"呵呵呵"地乐了起来。你想起了1962年春在阿拉尔牧场的帐房里，你和白西汗新婚的当天晚上，第一次吃上妻子亲手做的手抓饭……

25年过去了，白西汗为你生儿育女，一边参加集体劳动，一边担负起了几乎所有的家务活儿。1971年你调到西部前线车队，正式单独接开了"玛西那"，从那以后，"玛西那"就成了你生命的一部分，你对它的疼爱有时超过了对妻儿们的疼爱。

多少个更深夜半甚至除夕之夜，只要大队的有线广播喇叭一响，或是调度员找上门来，你饭碗一丢，或是翻身起床，二话不说，直奔车场……

多少个星期日、节假日从不休息，甚至病休单装在衣兜里，也坚持跑车；遇到制服井喷、扑灭大火的紧急任务，你几天几夜不入家门。

多少次家中取暖、烧饭用的渣油坑空了，粮、油、菜没了，老伴或孩子们病了，你依然驾驶着你的"玛西那"在野外奔波，你的家就跟旅社差不多……

多少次，你的"玛西那"有点"头疼脑热"，你就会急得觉睡不稳，饭吃不香。它就是进了修保车间"会诊"检修，你也跟着修理人员钻下爬上，生怕它身上有什么"病症"没检修到……

多少个傍晚，妻儿知道你收车归场了，做好饭菜等着你，你满身油污进了门，不是坐下吃饭，却张口央求儿子、女儿："我的其娜汗，爸爸的'玛西那'断了两片钢板，天黑了，爸爸眼睛不好，帮爸爸换换钢板吧？明天还要出车哩。"当材料工的儿子肉孜，当钳工的大女儿其娜汗，甚至上门做客的大女婿、司机小吐逊，都成了你的"业余"助手，有的打着手电筒，有的钻进车底，有的递上工具或螺丝；最后，白西汗和小女儿也耐不住了，全家人都来到你的

"玛西那"旁边……

儿女们从母亲白西汗的言行上，也逐渐理解了你，理解了你对"玛西那"的情感，他们为你和你的"玛西那"感到自豪。二女儿左列汗至今还不无自豪地对妈妈和哥哥姐姐们说："我还给爸爸当过师傅哩!"那是1979年，你刚刚改接了进口的大日野罐车，既高兴，又担忧：开了十几年的国产4吨吨位的"喝汽油"的"玛西那"，乍一接上这"喝柴油"的15吨吨位的洋机器，望着车上那红红绿绿的仪表盘、操纵器和中外文相间的说明书，只上过几年维吾尔语小学的你，真好像牵上了一头野性难驯的"四不像"野驴，不知怎样驾驭它。

夜深人静，你仍在茶几上背记着操作说明书，可不少的汉字却难以啃熟。你忽然眼神一亮，轻手轻脚地走近了女儿左列汗的床前，用手指轻轻地刮了女儿几个鼻子。左列汗醒了，揉揉睡眼，嘟囔道："爸，你干啥呀?""嘘——"你指指妻子的房间，示意女儿不要大声说话，"我的好女儿，你起来给爸爸当当老师吧?""我?"左列汗用小手指着自己的鼻尖，一时还搞不清爸爸的用意。你把说明书和车辆巡回检查图递到女儿跟前："这上面的不少字，爸爸认不全，你教教我。"刚上初中的左列汗，这下来了兴趣，翻身起床，找来字典，边念边查，你一句，她一句，父女俩悄声学到了半夜……

第二天、第三天……只要有空儿，儿女们在家中，到车场，坐上"玛西那"，轮流当起你的老师和"教练"，你靠着一遍又一遍地背记，一遍又一遍地对照、查找、练习，在一个多月的时间里，把大日野车上的 11 个部位、27 项、112个日常例行的巡回检查点，一个点不漏、熟练地做了下来，驾驶操作也日渐娴熟。这辆进口的"玛西那"，又和你以前驾驶过的国产"玛西那"一样，成了你得心应手、驯服乖巧的"坐骑"。当你把"全优设备""安全标兵""油田劳模"等奖状、奖牌捧回家中时，当从报纸、电视、广播、墙上看到、听到你完成的任务指标在全队名列前茅时，妻子、儿女们为你感到骄傲和自豪，他们把你的"玛西那"当成了家庭中最光荣的一名"成员"。

一路辙花伴油香

1987 年 6 月，你拄着拐杖出院了。病休没完，你拄着拐杖来到车场，来到你的"玛西那"身旁，对临时代开你的"玛西那"的王师傅说："过两天我就接车。"

你扔掉拐杖，来到队部。同两年前你要求改"双边挎"一样，不管队干部们怎样犹豫，怎样劝阻，你又"得胜"了，你又"骑"上了你的"玛西那"。心疼你的亲人们、熟悉你的同事们、刨根问底的记者们自然会问你：你离不开"玛西那"，你拼着命地跑野外，为的啥？

你的神情像在沉思，你的胸膛在起伏，你的声调变得低沉而有力："我盼望着在柴达木找到几个大油田……"

你深情地回忆着：在柴达木石油勘探开发的初期，被油田誉为"第一功臣"的木买努斯·依沙老人，从新疆来探区当向导，八百里瀚海处处留下了老人传奇般的脚印。老人谢世后，忠骨至今仍埋葬在西部油田的公墓里。自己的父亲生前和阿吉老人是挚友，自己的爱妻白西汗是阿吉老人的亲侄女。我们这两家少数民族的家庭，这家庭中的几代人，哪一个成员不盼望着柴达木变成真正的"聚宝盆"呀……

你语气激动地说，油田上 30 多年有几万人为找油艰苦创业，特别是钻井队等一线单位的职工，为找油野外为家，风餐露宿，我们当司机的为一线的老大哥们提供些服务，不都是为着一个目标吗？

你面带喜悦地讲述着：石油工人哪个不姓"油"，哪个不爱"油"。1977 年当北山上的"花 79 井"打出高产油气流后，当时油田上的领导薛纪元、尹克升等，亲自为井队的职工佩红戴花，扶蹬牵马；庆功会上鞭炮震耳，锣鼓喧天，那就是咱石油职工的节日呀！再后来，当尕斯库勒地区"跃参一井""跃深一井"又喷出高产油气流时，你和在场的钻工们、老总们、局长们一起，忘情地把帽子抛向空中，接着又"扑通通"地跳进原油池里，你给我脸上抹把原油，我给你身上撩几捧油花儿……局长们带来的"茅台"、钻工们取来的"互助大曲"，你一口、我一口，没转一圈儿，瓶底就朝了天。那情形、那滋味，真比过年还痛快！就图这个痛快劲儿，咱受点颠，吃点苦，又算个啥！

你说你知足了，自己从一名牧羊娃到开上了老辈人想都

想不到的"玛西那"，成了一名共产党员；20 年来，运输战
线授予的荣誉称号和记功嘉奖不算在内，从 1979 年至 1990
年，连续 12 年被评为油田劳模；从 1984 年起至今，多次被
评为青海省、石油部、能源部的劳模或优秀共产党员；1987
年被中华全国总工会授予"五一劳动奖章"；1989 年又当上
了高原油田 30 多年来第一个全国劳动模范。自己做了应该
做的事，可得到的荣誉太多了。

你说你心里又不知足。尽管 20 年来，你亲眼看到了高
原油田日新月异的变化，花土沟基地由 20 世纪 60 年代末的
一顶顶帐篷、一间间低矮黑暗的地窝子，变成了眼下的 100
多幢宿舍新楼；油田的原油产量也由 60 年代末的十来万吨，
翻几番建成了眼下年产 100 万吨的生产规模；但祖国的建设
事业需要更多的石油，青藏高原的经济建设和人民生活需要
更多的石油，你和你的"玛西那"应当为寻找更多的石油，
去印撒更长、更多、更深的辙花……

我从油田运输部门的统计数字中了解到：从 1979 年的
5 月至 1990 年底的十年半时间里，你驾驶这部大日野"玛
西那"，累计完成 835 万多个吨公里，为下达计划的 200%
多；平均每年完成周转量 80 多万个吨公里，平均每年为国
家上缴盈余 6 万多元；10 年节约行车材料费 3 万多元，节约
油料近 5 万公斤；10 年累计完成的周转量，每个吨公里按内
部价格 0.19 元计算，共为国家创造经济价值 150 多万元，可
以再买来 4～5 部大日野车。你的车辆完好率、出勤率等经
济技术指标和完成的任务指标一样，年年在队上名列前茅。

时至"八五"计划的第一个春天，在油田召开的1990年度"双文明"总结表彰大会上，你又给大会带来了新的喜讯：你正式单独接开"玛西那"至今，在20年的南辕北转中，已经轧出100万公里的安全行驶新纪录！

我们沿着这可绕地球转上25圈之多的百万公里的辙花儿寻觅：它撒满"聚宝盆"内20来个油气田的沙滩、荒山、沼泽、草滩之上，印在油田数百口探井、开发井的井场之上。我们看到：在木沙的"玛西那"和油田成百上千辆"玛西那"印下的辙花儿中，汗水儿拌着辙花儿在闪烁，油花儿拌着辙花儿在飘香……

（与刘全力合写，原载于1991年《瀚海魂》第3期，原题为《一路辙花伴油香》）

教师曾庆光的赤子之心

曾庆光同志虽然工作在平凡的岗位上，但是他"位卑未敢忘忧国"，坎坷磨炼赤子心；他立志高远，"穷且益坚"；他孜孜不倦地追求着"比金钱更高层次的东西"；他的精神领域，聚集着社会的财富。请读者各自去寻求答案吧！

到 1985 年的 9 月 15 日，曾庆光就要满 47 周岁了。"赤子之心"这一成语所包含的特定寓意——"心地纯洁"，对他来说是恰如其分的。曾庆光对党、对祖国、对人民，永远像赤子一样纯洁无瑕，他的胸膛里永远跳动着一颗不息的赤子之心！

乡书终可寄　鸿雁海外来

1979 年的秋天。这是曾庆光平反复职，再次回到柴达木的第一个秋天。在这个明媚的秋天里，更有他意想不到的佳音。10月的一天，他又收到了妻子从江西信丰老家的来信。他拆开信封，见里面除了妻子熟悉的笔迹之外，还附带着一张少见的信笺。信笺的开头一行赫然写着："庆光我儿如见……"他顾不及详看内容，把眼光扫向那信笺的结尾处，只见那里清清楚楚地落着"母，1979年9月23日"。他不敢相信自己的眼睛，双手把那信笺捧近眼前，似乎要把全信的内容一下子装进瞳孔里去。这是一封母亲写给儿子的普通的家书，但它却是母子离别30载后的音讯相逢。它再现了唐诗中所描绘的"故人江海别，几度隔山川。乍见翻疑梦，相悲各问年"的情形。

30年来，沧海桑田，人各一方，音讯渺茫。曾庆光在心底里轻轻地呼唤着："妈妈，妈妈！"他儿时的记忆，断断续续地展现出来……

那是1939年的秋天，曾庆光在湖南出生了。他不满周岁，就被送回老家江西信丰县嘉定镇，随祖父母一起生活。父亲先是在外地就学，后在江西省伪保安司令部任职。母亲那段时间带着杭生、洪生两个弟弟随丈夫生活。

曾庆光模糊地记得，1949年春天的一天，母亲带着两个弟弟回到家乡。她此行是来告别父母及公公婆婆，携带庆光三兄弟，随丈夫一同漂洋过海的。小庆光的行李也都收拾停当了。当母亲泪别双亲，带孩子们到车站上车前，忽然发现小庆光不见了。经询问，方知是婆婆事先嘱咐了他人，让其在饯别后悄悄地把曾庆光带回到了祖父母身边。此时的母亲，含泪顿足，但却明白公公婆婆疼爱长孙的一片苦心，只得携带曾庆光的两个弟弟忍痛就道。孰料，这一别竟三十寒暑。

悠悠骨肉情　竟夕起相思

美国的马里兰州同中国的江西信丰以及柴达木盆地连接起来了。亲人们写来的信中，满溢着游子的思乡之情，满溢着骨肉的相思之念。真可谓"天长路远魂飞苦，梦魂不到关山难。长相思，摧心肝"。

1980年5月，母亲第一次提出让曾庆光举家移民美国的恳求。这是慈母的一片深情、一片厚意、一片苦心。

曾庆光的母亲吴宗慈，生在书香门第，自幼知书达礼。几十年来，在海外，她含辛茹苦协助丈夫把4个子女抚养成人。曾庆光的大弟曾庆邦和二弟曾庆汉，都取得了硕士学位；眼下，一个弟弟是工程师，一个既是工程师还当上了一家电机公司的经理。在海外出生、长大的两个妹妹，大妹曾颂华是经济学博士，现就职于联合国国际货币基金会；小妹曾颂芸是搞法律的，也取得了博士学位。父亲先是在台湾教育界任职，后来到联合国的文化机构任职。1961年全家移居美国。他的父母一直保留着中国的国籍。

1980年11月初的一天清晨，父亲在顽强坚持跑步锻炼的时候，不幸摔倒，致使已患10余年的脑瘤病复发，自此一直卧床不起。父亲多次捧着曾庆光寄去的大陆亲人的"全家福"，用手指抚摸着照片中央端坐着的年逾八旬依然健康的母亲，喃喃地呼唤着："妈妈、妈妈……"又把目光缓缓地转向照片上的儿孙……父亲于 1981 年 10 月过世。曾庆光从父亲的身上，更深地理解了"游子"和"慈母"的情感。弟妹们为使父亲病体康复、心情愉快，尽了儿女们最大的努力。可自己呢？曾庆光的耳边响起了母亲"恨不身长两翼，乘风而往，与我儿朝夕相处，以慰母子阔别思念之苦，以期早日欢叙天伦"的肺腑之言。

曾庆光忘不了母亲为了接大陆亲人移居美国，在和自己取得联络后，再三叮嘱曾庆光"火速来信告我，以便你我着手两边办理。至盼千万"。

曾庆光忘不了在美国的 4 个弟妹望眼欲穿，也盼望他这位大哥前来相聚。

曾庆光忘不了 1981 年 8 月和大妹颂华相见的情形。兄妹俩在北京华侨大厦初次相会。昔日只在照片上见过大哥的妹妹，激动地叫了声"大哥"，已是热泪盈眶……妹妹再度带来了母亲的嘱咐和心愿，再三地征求着大哥是去是留的意见……

面对骨肉亲人的恳求和热盼，曾庆光思虑再三。30 年来，尽管父母兄弟的音讯全无，但曾庆光在心底深处无时不在长相思。在曾庆光的坎坷生活道路中，他对父母弟兄的情感，有过痛切的思念，也有过无可名状的哀愁。

几经坎坷路　磨炼赤子心

1956 年的 8 月，柴达木张开她那宽阔的胸怀，拥抱了曾庆光。曾庆光被分配到茫崖石油探区钻井处基建科工作。

曾庆光 1953 年初中毕业后，以优异成绩进入当时的中南建筑工程学校（后称武昌建筑工程学校），攻读了 3 年的城市道路桥梁专业。年仅 17 岁的曾庆光和无数知识青年一样，像一群心地纯洁的小天鹅，在聚宝盆里张开了理想的风帆，开始了实现崇高理想的实践……

谁料想，时间不长，曾庆光理想的风帆就被折断了桅杆。1957 年 12 月，一顶"右派分子"的帽子戴在了年仅 18 岁的曾庆光头上。任何辩解都是无济于事的。他被送到祁连八宝农场开始了强劳、强教的生活。

1962 年 4 月的一天下午，在汉口到武汉钢铁公司的公路干道——江黄段上，一个二十四五岁、衣着明显是外地人打扮的青年，面容憔悴，若有所思地走来走去……

同是这一天的深夜，这位青年仍旧在桥面上徘徊。一名好心而有戒备的警察向青年人走去，在朦朦胧胧的灯光下，警察见他茫然失色，泪水洗面，便关切地询问情由，言语中流露出劝阻青年跳江寻短见的意思……

这位青年就是曾庆光。他在 1959 年刘少奇发布的一道国家主席令之后，第一批摘掉了"右派"的帽子，后在农垦厅设计院工作。摘帽后的日子并不好过，专业依旧搞不成，生活中仍享受着不公平的待遇。他愿意被遣返回乡。途中，他在武汉下了火车。此时的曾庆光，"多情却似总无情，唯觉樽前笑不成"。多么熟悉的江城呵，他想起了"俞伯牙摔琴谢知音"的古琴台；想起了取意于"方便有多门，归之无二路"的归元寺；想起了跨鹤仙去的黄鹤楼。他在想，他在问，而今，我的知音在哪里？我的方便有几门？我该归元到哪里？那一去不复返的黄鹤哟，你能带走我那好似烟波大江的滚滚愁思吗？

曾庆光返乡后的17年，仍旧是风风雨雨、坎坎坷坷。特别是那场"内乱"的风暴，他那顶没有真正摘掉的"右派"帽子和他的"海外关系"，使曾庆光经受了冷酷的折磨和严峻的考验。

返乡后，他理解和顺从了老人们的一片苦心，和表妹成了亲，共同挑起了家庭生活的重担。

返乡后不久，乡亲们就推荐他当上了民办教师。他曾多次被评为优秀教师、优秀教育工作者和优秀辅导员。

曾庆光清楚地记得，"内乱"初期他被揪出批斗，被迫离开讲台，到深山僻地爆炸采石，砍伐树木，放牧牛羊。一生治病救人、新中国成立后当过县政协委员的祖父，也被揪斗，饮恨离世。由于自己的自由受到限制，加上家境贫困，自己的一个女儿因患病不能得到及时治疗而夭折。

党知寸草心　报国追来日

1979 年 3 月，青海石油管理局党委为曾庆光的"右派"问题作出了彻底平反改正的复查结论。柴达木像 23 年前一样，迎回了这位饱经坎坷的赤子。

虽说曾庆光已经鬓添白发，过早地谢了顶，未老先衰，但他清清楚楚地知道，正是生活在他周围的无数善良、公正、有正义感、有同情心的乡邻、学生、干部和党员，帮助自己渡过一道道生活的难关，帮助自己一次次加深了对人生真谛的领悟。逆境中，他有病住院，学生们寄来了一封封慰问信；逆境中，乡亲们再次推荐他当了民办教师，还当上了学校教改组组长。当时公社分管学校工作的党的负责人，多次表扬曾庆光的教学成绩。学校的一位党员校长，多次邀集教师帮助曾庆光家里春种秋收。灾荒年里，又是这位校长不仅借钱，而且匀出自己的口粮给曾庆光……

让曾庆光更难以忘怀的是，他在油田西部学校被任命为教导主任后，批评了一位教师虚报考试成绩的错误。没想到这位平时工作马虎、教学水平低劣、善于拉扯关系的教师，不但不服批评，反而当众揪住曾庆光的衣领，推推搡搡，高声辱骂曾庆光是"老右派、老反革命"。事后，两位副校长理解和支持曾庆光，表示一定要严肃处理此事。局教育处、局纪委的同志特别是局党委负责同志知道此事后，多次过问，支持曾庆光行使职权。局党委负责同志既严肃又痛心地指出："党的十一届三中全会精神已经贯彻几年了，我们党组织给曾庆光同志平了反，但有人还不想给曾庆光平反呀！"局党委负责同志责成有关单位严肃处理了此事，还亲自登门看望曾庆光，安慰和鼓励他积极工作，多做贡献。

近年来，家乡党的组织和政府坚决落实侨务和台属政策。曾庆光的家属从下放的农村搬回到城镇，住房也优先安排了，妻子也被分配到街道工厂做事，还当选为县政协委员……

曾庆光给母亲和弟妹们回信了。他感谢亲人们的好意，决定留在国内。他对亲人、对同事、对党组织都这样表示："我好不容易才盼到这光明的时期，留在国内可以为国家出力，而且我已习惯了祖国的生活，我的思想、感情已与社会主义祖国紧密相连、休戚相关了。"他是这样说的，也是照此去做的。

在西部学校曾庆光自加压力，担任中学毕业班的数学课讲师，当上教导主任后，他也没有离开过讲台。

在调到油田干校后，曾庆光竭尽全力去做最后的冲刺！新调来的教师教学经验不够，他谈体会，出主意，找资料，热情帮助他们搞好教学。培训部中学一度教员紧张，他主动请求去代课。他教数学和物理课的时间较长，经验丰富，到干校后让他改教语文课，他也拿下来了。

曾庆光家里至今还没有电视机，国外的亲人们曾多次表示要给曾庆光更多的经济上的帮助，可他却再三不让。他对亲人和同事们说："穷且益坚，不坠青云之志嘛，生活中有比金钱更高层次的东西……"

让我们用曾庆光自己的一段话来看看他是怎样对待人生、对待理想的吧："我深刻地体会到，社会的前进，人生的道路，都不会是直线式地推进，它有顺境，有逆境，有欢乐，有悲伤。立志当存高远，有共产主义理想就能把握自己生命的航向，越过生活海洋的暗礁险滩，到达理想的彼岸，就能活得有意义，活得气派，活得心安，展现出自己生命的价值。"

亲爱的读者，让我们的心和曾庆光那颗跳动着的赤子之心连接起来吧！

（**作者注**：曾庆光同志 1985 年、1986 年荣获"油田劳动模范"称号；1986 年荣获"全国职工教育先进教师"和"全国五一劳动奖章"；1987 年荣获"青海省重工系统劳动模范"称号。）

（与军良合写，原载于 1985 年 9 月 4 日《青海石油报》）

记青海油田退休老劳模王桂生

"飞起你的夯哟嗬，抡起你的槌呦，夹上那木板打好桩啊，我把那泥土垒呀，干打垒呀，干打垒……"这石油人熟悉的高亢的歌声，在金秋十月青海油田北京离退休老同志居住的燕青小区内回荡，引来院内的妇孺老幼驻足观看。

这是在欢庆党的二十大胜利召开之际，青海油田在京的离退休老同志组织了"欢庆二十大、奋进新征程"书画展，用自己的书法绘画作品欢庆二十大胜利召开，抒发深情厚意。在欢庆活动中，现年76岁的王桂生，应战友们邀请，再一次和爱人尚淑兰等老石油们一起，满怀激情地唱起石油人熟悉的反映大庆石油会战的歌曲《干打垒是大庆的里程碑》（以下简称《干打垒》），在场的老石油们也跟着一起唱了起来。领唱的王桂生一口气在5分钟左右的时间内，把700来字的《干打垒》演唱完，已是满头大汗。在大家热烈的掌声中，他和战友们仿佛又被带回了那激情燃烧的石油岁月。

大庆求学铭记下《干打垒》精神

"干打垒"是指大庆油田石油人和当地百姓用当地白芦苇、青羊草、碱土这"三件宝",和泥制坯盖的房子叫"干打垒"。"干打垒"看着简陋可住着比帐篷实惠。当年大庆石油人就是靠它遮风挡雪,解决了会战队伍当时的住房难题。干打垒作为石油人的主要住房,一直延续到了20世纪80年代初。王桂生学唱并熟记《干打垒》这首歌,也是在大庆求学的日子里。1947年出生的王桂生,1964年考入北京石油地质学校,1965年该校整体搬迁到大庆油田。

在校期间,脍炙人口的《干打垒》歌曲,那气势磅礴、铿锵有力的歌词和旋律,深深地吸引了他和同学们。中国工人阶级的先锋和榜样铁人王进喜,也曾来到学校为同学们作传统报告。正是铁人和大庆石油人忘我拼搏,为祖国献石油的场景和精神,和着《干打垒》的歌声,深深地沁润着王桂生等莘莘学子,让他们的石油情怀终生相随。

《干打垒》的歌声飘扬在海拔最高的油井

1968年3月,在大庆石油学校毕业后,王桂生和4个专业的60多名同学一起,被分到青海油田。他先后被分配到冷湖和花土沟炼油厂当炊事员。1969年,他和同班同学尚淑兰

图片 6

在盆地西部狮子沟地区任钻井队长的王桂生

（图片提供　杨承辉）

结为伉俪，夫妇二人一直在青海油田工作到退休。1972年，王桂生调到钻井1258井队当钻工并于同年入党，1975年担任井队副队长，1977年任井队队长，1979年井队整体换装大钻，王桂生到6055钻井队担任队长。1983年，他和指导员李忠祥一道带领队伍，来到了目前世界上海拔最高的石油探区——柴达木盆地西部狮子沟地区，在海拔3400多米的荒山秃岭上安营扎寨，担负起目前海拔最高的石油探井"狮20井"的钻探任务。在沟壑纵横、高寒缺氧、生活艰苦的环境中，他们克服钻进中的一道道瓶颈，当钻探到4000多米后，该井曾发生数次强烈井喷。每次制服井喷都需要数十吨甚至上百吨重晶石粉，来加重泥浆压井作业。王桂生和战友们有时一天人均要扛上百袋的水泥。在此期间，时任6055队技术员、后来被誉为"全国青年榜样"的秦文贵，也在此经受了艰苦创业石油精神的熏陶和洗礼。在制服井喷的最艰难的时刻，秦文贵和队上的职工们听王桂生唱起了《干打垒》："干打垒呀，干打垒，接过艰苦奋斗传家宝啊，任寒风阵阵吹啊，南泥湾精神展翅飞。"歌声抒发了情怀，歌声驱走了严寒，歌声激励了斗志。"狮20井"在4065米井深时再次发生强烈井喷，喜获日产原油数百吨、天然气20来万立方米的高产。6055队在狮子沟一战成名，王桂生也获得油田和青海省劳模称号。眼下的狮子沟油田已成为青海油田主力油气田之一。之后，王桂生先后调任钻井指挥处副指挥，油田总调副主任，油田井下作业公司经理等。在井下作业公司期间，王桂生又带领队伍进入新疆吐哈油田闯油田外部市场，在吐哈油田修复"老大难"油井喜获成功，为油气上产出力流汗，受到了原石油部部长王涛的接见和赞扬。王桂生在1998年退休后，获悉自己魂牵梦绕的"狮20井"停产"休井"，他心有不甘、难以平静。年近六旬的王桂生多方联系投资方和施工队伍，又约上当年的部分战友，一道再上狮子沟，开始搞这口井修井和钻探作业，并于2007年钻探成功改为生产井，让这口目前世界海拔最高的油井为油田上产再做贡献。

"老有所乐"的《干打垒》歌声

退休后的王桂生和尚淑兰两口子，在退休小区曾担负过业主自管会和老年合唱团以及老石油人联谊会的组织工作。老年合唱团在参加纪念青海油田建局55周年庆典时，由王桂生、尚淑兰等20多位老石油参加的合唱团，在庆典晚会上合唱《干打垒》，"干一辈子革命哟嗬，永远不忘干打垒呀，……石油芬芳山河醉呀，社会主义祖国多雄伟。干打垒里望世界，风云激荡听春雷"。鹤发童颜的老石油们在台上富有激情的合唱，引起了全场的共鸣，赢得了雷鸣般的掌声。之后，这首《干打垒》也成为多个油田基层单位文艺演出的传承节目。王桂生和尚淑兰近年来曾多次组织井队等柴达木石油战友，在北京、四川、新疆多次欢聚，而每次欢聚的保留节目就是两口子百唱不厌的《干打垒》。

（与杨承辉合写，原载于2022年11月《金秋周刊》）

油田机关煤场老工人乔洪旺二三事

　　油田机关煤场老工人、共产党员乔洪旺师傅，被人们誉为"把心拴在普通工作上的人"。这里介绍的是他在1981年做的几件事。

　　乔师傅到局机关煤场工作已经17年了。经他手卸下、发出的煤炭少说也有两万吨。去年，整个机关的民用炉子及食堂等的年用煤炭大约1700吨；仅5月上旬10多天的时间里，乔师傅和几名家属就连续卸了700多吨煤。

　　乔师傅学习大庆人"针线笸箩"的精神，在工作中保持着勤俭节约的好传统。他和家属们主动利用空闲时间，到家属区回收散失的煤，一个来月的时间回收了250多吨，连同煤厂的煤末，共打出煤砖9万多块。这期间，乔师傅每天利用晚上水源充足的条件，夜里把煤泡好，早晨6点钟左右就起床和煤末，上班后又和家属们一道打煤砖。一天卸煤100多吨；一天打出2000多块煤砖。一天在煤灰中忙碌10多个小时，这差不多成了乔师傅和几名家属的"家常便饭"。"要让别人温暖，咱就得舍得流汗"，乔师傅是这样说的，他的行动也完全表现了这一点。到过机关煤场的人，会发现里面除了煤以外，在一片空地上还堆放着一大堆干粪便。去年八九月，乔师傅在每个星期天的一大早，就开始到附近的几个厕所里掏粪便。等到大家起床时，他已经把粪便堆积成堆了。晚上，他又开着手扶拖拉机把粪便运到煤场，并摊开慢慢晾晒干。为什么要起早贪黑呢？乔师傅想的是大家，他不想让臭气在掏挖、拉运的过程中扩散，而他自己则把"脏臭"全置之脑后。把粪便晒干又做什么呢？乔师傅通过有关组织，联系来了机关的生活车，在食堂管理员和家属们的帮助下，把干粪便装车拉运到附近县、社的农村，给食堂无偿地换来各种蔬菜。去年，先后装运出9车粪便，换回两万多斤蔬菜，价值1000多元。现在，煤场还堆放着三四车晒干的粪便，也是乔师傅利用休息时间挖积的。去年春节前夕，乔师傅帮着食堂磨了六七天的豆腐，他仍像往年一样，只要是对大家有好处的事，他都乐意去干。

乔师傅已经55岁了。常年辛勤的工作，和煤炭打交道，使他的身体一年不如一年。但他不忘自己贫苦的出身，牢记自己是名共产党员，当领导和同志们劝他注意身体时，他总是笑笑说："活着就干，在退休前要多做点贡献！"

去年10月份，乔师傅患病了，嗓子肿痛，咽饭、喘气都很困难，饭量大减，睡觉难眠。但他只是利用工余时间到医院打针，从没有休息过一天。组织上、领导十分关怀乔师傅的身体，曾几次动员他外出疗养，但他知道冬季来临，煤场工作正是繁忙时节，他都谢绝了。到了去年年底，医院又给乔师傅做了透视检查，他的食道炎症比较严重了。医生开了病假条，但乔师傅仍不肯休息，他和4名家属在用户的协助下，曾在10月25日（星期天）一天就卸了170多吨煤。他们又忙碌了一个多月，基本上把机关各户的取暖煤分发完毕。去年年底，乔师傅作为职工代表，光荣地出席了局直工处的职工代表大会，年终又被评为先进个人。

新的一年到了，乔师傅把组织的关怀装在心上，把同志们的赞扬作为鞭策，决心像"铁人"王进喜那样，为石油事业的发展鞠躬尽瘁，奋斗不已！

（**作者注：**乔洪旺同志在1981年、1982年连续多年被评为油田劳模。1995年被油田党委授予"油田功臣"称号。）

（与张立达合写，原载于1982年1月30日《柴达木石油报》）

黄汉纯的石头情

呵！又踏上柴达木盆地的沙土了！又触摸到盆地那既熟悉又陌生的石头了！又见到盆地石油职工的面容了！

整整 25 年啦！盆地的一切都在变：昔日的骆驼道变成了柏油公路，过去的帐篷变成了高大的厂房；连气候也变了，地球上大部分地区逐渐变暖。怪不得"老石油"们说，20 多年前穿毡靴、穿皮大衣的现象，如今在数九寒冬也难得见到了！

黄汉纯深深地感触到了这变化的一切。惊疑和新奇、振奋和激励之情，一齐涌上心头。她觉得自己的眼睛湿润了，在缺氧的高原呼吸反倒舒畅了，脚步轻盈了……

奇怪的"夜半来客"

时间——1982 年 8 月初的一天傍晚。

在柴达木盆地北缘的苏干湖畔，四幢半新的棉帐篷立在草地上。帐篷主人们的家当是简单的：8张钢丝床，几只帆布挎包，四五把榔头，一只罗盘，再就是手电筒、蜡烛、马灯这些夜间照明用具。

不难看出，这是一支野外地质工作者的队伍。正在这时，里面传出说话的声音。

"都9点多了，黄师傅他们怎么还不回来？"一位20来岁的姑娘焦急地发问着。

"等会儿再不回来，咱们就开车去找找，天黑他们赶路不方便哪！"一位司机也有些着急地说道。

"唉，都怪我。今儿下午，半道上我的脸被烫了一下，害得老黄他们步行去了化石沟。这来回得走20多公里地呢！"另一位司机也后悔地说着，用手抚摸着自己的脸部。

原来，当他们8个人赶到这里之后，就明确地分了工，安家、出工两不误。老黄、老周和小王等人，坐上"北京吉普"中午就出工了，走出没几里，骄阳似火，小车的水箱就"开锅"了。没法儿，只得停下来降温。司机小李赶路心切，想打开水箱盖散热，不想盖一开水喷，把脸烫了。老黄劝阻司机不要再去了，并让老周陪着返回了"新家"，自己却和小王等人步行朝工作点奔去。

"回来了！黄师傅他们回来了！"小曹眼尖，首先看见了向帐篷走来的几个朦胧的身影。大伙儿快步迎了上去……帐篷里的马灯亮了。确实也到了掌灯的时分。

借着灯光，我们看见几位年轻人把几包10多斤重的石头标本放在帐篷的角落里，把切开的西瓜、凉了的馒头和菜端了来。老黄几个人坐在床沿上，大口大口地嚼了起来。

借着灯光，老黄正式和我们读者见了面。噢！原来是位女同志！而且是位已经51岁、身形弱小得差不多能称为"老太婆"了的女同志！她——就是现今地质矿产部地质科学院地质力学研究所的副研究员黄汉纯。她和同所的周显强、王长利等同志，为履行《柴达木盆地构造演化与石油富集规律的研究》这一科研课题合同，从去年8月份起，就先后两次离开北京来盆地工作了。在局地质研究所有关人员的配合下，这支以黄汉纯同志为领队的野外地质小分队，今天又扎营在苏干湖畔，建起了今年出工以来的第6个"新家"。

借着灯光，老黄刚把最后一口馒头咽进肚子，就掏出了工作记录本，整理起一天的现场资料来。睡前整理当天的工作笔记，填写好野外记录，不管收工多晚，不管跑了多少路。这也是老黄的"一倔"！

几顶帐篷的灯光相继熄灭了。本来就空旷的山野更显得寂静、荒凉。夜深了。忽然，老黄和小曹都被声响惊醒。俩人在被窝里不由得缩紧了身子。她俩听出那像是动物啃嚼食物的声音。对！像是在啃他们扔下的西瓜皮，糟了！这儿离花海子草原不太远，出工的时候见过黄羊、灰狼、野兔、野驴。对了！虽没见过，可听说还有"哈熊"呢！今晚来的是哪位"不速之客"呢？不一会儿，"沙嚓沙嚓"的声音和"咚咚"的声音同时响了起来。这位"来客"肯定是嘴里边嚼着东西，蹄子或爪子还在挖抓着帐篷。

不管怎么说，再也不能沉静了！老黄和小曹向隔壁的帐篷喊了起来。老周他们被惊醒了，忙问是怎么回事。在小曹向他们喊出了"来客"的"表现"之后，老黄又喊道："你们把门顶好，人可不要出来！"老周他们还是起了床，拿上了手电筒和榔头走出了帐篷。"来客"可能被声响和灯光吓跑了，帐篷周围没见异物，依旧是静悄悄的……

帐篷的马灯一直亮到天明。

太阳跃出了山巅。大概是昨晚"不速之客"的侵扰，帐篷里的人们起身挺早。大家到帐篷外边细看，一小堆西瓜皮确实所剩无几了。在从帐篷角伸向山脚的沙地上，清晰地留下了一行野驴的蹄印。

昆仑山口借馒头

时间——距野驴袭扰 20 多天后。

这期间，黄汉纯一行从盆地东南角的格尔木，跑到了盆地西北角的花土沟。

这期间，他们仍然以阿尔金构造带和祁曼塔克构造带为野外调查的主要对象，并侧重于调查山前断裂和冰沟断裂，了解前震旦系和震旦系特别是上古生代的地层现象，试图了解盆地基底性质、盆地边缘构造对盆地盖层沉积和构造的控制作用以及构造的演化史。

这期间，他们钻龙尾沟，闯野马泉，跨巴音格勒河，"领教"了"一巴掌能打死几百个蚊子"的"蚊子沟"里的风情!

这期间,老黄她们过的是"馒头加石头"的单调生活,这其中的"乐趣"和艰辛,只有地质工作者们体会得最深、最透!

现在,黄汉纯一行的基地安在了西部花土沟油田。这里的条件自然是他们野外生活中上等的。在跑完了油砂山、狮子沟等地之后,老黄血压偏高,头晕无力,连小腿也肿了起来。经西部前指的两名局领导再三催促,她才去医院检查了一下。劝她住院看病,她坚决不肯,边服药边坚持跑野外。8月底的一个早上,他们分乘解放卡车和北京吉普车,绕经尕斯库勒油田和切可里克农场,向南面的又一个昆仑山口驶去。这次,他们地质包里装得不是馒头,而是几把干面条。下面条用的喷灯、高压锅也都带上了。汽车颠簸了两个多小时,才刚开始爬昆仑山的脚脖子。不一会儿,解放卡车爬不动了,只见车轮转,不见车身走。北京吉普车挂上了加力挡,也只比解放卡车多跑了几百米,水箱开了锅,车轮打着转。看前面,离山口起码还有好几公里。正在无可奈何之际,嘿,巧啦!从西边沙滩上开过来一辆130型的地震炮车。这种车越野性能好,拱沙窝、爬山坡是它的"拿手好戏"。她向坐在炮车驾驶室里的三位年轻人求援……

事后,老黄曾十分感动地对我说:"我记住了这三人分别姓林、姓周、姓张。他们真帮了我们大忙。你们写文章应该表扬他们!你看,当时,他们不仅爽快地答应送我们到山口,还主动说下午5点再从山口接我们下来。更叫人难忘的是，唉——说起来我都不好意思。那天我们不是没带馒头吗，午饭准备吃面条的呀！现在可就矛盾啦！面条数量倒是足够了，可高压锅就一个呀！我们的卡车、小车上不了山，两名司机就得在山坡下等我们呀。我们带锅上山了，他俩吃什么呀？我那时候'脸皮厚了'，也不'客气'啦，求他们帮忙帮到底吧！我说'同志，把你们带的干粮给我们两位师傅留下一些吧，你们上了山吃我们的面条吧！'这3位年轻人二话没说，把带的馒头全留下了。把我们送到山口，已经中午1点多了。我们再三留他们吃过面条再走，可他们不知是怕我们的面条少呢，还是其他什么原因，说啥也不吃，没顾上休息就下山，朝他们的工作点跑去。我们用山上流下来的雪水煮面条吃了后，就忙乎起来。本来还想朝山沟里走走，可一看表快5点了。在山坡上也看见130炮车已经朝山口驶来，就收工了。物探卫导队的同志少吃了一顿午饭哪，咋能让人家再等我们呢？在送接我们的时候，这3名青年还一个劲儿地让我坐驾驶室，我可挺高兴地爬上了车厢，再怎么好意思呢？天气也不冷嘛。"

老黄在讲完上述经过之后，还开玩笑地说："看来跑野外，还是有馒头一类的干粮方便哪!"

"掺了点假"的两张照片

我有幸从黄汉纯等人的手里，看到了一些他们在野外工作、生活的照片。有两张他们承认"掺了点假"。

其中一张照片上，黄汉纯等人在一条山沟里围着一辆北京吉普，有的在推车，有的在挖沙，有的在往车轮下垫石头。这是去年9月的事了。这一天，老黄他们从盆地最西边的石棉矿出发去省界沟（青新交界处）一带的老山上看野外地质现象。下午4点多钟，当小车顺山沟驶出不远，就被虚沙窝陷住了。大家试着推了一阵儿，轮子却越陷越深。只好挖沙救车了。仅有的三四个铝饭盒权作"铁锹"，挖得变了形，用手捏捏再挖。老黄戴着线手套爬在地下用手刨，不一会儿手套也破了。她又到附近捡石头，往车轮下面垫。车上带的一只旧纸箱，也毫不吝惜地垫在了车轮下。整整挖了两个多钟头，直到8点多才算把车开了出来。这下领教了沙窝的厉害，只得调头回家。

那么这张照片"假"在哪里呢？原来，当车子从山沟沙窝里挖出来的时刻，老周不知怎么想起了要照张相，就取出工作用的相机，央求大家再重复一下刚才挖车的动作，拍下了这个"过了点时"的镜头！

石油局研究所今年陪同老黄等跑野外的小高、小孙、小曹几位年轻人，在让我欣赏野外留影时，还指着一张在屋子里吃饭的照片说："这里面也'掺了点假'"。我凑前细看，只见像面上7个人盘腿席地而坐，大碗小盆摆了四五个，你伸筷，他动勺，这个吃，那个笑，场面好不热闹！从画面墙壁上那不知何时写下了几句顺口溜上看，这地方叫拉配泉，位置在阿尔金山的北缘，甘、青、新三省区交界之处，这里方圆数百里荒无人烟，只有一条算不上等级的公路从东南向西北方沿山脚蜿蜒而去。在离咸水泉不远的地方，有4间土坯垒得现已无门无窗的破旧道班房。照片就是在中间最大的一间屋子里照的。我实在看不出照片上"掺了假"的地方来。几位年轻人笑着介绍说："我们是今年9月1日赶到拉配泉的，这顿饭是在拉配泉吃的第一顿饭。那天，汽车快到道班房时，有只野兔被汽车的声响惊呆了，蹲在那儿不动。我们忙下车去逮，几个人围着忙乎了好一阵子，还是让野兔溜跑了。连老黄也对没能吃上这'到了嘴边儿的山珍'，连声说'遗憾，真遗憾!'要不，煮上一顿野兔肉，再配上二两'互助大曲'，我们也能在千里之外举碗畅饮，遥祝党的十二大召开呀!"

几位年轻人笑着指着照片中间那最大的一个盘子，接着说："我们没有野味儿，有家味儿照样会了一餐! 只是凑不齐'四菜一汤'，老周又想照相留念，没法儿，就把那盘切好的生大肉也放在中间凑数了! 这不，刚好5碗!"

亲爱的读者，你承认这两张充满骄傲和欢乐的照片是"掺假"了吗?

"老部长"传下的"石头情"

时间——秋高气爽、金光灿烂的10月。

在敦煌七里镇局研究所的办公室里，黄汉纯和同伴们忙着整理、分析资料，赶绘剖面图，着手写研究报告。老黄等人不再过"馒头加石头"的野外生活了，却又过起了没有星期天和节假日的生活。国庆节和中秋节同时来临了。

窗外，月光皎洁，秋风微微。老黄望着月光，思绪飘到了北京。此时此刻，老伴可能还在紫竹院公园里吧？公园离力学所很近。宿舍——今年离京前刚搬进的新宿舍，离公园也不远。儿子在干什么呢？会不会在单位（邮电学院）值班呢？要不，就是到离家不远的空政歌舞团或是东方歌舞团的剧场欣赏文艺节目去了。他可是个"文艺迷"哩！心爱的女儿在干啥呢？一定是在哈尔滨商学院参加文艺演出。这丫头，比我年轻时更喜欢文艺。我们老两口的"石头细胞"可没有遗传给儿女，她兄妹俩身上的"文艺细胞"倒是占了上风。老所长孙殿卿先生又在干什么呢？都年逾古稀的人了，前几天给我来信，还说"真想再来柴达木盆地看看"。他解放前来过一次。1956年带我们实习时又来过一次。人称他是地质部部长李四光的"四大金刚"之首哩！

想起了"老部长"李四光，黄汉纯的眼前又出现那慈祥、和蔼的面容，耳畔又响起循循善诱的教诲。"老部长"要是活着的话，今年该有93岁了吧？

黄汉纯闭上眼睛。她知道自己每当回忆到"老部长"时，感情就不易控制，眼里的泪水也就……"老部长"生前对柴达木盆地的找油寄予了很大的希望。在50年代末期，曾用力学方法组织过研究。但由于找油重点战场的转移，没能搞深搞细。眼下，力学所和盆地科研单位合作的项目，正是"老部长"未竟的工作之一。60年代初，黄汉纯在大冶铁矿工作期间，患了肝炎。"老部长"知道后，亲自联系找来专家会诊，联系医院治疗，还写信给国外的朋友，让寄来最新的药品……

"老部长"一生和"石头"结下了"不解之缘"。电影《李四光》中，不是有个徐夫人给他铺了一床石头的镜头吗？意思是让他跟石头去过日子吧！但是，不论什么样的艰辛困苦和冤屈，都不能割断他的"石头情谊"！直到临终的前一天，他还瞒着医生，听完了一个石油普查大队三个来小时的汇报。当天就被送进医院抢救，周总理也派来了自己的医生……

黄汉纯正是从李四光身上那永不熄灭的"地质之光"中，看清了奋斗的目标，有了学习的楷模！李四光身上传下来的"石头情"——就是对祖国地质事业的无限热爱，变成了成千上万个地质工作者的满腔激情！

中秋节的夜晚，黄汉纯伴着月光度过了一个失眠的夜晚！

10月8日，我在七里镇的办公室里，正式采访了黄汉纯同志。"哎呀，我可没啥值得采访的。说地质工作者辛苦，这是由工作性质决定的。我们的课题就在野外，对象就是跟石头打交道。我们自己也说'上山背馒头，下山背石头'，野外生活就是这样！"这就是老黄说的开场白。

"我们明年还要来盆地，来正式提交研究报告。这是我们和石油职工共同的心血呀！如果这一研究成果能多少对盆地的石油勘探有所帮助，我们就问心无愧啦！我们盼望着盆地石油勘探新局面的早日到来。那时候，我们一定来表示祝贺！"这是我和老黄分手时，她说的几句话。

亲爱的读者，听着黄汉纯从心底迸发出来的真情话语，我们将何以作答？

（原载于 1982 年 11 月 13 日《柴达木石油报》）

青海油田冷湖公墓纪略

　　2019 年 4 月中旬至今，从《中国石油报》等媒体上，得知青海油田入选我国第二批工业遗产保护名录的消息，曾经在青海油田工作、生活过，或是因多种缘由到过青海油田的人们，都在相互转告着一个共同的心声：青海油田的入选名副其实。

　　这份遗产的地理位置，就是被誉为"聚宝盆"的青藏高原柴达木盆地。它矿产资源丰富，但自然环境和气候特征却可以概括为高寒、缺氧，干旱、多风沙。这里有目前世界上海拔最高的油田，油气作业区域平均海拔在 3000 米上下。

　　这份遗产的创造者是三代青海石油人。这里从 1954 年开始大规模的油气勘探，至今已走过了 65 个年头。艰难创业的石油人先后勘探开发了 30 来个油气田，在荒原上先后建设了油砂山、老茫崖、油泉子、冷湖三区、花土沟、大柴旦、格尔木、涩北等勘探开发及炼化基地，在这些地方建设了一批规模不等的石油城镇，真正践行了"哪里有石油，哪里就是我的家"的誓言。正是沿着青海石油人60多年的创业足迹，在青海油田的敦煌基地，到冷湖油区，再到盆地西部探区，油气管道沿线，格尔木石化基地以及涩北气区等，分布着油田勘探开发厅、油田发展史厅、地中四井、冷湖公墓、油砂山、狮20井、跃参一井、甘森输油泵站、格尔木炼厂展厅、北参三井、涩深15井等10余处遗址现场和纪念碑、展览馆等，成为中国石油天然气集团公司和地方政府命名的石油精神教育基地或爱国主义精神教育基地。

这些城镇和基地等，不论是文字图片实物，或是纪念碑和雕塑作品，再或是作业场所遗址，还有英烈长眠之地，见证了青海油田60多年的创业历程，见证了青海油田持续发展，成为甘青藏地区重要能源基地的创业足迹。在这些基地中，最让青海石油人和接触过它的外界人士，触景生情，触动心灵，难禁热泪，永难忘怀的一块精神高地，就是青海油田的冷湖公墓。

1983年9月由油田工会组织牵头建成的冷湖公墓，占地面积2万多平方米，先后长眠在这里的青海石油人有400多人。我清楚地记得，时任油田工会副主席的高仓同志，在公墓竣工立碑之际，让我和几位同事拟写碑文及公墓大门两侧的对联，以供油田领导选定。除了碑身正面所题的"为发展柴达木石油工业而光荣牺牲的同志永垂不朽"，我拟写的"志在戈壁寻宝业绩和祁连同在，献身石油事业英名与昆仑并存"的对联，被镌刻在公墓朝东大门两侧的墙柱上。后来，无论是跟随省内外的上级领导，或是陪同省内外的新闻同仁到公墓祭拜或采访，再或是油田团委组织"柴达木石油精神夏令营"活动到此祭拜并聆听油田英烈的故事，再或是和青海油田第二代退休老同志一道回访油田并到此祭拜献花，我每来一次，心灵都受到一次震撼和洗礼。

冷湖公墓里，我向夏令营的青少年营员或同行者们讲述最多的，是长眠在此的两位青海油田局级领导吴同才、薛宗仁，原石油部的两位高级技术专家陈贲、黄先训，还有陈自维、张秀贞、迟文正、龚德尊等，还有在涩北气田作业现场英勇牺牲的 6 位英烈的故事等。在这里，我记述了 20 世纪 80 年代两具内地地质工作者遗骨被安葬于冷湖公墓的情况，以表示对逝者的敬仰之情。

黄先训生前是石油部石油勘探开发科学院五级工程师。他原本只有初中文化程度，靠党和人民的培养及自己的努力，逐步成长为一名出色的技术干部。50 年代初期，他先后在玉门和延长油矿等单位担负工程技术工作。他热爱祖国的石油事业，一生致力于石油工业的发展，学习刻苦，工作积极，在石油地质理论上和钻井泥浆的研究应用上有独到见解，并取得了显著成就。在 50 年代后期，黄先训被错划成右派，蒙受了 20 多年的冤屈，个人惨遭迫害，家属受到牵连。在监狱和"牛棚"里，他克服重重困难，写下了数十万字的技术笔记和论文初稿。1979 年 5 月，黄先训的沉冤得以昭雪。他在身染重疾的情况下，仍为有关的石油刊物翻译技术资料。多年来，他十分关心柴达木盆地的石油勘探工作，渴望到盆地来考察研究，一直未能如愿。在生命弥留

图片 7

油田组织青少年训练营，在公墓听取英烈事迹介绍

之际，他仍把不能到盆地做些工作当作一件憾事，并对组织和亲属留下了将骨灰埋放在柴达木的遗嘱。1980 年 7 月 31 日，黄先训所患的癌症恶化，医治无效，与世长辞，终年 64 岁。

黄先训工程师在技术业务上求知不倦、敢于攀登的精神，在工作实践中认真负责、不避艰苦的态度，在逆流险境中置个人生死于不顾，为石油工业奋斗不已的雄心壮志，是石油职工学习的好榜样。

黄先训工程师的骨灰盒，是由石油部有关部门派专人陪同黄先训的次子，于 1980 年 9 月初从北京专程送到冷湖的，现已安放在公墓。骨灰安放仪式得到了探区总部领导和有关组织的重视，还立了碑。黄先训这位我国石油工业的老一辈工程技术人员，生前未能亲赴盆地，去世后骨灰如愿埋在柴达木。

除黄先训遗迹之外，让我为之动容的，是陈自维、张秀贞夫妇"留遗愿骨埋柴达木，赤诚心启迪后来人"的真实故事。

陈自维和张秀贞都是在 20 世纪 50 年代初，从著名的兰州培黎石油学校毕业的青年。他们主动要求到最为艰苦的柴达木盆地工作，先后在 1954 年和 1955 年成为柴达木盆地地质勘探的先锋队员。他们这群 20 来岁的热血青年，组成了数十支地质普查小队、女子测量队、水文队、重磁力队等，以帐房和骆驼为伴，风餐露宿，奔波在柴达木盆地 10 多万平方米的荒滩峻岭之上。1956 年 9 月 3 日，陈自维和张秀贞在柴达木探区的野外小队举行了"帐篷婚礼"。此后 20 多年，这对夫妇在不同的岗位上唱着"勘探队员之歌"，踏着"我为祖国献石油"的旋律，追寻着在高原寻找和建设大油田的梦想。1981 年 5 月初，重病缠身已转至上海等地依旧治疗无效的张秀贞，在知道自己来日无多时，叮嘱陪护的同事，把自己送回柴达木盆地。在张秀贞过世并埋葬于冷湖公墓之后的 1982 年，陈自维调到华北油田工作，任油田测井公司党委副书记、纪委书记。1987 年 11 月 14 日，陈自维因病在华北油田去世。他在病重期间，写下了一篇题为《一个老柴达木人的心愿》的短文，发表在《青海石油报》上，表达了对青海油田深深的眷恋。在生命弥留之际，在他病床前守护的曾在青海油田工作过的王绍森等战友和同事，记录下了陈自维叮嘱的几点遗愿，其中最主要的一点就是"我的根在柴达木，请求组织上将我的骨灰送到柴达木，与张秀贞合葬"。

1987 年 12 月 9 日下午 3 点多，青海油田在冷湖公墓为陈自维和张秀贞举行了简朴、庄重的合葬仪式。高原油田敞开宽阔的胸怀，拥抱了这对为柴达木石油事业奉献出青春和热血的优秀儿女。至今，我还有幸保存了陈自维同志在 1978 年 4 月下旬，亲自写出的 8000 多字的柴达木石油精神传统报告宣讲稿，这是他在西部前线的帐篷里，按照油田老领导尹克升同志的要求，应油田团委之邀，在花土沟基地简易大礼堂为千余名团员青年作传统报告时精心准备的讲稿。他在宣讲中着重讲了柴达木盆地油气开发建设的历史背景，石油人战天斗地的勘探历程以及取得的成果和未来的展望。我想，这份讲稿和难以尽述的青海油田工业遗产的每一处遗址、遗物一样，将以它难以替代的独特的历史文化价值，永存石油人心中。

寒冬过后春必回

十年浩劫，凛冽的朔风席卷了祖国的大地，彻骨的寒意留在了千万人的心头！

是的，提起它确是寒冷的！然而只有深知严冬寒冷的人，才能倍觉春光的明媚、春风的柔和、春花的可爱和春天的温暖……

归心悬念

1968 年的 5 月刚刚来临。

从北京开往乌鲁木齐的 69 次列车，正穿过中原古城郑州折头向西。中间的一节车厢里，临窗坐着一位年约 40 岁的妇女。现在，她正扶衬着座前的小桌面，眼睛无神地眺望着窗外。她就是青海石油管理局冷湖油矿办公室的文书张秀英。她刚从唐山探亲休假归来，虽然车窗外不时地送进温润的微风和麦田的清香，但却丝毫吹不掉张秀英的忧虑和烦闷……

她的眼前出现了一个熟悉而又陌生的面容。说熟悉，已经20年的夫妻了；说陌生，丈夫的胸前挂着一块"走资派"的黑牌子。她想起了1967年初，她的丈夫、冷湖油矿矿长、矿党委副书记张俊杰被宣布隔离审查，家也被抄了；在批斗过程中，丈夫的"帽子"越来越多、越来越高……

列车继续铿铿锵锵地向西。

严冬过后

时间已经是1979年的3月。我们把视线投向河北廊坊地区。在石油管道局供应处，一户人家正在办宴接客。我们看到房东是一位年逾半百的女同志，她就是张秀英，已经调到廊坊地区工作了。

今天的主要客人，是来自青海石油局的两位同志，一位是局党委副书记，另一位是局信访办负责人。他俩是在廊坊参加完石油部召开的信访工作会议之后，专程到管道局供应处看望张秀英的。

家宴上，客人们回忆着10多年前的往事，谈起人间悲欢离合，真是感慨万千。张秀英说，她尽量控制自己的感情，但一幕幕的往事还是在眼前跳跃着。她感到欣慰的就是在粉碎了"四人帮"之后，丈夫的十年沉冤已得到昭雪。

1978 年 8 月 23 日，冷湖油矿给老张召开了隆重的追悼大会，她和孩子们都赶去参加。当老张的遗体从盐碱坑里起出后，她才看清了那张熟悉却落下了陌生的伤疤的面容，那被一张破席裹着的不屈的身躯！

客人们要告辞了。张健和张华搀扶着奶奶，从套间里走出来相送。这位 80 来岁的老人，虽然患有多种疾病，说话都十分困难，但在贤惠的儿媳妇的照料下，老人衣着整洁，精神很好。在客人们刚来的时候，儿媳妇就给老人介绍过了，并和客人一道给老人解释过"俊杰工作实在很忙，不能请假回来看您"。老人此时点着头，深情地向客人告别，就像在送亲生儿子一样的情深……啊！在场的知情人都禁不住泪盈眼眶。10 多年了，老人在盼望、念叨着儿子，老人在深情地等待着……

门外，挟带着强烈春讯的清风一阵阵吹来，令人心旷神怡。啊！严冬已经过去，春天又回到人们的怀抱！

（原载于 1982 年 1 月 25 日《柴达木石油报》）

"涩深 15 井"的见证

　　"涩深 15 井"坐落在柴达木盆地东部"三湖"(涩聂湖、台吉乃尔湖、达布逊湖)坳陷北斜坡地区,是目前我国已勘探开发的陆上最大的第四系生物气田——青海油田涩北一号气田上的一口开发气井。这里沙丘起伏,盐湖密布,盐碱地表寸草不生。

　　2010 年 9 月,在经中国石油天然气集团公司批准并公布的第四批 28 个企业"石油精神教育基地"名单上,青海油田天然气开发公司所管理的"涩深 15 井"也在其中。"涩深 15 井"的确是青海油田勘探开发史上令人难忘、令人悲情、令人感慨、令人崇敬、令人追思的一口气井!

　　青海油田在 20 世纪 70 年代中后期顶住"十年内乱"种种"左倾"思潮的干扰,坚持油气勘探开发不动摇,涩北地区天然气勘探会战,就是那段艰难征程中的难忘记忆之一。那是在 1974 年初,石化工业部和青海省委、省政府要求青海油田进一步查清盆地东部地区的天然气储量。油田党政组织积极组织钻井队重上"三湖"地区。1270钻井队率先征战盐湖地区,在1974年里连续钻井9口;于1975年在涩北二号构造上钻探涩中一井、二井,均获得工业气流,发现了涩北二号气田。在此基础上,1976年3月,油田组织了以钻井为主体的更大规模的涩北天然气勘探会战,管理局设立了会战现场指挥部,调集7个地质队、7个钻井队、3个试气队、1个运输队以及相应的后勤服务保障队伍计1400多人参加了勘探会战。局党委副书记尹克升、局革委会副主任薛崇仁等先后带领局机关相关业务人员在前线组织会战。石化部还从四川石油管理局整建制将川中矿区试气8队调来青海参加会战。截至1976年底的涩北勘探会战,共钻井38口,总进尺达5.39万米,在进一步摸清涩北一号、二号和驼峰山等构造的含气面积、储气层分布、地质储量等方面,均有新的成果。"涩深15井"也是在1976年下半年里开钻并完井的一口详探井。

"涩深15井"见证了青海油田天然气勘探史上最为悲壮的一幕:1976年11月4日,参加涩北会战的钻井处试气二队要在"涩深15井"进行完井测试作业。这天一大早,钻井处革委会副主任王警民就来到现场参加组织测试作业。射孔作业先顺利完成,紧接着采油树安装好了,4根放喷管线也连接起来。此时,管理局革委会副主任、数月前接替局党委副书记尹克升同志在会战前线主持工作的薛崇仁同志,也来到15井作业现场。这位时年41岁、从基层工人一步步成长起来的油田党员领导干部,以工作严谨、细致的特点,被班子成员和职工群众誉为"实干家"。薛崇仁同志只要是在前线、在基层工作，向来是没有"休息日"的。这一天，他先后在会战工区巡视了几个作业现场后，也来到15井现场查看完井测试作业情况。下午5点多钟，井口的两名职工随着"开闸放喷"的命令声响起，两双手倒换着扳动起闸门。闸门刚打开没几圈，意外的情况突然发生：地下强大的高压气流嘶鸣着冲出井口和放喷管线；由于气流冲力过大、过强，井口和放喷管线的连接丝扣松动，放喷管线被气流带动反弹倒转，在瞬间横着扫倒了在井口附近的薛崇仁、王警民、试气队指导员陈家良、技术员李松安、大班司钻张忠生、大班司机徐寅福、当班司钻陈海潮7位同志。当在场的其他同志从惊愕中反应过来时，只见几根放喷管线已被气流冲飞到数十米之外，强大的气流从井口嘶吼着冲向天空，被扫倒的几位同志已倒卧在血泊之中……

事故和险情出现后，会战前线和油田总部在最短的时间里，一面组织力量将遇险负伤的同志护送到会战现办驻地全力抢救，一面组织力量拉运泥浆制服井喷、保护气井。接到紧急救援信息的格尔木县驻军，连夜从100多公里外派车送来了富有经验的军医和急救药品；油田医院驻会战前线医疗队的同志也全力在帐篷内组织抢救。但终因伤势过重，除陈海潮同志得救外，薛崇仁、王警民、陈家良、李松安、张忠生、徐寅福6位同志献出了宝贵的生命。王警民同志当时被现场的一名钻井工人抱上汽车并护送到医疗队，他时而昏迷，时而清醒。当他清醒时喊着身上疼痛，同时还

图片 8

在"涩深 15 井"试气作业中英勇献身的 6 位英烈

询问着"井上到底怎么样?"这位 20 世纪 50 年代末从北京石油学院毕业来到高原油田工作的技术干部,也是从基层小队实习技术员干起,一步步走上厂处领导干部岗位的,在前线组织钻井队伍参加会战,他总是一身油工装,走到哪就干到哪,深受基层职工的爱戴。得知 6 位烈士壮烈殉职的消息,在涩北会战前线、在油田总部机关的干部和工人,无不悲痛失声……

"涩深 15 井"见证了柴达木盆地天然气工业规模开发、造福周边地区人民生活的铿锵步伐。经过两代青海石油人数十年的持续勘探,盆地东部地区相继发现了 5 个气田,其中涩北气区在 21 世纪初期成为我国当时陆上四大气区之一。在 1991 年初,时任中国石油天然气总公司总经理王涛和青海省委书记尹克升同志到油田考察并现场办公时,明确提出了"油气并举",开发盆地天然气资源的要求。之后,青海油田组织专门机构和人员,重点围绕东部气田上下游一体开发,开始了前期准备工作。1995 年 3 月,油田天然气开发公司正式在格尔木成立,涩北气田的试采开发和涩北至格尔木输气管道建设等相继展开。令人感慨和欣慰的是,油田天然气开发公司在 1995 年里修复老井并进行第一口试采作业的气井,就是"涩深 15 井"。这口浸透着 6 位烈士热血的气井,首先为气田工业性开发奉献出"热血能源"。伴随着西部大开发的步伐,全长千余公里的涩北气区至古城西宁、兰州的"涩宁兰"输气管道,也在 2001 年 5 月建成投运;加上盆地内外数条输气管道的联网运营,涩北气区的绿色能源东进和西气东输管网联网；西进到油田花土沟原油生产基地；向北延伸到甘肃敦煌，油田敦煌基地和旅游名城敦煌市及沿途的阿克塞哈萨克族自治县等，都用上了清洁能源；加上油田格尔木石化基地内天然气发电、化工和液化压缩天然气项目等，西藏、青海和甘肃等省区的经济社会发展都有所受益。可告慰先烈并让青海石油人引以为豪的是，涩北气区经过近年的滚动勘探开发，地质储量不断增加，开发产能不断上升，今年的天然气产量将超过 65 亿立方米。在今后一个时期，天然气产能将持续上升，青海油田将朝着建成年产油气当量千万吨级高原油气田的目标迈进。

涩深 15 井还见证了青海石油员工队伍继承和弘扬大庆精神、铁人精神、柴达木石油精神的决心和坚贞。为了不忘先烈创业艰辛，为了激励后人持续创业，2003 年 7 月 1 日，油田党政组织和天然气开发公司一道，在"涩深 15 井"井场旁建起了 6 位烈士的大型雕塑群像；在群雕基座黑色大理石上，由曾在涩北勘探会战时担负过指挥职责，任过青海油田主要领导和青海省委书记，时任全国人大常委会委员、人大民族事务委员会副主任委员的尹克升同志，亲笔题写了"浩气长存"四个大字。

"浩气长存"是抒怀，它抒发了一代又一代石油员工志在高原寻宝，高唱为祖国献石油的赞歌，为祖国、为人民奉献热血石油的无私情怀！

"浩气长存"是激励，它铭记下创业先辈的热血青春、奉献壮举，激励后来人雄心不减、志气不衰！

"浩气长存"是新的里程碑，它激励新一代油田员工肩负重任，勇往直前，续写为祖国献石油的创业新篇！

（原载于 2011 年第 6 期《石油政工研究》）

我在局团委工作的片段

　　我从 1969 年 8 月走上石油工人岗位到 2008 年 4 月退休，在近 40 年的工作经历中曾变换过 10 多次工作岗位，其中 1976 年 3 月至 1979 年 9 月，在青海油田局团委工作 3 年多。这几年间经历的国家大事和油田大事相对较多，使我接受了柴达木石油精神的持续熏陶，熟悉了油田的整体情况和青年工作，增长了相关的专业知识，经受了思想政治和理想信念的洗礼和考验，留下了终生难忘的宝贵记忆。

新环境里的领导和同事

　　我是在油田恢复共青团组织和活动后（"文革"初期至 1969 年初基本处于瘫痪状态），1968 年底局革委会成立之后经过"整党"重新登记等，企业党工团组织的正常活动逐步恢复的 1970 年底，在新组建不久的运输五车队由唐中和、李秀英两位1958年参加工作的老师傅、老团员介绍入团的。之后担任过运输处五车队团支部书记，并在1972年前后参加过局第三届团代会。因当基层通讯员见报率较高和热爱文艺创作，于1974年初由车队成本核算员（工作员）岗位，被局组织部调至油田当时的《青海石油工人》报任记者。1976年初，因"文革"极"左"思潮影响和油田勘探开发处于困难阶段，加之一批办报业务骨干调江苏油田等原因，局党委决定停办《青海石油工人》报。当时我在编辑部人员中年龄最小（23岁），被调整到局团委任干事。

1976年春节过后，我到局团委报到。那时的局团委办公室在冷湖四号油田机关土砖房大院内南端，加上我共4名专职干部，都在一间30来平方米的办公室里办公。局团委书记齐观峰和工作人员张昌彬、廖玉花同志，待人热情诚恳，熟悉机关和团的工作，业务能力强，工作热情高。齐书记是1966年前后从山东招考到石油工读学校后走上工作岗位的；他在西部钻井队工作多年，负过工伤，从基层干部经过局团代会推选走上油田团委领导岗位；他在20世纪80年代初因身体原因，调至华北油田工作直至退休。张昌彬同志是1971年转业来油田的，在局团委担任专职常委职务；他一直在油田工作，2005年前后从油田四川办事处党委书记岗位上退休。廖玉花同志1970年走上工作岗位后，一直在西部指挥部基层工作并入党，早我两年调来局团委；她于80年代中期调至胜利油田工作至退休。

虽说我在五车队和报社均担任过基层团支部书记，但对专职共青团工作和机关工作依然比较陌生。到局团委工作后，得到了齐书记、张昌彬、廖玉花等同志的热情指导和帮助。他们指导我熟悉油田团组织和机关的基本情况，带我深入基层厂处团委、团总支或团支部调研，掌握第一手资料，指导帮助我建立并积累相关的资料，完成好分工负责的团的宣传工作。在他们的指导和帮助下，局团委在 1977 年创办了不定期的《团的生活》内部期刊（16 开），选编团的知识和油田团委的重点工作及先进典型等。我曾重点采写了冷湖油矿采油六队义务邮递员段云忠，全国"团代会"代表、局标杆班组冷湖油矿 503 采油站新任站长关欣等团员青年中的典型人物事迹，刊登在期刊上，他们的事迹也被团省委的报刊选登。局团委的几名专职干部工作上相互支持、密切配合，争着上前线固定或是到基层蹲点；生活上相互关心，年长的对未婚青年的恋爱、婚姻也给予力所能及的关怀和帮助。我于 1979 年 6 月加入中国共产党，就是在局政治部党支部由张昌彬、金火生同志做介绍人成为预备党员的。

"大政工"格局里的青年工作

回想在油田局团委工作的几年间，油田党政工团组织所形成并坚持的企业"大政工"格局及其运作模式，不仅有利于企业群众团体服务大局、配合重点、服务基层和职工，而且也有利于企业的党群、政工部门干部避免"两张皮"现象，有利于党群政工人员熟悉油田生产，熟悉一线基层，增长相关专业知识，增长工作才干。

在组织形态上坚持"大政工"格局。油田多年坚持学大庆、学人民解放军，一直到20世纪80年代中期，在油田机关保留设置了政治部的机构，一般由局党委副书记兼任政治部主任，另设一至两名专兼职副主任。那时的局政治部在局党委的统一领导下，负责企业日常思想政治工作的安排部署、业务指导和组织协调。在配合油田党政组织的重点工作中，局团委和局工会、宣传处、保卫处（武装部）、政研室、组织处等党群一线的处室一道，在政治部的统一协调组织下，结合各自的业务特点分工负责，有重点、有侧重地抓好相关业务工作；上述组织领导或指导下的油田女工组织、少先队组织、民兵组织、新闻单位、宣传队、电影队等，也都相应参与进来。

在配合生产经营过程中坚持"大政工"格局。不论是"文化大革命"中在"抓革命、促生产"旗帜下侧重在"促"字上做文章，或是在拨乱反正后转移工作重心，青海油田党政组织在石油部党组的指导下，带领广大职工、家属始终不忘油气勘探开发之中心，于1966年至1969年前后组建了西部勘探指挥部及尖顶山等地区的勘探会战；1970年至1975年前后，组织了花土沟北山修路和产能建设会战和冷湖三号油田的勘探和上产会战；实施了"重返西部建家园"的重大举措；1975年至1976年组织了涩北气田的勘探增储会战等。在这些会战和重点战役中，不论是正式设置会战组织指挥机构或是临时设置现场办公室，不论是安排部署勘探开发任务或是组织专业技术人员到重点队站蹲点抓典型，局政治部一路的相关处室均有人员参加。局处两级组织一般都设置"三部（组）一室"，即生产技术、政工、后勤生活及调度室，做到生产部署和思想政治工作包括工团工作一起动员安排、一起督促检查、一起检查考评、一起总结表彰。在局团委工作的几年中，齐观峰、张昌彬、廖玉花同志均参加过涩北现办、西部前指、冷湖"深83井"工作组蹲点等工作。我当时是单身汉，也曾多次在西部前指政工组工作，1977年至1979年每年有半年以上时间在前线工作。1979年开始甘青藏石油会战，局党委要求局机关重心西移，以西部前线为指挥中心，各机关处室都把公章带上西部现场办公。局团委齐书记也坚持带病到西部前指工作，住帐篷、住板房，跑野外、到基层。1979年4月至9月，我和局工会副主席高仓、科技处副处长雷保田一起，到32821钻井队蹲点，参加"跃深33井"的全过程钻探，后搬迁至油沙山地区打井，前后近半年时间。在前指工作和井队蹲点，和井队职工实行"三同"，对我熟悉勘探一线工作、熟悉一线职工生活等帮助很大，使我受益匪浅。记得1977年10月，尕斯湖畔"跃参一井"喷出高产油流，在局前指工作的尹克升书记和相关处室的10多位同志，在夜里10点多从现场返回前指后，兴奋不已，举杯相庆，一瓶"茅台"和几种药酒共饮，咸菜和花生一碟做菜，几乎"全军"醉倒。尹书记和每个人碰杯时，都结合相关处室的业务特点赞扬、勉励几句，和我碰杯时他说道："小杨，你们是青年团，找油找气就靠年轻人冲锋陷阵；来，为青年团干一杯！"

　　在配合局党委重点工作中坚持"大政工"格局。1977年之后，随着油田事业不断发展，一批又一批的年轻人陆续加入青海石油职工队伍。如何教育培养年轻人继承和发扬好"顾全大局、艰苦奋斗、无私奉献"的柴达木石油精神，一直是局党委坚持倡导和关注的重要问题之一。记得在1978年初，齐观峰书记从局里得知将有一批复转军人要分配来油田的消息后，组织办公室同志一道，编写了一期反映油田早期复转军人中先进典型人物事迹的《团的生活》。我选编了王保华、俞力源等七八名油田劳模（复转军人）的典型事迹，并加注说明油田不同时期复转军人发扬柴达木石油精神、为油田发展做贡献的编者按语。这一期团刊出版下发后，及时配合了复转军人的入厂教育。事后，齐书记告诉我尹书记等局领导看了团刊很高兴，表扬说："局团委的工作配合到了点子上。"尹书记还让局团委、局武装部等和西部前指政工组一道，在复转军人中开展柴达木石油精神的传统教育，他还点名让团委请1954年首批进盆地的"老柴达木"、局地质研究所党委副书记陈自维同志作革命传统报告。1977年9月和1978年4月，在西部花土沟基地礼堂，陈自维同志向前线团员青年及转业军人，作了两场专题报告。老一辈青海石油人艰难创业的事迹，给青年一代留下深刻印象，使他们受到了一次柴达木石油精神的洗礼。

难忘的几件事

花海子拉羊粪。1975 年至 1978 年前后，油田学习大庆经验，兴起新一轮大办农业的热潮（1960 年前后因三年困难时期缺粮缺菜缺肉等曾兴办过农业并保留了若干个农场）。冷湖地区各单位包括局机关，一部分单位坚持轮流派人到今甘肃酒泉地区的南湖、瓜州（曾称安西）等农场开垦土地、种粮种菜，大部分单位在老基地水源地区分片开垦土地种粮；冷湖五号地区钻井等单位在清水开办农场种粮；西部地区二级单位主要在花土沟西部的阿拉尔、切克里克等地开垦种粮并放牧羊群；东部地区勘探处主要在今大柴旦行政区马海农场兴办农业；等等。1975 年在冷湖水源开荒挖人工河种地时，局机关和相关厂处基本上达到"一人一亩地"开荒规模。局机关是以支部为单位分片包开、包种、包植、包收的。局团委在局政治部支部，也包种有数十亩粮地。在开荒挖人工河种地之初，我曾在报社参加过南湖农场轮流固定劳动和老基地水源农场的挖河开荒；到局团委后，又陆续参加过农业劳动。因种粮需要上肥，经武装部俞力源同志和甘肃阿克塞县人武部的朋友联系，同意让我们在花海子（苏干湖东北方）草原牧地的几处羊圈掏挖拉运部分羊粪。那时的政治部党支部，有驾驶执照的有组织处的俞树忠，宣传处（调研室）的侯秉琳、雷力鸣和我 4 人。我从五车队申请分派来一辆 4 吨的中型卡车，由我们 4 人轮流开车，支部每趟另派两人同行，到花海子拉羊粪。我们每次除自带铁锨外，另带一小铁皮水桶及水和干粮；每天早上八九点从四号武装部院子开车出发，经当金山口折向"敦格"路向东，到花海子附近现"团结乡"的路口再折向南，找到草场羊圈后，就自行连挖带装车；中午用喷灯烧开小桶的水，吃些自带的干粮；下午继续装满车后，再开车返回，直接开到水源农场机关支部的开垦地中，卸完羊粪再返回四号院；一天跑的路程在400多公里；因草滩道路难行加上装卸车等，每天要颠簸14个小时左右，回到机关多是晚上11点左右了。我在支部里年龄较小，拉羊粪我跑的趟数最多；我们连续拉了半个多月。现在看来，那时在水源开荒种粮因地理气候条件等原因，绝大部分种的麦子连种子的斤两也难收回来，的确是有些"盲目"且浪费人力物力；但那时职工们的吃苦和大干的精神的确是高昂的。

悼念总理洒热泪。敬爱的周恩来总理在1976年1月8日逝世之后，"四人帮"利用手中把持的权力，操纵舆情，压制全国各地人民群众的悼念活动；同年10月，粉碎"四人帮"之后，举国欢腾。到1977年1月8日总理逝世一周年之际，全国各地各族群众心底压制了很久的情感喷发出来。油田党委也在四号大礼堂（影剧院）举办了大型诗歌朗诵纪念活动。因参加人数较多，影剧院把扩音效果同步引至剧院外。记得有徐志宏、阎增武和我分别上台朗诵了各自创作的诗歌。徐志宏同志的作品是由机动处的余振华同志代为朗诵的。我在朗读自己的作品时，多次哽咽，难以自抑，台下听众也痛哭失声。听团委的同事说，礼堂外的听众也都跟着一起流下热泪。

在团省委学习和帮助工作。1976 年 4 月下旬至 10 月下旬，我被局团委派去参加团省委宣传部举办的通讯员学习班。一个月学习结束后，团省委宣传部征得局团委同意，留我在宣传部《青少年教育》报（前身为《青海青年报》，"文化大革命"初期该报停刊，一度更名为《青少年教育》出版，粉碎"四人帮"后又恢复《青海青年报》出版）编辑部帮助工作。这期间，先后经历了 7 月 6 日朱德委员长逝世、7 月 8 日唐山发生大地震、9 月 9 日毛主席逝世、10 月初粉碎"四人帮"等重大事件。我在编辑部先后参与了西宁钢厂青工典型缪世林事迹采写；"六一"儿童节大型游园活动报道；纪念毛主席"八一八"接见红卫兵 10 周年纪念活动，与吴富康合作创作了长诗《红卫兵赞歌》。1976 年 8 月 25 日在《青少年教育》第 6 版刊载这首长诗的"节选"时，编辑部的王振业老师碰巧和相识相熟、当时仍在青海工作的著名画家、书法家朱乃正老师在一起，就邀请朱乃正当场用硬笔书写了《红卫兵赞歌》的题图一并刊发。我还和编辑部的摄影记者李志贵一道坐飞机到格尔木县，重点采访青藏铁路西宁至格尔木工程线路勘察设计情况；参加省上组织的毛主席逝世后工矿企业、基层跑面情况调研活动等。

在团省委学习和帮助工作期间，接触到了一些良师益友，像宣传部的负责人胡俊臣，编辑部的王振业、王建军、王彦等，还有来自全省不同单位的张新芳、穆东升、俞国明、柳玉香、宋焰、张萍、马丽燕、吴富康等。特别是王振业老师，他是 1957 年从复旦大学新闻系毕业后到青海工作的，先后在《青海日报》政论部、团省委宣传部等工作过。王老师待人谦虚诚恳，学识渊博，诲人不倦，工作认真，很受同事们的肯定和好评。他那时患有较严重的痔疮病，有时工作中痔疮复发，鲜血染红了裤角，同事们劝他回家休息或到医院治疗，他却仍坚持工作。王振业老师和爱人吴缦老师（当时在省师大任教）在 20 世纪 80 年代初调至北京广播学院新闻系教书。1984 年 8 月，青海油田报社举办通讯员培训班，特约他俩前去授课。两位老师到油田后，住在简陋的平房招待所里，他们不讲条件和报酬，在招待所的平板木床上备课，为学员们讲授新闻写作知识，给那一期的数十名学员留下了难忘的印象。他俩还到油矿采油队了解熟悉石油开采情况；局党委书记张德国在局党办主任曹随义等陪同下，专程到招待所看望了两位老师，向他们的辛勤工作表示敬意。2010 年 10 月 10 日，退休多年的王振业老师不幸罹患肺癌在北京病故，享年 75 岁。10 月 14 日，王老师的遗体告别仪式在京举行，来自海内外包括青海省相关单位的亲朋好友及学生等百余人，或送花圈，或前来悼念，向这位德才兼备的老师、朋友送别。

带两位唐山地震后的"小难民"返回冷湖。1976 年 10 月底，我结束了在团省委的借调，经兰州坐火车返回油田。临离开西宁前，局西宁办事处的徐万琪副书记、办公室主任程树森等找到我，让我带从唐山地震灾区私自跑出来投亲的两个十二三岁的小姑娘（姓名记不清了）到冷湖。这两个小姑娘刚上初中，在地震中失去了部分亲人，被收容在一处难民救急处，其中一个稍胖些的小姑娘是当时油田局机关党委副书记孙彦忠同志爱人的侄女，另一个瘦一些的是她的同学。她俩知道稍胖些的小姑娘的姑姑、姑父在青海油田工作，就偷着跑出来坐火车到了西宁，下了车打问青海油田，被火车站的同志送至石油局办事处。办事处同志经和孙彦忠同志联系后，知我返局，就请带她们一道返冷湖。一路上，火车上的乘务员和邻座的旅客，知道两位小姑娘是从地震灾区来的后，都十分关心和照顾她们。乘务员见她们衣着单薄，就找来两件白大褂给她俩穿上，并免费供给盒饭。我带着两位小姑娘经柳园、敦煌到冷湖后，平安交到了孙彦忠家里。两位小姑娘在冷湖住了10多天，唐山灾区救急处也联系上了，那边也在急着找她俩。后来专程来了一名公安干警，将她俩接回唐山。

为涩北会战遇难烈士安葬。我返回冷湖没几天的11月初，就传来局涩北前指负责人、局革委会副主任薛崇仁、钻井处副主任王警民以及陈家良、李松安、张忠生、许银富6位同志在"涩深15井"试气作业中不幸遇难的噩耗。局党政组织成立了治丧委员会和治丧办公室。局团委的几名同志和组织部的部分同志都参加了治丧办公室的工作。从遇难烈士的入殓到追悼会的准备，从接待烈士亲属到在四号公墓安葬等，我们怀着悲痛的心情，为6位烈士送行。后来曾先后在西宁、在涩北参加"涩宁兰"输气管线开工仪式、涩北气田投产仪式等，我都流下了眼泪。在场的同事不解地问我："你怎么这样激动和伤感？"我说："我看涩北气田的成果能够为国为民造福了，就总会想起1975年、1976年时的涩北勘探会战的场景，想起薛崇仁等6位烈士，尤其是想起为他们送行的难忘的场面，眼泪就禁不住涌了出来。"

1979年9月，我正在局西部前指固定，接到齐观峰书记和局组织部部长魏经国的电话通知，让我到冷湖"甘青藏石油勘探会战指挥部记者站"报到。后了解到，石油部组织柴达木石油会战，宋振明部长要求玉门《石油工人报》重点反映会战情况，会战指挥部政治部从参战的青海、胜利、玉门油田以及长运公司、敦煌分部等抽调10来名同志组建记者站，负责向《石油工人报》提供稿源（后因远距离送稿及发行不便，1980年5月在冷湖创办《柴达木石油报》）。这样，我离开了工作了3年多的局团委，重新回到新闻单位工作。

有幸在油田共青团组织里工作了一段时间，其间经历的人和事是我终生难忘的。我在退休之前，整理自己多年的文稿资料时，发现了在局团委时创办的多期《团的生活》期刊，虽说纸张已经有些变色发黄，但我仍细细地翻看了一遍，并将这些期刊送给了油田公司团委的同志，请他们酌处，看有无必要为油田共青团组织留下点有用的回忆和资料。

（原载于2010年10月油田《企业文化》专刊）

"西部前指" 逸事

油田 "西部" 称谓的由来

　　青海油田内外的人说起 "西部" 这个词, 所指的地域概念往往是有挺大区别的。油田的职工、家属在内部多数场合所说的 "上西部" "西部固定" "西部前线" "西部前指" 等, 广义上指的是柴达木盆地西部地区的相关基地、生产场点或作业区, 狭义上特指油田的花土沟生产基地。

　　说起油田 "西部" 概念的由来, 自然跟柴达木早期的油气勘探开发的历程相关。我以为, 真正使油田现在的 "西部" 这一概念相对固定并叫响、传播、延伸下来, 应当是1966年6月青海石油管理局成立 "西部勘探指挥部" 和1969年3月管理局提出 "重返西部建家园" 的重大工作部署之后, 特别是1969年里 "西部勘探指挥部" 从尖顶山搬迁至花土沟之后。从1969年开始, 花土沟——这一隶属于当时青海省海西州茫崖镇（当时镇政府设在距花土沟70公里的茫崖石棉矿矿区）的小地方，形成了油田西部探区生产、生活基地的雏形，并伴随着油气勘探开发规模的变化逐年扩展。

西部勘探指挥部在20世纪60年代后期先后组织小梁山、尖顶山、红沟子、咸水泉等结构上的钻探会战。此时的西部勘探指挥部，以花土沟为生产、生活基地和指挥枢纽，既是油田的二级单位，又是西部探区集钻井、测录井、试油、采油、炼油、运输、机修、水电生产、医疗教育、生活后勤等功能为一体的综合生产单位，人数最多时职工、家属有3000多人。眼下油田人所说的"老西部"，主要就是指此阶段的"西部石油人"。

"西部"前指的诞生

1976年10月，粉碎"四人帮"之后，全国的政治、经济形势出现了重大的转折和变化。1977年5月，全国"工业学大庆"会议在大庆召开；时任中共中央主席的华国锋同志，在会上发出了"创建十来个大庆油田"的号召。石油部的领导从柴达木油气勘探开发的实际情况出发，明确要求青海油田"抢建柴达木西部油田，要在两年内建成50万至100万吨生产能力，让柴达木重放光芒"。这一年的2月和5月，青海局先后获得"青海省工业学大庆先进企业"和"全国大庆式企业"光荣称号，这给根扎高原、持续创业的青海石油职工以极大的激励。

根据上级组织和领导的要求，管理局党政组织在1977年初召开的油田三级干部会议上，提出了"抓纲治国排万难，拼命拿下五十万，脚踏实地学大庆，会战西部比贡献"的奋斗目标和会战的口号，同时决定将局西部现场办公室改为"局西部会战前线指挥部"。会后，局党政组织主要负责人薛纪元、尹克升、蒋一鸣等带领机关业务处室的35人，到花土沟基地对会战实行面对面的领导。1977年6月1日，"局西部前线指挥部"正式设立并开始办公。在1977年二季度里，管理局从冷湖、大柴旦、敦煌南湖等基地的13个厂处，先后组织1250多人、200多台套设备，奔赴西部探区，重点围绕会战的"三个硬仗"即勘探、开发和花土沟油田产能建设等，掀起了全局性的会战高潮。

时光易逝，到2007年6月初，油田"西部前指"已设立30周年了。30年来，"西部前指"和油田职工、家属特别是西部前线的职工一起，见证了青海油田实现较快、持续发展的历史足迹；作为青海油田设在西部前线履行生产指挥、运行协调、监督和服务的最高组织机构，30年来所发生的大事、要闻难以数清，这里记述的只是我亲历的点滴逸事，以纪念"西部前指"设立运行30周年。

平房小院里的"前指"

　　1977 年 8 月前后，我随局政治部相关处室和工团、群团组织的第二批轮换人员，首次到西部前指固定工作。前指的生产指挥、协调处室如总调度室以及地质勘探等专业人员中，有少数同志是拖家带口、常住花土沟的。

　　最早的局前指设在花土沟基地一座土坯平房的小院内，门前是基地南北向的沙土主干道，即现在的"创业路"；往北斜对面是原西部勘探指挥部的平房机关大院，再往西几十米，就是当时基地唯一的一个水泥灯光篮球场，球场西边就是基地简易的影剧院兼大会堂（座位全是长条木凳，能容纳600 来人）。前指小院是由两排土坯房围成的，每排各有 10来间平房；除了门口第一间是个两间的套房（总调的办公室，外间拼几张条桌、条凳作会议室，里间半间是电话值班用，半间是值班人员的床铺）外，从局领导、处室长到一般机关干部和司机、炊事员等，都住在一间 10 多平方米的房子里，既办公也住人。两排平房之间不足 10 米宽、30 米长的院落，也成了前指的小车停车场。

　　20 世纪 70 年代末，油田的物质生活还是比较匮乏的。前指刚成立的一年左右里，没有设立自己的食堂，每期在前指固定的 20 来名机关干部，全部在当时的运输三车队职工食堂打饭，再回前指房间吃。前指的机关干部也采取轮换方式，每天抽出一两个人到三车队食堂帮厨。记得在前指食堂设立之前，为了尽量改善生活，给前指固定的人员每月补助发给"85"或"80"标号的优质面粉5斤（那时的大米很少，仍是按月限量供应的）。分到面粉后，前指的同志多以同宿舍的几个人为单位组成"小伙食团"，把面粉凑在一起，多选在周末或星期天，自己和面做拉条子或揪面片改善生活。烧火用的炉子和燃料跟西部的职工、家属一样，全是自焊的铁炉和渣油；和面的盆多用洗脸盆，办公桌擦干净当面案用，锅多用高压锅，平锅下出来的面不筋道；配面吃的菜多是食堂打来的菜，偶尔打开个肉罐头，就算有些"奢侈"了。尽管如此的生活条件，但大家从局长到司机，没有一个人抱怨过什么。每逢几个"小伙食团"改善生活，大家相互交流、评价着拉面、揪面片的技艺，相互交换品尝着罐头配菜。我们几个年轻的同志难免"嘴馋"，知道在前指固定的局领导尹克升宿舍里有点可"打牙祭"的炸花生米、酱菜、瓶装的白酒等，都是尹书记的爱人王秀兰定期、不定期地托人带上来的，就时不时地在吃饭时端着饭碗串门到尹书记的宿舍，尹书记总是拿出小菜和大家共享，只是白酒只能限量分享。

尹书记和前指的同志也有高兴地开怀痛饮、一醉方休的时候。那就在1977年10月3日，跃进一号的首口探井"跃参一井"在钻至2700多米时，喷出高产油流，喜讯很快在西部探区和油田内外传播，前线的职工、家属都沉浸在喜悦之中。第二天的晚上10点来钟，前指院子的人们都没有睡觉，大家都在等尹书记从"跃参一井"井场归来。尹书记和

图片 9

1977 年 10 月，盆地西部跃参一井放喷现场

随同到现场的几名同志回到小院，兴奋地向前指的同志讲述着放喷求产的情形；见大家毫无倦意，就一边叫秘书徐志宏拿出平时舍不得喝的一瓶茅台酒，一边让把前指院里的人全部叫过来；记得有曹逢申、刘扬寿、李潇清、崔宪鹏、余振刚、杨国振、金火生、李玉兰（时任地质研究所驻"跃参一井"地质技术员）等10多名同志都在场。尹书记亲自给每一位同志的杯里、茶缸或是碗里斟上酒，高兴地说道："咱们搞石油的，就盼着听到、看到探井出油、喷油；'跃参一井'喷了油，咱们就能抱上'金娃娃'了；为这，咱们今天都痛痛快快地干几杯！"大家看到尹书记的眼眶里闪着激动、喜悦的泪花儿，都高兴地举杯一口喝干了杯中的酒。这一开头不要紧，一瓶茅台酒没喝两轮就没有了。徐秘书见状，就从柜子里拿出了尹书记自带的药酒，有的同志也回宿舍拿来了自己的散装酒，不管什么酒，依然是每人一杯，举杯就干。几杯下肚，在场的同志都激动起来，有的相互敬酒碰杯，有的相互拥抱流泪，有的在小院内呕吐起来，有的语无伦次地给冷湖家中打电话告知喷油的喜讯。这一晚，在场的从局领导到小车司机，几乎百分之百地醉倒了，前指小院彻夜未眠……

沙尘暴袭击"帐篷前指"

在1979年初，为了适应即将展开的甘青藏石油勘探大会战的新形势，油田党政组织决定加强西部前线的指挥力量，局西部前指搬离原来的平房小院，先在原前指对面偏南的（现石油招待所附近）一块空地上搭建数十顶帐篷，作为前指工作人员的过渡性办公场所和生活场所。

这一年的 4 月下旬，前指的工作人员自己动手，经过几天的忙碌，完成了帐篷的搭建，并在帐篷内外挖好渣油坑、架好油炉子等，基本上完成了搬家任务。那时，我和局工会的高仓、吴让住在一个帐篷里。为了取暖和烧水方便，我们在帐房内中央沙土上挖了一个长方形的坑，有半米来深，把铁炉子放在坑内，炉前挖有加油用的油坑，烟筒都是用废旧套管，伸出帐篷再用铁丝绷牢。这样的油炉，烧起来散热好，帐房内也干净些。

大约是在搬入新帐房的第二天，西部地区遭遇了一场罕见的特大沙尘暴。当天下午的风力在 10 级以上，鲜亮的天空在瞬间变成一片灰暗，能见度只有一两米；花土沟基地的水电供应也被中断；前指新搭起的帐篷有的被狂风掀起一角，工作人员只好顶着风沙重新绷紧加固。帐房内沙尘呛人，床铺上的塑料布要不了几分钟就抖掉一两厘米厚的一层沙土。帐房内实在难以待下去，在下午 7 点左右，前指的部分同志相约结伴，顶着风沙摸回了平房前指小院。一是因为前指的小食堂仍在平房院内没有搬迁，大家要找点吃的；二是在土坯房里顶抗沙尘暴要比在帐房里好受些。前指的食堂里也是沙尘满目，加之停水停电，饭是做不成的，大家只能从蒸笼里把仅剩下的二三十个馒头分了分，就点剩开水凑合了一顿。当天晚上，有的同志就和衣在平房前指的行军床、长条凳上睡了一夜。那天下午因事外出的保卫处的王家全同志，办完事要回前指时赶上沙尘暴，试着走了几十米就辨不清方向了，只好就近摸到了运输一大队队部，打个电话报告了前指政工组后，一直待到晚上风沙小一些才回到前指。

"帐篷前指"的时间只有几个月，1979 年的三季度里，随着甘青藏石油勘探会战的展开，在"帐篷前指"的原址附近，就用木板房、野营房搭起了两座小院，之后又用土坯和红砖给板房"穿衣戴帽"，在前指临街的大院内有了砖地的篮球场，有了可容纳百余人的板房大会议室、大院南边盖起红砖到顶的食堂和小餐厅，前指的小车班也有了简易停车库。虽说前指的人员依旧是办公和住宿仍在一室，但较之原平房小院宽敞多了。甘青藏石油勘探会战指挥部在冷湖成立后，明确第一分部（共 5 个分部：青海油田、山东胜利油田、玉门油田、长运三分公司及长庆油田敦煌分部）青海石油局机关设在花土沟。为此，局机关的大多数处室将业务重心移至前指，行文、开会布置工作等都在西部前指展开；局前指固定人数最多时超过百人。在 1979 年的二、三季度里，局前指还组织了 10 个工作组，到 10 个钻井队实行"三同"，促进了钻探会战。

"板房前指"一直坚持到了 20 世纪 90 年代初期，在花土沟地区新建起一批住宅楼和办公楼之后，局前指又搬至创业路东面的两幢住宅楼办公；到 90 年代中期，再次搬至西部石油宾馆办公。

风雨三十载　传统代代传

油田西部前指成立 30 周年了。

30 周年来，前指 4 次搬址，条件逐年改善，但带头弘扬"柴达木石油精神"的优良传统代代相传。从油田领导到机关干部、打字员、小车司机，在前指同吃一锅饭，同住一样的房，并肩上山下滩，野外颠簸，忠实地履行着"协调、指挥、服务、监督"的职能。"有啥事找前指"——前指成为油田西部探区基层单位和职工、家属遇到难题时首先想到的去处之一。

30 年来，据初步统计，油田机关带队到西部前指固定工作的局（公司）、处级干部有上千人次；机关干部达到 5000 多人次；特别是历届领导班子的主要负责人、分管勘探开发和日常生产运行的班子成员、处室长及机关干部，更是带头上前线固定，有的年均在前线工作半年以上。机关各处室的干部，通过在前指工作，熟悉了前线和基层的情况，掌握了第一手资料，增进了相互了解和友谊，把"生产指挥靠前，机关服务一线转变工作作风，构建和谐油田"的要求落到了实处。

30 年来，西部前指和前线各单位的职工一道，艰苦创业，为油大干，油田的原油年产量由前指组建初期的 12 万吨，增长近 19 倍，达到眼下的 220 多万吨……

眼下，青海油田广大职工、家属正瞄准全面建设高原千万吨级大型油气田的奋斗目标，持续创业，拼搏奋进。我们相信，西部前指将会在这一创业进程中，弘扬优良传统，再做新的贡献！

（写于2007年4月，原载于《企业文化》）

千载夜光杯　发光在今朝

　　元月中旬的一天上午，青海油田物探处的陈学堂提着一个沉甸甸的包，应约来到油田新闻处办公室。应记者邀请，他当众从包中拿出两只精制白玉酒杯和一瓶酒，拉合房间窗帘后，打开酒瓶便往两只杯中斟酒，随酒入杯，只见酒杯便流光溢彩。记者俯视酒杯，看见一只杯中泛映荧红光彩，另一只泛映翠绿色泽，令人赏心悦目，在场的人禁不住赞呼："'夜光杯'真的发光了！"

　　这便是陈学堂新近发明并获国家专利银奖的新型电子夜光杯。

　　"葡萄美酒夜光杯"，是我国唐代诗人王翰《凉州词》一诗中脍炙人口的诗句。千百年来，在古丝绸之路上的酒泉、敦煌、哈密等地出产并闻名于世的夜光杯，其实名实难副。没有人见过玉制的夜光杯真正发光，人们对此无不遗憾。

　　今年40岁的陈学堂，是20世纪80年代随单位迁居敦煌石油基地的，现为油田物探处工会闭路电视站维修工。

1992 年底，他有感于市场上销售的夜光杯不会发光的情况，萌生了研制发光玉石夜光杯的念头。两年多来，经他 60 多次试验终于成功。他在玲珑剔透、典雅别致的各种玉石夜光杯上，应用现代电子技术，经深加工增添发光装置后，使多种杯具焕发出诱人的光彩，又因其经济实惠，既可作酒具使用和馈赠佳品，又可作工艺品收藏，同时又是宾馆等公众娱乐场所的理想用具。据了解，新开发出的夜光杯从去年 2 月试产试销后，受到国内顾客和外宾的青睐，日益走俏市场。美国西方石油公司执行经理塔林在青海油田考察时，一见到这种夜光杯就爱不释手。港台、深圳、广州等 10 多个地区和城市的客商先后来信来函寻求合作和销售代理等业务。

　　陈学堂的这项发明，于 1994 年 10 月在国家专利局主办的第三届中国专利新技术新产品博览会上，获得银奖。

　　（与刘全力合写，原载于 1995 年 3 月 21 日《青海日报》）

老石油情牵"少帅"张学良

  甲戌年新春前夕，青海油田离休干部、老石油、老报人，眼下生活在家乡河南宜阳县的孙万生同志，向《青海石油报》的同仁们来信致新春问候，同时欣喜激动地告知：他于1993年12月17日，幸运地收到了久负盛名、现年93岁高龄的张学良将军的一张亲笔签名题赠的在台湾的近照。

  孙万生同志收到的这张照片，已在1994年1月7日的河南《宜阳周报》上发表。自然是因为照片的珍贵，孙老给油田报社的同仁们随信寄来的是一张《宜阳周报》。同事们争着传看这张黑白制版照片，只见这张半身照片上的张学良将军，身着西装、系领带、端坐，身板硬朗，下颌微微前倾，目光沉思有神，脸部和额头上的皱纹清晰地印下了岁月的沧桑……

  张学良将军这张珍贵的近照，是怎样寄到孙万生同志手中的呢？据孙介绍：前年6月11日，美籍华人、巴黎大学博士、历史学家黎东方大师与美国加州州务卿等组团来华访问，乘便到河南宜阳县看望孙万生、孙万俊（孙万生胞弟，医学博士）之父离休干部孙铁山老先生，孙万生陪侍在侧。当谈及张学良将军时，孙万生出示了他写的有关张将军的旧体诗。黎大师看了甚为嘉许，当即答应返美时绕道台北转奉张"少帅"。张将军的此张近照，就是经黎东方大师、荆允敬教授、孙万俊博士等人辗转寄给孙万生的，作为其诗作的回报。

孙万生信中称，两首写张学良的诗，一首排律较长近300字，一首七律，都托带给了张将军。七律及注释如下：

> 百年岁月半多囚，换取尘寰强项侯。
> 天下英雄知几许，人间豪客更谁尤。
> 春秋二穆邀同志，青史一文约共俦。
> 最是老天公允处，锡君寿永范神州！

（诗中"二穆"指宋民族英雄武穆岳飞、清英雄少穆林则徐，"一文"指南宋状元公、丞相天祥文山先生。）

排律较长，略而不录。仅从这首七律中，我们也可体味到作者对历史沧桑的感慨，对是非功过的咏叹，对深情祝愿的真挚。难怪孙万生先生在信中说他"斗胆"亮"一家之言"，给张学良将军赠一雅号为"八大山人"，即"大是大非、大愚大智、大功大德、大孝大忠"呢？

（原载于1994年2月10日《青海石油报》）

不算久远的自行车记忆

近期阅读报刊上几则关于"19 世纪,欧洲人为骑行疯狂""骑进新时代的自行车"的文章,主要叙述了自行车在19 世纪末的欧洲经过不断改进、成型、成功并辉煌流行起来的演进历程;还有中国近代自行车的演进变化等。这引出了我脑海中不算久远的自行车记忆。

20 世纪 60 年代中期——
邻居"铁匠"自制自行车引发"小轰动"

20 世纪 60 年代初,我在家乡河南乡村上小学。居住的村子是个大村镇,住户上千、人口上万的村子,那时见不到几辆自行车,距离后来社会上流行的"三转一响"(自行车、手表、缝纫机,收音机)还有很大的差距。村里能时常见到的几辆自行车,都是村里邮政所的邮递员送报纸、送邮件所骑的绿色公务自行车。顺带说一下，60年代后期我在青海油田子弟学校上初中时，也是用家在冷湖四号邮局的同学骑出来的邮政自行车学会骑行的。

家乡同一个大院内的邻居，是一户主人叫杨门善的铁匠，算是村里的"能工巧匠"。那时的农户绝大多数买不到也买不起自行车。1964年前后，杨铁匠出于干农活和打铁生意的需要，就自制起自行车来。我们学生娃感到很新奇，抽空围着看制作。说是自制，他主要是找来细钢管等材料，烧红弯曲，敲打焊接成自行车车把、车梁、车身，车胎还是买来配上的，车子的刹车也主要靠脚来摩擦制动。在他一个来月的自制和拼凑下，一辆铁黑色的简易自行车还是制作成功了。这在当时的村里引来了乡邻们的赞叹和羡慕。杨铁匠和他的家人时常十分自得地骑着此车做农活、驮物品。

20世纪70年代初——
凭票购车，骑行百里返乡送车

随着时间的推移，乡村和城镇里的人们购买和骑用自行车的逐渐多了起来。但那个时期自行车仍是"紧俏"商品，在农村市场上很难买到，特别是农户人家喜爱的"永久"牌（上海产）、"飞鸽"牌（天津产）的载重型28（指轮毂直径为28英寸）自行车，因为此型号自行车结实耐用、驮运物品较多且稳当。城里和工矿区购置自行车，同样"紧俏"且要凭票证购买。购置了自行车，还需要在公安部门登记上牌、落户管理。那时的一辆"品牌"自行车，购买需要百元上下的价格，相当于一般工人数月的工资。

1973年8月，我在工作后首次休假返乡，途经西安中转时，家中三叔让我把他受家乡族亲所托并凭票购买的一辆装配好的"永久"牌载重型自行车带回老家。火车托运只能到黄河北岸的济源留庄。我取出车子后，沿经孟县（现孟州市）至沁阳的公路，骑行百十里，在傍晚时分骑到村里，买车的族亲当时就十分高兴地接过了这辆崭新的"永久"牌自行车。

20世纪八九十年代至今——
演绎时代巨变　呼唤绿色出行

随着祖国改革开放的步伐，从20世纪80年代中后期起，自行车已经不再是普通家庭的奢侈消费"硬件"了，凭票、凭证购买自行车的时代也结束了。市场上自行车逐渐多了起来，多种品牌、型号的自行车可以说"花样百出"，各种童车、女式轻便车、山地越野车、赛车、变速车等，真是琳琅满目。我随油田职工队伍在90年代初搬迁至敦煌基地后，就曾先后购置过"三枪"牌轻便自行车和变挡变速山地自行车等，但家父在70年代初购买的一辆"永久"牌28自行车，却一直作为一份"家产"，先后在冷湖、敦煌经历了两代人 30 多年的骑行，服务受益了三代人，直到车胎磨平依然能够骑行如常。不过，客观地说，车子多了，但骑行的人和骑行的时间却在逐年减少。受基地建设初期车辆停放条件等限制，加之流动往来人员庞杂，敦煌基地内一度自行车失窃现象较为普遍。可以看出，这一时期偏爱自行车和骑行的人群，以中老年人为主。

那时期，社会上出现了很多自行车骑行爱好者的骑行"壮举"，我们油田职工家属印象较深的有：80 年代里，油田地质工程师班效东以骑行的方式，从冷湖骑至敦煌往返（单程 250 多公里）；90 年代里，已退休在西安的翟敏政，以 70 来岁的年龄骑行全国 20 多个省、市（区），主要是到全国各地的油气田所在地，顺道探望从青海油田调出的老战友、老同学、老朋友；同一时段前后，退休在京的曲衍虎同志，也在 70 来岁的年龄段，骑行走遍了祖国 30 来个省、市（区），还曾骑行到海外多个国家和地区。可能青海石油人中热爱骑行并骑出"名堂"的伙伴儿还有不少，只是我不知情罢了。

随着社会的进步，特别是生产力水平的提升，现如今中国的城乡家庭拥有自行车，早已不再是谈婚论嫁时要求家庭必备的"硬件"家什了。在千千万万个家庭都拥有了汽车的时代，自行车也不再是人们行走驮物的最佳工具了；但自行车作为最轻便、最易掌控、最为环保的代步工具，在低迷沉寂了一个时期后，在 21 世纪的第二个 10 年里，在不少大城市内又以"共享单车"的形式风行起来。像许多新生事物的成长演变一样，"共享单车"也走过了"热络"、一拥而上、乱象丛生、整顿治理、设施完善、管理规范的过程；在其中的"乱象"期内，一些城市中随处可见散乱、丢弃、堆放的单车，任凭风吹雨打，锈污遍体；比对起自行车的"紧俏"年代，我真的疑惑：这自行车咋就这么不值钱了呢？好在自行车以出行的便捷度、锻炼身体的适应度、绿色环保低碳的可靠度等，仍大有市场。据中国自行车产业大会公布的数据，目前我国自行车社会保有量近4亿辆、电动自行车近3亿辆，年产自行车8000多万辆、年产电动自行车超3000万辆。

眼下，不少城市在规划建设中，沿河、沿湖、沿公园等专门辟出了自行车道；结伴骑行出游的队伍也逐渐增多；国内外的多个自行车赛事包括"环青海湖自行车骑行赛"的影响力也在增大。近年的新冠疫情防控，又一次带火了自行车和电动自行车的销售和出行。自行车——这一人类文明进程中发明并辉煌起来的交通工具，是具有顽强、鲜活、长久生命力的。

我们脑海中的关于自行车的记忆也会久远的。

（2022年11月写于北京）

传奇油砂山与柴达木油田开发

　　在青藏高原柴达木盆地20多万平方公里的区域内，除了环绕盆地的"南昆仑，北祁连，西北面的阿尔金山"之外，还有着难以计数的有名的或无名的大小山脉。在盆地10多万平方公里的石油天然气探区范围内，油砂山是最富有"传奇色彩"的一处胜景。近年已被中国石油战线命名为"石油精神教育基地"的油砂山，以其在柴达木盆地历史上最早为中国地质勘查人员发现并命名，又成为新中国诞生后最早被勘探开发的柴达木探区油田之一的"传奇"历程，今天仍以其特有的沧桑演变和独特风貌，向每一个走近它、接触它、了解它的人们，述说着它的今昔传奇。

传奇之一：构造演变、出露油砂

　　位于柴达木盆地西部南区花土沟镇东南12公里处的油

砂山，是受数千万年前喜马拉雅山构造运动断裂作用，致使其下部的含油地层被强烈推覆，造成油砂出露地表。在出露的绵延数里的油砂体中，最厚处达 150 多米，为世所罕见。

油砂山海拔高度在 2950 米至 3100 米之间，地表沟壑纵横、寸草不生；它的西南面是雄伟的昆仑雪峰和其山麓下的蔚蓝的尕斯库勒湖。已基本探明的油砂山油田为断层复杂化的岩性构造油藏，构造东西长约 8 公里，南北宽约 2 公里，有大小断层 100 多条，其构造部分地层西与尕斯库勒油田叠合相连，北面与游园沟油田相邻。该地区现仍属地震活动频发区，最近的一次破坏性较大的地震发生在 1979 年，曾造成少量房屋倒塌；说明了该地区的构造地质演变依然在悄然进行……

传奇之二：民国志士、首探命名

据石油工业出版社 1989 年出版的《孙健初传》(孙健初是我国著名的地质学家、早期石油探勘工作领导人和玉门油矿的开拓者之一，1952 年 11 月 10 日在北京因煤气中毒不幸逝世；1954 年中央人民政府燃料工业部、石油管理总局和玉门矿务局在玉门油矿公园内建成"孙健初同志纪念碑") 记述，1946 年 6 月 1 日，国民政府资源委员会成立中国石油公司，在玉门老君庙成立甘青分公司，分公司下设的探勘处设在兰州，由孙健初任处长。1947 年，孙健初为扩大勘探区域，寻找更多的储油构造，他深谋远虑，把处里的地质人员分为 6 个地质队，在遍及陇东及青海柴达木西部等 6 个地区展开地质调查。这次地质调查，人员之多、区域之广、取得成绩之大，在旧中国历史上绝无仅有。在此之前，孙健初和周宗浚等曾在 1935 年到青海湖等多地考察，最远到了柴达木盆地东部边缘的茶卡、都兰等地。在 6 个地质队中，有一队是探勘处与当时的西北工业研究所、西北地质调查所共同组织的对柴达木西部地区的调查（名为甘青及柴达木工矿资源调查队）。探勘处由测绘室的周宗浚、地球物理室的吴永春及一名报务员、两名测量工参加，孙健初交代布置的具体任务是：找储油构造、负责地形测绘等。另两家单位派出的人员有梁文郁、关佐蜀、戴天富、吕炳祥、邵丕顺、李云阶、朱新德等地质师、工程师参加。调查队推选周宗浚为队长，吕炳祥、梁文郁为副队长；加上向导、哈萨克语翻译等有 20 来人。

经过两个多月的准备工作，调查队于 1947 年 5 月 31 日从兰州出发。全队人员乘两辆卡车，于 6 月上旬到达敦煌。在敦煌补充给养，并雇当地骆驼 55 峰、马 2 匹，于 6 月下旬沿党河过千佛山，逆流而上到盐池湾、海拔 4000 多米的哈尔腾河流域、苏干湖等地展开工作。途中经过多个少数民族部落，考察队均需给部落头人送布匹、砖茶、糖、烟等礼物方得通过。在沿苏干湖方向考察途中，电台收到该地区发生民族武装冲突的消息，考察队只得返回敦煌等待消息并趁机整理考察的资料和标本。两个多月后，待民族纠纷解决，考察队第二次出发到达南湖后，内部发生分歧。有的人认为进柴达木有生命危险，主张收队回兰州；有的人主张在附近阿尔金山北麓考察后结束，不必进柴达木；周宗浚、吴永春等人则坚持按孙健初确定的计划进行。在三方各持己见、形成僵局的情况下，周宗浚通过电台向孙健初汇报。很快收到孙的回电，要求他们按原计划进柴达木考察。后经从兰州专程赶来的地调所副所长李树勋的协调，考察队一分为三，两队分到安西、玉门赤峡和新疆若羌、米兰等地考察后返兰；其余仍以周宗浚为队长，以吴永春、关佐蜀和朱新德4人为主，带电台、向导、翻译及45峰骆驼，进柴达木盆地考察。孙健初对考察队的进展非常关心，接到电报后担心分歧不好解决，亲自带人乘车赶到敦煌，但周宗浚等人已经出发，他只好返回兰州。

在孙健初赶到敦煌的三天前，周宗浚带领全队人员经沙枣园、南湖、独山子、阿克塞、长草沟和当金山口，折面向西，沿阿尔金山北麓至安南坝，穿越索尔库里，经七个泉到达红柳泉，进入杳无人烟的柴达木盆地西部。此段艰难的路程，使考察队的骆驼死亡四分之一。在兰州的孙健初通过电台，同周宗浚、吴永春等人联系。当他知道考察队的进展情况时，感动得双目含泪。他在电报中鼓励周宗浚等人：你们是中国第一批进入柴达木盆地的考察队员，你们的事业后人不会忘记，并提醒他们赶在大雪封山前完成任务。

周宗浚和考察队员不辱使命，沿途进行测绘、采样、取标本、作路线图等，不放过一个标高点。考察队员从参加

图片 10

传奇的油砂山下

"青新"公路筑路的农牧民口中得知，有人曾在盆地西部红柳泉以东的一处山坡下，捡到过一种点火即燃的土块。在昆仑山麓考察后，周宗浚和队员们经铁木里河到了阿拉尔草原，后又到茫崖再西行到达尕斯库勒北岸。在天寒地冻的 12 月下旬的一天，他们围绕着草湖找油苗时，在一个山沟里找到几块干沥青，又在附近发现了一个大断层。当他们爬上断层的崖头，用地质锤一敲，掉下来的块末呈现黑色，一闻有浓郁的油味。这时，他们又狠命地敲下好多块，在山沟里垒起一个"宝塔堆"，底下架上红柳，用火柴一点，立刻燃烧，火苗蹿到两米多高。经过丈量，最厚的油砂层露出地表 150 多米。他们在此考察了 3 天，测量了地层图和构造图；周宗浚在实测图上把此地定名为"油砂山"。发现油砂山的喜讯电告孙健初，他和探勘处的人们闻之振奋，就连"中央社"也发了消息，各大报也予以刊登。当年 12 月末，周宗浚一行返回敦煌，整理资料、标本和地质报告，并付清了驼运费及全程死亡过半的骆驼费，于 1948 年 1 月 25 日乘车返回兰州。周宗浚随后写出《对于开发柴达木之建议》，期盼早日开发油砂山油藏。至此，在中国的地理版图上，柴达木盆地西部有了"油砂山"这一地名，也有了新中国成立后，石油地质健儿大规模进军柴达木的明确方向和重点目标。周宗浚生于 1904 年，1987 年过世；他是山东胶县人，1933 年毕业于北京大学地质系。曾任中央地质调查所技正，中国石油公司甘青分公司测绘室主任。1933 年他同曾世英合作编绘出版中国第一张地形挂图和分省地图集。新中国成立后，他历任银川勘探处处长、测绘总工程师等职务。吴永春生于1921年，过世于1981年，河北临榆人。1945年毕业于浙江大学物理系，曾就职于甘肃油矿局，后又调转到兰州探勘处工作；先后在延长、辽河、大港等油田从事电测工作。周宗浚和吴永春等考察队员发现并初查油砂山的功绩，将永载柴达木石油工业史册。

传奇之三：进军盆地、首度开发

孙健初、周宗浚等志士仁人对柴达木盆地油气资源勘探开发的愿望，在新中国成立后得以如愿。在1954年3月燃料工业部石油管理总局召开的全国第五次石油勘探会议上，决定派遣"柴达木地质大队"进盆地展开地质普查。普查的行进路线和初选目标，正是周宗浚、吴永春、关佐蜀等先行者所走的路线及"油砂山"构造等。从1954年4月18日起，在石油师转业的大队长郝清江和副大队长周济全、地质师张维亚、工程师余植等人的带领下，全大队400多人组成5个小队，分批从西安出发向柴达木进军。首批到达敦煌的70多名地质队员，分乘9辆汽车，于5月15日出发，边走边修路，风餐露宿，走了7天才进入盆地西部。后续地质队员大多骑骆驼，经过一个来月的艰难跋涉，陆续到达油砂山一带。勘探队员随后在向导木买努斯·依沙的带领下，在盆地西部找到淡水源，在更大区域内展开了地质调查。同年 9 月，石油管理总局局长康世恩带领苏联专家、诗人李季和作家李若冰等一行 60 多人的工作组，也来到油砂山等地慰问地质队员并同时进行地质考察。地质大队的 104 队、105 队、301 队、302 队，在 1954—1955 年对油砂山地区进行了地面详查、重力普查和区域详查，并提出了钻探建议。1956 年 10 月 24 日，青海石油勘探局地质处轻便钻井大队，在构造高点西端钻第一口浅一井预探井，1957 年 2 月 5 日完钻，井深 392 米，发现油层 5 层，后经筛管试油，日产原油 21 立方米，正式发现了油砂山油田。1957 年 4 月，勘探局成立油砂山钻探大队，不断扩大油砂山构造的勘探工作。1959 年至 1962 年，油砂山油田首度正式开采。1960 年里有数十口油井开采，年产油达到 5 万多吨。这一阶段的油砂山探区，聚合成有钻探、采油、炼油、运输、机修等上千名职工的综合性生产区。随着冷湖油田的发现和开发，1963 年 2 月，按照余秋里部长的要求，青海石油管理局决定撤销油砂山勘探大队，队伍和设备调往冷湖采油处，油砂山油田暂时关闭停采。在油砂山油田早期的勘探开发过程中，数以千计的先行者为它奉献了青春和汗水，有的甚至献出了宝贵的生命。青海油田的"功勋向导"木买努斯·依沙老人，在 1961 年 10 月过世后，按其生前意愿就埋葬在油砂山的荒原上。为了纪念在油砂山地区勘探开发过程中为石油事业而献身的职工，油砂山探区党政组织经上级批准，在 20 世纪 60 年代初，在油砂山油田南边的公路旁修建了一座 10 米多高的纪念碑。当年曾任油砂山探区党委书记的李建辛（1965

年至 1973 年曾任青海石油管理局副局长；后调北京石油机械厂任厂长、石油规划院工会主席；1991 年在北京逝世）同志，为纪念碑正面题写了"开发油砂山的先烈永照人间"的碑文。"文化大革命"初期，李建辛这位 1945 年参加革命的老干部被揪斗、"靠边站"；"造反派""勒令"他将碑文落款处的"李建辛"三个字铲掉。李建辛艰难地站在纪念碑底座的台阶上，用铁铲刮铲了一天，只勉强刮铲下一个"辛"字。后来"造反派"也不再坚持让他铲了。这就是现今人们看到的纪念碑正面碑文上残缺不全的落款的"由来"。

传奇之四：重建家园、再续新篇

1966 年 6 月，青海油田成立西部勘探指挥部；1969 年初，指挥部的千余名职工响应"重返西部建家园"的号召，陆续由尖顶山等地向油砂山和花土沟地区转移。从 1970 年起，指挥部又成立油砂山采油队，开始了第二次试油试采。运输三车队的 200 多名职工，搬迁至油砂山纪念碑附近，利用当年遗留下的旧土坯房、地窝子和新搭建的帐房作宿舍，边跑车保生产服务，边到花土沟新基地打土坯、扎苇席、建新土坯房。之后，油砂山的开采起起落落，大都停留在依靠油田天然能量试采阶段。直到 1991 年 9 月，青海石油管理局决定加强油砂山油田的滚动开发，科研单位编制完成了初步开发方案并开始实施，西部采油厂开辟了混采混注先导试验区，充分发挥老井潜力，因地制宜完善注采井网，适量补充新井，加大扩边增储效果，油水井采取补孔、酸化、压裂等措施，不断提高采油、注水工艺水平，加上地面集输处理系统的配套完善，使油砂山油田的产能建设水平逐年上升，原油年产量在 2004 年突破 10 万吨，至今保持在 10 万吨以上。在油砂山油田勘探开发的不同阶段，始终得到了青海省、海西州（包括早期的"柴工委"）及茫崖、冷湖等地方政府和各族群众的大力支持，在艰苦的生活环境和艰难的生产条件下，锻炼培养了一支高扬"我为祖国献石油"主旋律的职工队伍，先后为青海油田及兄弟油田的大会战和持续发展，输送了一批批技术精、业务强、作风硬的骨干队伍。

2012 年 9 月 28 日，青海油田在油砂山纪念碑旁举行了"烈士纪念碑修缮工程竣工"仪式，油田西部前线的 200 多名团员青年代表出席仪式，向为油砂山等油田的勘探开发献出生命的先烈及先辈们致敬。而今，在青海油田基地的"勘探开发展厅"的入口处，一块重达数吨的从油砂山现场挖掘搬来的"镇厅之宝"——油砂山油砂，默默地向前来学习参观的人们展示着油砂山的今昔"传奇"。在油田团委近年组织的企业精神训练营活动中，年轻一代石油人登上油砂山，在纪念碑前宣誓：继承先辈优良传统，发扬柴达木石油精神，在建设千万吨级高原油气田的进军中，续写油砂山的"传奇"……

（原载于 2013 年青海油田《企业文化》《海西文史资料》）

515 浅海地震队见闻

一

　　"轰"的一声响,只见平静的尕斯库勒湖面喷起一股10多米高的银色水柱,水柱在几秒钟内纷纷扬扬向四周扩散着溅下,溅下的水珠又在湖面上激起了层层涟漪……

　　这是渤海石油公司515浅海地震队在西部尕斯湖上施工的情形之一。尕斯库勒油田从1977年打出高产油气井至今,已经建成为青海石油局的主力油田,开发规模还在持续扩大。与油田毗邻的面积达110平方公里(随季节和阿拉尔河水注入量大小而变化)的尕斯库勒湖,早就成为石油地质专家们窥视的一块宝地。如果湖底下既有构造形态,又有"油水"可捞,那就又抱上了一个大"金娃娃"。20世纪70年代末期,局勘探处在湖周围做过地质调查后,曾购来两辆水陆两栖坦克,下湖摸"底",打算搞湖上地震施工,但因设备性能差，施工难度大，只好望湖兴叹。

今年 7 月 10 日，在石油部领导的关注和要求下，有着丰富浅海地震施工经验的 515 队的 40 多名职工，开着装满施工器械的 14 部车辆，离开河北塘沽基地，长途跋涉 11 天，从海平面来到了海拔近 3000 米的尕斯湖边……

8 月 12 日，经过紧张的施工准备，地震试验炮声在千古荒寂的尕斯湖上震荡开来。8 月 15 日，正式生产的炮声从湖面传向昆仑。到 9 月底，这个队拿下地震剖面 66 公里。就是这 60 多公里的合格的地震资料，515 队的职工为此流下了多少辛勤的汗水哟！

二

真可惜，我们赶上了这个队的停工检修时间，湖上正式地震生产放炮的壮观景象没能亲眼看见。文章开头所描绘的湖上放炮的情形，是这个队的职工用炸药在开通简易航道时的情形。这是 9 月中旬的一个晴朗的早晨，记者随同局西部前指的领导杨秀东和有关技术干部，从西部游园沟 515 队的生活基地出发，向南颠簸 6 公里左右，这个队的湖边施工现场便展现在眼前。

10 多条橡皮艇疲惫地拥挤在湖边的盐碱地上，四周堆放着施工用的大线、检波器、炸药等。听队上同志的介绍，由于整个湖水比较浅（深度大多 1 米左右），特别是湖边水位更浅，不少橡皮艇被湖底坚硬的盐梗划烂了，只得趁检修的间隙修补橡皮艇。

在皮艇的背后，有一条 5 米来宽、百米来长的简易航道，不很规则地从湖边伸向湖中。说它简易，就是人工把水底 1 米多深的盐碱壳挖出来，堆在航道两旁，船只下湖时既有吃水深度，收工时又有了"进港"的标记。只见 20 来名职工包括合同工，大都穿着连腿挂肩的简式皮工衣，手里握着铁锨，站在没膝深的水中，正在清理着刚刚放炮炸开的航道中的盐碱块。

今年 3 月份就曾"打前站"来尕斯湖现场勘查，施工后一直在现场负责技术工作的工程师牛春江给我们介绍说，从 515 队 7 月 20 日来到施工现场至今，60 来天尕斯湖水位就下降了 40 多厘米（这从湖边干涸泛白的地表上能清晰地看出来），使本来就比较浅的航道又难以顺利通航了。人工挖吧，镢头溅水挖不下去，铁锨下去又铲不动，只好用炸药爆炸后再清理、加深。

三

应地震队职工的相邀，我们几个乘坐一只铁皮小船，离开了被诗人李季形象描绘的尕斯湖的"银边"，出航道向湖中的地震测线位置驶去。置身湖中，放眼望去，宽阔的湖面在太阳光的辉映下泛着银波。清澈可辨的湖底，是一簇连着一簇的银灰色的盐碱花。眼下的尕斯湖，在南边巍巍昆仑山的衬托下，不再是从北岸远眺所看到的碧绿色，她成了岸边镶着银、水面泛着银、水底结着银的银色的湖。

浅海地震队的同志眼下可没有我们这忙中偷闲的"雅致"。船上一位30多岁、戴着眼镜、操着河北乡音的职工，用一种不大服气的口气对我们说："俺们在10米来深的浅海里施工，一个月做地震剖面100多公里，一天至少也做三四公里。可这一米来深的尕斯湖，让俺们'搁浅'了好几回，每天费十几个小时的劲儿，平均只能放十几炮，最多也只能做600多米。"

原来，最让515队职工感到恼火的，不是来高原后的生活条件比较差，身体明显不适应，干起活来"气"不够用，这些，大家早有思想准备，咬咬牙，挺过来了；也不是航道不畅，常常要下水推着或是干脆抬上橡皮艇出工、收工，这些，大家多出把子力气，谁也没有怨言。最让他们头痛、心急、恼火的是不知多少年前早已饱和了的尕斯湖的咸水，给施工器械带来的难以预料的影响。

先是船只的推进动力是雅玛哈牌电动机，在湖水中使用一阵子，水泵出水口就结上了一层盐，不转圈了。后来采用淡水转洗，两台替换使用的办法，解决了这个难题。接着又是引进的、价格昂贵的"压电检波器"，同样的部件和方法，在海水中立得好好的，可在尕斯湖上因为盐水比重大，原来起扶正作用的东西失灵了，任你怎么摆布，就是难立起来。这种自带天线和发射装置的检波器，立不起来就无法接受并传递震波。有的职工诙谐地说:"这家伙到了这儿光想躺下,是不是在高原也感觉'气'不够用啦!"后来,几经试验,在花土沟用水泥和砖头预制了210个水泥砣子(每个重量20多斤),给每个检波器下面坠上一个,这一难题也被克服了。

四

就是这貌不惊人的尕斯湖,给515队的职工出了一道又一道难题,同时也让515队的职工闯过了一道又一道的难关。

在两个多月的时间里,515队的职工和上级公司派驻现场的干部,几乎每天都工作十几个小时,没有安稳地休息过一个星期天,没有像样地改善过一顿生活,工衣上结下了一层白白的盐渍。生活艰苦,施工艰难,但他们却乐观、真挚地说:"比起常年在这里奋斗的同志,这点艰难又算什么呢!"

白雪皑皑的昆仑山请录下这轰鸣震荡的地震炮声吧,秋分时节的尕斯湖请摄下这冲天而起的银色水柱吧,日新月异的花土沟油城请记住这真诚宝贵的兄弟油田的支援吧!515队职工在尕斯湖上艰难的施工作业,为柴达木的石油勘探在广度和深度上拓展了新的领域。如若来日在尕斯湖中牵出油龙,515队当记头功!

(原载于1987年10月15日《青海石油报》)

"狮20井"现场感怀

  这里是世界屋脊青藏高原柴达木盆地西北部的一片荒山,平均海拔3200~4000米;这片荒山起起伏伏,沟壑条条,绵延数十公里,满目灰褐色调,不见一丝绿色。因其山脊沟壑的形状和色彩看似雄狮一般,20世纪50年代中期的石油地质勘探者们就叫它"狮子沟"。

  1954年发现狮子沟地下有潜伏地质构造后,青海油田曾于50年代末和70年代初进行过钻探,因地质条件和工艺技术等原因未获工业油流。70年代初,青海油田在组织"重返盆地西部找石油"的战役中,为了畅通在地表上和狮子沟连成一片的花土沟油田的地面道路,组织了数百名机关干部和职工参加的"北山修路土方会战",在荒山深沟间修通了数十里长的盘山便道,为日后重上狮子沟钻探打下基础。

  1983年,青海油田在狮子沟构造上部署了首口深探井——"狮20井",由装备了6000米深井钻机的6055钻井队担负钻井任务。这个油田的学大庆标杆钻井队，在省劳模、队长王桂生的带领下，于1983年10月打响了钻探战斗。

"狮20井"井场位于狮子沟西北部的荒山峻岭之上，井口海拔3430多米，是目前国内外海拔最高的一口石油深探井。这口井的地面条件艰苦自不必说，其工程用水和材料都要靠有越野能力的"太拖拉"等车型送上山来；山间便道狭窄，如多辆卡车相遇，需要找一处稍宽的山间便道相互避让，才能逐一通行。地下地质条件更为复杂，上部有数百米厚的倾角大、井身易斜的地层，中深层又是裂缝破碎、高压水层、盐层分布，极易发生井漏、井喷、盐堵等。6055队的队长王桂生等班子成员带领全队职工，在多方的协同配合下，大胆试用"三璜"新型泥浆和高压喷射技术，攻克了钻探中的一道道难题。

1982年从华东石油学院毕业走上石油工作岗位的秦文贵，实习期满后被分配到正钻探"狮20井"的6055钻井队任技术员。1999年5月3日，被团中央等树为"当代青年楷模"的秦文贵，在北京人民大会堂的报告会上曾这样回忆："当我到井队报到时，发现那里自然环境的恶劣和工作条件的艰苦是超乎我的想象的。且不说高原反应带来的头疼难以忍受，单是四野灰黄、单调冷漠，没有任何生机的荒凉就让人发怵"；"我所在的6055钻井队在钻探狮20井时发生了强烈的井喷……在巨大的地层压力作用下，数千米深的盐水泥浆狂龙般喷涌而出，暴虐地扑向每个靠近它的人，泥浆触及皮肤如针刺锥扎。当时正值严冬，寒风凛冽，滴水成冰，看着工人师傅们毫不犹豫地扑向井场，跳进齐腰深的泥浆中时，我惊呆了。随着井口压力不断上升，放喷管线又被结晶盐堵死，如不立即处理，将会造成抬翻井口、井毁人亡的严重后果。在这危急关头，我和大家提着管钳，冲向井口拆卸被堵的管线。此刻，井口压力已升到200多个大气压。卸到只有几扣时，粗壮的管线突然被巨大的压力顶脱，这时，有人猛力将我推向一边，随之100多米长的放喷管带着管钳从我的头侧呼啸掠过！我惊出了一身冷汗，定睛一看，推我的人是队里的徐师傅。经过全队的拼死奋战，井喷终于被制服了。在第一次领略了这油水泥浆的'洗礼'后，我回想着这场人与自然搏斗的惊心动魄的场面，仔细回味着那猛力一推，陷入长久的思索。我一直在想，在如此严峻的生死考验面前，是什么信念和力量支撑着这些普普通通的钻工甘愿舍身拼搏？是什么情怀让他们义无反顾地做出置换生死的决定，把生的机会毫不保留地给了我这个初来乍到的大学生。随着时间的推移，渐渐地我明白了，柴达木严酷的环境和艰苦的条件铸就了一种精神，一种顾全大局、艰苦奋斗、为油而战的精神。"秦文贵正是在"狮20井"的钻探中，再一次接受了大庆精神、铁人精神和柴达木石油精神的洗礼。

"狮20井"于1984年11月中旬钻至4564米时，又一次发生强烈井喷，且喷出高产油流，最高日喷液体上千立方米，测算日喷油量达到数百吨，实现了狮子沟构造带深部钻探的新突破。油田及时调整钻探部署，提出了完井作业并

"快速试油求产，抢装生产管线，尽快正式投产"的要求，组织井下作业公司冒着严寒作业，尽快拿出了试油求产成果；水电厂职工人拉肩扛，在5天内沿山沟陡坡架起1700多米的高压线路，保证了投产用电；采油厂职工爬坡越岭，用13天时间，铺设了一条6700多米长的山间输油管线，新建了一座输油泵站，保证了"狮20井"的原油安全进入集输流程。"狮20井"自1985年2月正式投入开发生产，并在当年保持日均产油135吨的水平，当年累计产油3.4万多吨、累计产天然气753万立方米。"狮20井"钻探并获高产油气流的消息，成为1985年6月10日《青海日报》的头版头条新闻，后经新华社转发，国内外数十家新闻媒体相继刊载，并成为青海省当年的"十大新闻"之一。"狮20井"投产后多次发生管内盐结晶堵塞，油田多次组织解堵和侧钻疏通、酸化作业等举措，使这口井多次"起死回生"，目前仍保持日产20来吨的水平，至今已累计产油近8万吨。21世纪初，"狮20井"被中国石油天然气集团公司命名为企业"石油精神教育基地"。

青海高原油田是目前国内外自然环境最为艰苦的油气田之一，而"狮20井"及其所在的区域，又是青海油田眼下20多个规模不等的油气田中自然条件最有代表性的油区之一。正因为如此，凡来油田检查工作、考察调研的上级领导和专业人士，凡来油田采访、采风、深入生活的新闻记者和文学艺术工作者，凡是新分配到高原油田工作的新人或油田组织的石油传统教育训练营等活动，"狮20井"现场成为他们必到、必访、必看之处。

　　每当艳阳高照，人们站在"狮20井"井场的山顶，向西北望去，是连绵起伏的阿尔金山；向南眺望，是巍峨耸立的昆仑雪峰，湛蓝的尕斯库勒湖中倒映着雪峰的倩影；在东面连绵起伏的山坳中，间或坐落着一台台抽油机、一座座井架或一座座井站小屋。在阳光和云层的照耀或掩映下，狮子沟连片的山峦时明时暗地变换着色彩，像一头伏卧的雄狮要起身腾越；此景此情，不由让人感叹这大自然的鬼斧神工，更感叹石油人的创业和奉献情怀！

　　　　（原载于2010年第5期《石油政工研究》）

风雪当金山

　　柴达木石油人对地处青海、甘肃两省西北边缘，祁连山脉党河南山和阿尔金山脉交界处的当金山并不陌生。盆地内几代石油人也难以记清自己多少次翻越过当金山，多少次在当金山上路遇冷雨、冰雹或是风雪。柴达木石油人和当金山的交集，是和地理环境及不同时期的交通条件密切相关，也和油田的生产、生活物资及人员进出盆地密切相关。

　　1954 年初，人民解放军工程兵开始修筑青藏公路。其间，总指挥慕生忠将军遵照彭德怀的指示，在 1954 年 9 月命令可可西里运输站站长齐天然，带队负责修通敦煌至格尔木的公路。齐天然带领 4 名战士和数十名民工，乘坐一辆十轮卡车，边探路、边修路，穿越当金山，在当年年底修通了敦格简易公路。这是盆地内多类资源规模开发队伍和当金山结缘的肇始。

　　1958 年底，冷湖石油会战打响，随后国家投资修筑了甘肃柳园经敦煌过当金山至冷湖的沥青公路，加上早先修筑的敦（煌）茫（崖）简易公路，盆地内石油人和当金山有了更多的交集。从 20 世纪 50 年代后期至 90 年代初，在那一时期柴达木盆地的公路、铁路、航运交通环境和生产能力的特定条件下，油田生产的原油、成品油，所需的生产、生活物资以及人员进出等，大都穿行当金山到兰新铁路柳园站再行中转。那一时期，当金山公路的最高点系甘青两省的分界点。在公路海拔 3200 多米的山顶，曾建竖着一块高大的省界碑。进入 21 世纪后，当金山口以及原先青海地界内苏干湖地区直至临近冷湖老基地的敦茫公路丁字路口，这一片行政区域调整划归了甘肃省。

当金山留给石油人留下较为深刻的场景之一，是在 1969 年初秋时节，在当时全国的"备战、备荒""深挖洞，广积粮，准备打仗"的浓厚氛围下，油田组织了较大规模的队伍，自带干粮，乘车前往当金山北缘的山口处，在公路南侧的山坡上挖战壕。说是在战时要协助解放军把守好盆地的西北门户。所谓的挖战壕，也只是用镐头和铁锹在荒凉的山坡上挖出了一条数百米长、半米来深的土沟而已。

当金山留给石油人深刻印象的就是油田运输处设立在西北山口的阿克塞食宿站。这个站址，曾经是 1947 年和 1954 年地质勘探先辈们进入柴达木盆地途中设置的临时驻地；后来设置的食宿站，主要担负着为过往车辆司助人员和乘客提供食宿或临时救急援助任务。如果从盆地的冷湖或大柴旦出发，行至阿克塞食宿站不足 200 公里，但却多是上坡路，到站上大多是午饭的时段。这个食宿站站址设在当金山公路西北出口的一条深沟的边缘，建有一排多间的土坯砖式平房，其中一间较大的是百十平方米的能容纳数十人就餐的大餐厅。站在食宿站门前向西南方向看去，数公里外的阿克塞哈萨克族自治县老县城（20 世纪 90 年代后下山北迁数十公里新建了县城）的部分房屋清晰可见。就在这个食宿站，部队转业的老站长李发科和继任者侯桂芳夫妇，带领几名职工常年坚守在荒凉高寒的山口，为过往的司助人员和油田的乘客奉上热水、热饭。当司助人员的车辆抛锚求助时，他们及时伸出援手，排忧解难。侯桂芳这位广东侨胞出身、身形瘦弱的妇女，在丈夫因病故去后，仍由其老母亲陪伴，带着幼小的两个孩子，从 1965 年起克服重重困难，坚守在阿克塞食宿站 20 来年。侯桂芳先后荣获油田劳模和"全国三八红旗手"称号。

当金山留给石油人印象最为深刻难忘的场景，莫过于并不罕见的寒风凛冽、大雪封山所带来的考验。1975 年初夏的一天，我从油田报社派出到南湖农场参加轮流固定劳动结束后（那时的油田机关和部分厂处均在农场有各自的土地耕种，干部、职工前去轮流固定劳动；农场的固定职工分队参与并指导劳作），搭乘五车队张师傅驾驶的到农场送汽油的油罐车返回冷湖。车辆行驶到当金山山脚下，天上已飘落起细小的雪花。熟悉当金山气候变化的张师傅说："咱们得赶赶路，山上如果雪下的大，可能会封山，就难过去了。"果不其然，越往山顶走雪下得越大，接近山顶时雪下得已有 10 多厘米厚了。未到山顶，已有车辆因雪滑溜出道路，阻碍过往的车辆。山顶西北边的山路上，已有20多位道班房的工人和民工，在协助受阻车辆挖雪、铺垫沙土、推车行进。我们的油罐车因为返程是空车，停在上坡路的雪地再起步时，车身轻、车轮打滑，行进不得。道班工人和民工见状，主动前来协助推车，在他们的齐声吆喝推助下，我们的油罐车得以继续向山顶行进。在我们穿过山顶沿下坡道路缓慢行进时，碰上了刘德义师傅的卡车。他的车抛锚停在了山顶青海一侧的土路上。只见他身穿单薄的衣裤，蹲坐在打开引擎盖的机器旁正专注地排除故障；他把车上备用的棉工衣（熟悉柴达木盆地特别是当金山气候变化、有经验的司助人员均会在车上备好御寒的棉衣）遮盖在车头水箱前的百叶窗上。

张师傅和我都晓得，这是山顶气温低，刘师傅担心排除故障时间一长，如果水箱受冻，引擎启动不了，就会更加麻烦。我们三人在1969年五车队建队时在一起工作，张师傅忙停下车去询问刘师傅需要帮啥忙。刘师傅说："有备无患，已托下山的司机向阿克塞站报了救急，估计故障也能尽快排除，你们赶快下山吧，停在这里也不保险。"我们看帮不上什么忙，就和刘师傅告别下山了。出了山口没多远，雪也不见了；这就是当金山的一大特色，三伏天里也会有大雪纷飞，往往是山脚下飘雨，进了山会变成小冰雹，再往山顶走就成了雪花纷飞。如果大雪连续飘落数小时，20来公里的山路就会封山受阻。

就是这位刘德义师傅，后来被油田党委授予"运输尖兵"称号。他驾驶着解放牌、标记吨位 4 吨的卡车，开启了第一个单人单车年行驶 10 万公里的征程。这需要他在 365 天里，平均每天行车 273 公里左右。在当时的车况、路况下，身形瘦弱、体重不足百斤的刘德义，在爱人的倾力支持和车队主、配修人员以及装卸货物相关单位的尽力协助下，披星戴月，昼夜兼程，奔波在冷湖、柳园、花土沟多地之间，平均两三天里就要翻越一次当金山。

在刘师傅的带动下，运输各个车队都相继涌现出了年行驶 10 万公里的先进典型，仅五车队就先后有曾振南、陈良胜、王阿水、李春晔、张占明等七八位司机。到 1980 年，组织上决定刘德义改为驾驶行车任务相对轻松些的大轿客车，他又创造了一年内大客车跑路况最差、号称"万墩路"的冷湖至花土沟班车 23 趟的新纪录。到 1981 年底，刘德义同志已安全行驶 144 万多公里，居油田同行业首位。

当金山的风雪，带给了在柴达木盆地从事资源开发的创业者严酷自然环境的考验；风雪当金山，见证了柴达木石油人和茫崖石棉矿、冷湖芒硝矿、昆特依盐厂等盆地西部企业的员工队伍艰难创业、拼搏奋进的峥嵘岁月。

（2023 年 5 月写于北京）

穿越拟建中的花格输油管线

  蜿蜒在柴达木盆地西部昆仑山麓 430 多公里长的花土沟
至格尔木原油输运管道（以下简称"花格管道"），当年作
为国家重点工程建设项目——青海油田"三项工程"（原油
产能、输油管道、格尔木炼油厂）之一，见证了青海油田规
模开发，形成下游一体化经营格局的历史；其后的扩能改造
和新线建设，又见证了高原油田二次创业，实现油气产量、
储量、经济效益"三个翻番"，油气并举，持续发展的新局
面。被誉为青海油田原油生产"生命线"的花格管道，从立
项筹建、施工建设到建成投运、扩能改造等，留下了许许多
多生动感人、令人难忘的情景和故事。我记忆犹新的是在花
格管道选线拟建、争取立项时期，随省、部领导和油田负责
人在 1986 年 8 月 31 日的那次穿越。

带着总书记的期望

　　1986 年 8 月中下旬，时任中共中央总书记的胡耀邦同志，时隔三年之后再一次带领国家相关部委的负责同志，到青海视察、指导工作。耀邦总书记在青期间，先后在西宁、格尔木多次听取青海油田党委书记张德国等同志的工作汇报，特别关注青海省、石油部和油田已筹备多年并做了大量前期准备工作的油田"三项工程"立项情况。总书记在视察期间多次明确表示支持三项工程立项，并对随行的国家计委、石油部等负责同志提出了明确要求。8 月 29 日上午，耀邦总书记专门察看了拟建中的格尔木 100 万吨炼油厂厂址，并对在场的中央媒体的记者强调说："你们报道，一定要写上我察看了格尔木炼油厂厂址。"总书记又于当天晚上，在居住的格尔木钾肥厂招待所内，应油田同志之邀，写下了"一定要开发柴达木油田"的题字。在 8 月 30 日上午，耀邦总书记和格尔木市及部分企业负责人的座谈会上，当张德国同志准备再次汇报发言时，总书记高兴地说道："你们几个我认识，是搞油田三项工程的，你们让我题字，写什么好呢，我想了一下'一定要开发柴达木油田'，你们一定要争取在'七五'期间和'八五'计划初期，早点建好油田三项工程。"

　　耀邦总书记在 8 月 30 日下午离格返京。为了具体落实中央领导同志对柴达木油田开发，特别是三项工程建设的期望和要求，随同总书记视察工作的青海省省长宋瑞祥和石油部的领导一行决定，从格尔木出发，穿越拟建中花格管道线，深入到油田西部等地检查指导工作。

带着总书记的期望和嘱托，8月31日早上6点多钟，省部领导在张德国、顾树松等油田10多位同志的陪同和随行下，乘坐油田6辆越野轿车，离开格尔木一路向西，奔向大漠深处……

穿越那棱格勒河

汽车大致是沿着青藏公路方向前行的，拟建中的花格管道线路也是伴着这条公路。据相关资料介绍，这条青藏公路是在20世纪40年代初，由当时的国民党政府拨款、青海省政府组织修通的。从格尔木到新疆若羌段，当时主要是靠人力和少量器具挖铲、铺垫一番，使之有了沙土路的路基形状而已；当时就基本没走过汽车；由于多年弃用，加之风沙侵蚀，到80年代中期，从大灶火到老茫崖之间数百里的路段，基本上淹没在沙土、碱滩、草滩和季节性河流之中。穿越这段公路，司机和乘客都主要凭借南边的昆仑山麓为标识，向西自行摸索着行驶。

我们一行车队由当时油田的三项工程建设指挥部的同志在前面探路、带路。这个指挥部刚成立不久，当时主要担负"三项工程"建设的前期立项、准备、筹建等工作。指挥部的负责人田丰林等同志，已经实地勘察穿越过这条线路，有的技术人员甚至多次穿越过了。这次他们随同油田负责同志向总书记、省部领导汇报工程前期准备情况，得知省部领导要穿越、考察管道线路，提前和局小车队的同志做了必要的准备，引路的越野车装配有绞盘和绳索，同行的车上带有铁锹等应急工具。他们在最前面带路，多是沿着前不久勘察路线时留下的车辙印前行。车辆颠簸着时而在沙包、红柳土包间绕行，时而减速加力"拱"过流沙堆……

这一天的中午时分，车队行驶到了那棱格勒河的网状河道区域。这条发源于昆仑山、由南向北流向的河流，是柴达木盆地腹地季节性流量变化很大的河流之一。它的网条状水流河床，大小不等，多时能有数十条甚至更多，横向宽度加起来能有几公里，常年有水的有四五条。那棱格勒河在蒙古语里，意同"乱如发丝一样的河流"。

穿越的车队先行涉过了间隔数百米、流量较小的一些河道。眼前出现了两条浊浪翻卷、水声滔滔的主河道。因为是盛夏时节的丰水期，裹挟着沙土黄泥般色彩的两条主流，在我们要穿越的路口上下方几公里内，时而合流成一股，时而交叉分成数条急流，单条河道最宽处有30多米；水深大多在半米左右。前面带路的车穿涉主河道时，在下河七八米处被陷阻停下，后面的车队全都暂停下来。车队的司机和车上的同志下车后，沿着河岸往上游或往下游方向查出几十米，查找更安全的过河地点。局领导和几位阅历丰富的同志提醒司机道："要找浪花大、浪花多的河道处冲过去。"因为浪花大且多的地方，大多水较浅且河床底部质地较硬。

省部领导所乘的轿车，在向上游方向开出几十米后，下河冲了过去。我和宋省长秘书老朱乘坐的金师傅的丰田越野车，在下河四五米处被陷熄了火。不一会儿，车子的轮胎被水淹没，河水顺着车门缝渗进来；当车内的水面升至座椅面后，车内水位和河道水位差不多一样高。我们在车内只能抬起双脚，我是蹲在座椅上。朱秘书老家是南方人，是第一次碰到这种情形，他着急担忧地说："这怎么办？我真后悔，出发时没让部队派车跟来，这要让首长出点事可怎么得了。"我和金师傅劝慰他说，首长的车已经冲过去了，我们也会平安冲过去的。

后面又有一辆车在河中受阻陷住了，它被股股激流冲得全身摇晃。我们知道，在水流中被陷，时间长了，车身底下的泥沙会被冲散冲深，车子就可能侧翻，需要尽快救援出来。张德国书记陪同省部领导冲过主河道后，绕回车队过河的路口；大家都下车来到陷车的河道边。宋省长和石油部领导都曾在基层地质勘查单位工作多年，有着丰富的野外勘查经历，类似今天的这种经历，他们亲历不少。只见他们有说有笑地来到河边，询问河水情况，协助张德国书记指挥车辆选点实施救援。当救援车摆好位置，田丰林等同志挽起裤腿拽着牵引绳下河去挂绳时，省部领导也挽起裤管要下河去帮忙，被张德国书记拦住了，他还用挺浓的甘肃家乡口音对省部领导说："开玩笑，咋能让你们下河哩！我们能行。"在绞盘的牵引下，被陷的几部车稍拉出一两米后，即自行点火成功，吼叫着冲出了河道。我们的车子一上岸，打开车门，车内的积水哗啦一下全冲了出来。

在车队稍作休整的间隙，省部领导关切地询问，那棱格勒河是花格管道的必经之处，到时候采取什么办法穿越和保障运行？张德国等回答，已有初步设想，从实际出发，管道选择适宜地点从河床下埋设穿越，架设地面漫水桥，保障人员、装备、车辆通行。省部领导点头赞许。

让"存迹水站精神"延续下去

当天下午两三点钟，省部领导一行赶至塔尔丁地区，在所谓塔尔丁"机场"的一块平坦的沙土地上，大家拿出从格尔木带来的饼子和熟肉、咸菜等，就着凉开水吃了午饭。据介绍，这个塔尔丁机场，是抗战时期国民党政府担心当时的时局变化，组织修筑的简易军用机场；新中国成立后，在此原地修筑了青海解放后的第一个民用机场，曾计划开通塔尔丁—西宁—包头—北京的航线，但很快因客源不足而停航。我们去时，也只是能看出平整过的跑道的痕迹而已。

下午四五点钟，车队赶至老茫崖的存迹水站。省部领导下车走进水站的土房，和运输处坚守在这里的张炳甲、张德庆两位50岁出头的老师傅以及余炳勋等几名青工交谈起来。当了解到这个水站是1956年随着当时的"茫崖帐篷城"而诞生，这里的几口淡水井数十年来一直为周边的油泉子、油墩子、大风山、南翼山等地区构造上的油气勘探开发和职工生活服务，眼下最多时一天有 50 多辆水罐车来此装运水，站上的职工克服淡季菜荒，拿西瓜皮当菜吃，长年累月看不上电视、电影，小青年有时因寂寞憋得对着草滩大叫；荒草滩蚊子成堆，"解个手"要像打场仗一样用束野草紧着驱赶蚊子，时常碰见狼群，站上老同志喂养的 10 多只羊，先后被狼叼走吃掉 6 只……就是在这样的野外环境中，这几名新老石油职工，以站为家，坚守岗位，出色地完成了组织上交给的任务。

省、部领导了解了上述情况后，动情地对随行的同志说："这就是柴达木石油精神，就是大庆精神和铁人精神！我们搞油田三项工程也需要发扬这种精神。"他们还指示："你们要好好宣传报道一下存迹水站，在油田宣传，也要在《中国石油报》和省报上宣传，让存迹水站的精神延续下去，还要关心长年在野外工作的职工。"

经过 15 小时的颠簸，31 日晚 9 点 40 分左右，省部领导一行赶至花土沟局前指所在地。第二天，又开始了在西部探区的奔波。他们不论在尕斯油区、狮子沟山顶，还是在南翼山钻探现场，冷湖、敦煌基地，一路走来，每到一处，都将中央领导同志对青海油田开发的期望和要求传达给干部、职工，将青海省、石油部支持油田开发的决心和举措转达给干部、职工。就在胡耀邦总书记离开青海两个多月后，国家计委就下达了同意青海油田"三项工程"立即上马的批复。青海油田的开发掀开了新的一页。

跟随省部领导等穿越拟建中的花格管道线路，已经过去 20 多年了，那场景至今难以忘怀。多年来，青海油田的数万名职工、家属没有辜负中央和省部领导的关怀和期望，三项工程先后建成投产，为油田持续发展奠定了基础。进入 20 世纪 90 年代后，油田实施二次创业、油气并举的战略举措，使油田朝着建设千万吨油田的目标迈进。我们相信：青海油田的发展之路，一定会在持续、科学、和谐发展的大道上越走越光明！

　　（原载于 2008 年 12 月中国文联出版社《油龙啸瀚海》）

南八仙故事的真实与传说

　　《青海石油报》2017年11月3日四版刊发了梁泽祥同志撰写的文章，题为《地名里深刻的文化内涵》。老梁是青海油田的老报人之一，他在文中说起柴达木盆地包括油田的一些地名的由来及其文化内涵，对曾在盆地油田工作和生活过的人来说，感到很亲切，对油田区域内一些地名的由来分类、分析和议论，很有见地，既符合史实，也启迪于人。由此，使我想起近些年里，一些媒体及作者在写到青海油田南八仙的地名由来时的种种虚构故事，几乎在一些人的头脑中变成了真实的故事，在和油田的一些老同志们议论及此，总感到有些话要说，有一些史实需要澄清，因为虚构的"传说故事"不能代替真实的史料，特别是在新闻作品和官方的正规文史记录中，不应当让"虚构的故事"成为正史。

　　让我们先来看看一些媒体和作者在近年里对"南八仙"地名由来故事的叙述：

　　——2017年3月10日《青海石油报》头版转发"人民

网报道"的《青海石油人"聚宝盆"里铸精魂》一文中有:"在柴达木盆地里,有个叫南八仙的地方,就是为了纪念 8 位在此牺牲的女地质队员而命名的。"

——2017 年 9 月 22 日《中国石油报》第八版刊发游记《西出阳关有故人》一文中也写道:"……冷湖勘探开发初期,8 名勘探女队员走进柴达木失踪,从此再没有走出这片盆地。"

——2017 年 10 月 11 日,《中国石油报》第二版刊发一名记者所采写的通讯稿《网上视频小团圆》,文中也写道:"20 世纪 60 年代,曾经有 8 名女地质队员在'魔鬼城'(这里指南八仙地区地形地貌特征)迷失,献出了宝贵生命,南八仙油气田由此而得名。"

除了在一些新闻作品中将原本是虚构的 8 名女地质队员牺牲的"传说故事"当作真实的史料来正面叙述之外,在一些报纸杂志文学类的作品中、在网络中一些抒情诗文中,也有将此虚构的故事加以夸张的叙述或传播的。我查阅了"百度",在其"'南八仙'名称由来"条目中这样显示:"这是一个英雄的名字为后人敬仰。1955 年地质队员的脚步震醒了这片亘古荒凉的土地,使它焕发了生机。……有八位从南方来的女地质队员,为寻找石油资源进入这里,挥洒着青春的风采。一次她们在迷宫般的风蚀残丘中跋涉测量,返回途中,铺天盖地的黄沙笼罩了荒漠。她们在这被称作魔鬼城的地形中迷失了方向,仅有的标志也被掩埋,干渴饥饿向她们袭来;第三天,当寻找她们的队员发现她们时,她们却永远长眠在这亘古的荒原。地名以人名而生，为纪念八位光荣的女地质队员，在她们牺牲的地方被称作'南八仙'。"
"百度"中的这一原本虚构的"故事"，已被编排得"有模有样"了。

那么，这一"故事"的真实版本该是什么样的？它的虚构的"故事"又是如何传播开来的呢？我们先来分析、验证一下这一"故事"中特别是8位女地质队员"牺牲"一事的真实性究竟如何？我们知道，新中国成立后的柴达木盆地的油气勘探开发，从1954年至今，一直是国家相关部委、央企和各级地方政府组织国有企业在进行，包括勘探初期的国家燃料部石油管理总局、地质部、中国科学院等所属的基层单位，青海省委报请中共中央、国务院批准设立的中共柴达木工作委员会和青海省柴达木盆地行政委员会（简称"柴工委""柴行委"），还有海西州等地方政府，均参与了组织领导和协调运作。特别是1955年6月正式成立青海石油勘探局后，更是组织严密，运作有序。我在参与油田勘探开发展厅和油田发展史展厅的筹建中，曾组织专人查阅了大量的油田历史文档资料，其中建局后的各探区的人事档案资料均有保存；像地质队一次"牺牲"8名队员的事件，当是重大事件，自会有明确记载。但包括"牺牲"的人员名单以及这一事件是如何处置的等，均无任何资料记载。而在油田的正史类记载包括油田早期的报刊、简报以及石油史志、回忆录文集中，对1955年6月柴达木石油地质大队301重磁力队19岁的驼工范建民，为寻找跑散的骆驼，在牛鼻子梁附近的荒野中迷失，队上派人寻找多天，几个月后勘探队员们见到了范的遗体（也有说3天后找到）。组织上为范举行了追悼会，确认范建民同志是1954年盆地开始油气勘探之后因公牺牲的第一名企业员工；这些均有明确记载。如果在1956年（前面有的文章说20世纪60年代）里发生8名地质队员牺牲一事，怎么会没有留下姓名呢？怎么会没有任何的组织行为包括追悼纪念类活动呢？由此显见这一牺牲8人的"故事"是虚构的，不是真实的。

再说说这一"故事"可能的较为真实、可信的版本是什么样的：从油田的正史类资料记载中，从参加过盆地20世纪50年代初、中期勘探工作的第一代柴达木石油前辈的回忆中，我们可以了解到，在揭开盆地大规模油气勘探序幕的1954年里，柴达木地质大队已发展到有6个地质队、4个测量队、2个重磁力队、1个手摇钻井队等队伍；到1955年仅地质队又增至15个（不包括地质部和中科院的相关地质队伍），其中6个为普查、详查队，7个为细测队，2个为综合研究和水文队。油田正史类资料中指出，到1956年3月，勘探局先后成立了女子水准测量队、女子地形测量队、女子细测队（没有点明具体队号）。这几个女子地质队是新中国成立后最早成立的女子野外地质队。全局到1956年底地质队包括测量队增加到41个。在油田正史类相关资料中明确指出，"在1956年、1957年，勘探局地质处123队在马海探区发现马海、南八仙、鱼卡等构造"。史料中没有说明123队是不是三支女子地质队中的一支（在油田相关回忆录中，有原籍为济南的毕业于南京大学地质系的女青年李庆瑗在 1956 年主动要求加入了局 125 女子地质构造细测队的相关回忆）。我从一些老前辈包括当年在地质队从事过普查测量工作的洪武平、谷天孙、王秀兰等同志的回忆中了解到，1956 年，一支女子测量队在南八仙一带工作，其成员绝大多数是浙江温州、上海、广东、青岛籍的女青年，一部分为温州师范的中专生（后在西安学习测量专业知识，经实习后走入石油勘探队伍）。她们通过普查、细测发现南八仙构造后，在为其命名时，结合了队员多为南方姑娘这一特点，加上南八仙地区位置在冷湖至大柴旦公路偏南，地貌似"魔幻仙境"般的特征，再联想到中国古典文学形象中"八仙过海"的典故，"我们 8 位不就是南方飞来的'八个仙姑'吗?"于是，就提出了以"南八仙"这一富有诗意，包含着队员身份信息和乐观向上、自豪之情的名字来命名这一构造；当然这一命名后来也得到了地质处专家、领导的认可。这一"命名"由来的故事版本，当是比较真实、可信的一个版本。至于地质队员们当年的创业生活之艰辛，譬如她们被风沙吹走帐篷、骆驼丢失、断水断炊、迷路被困甚至喝尿解渴，等等，几乎是"家常便饭"；但一次因走失迷向并牺牲 8 人的"故事"，确是虚构的。其实，即使是上述较为真实的版本的故事原貌，也和石油地质前辈们在创业进程中为盆地内部分地质构造或油苗露头等所起的油砂山、英雄岭、狮子沟、月牙山、油泉子、油墩子、牛鼻子梁、七个泉、红柳泉、驼峰山、大风山、跃进一号、跃进二号、游园沟等名称一样，除了其独特的地貌特征、气候特征、时代背景、油苗特征之外，在其文化和精神内涵上，无不包含着勘探队员拼搏创业的英雄风采，展现着青海石油人为祖国石油事业奉献青春、汗水、热血、生命的乐观向上的壮志情怀。

再说说我所知道的南八仙虚构出来的故事版本是怎样传播开来的。早年因为传播媒介手段相对单一，油田在20世纪80年代中期以前，没有组织编写过油田的正史包括史志或大事记一类的书籍，也没有电视传播手段，关于油田创业初期的情况多见于内部的报纸杂志或零星编辑成册的回忆录中。1985年在油田建局30周年时，编辑出版了内部发行的《青海油田三十年》一书，在书中"资料篇"的"柴达木的地名"小节里，介绍"南八仙"时写道："此地传说在1955年，一支由八名女同志组成的女子测量队在那里工作，返回途中遇到风沙，迷失了方向。想沿着来上班时的脚印返回，脚印又被流沙掩盖，她们只得在野外露宿。柴达木温差较大，露宿在外又遇上风沙，饥、寒、渴一齐向她们袭击。待到第三天，寻找她们的其他测量队员发现她们时，这八名女同志都已经壮烈牺牲在那里，为纪念八位女烈士，那里的地名后来被称为'南八仙'。"这是文献资料中较早出现"虚构"八名女地质队员牺牲的"传说故事"的版本，这里点明了"虚构"即"传说"的性质。在后来的油田电视专题片"青海油田"中，在叙述"南八仙"时也都沿用了这里"流传着一个凄婉动人的故事……"这样的语言表达。我曾参与油田专题片多期版本的策划和编创，在2007年的版本审查时，也曾提出过"南八仙"传说故事的异议，没有8名地质队员牺牲的历史佐证，是不是按照上述接近真实的起名的情境来叙述交代这一段。但部分编创人员认为只要讲明了"传说"和"故事"的意思，似乎对盆地石油事业的艰辛历程的表述会更有吸引力，更具生动性。这样，这个"传说"就一直流传下来。因为不论是上级组织或外部客人到油田来参观、检查、交流时，大多都会有观看油田专题片的机会，这"传说"和"故事"也就能在更大的范围内流传开来；并在"流传"中被一些作者和受众误当成了真实的故事。

现实生活中，类似的虚构演变成"现实"，"传说的故事"演变成活灵活现的场景等，在一些文艺作品和旅游业界是比较常见的一种现象。比如据《中国青年报》上水运宪载文，他在1986年前后奉命创作《湘西剿匪记》时，因顾及当年剿过匪或当过土匪的人活着的不少，担心写不像，就从当年带队剿匪老首长书桌上放着的"冻顶乌龙"茶启发了灵感，无中生有地定名为《乌龙山剿匪记》。当时还真查阅了很多地理资料，没有发现重名的地名。不料，随着同名电视剧的热播，"乌龙山"的地名居然名扬天下。仅湘西的龙山县因有两个字与此相同，就有当地人自诩是道中正脉，当地烟厂、酒厂也出品过乌龙山牌的香烟和苞谷酒；湘西一个县还将一些旅游景区内的山洞、木屋虚构成了作品中土匪钻山豹、榜爷的故居……

最后谈谈自己对此类"虚构"和"真实"故事的写作态

度和判断、运用的认识及把握。

一是在文学艺术类作品中的创作中，类似的虚构故事和传播是没啥问题的。如油田诗人徐志宏同志在1980年曾创作出小叙事诗《风中凤》（收录在其《油海情》诗集中），就把油田探区内的大风山名字的由来，虚构引申出两位孪生姐妹大凤和二凤，这姐妹两个是地质测量工，也是在大风山地区测量施工时遭遇大风沙，在和风沙拼搏中仍竭尽全力保护测量资料，在风沙中献出了宝贵的生命；"这无名的山地被称作大风山……"可能没有更多的传播载体扩散，也可能这一地名没有被直接叫作"二凤山"，诗人虚构出的传奇故事并没有让这一地名的"由来"牵扯上让人争议的情况。人们普遍认为这"大风山"无疑是由风多风大而得名。

二是在新闻类作品中引用类似"虚构"的故事，应当指明或是点明是"虚构"的性质，包括用"传说着""流传着"这样的"故事"一类的交代判断用语，让读者、受众能够有一个基本的判断；如果像本文前面所引述的那几篇新闻稿和"百度"中给出肯定的结论性的故事叙述，那就有悖于新闻的真实性要求了，给读者、受众就是一个不真实的诱导或判断；也难保一些受众会不会得出"此地真乃'魔鬼吃人之地'的联想"。

三是在油田内外的正史类书籍、音像资料或出版物中，应当实事求是，不能把"传说"类故事当作正规史料来引用。

德国现代卓有影响的思想家沃尔特·本雅明（在"二

战"中遭遇希特勒纳粹势力的驱赶和战乱，在逃难途中自杀身亡）创作出《论历史的概念》一书，在书中有一句写道："纪念无名之辈要比纪念名人艰难得多。但是，历史的建构就是要致力于对那些无名之辈的铭记。"这话值得人深思。的确，在柴达木盆地油气探区的成百上千个地名中，蕴含了许许多多的地理知识、山川风貌、气候特点、植被特征等，也蕴含了青海石油事业拓荒者们的文化内涵和精神风貌。在这文化内涵和精神风貌中，像油砂山、油墩子、油泉子、油南等，折射着创业者们闻油而喜、逐油而居、为油而战的精神追求；像大风山、南八仙、月牙山、英雄岭、跃进一号、跃进二号、游园沟、咸水泉、冷湖等，折射出创业者们与严寒酷暑斗、与风沙风雪斗、与荒山沟壑斗，与冷水咸水斗，迎难而上、以苦为乐、乐观向上的精神风貌。这些地名的由来，正是和成千上万名青海石油人的创业实践紧密联系在一起的。这些地名当年究竟是哪些人，又是怎样的起因使之正式命名并固定下来的，我们现在恐怕是很难一一找准具体的当事人了，因为他们在青海油田 60 多年的创业生涯中，的确大多数人是"无名英雄"，而且 1956 年前后在盆地探区工作过的创业者部分已调离盆地，他们大都已是耄耋之年了。但正如本雅明前述，油田历史的建构同样就是要致力于对那些"无名之辈"的铭记。

习近平总书记指出："人民是历史的创造者，群众是真正的英雄。人民群众是我们力量的源泉。"我们企业的专兼职新闻报道、思想政治宣传和文艺创作的工作者们，应当在铭记和传播创业前辈的故事，铭记和传播当下平凡普通创业者的不凡业绩和精神风采上，为实现高原千万吨油气田这一阶段性奋斗目标做出的应有贡献。

（原载于 2018 年《海西文史资料》

存迹水站续存着创业足迹

　　初冬的一个早晨，我们从冷湖出发，驱车来到了 200 多公里外的老茫崖，又调头向东南方向颠簸了 20 来公里，在中午时分到达了这次采访的目的地——坐落在昆仑山脚下一片荒草滩上的存迹水站。

　　在这个鲜为人知、偏僻荒凉的小供水站上，5 名职工干着单调、平凡的泵水工作，过着寂寞、艰苦的野外生活，正是这平凡而又艰苦的工作和生活，深深地存迹在我们的脑海里……

沿着 50 年代开拓者的足迹

　　存迹，多美的站名呵！记不得是哪位创业者给这个水站起了这个名字。

　　存迹诞生在 1956 年前后，它是随着柴达木盆地石油事业的兴起，特别是 20 世纪 50 年代中期闻名遐迩的老茫崖"帐篷城市"的诞生而诞生的。石油勘探者们在存迹打出了地下淡水，建起了简易的水站，日夜不停地把昆仑山冰峰和积雪融化下流淌的生命之水，源源不断地送往油泉子、油墩子几个构造上的钻机旁，运往"帐篷城市"的每个角落。

虽说昔日的"帐篷城市"如今只剩下孤独的两三个中途食宿小站，难以分辨出昔日的"城市"风貌，但存迹保存下来了，存迹的足迹延续下来了。党的十一届三中全会以后，从胜利油田、玉门油田来盆地的会战队伍，和盆地的石油职工一起，在盆地西部打响了更大规模的勘探会战。存迹的生命之水，又被源源不断地运往井场，运往勘探队员的驻地。

就是在这新的会战中，张炳甲、张德庆两位 50 出头的"老柴达木"，又主动申请来到了存迹。20 岁左右的余炳勋、冉兴军、韩海宏 3 名青年，也先后来到存迹安了家……

站上的自备发电机呜呜地欢叫起来，几台抽水泵嗡嗡地奏起了交响乐，两个 700 立方米容量的水罐，每天咕嘟嘟地灌饱了肚子，不分昼夜地迎接着一辆接一辆的水罐车的到来。最多的时候，一天能有 50 辆水罐车来运水。

就是这老少 5 个人，近几年每年供水在 10 万方左右，平均每年收入达 10 万元。有了这个就近可取工程、生活用水的存迹，钻井队、筑路队和其他单位的施工队伍，少消耗了多少个汽车轮子就算不清了。盆地西部南翼山构造上的钻探取得喜人的突破，探区机械化筑路队在冷湖至大风山的黑色路面铺设中连续两年获得部颁金牌，都有存迹的一份功劳。

更红火的还在后面哩！眼下，盆地石油的"三项重大工程"已经国家计委正式批准建设，工程之一的花土沟至格尔木 400 多公里的原油输送管道，要从存迹附近穿过，需要存迹出把子大力哩！

随着石油勘探的深入和油田的开发，谁敢说存迹派不上更大的用场呢？创业者的足迹是要一代接一代地延续下去的……

难忘的春节

这是 1984 年 1 月的一天，张炳甲师傅的老伴千里迢迢，从古城洛阳赶到存迹和张师傅过了个团圆年。老伴儿虽然是头回来盆地，但也知道盆地偏僻、荒凉、艰苦，可对存迹在偏僻中的偏僻、荒凉中的荒凉、艰苦中的艰苦，还是始料不及的。这里方圆几百公里，除了几个食宿小站和养路道班，剩下的就是南昆仑、北阿尔金山脚下一片戈壁滩。眼看年三十就到了，站上一点肉星星都没有，带叶叶的蔬菜一根不见，连个和面的板子和擀面杖也没有。她犯愁，再巧的媳妇也难做这年饭呀！她更心疼起老头子来，30 年前新婚不久，他就来到盆地当石油工人，也是在这老茫崖一带干活，可不到两年，就为一点小错事被判刑下了大牢，一坐就是三年多。1981 年组织上给他平了反，他又来到了老茫崖这片地方。老伴儿絮叨着："前些日子，有一回抬发电机时，他又扭伤了腰，住了100多天医院，开始也没给家里写信说，快过年了，怕寂寞，做个饭呀什么的也不方便，这才想起叫我来……"

老张在十几平方米的土屋里默默地踱着步，偷眼瞧瞧坐在临时用木板加宽了的床沿上的老伴儿，他更有气，也更犯愁呀！站上平时的蔬菜、肉、面全靠从几十公里外的食宿站上拉运来，本来就有上顿没下顿的。在蔬菜的淡季里，他和站上的伙伴们吃几顿盐水煮面条算啥稀罕事儿？稀罕事有啊！实在憋得没法儿，他和小青年们在荒草滩上挖回野菜配着下饭，小青年们还吃得蛮带劲呢！就是蔬菜旺季，站上也不保不闹菜荒。是小青年们的点子，把吃剩的西瓜皮当菜吃；他和张德庆也吃得"津津有味"！平日里电影看不上、电视与存迹无缘，乏味的生活憋得小青年们直想大哭、大叫。把去趟冷湖、花土沟基地，说成是进趟"北京"……他饱尝过孤独、寂寞的滋味，早几天就把青年们撵回基地父母身边过年去了，有活儿自己一个人顶着。

张炳甲停止了踱步，眼睛望着别的地方，像突然发现了什么似的，对老伴儿说："哎，我说，咱这儿有油、有面，还有土豆，你，你给咱炸点油糕什么的，咱老家不是兴这个吗？我可是好几年没有吃过了！"说完话，他就觉着自己的心口堵得慌。他看见老伴眼角挂着泪花儿，起身向屋角的面桶走去。他也连忙擦起桌子来，好当面板使唤呀！

还巧，在春节前忙着跑野外现场办公的局党委张德国书记一行路过存迹，问明情况后，一个电话，应有的年货送上来了。正月十五过小年，管理局的领导还惦记着，杨秀东副局长等又亲自送去了大肉、鸡蛋、苹果……虽说老两口眷恋着家乡闹元宵的盛况，眷恋着没在身边的两个儿子和孙辈们，可他俩知足了，这年过得还挺静心……

难忘的季节

存迹的一年四季，最叫站上职工生厌、头痛、难忘的是春夏这几个月了。

因为存迹一带有地下水资源，才使水站周围形成了戈壁滩和沼泽地相间的特殊地理环境。水站的周围生长着一丛丛芦苇，一株株骆驼刺，一簇簇灰绿灰绿的芨芨草，还有红柳和一些叫不上名字的野草、野菜、野花。存迹的这一优越于盆地多数地方的景色，给站上职工带来了同样是盆地多数地方罕见的"蚊灾"。每年的 4 月至 7 月，这里简直是蚊虫的世界。凡是到过这个"世界"的人，都会毫不夸张地说："随便一巴掌准能拍死几只蚊子。"

站上的职工不论值班或休息，只要出门，就得先戴好防蚊罩，出了门，头顶上总是被嗡嗡的一大堆蚊子包围着，任你怎么跑躲，怎么遮护，蚊子非但不走，反而会越聚越多，时间稍长点，防护罩也防不胜防，手上、脖子上、脸上免不了被叮起几个红疙瘩。在站上仅有的三四间土坯房子里吃饭、睡觉，也让蚊虫搅得不得安稳。戈壁滩上的水站，不需要修建像样点的厕所，这可使解手成了更犯愁的事了，用站上职工的玩笑话说，"'解次手'就像一次战斗"。请看站上一名青工的一次"战斗"情景吧：出门前戴好面部防蚊罩，脖子裸露部分用毛巾缠护住，做好起跑准备，快步出门后跑到草滩上很麻利地拔下几株野草，解手时用草扇护着身体的上下左右。"战斗"结束，这名青工的手背和屁股上还是被蚊子叮起了几个红疙瘩……

难忘的夜晚

　　同样是因为存迹的水源，水源造就了灰绿色的草滩，草滩又引来蹦跳灵便的野兔，机灵、胆小的黄羊和饥渴、凶残的灰狼。很难捕捉到的野兔、黄羊让站上的青年人既新奇又遗憾；眼露凶光的灰狼却使青年人既憎恨又胆寒。站上两位老师傅买来喂养的 10 多只羊，在不到两年的时间里先后有6 只被狼偷吃掉了。

　　那是 1986 年 2 月的一天，青工小韩徒步走了 20 来公里到茫崖食宿站上办事，回程走到离水站几百米的地方时，天已黄昏。他偶尔一回头，看见一只灰狼跟在他身后几十步远的地方，一双饿红了的眼睛狡诈地盯着自己。小韩的心一下子提到了嗓子眼儿里，怦怦地急跳起来。他说不清自己叫喊着什么，向站上飞快地跑去。等站上的伙伴扶住了脸色煞白、说不出话来的小韩时，后面的那只灰狼不紧不慢地悻悻逃向草丛。

青工小余在上井泵水时，也碰见过距他几十米的灰狼；晚上睡觉，大家时常听到狼在附近嚎叫，从窗户或门缝里能看见狼那发着绿光的眼睛……

这样的夜晚，青年们辗转难寐，想得很多、很多。用他们的心里话说：工作累点，蚊子多点，恶狼侵扰几回，都算不上什么。最让他们这些十八九岁活蹦乱跳的小伙儿难熬的是工作和生活的乏味、单调，是环境的荒凉和孤独。站上没有交通工具和通信设施，长期看不上电影电视；偶尔谁带来几份书报杂志，几个月过去成了"嚼剩的馒头"还在你翻我看。几个小青年都是有生以来第一次远离父母，虽说大多在一个盆地，可一年见不上几次面。小余清楚地记得，前不久他回基地看望亲人，晚上抽空儿到几个同学宿舍聊天，同学们说起叶帅逝世的消息他不知道，谈起莫桑比克总统座机坠毁事件他闻所未闻，说到改革浪潮中的新鲜事儿他更是搭不上一句话。他第一次强烈地感觉到自己落了队，感觉到自己是那样的无知和愚笨，一种难以言状的惆怅袭上心头，他慌乱找了个借口跑回家中，趴在床铺上失声痛哭起来……

续存着创业的足迹

即便是这样，青年们还是在存迹坚持下来了。除了他们自己对生活、工作的认识和理解不断加深外，还因为有站上两位老师傅慈父般的关怀和任劳任怨的身教。晚上有了活，他俩尽量不让青年们去干；老伴儿做些可口的家常饭，他俩总忘不了叫青年们也换换口味；有了下基地的机会，他俩尽量让青年们回家看看，自己把活包揽下来。他俩已向组织上表明了态度，只要工作需要，退休前不离开水站。

当我们问起青年们现在安心不安心，心里有啥想法时，青年们对我们说："就是两位老张师傅常说的话，也不是我们的觉悟比别人高，而是这儿的工作需要有人干，这儿的工作也挺重要，我们不来干，还得别人来干。如果大家都想奔热闹、舒适的环境，那咱油田还能发展吗？再说，运输处也明确了几年后给我们换班，出去还能从头学起。眼下能为油田奉献一点力量，那我们还有啥说的呢？更何况，对我们眼下的这点贡献，省长、部长、局里和运输处的领导，谁不说存迹不容易哩！领导和同志们理解我们，我们心里觉着踏实呀！"

采访结束了。在返回冷湖的路上，存迹水站的水罐、土屋、草滩及站上职工的音容笑貌，不时浮现在我们的眼前。我们忽然想到脚下平展宽阔的沥青路面，不也凝结着存迹的一份奉献吗？这一份奉献，不正通过脚下的公路，连通着盆地油田，连通着青藏高原，连通着五洲四海吗？存迹水站的职工不正在续唱着创业之歌吗？存迹水站的职工不正在续存着创业的足迹吗？

（与张广恩、金青平合写，原载于 1987 年 1 月 17 日《青海石油报》）

金牌在汗水中闪光

　　朋友，如果你是第一次坐车奔驰在平展、宽阔的柴达木盆地西部地区冷湖至花土沟的沥青公路上，乘着脚下这条黑色的蛟龙在千里戈壁腾飞，不知你有何感受？朋友，你能这样理解吗：这条道路的演变史，可以说是柴达木盆地石油事业发展史的缩影！它的过去，留下了石油勘探者艰辛创业的故事；它的现在，展现了盆地石油事业的美好前景！

　　这条公路的建成通车，仅青海油田一家，每年节省的运费、燃料费、行车材料费就达 1700 多万元，相当于筑路投资额的 40% 左右。

　　1986 年 8 月 1 日上午 11 时，在冷湖至大风山（以下简称"冷大"）公路冷湖一侧 84 公里处的油田筑路队帐篷营地，在锣鼓、鞭炮和礼炮（筑路职工用炸药代替）声中，"冷大"新公路的通车典礼开始了……不知老天是有心还是无意，典礼前后又是刮风，又是落雨，似乎在提醒人们：不要忘记筑路职工风尘三载的日日夜夜，不要忘记筑路职工在这条路上洒下的比这场雨水还多的汗珠！天公有眼，人们怎么会忘记呢？

这一年的 12 月中旬，正当青海省交通厅等部门的 14 名同志组成检查验收委员会，来盆地对"冷大"公路进行总体验收，这项工程被评为省"良好工程"的时候，连续三年把这项工程列为油田基本建设重点工程的青海石油管理局，也正在进入一个建局 31 年来最具有历史意义的时刻之一：1986 年，油田计划外销原油 15 万吨。由于"冷大"公路提前在 7 月底全线通车，加快了车辆周转，实际外销原油 17 万多吨；外销量再加上 813 吨，就相当于油田 1982 年全年的原油生产量。

"冷大"公路的建成，沟通了油田机关所在地冷湖至油田西线基地花土沟全线沥青公路的通车。新公路对比原来的土公路不仅质量变了样，而且单程距离缩短 113 公里；单程行驶时间由过去的 10 多个小时，缩短到 4 个多小时。青海油田从 1986 年初正式开始外销原油，到 1988 年 5 月中旬，共外销原油 67.3 万多吨。按标记吨位 8 吨的油罐车来折算拉运（从尕斯库勒油田装车拉至甘肃柳园到装火车），这些原油所需的车次、比旧公路少跑的公里以及节省的运费和燃油、行车材料费，一年半左右的时间就可节约 1780 多万元，相当于新公路投资总额 3997 万元的 44%。仅外销原油这一项，油田自筹勘探开发基金 6000 万元左右，提取福利基金 500 万元左右。这仅仅是外销原油这一笔实实在在的效益数字，油田和兄弟单位所运营的其他车辆，拉进、运出的建设和生活物资，所减少的运费和途耗，更是难以计算。

完成"冷大"公路铺筑任务的青海石油局油田工程处机械化筑路队，由于成绩显著，连续三年荣获石油部颁发的金牌。

如果说这些效益和喜讯，显现了筑路职工汗水的价值，那么，再回头看看这条道路的过去，就更能掂量出浸满筑路健儿汗水的金牌的分量！

过去，这是一条让人辛酸的"万蹲路"，它使行人望而却步。

"敦（煌）茫（崖）公路"的旧道，是 1956 年由开发柴达木的功臣木买努斯·依沙老人等勘察选线的，经过几年修筑建成通车。这条简易的土沙石公路，跨越甘青两省西部交界的当金山口，往东南沟通了"敦格（尔木）公路"，经三岔路口往东联通了冷湖油田，往西南过牛鼻子梁、大风山到老茫崖接上了青新公路。这条沙土公路，尽管 20 多年来历经风蚀沙侵，雨水冲击，但它为柴达木的石油勘探起着"动脉血管"的作用。

近年来，敦茫公路这条大动脉，承受着日渐繁重的压力。在每日数十种车型、成百上千辆车轮的碾压下，它的面孔变了，整段路面上，每隔一米左右，就凸起一道 20 来厘米高的"搓板"，醒目、坚硬、规则地排列向前；它的腰身也变了：有的一大截被流沙淹没，有的一段被拦腰碾断，腰身宽出去原来的好几倍，沙窝连着土坑，分不出主干道在哪；它的脾气也变了：撒向司机和乘客的除了沙石，就是飘荡不散的尘土……

在这条沙土路的两旁，几乎随处可见司机们丢下的断裂成几厘米、十几厘米、几十厘米长的钢板碎片。汽车钢板短缺、待料，成了几年间车队长、运输处长和局长们"头疼"的"老大难"问题。定量分配、领导签批，成了领取一两片钢板的"企业法规"。路上更换钢板，成了油田司助人员的"家常便饭"，跑一趟花土沟，中途换七八次钢板，扒换扎漏气的轮胎十几次，算不得稀罕事儿。车队和修理单位的锻工、焊工，把长钢板改成短的再用，把断了的焊接起来再使，成了修旧利废的"大宗"活路。"挂牌登记、轮流摊派"，成了车队调度员调车跑西部前线的"拿手经验"。跑西部前线趟数多少，成为评选年度先进司机的主要条件之一。在这段公路的部分"常客"当中，流传着刘德义和他车上的"呕吐盆"的"佳话"。

刘德义这位曾被油田、青海省和石油部誉为"运输尖兵"的劳动模范，从 1975 年起，开三种卡车和管拖，连续5 年每年行驶公里突破十万大关。他改开大轿车后，跑西部途中见到有的乘客因颠簸而晕车呕吐，影响车厢卫生和空气，就自制了一个铁皮小盆，开车前向乘客讲明此盆的用场："有人呕吐，请吐在盆内，便于清洁。"之后，这盆可没少派上用场。有一回，刘德义大冬天开车从花土沟返回冷湖，钻井公司的一位女同志被颠得翻肠倒肚，呕吐不止，一路上"独占"了这个小盆，途中也没顾上倒，到了四车队茶炉房，刘德义清洗此盆时，盆中呕吐物冻成冰疙瘩，他用开水烫洗了好一阵儿……

20世纪80年代初的一段日子里，我陪同省报记者在探区采访，几乎处处听到这样的建议和呼声："帮我们呼吁呼吁吧！这段'万蹲公路'太不适应形势啦！"常跑西部前线的省报记者，何尝没有亲身体验呢？时隔不久，《青海日报》在头版刊登了建议尽快修筑冷湖至花土沟公路的记者来信。信中"万蹲路"这三个铅字后面有个括号，有专门解释此三字意为跑一趟冷湖到花土沟，途中起码会被颠簸起落一万次。"万蹲路"这个"雅号"，从石油探区诞生，又向省内外传开去。青海河湟两岸有儿女在油田工作的父母，牵挂儿女，想来油田看看，但儿女们大都劝阻，其中一条最充足的理由就是：你们难以经受"万蹲路"的颠簸。家长们听"蹲"生畏，望而却步……

改变"万蹲路"面貌的提案，成为第五届全国人民代表大会上万条提案之一，盆地养路职工的后代、青年女采油工张勤秀，带着油田数万名职工、家属（何止这数万名呢？）的嘱托，走进了庄严的人民大会堂

1979年6月18日，全国人大五届二次会议在炎热、熙攘的北京召开了。几天后，这次大会的一个分组会议在四机部招待所一间会议室举行。组内一位最年轻的代表、脸庞红润、带着高原风尘的姑娘，语调稍显急促地提出了发言的请求，她看着笔记本，逐条讲出了自己按照五届人大一次会议要求征集来的提案。

这位名叫张勤秀的 20 多岁的姑娘，是青海油田历史上当选为全国人大代表的第二个人。当她讲到希望和要求有关部门尽快修筑柴达木石油探区前线公路的提案时，其他代表感受到这位"小张代表"那恳切、急迫的心情。小张怎能不恳切、不急迫呢？她的父母都在盆地的养路单位工作，她熟悉父辈驾着骆驼、毛驴、手扶拖拉机拖着刮板在沙土路上修养道路的身姿；她更记得自己每次从花土沟山沟里的采油队出来，到冷湖开会或回家探亲，颠过"万蹲路"到了招待所和家门口，无论穿多么鲜艳的衣服，除了两颗眼珠没有变色，浑身上下都变成了灰白色；她忘不了油田委派副局长王晓明和自己一道，专门到油田各单位征集提案的情景，干部、工人的嘱托犹响耳边……

柴达木盆地石油事业的发展，急需淘汰这条"万蹲公路"！盆地西部连接青海、西藏、新疆的部分地区的工农牧业的发展，需要修筑新"动脉血管"！必要的交通条件是企业在青藏高原生存、竞争、发展的最基本的条件之一。高原的开拓者愿意把自己的汗水抛洒在更有价值、更有意义的场所，而不是消耗在令人尴尬、望而生畏的尘埃中。

提案经过筛选、整理、汇总、批转、讨论、答复等程序，又和代表们见面了。"万蹲公路"的修筑，决定由石油部集资，青海省协作，尽快改变面貌！

1980 年上半年，从美国引进的一整套机械化筑路设备计 64 台套，经石油部调拨来到青海油田。油田工程处组建了自己的第一支机械化筑路队伍。

经过短期的理论和操作技术培训，1980年下半年开始，筑路队在尕斯库勒油区进行了筑路试验……

1981年起到1983年，筑路职工一试身手，先后在花土沟至大风山一段的原沙土公路上，成功地完成了铺洒沥青路面的任务。

与此同时，1981年初，油田派出陈文玺副局长亲自带队，进行冷湖至大风山公路改线的野外实地踏勘，初步选定：甩掉牛鼻子梁、原敦茫公路大风山至冷湖岔路口一段，全线向偏东南方向移动，穿过碱山和俄博梁地区，经冷湖老四号小土山，到达油田机关所在地冷湖。改线后的公路里程比原线路减少100多公里。

1982年，青海省公路设计院在经过新线路的可行性研究和初步测量工作之后，拿出了线路工程初步设计方案。

1983年，石油部正式批准了"冷大"公路的铺设计划，明确投资额不得突破4000万元，按全优工程要求进行施工，3年时间建成通车。

1984年起，油田筑路队首次正式按照沥青公路铺筑的全套工艺要求，开始了铺筑"冷大"公路的战役！

1984年至1986年，筑路队的帐篷大院连续三年坐落在大风山一线的戈壁滩上。筑路职工在这里留下了创业的脚印、辛勤的汗水、难忘的回忆……

在油田工程处的一间展览室里，我久久地望着镶嵌在玻璃框架内、衬垫着红色锦绒的 3 枚金牌。在这熠熠生辉的金牌上方，有一小长方形的链带，上面标明年号并有"社会主义劳动竞赛奖"的字样；金牌下方的坠链上铸着颁奖单位——"中华人民共和国石油工业部"字样。我的眼光停留在金牌正中图案上那座耸立的石油钻机井架，慢慢地，这井架的钢筋铁骨在我眼里无止境地延伸开去，又慢慢地连接上"冷大"新公路的脊背，带着我的思绪蜿蜒飘荡……我清楚地知道，这飘荡的思绪是我应邀接受写筑路健儿事迹的任务后的一种心态，它使我手中的笔也不知该在"冷大"公路的那一段路面上落下去，才能顺顺当当、实实在在、真真切切地写出筑路健儿的三年或者是三年筑路的健儿……

三年里，筑路职工在完成全长 128 公里的"冷大"公路铺筑中，先后打眼放炮 12 万次以上，移动土方量 160 多万方，拉运沙石料 44 万多方，拉运工程用水 10 万多方，拉运黏土 11 万多方，铺洒沥青 4200 多吨，施工成本比计划降低 5.93%。

三年的施工期里，200 多名筑路队职工和其他辅助施工的数百名人员，在施工现场洒下的汗珠，就像阳光下一片连着一片闪烁在戈壁滩上的盐碱花、云母片、芒硝粒一样，多得难以数清。

1954 年，在异常艰苦的环境下指挥修筑世界屋脊"大动脉"青藏公路的慕生忠将军曾这样说，在筑路队伍里"个人英雄是不多的，主要是集体英雄！"

1984 年 3 月 26 日清晨，在大风山筑路队的帐篷营地里，机器的轰鸣声划破了沉寂的戈壁。十来辆黄色的 D8K 推土机，吼叫着驶向营地东侧的插着标桩的盐碱地段。"冷大"新线公路开通并形成路基的施工揭开了序幕！

新线的路基全线要经过 3 个干涸的盐湖，大大小小的盐碱包布满 90 来公里长的路基地表，还有 35 公里的路基表面含有大量的芒硝。在这数千万年前已经干涸的湖底表面，几乎每个盐碱包都大小不均地结着许多小溶洞。表面看起来溶洞的盖层只有几毫米厚，可当你穿着皮工鞋使足劲踏下去，它却纹丝不损，反倒震得你脚跟生疼。要攻破它，大都需要打眼、填炸药、爆破，再辅之以推土机铲平、推平。有的地段最高处需要铲挖去 9 米左右的土方，低洼的地方又需要填进 8 米来高的土方。筑路队推土机班的 18 名推土机手，成了开通路基的主力先遣队。

可能是美国企业的工程技术人员在设计制造这种推土机时，压根就没有想到它会来到海拔 2900 来米、名副其实几乎天天刮风的大风山地区施工，所以，D8K 推土机尽管车身高大，但在驾驶员座位上却没有遮光避尘的驾驶室。这可苦坏了推土机手们，操作时他们置身在一团团尘埃之中，加上头顶强烈的阳光暴晒，个个成了"灰人"，嘴唇干裂了口，脸上也被盐碱、芒硝的粉尘渍裂了一层皮。

在机声隆隆、尘土飞扬的施工现场，石油局劳动模范、边陲儿女优秀奖章获得者、25 岁的何友川，一个黝黑、圆脸、身高不满一米六的小伙子，熟练地操作着一台推土机，看得出来，因为个头儿太小，他时不时抬起屁股、踮起身子

图片 11

油田重要运输线冷大公路筑路施工现场

看着机身前面的推土板，像是把自己全身的重量也加在推土板上一样，来来回回，一板一板地向盐碱包啃去……

在筑路"先行官"——测量班里，不论是 50 多岁的技术人员还是二三十岁的班员，施工期间几乎每天都要跋涉几十里路。一双工鞋，月把工夫就四分五裂。一把榔头，把子是一寸铁管焊上去的，两个来月，就被小伙子们插标杆、埋桩号打断了八九回。有时出工、收工没有车接送，小伙子们肩扛仪器，来去全靠"11 号"。有几次晚上 11 点多钟仍未归队，驻地的同志在附近山坡上点起篝火，为他们引路……

有一年初夏的一段时间，花土沟连连降雨。炊事班长程进娃等同志安在花土沟基地的"地窝子"的家，有的漏进了水，有的裂开了墙壁。家里催促他们回去照料，队上也准了假，可他们拖了又拖，不愿意丢下手头的工作。工程处和队上只得临时抽出人手，挨家挨户去帮着维修，解除野外职工的后顾之忧。

筑路队的工人们说："我们的队干部要算最辛苦的人了！"在筑路三年里担任过筑路队指导员的徐恩昌、副指导员的杨世炳、队长房世琦、副队长穆跃贵和李有正、丁如席、李茂才等同志，他们白天在现场指挥作业，顶岗干活；晚上研究具体问题，落实明天的施工计划；还得"瞻前顾后"，操心解决野外职工和留在基地的妻小的生活琐事。徐恩昌的胃病严重了，他用绳子把暖水袋挂在脖子上，再揣在怀里，缓解疼痛，坚持工作。被工人们亲切地唤作"大老黑""二老黑"的李茂才和房世琦，因常年风吹日晒的黝黑的额头冒着汗。已经是初夏6月天了，李茂才身上的一条老棉工裤依旧穿着。为啥？因为这位服兵役期间到过老挝修公路的工程兵，患有严重的关节炎，盆地早、中、晚温差太大，高低相差好几十度，他额头冒汗，可脱不下棉裤。房队长的爱人常年有病，病重时生活难以自理。一次他接连收到3封基地发来的电报，告知他爱人病情复发，但他回电委托邻居照顾爱人，坚持在现场指挥施工。李有正在施工中不慎被盐碱砸断了左脚大拇指的骨头，打上了石膏，被迫住院休养。可第四天他就离开医院，拄着拐杖出现在工地上。当时负责现场质量分析化验的杨世炳，他的一个小孩有病急需送往内地手术。他爱人身体不好，请求他护送娘俩儿到老家；组织上打了点"折扣"，同意他送到柳园上火车。谁知他惦记着现场化验的活儿，因为驻地白天不发电，全靠班员晚上干，实在放心不下，这关系着工程创优的大事儿呀！他就自己又打了"折扣"，把爱人和小孩送到冷湖，立即返回了工地。穆跃贵和丁如席，是1984年3月初带队到大风山安营扎寨的第一批人。在筑路大队人马没有到来之前，他们餐风饮露，搭起了野外的帐篷基地。

在筑路队的工人、干部中，转业军人占了一半以上，党、团员又占了职工总数的大半。这些骨干力量，以自己无声的行动，撑起了这支英雄群体的脊梁。

"王德林，电报！"共产党员、司机王德林在野外驻地短短的几天里，连续收到河北老家发来的3封电报。电报的报类由普通变成了加急；报文中不幸的消息由"母亲病重"，变为"母亲病危"，最后一次出现了他预感到但最怕出现的"母亲病故"四个字。每封电报都在催他"速归""速归""速归"！这位坚强的汉子颤抖着捏紧手中的电报，面朝着东北家乡方向，眼眶里噙满了悲痛的泪水……王德林没有归去，数千里的路程，他回到家也难以见到慈母的遗容了，何况，施工正在节骨眼上，走一人，班里就得停摆一部车辆。他在现场借了一笔钱，托队上的办事员到花土沟电汇回家，并电嘱亲友料理好后事。他又一头钻进了驾驶室……

翻斗车班、铲运机班以及工程水罐班的同志，担负着成千上万的沙石土、水的拉运装卸工作。为了保证工程进度，他们组织了数十次的小型突击竞赛。竞赛中，他们带上干粮和凉开水，中午吃、喝都在车上，马不停蹄，平均每台车每天在便道上颠簸 400 来公里，一天工作十三四个小时。在野外生活有很多的不方便，筑路工人自力更生解决困难。张喜庆自己买了一套理发工具，几年来为筑路工人义务理发3000 多人次。

在"冷大"公路上，也有兄弟油田职工的汗水。长庆油田工程师赵继良应邀来柴达木协助筑路工作 6 年多，在培训职工、施工设计等方面做出了成绩，多次被评为青海油田工程处先进工作者。

有人说，筑路职工在野外施工，"冷落了妻子，耽误了孩子，也没有多拿票子，不知图个啥子？"筑路队的司机们一番朴实无华的回答，表达了全体筑路职工的心愿："图个啥？图的就是造福后人！今天，我们在野外吃些苦，受些颠，流些汗，明天，就可以让更多的人也包括我们自己少吃些苦，少受些颠，少流些汗！"

离开油田 3 年多的老局长、青海省委书记尹克升回到油田，他感慨："变化大，房屋多了，厂房高了，公路平了……"年近花甲、两鬓斑白的前石油部副部长李敬，在筑路现场向全体筑路职工深情地鞠躬……

1986 年 5 月 30 日，青海省委书记尹克升同志带领有关部门负责同志一行 20 多人，从冷湖赴花土沟前线检查工作。途经"冷大"公路施工现场，尹克升——这位 1954 年首批进入柴达木盆地、在高原油田奋战了 28 个春秋的"老柴达木"，专程来到筑路职工中间，向大家表示慰问和敬意。他看到冷湖至花土沟的新线公路即将全线铺通，引起他对路的许许多多的回忆。他和成千上万名老柴达木人一道走遍了八百里瀚海，留下了成百上千条浸透汗水的小路。

老局长又想起了"路"的那首小诗。那是 4 年前的 5 月 28 日，他带队到南八仙地区 292 地震队参加现场庆功会，他在一块黑板上发现了这首地震队青年写的小诗：

> 戈壁的路，是先者的足；
> 继昨日的步，闯今天的路。
> 为什么总是新路，
> 是因为戈壁有宝，是为着寻找石油！

他赞赏这首小诗朴实真切，专门抄了下来，并在几次大会的讲话中都高声朗读，引发开去。而今，他看到年轻的筑路工人又开辟了新路，更感到那首小诗道出了新老柴达木人的共同心声。

石油工业部的领导也关心着"冷大"公路的进展。1985年3月，石油部副部长李敬带队来青海油田现场办公期间，专程赶到筑路队的帐篷驻地。年近花甲、两鬓花白的老部长声调高亢地对全体筑路职工说："我们专门来到同志们用辛勤汗水铺筑的这条路上，一是看望大家，转达康世恩国务委员和唐克部长对大家的问候！二是祝贺大家获得金牌！你们队的事迹材料，我在部里看了，在石油系统几个同类型筑路队里，艰苦的条件和程度，没有一家比得上你们，你们的事迹里有艰苦奋斗的优良传统，这正是我们石油系统要提倡、要坚持、要发扬的东西！铺成这条路，对青海油田意义重大，收益不小，我在这里向大家表示谢意啦！"老部长在大家的掌声中，深情地弯下身躯，向筑路职工鞠了一躬……

老部长在油田领导的陪同下，进入筑路现办负责人王益民的宿舍兼办公室的帐篷，在询问了有关施工情况后，他语重心长地对现办的同志们说："你们这支队伍好！要常对大家讲，同志们用汗水铺出来的这条路，子孙后代是不会忘的！路铺起来后，你们要在路的两头立碑，把筑过路的人的名字都落上……"

几年过去了，筑路职工没有辜负省、部领导和油田职工、家属的期望，三年铺路，三年挥汗，换来了三块金牌。

可在早已通车的这条坦途上，并没有按照老部长的要求和心愿立起筑路人的碑记来。是筑路现办的同志忘记了老部长的嘱咐？又或是不习惯于给自己树碑立传？

这碑是该立的！这哪里是给个人、给筑路队树碑立传的呢？这碑当是盆地石油事业发展史上的碑记之一！

尽管碑没有立在路旁，可这条路却早已刻在成千上万人的心里！筑路职工的汗水和着金牌的光辉，永远闪光在这条通向明天的路上！

愿更多的创业者和后来人，踏过这条大道，用汗水去铺筑新的道路，架设新的桥梁，夺得新的金牌！

（原载于 1988 年《瀚海魂》创刊号）

茫崖的印记

　　茫崖在蒙古语中意为"地形似人的前额"。这个地名在盆地有着多地的演变重合。20世纪50年代中后期的茫崖，是柴达木盆地油气勘探开发的指挥枢纽，成千上万名勘探健儿在这里聚合。这个"额头"处平地里生出数百朵旱地"雪莲"，石油人搭建起的"帐篷城"，彰显着盆地油气勘探的生机勃勃。青新公路和敦茫公路在这里交会，因为有"自流井"淡水资源和存迹水站，这里滋养出片片芦苇、簇簇骆驼刺和芨芨草。

　　1956年至1959年，这里成为柴达木石油勘探队伍安营扎寨的场所。青海石油勘探局的机关从西宁迁来，省上的派出机构柴达木工（行）委也在这里运筹帷幄，苏联的援建专家也住进了这座"城市"，方圆数里的帐篷间飘扬着高亢的《地质队员之歌》。帐篷城中搭建起木料加铁皮的大礼堂，在1956年里迎来了中央慰问团，团里的阿依木沙、高玉倩等歌舞和京剧名家，在这座礼堂一展歌喉，欢乐的热浪穿透礼堂飞向大漠。

一支支勘探队伍从这里出发，奔赴油泉子、油墩子和开特米里克……"功勋向导"木买努斯·依沙阿吉老人，在这里谢绝乘坐配给他的轿车，坚持骑着自己心爱的骆驼，在骆驼背上"指点江山"，牵引出一处处喜人的油苗。他的小女儿柴达木汗 1956 年在"帐篷城"出生，她的出生和"得名"增添了"帐篷城"几多的欢乐。

盆地西部的油泉子构造探井喷油，向全国人民报了捷，油泉子地区快速形成了钻、采、炼及生活后勤一体的前线生产基地。1956 年 9 月 5 日的《人民日报》，发表了题为《支援克拉玛依和柴达木油区》的社论，吹响了盆地油气勘探开发、拼搏创业的进军号角。一批批的有志青年奔赴"聚宝盆"，在这片热土上续写着自己的人生画册。勘探局最早的机关小报《茫崖通讯》，也在"帐篷城"里为创业者讴歌。

随着盆地油气勘探开发重点东移，"茫崖帐篷城"逐渐消失了，这片荒滩只留下仍在使用的存迹水站，当年的"窑洞医院"遗迹尚可分辨，废弃的药瓶等物被沙尘包裹。

再后来花格输油管道在这里设立了泵站，成为这片荒滩上最大的院落。后来的石油人将这处地名叫作"老茫崖"，以示和后来的石棉矿所在地茫崖镇、花土沟派驻过的茫崖工（行）委以及花土沟新设立的茫崖市的交集分合。

20 世纪 50 年代后期兴建起的茫崖石棉矿，西距花土沟 70 公里，这里成为茫崖镇的机关驻地。茫崖石棉矿的一批初中学生，一度曾来到油田冷湖四号学校就读，有的毕业后也穿上了石油工衣。1975年初秋的一天，我到西部前线采访，曾随西部勘探指挥部的男女篮球队，到茫崖石棉矿参加友谊比赛、交流联谊。带队的团委书记刘长荣和队员们一起，专程来到镇上阿吉老人老伴儿阿吉罕·伊沙克的家里。时年60多岁的阿吉罕老人，摆上瓜果招呼石油亲人；已在西北民族学院学习、回家度暑假的19岁的柴达木汗，向亲人们献上了一段"地道"的维吾尔族歌舞，欢快的掌声和笑声在小院响起。再后来，得知柴达木汗从民族学院毕业后，回到了茫崖镇妇联工作，成为镇妇联副主任、海西州妇联委员和政协委员。她和复员转业的买买提·依明结婚成家后，把新家也安在了柴达木盆地。因为父亲的关系，柴达木汗的心里始终存在着深深的石油情结。再后来，柴达木汗终于"圆梦"，成为新疆塔里木油田的一员。1998年夏末，我和油田企管处的郑麦省到新疆开会期间，途经塔里木油田机关所在库尔勒时，知道柴达木汗已任油田工会副主席，就专程到油田机关大楼找她。柴达木汗见到青海油田来人探望，十分高兴，热切地询问油田和茫崖地区的变化和近况，也交流着近年里寻找和会见父亲老战友的一些见闻和故事。柴达木汗还向我和小郑赠送了塔里木油田的相关图册。第二年，石油系统在塔里木油田组织电视新闻报道竞赛方面的专题会议。我得知这一讯息，专门和参加会议的油田电视台朱永明等同志联络，告知并提议让他们拍摄一期阿吉老人小女儿柴达木汗的人物专访。后来得知朱永明等同志拍摄的这一专访，受到好评；回来在油田播出，也让柴达木石油人了解了阿吉老人后辈的近况。

柴达木盆地的老茫崖、茫崖镇、茫崖行委和茫崖市，都给盆地的几代创业者留下了温馨难忘的印记。

（2023 年 6 月写于北京）

天然气开发启示录

京城的冬夜望不到星星，中外媒体呼吁"找回蓝天"；为天然气开发利用下起"流星雨"；柴达木天然气开发的"哑铃"效应日渐扩散。

京城观看流星雨引出的议论，深受大气污染之害的人们企盼着"绿色能源"——天然气很快到来。

1998 年 11 月 18 日，成千上万的天文爱好者和爱热闹的人们，根据有关天文台和媒体的预报，纷纷走出室外，仰着夜空，想一睹 33 年一遇的景象颇为壮观的狮子座流星雨。

18 日前后，我正在北京出差。流星雨一度成为人们的热门话题。那一天的凌晨，不少客居京城的人们，打开窗户，走上阳台，走出楼舍，想凑凑热闹，也一睹流星雨的亮姿。但他们很快地彻底失望了，京城市区的夜空，笼罩着雾蒙蒙的铅幕，望不到一颗星星。

过后说起来，老北京或熟悉京城的朋友们不以为然地说："嗨，这不多年就这样吗！冬季跟夏季差不多，不要说夜里难得看到星星，你没见白天天空也是雾蒙蒙的吗!""为啥? 那不明摆着，大气污染呗!"事后知道，京城市区内的不少人专程驱车赶往污染程度低的沙河镇观看流星雨，又赶上车多路塞，干脆无功而返，不少人叫骂起来:"市区污染，去郊区也塞车，看个星星也这么难，真没劲!"

京城的朋友告诉我:"你没看这两天的报纸吗? 世界十大污染严重城市中，我国占了五个（北京、上海、西安、沈阳、广州），北京市列第七位哩! 每当此时，油田的同志难免含着疑惑的语气说:"我们不是把'绿色能源'给你们送到了家门口吗? 赶紧用呀!"京城的朋友总是企盼中带着抱怨的口气:"谁说不是呢? 咱都盼着呢!"

天然气"行情"看涨；众多媒体呼吁"找回蓝天"，为天然气开发利用下起"流星雨"

是的，人们在呼唤和企盼着自身日趋恶化的生存环境的改善，其中包含着对优质、清洁能源——天然气的呼唤!

世界资源研究所、联合国环境署和开发署及世界银行共同发布的《世界能源报告（1998—1999）》资料显示，世界上每年约有 400 万名儿童死于空气污染引发的急性呼吸系统感染，250 万名儿童死于水污染；23% 的全球疾病与环境因素有关。还有资料显示，我国目前因污染形成的酸雨面积已覆盖国土面积的 40% 左右，每年由此造成的有形经济损失高达 140 多亿元……

如果我们关心或留意 1998 年里综合时事信息，就会发现在林林总总的国内外报纸杂志、广播电视等传播媒体上，关于天然气开发方面的信息量，大大多于往年；特别是下半年里，天然气的话题更是工业性、经济类新闻报道中的重头戏之一。让我们摘取部分报道信息，来看看传播媒介是怎样下起天然气的"流星雨"的。

——8月8日起，北京8家中央新闻媒介组成采访组，先后到四川、长庆、新疆油气田及部分省区市，就天然气开发利用作专题报道。

——9月8日起，《工人日报》在新辟的"头条新闻大赛"专栏中，陆续刊登《关于我国天然气开发利用的调查报告》之一到之五，并为此配发了编者按；指出天然气作为一种清洁能源，"行情"不断看涨，世界各国都把利用天然气作为实现经济、社会和环境协调和发展的重要途径。

——9月17日，也就是众多媒体预报"流星雨"的日子里，《经济日报》在其《产经透视》专刊的头条位置，以《中国城市企盼"换气"》为题，突出、醒目地在提要中喊出了"中国城市离天然气时代有多远？城市的天空什么时候才能明朗起来"的企盼。

——9月17日至18日，根据党中央、国务院领导同志对搞好天然气开发利用工作的重要指示精神，由国家发展计划委员会组织召开的全国首次天然气利用规划工作会议在北京召开。中外有关新闻媒体对此都作了报道，指出全国天然气的利用工作将从过去务虚转入务实阶段，开始规划编制工作；会议要求各部委（局）各省、市、自治区及国家石油公司，于明年初完成本部门、本系统的规划工作。

——11月6日，《人民日报》以《天然气市场呼唤大手笔》为题，刊发对我国天然气工业发展的思考的报道。

——11月初起，《中国石油报》作为承担我国陆上油气勘探开发主角的特大型企业集团——中国石油天然气集团公司的产业机关报，更是不停歇地下着天然气的"流星雨"；为此还组织了"天然气市场调查万里行"专题系列报道。

还有引人瞩目、令国内外油气工业界人士关注的"首届中美石油天然气工业论坛"，第六届中国国际石油天然气会议，也于11月初相继在北京召开。会议传递的信息更为重要，国家发展计划委员会副主任包叙定特别指出，中国当前首先要加强天然气的开发和利用；中国石油天然气集团公司总经理马富才作了题为《中国天然气工业的开发前景》的专题发言。马富才强调指出，中国发展天然气具有比较雄厚的资源条件，已经具备了一定的基础，面临着跨世纪发展的战略任务；在未来的20年，中国石油天然气工作者将继续努力，在稳定和增加原油产量的同时，坚定不移地加快天然气资源的开发利用！

——11月中旬，有关媒体争相报道了陕甘宁气区天然气进津接气暨开发天然气汽车签约仪式在津举行的动态；还报道了天津市建成目前国内首座天然气智能地下高压筒（具有自行调控、平衡城市输气管网流量及压力的储气设施——作者注）的动态。

几乎在上述信息发布的同一时间段，我还注意到不少媒体相继刊载了北京、上海、重庆、成都、西安、牡丹江等城市，为了"找回蓝天"，先后制定并出台了限制烧煤特别是限烧高含硫煤的法令，还有禁售含铅汽油，推广双燃料汽车，加紧试制并推广使用天然气汽车等相关的法规、通告、规定等。

众多媒体关于天然气开发利用所下的"流星雨"，在一定程度上折射出世界经济特别是世界能源工业发展的趋势及客观规律，反映着时代的需求和人民的愿望。这就是人类社会在实现工业现代化的进程中，已经付出了巨大的灾难性的惨痛代价之后，日益清晰并明确起来的客观规律和强烈呼声：我们必须遵循环境与经济、社会协调发展的客观规律，必须正确处理经济发展同人口、资源、环境的关系，必须把保护环境确定为一项基本国策，实施可持续发展战略！

在折射出环境和发展是当今世界重大主题的同时，这些信息还折射出天然气在当今世界能源基础工业中的发展地位、发展机遇和发展前景。这包括天然气的开发利用是高新科技发展的产物；提高天然气在能源消费结构中的比例是我国和世界能源工业的发展方向等。一句话，天然气的开发利用，正当其时，大有可为！

柴达木盆地天然气成为目前全国陆上四大气区之一，"在石油工业'稳定东部、发展西部'的总体战略中地位十分重要"

关注国内外石油天然气工业发展的信息，青海石油人会欣喜地发现，近年来，柴达木盆地的油气勘探开发特别是天然气开发，在行业内、在全国的地位日渐上升，不仅在中外不少新闻媒介上频频"亮相"，同时也频频地出现在国家级石油公司、相关省市乃至国家级的工作规划及部署中，出现在各级领导的报告、讲话或文章中。

青海石油人清晰地记得，在油田以"油气并举"为主要特征的"二次创业"进展中，随着油气勘探程度的加深和成果的扩大，1997年初，当时的中国石油天然气总公司在其"九五"勘探规划和工作部署中，把柴达木盆地冷湖至南八仙和盆地东部"三湖"区域天然气勘探项目，列为全国8个战略突破地区中的2个项目。在此前后，一批油气综合地质科研课题立项攻关了，一批地震攻关测线布上去了，一批重点探井相继开钻了，一批勘探成果显示出来……

在1997年四季度初的《瞭望》新闻周刊上，时任国务院总理的李鹏同志，发表了《中国石油工业的发展》一文，文中指出："青海的石油天然气开发很有前途，柴达木盆地已经找到了丰富的油气储量。青海省在石油工业'稳定东部发展西部'的总体战略中地位十分重要。"这是近年来，党和国家领导人对柴达木油气工业现状和发展前景所作出的总体评价，既是对盆地油气勘探成果的充分肯定，也是对盆地油气工业发展的地位和前景的科学预测及殷切期望！

到了1998年初，经过新的阶段性勘探成果的验收和资源评价，青海石油人再一次欣喜地发现，"柴达木盆地成为我国目前陆上四大气区之一"的提法又在中外新闻媒介或各级领导同志的讲话、报告中频频亮相。

新华社等有关媒介机构提供的初步统计资料显示，在1998年里，先后有《人民日报》及其海外版、《中国日报》、《经济参考报》、《科技日报》、《新民晚报》、《新华每日电讯》、《光明日报》等国内报刊；有美国、东南亚国家、中国香港地区出版的《侨报》《京华早报》《文汇报》《大公报》《欧洲时报》《菲华日报》等数十种报刊，相继刊发了数十篇反映柴达木盆地油气勘探开发方面的最新成果和最新动态的报道；《中国石油报》《青海日报》《甘肃日报》以及部分电视广播台的相关报道更多，特别是关于"仙敦"输气管道建成投产的动态及经验报道，在国庆节后成为有关媒体的"重头戏"之一。

这些报道向人们传递着这样的信息：柴达木盆地无愧于"聚宝盆"的称号；柴达木盆地的油气勘探开发高潮迭起、成果喜人；柴达木盆地大规模进行天然气开发的序幕已经拉开！

有人把天然气开发利用形象地比作一只"哑铃"：一头是储量资源和气田开发，一头是用户市场，连接两头的"铃杠"是运输管道。青海油田在"二次创业"进程中，注重"哑铃"效应，练好"哑铃"功夫，使天然气这一新的经济增长点日益闪亮夺目。

资料显示，经过青海石油人40来年的艰苦奋斗，到1994年底，在柴达木盆地先后找到6个气田并探明和控制近500亿方的天然气储量；但由于历史的诸多原因，除了少量油田的伴生气被就近利用之外，丰富的地下气资源没能得到开发利用。据有关资料统计，从建局到"八五"末期，青海油田40年累计产气只有15亿多立方米，其中"八五"期间为最多，5年产气3亿多立方米。"二次创业"中加快了天然气勘探开发步伐，截至目前，发现并找到的气田增加到8个，探明加控制天然气储量增加到1600多亿立方米；"九五"头两年产气量已超过"八五"5年的总和，加上1998年，3年的产气量近6亿立方米；眼下和今后一个时期，青海油田的天然气储量和产量仍将保持逐年上升的强劲势头！

让我们简要地回顾、梳理一下"二次创业"至今，青海石油人在天然气勘探开发和利用方面所采取的举措，付出的努力、挥洒的汗水、取得的成果。

——在油田的发展目标、整体规划、发展思路和经营理念及任务指标体系中，真正树立起"油气并举"的指导方针。在1995年初提出实现"三个翻番"的发展目标中，首次正式纳入了天然气勘探开发及收益的定量、定性的指标。4年来，油田制定并实施了若干个天然气勘探开发整体或阶段的、综合或单项的发展规划及工作目标。青海石油人第一次如此真切地把油田的生存和发展、把为祖国多做贡献、把自身生活水平的不断提高，与天然气紧密地联系在了一起。

——在油田勘探思路、勘探部署、勘探重点、勘探投入等方面，开阔思路，冲破过时的观念束缚，让天然气"哑铃"的资源基础这一头不断"沉"起来。从全局性的增强找油意识大讨论起始，全局勘探工作不再局限于"西部找油、东部找气"的格局，不再"重油轻气"；按照"油气并举"的指导原则，在勘探一路扩大对外合作，加大投入和作业工作量，组成了多个项目部或攻关组，列出了数十个和天然气相关的科技攻关课题，出台了相关的激励机制，使盆地天然气资源量由全国第二轮资源评价时的数千亿立方米，上升到1万亿立方米以上。

——天然气的开采也是"哑铃"资源这"一头沉"中的重要部分。4年来，局里以涩北天然气试验开发工程为重点，一手抓生产能力的建设，相继建成数十口开发井及其地面集输、处理和生活设施的配套建设，使气田采输气量适应并超过了输气管道及下游用户的阶段性需求量；一手抓防砂、防水等工艺技术攻关，油田内外科研院所和作业单位联手攻关，眼下已实现单井日产气量达到10万立方米不出砂的阶段性开发目标。

——在调整油田的油气产业结构中适时调整油田的组织结构、队伍结构和资本结构，把"油气并举"的经营思路落到实处。4年来，局领导班子中有4名以上的成员，亲自挂帅或明确分工直接运作，先后成立了天然气会战领导小组、天然气下游工程领导小组或项目领导小组，把天然气勘探开发摆上了重要议事日程。同时，局机关的油气化工处、南翼山天然气公司、天然气开发公司、天然气电力公司等部门和实体单位也相继组建并投入运行。为了运用资本经营手段，多渠道融资，加快开发利用步伐，除了南翼山天然气公司试行股份制运作模式之外，还经正式批准发起成立了"青海昆仑石油化工职工持股会"，全局80%以上的职工和部分离退休老职工，成为内部股份制试点单位和持股会的"股东"；同时，油气化工上下游综合开发的上市公司，也在上级组织的支持下，正在加紧运作，争取早日上市成功。

——建好3条输气管道，筹建东进管道。国内外天然气的开发和利用，无不和建设骨干输气管道紧密联系在一起。青海油田注重做好"哑铃"效应中的"杠铃"文章，使输气管道建设成为"二次创业"进程中抓好重点工程建设的亮丽之笔。1996年5月1日，全长103公里、年输气能力可达2亿立方米的油田第一条"南花"输气管道（南翼山气田至花土沟生产基地），立足油田自己的力量，经过近一年的施工，正式点火投产。

1996年8月31日，全长190公里、年输气能力可达6亿至8亿立方米的"涩格"输气管道（涩北气田至格尔木市），凭借局内外施工作业队伍和管理到位的运作机制，只用半年左右的有效工期，就克服重重困难建成投产。这条管道建成投产，除了对下游用户市场开拓极具前景之外，还为涩北主力气田的试开采以及天然气发电提供了坚实的基础。

1998年10月1日，全长345公里、年输气量可达3亿至4亿立方米的"仙敦"输气管道（涩北气田经南八仙至敦煌），运用市场新机制，实施限额设计、限额投资，明确投产日期，采取"全权委托、一次授权"方式选定工程总指挥和项目负责人，施工队伍和材料供应实行公开招投标及"闭口合同"，甲乙方责权利明确，只用半年左右就优质、快速、高效地建成了这条跨省输气管道。

这3条输气管道的建成投产，改变了油田的产业和产品结构，增加了油田的整体效益，为盆地天然气更大规模地开发利用积累了经验，锻炼了队伍。因此，油田决策层立足盆地天然气资源的现实及前景，从区域经济和全国能源市场需求角度出发，加快组织实施了天然气东输至西宁、兰州的前期准备工作。此举，得到了集团公司和青、甘两省领导和有关部门的大力支持，局里天然气开发总体方案等已经集团公司审定，管道建设可行性方案及论证基本完成，选线工作也基本完成，相关前期准备工作正在加紧运作。青海油田的天然气"铃杠"，在"二次创业"中不断地在加粗加长；它同时又带动和促使着油田这只气"哑铃"的两头也在加大、加重！

与上游资源及开发相对，靠输气管道连接着的"哑铃"的另一头即是市场用户。这下游的"一头沉"，在市场经济条件下"沉"得更有学问、更为艰难、更显重要；这一头"沉"得如何，是我们练好"哑铃"功夫的目的所在，也是难点和关键所在。为这一头"沉"，油田决策层和青海石油人努力学习和掌握开拓市场的知识和本领，勇敢地面对市场，敢于承担风险，以开阔的胸襟和坚韧的勇气，开拓内外部市场，换来了日渐明显的经济和社会效益。

在努力开拓下游市场方面，花土沟地区的工业和民用燃料结构发生变化，"南花"线至今已累计生产天然气3亿多立方米，替代燃料渣油24万多吨、煤4万多吨，关闭了花土沟炼油厂，为提高原油商品率、减少资金外流做出贡献。近期正在把汽轮发电站改造为燃机电站，进一步提高天然气效率，也为原油上产打牢基础。

再看格尔木地区，随着"涩格"线投产，到今年年底，涩北气田可产输气 1 亿立方米，替换燃煤 1 万吨、燃料油 5 万多吨；局内居民和市上部分居民也燃上了天然气；职工持股会和油田联合筹建的年产 10 万吨甲醇、气体分馏装置、年产 2 万吨聚丙烯装置的气化工新三项工程，至今已有部分项目建成试投产，先后生产出合格的丙烯和聚丙烯产品。局外合作开发方面，今年 12 月上旬，我局与盐湖工业集团等联合开发盐湖、天然气资源的 PVC 项目等，也正式签约；还有天然气发电及其他精细化工项目也在论证和筹建之中。格尔木石油天然气化工基地的作用日渐显现出来。

还有敦煌地区，随着"仙敦"线的投产，局基地的 40 多台保温锅炉已实现以气代煤，加上发电燃料替代，年替代燃煤可达 10 多万吨；油田和敦煌市区及阿克塞县的 2 万多户居民将在近期用上天然气；中外 5 家单位联合投资 2.78 亿元新建的先期装机容量为 5 万千瓦的燃气电站工程，正在加紧施工，预计明年四季度内建成发电。

油田在集团公司和青、甘两省政府及相关部门的支持下，与紧张筹建中的"涩宁兰"输气管道相匹配，在下游用户市场开发上做了大量工作。西宁、兰州等地的一些耗能大户企业，开始了能源替代的前期论证和准备工作；一些中外企业对气化工和发电项目也在进行可行性研究……

青海油田天然气"哑铃"效应带来的启示

青海油田开发利用天然气这只"哑铃",它正在由一只"小哑铃""轻哑铃"变成一只"大哑铃""重哑铃"。油田"二次创业"中发生的天然气"哑铃"效应,带给我们一些什么样的有益启示呢?

——油田主业的发展必须适应当今国内外能源采掘业发展、变化的趋势和潮流,把握历史发展机遇,适时调整产业结构,扩大整体实力,提高企业抵御市场风险的能力。油田决策层立足柴达木盆地油气资源的物质基础,酝酿形成"二次创业"的发展思路,经过全局上下的齐心努力,提前两年实现"三个翻番"发展目标,继而提出实施跨世纪的"5355"工程,不仅实实在在地坚持了"油气并举"的工作方针,而且能够根据市场需求变化、发展机遇条件,勘探开发的实情,适时调整工作重心。当油为支柱时,以油养气;油气同为支柱时,气为阶段性重点;油气相互带动、相互促进;油和气哪个能早一点给我们带来大场面、带来的利益多、带来的效益好,我们就开发哪一个。当我们首次严峻地经历了油价低迷、关井限产的市场风险考验,眼下还听到或看到国内外权威机构和人士的分析、预测,即国际油价在未来5~10年内仍将在低价位徘徊的消息时,我们就更庆幸青海油田的油气主业结构所发生的变化,庆幸天然气的"哑铃"效应。这其中,不正体现着我们的思想观念在不断地更新吗?不正体现着实事求是的科学精神吗?

——油田天然气开发利用的"哑铃"效应,要求我们必须上、中、下游整体规划，统筹考虑，协调发展；同时还必须敢冒风险，增强风险意识。在如何持续、快速地扩大后备资源量，并配套建成相应的开采能力，如何快速、高效地建设输气管道，如何有效地开发下游市场等方面，我们从技术到人才，从资金到管理，的确面临着不少的"拦路虎"。特别是建设时期投入量的增大，直接影响着下游市场的开拓能力，难免承担一定的风险。可喜的是，青海石油人逐渐掌握了市场经济运作的客观规律。已建成的3条输气管道，在工期、质量、造价上，一条比一条取得了更好的效果。对筹建中的东进管道建设成本和上游开采成本及中游输气成本等，采取了用户市场价格倒推、倒算投资回报和投入产出比率的新思路和新方法，以确保长期、稳定、可靠的"哑铃"效应。在上、中游项目建设采取新思路、新机制的同时，在下游天然气发电、气化工等项目上，局里采取了中外合资、联合开发、多渠道融资、筹备上市等形式；油田决策层甚至明确了在联合开发中，只要合作方能够买我们的气，能够用我们的人，什么样的条件都可以谈，什么样的经营方式都可以尝试。这样的举措既分散了"哑铃"效应中可能存在的风险性，又体现出了"你发财、我发展，你发大财、我大发展"的开放格局，体现着青海石油人风险意识和机遇意识的不断增强，体现着青海石油人勇敢面对市场挑战的胆魄和风采！

——油田的天然气开发和利用眼下正处在乘势而上、迅速扩张阶段，在集中力量办大事包括重点工程建设中，必须运用市场新机制，拟定并监控好各个阶段的时间及速度这个焦点，力求速度出效应。在国内外新兴的"多焦点管理"方法中，处在迅速扩张阶段的企业，运用发展机遇的焦点是速度。的确如此，我们从众多媒体的信息反馈中，听到了中外合营的海上石油公司已经在实施将天然气输往香港、输往珠江三角洲、输往海南、输往上海等处的信息。陆上部分油气田在抢占市场、抢占先机，开发气化工以及天然气汽车等方面，也都在抓紧运作。这就形成了"时不我待"的竞争态势，没有一定的速度，就没有积极的效应。在3条输气管道建设中，除了第一条管道的投产时间控制点因故拖延数月之外，其余都如期实现了"节点"控制。特别值得一提的是，全局2万多名持股会股东关注的格炼气化工新三项工程，按紧凑的作业工期安排，原计划1.6个年工期。由于多方努力特别是格炼化工项目部成员的奋力拼搏，气体分馏装置和聚丙烯装置实现了当年设计、当年施工、当年试投产成功。"节点"监控期大大提前，不仅节省了建设费用包括贷款投资额的付息成本，也使项目早出产品、早出效益。

上述实践辩证地告诉我们，在市场竞争中时间就是金钱，速度就是效益；它同时还醒示我们，要实现时间、速度的有力"监控"，过去计划经济条件下的一套办法和做法已经过时或失效。如果在基本建设和管理行为中没有诸如选准项目负责人，实行业主负责制，甲乙方合同制，招投标制，第三方专业监理制等责权利明确的管理模式，就无法实现建设的快速和高效。这展示出青海石油人有能力、有条件、有信心驾驭创业大船，劈波斩浪，驶向新世纪的胜利彼岸！

——油田企业精神是我们加快发展包括加快天然气开发利用步伐的强大动力。当我们欢庆提前实现"三个翻番"目标，庆贺天然气开发所取得的一个个新成果，喜迎局第六次党代会胜利召开的时候，我们会清楚地看到这些成果中包含着青海石油人的创业汗水；当我们冷静地面对跨世纪的新的挑战的时候，我们更清楚每一个新的发展目标的实现，同样离不开创业汗水的浸泡。眼下，青海油田在集团公司中依然是个小油田，客观环境决定了它长期是个苦油田，40多年历史的老油田不能作为求生存图发展的资本，资源前景广阔的好油田尚待愚公移山般地挖掘，这一切，都离不开"顾全大局的爱国精神、艰苦奋斗的创业精神、为油而战的奉献精神"这一企业精神的继承和弘扬。令人欣慰的是，青海油田的广大职工、技术人员、干部，在"二次创业"特别是加快天然气开发步伐中，爱岗敬业，争挑重担，涌现出难以尽述的舍"小家"、保"大家"，风餐露宿，迎寒斗暑，夜以继日，忘我工作的群体形象，使得柴达木石油精神在新形势下熠熠生辉！

我们有理由相信：有邓小平理论指导前行方向，有正确的发展思路，有科学决策、求真务实的领导班子，有不畏艰苦、重在奋斗的职工队伍，在方兴未艾的天然气工业开发热潮中，青海油田的天然气"哑铃"效应，当是全国天然气"哑铃"效应中亮丽的一曲高歌！

（原载于1998年12月23日《青海石油报》）

青海油田赋

2009年11月，青海油田"两厅"及"油田发展史厅""勘探开发厅"（均为青海省爱国主义教育基地和石油系统"石油精神教育基地"）改扩建开展前，应筹备组所邀写简介性质的油田赋。本着通俗易懂、平实朴素的构想，写出此不是文言类型的油田赋。该赋后刊发于青海油田《企业文化》《驼影》期刊。

青海油田赋

壮哉——青海油田

位居世界屋脊，青藏高原北端；

柴达木聚宝盆，献石油做家园。

开发作业区域，平均海拔三千；

祁连北侧屹立，昆仑南卧蜿蜒。

日月山迎朝晖，阿尔金送夕染。

盆地瀚海千里，荒凉罕见人烟；

气候高寒缺氧，风沙四季逞顽。

难觅寸草绿色，地表月球一般；

矿产资源丰富，品种储量可观。

民国三十六年*，志士曾入踏勘；

发现油砂露头，国运不济空叹。

油龙气虎深藏，擒龙缚虎谁先？

壮哉——世界海拔最高的油田：

雄踞高原如磐！

雄哉——青海油田

伴随祖国新生，宝盆绽开笑脸。

一九五四初春，开始地质勘探。

车轮碾过戈壁，驼铃摇醒荒原。

翌年西宁建局，转瞬五十余年。

几代石油健儿，足迹踏遍千山。

油砂山下扎营，油泉一井首钻；

喷油喜讯报捷，掀起首轮鏖战。

党报发表社论，全国八方支援。

茫崖汇集万众，帐篷城市奇观。

撒开大网普查，冷湖构造上钻。

难忘一九五八，五号构造高点，

地中四井喷油，油龙呼啸刺天，

山沟形成油湖，野鸭误入被粘。
喜讯传到北京，部长亲临前线，
部署调整力量，挥师东进会战。
建设冷湖基地，钻采炼运齐全，
年产三十万吨，油品支援戍边，
当年四大油区*，青海位列其间。
三年困难时期，坚守阵地发展。
八千精兵外调，奔赴大庆会战。
"文革"排除干扰，生产建设未断。
重返西部安家，勘探上山下滩。
涩北会战找气，英烈浩气感天。
跃参一井突破，诞生尕斯油田。
甘青藏大会战，扩战果齐攻坚。
三项工程建设，续写开发新篇。
尕斯产能百万，花格输油管线，
高原百万炼厂，相继建成投产。
一九九一新碑，产量首破百万。
二次创业扬帆，瞄准三个翻番*；
咬定勘探增储，油气并举上产，
注重经济效益，目标提前实现。
进入新的世纪，适应市场挑战，
持续重组上市，改革创新求变。
西部开发逢时，产量效益再翻；
内外气网相连，能源结构改善；

气输西宁兰州，古城唤回蓝天。

财税支柱企业，连年全省为冠。

雄哉——创业成长壮大的油田：

奉献能源如泉！

美哉——青海油田

中央领导关爱，指引油田发展；

多次亲临视察，勉励开拓向前。

地方各族民众，互惠互利支援。

践行科学发展，建设百年油田，

跨入新的世纪，看我宏图再展。

三大责任在肩*，构建和谐家园。

开发新型能源，油气产能千万。

构建能源高地，奉献清洁能源。

产量稳步上升，管道炼厂扩建，

技术服务争优，科研难题攻关。

三大基地配套，油城塞外江南，

社区综合服务，换来业乐居安。

油田英模辈出，代代薪火相传。

依沙阿吉老人，神奇功勋史赞；

秦文贵新楷模，入双百风采展*。

爱国大局在胸，创业无悔无怨，

奉献为油而战，企业精神承传。

青海石油健儿，征战再扬风帆。

美哉——科学和谐发展的油田：

百年伟业如愿！

注释：

文中"民国36年"指1947年。

"四大油区"指当时的玉门、新疆、四川和青海油区。

"三个翻番"指1995年至1998年，油田储量、产量、效益指标翻一番。

"三大责任"指国企应当担承的经济、政治、社会责任。

"三大基地"指油田的花土沟生产基地、格尔木炼油化工基地、敦煌培训轮休生活基地。

"入双百"指新中国成立70周年时评选出的"100位为新中国成立做出突出贡献的英雄模范人物，100位新中国成立以来感动中国人物。"

2023年6月17日

后　记

因为世事变化，笔者初中毕业后，学业被迫中断。1969年年仅16岁，就加入青海柴达木石油职工队伍。在青海油田工作的近40年里，服从组织调配，在企业基层和机关10多家单位轮换过岗位。回顾工作经历，不论是在什么岗位，"摇笔杆子写作"似乎是工作中的常态。2008年退休至今，虽近古稀之年，但业余写作仍未停歇。

在青海油田运输处五车队当锻工期间，即1970年前后，我以《我爱上"黑铁匠"》为题，以同班组的何德全师傅为题，在油田《青海石油工人》报上发表了热爱本职工作、宣扬先进典型的短文。1972年前后，又以基层干部潘大海、五车队炊事班长胡玉秀、修旧班班长张发忠、汽车司机曾振南的真实经历和故事为原型，创作了短篇小说《打靶场上》、相声《勤务员》、山东快书《张师傅三传闹钟》、快板书《大战九月第一天》等作品，分别在《青海石油报》《青海日报》和青海人民出版社编辑出版的春节演唱材料上发表。

正因为基层通讯员期间作品频见报端，在1974年初由油田报社和组织部商定，下调令直接将我调入青海油田报社当记者。其后，因为新闻采编业务条件的"得天独厚"，使自己有机会采写到关乎油田发展大计的重要人物或重大事件。像此本集子中的《经济学家于光远的油田考察行》《访国庆 35 周年观礼代表杨藩》《记司机木沙和他的"玛西那"》《教师曾庆光的赤子之心》《油田机关煤场老工人乔洪旺二三事》等一半以上的篇目，均是在油田新闻采编岗位上完成的。

在企业机关或党务工作岗位，包括 2008 年退休后的写作，多以回忆录、纪实散文类为主，写作的范围也由新闻体裁转变为公文体裁，包括领导讲话、工作报告、典型经验总结、工作通讯、调研报告或论文等。这期间，还参与了油田史志方面如《百年石油》《中国石油钻井》《中国石油开发志》的编纂工作。像本集子中的《追忆油田老领导尹克升同志》《全总原副主席张丁华的柴达木情结》《回忆石油部李敬副部长油田调研》等文史资料，也占到本集子的 1/3 左右。

能为柴达木石油工业的发展历史留下一点珍贵的史料和见闻、典型人物和经验等，这要感谢中国石油集团公司和青海油田史志编写工作机构，特别是海西州政协文史委的同志。他们坚持"记录历史、弘扬文化、传承文明、以史为鉴、服务社会、启示后人"的宗旨和精神，为海西州经济社会发展包括柴达木盆地石油工业的创业发展历程，征集、挖掘、留存下珍贵的文史资料。在他们邀约鼓励之下，我才得以书写具有一定存史价值的文章，得以出版个人文史专集。

我们曾奋斗半生的茫崖，是青海资源开发最早的地区，今将反映和书写茫崖市开发建设历程的文史著作结集出版，是海西州政协组织和文化机构对茫崖智力援建的体现，也是对驻地青海油田企业文化支持的表现。我们赞赏这种文惠企业的做法。

我借参与"柴达木文史丛书"茫崖专辑的出版，能为青藏地区唯一的重要能源基地——青海油田的创业历史留下几行印记，对此感到十分欣慰。在此，向丛书的编撰机构和工作人员致以敬意。

杨海平

2023 年 6 月于北京

图书在版编目（CIP）数据

青海油田采访录 / 杨海平著. —北京：中国文史出版社，
2023.8
（柴达木文史丛书 . 第六辑）
ISBN 978–7–5205–4208–1

Ⅰ. ①青… Ⅱ. ①杨… Ⅲ. ①纪实文学－中国－当代
Ⅳ. ①I25

中国国家版本馆 CIP 数据核字（2023）第 138449 号

责任编辑：李晓薇

出版发行：中国文史出版社

社　　　址：北京市海淀区西八里庄路 69 号　　　邮编：100142
电　　　话：010 – 81136606　81136602　81136603（发行部）
传　　　真：010 – 81136655
印　　　装：河北京平诚乾印刷有限公司
经　　　销：全国新华书店
开　　　本：880mm × 1230mm　1/32
总 印 张：53.125
总 字 数：1060 千字
版　　　次：2025 年 7 月北京第 1 版
印　　　次：2025 年 7 月第 1 次印刷
定　　　价：180.00 元（全六册）

柴达木文史丛书
柴达木认知读本 6

青海海西州政协教科文卫和学文委◎编
张珍连◎主编

MANGYA YOUDUO YUAN

茫崖有多远

青海海西州政协教科文卫和学文委◎编

张珍连◎主编

刘玉峰◎著

中国文史出版社

总　序

李科加

　　读者朋友，你现在打开的是由青海海西州政协教科文卫和学习文史委员会编纂出品的"柴达木文史丛书"第6辑。

　　这套文史丛书，是海西州政协根据文史工作需要，为繁荣发展柴达木文化事业，挖掘柴达木开发建设史料而选编的一套系列丛书。作品既重纪实性，又着眼文学品位，读者在欣赏纪实文学的同时，也可以增进对海西州地方史，特别是柴达木开发史的了解。

　　这套系列丛书，目前已经出版5辑，其中纪实文学类4辑、历史文化类1辑，每辑6册，每册12万字左右，总共出品30册，累计出版字数近300万。按照出品普及读本的初衷，丛书除少部分留作交流、赠阅之外，绝大部分被海西州相关职能部门配送到职工书屋、农家书屋、学校图书室、文化馆、寺院等文化机构，免费供基层读者阅读。丛书的出版，受到读者欢迎、社会好评。

　　这套陆续出版的丛书，将选编作家、学者、记者的作品，还原往事、记述历史、解析文化，反映中国西部柴达木的历史面貌及轰轰烈烈开发史。在已有的书稿中，一些历史人物和重要事件跃然纸上，使柴达木半个世纪举世瞩目的开发建设进程，以生活本身所具有的绚烂多姿，呈现在广大读者眼前。

前5辑的作者群中，既有全国知名的文化学者，也有我省一些颇具实力的本土文化人士。他们的作品，很多是大家熟悉的，也有不少是人们未必熟悉却非常值得一读的新作。关注丛书出版活动的领导和读者，期待我们接续编纂，推出新的读本。

新一届海西州政协常委会，接续支持教科文卫和学文委把丛书出版列为政协文史工作重要工程，组织人力挖掘整理史料，扩大丛书出版规模，在存史、资政、团结、育人方面再有作为。

柴达木是一座文史资料的"富矿"，积极挖掘文史领域的奇珍异宝，让丛书成为珍贵人文读本，为地方文史研究积累有益第一手资料。出版好文史丛书，更志在宣传柴达木精神，讲好海西故事。

我们满怀信心，热切期待新作品问世、新读本出品。

乙巳年暮春

目 录

茫崖有多远

　　高原古城西宁，多风少雨，气候干燥，被阳光所包围。随着生态环境不断改善，西宁从根本上发生了改变。仿佛老天爷对西宁有了恻隐之心，雨水开始频频光顾这座干燥的城市。多年前，南北两边光秃秃的荒山，犹如没有头发的脑袋满目荒凉。如今南北山上长出了健康的头发，处处青山秀美的风景，就连西面的山上也长满了葱郁的植被。古城被翠绿环绕，被阳光包围，一派生机盎然、蓬蓬勃勃的气象。

　　一辈子渴望雨水的西宁人，常常言不由衷地埋怨道，这些年西宁的雨水太多了，三天两头就阴天下雨，湿漉漉的，让人无法出门。嘴上这么说，其实，表里不一的西宁人巴不得气候湿润得跟江南一样。西宁人说得没有错，夏天的西宁，天气捉摸不定，随时就可能细雨蒙蒙。有时上一秒明晃晃的太阳还在头顶上，下一秒一片乌云飘过来就有了雨水。大部分西宁人都有切身体会，西宁的气候在人们不经意间发生了明显变化。老年人记忆犹新，以前的西宁到处是没有瓦片的土坯房，说明一年四季没有多少雨水。过去有一句顺口溜描述西宁："房上能赛跑，风吹石头跑。"这个荒凉的画面年轻人不知道，他们眼睛里是细雨蒙蒙的西宁，是高楼大厦的西宁，他们眼睛里的西宁原本就是一座美丽的高原城市。

西宁这两天一直在下雨。雨不大不小，淅淅沥沥，缠绵不断。平常天高云淡的蓝天，三天两头就罩着一层铅灰色的云雾。灰蒙蒙的天空像个巨大的漏勺，那个感觉真有点儿江南的味道。天蒙蒙，水蒙蒙，天地间水汽蒙蒙。

黎明时分，雨水不紧不慢地敲打着玻璃窗。那个声音不是清清爽爽的声音，含含糊糊的，有些沉闷。站在玻璃窗前，思绪也像雨水似的有些含糊不清。桌上放着一本打开的青海省地图册，明亮的灯光下，地图册安安静静地躺在那里。这几天，我一直在翻看地图册。地图上一道红色的线条从古城西宁向西蜿蜒，一直蜿蜒到遥远的阿尔金山脚下。这条绵延的红线是柴达木奔腾不息的血脉，也是我内心深处耿耿于怀的地方。辽阔的柴达木盆地，犹如千变万化的魔方，无论哪一面都吸引着我的视线。茶卡，乌兰，都兰，天峻，德令哈，大柴旦，当金山，格尔木，俄博梁，油沙山，冷湖，茫崖……这些熟悉的地名就像一卷卷轴画，常常在脑海里慢慢展开。那是一片多么辽远的土地呀，没有去过那片土地的人，无法用贫瘠的思维想象它的空旷和苍茫，无法想象它的神奇和独特。许多人知道德令哈，知道格尔木，知道当金山，但不知道茫崖，甚至没有听说过这个名字，茫崖给人的感觉如同天涯海角。

茫崖在哪里呢？在柴达木西部，在遥远的天边。

图片 1

　　地处青海和新疆交界的茫崖市，是海西柴达木第三个县级市，青海向西开放的重要门户

很多年前我曾去过一次茫崖，早晨天不亮从德令哈出发，暮色苍茫中才看见灯火零星的茫崖镇。东风牌汽车在西部荒原颠簸了十几个小时，糟糕的路况怎么也没有尽头，浑身的骨头像散了架一般。遥远的距离让人望而却步，感觉茫崖就像在天边。岁月改变着一切，现在的柴达木西部，不仅乌黑的柏油路四通八达，而且，茫崖有了火车和空中交通，从西宁乘飞机一个多小时就能到达茫崖。距离已经不是问题，遥远只是一个概念问题。我一直认为，自己对于茫崖这片土地并不陌生，然而，平心静气思考时，脑袋瓜里空荡无序。原以为熟悉的地方，瞬间变得游离而零散，绞尽脑汁也无法将她完整地拼接在一起。

　　茫崖这片苍茫之地，东连大柴旦行政区，东南挨着格尔木市，西邻新疆若羌县，东北跟甘肃阿克塞县接壤。这条古丝绸之路上一个不为人知的辅道，是通甘、进藏、入疆的咽喉要道，是海西自治州的"西部大门"，是青海省的西部大前沿。

　　雨水洗亮了天空，雨雾慢慢散开，楼宇间的天际线有了鱼肚白。网络上有一句流行语，"我要去遥远的地方看风景，匆匆而去，因为你在风景里"。

　　茫崖是一片什么样的风景呢？

　　巍峨起伏的昆仑山和阿尔金山，犹如两条坚实的臂膀，把这片苍茫之地揽入怀中。天高地阔，云卷云舒，一个神奇无处不在的地方，一个充满传奇的地方。它的神奇独一无二，文字描写显得苍白无力，即便身临其境也未必酣畅淋漓。匆匆而来不需要理由，匆匆而去也不需要理由。茫崖，长河落日，残月孤烟；茫崖，宁静致远，苍茫辽阔。独一无二的风景，不是哪里都能看得见的，不是谁想来就能来的，这样的风景只属于少数人。

歌曲《传奇》里面有几句歌词，仿佛就是我耿耿于怀的情思：

> 想你时你在天边，
> 想你时你在眼前，
> 想你时你在脑海，
> 想你时你在心田。
> ……
> 宁愿用这一生等你发现，
> 我一直在你身旁
> 从未走远。
> ……

从地理位置而言，我们之间有着千山万水的距离。从心里而言，我们之间谈不上距离，更谈不上遥远。任何事情都不可能随心所欲，冥冥之中必然有一种微妙的联系，这种联系就是一种缘由。茫崖和我之间注定了这份缘由，正如歌中所唱，我一直在你身旁，从未走远。不管别人相信不相信，我相信冥冥之中有一种奇妙的联系。人与自然的联系，人与人之间的联系，许多说不清楚的东西，实际上都有一种早已注定的缘分，这就是我所说的缘由。

新城花土沟

花土沟机场候机大厅里，悬挂着一块醒目的广告牌。广告牌背景是一张过去邮电局用的电报纸。这种画有方格的电报纸早已销声匿迹，现在的年轻人恐怕都没有见过。那个年代，老百姓家里没有电话，有电话的人家绝不是寻常百姓家。老百姓快捷的通信工具就是电报，电报在那个年代举足轻重。

电报纸上面写着几个同样醒目的大字："钱多，人傻（好），速来。"不过，"傻"字上面画了一横，给人感觉是一个多余的错别字。应该是这样一句话："钱多，人好，速来"。实际上，这是一个创意，故意而为的。外地人看了这句莫名其妙的广告词，睁着眼睛一头雾水，只觉好奇新颖，知道这个典故的本地人当然心领神会。

花土沟这个奇怪的地名，缘于它特殊的地形地貌。在西北劲风长年累月的吹袭下，厚达几十米到几百米的细沙和海洋淤泥组成的地表，变成了破碎的丘陵和奇形怪状的山体，地质上称之为"风蚀地貌"。崇山峻岭被狂风暴雨冲刷出无数深深浅浅的土沟，而这些深浅不一的土沟干燥之后，留下一层白色的碱渍，将地表板结成白花花一片。石油地质勘探队员发现，这些白花花的碱渍像盛开的花朵，于是，把这个地方称为花土沟。

20世纪50年代中期，在花土沟以及附近的油砂山、红柳泉一带，发现了油气田，并且进行过短时期开发。60年代初，青海石油局调整了思路，集中力量开发冷湖油田，花土沟油田变得冷清下来。70年代初，石油部要求继续开发花土沟油田，处于半停产状态的花土沟起死回生。随着石油的不断开发，花土沟油田果然咸鱼翻身，显现出厚积薄发的前景态势。从1991年开始，年产原油超过100万吨，跨入了大油田的行列。

不毛之地花土沟，原本是石油生产基地，青海省为了加强服务和协调石油生产，指示海西州委、州政府派出临时机构进驻这里，组建县级的工委、行委。工行委虽说是县级机构，但直属的部门不多，机关建制不全，行政部门主要有工业、交通、商业等紧密型单位。从市政布局上看，花土沟有东西两个片区，呈哑铃形分布，地势较高的东部，集中了石油生产及管理机关，地势较低的西部，是地方党政机关及其附属单位。东西两个片区中间，靠近石油片区的商业地段，陆续建起了商场、餐馆、旅社、歌舞厅。随着全国万名油田职工进入花土沟，展开了轰轰烈烈的石油大会战，花土沟一下子热闹起来。白天大街上人头攒动，晚上大街上灯红酒绿，花土沟有了一个洋气的绰号——小香港。

戈壁荒原花土沟一下子涌入几万石油人，嗅觉灵敏的"三陪"小姐自然不会错失这个挣钱的好机会。先来的小姐试过水之后，感觉花土沟是个容易挣钱的地方，于是，便给远在内地的姐妹们发电报。那个时候没有手机，快捷方便的通信方式就是发电报。电报内容简洁明了6个字："钱多，人傻，快来"，加上标点符号也不到10个字，可见工作效率之高。这原本是个不光彩的故事，现在被广告策划者在"傻"字上面画了一横，旁边又加了一个好字，重新包装推出，就有了文章开头的介绍。不得不说这个广告有些意思，用小姐们的一句话，展示出花土沟人的憨厚与慷慨。对于不知道故事的人来说，广告新颖坦诚，有一股石油工人的豪迈；对于知道故事的人来说，不但觉得有意思，而且又勾起了对那个红红火火的年代的回忆。据说，有些石油职工跟"三陪"小姐接触多了，自然而然产生了感情。不过，姑娘们习惯了花天酒地的生活，受不了清冷的日子，即便成了石油职工的媳妇，最后也还是分道扬镳。之所以讲述这个真实的插曲，并非为了哗众取宠。我想说的是，花土沟石油开发，不仅繁荣了娱乐场所、繁荣了花土沟的商业，也带动了其他产业的发展。

为了了解花土沟的发展进程，在张珍连主任的引荐下，我采访了当地的企业家丁新启先生。用丁新启先生的话说，"如果没有花土沟的繁荣，就不可能有我的今天"。丁新启是花土沟的企业家、茫崖市政协委员和海西州政协常委。1991

年，24岁的丁新启为了逃避计划生育，从河南老家夏邑县投亲靠友来到了花土沟。靠着家传的独门手艺，两口子在花土沟开了一家清真早点铺，专门经营河南水煎包和胡辣汤。他们经营的早点铺因干净卫生、货真价实、味道鲜美而享誉花土沟，被当地工商卫生部门评为先进个体户、诚信个体工商户和食品安全示范门店。他们的经营理念是以人为本，做好每一件细小的事情。丁新启两口子的生意理念非常朴实——踏踏实实做人，兢兢业业做好每一天的早点。在简单质朴的理念下，他们家的早点铺开得红红火火。丁新启说，每天早晨一开门，20多张桌子根本坐不下，门口排队的人跟买火车票似的，黑压压一片。

那个时候，敦煌七里镇大本营还没有修建好，石油局机关的家属区还在花土沟。石油单位工资高，消费水平高，人多生意也好做，不少外地人来花土沟谋求发展事业。大漠之中的花土沟，几年工夫就变成了一座繁荣的小城。

离开了早点铺，丁新启又陪着我们去了他们合资兴建的超市。超市在一条热闹的大街上，偌大的超市里人头攒动，琳琅满目的商品让人眼花缭乱。难能可贵的是，超市里不少商品属于惠民商品，只卖一个成本价格。他们的超市一开张，花土沟地区的物价普遍降低了20%，为稳定当地物价起到了积极向好的作用。超市里最吸引眼球的商品是那些蔬果，不仅新鲜，而且质量不错，很难想象在戈壁之中也有如此新鲜的蔬菜水果。

走出熙熙攘攘的超市，站在大街上的丁新启说，刚从老家来的时候，花土沟一副灰头土脸的模样。大街上全是厚厚的浮土，汽车一过，尘土飞扬。穿皮鞋出去走一圈，黑皮鞋就变成了白皮鞋。2008 年以后，通过绿化环境和市政建设改造，花土沟变得像个小城市的样子了。长长的一条街上，到处可见穿着红色工作服的石油职工，红色的工作服就像一团团燃烧的火焰，燃烧着戈壁之中的小城。

经过 20 多年的打拼，从一个早点铺开始，丁新启的事业不断壮大。除了花土沟规模最大的超市，还有一家洗浴中心正在装修之中。事业越做越大，早餐店依然如故。他还和当年一样，没事便在早点铺干活，就像一个实实在在的大师傅。丁新启说，事业再大，早点铺照样营业，我们不能辜负大家这么多年对我们的信任和支持。如果没有大家的信任和支持，就没有我今天的事业。将心比心，人活的是良心，不是财富。

丁新启是个朴实的人，也是一个表里如一的人。事业发展了，经常做一些扶贫济困的公益事业。我们在丁新启的早点铺品尝了一次早餐，正如大家评价的那样，货真价实，味道鲜美。

当年丁新启为了逃避计划生育来到了花土沟，不但在花土沟站稳了脚跟，还保住了孩子的生命，而且，还有经济能力供养三个孩子完成大学学业。现在两个孩子大学毕业考上了公务员，另外一个孩子还在大学读书。如果当年没有离开老家，今天的丁新启又会是怎样一个情形呢？

丁新启是一个叛逆者，也是一个自我救赎者，不仅救赎了一家人的生命，也救赎了一家人的未来。类似丁新启这样的现象，在花土沟乃至柴达木并不鲜见。这片荒凉而多情的土地，历史上承接过东来的鲜卑人、南上的吐蕃人、北下的蒙古人、西进的哈萨克人。在建设时期接纳了来自五湖四海的开发者，其中包括那些远道而来的逃荒者。花土沟的建设发展缘于石油开发，柴达木西部地区的建设发展缘于石油开发。茫茫戈壁上的花土沟，因为石油不再荒凉，因为石油，成为全国最年轻的城市。

　　既然说起花土沟这个地方，就简单捋一捋它的历史。过于详细的资料无法寻找，也不可能有太详细的历史资料，大概有个来龙去脉就差不多了。

　　自古以来，这片土地上，牧帐、羊群、牧歌不绝，还有各个历史时期的城池、兵营。汉代时，羌人在此居住，曾建立围绕阿尔金山的婼羌国，西晋以至唐代被吐蕃国占领，很长一段时间里为吐谷浑所有。宋代，为今天甘肃裕固族的先族撒里畏兀儿属地。明代开始，北方蒙古族进驻，成为和硕特部左翼盟西右中旗（俗称台吉乃尔旗）的尕斯陶海牧地。民国时期，尕斯陶海所在地花土沟与台吉乃尔其他三个陶海，为设在乌兰县都兰寺的都兰县政府所管辖。中华人民共和国成立后，隶属茫崖工委、茫崖镇。1984 年 12 月 26 日，青海省正式批复设立花土沟镇。2018 年 2 月 22 日，民政部批准设立县级茫崖市。2018 年 12 月 27 日，青海省海西蒙古族藏族自治州茫崖市在花土沟镇揭牌，标志着中国最年轻的城市——茫崖市挂牌成立。

花土沟属于大陆荒漠区气候类型，多风少雨，寒冷干燥。一年差不多有一半时间是大风天气，基本上是 8 级以上的西北风。大概是老天爷的眷顾，我们在花土沟的那几天里，天高云淡，无风无雨。走在绿树成荫的大街上，不由得感叹花土沟旧貌变新颜。仔细想一想，何止是花土沟呢？柴达木西部这些城镇，哪一个不是一片绿洲。这些地方没有天然的绿色，每一棵树、每一朵花、每一株绿色植物，都经过了无数道工序的栽培和精心呵护，才有了这一道道美丽的绿色风景线。

我曾经写过一篇题为《一棵白杨树》的散文，讲的是在大柴旦发生的一个真实故事。20 世纪 70 年代，养路道班职工拜占元，在戈壁滩上种了三棵白杨树。在他精心呵护下，这三棵小白杨年年发芽吐绿。几年之后，死了两棵白杨树，只剩一棵白杨树顽强挺立在戈壁滩上。这棵白杨树是他心中的希望，也是他的精神寄托。文章想表达的意思是，那棵挺拔在戈壁滩上的白杨树，不仅是一个人的精神希望，更象征着不屈不挠、艰苦奋斗、顽强拼搏的毅力。在柴达木广袤的西部地区，那些风雪中挺拔的绿色植物，不就是象征着西部人民拼搏的精神和顽强的意志吗？

一片绿色，一片希望，戈壁有了春色。

穿越阿尔金山

　　汽车驶出阿尔金山峡谷的红柳沟，便一直沿着罗布泊北缘向西行驶。车窗外一望无际的戈壁空旷辽远，没有一只小鸟的天空也不见一片云彩，天地之间一览无余。上亿年前的古海在黑白穿梭中变成了一片死海，让人感叹岁月沧桑的同时，也感叹大自然的无所不能。

　　行驶在当年张骞出使西域开创的丝绸之路上，由不得让人浮想联翩。这条 2000 多年前的丝绸之路，是横亘欧亚大陆东西方文化交流的桥梁，也是东西方贸易发展的大动脉。过去如此，现在依然如此。一马平川的大戈壁，任凭汽车怎么努力飞奔，也甩不开荒凉无边的戈壁。实际上，我喜欢汽车在戈壁上奔驰的那种感觉。看着辽阔的大戈壁，不但呼吸舒畅，思想也变得轻松自由。

　　这一次茫崖周边丝路行，源于海西州政协张珍连先生的策划。他被海西州派往花土沟开展为期一年的文化援建，为年轻的茫崖市挖掘文史资料。仅仅建市一年的茫崖，城市骨架搭了起来，有了骨架的城市，还需血肉填补，需要方方面面的东西支撑。这次丝绸之路考察，就是填补文史方面的血肉。

这次考察活动由茫崖市政协组织，丁国荣主席非常重视，派出了赛尔格林和宋晓枫两位副主席陪同。两位副主席是茫崖建市搭配的干部，是城市的新鲜血液。宋晓枫副主席原来在海西州环境保护局工作，是环保方面的专家。她热情开朗，工作泼辣，丰腴的身体充满了活力。她远离兰州的家人，一个人在茫崖生活，但工作态度依然热情似火，无论什么时候，银铃般的笑声总是那么简单快乐，跟她在一起工作，气氛永远是祥和而温馨的。

赛尔格林副主席原来在海西州统战部工作，一板一眼的工作态度，培养出几分严肃和稳重。他是蒙古族干部，鲜明的轮廓加之棕黄色的头发，给人感觉有点儿欧洲人的形象。他的家人也不在身边，德令哈是他朝思暮想的家。茫崖市有不少干部属于这种情况，远离亲人朋友在茫崖工作。说他们无怨无悔未必准确，但勤勤恳恳、努力工作绝不是溢美之词。茫崖是一个新建城市，需要大量的人才，这些人才基本上从四面八方汇聚而来。他们吃食堂、住公寓，大家只有一个心思，尽快让这座城市的各个方面走入正轨。

茫崖因石油应运而生，也因石油而起起落落。20 世纪50 年代，为了适应石油的开发建设，青海省委、省政府决定成立中共茫崖工作委员会和茫崖临时工作委员会。1955年 12 月，在西宁开始组建工作人员。1956 年 1 月 12 日，中央正式批准成立上述两个党政机构。1956 年上半年，中共茫崖工作委员会和茫崖临时工作委员会陆续进入茫崖，形成了政治、经济、文化的中心，开始发挥为石油工业服务的基本功能。

1956 年至 1959 年，各路人马汇集到老茫崖，人口一度达到 4 万左右。由于基础建设不完善，没有房屋住，大家统一住帐篷。据说，密密麻麻的帐篷扎满了荒原，茫崖成为一座帐篷城市。然而，茫崖的石油开采不尽如人意，不如冷湖油田振奋人心，石油勘探局采取果断措施，暂时撤出老茫崖，直奔冷湖。茫崖工作委员会、行政委员会及办事机构相继搬迁到油砂山，继续做好为石油勘探服务的同时，组织剩余人员大搞农业发展和石棉工业。在没有任何科学论证的情况下，上百万斤种子撒在干燥的盐碱地上，结果竹篮打水一场空。在那个浮夸盛行的困难时期，茫崖和全国一样热火朝天，无知无畏的后果，便是造成了不计其数的浪费。

1961 年，油砂山石油勘探大队由老茫崖迁至冷湖，上级决定撤销茫崖工作委员会和茫崖临时工作委员会。1962 年下半年，茫崖镇委和茫崖镇人民政府正式成立。1962 年至 1963 年底，各服务单位先后搬迁至茫崖石棉矿。中共茫崖镇委和茫崖镇人民政府，于 1964 年搬迁到茫崖石棉矿。1984 年 7 月，恢复茫崖工作委员会和茫崖行政工作委员会。经过半个多世纪的起起落落，茫崖终于在 2018 年获批准成立为市，管辖花土沟镇、茫崖镇和冷湖镇。

汽车一直在单调的风景中行驶，相比之下，车内的气氛一点也不单调。同行的崔永红老师，是青海省社科院原副院长，《青海通史》的主编之一、主要撰稿人之一。他不止一次到新疆研讨工作，走过新疆不少地方，恰恰没有走过若羌县和罗布泊。所以，大家一路上的话题，基本上围绕着丝绸之路畅所欲言。崔老师是搞青海历史研究的专家，对于丝绸之路的历史了如指掌。张珍连主任走过丝绸之路，对这一路的情况比较熟悉，对历史史料也颇有研究。前些年他主编了《柴达木文史丛书》5辑30本，在社会上引起了热烈反响，受到了各界人士的赞誉。大家侃侃而谈，汽车里的气氛就像研讨会的会场。

汽车在寂寞的戈壁上行驶，如同大海上的一叶小舟。好在共同的话题赶走了寂寞，大家一路情绪高涨。张骞、卫青、霍去病，这些丝绸之路上的显赫人物，在时空穿梭之间，把大家又带回了历史长河之中。历史长河之中的每一朵浪花，都是一个耐人寻味的故事，有了这些丰富多彩的故事，再遥远的路程也不觉得漫长。那些人物故事过电影似的从眼前闪过，遥远的历史仿佛在脑海里又鲜活起来。

白驹过隙，岁月流逝。遥想当年，张骞、卫青、霍去病他们骑马行走在这条连通东西方文明的路上，玄奘和那些佛教高僧跋涉在这条路上，马可·波罗行走在这条路上，今天我们沿着先人的足迹也穿行在这条路上。日月星辰之中，历史翻过了一页又一页，但戈壁还是戈壁，大漠还是大漠，只是不同的历史人物在这片大漠之中，留下一个又一个传奇。

太阳开始偏西的时候，若羌县出现在了地平线上。司机师傅脚踩油门，把戈壁甩在了身后。县城里的绿色改变了一成不变的颜色，给人感觉仿佛时空转换。县城里空空荡荡，大街上的行人屈指可数。8月的若羌，流火的天气，走到任何一个地方，都如同走进烤箱里一样。也许是天气太热，大家都在屋子里躲阴凉。

若羌县人口不多，地域辽阔。土地面积为20.23万平方公里，是中国面积最大的一个县。与我国隔海相望的韩国，国土面积只有约10万平方公里，若羌县的面积约等于两个韩国的国土面积。据史料记载，若羌古时称楼兰，是西域三十六国之一，是古丝绸之路的必经之路，也是内地通往中亚、新疆通往内地的战略通道。

夏天的若羌县城，空气中没有一丝水汽，火辣辣的太阳让人无处躲藏。晚上9点多钟太阳依然挂在天空，明亮的光线刺得人睁不开眼睛。直到过了晚上10点钟，姗姗来迟的暮色才笼罩了县城。火一样的天气开始慢慢降温。夜色下的县城，有了灯火阑珊，有了稀拉的行人。我们一行人漫步在空旷的大街上，享受着徐徐吹来的大漠风。大漠风吹走了燥热，使身心轻松起来。一条大街通向远处的黑夜，两排明亮的路灯也延伸到黑夜。意犹未尽的话题，还是西域里的那些故事。一行人在街上转了一圈，活动了一下浑身的筋骨，养足精神，准备前往第二天的目的地——米兰古城。

第二天又是一个火辣辣的天气。汽车出了县城朝东行驶了一个多小时，就到了米兰古城遗址。遗址周围是大片的枣林，硕果累累的枣树飘着香甜，透过枣林缝隙看见了戈壁滩上的遗址。

当年，米兰熙熙攘攘的繁荣景象烟消云散，滚烫的阳光下，残垣断壁所剩无几，只有挺立的佛塔似乎还在回望远去的岁月。烈日当头的戈壁滩如烤炉般酷热，年已七旬的崔永红老师，在没有一丝微风的"烤炉"里，拿着相机兴致勃勃不停拍照。我们一行人中，崔永红老师年纪最大，身体最轻盈，清瘦的身上没有多余的赘肉，走起路来跟年轻人一样虎虎生风，吃饭也比大家吃得多，吃得香，一行人没有不羡慕他的。宋晓枫和赛尔格林也在遗址中穿行拍照，他们此次西部之行的考察目的，是为年轻的城市搜集整理尽可能细致的历史资料。

天空上没有一片云彩，空气里流淌着火一样的气流。一行人在遗址里转了一圈回到汽车里，有空调的汽车跟外面简直就是冰火两重天。在返回宾馆的路上，大家继续谈论着已经成为废墟的米兰古城。古城中的东大寺，与西大寺一样曾经热闹非凡，现在只剩下了一个基座。废墟中的寺院是西域早期佛教文化的典型，资料里有不少记载。米兰古城的话题，一直陪着大家回到了宾馆。钻出凉爽的汽车，扑面而来的热浪烘烤着皮肤。张珍连说，到了吐鲁番才能真正体会什么叫热浪翻滚。

正如张珍连所说，吐鲁番的确是个火炉。44摄氏度的高温里，人就像炉子里的面饼。我住的房间在楼顶最高一层，房间无疑就是一个烤箱。房间里的空调吱吱作响，就是没有凉爽的感觉。伸手摸摸房间的墙壁，热得烫手。晚上天气稍微凉快了一些，我们一行人出去吃饭。吐鲁番的晚上，是大家自由活动的时间，10点多钟的大街上人来人往。我们在一家清真饭馆每人吃了一碗牛肉面，回宾馆的路上大家停在一个水果摊前。热心肠的宋晓枫副主席买了哈密瓜让大家消暑。拿起一块哈密瓜，刚咬了一口就满嘴香甜，再咬几口，方知这个味道才是真正哈密瓜的味道。吃了几十年哈密瓜，大概这是第一次吃到真正地道的哈密瓜。摆摊的老板娘说，只有吐鲁番和哈密的土地才能长出地道的哈密瓜，别的地方种出来的哈密瓜没有这个味道。吃了一肚子香甜的哈密瓜，心满意足地回到宾馆。房间里的温度依然没有降下来多少，只好用凉水冲个澡，赤身裸体躺在床上睡了一夜，早晨起来也没有感觉凉快多少。心中不由疑惑起来，这么酷热的地方，为何维吾尔族的姑娘们细皮嫩肉、水灵灵的白净呢？是否吐鲁番的水土有天然养颜的效果，还是吐鲁番水果滋润的原因，反正，不会是因为吐鲁番火辣辣的太阳。

吐鲁番是天山东部的山间盆地，平均海拔32.8米，夏天最高气温达到50摄氏度左右，真正是名副其实的火炉。吐鲁番是古丝绸之路上的重镇，是历史上各朝各代反复争夺的一个重要地方。由于纷杂的历史原因，吐鲁番成了一个多民族聚集的地方。资料显示，吐鲁番总人口60多万，有清真寺956座，其中维吾尔族寺900座、回族寺56座，主麻以上清真寺336座。基督教活动场所19座，其中基督教堂1座。

只品尝了吐鲁番的哈密瓜，当然不会尽兴。第二天离开吐鲁番之后，在宋晓枫副主席的张罗下，我们在路边找了一家葡萄园，专门品尝吐鲁番的葡萄。路边的葡萄架上挂满了葡萄，让人想起关牧村那首耳熟能详的歌曲《吐鲁番的葡萄熟了》。仿佛眼前的葡萄架下，站着一个美丽的维吾尔族姑娘，姑娘手捧着一串葡萄，脸上的酒窝里溢满了甜蜜。坐在葡萄架下，品尝新鲜的葡萄果然另有一番情趣。吐鲁番的葡萄品种繁多，产量巨大，有"世界葡萄园"的美名。据说有上百个品种，其中，无核白葡萄含糖量高达 22%～24%，由于特殊的地理环境，超长的日照时间，形成了吐鲁番特殊的葡萄。难怪全国各地都有吐鲁番的葡萄干。吐鲁番的葡萄产品琳琅满目，让人眼花缭乱。由于口感好、品质纯，远销海内外。

没来吐鲁番之前，不知道吐鲁番的葡萄有多少，身临其境才知道吐鲁番的葡萄遍地都是。公路两边随处可见通风的花格晾房，这种晾房利于散热。自然阴成的葡萄干，碧绿透明，酸甜可口，备受人们的青睐。

离开了火炉似的吐鲁番，汽车一直朝着哈密方向行驶。一路上戈壁荒原被绿油油的葡萄园所替代。不知怎么回事，看见一个接着一个花格晾房，脑海里就浮现出消失的古城遗址。在古丝绸之路的历史长河中，发生的事情过于风谲云诡，过于纷繁复杂。大漠风吹不散历史，吹不走心里的哀凉。

我们计划不在哈密停留，一口气直奔敦煌的阳关。说起阳关这个古老的名字，让人想起了唐朝诗人王维的那两句诗："劝君更尽一杯酒，西出阳关无故人。"诗人的心情和诗歌一样伤感。注定让人伤神的阳关，有着道不尽的离别情、写不尽的哀怨愁。

　　汽车在大漠中奔驰，漫漫黄沙无边无际。人还没有到阳关，仿佛已经看见黄沙之中的古人。风把古人的长须吹向空中，把古人的声音送到了耳边："阳关万里道，不见一人归，唯有河边雁，秋来南向飞。"

楼兰姑娘

　　离开花土沟一直向西行驶，经过茫崖石棉矿，再向西行驶，汽车一头扎进了红柳沟。红柳沟是阿尔金山的一条峡谷，峡谷又宽又长，两边光秃秃的高山像被扒了皮一样干净。峡谷里生长着稀稀拉拉的红柳，跟记载中描述的情景相差甚远。记载中，峡谷里红柳十分茂盛，密密麻麻的红柳长满了峡谷。峡谷里有石羊、黄羊出没，也有棕熊和狼的身影。庞大的峡谷里，弯弯曲曲的 315 国道不见尽头，汽车像只甲壳虫横冲直撞。

　　1947 年，青海军阀马步芳曾修建过这条青新公路。花土沟镇原副镇长保克的母亲，今年已是 90 多岁的老人，当年她参加了这条公路的修建。不过，年轻的她不是在茫崖修建公路，而是在都兰一带修建公路。那时的公路充其量是一条简易的沙土路，准确地说就是一条简易的便道。红柳沟修建公路期间，民工们砍伐了大量的红柳做饭取暖，原本茂盛的红柳，从此再没有茂盛起来。有资料说，当年马步芳在红柳沟，巴什库尔干山口驻守了一个营的兵力。现在的巴什库尔干山口，正在修建阿尔金山铁路隧道。阿尔金山隧道打通后，格库铁路（格尔木至库尔勒）便全线贯通。格库铁路是连接青藏铁路和南疆铁路的一条新建铁路，是中国西北路网骨架的重要组成部分。2000多年前，张骞为躲避匈奴走过的这条红柳沟，将变得畅通无阻。远天远地的阿尔金山，从此不再遥远。

汽车在峡谷里穿行，两面的山体陡峭庞大，头顶上的蓝天像一条蓝色的河流。山崖下不时闪过破败的小山洞，这些深藏在红柳中的山洞，是当年张骞住过的山洞，还是修建青新公路时民工们住过的山洞？一切均有可能，一切也均无可能。不过，修公路的民工肯定住过这些山洞。时过境迁，当年的故事全部湮没在峡谷之中。

汽车早晨扎进红柳沟，中午冲出了红柳沟。峡谷被汽车甩在了身后，眼前天地豁然明朗。几个小时前，还在海拔2800米的茫崖，几个小时后，就跌到了海拔900米左右的若羌。天高地阔的荒原上，汽车像脱了缰绳的野马，沿着罗布泊北缘飞奔。望着一马平川的罗布泊，想起中国科学院新疆分院副院长彭加木。1980年6月17日，彭加木在罗布泊考察时神秘失踪，留下一个无法解开的谜团。尽管有各种各样的传说，彭加木失踪之谜，没有人能解释清楚。奇巧的是，1996年6月17日，上海青年探险家余纯顺，在罗布泊探险时折腰。让人匪夷所思的是，这一天恰巧是彭加木的忌日。

若羌这片广袤的荒原，是一片扑朔迷离的土地。楼兰古城的发现，又给这片土地披上一层神秘的面纱。据《汉书·西域传》记载，楼兰系黄帝裔支夏禹的后裔"东楼公"之后代。《路史·国名纪丁》记载，东楼公的裔族大部分归于殷，不愿意受奴役的部分楼（娄）人，由今天的山东南迁或北迁。其中北迁的一部分又分为两支，一支迁入东北，成为挹娄、豆莫娄；另一支西迁，形成楼烦、楼兰。古汉语中方言称人为兰，楼兰即楼人之意，迁居罗布泊一带。战国时期，赵国夺取楼烦西河之地，楼烦被迫从今天的内蒙古鄂尔多斯迁往河套之西，成为匈奴的臣属。赵武灵王夺取河套地区，一部分楼烦人西逃至同族楼兰地。楼兰名称最早见于《史记·匈奴列传》，于战国末年建立楼兰国。

漫长的历史烟波浩渺，复杂的史书卷帙浩繁。简而言之，所谓楼兰国，并非现代意义上的主权国家，而是诸侯国或者部落族群。楼兰这个地名，一直让史学家、考古学家情有独钟。1980 年，考古人员在罗布泊北的铁板河发现两处墓葬。一座墓葬里空空如也，另一座墓葬里躺着震惊世界的"楼兰美女"。考古人员打开棺木时，简直不敢相信自己的眼睛，棺木里的女子就像睡着了一样平静。女子头戴一顶毡帽，帽子上插着两根雁翎，高鼻梁，深眼窝，尖下巴，栗色的卷发披散在肩，在古铜色皮肤衬托下美貌无比，具有鲜明的异域特征。

1992 年，"楼兰美女"到日本巡展，在日本引起了轰动。日本根据木乃伊为其复原了容貌。2004 年，中国"古人复原大师"赵成文先生，历经 3 年艰苦工作，还原了美女18 岁的模样，美女的容貌，令人一见倾心。

"楼兰美女"的发掘和展出，不仅震动了考古界和史学界，也进入了公众视野，引起了不小的轰动。被称为东方"庞贝城"的楼兰，一时间沸沸扬扬。与此同时，嗅觉灵敏的文艺界不失时机，创作的有关"楼兰美女"的歌曲满天飞，"楼兰美女"妖娆的舞蹈遍地开花，仿佛"楼兰美女"跨越时空，从遥远的历史中走了出来。随着"楼兰美女"的风靡，追踪丝绸之路的各种报道吸引了公众的眼球。楼兰这个神秘的地方，变得更加神秘、更加虚无缥缈。

2000 多年前的楼兰，位于罗布泊西岸，古时又称为"蒲昌海"。资料显示，当时的罗布泊沿岸，生长着郁郁葱葱的胡杨林，一片水乡泽国的景象。塔里木河和孔雀河，两条大河从西向东流淌，穿过楼兰城注入浩瀚的罗布泊。沿河两岸风景宜人，土地肥沃，楼兰城里人头攒动，熙熙攘攘。也许，那个时候张骞就在熙熙攘攘的人群之中，不是没有这种可能。只是没有资料记载，张骞在西域更多的活动细节。

无情的岁月在转瞬之间，改变了楼兰的模样。站在楼兰古城遗址，眼前一片土黄色的景象。挺立在大漠中的残垣断壁，仿佛诉说着昨天的故事。刚才还好端端的天气，突然就刮过一阵奇怪的风，让人出其不意眯住了双眼。疑惑之中睁开眼睛，残破的断墙后闪出一个红色纱巾遮面的姑娘，姑娘一双蓝色的眼睛如两汪海水。

你从哪里来？风把声音送进了耳朵。

我从北京来。

北京可否长安？

北京不是长安。

长安今何在？

没等再作回答，一阵沙哑的笑声扑面而来。努力睁着眼睛寻找，蒙面姑娘风一样不见踪影，留下亦真亦幻的惆怅。我相信穿越时空的说法，世界上无法解释的一些现象，大概就属于时空穿越的亦真亦幻。

前面是无边无际的戈壁，头顶上是火辣辣的太阳，回眸身后的楼兰，空荡荡的罗布泊刮起了刺耳的大风。站在风沙弥漫的罗布泊，让人感慨万千。千年的古城万年的风，不尽黄沙滚滚来。风沙吸干了河水，吹走了南来北往的骆驼队，吹走了一座迷人的城池。千年的风沙无休止地吹呀吹，吹过巍峨的阿尔金山，吹过浩瀚的柴达木盆地，吹过不阴不阳的日月山，染黄了一条大河水，堆出了一个连绵不断的黄土高原……

大自然是一个无所不能的魔术师，轻轻抖动一下手指，风沙就改变了罗布泊的一切。建立在罗布泊上的城池，瞬间化为数不清的沙粒。看似微乎其微的沙粒，蕴含着巨大的能量，足以改变周围的一切、远方的一切……

然而，真正与楼兰美女不期而遇，是在库尔勒市的楼兰博物馆。静静躺在玻璃柜里的楼兰美女，已经没有力气再睁开眼睛。虽然身体已经萎缩，但仍然可以看出当年的美丽。深眼窝上长长的睫毛，好似梳妆打扮过一番，上翘的下巴上面一张好看的嘴，似乎在喃喃细语远去的往事。白色的尖顶毡帽上插着几根翎毛，栗色的长发一直披到肩膀，脚穿粗线缝制的毛皮靴，犹如出门归来安详入睡一般。这具楼兰美女属于古代欧洲人种。楼兰原本是一个逐水草而居、半耕半牧的部落国家，丝绸之路的繁荣，东西方融会贯通，使楼兰变成了一个杂居的地方。

有史书记载：有一次，古罗马恺撒大帝去剧院看戏，他身上那件绚丽夺目的长袍，吸引了所有人的目光。大家目不转睛地盯着长袍赞不绝口。原来恺撒大帝那件漂亮的长袍是用中国丝绸制作的。从那以后，华丽的中国丝绸真正享誉欧洲。用丝绸制作的衣服，成了最时髦、最讲究的服饰。中国丝绸被誉为最珍贵的衣料，甚至和黄金等价。人们把中国称之为"赛里斯"，翻译成汉语为"丝绸之国"。楼兰美女的出土，再现了当时的情景。从此，东西方的商业往来不断加强，政治文化交流与日俱增，给楼兰带来了空前的繁荣与稳定。西方和波斯的大量毛织品、玻璃器皿等不断进入楼兰，不仅刺激和推动了楼兰手工业快速发展，绘画、雕刻、音乐、天文以及建筑的融合发展，也闪耀着灿烂的光芒。

2000多年前的楼兰，是西域的一颗璀璨的明珠，是西方人向往的圣地。楼兰地理位置重要，政治影响深远。昔日商贾云集、战鼓雷鸣的楼兰，留下了无数狼烟四起、战马嘶鸣的诗文。

唐代诗人李白、杜甫、王昌龄，南宋词人辛弃疾，他们都写过有关楼兰的诗篇。记忆深刻的还是边塞诗人王昌龄的

《从军行》：

> 青海长云暗雪山，孤城遥望玉门关。
> 黄沙百战穿金甲，不破楼兰终不还。

　　楼兰博物馆外观造型独特，飘溢着浓郁的西域风情。特别是那个楼兰姑娘的浮雕，有意无意把思绪拉回到了2000多年前的楼兰。热情奔放的乐曲，让人想起楼兰姑娘轻歌曼舞的身姿。博物馆内有一块展板是丝绸之路示意图，弯弯曲曲的红色线条，就是当年丝绸之路所经过的地方。红色线条在阿尔金山脚下拐了一个弯，绕过红柳沟朝着敦煌方向延伸。张骞躲藏在红柳沟的故事鲜为人知，所以，示意图里落掉了这一段，红柳沟的故事成了一个空白。

　　我的书柜上静静摆着两块鸡蛋大小的石头。一块是在楼兰遗址捡的，另一块是在米兰遗址捡的。楼兰遗址的石头面色发红，米兰遗址的石头白如蛋清，两块石头都是对古城的念想。

　　古代米兰是塔克拉玛干沙漠南面的一座绿洲城市，是丝绸之路上罗布泊与阿尔金山的交汇处。当年，这里是丝绸之路南道的一个贸易中心，是进出中亚的重要通道。东去西来的商队为了避免横渡塔克拉玛干大沙漠，往往会选择从米兰南北两边绕过。古代米兰曾是当时中央王朝经营西域的重要根据地。史书记载，西汉时，米兰为西域楼兰国的伊循城。汉昭帝元凤四年，鄯善王尉屠耆请求汉王朝派兵到此屯田积谷，汉朝派了1个司马和吏士40人屯田伊循。唐朝中期米兰被吐蕃所占，一片残垣的古堡是吐蕃修建的一座军事堡垒。

19世纪，英国人斯坦因曾在这里进行大肆发掘，盗走了大批塑像、壁画等文物。20世纪50年代，新疆生产建设兵团农二师勘探队在这里发现了汉代完整的渠道水利工程。1973年，新疆考古工作者在米兰古河道边发掘了唐代吐蕃古戍堡遗址。

米兰古城附近，东西几公里之间有3座佛寺、8座佛塔。据史书记载，古代高僧法显、玄奘等在西去天竺或东归故里途中，曾在这里讲法拜佛。也有专家持不同看法，他们怀疑这里曾经是鄯善国都，伊循城所在地。

不管怎么说，这里曾经是熙熙攘攘的闹市，也是金戈铁马的战场。这里发生过多少起伏跌宕的故事不得而知。知道的人早已化成了沙砾，随着大风四处游荡，不知道的人永远也不会知道。

书柜上那两块见证过历史的石头，永远不会告诉你真实的过去。两块石头静静地立在书柜上，红色的石头像楼兰姑娘美丽的脸庞，盛开着不俗不艳的红柳花。那块蛋青色的石头，像米兰姑娘的冰肌玉骨，散发着香温玉软。

楼兰和米兰，两个丝绸之路上的古城已经消失，但那片土地上的丝绸之路从来没有中断，星辰日月一般在东西方之间穿梭。

水城库尔勒

　　用沙漠绿洲这个词形容库尔勒，显然过于轻飘单薄了。想象中戈壁里的城市无论如何与水城都联系不到一起。如果非要联系在一块，会让人产生牵强附会的嫌疑。然而，大漠之中的库尔勒，的确是一座水城。

　　库尔勒是一句维吾尔语，翻译成汉语是"眺望"的意思。丝绸之路中道的库尔勒，是西域文化的发源地之一，也是南疆北疆重要的交通枢纽和物资集散地。眺望这个名字，不知是何人所取，果然有些意思。让人联想到，一马平川的库尔勒，是在眺望远去的亲人呢，还是在眺望归来的商队？

　　1954 年，新疆维吾尔自治区撤销焉耆专员公署，分别设巴音郭楞蒙古自治州和库尔勒专署。1960 年 12 月 1 日，库尔勒专署合并到巴音郭楞蒙古自治州，州府由焉耆回族自治县南迁库尔勒县城。1979 年 6 月 30 日，国务院批准成立库尔勒市。同年 9 月 30 日，库尔勒市组建成立，属巴音郭楞蒙古自治州管辖。经过 40 年的建设，库尔勒已经成为南疆重要的城市，是巴音郭楞蒙古自治州政治、经济、文化中心。其功能和作用，相当于海西蒙古族藏族自治州的首府德令哈。当然，库尔勒城市面积比德令哈市大，人口也多，无论是城市规模、城市建设，还是城市功能，都是德令哈市奋起直追的目标。

库尔勒的香梨久负盛名，"梨城"便成了库尔勒的代名词。想象终归是想象，现实里的存在往往超出想象。库尔勒是塔克拉玛干大沙漠边缘的一座戈壁城市，位于天山南麓，地处新疆腹心地带。紧紧依偎着塔克拉玛干大沙漠，却是名副其实的塞外江南。这座水城不是完全天然形成的，是库尔勒人发挥聪明才智，巧妙地利用了自然条件打造出来的一座美丽水城。

流经库尔勒的孔雀河与塔里木河，是两条天山融雪的河流，是滋养过楼兰的古老河流。库尔勒人奇思妙想，因势利导将孔雀河水在城市外围分流成三条河水流入城中，清凌凌的河水在城中千回百转。城中河道曲折蜿蜒，港汊密布，河中鱼儿跳跃，空中鸟儿飞翔，岸边树木成林，河汊里芦苇茂盛。形成了水在城中流淌、城在水中屹立的别样景观。漫步在哗哗流淌的河边，没有人相信这是一座沙漠之中的城市。一派江南水乡的情调，让人怀疑自己的眼睛。三条河水在城中回旋流淌，恋恋不舍流出城外，又汇合到孔雀河中扬长而去，一如既往地注入罗布泊。库尔勒市政协丁主席骄傲地说，20 世纪 90 年代，德令哈市改造美化巴音河时，曾来库尔勒市参观取经。难怪，赏心悦目的巴音河，让人流连忘返。

早晨太阳还没有露出脸儿，天空已经明亮起来。空气沁人心扉，流淌着大自然的味道。这个味道在北京做梦都闻不到，即便是蓝天白云，也不会有大自然清新的味道。北京的空气，说不清道不明，晴天没什么感觉，阴天意味着雾霾，灰蒙蒙的天空习以为常。

沿着孔雀河岸散步的人随处可见，绿树成荫的公园里，老年人已经开始晨练。8月份的天气，库尔勒的早晨没有闷热的感觉。河水里一群野鸭自由自在地觅食，它们一会儿扎进水里，一会儿又钻出水面，让人觉得自由这个词是多么的美好。几只小鸟从河汊的芦苇中飞出，从头顶跃过便没有了踪影。岸边的柳枝在微风中摆动，远处的楼房顶迎来了第一缕阳光。库尔勒新的一天，在鸟鸣声中拉开了序幕。

穿过一座水泥大桥，河水拐了一个弯朝东而去。这是一条宽阔的河道，平静的河面像光滑的绸缎。沿河两岸的高楼大厦拔地而起，阳光里的城市像水洗过一样干净。沿着河道走了一会儿，居然迷失了回宾馆的方向。好在河岸上晨练的人不少，于是，便向一对老夫妻打听。满面红光的老兄看了我一眼，抬起手指了指回宾馆的方向。老两口是河南周口人，20世纪80年代来库尔勒投奔亲戚种棉花。30多年过去了，老两口在库尔勒定居，开始了颐养天年的轻松生活。

你们不打算回老家安度晚年？

回老家弄啥？大姐说，库尔勒比俺们老家好，在这里习惯了，回到老家还不习惯了，在这住着心里敞亮。

大哥说，孩子们都在库尔勒，一家人在一起比啥都好。你都看见了，库尔勒多漂亮。干干净净，鸟语花香，河水绕着城市流淌，市民绕着河水行走，天底下到哪找这样的好地方？

大姐说，老家的人无知，他们什么也不知道，说起库尔勒脑袋摇得跟拨浪鼓似的。我敢说，他们只要来库尔勒看一看，保证不想回老家。我大哥家的小儿子，前几年从老家来看我，一下子就被库尔勒迷住了。小伙子聪明勤快，没两年就站住了脚，不但娶了媳妇，还有了儿子，现在一家三口人，小日子过得美着呢。

大哥笑呵呵地又说，库尔勒这个地方真不赖，是个好地方，这里我们河南人不少哩，从南疆到北疆，都有我们河南人。

我说，河南人能吃苦，全国到处都有。

那是。大姐接着说，我们河南是全国最大的省，人口超过了一个亿。河南地少人多，不出去讨生活咋办。老家人死脑筋，穷死也不想离开那个窝。

我笑着点点头，你们的想法对，换个地方生活挺好的，一辈子看同一个风景也没啥意思。

太阳一点点升高了，两个老人脸上洋溢着一种满足。告别了两个热心的老人，返回宾馆的路上，两个老人的话一直在萦绕在心里。人的大脑开阔了，思想能飞翔，心胸开阔了，天高地阔。我想起在柴达木西部工作的人们，他们基本上是外地人。由于西部海拔高，气候不好，不适合安度晚年，退休之后很少有人留在当地。不是回了老家，就是选择比较理想的地方养老，而比较理想的地方除了西宁，就是敦煌。包括还没有退休的人，他们的基本选择，也是将这两个地方作为退休后的落脚之地。仔细想一想，其实，库尔勒这座城市，离柴达木西部并不遥远，为啥大家不选择库尔勒呢？按理说，选择库尔勒无疑是近水楼台先得月。首先，库尔勒海拔只有几百米，气候条件好于西宁和敦煌，生活环境也比较好，其次，从路程距离来说，茫崖市距离西宁有1200公里的路程，距离敦煌有500多公里的路程，距离库尔勒只有700公里的路程。格库铁路的顺利贯通，路程根本不是问题。权衡利弊，库尔勒都是不错的选择。可是，现实中少有人做出这样的选择。

库尔勒这座城市，各项指标都走在了人居城市的前面，被国家评为适合人类居住的城市，而且，连续几年被评为全国文明城市。这样美好的城市，不是我们想要的城市吗？我以为，柴达木西部地区，当地政府不应该在本地发展商品房建设，而是应该从人性的角度出发，积极鼓励退休人员到环境比较好的地方去安度晚年，而不是局限于肥水不流外人田的模式里。鼓励大家，劝导大家，也是政府应尽的责任。当今的社会已经变得没有了地域限制，人们像候鸟一样自由飞翔。无论天南海北，适合自己的地方就是好地方。

库尔勒不愧是驰名中外的"梨城"。大街上的香梨树挂满了果实，在微风中轻轻摇曳。走在绿树成荫的大街上，仿佛置身于一座江南的美丽城市。说句心里话，库尔勒颠覆了我的想象。我一直以为，库尔勒只是沙漠之中一座极为普通的城市，没有想到库尔勒不仅是新疆的第二大城市，而且还是如此的不一般。2000多年前的楼兰古城让世人惊叹，2000多年后的库尔勒同样让世人惊叹！库尔勒呀库尔勒，难道你是楼兰古城的重现？

　　躺在宾馆的席梦思床上，明月从玻璃窗照进来，仿佛清亮的河水在屋里流淌。茫崖和库尔勒只有一山之隔，阿尔金山那边是茫崖，阿尔金山这边是库尔勒。茫崖风沙大，气候干燥，环境也和库尔勒相去甚远。好在茫崖距离库尔勒并不遥远，如果在库尔勒设立疗养机构，或者办事机构，闲暇时可以在库尔勒疗养度假。如果在库尔勒设立丝绸之路基地，作为海西，甚至青海在"一带一路"上的窗口，那么，对西部开放发展会是什么样的前景呢？

　　月光依然在屋里流淌，思绪依然无法平静。

敦煌七里镇

　　七里镇距离敦煌市区 7 公里路程，那是以前的距离。现在的七里镇和市区连成一片，已经分不出你我。早在 20 世纪 50 年代，七里镇还是一片荒野，石油工业部的运输三分公司就驻扎在七里镇。90 年代初，石油局机关和家属区搬迁到了七里镇，七里镇慢慢膨胀起来，开始了迅猛的发展和建设。

　　据说，20 世纪 80 年代，石油局打算把机关家属区放在西宁，这个打算被省委的一位负责人否决了，理由是石油局几万人的吃饭问题不好解决。石油局无可奈何投奔了甘肃的敦煌，敦煌市把一片戈壁滩划给了冷湖石油局。当时的敦煌市政府没有想到，十几年后，戈壁滩上拔地而起长出一座新城，成为敦煌市的一张名片。敦煌市常住人口有 15 万左右，城市人口大约 5 万，乡村人口大约 5 万，石油局人口大约 5 万。占敦煌市人口三分之一的七里镇，成为敦煌市一个特色鲜明的城区。不知当年青海的那位负责人有何感想？

历史上因小失大的例子屡见不鲜。眼光短浅、心胸狭窄所造成的结果，往往让人望洋兴叹。

实际上，青海油田把生活基地设在七里镇，更多的是历史原因。其中第一个原因是，新中国成立后组织的几次地质矿产勘查人员，大多在甘肃兰州集结组成，然后沿兰新公路到敦煌，在敦煌休整之后再进盆地；第二个原因是，20世纪50年代兰新铁路建成后，石油开发所需物资和人员，基本上乘火车到达柳园站，再由七里镇运输公司从敦格公路运到基地或井场；还有一个原因，当年敦煌县人民政府积极支持柴达木勘探开发，用多种形式搞迎送活动，企地建立了良好的关系。敦煌基地虽然在甘肃，其实与青海油田仅一山之隔，有公路相通，海拔、气候也适宜。由于这个位置在老石油基地玉门油田的管辖范围内，属于石油系统的地盘，原来的石油局便选择以敦煌为出发基地。

七里镇石油基地，由老区和新区组成。新区在老区西侧，是在一片戈壁滩上建设起来的。这里曾经是党河古道和祁家湾汉墓区，新老区中间是2公里宽的混合带，住有不少地方企业和百姓。据史料记载，50年代中期，解放军第十九军第五十七师转为解放军石油工程第一师后，部队按工种分成钻井、修建、运输三大块，师长张复振将军率领运输部队转战玉门油田，在这里建设长途运输公司的生产、生活基地，并定名为"七里镇"。随后几年，基地得到初步建设，修建了一些办公、文化、福利设施、职工宿舍等土木结构的房舍，在附近还开办了几个农场。80年代，柴达木油田勘探开采大发展，盆地的几个生产生活基地远远不够油田发展的需要，同时，非生产人员和家属在盆地的各种生活费用不断加重，青海石油管理局党委书记张德国等局领导考察论证了几个基地建设方案，最后确定在七里镇的原基地上建设基地。经过十几年的布局建设和植树造林，一个崭新的石油新城在河西走廊戈壁滩上拔地而起，青海油田的大本营扎在了七里镇，七里镇从此又派上了大用场。而古老的敦煌城，凭借青海石油人的能力，把城市的外延向西推出了好几公里，抵达古墓文物保护区边沿。

我们一行人去七里镇石油基地那天，天气格外晴朗。在石油局宣传部吴德令副部长的陪同下，先是参观了石油局展览馆，后又参观了办公区和职工生活小区。在吴德令耐心细致的介绍中，面包车穿行在基地的大街小巷，就像在城市的街道上缓缓而行。干净的大街上一尘不染，绿油油的树木和草坪点缀在楼宇之间，感觉就像在公园里漫步。

青海油田有三个生活基地：敦煌、格尔木和花土沟。三个基地之间相隔数百公里，担负着各自不同的功能。敦煌基地担负着油田的科研、教育、职工轮休、轮训基地的职能，是油田机关及部分二级单位所在地；格尔木基地是炼油化工、天然气生产及销售基地；花土沟基地是勘探开发、原油生产第一线，是原油生产基地。

在青海油田的三个基地之中，敦煌基地规模最大，机关单位最多，人口也最多。敦煌基地始建于1984年，占地面积642万平方米，建筑面积203万平方米，住宅面积150.63

万平方米，现有住宅 549 栋（高层 74 栋，多层、平层 475 栋），19823 套，有 7 栋公寓楼，568 间公寓。有 50 多个办公单位院落，3 个集贸市场、商业区和 1 条步行街。油田社区管理中心，负责基地"三供一业"服务，管理绿化面积 266 万平方米，绿化覆盖率 40.55%。环境卫生面积 267 万平方米（其中主干道 66 万平方米，生活区 196 平方米，油田各单位机关办公楼院 9 万平方米），物业服务面积 183.6 万平方米。

敦煌石油基地按照"整体规划，分期建设，设施配套，功能齐全"的建设理念，经过三个阶段的建设，取得了有目共睹的成果。基地从水、电、暖、气供给到通信、新闻、文化教育、娱乐休闲、医疗卫生、生活保障等方面，形成了一个比较完整的体系，具备了相当规模的服务功能。基地在建设完善功能的同时，特别注重教育事业。现有幼儿园 7 所，其中社会化幼儿园 2 所。7 所幼儿园中，3 所是青海省省级示范幼儿园，3 所是青海省省级一级幼儿园。基地一中和实验中学的建设规模，在西北地区堪称一流，高考入学率历年来高居青海省榜首。由于基地教育事业突出，据说，海西州准备分流一部分初中毕业生到敦煌，在基地一中开办海西班，不知落实得怎么样。

教育是衡量一个国家综合素质的标准，一个地区和单位也是如此。青海油田不仅对教育重视，其他方面也均衡发展。敦煌基地不管是医疗卫生、教育教学，还是生活供应、绿化工作等方面，都在一个良性环境中循环。

在敦煌七里镇，持有茫崖户口的青海油田职工及其家属子弟大约有 5 万人之多，占到敦煌市总人口的三分之一。对基地人口和社会秩序的管理，以及民事、刑事的处理，均由青海派出的公检法机关执行解决。油田自己创办的幼儿园、学校、医院等社会性质的单位，现在已移交青海职能部门。因此，石油基地应该算是茫崖的"飞地"，看上去与格尔木的唐古拉镇一样。

现在的七里镇，成为茫崖地区人口省外流向的一个重要城市。石油系统和地方单位的很多职工周末节假日就到七里镇，享受低海拔带来的舒适。我们在敦煌基地了解到，敦煌到花土沟的航班经常爆满，甚至需要提前订票。由此可见，西部人对于敦煌情有独钟。

漫步在基地的大街小巷，绿树成荫的道路干净整洁，高高低低的楼房错落有致，就像行走在一片世外桃源之中。音乐喷泉广场、游泳馆、职工活动中心、体育公园、阅览室……应有尽有，让人感慨不已。

来敦煌七里镇之前，我们去了冷湖镇老基地。当年生机勃勃的基地，已经成了一片废墟。偌大的一片废墟，好像这里曾经发生过一场战争。20 世纪 50 年代，来自四面八方的石油工人聚集在戈壁荒原，轰轰烈烈的石油大会战何尝不是一场战争呢？据说，高峰时期有十万之众在这里会战，它当时是全国四大石油基地之一。可以想象出当年那个波澜壮阔的场面，轰鸣的钻机日夜不停，明亮的灯光让黑夜无法躲藏。热血沸腾的岁月燃烧着戈壁荒原，然而，当年的风光已经散去，留下了满地残砖碎瓦。伫立在风中的断壁默默不语，仿佛在等待着远去的归人。

我们去老基地那天，正好有几个石油子弟在废墟里寻找童年的记忆。破碎的厨房里还飘着一缕菜香，倒塌的卧室里还有一丝柔情。当年在这里战斗的青年人变成了老年人，他们的孩子也变成了中年人。无论流逝的岁月多么残酷无情，石油人对老基地的感情依然如故。

据说，每年都有不少念念不忘的老人，回到这里寻找过去。往事不会如烟飘散，每年都有不少石油子弟回来寻找抹不去的情愫，每年都有不少慕名而来的游人到这里参拜这片神奇的废墟。

60多年弹指一挥间，青海石油人凭着蚂蚁啃骨头的精神，在沧桑巨变之中，完成了凤凰涅槃的华丽转身。

离开七里镇石油基地，汽车朝着市区行驶。哗哗流淌的党河水，不紧不慢地诉说着飞天的故事，诉说着石油人的故事。

诗与远方

很多年前网络上流行一句话："世界之大，我想出去走一走。"这几年网络上又开始流行一句话："世界不只有眼前的苟且，还有诗与远方。"简单的一句话，触动了年轻人的心，成了年轻人嘴上著名的鸡汤语言。

现在许多年轻人轻浮、幼稚。社会上发人深思的问题，触动不了他们的内心，一句空洞的理想主义语言，居然让他们热血沸腾。生活中的他们除了一地鸡毛，还是一地鸡毛。生活在我们周围的年轻人，有不少就属于这个类型。厌倦了家门口的风景，厌倦了周而复始的生活，向往一个陌生的环境，向往诗和远方的风景，诗与远方这个空中楼阁，成了理想主义的浪漫彼岸。不知为什么，看见"诗与远方"这几个字，我莫名其妙就想起了一个远方的故事。

2016 年 10 月 15 日，三个奇石爱好者在茫崖大浪滩发现了一具尸骨，觉得有必要告诉公安局，于是，他们用手机拍下了尸骨照片，把照片发给了当地公安局，并且附上一段文字：尸骨旁边有一个黄色的帆布包，包里装有繁体字的报纸和书信。我们认为尸骨年代久远，大概是 20 世纪 70 年代之前的死亡人员。

茫崖公安局接到报告，立即派人前往勘查。10 月 23 日，由公安局唐拓华副局长带着刑警和法医到现场勘查。尸骨的方位在花土沟镇至新疆若羌县罗布泊镇的沙子毛路往北 100 米处，距离花土沟镇 70 多公里。尸骨仰面躺在沙石地表上，尸体已经完全白化，经法医鉴定是一具男性尸体。逝者随身携带一个浅黄色帆布包，包里装有信件、报纸、手电筒、防风镜、毛线、长棉袜等遗物。根据遗物推测，这是一名地质工作者的遗骸，可能是迷失方向的原因，不幸在无人区罹难。根据尸体身上的棉工衣、信件邮戳和一张洛阳报纸，推测死亡时间在 1960 年 9 月至 1961 年 4 月之间。从信件模糊的字迹和邮戳判断，信件是寄往新疆若羌县。还有一个信封勉强可辨认出收信单位是四川仪陇县邮电局，收信人的名字叫邓光学。另外一封信是寄往贵州的，收信人叫李中华，寄件地址是四川省巴中县鼎山公社 ××× 四小。通过这些遗物，推断死者可能叫邓光学，是一名地质工作者，他的单位或住址在若羌县，籍贯应该是四川省仪陇县或巴中县城，至少在这两个地方有亲戚朋友或同学。

为了尽快寻找到无名尸骨的亲属，11 月 28 日，茫崖行委公安局官方微信公众号"平安茫崖"发布了《扩散：寻找在茫崖大浪滩 60 年代失踪人员家属》的文章。文章一经发布，立即引起全国热心网友和媒体的强烈关注，省内外多家媒体也持续跟踪报道，大家殷切希望尽快找到尸骨主人的亲属。山东、北京、青海、河南、四川、新疆、广东等地网友纷纷打来电话，献言献策，积极提供自认为有价值的线索，一时间网上凝心聚力，感人肺腑。

微信发布的第二天，四川省巴中市、仪陇县警方看到网上的消息并接到了青海茫崖警方的电话通报后，当天便迅速行动起来。11 月 30 日，巴中市巴州区派出所查到了失踪人员叫李中华。李中华为巴州区龙背乡人，并且联系到了李中华的家人。在全国网友、多家媒体的广泛关心下，在四川和新疆警方的大力协助下，青海警方通过微信新媒体短频快的优势，茫崖大浪滩无名氏尸骨在 48 小时之内就有了确切消息。遗物中有照片和李中华字迹为佐证，很快有了李中华妻子的下落。李中华妻子叫邓光明，已经 84 岁高龄，仍然生活在巴中市巴州区背龙乡。

为了进一步确认失踪人员为李中华，青海和四川警方同步展开 DNA 检材提取工作，双方确定由青海警方开展遗骸 DNA 的对比工作。12 月 2 日，茫崖警方再次到大浪滩，在检察院和民政局工作人员的见证下，提取了遗骸 DNA 检材，并对周围 1 公里范围之内再次进行仔细搜索，又发现了暖水壶、棉皮袄等遗物。12 月 7 日，茫崖公安局收到了巴中市公安局快递寄来的 DNA 样本，当天派人连夜送往 1200 公里之遥的省公安厅。12 月 12 日，社会各界收到青海省公安厅官方微信公众号"青海公安"发布的《青川警方联手 DNA 认定茫崖大浪滩遗骸身份》消息。2016 年 12 月 23 日，茫崖公安局收到了巴中市公安局巴州区分局鼎山派出所发来的"协助函"和"情况说明",确认李中华的妻子是邓光明,已安排女婿杨庭吉带一名亲属前往青海茫崖领取遗骸和遗物。李中华亲属一行人到茫崖领取了遗骸、遗物,并得到了公安民警捐助的 5000 元现金。

2017 年 4 月 17 日,时任茫崖行委公安局副局长的唐拓华利用出差机会,专程到新疆若羌县 36 团走访了健在的部分老人。确认李中华为若羌县米兰农场打工人员,1959 年从贵州来到米兰农场务工,1960 年因为大饥饿出走未归,一个诗与远方的故事圆满结束。

20 世纪 50 年代末,一场大饥饿席卷了全国。内地许多农民纷纷逃往大西北寻找活路。50 年代中期,正是开发柴达木的年代,不少寻找活路的人纷纷来到柴达木。大饥饿席卷柴达木盆地时,一部分人离开了柴达木,一部分人倒在了柴达木,留下的那些人成了开发建设柴达木的前辈。那个时期,他们的家乡连树皮都扒光吃尽,没有办法才背井离乡来到了柴达木。茫崖大浪滩发现的李中华遗骸,就是其中的一个缩影。当年我参加工作的海西州委办公室干部食堂里,有几名炊事员就是那个时候从河南来柴达木讨生活的。其中,有个姓杨的面案师傅,给我留下了深刻印象。杨师傅面案上的活干净利索,说话也比较幽默,他们一块从老家出来的几个同乡,有两个人饿死在了大柴旦。我曾经采访过海西养路段的职工,他们当中有不少人也是当年为了寻找活路来到了柴达木。他们中间有人倒在了唐古拉山口,有人倒在了五道梁。我还采访过当年青藏线上的驼工。一个老驼工告诉我，当年他们拉着骆驼往西藏运送粮食，其中，有一个驼工被风吹裂了肺叶，那个样子惨不忍睹。说着说着，老驼工泣不成声，可见，那个肝肠寸断的场面，让他久久不能释怀。

20 世纪 50 年代，遥远的柴达木就是远方。那些可歌可泣的故事里，包含了多少艰辛和痛楚。现在的年轻人，对过去的事情不感兴趣。其实，不能责怪这些年轻人，我们的教科书不愿意提及过去的事情，特别是近几十年我们经历过的种种苦难。任何一个民族都不愿意遭受苦难，任何一个民族都不能忘记过去的苦难。

柴达木不但有激情浪漫的诗歌，更有远方沉甸甸的故事。

尕 斯 湖

　　从飞机椭圆形的玻璃窗往下看，下面是浩瀚无际的荒原，如同一个凹凸不平的大沙盘。不知不觉之中，白云深处的飞机，一歪身子朝着明晃晃的尕斯湖俯冲下去，就在疑惑飞机是否偏离了航线时，飞机已经平稳落在了地面上，原来跑道就在湖边不远的地方。下午的阳光令湖面闪闪发光，尕斯湖仿佛镶嵌在阿拉尔草原上的一面镜子。

　　很多年前，我写过一篇名叫《尕斯湖》的短篇小说。那个时候只是听说过尕斯湖的一些事情，实际上根本没有见过尕斯湖。凭着想象写了一篇在尕斯湖边种麦子的故事，寄给了安徽一家文学刊物。凭空想象写出来的小说，居然稀里糊涂在刊物上发表了。至今我也不知道湖边种过麦子没有，安徽的那家刊物更是一无所知。尕斯湖周围是广阔的阿拉尔草原，草原上长满了芦苇和骆驼草，这样的环境里，能不能种麦子恐怕还是一个问题。想起那篇闭门造车的小说，真有点儿荒唐。初学写小说的我，犹如不怕虎的牛犊，没有生活，没有技巧，就凭着一股子牛劲。不过，再健壮的牛也是从牛犊成长起来的。

苍茫的阿拉尔草原，一直延伸到阿尔金山脚下。可是，这片苍茫的草原另外一半属于新疆的若羌县。20 世纪 80 年代，一片完整的草原被一分为二。靠东边的阿拉尔（蒙古语）草原属于茫崖市管辖，草原上生活着蒙古族牧民；靠西边的铁木列克（维吾尔语）草原属于若羌县管辖，草原上生活着维吾尔族牧民。阿拉尔草原是一片相对肥沃的草原，楚河汉界的原因是争夺草场的结果。长久以来，青新两地边界纠纷一直没有平息，争抢矿山、争抢草场的事情从来没有停止过。

1979 年，若羌方面的牧民强行闯入阿拉尔牧场，发生冲突的过程中，重伤了 5 名、轻伤了 10 名阿拉尔牧场的工人，抢走牲畜 100 多头。时隔 4 年的 1983 年 9 月 12 日，若羌的闯入者，打死了莫河尔布拉格的蒙古族牧民 1 人，打伤 12 人。1985 年 4 月 11 日，若羌县牧民有计划有组织闯入茫崖石棉矿，打死民工 3 人，重伤 42 人，轻伤 94 人，造成经济损失几十万元……

青海、新疆两地边界纠纷不断，引起了各级领导的高度重视。早在 1965 年 7 月，西北局书记处书记王恩茂在给青海省委书记杨植霖、省长王昭的复信中明确表示，同意将铁木列克草原、茫崖石棉矿区归属青海省。1983 年 10 月至 1985 年 4 月，国家民委副主任黄光学、青海省副省长景生明、新疆维吾尔自治区副主席宋汉良等人，曾先后几次奔赴茫崖解决矿山草场纠纷问题，但是，都没有取得实质性效果。1986 年 6 月，根据青海省人民政府指示，知名历史学者李文实一行专家，对这一地区进行综合考察。经过 3 个多月的艰苦工作，他们以大量的历史地图和文献资料为事实根据，新疆方面无言可对，结束了这场旷日持久的纠纷争斗，恢复了 300 年来长期认定的边界线。迄今为止，青新边界再没有发生过纠纷争斗事件。

苍茫的阿拉尔草原上，长满了低矮的芦苇和骆驼草。蒙古族牧民说，牛羊喜欢吃芦苇和骆驼草，而且吃得膘肥体壮。牧民的一番话，打碎了习惯的认知思维。我曾经去过呼伦贝尔大草原，开满鲜花的草原，绿油油的青草如画儿一样美丽；去过云中的天峻草原，绿色草地铺向山顶。白云在头顶上飘浮，脑海里保存的草原画面让人心旷神怡，跟眼前的阿拉尔草原大相径庭。然而，事情往往出乎意料，阿拉尔草原虽然只有芦苇和骆驼草，可是，吃芦苇和骆驼草的牛羊个个膘肥体壮。俗话说，一方水土养一方人，大概这句话同样适用于牛羊。

踏上阿拉尔草原的目的，是寻找阿拉尔古城遗址。有资料显示，古城遗址曾经是阿拉尔部落的城池。陪同我们的向导是花土沟镇原副镇长保克，一个魁梧健壮的蒙古族男人。草原上没有路，汽车东倒西歪地摇晃了两个多小时，在一个河岸边停了下来。没有任何标志的草原让保克有些恍惚，为了保险起见，保克让我们在河边原地休息，他独自一人先行去探路。河岸下面是一条不大不小的河流，河流旁边生长着茂盛的芦苇。绿油油的芦苇生机勃勃，就像一片小小的森林。中午的阳光开始灼热起来，活跃的蚊子无孔不入，疯狂攻击着我们每一个人。焦急的等待之中，保克杳无音信，大家不愿坐以待毙，便纷纷开始四处寻找古城遗址。根据先前地形地貌的描述，司机师傅发现了一处跟描述相似的地方，后来证实了这个地方就是古城遗址。古城遗址离河岸不远，已经看不出古城原来的模样。一段接着一段的残垣断壁，像一排排突兀的石头，屹立在河岸的一片荒野之中。

历史往往沉默不语，沉默不语并非没有历史。正如阿拉尔古城遗址，看着没有什么特别的地方，可它就是一个特别的存在。任何人也不会想到，阿拉尔古城遗址下，居然埋藏着一个鲜为人知的秘密。这个秘密是一段历史，是一个回肠荡气的爱情故事。

坊间有传说，2000多年前的西汉时期，张骞为了躲避匈奴，曾经在这条河岸生活过一段时间。大概是上天的旨意，后来阿拉尔古城就建立在张骞生活过的河岸上。估计没有人知道张骞有过这样一段跌宕起伏的经历。这是一个惊人的传说，一段鲜为人知的传奇。

楚汉战争时期，北方匈奴冒顿单于乘机扩张势力，控制了中国东北部、北部和西部广大地区，建立起统一的奴隶主政权以及强大的军事机器。冒顿单于征服了西域，并向各国征收繁重的赋税。因为有了经济基础和军事势力，屡屡骚扰中原掠夺财务。西汉王朝统治者在同匈奴斗争的过程中，逐渐认识到西域的重要性。汉武帝即位后，得知西迁的月氏国有报匈奴世仇之意，只是苦于无人相助。于是，便有了张骞出使西域，打算联合月氏国夹攻匈奴的计划。

西汉建元二年（公元前 139 年），张骞奉汉武帝之命，率领 100 多人离开长安出使西域。没想到进入河西走廊，碰上了匈奴的骑兵，张骞和他的随从束手就擒，被押送到匈奴王庭（今呼和浩特附近）。单于对张骞软硬兼施，威逼利诱，但张骞横竖不吃这一套，单于一气之下将张骞一行人扣押。在被扣押的岁月里，张骞时刻在寻找机会逃跑，可是，老天爷一直没有给他逃跑的机会。10 年之后的元光六年（公元前 129 年），张骞趁匈奴戒备松弛的大好机会，在一个风高月黑的晚上，带领随从逃出了匈奴的控制区。

就在匈奴扣留张骞这个时期，西域的形势发生了根本性变化。月氏的敌国乌孙，在匈奴支持和唆使下攻击月氏国，月氏国被迫从伊犁河流域西迁，进入咸海附近的妫水地区。张骞得知了这个情况，立刻折向西南进入焉耆，再溯塔里木河一直西行，过库车、疏勒，翻越葱岭，直达大宛（今乌兹别克斯坦费尔干纳盆地）。到了大宛国之后，张骞向大宛国说明了自己出使月氏的使命和遭遇，希望大宛国能派人护送他回汉朝。如果能顺利返回汉朝，一定奏明汉皇，赠送财物答谢。大宛王一直想与汉朝通使往来，苦于匈奴从中阻碍。张骞提出的要求，大宛王一口答应，派人将张骞一行人送到康居（今乌兹别克斯坦和塔吉克斯坦境内），康居王又遣人将他们送到月氏。张骞万万没有想到，当他和盘托出夹击匈奴的计划时，月氏国居然改变了态度。他们以离汉朝太远，如果联合攻击匈奴，一旦遇到危险汉朝鞭长莫及为由，婉言谢绝了张骞。张骞一行人在月氏国逗留了一年多时间，始终无法说服月氏人与汉朝联盟夹攻匈奴的计划。无可奈何的张骞，于元朔元年（公元前128年）无功而返。

为了躲避匈奴，张骞改变了行军路线，计划行走塔里木盆地南麓，昆仑山北麓的"南道"，从莎车经于阗（今和田）、鄯善（今若羌），通过青海羌人地区返回长安。出乎张骞意料的是，此时的羌人也沦为了匈奴的附庸，他们再一次被匈奴骑兵所俘并扣押。一年之后的元朔三年（公元前126年）初，匈奴内部为争夺王位发生内乱，张骞一行人又一次趁机逃了出来。匈奴发现张骞一行人逃跑，立刻派人马一路围追堵截。张骞他们夜以继日沿着阿尔金山山脉疲于奔命，逃亡到阿尔金山峡谷的红柳沟时，身边只剩下匈奴向导堂邑父。

一路上疲于奔命的张骞在红柳沟病倒了。红柳沟是阿尔金山中的一条大峡谷，峡谷里长满了高大茂盛的红柳。密密麻麻的红柳林成了张骞他们的隐蔽的藏身之处。生活在阿拉尔草原的羌人首领胡去来王，一直就有与汉朝往来的想法。他打探到了张骞藏身于红柳沟这一情况，带着牛羊等重礼亲自登门拜访。看着面黄肌瘦的张骞，胡去来王建议张骞到羌人地盘休养生息。出了红柳沟，阿拉尔草原就是羌人的地盘。张骞在阿拉尔草原养病期间，胡去来王派了一个叫子合的姑娘照顾张骞的生活起居。

阿拉尔草原有个神奇的温泉，有病有灾的牧民都去温泉祈祷治病。为了尽快让张骞恢复健康，张骞和子合姑娘在温泉旁安营扎寨，子合姑娘用温泉滚烫的泥巴给张骞治疗。在温泉治疗过程中，两个人产生了好感。在子合姑娘的精心照料下，张骞的身体慢慢好了起来，便开始计划返回长安的路线。这时阿尔金山周围发现了匈奴的骑兵。为了不打草惊蛇，张骞只能扮成羌人蛰伏下来。春去秋来又是一年，形势有了好转，张骞打算带着子合姑娘返回长安。就在这个时候，子合姑娘突发疾病撒手人寰，悲痛万分的张骞和堂邑父踏上了归途。他们经乌图美仁、格尔木、香日德、莫合、天峻，再经青海湖、湟源、西宁、民和、大河家渡口，历尽千辛万苦，终于回到了长安。

元狩四年（公元前 119 年），失去河西走廊的匈奴向西北退去，依靠西域诸国的人力物力与西汉对抗。汉武帝再次派遣张骞为中郎将，率领 300 多名随员，携带金币、丝帛等财物数千巨万，牛羊万头，第二次出使西域。汉武帝和张骞的成功谋略促进了中国与西域之间的经济文化交流，对东西方历史文化发展具有深远的意义。

张骞是汉代杰出的外交家、旅行家、探险家，丝绸之路的开拓者，也是茫崖这片土地上的匆匆过客。

2017 年，考古人员首次在茫崖地区发现一具距今 1700 多年的干尸。据专家介绍，干尸出土的地点位于古代丝绸之路青海道上，是青藏高原迄今为止发现保存最完整、年代最久远的一具干尸。这具干尸出土时未着衣服，身长 1.62 米，为男性，去世时年龄大概 40 岁。其双手合于腹部，表情安详，容貌清晰可辨，近看时还能发现胡须、毛发等。干尸身体下面铺着芦苇，上面盖着芦苇，头脚两侧的泥土里插着竖立的木杆，还有红、黄两色的布毡，以及一些马蹄、羊椎骨之类的东西。有专家说，该干尸生前处于魏晋南北朝时期，由于当时丝绸之路河西走廊动荡不安，一部分中土及中亚商人取道日月山、青海湖、格尔木、茫崖，因此，一条新的商道逐渐开始兴盛。除此之外，柴达木盆地先后发现了多个朝代的干尸，出土过波斯金币、罗马银币。专家表示，随着相关研究与发现的不断深入，这些文物或将还原、拼凑出古丝绸之路青海道昔日的繁荣景象。

如果这具干尸不是1700多年前的干尸，而是2000多年前的干尸呢？如果是丝绸之路商队留下的干尸，应该有更多的陪葬品，而不是寥寥无几的马蹄和骨头。我不是考古专家，也不是历史学家，我只是靠文学想象大胆推断。如果这具干尸出自2000多年前，有没有可能是当年张骞随从中某一个人的干尸？当年疲于奔命、狼狈不堪的张骞一行，不可能有更多的陪葬品，只能如此草草掩埋。不是没有这种可能，因为，张骞不仅到过茫崖，而且，还在阿拉尔草原逗留过一些日子。当然，这只是一种假设、一种推断而已。不过，假设并不是没有真实的可能性，有时候假设往往就变成了真实的历史。古往今来，有无数假设还原了历史的真实面貌。如果这个推断在以后的考古发掘中能获得更有力的证据，那么张骞在茫崖的故事远不止这些，不知道还有多少鲜为人知的故事被掩埋在阿拉尔草原上。

2019 年 7 月 20 日，丝绸之路沿线国际友城峰会在西宁举行。来自 14 个国家，17 个国际友好城市和友好团体的市长、企业家、专家学者应邀参加了本次峰会。遗憾的是，专家学者们没有前往茫崖实地考察，当年张骞在茫崖的蛛丝马迹，依然只是坊间传说，依然是假设和推断。

阿拉尔草原所在的尕斯地区，是明末蒙古族部落驻牧该地区后所起的名字。史书多有记载，自汉朝以来，这里是古羌中道（后称青海道，吐谷浑道）通往西域的要道，历史上有不少高僧和政治使者经过这里东去西来。由此西行一直通往南疆，东北过当金山口通往敦煌，往南通卫藏，东行达青海湖。显而易见，早在汉朝时期，位于丝绸之路上的茫崖，已经是一个举足轻重的地方了。过去如此，现在依然如此。

阿拉尔草原的蒙古长调

  阿拉尔草原,原属青海蒙古族台吉乃尔旗的尕斯陶海,和硕特蒙古从新疆南下青藏高原留在这里驻牧,至今已有几个世纪。这片草原上,原来有一个纯牧业乡叫尕斯乡,辖德尔森、莫合尔布拉岗、岗其3个村,后来在撤乡并镇时撤并到花土沟镇。尕斯乡过去名声在外,是青海最富裕的牧业乡之一。牧民依靠花土沟石油基地和茫崖行委驻地双重市场需求,牛羊等畜牧产品一直畅销不衰。报纸上专门报道过,尕斯的牧民在青海牧区很早就拿着手机放牧,是用手机联系买家客户的牧民。

  阿拉尔草原的富有,得益于水流的滋润。阿拉尔有泉水的地方不少,无论走到哪里,都会看见有泉水冒出。实际上,这些泉水是冒出来的地下水。昆仑山和阿尔金山的融雪水渗入草原,再从某个地方冒出来,给人感觉就像从地下冒出来的泉水。阿拉尔河和铁木里克河在阿拉尔草原汇集后,蜿蜒曲折流入尕斯库勒湖。20世纪50年代,水草丰美的阿拉尔草原，曾经驻有剿匪的解放军骑兵，建有军马场。最早进入茫崖的石油地质队员，也以阿拉尔为大本营开展工作。后来成立了阿拉尔国营农场，现在是花土沟镇莫合尔布鲁克村的牧场。阿拉尔草原，不仅养育了牛羊，也养育了一代又一代开发茫崖的建设者们。

阳光灿烂的天气里，阿拉尔草原没有湿地的感觉。阴沉下雨的天气里，阿拉尔草原便开始返潮，显露出湿地的本来面貌。阿拉尔草原是蒙古族牧民冬天的草场，夏秋季节牛羊在山里的草场。昆仑山里的牧场草肥水美，是牛羊喜欢的牧场。我们去阿拉尔草原那天，牛羊还在山里的草场。草原上看不见牛羊，偶尔看见一顶白蘑菇似的帐篷，没有牛羊的衬托显得孤独无聊。

保克是个蒙古族汉子，是花土沟镇原副镇长。阿拉尔草原长大的他，熟悉这片草原就像熟悉自己的手指头一样。为了迎接我们的到来，他专门从山里请回来了一家牧民招待我们。夕阳的余晖里，我们走进了蒙古包。长条案桌上摆着一只煮熟的全羊和各种点心、水果。我们刚刚落座，热情的女主人就把奶茶端了上来。大家东一句，西一句，闲扯了一会儿，保克跟男主人用蒙古语交谈了几句，主人便按照蒙古人招待客人的仪式开始敬酒。在草原上奔波了一天，肚子早就饿得叫个不停。大家顾不上虚伪的面子，七手八脚拿起手抓肉狼吞虎咽地吃了起来。连吃带喝忙碌了一气，两个身穿民族服装的青年男女，一个拿着酒瓶，一个端着酒碗，开始给大家敬酒。光彩照人的姑娘，恭恭敬敬端着酒碗唱起了蒙古族长调。姑娘的声音雄厚润滑，高亢辽远，整个蒙古包就像是一个大音箱，那种震撼力不亚于现场音乐会。

几年前的一个夏天，参加柴达木的文学笔会，去过都兰县的艾斯利金大草原。那是一片美丽的草原，一簇一簇的骆驼草铺满了整个草原，粉色的红柳花在阳光下灿烂绽放。一匹披红戴花的枣红马，羞羞答答站在帐篷跟前，就像一个待嫁的新娘。艾斯利金是一句蒙古语，什么意思不知道。我问过蒙古族的朋友，蒙古族朋友也不知道。真是难为这个朋友了，从小在汉族学校上学，一直到大学毕业都在汉族人堆里生活，完全被汉族人同化了，连母语都差不多忘记了，他怎么能知道呢？不过，这位朋友还是打听清楚了这句话的意思。艾斯利金翻译成汉语是"沙子"的意思。搞清楚这句话的意思，我心里踏实了，朋友心里也踏实了。那天下午，我们一块在帐篷里听长调。唱歌的人是德都蒙古族非物质文化遗产的长调传承人高卫。他的声音高亢悠远，响彻云霄。我们坐在帐篷里，静静听着穿云破雾的声音，那种感觉就像融化了一样，整个身体飘了起来，随着歌声飞向了蓝色的天空。

我一直喜欢蒙古族长调。蒙古族长调随意度大，辽阔自由，高亢悠远。那种感觉是无法用语言描述的悠远和辽阔，那种感觉是渗进骨头里的苍凉，让人悲伤，让人高亢，让人莫名其妙地泪湿眼眶。

这是我第二次坐在蒙古包里听蒙古族长调，只是地点不同，变成了阿拉尔草原。阿拉尔是一句蒙古语，翻译成汉语

图片 2

阿拉尔草原是一片无际的湿地草原。水草丰美，与美丽的尕斯库勒湖相邻

是"岛屿"的意思。阿拉尔草原也生长红柳，稀稀拉拉的红柳跟周围的芦苇一样低矮。站在辽阔的草原上，阿尔金山雪峰忽隐忽现。虽然眼前的草原变了，但是蒙古族的长调没有变。美丽的蒙古族姑娘唱了一首又一首，酒碗喝干再满上。高亢的长调声中，不由得让人浮想联翩。

遥想 300 年前，一个初春的傍晚，自西宁反清失败之后，逃亡柴达木的罗布藏丹津，长途跋涉到尕斯湖畔时，早已是疲惫至极。看到白茫茫的大片茇茇草，想想声势浩大的反清队伍，被年羹尧和岳钟琪的清兵冲击得荡然无存，万念俱灰的罗布藏丹津，仰望长生天，哀叹命运不济。罗布藏丹津是统一青藏高原、在西藏建立汗廷的和硕特部首领固始汗的孙子，承袭父亲达什巴图尔亲王的爵位，起事之前担任和硕特部右翼首领。可以说，那时他控制着整个柴达木蒙古族各部，尕斯是和硕特部右翼最西端的一个部落。

在这片水草茂盛的草原上，亡命西逃的丹津亲王在 100 多名随从和当地属民的簇拥下，挥泪吟唱了一首流传后世的歌曲《尕斯滩的茇茇草》，这首悲戚的思念之歌表达了思念远在天边的家乡之情。1988 年海西州第一届那达慕大会在都兰县举办时，这首歌在柴达木蒙古长调之乡的巴隆草原参赛演唱，引起了强烈反响。1999 年，中央电视台"心连心"艺术团来德令哈慰问演出时，由蒙古族歌手郑重演唱，现已成为海西柴达木德都蒙古的经典民歌。《尕斯滩的茇茇草》蒙古语写成《尕斯恩查干德尔素》，被列入德都蒙古非物质文化遗产保护传承项目，至今草原上到处在传唱。

地名是历史的记忆，民歌《尕斯恩查干德尔素》中"德尔素"，与地名"代尔森"同义，是芨芨草的不同汉语译音。"代尔森"汉语里的意思是芨芨草，这意味着过去这里水草茂盛，草以芨芨草为主，草场或可称作芨芨滩。芨芨滩的芨芨草异常繁茂，草高一米多，有的地方骆驼进去看不见身影。

在尕斯草原短暂休整后，罗布藏丹津穿过青新交界的尕斯山口进入南疆，最后逃到伊犁河谷的准噶尔部。罗布藏丹津为了恢复祖父固始汗的伟业，得到极高的权力与地位，奔命逃亡上千公里，最后如一缕烟飘过柴达木，消失在历史的烟云中。

罗布藏丹津是青海历史上著名的蒙古族人物，而且是一个充满争议的人物，蒙古族百姓对他褒贬不一。他的起事，使部队遭遇镇压，部族遭受清算，给青海蒙古族百姓带来无尽的痛苦，勃兴之时的蒙古和硕特部随之也由强转弱、由盛转衰。八百里瀚海的人们，对他的印象除了红柳林、芨芨滩躲藏的身影之外，大概就是这首低吟的歌曲了。

青稞美酒没有喝醉，高亢的歌声让人如痴如醉。离开蒙古包时，天色已经暗了下来。落日像个通红的火球，阿拉尔草原一片绯红。告别了热情好客的主人，汽车像醉酒似的摇摇晃晃向草原深处驶去。身后的蒙古包不见了，暮色笼罩了阿拉尔草原。

翡翠湖上的玻璃小船

　　北京一对小情侣在网上看到茫崖翡翠湖的精美图片，这些美不胜收的图片让这对情侣兴奋不已。男孩说，翡翠湖是戈壁深处的大家闺秀；女孩说，翡翠湖是天使梳妆的镜子。两个人为翡翠湖彻夜难眠。周末晚上，男孩邀请女孩去看电影，女孩摇摇头告诉男孩，自己哪都不想去，就想去折磨她的那个地方。男孩知道女孩的意思，遥远的翡翠湖让她魂不守舍。

　　一个星期后，男孩开着越野汽车把女孩带到了朝思暮想的翡翠湖。不巧的是天公不作美，茫崖这两天阴雨连绵。很少有雨水光顾的茫崖，变得一副泪水涟涟的样子。望着阴沉沉的翡翠湖，女孩的脸上多云转阴。在花土沟苦苦等待了两天之后，第三天终于云开日出，男孩和女孩迫不及待驱车前往翡翠湖。到了通往翡翠湖的路口，值班的管理人员满脸微笑，今天是个好天，失望像云彩一样已经散去，祝你们玩个痛快。

太阳爬上了阿尔金山山顶,山顶的云彩就像绽放的红色花朵,争奇斗艳,十分美丽。平静的翡翠湖像化了妆的少女,一副羞答答的样子。山顶上的彩云慢慢飘散,绯红色的湖面变得清澈见底,一朵一朵盛开的盐花洁白如玉。对面的山脉倒映在湖中,湖中有山有云,美得就像一幅水粉画。随着太阳越升越高,湖水的颜色由绯红变为淡绿,最后,整个湖面变成一片硕大无比的翡翠。

女孩换上早已准备好的红色纱裙,站在湖边摆出一个造型。男孩惊讶地看着画面中的女孩说,我的妈呀,简直就是天女下凡。

女孩跑过来看了看照相机里的图片,兴奋得手舞足蹈,简直太漂亮了,我都恍惚了,咱们是在天上还是在人间?

男孩笑了笑说,咱们穿梭在天上人间。

女孩干脆脱了鞋袜,光着两只脚丫子走进湖水中。男孩不失时机给女孩拍着照片,女孩就像一朵红云在湖面上舞动,曼妙的身姿妖娆飘逸,让人感觉亦真亦幻,所谓的仙女也不过如此。

一辆又一辆的汽车开到了湖边,从汽车里钻出来的女人们,大惊小怪的喊叫声,打破了翡翠湖的平静。欢声笑语中,色彩艳丽的纱巾彩云似的在湖面上飞舞。兴奋了一个上午,女孩如愿以偿回到宾馆。看着美若天仙的照片,笑容一直挂在女孩脸上。女孩兴奋地把照片发到朋友圈里,一瞬间,天南海北的溢美之词雪片似的没完没了,还有几个朋友发来的短信就五个字:羡慕嫉妒恨。

晚上躺在温暖干净的床上，女孩搂着男孩的脖子说，亲爱的，咱们再住一天吧。千里迢迢来一趟不容易，我还想去看一看翡翠湖。

男孩抚摸着女孩的脸说，亲爱的，说好明天走，必须明天走，不可以耍赖皮。好好睡一觉，明天还有几百公里的路程呢。

女孩失望地转过身子，甩给男孩一个脊背，两人一夜无话。

第二天早晨，女孩睁开眼睛时，发现男孩正看着自己。女孩没有说话，只是轻轻地叹了一口气。

男孩亲了女孩一口说，咱们今天再住一天。

女孩一下子坐了起来问道，真的？

男孩点点头，真的。我想了一晚上，你是我的唯一。

女孩搂着男孩的脖子沉默了。男孩感觉到脖子里热乎乎的眼泪在流淌。

女孩怎么也没有想到，这一天是她生命里的一个好日子，惊喜一个连着一个。刚吃完早饭太阳已经挂在了山顶，当他们来到翡翠湖边时，翡翠湖已经有了不少游客，还有几个拍广告的人在拍摄。

翡翠湖中白色的盐路上，一群身着民族服装的姑娘们正在表演。绿色的湖水中，模特们像一群妩媚飘逸的仙女。更让人眼前一亮的是，湖水中一条透明的玻璃小船在慢慢划行。湖水中小船儿悠悠，一个身穿白色纱裙的姑娘，在烟波浩渺之中荡着船桨，小船两边荡起的涟漪，琼浆玉液般透明，让人由不得想入非非。

女孩动情地说，咱俩在小船上拍一组照片该多美呀。

男孩看了女孩一眼没有说话，转身朝着一个中年男人走去。走到那个男人跟前，男孩微笑着问了一句，您好，请问你是负责人吗？

那个中年男人反问道，你有事吗？

男孩点点头。

那个男人看着男孩说，什么事情，说吧。

男孩说，我们是从北京来的，我想和女朋友拍几张划船的照片，不知道能不能成全我们。

行，没有问题。那个男人说，你们乘兴而来，我不能让你们败兴而归。

男孩问道，需要多少费用？

那个男人笑了笑，不需要什么费用，只要你们把照片发到朋友圈就行。

男孩一脸惊讶，真的？

那个男人点点头。

让两个年轻人没有想到的是，那个中年男人给女孩拿来一件白色纱裙，给男孩拿来一套漂亮的民族服装，两个年轻人一时不知道说什么好，激动的心情难以言表。女孩换上了白色纱裙，男孩换上了鲜艳的民族服装，两个年轻人高高兴兴地坐进玻璃小船里。

明亮的阳光照在湖面上，波光粼粼的湖水就像揉碎的翡

图片 3

翡翠湖碧波荡漾，划船的姑娘犹如天女下凡，让人遐想无限

翠，染绿了一湖清水。泛着涟漪的波光里，小船悠悠荡漾，仿佛天堂里的风景。望着如诗如画的翡翠湖，女孩抬起头看着男孩说，亲爱的，我们一起来过天堂。

望着画中的女孩，男孩一把将女孩搂在怀里说，只要心心相印，哪里都是天堂。

女孩幸福地笑了笑，露出一口雪白的牙齿。年轻人没有想到，他们的浪漫都被岸边的那个男人拍了下来。

年轻人的天空是晴朗的天空。回到岸边之后，两个年轻人激动的心情依然没有平静。他们归还了衣服，再三向那个中年男人表示感谢。那个男人加了小伙子的微信号，一会儿工夫就把照片发到了小伙子的手机上。看着手机里美不胜收的照片，两个年轻人像吃了蜜一样甜美。看完了手机里的照片，两个年轻人发现那个热心的男人不见了。女孩拉住和那个男人站在一块的小伙子问道，给我们拍照的那个好心人是谁呀？

小伙子说了一句，我们旅游局的领导。

太阳开始慢慢下滑，碧绿的湖水平静如镜。两个年轻人心满意足地回到了宾馆。一个星期之后，回到北京的两个年轻人，把天堂一样美丽的照片一股脑传到了网上。他们的举动就像扔进深潭的一块石头，掀起了一圈又一圈涟漪。几天之内的点击量就达到了几十万。网友们对迷人的翡翠湖羡慕不已，对那条玻璃小船赞不绝口。有一个网友说得好，那是一只耿耿于怀的玻璃小船。

女孩回复网友说，我不知道天堂里有没有玻璃小船，我只知道茫崖翡翠湖里有一条玻璃小船。那是一条幸运之船，一条幸福之船，那条玻璃小船载着我们划向幸福的彼岸。

我不止一次去过翡翠湖，不过，我没有那两个年轻人那么幸运。我只是在图片上见过那条美丽的玻璃小船，没有乘上玻璃小船感受天堂的滋味。

翡翠湖是一个硫酸镁亚型的人工盐湖，湖水根据阳光而改变颜色。太阳光线越强烈，湖水颜色越浓郁。在荒凉的沙漠戈壁里，有这么一处梦幻般的奇观，由不得让人联想到天堂里的那些美景。人活的是一种精神，有了精神寄托就有了美好的想象。还是那两个年轻人说得好，那是一个幸运之湖，一条幸福之船。

魔鬼城的故事

随着柴达木旅游业的不断升温，茶卡盐湖的"天空之镜"声名鹊起，如日中天。每到青海不冷不热的旅游季节，天南海北的游客络绎不绝前往茶卡盐湖，一睹"天空之镜"的绝妙意境。紧随其后的冷湖魔鬼城，以它无与伦比的天下奇观迅速走红。特别是喜欢野外自驾游的旅行者，简直对冷湖的魔鬼城到了顶礼膜拜的程度。有人用超现实主义的思维说，魔鬼城是上帝恩赐给人类的一幅变异的自然图画，也有人说，魔鬼城是从火星上掉下来的一个景观。

魔鬼城里没有魔鬼，魔鬼城就是一个高原奇特的地貌。它的地形地貌给人感觉稀奇古怪，神神秘秘。所谓的魔鬼城，不过是雅丹地貌的一种。雅丹是一句维吾尔语，意思是陡峭的土堆丘，也就是大家俗称的"风蚀林"。迄今为止，冷湖的魔鬼城，是国内发现最大、最奇特的雅丹林。据说，这也是全世界最大的雅丹地貌。雅丹林的形成，是受强烈的风沙左右，日积月累慢慢形成的。风原本没有骨头，碰上山体就变成锋利的小刀。在漫长的岁月里，风就像一把神奇的刻刀，将连绵起伏的大山雕刻成奇形怪状的伟大奇观。加之，土沙岩石富含铁质，地磁强大，常常导致罗盘失灵，出现奇奇怪怪的地理现象，所以被世人称为魔鬼城。

没有风的日子里，遥望起伏的风蚀林，好像看见一群不慌不忙漫游在沙海里的鲸鱼，一群活蹦乱跳、拥挤不堪的大海狮，一群奔跑的虎豹豺狼，一片奔腾的千军万马，一片乱七八糟的土沙丘。换个角度再看一遍，景象完全变了模样，好似乘风破浪的船队，鳞次栉比的高楼大厦，辉煌无比的宫殿楼阁……无论怎么看，无论从哪个角度看，魔鬼城就像一个万花筒，奇幻无穷，想什么就是什么，千变万化，妙趣横生。如果有风的日子里，大风穿过魔鬼城，魔鬼城里鬼哭狼嚎，凄凄惨惨，不由得让人联想到"人间地狱"这几个可怕的字眼。

夏天这里凉爽舒服，没有比这里更惬意的夏天了。柴达木夏天的气温，毫不夸张地说，让这里成为度夏最理想的地方之一。白天穿衬衣，晚上盖被子，没有电风扇，没有鸣鸣响个不停的空调机。尤其是在魔鬼城里过夜，简直就像在魔幻世界里睡觉。找一个背风的土丘，扎好旅行帐篷。白天欣赏奇形怪状的雅丹地貌，晚上站在空旷的帐篷里仰望星河。蓝色的夜空干净透明，亮晶晶的星星密密麻麻，整个天空就像一个不夜城。一会儿东边的流星划到了西边，一会儿西边的流星划到了东边，天空上飞来飞去的星星，像飞舞的萤火虫一样，感觉爬上一个土丘就能跟星星接吻，就能在月亮跟前梳妆打扮，那种从未有过的奇妙感觉，让人疑惑自己是在梦里还是在梦外。有不少朋友把魔鬼城的照片发在网上，几天之内的点击量大大超过了九寨沟，不少人就是因为看了网上的照片才慕名而来。

傅家俊第一次来魔鬼城就是这种感觉。两年前的夏天，他跟着自驾旅行的几个朋友第一次来到魔鬼城，就被大自然的鬼斧神工彻底震撼了，他做梦也没有想到天底下还有这么不可思议的神奇地方。傅家俊是市一家医院的年轻外科大夫，也是一个自驾旅行的爱好者。他万万没有想到，除了大自然给予的震撼之外，还有一块自驾旅行的王小楠每时每刻冲击着他的心灵。

王小楠是中学的美术老师，除了本职工作，最大的爱好就是自驾旅行。王小楠有着瀑布一般的黑发，穿着打扮随随便便，但无论怎么随便都给人感觉自如得体，有一股子掩饰不住的迷人气质。她谈吐幽默，什么时候都是轻轻松松的样子。开始的时候，傅家俊只是欣赏这个楚楚动人的女老师，并没有额外的非分想法。可是，事情往往不是随自己的想法而发展的。到达魔鬼城的那天，大家被眼前的景象惊呆了。密密麻麻、无边无际的土丘陵，就像一个广阔的迷幻世界。大家扎好旅行帐篷，随便吃了一点东西，便迫不及待地走进了诡异的风蚀林。不知过了多长时间，太阳开始慢慢下沉。血一样红的夕阳，让风蚀林变得光怪陆离。看着如此迷人的奇观，王小楠如壁虎一样爬上一座高高的土沙丘。望着夕阳里的魔鬼城，她兴奋得手舞足蹈。魔鬼城里变幻莫测的风，把她长长的头发拔了起来，像一片黑色的云彩飘在空中。她手舞足蹈让大家爬上去看风景，猎猎西风中她激动地喊叫着，"我敢说，这是天下无双的景观，如果不上来看一眼，等于错过了一次奇遇"。

在她大呼小叫的诱惑下，大家纷纷爬上了土沙丘。正如王小楠所说，的确是一片奇特的景观。夕阳把魔鬼城变成了一个色彩斑斓的世界，千变万化的各种造型，让人驰骋想象。波澜壮阔的土沙丘以排山倒海之势不断涌动，让人感觉亦幻亦真，好像穿越了生存的地球，来到一个陌生的星球上。正当大家感慨大自然奇幻无穷的时候，暮色弥漫了魔鬼城。大家恋恋不舍地离开土沙丘，王小楠不小心摔了下来，虽然没有什么大碍，但崴伤了脚脖子，连走路都很吃力。第二天，大家就要出发去敦煌，商量来商量去，大家认为傅家俊是外科医生，留下来再合适不过。世界上好多事情都是无巧不成书，傅家俊自然而然决定留下来照顾王小楠。

由于职业关系，傅家俊出发时准备了野外必需的药品。王小楠主要是扭伤了脚踝骨的筋，按摩按摩，吃些消炎药就会没事。当天晚上，傅家俊就给王小楠做了按摩，给她吃了药。第二天朋友们都走了，空荡荡的魔鬼城就剩下他俩。王小楠抱歉地说，对不起傅家俊，没想到乐极生悲还牵连了你。

傅家俊嘴上说没关系，心里其实还偷着乐呢。他也没有想到，在千里之外的魔鬼城，自己居然和一个美丽的姑娘有了一段浪漫的旅程。当天晚上，魔鬼城里刮起了大风，猛烈的西风横扫着土沙丘。开始的时候，风声如泣如诉，接着便有了鬼哭狼嚎的咆哮。小小的旅行帐篷被风吹得瑟瑟发抖，望着应急灯下认真按摩的傅家俊，王小楠感动地说，老天爷饿不死瞎眼的鸟，知道会发生意外，把你留在了我身边，太谢谢你了。

傅家俊说，也许，当外科医生就是为这一天准备的吧。

王小楠没有说话，风沙打到帐篷上就像下雨一样。傅家俊抬起头看了一眼王小楠，没想到王小楠也正在看着自己。傅家俊轻轻放下王楠的脚说，晚上我陪你一块听魔鬼大合唱。王小楠感激地紧紧搂住了傅家俊的脖子。小小的帐篷里刚好能容下两个人的身体。虽然帐篷外风声依旧，透过帐篷顶上的塑料小窗户，星星还是那么亮晶晶的，云彩被风吹得满天奔跑。躺在傅家俊怀里的王小楠，幸福地唱起了一首英文歌。傅家俊问道，这是谁唱的歌，旋律特别好听。王小楠说，这是尚恩·菲南唱的《天堂》。傅家俊说，好听。王小楠用中文又唱了起来：

……回忆起我们的青春岁月 / 记忆长河里只有彼此 / 我们自由放荡又无所顾忌 / 没有什么能让你离开我 / 我们曾沿着那条路漫步 / 如今已到了尽头 / 你让我因更美好的事物归来 / 宝贝，你是我的所有和所求 / 当你躺在我的臂弯里 / 恍若隔世 / 我难以相信 / 我们到了仙境 / 爱情是我们唯一需要的东西 / 我在你心里找到它 / 不难发现 / 我们置身云端 / 四周幻若仙境 / 一旦在你生命里

出现了某个人 / 给你的世界带来了翻天覆地的转变 / 在你失落时逗你开心 / 没有什么会改变我的意义 / 有许多话要说给你听 / 但请你紧紧抱着我 / 因为我们的爱会照亮前面的路……

在傅家俊的精心呵护下，两天之后王小楠基本恢复了正常。不但走路无大碍，连驾驶汽车也没有问题。从保险的角度出发，傅家俊又陪着王小楠在魔鬼城休息了一天，然后他们驾车回到了城里。之后他们来往频繁，很快就掉进了情网。一块自驾车旅行的朋友们羡慕地说，傅家俊福气不小，一趟魔鬼城，抱得美人归。没有想到，一贯桀骜不羁的王小楠，在傅家俊面前就像被驯服的小绵羊。傅家俊也觉得自己被幸福压得有些喘不上气来。俩人就像一对恩恩爱爱的鸳鸯，形影不离。然而，让傅家俊万万没有想到的是，有一天下班回家的路上，在一个十字路口等红灯时，他看见王小楠和一个年轻人亲亲热热，手拉着手从斑马线上走了过去。从那一刻起，傅家俊开始怀疑他们的爱情了。

正月里的一天中午，一个傅家俊以前的患者请客吃饭，傅家俊从宽大明亮的窗户里又看见了王小楠和那个年轻人，手拉着手在大街上行走。他立刻掏出手机给王小楠打电话，王小楠在电话里说自己在南山写生呢。那一瞬间，傅家俊彻底失望了，他觉得自己既窝囊又可怜，王小楠一直在欺骗自己的感情。从那以后，他开始有意无意疏远王小楠，甚至躲避着她。王小楠察觉到了傅家俊的变化，毫不客气地质问傅家俊是不是对她没有兴趣了。望着一本正经、贼喊捉贼的王小楠，傅家俊真是哭笑不得。他不想当面揭穿王小楠，推说自己工作太忙没有时间。看着王小楠疑惑的眼神，他觉得眼前这个女人太无耻了，简直就是一个蹩脚的演员。

时间像流水一样流了过去，快放暑假的时候，王小楠送给傅家俊一张油画。望着油画上的魔鬼城，傅家俊冰冷的心又开始慢慢融化了。王小楠诚恳地对傅家俊说，我不想流眼泪，女人的泪水只能让她爱的男人窒息。我只想你陪着我重返魔鬼城，我要在魔鬼城画一组天地作证的爱情组画。

傅家俊被王小楠真诚的态度打动了，他答应陪伴王小楠重返魔鬼城，寻找远去的爱情。学校放了暑假，就在他们开始做出发前的准备时，傅家俊在斑马线上又一次看见王小楠和那个年轻人，两个人亲亲热热走过了斑马线。傅家俊觉得自己好像被迎面而来的汽车撞得粉身碎骨。那一瞬间，傅家俊心里突然冒出一个吓了自己一跳的想法。

一切准备就绪之后，傅家俊告诉王小楠，他俩就开自己的车去，两辆车费用太高。王小楠没有什么意见，两个人在饭馆吃了一顿丰盛的晚餐，第二天便一路向西出了城市。这是一个好天气，一路上艳阳高照，开阔的视野让王小楠无比兴奋。傅家俊没有想到，这个阴险的女人居然还有一副歌唱家的嗓子。如果她的心灵能像她的外表一样该多好啊！可惜，世界上没有十全十美的事情。

红霞满天的时候，他们如愿以偿地到了魔鬼城。突然，有七八峰骆驼从土丘里面走了出来，那个感觉就像到了非洲

图片 4

在大风长期侵蚀的作用下，表层的泥岩、砂岩逐渐形成了颇为壮观的雅丹地貌

大沙漠一样。晚上躺在安静的帐篷里，王小楠已经发出了香甜的鼾声，傅家俊没有一点儿睡意，辗转反侧，一直到了黎明才闭上眼睛。

第二天又是一个好天，王小楠高兴地说，家俊，你看多好的天气，老天爷一定会眷顾咱们的。

傅家俊笑了笑没有说话，默默递给王小楠一盒早餐奶。他们俩随便吃了一点东西，就开着汽车朝魔鬼城腹地进发。汽车在土魔鬼城里拐来拐去，仿佛走进了一座迷宫。汽车到了土丘腹地，王小楠突然感到肚子不舒服，便急急忙忙下了车，消失在一座土丘后面。傅家俊从旅行包里拿出一个小药瓶，然后也下了车。当王小楠从土丘后面闪出身子时，傅家俊从小药瓶里倒出几粒药片递给王小楠说，大概早晨的牛奶不太新鲜了，你赶快把药吃了。王小楠接过药片扔进嘴里，喝了几口矿泉水，不以为然地说，咱们就在这里安营扎寨吧，你看这里奇观多有特色。

傅家俊转身回到汽车跟前，打开后备厢拿出旅行帐篷，挨着一座土丘开始扎帐篷。帐篷扎好了，王小楠拿着画板坐进了帐篷里。傅家俊扭头看了一眼西面的天色，早晨还是一片绯红的天边，现在已经变得朦朦胧胧。他在城里时查看了天气预报，天气预报说，今天敦煌西部有沙尘暴。傅家俊知道，只要敦煌刮沙尘暴，肯定会波及魔鬼城。傅家俊收回目光，转身钻进了旅行帐篷，坐在王小楠身后看着她画素描。画板的白纸上，已经有了魔鬼城的轮廓，一座座奇形怪状的土沙丘，就像一只只狰狞的眼睛看着自己。傅家俊心里有一种恐慌的感觉，浑身起了一层鸡皮疙瘩。就在这时，王小楠扔下手中的素描笔，说了一声困死了，身子一歪倒在了傅家俊的怀里。

傅家俊看了看已经睡着的王小楠，一声叹息钻出了帐篷。他急急忙忙走到汽车跟前，打开车门钻了进去。当汽车开出迷宫似的魔鬼城时，西边的天空像潮水一样，翻卷着黄色波浪遮住了半边天。傅家俊扭头看了一眼身后灰蒙蒙的魔鬼城，加大油门冲上了乌黑的柏油路……

回到城里的傅家俊，心神不定地熬过了一夜。让他万万没有想到的是，第二天上班时，他居然在楼道里碰见了王小楠。王小楠客气地朝他点点头擦肩而过。望着活生生的王小楠，傅家俊忽然崩溃了。他跌跌撞撞地冲进办公室，几步跃上办公桌，一头撞碎玻璃从九楼飞了出去。就在傅家俊落地的那一瞬间，他不会想到，沙尘暴在魔鬼城转了一圈就逃跑了，昏迷中的王小楠，第二天就被在魔鬼城附近的地质勘探队员发现了。他更没有想到，他在医院楼道里碰上的王小楠，根本不是与自己相爱的王小楠，那个以假乱真的女人，是王小楠的双胞胎姐姐王大楠……

当然，为了让剧情更加扑朔迷离，还可以再加一条线索。王小楠从昏迷中醒来之后，沙尘暴已经过去了。望着空荡荡的魔鬼城，王小楠知道傅家俊已弃她而去。伤心欲绝的王小楠，漫无目的地朝着自己认为正确的路线前行。一弯月亮从土沙丘后面慢慢升了起来，阴森森的魔鬼城显得一片恐怖。精神高度紧张的王小楠，跌跌撞撞走到一座高高的土沙丘跟前，远处传来一声苍凉的狼嚎声。王小楠吓坏了，把身体紧紧依靠在土沙丘上。就在她不知所措时，突然发现身体旁边的土沙丘上有一个水桶般大小的破洞。王小楠眼睛一亮，疯狂地用双手拼命挖着破洞。鲜血淋漓的双手终于将洞口越挖越大，她迫不及待地钻进了洞里面，然后又用大块的土丘把洞口从里面封堵起来。虽然外面狼嚎声不断，她觉得躲藏在洞里要安全多了。

太阳的光芒照进了洞里，披头散发的王小楠惊讶地发现，洞内居然有一条不大不小的通道。顺着通道慢慢朝里面爬去，洞里面摆放着许多木头箱子。她轻轻地打开一个箱子，箱子里面是金光闪闪的黄金。目瞪口呆的王小楠，一屁股坐在一具白骨上。愣了半天的王小楠，猛然想起一个民间传说，青海解放前夕，马步芳逃往台湾，有一架装满黄金珠宝的飞机由于过于沉重，被迫降落在西部的沙漠里……

这不是一个真实故事，而是一个虚构的电影剧本故事。当我第一眼看见魔鬼城时，脑袋里就有了一个电影故事的想法。许多年以来，电视电影中几乎很少看见反映真实西部的影视作品。打开电视机，屏幕上有很多胡编乱造的抗日神剧和无病呻吟的烂剧。身临其境站在奇幻的魔鬼城，真的就有了一种强烈的冲动。如果有一部电影在魔鬼城拍摄，那个效果独一无二。如果没有这样一部电影，那将是一个大大的遗憾。只是突发奇想，随便编了一个没有认真构思的电影故事梗概。目的就是想抛砖引玉，激发大家的灵感。的确，如果真能编一个精彩故事，拍一部好看的电影，天下人都会对魔鬼城产生兴趣的。

事实上，柴达木有不少景点，是绝好的外景拍摄地。要拍浪漫的爱情故事片，就去茶卡盐湖的"天空之镜"和德令哈的"可鲁克湖"。要拍惊险探险之类的故事片，就来"魔鬼城"和"水上雅丹"。这些地方的景色，别有一番西部风情，比起西部影视城一点不逊色，甚至，有过之而无不及。

魔鬼城无际的土沙丘，有一种惊世骇俗的气势，鬼斧神工的神奇造型，充满了无限的想象。大自然无穷无尽的魅力，强烈冲击着视觉，震撼着心灵。魔鬼城里没有魔鬼，魔鬼城是放飞心灵的地方，是能嗅到远古气息的地方，是可以和大自然接吻的地方。

红色英雄岭

　　翡翠湖北面的山岭，有一个极具传奇色彩的名字，是一座充满挑战的山峰。寸草不生的山峰，海拔超过 4000 米，夕阳之中犹如燃烧的大山。当地人把这座大山称为英雄岭。英雄岭挺立在翡翠湖畔，阳光灿烂的天气里，巍峨的大山仿佛潜在湖水中。湖水碧波荡漾，大山默默不语。夜晚星星满天，湖中灯光一片。无论白天还是晚上，英雄岭和翡翠湖相映成趣，交相辉映。

　　原本英雄岭是一座无名大山，属于阿尔金山断裂带。英雄岭山脉是油砂山体的一部分，山体断裂带里是丰富的油层。1954 年，勘探人员要在山上开展勘探工作，大家相互鼓励说，谁爬上山顶谁就是英雄。于是，大家纷纷朝大山爬去。大家爬上了山顶，大山就有了英雄岭的名字。20 世纪 50 年代，作家李若冰来柴达木盆地采风，用文字记录了英雄岭这个名字的诞生。他在《再见，柴达木》一文中写道：

……就在最高的山岭上，曾经爬上去过我们的一队人。这一队人中有我的老相识测量技术员刘承昌，他虽然见了女同志就脸红，爬起山来却是勇猛的。但是，这座高山却不是好爬的。就因为它又高又陡，太不好爬，人们给它取了个名字叫：英雄岭。意思是说，谁能爬到岭上去，谁就是英雄。这一队人，为了给地质详查工作创造条件，担任着调查地理环境和交通情况的任务，开始往岭上爬了。一清早，他们穿过了又黑又狭窄得只能钻过去一个人的长长的峡谷，就一直向着没有路的陡崖爬，一会踩着尖刀似的砾石，一会踏进松软的沙石。他们被蚊虫咬着，被大风刮过来的碎石打着，手爬，脚爬，用脚蹬着小窝窝爬。有时被顽石绊倒了，有时从山上摔下来，总是不回头，向上爬着。谁能摧折他们的意志，谁能阻挡他们的脚步呢？他们爬上去了，他们站到最高的山上了……

　　从此，英雄岭上就成了石油英雄们的用武之地。开阔的山顶上井架林立，就像一片钢铁森林。随着石油事业不断发展，英雄岭演变成了石油人的精神象征。石油人不畏艰难、努力奋斗的精神如英雄岭一样红似火焰。自从20世纪50年代在油砂山打出第一口油井，60多年过去了，石油人依然奋斗在英雄岭上，英雄岭是风沙的天地，是英雄的阵地。

　　早在20世纪80年代，美国合作队曾尝试过征服英雄岭，但由于技术上无法突破，只能望山兴叹。2010年，随着英雄岭，砂 37、砂 40 井，获高产工业油气流，英雄岭地区油气勘探取得重大突破。在青海油田"全面建成千万吨高原油气田"号角声中，青海物探处 249 队重上英雄岭。249队是一支钢铁队伍，组建几十年来，从高原到山地，从南祁连到英雄岭，钢铁作风从未改变。这一次重上英雄岭，他们用钢铁般的意志，攀悬崖，过深沟，将一台台钻机从一个山顶搬迁到另一个山顶，克服了千难险阻，终于站在了英雄岭上。

为了提高生产效率，他们争分夺秒，推行"分区施工、独立运作"的生产模式。拿下英雄岭，技术是关键。他们打破常规，加大投入，在攻关思路和方法上大胆突破，探索出一套适合于高原复杂山地地震勘探的核心技术，完成了柴达木盆地首个复杂山地三维勘探项目，资料合格率 99.88%，提前计划完成勘探任务，为后续的处理解释乃至钻探赢得了宝贵时间，实现了"当年攻关、当年采集、当年应用、当年见效"的目标。为了纪念这一历史时刻，青海物探处在海拔 3600 多米的英雄岭主峰，耸立起一块英雄勘探纪念碑。纪念碑既是告慰那些为了石油事业，把青春甚至生命贡献在此的前辈，也昭示着后人，发扬前人艰苦奋斗的作风，努力奋斗，继往开来。

英雄岭是一个奋斗故事，也是一片自然风景。

神奇的大自然，有时候就是这么奇妙。英雄岭象征着阳刚之气，山岭下的翡翠湖象征着阴柔之美。风和日丽的天气里，英雄岭高耸云端，翡翠湖妖娆妩媚。随着太阳不断移动，巍峨的英雄岭映入湖中，安详地躺进美人怀抱。微波粼粼的湖水如美人温柔的长发，轻轻荡漾着英雄的躯体。没有星光的晚上，英雄岭上油井的灯光，宛如一只只明亮的眼睛，守护着静静入睡的翡翠湖。

站在翡翠湖边望着英雄岭，连绵不断的山脉就像一条红色的巨龙，俯瞰着翡翠一般美丽的湖泊。英雄岭红色的岩石，是熊熊燃烧的火焰，是石油人的精神图腾。

油 砂 山

　　从冷湖去往花土沟的路上，要经过油砂山。油砂山因石油储量而得名，是首次发现有石油储量的山脉。油砂山没有高山峻岭的气势，平缓的山体一座连着一座绵延不断，过于庞大的山体显得有些臃肿，整个山脉跟周围的环境一样荒凉，土黄色的颜色一直延伸到遥远的地平线。

　　最早发现油砂山，是 20 世纪 40 年代的民国时期。

　　1947 年初，当年设在兰州的国民政府资源委员会中国石油公司甘青分公司探勘处，在孙健初处长的主持下，与西北工业研究所、西北地质调查所，共同组织成立了柴达木西部地区地质调查队。调查队成员来自各个部门，测绘办公室的周宗浚、地球物理办公室的吴永春，以及一名报务员、两名测量工和另外两家单位的人员，梁文郁、关佐蜀、戴天富、吕炳祥、朱新德等地质师和工程师参加。周宗浚被推选为调查队队长，吕炳祥、梁文郁为副队长，加上向导和哈萨克翻译共有 20 多人。调查队于 1947 年 5 月 31 日从兰州出发，6月上旬到达敦煌，在敦煌经过短暂整休之后开始工作。雇用骆驼55峰、马匹两乘，于6月下旬沿着党河逆流而上，在海拔4000多米的哈尔腾河流域、苏干湖地区进行考察工作。

在进入柴达木之前，得到甘青新边缘区域游牧民族闹纠纷的消息，考察队内部发生了分歧，一部分人主张在阿尔金山北麓考察，没有必要进入柴达木考察，而另一部分人坚持要进入柴达木考察。最后在孙健初等人的协调下，由周宗浚队长带着电台、向导、翻译和45峰骆驼进入柴达木考察。考察队途经沙枣园、南湖、阿克塞、长草沟、当金山，然后折向西面，沿着阿尔金山北麓至安南坝，穿越索尔库里，经七个泉到达红柳泉，进入渺无人烟的柴达木西部。根据资料介绍，在这段艰难的路程中，考察队的骆驼死亡了四分之一。

荒凉的柴达木西部，艰苦程度可想而知，考察队不辱使命，沿途测绘、采样、提取标本、画路线图，考察工作有条不紊地开展起来。当时，马步芳正在修建青新公路，考察队员从修公路的牧民口中得知，有人在红柳泉附近的一个山坡下，捡到过一种可以燃烧的土块。考察队员们在天寒地冻的12月份，围绕红柳泉周围的山沟开始考察，发现了一个地质大断层。队员们爬上断层崖头，用地质铁锤敲下一块块黑色的块末，这些块末散发着浓浓的油味。兴奋无比的队员们，架上红柳点燃，黑色块末立刻燃烧起来，蹿起的火苗有两米多高。欣喜若狂的考察队员们经过仔细丈量，最厚的油砂层露出地表 150 多米，为世界罕见。油砂山海拔高度在 2959～3100 米之间，地表沟壑纵横，寸草不生，它的西南面是白雪皑皑的昆仑山，山下是明亮的尕斯库勒湖和一望无际的阿拉尔草原。考察队经过艰苦的考察工作，基本探明了油砂山油田为断层复杂化岩性构造油藏，构造东西长约 8 公里，南北宽约 2 公里，大小断层 100 多条，并且详细测量了地层图以及构造图，周宗浚在实测图上把此地定名为"油砂山"。

考察队发现油砂山的喜讯，随着发报机的电波传遍全国。兴奋无比的周宗浚写出了《对于开发柴达木之建议》，期盼早日开发柴达木油砂山，为国家打出急需的石油。然而，在那个年代，报效祖国只是一厢情愿。那个时候，国家正处在战火纷飞的年代，轰隆隆的炮声淹没了周宗浚先生的一腔热血。不过，中国地理版图上，从此有了柴达木盆地西部"油砂山"这个响亮的名字。

在敦煌七里镇青海石油展览馆的展厅入口处，醒目地摆放着一块重达数十吨的油砂石。这块油津津的油砂石，就是从油砂山搬运至此的，成了展览馆的"镇馆之宝"。周宗浚和他带领的地质队员们艰辛的付出，为柴达木石油勘探明确了方向和重点目标，他们为中国石油做出的贡献，犹如"油砂山"一样屹立在中国石油史册。孙健初、周宗浚这些志士仁人的石油梦，终于可以毫无顾忌地圆梦了。

孤陋寡闻的我一直以为，石油在深深的地层里像河水一样流淌。这个浅薄的想法直到 2019 年 8 月才得以纠正。说起来真是有些汗颜，在柴达木生活了这么多年，居然不知道最起码的石油知识。在七里镇参观青海石油展览馆时，眼前那块"镇馆之宝"的油砂石格外引人注目。明亮的灯光下，油砂石就像抹了一层油似的黑亮湿润。十分好奇的我随口问了一句，这么大一块油砂石，怎么从石油里捞上来的？身旁的吴德令先是愣了一下，没有明白什么意思。我又把疑问说了一遍，吴德令笑着告诉我，石油不是你想象的那样，地下油层没有河水那么慷慨，石油是从石头缝隙里挤出来的。靠水压将石头缝隙里的油挤出来，靠灌砂浆把石油挤压出来。吴德令的话，彻底颠覆了我的想象。正应了那句话，无知限制了思维。

吴德令是青海油田宣传部副部长，出生于德令哈市。父亲为了纪念他的出生地，顺理成章就取了德令两个字。在柴达木出生的孩子，有不少人取了出生地的名字。我认识的朋友中，就有好几个叫柴旦的人。工人出身的吴德令，憨厚朴实，虽然当了领导干部，仍然坚持用业余时间进行文学创作，而且成绩斐然。他用几年时间创作完成了一部关于南八仙女地质队员的故事的小说。为了寻找石油离奇失踪的女地质队员的故事，被浙江省京剧团改编成现代京剧，正在紧锣密鼓地准备在西部公演。

七里镇之行收获颇丰，填补了不少石油方面的知识，搞清楚了石油的基本流程，弄明白了什么是油砂——地壳表层的碎屑物或岩石与其中所含的水和沥青形成的混合物统称为油砂。更详细的油砂技术语言就不一一列举。根据资料统计，世界有 1046 个重油和特重油油藏，地质储量约为 15500 亿吨。资源丰富的国家有加拿大、俄罗斯、委内瑞拉、美国等，其中加拿大是油砂矿资源最丰富的国家，约占全球总量的 77%。我国也是世界上油砂矿资源丰富的国家之一，油砂显示多，分布也广，油砂潜能可能大于稠油资源，初步估算油砂有千亿吨，可采石油资源量 100 亿吨左右。

柴达木的油砂山，历经了半个多世纪的开采，似乎已经油尽灯灭。出乎意料的是，油砂山又给了人们一个惊喜。有资料显示，截至 2013 年 11 月，油砂山油田 3522 井通过压裂改造后，经过 7 个月的试采已累计生产原油 800 吨，此井的成功恢复，破解了油砂山油田在过渡层 50 多年来没有产能的"断言"。青海油田采油一厂在油砂山油田，3522 老井进行上返调层试油发现了油储层，证实了油田在过路层段新储层含有一定的原油储量，并且开发价值十分可观。

油砂矿主要采用露天开采的方式，首先将油砂采掘出来，粉碎后用高温碱水冲洗，然后再用过滤法分离油和砂，用离心机分离油和水，最后再炼制成品油。国内国外基本上都是这一套工业流程，关键技术是炼制中的油砂分离技术。油砂提炼石油的情况比较复杂，没有必要如实赘述，反正，采油过程跟我之前的想象完全牛头不对马嘴，真是失之毫厘，谬以千里。

油砂山距离花土沟 12 公里，海拔 3100 米，地表沟壑纵横，寸草不生。有资料表明，油砂山地区仍然属于地震活动频发区域，油砂山的地质构造演变依然在悄然进行着。也许在地质构造的演变过程中，又会演变出一个意想不到的惊喜。大自然从来都是一个神奇的魔术师，随时随地都会出其不意地变出令我们惊喜的东西。不是完全没有这个可能，因为，柴达木这片神奇的土地随时随地上演着传奇。

再说南八仙

20 世纪七八十年代，也许时间更早，青海的一些文学作品中出现了凄美动人的南八仙故事。故事描写了 50 年代八个南方来的女地质队员，为了勘探石油，在迷宫般的风蚀残丘中神秘失踪。当人们寻找到她们时，八个女地质队员已经长眠在亘古荒原。为了纪念这八个女地质队员，大家把她们牺牲的地方称为南八仙，意思是八个女地质队员仙女一般扶摇直上去了天堂。如果事情果真如此，那的确是个凄美浪漫的西部故事。然而，凄楚的南八仙故事，纯粹是子虚乌有杜撰出来的故事。不但文学作品里不断出现南八仙的故事，就连《中国石油报》和一些地方报纸也频频出现类似的新闻报道。原本一个凭空想象的故事，居然变成了一个真实可信的故事。

1990 年，海西州民族歌舞团根据这个虚构的故事，编排了一部歌舞剧《西部的太阳》。歌舞团兴高采烈千里迢迢赴京演出，并且在内地巡回演出，不遗余力地传播着一个虚无缥缈的故事。一时间沸沸扬扬的报道满天飞，花了大把的银子，效果并没有地方报纸说得那样天花乱坠。当然了，也许这是人们一个美好的愿望，在荒无人烟的戈壁滩，有这么几个娇美的女地质队员，为祖国寻找地下宝藏贡献出了她们年轻的生命，是一个可歌可泣的故事。然而，虚构的东西终究不能代替真实，正本清源才是柴达木的正史。

有资料显示，截至1954年，柴达木地质大队已发展到6个地质队，4个测量队，2个重磁力队，1个手摇钻井队，1955年又增至15个（不包括地质部和中科院相关的地质队），其中6个普查、详查队，7个细测队，2个综合研究和水文队。1956年，勘探局先后成立了女子水准测量队、女子地形测量队、女子细测队。这几个女子地质队是新中国诞生后最早成立的女子野外地质队。1956年，一支女子测量队在南八仙一带搞测量工作。地质队的姑娘们绝大多数是浙江温州、上海、广东、青岛籍的青年。这些朝气蓬勃的姑娘们吃苦耐劳，不畏艰难困苦，在渺无人烟的荒原上默默工作。这些勇敢的姑娘们，通过普查、细测，发现了南八仙地质构造。为了给这一地区命名，姑娘们绞尽脑汁，最后根据地形地貌，联想到明代小说《东游记》里八仙过海的故事，于是，便有了南八仙这个地名。

20世纪50年代，柴达木盆地众多地名中，包含了不少地理知识、山川地貌，以及气候特点，蕴含了石油人的精神风貌和文化底蕴。比如油砂山、油墩子、大风山、月牙山、咸水泉、红柳沟等。这些耐人寻味的地理名字，不知当年何人所取。时过境迁，已无据可查。

据地质资料介绍，柴达木盆地是不同板块在复杂漫长的地质进程中挤碰抬升形成的。早震旦世时期，柴达木是古老的大陆，四周为古海域。早晚寒武世时期，出现古祁连洋和古阿尔金洋，它们不断扩展、变宽，形成了柴北缘洋。晚奥陶世时期，由于华北古陆、塔里木古陆向柴达木古陆靠拢挤压，使古祁连洋和古阿尔金洋变窄，直至最后消失，柴北缘洋闭合，三块古大陆连为一体。中泥盆世时期之后，经海侵和海退的作用，走完了从挤压型内陆湖盆地到随青藏高原抬升演变成柴达木盆地的历程。柴达木盆地经历了痛苦的蜕变，形成了今天一望无际的荒凉模样。

1954 年 3 月，燃料工业部石油管理总局在西安召开全国第五次石油勘探会议，决定派遣石油地质队伍深入柴达木盆地，进行地质普查工作。管理总局局长康世恩提出：根据 1947 年地质工作者关佐蜀，周宗浚等人地质调查提供的线索，普查工作从冷湖油砂山一带开始。会议结束之后，石油管理总局地质局从所属的陕北，酒泉等地质大队抽调人马，组建了一支 70 多人的队伍。这支平均年龄不到 23 岁的年轻队伍，就是柴达木地质勘探大队。1954 年 4 月 18 日，这支年轻的队伍在大队长郝清江的带领下，陆续从西宁出发，在甘肃敦煌经过短时间的休整和准备工作，于 1954 年 5 月 15 日，在蒙古族向导的引领下，分别乘坐 9 辆汽车离开敦煌，沿着破旧的南疆公路朝着柴达木盆地西部进发。一路上经过拉配泉、索尔库里、金鸿山等地。南疆公路年久失修，路况十分糟糕，加上雨水冲沟和流沙阻塞，队伍行进的速度如蜗牛一般缓慢。为了尽快进入柴达木盆地，他们挑选了 30 多名身体健壮的小伙子在汽车前面排沙修路。天边微微发亮启程，暮色苍茫宿营。不到 600 公里的路程，整整走了一个星期，于 21 日终于达到了柴达木西部的红柳泉，后续的地质队员们骑着骆驼陆续到达茫崖的阿拉尔。当时，阿拉尔地区驻守着解放军剿匪的一个连队。从天而降的地质队员们，受到了解放军战士的热情接待，为了方便工作，解放军把军用马匹借给地质勘探队使用。后来，兰州军区从敦煌骑兵团抽调一个连的兵力，支援柴达木地质大队工作，负责地质大队的警卫工作，保证了地质队人员财产的安全。

地质队进入盆地之后，生活饮用水成了关键的关键。地质队在荒无人烟的戈壁滩寻找饮用水源无果，最后在新疆若羌县年逾六旬的乌孜别克族老人木买努斯·依沙的帮助下找到了水源。从那以后，这位被誉为柴达木"活地图"的乌兹别克老人，成了石油地质勘探队的亲密朋友和向导。这个骑着骆驼的木买努斯·依沙阿吉老人，作为地质队的专职向导，行程数万里，足迹遍布柴达木盆地的每个角落。1961年因病去世，遗体安葬在花土沟公墓。

地质队进入柴达木盆地，在油砂山地区开始进行石油普查工作。天苍苍野茫茫的戈壁滩，气候条件极端恶劣。夏天烈日当空，戈壁滩犹如一个火炉。冬天寒风凛冽，戈壁滩犹如一个冰窖。大风满天，黄沙滚滚，是油砂山不变的风景。1954 年 9 月，石油管理局局长康世恩带领有苏联专家，诗人李季、作家李若冰等在内的 60 多人组成的工作组，深入到柴达木盆地的阿拉尔、红柳泉、油砂山、七个泉、茫崖等地慰问了地质勘探人员，柴达木石油勘探进入了一个如火如荼的时期。诗人李季和作家李若冰行走柴达木的文学作品，让人们知道了柴达木，知道了西部油田的故事，知道了油沙山和一些有意思的地理名字。我不知道柴达木文学最早出现是什么时间，我认为，柴达木文学是从西部油田开始的，李季与李若冰开创了柴达木文学的先河。

石棉矿的先驱者

　　曾经在网络上看过一篇关于茫崖石棉矿的文章。文章描写了生产车间里粉尘弥漫的恶劣环境。那个画面一直萦绕在脑海中，久久不肯散去。实际上，不仅仅是生产车间，即便在矿区上空也常常是云山雾罩，空气中飘浮着细小的石棉粉尘。职工们在飞飘的粉尘之中工作，许多人患上了尘肺病。这篇文章给我留下了深刻印象，以至于一刮风就会想起这篇文章。

　　2018 年 8 月的一天，我们一行人前往茫崖石棉矿采风。偌大的一个厂区，静悄悄几乎没有一个人。知情人告诉我们，矿区生产期间，周边粉尘飞扬，严重影响了荒漠绿洲阿拉尔居民的生活安全和阿拉尔油田水源地的用水安全。在迫不得已的情况下，整个厂区已经停产。望着安静的厂区，心里五味杂陈。从 20 世纪 50 年代开始，石棉矿就不停地生产，为国家立下了汗马功劳，但也付出了无法想象的沉重代价。我能想象到那个"雪花飘飘"的景象，也能想象到尘肺病人痛苦挣扎的凄惨画面。离开了石棉矿区，心情久久不能平静。坐在回程的汽车上，心里一直在矛盾中徘徊。在那个一穷二白的艰苦日子里，多少人用热情和生命为国家创造财富，积累财富的同时，不可避免地留下一个苦涩的回忆，留下一个伤痕累累的结局。

开发柴达木的火红年代，沸腾着每一个人，包括阿拉尔草原上的牧民。1958年，牧民发现有些奇怪的石头，便把这些石头送到了海西州人民政府。经过青海省技术鉴定，确认是石棉矿石，一种新型的耐火材料。当年11月，由张守义率领一支21人组成的小分队，带着简陋的铁锹、洋镐和筛子来到矿山。几乎在原始的劳动状态下，他们生产出第一批石棉。在那个艰难困苦的岁月里，石棉就是外汇，石棉就是希望。1960年，青海省派出一支地质勘探队进驻茫崖地区，发现这是一座庞大的石棉山，茫崖石棉矿的神秘面纱被揭开了。

任何创业，都是从举步维艰开始。茫崖石棉矿的历史，就是一部艰苦创业的历史。那些有血有肉的人物，虽然已经离我们而去，但他们的奋斗精神并没有离我们而去。

赵瑶台就是一个用激情燃烧事业的人物。赵瑶台是一个三八式老同志，也是一个老石棉人。1952年，放弃了刚任命的一八五师及雅安军分区副参谋长职务的他，带领2800余名官兵，集体转业到西康一个农场开采石棉。那个时候，石棉是重要的战略物资，也是出口换汇物资。他硬是白手起家，带领大家从原始的手工操作到机械化操作，被大家称为

"中国的土石棉专家"。1959年，他随中国代表团到苏联考察回来，没想到被打成"右倾主义分子"。

1962年，国家决定将青海茫崖的小型石棉矿收归国有，成立建工部直属的石棉矿。刚刚平反的赵瑶台，被建工部调往茫崖组建石棉矿。当他风尘仆仆地来到茫崖石棉矿时，矿上的职工已经三个月没有发工资了。大家情绪低落，牢骚满腹。他向职工们承诺，不出三个月一定补发工资。三个月之后他兑现了承诺，极大地调动了职工的积极性。广大职工在恶劣的工作环境中，拼死拼活努力工作，当年就向国家上缴了四五百万元，茫崖石棉矿一跃成为中国首个年产万吨石棉的石棉矿。

1965年初，"四清"运动开始了，在繁忙的工作和频繁的运动中，赵瑶台彻底病倒了。他被送到北京协和医院，被诊断为肝癌晚期。建材部的领导对医院的领导说，赵瑶台是建材行业"焦裕禄"式的干部，一定要动手术抢救。一名副部长亲自代替他爱人在家属栏里签了字。大家哪里知道，动了手术才发现原来是误诊，赵瑶台患的是胆管结石。然而，一场虚惊的赵瑶台，万万没有想到真正的灾难才刚刚开始。轰轰烈烈的"文化大革命"中，他受尽了折磨，住在牛棚里的他，怎么也没有想到，一个希望富强的国家，会在和平年代突然变得如此动荡。一个经济刚刚起步的国家，湮没在没有硝烟的战场之中。铺天盖地的运动终于过去了，1970年赵瑶台被平反了。这个时期，国家在青海祁连山脉发现了大型石棉矿藏，赵瑶台主动要求去祁连山，在他有生之年为国家建设第三座石棉矿。住帐篷，吃糌粑，冒着零下 30 多摄氏度的严寒，拄拐棍爬上 3900 米的高山矿区。这是一个好干部的缩影，也是一个中国石棉人的缩影。

世界上俄罗斯石棉产量居第一位，其次便是中国。石棉，是一种天然的纤维状矿物质，由纤维束组成，经过碾压，可以分离成很长很细的纤维。纤维越长，质量越好。石棉纤维具有高耐火性、耐腐蚀性、电绝缘性和可纺性，是非常重要的防火绝缘和保温材料。石棉纤维也是一种危险物质，纤维能引起棉肺病，也就是尘肺病，以及胸膜间皮瘤等疾病，世界上许多国家禁止使用。

曾经认识几个茫崖石棉矿的朋友，多多少少知道一些情况。连绵不断的矿山被挖掘得支离破碎，大大小小的山头在推土机的轰鸣声中，灰白色的废料像瀑布一样倾泻下来，就像雪崩一样惊涛骇浪。整个矿区云遮雾罩，天地之间一片浑浊。这不是文学描写，事实的确如此。我曾经采访过海西公路总段西部养路段的职工们，当然，现在的条件和当时的条件不能同日而语。20 世纪五六十年代的养路职工，用手推刮板刮路，赶着骆驼刮路，一天到晚在尘土飞扬中工作，许多职工在晚年患上了尘肺病。尘肺病是一种折磨人的疾病，它会让患者呼吸极为艰难，那个痛苦一般人体会不到。相对而言，在石棉矿工作的职工更容易患上尘肺病，有不少职工晚年都没有逃脱尘肺病的折磨。

茫崖石棉矿位于阿尔金山西端，处在柴达木盆地西北部风口带。据说，风口地带一年四季刮风，不刮风的日子屈指可数。无休止的粉尘和沙尘天天困扰着矿区，职工们需要鼓足勇气上班，需要有顽强的毅力在这样恶劣的环境里工作和生存。

柴达木的开发，经历了漫长的半个多世纪。半个多世纪里，来自五湖四海的建设者们，为这一片土地贡献了青春，贡献了子孙，甚至贡献了生命。柴达木日新月异的发展，离不开这些普普通通的建设者们。是他们的不离不弃，坚忍不拔，才有了今天的柴达木。我们不能忘记这些开拓者，柴达木不能忘记他们，中国不能忘记他们。

一座丰碑

　　八月流火的日子里，冷湖的天气依然没有热起来。在冷湖的两天里，我们在不冷不热的天气里来到地中四井。地中四井距离冷湖镇有 15 公里的路程。汽车沿着笔直的火星一号公路，朝着镇子的东南方向驶去。下了火星一号公路，汽车拐上了一条坑坑洼洼的土路，绕过不高的土沙包，停在了纪念碑跟前。孤零零的一座纪念碑屹立在大风之中，就像一根岿然不动的石柱。由于长年累月风吹日晒，纪念碑显得有些破旧，但碑上雕刻的"英雄地中四，美名天下扬"和"东风浩荡时，油龙逐浪飞"的大字依然醒目。望着眼前挺立的纪念碑，大风掀开了昨天的记忆。

　　1958 年 8 月份，1219 钻井队在这一地区钻井。20 多天后的 9 月 13 日，当钻头钻到 650 米深时，地中四井突然发生了井涌，紧跟着出现了井喷。原油瞬间从地下射向空中，一刻不停地喷射了三天三夜，而且日喷原油高达 800 吨左右。当时没有储油设备，出井的原油无法运输出去，只好拦油筑坝，喷射出来的原油被围成一片"黑色的油海"。一群野鸭子从天空飞过，误以为是一个湖泊，稀里糊涂地被困在了"油海"里。这不是笑话，是真实的故事。

地中四井的喷油，揭开了开发冷湖油田的篇章，预示着一个高产油田的诞生。远在玉门采访的诗人李季听说了冷湖喷油，激动地当即赋诗《一听说冷湖喷了油》：

> 一听说冷湖喷了油，
> 原油流满戈壁滩，
> 戈壁变成大油田，
> 油光闪闪波浪翻。
> ……
> 一听说冷湖喷了油，
> 人人争把喜讯传，
> 盆地原是聚宝盆，
> 柴达木是祖国的大油田
> ……

当时有职工也写了一首打油诗，描绘了当时热火朝天的景象：

> 红军不怕远征难，
> 石油战士岂畏艰。
> 誓钻地壳千万孔，

图片 5

　　"英雄地中四　美名天下扬",是当年西部石油开发的写照,是
对石油英雄的写照

揭开冷湖大油田。

地中四井的喷油，为举步维艰的国家带来了希望。青海石油勘探局从大柴旦搬迁至冷湖，相继成立了钻井处、采油处，建设了炼油厂、水电厂，各路勘探队伍随即向冷湖集中，不毛之地的冷湖迅速成为初具规模的石油城，以及闻名全国的石油基地。

1959年2月20日，随着第一车原油外运，柴达木盆地的运油汽车，日夜穿梭在茫茫戈壁。1959年春夏，时任石油工业部部长的余秋里以及副部长孙敬文、康世恩等人先后来到冷湖探区视察工作。望着不断涌出的黑色石油，领导们明确指示开采队："拿下冷湖油田，为柴达木工业大发展打下基础。"

冷湖石油管理局党委随即决定：集中力量猛攻冷湖。在聚集人力物力的同时，又陆续抽调40多部钻机，在冷湖展开了轰轰烈烈的石油大会战。截至1959年底，冷湖油田产原油近30万吨，约占全国的12%，成为继玉门、新疆、四川之后的第四大油田。与此同时，冷湖炼油厂炼制的成品油开始运往西藏，以供应边防部队。

1960年4月，青海省副省长李芳远陪同铁道部参观团来到冷湖。为了纪念地中四井，李芳远为它立碑，欣然题写了10个大字："英雄地中四，美名天下扬"。从此，戈壁荒原上竖立起一座石油人的丰碑，一座艰苦奋斗、砥砺前行的丰碑。

1978 年 1 月，地中四井停止了运转。20 年里，这座英雄的机井累计产油达到 32704 吨，完成了它的历史使命。英雄的机井，英雄的人，共同谱写了一曲为祖国找石油的英雄交响曲。

60 年过去了，荒原又恢复了它本来的模样。孤零零的纪念碑周围，还矗立着几台磕头机，默默守望着风雨中的纪念碑。一阵大风扑面而来，仿佛磕头机向我们诉说着难以忘怀的往事。往事虽然过去了，但往事不会随风飘散。

呼啸的大风里，我们在地中四井纪念碑前留下一张珍贵的照片。狂风把头发刮到了天空，但刮不走心中的纪念碑。

盐盖上的自治州

历史上为盐而发生过无数次战争。拥有盐资源的国家就富强，失去盐资源的国家就衰败，甚至灭亡。据史书记载，中国最早的战争就是因盐而起。华夏始祖黄帝、炎帝、蚩尤，为了争夺山西运城地区的盐池而进行战争。先是黄帝与炎帝大战于阪泉，后来黄帝又击败蚩尤于涿鹿。有专家考证后认为，阪泉在山西解县盐池上源，相近有蚩尤村及浊泽，又名逐鹿。故后人把我们祖先争夺盐池的战争称为"逐鹿中原"。

《史记·货殖列传》记载："山东食海盐，山西食盐卤，岭南、沙北固往往出盐，大体上如此矣。"早在春秋战国时期，中原诸国为了防止西边的秦国崛起，想尽办法阻止食盐进入秦国。可是，老天爷偏偏眷顾秦国，秦国没有因为食盐短缺而生乱。《天工开物》记载："凡西省阶、凤等州邑，海井交穷。其岩穴自生盐，色如红土，恣人刮取，不假煎炼。"文中所提到的"阶"指阶州，在今天的甘肃武都；"凤"指凤州，在今天的陕西凤县。这两个地方虽然没有中原的池盐、井盐和海盐，但不缺崖盐。后来，秦国占领蜀国，李冰担任蜀守期间，"识察水脉，穿广都（今成都双流）盐井、诸陂池，蜀于是盛有养生之饶焉"。创造了凿井汲卤煮盐法，彻底扫除了秦国食盐的后顾之忧，让秦国变得强大起来，最后，秦国终于统一了中国。

假如那个年代，我们的祖先知道千万里之外有一个盐的世界，也就不会有"逐鹿中原"这句成语了；假如秦始皇知道千万里之外有一个无法想象的盐世界，秦国统一中国的时间表肯定会改写。然而，没有那么多假如，历史从来不会有假如。自从有人类开始，食盐就成了不可或缺的东西，对于一个人、一个家庭、一个国家的重要性不言而喻。

我所指的盐世界，是众所周知的柴达木盆地。总面积30.07万平方公里的海西，完全是一个盐盖上的自治州。东起茶卡，西至茫崖，800多公里绵长的土地下面几乎都有盐的影子。东面的茶卡是海西的东大门。从茶卡盐湖开始，大大小小的盐湖一直铺到阿尔金山脚下的茫崖市。在这个盐的世界里，星罗棋布的盐湖不计其数，有模有样的盐湖就有70多个（大于1平方公里）。柴达木是一句蒙古语，翻译过来是"盐泽"的意思。有资料显示，5000多万年以前，柴达木盆地与塔里木盆地、准噶尔盆地均是浩瀚无际的海洋，被称为中亚浅海。由于受地壳运动的影响，天山山脉隆起，准噶尔盆地与塔里木盆地被分裂隔开，塔里木盆地与柴达木盆地也被分开。在差异升降过程中，柴达木盆地成为世界屋脊上海拔最高的盆地。随着印度次大陆与欧亚大陆相互碰撞，形成了世界上最大的大陆，并形成三级阶梯的地形走势。深居内陆高原的柴达木盆地，气候变得干燥寒冷，蒸发量远远大于降水量，盆地中的水分慢慢蒸发，水中的盐分逐渐浓缩，从而演变成各具特色的盐湖类型，结成大片的盐盖。

海西的东大门茶卡，不是因为这些年有了"天空之镜"才名满天下的，早在几百年前茶卡便有了很高的知名度。茶卡盐湖已经有 3000 多年的开采历史，是柴达木盆地著名的四大盐湖中最小的一个。因盛产"大青盐"而闻名遐迩。茶卡盐湖的盐粒晶体大，质地纯，盐味醇香。因其盐晶体中有矿物质，盐晶体呈青黑色，故而称"青盐"。

《西宁府新志》记载："在县治西，五百余里，青海西南，周围二百数十里，盐系天成，取之不尽。蒙古用铁勺捞取，贩玉市口贸易，郡民赖之。"

早在西汉时期，当地羌族人就知道采盐食用。《汉书·地理志》记载："金城郡临羌西北至塞外，有西王母室、仙海、盐池。"仙海指青海湖，盐池指茶卡盐湖。

自乾隆二十八年（1763）开始，官方就已经有组织地对盐湖进行大规模开采，并且设有盐律。光绪三十四年（1908），设立了丹噶尔厅盐局，标志着茶卡盐纳入了有序经营的管理轨道。

民国时期，政府财政部西部盐务管理局在茶卡设立盐场作为食盐基地。新中国成立后，经过一系列的技术改造，实

图片 6

广袤的土地下几乎都有盐的影子，海西蒙古族藏族自治州仿佛是盐盖上的自治州

现了机械化采盐，茶卡盐湖发生了天翻地覆的变化。再生盐、洗涤盐、粉洗盐、加碘盐、营养加锌盐等，琳琅满目的产品畅销全国。有数据表明，茶卡盐湖食用盐的储量有 5.2 亿吨左右。5.2 亿吨是个什么概念？数据告诉你这个概念，全世界人类每年所食用盐大约 4950 万吨，那么茶卡盐湖的食用盐储量，足够全球人类食用 11 年左右。

茫崖是海西的西大门，紧邻新疆的若羌县，大小盐湖跟荒原上的芦苇一样随处可见。特别是昆特依、大浪滩、尕斯库勒三大盐湖的储量不可估量。2014 年 11 月 15 日，中国国土资源报发表了署名于德福，王俊的通讯报道文章《再造一个"察尔汗"——青海柴达木盆地深层卤水找钾突破纪实》。报道说，2013 年，中央地勘基金投资 4490 万元，设立"青海省茫崖镇大浪滩东北部深层卤水钾盐普查""昆特依矿区深部卤水钾盐预查"两个项目，打响了柴达木盆地中深部找钾攻坚战。短短两年时间，大浪滩、昆特依 2 个矿区深部卤水找矿就取得了重大突破，新发现平均厚度 581.74～681.11 米的巨厚砂砾石型孔隙卤水矿层，卤水中氯化钾平均品位 0.30%～0.48%，单井涌水量最高超过 6000 立方米，预计可提交氯化钾资源量超过 2 亿吨。

有资料显示，自 2008 年开展探索实践到 2013 年底，柴达木盆地深层卤水找矿资金累计投入达 1.68 亿元，其中中央财政投入 1.14 亿元，青海省财政投入 5364.85 万元。完成 1∶10 万地质调查——水文地质草测 300 平方公里，水文地质钻孔进尺 3.9 万米，物探测井 2.8 万米。2014 年，深层卤水找矿进入普查阶段后，共投入勘查资金 9344.93 万元，其中中央财政投入 7508 万元，青海省财政投入 1836.93 万元，共计钻探工作量 1.9 万米。

2009 年，青海石油局的施工井在 630 米左右时发生井喷，高压自喷水中氯化钾含量为 0.65%；油中 13 井日出水量 316.31 立方米，卤水中氯化钾含量为 0.3%，达到经济可采标准。以大浪滩、昆特依两个项目目前的成果推测，整个柴达木盆地中的第四系凹地，背斜构造区内的潜在钾资源量不会低于 10 亿吨。10 亿吨是个什么概念呢？

柴达木盆地钾盐主要分布于以察尔汗盐湖为主的 11 个现代盐湖中，目前累计探明地质储量 9 亿吨，占全国探明储量的 70% 以上。也就是说，茫崖地区存在一个比察尔汗盐湖规模更大的钾盐矿。有专业人士表示，只要加大找矿的投入，完全有信心再造一个察尔汗盐湖出来。

实际上，何止茫崖、格尔木在盐盖上，乌兰县、德令哈、大柴旦，几乎整个海西州都在盐盖上。从茶卡盐湖到大浪滩盐湖，每一片土地下都有盐湖，海西州就是一个盐盖上的自治州。

我们完全有理由相信，立足茫崖，再看柴达木，以大浪滩、昆特依两个项目目前的成果推测，盆地西部将会迎来一系列钾肥开发高潮。茫崖这座年轻的城市，将会成为青海西部一颗耀眼的明珠。

远去的当金山

坐在咝咝作响的空调汽车里，感受不到 8 月酷热的天气。性能不凡的丰田越野汽车，没费什么劲就爬上了当金山山顶。山顶上原来立着一块牌子，上面醒目地写着"当金山"三个大字。不知何故，那块醒目的牌子不见了，光秃秃的山顶一片荒凉。举目四望，绵延不断的庞大山体一座连着一座。山这边一望无际的戈壁属于青海，山那边灰蒙蒙一片属于甘肃。光秃秃的山顶上，西北风卷起的尘土满天飞。

当金山位于祁连山与阿尔金山的接合部，是甘肃、青海、新疆三省区的交界处，是从河西走廊进入柴达木盆地的重要通道。蒙古语中，当金山叫"当根库特勒"，意思是孤单的山口。海拔 3648 米的当金山，重峦叠嶂，山势陡峭。山上植被稀疏，飞鸟不驻，即便是炎热的 8 月，山顶上依然常年积雪。

当金山在唐朝时期被称为"匈门"，有着举足轻重的战略地位，是历史上丝绸之路南线羌中道的重要隘口，也是前往柴达木西部的必经之路。

20 世纪 50 年代，柴达木需要的物资由兰新铁路的火车，从内地拉到柳园站或者峡东站，再由汽车经过敦煌转运到盆地。柴达木尚未修通火车的 30 多年里，不管是运往西藏的战略物资，还是运往盆地用以资源开发和政权建设的基本材料，当金山都是必经之地，就连盆地西部职工及其探亲家属们，也是顺着这条道路进入盆地的。

在人们的印象中，当金山是座界山，是柴达木盆地与河西走廊的地理分界线，青海和甘肃的行政区划线。2000 年以前，国家出版的行政区划图上，甘、青两省在这里就是以当金山为界。20 世纪 90 年代末全国大勘界中，这条界线被国家作了大幅度的调整。由此，甘肃行政区域的界线，从山口向南推移，推到以苏干湖、吐尔根达坂山一带。其结果是，冷湖的大片草场，在这次区划调整中被划入甘肃阿克塞哈萨克族自治县境内。

当金山对于柴达木人来说，是一座耳熟能详的大山，一座具有传奇色彩的大山。50 年代，作为开发柴达木的策源地大柴旦，来往于西部地区的冷湖、茫崖，当金山是绕不过去的一座大山。

随着柴达木石油勘探工作大幅度推进，柴达木声名鹊起。1954 年诗人李季来柴达木油田采风，被油田火热的生活所感动，心潮起伏的他一鼓作气创作出诗作《柴达木小唱》。随同李季进盆地的作家李若冰，在热火朝天的柴达木开发建设中，陆续写出了《柴达木手记》，在全国引起了热烈反响，柴达木盆地一夜之间几乎家喻户晓。当年的大柴旦聚集了来自五湖四海的十万之众，据老人们说，当年的大柴旦热闹非凡，一个挨着一个的帐篷有"十里长街"的美誉，一个挨着一个的地窝子看不见首尾，南腔北调的语言在空气中流淌，熙熙攘攘的人群穿行在尘土飞扬的大街上。帐篷前飘扬的红旗像不落的晚霞，从此，这片亘古荒原再也没有安静过。别说身临其境感受那个热烈气氛，闭上眼睛想一想那个沸腾的场面，足以让人为之震撼。

1956 年，年轻的诗人徐迟行走柴达木时，被开发柴达木的热情所感染，热血沸腾的徐迟两次翻越当金山，豪情万丈地写下了当年大柴旦的盛景：

> 三月里的大柴旦，
> 只是一个骆驼站，
> 居民寥寥，像早晨的星星，
> 过路的行脚稀少。
> 四月来了个地质队，
> 五月发现了宝藏，
> 宝藏放射灿烂光芒，
> 震动了青海，北京。
> 六月建立起帐篷城，
> 七月航测铁路线，
> 八月开始建瓦房，
> 要建个六十万人的大柴旦。

年轻的徐迟这首诗歌虽然带有浓烈的狂想色彩，但是写出了当年大柴旦的情景。面对热气腾腾的大柴旦，怎能不让年轻的诗人热血沸腾异想天开呢。徐迟在柴达木西部转了一圈，写出不少热情洋溢的诗歌。比如《茫崖》：

> 阳光照耀茫崖，
> 一座帐篷城市，
> 拓荒者居住在这里，
> 在美丽的理想中。
> 千百个帐篷，
> 像白色的羊紧挨着，
> 后面高耸的雪峰，
> 像白发苍苍的牧人。
> 突然大风卷起砂石滚滚而来，
> 震撼这城市，
> 但是它早已经受考验。
> 风沙遮去雪峰、阳光，
> 天昏地黑，
> 却遮不去点亮的几千盏电灯。
>
> 他们冒风沙跑了回来，
> 回到了家，
> 饱餐一顿之后，
> 热水淋浴洗掉风沙。

浴罢谈起计划中登昆仑山雪峰，

猎野马，看地形，

准备向它进军。

再比如：诗人在《柴达木》之中对"冷湖"的描写。

藏于柴达木地下穹隆的，

是无数的石油构造，

它将喷射一道道喷泉，

喷出无比绚丽的彩虹。

明天，炼油厂，石油城，

将把盆地上空照得通红。

当年的大柴旦，要构建一个容纳几十万人的城市。没有房子住就搭帐篷，没有帐篷住就挖地窝子。"天当被地当床，我为祖国献石油"，这是当时最流行的一句浪漫语言。沉睡了千年的戈壁一夜之间苏醒了，小小的大柴旦人山人海，大大小小的单位如雨后春笋般冒了出来。有京剧团、歌舞团、豫剧团，那个阵势已经勾勒出一个城市的框架。这些活跃在柴达木地区的文艺团体，经常去冷湖、茫崖慰问开发建设的人们，而前往西部慰问演出，当金山是一道躲不开的屏障。

1981 年当选海西州第一届文联主席的张家斌，曾经在 50 年代大柴旦歌舞团当过领导，对当时文艺团体的情况非常熟悉。那个时候文艺团体慰问演出没有轿车，演员们都是自己带行李，坐着解放牌卡车去工作。那时候路况极其不好，全是砂石路面。每一次去西部慰问演出都是在尘土飞扬中度过，年轻的演员们灰头土脸，就像土猴。有一次京剧团去西部慰问演出，不幸在当金山翻了车，事故中有几个年轻演员不幸遇难。那些年轻演员基本上都是来自上海、北京等大城市的年轻人，一个个热血沸腾、朝气蓬勃。那一次悲惨事故，给大家心中留下一个挥之不去的伤痛。尽管如此，大家并没有因为事故而止步不前。文艺团体照样去西部慰问演出，照样与当金山擦肩而过，工作热情依然高涨。那个轰轰烈烈的年代，为了天堂般的理想不顾一切，甚至流血牺牲也在所不辞。山路弯弯的当金山，是一个无法绕过去的坎，是一个去往西部的天然屏障。

哈萨克族民间传说，当金山又叫"挡"金山。据说，历史上金兵远征来到当金山，没想到狂风大作，雪花纷飞，一夜之间山路被封堵。狂风刮了半个月，大雪下了个半月，金兵进退两难困在山中，没有多长时间便全军覆没。"挡"金山的意思，就是挡住来势汹汹的金兵。传说的中心意思，表达了当金山的险恶山势和变化无常的气候。

据说，那次事故以后，柴达木汽车运输公司的一个汽车司机，有一次夜过当金山，听见京剧锣鼓敲得此起彼伏，青衣的唱腔有板有眼，吓得魂飞魄散。不知此事是否真实，坊间传得神乎其神。不过，当年柴达木汽车运输公司的解放牌汽车，在当金山不慎翻车的事故层出不穷。不仅是柴达木汽车运输公司的司机，来来往往的汽车在当金山发生事故的情况时有发生，当金山披上了一层阴森森的神秘面纱。

2018年9月，在茫崖公路段采风期间，一个司机师傅告诉我，有一年他带着妻子路过当金山，在当金山顶检查车辆时，坐在汽车里的妻子突然问他，你在跟谁说话呢？他愣了一下说，这里没有人，就我一个人。妻子说，我怎么听见唱戏的声音。妻子从老家来，根本不知道当金山发生过的故事，听了妻子的话他后背发凉。他不知道人死后是否还有灵魂，但他相信冥冥之中灵魂不会像石头一样沉默。

20世纪50年代，柴达木工业开发轰轰烈烈，农业开发也热火朝天。当年大柴旦的马海，大张旗鼓开办青年农场，青年农工都是从河南招来的农民。怀揣美好梦想的青年农民，砍伐了茂密的红柳林，开垦出一眼望不到边的土地。这片亿万年形成的高原景观，在几年之内几乎消失殆尽。青年们没想到青稞麦子没有种出来，蔓延全国的大饥饿席卷了柴达木盆地。饥肠辘辘的青年农民，一夜之间破灭了美好的梦想，不顾一切开始逃离马海。一部分人从鱼卡方向往东逃跑，基本上都没有逃跑成功；另外一些人另辟蹊径，朝着当金山方向往北逃跑。有些人侥幸翻过当金山逃之夭夭，有些人把生命扔在了当金山。从某种意义上说，当金山不仅是一道险要的屏障，也是一道名副其实的鬼门关。

据现有的史料记载，西汉时期丝绸之路北线无数次被阻断，当金山也无数次成为丝绸之路的辅助通道。据说，大柴旦的雪山温泉就是当年丝绸之路商队经常光顾的地方。商队在温泉洗去一身疲惫，也洗去一路的惊心动魄。清脆的驼铃声，曾经打破了当金山的寂静，当金山的地理位置举足轻重。

历史上如此，如今也一样。当金山是甘、青、新三省区在西部的交汇处，是连接三省区的纽带。从古至今，当金山从来都是一座举足轻重的大山。当金山见证了半个多世纪柴达木盆地开发建设的进程，是一座开发柴达木盆地的历史纪念碑。

奎屯诺尔

近些年，随着自驾旅游热度持续升温，网上出现了不少有关冷湖的文章。文章内容基本分为两个方面：一方面是关于石油局方面的文章，另一方面是自然风景的文章。无论哪方面的文章里，都把冷湖这个地名，归结为许多文章中所说的那个版本。

在我所看到记载冷湖的资料里，无一例外说到冷湖这个地名，是 1955 年 6 月的一天，632 地质队的几个队员，在戈壁深处发现了一个湖泊。6 月的戈壁滩蚊虫肆虐，阳光暴晒，湖泊里的湖水却冰冷刺骨。戈壁原本就没有地名，一个地质队员随口便说，干脆就叫冷湖吧。于是，冷湖这个地名由此诞生。听起来顺理成章，富有浪漫的生活气息。可是，这个故事与浪漫有些南辕北辙，大相径庭。

蒙古语里冷湖叫奎屯诺尔，奎屯是寒冷的意思，诺尔是湖泊或沼泽的意思。就是说，冷湖这个地名是由奎屯诺尔翻译而来的，并非地质队员随便脱口而出。蒙古族游牧民早在

20世纪就将这个地方称之为冷湖了。冷湖这个原本就存在的地名，只是当时知道的人少之又少，于是，便跟地质队员联系在了一起。也许当时只是随口那么一说，结果被文人墨客写进了文章里，弄巧成拙变成了一个笑话，冷湖和南八仙那个凄美而浪漫的故事如出一辙。

2019年8月初的一天上午，在茫崖市政协赛尔格林和宋晓枫两位副主席的陪同下，我们一行人驱车考察了奎屯诺尔湖。奎屯诺尔湖位于冷湖四号油田的北面，距离冷湖镇20公里左右，隐蔽在一片宽阔的沼泽地里。沼泽地是山前平原潜水丰富区，俗称水源地，是一个半咸水湖，平均深度1.2米。周围宽阔的草地，形成了大片的沼泽湿地。湿地里生长着芦苇、罗布麻和一些耐盐碱性的植物。油田水电厂曾经在湿地里打了8口水井，成了冷湖地区的供水基地。湿地远处的阿尔金山山脉是一道分界线，山那边是甘肃的阿克塞哈萨克族自治县，山这边是茫崖市冷湖镇管辖的地方。

几天前下过一场雨，已经干裂的湿地，其实是一种假象。我们的汽车就是在这种假象的迷惑下，心甘情愿地陷进了湿地里。开车的小方师傅以为踩一脚油门就能离开泥潭，谁承想一脚油门下去，汽车没有如心所愿，反而轮子越陷越深，最后几乎全部陷在了湿地里。看着一堆废铁似的汽车，我们一行人只好徒步朝着奎屯诺尔湖走去。湿地里到处生长着低矮的芦苇和罗布麻，干巴巴的植物在阳光下蔫头耷脑，枝叶上没有什么鲜活的水汽。越往深处走，植被越茂盛，密密麻麻的植被一直铺向阿尔金山脚下，刺眼的阳光无遮无拦地在空中流淌，明晃晃的奎屯诺尔湖就在绿色植被的包围之中。

奎屯诺尔湖原本是个咸水湖，阿尔金山融雪水形成了一条自然河流，弯弯曲曲的河水流淌到奎屯诺尔湖，稀释了湖水中的盐分，就变成了半咸半淡的湖泊。湖泊以及周边的沼泽面积超过 500 公顷，形成了一个宽阔的大湿地。清澈的融雪水干净透明，不但改变了水中的成分，而且改变了冷湖地区的生物多样性，生物种群数量不断增加。奎屯诺尔湖湿地里出现了不少珍稀的野生鸟类，如灰鹤、鹅喉羚、大白鹭、文须雀、赤麻鸭、大雁、白天鹅、黑颈鹤等国家级保护动物，尤其是珍稀濒危的野生植物种群得到了恢复和发展。栖息地质量不断提高，物种自然而然有了生存能力，良性循环有效保护了物种多样性、遗传多样性和生态景观的多样性。

阳光下的奎屯诺尔湖，像一面明亮的镜子闪着光泽。湿地里几只悠闲吃草的黄羊像黄色的精灵，大概看见了我们，黄羊像风一样刮进了芦苇丛中没有了身影。蹲下身子试试湖水的温度，不冷不热，有一定的温度。湖面上几只野鸭子扇动着翅膀飞上了天空，留下几声惊慌失措的鸣叫远去了。强烈的阳光照在湖面上，宽阔的湖面一尘不染。一阵微风徐徐而来，湖面的水波鱼鳞似的一片挨着一片。随手捡起一块石子扔进湖中，湖面上泛起一圈又一圈闪闪发光的涟漪。

目睹了奎屯诺尔湖，脑海里乌龙的概念随风散去。湿地里升腾着闷热的气流，无处不在的蚊子紧追不舍。湿地里的蚊子比任何一个地方的蚊子都凶猛，无论你是谁，只要来到这片湿地就绝对不会文质彬彬。躲躲闪闪回到陷车的地方，汽车依然趴在沼泽里一动不动。大家想了各种办法，还是败给了默默无语的湿地。最后实在无计可施，不得不求助于镇上的人帮忙。镇上的热心人拿来了钢丝绳和工具，汽车终于爬出了泥潭。汽车小心翼翼地驶出湿地，在公路上扬起一片黄尘。透过汽车玻璃窗望去，奎屯诺尔湖像只明亮的眼睛，平静地望着一尘不染的天空。

有温度的冷湖

冷湖在柴达木盆地的西北边缘，夕阳里就像光怪陆离的天外之地。太阳滑到了山顶，给安静的大街涂抹了一层绯红。风在空旷的大街上匆匆而过，整齐的建筑物点缀着大风中的冷湖，冷湖就是大风中的一个小镇。

戈壁滩上的冷湖，是在石油开发的进程中蓬蓬勃勃发展起来的。1954 年，地质部所属的 632 勘探队进入冷湖地区勘探，先后发现了一至七号石油构造，随后大队人马入驻冷湖。随着石油勘探事业的发展，地方财贸单位、邮电等服务单位于 1955 年后相继建立起机构。1957 年底，柴达木行工委在冷湖设立了办事处，对地方单位进行管理，冷湖政权机构的雏形基本形成。

1959 年初，青海石油勘探局从茫崖搬迁到大柴旦，随后又迁至冷湖并改名为青海石油管理局。1959 年 9 月 13 日经国务院批准，冷湖成立了冷湖市，同时成立了冷湖市委。1960 年 4 月召开冷湖市首届人民代表大会，正式成立冷湖市人民委员会。冷湖开始了大规模的建筑工程，从地窝子开始转向土木结构的房屋。冷湖石油局建起了第一座楼房，修建了文化宫和电影院，在丑小鸭似的戈壁小镇即将蜕变成白天鹅的关键时刻，出现了意想不到的问题。由于"大跃进"的一系列严重后果，国家经济受到前所未有的困难，制约了冷湖初见成效的发展。1964 年，经国务院批准撤销冷湖市，改设冷湖镇。兴高采烈的冷湖市，在戈壁滩上轰轰烈烈燃烧了 4 年，不得不偃旗息鼓又回到了原点。人们期盼的一座崭新城市，没有按照人们的意愿发展下去。

20 世纪六七十年代，冷湖基本建设死气沉沉，可以说是处于停滞的状态。冷湖地方政权是随着石油工业的勘探开发而逐步建立起来的。长期以来，城镇建设、地方财政、商贸物流等与石油企业密不可分，全区的社会服务功能以及设施建设基本上是围绕石油企业展开的。可以说，只要石油企业感冒，冷湖镇就得咳嗽。

1988 年至 1992 年期间，冷湖镇的情况犹如初冬的天气，一天比一天寒冷。青海石油管理局机关以及后勤服务部门开始迁往甘肃敦煌七里镇，随着青海石油管理局的东迁，原本就不完善的基础设施基本上不复存在。冷湖镇的人口迅速减少，商业萧条，供水供电都成了问题。以至于干部职工白天要去拉水，晚上靠蜡烛照明过日子。青海石油管理局东迁敦煌七里镇，对于冷湖镇来说，无疑是釜底抽薪。一时间人心惶惶，一部分干部群众对冷湖的前途失去了信心。悲观情绪影响下，一部分人纷纷要求调离冷湖，冷湖遭受了前所未有的寒流。工业生产苦不堪言，经济工作举步维艰，企业亏损数额不断增加，不少企业濒临破产倒闭。磕磕碰碰的艰苦日子熬到了1998年，眼前依然看不见光明。不仅企业职工发不出工资，行政事业单位连续8个月也无米下锅，进退两难的冷湖镇一筹莫展，眼前一片茫然，从上到下跌入了低谷。

无可奈何的冷湖镇，不知所措地站在了十字路口。面对前所未有的艰难险阻，被逼无奈的冷湖没有自暴自弃，没有被寒流所封冻，他们提出一个面对现实的口号，先生存，后发展。调动一切积极因素，团结一心，渡过难关。进入21世纪以来，冷湖工行委砥砺前行，立足本地区实际情况，紧紧围绕投资做文章，以招商引资项目工作为抓手，推进全区经济工作发展，尤其，在"十二五"期间，冷湖的经济发展取得了质的飞跃。工业方面，形成了马海矿区、一里坪矿区、昆特依矿区、大盐滩矿区和察汗斯拉图矿区等以油气、钾肥为支柱产业的五大工业园区，入驻了中航集团、五矿集团、锦泰公司等龙头企业，全区经济实力有条不紊地不断增强。到2014年，冷湖全区社会生产总值达到近14.5亿元。冷湖这条咸鱼终于翻了身，创造了一个起死回生的传奇。

一步一个脚印发展了5年之后，冷湖前面风光无限。然而，就在冷湖发展建设的温度不断上升期间，历史又一次把冷湖推到了风口浪尖，无可奈何的冷湖又一次站在了十字路口。

2018年2月，经民政部批准，撤销茫崖行政区和冷湖行政区，合并设立县级茫崖市。2018 年 12 月正式挂牌，冷湖行政事业单位的干部，有一半人被抽调支援新成立的茫崖市。井井有条的工作局面被打破了，去茫崖市工作的人兴高采烈，留在冷湖镇的人惶惶不可终日。茫崖变成了一个县级城市，相比之下，冷湖显得不伦不类，处在一个极为尴尬的位置。往日繁荣的大街市场，一下子变得门庭冷落，空空荡荡的大街，一副风吹落叶黄的萧瑟景象。不少崭新的楼房人去楼空，冷湖死气沉沉的，再次失去了活力。

冷湖的昨天和今天，让人思绪万千。躺在宾馆里，辗转反侧无法入睡。好不容易迷迷糊糊睡着了，又被呜呜的响声惊醒。我以为是楼下的汽车发出的声音，可是，呜呜的响声没完没了，如此冷清的街道上，半夜三更哪来这么多汽车。疑惑间不情愿地翻身下床，走过去撩开窗帘向外窥视，月光下的大街上什么都没有。侧着耳朵细听，原来是风在窗户缝隙里发出的声音。转身去卫生间拿来一些手纸，一点点塞到窗户的缝隙里，呜呜的风声立刻就小了许多。冷湖是个风口，一年四季刮风不断。重新躺在床铺上，好像风声也停止了。迷迷糊糊又睡了一会儿，玻璃窗上已经有了晨曦。反正是睡不安稳，索性爬起来，穿上衣服走出了房间。

空荡荡的大街上一览无余，晨曦笼罩的小镇格外安静。顺着大街懒懒散散地走着，大街上绿油油的树木也是一片鲜活的风景。许多年前，冷湖几乎没有什么绿色，经过两代人的不懈努力，才有了今天绿油油的景象。在冷湖种活一棵树不容易，甚至比养活一个孩子都难。大街上这些绿油油的新疆杨，可是费了一些功夫。种树前要挖 2 米深、4 米宽的坑，坑底下垫一层鹅卵石，坑的四周用布围起来，再垫 1 米深的土，然后才能种树。一亩地大概栽种 700 棵树，一年花费 20 多万元，即便这样还无法保证百分之百的成活率。为了保护这些稀罕脆弱的绿色，需要有上水管线，滴漏管线，随时随地保证树木有水吃。柴达木西部缺少绿色，人们对绿色付出了难以想象的代价。冷湖如此，茫崖如此，大柴旦如此，整个西部都如此。

大街上刮起了风，风让树叶舞动起来，安静的大街变得躁动不安。不知疲倦的西北风把太阳吹上了阿尔金山，空荡荡的小镇洒满了阳光。

1958 年，冷湖因石油开发而发展。1992 年，冷湖因石油企业撤离而萎靡不振。2000 年之后，冷湖自强不息，艰难起飞。2018 年，由于茫崖建市，冷湖又一次陷入茫然。两起两落的冷湖，没有在十字路口徘徊，靠着得天独厚的原生态旅游优势，靠着未来科学的支撑点，冷湖做出了自己的选择，未来的科学发展是冷湖未来的发展方向。

回忆过去，冷湖从摸爬滚打中不断壮大。展望未来，冷湖正在插上科学发展的翅膀。火星小镇的发展已见曙光，冷湖天文台观测基地已建成，赛什腾山上的巡天望远镜证明，冷湖告别了石油，将拥抱星辰。冷湖是有温度的，就像一颗夜空里闪亮的星星。风可以带走乌云，带不走夜空中璀璨的星星。

火星小镇

　　有句话源自圣经里的一个故事：上帝给你关上一扇门的同时，也给你打开了一扇窗。远在西方世界的上帝，既没有给冷湖关上一扇门，也没有给冷湖打开一扇窗，上帝根本不知道冷湖这个地方。冷湖欣欣向荣、井然有序的格局再一次被打乱，但冷湖坚定的信念没有动摇。无法改变的事实让冷湖把眼光投向了更加广阔的领域。冷湖独特的地理位置，本身就是一块无价之宝。原始的地形地貌，就像一棵梧桐树引来了金凤凰。独一无二的地理条件，让冷湖再一次脱颖而出，成了引人瞩目的地方。

　　2018 年，火星营地在冷湖镇以西 60 公里的俄博梁安营扎寨。俄博梁的雅丹地貌是世界上最原始最典型、保存最完整的雅丹地貌。这里天上无飞鸟，地上不长草，四季少雨雪，风吹石头跑，常年荒芜干旱，被誉为"地球上最不像地球的地方"。

　　8 月阳光灿烂的日子里，我们慕名来到雅丹旅游基础设施建设 PPP 项目公司打造的火星营地。接待我们的是火星营地负责人袁振民女士。袁振民女士开朗热情，介绍营地的情况如数家珍。望着侃侃而谈的袁振民女士，我不由自主被她的兴奋与激动感染了。她的微笑带着自信，也包含了希望。袁振民是北京行知探索体验研究院研究员，兼任冷湖火星小镇文化旅游开发有限公司副总经理以及柴达木星球旅游文化有限公司副总经理。热爱科学的袁振民，虽然远离北京的家人，身处荒凉的火星营地，也有一种幸福感。袁振民说，火星营地是中国首个火星模拟基地，营地模拟未来人类移居火星后的生存环境，营地搭建有总部大楼、火星舱等，让人有一种进入火星的真实体验，发挥青少年的想象空间和热爱科学的欲望。

2018 年 9 月，一个全封闭式的火星营地拔地而起。营地占地面积 80 亩，综合大楼可同时容纳 72 人睡眠舱住宿、100 人帐篷住宿以及 60 人同时就餐的餐厅。2019 年 2 月开始正式运营。从运营情况来看，火星营地的发展势头跟预期的一样，科学探索的春天已经来到了冷湖俄博梁火星营地。

早在 2017 年，地方政府为了发展文化旅游第三产业，加快本地区产业结构调整，启动了“冷湖火星小镇计划”，为火星营地打造科普教育、文创旅游的氛围。火星营地的建成运营，扎扎实实将这个计划推入了正式运营的轨道，标志着中国首个火星科学旅行实践教育营地建成投入运营。

正如袁振民所说的那样，行走在营地周围，毫不怀疑自己置身于火星的环境里。从火星探测器拍摄到的火星照片看，营地的环境和火星环境没有什么区别，而不远处的雅丹地貌，恰到好处地渲染了火星的真实感觉，让人疑惑是否已经到了火星。

火星营地开展的课程全部以 2040 年人类在火星和平谷地建设"火星移民先锋营地"为总目标，围绕"生命科学、天体物理、航天器设计、地球物理、计算机工程"等领域，针对青少年群体设计、研发、推广系列 STEAM 课程，培养他们在科学、技术、工程、数学范畴跨学科探究式学习，培养解决实际问题的能力；同时，以火星营地情景带入体验式教学的形式，激发他们探索宇宙边缘的兴趣。除了营地课程之外，还有火星着陆计划、冷湖实验室等项目。火星营地不仅是一个模拟火星环境的基地，更是一个文化符号，代表着对于未知之地的探索精神。这种精神曾经鼓舞着冷湖石油人在柴达木无人区开采出第一口油井，也将继续引领冷湖人在探索未来的科学道路上延续着柴达木前辈的辉煌。

正是由于营地独一无二的火星环境，以及营地与时俱进的构想和创造，2018 年，中国首届科幻小说奖在冷湖火星营地隆重举行。2019 年，第二届科幻小说奖毫无悬念又在火星营地举行颁奖仪式。冷湖火星营地的颁奖活动，不仅仅是一个简单的颁奖活动，而是展望冷湖的未来，也是展望人类的未来，展望人类在火星、在宇宙的未来。迄今为止，冷湖科幻文学奖已经成功举办了两届，成果显著，受到社会各界的广泛好评。

在微信上见过不少营地晚上看银河的图片，星光灿烂的天空就像一片银光闪闪的河流在天空中流淌。袁振民女士说，的确如此，白天火星营地是一片荒芜，晚上是星光璀璨的银河，那个画面无与伦比。扫兴的是我们没有时间等到晚上，只好带着遗憾离开了火星营地。

参观火星营地没有几天，2019 年 8 月 9 日，全国挑战极限"八百流沙"赛事又在营地拉开了序幕。顾名思义，"八百流沙"就是在戈壁沙漠中完成 400 公里的极限挑战。"八百流沙"是国内目前第一个超长超强的极限越野跑比赛。赛事采用国际专业标准，运用卫星定位手段保障赛事，赛程设有 7 个休息站，26 个检查站。参赛选手不设强制休息时间，全程采取自导航，自负重，自补给，需要在 150 小时关门时间内完成 800 里越野穿越。

凌晨 4 点 55 分，选手们在营地起跑线集结，等待最后的时刻。火星营地的星辰和俄博梁雅丹燃起的烟花成了选手们的指路明灯，照亮了选手们的比赛起点。火星营地的成功打造，像一面迎风飘扬的旗帜，引领这片未知的土地探索未知的世界。

随着火星营地在俄博梁声名鹊起，北京翎客航天科技有限公司也在离冷湖镇几公里的地方安营扎寨。北京翎客航天科技有限公司是一家有实力的民营科技企业，具有雄厚的科技力量和超前意识。公司成立于 2014 年，是国内首家从事运载火箭研制的商业航天创业公司。公司目标是面向全球日益增长的微小卫星发射需求，提供灵活可靠的低成本服务。公司总部位于北京亦庄，在山东龙口拥有成熟的火箭总装厂房和试验基地，在青海茫崖建有中国首个由民营公司自主运营的亚火箭试验基地。

负责人胡振宇，1973 年生，毕业于华南理工大学。创业初始就一直致力于火箭回收项目的研究。他们看好冷湖的地方，就是冷湖辽阔的大戈壁。无边无际的大戈壁，是他们独领风骚的大舞台。我们走进公司的火箭厂房，一枚白色的火箭静静地躺在平台上。精明强干的胡振宇告诉我们，这枚 RLV-T5 火箭，是翎客航天第五代可回收火箭。火箭高度 8.1 米，起飞重量 1.5 吨，一级采用多台变推力发动机并联。2019 年 3 月 27 日，在山东龙口完成首飞，火箭吨位和飞行高度创下国内新纪录。两天以后，他们将准备第三次发射回收火箭。

对于长征系列火箭我并不陌生，因为那是国家航空航天实力的象征，可是望着眼前民营的航天火箭还是有些新奇和激动。北京翎客航天科技有限公司具备液体火箭发动机全流程研制能力，从设计仿真到制造测试。他们的定型产品 3000N 变推力液体火箭发动机，已交付国家某研究院使用。目前，他们正在开发 10 吨级的液氧甲烷发动机。公司研发的"新航线一号"为两级液体运载火箭，全箭高约 24 米，轨道高度 500 公里（SSO），有效运荷 200 公斤。2018 年 1 月，正式通过了方案评审，计划 2021 年完成工程研制及各项试验，具备首飞条件。

2019 年 8 月 10 日，也就是胡振宇说的两天以后，RLV-T5 火箭第三次发射及回收试验正式开始。上午 10 点 35 分，火箭点火升空。来自全国的旅游者和航天爱好者云集在发射场，目睹了这一激动人心的盛况。

10点35分，扩音喇叭里发出火箭发射倒计时，大家屏气凝神，随着一声令下，火箭喷着火舌腾空而起。此次回收试验火箭飞行时间50秒，目标飞行高度300米，实际飞行高度300.2米，落地精确度7厘米。当火箭平稳落地之后，工程师们兴奋地拥抱在一起，围观的航天爱好者和游人也热血沸腾、欢呼跳跃。让人可喜的是，北京翎客航天科技有限公司的工程师几乎都是年轻人。他们有志向、有追求、有远大的理想。冷湖是他们放飞理想的地方，也是成就飞天梦的地方。

在冷湖停留了短暂的两天，我们专门抽出半天时间，去赛什腾山参观光学望远镜。这个项目是国家天文台落户冷湖的一个科研项目。国家天文台台长严俊一行，深入冷湖实地考察，为光学望远镜挑选合适台址。考察团认为，冷湖赛什腾山地理位置优越，是架设光学望远镜进行天文科普的理想之地。光学望远镜对我国乃至世界在天文、科研等方面有着不可估量的作用和贡献。2018年，4月23日至27日，由中国科学院天文台主办，茫崖市政府协办的"国际合作项目GRAND（大型中微子探测阵列）理论研讨会"，分别在甘肃省敦煌市和海西州茫崖市冷湖镇召开。来自法国、德国、美国等国的11名外籍科学家和以武向平院士为首的国内20多名专家学者相聚在火星小镇冷湖，共同描绘GRAND项目的宏伟蓝图。

赛什腾山距离冷湖镇有 70 多公里，属于祁连山西段山脉，最高峰海拔 4576 米。山体北坡陡峭而南坡平缓，地表起伏大，有大的孤立山峰，山峰之间有较宽的山间盆地。山体由灰岩、石灰岩、砂岩等组成。从冷湖镇到赛什腾山 70 多公里的路程，对于柴达木人来说，就好比城里人公交车的一站路。我曾经跟北京的朋友开玩笑说，在柴达木盆地，汽车一站路就是 100 公里。北京的朋友们不相信，我说你去走一圈就知道了。

　　短短的几十公里路程，汽车还没有跑起来就已经到了赛什腾山脚下。上山的路是新开的，拳头大小的碎石从山下一直铺到山顶。弯弯曲曲的盘山公路，让人感觉到开山修路的艰难。光秃秃的山体上几乎没有什么植物，亿万年风吹雨淋的侵蚀，山体有些地方变得丑，漏，瘦，皱，是典型的风凌石结构。风凌石是西部最具特色的奇石，奇石市场上的风凌石形态各异，无须任何加工独自成景。随着汽车不断盘山而上，眼前出现了巨大的风凌石山体。整个山体被岁月雕刻成了奇形怪状的奇石，那个画面让人眼花缭乱。赛什腾山就像一座奇石的艺术殿堂，千姿百态的造型无与伦比。

　　疙里疙瘩的山路终于通到了山顶，山顶上出现了两个相距不远的钢架，钢架上分别托着两个球形的物体。如释重负的汽车停了下来，刚钻出汽车，扑面而来一阵风雨。起了个大早赶了个晚集，来得真不是时候，山顶上没有一个单位的工作人员，只好狼狈地在一间工作室的屋檐下躲雨。举头望着两个眼珠子似的银色大圆球，这就是国家天文台的光学望远镜。走进大圆球里面，透过特殊的仪器就能看见外太空。

许多年前，曾经参观过紫金山天文台设在德令哈的观测站。外形也是一个白色的圆球，观测站里安装有 13.7 米直径的天文望远镜，是国内唯一的毫米波观测站，也是亚洲最理想的天文观测点之一。据说，当时国家天文台把观测站设在德令哈，是因为德令哈空气透明度好，光污染小。然而，时过境迁，德令哈发生了天翻地覆的变化，不再是天文观测的理想之地。现在德令哈空气透明度削弱，光污染超过当时的 1000 多倍，无可奈何之下，国家天文台将光学望远镜观测站选在了天高地阔的冷湖，选在了既无空气污染又无光污染的赛什腾山上。

山顶上的雨小了，风也减弱了。离开工作室的屋檐，站在山顶上举目四望。辽阔无边的大戈壁一直铺向天边，空旷的赛什腾群山盘踞在茫茫荒原，就像一条巨龙不见首尾。不知不觉之中，山顶上风走了，雨停了，几片雪白的云彩就飘在头顶上。金灿灿的阳光透过云层射向山顶，山顶立刻变得温暖起来。

风沙中的养路段

　　常常有人调侃道，冷湖一年刮两次风，一次刮风整半年。虽然调侃得有些夸张，但冷湖的确是名副其实的风口。不过，再大的风也吹不走坚不可摧的阳光。冷湖日照强度闻名遐迩，位居全世界第三位，仅次于撒哈拉大沙漠和南美的安第斯山脉，全年日照率为81%。冷湖气候特点鲜明，干燥少雨，晴空万里，一半阳光，一半大风，是座让人又爱又恨的小城。

　　2018年9月，为了写一篇关于公路方面的报告文学，我曾经采访过冷湖公路段。冷湖公路的发展与石油开发紧密相连。冷湖东边属于马海地区，西边连着茫崖地区，北边与甘肃的阿克塞哈萨克族自治县接壤。平均海拔在3500米以上，最高海拔5797米。地形走向北高南低，基本上是山地、丘陵和连绵不断的戈壁沙漠。这里气候条件极其恶劣，寒冷干燥，狂风大作，一年四季饱受沙尘的蹂躏。冷湖地区分布着大面积壮观的雅丹地貌，南八仙、俄博梁、一里坪一带聚集了不同时期发育成形的雅丹景观，构成了天然的雅丹博物馆，是一片极具观赏价值的高原风景。如此神奇的景观，至今少有人光顾。虽然柴达木盆地的公路畅通无阻，可是，远在天边的路程还是让人望而生畏。

冷湖荒凉偏远，大漠孤烟，可是，青海修筑柏油公路历史的这一页是从冷湖翻开的。1960 年，为了解决冷湖原油外运和便利进藏物资的运输，中央决定将甘肃省的柳园至冷湖公路改建为黑色路面。由青海省施工当金山口至冷湖路段，交通部公路工程局派技术管理人员与青海省公路局配合，组成冷湖工程处施工，结束了青海省没有黑色路面的历史。1980 年至 1984 年，为了适应和满足石油会战要求，青海省石油管理局投资，按照二级、三级公路标准，改建黄瓜梁至花土沟的公路，新修冷湖至大风山公路并铺设黑色路面。冷湖至大风山公路改线完成，新旧线里程缩短了 90 公里。建成后仅运输费用每年大约节省 1100 万元，四年时间所节约的运输费用等于新线的总投资。可以说，柴达木西部公路是在因石油、石棉等矿产资源而突击修建的基础上发展起来的。有了矿，有了公路，自然而然有了冷湖镇。那个时候的冷湖镇不敢说有多么繁华，但也是一座小小的不夜城。今天的冷湖已经没有了往日的喧嚣，但它承载了柴达木盆地开发建设的一段重要历史。

冷湖公路段不仅职工人数多，而且职工学历也比较高。随着公路机械化的发展，人员结构也在悄然发生着变化，越来越朝着高学历、年轻化的方向发展，人员素质也不断提高。究其原因，无外乎几个方面。其一，这些年源源不断的大学生越来越多，失去了养尊处优的优越感。其二，随着公路机械化程度的不断提高，工作环境趋于向好，人员结构不可逆转地水涨船高。其三，公路建设的迅猛发展，公路机械化程度的快速提高，历来徘徊在社会边缘的公路单位，由无人问津的窝窝头慢慢转变成了日益升温的香饽饽。基于以上几个原因，在竞争如此激烈的今天，作为旱涝保收的事业单位，公路系统的优越性无疑成为香饽饽的助推器。所以，委曲求全、门庭冷落、无可奈何的现象已成为明日黄花。不断改变人员结构和人员素质的进程，成为势在必行的趋势，如滚滚而来的潮水势不可当。说来也巧，刚到冷湖的第一天晚上，冷湖公路段"青年职工夜校"培训课如期开讲。职工们的学习热情沸腾着明亮的会议室，那个场面让人觉得温馨而感动。在今天这个匆忙浮躁的社会里，冷湖公路段还有这样一片宁静的学习氛围实在难得。坐在朝气蓬勃的会议室里，年轻的脸庞上洋溢着青春的气息，就像窗外闪闪烁烁的星星一样明亮。跟这些男女青年们坐在一起聊天，气氛轻松热烈，听他们畅所欲言讲冷湖、讲公路、讲他们自己的故事，感觉冷湖没有一点儿凄冷的感觉。

28岁的李文彬，甘肃武威市人，一个文质彬彬的小伙子。2013年毕业于青海大学土木工程系。毕业之后考入武威市城市规划局，没想到规划局人员编制满得往外流淌，把他流淌到一个下属单位搞党建工作。他觉得专业不对口，学无所用，干了两年便辞去工作，参加了青海省交通厅招工考试，被分配到海西公路总段。李文彬说，当时在海西公路总段办公楼的墙壁上看海西的公路地图，觉得冷湖这个地方咋这么远呢，就在地图的边边上，他心里默默祈祷，千万别分配到远天远地的冷湖这个地方。怕什么就来什么，没想到果然被分配到了冷湖。去冷湖的那天，汽车中午从德令哈出发，走啊走，走啊走，走了那么久，走得人困马乏还遥遥无期。汽车到了马海时，正好夕阳西下，夕阳下的公路那么笔直，那么美丽，一眼望不到尽头。当时汽车里播放汪峰的歌曲《像梦一样自由》："你是否还会牵挂我，我亲爱的朋友，当我决定放下所有，走上自由的路⋯⋯"李文彬笑了笑说，当时的心情就跟歌里唱的感觉一样。眼前的公路是世界上最孤独的一条公路，也是最漂亮的一条公路。汽车越走越觉得孤独，不由得想起了马致远的那首词："枯藤老树昏鸦，小桥流水人家，古道西风瘦马。夕阳西下，断肠人在天涯。"那种感觉有点儿悲切，有点儿"风萧萧兮易水寒，壮士一去兮不复还"的感觉。当时心里比较矛盾，甚至有点儿后悔自己的选择。不过，来了之后感觉就不一样了。冷湖这里与世无争，像一片世外桃源。这里的人们热情质朴，工作也得心应手。工作了几年也适应了这里，从心里讲挺喜欢冷湖这个地方，冷湖除了距离遥遥，别的方面都挺好的。

马旭是个心直口快的小伙子，他说来冷湖之前，在网上查过冷湖，冷湖石油会战时曾有十万之众，感觉冷湖一定是个热火朝天的地方。可是，来了冷湖反差实在太大，冷冷清清的小镇怎么也无法和十万之众的场景联系起来。晚上8点多钟，西宁的天已经黑了，这里的天空还光彩照人。夕阳把院子里映照得一片绯红，好像连空气也是绯红色的，那个感觉美妙极了。有一次，他和同事去看当年的石油老基地，走的时候穿了一双新皮鞋，10公里的路程回来，一双新皮鞋变成了鳄鱼嘴。马旭说话幽默形象，也有诗人的想象，一句绯红色的空气，就有了诗人的语言；一句鳄鱼嘴似的夸张，就有了小说语言。柴达木这片土地有其不一样的特色，戈壁大漠不仅没有限制住想象的思维，反而激发了不寻常的想象思维。这片土地培养了不少诗人，也培养了不少作家，马旭这个小伙子有可能也会成为一个诗人。不过，小伙子现在可能无暇顾及诗人的问题，目前他正处在恋爱时期。用他的话说，恋爱的方式多种多样，有一见钟情的，有死缠硬磨的，有稀里糊涂的，还有马拉松式的，我就属于马拉松式的，而且正在长跑的过程中。虽然是马拉松式的恋爱，马旭仿佛胸有成竹，一副志在必得的样子。

当年十万之众的热闹景象已不复存在，老石油基地留下的旧址成了一片废墟。物是人非的残垣断壁，在阳光下默默诉说着一段可歌可泣的辉煌。离废墟不远处的公路边是石油职工的陵园，静静躺在那里的是当年那些热血青年。他们默默不语，只有荒原的风声不断，仿佛讲述着他们豪气冲天的往事。年轻人毕竟是年轻人，话题一开便滔滔不绝。有个戴眼镜的女青年，微笑时脸上就像一朵盛开的小花，可惜，没有记住她的名字。回忆起刚来时的情景,她激动地说,刚来的时候不会生炉子,每次生炉子都把房子里弄得乌烟瘴气,隔壁的阿姨叔叔就主动过来帮助生炉子,一次又一次,不厌其烦。生活当中有什么困难,热心的阿姨叔叔就会伸出援助之手。虽然离家千山万水,但同样有家的温暖,并没有孤立无助的感觉。2017 年集中供暖之后,这些问题都迎刃而解了。冷湖虽然远离城市,没有城市里的繁华,但也没有城市里的压力,生活和工作按部就班,气氛永远是轻松平静的。还有一个男青年说,他的女朋友是学校的中学老师,他们的感情一直不错,女朋友千里迢迢来冷湖看了他一次,回去后就客客气气地分手了。看来距离未必产生美,美学概念得重新修改了。

冷湖是个风口,一年四季刮风。一个长得十分清秀的姑娘说,刮大风的时候,人站在大风中就像一片树叶。每到这个时候,我们就坐在屋子里聆听风的声音,那个声音忽高忽低,犹如抑扬顿挫的音乐。白天太阳明晃晃的,天地间光芒万丈,夜晚天空的星星清晰可见,透明的天空美不胜收。有一次,凌晨 3 点钟,我们像孩子一样站在院子里遥望天空。满天星星与灯光交相辉映,仿佛跳起来就能抓住一颗星星,那个感觉就跟童话一样美妙。前几天看见树上的黄叶在风中飘落,心里自然而然有一种莫名其妙的伤感。几乎没有品尝到夏天的滋味,冬天已经悄悄降临。其实,冬天的冷湖没有想象中那么寒冷,只是感觉冬天的冷湖更加遥远罢了。

看着年轻人们青春的脸,听着他们青春的声音,感觉青春就是无所畏惧的奔跑，青春就是头顶上那一片蔚蓝色的天空。

冷湖除了镇政府机关和所属单位，几乎没有什么派驻机构。一个几年前就竣工的农贸市场，如今成了一个不伦不类的摆设。偌大的一个农贸市场，就像一件漂亮的衣服无人问津。公路段年轻人的到来，犹如春风吹绿了荒原。公路段里热火朝天，有了另外一番景象。年轻人和老职工们一起学习，一起发明改装各种公路机械。改装的机械设备，不但减轻了劳动强度，也点燃了热爱本职工作的热情，关键是形成了一种好学向上的风气。年轻人不是无所事事，而是争先恐后想干点儿什么。

冷湖一年四季风声不断，特别是每年春季，就成了风沙尘的天下。没完没了的大风，铺天盖地的沙尘暴给公路堆积了厚厚的沙子。为了及时清除公路上堆积的沙尘，他们改装的公路清扫机就派上了用场，平常好几天才能完成的工作，现在几个小时就变得干干净净。还有路间边坡铲除杂草的整修机，这些林林总总的机械改装和创造，无一不体现出职工们努力奋斗的精神面貌，体现出他们的聪明才智，体现出劳动光荣的实际意义，这些聪明智慧就像绽放的花朵一样散发着迷人的芳香。

钟生婷是长春师范大学毕业的，张成霞是西安交通大学毕业的，两个姑娘都喜欢"青年职工夜校"的环境。她们没想到，在冷湖这么偏远的地方，段领导为她们搭建起一个学习的桥梁。热烈的学习氛围，不仅凝聚了大家，而且赶走了戈壁滩的荒凉。张成霞说，2016 年冬天，有一次在当金山铲雪清路，叔叔阿姨们穿着单衣单裤干活，她穿着羽绒服还觉得浑身发冷。职工们忘我的工作态度，深深地触动了她，她开始思考精神这个问题。她认为，精神就是坚持，就是忍耐，就是坚忍不拔。年轻人把师傅们称之为叔叔阿姨，那种感觉就像一家人一样亲切。他们所说的冷湖不冷，更大意义上指的是人心不冷。年轻人们在这片土地上不断打磨自己、沉淀自己，因为这片土地是热的。

离开冷湖的那天早晨，举目四望，远处的阿尔金山雪峰闪闪发光，明亮的太阳就在阿尔金山的雪峰顶上。

20 世纪 50 年代是一个百废待举、百废待兴的年代。为了迅速改变一穷二白的落后面貌，大干快上成为那个时代上上下下的共同信念，也是那个时代的共同行为和共同追求。全国展开了轰轰烈烈大规模的经济建设。在这样一个激动人心的历史背景下，为了开发建设的需要，交通先行便成了迫在眉睫的问题，海西公路事业由此开始了轰轰烈烈的突飞猛进。冷湖公路段作为石油基地的所在地，首当其冲是开发建设的开路先锋，为冷湖地区的经济发展做出了不可磨灭的贡献。

冷湖公路段下设两个工区，两个工区就像公路段的两只有力的臂膀，分别担负着不同的公路养护管理。46 岁的冷湖工区长李海军，古铜色的脸庞就像一块岩石。他性格开朗，为人和善。1992 年参加工作，一直在公路养护第一线工作。从小出生在冷湖道班的李海军，特殊环境磨炼出坚忍不拔的精神。

2014年2月，当金山突然大雪纷飞，正在休假的李海军第一时间向上级部门汇报了情况，并迅速组织职工赶往当金山清雪。数九寒天的当金山，北风呼啸，雪花飞舞。在天寒地冻的风雪中，职工们顶着风雪苦干了十几个小时，保证了被阻路线的畅通。2015年夏天，李海军带领补油队的小伙子们，创新使用新工艺LTC沥青罩面新材料，每天在烈日炎炎下工作七八个小时，经过一个月的苦干，路面状况有了明显提升。对待工作兢兢业业、一丝不苟，对待职工一腔热情、有求必应。2008年以来，李海军多次被省公路局、海西总段评为"先进个人"，是一名职工拥护、群众认可的工区长。

憨厚的李海军不善于表白，但说出来的话实实在在。李海军说，因为我爱冷湖，喜欢这个工作。我生在冷湖，长在冷湖，参加工作也在冷湖，打算退休还在冷湖。我跟冷湖形影不离这么多年，一旦分开会不习惯的。我父亲20世纪50年代因为老家吃不饱肚子，就跟着大爷来到冷湖参加了工作。他们那个时候修公路用背篓背、担子挑，工作条件非常艰苦。当时，父亲没有想到冷湖也吃不饱饭，于是又回了老家。回到老家爷爷对父亲说，外面再苦再累也能挣钱，待在老家一分钱也挣不上，无可奈何父亲又回到了冷湖。父亲他们那个时候用骆驼刮路，我们小时候常常坐在刮路车上玩，无忧无虑不知道冷湖外面还有天。后来手扶拖拉机取代了骆驼刮路，公路段屠宰淘汰的骆驼时，父亲不止一次悄悄流眼泪。屠宰的骆驼肉分给家家户户，我们家没有要，害怕父亲心里难受。大概在冷湖生活习惯了，觉得哪里也没有冷湖好，走到哪里也不如冷湖自在，冷湖就是我的老家。

今年 50 岁的刘红山，也是一个实实在在的人。父辈 1957 年参加柴达木盆地的开发建设，分配在五道梁道班工作。姐姐、哥哥出生在鱼卡道班，他出生在大柴旦。在他的记忆里，父亲白天赶着骆驼在路上干活，半夜还要起来喂骆驼。戈壁荒原没有多余的牧草，骆驼吃的是干草。院子的围墙里干草堆得像座小山，那是孩子们最开心的地方。父亲一辈子勤勤恳恳，就像他赶的骆驼一样，只知道闷头干活，没有什么脾气。可是，如果孩子们不好好读书学习，老师一旦家访告状，父亲就像变了一个人，像狮子一样怒吼，吓得孩子们大气都不敢出。我们家里孩子多，生活困难，母亲也出去干活，弟弟年龄小，两个姐姐还得照顾弟弟，所以姐姐们上学晚，也上得少。母亲上过几年学，对孩子们要求严格。母亲爱干净，虽然住在破烂不堪的土坯房里，也把房子打扫得干干净净。父亲的工作流动性大，经常调换道班，一年 365 天见不着几次面。有一次单位想让父亲换个工作，让父亲去学习汽车驾驶，父亲摇摇头说，我不想去学开汽车，我哪儿也不去，我就会刮路。虽然父亲没有什么文化，但父亲心灵手巧，会修缝纫机、修自行车，甚至还会修鞋、打毛衣，什么事情都难不住他。刘红山说，我是技工学校毕业的，但还是心有不甘。父亲一辈子没有文化，我不能再没有文化。所以，成人高考学了财会。老一辈人基本没什么文化，公路系统的职工也缺少文化。多少年来这种现象没有改变，要想改变这种状况，就必须努力学习。现在的情况改变了许多，有文化的年轻人越来越多，公路人的社会地位也提高了许多。

段长桓玉新是 2018 年 3 月来冷湖任职的。今年 42 岁的桓玉新，圆圆的脸上架着一副眼镜，属于有文化的领导干部。在公路段长一级的干部之中，他这个年龄算是年轻干部。桓玉新头脑灵活，喜欢学习，有自己的思想，也善于交流。我们坐在一起聊天，总有交流的话题，哪怕是聊文学他也能侃侃而谈。父辈从河南老家招工到了德令哈养路段，哥哥姐姐都在道班出生，只有他出生在条件相对不错的德令哈。在他的记忆中，父亲仿佛就是家里的客人，一年在家里住不了几天，孩子们身边只有忙忙碌碌的母亲。长大以后才理解，不是父亲不想回家，是道班的工作性质不允许父亲回家。养路段的孩子们，很少有父亲在身边的情况，桓玉新把他们称为"散养的孩子"。散养的孩子无拘无束，缺少父亲的管束。那个时候，德令哈人口不多，基本上是海西州机关所属单位。机关单位的孩子瞧不起养路职工的孩子，而养路职工的孩子又桀骜不驯，打架的事情常常发生。父亲不允许他们调皮捣蛋，为了约束他们的野性，父亲专门制作了一个教育孩子的皮鞭。父亲在家时，父亲的威严比鞭子厉害；父亲去了道班，挂在墙上的鞭子就是父亲的影子。有一次，调皮捣蛋的小哥俩挨了父亲的一顿鞭子，等父亲走了之后，他们咬牙切齿把虎视眈眈的鞭子扔到了房顶上。那个时候父亲工资低，家里人口又多，日子过得捉襟见肘。在他的记忆里，每年秋天德令哈屠宰场大量屠宰牛羊时，也是孩子们最快乐的幸福时光。每到这个金秋季节，小小的德令哈就沸腾了。便宜的牛羊下水家家户户都买，大家蹲在巴音河边洗下水，欢快的笑声从早到晚在河面上回荡。那个时候无忧无虑，现在想一想好像就是昨天发生的事情。长大成人参加工作之后，知道生活不是巴音河面上回荡的歌，特别是父亲的去世，让他一下子懂得了许多事情。严厉的父亲有能力管住调皮的孩子，却没有能力改变恶劣的工作环境。由于常年在尘土飞扬的道班工作，71岁那一年，父亲在肺心病的折磨下，痛苦地离开了他不舍的亲人。桓玉新点着一根香烟，深有感触地说，老一代养路职工的历史不堪回首，老一代职工们用青春和生命换来了柴达木公路的畅通无阻，没有他们的付出，就没有日行千里不再遥远的今天。老一代人的精神我们没有忘记，这种精神如影随形。现在机械化程度高了，人员结构也发生了改变，但唯一没有改变的是对公路的感情。冷湖这个地方偏远，我们内心不能偏远。为职工们创造一个良好的生活环境和积极向上的学习氛围，是我们义不容辞的责任。我们不但要管理好职工，更重要的是服务好职工，真正做到为职工服务。我说，冷湖公路段的职工精神面貌，跟你们领导有关系。桓玉新微微一笑说，现在的职工结构，是知识型的结构，跟老一辈的职工不能同日而语。瞬息万变的今天，没有知识就谈不上与时俱进。在远离人群的冷湖，文化信息和文化环境是我们的软肋，我们必须尽可能弥补这一点。互联网的时代，虽然与外界并不遥远，但我们自身的学习不能松懈。我经常在网上浏览国外的公路情况，相比之下我们的公路还有距离，特别是公路机械化程度差距更大。这些差距要靠我们一代又一代公路人弥补完成，正如柴达木的公路一样，需要一代又一代公路人的艰苦努力和顽强拼搏才能完成。一把铁锹一把洋镐的时代过去了，一个现代化的信息时代就像冷湖的风一样扑面而来。

冷湖是一座风城。从罗布泊吹过来的风沙，翻过阿尔金山徘徊在这一片荒原上。多少年来，风沙一如既往没有改变，冷湖人也没有改变，一如既往坚守着这片土地，就像默默不语的雅丹任凭风吹雨打。这就是冷湖人的性格，这就是风城人的品格。

印象一里坪

　　一里坪是个地名。一里坪因养路段而得名。据说，因为这里养护的公路平平展展，因此得名一里坪。出了一里坪，一直往西就是油墩子，往南再走就到了老茫崖。从老茫崖一直向西是尕斯库勒油田，再往西行就到了花土沟镇。过去，这是一条荒凉的公路，一路上没有一棵树，甚至没有一片绿色的草地。可是，在它荒野的下面却储存着石油、天然气和盐湖卤水。

　　很多年前，我还在《瀚海潮》杂志社当编辑的时候，应邀去采访西部的几个公路养路段。先是大柴旦养路段、南八仙养路段，最后一站是一里坪养路段。在一里坪养路段采访期间，接触了不少男女青年。他们的父辈是柴达木第一代养路工人，父辈们退休离开了这片荒原，他们又接过父辈手里面的铁锹洋镐，继续修补着这条通往西部的公路。那个年代，西部养路工生活艰苦，生存环境恶劣。看不见绿色，也没有电灯，就连基本生活用水，也靠拉水车按时运送。如果拉水的汽车在半路上抛了锚，全段就变成了"上甘岭"。这里储存水用水窖，水窖里的水谈不上国家卫生标准，能吃能喝能满足基本用水就谢天谢地了。水窖里面经常能发现死老鼠和别的小动物，甚至还发现过一只死去的狐狸。那些可怜的小动物被水泡得圆圆鼓鼓，一副凄凄惨惨的样子。可见，西部戈壁有多么蛮荒干旱，就连小动物们也忍耐不住极度干渴，冒死跳进水窖偷水喝。

有一个女青年告诉我，她是从河南老家接父亲的班来到柴达木的。从大柴旦养路段坐一天汽车才到了一里坪。这个女青年晕车，一路上晕晕乎乎，也没有看清楚西部的样子。到了一里坪才彻底发现，自己身处一望无际的戈壁滩。她难过极了，她觉得自己好像走出了地球。当天晚上她一夜未眠，溪水一样流淌的眼泪湿透了脑袋下的枕巾。最初的那些日子里，回家的念头就像一把火，烧烤得她坐卧不宁。白天是四野茫茫的大戈壁，晚上一盏柴油灯忽明忽暗。实在憋屈得没办法，便走出房门看星星。戈壁上飘忽不定的蓝光让她惊讶，当她听同伴们说那是鬼火时，吓得晚上再也不敢迈出房门。这样的日子煎熬了一段时间，慢慢地也就习惯了。习惯成自然，现在感觉也没啥可怕的。再后来认识了一个养路道班的男青年，这个男青年经常骑着自行车从10公里外的道班来看她，她觉得生活有了一点新气象。

还有一个男青年告诉我，女青年们没有事情的时候打打毛衣、做做饭，男青年们百无聊赖时就喝酒，有时候喝得酩酊大醉。不相信你去看看男青年宿舍门口的筐子，筐子里堆的全是空酒瓶。有一次，两个男青年为了一个女青年喝醉了，两个人打得头破血流。不过，酒醒了大家该养路养路，该吃饭吃饭，没有什么深仇大恨。大家都在荒凉的戈壁滩，有什么过不去的呢？说归说，实际上最麻烦的是这些男青年找对象难。你想一想，哪个女青年愿意嫁给道班上的男青年？如果嫁给道班上的男青年，就等于一辈子要在戈壁滩待下去。将来有了孩子咋办，将来父母亲老了咋办？说句实在话，不能怪人家姑娘们，不是姑娘们挑三拣四，看不起我们这些养路工，她们自己也是养路工，有啥看得起看不起的，如果看不起我们，就等于看不起她们自己。这是摆在每一个人面前的实际问题，谁也无法逃避的现实问题。养路段的姑娘们，谁都想找一个外单位的对象，跳出养路单位，过上平平稳稳的生活。

养路工的工作又脏又累，天天一身汗一身土，生活环境又枯燥单调。上班时女青年们把自己包裹得严严实实，只露出一双明亮的眼睛，很难分清楚张三李四王二麻子。那个时候没有什么机械设备，基本上是手工劳动。加上一里坪又是个风口，刮不完的西风无休无止，白天刮晚上也刮。尽管如此，但一里坪养护的公路赫赫有名。只要行驶在他们养护的路面上，就平平稳稳的，跟在水泥路上行驶一样，就是放上一杯水也不会洒出一滴。

然而，这些都是30多年前的往事。现在的一里坪已经变得面目全非。记忆里的一里坪公路段没有了，记忆里的道班也没有了，取而代之的是中国五矿集团属下的盐湖开发企业的厂区，企业正在开发碳酸锂等盐化工产品。青海省为了支持五矿等企业资源开发，修建了鱼卡至一里坪的地方性铁路。望着现代化的厂房以及难以置信的火车站，过去那个荒凉的一里坪，彻底颠覆了想象中的一里坪。仅仅20多年的变化，让人感慨不已。一里坪养路段撤销合并后，一里坪的故事没有结束。一里坪没有因为养路段的消失而变得荒无人烟，反而更加火热起来。

几十年来，为了柴达木的发展和建设，一里坪这个地方从来就没有消停过。无论是过去的养路工人，还是现在的企业工人，一代又一代柴达木人，默默地付出着流年似水的青春，默默地为柴达木的繁荣昌盛绽放着绚丽的光彩。

鬼斧神工俄博梁

　　遥远的火星对于我们来说，只是一张图片或一段影像。这些陌生的图片和影像，仿佛跟我们的生活根本不沾边，火星只是一个星球，一个寸草不生的地方。然而，冷湖的火星模拟基地让我们有了一种身临其境的感受。据说，在人类生活的地球上，只有冷湖这片土地类似于荒凉的火星。从高空俯瞰这片辽阔的土地，完全就是对火星地貌的克隆。在柴达木蒙古语里，把这片不像地球的雅丹地貌称之为俄博。"俄博"也可写成"敖包"，意思是"石块垒起来的堆子"。维吾尔语里把雅丹地貌称之为"陡壁的小山包"。有人把俄博这片土地称之为荒野的尽头，也有人称之为魔鬼城。无论怎么称呼都不为过，面对这片没有尽头的荒野，除了不可思议的惊骇，就是膨胀了自己单调的想象力。面对颠覆思维的景象，鬼斧神工、叹为观止之类的词语，显然不尽如人意，丰富的语言在它面前显得苍白无力。在大自然面前，只有人类想不到的神奇，没有大自然做不到的奇迹。

有资料显示，100多年前，瑞典探险家斯文·赫定翻越昆仑山进入茫崖，面对如此浩瀚的雅丹戈壁，这位大探险家望而却步，不得不绕道阿尔金山北麓出敦煌。可想而知，一望无际的雅丹地貌，阻止了多少人好奇的脚步。

俄博梁雅丹地貌，默默存在了亿万年。20世纪50年代，开发柴达木的脚步惊醒了这片沉睡的不毛之地。从此，人们知道了俄博梁，开始青睐这片无人问津的雅丹。特别是这些年，俄博梁雅丹地貌不仅是旅游探险之地，也成了艺术家的创作之地。

中国人民大学艺术学院副院长刘明才，是一个对俄博梁情有独钟的艺术家。这个"70后"画家，一直把青海作为自己的创作基地。2016年他首次来到距离西宁1000多公里的俄博梁写生。辽阔奇特的雅丹地貌震撼了他的心灵，从未有过的冲击让他心潮起伏。苍茫的俄博梁雅丹，轻而易举便成了他心中渴望已久的艺术圣地。这种扯不断的情愫，一连几年让他对俄博梁情有独钟。他在自己的微博里，把这份刻骨铭心的感受分享给朋友们："……与宇宙之无边无际相比较，地球几乎算不得一粒尘埃，个体生命岂不更同于浪花，火苗般瞬息一闪？此刻，回视戈壁滩上一望无际的细碎石子，还会不屑一顾吗？散而为泥沙，聚而为高山，小小石子似乎通灵般蓄含深意……"他把心里种种碰撞、感觉，借助手中的画笔，尽可能表现出来。一辆厢式汽车、一个油画架，让他在苍茫之地琢磨思考。他笔下的油画作品《冷湖·冷湖》系列，就是他对俄博梁呕心沥血的淬炼。一幅又一幅超现实的抽象作品，是一篇篇思考的心得体会。虽然我对有些作品懵懵懂懂，甚至理解不了作品所表现的内涵，但足以让人有无限的想象空间，同时也展现了别具一格的表达思想和艺术风格。

艺术创作如此，文学创作也如此。众所周知，中国科幻小说一直给人的感觉冷冷清清，这些年突然有了一种"忽如一夜春风来，千树万树梨花开"的热烈感觉。科幻小说在世界文学中，占有很大的市场，致力于科幻小说创作的各国作家们，对未来的探索一直孜孜不倦，始终热情饱满。时至今日，世界科幻大奖已经颁发了76届，而我国的科幻文学"银河奖"也已经颁发了28届。相比之下，我国的科幻小说起步晚，发育迟缓，但一直没有停止探索的脚步。

横空出世的科幻文学"冷湖奖"，犹如一匹探索科幻文学的黑马，让人眼前一亮。

"冷湖奖"是由青海冷湖火星小镇联合北京行知探索公司和成都八光分文化公司共同打造，致力于为科幻作家搭建一个更为广阔的创作平台，同时也为了助力冷湖科幻 IP 建设，推动科幻产业发展，为科幻旅游这一新兴产业开辟一片新天地，让中国科幻的天空更加璀璨。

2018 年 5 月 1 日，首届冷湖奖征文公告发布。2018 年，7 月 15 日，冷湖故事以 160 种可能在 160 位科幻作家的笔下诞生了。2018 年 7 月 16 日至 8 月 24 日，经过初评，复评和终评，三轮双盲审，12 个最具想象力的冷湖故事脱颖而出。这些科幻小说作家们，在俄博梁梦幻般的环境中，倾

图片 7

魔鬼城里各种造型让人应接不暇。栩栩如生，千奇百怪，放眼望去，颇为震撼

其所有的想象力，写出了第一批属于冷湖的科幻小说。冷湖奖的成功颁发，证明了俄博梁雅丹地貌是一片未来科幻文学的"沃土"。2019 年 8 月，第二届冷湖奖在冷湖火星营地如期举行。从两届颁奖情况不难看出，作者参与广泛，投稿踊跃，超乎想象的热情说明冷湖奖在社会上产生的影响不可小觑，为火星基地的发展打下了坚实的基础。冷湖火星基地的诞生，犹如一颗火种，点燃了青少年的探索之光。美味是味蕾的诱惑，未知是思想的诱惑。青少年们在这个类似于火星的地方，跳跃的思维自由奔放，放飞的想象犹如翅膀，探索埋藏在心里的秘密，探索对于未来的好奇。从荒凉的火星营地看星空璀璨的银河，密密麻麻的星星就像亮晶晶的灯火，满怀激情的青少年，心里燃烧着渴望的好奇，梦想中已经驾驶着宇宙飞船驶向了外太空。

一片酷似火星的不毛之地，不经意之间便散发出迷人的魅力。它的每一个黄色土丘、每一粒沙尘都经历了亿万个春夏秋冬，饱含着岁月时光的打磨，在它沉默不语的外表下，不知道蕴藏着多少无穷无尽的未知。

汽车一直在雅丹地貌里徘徊，就像在黄色的海浪中颠簸。扑面而来的雅丹让人目不暇接，来不及认真思索，奇形怪状的地貌一闪而过。

"看不尽的雅丹，捉摸不透的雅丹"，坐在身旁的张珍连说，"没有想到如此荒凉的土地竟如此神奇。"

张珍连虽然话语不多，但话语有分量。他熟悉海西这片土地，热爱这片土地，又有真才实学，是海西文史地理的专家。在海西州政协文史办这些年，编辑出版了几十本关于海西文史方面的书籍，填补了这方面的空白和遗憾。为见证海西的历史发展，做了一件功德无量的事情。这次西部之行，是为了他处心积虑策划的又一套柴达木丛书。对于一个文史专家来说，收集整理一个地区的文史资料，填补这个空白，无疑是一件迫在眉睫的重要事情。

望着若有所思的珍连，我说："这一片不毛之地，不仅蕴藏着石油，而且蕴藏着无法想象的东西。"

珍连说："俄博梁雅丹的火星营地，就是对未来事业的探索。"

我说："火星营地为喜欢天文的青少年，开启了一个梦寐以求的窗口。"

珍连说："俄博梁是荒凉的代名词，没想到科学探索让俄博梁焕发了古老的青春。"

汽车依然在单调的土黄色中穿行，一个连着一个的土丘，海浪似的从眼前不断闪过，膨胀的思绪在自由的天空中泛滥……云朵似的海鸟布满天空，古海洋里鲸鱼在游弋，海豚在嬉戏，成群结队的鱼群跃出海面飞行。忽然之间，海鸟飞箭似的射向蓝色的海水，慌乱的鱼群在海面上翻起朵朵白色的浪花……

不知道颠簸了多长时间，徘徊在俄博梁里的汽车不再徘徊，鼓足勇气冲出了梦幻般的雅丹，一直朝着冷湖方向奔驰。回眸身后恢宏的雅丹，高高低低的土丘幻化成了风干的鲸鱼，望眼欲穿等待再次涨潮的海水。亿万年的岁月过去了，海水一去不复返。出神入化的大自然，留下一片不可复制的景观。俄博梁是大自然留给人类的一个神奇博物馆，是地球上绝无仅有的宝贵遗产。大自然在这个星球存在了几亿年，我们只是初来乍到。我们没有理由随心所欲，我们全部的理由只有一个，用敬畏仰望大自然，用虔诚保护大自然，不能有一丝一毫的不恭和懈怠。俄博梁是真真切切的海市蜃楼，是天造地就的神奇风景。俄博梁是柴达木的俄博梁，俄博梁是世界的俄博梁。

千 佛 崖

　　顾名思义，千佛崖是指有众多佛像的悬崖峭壁。大江南北有佛像造型的悬崖峭壁数不胜数。古人们为了将佛教文化发扬光大传承下去，千辛万苦把佛教精神镂刻在石壁上面，形成了中国宏伟的石刻景观。众所周知的甘肃敦煌的莫高窟，又名千佛窟，山西大同的云冈石窟、河南洛阳的龙门石窟、甘肃天水的麦积山石窟。中国佛教石窟大约始凿于公元 3 世纪，盛行于 5—8 世纪。这些石窟是中国古代文化艺术的历史瑰宝，是古代人民智慧的体现，中国佛教艺术的宝藏。在宗教价值、艺术价值、社会价值上都有着举足轻重的地位。

　　曾经去过不少国内外的石窟，精美的艺术无与伦比。莫高窟几百个洞窟里的壁画以及泥质彩塑，是世界上现存规模最大、内容最为丰富的佛教艺术圣地。气势恢宏的云冈石窟，代表了公元 5—6 世纪中国杰出的佛教石窟艺术，是中国佛教艺术颠覆时期的经典之作。龙门石窟的佛像造型精致，一个个面容丰腴典雅，端庄美丽，体现了古代劳动人民极高的艺术造诣。麦积山石窟精美的泥塑石雕以及壁画，被誉为东方雕塑艺术的陈列馆。石窟艺术不仅中国有，阿富汗兴都库斯山峭崖雕刻的佛像、柬埔寨吴哥窟的宏伟建筑与浮雕、印度孟买巧夺天工的象岛石窟等。不过，这些石窟都是人工开凿的，而花土沟的千佛崖，没有一丝一毫人工雕刻的痕迹，完全是浑然天成的大自然作品。花土沟的千佛崖，何止一千个佛的造型呢，整个山岭全是密密麻麻的佛像造型。

花土沟的太阳迟迟不肯落山，晚上 7 点多钟太阳依然悬在空中。山沟两边壁立千仞，山沟南边的崖壁上是数不胜数的佛像，犹如云集了天下众佛打坐诵经。山沟北边一台孤零零的磕头机（抽油机）在不停地鞠躬磕头。站在北边的山崖上望着千佛崖，除了惊叹大自然的神奇，还是惊叹神奇的大自然。山上刮过一阵清风，佛在悬崖峭壁上活了起来。层层叠叠的大小佛像，犹如成千上万的佛在苦读经书。恍惚之间，看见了唐玄奘熟悉的红色袈裟，看见了孙悟空金光闪闪的佛帽，还有那两只冒火的眼睛，只是没有看见一身赘肉的猪八戒。大概唐玄奘没有感悟猪八戒，八戒依旧凡心未泯。如果当年的苏轼先生站在这里，那么他那一首脍炙人口的《题西林壁》，恐怕会改写成为这样：横看是佛侧是佛，远近高低都是佛。不识千佛真面目，只缘身在此山中。

数以万计的佛像造型，由不得让人遐想。五台山的佛，普陀山的佛，峨眉山的佛，九华山的佛，天下的佛陀罗汉都云集到了花土沟，才有了这样一个气势磅礴的场面，才有了

图片 8

错落有序的泥菩萨，大大小小，层层叠叠，正襟危坐，让人敬畏大自然的奇迹

这样一幅栩栩如生的画卷。面对如此恢宏的千佛崖，再浮躁的心也会平静下来，心无旁骛的虔诚油然而生。恭恭敬敬双手合十，对着千佛崖深深鞠上一躬。不为红尘外的佛，只为神奇的大自然，不为别人，只为自己问心无愧。生命没有轮回，生命只有一次，干干净净活，干干净净走，是最完美的人生。我们都是世间的匆匆过客，留下一片清白是活人的价值。面对饱经沧桑的千佛崖，心里平静如水，我们何尝不是饱经沧桑呢。千佛崖的佛默默无语，身后的磕头机依旧不慌不忙地鞠躬磕头。硬邦邦的钢铁磕头机在佛的教化下，也变得有了柔情，一成不变地磕头作揖，何况我们的血肉之躯呢？在千佛崖面前，心灵被洗涤了，身体变得轻松干净。

千佛崖是隆起的丹霞和雅丹的结合体。正因为这种奇妙的地理结合，才展现了出乎意料的神奇。大自然不经意之间抖了一下袖子，就从袖子里面抖出一个旷世无比的神奇。大自然眷顾柴达木这片土地，从东到西，从南到北，遍布着大自然的杰作。大自然的千变万化，只有我们想不到的，没有大自然做不到的。我们无法战胜大自然，无法与大自然抗衡，在大自然面前我们人类过于渺小，我们只能与大自然和谐共处，与天斗与地斗不是我们生存的法则。曾几何时，我们满怀信心与天地斗争，与天公比高低。然而，天公岿然不动，我们自己伤痕累累。有意思的是，我们总是好了伤疤忘了疼，三番五次伤害着大自然。大自然是滔滔大水，我们是水中的小鱼。鱼离开水活不了，水没有了鱼照样一泻千里。人生的道理其实并不复杂，然而，往往简单的道理我们也懒得去思考。我们不在佛面前忏悔，却把贪婪的欲望寄托于佛的恩赐。佛果真有灵，也不会恩赐丑陋之人。佛自己还在不断修行，我们的祈求只是自欺欺人。

扑朔迷离的千佛崖，告诉我们一个道理。外在的环境再好，修行还得靠自己，没有人能取代心灵深处的善恶。否则，天下众佛怎么会云集在此默默诵经呢？天下众佛汇聚于此，呼唤众生怀有一颗慈悲之心，心灵里保留一片干净的地方。因果不虚，会公平对待每一个人。

千佛崖是隆重的道场，庄严的圣坛。夕阳染红了苍穹，苍穹下千姿百态的佛穿上了金红色的袈裟，整个山岭被宗教包裹得严严实实。层层叠叠的佛，错落有致的佛，一个挨着一个，一个靠着一个，正襟危坐，宝相庄严，让人疑惑红尘界外天上人间。

山顶上风大了，风把我们送下了山，把佛送上了天。

柴达木的风

　　岁月改变着周围的一切，唯独没有改变的就是随心所欲的风。在我的记忆之中，从小到大风都是一样的，丝毫没有改变。小时候最让我好奇的事物，就是柴达木没完没了的风。在我的感觉里，风简直奇妙无比，看不见摸不着，说来就来说走就走，无论白天还是晚上。风到底是从哪里来的呢？这个问题一直折磨着我，我问过许多人，可是没有一个人能解释明白。父亲说得干干脆脆，风是从天上来的。可是我就不明白，风是怎么从天上来的呢？父亲说不清楚，别人也说不清楚，风就成了我心中的一个谜团。

　　柴达木的风和别的地方不同，有着自己的特点。春天的时候，即便是阳光明媚的日子里，微风也跟阳光一样始终对你不离不弃。刮大风的时候，风就改变了颜色，从遥远的地平线缓缓而来，好像一排黄色的海潮涌了过来，接着就改变了天的颜色。黄色的天空里，充满了土腥气味，雨点般的细沙粒打在脸上就像针扎一样。当然，这样的恶劣天气并非日常，大多数的日子里还是阳光明媚。我真的相信风的确是从天上来的。夏天的时候，风突然变得温柔起来，温柔得让人感觉心情像天空一样舒展。这个时候，每一个人都相信风就在天空中。到了秋天，风好像变得有一些无常，一切都随着性子来。心情好的时候也还是让人快活，心情不好的时候就有一些鲁莽，既不温柔也不野蛮，吹在脸上不冷不热，只是有一点儿猛烈。可是到了冬天，风就完全变了一副模样，从早到晚没有一点笑容，无论白天还是晚上无时无刻不折磨人。身上穿着厚厚的棉衣棉裤，脑袋上戴着皮帽子，手上戴着棉手套，冷风轻而易举就穿透了棉衣棉裤棉手套。尽管屋子里有火炉，冷风也会穿过门窗墙壁出现在面前。奇怪的是，天越冷天空就越干净。冷风从早到晚一刻不停，天空干净得一尘不染。

有一年冬天，叔叔从老家来看我们，正好赶上了一场大雪。鹅毛似的雪片被风吹得在空中打转，让人无法睁开眼睛。叔叔深有感触地说，这里的风吹在脸上像刀子割一样，比老家的风硬多了。从那以后，叔叔很少迈出屋子，整天坐在火炉边抽烟喝茶，好像屁股长在了凳子上。父亲笑着说，出去走一走，没有那么严重。

叔叔也笑一笑说，这里的风能吃人。

随着年龄增长，好像风也变得温柔了许多。长大成人之后，突然觉得身边的一切事物都在改变，唯独柴达木的风没有改变。其实我心里明白，无论在工具书里还是在电脑里面，轻而易举就能知道风是从哪里来的，可是我不想知道这个问题，我害怕明白了这个问题，藏在心里的那个小小的好奇就会消失，小小的好奇一旦消失，童年的生活就会变得单薄失色，我宁愿这一辈子都不想知道风的出处，也让童年的好奇一直保留在心里，让这一份纯真永远伴随着我，就像我的思念伴随着柴达木一样。

红柳花

　　生活在柴达木的人，几乎都见过红柳，可是，未必都见过红柳开花。红柳简单素雅没有华丽外表，可它坚忍不拔的品格受到人们赞颂。清代学者曾有这样描写红柳花的句子："红柳高不过五六尺，树围大的有四五寸，叶细像柏树叶子，颜色以蓝而绿，开粉红花，如粟如缨，有似紫薇，嫣然有香，木之最艳者，皮色红润而贴，木质曾现云纹。每枝节处，花如人面，耳目悉具，性坚结，西人作鞭杆。"清代学者描写事物比较细腻，有时也践一些酸文涩句。不知清人这段描写的是何处的红柳。我相信这段描写不会是大柴旦马海的红柳。马海的红柳何止五六尺高呀，树围也比四五寸粗壮有余。马海的红柳高三四米，树围也有胳膊或碗口一般粗细。有资料显示，马海红柳是亿万年形成的独一无二的高原景观，曾经密密麻麻、葱茏茂盛地长满了马海这片土地。一眼望不到边的红柳林，成了独一无二的独特景观。这片亿万年形成的高原景观，基本上毁于 20 世纪五六十年代的"大跃进"时期。那个年代,马海办劳改农场,办青年农场,十几年的开垦造地使茂密的红柳林消失殆尽。轰轰烈烈的"大跃进"结束,真正可惜了那一片不可再生的红柳林,那是一片何等壮观的高原景观!

红柳叶绿花粉红,枝条柔韧,一簇簇、一串串,挂满枝头,迎风摇曳,郁郁葱葱。红柳花没有光彩照人、婀娜多姿,也没有娇艳芬芳、千里飘香,可是,枝杈中吐露的一抹粉红足以让戈壁有了娇美和柔情。红柳根系像章鱼的脚爪深扎在戈壁沙漠之中,无论风和日丽还是狂风雨雪,一如既往的四平八稳,该发芽就发芽,该开花就开花。春天随风摇动,夏天粉红点缀,秋天绽放生命,冬天依然挺拔。红柳花是离太阳最近的花朵,也是饱含苦难最多的花朵。红柳花是高原迷人的精灵,也是戈壁荒原的一抹温馨。

红柳这种难得的常年生灌木,学名西河柳,又名柽柳,是为数不多耐干旱耐盐碱的植物,也是能在戈壁沙漠中蓬蓬勃勃生存的植物,从生到死,始终与风沙顽强搏斗是红柳不灭的品格。一方水土养育一方人,一方水土的植物伴随一方水土的人。柴达木的红柳伴随着柴达木人成长,所以,柴达木人就有了红柳一样坚忍不拔的品格,他们像红柳一样把根深深扎在这片土地上,用热情燃烧着戈壁,用青春点缀着荒原,红柳花一样把生命绽放在这片土地上。

地球的眼睛

　　辽阔的阿拉尔草原是一片神奇的草原。看着平平常常的草原，出其不意就冒出来一个惊奇。阿拉尔草原的独特，不是一眼望不到边的芦苇和骆驼草，不是草地和昆仑山雪峰，而是沸腾不止的"艾肯泉"。这个沸腾了几千年的热水泉，给阿拉尔草原笼罩了一层神秘的气息。色彩斑斓的"艾肯泉"是一个不可思议的存在，一个千载难逢的地理现象。"艾肯"在蒙古语中意为"源头"的意思。茫茫草原上突兀冒出一个酷似恶魔眼睛的热水泉，着实让人感到惊讶和好奇。有人根据"艾肯泉"恐怖的外表，称之为魔鬼的眼睛，更多的人喜欢把它称之为龙眼泉。原因很简单，龙是民族的图腾，龙的眼睛是图腾的延续。

　　几千年沧桑岁月里，茫崖曾经作为古代丝绸之路的辅助之地，在古代交通史上留下了浓墨重彩的一笔。公元五六世纪，茫崖有过繁忙的盛况，因此被后人称之为"青海丝绸之路"。

　　据《穆天子传》中记载，西周时期，周穆王西游若羌

"瑶池"，途经茫崖时专程朝拜了雾气弥漫的"艾肯泉"。张骞出使西域归来，在茫崖游历探险时也曾目睹了奇特的"艾肯泉"，并且用文字记载了这一奇特现象。

椭圆形的"艾肯泉"直径有 10 多米，汩汩上涌的泉水如同沸腾的开水。泉眼周围深红色的颜色，是泉水里矿物质的沉淀。沉淀的矿物质是一笔画龙点睛的杰作，给"艾肯泉"披上了一层神秘的面纱。

100 多年前，俄国探险家普尔热瓦尔斯基曾经三次到过阿拉尔草原，并在他的《走向罗布泊》一书中介绍过"艾肯泉"。书中描写"艾肯泉"是一眼喷涌的死泉。全国各地有不少叫龙眼泉的地方，我曾经也见过一些龙眼泉，感觉有点儿牵强附会。普陀山的龙眼泉在一块平坦的岩石上，实际上就是岩石上的一个小水坑。站在岩石上眺望，大海扬波，海天一色，倒是不错的风景。如果看过阿拉尔草原上的"艾肯泉"，普陀山这个小水坑实在有些滑稽可笑。

阿拉尔草原的"艾肯泉"，没有一点人为的装饰，赤裸裸袒露在一望无际的荒原上。周围红色的土地，给人感觉像被大火烧过一样。这是一个含硫黄元素的温泉，丰富的地下矿物质造就了这个神奇的温泉。俄国探险家普尔热瓦尔斯基说得没错，看着生命力旺盛的温泉，实际上是一个死泉。喷涌的泉水是一个诱人的陷阱，天空中饥渴难耐的候鸟，常常掉进这个死亡陷阱。草原上的牛羊和野生动物，见到温泉就绕道而走，唯恐避让不及惹祸上身。只有草原上的牧民们，多少年来在泉边治病疗伤。据说，泉水周围的泥巴可以治病，牧民们身体不舒服，就把泥巴涂抹在身体上，身体奇迹般慢慢好了起来。

从高空俯瞰"艾肯泉"，却有另外一幅景象。温泉周围的土地一圈是红褐色，一圈是金黄色，一圈是铁锈色，再往外延伸便是一望无际的绿色草原。"艾肯泉"在彩虹的包围中，显得更加神秘莫测，更加不可思议。

美国黄石公园有一个类似于"艾肯泉"的热水泉，不过，黄石公园的热水泉是一只蓝汪汪的眼睛，就像一颗美丽的蓝宝石。阿拉尔草原的"艾肯泉"与之不同的是，它更像是一只炯炯有神的眼睛，不仅灵动，而且朝气蓬勃。

随着"艾肯泉"声名远播，越来越多的人慕名而来。大家众说纷纭，有说，"艾肯泉"是苍龙的眼睛，有说，是柴达木的眼睛，还有人说是天使的眼睛，说什么都不尽然，好像都没有表达出心里的想法。我觉得，说"艾肯泉"是一只饱经沧桑的地球之眼，更为合适和贴切。不过，一个人一个眼光，说什么都无所谓，每个人都表达了自己的感觉。

"艾肯泉"是一个有灵性的温泉，如果站在泉边大声呼喊，或者在温泉边蹦蹦跳跳，喷泉口的水流量就会增大；如果平静地站在泉边，温泉也和你一样平静。通过这个简单的现象不难看出，人与自然的和谐是相辅相成的。

我曾经在文章里，把德令哈的可鲁克湖比作老天爷的一只眼睛，把托素湖比作老天爷的另一只眼睛。一只眼睛饱含甘甜，另一只眼睛饱含苦难。可鲁克湖是一个天然的野湖，湖水荡漾，野鸟飞翔，望不到头的芦苇连着天边。20世纪70年代引可鲁克湖水浇灌农田。战天斗地的知识青年们，

图片 9

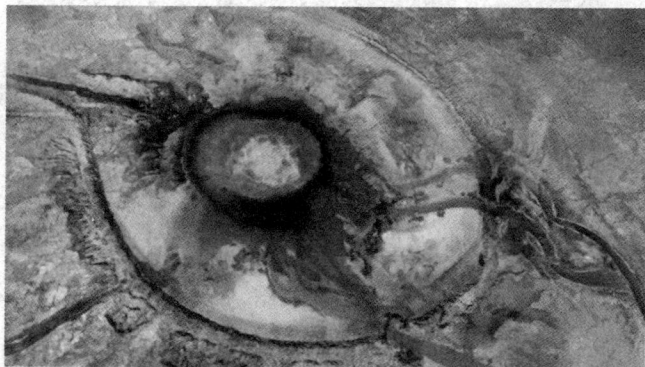

"艾肯泉"是一只饱含沧桑的眼睛，一只见证历史岁月的苍茫之眼

以为一腔热血就能改天换地，结果事与愿违。轰轰烈烈的挖渠引水工程不了了之，可鲁克湖完好无损，只是虚惊一场。如果当年的可鲁克湖水，果真流向广袤的戈壁滩浇灌农田，那么，德令哈这座城市还有今天的灵性吗？

与其说"艾肯泉"是一只眼睛，不如说是阿拉尔草原的心脏。温泉的脉动演绎着草原的兴衰，而草原的兴衰关系着生态环境。眼睛也好，心脏也好，"艾肯泉"在阿拉尔草原上都是一个神奇的存在。

融化的雪水变成涓涓细流渗透到地下，酝酿出青春活力的阿拉尔草原。一座雪山，一片草原，一眼温泉，构成了阿拉尔草原独一无二的景观。

掰着手指头算一算，走过不少地方，见过不少温泉，甚至专门去江西温汤用泉水泡过脚，在北京小汤山温泉泡过澡。乾隆泡温泉的那个池子一直保存至今，当年汩汩冒水的泉眼已经干涸，石块砌成的池子上长满了青苔。见过不计其数的温泉，从来没有见过如此豪迈、如此坦荡、如此神奇的"艾肯泉"。恐怕世界上没有多少人见过"艾肯泉"，沸腾不止的"艾肯泉"，是难以看见的风景。不容易看到的风景，有着无尽的诱惑。随便能欣赏到的风景，只是随随便便的风景，不会带来出乎意料的惊喜，不会带来从未有过的想象，除非踏上这片土地身临其境。

"艾肯泉"的确是一只眼睛。这只饱含沧桑的眼睛从来没有枯竭过，它目睹了几千年的风雨历史。在这片茫茫大地上，"艾肯泉"是一只见证岁月的苍茫之眼。

七个泉剿匪基地

　　七个泉是一座山的名字。因为山坳里分别有七个泉眼，顺其自然就有了七个泉的名字。

　　七个泉也是一个军事基地。军事基地成了往事，但没有如烟飘散。基地距离茫崖市区有十几公里的路程，属于阿尔金山支脉。土黄色的山脉起起伏伏绵延不断，一直延伸到遥远的天边。

　　一个阳光明媚的上午，我们如约来到七个泉。顺着山坡缓缓而行，没走多一会儿就看见山坡上立着一块黑色大理石碑。石碑正面写着"七个泉军事基地"几个大字。石碑后面是文字介绍："七个泉军事基地设施位于茫崖行委花土沟镇西北方，距离镇区18公里，始建于50年代初期，东西长约1000米，南北宽约300米。由多个单体建筑物组成，包括兵营、住宅、战壕（其中窑洞52处、地窝子14处、战壕一条），最大窑洞3.5米，高3米，洞深7米；距窑洞西北方约300米处山梁上有防御战壕，战壕依山而建，呈东西走向，呈大'八'字形，上口宽 0.70～0.80 米，底部宽 0.50～0.60 米，深 0.85 米，长约 1000 米。"

据说，马步芳曾经在七个泉驻扎过大概一个连的部队，主要是跟新疆军阀盛世才争夺地盘，包括红柳沟巴什库尔干的军事基地。新中国成立初期，人民解放军为了打击流窜至青、新、甘交界的乌斯曼匪徒，在七个泉修建了军事基地。这里是不是全国保存最完整、规模最大的红色战场不得而知，但这里曾经是打击乌斯曼匪徒的军事基地千真万确。满目疮痍的战场遗址，早已没有了硝烟弥漫。遗憾的是，七个泉战场遗址没有留下多少文字记载。当时打击乌斯曼匪徒的实战情况，只留下遗址让人想象当年旋转飞驰的子弹。从那些破败的窑洞和战壕可以想象出，这里曾经发生过激烈的战斗，也许发生过不止一次的战斗。可惜，知道情况的人已经离去，不知道的人只能想象当年的故事。

可巧的是，我们同去考察的崔永红院长，作为青海省文博专家组成员，有幸参加了青海省文物局召开的"第八批全国重点文物保护单位推荐会"，接触到了海西州文物行政管理部门，和上报的关于七个泉军事设施的申报材料，会后还代专家组亲手起草了《关于推荐七个泉军事设施为第八批全国重点文物保护单位的评估意见》，所以对七个泉军事设施印象很深。

据崔院长介绍，七个泉军事设施，主要由窑洞、地窝子、蓄水池、储物房、指挥室、哨兵室、战壕、军马场和范围内整个山坡构成。除了以上设施残迹，人们还发现了废弃的解放军军用鞋子、子弹壳以及某窑洞中墙壁上划写的"炮兵连"字样等遗迹遗物。对此军事遗迹，海西州文物管理部门在查阅文献资料进行综合研究的基础上，在申报"国家级文物保护单位"的材料中，初步认定是 1951 年 1—3 月，中国人民解放军西北剿匪部队西路第二军第六师的剿匪部队所建的。

按照崔院长后来发表的实地考察报告，对修筑七个泉剿匪基地提出了史料依据。1951 年 1—3 月，流窜甘肃、青海、新疆三省（区）交界地区的土匪主要有乌斯曼、胡赛因、哈里伯克等 4 股，共 5800 余人，人民解放军曾在这里进行过会剿作战。

这处剿匪遗迹，是 2009 年第三次文物普查时发现的，最近几年不少田野考察爱好者通过网上发布现场图片，成为茫崖一处新的古迹。

在七个泉剿匪基地现场，人们还发现了地质队员的生活遗存。看样子，20 世纪 50 年代最初进入尕斯地区的地质队员，觅到这处依山而建的窑洞群，躲避酷风冷雨。现在军事文物和地勘遗存叠加一起，显得这处遗址历史厚重感很强，地理位置相当重要。

有简单文字记载，石油勘探地质队员在这里住过，神奇的向导阿吉老人也在这里住过。

阿吉老人是乌孜别克族人，少年时代跟随父亲到过麦加朝圣，可怜的父亲在归途中不幸去世，孤苦伶仃的阿吉迫不得已走上了一条千难万险的经商之路。正是因为走了经商这

图片 10

七个泉不仅仅是一座山的名字，而且是一个令人难以忘怀的军事基地

条路，他才熟悉了柴达木每一片土地。有人曾经告诉过我，阿吉老人解放前曾经做过烟土买卖。听了这个话，我一点儿也不奇怪，那个年代烟土买卖不算啥，何况阿吉老人原本就是一个买卖人。早年他带着驼队走南闯北经商20多年，清脆的驼铃声响彻昆仑山。他曾经被新疆军阀盛世才抓进监狱，过了9年非人的生活，辛辛苦苦积累的家产全部落入盛世才之手。他曾经3次为人民解放军剿匪当向导，无数次为石油勘探队当向导。1955年，阿吉老人为了石油勘探举家搬到了柴达木。1956年，阿吉老年得子，妻子生了一个女儿。据说，诗人李季为他女儿取名叫"柴达木"。阿吉老人微笑着摸着山羊胡子说，我喜欢这个名字，柴达木后面再加个"汗"字，就叫柴达木汗吧。

让我敬佩的是，20世纪50年代，骑着骆驼的阿吉老人，带着地质队员们寻找水源，寻找石油，几乎走遍了柴达木盆地，为国家做了有生以来最大的石油买卖，这才是一个商人的胸怀，这才是让人感叹的地方。任何人都不会完美无瑕，阿吉老人也如此。即便他做过烟土生意，也一点不影响他身上耀眼的光环。阿吉老人是一个神奇的人物，他的一生充满了坎坷，也充满了传奇。

望着山坡下的窑洞，我在琢磨窑洞里面的故事。窑洞里烟熏火燎留下的痕迹，记录了发生在里面的人和事。往事一笔一画雕刻在窑洞的墙壁上，只有墙壁知道这些故事。虽然七个泉物是人非，但七个泉的故事让人遐想。

站在七个泉的山坡上，前面是一望无际的阿拉尔草原。

草原和山脉之间的空旷地带，高压电线的铁塔一直排向远处，高高的铁塔下面是齐头并进的公路线和铁路线，两条运输线就像两只翅膀飞向遥远的地方。

辽阔的阿拉尔草原上，一群骆驼缓缓前行。此情此景，不由得让人想到了古代时期的丝绸之路。那是一条风雨飘摇的运输之路，也是一条文明灿烂的光明之路。岁月在天地之间穿梭，丝绸之路变得畅通无阻，让人感怀古人的同时更感叹如今。

山坳里的七个泉眼早已干涸，不过，围绕在泉眼周围的骆驼草，依旧展示出顽强的生命力，片片绿色点缀在山坳之间，苍茫之中有了一线生机。

柴达木文学

　　20 世纪 70 年代初，叔叔背着土特产从老家来看我们。一路上坐汽车，换火车，走了六七天才到了德令哈。那个时候德令哈还没有通火车，就是一个灰头土脸的小镇子，或者说是一个大村子。小毛驴似的叔叔卸下身上沉重的大包小包，擦着额头上的汗水说，我真正知道远天远地这句话的意思了。父亲心疼地看着兄弟埋怨道，远天远地背这么多粮食干甚？叔叔歪着脖子说，你不是爱吃老家的莜面和小米嘛。父亲无语，鼻子一酸赶紧给叔叔倒了一杯水。

　　如果再往前推几十年，王洛宾一首神奇的歌曲《在那遥远的地方》，不仅风靡了全中国，更让人感觉青海之远，就像天边的一个地方。要走进柴达木更是远天又远地，难怪那个时期的文学作品里面，频频出现的一个单词就是遥远这两个字。那个时期的苏联作家阿扎耶夫的小说《远离莫斯科的地方》，或多或少已经在中国读者脑子里留下了深刻印象。《远离莫斯科的地方》描写了敷设一条为了战胜德国侵略者所必需的输油管的故事。这条输油管原定三年才能完成，没想到一年就完成了。小说描写了紧张工作和人与人之间真挚的感情。亚历山大·索尔仁尼琴的《古拉格群岛》一书中，提起过这本书里面故事的发生地，这个地方就是远离莫斯科的西伯利亚。不过，描写西伯利亚的作家中，最有影响的作家是20世纪50年代以后的阿扎耶夫·瓦连京、拉斯普京与万比洛夫和阿斯塔菲耶夫，构成了西伯利亚文学的三驾马车。甚至赫赫有名的陀思妥耶夫斯基在流放期间也写过关于流放西伯利亚的文学作品，包括契诃夫等苏联作家都以各种形式写过有关西伯利亚的文学作品。当然，还有我们最熟悉的苏联作家高尔基也写过西伯利亚的作品。不过，他是奉命考察劳改监狱之后，黑白颠倒地发表了一些言不由衷的作品，跟其他作家的作品不能相提并论。

　　我想说的是在20世纪50年代，柴达木文学跟西伯利亚文学有着异曲同工的地方。50年代初，诗人李季、作家李若冰在柴达木油田体验生活，被热火朝天的生活所感动。李季写出了诗作《柴达木小唱》，李若冰写出了散文《柴达木手记》，在全国引起了热烈反响，让一批又一批热血青年从全国各地奔向遥远的柴达木。当年17岁的北京青年肖复华，就是口袋里揣着李季的《柴达木小唱》来到柴达木，后来成为柴达木石油作家。我不知道在这之前，有没有任何形式的文学作品描写过柴达木。无论有没有，从某种意义上说，李季和李若冰开创了真正意义上的柴达木文学。从那以后，青海的作家诗人也开始关注这一片土地了。从西部石油题材到西部钾肥题材，从昆仑山到大戈壁，以及柴达木林林总总的题材。作品写了不少，也在报纸杂志上发表了不少，不过，这些作品多显单薄，流于形式，就像一件漂亮夸张的衣服，里面没有什么深刻内容。当然，"文化大革命"时期也有所谓的文学作品出现，不过，都是一些口号文字而已。

柴达木文学的兴起和发展，应该说是从20世纪70年代末开始的。海西州文化工作站经过两年的内部试刊，酝酿和完成了柴达木有史以来的第一本文学刊物的准备工作。1981年全国正式发行的《瀚海潮》文学季刊隆重推出之后，立刻吸引了全省乃至全国文学爱好者的目光。也就是从那个时候起，柴达木文学开始慢慢形成了区域性的小气候。由于多年的压抑和苍白的文化生活，越来越多的文学爱好者拿起了手中的笔，抒发内心的情感或者说是在发泄积压已久的情绪。文学的热潮像戈壁上的风，每时每刻都没有停止。仅在小小的德令哈就有几十个文学爱好者忘我投入文学创作之中，我也是其中一个热血沸腾的积极分子。当时在海西州委工作的我，放弃了人人羡慕的工作去了文化工作站。从此，走上了一条艰难坎坷的文学之路。就像我在一篇文章里说的那样，那个时候文学像一个诱惑人的魔鬼，我甘心情愿把灵魂交给了文学这个魔鬼。

在那个荒漠的年代，《瀚海潮》的横空出世如一颗照明弹，照亮了柴达木的文学夜空。与此同时，《瀚海潮》编辑部还在乌兰县冷湖等地，煽文学风点创作火，经过不懈的努力，果然就有了星星之火，也有了燎原的趋势。有条件的地方开始蠢蠢欲动，办起了各种各样的文学小报，格尔木的《晶花》报就是那时的产物。这些小报虽然没有发行，但也开始发芽长叶，满足了当地文学爱好者渴望的心。空白了十年的文化沙漠里，终于等来了一场久盼的甘露。人们忽然觉得文学改变了生活的模样，原来生活可以变得如此美好，憋屈在心里的渴望完全可以用手中的笔倾诉出来。

这种现象不仅仅出现在柴达木，全国各地早于柴达木已经燃起了文学的烈火。文学成为一种时尚，成为一种崇拜。难怪有人说，满大街游走的都是文学小青年，扔块砖头出去，不是砸着诗人就是砸着作家。可见那个时期文化生活贫瘠到了什么程度？特别是80年代文学的繁荣，达到了一个前所未有的高度。评论家们称之为文学的第二个春天。在这个春天里，文学作品勇敢地打破了长期以来的桎梏，涌现出一大批反思社会、反思历史、反思人性的伤痕文学作品。可以说，在那个时期，文学是一个突破，是一个飞跃。可惜，这个春天过于短暂，各种鲜花还没有尽情盛开，脆弱的文学就被猛烈的东风吹得七零八落。文学又变成了一张苍白的脸，失去了春天般的笑容和激情，仅仅成了一种文化工具、一种写作的手段。

就在人们不知所措、犹豫彷徨的时候，澎湃的经济改革大潮扑面而来。在势不可当的经济大潮面前，文学就像一只漂流在大海中的小船，变得更加迷茫和无可奈何。虚无缥缈、夸夸其谈的文学既不能吃又不能喝，面对让人眼花缭乱、应接不暇的五彩世界，手里面没有钱那叫一个枉然。文学在迷茫之中，变得轻飘飘的没有了重量，不少作家扔下手中的笔，跳进了经济这个大海之中。还有一些更可怜的作家，轻而易举就被权力和金钱彻底征服了，为财大气粗的人树碑立传、涂脂抹粉，文学在他们眼睛里，像一件过时的破衣服，随手就扔进了垃圾堆。

无可置疑的是，在那些年里，《瀚海潮》像冬天里的一个火炉，温暖了不少文学的追随者，培养了不少文学爱好者，也成就了不少作家。从《瀚海潮》这块阵地上走出去的作家，走向了全省，走向了全国，乃至走向了世界。

从 50 年代至今，描写柴达木的文学作品数不胜数。平心而论，数量庞大的作品之中真正具有文学价值、具有艺术思想、具有深刻内涵的文学精品不是太多，即便今天也没有太大的改变。作品基本上空洞肤浅，有些作品干脆是无病呻吟。过于虚无主义，过于花里胡哨，实际上没有什么内容，像嚼过无数遍的馒头。这让我想起 20 世纪三四十年代的苏联西伯利亚地域文学。也许我们一直模仿苏联模式在发展，所以文学也是这个模式。曾经看过不少那个时期的西伯利亚文学。可是，从 50 年代以后，西伯利亚文学的政治色彩开始褪色，文学作品开始回归到了真正意义的文学本身。不少作品转向人与自然的冲突，关注传统美德、人性泯灭和生态危机方面，形成了真正的西伯利亚地域文学的鲜明特色，是俄罗斯后现代主义文学中的一朵奇葩。可是，柴达木地域文学，好像始终徘徊在原来的那个层面上，即便有所前进也是十分缓慢的。究其原因，我觉得关键问题依然是没有摆脱思想意识的左右，或者说是观念还没有发生改变。一个真正的作家不是用文字当积木摆着玩的，是用文字表达思想的，换句话说，是描写和反映真实的生活和人性的美与丑，是描写人类坚忍不拔的精神。

实际上，柴达木和西伯利亚有着不少相似之处。同样是远离首都，多民族的地方，同样是开发建设的地方，同样也是流放的地方，同样有着相对来说的一片广阔的土地，同样也有着差不多的文学作品。

诗人昌耀的作品，可以说是我一直喜欢的东西。他的诗歌不仅仅张扬了生命的厚重，更给人一种饱经沧桑的壮丽，而且，那种高原开阔的凝重和西部高远的人文背景，让人对生活对生命有了思考，有了沉重感。特别是诗人后期的一些作品，那种激情和亢奋趋于冷静，基本上都是反思作品，形成了宏大的诗歌个性。反思高原，反思人性，追根溯源，其实很简单，越是好的东西，越是扎根于民族之中，扎根于生活之中。为什么说民族的东西就是世界的东西，就是这个道理呢。

柴达木文学看似光鲜亮丽，就像擦在脸上的胭脂，遇到水就可能变得一塌糊涂。那么柴达木的文学到底缺少了什么？文学创作和种地一样，需要深翻土地，需要有肥料才能长出健康的秧苗。柴达木文学应该放慢脚步，心平气和沉淀自己，面对辽阔的土地发酵自己。柴达木地域文学完全可以像西伯利亚文学一样，在中国文学史上留下自己的痕迹。冷静去看待柴达木文学，那么，不得不重提李季的《柴达木小唱》和李若冰的《柴达木手记》。很多年来，这两位作家的作品一直是柴达木文学的灯塔，柴达木的作家们被作品里热气腾腾的文字所感染，被歌颂热火朝天的激情所桎梏，缺少了火热后面的冷静。很多年以后重读他们的作品，让我想起来那个时期的文化背景。那个时期的文学作品几乎普遍缺少厚重感，激情大于冷静，为时代的大潮推波助澜，虽然起到了一种宣传作用，而缺少了文学真正的内涵。当年那些开发柴达木的年轻人，他们的苦与乐、他们内心深处的东西这两位作家没有完全表现出来。激情大于冷静的作品和激情一样不会是长久的，人类的发展是踏着失败前行的，文学创作也是一样。

如果文学脱离了真实的生活，文学就失去了自己的真谛。文学没有了自己的承担，作品就没有什么价值，更谈不上什么生命力。比如王洛宾经久不衰的作品《在那遥远的地方》就是最好的证明。原因很简单，他的作品来源于生活，歌唱生活，歌唱人性之美、生活之美、希望之美，所以经久不衰。

我采访过一些当年的柴达木的建设者，他们给我讲了不少当年发生的故事。而这些辛酸苦辣的故事，才是记录柴达木历史过程的真实题材，也是作家应该创作的题材。可是，这一类题材的作品少之又少。我是柴达木培养的作家，也是从柴达木走出来的作家，如果我们依然笼罩在《柴达木小唱》和《柴达木手记》的影子中去写作，那么，我们仍然没有向前迈步的可能。鼓舞人的作品固然不可缺少，但是，文学毕竟不能脱离文学的真谛。我不是对这些老前辈们说三道四，我想说的是，我们常常在所谓的文学面前失去了知觉。换句话说，许多作品干脆就是奔着一个宣传目的去制造的，去迎合一个奖项的口味。遗憾的是，今天有为数不少的作家变成了为制造历史去涂脂抹粉的写手，他们接受谎言，忍受不了孤独，当然和真正的文学已经分崩离析。

作家应该有性格和尊严，作品同样应具有鲜明的性格和尊严。遗憾的是，这么多年来，这样的作家实在有限。为真理和真实写作的作家屈指可数，更多的作家是在失去自我之中写作。一个真正的作家不会生活在轻松之中。因为，用良心去写作肯定不会轻松。一个民族的发展，实际上是在风雨之中前行的，而作家的职责应该是真实地记录这个前行过程。这个过程风雨总是多于阳光，难道不是吗？当然，并不是说这些歌颂生活的作品不好。这些作品给人们的生活带来一种轻风、一种向往，或者是一幅自然之美的享受。我的意思是说，柴达木是一片厚重的土地，在这片土地上发生过许多让人思考和回味的故事，既然如此，那么，应该产生出让人思考和回味的作品。一个有责任感的作家，责任会伴随他一辈子。

法国作家阿尔贝·加缪是1957年获得诺贝尔文学奖的作家。他获奖的那一年，正好是我出生的那一年。他不止一次说过，今天的作家不应该为制造历史的人服务，而要为承受历史的人服务。作家职业的高贵是因为拒绝谎言。写作光荣是因为它有所承担，承担我们共有的不幸和希望。

魂归故里的肖复华

　　天气预报说晚上有小雪，可是，漫天飞舞的雪花俨然是一场大雪。雪下得不紧不慢，飘飘洒洒，持续了一个晚上。第二天早晨，我趴在窗前向外张望，整个城市银装素裹，变得简单而干净。就在这个早晨，接到周宏嫂子的短信。短信上说：复华于28号中午走了。一时间，短信上的每一个字，都变得那么冰冷，冰冷得让人有点儿木讷。

　　这是入冬以来太原下的第一场大雪。紧接着我开始打喷嚏，浑身发冷，似乎真的就感冒了。

　　离开北京之前，我和妻子去北京肿瘤医院看望复华。当时，复华精神还算不错，在他的脸上看不到那种伤感的阴霾。相反，说话也比往日要多。我告诉他，应出版社之约，打算创作一部20世纪60年代初，开发柴达木西部的长篇小说。小说故事我们彼此都知道。复华遗憾地说，我要在冷湖就好了，能帮你一些忙。复华在冷湖石油局是个公众人物，名气大，名声也好。大家喜欢他并不完全是因为他的文章，更重要的是他的人格获得了大家的信任和尊敬。

　　我与肖复华相识多年，但真正见面是在30多年前，在青海省作家代表大会上。会议期间我俩被安排在一个房间，白天开会，晚上喝酒，谈天说地，海阔天空，那个痛快就像风似的随心所欲。两天后，大会安排我有一个发言，复华不屑一顾地说，发什么言，无聊至极，作家是靠作品说话，豪言壮语不是作家的本色。想想也是，结果就耽误了这个发言。可想而知，好心的领导一肚子火气，见面就是一顿毫不客气的数落。从那之后，我们再见面是在几年后西北大学作家班。当时，复华已经快毕业了，我才刚刚入学。正是8月的天气，西安最热的日子。我们在校园花坛前一见面，复华就拉着我去了离学校不远的边家村饭馆。几个凉菜、几升啤酒，滔滔不绝的话水似的怎么也流不尽。喝到高潮时，复华情不自禁地唱起了《勘探队员之歌》："那是山谷的风……那是狂暴的雨……"歌声中，泪水和汗水在他脸上轻轻流淌。复华是个性情中人，我想此时此刻，他眼前一定是茫茫戈壁，戈壁上耸立的石油井架。他的心已经飞向了遥远的柴达木，那是他魂牵梦绕的地方。那里有他美丽的妻子渴望的家，有他朝夕相处摸爬滚打的弟兄，那里是他永远不会封冻的创作之源。

　　我喜欢流泪的男人。我总认为泪水是内心真实的分泌物，是真实情感的宣泄，没有人会炫耀情感的泪水。复华看似是个刚强的男人，内心往往却柔情似水。柴达木许多男人都是这样，在外是一堵墙，在内是一汪水。

　　许多年之后，我们再一次见面是在北京天通苑燕青小区复华的家里。其实，我们各自都在北京待了许多年，只是没有联系上。这一次和他见面，除了激动之外，留给我更多的是挥之不去的伤感。复华被疾病折磨得脱了形，他患喉癌已经一年多了。尽管如此，我们的话题还是离不开柴达木。我能感觉到，虽然他人在北京，可心却在柴达木。一句话，一缕烟，一个画面，只要是有关柴达木的话题，都会让他心潮澎湃，情绪昂然。望着孩子般天真的复华，让人感怀那份纯净、那份朴实，那种柴达木人所具有的情感。

1954 年诗人李季、作家李若冰，被柴达木火热的油田生活所感动。诗人奋笔疾书写出了诗作《柴达木小唱》，作家李若冰写出了《柴达木手记》，在全国引起了热烈反响。17 岁的复华就是口袋里揣着李季的《柴达木小唱》离开北京，来到浩瀚的柴达木油田。他当过 12 年的修井工，因生产调度，后来又在石油报、石油文联工作。将近半个世纪的岁月里，柴达木的风，柴达木的雨，柴达木的人，柴达木火热的生活，犹如蕴藏在千米地层下的滚滚石油，让他的作品井喷似的豪迈而激情，朴实而深刻。正如复华自己所说，每一次回到柴达木油田，看到一毛不长的戈壁大漠上林立的石油井架，我都会情不自禁地把它们看成是一片林立的常青树。因为，我太爱它们了。我相信在林立的井架中，有一座井架就是我。

的确，正如复华所说，他就是大漠之中的一座井架。从 17 岁踏上柴达木这片土地，将近半个世纪，他用钻头对大地般炽热的感情，写出了大量可歌可泣的文章。先后出版了报告文学及散文集《啊！老三届》《世界屋脊神曲》《大漠之灵》《柴达木笔记》等多部专著，并多次获得奖项。

说得多好啊，一片常青树。柴达木那一座座井架，就是无数油田人用心血和汗水，栽种出来的一片大漠风景，一片不老的常青树。

2011 年的冬天，的确是个冷冬。欧洲大雪，日本大雪，我国东北、内蒙古也在下大雪。雪灾频频，灾难不断，很少感冒的我在这个冬天真的就感冒了。除了发烧头疼，心中异常沉重。为失去的复华，也为周宏嫂子。周宏嫂子面对患病的复华，像伺候一个无常的孩子，耐心耐性。面对死亡，她冷静自若。就像戈壁上的井架，看着朴实单调，内心蕴藏着无尽的情怀。

虽然这是一个冷冬，但总还有许多让我们温暖的东西。比如一缕阳光，一段回忆，一个期待，一份守候。哪怕是一个美好的想象，一个无期的思念，也足以让我们在冷冬里感到春天的气息。窗外的天空又飘起了雪花，我不知道此刻的柴达木是否也在落雪，如果是，那飘落的一定是最纯洁的眼泪。

这是一个多雪的冬天，也是一个让人伤感的冬天。肖复华去世后，他哥哥肖复兴为他搞了一个追思会。遗憾的是我在外地，没有赶上复华的追思会。后来听说，肖复兴和周宏嫂子以及儿子按照复华的遗愿，将他的骨灰带回了柴达木，一半留在了他心心念念的冷湖，一半留在了敦煌石油基地公墓，完成了肖复华魂归故里的心愿。柴达木是他生命的全部，是他生命的轮回。活着是柴达木的人，死了是柴达木的鬼。

从茫崖走出来的作家李玉真

　　李玉真是从茫崖石棉矿走出来的作家。准确地说，是从柴达木一步一个脚印走出来的女作家。

　　20世纪60年代末，重庆建材学校毕业的李玉真，带着嘉陵江的灵秀，被分配到阿尔金山脚下的茫崖石棉矿。望着青海长云暗雪山的茫崖，嘉陵江边长大的李玉真，眼睛里布满了惆怅。不过，年轻人的天空是晴朗的天空，年轻人的心是燃烧的心，年轻人的眼睛里没有荒凉。那个时候，单位成立了毛泽东思想宣传队，能歌善舞的李玉真自然而然成为宣传队不可或缺的人物。随着"文化大革命"慢慢冷却，趋于平静的李玉真开始思考时代，思考人生，思考所处的生存环境，思考身边这些人。这些来自天南海北的普通人，在恶劣的环境中的坚强和忍耐让她感动，这些人不屈的精神让她不由自主拿起手中的笔，把一点一滴的感动写在稿纸上。稿纸写了一张又一张，写了一本又一本，怎么也写不尽心里的情愫。在茫崖石棉矿生活了15年，她又去了冷湖石油局，而且一待又是 15 年。生活像捉摸不透的大海，一会儿涨潮一会儿落潮，潮起潮落之间，她品尝了人生的甜酸苦辣。过滤后的生活变得色彩斑斓，如影随形的文学书籍丰富了精神世界。沉淀生活，打磨激情，手中的笔就像雷雨前蓄势待发的云朵。在大漠之风吹拂下，一篇篇文章在全国报纸杂志上如盛开的花朵，带来了一股大漠戈壁的芳香。这么多年来，她孜孜不倦创作，出版了十余本文学专著，为这一片热土奉献了呕心沥血的文学作品。

20 多年前，1998 年 5 月 17 日，已故的雷抒雁先生在《青海日报》发表了一篇李玉真文学作品的评论文章，文章是这样描述她的：李玉真是把近 30 年的生命奉献给了柴达木的石油女性。

当然，对于数以万计的在那片土地献生命，献青春，甚至献子孙的石油人来说，她只是其中很普通的一员。在那里，许多男人女人在探油，采油，炼油，也有许多人在风日沙月的劳作之后，精神上萌发一种冲动，借助于笔墨，写出感天动地的诗章。李玉真写的是散文，那其中却有诗在流动，那诗，使人想起血的明亮和灼热。

荒古困寒的西部，自古至今，有过无数的诗人留下苍凉的诗句，读之使人胆战，产生一种强烈的刺痛之感。这种刺激又成了一种诱惑，许多勇猛之士，会跟踪而去，遂成就一番伟业。

不到西部，不知道什么叫荒蛮，什么叫艰难，也不会读懂西部人作品中的真意。

1997 年夏天，我到了柴达木，到了李玉真散文中总说到的冷湖呀，花土沟呀，格尔木呀，真实地经历和体验了柴达木人的生活。其实，说"真实"，也只是在创业者开发和建设了几十年之后，已是大道入云，已是高楼林立，已是车水马龙的柴达木了。较之 20 世纪 50 年代，甚至七八十年代的柴达木，已有霄壤之别了。但是尽管如此，我们仍然会感到这里还是在现代化生活之外的世界。

风沙依旧，烈日依旧；水的珍贵，空气的珍贵，依然无法改变。在那坦荡如砥的戈壁上，你会看到人类新近看到的火星的景致；而盐湖荒原，处处隐藏着深不见底的危险。

把时间推前 30 年，一个女性，在这荒苦之地，如何以青春为代价与恶劣的自然环境拼杀，你可以去想象。

我自认为不是怯懦者，我也曾经在戈壁沙漠以军人的身份搏斗过。可比起柴达木，那里应该是幸运的地方。我深知在那种环境下，维持生命的物质存在已久不易，要从中再寻找到审美的情趣，更得有一种特殊的品格。

青春的她，活泼俏皮的长辫子，曾如柳丝，飘动给黄沙戈壁以春天；她灵活优美的舞姿，也给荒原旷野以青春。如今，却是人生之秋，青春的美丽已成既往。

李玉真是一个倔强的女性，在她散文中你能听见一种生命力的张扬和呼喊，"那是对柴达木茫茫戈壁的蔑视，对人生价值的肯定"。

她说："长年的狂风剥蚀着我们的肌体，长年的缺氧损坏着我们的大脑，长年的干燥龟裂着我们的皮肤，从荒漠里流逝的日日夜夜都加快老化着我们的生命……"

面对这一切，她却没有呻吟和叹息；一种更深沉的情感，更凝重的思索，更无畏的奉献，成为誓约，一次次轰响在她的文章里。

她踏着《满江红》的激越节拍，为那些永远沉睡在荒原的石油前辈，去扶起被漠风吹倒的无字碑。

她带着女性的自豪，在荒漠的废墟中重新寻找当年那些女性战斗的足迹。即使是一枚废弃的药瓶，都使她感受到那些勇敢女性的余温。

李玉真生于水乡南国，父母、子女也都在那美丽富庶的"天府之国"。她自己却一次次告别亲人，扯断亲情，投身戈壁。除了一种伟大的事业的召唤之外，性格和精神上的坚强也是她敢于面对困难的一个原因。

读李玉真的散文，可以看到一个生命里挺立着的骨骼和涌动着的血流。她不在肌肤上涂抹秀色，不追求莺啼燕语，也断然拒绝了矫情和伪饰。而这些，常常使某些女性散文在市场上具备了某种"卖点"。

长期在艰苦环境里工作和生活的李玉真，不懈地追求文学，一次次接受文学的指导和训练。先在西北大学中文系学习，后又上鲁迅文学院，使她的创作有了长足的进步。

李玉真是以生命的搏击为代价进入文学的。她的散文的感人之处，也正在这里。回忆，是启动文学创作的动力。李玉真有 30 年的戈壁生活，壮丽，苍凉，悲绝，生活的各种色彩都积存在记忆的光盘上了。你得重新回到记忆之中，重新体味那些风流云散的感觉，才会使真实过的生活，重归真实；才会使单调的生活变得丰富。那时，你一个人的财富，才会变成无数人的财富，他们是通过阅读你的散文，和你分享这些财富的。这将是生命在另一个层面上放射的光彩和显示出的价值。今后，无论在散文创作中，李玉真如何追求和探索，但不要忘记这一点，她就会有更大的成就。

十几年前，阎纲先生对第二届中华铁人奖，获奖作者李玉真作品的评语发表在 2004 年 5 月 18 日《文艺报》。评语如下：《西部柔情》把地域的豪情与石油人的细腻情感结合得很好，有些篇章写得撕心裂肺，充分体现了作者乃至石油人把青春与生命与大西北、大油田相渗透相依存的真情实意。

八九年前，王宗仁先生在 2012 年 6 月 28 日上海《文学报》发表文章，文章里写道：读李玉真的散文，我总有一种这样的感觉，虽然她写的是柴达木各种各样命运的人，但她似乎都是在写自己曾经的经历，那么顺手，那么瓜熟蒂落。她让自己隐匿在别人的灯影里，与当事人保持一定的距离，这个距离能使她更清晰更深刻更客观地认识与她命运相连的柴达木。生活给了李玉真创作的智慧和激情。我等待着她的新作，期待着读到更能放射出人生光芒、理想光芒的新作！

正如评论文章里所说的那样，柔弱女人的骨子里，隐藏着巨大的能量，而这种能量几十年不会干涸，春蚕抽丝一样没完没了。李玉真的作品细腻而真诚，有时像戈壁上的风，呼啸而过；有时像哗哗流淌的小河，柔情似水；有时像戈壁上的石砾，坚硬无比。无论柔情似水还是坚硬无比，都是作家对这片土地的爱恋。雪花一样飞舞的文章，都是柴达木人实实在在的生活。

可以说，李玉真是柴达木颇有成就的女性作家。她的作品里飘荡着柴达木的风雪、柴达木的荒野气息，散发着柴达木人的情怀。

可以说，李玉真一直生活在柴达木西部，她笔下的文章基本上是西部的故事。故事里面流淌着浓浓的西部的风情。先是在茫崖石棉矿，然后又去了青海石油局，无论在什么地方生活，她都像只勤奋的蜜蜂，酝酿着西部那片土地上的琼浆玉液。即便退休回到北京，依然笔耕不辍，无限的情思还是那一片魂牵梦绕的土地。

我并没有剖解李玉真作品的意思，只是谈了她的创作情况和创作态度。我是想告诉大家一个事实，柴达木的作家没有因为荒凉和苦寒，放弃手中充满情感的钢笔，没有让自己的良心感到不安，没有让自己的灵魂无处躲藏。

有人说，荒凉限制了想象力。奇怪的是，柴达木这片荒凉的土地，从来没有限制过诗人作家的想象力。相反，激发膨胀了作家的想象力。这片土地虽然缺少氧气，但不缺少想象力。

2012 年 7 月 30 日，德令哈市巴音河畔海子陈列馆落成。陈列馆落成典礼的同时，举行了首届海子诗歌节。陈列馆门前有一副对联，是时任省委宣传部的领导吉狄马加题写的：“一首诗天堂开花，一个人尘世结缘。”恕我直言，我一直对海子陈列馆持有不同的看法。巴音河边耸立起来的应该是一座柴达木文学陈列馆，而不是一座海子陈列馆。柴达木文学陈列馆的存在，远比单薄的海子陈列馆的存在重要。不可否认，海子固然是个不错的诗人，他的诗歌作品有一定的影响，尽管如此，不能仅仅为了《姐姐，今夜我在德令哈》一首诗，就摒弃了柴达木文学的先驱者们。曾经为柴达木讴歌的先驱者们，无论是李季、李若冰、徐迟，还是高澍、肖复华，他们任何一个人的作品都是柴达木文学的分量，任何一个人的人格都让人敬仰。他们的作品是柴达木沉甸甸的生活，他们的作品是柴达木真实的画卷。不知道决策者们是怎么想的，一座海子陈列馆能承担起柴达木文学的重量吗？柴达木文学是什么？是生活，是热血，是滚烫的情怀和燃烧的灵魂。我并不是反对建立陈列馆，我只想说，既然建立文学陈列馆，就应该建立柴达木文学陈列馆，在陈列馆里为海子腾出一块干净的地方陈列他的平生，还有那首让德令哈人晕头转向的诗歌，而不是把整个陈列馆交给海子一个人。否则，陈列馆显得过于苍白，年轻的海子也会觉得寂寞。

柴达木从来不缺少诗人和作家，而是缺少重视诗人和作家的有识之士。20世纪50年代以来，柴达木这片土地上不断涌现出诗人和作家。他们的想象力从来没有因为荒漠而荒漠，他们的热情从来没有因为苦寒而降温。柴达木不缺少文学作品，而是缺少劈开内心的文学精品，缺少欣赏和读懂作品的人。可悲的是，世风日下的今天，文学不可避免地萎缩成一个孤芳自赏的小圈子，或者说变成了推波助澜的工具。网络上流行一句鸡汤语言，"没有格局的人，看到的是一地鸡毛"，难道有格局的人，眼睛里果然是遍地鲜花？无论怎么说，我相信，真正的文学不会休眠，更不会死亡。

丝路油画

　　"丝路油画"这个词，是唐拓华先生微信公众号里的一个栏目。这个栏目是专门为"翡翠湖"量身打造的。在认识唐拓华之前，我不知道这个栏目，认识他之后，几乎每天都能在微信里看见这个栏目。唐拓华说，茫崖这片土地曾经是丝绸之路上的一条辅路，"翡翠湖"如镶嵌在丝绸之路上的一幅油画，而这幅风景迷人的丝路油画是茫崖美丽的脸庞。

　　身为茫崖市旅游局局长的唐拓华，热爱这一片土地，对这片苍茫的土地情有独钟。这里的山山水水他都熟悉，如同熟悉自己的手指头一样。实际上，没有当旅游局长之前，唐拓华是一名警察，曾经被授予过"全国优秀警察"的荣誉称号。2018年，茫崖成立市之后，他被委任旅游局局长一职。

　　在茫崖采风的那几天里，他就像一股旋风，一会儿刮到翡翠湖，一会儿又刮到尕斯库勒湖，再见面时我们在千佛崖心照不宣会心一笑。对于新成立的一个城市，旅游局就是这个城市的窗口，这个窗口的设计无疑对这座城市至关重要。

茫崖本来就地理位置偏远，要打造出酒香不怕巷子深的诱惑，必须花费一些脑筋和精力。唐拓华这个旅游局局长，走马上任之后，每天都在苦思冥想。他想把茫崖独特的自然风景介绍出去，让更多的人知道茫崖，了解茫崖，分享茫崖。

在茫崖的那几天里，正是旅游旺季的 8 月份，全国自驾游的人络绎不绝。慕名而来的游人，第一次看见翡翠一样美丽的盐湖，从未有过的惊奇从心底爆发出来，无法掩饰的兴奋让游人手舞足蹈。为了使茫崖翡翠湖声名远播，唐拓华组织了一个训练有素的演出小分队，为游客们的旅程锦上添花。姑娘们身着艳丽的纱裙在湖中翩翩起舞，像天女下凡舞罗衣一般妖娆美丽。眼前的情景恍若天上人间，亦幻亦真，游人们如沸腾的开水，久久不能平静。尤其天生爱美的女人们，站在翡翠湖边披红戴绿，搔首弄姿，就像一群彩色的鹦鹉飞来飞去，摆出各种造型，留下美好的瞬间。

茫崖的旅游资源独特，属于"珍贵的灵芝森林里栽，美丽的翡翠深山里埋"的那种地理优势。重要的是，在这种独特的地理环境中，融合了一种艰苦创业的石油精神。一方面是石油精神，一方面是千年不变的原始风貌，二者合二为一，就是茫崖的旅游资源。茫崖的旅游资源独一无二，大气磅礴，仅仅一个俄博梁雅丹地貌就沸腾了半个中国。难得一见的风景，不会像杭州西湖那样想去就去。虽然今天的交通四通八达，可是，苍茫之崖的茫崖，依然不是大家想来就能来的地方，遥远的距离在游人心里还是有一种千里之外的感觉。

茫崖这片看似荒凉的土地，在有心人的眼睛里美到窒息。荒凉的美是大自然的美，是难得一见的美。唐拓华就有这么一双不平常的眼睛，看见了不寻常的美丽，写下和图片一样美丽的文字，在微信群里引起了热烈的追捧。全国各地的粉丝，就像风中的翡翠湖一样，泛起一波又一波的涟漪。

原本我们约好在一起坐坐，不凑巧的是，冷湖那两天一系列的活动，打乱了我们的约会。先是翎客航天公司可回收火箭实验，后是火星营地八百流沙极限越野挑战赛，陀螺一样的唐拓华一直在冷湖那边旋转。虽然我们没有如愿以偿，但不断发来的微信聊以自慰。火箭回收的成功画面、"八百流沙"勇士们的追踪报道，犹如雪片一样纷纷扬扬沸腾不止。

唐拓华是个闲不住的人，也是一个激情似火的人。他不但热爱工作，而且喜文善武，在他身上仿佛有一股使不完的力量。他喜欢诗人李季，特别喜欢诗人描写柴达木的诗歌。在李季的诗歌里，有一首诗就是描写茫崖的。1954 年 9 月的一天，诗人李季满怀激情来到柴达木，饱含情感写出了现代诗歌《柴达木小唱》。为了把《柴达木小唱》谱写成朗朗上口的歌曲，几位热心的石油人给李季的诗歌谱了曲，唐拓华将诗歌的下半部分改成如今的歌词，两段好听的歌词上下呼应，相得益彰。经过几番打磨，歌曲《柴达木小唱》终于在苍茫之崖开始传唱：

辽阔的戈壁望不到边
云彩里悬挂着昆仑山

镶着银边的尕斯湖呵
湖水中映照着宝蓝的天
这样美妙的地方哪里有呵
我们的柴达木就像画一般

八百里瀚海望不到边
风沙里挺立着油砂山
油砂露头的聚宝盆啊
星塔攀丹霞指着宝蓝的天
苍茫的英雄岭哪里找啊
千佛崖下的花土沟就像画一般

　　天边的茫崖有着不一样的风景，在不一样的风景之中，唐拓华心潮起伏、欲罢不能。南昆仑，北祁连，阿尔金山环绕的茫崖，澎湃着他热血沸腾的心。为了让更多人知道茫崖、了解茫崖，他自己作词又推出了一首名为《苍茫之崖》的歌曲：

听说青海深处是瀚海
瀚海的天边是茫崖
这片梦想最远的天籁
是流传的火星地带
雅丹成城起伏着豪迈
宝蓝的天悬挂着巍峨山脉

星塔和星辰在表白
天边的星海啊是茫崖
苍茫大地，这是寂寞神秘的星海呵
聚宝盆地，这是富饶的盐湖油海呵

听说青海深处有茫崖
八百里流沙云天外
走过丝路油画的感慨
天边的尕斯湖映着山脉
在大漠孤烟中直率
在花土翡翠湖恋爱
铁树花开的实在
天边的油海啊是茫崖
苍茫大地，这是寂寞神秘的星海呵
聚宝盆地，这是富饶的盐湖油海呵
天边的油海啊是茫崖

　　两个时代，两代人，两首歌同一个主题，不一样的画面。跨越了半个多世纪，这片土地发生了天翻地覆的变化。柴达木这片土地盛产石油、矿产，也培养出不少诗人。特别是 20 世纪 80 年代以后，隔三岔五就冒出一个诗人，可是，李季这样脍炙人口的诗歌、感染力如此强烈的诗歌似乎再没有出现过。写柴达木的诗歌像雪片一样飞舞，感人的诗歌少之又少。也许，平常闲暇时间读诗歌不多，印象之中不觉有什么难以忘怀的诗歌。创作必须有生活，没有生活的作品就谈不上生命力，即便再有天赋和才华也不会源远流长。

茫崖是一片有故事的土地，也是一片创造故事的土地。这片土地曾经创造了石油故事，现在正创造未来科学的故事。在创造故事的同时，也创造了一种精神。

在花土沟住了几天，直到离开的那一刻，我和唐拓华依然没有迎头相撞。我在花土沟飞机场的时候，他还在追踪"八百流沙"的勇士们呢。

飞机在跑道上慢慢滑行，正如来时一样不慌不忙。透过飞机的玻璃窗，左边是明晃晃的尕斯库勒湖，右边是一望无际的阿拉尔草原。轰隆隆的发动机一直吼个不停，飞机像个可笑的玩具一样哼哼唧唧飞上了天空。

虽然离开了这片朝思暮想的土地，心好像还留在了这片土地上。苍茫之崖的原始风景，无论是俄博梁还是翡翠湖，无论是千佛崖还是尕斯库勒湖，都是那么赤裸裸的自然，都是那么坦坦荡荡的原始，都是那么荡气回肠的震撼。而热爱这片土地的人们，就像戈壁滩碎小的金丝玉一样，随时随地发光闪亮，让人感到欣慰和温暖。

"鸟人"王小炯

　　无意之中在微信里看到一个画面，画面里配有图片和文字。第一张图片是一群野狼在撕咬捕获的猎物。虽然图片不是那么清晰，但画面里的内容一目了然：一个浅浅的山谷里，五六只野狼在进食，不远处还有一只在望风的野狼。接着下面是牧民哈斯家里的一张图片，土白色的泥墙上，有不少棕熊留下的掌印。哈斯说，每年夏天棕熊都来他们家里捣乱。棕熊是国家保护动物，牧民只能用噼里啪啦的鞭炮将它吓唬走。下面还有一张是一具被吃得干干净净尸骨的照片。这些照片是在黑山拍摄的，图片的背景好像是夏天。

　　黑山的蒙古语名字叫"巴音祖尔肯"。山的形状好似一颗心脏，是茫崖地区蒙古族牧民心中敬畏的神山，属于祁连山山脉。连绵起伏的大山里，生活着不少珍稀动物。环绕在茫崖周围的昆仑山、阿尔金山、祁连山，这些大山里都生活着珍稀的野生动物。

　　由于柴达木独特的地形地貌和风土人情，博得全国许多摄影爱好者的青睐。特别是这些年来，摄影家们跋山涉水，拍摄出大量的精美照片，屡屡获得国际国内奖项。这些精美的照片不断出现在杂志报纸上，受到了大家的关注和好评。柴达木本土也涌现出不少优秀摄影师，他们的作品引起了不同反响。原来难得一见的野生动物，现在频频出现在人们的视野之中。

王小炯就是这样一位本土摄影家，拍摄了大量的野生动物照片，其中，最吸引眼球的是，他跟踪拍摄了240多种鸟类的照片，引起了不同的反响。照片几乎囊括了在茫崖地区发现的所有鸟类，填补了鸟类摄影这方面的空白。我所指的"鸟人"就是拍摄鸟类的王小炯先生，不过，我在文章里选用"鸟人"这个词，没有半点不恭不敬之意，绝非《水浒传》人物李逵骂人的意思，相反，有一种敬畏之心，一种贴近大自然的味道。

20世纪90年代初，王小炯在花土沟参加工作。荒凉的花土沟对于年轻的石油职工来说，工作之余最不好打发的就是时间。茫茫戈壁中的花土沟，虽然也是一个相对热闹的小镇，但远远满足不了年轻人的需求。空闲时间大家各取所需，看书、学习、打扑克。大概每一个人都有一种与生俱来的喜好，而王小炯的喜好偏偏是湿地里那些不起眼的小鸟。闲暇的时候就去湿地观察那些鸟儿们，鸟儿们起起落落的身影，就像一根看不见的线绳，拴住了他好奇的心。有了工资收入，他开始慢慢购置望远镜、照相机、迷彩服、伪装网等拍摄鸟儿们的装备。王小炯没有想到，从走进湿地的那天起，观鸟、拍鸟就成了他生命里的一部分。无论清晨还是傍晚，他独自一人坐在尕斯库勒湖湿地聆听鸟儿的鸣叫，看鸟儿飞翔的身影，鸟儿的叫声美妙无比，天籁般让人如痴如醉。每当这个时刻，他感觉自己和大自然融为一体，那种感觉无与伦比。

生机盎然的尕斯库勒湖湿地，是方圆几百里唯一的天然绿洲，自然而然成了候鸟们来来往往的驿站。得天独厚的自然环境，给王小炯他们这些"鸟人"创造了得天独厚的条件。为了记录鸟类在野外自然的生存状态，拍摄到精彩瞬间，王小炯几乎一年四季跟踪拍摄。夏天烈日炎炎，忍受着蚊虫叮咬；冬天寒风刺骨，忍受着痛苦煎熬，再糟糕的天气都雷打不动。有一年秋天，在一片灌木丛中观察到了中国稀有鸟类红胸姬鹟的踪迹。对于鸟类爱好者来说，无异于中了大奖。王小炯与另外一位鸟友连续几天守候，始终没有再发现红胸姬鹟的踪影。为了拍摄到千载难逢的红胸姬鹟，煎熬是一种幸福的等待。一天下午，突然刮起来沙尘暴，伪装帐篷瞬间被狂风撕裂，哥俩死死压住帐篷的四个地锚，把撕破的帐篷紧紧裹在身上。几个小时之后，沙尘暴刮过去了，他们俩土猴似的从帐篷里钻了出来。就在这个时候，几声清脆悦耳的鸟鸣声让他们兴奋无比。一只梦寐以求的雄性红胸姬鹟鸟就站在不远处的灌木枝上，冲着他们明快地歌唱起来。他俩不失时机按下了快门。一阵咔嚓咔嚓的快门声之后，那只红胸姬鹟鸟钻进灌木丛中神秘地消失了。朋友兴奋地说，它被我们的陪伴感动了，专门出来表示感谢的，简直太神奇了。

有一年立冬前后，迁徙的鸟儿在湿地停歇。一只凤头麦鸡和一只金斑鸻遭遇了一只灰背隼的攻击。攻击中，金斑鸻受了伤。面对凶猛的灰背隼，凤头麦鸡不离不弃奋起反击，最终用强大的气势战胜了灰背隼。两只不同的鸟儿之间超越生死的伟大友谊，深深感动了王小炯。

开春季节，一对漂亮的翘鼻麻鸭迁徙到湿地繁衍后代。这对相亲相爱的麻鸭筑建好爱巢准备生儿育女。有一天，那只公鸭出去再也没有回来。母鸭整天在巢穴附近盘旋哀鸣。几天过去了，母鸭依然在盘旋哀鸣，叫声凄惨。一个阴沉沉的早晨，母鸭蜷缩在湖边死去了。望着死去的麻鸭，王小炯感动了。鸟类忠贞不渝的爱情，并非只属于白天鹅，翘鼻麻鸭也是如此。鸟类的故事像一面镜子，借此可以反思我们人类自己。

6月的尕斯库勒湖湿地，是最有生命力的季节。芦苇一片翠绿，鸟儿们起起落落。小生命纷纷破壳而出，各种鸟妈妈领着小宝宝在草地上觅食。每当这个美好的时候，也是最危险的时候。棕尾鵟在空中盘旋，寻找机会猎杀毫无反抗能力的雏鸟。只要棕尾鵟一出现，灰雁妈妈立刻张开翅膀，把小宝宝罩在翅膀下面，任凭棕尾鵟一次又一次擦身而过，灰雁妈妈拼命挣扎抵抗，绝不放弃任何一个小宝宝。

尕斯库勒湖湿地是一片充满生机的湿地，一片充满危险的湿地，一片魂牵梦绕的湿地。一幕幕发生在湿地公园里的故事，深深印在了王小炯眼睛里，印在了王小炯灵魂深处。

20多年的拍鸟岁月里，王小炯不仅拍摄了大量的珍稀鸟类图片，而且还撰写了不少关于鸟类的文章和论文。这些发表在《动物杂志学》《四川动物》等一些核心刊物上的图片和文章，引起了中国科学院西部高原生物研究所和青海师范大学生命与地理科学院等科研教学单位对尕斯库勒湖湿地生态多样性研究的重视。陈振宁教授对王小炯说："你能够掌握茫崖季节性迁徙鸟类的科学资料，对青海省鸟类的分布和国内鸟类迁徙路线研究，都具有非常重要的意义。"

王小炯是中国石油青海油田采油三厂职工，现任中国石油青海油田摄影家协会副主席，西宁观鸟协会副会长，青海旅游协会理事，甘肃敦煌阳关国家级自然保护区特聘形象大使兼摄影师。

让人感动的不是他各种各样的头衔，而是他在完成本职工作的前提下，利用一切业余时间，耗时 8 年之久，跟踪拍摄茫崖野生鸟类 240 余种的精神。如果没有对摄影事业刻骨铭心的热爱，就不会有这种持之以恒的毅力和精神。大自然创造了美丽神奇的世界，精神的力量同样可以创造出美丽神奇的故事。

回到北京没有几天，王小炯发来一组参加青海省摄影家协会在澜沧江活动的图片。我知道，候鸟似的王小炯又去三江源湿地了。紧接着王小炯又发来一张欧亚鸲降临北京天坛的图片。图片上，一只红色胸脯、半个红脑袋的鸟儿站在树枝上，四周围满了手持"长枪短炮"的摄影师。微信后面有一句话，欧亚鸲每年立冬都会路过茫崖，北京人没有这个眼福。

痴迷不悟这个词，听起来好像是贬义词。其实，无论干什么事情，如果没有痴迷不悟的精神，恐怕也不会有什么收获。王小炯这个"鸟人"，自从爱上了精灵一样的鸟儿，仿佛自己也长了两只翅膀，一会儿飞到这里，一会儿飞到那里，完全就是一个"鸟人"。

有意思的是，我并没有见过王小炯这个人，只是在图片中看见过他。他的故事都是别人告诉我的。2019 年 8 月，我在茫崖停留的那几天，王小炯恰恰不在茫崖，我们在阴差阳错之中失之交臂。虽然没有见过面，但我们互相添加了微信。尽管远隔千山万水，手机里隔三岔五就能收到王小炯发来的图片。图片上是各种各样的鸟儿和其他动物。虽然不认识那些可爱的鸟儿，但我知道图片后面沉淀着一个"鸟人"热爱大自然的故事。

白 天 鹅

  阿拉尔草原的沼泽地里，生活着种类繁多的飞禽。长满芦苇的沼泽地，不仅是斑头雁、灰沙雁、棕头鸥的栖息地，同样是黑颈鹤和白天鹅的栖息地。

  我曾经写过一篇关于白天鹅的文章。10 岁左右的时候，德令哈劳改农场一家兄弟俩，在可鲁克湖打了一只白天鹅，那是我第一次看见真正的白天鹅。一根木棍从白天鹅捆绑的脚丫子里穿过去，兄弟俩人兴高采烈地抬着白天鹅走进了家属院，看热闹的孩子们像蜜蜂一样围了上去。白天鹅雪一样洁净的身体上，几片羽毛被鲜血染红，就像一片夕阳。又细又长的脖子吊在空中，黄色的嘴巴微微张开，那个样子可怜又可爱。这个画面好长时间没有在脑海里消失，有时候看见一只飞鸟就能想起那只可怜的白天鹅。长大以后在动物园里，不止一次看见过活生生的白天鹅。它们身体丰满，叫声洪亮，尤其在水中游动时，一副悠闲自得的神态。参加工作以后，第一次听了柴可夫斯基的芭蕾舞剧《天鹅湖》的音乐。那个时候，这些音乐不是随随便便就能听到的。我们躲在海西州文工团一个好朋友的宿舍里，做贼似的拉上窗帘，屏住呼吸，小心翼翼欣赏这些美妙的旋律。再后来，坐在北京歌舞剧院里，完整看了一场原汁原味的芭蕾舞剧《天鹅湖》。快乐又忧伤的芭蕾舞剧，以天鹅这种美丽动物形式表现出来，讲述了一个唯美的爱情故事，实在是美妙极了。无论是白天鹅还是黑天鹅，它们高雅的气质、优美的姿态，给人一种心旷神怡的感觉。

白天鹅，学名大天鹅，也叫黄嘴天鹅，是国家二级保护动物，也是世界易危物种。白天鹅的嘴基呈黄色，并一直延伸到鼻孔，嘴的端部和脚呈黑色，恰到好处衬托出一种和谐之美。任何动物都有灵性，白天鹅也不例外。而且，白天鹅还是对感情矢志不渝的飞禽。白天鹅一旦有了配偶，便不离不弃。有资料说，如果一对天鹅失去了自己的配偶，那么剩下的这只天鹅就会日夜哀鸣，甚至不吃不喝，直到死去。因为天鹅对爱情的忠贞，我们常常把天鹅喻为爱情的楷模。实际上，鸟类中有许多跟天鹅一样的鸟儿，只不过人们觉得白天鹅的气质更加优美而已。

这些年里我写了不少关于野生动物的文章，在报纸杂志上发表了不少这一类的文章。其中《为狼唱晚》这篇为狼打抱不平的散文，或多或少引起了社会上的关注，也引起了读者的共鸣。事实就是如此，狼在它们自己的世界里平静地生活着，是人类让它们的世界失去了平衡。狼吃羊是天经地义的事情，并非无恶不作。人类非要把自己的意愿强加给它们，让它们承受无端的罪责，想一想也实在太滑稽了。东郭先生的一个寓言，让狼和狐狸背了千年的骂名，直到现在，我们依然对狼有深深的误解。我喜欢美国作家纳塔莉·安吉尔在《野兽之美》一书里的一句话："大自然讲述的每一个故事都是令人心悸，美丽无比的。"

就在前不久，电视机里播放了广西警方破获了一起特大的野生动物走私案。无数个铁笼子里，装满了野生的穿山甲、眼镜蛇，还有各种野生动物。面对执法人员，那些不法分子一副无所谓的样子，好像只是在路边随手偷了一个苹果而已。这些年来，对金钱的追求、对享乐的追求，已经成了贪欲之人的座右铭。他们不顾一切，不择手段获得利益。南方跨国走私野生动物，西部盗猎藏羚羊，这样的事情屡禁不止，为了谋取更大的利益，就有人敢不顾一切铤而走险。之所以盗猎犯罪频频发生，不是我们的法律不够严厉，而是法律执行显得软弱，没有真正发挥出法律应有的威严。再说，我们的法律还欠缺更细致的条文，起不到震慑的作用。国民素质低下、态度冷漠也是助长盗猎分子屡禁不绝的因素。曾经在电视里看见欧洲一些国家的公园里，野生白天鹅在草地上散步，甚至在大街上横穿马路，那个感觉温馨而美好。古时一些画作，常常把神仙和仙鹤联系在一起。比如，郁郁葱葱的松柏树下，白须神仙身旁围绕着几只仙鹤；比如，神仙身旁围绕着各种野兽；等等。那些画面同样温馨而美好，体现了人与大自然的和谐，人与野生动物的和谐。如果有一天，我们的大街上也能看见野生的白天鹅自由散步，那个画面该是多么令人愉悦。我把这个想法告诉过一个朋友，朋友不屑地笑了笑说，不知道上帝能不能看见这个画面，反正咱们看不见这个画面了。不管朋友怎么说，我相信总会有这么一天。

黑 颈 鹤

　　阿拉尔草原的湿地里，不仅生活着白天鹅，也生活着黑颈鹤。黑颈鹤是一种外表美丽的禽类，一种大型的飞行涉禽。这种国家一级保护动物，主要生活在青藏高原。藏族人对黑颈鹤特别敬仰，把黑颈鹤称之为仙鹤神鸟。长篇诗史《格萨尔王传》是一部流传极为广泛的民间巨作，描写了岭国的格萨尔王降伏各地妖魔，为黎民百姓除害的故事。其中，王妃珠茉在被巴扎那保国的霍尔王族黄帐王俘虏后，写信向格萨尔王求救，派了三只聪明的黑颈鹤去送信。画师尼玛泽仁根据这个故事绘制了《珠茉遣鹤送信》的精美唐卡，深受藏族人民的喜爱。如果谁拥有一幅这个故事的唐卡，那是一件引以为豪的事情。西藏有的地方把黑颈鹤当作"神医"，对黑颈鹤毕恭毕敬。如果有人胳膊腿不小心骨折了，便偷偷在黑颈鹤巢中的卵上画一个黑色的小圆圈，这样雌鸟会误认为卵要开裂，就会从很远的地方衔来一种"接骨石"放在巢中，以免卵壳破裂。藏族人便悄悄把"接骨石"拿走，去医治骨折。由此可见藏族人对黑颈鹤的崇拜程度。

没有看见黑颈鹤的照片之前，我不知道阿拉尔草原湿地也是黑颈鹤栖息的驿站。一个搞摄影的朋友，在阿拉尔草原沼泽地拍摄了几张黑颈鹤的照片，孤陋寡闻的我才恍然大悟。朋友告诉我，为了抓拍黑颈鹤的照片，他在芦苇丛里躲了两天，脸被蚊子叮成了马蜂窝。朋友还说，虽然黑颈鹤不是成群结队，但是可以肯定一点，黑颈鹤喜欢阿拉尔草原的沼泽地。如果保护好那片沼泽地，早晚会有成群结队的黑颈鹤来阿拉尔草原觅食栖息。

黑颈鹤是鹤类中最后被发现的一种。是1870年由俄国博物学家普尔杰瓦斯基在青海湖发现的。黑颈鹤是15种鹤中，唯一在高原生活的鹤类。每年夏天它们在青藏高原繁殖，冬天则带着幼鹤返回云贵高原过冬。在迁徙途中，它们排成整齐的队形在高空中飞行，高亢洪亮的鹤鸣声响彻云霄，甚至几里之外都能听见它们的叫声。有资料显示，青海省境内除了玉树之外，海西境内的天峻县、都兰县、大柴旦、格尔木、茫崖都有黑颈鹤的栖息地。

黑颈鹤体羽灰白，头部及前颈为黑色，尾羽为褐黑色。它们喜欢的栖息地是高原沼泽地、湖泊及河滩地带。主要以植物叶、根茎，水藻为食，实在没有食物可吃，沙粒也能充饥。它们喜欢成群结队活动，从天亮到黄昏，大部分时间都用于觅食。休息时单脚站立，将嘴插到背部的羽毛中，把自己定格成一个漂亮的造型，变成一幅自然的风景。那位搞摄影的朋友，送给我一张在阿拉尔沼泽地里拍摄的黑颈鹤照片。照片上是两只黑颈鹤单脚站立的形象，它们就像一道风景摆在我写作的桌子上。

　　黑颈鹤是一种可爱的动物，也是全世界濒危物种。柴达木是黑颈鹤繁殖生息的地方，这是值得我们自豪的事情。资料上介绍，黑颈鹤春来秋去的迁徙路线估计有三条，第一条路线是从若尔盖到草海，从松潘草地沿着邛崃山脉，岷江流域南下到乌蒙山脉的湖泊。第二条路线是由隆宝滩至纳帕海，从玉树及通天河流域，沿着金沙江河谷以及雀儿山、沙鲁山，经四川西北部到云南西北横断山脉的湖泊。第三条路线是新疆南北部，青海西部，通过唐古拉山口南迁到低海拔的雅鲁藏布江中游一带的河谷。估计柴达木春来秋去的黑颈鹤，就是通过唐古拉山口南迁至雅鲁藏布江河谷的。有时候觉得不可思议，黑颈鹤怎么就知道荒野深处的沼泽地呢？是因为湖泊的诱惑，还是它们有着与生俱来的本事。国外一些野生动物研究者，花了几十年的时间研究飞禽的神秘习性，对有些问题依然是一头雾水。既然大自然神秘莫测，那么所赋予的每一个生灵，是不是多多少少也有一些神秘的元素呢？不管怎么说，黑颈鹤和许多鸟儿都有着神奇的功能，这种功能本身就是一个传奇。它们在沼泽地自由自在地生活，说明沼泽地里的融雪水干干净净，没有一点污染。也许正是因为干净的雪山融水，才是吸引它们的真正原因。

人与自然

柴达木盆地有丰富的矿藏，还有珍稀的野生动物。年轻时，一个叫"野马滩"的地方，引起了我的好奇。"野马滩"是一片宽阔的戈壁，南面是光秃秃的昆仑山脉，北面是绵延不断的祁连山脉，两座大山之间的戈壁滩上，长满了冰草和骆驼草。夏天这些植物点缀着戈壁，冬天这些植物和戈壁一样荒凉。据说，20世纪四五十年代，这里野马成群，所以得名"野马滩"。60年代初的大饥饿时期，为了填饱肚子，人们无休止猎杀野生动物，野马自然逃脱不了灭顶之灾的命运。如今的"野马滩"没有野马，空有其名。类似于这样的地名还有不少，比如大头羊沟、野牦牛沟等。显然，这些地方曾经是野生动物的家园，现在很难寻觅到动物们的身影。

20世纪八九十年代，可可西里疯狂盗猎藏羚羊达到了肆无忌惮的地步。为了阻止这些盗猎分子，临危受命的索南达杰带领野牦牛队员们跟盗猎分子展开了生死较量，被称为"草原保护神"的索南达杰倒在了盗猎分子的枪口下。索南达杰的牺牲，再一次为保护野生动物敲响了警钟。陆川导演拍摄的电影《可可西里》，真实还原了保护藏羚羊那些惊心动魄的故事。就在那个时期，无意之中看见《南方周末》的一篇报道，文章标题是《谁来保卫可可西里》，与此同时，还刊发了一张照片，照片上是一只被剥了皮的藏羚羊残骸。一个干警蹲在残骸旁边，紧锁着眉头望着地上的残骸，野风把他的头发吹了起来，无奈的伤感清楚地写在他的脸上。藏羚羊和野生动物维系着青藏高原的平衡，如果青藏高原失去平衡，意味着黄河流域、长江流域也将失去平衡。索南达杰的壮烈牺牲以及那张照片深深震撼了我。从那个时候开始，我写了一系列有关野生动物的文章，其中有一篇《为狼唱晚》的散文发表在《上海文化报》，多多少少引起了读者的关注。可是，仅仅我写有关野生动物的文章远远不够，关键是我们人类与自然的问题，如果解决不了这个问题，即便写多少有关野生动物的文章也无济于事。

我曾经生活工作过的德令哈，是海西州府的所在地，是戈壁上一座美丽的小城。20世纪60年代中叶，海西州政府从大柴旦搬迁到依山傍水的德令哈，柏树山的柏树成了就地取材的燃料。无论是办公室用火还是家庭用火，柏树是一年四季不可或缺的燃料。单位的空地上、家门前的空地上，砍伐的柏树堆积如山。粗壮的柏树驱散了寒冬的长夜，解决了一日三餐的燃料。我家居住的那个大杂院里，家家户户房前屋后堆积的柴火都是来自柏树山的柏木。那个时候条件艰苦，柏树山给了德令哈人生活的勇气。后来二炮部队、铁道兵部队进驻德令哈，日常生活以及取暖的燃料，依然是不可取代的柏树。有个铁道兵的营长，居然砍伐了一个车皮的柏树，准备给老家开棺材铺的哥哥做棺材使用。东窗事发，也没有怎么严肃处理，转业回家是对他的惩罚。郁郁葱葱的柏树山，在短短的几十年里几乎成了一座行将死去的大山。

柏树山属于祁连山山脉，距离德令哈仅有 10 公里的路程。重峦叠嶂，气势磅礴，犹如一条饱经风雨的苍龙横卧在德令哈的北面。20 世纪 80 年代，柏树山上还能看见飞流直下的瀑布。我曾经站在一棵柏树前面照过一张黑白相片，背景就是飞流直下的瀑布。如今照片还在，瀑布却蒸发了。行走在苍凉的柏树山里，山坡上残留的那些树桩比比皆是，这些不可再生的柏树桩，曾经是一棵棵挺拔葱郁的大树。然而，毁灭性的砍伐破坏了不可复制的风景，连绵起伏的柏树山伤痕累累。

多少年过去了，遍体鳞伤的柏树山有了休养生息的时间，疯狂的砍伐成了昨天的历史，亡羊补牢让人看到周围的环境正在改变。

这些年，几乎每年都在柴达木西部行走。汽车在空旷的戈壁上飞奔，偶尔可以看到一闪而过的黄羊。无论走到哪里，只要谈起野生动物的话题，大家都津津乐道。有人在昆仑山里看见过棕熊和野牦牛，也有人看见过雪豹，至于藏野驴也不新鲜。资料显示，20 世纪 90 年代，可可西里的藏羚羊不足 3 万只，截至 2019 年，可可西里的藏羚羊已经恢复到了 7 万多只。在青海高原生存的雪豹数量，更是以惊人的速度递增，截至目前已经超过 1200 只。还有国家保护动物黑颈鹤、灰鹤，以及那些珍稀的飞禽，频频进入人们的视线之中，保护环境逐渐成了人们的共识。

平心而论，所谓的保护环境，只是给自己找一个弥补过失的词汇而已。实际上，环境用不着保护，说到底是保护我们自己。人类不是这个星球的主人，以前不是，以后也不是。人类在大自然面前渺小而脆弱，任何一个灾难都是人类的厄运。地震面前我们束手无策，海啸面前我们惊慌失措，病毒面前我们一败涂地。人类和任何生灵一样，只是星球上的匆匆过客。人类没有理由破坏大自然，更没有理由成为地球的主宰。实际上，人类永远主宰不了地球。人类全部的理由只有一个，敬仰大自然。地球是一切生灵赖以生存的共同家园，保护伤痕累累的地球就是保护人类脆弱的生命，修复千疮百孔的地球就是遏制人类无休止的贪婪。与天斗与地斗是人类的无知，人与自然和睦共处才是天道。

美丽的项链

离开首府西宁一直往西再往西，这条路便是通向柴达木的西行之路。这条路走过许多回，到底走了多少回自己也记不清了。离开柴达木20多年，依然来往于北京和柴达木之间。曾在一篇文章里说过这么一句话，"我就像一匹骆驼，默默行走在属于自己的戈壁上。"我心中这一片神圣的大戈壁，就是辽阔的柴达木。的确如此，无论走到哪里，耿耿于怀的地方还是柴达木。柴达木那些让人难以忘怀的地方，就像挂在脖子上的美丽项链，时时刻刻闪耀着光泽。

可鲁克湖

可鲁克湖是镶嵌在德令哈的一颗明珠。我不止一次去过那里，也曾经写过关于可鲁克湖的文章。有一篇《眼睛》的散文就是描写可鲁克湖的。我把可鲁克湖比作老天爷一只美

丽的眼睛,把托素湖比作另一只眼睛。一只眼睛饱含甘甜,
另一只眼睛饱含苦难。闭目细想,把可鲁克湖比作德令哈的
一只眼睛更为合适。

可鲁克湖在德令哈市西南方向,碧波荡漾的湖水像蓝
天一样干净,让人想起远古时期的海洋。20世纪80年代
初,海西州在可鲁克湖建了一个渔场。养殖人员好像都是从
内地请来的师傅。由于可鲁克湖水质好,天然浮游生物极其
丰富,养殖的鲤鱼比年画上肥大的鲤鱼还要夸张。海西州文
化工作站的摄影师姜维舟先生拍摄了一张照片,照片上一个
蒙古族小丫头抱着一条大鲤鱼。从照片上看,那条大鲤鱼几
乎跟小丫头一样大。那张照片从某种意义上说,成了德令哈
的一张名片。德令哈人没有想到,熟视无睹的可鲁克湖里居
然还能生长出如此肥美的大鲤鱼。那个时候可鲁克湖声名远
播,西宁市的人来德令哈出差开会,回去时忘不了买些新
鲜。好像没有几年时间,可鲁克湖渔场的领导出了问题,我
的一个高中同学去了可鲁克湖渔场当场长,可鲁克湖成了我
经常光顾的地方。平心而论,那个时候的可鲁克湖并不让人
觉着有多么迷人。一片蓝汪汪的湖水,湖水里长满了乱七八
糟的芦苇,湖岸上的渔场也不过是几排灰头土脸的平房而
已。只是觉得茫茫戈壁之中,忽然有了这么一片浩浩荡荡的
活水,让人觉得有点儿不可思议。随着年龄和时间增长,慢
慢才感觉出来,可鲁克湖是大自然赏赐给德令哈人的一个无
与伦比的宝镜。能照出大自然的美丽,也能照出德令哈人
的淳朴。散文《眼睛》里面有这么一段话描写这片土地的古

老:"大海走得匆忙，没有缠绵就离开了高原。留下点点滴滴的相思泪，陪伴曾经朝夕相处的土地。柴达木盆地星罗棋布的湖泊是大海的眼泪，所以，茫茫戈壁上才有了许多意想不到的温柔。"

再早些时候，20世纪70年代中叶，上山下乡的知识青年也曾经在可鲁克湖旁安营扎寨。目的是挖一条宽阔的大干渠，把可鲁克湖的水引到戈壁滩浇灌开垦出来的土地。万幸的是虽然声势浩大，轰轰烈烈，最后还是虎头蛇尾不了了之。也许这是天意吧，人没有能胜天，人不可能随随便便就能胜天的，可鲁克湖在四面楚歌之中毫发无损。如果把可鲁克湖变成一个干涸的湖泊，就跟一只流干了眼泪的眼睛一样。不过，我的一个同学，在那次会战中，把年轻的生命丢在了可鲁克湖。说起来也奇怪，对于不会游泳、见水就害怕的同学，突发奇想下湖捕鱼为大家改善艰苦的生活。于是，在一个风和日丽的天气里，找来两只空汽油桶，又在汽油桶上捆绑了一块门板，便和另一个人把所谓的小船推下了湖。小船在风平浪静的湖面上没有漂移多远，湖面上突然就刮起了风。汽油桶做的小船像纸片一样，眨眼工夫就沉进了湖水里。几天之后，湖水把他们又送回到了岸边。两个人被湖水折磨得失去了原来的模样，圆鼓鼓的肚子像青蛙一样让人看着心碎。

我说的事情是记忆中的故事，今天的可鲁克湖早已换了一个模样。现在的可鲁克湖就像一个成熟的女人，楚楚动人，美丽大方。她的举手投足已是无法阻挡的诱惑，是大自然天生丽质的美丽，她的气息是来自远古的气息，是任何矫揉造作的湖泊无法比拟的。大自然赏赐给德令哈一个碧波荡漾、野鸟飞翔的湖泊，给戈壁上的德令哈平添了几分秀气，平添了几分灵气。正因为有了这份灵秀之气，德令哈才显得如此朝气蓬勃，德令哈才有了自己的味道，有了一种自然之美的味道。

察尔汗盐湖

很多年前我去北京出差，住在东单一条胡同里的国营小旅馆。小旅馆深藏在长长的胡同里，一个干净的四合院里有十几间客房。登记住宿的时候，胳膊上扎着红箍的中年妇女看了看我的介绍信，一副悠然自得的神情说，青海，青海好啊，出门就能看见海，睡觉也能听见海浪的声音。显然，她在地理概念上把两个不同的地域混淆了。我多此一举解释说，你搞错了，青海不是青岛。她看着我不屑地笑了笑，别逗了小伙子，青海没有海，多新鲜呐。可见，那个时候有多少人对青海一无所知。如果我说青海的昆仑山，大概就另当别论了。其实，仔细想一想，也不能说这位扎着红箍的大姐完全不对，青海虽然没有碧波荡漾的大海，但有烟波浩渺的青海湖呀。再说，星罗棋布的咸海撒满了柴达木盆地。不过，只是没有海鸟飞翔而已。前面说了这么多，其实我想说的是柴达木盆地那些大大小小的咸海。掰着手指头算一算，这已经是 40 多年前的往事了。那个时候，高中生都得抽一两个月的时间去学工学军学农。高中快毕业的那个学期，我们去察尔汗钾肥厂学工 40 天。那个时候的钾肥厂基本上还是以原始劳动为基础，没有多少机械设备，蛮荒的盐盖上到处是用盐盖建造的小平房。这些房子跟盐湖一个颜色，硬邦邦的，没有一点温柔的气息。我们班二十几个男生挤在一间相对大一点的房子里，一排大通铺就成了临时的家。白天大家扛着铁锹去盐田干活，一人穿一双长筒雨靴，在 8 月的烈日下挥汗如雨。晚上躺在大通铺上，跟一群不安分的山羊似的打闹翻滚，根本不知道疲劳是什么滋味。老百姓有一句话说，傻小子睡凉炕，全凭火力旺。那个时候无忧无虑，又精力旺盛，的确是一帮愣头青，从早到晚没有消停过。

我们的工作是在盐田里挖钾矿。劳动很简单，甚至很原始，没有一点技术含量，有力气就行。刨开盐盖在卤水里挖原料，挖出来的钾矿堆在一边就可以了。光秃秃的盐盖上排列着水渠一样整齐的盐田，谁也说不清楚这些永远也挖不完的原料究竟有多少。有资料说，如果用察尔汗的盐架铺设一座厚 6 米、宽 12 米的桥，足以从地球一直铺到月球。当然，这只是一个夸张的测算而已。但不管怎么说，说明察尔汗盐湖的盐储量是多么的惊人。当然，现在知道了察尔汗盐湖储量有 20 多亿吨，总面积 5856 平方公里。察尔汗是一句蒙古语的音译，意思是"广阔的盐泽"。在青海众多的高原咸水湖泊中，察尔汗当之无愧是盐湖骄子。据史料记载，37000年前，察尔汗湖还没有完全变成咸水湖，随着湖区气候在岁月更迭之中干湿交替，湖泊在不断地咸盐淡化过程中发展成熟，到了鼎盛时期，慢慢变成了中国最大的固液体相互并存的盐湖。

察尔汗是一片寸草不生、飞鸟不来的荒凉盐湖。可是，就是这么一片不毛之地，创造了一个又一个令人惊叹的奇迹。众所周知的万丈盐桥，就是独一无二的盐湖奇迹。所谓的万丈盐桥，实际上只有 32 公里。关键是整个大桥没有用一点儿传统建筑材料，既没有桥墩，也没有护栏，而是由七八米厚的盐晶体构成，平平展展悬浮在盐湖上，成为世界上一个奇特景观。更加不可思议的是，如果桥面出现破损，用砸碎的盐盖填平坑洼，再舀一勺卤水浇在上面，盐粒很快就溶化凝结，坑坑洼洼的路面变戏法一样又完好如初。大桥将盐湖一劈两半，南边的叫南盐湖，北边的自然就叫北盐湖。盐桥上日夜飞奔的汽车，就像飞翔的鸟儿一样飞过来又飞过去，也是一道永不消逝的风景。万丈盐桥是一个奇观，盐湖铁路又是一个奇迹。20 世纪 80 年代，修筑青藏铁路的铁道兵，在盐湖液化地层打入了 56000 多根卵石砾砂柱，总进尺达 136000 多米，相当于钻透了 15 座珠穆朗玛峰，让人叹为观止。察尔汗盐湖由 9 个大小盐湖组成，面积比 100 个西湖还要大。湖面是坚硬的盐盖，盐盖下是碧青如翠的卤水。有人曾经做过试验，随便撬开一块盐盖，挖一个小坑，埋几个鸡蛋，三五天之后就变成了咸鸡蛋，而且，味道比市场上卖的咸鸭蛋还好吃。这里寸草不生，可是，每年夏秋季节，是盐花盛开的季节。蕴藏在湖中的矿盐色泽各异，形态万千，赤橙黄绿青蓝紫，各种盐花竞相开放，让人亦幻亦梦。世界上最大的盐沼，玻利维亚的乌尤尼盐沼是著名的旅游胜地。那里天蓝湖白，让无数游人流连忘返。然而，站在夕阳下观看察尔汗盐湖，却是另外一番风景。天高地阔，唯美浪漫。美得让人窒息，让人不知所措。此情此景，任何语言都七零八落，任何描写都苍白无力。那种博大，那种纯洁，那种苍茫，那种大自然原始的美，轻而易举就攫住了整个灵魂。

激情河流

巴音河是从柏树山流淌出来的，清澈见底的河水一路奔腾向前。没有人知道什么时候有了这条河，每一个人都知道这是一条美丽的河。清凌凌的河水甘甜凛冽，有一股子淡淡的雪山味道。这是一条不知疲倦的河流，一年四季不会停下奔腾的脚步。即便是数九寒天的日子里，也不会停下来舒缓一下自己。巴音河也是一句蒙古语，意思是"幸福的河"。我很敬佩蒙古人的先民们，他们给热爱的土地起的地名，都是那么贴切而富有诗意。不仅仅是巴音河这一地名，柴达木的许多地名都是如此。我不止一次写过关于巴音河的文章，可是，无论怎么写也觉得没有表达清楚心里的那一份眷恋。每一次写作我都充满了激情，每一次写作我都有说不完的话语，虽然我的语言捉襟见肘，但对柴达木这一片土地的情感，就像巴音河水一样怎么也流淌不完。

早些年的时候，巴音河没有任何人为气息，就是一条随心所欲的自然河流。在我的印象之中，巴音河是一条让人向往的河，一条诱惑力十足的河。

20世纪60年代中叶，我们家从格尔木劳改农场搬到德令哈劳改农场。搬来没多久，轰轰烈烈的"文化大革命"如沙尘暴般席卷而来。父亲首当其冲成了革命的对象，一家人没有弄清楚怎么回事，就被推进了水深火热之中。那时我上小学二年级或三年级，就像一只可怜的小羊羔，任何一个孩子都可以在我面前毫无顾忌地耀武扬威。每当孩子们得意扬扬地吃着从巴音河（农场的人习惯把德令哈称之为巴音河）买回来的糖果，穿一件从巴音河买回来的新衣服，那副神气十足的样子让人羡慕不已。巴音河成了我心中向往的大地方，有时在梦里还梦到过巴音河。不过，梦中的巴音河始终如雾里看花。

两年之后的一个秋天，父亲再也不忍心看着一家老小跟着他吃苦受难，就让母亲带着我们逃回了老家，省汽车五场一个好心的司机师傅拉着我们离开了农场。坐在解放牌汽车的车厢里，激动的心情无以言表。那个时候没有光滑的柏油路，坑坑洼洼的土路上，汽车像蹦蹦跳跳的袋鼠，颠得人五脏六腑颤抖。尽管如此，我就像一只飞出笼子的鸟儿在蓝天里舒展。汽车到了朝思暮想的巴音河时，母亲指着桥下的一条河，说这就是巴音河。望着大桥下面河滩上流淌的巴音河水，我的心情十分沮丧和难过，心中那个朝思暮想的地方，像一盆冷冰冰的水，泼得我从头到脚没有了温度。

也许冥冥之中已经注定，我和巴音河终究要成为一对难舍难分的恋人。"文化大革命"的红色风暴减弱了风力的60年代末，母亲带着我们又回到了德令哈劳改农场。那个时候父亲就像一块破抹布被扔到了一边，没有人再搭理他。为了避免我们再受无端伤害，父亲干脆把我们家从农场搬到了巴音河居住。我们住在河西的一个大杂院，就在离汽车运输站不远的地方。在我的印象中，住在这个院里的人家，或多或少好像都有点儿问题。不管怎么说，如愿以偿来到了曾经让我梦寐以求的地方。从此，再也没有离开过巴音河半步。那条曾经让我无限向往，又让我无限失望的巴音河，不知不觉之中流进了我的血液里。日夜奔腾的巴音河水，陪着我走过一天又一天，一年又一年。巴音河给了我幻想，也给了我希望。给了我激情，也给了我勇气，让我拿起笔开始圆我的文学梦。

有些事情由不得让人胡思乱想，就在写这篇文章的时候，我就住在西宁市小桥大街的柴达木宾馆506房间。望着窗外淅淅沥沥的小雨，我觉得穿越时空距离，我和柴达木不是有个约会那么简单的事情，我们之间有一种说不出来的神秘感。许多年来，柴达木默默叹息我就默默沉重，柴达木扬眉吐气，我就轻松快乐。虽然我离开巴音河已经好多年了，可是，这么多年巴音河一直在我心里流淌。她真的是一条让我幸福的河流，让我思念的河流，让我耿耿于怀的河流。想起那条奔腾的河流，就充满了自豪和勇气。无论再过多少年，无论走到哪里，心中流淌的依然是奔流不息的巴音河。

大柴旦湖

蒙古语中把大柴旦称为伊克柴达木，大盐湖的意思。以此类推，小柴旦就是小盐湖的意思。大柴旦湖不显山不露水，安安静静地在镇子旁边。一条弯弯曲曲、高低不平的盐路从镇子一直通向幽静的芦苇深处。这条坑坑洼洼的盐路，不是一条普普通通的盐路，它记载了一段辉煌的历史、一段艰难的历程。这条路已经在这里静静地躺了许多年。

半个多世纪以前，这里是赫赫有名的大柴旦化工厂。那时化工厂生产的硼砂基本上都漂洋过海，为一穷二白的国家创造了急需的外汇。1958年夏天，彭德怀元帅前往西藏途经柴达木，专门来到大柴旦视察了化工厂。据说，当年彭德怀元帅站在雪白的盐堆上，一只手叉着腰，一只手在空中挥舞，那个气势犹如指挥战斗一样。他表扬了化工厂为国家做出的贡献，鼓励大家拿出一不怕苦、二不怕死的革命勇气，再接再厉，为国家做出更大的贡献。当年的一个老人回忆说，那是他第二次见彭德怀元帅。第一次是在朝鲜战场的誓师大会上，彭德怀元帅也是一只手叉着腰，一只有力的手在空中挥舞。誓师大会结束后，战士们热血沸腾，誓死也要打败气焰嚣张的美国鬼子。彭德怀元帅在化工厂的讲话，就像给大家注射了强心针。在那个激情燃烧的岁月里，每一粒硼砂都是用大铁锅熬制出来的。荒野上挖一个坑，架上大铁锅，就是全部的工艺流程。几百口大铁锅沿着大柴旦湖摆开，铁锅底下燃烧的熊熊烈火把黑夜烧得无处躲藏。大柴旦化工厂上万职工你追我赶，不分黑夜白天，就像铁锅下的烈火燃烧着理想。然而，彭德怀元帅的话音还在耳旁萦绕，大饥饿便席卷了整个地区。轰轰烈烈的化工厂一夜之间变得风雨飘摇，上万人的热闹场面变得冷冷清清。连填饱肚子都难以保证的年代，谁还有力气充当拼命三郎。

我在海西州委办公室工作期间，州委食堂有个厨师当年就是化工厂的一名工人。他曾感慨地说，从大柴旦湖里捞原料是个重体力活儿，饿得走路都东倒西歪，哪有力气干活。化工厂有一个大食堂，工人们常常去大食堂里面寻找吃食。可是，狼多肉少的时期，哪里还有什么吃食。实在饿得没有办法，就拿温泉里的一种石头充饥。有人给这种东西起了一个好听的名字叫人造肉，如果吃多了人造肉，憋得肚子疼也拉不出大便。那个时候，大柴旦地区有一道独特的风景，就是腰里系一根破绳子，绳子上拴着一个破缸子，那是化工厂工人的真实写照。人们调侃这些工人说，远看像个油漆工，近看是个要饭的。当然，这一页早已翻了过去，那是一段刻骨铭心的记忆。大柴旦今天的美好，与那个时候的奋斗无法分开。盐路坑坑洼洼高低不平，仿佛告诉人们许多的往事。往事并不如风，不会随随便便被吹散。每一个坑洼里都装着一个故事，坑洼里的故事盐一样重要，盐一样有些咸苦。

小柴旦湖

离开大柴旦镇一直向西南行驶，用不了多长时间就能看见小柴旦湖了。215 国道、315 国道擦着湖边而过，就像小柴旦湖两根细细的飘带。多少年来小柴旦湖静静躺在这片戈壁上。老天爷拉下脸时，她一脸灰蒙蒙的表情，老天爷高兴时，她干净透明，天有多蓝，湖就有多蓝，有时候那个颜色蓝得让人窒息。无论什么时间，始终跟天空保持一个颜色。绿油油的草滩环绕在湖水周围，好像湖泊的一条围巾。有风的日子里，皱巴巴的湖面银光闪闪，翻起了千万条兴奋无比的鱼儿。然而，湖水里没有鱼，小柴旦湖是一个朝气蓬勃的死湖。小柴旦湖和大柴旦湖在第四纪时期属于同一个湖泊，气候变化，湖泊退缩，库尔雷克山山麓形成的冲积扇露出水面，逐渐演变成现在的两个相对独立的湖泊。柴达木盆地里，这样的湖泊为数不少。远古的海洋随着隆起的地壳，无可奈何退去时，留下了这些迷人的湖泊。这些湖泊水光十色，不仅成为大自然赐给人类的一道美丽风景，也给人类留下了无际的想象空间和无尽宝藏。

小柴旦湖中有一种卤虫有机生物，这种体型微小的生物，生命周期短，从孵化到死亡只有半年时间左右。根据盐湖浓度高低，体色变化各异，高浓度盐湖中卤虫的颜色呈橘红色，低浓度盐湖中颜色呈青灰色。卤虫生存主要以盐湖中丰富的藻类微生物蛋白为食，半年之内能产卵 3 次，每尾每次产卵 50 粒左右，产出的卵两至三周就能成虫。卤虫看似不起眼，实际上是一种极其宝贵的盐湖资源，被称为"盐湖活物宝贝"，用于养殖业、制造业、医药食品领域。卤虫体内含有丰富的矿物质，还有多种氨基酸和维生素、胡萝卜素，能大大增强鱼、虾、蟹水产幼苗的成活率，促进幼体蜕皮和快速增长。除此之外，卤虫还可以通过深加工，提取维生素、胡萝卜素、不饱和脂肪酸和抗生素等多种物质，特别是提取的胡萝卜素用途十分广泛，不仅可以作为天然色素、食品添加剂和增味品，而且能在人体内转化为维生素 A，增加食品的营养成分。值得一提的是，卤虫还可以作为脂类抗氧化剂来制作药物，抑制各种癌细胞，预防和缓解癌细胞病变。从小柴旦湖卤虫中提取的胡萝卜素，已经成为国际国内市场供不应求的高价值产品。

站在镜面一样平静的湖边，阳光从身后照了过来，镜子一样的湖面上就有了自己的影子。如此平静的小柴旦湖，里面蕴藏着无法想象的内容，不得不让人感叹大自然的神奇。绕过小柴旦湖，一直朝西南方向，那里曾经有过一个小柴旦火电厂。20 世纪 70 年代，那里建起了一个火电厂，有不少插队抽上来的同学被分配在这个电厂工作。其实，大柴旦已经有一个火电厂了，不知为什么又在小柴旦再建一个火电厂。两个火电厂发的电，远远超出了当地用电量的需求。那个年代，类似这样重复建设的事情屡见不鲜。当时，德令哈在尕海建了一个糖厂，这个开天辟地的伟大创举还上了《人民日报》。就在德令哈人民翘首以盼，准备品尝自己创造出来的产品时，出锅的糖浆井喷似的满天飞舞，工厂房顶像覆盖了一层雪花。一个"大跃进"的翻版重演了，一个美好的童话故事在尕海破灭了。在小柴旦火电厂工作的同学中，有一个男同学因为受不了失恋的刺激，用一把半自动步枪结束了自己年轻的生命。文化生活枯燥苍白、物资贫乏的年代，爱情无疑是支撑生活的力量源泉，是希望的灯塔。贫乏枯燥的年代里，爱情也是贫乏的，既不会丰富，也不会理智。就是现在还能想起那个同学的模样，尤其那双笑眯眯的眼睛像用画笔画上去的一样滑稽。再后来，小柴旦火电厂没有了，树倒猢狲散，同学们鸟儿一样各自飞离了那片荒原，唯独留下了那个为爱情失去生命的同学，孤零零躺在这片荒原上。不过，好在不太远的地方还有一个美丽的小柴旦湖，多多少少能给他带来些许抚慰。

青 蒜 苗

　　小雪节气还没到，大量的冬菜就开始上市。土豆白菜、生姜大蒜就成了市场上的主打品牌。用老人们的话讲，土豆白菜是老百姓的看家菜。可是，现在大家都住进了楼房，没有多余的地方储存冬菜不说，楼房里也没有办法储存冬菜，暖气一来什么菜也放不住。老人们就开始怀念过去的平房小院，每年一到刮北风的冬天，小院里家家户户的窗户下面，齐齐整整摆放的都是过冬的大白菜和蜂窝煤。看着窗户下面这黑白两样东西，人们心里就踏实。哪怕冬天再寒冷，心里也不会慌乱。

　　小区后面的公园里，平时没有多少游人，倒也显得安静。不知从什么时候开始，每个星期六，公园就变成了一个集贸市场。赶集的人多是周边五里八村的农民，也有从城里特意赶来采购的老年人。集市上的蔬菜要比城里的蔬菜新鲜便宜，许多蔬菜是周围农民自家地里种的，家里吃不了就拿到集市上卖了。城里的老年人就是图了这点便宜，才不辞辛苦来凑热闹。反正有老年卡，坐公交车又不花钱，闲着也是闲着，全当去郊区旅游一趟。返回的时候，身后拖着满满当当的行李小车，一副凯旋的神情。

　　集市上人头攒动，熙熙攘攘，热闹的场面有点儿像春节的庙会。集市上货物五花八门，琳琅满目，最多的还是土产蔬菜、生活中的日用小商品。还没有住进楼房的村里人，买葱又买蒜，把小小的三轮车装得满满当当，让住在小区里的城里人看着眼热。大家站在小区门口，或者站在集市一片空地上，指指点点感慨万千，回想着当年储存冬菜的陈年往事。想得多了就按捺不住怀旧的情思也去凑个热闹，买回一捆葱蒜摆放在窗外的阳台上，吃多吃少并不重要，重要的是有了那么一个准备过冬的意思。俗话说，葱怕水，蒜怕冻。大雪节气来到的时候，气温就会跌至零下，只好把放在阳台上的大蒜又拿回屋里。没来暖气还不要紧，暖气一来就麻烦了。没几天工夫，蒜头上就冒出几根绿芽。无奈之下只好剥开蒜头，把剥下的蒜瓣齐齐整整摆放在盘子里，浇上一些水放到暖气片上。不经意之间，盘子里就长出了青苗。看着绿油油的青苗，先前的烦恼也化成了暖融融的心情。

　　很多年前，还在德令哈农场的时候，只要家家户户开始搬运土豆和大白菜时，就说明寒冷的冬季就要来临了。我们家也会储存大量的土豆白菜。整个漫长的冬天全靠储存的土豆白菜过冬。有时候偶尔也吃一些干菜，那是母亲秋天晾晒好的。秋天莴笋下来的时候，母亲会买一些莴笋回来，削皮切条，挂在铁丝上晾晒。晾晒到莴笋没有了水分，萎缩成一根根干柴的样子，母亲便把它们收起来以备冬天食用。漫长的冬天里，当孩子们吃腻了土豆白菜，母亲就会给大家换个花样。把晒干的莴笋放在开水里浸泡，莴笋干泡软之后切成小丁放入油锅里爆炒。吃饭的时候，莴笋又香又脆，吃在嘴里咯吱咯吱就像唱歌一样愉快。香喷喷的那个味道，脆生生的那个劲，就是现在想起来也忍不住咂巴两下嘴。

童年的记忆里，柴达木的冬天出奇的冷，西北风把两只小手上吹得到处是裂开的小口子。家家户户用铁皮炉子取暖过冬，也有用砖块垒砌的土火炉。无论是铁皮炉子还是土火炉，烟道都是通过砖砌的火墙延伸到屋外。火墙有砖块砌成的，也有瓦片砌成的，正好砌在两个屋子的墙中间。火墙高有一米，长有一米五左右。只要炉子里面有火，两边屋子就不冷。寒冬腊月里，炉子上面做饭，火墙就成了最温暖的地方。火墙上面大大小小的盘子里，摆满了母亲栽种的蒜瓣。等到青苗长有手掌高时，绿得一片生机。晚上吃汤面的时候，母亲从盘子里掐下几根蒜苗，切成碎末撒到锅里，那一顿汤面便吃得有滋有味儿。屋外天寒地冻，火墙上绿油油的蒜苗，让大家看见了春天的颜色。也许正是这份记忆中的念想，每年冬天我也栽种一盘蒜瓣。看着从洁白的蒜瓣上一点点长出来的绿芽，心里暖洋洋的。当然，栽种蒜苗早已不是为了点缀吃饭，而是不想那一抹思念在岁月中尘埃落定。

在冰面上飞

如风的岁月，磨灭不去童年的记忆。童年的记忆，往往是跟大自然紧密相连的。喜欢大自然，享受大自然，融入大自然，是孩子们与生俱来的天性。很多年以前，柴达木一隅的德令哈劳改农场偏僻而荒凉。秋收过后的景象一片萧条，毫无生机。特别是到了冬天，枝繁叶茂的高大杨树只剩下一个赤裸裸的骨架，没有一片绿叶，戈壁中的农场荒凉而苍茫。尽管如此，也有让孩子们开心的地方。

为了农业生产的需要，农场修建了一条干渠，用巴音河水浇灌农田。干渠大概宽 10 米，深 3 米，笔直笔直地通向看不见的远方。干渠春夏季节清水长流，冬天停水断流。夏天留存下来的水，在干渠底下形成了一个天然的滑冰场。干渠两边是黑黄色的土，一条白色的冰道直溜溜的没头没尾。太阳照在冰面上，光滑的冰面闪闪发光。德令哈的冬天无比漫长，整个冬天干渠里的冰都不会融化。孩子们无所事事，冰场就是打发时光的最好去处。冰场是自然形成的，冰车是自己做的。冰车十分简单，甚至简陋。一块长方形的木板，木板下面钉上两根对称的方木，方木上再固定两根粗铁丝，简单的冰车就做好了。再配上两根一头尖的铁棍，就可以去大干渠滑冰了。看着孩子们扛着冰车的得意神情，心里像有小虫儿在爬，痒得难受。有一天中午，母亲把一个冰车递给我说，跟孩子们一块玩去吧。望着母亲手里的冰车我问，哪里来的冰车？母亲说，昨天晚上你爸爸熬夜给你做的。突如其来的喜悦，让我半天说不出话。这是我见过最漂亮的冰车，长方形的木板上绷了一张灰色的兔子皮。看着冰车上的兔子皮，我身上暖洋洋的，心里比兔子皮还温暖。

　　一个暖洋洋的中午，我扛着冰车来到朝思暮想的干渠。站在渠岸上望去，干渠里生龙活虎，热闹非凡。光溜溜的冰面上，孩子们一个个鼹鼠似的，你追我赶滑向远处。我和一个小伙伴下到渠底，也开始了心旷神怡的滑冰运动。刚开始的时候，没有掌握好两只手的协调，冰车歪歪扭扭滑不起来。不过，一会儿工夫，驾驭冰车就像活动自己的手指头一样自如。干渠里的冰像光滑笔直的飞机跑道，我们奋力朝着远方滑去。滑呀，滑呀，滑得汗流浃背，滑得脑袋上热气腾腾，仍然意犹未尽。黑黄色的干渠不断向后面退去，刺骨的冷风扑面而来。那个感觉美妙得无与伦比，像一只自由自在的鸟儿在冰面上飞翔。就在我们玩得不亦乐乎的时候，几个蛮横的男孩子滑着冰车撞向我们。小小的冰车冲击力不小，我们被撞得人仰马翻。见我们狼狈不堪的样子，那几个男孩子在笑声中扬长而去。我和小伙伴们狼狈地从冰面上爬起来，突然，小伙伴指着我的鼻子说，你的鼻子流血了。我用手摸了一把隐隐作痛的鼻子，阳光下手指上的鲜血刺得人眼晕。望着手指头上的鲜血，愤怒的火焰从心里燃烧起来。我重新坐在冰车上，发疯似的去追赶那些趾高气扬的男孩子。当我追上他们时，像一颗发射出膛的炮弹，直接向他们撞了上去。由于惯性太猛，被我撞上的那个男孩子被甩出去十几米远。就在其他孩子不知所措时，我又一次发起了冲锋。像一个勇敢的战士，在冰面上横冲直撞，撞得他们七零八落。那些孩子乱了阵脚，从冰面上四散而逃。实际上，我并没有报复他们的心理，只是想告诉他们，狗急了跳墙，兔子急了咬人，善良的人不是没有胆量，而是不想欺负人罢了。

那天傍晚，当我提着冰车爬到渠岸上时，日落西山红霞飞，火红的太阳在遥远的地平线上就像一颗透明的玛瑙，那个苍茫壮美的画面，至今依然在脑海里闪回。回到家之后，父亲问我冰车好用不好用，我告诉父亲，轻巧的冰车在冰面上像鸟一样能飞起了。父亲笑了笑，伸手摸了摸我的鼻子又问道，摔跤了还是打架了？我把发生的事情一五一十地告诉了父亲。父亲沉默了片刻说，男孩子磕磕碰碰没啥，不打架也不是男孩子。不过，随随便便打架也不是好事情。我不知道父亲是表扬我还是批评我，但我知道父亲没有埋怨我。

从那以后，那几个男孩子果然老实多了。再去滑冰时，他们再不敢随随便便欺负人了。大家心照不宣地遵循着一个原则，与人为善，井水不犯河水。开心的日子没有多长时间，干渠里干净光滑的冰面，在春天的阳光下开始融化了。

干渠里的冰融化了，希望并没有破灭，期盼的种子在心里默默发芽。第二年冬天，别出心裁的我想制作一双冰鞋。于是，便偷偷摸摸去找农场就业的能工巧匠。这个人曾经是一个机械师，不知道什么原因被判刑劳改，刑满后留在农场的机务队工作。这个人戴着一副白色塑料框眼镜，给人感觉文绉绉的样子。听了我的想法，他断然拒绝。我不但没有心灰意冷，反而死缠烂打天天去软磨硬泡。无奈之下，机械师给我制作了一双冰鞋。所谓的冰鞋，就是在鞋形的木板底下，固定两个打磨光滑的铁片。冰鞋的确太简陋了，可在我眼睛里，它是一件了不起的宝贝。

灰蒙蒙的天空飘起雪花时，干渠里的水变成光滑的冰面，我便迫不及待把两只冰鞋紧紧捆绑在脚上，开始了梦寐以求的滑冰练习。最初的那些天里，醉汉似的在冰面上跌跌撞撞，狼狈不堪。摔倒了爬起来，爬起来再摔倒。没有任何保护措施的情况下，摔得鼻青脸肿。尽管如此，滑冰的热情和勇气不减。晚上躺在被窝里，浑身火烧火燎地疼痛。第二天，看着太阳升到了半空中，毅然决然又去了干渠。伤痕累累的我，终于在一个星期后可以在冰面上滑行了。随后的那些日子里，打了鸡血似的在冰面上疯狂，那个感觉真的像飞一样奇妙。遥远的柴达木偏远而荒凉，只要飘雪的冬天来临，快乐日子就不再遥远，在孩子们的心里，柴达木的冬天变得温暖了不少。

柴达木的月亮

张爱玲在小说《金锁记》里有这么一句话，"年轻人想着30年前的月亮该是铜钱大的一个红黄的湿润，像朵轩信笺上落了一滴泪珠，陈旧而迷糊"。30年前的那天晚上，上海的天空没有睡醒，乌云把月亮遮掩得模模糊糊。虽然写得有些伤感，但还是能看见铜钱大的月亮。如果张爱玲活到现在的北京城里，恐怕连那个铜钱大的月亮也看不见了。

一连十几天太阳灰头土脸，看不见月亮的天气让老人孩子躲在屋子里不敢出门，年轻人没有办法，只能戴着口罩去上班。空气污染如此严重，居然有个所谓的教授说，雾霾虽然污染空气，我们把窗户关好。如果关上门窗还挡不住雾霾，我们把心灵的门窗关好，只要雾霾不污染心灵，生活依然美好。听了这番话，真是哭笑不得。

北京的冬天难熬呀。这是我一个朋友说的话。朋友是贵州的，他们那里空气清新，山清水秀，人在林中走，水在山下流。猛扎扎来到北京，看到不见天日的北京，当然心存恐惧。原打算在我这里多住一些日子，但是，北京的天实在留不住人。朋友住了三天便要回去，说连门都出不去跟坐牢有什么两样。我把朋友送到北京西站，在检票口分手时，朋友幽默地说，活了一个甲子年，没有见过这么浓郁的雾霾，比北京的二锅头还醇厚。干脆把房子卖了，到我们贵州来，没必要拿自己的生命开玩笑。在北京你什么都不是，充其量就是一个吸尘器。望着走进车站的朋友，真是让人欲哭无泪。住在北京常常能接到市政府空气应急指挥部的短信："我市某月某日某时间空气重污染橙色预警，机动车限行，工业企业停产限产，停止土石方、建筑拆除作业等应急措施。感谢广大市民的理解和支持。"理解也是被雾霾包围，不理解还是逃离不开雾霾，政府被幽灵似的雾霾弄得跟惊弓之鸟一样，市民又奈何得了铺天盖地的雾霾。

我有一个多年养成的习惯，每天早晨在窗前喂麻雀。原本一身褐色的小麻雀，经过雾霾的洗礼脱去了漂亮的褐色外衣，换了一件难看的黑灰色外衣。看着这些有了感情的小精灵，我真的为它们难过。其实，也是为自己难过。

忽然有一天晚上，天空出现了一弯深黄色的月亮。我兴奋地趴在窗前望着天空。弯月下面还有一颗星星在闪烁。仔细再看，那颗星星就像月亮流淌下来的一滴浑浊的眼泪。这么多年来，雾霾就像狗皮膏药一样贴在北京上空，特别是到了冬天，无边的雾霾笼罩着城市，那种要死不活的感觉让人想到了世界末日。每当这个时候，我总是怀念柴达木的月亮。柴达木的白天，什么时候阳光都是灿烂刺眼，除非下雨下雪。柴达木的晚上，什么时候月亮都是明晃晃的，除非下雨下雪。

20世纪80年代的一个夏天，我去天峻县体验生活。有一天下午，文化馆的谭馆长兴致勃勃要带我体验一次野炊生活。于是，我们高高兴兴带上家什去了布哈河。8月的布哈河像一条银色的哈达，弯弯曲曲铺在无际的草原上。我们在一个相对较浅的河岸停下脚步，收拾家伙准备下河捞鱼。平静的河水其实一点不平静，洄流产卵的湟鱼像河底的石头数不清。站在冰凉的河水里，鱼儿擦着小腿而过。我们拿着一个铝锅，毫不费力就捞起一条湟鱼。湟鱼又大又好看，阳光下就像穿了一件金光闪闪的衣服。没用多少工夫就捞了几条湟鱼，回到岸边谭馆长说，再过一些日子湟鱼就游回青海湖了，现在是最好的季节。我们在河边架起锅，用布哈河的水炖布哈河的鱼。一把干柴，几块牛粪，就有了诱人的清香。谭馆长是个老天峻，50年代就到了天峻县。他是上海人，可是他身上已经没有多少上海人的味道了。他喜欢收集藏族的民歌，肚子里装了不少藏族民歌，张嘴就如数家珍般说出各种形式的民歌。牛粪火燃烧得旺，锅里的水在沸腾。三块石头架一口锅，锅的那边是谭馆长，锅的这边是我。谭馆长滔滔不绝地讲着草原上的事情，我默默在本子上记录着感兴趣的东西。

一会儿工夫，清炖鱼好了，我们用鱼汤泡饼子吃得有滋有味。就是现在回想起来，嘴里还有那股鲜美的味道。一条融雪汇成的河，几条雪水中生长的鱼，大自然慷慨的恩赐，什么山珍海味也是枉然，什么高汤也无法与之相提并论。虽然喝过无数次各地的鱼汤，那一次是我喝过天底下最鲜美的鱼汤。喝美了鱼汤，吃饱了饭，天已黄昏，落日把布哈河染成了一条红色的河流。我们就那么安安静静坐在草地上看着油画一样的太阳一点一点沉到大山后面，又看着月亮一点一点从大山的后面升起来。半圆形的月亮越升越高，静谧的草原让人有了想入非非的空间。河水不停地流淌，月亮浮在水面上。草原的夜晚，静得就像俄罗斯画家笔下朴实的草原油画。不知道坐了多长时间，草原上刮起冷风的时候，我们才恋恋不舍地离开了布哈河边。

还有一次在唐古拉山看月亮。我曾经写过一篇散文叫《唐古拉落日》，也是20世纪80年代的事情。在那篇文章里，我写了和一个小战士一块看落日的事情。我至今还记得小战士说的那两句话，"看惯了落日，如果雨雪天没有太阳，晚上睡觉都不踏实。唐古拉山的落日像个精力旺盛的小伙子，就跟我们一样"。那天晚上没有修好汽车，我们住在了兵站，我就睡在那个小战士的床铺上。由于海拔高有反应，晚上辗转反侧睡不着觉，干脆穿好衣服下床走出了房间。冬天的唐古拉，天空上没有几片云彩，透明的月亮像一个水晶球似的挂在天上，闪烁的群星犹如满天碎银。天地间干净得没有一点杂物。月亮就那么挂在空中，仿佛爬到山顶上就能坐到月亮上去。亦真亦幻，有种与天堂近在咫尺的错觉。不知道站了多长时间，当小战士把一件军大衣披在身上时方才梦醒。唐古拉的晚上太冷，还是屋子里暖和吧。听小战士这么一说，我感觉到浑身异常寒冷，跟天上的月亮一样清冷。

　　柴达木人大概不知道雾霾是什么样子。雾霾又像乌云又不是乌云，又像浓雾又不是浓雾，仿佛一块巨大的脏抹布笼罩在头顶。因为，柴达木很少出现雾霾现象，或者根本没有出现过雾霾，所以，柴达木人是幸福的，不用为空气质量担惊受怕，更不会充当糟糕的吸尘器。就在写这篇文章时，铺天盖地的雾霾又笼罩了北京。对面的楼房就像一艘沉入海底的轮船，影影绰绰只能看见几扇有亮光的窗户。毫无疑问，明天通往外界的高速公路将全线封闭，机场被迫关闭，中小学停课，大街上的行人像幽灵一样时隐时现，地铁里和公共汽车里，又会出现戴着奇奇怪怪防毒面具的男男女女。望着窗外雾霾笼罩的天空，不由得让人思念柴达木满天繁星的夜空。

后 记

　　电脑键盘敲出最后一个字符，这本书的初稿尘埃落定。窗外高大的树木在雨水中瑟瑟发抖，飘落在草坪上的树叶金黄一片，中秋节悄然而至。今年的中秋节无月可赏了，雨水敲碎了北京的中秋夜。此时此刻，窗外的雨水和心情一样无法平静，回顾前一段的西部之行，思绪依然徘徊在那片土地上。一切都那么清晰，仿佛昨天的情景。

　　柴达木是一片神奇的土地，这片土地不断创造着传奇。少年时代，我见过美丽的白天鹅，见过长着两只漂亮大角的盘羊，见过在荒原上奔跑的黄羊。青年时代，我见过昆仑山里的野牦牛，见过藏羚羊，见过金色皮毛的棕熊，还见过一只被猎杀的猞猁。而立之后，不仅对这些神奇的动物产生了兴趣，转而对那片土地上的人和事更感兴趣。养路道班的职工，盐湖人，运输公司的汽车司机，拉着骆驼修建青藏公路的驼工，劳改农场那些形形色色的人，无论男女我都跟他们接触。接触的人多了，知道的故事自然也多了，过去的，现在的。有些故事让人伤感，有些故事令人激动。尤其是20世纪五六十年代开发柴达木期间，发生的那些事情让我欲罢不能。柴达木不仅有自然风景，也有人文历史文化。柴达木是一本沉甸甸的书，翻开哪一页都不是空白。我忽然意识到，即便离开了柴达木，自己依然生活在柴达木的影子里。虽然北京和柴达木相隔千山万水，但感觉好像从来没有分开过。

柴达木这片土地虽然偏远，但和全国任何一个地方一样，经历了一样的风雨历程，经历了一样的苦难煎熬，经历了一样的欣欣向荣。唯一不同的是，生活在这片土地上的建设者们，生存的环境要艰苦得多，享受的待遇要少得多。他们在缺氧的高原贡献青春，贡献子孙，贡献终生。他们把一切能给的都给了这片土地，离开这片土地，他们一无所有。之所以这么多年来，我一直在这片土地上徘徊，是想让更多的人知道，开拓者们经受过的苦难和顽强拼搏的人生过程，让更多的人了解这片土地，热爱这片土地。柴达木繁荣昌盛的今天，是几代人坚韧不拔的结果，是几代人矢志不渝艰苦奋斗的结果。

《青海湖》杂志曾经发表过一篇刘晓林和我的访谈录，在访谈录里我告诉刘晓林，我的少年时代和青年时代都是在德令哈度过的，可以说是喝着巴音河水长大的。在一个人成长的过程中，最重要的阶段会在他心灵深处留下抹不去的烙印，无论是幸福的还是悲伤的，这种烙印都会伴随一生。这么多年以来，我像一只轻飘飘的风筝，无论飞得再高再远，柴达木这根绳子紧紧拽住了我的灵魂。

几年前，海西州政协编撰的《柴达木文史丛书》，全面记录了柴达木的发展历程,在社会上引起了强烈反响,好评如潮。去年,张珍连先生邀请我前往柴达木西部采风,打算继续出版《柴达木文史丛书》。正好是8月份,我们一行人走遍了西部这一片土地,又穿过阿尔金山,沿着罗布泊北缘去考察丝绸之路上的遗迹。虽然只是走马观花,还是开了眼界,长了知识。真的要感谢张珍连先生,感谢海西州政协,又给了我一次走进柴达木、亲近柴达木的机会。柴达木对我而言,魂牵梦绕过于夸张,耿耿于怀倒恰如其分。时间顺水而流,生活逆水行舟。我常告诫自己,生活可以清心寡欲,但不可熟视无睹。生命可以随心所欲,但不可随波逐流。

苍茫辽阔的戈壁上,生长着一种叫黄花补血草的野花,它的生命力极其顽强。每到金秋十月,戈壁滩一簇一簇的黄花补血草金光灿烂。在我的心里,柴达木人就像黄花补血草这样的野花,默默盛开在盆地之中。

2019年中秋节写于静斋

图书在版编目（CIP）数据

茫崖有多远 / 刘玉峰著. —北京：中国文史出版社，
2023.8

（柴达木文史丛书 . 第六辑）

ISBN 978-7-5205-4208-1

Ⅰ.①茫… Ⅱ.①刘… Ⅲ.①纪实文学—中国—当代
Ⅳ.①I25

中国国家版本馆 CIP 数据核字（2023）第 138205 号

责任编辑：李晓薇

出版发行：中国文史出版社

社　　址：北京市海淀区西八里庄路 69 号　　邮编：100142

电　　话：010 – 81136606　81136602　81136603（发行部）

传　　真：010 – 81136655

印　　装：河北京平诚乾印刷有限公司

经　　销：全国新华书店

开　　本：880mm × 1230mm　1/32

总 印 张：53.125

总 字 数：1060 千字

版　　次：2025 年 7 月北京第 1 版

印　　次：2025 年 7 月第 1 次印刷

定　　价：180.00 元（全六册）

柴达木文史丛书　　青海海西州政协教科文卫和学文委◎编
柴达木认知读本 6　　张珍连◎主编

YOUSHA SHAN ZUOZHENG

油砂山作证

青海海西州政协教科文卫和学文委◎编
张珍连◎主编

凌须斌◎著

中国文史出版社

目 录

柴达木石油"老兵"

巍巍昆仑山,镶着银边的尕斯湖,飘着油香的油砂山……炼塔、井架、油罐、采油树……尹克升同志又见到了久违而熟悉的石油风景,这位"老柴达木"、石油"老兵"的心情激动不已。

时任青海省委书记的尹克升同志,在柴达木石油战线工作了近30年,把青春韶华奉献给了石油事业。柴达木,石油,常常萦绕在他的心头。青海石油局建局40周年之际,尹克升同志又回到了他曾经奋斗过的故乡,他为进军在二次创业征程上的青海石油人鼓劲加油来了。

从格尔木开始,他穿越茫茫瀚海戈壁,进炼厂、看社区、走泵站、到采油厂、上钻井队、去学校、访退休站……把亲切的关怀、老石油的深情厚谊送给青海石油人。每到一地,他都能随口叫出一位老柴达木石油人的名字;每到一处,他都能马上说出一口年代久远油井的历史。近30年与风沙为伴的石油生涯,他早已把一腔情和爱融进了柴达木这片热土。

尹克升同志还来到了海拔 3400 多米的狮 32 井，看望奋战在这里的钻井工人。当他在山上看到油城花土沟时，不禁感慨道：10 多年前的花土沟景象是，头上一片蓝天，脚下一片荒漠；这次到花土沟，同样是昆仑山下、尕斯湖畔，展现在眼前的却是一座石油新城，楼房鳞次栉比，井架林立，磕头机迤逦延伸，油罐闪耀银光，运输车辆穿梭往来……一派生机盎然，青海油田发生了翻天覆地的变化，标志着石油工业在柴达木取得了重大成果。

青海石油人心中也永远忘不了可敬可爱的老领导、老同事。大伙和他朝夕相处的一幕幕，多年过去依然是那样清晰，那样亲切，那样动人！

老柴达木石油人王钦峰还记得，1966 年 10 月，他带队赴青海石油局尖顶山油田学习，和尹克升在尖顶山会战中相处的日子。当他们一行 43 人于 10 月 10 日从冷湖出发，颠簸一天到达尖顶山后，头戴铝盔、身穿工作服的指挥尹克升在指挥部住的地窝子门口欢迎他们，没有一点架子，和普通工人一样，顿时让他们有一种回家的感觉。当年 11 月的一天下午，突然狂风大作，瞬间天昏地暗。风渐渐小了，可雪花又纷纷扬扬飘来，寒冷刺骨，井上干活的人都冻得瑟瑟发抖。当时的情况是，一口井只要开钻就得完钻，碰到大寒流也不能停工，否则设备就会被冻坏。就在这样的夜晚，尹克升出现在他们工人中间，把一碗碗胡辣汤送到工人的手里。喝着尹指挥亲手递来的汤时，大伙眼眶湿润了。李队长说，这是他们一起工作时碰到的第四次寒流，每一次都是尹指挥把一碗碗胡辣汤送到工人的手里，他心里时刻装着工人群众的冷暖疾苦。在尹指挥为柴达木石油工业鞠躬尽瘁、死而后已的精神感召和言传身教下，他们深深爱上了柴达木，抱定了"扎根柴达木一辈子"的思想，从未动摇过。

当过钻井工人、做过井下作业处和冷湖油田管理处领导的王留顺深情回忆："那时候，哪里工作忙累，哪里工作危险，哪里就有局领导、处领导的身影，我16岁到井队上班，一次发生事故，在井上被砸断了腿。当时，深入一线井队工作的尹局长亲自把我背下机台，送进医院治好了我的腿！有这样的领导，我干死也甘心！"

在《青海石油志》、《青海石油》画册、青海石油创业史展厅里……有一张老照片始终吸引着大家的目光，打动着大家的心，那就是担任局长的尹克升在一次抢险之后，神情专注地为一名工人擦拭脸上的油污，目光充满了疼爱。这一定格的场面，是尹克升关心工人的真实写照。每每看到这幅经典的画面，总让人感动不已、钦佩有加。

尹克升同志对这片土地的感情太深了，他从1954年踏入柴达木盆地，就与这片土地结下了不解之缘。从咸水泉到尖顶山会战，从冷湖油田产量达到30万吨、一跃成为20世纪50年代共和国四大油田之一，从重返西部建家园到组织油砂山、花土沟恢复生产，从涩北会战、尕斯油田发现到跻身百万吨级油田……一路摸爬滚打走来，一步一个脚印，扎实、沉稳。

图片 1

几十载艰苦奋斗，柴达木盆地西北部建起了高原百万吨尕斯油田

每当回忆起开发柴达木艰苦创业的年代，每当谈到这里发生过的可歌可泣的英雄业绩，他说着话便哽咽了，泪水情不自禁盈满眼眶。

青海油田编撰了一本《创业四十年》的书，尹克升同志应邀在百忙之中欣然提笔，写了一篇《难忘1976年涩北会战》的回忆文章，字里行间情真意切，为我们展现了一幅当年石油会战的壮丽历史画卷。"我对青海石油局1976年涩北天然气勘探会战一直刻骨铭心。涩北是一片不毛之地，会战前线的生产、生活条件非常艰苦。没有淡水水源，饮用水和工业用水都靠罐车拉运；没有肉食和新鲜蔬菜吃，当时的盆地职工，过年过节才能分到点牛羊肉改善生活；没有社会依托，从领导到职工都是住帐篷，睡行军床……会战前线的队伍士气高昂，真正是不计时间、不计报酬，从来没有节假日、星期天，甚至不分白天黑夜。特别是涩深15井灭火抢险惊心动魄。因地下强烈的天然气冲天而起，挂在井架上的灯泡被撞碎，引发一场大火。1分钟后，井场一片火海，火柱高达200多米；3分钟内，42米高的井架被烧倒，百公里之外可看到火光。"

作为负责会战一线的领导，他的心也在燃烧。危急之时，他果断决策，奋不顾身，全力以赴组织灭火抢险。拖出烧坏的设备，带火切割井口障碍物，带火安装新的井口装置……他就在现场，危险和不测随时都会发生。空中爆炸灭火的关键时刻，他义无反顾地站到了指挥车上，坚定果敢地靠近指挥灭火。上百斤重的炸药包沿着悬在空中的钢丝绳移到井场火舌的上空。轰隆一声响，烟尘腾空而起，瞬时空气隔绝，灭火成功了。那是舍生忘死、艰难拼搏取得的胜利。

大漠见证了他在近30年的石油生涯中，像这样出生入死、攻坚啃硬战斗的一幕幕。

尹克升同志不论在柴达木盆地工作，还是任青海省委书记、全国人大民族宗教工作委员会副主任委员，无论走到哪，他都心系柴达木、心系石油，他为青海油田日新月异的变化而激动不已。

1980年5月，时任中共中央书记处书记的胡耀邦，结束西藏考察后到了青海格尔木。中共青海省委通知时任青海石油局局长的尹克升代表青海石油局，到格尔木向胡耀邦汇报。胡耀邦关切地询问柴达木石油勘探的情况和勘探的前景。尹克升汇报了当时勘探的情况，列举了一些新发现的高产油井，说明了进一步加强勘探工作的力度，柴达木石油前景大有希望。胡耀邦听后很高兴，连声说好。1983年7月，胡耀邦第二次来到青海。1986年8月，胡耀邦第三次来到青海。尹克升都详细向胡耀邦汇报了柴达木石油勘探的进展和加快开发的愿望。胡耀邦题写："一定要开发柴达木油田。"在胡耀邦的关怀下，青海石油局向国家计委申报的"三项工程"（尕斯库勒油田120万吨产能建设、花土沟至格尔木429公里输油管道、格尔木100万吨炼油厂）很快得以实施。柴达木石油大规模开发的序幕拉开了，青海油田的事业日新月异地发展起来。

1995年6月1日，在庆祝建局40周年大会上，尹克升同志致辞时，激动地站起来，深情地鞠了一躬。这一鞠躬，表达了他向艰苦奋斗的青海石油人致以崇高的敬意，同时，也表达了他对石油工业发展的美好祝愿。

尹克升同志勉励青海石油人，进一步发扬柴达木人的艰苦奋斗精神，加强勘探工作，加强企业管理，加强领导班子建设，勇于开拓进取，努力实现"二次创业，三个翻番"的目标。

在青海油田期间，他触景生情，思绪万千，并赋诗一首，以抒发情怀。诗曰：

青海石油四十年，吃尽天下苦千般。
石油儿女经百战，辽阔盆地换新颜。
艰苦奋斗坎坷路，造就英雄数万千。
二次创业展宏图，风流人物看今天。

依依柴达木，殷殷石油情。尹克升同志说他永远忘不了自己曾是一名青海石油人，自己永远是一名柴达木石油"老兵"！

李若冰的柴达木情结

柴达木盆地又近了!

李若冰一直强烈期盼着第六次走进柴达木盆地。

2002年初夏,李若冰又来到了青海油田敦煌石油基地,参加一个文化活动,拍摄关于他西行的电视纪录片《沙驼铃》。李老在敦煌石油基地的日子里,我每天都陪同他。他一直处于兴奋状态,因为他朝思暮想的柴达木盆地就在眼前了。他向青海油田领导提出要求:再去一趟柴达木盆地。

青海油田领导考虑到李老毕竟已经70多岁高龄,不敢下这个决心。他们请李老到医院检查身体,查出血压高压达200毫米汞柱、窦性心律不齐、慢性冠脉供血不足,还身患严重的糖尿病。再三权衡,婉拒了他的要求,恳请他在敦煌多住些日子。

不能去柴达木了,李若冰怅然若失。不论在石油宾馆踱步,还是在石油广场慢走,我看到他老人家时不时停下脚步,抬头向南眺望,远方是横亘绵延、积雪皑皑的当金山,而山那边就是浩瀚的柴达木盆地。此时，他那专注的神情、无奈的失落、无助的悲凉、盈盈的泪水，让人动容。

这一次敦煌之行，留下了他一生的遗憾！

昆仑山和祁连山孕育的这片八百里瀚海，只有深深地走进去，把生命和戈壁熔铸在一起，才能感悟她博大而丰富的内涵，也才能理解李老为什么会一次又一次投入她的怀抱。

1954 年，秋高气爽之际，他第一次踏进了亘古荒凉的柴达木盆地，那是跟随石油勘探者的拓荒之旅。从敦煌出发，历经 4 天艰难跋涉，终于来到了柴达木盆地，他禁不住欢呼起来。

在李若冰眼里，柴达木盆地是这样的："她袒开胸膛把我们拥抱了。柴达木的天空是明亮的。万里茫茫似海的盆地里，笼罩着一层薄薄的云雾，像鹅绒般轻轻地飘流着。透过云雾，在盆地的南方，矗立着昆仑山，气势雄伟，戴着银盔，披着银铠，真像一位老当益壮的将军。在盆地的北方，屹立着阿尔金山，脸面清秀，俊俏英武，显得干练可爱，很像一个年轻有为的少年。"走在这里的土地上，李若冰感到无比骄傲、自豪，这是新中国按照人民的意志，进行地质勘探，开垦这片丰饶的处女地。

他与石油勘探者一起爬祁连，登昆仑；走戈壁，穿沙漠；在雪山上摸爬，在盐滩里跋涉，在驼背上放歌，在沙窝里同眠……度过了许多艰难而极其珍贵的日子。李若冰完全沉醉在这种崭新而火热的生活里了。

虽然离开柴达木的日子很久很久，但柴达木一天也没有离开他的心头。有时，一阵寒风袭来，一层薄雾飘过，一片星星闪烁，都触动他的情思，激发他的回想：石油勘探者此时是在帐篷内伏案绘图，还是在荒原上挺立钻井？

他后来常说，人最初的一步很重要，1954年的那次选择，让他爱上了柴达木，这便成了他永远的情结。柴达木曾经令他感动，也令世人感动。和柴达木人在一起，自己也感到崇高了。

1957年同样的秋天，李若冰从西宁第二次走进了柴达木盆地……

他是柴达木石油勘探开发的见证者。感动的岁月里，他用手中的笔写下了一篇又一篇散发着浓郁石油芳香的美文——《在柴达木盆地》《怀念你啊柴达木》《茫崖，拓荒者的城市》……1959年，结集成《柴达木手记》出版。这本书很快享誉全国。戈壁、草原、狂风、石油，为油而战的柴达木人……一字一句都是他心血的结晶。《柴达木手记》是柴达木石油文学的圣典，激励着一代又一代的石油人。这本书成为柴达木石油文学的开山之作，李若冰也成为柴达木石油文学、石油文学的奠基人。这本书影响了一个时代，一批又一批青年人怀揣着《柴达木手记》，义无反顾地投入柴达木石油勘探开发大业，从20世纪50年代到80年代，源源不断。

柴达木人——"中国第二个最可爱的人"，这一崇高称呼就是李若冰首次提出的！

柴达木无疑是他的精神家园。1980年、1987年、1993

图片 2

驼铃声声摇醒了沉睡的荒原，拉开了勘探开发柴达木石油的序幕

年，李若冰又走进柴达木。从20世纪50年代、80年代，到90年代，几十年间，李若冰怀着虔诚的心情，一次又一次执着地前来朝圣，柴达木融进了他热情奔涌的血液！

1968年，初中毕业的肖复华偷出家里的户口本，独自一人去派出所办理了迁移至青海的户口，豪情万丈地告别了繁华的京城，奔向柴达木。他的哥哥肖复兴送给他一本书，对他说："这书是写你要去的那个柴达木的，好好读读。"这就是《柴达木手记》，这本书陪伴肖复华度过了无数的不眠之夜。戈壁风沙磨砺着他的意志和情怀，10多年以后，他成了柴达木著名的石油作家。1993年，肖复华写柴达木的第一本书《世界屋脊神曲》成形了，李若冰知道，柴达木的作者出书不容易啊！四处帮他联系出版社，还欣然为书作序。

依然是《柴达木手记》的呼唤。著名作家、文化学者甘建华大学毕业后志愿回到了父辈开拓耕耘的柴达木。他的父亲甘琳是深受李若冰影响的军转干部，为他笔下的雪山、盐湖、戈壁、草原所倾倒，毅然辞掉家乡湖南的舒适工作，壮志西行柴达木。多年以后，他的父亲退休，当年陪伴他父亲的《柴达木手记》已经破损卷边，却还一直珍藏在床头。甘建华在冷湖的日子里，曾经就着烛光，连续三晚通宵达旦地阅读《柴达木手记》。他一次次为李若冰笔下的柴达木世界心潮澎湃、如醉如痴！激情狂泻下写出散文名篇《烛光映照柴达木手记》，他在其中抒发感慨："事实上，他是整个盆地创业春秋的见证人。他热爱柴达木，对柴达木的一切了若指掌……我们无法想象柴达木可以没有李若冰。"

1995 年,作家刘元举从东北到西北,从渤海到瀚海,激情澎湃地漫游柴达木之后,在返回故乡的途中于西安下车,前去拜访李若冰。

当刘元举见到这位老人时,发现他的脸上挂着病容,眼睛也有些发锈。他们寒暄了一番,依然没有唤起李若冰多少好情绪。就在刘元举起身准备告辞,顺便说了一句是从柴达木来的时候,他发现李若冰瞬间产生了"裂变"——那双发锈的眼睛突然接通了电源,一下子灿亮无比。关于柴达木的话题滔滔不绝,一泻千里。

一句柴达木,激活了年近古稀又逢病中的老人,刘元举的心灵被强烈地震撼了!将生命移入柴达木的大漠戈壁,刘元举被激情点燃。他在冷湖纪念碑抒怀,在花土沟风中悟沙,一路走,一路看,一路想,他深深地爱上了这片依旧蛮荒的土地。1996 年,他向世人奉献出了《西部生命》。他以自己独特的视角描绘着具有特殊魅力的柴达木。那些真诚而动人的文字,那些崇高而悲壮的生命体验,无不闪烁着他生命的激情。刘元举又于 1998 年、2000 年两度深入柴达木盆地,写出了不少好作品。

刘元举创作西部系列散文期间,李若冰给他写过 5 封信,封封充满了深情。"接到你写的西部系列散文之时,我已住进医院治疗糖尿病。我是一口气读完你的系列作品的,读得很亢奋、很激动……对于写柴达木的作品我是要读的,对于写柴达木的作家,我都怀着特殊的尊敬的感情！这是一位历经风雨沧桑的老作家的肺腑之言。"
李若冰闯入柴达木是 1954 年，那一年，刘元举刚刚出生。
是心灵的感应，还是冥冥的呼唤？ 40 年后刘元举迈进了柴
达木。两代作家竟然如此不谋而合地走着同一条路，都向往
柴达木，这又是为什么？

从此，柴达木、柴达木的石油勘探者强烈地扣动着刘元
举的心弦，占有了他的灵魂。柴达木成了他心中的圣地。

柴达木石油人时刻惦记着他们热爱的作家。1993 年，青
海油田召开首届文学颁奖大会，授予李若冰"特殊贡献奖"。

李若冰偕夫人贺抒玉来了。一天，在石油作家肖复华家
中，我们一些人和李若冰欢聚。席间，肖复华即兴朗诵了他
写的《中国石油时代》中的一段文字，写的是李若冰和李季
初进柴达木时的情景："一路餐风饮沙，露宿戈壁。黄沙一
片，一片荒沙。君不见青海头，古来白骨无人收。君不见走
马川行雪海边，平沙莽莽黄入天……"肖复华泪流满面。李
若冰的目光潮润了，久久地，久久地默不作声，他的心又飞
到了当年跋涉的岁月中。我们在座的人怦然心动，虔敬地为
一位老作家的神圣情怀。

1993 年，李若冰写出散文《紧贴你的胸膛》，文中依
然洋溢着拳拳赤子之情："在我的心里，时常鸣响着一支歌。
这支歌高亢激越豪放悠长，紧扣着我脆弱的心扉，使我振奋
使我浑身像火焰般燃烧，任怎么也平静不下来，于是我被歌
声所诱惑便疾步走向远方……从此，我像着了魔似的在柴达
木（几番）走出走进，尝受人生的快乐……"

李若冰难以抑制心头的狂澜，他曾动情地诠释："（柴达木石油人）执拗地神圣地抱着一种信念，为之奋斗牺牲，虽九死而无悔。人啊，人的价值在这里得到了最完美的体现!"

柴达木这次进不去了，就要返回西安了。李若冰当着前来送行的一群人，坚定地说道："就是80岁了，我还要进柴达木!"

其情坚毅沉稳，其声落地铿锵!

李季夫人心中的圣地

　　著名诗人李季享誉全国的《柴达木小唱》，已成为柴达木盆地一张亮丽的名片。李季1954年进入柴达木盆地，写下了大量脍炙人口的诗篇，激情赞美柴达木，激情讴歌石油人。诗人已去，诗篇长存。

　　1954年秋天，李季、李若冰跟随西北石油管理局局长康世恩走进了柴达木盆地。顶风沙、冒严寒、点篝火、啃干饼、住帐篷、睡沙滩，和石油勘探者同吃同住；穿戈壁、过草原、跨沙丘、趟盐滩、爬高山、钻深沟，和石油勘探者同行同干。红柳泉、尕斯湖、阿拉尔、油砂山、英雄岭、花土沟……都留下了他的足迹。李季和柴达木、柴达木石油、柴达木石油人融合在了一起。他的拓荒创业激情燃烧，出版了诗歌集《心爱的柴达木》。

　　那时候，李季的夫人李小为带着孩子们，正居住在祁连山下、河西走廊的玉门油田。那时候的条件还不允许她上柴达木，但她的心始终伴随着李季在昆仑山下的戈壁滩上行走。李季的诗歌给她和世人打开了了解柴达木盆地、柴达木石油人的一扇窗。

> 那一边是昆仑山，
> 这一边是油砂山，
> 蓝得透亮的尕斯湖呵，
> 坐落两架山中间，
> 倒影映在湖里边，
> 昆仑山高过油砂山。
> 油砂山低昆仑山高，
> 昆仑山把油砂山全遮掩。
> 油砂山上立井架，
> 千军万马上了山。
> 白天欢腾一哇声，
> 黑夜灯火照满山。
> 湖中倒影变了样，
> 油砂山高过昆仑山。
> 不是油砂山长高了，
> 石油工人的干劲冲破天。

那样美丽的地方、那样创业豪气冲霄汉的地方，也紧紧地抓住了她的心。什么时候能去看看呢？她一直憧憬着、向往着。

20世纪50年代，《致柴达木的兄弟们》《油砂山》《一听说冷湖喷了油》《登昆仑》……李季脍炙人口的诗歌曾经激荡多少热血儿女，义无反顾地奔向柴达木，涌入勘探开发柴达木石油的洪流。

这是一个延伸了几十年的梦想，这是积淀了几十年的夙愿。

1991 年 8 月底，63 岁的李小为着手撰写《李季传》。为了进一步了解李季在柴达木的历程，从玉门油田采访后，专程赶赴青海油田——李季石油生涯中重要的一站。

李小为要写《李季传》，那不仅是她的宏愿，更是柴达木石油人殷切而真诚的期盼。柴达木油田已走过了 40 年的风雨历程，它的每一步都有李季、李若冰这样的贴心人和它一起同呼吸、共命运，它才显得更加伟大、辉煌，柴达木不会忘记。昆仑山、祁连山、阿尔金山托起的丰碑上永远铭刻着他们的名字。

李小为要沿着李季走过的路，决心走到底。到敦煌未及休整，迫不及待地就要进柴达木盆地。年逾花甲，两鬓飞霜，许多人都劝她，到了敦煌就别再西行柴达木盆地了，那里高寒缺氧，路途坎坷，条件艰苦，环境恶劣，何况当金山海拔 3600 多米，她这样的年龄难以逾越。石油总公司领导特地打来电话，叮嘱她不要去柴达木了。她斩钉截铁地回答："我要去柴达木的愿望就要实现了！"

"就是死，我也要进柴达木！"

因为那里有一个经久不衰的声音在呼唤："辽阔的戈壁望不到边，云彩里悬挂着昆仑山……"

矢志不移,向西,向西!9月1日,李小为踏上前往柴达木的征程。翻过海拔3600多米的当金山,辽阔无垠的柴达木盆地一下子无遮无拦地展现在李小为跟前,多年梦想实现了,她心潮汹涌澎湃。她相信,李季的魂魄依然飞翔在柴达木盆地的戈壁草原。"我来了!"她在心中呐喊。

李小为终于踏上了她朝思暮想的那片土地——柴达木盆地。

9月1日中午,到冷湖吃过午饭后,她坚持不休息、不过夜,直接奔赴花土沟。从敦煌到冷湖,从冷湖到花土沟,500多公里的长途颠簸和高原考验,对一个年逾六旬的老人来说,需要克服多大的困难啊!

茫茫八百里瀚海,漫漫黄沙相伴。她沿着李季当年走过的路悉心体验,老茫崖、红柳泉、花土沟、油砂山、英雄岭、狮子沟、尕斯湖……她的耳畔仿佛响起摇曳的驼铃,眼前跳动闪耀的篝火,她在默默地感受着柴达木盆地宽阔的胸怀和石油工人丰富的内涵。

李季他们当年在油砂山上曾经安扎过帐篷的地方,戈壁的风已把过去的痕迹抚平,李小为却在这里找到了一根一尺多长的绳子,她奉若至宝,那是李季他们当年扎过帐篷的绳子啊!她把绳子紧紧贴在心窝前,双眼涌起了泪花。她手捧一块石油勘探者追梦的宝物——油砂,竟无语凝噎。

柴达木大戈壁滩上的小石子,普通极了,但它们伴随着石油工人一起创业、一起奋斗,普通却伟大,李小为拾拾起来。

尕斯湖波光粼粼,凝视蓝天白云下倒映昆仑山的清澈湖水,她深情地用双手掬起一捧,内心久久不能平静。这是李季笔下柴达木石油人的圣湖啊,它让多少人心驰神往!

尕斯湖边的井架旁,石油钻井工人见到李小为老人,情不自禁地朗诵起了《柴达木小唱》,以这样一种特殊的方式向他们尊敬的长辈表达心意:"辽阔的戈壁望不到边,云彩里悬挂着昆仑山……"

那是他们心中永远热爱的诗歌!

李小为不顾白天奔波的疲倦,晚上继续与石油工人亲切畅谈。柴达木石油如火燃烧的岁月,让她久久难以入眠。

踏沙漠,穿碱滩,爬高山,过草原……李小为把自己的心融进了瀚海之中。为什么丈夫对柴达木一往情深呢?她明白了,巍巍昆仑可以作证,柴达木的风沙可以作证。她更深切地懂得了李季为什么在这里激情如潮、诗情澎湃,写出了那么多歌颂柴达木石油工人的优秀诗篇;为什么李季生命中的一部分和这片神奇的土地交融在一起。

李小为更加理解了李季病重的时候,在心里发出的呼唤:

"回玉门,回柴达木去吧,

这念头哪一天不煎熬着我的心。"

"把我的这颗心带回去吧,

为什么要让它忍受这思乡的苦痛。"

临别之际,李小为真情地说道:"我似乎明白了,是一种什么样的神奇力量孕育和造就了我们的大诗人!"

一切尽在不言中。

1993 年 8 月 7 日，青海石油局首届文学奖颁奖大会在敦煌举行。这是青海石油历史上规模空前的文学盛会。柴达木石油文学是伴随勘探队伍的驼铃而生的，李季、李若冰作为柴达木石油文学的拓荒者，他们脍炙人口的文学作品奠定了柴达木石油文学的坚实基础。这次颁奖盛会最大的亮点就是授予李季、李若冰特殊贡献奖。李季夫人李小为、李若冰应邀前来领奖。又见到柴达木石油人了，李小为、李若冰沉浸在重逢的喜悦之中。

颁奖大会结束，李小为、李若冰就执意要进柴达木盆地。那是无法阻挡的思念和牵挂！

他们又走进柴达木盆地，登上了昆仑山。在纳赤台，有驰名天下的昆仑泉，泉水从地下喷涌而出，清莹甘洌。李小为拿出随身携带的杯子，舀了泉水，细细品尝起来。在悬崖峭壁的昆仑桥下，李小为又捡拾起了几块漂亮的昆仑石，把它们带回了北京。柴达木的一山一水、一草一木、一沙一石都牵动着她美好的回忆。

李季的诗和李若冰的散文是滋润我们柴达木石油人成长的特殊的文学营养。柴达木石油情把我们和李季、李若冰紧紧连在了一起。

1994 年的冬天，带着戈壁风沙，我从遥远的青海到北京出差。通过石油作家肖复华的牵线联系，让我喜出望外的是，李小为邀请我到她家做客。

一走进安定门外李小为老师的家中，就能深深地感受到浓郁的柴达木气息。她家书柜里摆放着一些柴达木石油的书籍，还有一个塑料盒，盒里装着一截柴达木油砂山上捆绑帐篷的绳子；陈列柜里是一块柴达木特有的方块结晶盐，晶莹剔透；茶几上明亮的玻璃钵里盛着数枚戈壁滩上的小石子，朴素无华……尽管窗外是鳞次栉比的高楼、川流不息的大街，京城一片繁华，但那一方远在千里之外西部之西的土地，犹如就在眼前。

书柜上还摆放着一顶铝盔。这是伴随李季几十年风雨石油生涯的无价之宝，是他一生坚持不懈的崇高追求。我的耳畔仿佛响起他的内心独白：

"我只愿当一名石油工人，

一顶铝盔就是我的最高奖赏。"

看到这些东西，仿佛一下子又回到了柴达木。李小为老师走进柴达木盆地时的身影历历在目，声音又在耳边回响。

李小为家中容纳了柴达木盆地的博大、悠久、富饶、深厚，充满了柴达木石油勘探开发的味道。这些都和她的生命紧紧相连，因为这是她心中的柴达木！

东北作家刘元举的情怀

白山黑水，大漠戈壁；东北，西北，地理相距千里迢迢。

一位土生土长的东北作家却对遥远的西北情有独钟、一往情深。他就是辽宁省作协《鸭绿江》主编刘元举。

1995 年，乍暖还寒的 3 月的一天，我从柴达木盆地西部的花土沟采访后回返敦煌，到冷湖的俄博梁一带时，我看到前面路上一辆车停在边上，有两个人在雅丹地貌里奔走拍摄。之前一路未见人烟，何况现在遇见了拍摄的人，我让车停了下来。走近一看，一人是青海油田新闻中心的摄影记者；另一人陌生，不知为谁。寒暄过后，摄影记者给我介绍，陌生人是从东北沈阳来的作家。在空旷的荒原，见到熟人分外亲切，未及细聊，我们就各奔东西了。但我记住了这位东北作家。

事有凑巧，几天后，敦煌石油基地一个聚会，邀我前去作陪。入席一看，请的主角恰好是我在雅丹地貌路上遇到的那位东北作家。当我得知他是刘元举时，骤然兴奋，因为我读过他写的书——《手相梦》，那本书给我留下了很深的印象。相见恨晚，一本书拉近了我们的距离，气氛一下子热烈活跃了起来。本不喝酒的他，也频频端起杯来，我们也纷纷伸出手让他看起手相来……

犹如久别重逢，在敦煌短短的几天，我和刘元举相谈甚欢。刘元举早就读过李若冰的《柴达木手记》，书中的章节也激荡了他的心，他一直憧憬着前往朝圣。他只身从东北闯入柴达木，或许就是为了寻找一个悠远的梦？柴达木没有秀丽的景致，荒凉残缺的地貌、恶劣的气候、默默无闻的柴达木人，在他眼里充满新奇，充满想象，充满景仰。光秃在他的眼里有了灿烂，残缺在他的心灵有了某种补偿。那一片广大的戈壁滩不仅拓展了他那狭隘的视野，而且给他以生命的铸造。深入柴达木的大漠戈壁，被激情点燃，他在冷湖纪念碑抒怀，在花土沟风中悟沙，一路走，一路看，一路想。他坦陈，来到了柴达木，爱上了柴达木，爱上了这片荒凉而又充满生机的土地。

刘元举还和我讲了他在柴达木盆地的两个独特感受。

他觉得这里的高原干燥缺氧、紫外线强的环境本就是最易损伤皮肤的，更何况还要接受风沙的洗刷呢？他在盆地待了一周，照着镜子一瞅，发觉皮肤粗糙了，口唇干裂渗出血丝，显得苍老了好几岁。每到一个场合，彼此介绍一番，他明明觉得对方比自己年纪大，却不承想，一问年龄，才30多岁，他们的面部皱纹已经很深了。

他曾在花土沟遇上了一场大风沙，那完全是一种世界末日的感觉。他以为最能体现柴达木艰苦环境的就是这种大风沙。但离开柴达木之后悟出，真正难熬的是寂寞。如何打发寂寞，这是柴达木的那些年轻人遇到的最为重要的问题。

他讲了一个辛酸的故事。

他曾在花土沟采访了一个独守井场的小伙子，他就住在全世界最高的油井旁边的一个板房。屋里放着一张床、一个写字台，台面上放着一台电视，电视很旧了，开关的按钮都脱落了。地上有一个电炉子、一个水壶。他发现小伙子说话不很流利，可能经常一个人待着不用说话，说话的功能有些退化了。26岁的他，来到这座高地已有3年了。他是井下工，负责看管油井。他吃的水是从山下运上来的。小伙子招待他的却是一包瓜子。他很纳闷，发现这个小伙子嗑瓜子嗑得很熟练。聊天中得知，小伙子曾经有对象，相爱了3年多，后来黄了。对象在西宁，长得挺好看，也有文化。他从心里爱她。小伙子在来这里之前，曾去过一次广州，他给她买回来一大包时髦衣服。她给他买瓜子。她每次给他买的瓜子都塞满了提包，让别人给他捎来，没有人来，她就给他寄过来。他说，她每次给他买的瓜子全都是一种牌子的——傻子瓜子。她知道他一个人在这里怪寂寞的，她就让他嗑瓜子。她说嗑瓜子消磨时间最快，就不会感觉孤独了。为什么专买傻子瓜子呢？对象说，只有傻子才会喜欢花土沟，才会一个人待在这么寂寞的荒山秃岭，一待就是好几年。他俩特别爱写信，他们通了好多信，他们商定好了，每周的周一两个人同时发信。后来，因为他没能调离这里，俩人也就拜拜了。他比过去更爱嗑瓜子了，要忍受更大的寂寞。他说他曾决心戒掉嗑瓜子这个习惯，却无法做到。

初行柴达木盆地，强烈震撼了刘元举。

刘元举离开青海油田，带走了从柴达木盆地捡来的一株沙棘。

一个多月后，我到东北大庆油田出差开会，结束后，同去的东北输油管道局刘晚成大哥邀请我去沈阳。在沈阳，刘晚成大哥问我，有没有什么熟人朋友，一起喊来聚聚。我告诉他，今年认识了《鸭绿江》主编刘元举。他一听，哈哈大笑，"那是我的一个好兄弟"。随即，他掏出手机一个电话拨了过去。电话那头，刘元举惊讶不已，一会儿就赶来了。我们重逢在沈阳街头。

刘元举盛邀我们到他家去。来到他家，他手指客厅中一个显眼位置，我一眼就看到了一个别致花瓶上耸立的沙棘，在不太大的空间里，焕发着鹤立鸡群般的魅力。我们会心大笑。他给我们讲了离开敦煌之后沙棘的传奇故事。他手擎沙棘，上柳园，走吐鲁番，转乌鲁木齐，赴西安，过北京，千里风尘奔波，将它完好无损地带回了沈阳。一路上，沙棘简直成了他的吉祥物，处处给他带来好运。小站上，素不相识的服务员主动送他上火车；火车上，严肃的列车长对他微笑，优先给他补卧铺票；即使在四处求人买火车票几天而不得，万般无奈之际，忽有陌生人热情搭讪、攀谈，然后退一张卧铺票给他……这一切都是因为有了沙棘，沙棘让他与众不同。刘元举说，他的妻子极爱挑剔，他的新居装修好后，妻子为买一幅赏心悦目的窗帘跑得精疲力竭也未能如愿，至今他家卧室也没有窗帘。妻子千寻万觅买到了一个花瓶，可仍没有找到称心如意的花，花瓶一空又是好长时间。当他手擎沙棘回到家中时，妻子眼睛一亮，立刻喜欢上了它，空花瓶终于等来了"白马王子"。

面对眼前这一株熟悉的沙棘，我看了又看，摸了又摸，我知道这一株柴达木的沙棘对刘元举来说，意味着什么。

柴达木盆地总在吸引着他、呼唤着他，刘元举后来又于1998年、2000年两度深入柴达木盆地。

对柴达木的感悟、生命的感悟，从绿意荡漾的东北平原到平沙莽莽的西部大漠，刘元举升华了一种认识。

柴达木之行，刘元举向世人奉献出了一本他独特的散文集《西部生命》——凝聚着柴达木的心血、澎湃着柴达木的深情、融合着柴达木生命感悟，他以自己独特的视角描绘着特殊魅力的柴达木。那些真诚而动人的文字，那些崇高而悲壮的生命体验，无不闪烁着他生命的激情。

《西部生命》1996年一出版，就受到广泛关注，引起强烈反响。

许多被刘元举写柴达木的散文而感动的人问他，为什么不辞辛劳孤身去往那里，为什么那么投入、那么专注？老作家李若冰先生在与他的通信中也不止一次地问他这个东北作家跑到大西北去闯荡，为什么？

刘元举用文章在字里行间、润物细无声地作答。

他曾这样激情洋溢地写道："在我生命的行程中，有过许多难忘的驿站。有过西双版纳的迷恋，有过长江三峡的沉醉，有过滕王阁的幽思，有过欧罗巴的感慨。随着时光的流逝，有的淡漠了，有的疏远了，有的剥离了，有的再也唤不起我的情思了。就像我们一生会遇到过许多美女，她们娇媚的身姿从我们身边闪过时，我们会激动，会留恋，也会难忘，但那只是一种瞬间的行为——美丽的闪动。再美丽的闪动也只能是飘移或远离，真正难忘的、真正让你动情的绝不是闪动，而是走近，是投入，是彼此命运的相依相佐……是柴达木……"

1996 年，我的第一本散文集《西去路漫漫》辑录完成，这是一本以柴达木风貌、柴达木石油人为主的集子。付梓之前，想请人写一篇序，我想到了刘元举。

当我在电话中向他表明这一愿望时，他没有丝毫的犹豫。很快，洋洋洒洒 3000 多字的序收到了。

序言开篇，刘元举这样写道："在我的感觉中，为人作序是件十分庄重的事情，不仅需要身份、资历和阅历，更需要一种对书作者的理解。这是一种真正的理解，不能带有一丝一毫的勉强与敷衍。因此，当那些视出版自己的作品为生命的文学青年求到我为之作序时，我总是窘迫至极。不是拒绝，而是退却。但是，远在柴达木的凌须斌在电话中让我为他的《西去路漫漫》作序时，我几乎是不假思索地一口应承下来。"

序的结尾，他这样描述："你还记得我家客厅里那一株沙棘吗？在我即将搁笔的时候，我看了它一眼，它还是完好如初。对于我而言，守望着这株沙棘，就是守望着柴达木，你以为然否？"

然也！这株沙棘就是刘元举这位东北作家对西北柴达木的情怀！

贾平凹纵穿柴达木油区

　　千禧之年国庆前夕，西宁火车站，青海油田工会主席王志学等人把作家贾平凹送上了东去的火车。8天时间，贾平凹从敦煌进入柴达木，翻过当金山，进冷湖，到花土沟，穿越花格线（花土沟至格尔木原油输送管道），长驱2000多公里。这时的贾平凹正在病中，血压升高、头痛胸闷、牙床肿、脚痛，可他的精神依然很饱满。火车快要启动，他眼含热泪和送别的人们一一拥抱。柴达木石油人以及他们身上的柴达木精神，深深地震撼了这位作家的心灵。从此，他对石油人有了更深的理解，产生了难以割舍的感情。

　　"我要去柴达木，因为那里是最艰苦的石油战场。"这是贾平凹多年的心愿。早在4年前，贾平凹从塔里木油田看望石油工人后，在北京六铺炕石油大楼办公室里说了这句话。此后，他给中国石油天然气集团公司党组成员李克成写信说："柴达木我是一定要去的。"青海油田的领导也多次邀请他去。贾平凹在完成了他的第11部长篇小说《怀念狼》后，排除了各种干扰，丢下了一摊子事情，接受中国石油作协的邀请，走进了柴达木。9月19日，在新疆开完会的中国石油作协主席、中国石油报社党委书记兼社长李秋杰，重回到了他生活工作了20多年的青海油田，陪同贾平凹采风。

9月20日，贾平凹一行到达敦煌石油基地。作家对敦煌石油城惊叹不已，对石油人之于国家的巨大贡献折服敬佩。他徜徉于绿色的防护林带、碧绿如茵的草坪、姹紫嫣红的花园、笔直宽广的街道，还深入学校、托儿所，看望那些在青海油田出生的儿童。面对这些，贾平凹感慨万千。青海石油人艰苦拼搏，创造了巨大的物质文明，把寸草不生的戈壁滩建成了美丽而现代的家园，又创造出了巨大的精神成果——柴达木精神。这一切催促着他不顾长途奔波的疲劳，急着要到生产第一线去，看望石油生产工人，体验柴达木的艰苦石油生活。下午，他深入柴达木南八仙至敦煌天然气输气管线末站参观，详细了解天然气的生产工艺和流程。当他得知柴达木的天然气首先使阿克塞县成为全国第一个气化的少数民族县，并使敦煌市基本实现了气化，为历史文化名城的环境保护发挥了重要作用时，高兴得连声说："石油人太伟大了，天然气太神奇了！"

9月21日清晨，贾平凹在李秋杰、王志学等陪同下，从敦煌出发进入柴达木。当越野车沿着蜿蜒盘旋的山道，登上海拔3648米高的当金山口时，人的心口沉闷，心跳加快，冷气嗖嗖地向车内钻，天空雪花飞舞，寒风凛冽。而两小时前从敦煌出发时，那里还是旭日初升，红霞满天，金光万道，秋风送爽。司机说，现在的柏油路好多了，以前是石子路，每小时只能走20多公里。那时进入冷湖要走一天。走一整天时间，那是多么艰难的一条路啊！车坏了怎么办？下暴雨了怎么办？大雪封山了怎么办？贾平凹初步体验了柴达木石油人奋斗的艰辛。

中午，贾平凹一行到了冷湖油田。冷湖油田管理处处长王留顺介绍了冷湖油田的发展历史和目前的生产情况。冷湖油田在20世纪50年代属全国四大油田之一，经过40多年的开采，现在日产量仍在百吨左右。贾平凹在笔记本上认真地记录着，在依旧保留着的简陋的干打垒面前，他默默感受着当年战戈壁、睡沙滩的情景，并竭力寻觅着创业的踪迹。当他得知王留顺在花土沟整整工作了30年，30年后东移了300公里到了冷湖，又快5年了，不禁肃然起敬："柴达木石油人，每一个都是英雄，他们的事迹都悲壮得让人惊叹掉泪。"

柴达木西部的花土沟、狮子沟，都是石油职工给起的名。这里是柴达木极为艰苦的地方，干旱少雨。上山的路有一尺多厚的积土，如遇雨就变成稀泥，甚至道路垮塌，难以行走。在这山上打井，要把庞大的设备、泥浆和大量的钻井用水送上山去，困难无法想象，真可算得上是艰苦卓绝。经过剧烈的颠簸和长途跋涉，贾平凹一到花土沟，就急着到世界上海拔最高的油井——狮20井体验生活。

上山，上山，再上山，越野车艰难地爬上了狮20井。这里海拔3430米，可工人们依然忘我劳动，场面壮观，分不清谁是工人谁是干部，甚至睁大眼睛辨认，才能看清谁是男性谁是女性。贾平凹深深地为在恶劣环境中工作的职工感动，欣然为该井的当班职工耿生林题词："向战斗在世界海拔最高油田的人们致敬。"在从狮子沟返回的路上，他看见一位满身油污的工人向山上走来，立即让停车，走下车去亲切询问，并紧紧握住那位工人沾满油泥的双手，和这位工人合影留念。

在花土沟，贾平凹深入采油一厂集中处理站，详细了解原油是如何从各井汇集到这里，如何在这里进行油、气、水的分离等工艺流程。他还深入采油站、油建工地、储油罐施工现场，了解工人的工作、生活情况。每到一个地方，职工纷纷拿出书或者笔记本让他签名，他都一一满足大家。他在年轻职工王传的笔记本上写下了这样一句话："柴达木精神永远激励着我们。"

在这种精神激励下，贾平凹要带病横穿花格线。花格线穿戈壁而过，逶迤千里，伴行公路是一条砂石便道，路况差，极为颠簸。而贾平凹这时高原反应强烈，缺氧胸闷，血压升高，上火牙疼，加之已经坐了万里路的汽车——坐汽车从西安沿着古丝绸之路到达新疆，又从新疆到柴达木——这对长期伏案写作又体弱的贾平凹来说，是需要勇气的。贾平凹顾不了这些，他要体验石油人的一切生活。

在花格线上，他从首站一直看到末站。乌图美仁热泵站是最中间的一个泵站，这里"前不见人，后不见村"，生活供应都是从几百里外的格尔木送来，可就是在这个只有10

多人的小站，一会儿时间，竟然拿来了几十部贾平凹的著作让他签名。贾平凹又一次震惊了，他感到了一个作家的重大社会责任。柴达木人是多么好的人啊，是多么好的读者啊！他们除了工作，在戈壁滩上的业余时间依然坚持读书。贾平凹感动了，他想要为石油读者创作出优秀的作品来。他顾不上吃饭，先给职工签名留念，还欣然挥笔写了"昆仑雪山炼精神，千里瀚海游巨龙"的题词。

到达格尔木石化基地后，贾平凹为戈壁滩上崛起的新兴石化城而陶醉。他不顾疲劳，采访了炼油厂、输油末站、格尔木石油社区，圆满地完成了体验柴达木生活的任务。

离开柴达木时，贾平凹带了两样东西：一是在花格线上捡的一块石头，另一是采摘的一束骆驼刺。时值初秋，在内地鲜花依然盛开，万紫千红迎国庆，但柴达木能生存的骆驼刺却早已干枯了。贾平凹要把这两样东西带回西安，放在自己的工作台上。柴达木之行是难忘的，获得的感受令他终身受益。

柴达木是一个神奇的地方，更令人称奇、令人敬佩的是创造柴达木精神、使柴达木辉煌的青海石油人。他们献了青春献终身，献了自己献子孙，有的还献出了生命，永远融入柴达木的泥土。

在西宁，贾平凹对会见他的青海省省长赵乐际说："在青海油田看了一路，听了一路，收获太大了。我不会说客气话，但柴达木石油人让我感动，对我是一次灵魂净化，更加深了我对石油人的感情。创作是需要灵感的，是需要火花撞击的。柴达木将使我铭记终生，会让我魂牵梦萦。我就好像成为一个石油人了。"

是的，贾平凹对石油人感情很深。他先后走了塔里木、长庆、吐哈等西部油田。在西安，别人向贾平凹求字太难了，可在柴达木，他却为石油工人留下了数不清的墨宝。苏州一个书画收藏和经卖人听到后，惊奇得不可思议。

在离开西宁时，正值我国体育健儿在悉尼奥运会赢得第28块金牌，一路上关心奥运金牌的贾平凹说，其实柴达木精神才是我国一块最大的无形金牌，它会永远激励着人们去拼搏、去奉献，去夺得更多的金牌。

地质师最后的归宿

一位老石油人在生命弥留之际留下了最后的遗言。

1980 年 7 月。黄先驯躺在北京一家医院的病榻上已有好几个月了，弥留之际，他竟数日无言。去世那天，主管治疗的韩大夫眼睛红红地把他的大女儿黄嘉明叫出了病房，说："没有多少时间了，问问你父亲有什么遗言吧！"

大女儿黄嘉明面对时日不多的老父亲，定定地看着，她不愿去打搅他最后的平静，不愿去扰破他几十年如一日，并在生命最后时刻仍在做着的"石油梦"。

病房里静悄悄的。

黄先驯慢慢地睁开了眼睛，亲属赶紧围了过去。

黄先驯微弱的声音从喉咙中传出："去……去……"

黄嘉明的哥哥问："是到三原我妈那儿去吗？"

黄先驯还是摇头，更加吃力地说："去……去……"

黄嘉明轻声地问："爸，是把你送到柴达木去吗？"

黄先驯看了她一眼，点了点头，安详地闭上了双眼。这时黄嘉明看见，一滴浑浊的眼泪，缓缓流出，落在老父亲的脸上，直到他的心脏停止跳动……

黄先驯的一生，生长着、凝聚着"石油梦"。抗日战争期间，他就赴玉门油田工作。解放后，曾在玉门油田、延长油矿及石油工业部地质勘探司任职。1957年被错划为"右派"，被撤职撤薪，遣送北大荒劳改。1967年被错打为"现行反革命分子"，被错判15年徒刑。1979年石油部为他平反。

黄先驯是一个狂热的"石油迷"，他的那种执着、坚定、痴迷，简直让他的儿女们都难以理解。20多年从事石油工作的权利被剥夺了，但是他心中渴望的石油梦，20多年来从来没有幻灭过。他甚至在狱中时，将唯一能读到的《人民日报》上有关世界能源开发利用的报道，用蝇头小字抄录在横格本上，10多年积累近10大厚本。监狱的高墙、铁网也未能扼杀一个知识分子对自己所钟爱的事业的深情和眷恋。

出狱后不久，黄先驯就被确诊为直肠癌，且已扩散至肝部。他心中的那个石油梦，始终在眼前变幻。

他企望去一个地方，一个遥远的地方。全国油田都走过了，唯独没有去过那个地方，那个地方就是柴达木盆地。

黄先驯告诉长女黄嘉明他心中的"秘密"。1957年时，他就对勘探柴达木盆地兴趣很大，坚信那里大有作为，并购买了赴那里的车票。启程前夕，接到部里要他参加座谈会的通知，他只得退了票。谁知，此会一开，大祸临头，从此当上了"右派"，连石油工作都干不成，还谈什么柴达木呢？

20 多年来，黄先驯朝思暮想的地方就是柴达木。平反归来后，他几乎没有一天不兴致勃勃地谈论柴达木。

在黄先驯人生旅程的最后几个月，有一天，守护父亲的黄嘉明听到病房里传出哭声，那是父亲哀求的哭声："韩大夫你听，天上飞机在响，地上汽车在响，听见这声音，我就觉得是国家在向我要石油。我不能躺在床上，我要站起来，我要去柴达木，我要去给咱们国家找石油，你们一定要多想点办法，快点治好我的病啊……"说到最后泣不成声。

黄先驯去世后，石油部为他召开了隆重的追悼会，为了实现他临终前的最后要求，决定将他的骨灰送到柴达木盆地。

柴达木石油人以隆重的仪式迎接黄先驯的骨灰。

柴达木盆地地老天荒的一隅。

冷湖烈士陵园——一个承载了柴达木盆地 40 余年石油勘探开发悲壮历史的特殊地方。数百座坟茔、数百块墓碑，默默地，任终日不息的戈壁风从它身边掠过。

1980 年秋日的一天，冷湖烈士陵园安葬了黄先驯的骨灰，从此，又多了一座坟茔、一块墓碑，柴达木盆地宽阔的怀抱安息了黄先驯的英灵。黄先驯的柴达木之梦，一个延续了 20 多年的石油之梦，终于栖落在苍苍茫茫的戈壁滩。

冷湖烈士陵园里堆起了一座坟茔，竖起了一块石碑。

这是唯一一位从来没有到过柴达木而又埋在柴达木的人！

黄先驯梦绕柴达木，魂归昆仑西，感动了许许多多的人。

黄先驯的"石油梦""柴达木情"强烈地震撼了一个青年人的心，他就是肖复华。

这位北京市老三届的学生，17岁时，满腔热血，西行再西行，加入石油勘探开发的队伍中，当了一名豪迈的柴达木石油工人。

他在深深地思索着，黄先驯为什么生不能来，死后还要执意安葬柴达木？柴达木啊！你竟然如此魂牵梦绕着一个老知识分子的情怀，生生死死究竟是为什么？

肖复华以一个柴达木石油赤子的情怀和青春的心灵，竭力去寻找答案。

黄先驯魂归柴达木，天崩地裂般地在肖复华的精神世界之中开辟了一片新天地。那是一片神圣的净土，他的灵魂也得到了升华。

肖复华当时没在骨灰安葬的现场，他正在油田总调度室值班。听说这件事后，第二天他独自一人来到了冷湖烈士陵园，望着新起的墓碑，久久地伫立，默默地向它送去绵绵的哀思和崇高的敬意。

当日，夜不能寐的肖复华，从心灵深处流泻出一首诗：

> 走遍全国油田唯独没有来过青海，
> 这一来，你就再不走开。
> 你安静地躺在冷湖的星光月下，
> 油砂山温暖的泥土把你轻轻覆盖。
> 倒下了，也倒在井架身边。

睡下了，也睡在戈壁瀚海。

最后一刻你想到的是遥远的边陲，

闯进梦中的也是石油花开。

诗名叫作《冷湖上空多了一颗星》。

从那以后，每逢清明节，他都虔诚地来到冷湖烈士陵园，来到黄先驯的身旁。无论是春雨绵绵，还是黄沙蔽日。

黄先驯的亲人都在遥远的地方。肖复华就为他的坟茔培培土，为墓碑掸掸灰，做这些事的时候，肖复华极其严肃、认真，他把无限的崇敬都体现在每一个细小的动作上了。

做完这一切，待其他扫墓人都退离之后，他一个人就孤单单地坐在黄先驯的墓旁，静静地，用心与黄先驯之灵对话。

实际上肖复华的祭扫，已远远地超出了人们一般所谓的祭扫。这是自我灵魂深处的扪问，这是自我人格尊严的体验，这是自我远离市侩势利的道白。它已进入了物我一体的境界。这不仅是为黄先驯的英灵，更是为自己心灵的洗礼。

每每在这种时候，他就用这种独特的方式一次又一次审视着自己的精神世界。

这一做就是 10 多个春秋，年年如此。他也由一个青年，步入了中年。

10 多年中，他干过调度，做过记者，做过编辑，当过青海油田文联秘书长、副主席，不管岗位怎么改，他当初自愿远离京华、西出阳关时的雄心壮志未变，豪迈热情未变。

28 年的柴达木风雨生涯，使他与这片蛮荒之地的感情太浓、太深了。柴达木已成了他生命中不可分离的一部分。柴达木简直就是他的第二生命和灵魂的故乡。

哪怕是一缕风、一粒沙、一滴油，他看到了、听到了、摸到了，只要它来自柴达木，他都会情不自禁地热血沸腾。

10 多年中他用自己的笔，蘸着自己的血，为柴达木、为柴达木石油人，书写着华章。他已相继出版了《世界屋脊神曲》《风会告诉你》两本书，这一切都是因为柴达木。

正像 1998 年第一期《中华英才》杂志中一篇文章《肖复兴肖复华共有的柴达木》所写的那样："屹立在兄弟俩心里的柴达木像一棵大树，绿意葱茏，枝叶蔽天。无论他们写出多少书，在书中占有位置的是柴达木；无论他们走过多少地方，心中无可取代的是柴达木。兄弟俩的躯体来自同一母体——柴达木。"

1995 年清明节。

一位四十开外的中年人蹲在陵园的一座墓碑前，手里拿着一沓书稿，旁边站着几个青年人，他们身后是几排年轻的学生。他们都是来扫墓的。

今天是清明，一个传统的祭奠亡灵的日子。适逢青海油田为纪念献身柴达木石油事业的英烈而编写的《人们不会忘记》一书定稿。编写组的几位作者特意乘车风尘仆仆赶了 200 多公里，从敦煌赶到冷湖，携带打印好的书稿，走进烈士陵园，挨个坟墓焚烧每个人的每篇属于他们自己的纪念文章。

一个青年人一页接一页地用沉重的语调，念完了中年人递过来的书稿，中年人默不作声，眼睛湿润了。中年人缓缓地掏出火柴，点燃了书稿，燃起的火光映照着他悲伤、凝重的面庞。在他的身后，有沉重唏嘘声隐隐传来。书稿成灰，风儿一吹，片片飞散，仿佛带着中年人的心愿，飘向遥远的天国。

那个墓碑上醒目地写着：黄先驯之墓，湖北鄂城人，1917 年生于湖北，1980 年病逝于北京。

扫墓的中年人是肖复华，成长于柴达木的石油作家。

柴达木之缘

这是一个神奇的梦。

这是一个不解的缘。

这是一个感人肺腑、催人泪下的故事。

从来没有到过柴达木而埋在冷湖的黄先驯，与黄先驯素不相识而10多年坚持为他扫墓的肖复华，素昧平生的人，为了一个共同的心愿，拥有一个悠远的梦。生者与死者之间的魂灵对话，生者与生者之间的情感交流，回肠荡气。它跨越时空，超越亲情，将两家人紧紧地连在了一起，将一个梦的丰富和缘的深厚演绎得如泣如诉。

这是他们共同的柴达木之梦。因为这里的漠风，因为这里的黄沙，因为这里巍巍向天的昆仑山、祁连山、阿尔金山的皑皑白雪……

缘聚柴达木，梦绕柴达木。

20世纪90年代初，黄先驯长女黄嘉明偶然看到了《北京晚报》上作家肖复兴一篇记叙他柴达木之行的短文，文章简单地介绍了黄先驯的生平及其墓地。还说，当地石油工作者似乎还能经常看到黄先驯身背背篓，手拿地质锤，在柴达木盆地里奔忙的身影。

黄嘉明记住了肖复兴的名字。

同年 1 月，肖复华在《光明日报》发表了《柴达木的风》的散文，在那里面肖复华又写到了黄先驯和他的墓碑："它就立在浩瀚无垠的戈壁滩上，这样宽广，无遮无拦的戈壁紧紧拥抱着它……"

黄嘉明又记住了肖复华的名字。

这一切都让黄嘉明激动不已。这么多年过去了，大家依然还深深地记着她的父亲，以及那远在天涯的柴达木戈壁滩上父亲的墓碑……

她没有想到父亲的灵魂竟然这样和谐自然地与柴达木水乳交融，她感到父亲早已逝去的生命在柴达木大戈壁得到了延续。

当然，她还不知道肖复华 10 多年如一日，为她父亲祭扫的一幕幕。

黄嘉明要寻找肖复兴、肖复华——在柴达木的土地上为她父亲而歌的人。

恰巧，事后不久，中国石油文联要编写一本中国老一辈石油地质师的书，石油文联的马镇前去黄嘉明家采访。石油人来到家中，她感到格外亲切，她急切地向他打听肖复华的情况，没想到获得一个意外的惊喜。马镇告诉她，肖复华在青海油田工作，北京人，最近刚休完假，离京返回青海了。

黄嘉明心头一热。

或许是冥冥之中真有心灵感应？1994 年的一天，肖复华偶然打开青海省出版发行的一本杂志《群艺天地》，那上面的一篇文章好像磁铁一样紧紧吸引住了他的目光——《梦绕柴达木，魂归昆仑山》。

天哪！这篇文章竟然是回忆黄先驯先生的，他迫不及待地一口气读完了它。当他读到文中黄先驯在被打成"右派"时写给儿女的回信时，他的心被强烈地震撼了！"你们不要惧怕艰苦生活，困难和挫折可以磨砺人的意志和品格……人要追求自己的理想，追求他认为符合科学的真理。"文中洋溢着黄先驯向往柴达木的炽热真情。

肖复华对黄先驯的了解更深了一层。

在这篇回忆文章中，作者还提到了肖复华发表在《青海湖》上写黄先驯的诗《冷湖上空多了一颗星》和《光明日报》上发表的《柴达木的风》。作者说，他们全家都如传家宝一样珍藏着这些文章，感谢肖复华。还说，虽然彼此没有见过面，但心是相通的。

后来，肖复华了解到这篇文章的作者是黄先驯的大女儿黄嘉明，现任中国电影家协会电影史研究部副主任，曾是电影《原野》的副导演。

当晚，肖复华饱含深情地给黄嘉明写了一封信，随信寄去了一张她父亲墓地的照片。

黄嘉明是在北京她的办公室里收到肖复华来信的。当时正在上班。黄嘉明打开信，看着看着，突然号啕大哭，同事们不知何故，大惊失色⋯⋯

肖复华很快收到黄嘉明的回信："这是我父亲去青海后，我收到从他那里来的第一封信，我很感动⋯⋯我是在办公室里收到这封信的，并一口气读完，我的表情使同室人惊异，他们不知为什么，我也没有告诉他们，因为他们无法理解这种心灵的震颤。"

素昧平生的人走到了一起，这一切是因为什么？正是因为柴达木，因为一个共同的梦！几个灵魂都息息相通了。

年已五十开外的黄嘉明决意西行柴达木，为父扫墓，去看看肖复华，看看多年来生活于斯的柴达木石油人。

收到黄嘉明来信的当晚，肖复华又给她回了一封信："欢迎你来，先到敦煌，然后同行柴达木！"

正是高原阳光朗照的时候，1997年7月，黄嘉明随中国作家赴柴达木采风团一行来到了她心目中神往已久的柴达木盆地。

柴达木石油人没有忘记她父亲，不少人一开口就能讲出她父亲的生动故事。

她来到了冷湖烈士陵园，抚摸着父亲的墓碑，久久地放不开手。

夜色渐深，黑幕笼罩，肖复华、黄嘉明依然待在烈士陵园中，坐在黄先驯先生的墓旁。蓦然，在幽邃黑暗的夜空中，肖复华发现了西边天穹有一颗星粲然照耀。他给黄嘉明指了那颗独独闪烁的星星。黄嘉明意味深长地说："那是父亲的眼睛在深情地注视柴达木，注视我们。你先看到了那颗星，说明父亲比我还亲近你。"

7月30日，肖复华、黄嘉明一行来到了柴达木盆地西部的石油基地。

他们来到了一个钻井队，钻井队的工人们得知黄嘉明是黄先驯的女儿时，呼啦啦围了过来，一睹这位也属于柴达木的女儿。

吃饭时，工人们纷纷举起啤酒瓶，向崇敬的黄先驯先生的女儿敬酒，黄嘉明也毫不犹豫举起了杯子，碰撞声"乒乒、乓乓"不绝。黄嘉明充分感受到了柴达木石油工人如火一样的热情。

7月31日，这天这个井队正好要开钻，在工人了解到今天又是黄先驯先生的忌日后，钻工们启动了钻机，鸣响了汽笛，向九泉之下的黄先驯致以崇高的敬意。队长王多强向井眼位置上洒了一杯酒，指导员韩波向井眼位置上撒了一把茶叶，他得知黄先驯生前爱喝茶。钻头带着钻工、肖复华、黄嘉明等人的深情厚意钻进了地层中，向黄先驯先生传达他们深切的问候。

也是在1997年夏天，黄嘉明将弟弟黄嘉生介绍与肖复华相识，黄嘉生一口气读完了肖复华写柴达木油田的两本书《世界屋脊的神曲》和《风会告诉你》。黄嘉生非常激动，他兴奋地对姐姐说："我应该到西部油田去，到条件艰苦的地方去，把那里石油人的风采拍摄下来，宣传出去！我要像爸爸那样，走遍全国各大油田，把石油战线的优秀人物都拍摄下来，将来出一本《中国石油精英风采录》。"

黄嘉生很快得到所在单位——南阳油田领导的理解和支持。1997年8月，黄嘉生踏上了赴柴达木油田的采风之路，在奔赴柴达木道路上突遇车祸而亡。

　　"难道是命运的安排，上天的旨意？你追随着老一代石油人的脚步，奔向西部，奔向艰苦，竟在中国海拔最高、条件最苦的青海油田匆匆忙忙为你的人生画上了句号？柴达木啊柴达木，我家两代石油人与你竟有如此深缘！"黄嘉明对弟弟倾诉衷肠，"我想告诉你：我相信，你的魂魄也留在了柴达木，你将与父亲在浩瀚的戈壁滩上相伴而行。每当夜幕降临，瀚海的天际会升起两颗星，一颗大星，一颗小星，那是父亲和你明亮的眼睛。父亲正拿着地质锤，你正背着相机，一起为青海油田的二次创业奔波忙碌。愿你们父子携手，一路走好。不管我在什么地方，我都会在夜空中找到那两颗星，用我的心注视着你们父子的远行……"

　　柴达木冷湖烈士陵园里，黄先驯先生的墓碑旁，又多了一座小的墓碑。

　　1998年5月的一天，在北京的肖复华接到了黄嘉明女士打来的一个电话，她激动地告诉肖复华，《人民日报》显著位置上刊登了一则消息，柴达木冷湖地区发现巨厚生油岩。

　　那里正是黄先驯、黄嘉明、肖复华魂牵梦绕的地方。

　　两人在电话中一气聊了半个多小时，心潮澎湃。他们想，九泉之下的黄先驯也应该含笑了。

　　1998年7月30日，肖复华又接到黄嘉明女士的电话，她邀请肖复华明天到她家。肖复华猛然想起，明天又是黄先驯忌日。

第二天，肖复华如约而来。黄嘉明和肖复华来到了一个饭店，一张桌子上，摆了3副碗筷，他们俩一人一双，那一双显然是留给黄先驯的。此时此景，只有肖复华和黄嘉明最清楚。

烧烤发出蓝幽幽的光，一闪一闪地跳动不停，那是黄先驯在天之灵传递的信息吧！大都市的喧嚣，饭店的觥筹交错，都没能打扰他们心中积淀已久的那种氛围，他们的心早已离开大都市，飞向远隔千山万水的柴达木！

肖复华、黄嘉明的心也永远伴随着黄先驯、黄嘉生父子默默西行、西行。

望不尽苍茫戈壁天涯路。

说不完魂牵梦绕柴达木！

永远的西去背影

我知道，他是要回去的，肯定。

肖复华老师溘然长逝，得知他留下遗嘱，他要把他的骨灰留一点在北京，大部分撒到柴达木，撒到青海油田。

1968年告别北京，西出阳关，走进柴达木，他把最美好的年华献给了青海油田，把西去的背影留给了北京。

尽管1996年调回北京，家在北京，但心在青海油田。

尽管人在北京，但魂在柴达木。

这就是肖复华老师！

走老了青春，走弯了腰，他的灵与肉早已融进了西边那片大漠瀚海，他西去的背影成为那一片神奇而富饶土地的永远纪念！

我知道，那里是他永远的家。

1993年夏天，青海油田召开首次文学颁奖大会，授予柴达木石油文学的奠基人李季和李若冰"特殊贡献奖"。李季已经与世长辞，他的夫人李小为来了；李若冰偕夫人贺抒玉来了。那是柴达木石油文学的一次盛会。肖复华在敦煌的家里备酒菜请李小为、李若冰夫妇，我也一同前往。席间，中心话题当然还是柴达木。几十年风雨变化，几十年时光流逝，大家都沉浸在谈柴达木带来的兴奋之中。那一段时间，肖复华应石油总公司之约写一本关于中国石油发展的书——《中国石油时代》，书已成稿，其中有一章节文字是写李季和李若冰20世纪50年代初进柴达木时的情景。席间，他乘兴把打印稿拿到了餐桌上。在我们的要求下，肖复华朗读了起来。当他念到"……一路餐风饮沙，露宿戈壁。荒沙一片，一片荒沙。君不见青海头，古来白骨无人收，君不见走马川行雪海边，平沙莽莽黄入天……"念着，念着，肖复华的声音渐渐地沙哑了、哽咽了，泪水夺眶而出，潸然而下，他用手抹脸，泪水从指缝间流落，拿书稿的手在颤抖，再也念不出声了，只听到断断续续的抽泣声。李小为、李若冰夫妇的眼睛也湿润了。

李季、李若冰初进柴达木的时候，肖复华还是个四五岁的孩子，在他们离开10多年后，肖复华走进了柴达木。肖复华也是读着李季、李若冰的作品在柴达木石油文学之路上成长的，而今他又继续着他们曾经书写的柴达木石油人的事业。20多年的柴达木石油人生凝聚了太深厚的柴达木石油情，李小为、李若冰夫妇深深地理解肖复华此时流下的泪水。时年66岁的李若冰，随着肖复华的声音好像又回到了50年代中期在柴达木的激情岁月，豪情勃发，频频举杯，邀肖复华和我们在座的人同干。那一餐，李若冰竟然喝了一斤白酒。

著名作家杨志军几乎跑遍了青海的山山水水，但他没有到过青海油田。在肖复华的盛情邀请下，杨志军来到了青海油田。在敦煌待了几天，杨志军要去柴达木盆地体验采风，肖复华和我一起陪同。从坐上进柴达木盆地的车时，肖复华的情绪就激动起来了，尽管从冷湖搬到敦煌才一两年，但他好像分别了好久好久。一路上，他滔滔不绝地给杨志军讲柴达木石油人、石油事，车过当金山，分明感到他的眼睛都更亮了、更有神了。

在花土沟，他带着杨志军上北山，下盐滩，进草原，从采油、钻井到井下、油建，唯恐落下什么地方。他遇见了他的师傅——采油厂花土沟大队胡金龙大队长，碰到了他的徒弟，当然还有他许许多多的朋友。每天晚上都把酒欢聚，说不完的石油人、石油事。每到酣处见到他泪落脸颊，劝都劝不住。杨志军也被石油人、石油事，更被肖复华的石油情所感动。杨志军回去以后，激情难抑，仅用了三四个月的时间就写出了一部石油题材长篇小说，全国发行，引起很大反响。

1995 年 4 月 5 日，清明节。冷湖烈士陵园，前来扫墓祭奠的人遍布各处。在一座坟墓前，有一位中年人蹲在陵园西边的一角，他手里拿着一沓打印好的手稿，默不作声，眼里噙满了泪水。他的旁边站着几个 20 多岁的青年人，在他们的身后是前来扫墓的青年学生。

这一天也是一个值得纪念的日子——青海油田为纪念献

身柴达木石油事业的英烈而编写的《人们不会忘记》一书，在清明节的前夕终于正式定稿。肖复华与几位作者，在一座座墓前焚烧稿件，他一次次泪如雨下。

石油师在中国石油工业发展史上留下了辉煌的一页。在石油师师长张复振、参谋长陈寿华率领下，50年代中期，一批石油师人昂首挺进了柴达木盆地，开始了渴捧昆仑雪、饥啃青稞馍的艰苦创业生涯。当石油师人编委会决定编写石油师人时，青海油田也成立了编委会，肖复华是编委会成员之一，也是主要执笔者。肖复华一心扑在了策划和采写上，查找档案，寻访踪迹，登门采访……到编写的中后期，肖复华调到了北京中国石油文联，但他依然没有放下这一具有重要意义的工作，一如既往，呕心沥血。一天，在北京六铺炕他的宿舍里，肖老师谈到石油师人、谈到石油师人为开发柴达木所做的贡献时，激动不已，和我聊了很多石油师人的动人故事，聊到深更半夜。他把编写好这本书当作了一份崇高的责任，尽管他已离开了柴达木，依然坚持担当，矢志编好。

《石油师人——在青海油田纪实》出版了，我又看到了肖复华老师那激情洋溢、行云流水般酣畅的文字："他们脱下军装，换上工装，放下武器，拿起工具，奔赴虽没有炮火硝烟，却渺无人烟，被称为"古来征战几人回"的更为严酷的疆场。我们书写他们昔日的身影，追忆他们昔日的足迹，以折射和映照整个柴达木石油开拓大军的光辉！"

2002年春节过后，我到北京参加《中国石油报》工作会。一天晚上和来自系统内的朋友聚会，我打电话邀请肖复华老师一起参加。推杯换盏间，一桌子人都被这位饱经风沙洗礼的老柴达木石油人吸引了，听他讲柴达木石油人的经历、故事。肖复华老师更是神采奕奕，因为讲的都是他积淀心中最想说的，如数家珍。讲到激动处，他还情不自禁地唱起歌来，歌词是他即兴编的，那苍凉、高亢的声音让满桌的人为之动容。他的泪水还是止不住地滚落下来。尽管他调回北京已经好多年了，却让人感觉到他仿佛昨天才从柴达木出发，到北京出差来了。大伙纷纷为这位老柴达木石油人鼓掌。

2008年4月5日，在北京青海油田时腾商务酒店，举行了《大漠之灵》——北京学生在柴达木发布会。这是著名作家肖复华的心血之作，历时20年，采访上百人，收集了大量的历史资料，六易其稿，终于成书。《大漠之灵》为一个时代，为一代人作证。发布会简单而热烈。欢歌笑语中，肖复华的泪水在飞。

肖复华老师写了很多书，永恒的主题就是柴达木，就是青海油田。《世界屋脊神曲》《风从戈壁吹过》……那一篇篇文章、一行行、一字字都凝结着他的心血，饱含着他的痴情。

2008年8月份，肖复华和一些北京学生又回到了青海油田，他们都已退休，都在北京生活，他们都离开柴达木10多年、20多年了，但他们心中始终割舍不下的是柴达木石油情。在座谈会上、在宴会上，甚至在房间的拉家常上，我每每看到肖复华老师的泪水一次又一次倾泻而下。周宏大姐一次次劝他克制自己的感情，但他怎么也控制不住自己心中汹涌澎湃的浪潮。花甲之年了，他还坚持又了去冷湖、花土沟、格尔木。一次青海油田之行，短短20多天的时间，回去以后饱蘸深情，开始了长篇报告文学写作。不久《惊回首，离天三尺三》开始在《青海石油报》连载。两年后，一本书《柴达木笔记》正式出版，他又带着书回到了青海油田，参加青海油田创业55周年纪念大会。这时的他已经备受癌症的折磨，喉管已切开插入了导流管，吃饭几乎全靠鼻饲，经过多次放疗，颈部的皮肤被灼伤变黑。但在油田的每一天都能看到他开心的笑容，在这里，他回家了，他是踏实的、高兴的。

"为什么我的眼里常含满泪水，因为我对这片土地爱得深沉。"这就是肖复华！

我跟周大姐打电话，周大姐说2012年清明，要把肖老师的骨灰送回柴达木，送回青海油田。肖老师，您很快就要回家了，您牵挂的雪山、戈壁也在等着您哪！

倾心文学 "聚宝盆"

这是青海文学不得不说的一段佳话。

离开青海高原 20 年后，青海省委机关报《青海日报》接连以两个半版推介著名作家甘建华，纪念他曾在这方热土读书、工作、生活的青春岁月，"也是馈赠给这位西部之西文化拓荒者最高贵的礼物"。

2012 年 8 月 10 日，《江河源》文学副刊发表了甘建华的散文名篇《湖浪摇荡的大荒》。8 月 17 日，再以半个版推出英年早逝的青海油田作家徐继成写于 2002 年的散文《他从西部走过，西部不会忘记》。

《青海日报》文化专刊部主任、青海省作家协会副主席马钧在"编辑笺语"中说："相信许许多多的读者，通过阅读这两篇文章，将会感受到更多的意味，还会有许多人再次记起甘建华——这个在 20 年前的青海文学圈响当当的名字。如今的他，在自己的故乡，在湖湘大地上，已经成为名气更大、声誉更高、影响更远的文化名人。他虽然离开了青海，可他一直在心里装着青海，感念着青海。"

青海省文联主管主办的《青海湖》文学杂志随之作出反应，主编、著名诗人马学功果断撤换第 9 期其他稿件，隆重推出甘建华的散文力作《冷湖那个地方》，并引用徐继成曾经赞叹甘建华的话："一个牛仔，一位英雄，一面风中飘扬的旗帜。"

这样珍贵的情谊，这样心灵的高度，这样声声热切的呼唤，这样从未有过的宣传力度，让青海省内外的舆论关注，让无数"钢丝"的眼眶发热，让许多文化人陷入沉思。

20 载穿越时空的牵手，20 载历久弥新的追崇……在注解雄奇壮阔的高原上诞生的一个"甘建华文学现象"。

这一切也唤起了我与好友建华对西部岁月的美好回忆。

我和建华相识于西宁湟水河畔的青海师范大学，我在中文系读书，他在地理系求学，由于都是青海油田子弟，情感上有一种天然的亲近。我们在一起谈理想，谈追求，但谈得最多的是文学。我惊讶于学地理的他，竟然读了那么多中外文学名著，谈起文学来口若悬河、滔滔不绝。课余时间，建华在省城报刊上发表了不少诗歌、散文、小说等文学作品。能经常发表作品的学生自然引人注目，4 年的校园生活，建华是一个"星级人物"。

爱好文学的建华把他对文学的热情不断地辐射到四周。他在班里组织了一个文学兴趣小组，在学校组织了一个文学社团——湟水河，搞得很是红火，举办讲座，讨论作品，交流心得，竞赛写作，丰富多彩的活动让不少人羡慕不已。一提起地理系，大家都知道有个湖南才子甘建华。

当手工刻印的文学刊物《湟水河》在校园内散发流传的时候，更多的人认识和了解了湟水河文学社。湟水河文学社作为校园内第一个组织机构健全、社员众多的文学社，《湟水河》作为校园内第一本由学生印发的文学刊物，仿若在平静的湖面投下了一颗石子，激起了一圈又一圈涟漪。尽管装帧简朴，略嫌单薄，但散发着墨香的刊物在同学们手中传阅的时候，他们无不为拥有了同学写、写同学的刊物而欣喜和激动。作为发起人、社长的建华，既是撰稿人，又是编辑，还是刻写工，一个文学社，一本刊物，不知让他付出了多少心血。

《湟水河》越流越大，越流越亮。全校一批爱好文学的同学聚集在建华周围，在他们喜爱的园地里尽情驰骋。多年以后，不少文学社的同学回忆起当时愉快的场景，依然是一往情深，津津乐道，"建华""建华"在他们口中成为频率最高的词语。

1986年初夏，大学毕业前夕，由建华担任主编的青海师范大学第一部学生文学作品集《这里也是一片沃土》问世了。这部有着232个页码的选集，收入了自77级以来46位校友的55篇作品，分小说、诗歌、散文、文艺评论、报告文学5辑，展示了近10年来校友创作丰富成果的一个侧面。尤其是建华写的前言《一枝红杏带露开》，语言清新，文采斐然，评论精当，架构恢宏，曾令众多师长学友击节赞赏，至今还能听到余响。

为了这本书的诞生，建华和罗高河、张晓燕、洪琳等几位校友，从策划、组稿、编辑、印刷等各个环节，全力以赴，废寝忘食。由于具有开创性意义，校长陈业恒教授亲自设计封面，成为青海师范大学30周年校庆的献礼书。随着时间的推移，这本书越来越显示出文献收藏价值和文学纪念意义。

　　这本书中的作者，有在80年代被《文汇报》评为"全国文学五新人"、后以长篇小说《藏獒》轰动世界的杨志军，有全国著名诗评家、《昌耀评传》和《海子评传》的作者燎原，有后来成为新华社西藏分社社长的王宏伟，青海师范大学党委书记的张银生，青海民族大学副校长的许荣生，有现今的厦门大学人文学院院长、博导周宁，中国人民大学文学院教授、博导金元浦，美国北卡罗来纳大学教授乐钢，著名作家、《青海湖》散文编辑唐涓……也正是由于这本书，建华与上述学长建立了绵延至今的深厚友情。

　　从踏上文学之路伊始，建华就显示出创作上惊人的天赋，还展现了卓越的组织才能和独特的识人慧眼。无论是组织文学兴趣小组、主办文学社，还是推出刊物、编辑出书，他一方面深入发展自我，另一方面又在带动别人。从这个意义上来说，建华不仅把爱好文学当作实现自我价值的理想来追求，更重要的是把它当作普惠众人的社会事业来推广。

　　建华的校园文学之路，为他以后文学事业的发展奠定了厚实的基础，积累了充分的储备。高原生活给建华以丰厚的馈赠，浓郁的河湟乡土文化，鲜明的多民族风情，特殊的地理地形地貌，无不给他留下深刻的印象，无不强烈地激发他的创作灵感。风华正茂的建华，在描写故乡、描写实习地的同时，更多地把笔触伸进了青藏高原这片高天厚土。从那时起，已可以初步感受到他文学脉搏中的西部意识。

大学毕业之际，甘建华谢绝了青海师范大学校团委书记罗高河一再挽留他留校的机会，主动要求去了柴达木盆地的青海油田。这里是世界上海拔最高、环境最艰苦的油田，这里是建华的父亲曾经战斗了数十年的地方。这里曾因高原反应而给从湘江之滨走来的建华留下了痛苦的记忆，这里曾因饮食不习惯而给从鱼米之乡走来的建华带来深重的烦恼。但是，他义无反顾地走来了，他深深地了解这里独特而丰富的内涵。

因为受《青海石油报》郑崇德社长的邀请，又是计划外指标，虽然局党委组织部也想留下他，还将他放在青海石油局教育处干了一段时间，但他终于如愿以偿调到报社，先是做新闻记者，很快转任文艺副刊编辑，由此开始了他一手抓文学，一手抓新闻，两手抓，两手都硬的激情燃烧的岁月。

现在回过头来看，80年代后期至90年代初，堪称《青海石油报》文艺副刊的鼎盛时期。副刊的名字叫"聚宝盆"，在短短的时间内，《聚宝盆》聚集了一大批文学艺术爱好者，他们的圆心就是建华。

建华在深入油田采访的过程中，通过广泛接触，了解到油田各个层面有一大批文学爱好者，由于缺乏必要的沟通、交流和指点引导，大都处于封闭状态，视野不宽，思路不活，严重影响了他们文学爱好与写作的进一步发展。面对一双双充满渴望的眼睛，建华无法拒绝这份热情，内心固有的湘人侠义心肠和对文学的崇高追求，让他毫不犹豫地举起了大旗。

建华以《青海石油报》副刊《聚宝盆》为主阵地，以全新的思路和概念对它进行包装和设计，很快，令人耳目一新的《聚宝盆》便展现在大家面前。

新概念散文、先锋派小说、口语化诗歌、现代派理论等，相继在《聚宝盆》闪亮登场。社团园地、女作者诗页、小小说专刊、《钻工情》诗歌特辑、石油技校征文等，先后在《聚宝盆》隆重推出。艾剑青那首《电厂女神》，就是建华从另外一个老编辑的字纸篓中翻拣出来的，发表后在油田传诵一时，甚至改变了作者的命运。二级单位一个党委书记，在建华的指点与帮助下，痴迷于文学创作，竟然弃官从文写小说，后来建华推荐他加入了青海省作协。

建华在采编之余与作者、读者广泛联系，或写信，或面谈，或打电话，把他的真诚洒向油田的四面八方。《聚宝盆》轰轰烈烈的场景、亲亲热热的气氛，把油田文学爱好者紧紧吸引在它的周围，一时间呈现出春风吹拂、百花竞艳的局面。1988年末，建华在《瀚海魂》杂志上发表长篇评论《柴达木的魂与我们的梦》，对全局文学创作蓬勃奔涌的激流，欣悦地作了一番随想式的巡礼。他说："柴达木文学已经不再是一个呼唤、一个希望、一个理想。它正呈长足发展的态势预示，倘若假以时日，柴达木文学定然会在中国文坛确立自己的最佳位置。"

当时，以《聚宝盆》为中心，青海油田涌现出了"渥洼池""西北风""戈壁草""钻工情""采油树"等10多个文学社团，兴办了10多种交流内刊。凡是文学社团的事、文学爱好者的事，建华总是不辞辛劳，不厌其烦，有求必应，热心相助。众多文学爱好者信赖他，把他当作知心的朋友。建华不仅以文品，更以人品与大家架起了心与心之间的桥梁。

1990年初，湖南《年轻人》杂志面向全国举办"90年代呼唤我"文学大赛，建华以《惜别的天空》夺得唯一的一等奖，文中所写的就是花土沟炼油厂"戈壁草"文学社负责人小苏和他的社友们的故事。同年底，建华从青海文学院学习归来，得到《青海日报》文艺部主任、著名作家王文泸的支持，组织青海油田作家在《青海日报》文学副刊《江河源》推出一个专版，并延请评论家王建撰文评论。这是青海油田作家首次在外界集体亮相，引起了省内文学界的高度关注。

《聚宝盆》推出了一篇篇新作，推介了一个个新人，文学热一时勃兴戈壁，这种热效应让人充分领略了文学的魅力。地处大漠戈壁的青海油田，交通闭塞，文化生活单调枯燥，爱好文学的人数激增，客观上丰富了人们的精神生活，陶冶了人们的高尚情操。著名作家井石在冷湖讲学时称之为"聚宝盆现象"，青海省文联主席刘若筠致信建华，称之为"戈壁滩上的文学奇迹"。

在建华的精心培养和鼎力扶持下，一批具有文学创作实力的作者脱颖而出，日渐成熟，可用"青海油田作者群"来形容。建华1990年初加入青海省作家协会之后，也为这个群体拉开了一扇通往青海文坛乃至外部世界的大门。包括我在内，先后从《聚宝盆》走出了徐继成、邹筱荃、尉亚民、魏德章、曹广英、吉海坚、康文训、彭康、李云、王四珍、赵晓庆、宋永峰、王玉仙、王伟东、徐赣青、陆东海、李德强等10多位青海省作协会员、中国石油作协会员。肖复华、李玉真、张同聚、陈同仿作品的第一篇评论都是建华写的，徐志宏与建华两代才子的友谊成为佳话，局领导周铭涛、刘扬寿、马力行也很喜欢与建华谈诗论文。现今油田政工宣传岗位上的主要骨干，几乎都与《聚宝盆》当年的培养密不可分，他们内心至今仍对建华充满了感激之情，尊称他为"恩师"。

建华在青海文学乃至中国西部文学上重要的贡献是独创并提出了"西部之西"文学主张，以及他创作的"西部之西"系列文学作品。"西部之西"是一个专有名词，湘籍著名青年作家甘建华对此做过地理学上的明确界限。自甘肃玉门关以西，阿尔金山是它的北缘，沿着当（金山）—茫（崖）公路或青（海）—新（疆）大道一直西进，当金山口和唐古拉山口之间是它的东轴，将柴达木盆地一分为二，昆仑山和阿尔金山巨大的三角形内，冷湖、花土沟、格尔木、茫崖、大柴旦，成为远荒大漠中的都市，也是甘建华小说中的安纳尔兰。

作为记者的建华，在新闻天地中以敏捷的思维、犀利的目光、雄健的笔力，同样让人交口称道。他善于捕捉热点焦点，善于关注大事要事，以针砭时弊、惩恶扬善为己任，默默地恪守"铁肩担道义，妙手著文章"的名训。他的许多精彩的报道，如《柴达木一日》《柴达木新闻一例》《西部吉祥鸟》《男儿在荒原》《鸳鸯楼》等，至今仍让人记忆犹新。2000年，以"铁血记者"在中国新闻界扬名立万的建华，获得"第四届范长江新闻奖（提名）"，自言与当初在西部之西的新闻从业生涯不无关系。建华是一个非常恋旧和懂得感恩的人。

现在，建华虽然生活在遥远的南国，成为中国作协会员，湖湘文化著名学者，衡阳新一代儒商，南北书画名家乐与之交游的收藏大家，但他对西部之西依然眷恋，因为那里的山山水水、风土人情早已镌刻在他的心里。他以湖湘文化滋生的浪漫情怀，在西部之西的大漠戈壁敞怀唱大风，唱出了真情，唱出了真义，西部之西的高山峡谷也早已烙印了他的足迹，铭记了他那一口带着湖南口音的普通话。

建华注定与西部之西，与西部之西文学有缘。从"芙蓉国里尽朝晖"的湖南，来到"平沙莽莽黄入天"的青海高原，他很快超越了地域的局限，面对雪山戈壁、大漠旷野，他敞开了炽热的胸怀，把执着的追求镌刻在了高原大陆上。

正是在《聚宝盆》的辉煌时期，建华提出了"西部之西"的文学主张。文学理论界有一句名言：民族的才是世界的。那么，引申推广，也可以说地方的就是全国的。或许基于这样一种思路，建华大力建构"西部之西"的文学概念。从南方故乡来到青藏高原的建华，或许更能深刻地感受到文化的差异，因为对比是非常强烈的。就西部而言，西部实际上是一个大西部的概念，青藏高原、柴达木盆地不仅在地理上是独立的单元，放在大西部，它的确是西部之西，况且在文化上、民俗上等等，都有与众不同的特点。建华提出的"西部之西文学"是在哲学思考、文化理解、审美认识的基础之上的升华，是一种大构思、大手笔。

建华提出"西部之西"的文学主张，并且努力实践这种主张。西部的雪山、戈壁、湖泊、芨芨草、骆驼刺等自然景观，给他的性格打上了鲜明的烙印，也使其作品趋于悲壮沉郁的冷峻美和理想主义色彩，逐渐成就了他独特的青年作家之路。他的"西部之西系列中篇小说"，视野开阔，文体别致，语言优美，笔法从容。《蓝色玫瑰舞池》《黄金戈壁》《眺望似水流年》问世之后，赢得了文学界和广大读者的好评，"西部之西文学"终于有了自己标志性的作品。

作为一名湘籍西部作家，建华继承了他的家乡抒情的文风，而后与西部世界的地域特色、文化积淀高度结合起来，创作出了"菁菁校园""西部之西"两个系列散文，总计40余篇，散见于全国各地报刊，并且10多次获得省、部级文学创作奖。1991年元月获得"青海省首届青年文学奖"，跻身于中国西部知名作家的行列。中篇散文力作《地老天荒的一角》影响很广，也是他以一贯的瀚海情怀创作的壮丽华章。那一唱三叹的历史追溯，故乡与远方永不可解的情结，现代文明的内地与西部相对封闭结构的碰撞，行云流水般的文体风格，千淘万漉般的语言金子，其思想深度与艺术追求倾倒了许多骄傲的读者。在他的影响下，不少本土作者也自觉地将"西部之西"的意识融汇于文学创作之中，并形成了一定的群体优势，"西部之西"的旗帜在青海文坛一时让人刮目相看。

多年后，广州出版社为建华结集出版《西部之西》，旋即荣获第二届"中华铁人文学奖"。柴达木文学创始人李若冰先生在《文艺报》发表评论指出："'西部之西文学'是甘建华 20 世纪 80 年代提出的文学主张。按他的解释，西出阳关两千里，在昆仑山和阿尔金山巨大的三角形盆地内，花土沟、茫崖、冷湖、大柴旦、格尔木等新型城镇，也是他小说中的安纳尔兰，即称之为'西部之西'。按我的理解，他的《西部之西》系列小说和散文，也是他的'西部之西文学'的实践产物和有代表性的奠基之作。"

哦！大西部青藏高原的文学"聚宝盆"！

忘不了冷湖热土

冷湖曾经是个很热的名字。

翻开新中国石油史，冷湖闪耀着灿烂的光芒。它曾经是20世纪50年代全国四大油田之一，为国家经济建设输送过源源不断的宝贵"血液"，它的辉煌与光荣早已深深地镌刻在柴达木的苍茫戈壁之上。

1955年，一支石油勘探小分队挺进柴达木盆地北缘，亘古以来荒无人烟的戈壁滩上留下了第一行开拓者的足迹。在戈壁滩深处，他们发现了一个小淡水湖，湖水很凉，就将此湖取名为冷湖。

从那时以来，一批又一批热血儿女，胸怀为祖国探宝的宏伟理想，意气风发地开始了冷湖创业生涯。1958年，随着冷湖五号构造带地中四井日喷800多吨的高产油流，冷湖油田一跃成为全国四大油田之一，次年，共和国的版图上新添了冷湖市。

冷湖是青海油田的发祥地，柴达木石油人心目中的圣地。

20 多年的开发历程，演绎了由产量高峰至低谷的变化，到 1992 年底，冷湖油田几乎停止了生产。在青海油田勘探战略移至柴达木盆地西部，并发现了新的大油田，以及在甘肃敦煌建立起科研、文教、生活基地之后，柴达木石油大军或西征或北上，冷湖沉寂了。冷湖当初鼎盛时曾有几万职工家属生活工作，到了 1992 年底，只剩下 130 多人留守，偌大的油城几乎都空了。

　　以石油立市的冷湖，可以说是青海石油的一个代名词，提到冷湖，就自然会联想到青海石油。青海油田的机关在冷湖长达 20 多年。冷湖，是柴达木石油人心中浓得化不开的一个情结。

　　时至 1995 年 3 月，青海油田新成立了冷湖油田管理处，柴达木石油人重上冷湖，开始了二次创业。

　　王留顺，这位 1966 年走进柴达木盆地的老柴达木石油人，受命于艰难之时，担任冷湖油田管理处的处长、党委书记。面对一片废墟，他们义无反顾地迈出了坚定的步伐，把奋斗的背影留给了千万双关注冷湖的双眼。

　　冷湖不冷。

　　1998 年我国海拔最高的科学探索井——冷科一井发现了 1727 米巨厚的优质生油烃原岩，展示了冷湖地区巨大的勘探潜力和广阔的勘探前景。冷湖老油田又焕发出新活力，产量逐年递增，冷湖又一次引起了世人的瞩目。

　　王留顺非常清楚冷湖那一段石油发展的历史。那时间国家缺油啊，冷湖地中四井喷油，油流成湖，连路过的野鸭都把它当成可以觅食的水湖，纷纷落下。那消息多振奋人心！50 年代以来，有几千名职工支援大庆油田、辽河油田、胜利油田等，连《创业》电影里都有一句响亮的台词，有人问："你们是哪里来的？""冷湖！"冷湖油田为中国石油事业输送了大批的人才。全国有石油的地方几乎都有冷湖人。

作为资源采掘型企业，油田产量下降是个趋势，王留顺客观分析了冷湖油田从产量高峰到低谷的形势变化。冷湖油田最高年产量达 30 万吨，到"文化大革命"初期产量以 10% 的速度递减。70 年代曾深入进行老区挖潜和新区勘探，但产量还是继续下滑，到 1992 年的时候，冷湖只有三号油田还在生产，日产量只有 4~5 吨。王留顺曾目睹了当时冷湖油田被破坏的情景。冷湖完全变了样，以前主要的产油区四号、五号油田整个都报废了，纵横油田的几条油水管线都被毁坏。一些不法分子为盗钢铁变卖，竟用炸药炸毁油水井井口设施，大肆挖掘地下管网。油田到处是残垣断壁，大坑小坎，千疮百孔，面目全非。

在一片废墟上重新开始艰苦的创业，困难重重。王留顺首先率队开始焊接、铺设水管线，实现了 24 小时供水，修复了几台柴油发电机，恢复了 24 小时供电；通过挖掘老井潜力，用上了天然气做饭取暖，开办了食宿站，为过往冷湖的石油职工家属提供了便利。他们踏遍了冷湖油田的沟沟坎坎，掌握了大量的第一手资料，制定了计划方案，开始架电线、铺管道。通过采取一系列行之有效的措施，当年生产原油 5200 多吨，1996 年原油产量就突破了万吨，到 2001 年原油产量就上升到了 3.6 万吨，几年来已累计产油达 10 万多吨。同时，他们还在冷湖附近的南八仙开辟了新战场，投入开发了南八仙气田，日产气可达 40 万立方米，油 70 多吨，进一步拓宽了新的发展领域。

王留顺始终不能忘怀，柴达木石油人的心底保存有一种深厚的冷湖情结，这种情结随着岁月的流逝而愈显浓烈，不管走到什么地方都魂系梦绕那一方戈壁热土。这也是王留顺坚守这片热土的动力。

王留顺清晰地记得，1999 年夏天，年逾古稀的胡振民偕老伴在阔别 30 多年后又一次回到了冷湖。他 1955 年挺进柴达木盆地，把青春的汗水和智慧奉献给了青海石油工业。1958 年，他率队在冷湖地区打井，打出了名扬四海的地中四井，为冷湖油田的发现立了功。1961 年，他离开冷湖去支援大庆会战，后又转战中原油田。在地中四井井场故地，在五号油城空旷的废墟，老人看不够，说不完，他对自己当年在冷湖奋斗的岁月一往情深。美国一大学教授，大学毕业后曾在冷湖干过多年，一回国，就直奔朝思暮想的冷湖。现在每年都有不少在冷湖生活工作的人，不远千里来探望冷湖。

冷湖虽然沉寂了多年，但是石油界的一些科技人员始终对冷湖寄予厚望，认为它能"东山再起"。1998 年冷科一井发现巨厚优质生油岩就给世人一个惊喜，充分展示了良好的油气前景。原石油部的一位老领导曾郑重地说道，在冷湖深层找不到大油田他死不瞑目。冷湖地区一字排开一共有 7 个含油气构造，过去几十年间，多在浅层打井，深层没有做太多的工作。以冷湖至南八仙构造带为主的柴达木盆地北缘地区已被中国石油天然气集团公司确定为亿吨级勘探目标。这一地区有利勘探领域广阔，达 1 万多平方公里，初步估算石油资源量为 17.1 亿吨，天然气资源量为 3000 亿立方米。以前找到的资源量只占很小的一部分，冷湖石油勘探前景良好，大有希望。

冷湖被称为"天上无飞鸟，地上不长草，风吹石头跑，氧气吃不饱"的地方。在这里人们最渴望的就是绿色。

王留顺他们自己动手从 200 多公里远的敦煌运来了土，建起了两个室内大花房，种花栽菜。进入大棚，顿觉生机勃勃，鲜花姹紫嫣红，蔬菜绿意盎然。鲜花有牡丹、月季、菊花、君子兰等数十个品种，蔬菜有黄瓜、辣椒、西红柿等数十个品种。鲜活的大棚一年四季常青，瓜果飘香，让人心旷神怡。棚内的花团锦簇与外面寂寞单调的环境形成了鲜明的对比。鲜花多了，蔬菜多了，棚内的氧气自然也多了，这在含氧量只有内地 70% 的冷湖尤为珍贵，于是冷湖的石油人亲切地称它为"氧吧"。

工作之余，人们都喜欢到"氧吧"来休闲。他们或悠然散步、赏花，或轻松地打牌、下棋，欢声笑语充盈其间。原本单调的业余文化生活因为"氧吧"的出现而变得多彩起来。

"氧吧"受到冷湖石油职工的呵护和珍爱。大棚内的鲜花和蔬菜大部分是职工利用休假和出差的机会从内地带回种子或幼苗精心培育而成。他们从远方拉来羊粪，给里面接上暖气，安上电灯，为调节空气还在一个大棚里修了一个小鱼池。"氧吧"凝聚了人们对生活的热爱。

"氧吧"除了供人欣赏，还丰富了职工的餐桌，一年四季时令蔬菜不断，吃着自己种植的鲜嫩可口的蔬菜，职工喜上眉梢。

王留顺说，冷湖气候恶劣，条件艰苦，大环境不好改变，但可以创造一个好的小环境，让职工得到美的享受、精神的愉悦，从而保持良好的状态，把工作搞得更好。

冷湖，很温暖。

当代青年的榜样秦文贵

一个崇高的称呼，

一个普通的名字，

当代青年的榜样——秦文贵！

从 1999 年 4 月 27 日起，《人民日报》《中国青年报》、新华社、中央人民广播电台、中国国际广播电台等中国各大新闻媒体，都在显著位置、黄金时间连续推出秦文贵的报道。

新华社发了 3 篇通稿——《当代青年的榜样——秦文贵》《大漠荒原写春秋》《无情未必真豪杰》，《中国青年报》刊登了秦文贵的系列故事——《蝉蜕的翅膀》《跃上知识新高度》《爱能使世界转动》。

从 5 月上旬开始，秦文贵事迹报告团先后奔赴北京、天津、上海、安徽、重庆、成都、青海等地作报告。

秦文贵的事迹如和煦的春风传遍神州大地。

当代青年的榜样，这是国家授予青年的最高荣誉。秦文贵的名字将和雷锋、张海迪一样闪光。

秦文贵的事迹在全国引起强烈反响。

这是青海油田、柴达木盆地的光荣和骄傲！

这是中国石油天然气集团公司的光荣和骄傲！

遥远的柴达木盆地和普通的秦文贵一下子走到了人们面前，让人感到那样近、那样亲。

人们的目光向西，想看看雄踞青藏高原的柴达木盆地的大漠戈壁，想看看当代青年的榜样——秦文贵的成长之路。

秦文贵上大学前压根儿不知道石油什么样。

这位在河北省平山县一个叫树石的小山村长大的年轻人，报志愿时却填了华东石油学院。高考前，他正好看了一部叫《创业》的电影，给他留下深刻的印象，石油工人的豪迈气魄，激荡着他年轻的胸怀。他是恢复高考后，从树石村走出的唯一一名大学生。

大学毕业后，秦文贵热情澎湃地扛上行李，服从分配去青海油田。临行前，他的父亲特地买了一本地图册，想要看一看儿子说的那个地方，可看了半天也没能找到。连地图上都没有名字的地方，会是个什么样的地方呢？

向西，向西，再向西，向着横空出世的莽莽昆仑。

坐了 3 天的火车，又坐了 3 天的汽车，一路颠簸，一脸灰土地到达报到工作的地点——花土沟。几排低矮的土坯房，几条尘土飞扬的简易道路，最热闹的中心也只不过是一个不大的商店。

花土沟，应该是一条开满花的沟啊！秦文贵在心中感慨。但这里没有花，也没有树。

晚上，秦文贵辗转反侧，怎么也睡不着，头昏脑涨，胸闷气促，鼻血不住地流，眼睁睁地挨到东方既白。这是高原反应给他上的"第一课"。

秦文贵到井队报到上班了。

队长对他说："小秦，你有多大学问，我们工人不管，但你是不是个真正的石油工人，我们很看重。你有再大的学问，也得先过上钻台、爬井架这一关！"

头戴铝盔的秦文贵开始爬井架了。抬头看，四五十米的井架怎么显得这么高啊！他爬到井架中部时，寒风在耳边呼呼作响，感到井架在摇，自己仿佛都要飞起来了。但他最终咬牙爬到了井架顶端。

从井架上下来，工人们向他竖起了大拇指。

井队四周成群结团的蚊子给他来了个欢迎"下马威"。

起初，秦文贵发现不远处飘来一团黑云，正感奇怪，黑云已"轰"的一声扑到跟前。他听到有人呼喊："小秦，蚊子！"话音刚落，蚊子已经把他包围了，没等他把头藏入臂弯，蚊子已劈头盖脸、密密麻麻盖满他全身，透过工服就咬。幸亏工人师傅赶过来，摇晃着工衣，才把蚊子赶跑了。

有个工人师傅给秦文贵念了这样一首歌谣："有女不嫁钻井郎，一年四季守空房，有朝一日回家转，抱回一堆泥衣裳。"秦文贵听了，笑了笑说："那就再多一个钻井郎吧。"

真正当好一个钻井郎的滋味可让秦文贵尝了个遍。到井队的第一个春节前夕，一段约5厘米的钢片，穿透了他的左手。当时，秦文贵正在井架上放绳子，机器快速地把沾满油污的棕绳从他手中拽出。秦文贵突然感到不对劲儿，一片鲜血正从黑污的手套中透出。他张开手掌，发现一块钢片已穿透了他的手。他朝旁边一个叫"锅盖"的师傅喊："帮我把它拽出来！"只见"锅盖"一使劲，秦文贵一声惨叫，一根三四寸长的钢片带着血肉被拽了出来，疼得他差点昏过去。

一次施工作业中发生井喷，油水泥浆劈头盖脸而下，浸透了全身。为了洗掉凝结在身体上的原油，他先用汽油一遍又一遍擦，再用肥皂一次又一次搓，浑身被蜇得火辣辣地疼，不久身上开始蜕皮。这种难受的滋味一个月后才消失。

秦文贵老老实实在基层干了许多"小事情"，并悟出了"小事情"和"大事业"的辩证法："我最初打钳子，甩钻杆，扶刹把，下套管，爬井架，你也许觉得都是些小事情，但没有这些小事情就没有后来搞科研这个大事业。正是在干这些小事情的时候，我不断琢磨研究各种设备，练就了一套千里眼、顺风耳的本领：看板房的灯光明暗，就知道井上启动了什么电机设备；听钻机的各种异常声音，就能判断出井上哪个环节出了毛病。这可不是小事情！搞科研就是发现问题、解决问题，没有干小事情时练就的本事，能干什么大事业！"

秦文贵于1984年10月结束井队实习后，被分配到石油部表彰命名的"红旗"钻井队——6055钻井队任技术员。当时，该钻井队正在打海拔3400多米的世界最高井——狮20井，也是我国当时海拔最高的一口深探井。

高原的冬天滴水成冰，站在井架平台上，即使戴着棉帽、穿上皮大衣，也能感觉北风寒冷彻骨。井上主要的记录仪器叫"钻井自动记录仪"，这东西就像飞机上的"黑匣子"，固定安装在钻机上，有导线与钻井连接，随时记录下钻井过程中的钻速、泵压等技术数据。这次打井，由于天冷，墨水冻结在仪器内，记录仪失灵了。队长王桂生很着急。

　　秦文贵还没熟悉井上情况，但看在眼里，急在心里。他悄悄召集了几个同志，先拆开仪器研究工作原理，然后根据仪器运转特点，自己动手设计，用铜管制成了一个防冻"墨水管线"。装上一试验，行！当王桂生看到秦文贵发明的记录仪时，一下子喜欢上了他。他对秦文贵说："你很爱动脑筋，今后一定会有作为的。"

　　1984年10月，狮20井发生第二次井喷，呼啸声震耳欲聋，强烈的油气水流通过两条放喷管线，喷出达百米之远，把对面的山头冲出了一道深深的沟。青海油田前线指挥部得到消息，决定第二天压井，并要求连夜拆掉一条放喷管线，抬回基地焊压力表。那时已是晚上，秦文贵和另一位技术员走到王桂生队长面前，提醒说："队长，天已经黑了，又不能开灯，拆放喷管线太危险。再说，现在本来井下压力就大，只留一条管线放喷，压力会不会迅速超过井口承受的极限？"王队长觉得他们的担心有道理。后来的情况证明，幸亏管线没有拆，如拆掉，必酿成大祸。

　　1984年11月的一天，正在钻探的狮20井又发生了强烈的井喷。在巨大的地层压力作用下，地下数千米深处的盐水泥浆如狂龙般喷涌而出，看着钻工师傅们毫不犹豫地扑向井场、跳进齐腰深的泥浆中时，秦文贵震惊了。大家背着上百公斤的重晶石粉奔跑在井场上，随风弥漫的粉尘将人层层包裹。由于连累带呛，许多人鼻血直流，胸前是一道道血迹，可没有一人退缩。到晚上 11 点多，井口压力上升到了 200 多个大气压，而放喷管线又被结晶盐堵死，若不立即处理，将会抬翻井口，造成井毁人亡的严重后果。秦文贵和大家一起，提着管钳，蹚过没膝的油水，冲向井口去拆卸被堵的管线。200 个大气压力下流体的穿透能力是致命的，可以轻易地把人体切成两半，但此刻大家好像已将生死置之度外，一个个奋不顾身地冲了上去。

狮 20 井发生井喷，为了压井，在 3 个月的时间里，秦文贵和工人们整整背了 1 万吨重晶石粉。当时钻井指挥部临时雇了 10 多个民工，干了不到两个小时，民工便没了踪影。他们留下话："这哪是人干的活，我们那里的驴都不干！"在海拔将近 4000 米左右的地方，只有 60% 含氧量，什么都不干，喘气都难。由于缺氧，秦文贵几乎每天都是鼻血呼呼流着往前奔走。有一天，他连续背了 16 个小时的重晶石粉，天亮的时候，一屁股坐在地上。这时，他感到手上一阵钻心般的疼痛，一看，手指上的老皮已经被磨光，露出了鲜红的嫩肉。

秦文贵渐渐明白了，柴达木石油人顾全大局、艰苦奋斗、为油而战的行为，就是柴达木精神。于是，在高高挺立的钻塔上，在茫茫无际的戈壁中，他建立了自己人生信念的坐标，那就是，只有为社会创造价值的人，他的人生才会有价值；只有自强不息、努力奋斗的人，他的人生才会闪光。

渐渐地，秦文贵和柴达木这片荒凉的热土连在一起了。

尽管1993年初，经过一年加拿大留学，作为加拿大国际发展署和国家外贸部联合开办中加人才培养项目里石油系统唯一的被录取者，阿尔伯塔省波尼维尔石油公司看中了他的学识、经验和能力，开出高薪并许以妻子和孩子都可以来加拿大定居的优厚条件，秦文贵谢绝了。国内南方沿海一家石油公司也诚意聘请他去工作，他都不为所动。

在他眼中，柴达木盆地才是干事业的广阔天地！

现代化的钻井事业呼唤现代化的人才，作为一名青年知识分子，秦文贵深感自己肩上的责任重大。

秦文贵永远也忘不了那一幕幕场景。

一次钻井作业中井漏了，一袋袋水泥、一袋袋重晶石粉倒入井中，犹如石沉大海。面对填不饱的井底，大伙心如火燎，这些平时从来不流泪的硬汉子们忍不住流泪了。自己主管技术，那一刻，秦文贵内心感到无比疼痛。狮32井完钻测试作业，他担任指挥，坐封成功，日产原油300多吨、天然气10万立方米。工人们欢呼雀跃，兴奋地把秦文贵抬了起来。

秦文贵常说："科技人员最大的用武之地在基层，在生产实践中。"

强烈的事业心、责任感、紧迫感促使他刻苦学习，不断创新。

狮子沟地区属复杂的裂缝性油气藏，他在那儿奋斗了多年。1993年的一天，秦文贵去那里查看钻进中的一口重点井——狮32井。离该井还有一段路，隐隐约约好像看见有云彩在钻塔中部飘动，很奇怪，那云丝丝缕缕的，好像在围着钻塔转圈。他心里一惊："不好，井下出问题了！"果然，那不是云彩而是柴油机冒出的缕缕青烟！秦文贵跑上钻台，现场的人都围了上来。

"秦工，你总算来了！"

"是什么问题？"

"估计是深层套管断裂。"

钻井要下套管。在平原地区打井，井深不过两三千米，套管出了问题好解决。但在柴达木，多数井都深达五六千米，出问题就是大问题。深层套管断裂，事故至少发生在井下数千米深处！秦文贵明白，这一回遇到大麻烦了。

柴油机冒出的烟雾越来越浓，如不能尽快处理事故，这口重点探井可能就会报废，损失就是1000多万元啊！

秦文贵忙活了一天，什么招数都用上了，仍然不管用。明月当头的时候，他回到板房，一根接一根地吸着烟，一夜无眠。

第二天，秦文贵早早地到了井上，还是一点招儿都没有。柴油机已经运转到极限，泥浆还是打不下去。

秦文贵在井台上搓着双手，在井架下双脚打转。忽然，人们听得井场上"扑通"一声，秦文贵摔了个大跟斗。大伙正准备扶起他时，他却一骨碌跳了起来。

图片 3

向戈壁荒山要油，秦文贵深入钻井现场，研究部署工程技术方案

"有了！"他大喊一声。

原来，这一跟斗使他想起一件事：小时候爬树掉下来摔断了胳膊，一位放羊老人先给他把断骨捏合，然后砍了根树枝，把他的胳膊像箍水桶似的，密密麻麻地箍紧。没过多久，他的胳膊就能伸缩自如了。

想到此，灵光一闪，一个联想突然产生：断裂的套管如同摔断的胳膊，是否也可以弄点什么捆上纠正其断裂处，使其正确复位呢？当然，往井眼里塞树枝不行，塞个木塞总可以吧？

他将方案和盘托出：用木塞纠正，对准套管，水泥封固——解决井下套管断裂问题。他给技术员画了一张木塞加工草图，让尽快去做。

木塞被钻机一段段压入井下，事故果然顺利排除。

人们欢呼起来。一位技术员说："秦总一跟斗捡回 1000 万，能上吉尼斯世界纪录大全了！"

1992 年至 1993 年上半年，固井施工存在两个异常棘手的技术难题：一个是小钻具通井事故频繁。1992 年发生因各类原因造成的小钻具通井事故高达 13 井次，截至 1993 年 7 月 11 日，就发生小钻具通井事故 7 井次。小钻具通一次井需要 7 至 10 天，按大庆 130 钻机日费 2.8 万元计算，要 20 余万元的支出。固井质量关系到一口井的生命，轻则使油井寿命缩短，重则将导致一口井彻底报废。

1993 年秋天，当时秦文贵刚从加拿大学习归来，了解到固井公司的困境，主动与他们谈起国外固井技术并作了一次固井技术报告。

秦文贵详细地讲述了国外先进的固井技术管理、先进的工艺技术和新型固井装备等，赢得了阵阵掌声。秦文贵不顾疲劳，又与几名固井技术人员讨论起了攻克两大固井技术难题的具体事宜。

秦文贵与他们一道拟定了避免小钻具通井固井技术研究、尾管固井及双级固井技术的推广与应用等3个科技攻关课题。在他的鼎力相助下，3个科研项目圆满成功，已经成为青海油田成熟的固井技术，并获得了巨大的经济效益和社会效益。从1993年8月至1994年底，小钻具通井事故发生率为零，与1992年至1993年7月相比，减少经济损失400余万元；尾管固井技术推广应用5井次，质量全部合格，且节约套管13446余米。

秦文贵搞科研有一股痴迷沉醉的劲头。妻子让他去买酱油，他却买回一瓶醋；他推着自行车去液化气站换气罐，却不知道还要带上液化气本；有时睡到半夜，突然一骨碌爬起来写写算算……

1994年，秦文贵在尕斯油田处理一口井的技术套管事故时，闪现出一个大胆的想法：能不能简化套管程序呢？这一技术一旦成功，将带来可观的经济效益，当然，一旦失败，风险也很大。设想得到了领导的大力支持，决定由他牵头立即组织研究这项课题。

他放弃冬休，一头扎进"关于在尕斯油田深井中简化套管程序的可行性研究"课题中。查阅资料，设计方案，时常通宵达旦。为了减少做饭的时间，方便面成了他每日的主食。两个月后，可行性报告终于在井队出工之前拿出来了。接着，他又担任了项目实验小组的组长，打起背包，与课题组人员赶赴井场。秦文贵选择了一口全油区难度最大的井——尕斯油田跃进5-35井。实验至少要跨越地层垮塌、地层受力及压力参数不一致、长井段出现复杂情况的处理困难等五大难题，他搞这次实验，钻井中可能遇到的所有危险都会遇到。

从开钻那天起，秦文贵就像守护临产婴儿般守在井场。大漠寒风裹挟着沙粒抽打在脸颊上，他全然不顾，而是认真地从钻机的轰鸣声中，捕捉着每一个信号，判断运行是否顺利。

但还是出事了，出了大事！

跃5-35井，设计井深3460米。钻至3425米时，发生了卡钻事故。

距完钻只剩下35米！事故如不能处理，一切将付诸东流。

如何解卡，没有任何经验可以依赖。秦文贵竭力镇静自己，下达着一个个解卡命令。

"泡油！"

"震击！"

"旋转！"

"提拉！"

所有解卡方式都用了，还是无济于事。

从未有过的压力逼向秦文贵。夜晚，他在资料堆中寻觅解决难题的钥匙；白天，爬上钻台观察，一身泥浆，冻如铠甲，喳喳作响。他的思绪翻滚，一丝火花在脑海闪烁。他想到了在加拿大留学时，在一份英文资料上看到的"U形解卡法"。这方法他也没试过，稍有纰漏，整个井再没有补救办法，而且危险性太大。在大伙的坚定支持下，他决定实验下去，而且一举成功。

他后来回忆说："我三天三夜没合眼，虽然寒风刺骨，我却虚汗淋淋，沾满油泥的双手冻裂了，嘴唇结了一层血痂。当解卡成功时，整个井场欢腾了。我的眼泪又流了下来。"

5月13日，跃5-35井完钻，建井周期为283天，节约综合钻井费用130余万元。

青海油田领导在《跃5-35井不下技术套管实验技术总结报告》上批示："这是一件令人兴奋的事情！它的成功是技术的胜利，是科技的进步，是伟大的创举！"

秦文贵终于回家了。人，又黑又瘦；衣服，又脏又破；头发也灰蒙蒙的。女儿一下子躲到她妈妈的背后；妻子眼睛近视度数高，凑近了一看，呆住了，秦文贵的头发变得像亚麻似的，昏灰发黄，而且有一半已经花白了。她一把搂住他的脖子，止不住地哭了起来："秦文贵，你才34岁呀！怎么就弄成这个样子，你为什么不爱惜自己的身体？"

1997年4月24日，团中央、全国青联首次颁发"中国青年五四奖章"，秦文贵即获得此奖章。

1997年5月4日，江泽民、胡锦涛等党和国家领导人在北京中南海怀仁堂亲切接见了秦文贵和其他 4 名"五四奖章"获得者。

面对绚丽的鲜花、热烈的掌声、耀眼的镁光灯，秦文贵没有陶醉，而在人民大会堂作报告时的声音却时常在他的耳边回响："我所做的是微不足道的，还存在很大差距。在今后的工作中，我一定要以党和国家领导人对陆上石油工业的批示为动力，继承和发扬铁人精神、柴达木石油精神，继续努力，以更大的成绩为我国经济的腾飞，为青海石油工业的发展，做出更大的贡献，报答党和人民对我的培养。"

1997 年 5 月 19 日，秦文贵从北京归来后，第二天，他就悄悄回到办公室上班了。5 月 21 日，他踏上西行的征程，一路风尘仆仆赶到了花土沟生产一线。5 月 23 日，他登上了海拔 3400 多米的狮子沟，那是他朝思暮想的进行"双攻"攻关的现场。

整整一天，从狮 29、狮 32 井到狮 28、狮 24 斜井，秦文贵奔波不停，忙碌不止。

"一样和不一样"，这一句简简单单、普普通通的话，是秦文贵获得荣誉后常挂在嘴边的，体现了秦文贵对待荣誉的辩证思维。

他是这样解释"一样"的：一个人不管获得多高的荣誉，都不能居功自傲，荣誉只能证明过去，荣誉不是资本，人在荣誉面前，永远是普通一员。

"不一样"呢？他认为，荣誉是一种鞭策，在各方面只有标准更高，要求更严，奉献更多，贡献更大，才能使自己无愧于这个荣誉。

获得"中国青年五四奖章"之后，许多单位都邀请他去作报告，其中包括他的母校——华东石油学院，他都谢绝了。

从1997年5月以来，秦文贵主持科研攻关和新技术推广项目达10余项，不少项目已取得明显成果，创造了可观的效益，在油田生产中正发挥着越来越大的作用。

1998年10月，秦文贵带着大漠征尘来到了北京，又走进了课堂，作为青海油田唯一一位人选，参加中国天然气集团公司举办的MBA（工商管理硕士）预培训学习。全集团公司只有26人入选。此班是集团公司按照国际先进水平培养学科带头人的学习班。

秦文贵非常珍惜这次学习提高的机会，他制定了挑战自我、奋力争先的目标。他几乎把自己封闭在了勘探院里，宿舍—教室—食堂，每天都机械地重复着三点一线的运动，学习，学习，再学习。夜里12点以前，他从来就没有睡过觉。

在北京的几个月里，除了在勘探院附近的商店里购买所需的日常用品外，北京城三环里面从未涉足。尽管他的老家河北平山县距北京只有几个小时的汽车路程，而且家中的老父亲已80多岁，望眼欲穿地盼望他回家看看，他也完全可以抽出时间回家一趟，但他没有。

勘探院里的灯光铭刻下了秦文贵发愤苦读的身影。

不管岗位如何换，职务如何变，不管荣誉怎么多，荣誉多么高，他都始终保持自己的本色，以一个知识分子的赤诚，为油田生产奉献着自己的才干。

钻井工程中，套管的消耗始终是生产成本的大头。柴达木盆地的钻井工程中，绝大部分使用进口套管，价格高。能否用国产套管替代进口套管呢？他从野外老井使用套管情况的调查入手，全面搜集资料，认真研究对比，对国产套管性能全面剖析，认为可以用国产石油钻井套管替代进口套管。这是他主持的"柴达木盆地国产石油钻井套管替代进口套管可行性研究"项目在获取大量数据的基础上得出的结论。

燃煤发电后的废料——煤渣，如果处理不当，既容易产生污染，又影响企业效益。秦文贵瞄准了煤渣，组织科研攻关，开展"电厂、钢厂废料再利用——粉煤灰固井"课题研究。这个课题的研究思路是：将煤渣磨碎，进行处理，达到固井使用的要求。这个课题的试验已经完成，再经过购置设备等准备，就可以进行规模化生产。

以上课题及"柴达木北区及油南地层压力预测""侏罗纪地层深井动力钻具钻井"等项目，都是在他于1997年获得"五四奖章"之后主持开展的。

荣誉成了他不断进取开拓的动力。

科技兴油可以说在秦文贵的心中重如千钧。

柴达木盆地需要艰苦创业、吃苦耐劳的精神，更需要科学技术！

1998年3月，秦文贵担任钻井处处长，成了油田钻井工作主管部门的领导。他一上任就确定了新的工作思路：增设技术会计师，提高钻井效益，降低钻井成本，增强作战能力。

他作为主管部门的领导，不是坐在机关指挥，而是沉到基层。哪里需要就奔向哪里，哪里危险就冲向哪里！

1998年8月的一个周末下午，一个消息从南八仙传到敦煌——仙六井发生强烈井喷！

管理局紧急召开抢险工作会议，会议7点多结束，8点多秦文贵就出发了。此次抢险由秦文贵担任现场指挥。

当他们风驰电掣地赶到现场时，已是深夜1点多。井场笼罩在漆黑的夜幕里。气龙呼啸，震耳欲聋的声响，好像要把人的五脏六腑撕裂。强大的气流直冲几十米高的井架，天然气把井架包裹住了。必须尽快制服井喷，多耽误一分钟就多一分危险。

与钻井打了10多年交道的秦文贵在默默地思考着一个个可行的抢险方案。他抓起一把沙子撒向空中，看沙尘飘向何方，仔细判断风向。

一个抢险方案在他的心中酝酿成熟了。

在他沉着、冷静的指挥下，仅用9个多小时，就彻底制服了井喷，把损失降到了最低限度。创造了青海油田制服气井井喷时间最短的纪录。

1996年6月，秦文贵来到新组建的"双攻"办（山地地震与裂缝性油气藏攻关办公室），任副主任。在他面前展现出一个更为广阔的新领域。

"双攻"办是一个综合科研部门，需要地质、物探、测井、钻井等综合技术来开展研究。秦文贵是伴随着井架走进"双攻"办的，他对地质、物探等专业技术不是很熟悉。但这难不倒他，虚心好学、不耻下问是他治学的追求。

到北京，只要有时间，位于安定门外的石油工业出版社的门市部，他是非去不可的。每次从国外学习回来，他带回来最多的东西总是图书资料。

在"双攻"办，他虚心向吴光藩、胡杰、马斯辉等人学习，以充实自己的专业技术，提高综合研究的能力。

裂缝性油气藏是世界级的难题。狮子沟地区是"双攻"办的主攻目标之一。他们曾与斯伦贝谢公司合作，合同执行初期，那些金发碧眼的老外踌躇满志，似乎狮子沟地区的攻关课题唾手可得。干过几个月后，老外说太难了，弄不成。而秦文贵及"双攻"办的科技人员，与108勘探开发公司等单位合作研究，取得了阶段性的进展。

目前，狮子沟地区的原油产量已由前些年的几千吨，达到现在的5万吨。秦文贵他们的工作发挥了重要的作用。

这就是柴达木哺育的当代青年榜样！

秦文贵就是这样实践着自己的人生信条——在为社会创造价值的奋斗中实现人生价值。

老马力行

马力行套上工服，把大挎包往肩上一背，大步走出家门，再把包往越野车座后车厢一撂，登上车就出发，这是他离开敦煌石油基地上柴达木盆地油田一线的标配和习惯动作。

远方是一抹迤逦的雪山。

在青海石油局领导的分工中，马力行副局长分管钻井、管道、基建等，下属单位的工作场所绝大部分在柴达木盆地，茫茫八百里瀚海是他日夜牵挂的主战场。

1990 年 1 月，世界海拔最高的原油输送管道——花格（花土沟至格尔木）管道，由于"先天不足"和沿线情况特殊，问题接连不断，保温层进水、管线结蜡、管线内外腐蚀严重，曾经发生过长距离大面积凝管……它们总是沉甸甸地压在马力行心头，因为花格管道是青海油田原油输出的生命线，容不得有任何闪失。

腐蚀、结蜡等严重威胁着管道安全和输油生产，为了查明原因，摸索规律，找出腐蚀点、面，彻底消除隐患，必须徒步巡检花格线。

沉沉435公里花格管道，漫漫800里荒原路。1992年以来，这条管道曾经多次实施检漏，每次检漏在荒原上都留下了马力行一串串深深的脚印。

徒步巡检出发，马力行艰难的跋涉也就开始了。

冬天，寒风刺骨，滴水成冰。

春天，狂风四起，尘土飞扬。

夏天，成群的蚊子，发起"集团"冲锋。

每次徒步检漏，马力行率领的检漏分队几乎都是早晨7点左右启程，每人带上两个馒头一杯水，栉风沐雨，晚上10点以后收工。他经常亲自身背很重的检漏仪，一步一个脚印穿过盐碱滩、沼泽地、大戈壁、流沙河、大草原……

蚊群肆虐之时，尤其令人难以招架、苦不堪言。荒原上成群结队的蚊子像一小片一小片的乌云翻滚。即使戴着防蚊帽，抹上了避蚊油，也防不胜防，仍然被蚊子咬得皮肤上小包、大包"此起彼伏"，青一块、紫一块。一次巡线时，马力行在前面走着，后面的人往他背上拍了一巴掌，粗粗一数，竟拍死了60多只蚊子。

有时，即使平平常常的吃饭也成了马力行他们一件非常头疼的事。吃饭必须钻进车里，摇上所有的车窗玻璃。车子只要不动，蚊子就叮满了车窗玻璃，密密麻麻。碰到烈日暴晒，车里热得如同坐在蒸笼上一样。为了吃上一顿安稳的饭，只好开车疾驰，吹跑蚊子，开窗引进凉风，然后在飞奔的汽车上填饱肚子。

从 1992 年 10 月至 1993 年 8 月，马力行率队徒步跋涉花格管道检漏、清蜡共 5 趟，共查出 198 个漏点。在 300 多个艰苦的日日夜夜里，马力行穿破了 4 双翻毛皮工鞋，硬是用双脚走了 2000 多公里，等于从北京走到了广州。

漏点找到了，隐患消除了，输油安全了。涔涔的汗水和深深的足迹把马力行的忠诚和追求刻在了瀚海戈壁。

1992 年 6 月 12 日 8 时，中灶火站的输油压力骤然下降，泵转出现异常，当班调度迅即向格尔木处调度报告。此时，各站运行参数出现急剧变化的报告接踵而来。紧急出动巡查漏点。6 月 13 日 8 时 45 分，在中灶火站以东 2.1 公里处发现漏点。现场漏出的原油一片汪洋，烟雾弥漫，油味刺鼻，经过加温升压的原油从两米深的地方喷射而出，势不可当。初步估算，每小时漏失原油 40 立方米。

刚刚从 800 多公里外的省城西宁坐汽车赶回格尔木的马力行，听到管线出事的紧急汇报，未顾得上擦一把脸、吃一口饭，便连夜赶往出事地点。

次日凌晨，马力行赶到现场，股股原油带着"呼、呼、呼"的咆哮声，从地下猛烈喷向空中，油流成河。他召开紧急会议，召集各路抢险人员，迅速制定抢险方案。

抢险突击队成立了，12 名小伙子，全剃好了光头，他们穿好下水衣，手拿铁锹，严阵以待。战前动员，马力行眼睛潮湿了："柴达木找油不易啊，在这里泄漏的不仅仅是原油，也是钻井、采油和全局职工的血汗，我们不能让它白白地流掉啊！"

80 多摄氏度的油流，从管线内疯狂地滋出，淡蓝色的油烟弥漫整个工作面。突击队员在紧张地挖油管下的沙土，去砍包裹油管的夹层。第一个队员摇摇晃晃支持不住，倒在了原油中，坑边的马力行和其他人一起拽绳把他拉上来，轮流给他做人工呼吸。

　　危险就在他们身边，只要稍微出现一点火星，就会发生爆燃，坑里坑外的人都难以幸免。谁都明白冲向油坑、扑向漏点就是与死神过招！马力行全然不顾个人安危，始终坚持在坑边就近指挥，浑身上下沾满了原油，脸上只有牙齿露出点白色。

　　抢险最紧张的时候，他白天在现场指挥堵漏施工，夜晚又在站部研究制定抢修方案，曾经几天几夜都没有合过眼。在抢险的一个多月里，他没有脱下衣服睡过一个囫囵觉，直到堵漏成功。

　　1992 年 6 月至 1993 年 1 月，花格线共发生 3 次较大的泄油险情，马力行每次都是这样夜以继日、奋不顾身地挺过来的。

　　1993 年 6 月，马力行又一次穿越那棱格勒河。越野车行至河中心，突然陷进了一个凹坑，动弹不了。泛滥的河水越来越汹涌，水漫进了车内，他们只好弃车蹚水渡河，在宽阔的河床上深一脚浅一脚地向前挪动。虽然是 6 月，但昆仑山的冰雪融水仍然刺骨，高原劲风吹来，他们瑟瑟发抖。

　　马力行患了重感冒，诱发了心脏病，躺倒在格尔木医院。妻子从敦煌赶来，看到丈夫那样虚弱，眼泪止不住地簌簌往下掉。马力行不住地安慰妻子，看着妻子清瘦的面容，他心里感到非常歉疚。身体稍好，他就把妻子打发回敦煌了，自己继续在格尔木废寝忘食地工作。

每次上管道，马力行完全和工人打成一片。吃饭时，他总是自拿一个饭碗、一双筷子，和工人一样到食堂排队打饭；在现场指挥时，他和站上工人一样，挤住在一起。1992年6月，大抢险的日子里，他几天几夜没睡觉，没有吃过安稳饭，炊事员看着心疼、焦急，单独给他下了碗面条外加两个荷包蛋送去，可又让原封不动地端了回来。他从不让自己搞一点特殊。只要在食堂吃饭，不管是基地单位还是野外队站，马力行都主动掏钱，把钱留下，这是他一贯的作风和不变的习惯。

花格管道泵站上的职工每回见马力行背个大挎包，都很纳闷。时间长了他们才知道，那个包里装的是四季常用的换洗衣物——马力行一出门就做好了在野外长住的思想准备。因此，工人都亲切地称这个包为"四季包"。

当在现场的马力行穿着工服、工鞋，满身尘灰和工人一起背着仪器、啃着馒头、徒步丈量荒原的时候；当在抢险堵漏的现场，一身油泥像油塑一样矗立荒原的时候，有谁知道他是副局长呢？

花格管道沿线十分荒凉，泵站工人轮换倒班，一上班就要在野外待上一个多月，有时甚至两三个月。怎样把泵站小环境建设好，让野外工人工作生活得更好呢？在马力行的关心支持下，各泵站因地制宜，种上了树苗、花草，有的站还建起了温室大棚。碧绿的黄瓜、通红的西红柿、紫艳的茄子……四季不断。蔬菜圆了野外职工尝鲜的梦想，还给站上提供了一个感受田园的好去处。严重缺水、土壤高度盐碱不适宜种植树木的泵站，他们也千方百计想出了许多美化的办法——工人们用各种着色的碎石、碎玻璃片拼成青山秀水、苍松翠柏、大漠驼队、白鸽高飞等图案，把站上装点得意趣盎然。看到泵站的变化，马力行高兴极了。

荒原上的管道泵站曾经发生这样的一幕。马力行从一个泵站出来，在飞驰的车上吃完了一个干面包，喝了几口水，又驶向下一个泵站去慰问。几个年轻工人听到汽车声走出屋门，当看到马力行副局长穿着棉工衣，脚蹬大头翻毛皮工靴，口喊着"大家辛苦了"疾步走来、给他们拜年时，他们全都像雕塑一样站定了，眼里闪烁着泪花。

那一天是 1993 年正月初二。

寒冷的风不知疲倦地掠过荒原。

马力行，身体力行，老马力行！

西去逐梦终不悔

昆仑依旧白雪皑皑，戈壁依旧黄沙漫漫。

弹指一挥间，风风雨雨他已经在柴达木盆地度过了 42 载，大戈壁的风刀沙剑在他的脸上刻下了深深的印痕。

42 载风餐露宿，42 载跋山涉水，42 载南征北战……他默默地把最美好的年华无私地献给了柴达木这片荒凉而富饶的土地。他的汗水、心血及至生命，都和这片土地水乳交融在一起了。

他，就是青海石油局原副局长杨秀东。

1956 年 7 月，杨秀东毕业于重庆石油学校石油天然气井钻凿专业。风华正茂的他，告别了生他养他 19 年的巴山蜀水，志愿申请前往青海省柴达木盆地青海石油勘探局工作。正逢柴达木石油勘探蓬勃发展的第一个高潮。9 月 5 日，《人民日报》以《支援克拉玛依和柴达木油区》为题发表了社论。他庆幸自己赶上了石油勘探大干快上的好时候。

杨秀东被分配到茫崖钻井处油墩子大队实习，从此开始了"昆仑山下送晚霞"的石油勘探生涯。

1959 年冷湖会战正酣。自从地中四井获得高产油流，日喷 800 多吨原油之后，冷湖一下子成了柴达木石油勘探的中心。当时，杨秀东已是钻井队技术员。打冷深 38 井时，杨秀东发现井上设备不配套，防喷器胶芯尺寸与当时使用的钻杆尺寸不符，便向有关领导提出了这个问题，希望能够引起重视，得到整改。但在当时一味追求速度的情况下，这个问题被忽视了。

不幸的事发生了。钻井中井喷失控，以天然气为主的喷出物被未及时停机的柴油机排气管的火星引燃，引发了冲天大火，井架在须臾之间被烧塌。熊熊燃烧的大火深深地刺痛着杨秀东那颗年轻的心。

抢险灭火成了当务之急。采用什么方法灭火呢？杨秀东参与制定了"空中爆炸灭火"的方案。这是青海油田首次使用这种方式灭火。竖立两根扒杆，冷却、输送、引爆，产生强大冲击波，形成巨大压力切断火焰，造成井喷气流对火焰的供气瞬间中断，大火终于熄灭了……

柴达木盆地西部荒凉的大戈壁也许沉睡得太久太久了。1987 年 11 月 13 日，沉寂的大地突然爆发出震耳欲聋的怒吼，南七井发生强烈井喷并自爆着火。火龙狂暴翻卷高达 60 多米，高耸的井架仅 6 分多钟便被烧毁瘫软在熊熊的火海之中。

南七井强烈井喷牵动了青海石油局，牵动了中国石油天然气总公司。一批又一批领导、工程技术人员从冷湖、四川、大港、北京纷纷赶来。时任局总工程师的杨秀东在事故发生后及时赶到现场，组织抢险。

杨秀东和中国石油天然气总公司钻井司徐辅琛副总工程师等有关人员组成了抢险领导小组，在听取各方面意见后，拍板敲定了抢险方案："带火井口清障，整体吊装井口。"

由于现场指挥得当，组织严密，在"敢死队"队员的殊死搏斗中，南七井在狂喷半年多后，于1988年7月3日被制服。

1982年12月底，尕斯库勒湖边跃进一号油田的"试二井"，在作业中起钻至表层套管附近发现井口自溢，强行下钻未成，接方钻杆循环中发生强烈井喷，从井里每天喷出的大量原油糊满了井架，在钻台周围堆起了一座座油山。情况万分危急，如不迅速制服井喷，井毁设备损的重大事故随时可能发生。

杨秀东赶到井场，认真研讨制定抢险方案。在消防车喷出的强大水柱掩护下，抢险人员穿上用水泡湿的棉衣，在露出钻盘面的钻具上进行带压焊接、钻孔，抢装分支管阀，带压封堵，一举成功。

井喷抢险刻不容缓，责任重大，它不仅需要冲锋陷阵的勇士，更需要运筹帷幄的将帅。多年来在处理重大事故的现场上，杨秀东那足智多谋、指挥若定的形象，已烙印在许多人心中。

1990年，时任副局长兼总工程师的杨秀东，前往四川参加中国石油天然气总公司安全生产环境保护工作会议，当天中午乘车从冷湖出发，晚上住在敦煌，准备次日一早乘车赶到兰州，再转机飞到成都。深夜1点多钟，已进入梦乡的杨秀东突然被电话铃声惊醒。电话中传来险情，柴达木盆地东部台南气田台二井起钻作业中发生井喷，井内钻具全部喷出，造成一人死亡，一人失踪。

杨秀东那颗不安的心马上就飞到了千里之外的井场上。四川开会是去不成了，深夜他就开始思考下一步的行动方案。

第二天一大早，他乘车匆匆赶回冷湖，立即召开了抢险紧急会议。次日，乘车直奔台二井井喷现场。

台二井井喷现场一片汪洋。井下喷出物除天然气外，还有大量淤泥和水，分布在井场四周，又深又陷，使得抢险设备和人员无法靠近井口。

怎么办？杨秀东仔细分析眼下这种特殊而复杂的情况，思索的火花不断在他的脑海中闪烁。面对淤泥四溢的现场，他制定了"填海造陆"，利用间喷瞬间，实施封堵制喷的方案。推土机怒吼着向小土山发起冲击，一堆一堆的土被推下来，再推向井场，愣是修筑了一条通向井场的坦途，为封堵制喷作业创造了条件。经过一场惊心动魄的战斗，井喷被制服了。

制服井喷是与狂暴肆虐的气"龙"油"虎"打交道，充满了艰难和危险。杨秀东在长期的制喷征战中积累了丰富的经验，降"龙"伏"虎"使他的柴达木石油勘探开发生涯充满了传奇，也铸就了一个又一个丰碑。

1977 年 7 月 25 日，花 79 井发生井喷，喷出的大量原油和高矿化度盐水顺着山谷流出两里地远。因为该井是柴达木 3000 米以下深层见工业油流的第一口井，象征着青海石油职工在深层钻探中的一个重大突破。这也是狮子沟构造带上的一个重要发现，必须确保它的正常开发。但制服高矿化度盐水却是一个新课题。杨秀东深入现场，与工程技术人员深入分析探讨，拿出了稳定可靠的施工方案，实施后取得成功。

1986 年，南翼山构造南二井钻至井深 2981 米时，发生井喷，自爆着火，设备被烧毁，井口被淹没。杨秀东和油田内外的专家、技术人员反复琢磨，反复计算，制定了打定向救援井拦截封堵的方案。经过多个日夜，定向救援井——南 2-1 井在井深 3020.38 米、垂深 2938.38 米处中靶，经压裂、疏通、封堵，切断了油气大火。柴达木石油史上第一口定向救援井大获成功。

柴达木石油史上还有许多像这样的"第一"和杨秀东联系在一起：第一口深层油井见油，第一条长输管道投运，第一条长输气管线投产……

太多的"第一"折射了他 42 年柴达木石油人生的无限光彩和聪明才智。

在 42 载的柴达木石油勘探开发历程中，杨秀东先后担任过钻井技术员、总调度室副主任、局钻井技术负责人、副局长兼总工程师、局科委主任等职。长期的实践锻炼和知识积累，使他成为教授级高级工程师、享受政府特殊津贴的专家。42 载的石油生涯中，杨秀东几乎有一半时间工作在局级岗位上。他长期负责油田生产和技术管理工作，负责解决钻井、试油工程中的关键技术问题；指挥处理复杂、重大事故；组织实施新工艺、新技术的推广和应用工作。青海油田原油从年产几十万吨到突破 200 万吨大关；天然气储量从微不足道成为全国第四大气区，这每一吨油、每一方气，都凝结着杨秀东的智慧和心血。

1984 年，石油部为贯彻落实中央西藏工作会议精神，将支援西藏开发地热井的任务交给了青海石油局。这是国家援藏重点工程之一，青海石油局非常重视，成立了以杨秀东为组长的领导小组，从各方面做了充分准备。1984 年 7 月 25 日，由 65 部车辆组成的大型车队，满载着 600 多吨物资装备和钻井人员，从冷湖出发，奔向西藏羊八井地区。先后打成了 7 口地热井，为羊八井地热电站的建立做出了贡献，受到了石油部、水电部、西藏自治区的表彰。

光阴荏苒，岁月流逝，人事变迁。如今，当初和杨秀东一起来到柴达木的 20 多位同学都已先后调离柴达木，就剩他一人依然坚守在我国海拔最高的青海油田。为什么他如此痴迷于柴达木的石油事业呢？

42 载高原戈壁挥洒春秋，42 载心血汗水写就华章，杨秀东无怨无悔。

望不尽漫漫戈壁路

茫茫戈壁，路向天涯。

柴达木北缘赛什腾山下蜿蜒起伏的这条路，竟然和吴同才人生道路的最后几年紧紧相连，直至生命和它融为一体。

路，容纳了一个丰富的人生；

路，折射出一个高尚的灵魂。

30多年过去了，至今许多人仍然牢牢地记着发生在这条道路上的一幕。在冷湖老基地通往五号的道路上，10多个人绳拽、手推一辆大卡车，非常吃力地缓缓而行。这是怎么回事？许多人深感纳闷。这辆车要是坏了，无法行驶，也用不着从老基地往外推，因为老基地是运输处机关所在地，汽车大修厂坐落于此。在人力推动下，卡车缓慢地向四号方向滑行。

其实，这是一辆状况良好的卡车。这究竟是怎么回事呢？许多人更觉得疑惑。

原来，为了强化车辆管理，当时的运输处处长吴同才制定了一条严格的制度，不管是谁，不论是什么车，只要违反规定，跑自由车，在哪发现，就在哪封车，然后由该车队领导带人将车推回本队车场，再作处理。吴同才宣布这条制度时，声音铿锵，毋庸置疑。这是四车队的一辆车，那天停在老基地运输处生活供应门市部门口，吴同才处长发现后认定是一辆自由车，立即封车，遂令四车队领导前来将车推回五号。

事后调查得知，这辆车不是自由车，而是执行任务，为老基地送货的。

吴同才内疚极了，他主动打电话向四车队领导承认错误，并要求召开全队职工大会，他亲自去检讨、道歉。

车队领导都劝他算了，吴同才态度坚决，一锤定音："错了就是错了，有错就改，领导有错更不能迁就！"车队领导清楚，吴处长决定了的事，8匹马也追不回来。

吴同才如期到会，深刻检讨，诚恳道歉。会快结束时，吴同才提高嗓门："为了纠正我的过错，向推车的同志们道歉，我要徒步走回老基地！"

举队皆惊。"吴处长算了吧……何必呢……"

"不！"吴同才斩钉截铁。他坚定地摆了摆手，毅然迈开大步，头也不回地向戈壁滩走去。

30多公里，吴同才一步一个脚印，硬是走了回去。对于发生在20世纪60年代道路上的那一幕，不少人觉得，吴处长的严厉要求近于苛刻了。可在吴同才的脑海里坚定着这样的信念：抓管理必须严字当头，领导带头，持之以恒。

1959 年 7 月，吴同才到运输处任处长。车辆、道路、人生就这样有机地连在了一起。刚上任的吴同才就碰到一个难题，五号地区用水量大，车辆运力却严重不足，怎么办？吴同才经过调查，制定了抓好调度管理的方案。

车辆未动，调度先行。在当时任务重、时间紧的情况下，调度怎样才能更充分发挥作用呢？上一线，到现场。吴同才下达了命令。

水源的荒野上搭起了帐篷，运输处现场联合调度开始运行。摸清用车规律，按先急后缓，统一调度车辆，紧张局面得到缓解。

运力紧张、司机缺少，问题依然突出。吴同才紧锁双眉思考着。又一个方案推出了，让干部上阵，顶替司机休息。运输处组织有执照的干部夜战，司机白天干，一时车场无存车。从水源到五号，不分昼夜，车轮滚滚。同时，相应配套的"六定""三包""三抓"措施也开始实行。"六定"即定点（重点突击）、定线（在规定路线内一车多用）、定井（水车分井包干）、定车（规定各种有特殊用途的车辆）、定领导（派基层领导干部上重点用车单位）、定责任（谁驾驶的车谁全面负责）；"三包"即包任务、包思想、包生活学习；"三抓"即早抓出勤、午抓检查、晚抓保养与安排。

吴同才也和大伙儿一样，在这条路上白天顶烈日，晚上迎寒风，拉水任务完成得非常漂亮。

没有规矩，不成方圆。60 年代以来，运输处建立健全了 39 项规章制度，车辆驾驶、维修、司助管理都有章可循。

从下面列举的一系列数据、事实中，可以清晰地发现吴同才严管理、抓落实的脉络。

1961年，提倡"多快好省"，反对"少慢差费"，实行了"拉足吨位，跑够里程，照实核算，超额计奖"的运输管理办法。调动了司机的积极性。

1962年，理顺人、车、货三者关系，强调人是主导、操作是保证，车辆保养是基础。贯彻八字秘诀40条，突出"保"字，"保字上马，七分保养，三分修理"。

1963年二季度，运输处制定了"五不出厂，三条权利"制度，成立车辆归队检查站，检查按130条衡量和验收。开始有人感到受不了，甚至连老标兵也觉得太严。制度规定在驶车必须台台完好，由检查站随时检查，并按质发给司机红、蓝、白三种颜色的牌子。各调度凭红牌给报到司机派车执行任务，持蓝白牌司机必须进行保养，直至把车搞好，经二次检查合格拿到红牌，调度才准其执行任务。其中一个月，共检查728车次，红牌575部，占80%，蓝牌17部，白牌26部。事实证明，检查站查得严、卡得硬，不但没有影响任务，反而促使了设备完好，任务超额完成，事故减少。

1964年一季度，运输处抓正车，先后封34部不合格车，大返工19部，当时派车一时出现紧张情况。基层要派，调度要封，极难处理，吴同才及其他领导坚决支持封车，教育基层干部和司助，狠抓车辆管理，彻底改变落后面貌。

运输处在全面抓正车的基础上，还系统部署了5个战役：一战实现七过硬，大打基础仗；二战攻车内脏，保干净卫生；三战样板化，让典型引路；四战大练兵，出手功夫硬；五战周转量，推多拉快跑。同时建立6项制度，在司助中建立每日保养巡回检查作业中心，以定人、定车、定工、定任务、定保养等为内容的"六定"岗位责任制。由于严格执行高标准、严要求，车辆修理逐年上台阶。1961年以前，修理质量体现为"大件小解体，小件不解体""一拆二看三装，马虎凑合出厂"，至1963年以后，大修车实现一次出厂。在很长一段时期内，管理站不挡运输处的车，完全放心车况和司机素质，并号召其他单位向运输处的车学习。

在工作中，吴同才还着手抓典型，促全体，以点带面，他常请一些标兵介绍"爱车如爱眼，搞车如洗脸"等经验。当时运输处学习标兵、争当标兵蔚然成风。一段顺口溜反映了当时的情况："兵对兵来将对将，自找对象比弱强，困难挡不住英雄汉，当了标兵心才甘！"

吴同才坚持"鞍钢宪法"，坚持走大庆道路，规章制度执行严，先进典型树得高，队伍作风抓得狠。为扭转三年困难时期以后的运输管理混乱、车况严重下降、出勤率很低的状况，发动群众，狠抓企业整顿，在很短时间内，厂容面貌焕然一新，设备完好率和出勤率大幅度上升。

吴同才就是这样一位敢于大胆管理、严格要求、纪律严明、赏罚分明，干什么工作都力争上游的实干家。但在"文化大革命"时期，却惨遭迫害，被冠以莫须有的罪名，遭受批斗。批斗中，吴同才的身心遭受严重摧残。每天在运输处被批斗完后，吴同才都独自一人静静地走 15 公里路回到四号。一路无语，路能理解他的情怀。

他对路的感情太深了。他深深地知道，柴达木的石油勘探开发是绑在汽车上的。路是柴达木石油事业的生命线，也是他吴同才的生命线啊！

现在，他却不能指挥车辆，奔驰在道路上了，这是他最大的痛苦和煎熬。每当听到车声，看见车行，他都无比兴奋。走在路上，发出"吧嗒、吧嗒"的声响，他在和路对话，悄悄地倾吐衷肠。

1967 年 12 月，一个大风呼号的夜晚，在运输处挨完批斗，吴同才又默默地走路回家。第二天清晨，人们在局机关大礼堂旁边的电线杆上发现了他，他面对着无垠的戈壁和戈壁滩上唯一一条蜿蜒曲折的路，睁着双眼，吊在空中……

他站在公路边，是要看着他的运输队把石油源源不断运向远方吗？

他站在公路边，是要看着脚下的路不断开拓，延伸到戈壁的更深处吗？

他最后的身姿成为一个警醒的惊叹号矗立在公路边。他的精神品质凝结在路上成为永恒。他的追求和希望却永远随着道路不断向远方延伸、延伸……

痴迷地质研究的博士后

　　浩瀚苍茫的柴达木盆地对他来说具有一种特殊而弥久的诱惑力。1999 年春寒料峭之中，青海省目前已探明的第二大油气田——南八仙拉开了投入开发的序幕，进行试采。他的心中漾起一阵阵激动和欣喜。几年前，在对南八仙地区地下油气状况的认识还比较模糊的时候，他就提出了南八仙找油气大有希望的推论。

　　他，就是徐凤银，博士后，时年 35 岁。中国科技会堂专家委员会专家，中国石油天然气集团公司跨世纪学术、技术带头人，我国自己培养的第一个矿井地质博士，1994 年仅 30 岁时就晋升为教授。时任青海油田副总地质师。他是柴达木盆地当时唯一的博士后。现在，他每每走在瀚海戈壁的沙砾上，看着眼前熟悉的雪山、荒滩，对自己当初的选择，无怨无悔！

　　1993 年，徐凤银在中国矿业大学读完博士，仍然想继续攻读博士后。读博士后的难度更上一层楼，博士后按要求必须是跨行业、跨专业，甚至跨学科。此前，他做的学问一直与煤炭勘探开采密不可分。

当时，国内油品紧缺，油价飙升，而且，石油工业储采比例严重失调。这在徐凤银平静的心中激起涟漪。于是，他选择了与自己原研究方向相通的石油地质学作为进一步的研究方向。1993年金秋，徐凤银来到位于四川南充的西南石油学院博士后流动站继续深造。在师从李士伦、颜其彬教授和罗平亚院士做博士后研究工作的同时，他还主动去旁听本科生和研究生的有关课程。

一个偶然的机会使他与柴达木盆地结下了不解之缘。西南石油学院在裂缝性油气藏领域的研究富有经验，徐凤银来院不久，青海油田因柴达木盆地西部裂缝性油气藏非常发育的狮子沟地区地下构造形态不清，构造裂缝规律不明，严重影响该地区的勘探，专程前来西南石油学院求援，学院委派黄学道教授组织人员前往协助攻关。

学院办公室主任得知此消息后，对徐凤银说，你刚来时间不长，校内现有的课题一下子难以插手，不如随黄学道教授去柴达木盆地考察考察。徐凤银欣然同意。

到了敦煌，青海油田领导请他们先看3天资料，再作讨论。徐凤银一头扎进了资料堆里。

3天的时间未到，徐凤银竟然提出了独辟蹊径的方案。当人们得知他是第一次接触此类难题时，不由得对他刮目相看、惊讶不已。后来，黄学道教授干脆让他担任"柴达木盆地狮子沟中深层构造形态及油气富集规律研究"课题负责人。

1984 年，徐凤银以 4 年学习成绩平均 95 分、全系第一名的优异成绩从西安矿业学院地质系毕业，分配到中国煤炭科学院西安分院，进入该院新组建的矿井地质研究室。1987 年，徐凤银通过研究生考试，再次回到母校，主修矿井地质学，成为我国首位矿井地质学硕士。1990 年，在第 14 届世界采矿大会上，26 岁的他，作为最年轻的代表，宣读了唯一一份代表中国矿井地质学界的学术报告——《杉木树矿井地质构造定量分析研究》，引起强烈反响。这也是他的硕士论文，当时被鉴定为国内领先水平。他读硕士期间，已在国内外杂志上公开发表论文 8 篇，完成 5 项课题研究。

1990 年至 1993 年，他在中国矿业大学攻读博士，从而成为我国第一个矿井地质博士。其间，公开发表论文 21 篇，承担课题 5 项，其中 3 项由他负责，出版专著 3 部。其课题成果之一《芙蓉矿区矿井小构造及煤与瓦斯突出区域预测研究》，经鉴定，达到国际先进水平。

他的博士论文《矿井构造预测与评价的理论、方法及其应用》，开创了本领域研究的新模式。矿井构造预测是世界性难题，他将这一领域研究的水平提高到了一个新阶段——从定性预测到定量评价。这个成果，据中国科学院马杏垣院士、矿井地质学的创始人柴登榜教授等评价、鉴定，他的研究已使我国在该领域内居于国际领先地位。他成了我国矿井构造理论的开拓者之一。

徐凤银提出的方案汇报后，获得青海油田的赞同，被确定为正式方案。他开始重新写开题报告，做开题设计，课题要求完成时间为一年。

如此短的时间内，完成如此高难度的课题，直压得徐凤银他们喘不过气来。

柴达木盆地狮子沟地区油气资源丰富，曾打出多口高产井，特别是1984年狮20井日产油达1000立方米以上，震惊国内。但裂缝性油气藏异常复杂，几十年来久攻不下，曾有地质科技人员戏称为"骑狮难下"。

徐凤银他们又来"骑狮"了。1994年6月初，徐凤银率课题组成员深入柴达木盆地西部，进行艰苦的野外地质调查。狮子沟山谷高峻、沟壑纵横，平均海拔3400米左右。初来乍到，使徐凤银感到胸闷气促，嘴唇也皲裂开口，疼痛难忍。背上一壶水，带两个馒头，一袋咸菜，就是他们每天的"野餐美味"。遇上刮狂风就更惨了，铺天盖地的黄沙打在脸上噼啪作响。

40多天里，他们踏遍了狮子沟地面每一条构造裂缝，走过了狮子沟地面的每一个地质露头，对多个点进行了精细描述，基本摸清了裂缝的产状、规模、切割关系等，掌握了大量的第一手资料。

两个月后，徐凤银满面黧黑，一身风尘，赶回南允西南石油学院的家门时，左敲右敲了好半天，门才打开，只见妻子王素洁扶着墙虚弱得都快站不住了，脸上痛苦的表情煞是难看。"你回来啦?"妻子的问候有气无力，"我……我实在动弹不了啦!"妻子说完又艰难地爬上床躺下。他妻子患上了严重的类风湿，浑身疼痛难忍，3岁的儿子也带不动了。望着妻子，徐凤银鼻子酸酸的。

返回学院，徐凤银他们的室内模拟试验紧锣密鼓地开始了。学院一角的一间小房就是他们的试验场所。他们在这里支起了一口大锅，用松香、石蜡、凡士林、胶泥、树脂等自己进行配方，熬制试验用的特殊材料，气味恶臭难闻，熏得他们头昏脑涨，翻肠倒肚。

试验要求连续不间断进行，全天候观测裂缝发育过程、变形状态等。徐凤银索性在室内铺一块木板，权当为床，以室为家了。边操作、边观测、边记录……虽然他的家仅在百米之外，但吃饭也不离开，靠妻子送。连续3个月，他只是望望家门，而没有回去。

3个月过去了，人瘦了，憔悴了，但凝聚着心血的1万多个数据记录下来了，裂缝的发育规律、变形过程模拟出来了。

在徐凤银主持下，经过青海油田与西南石油学院的共同攻关，"柴达木盆地狮子沟中深层构造形态及油气富集规律"课题的综合研究取得丰硕成果，在许多方面获得重要进展。初步搞清了狮子沟地区平面、剖面断裂构造的分布规律及其相互切割关系，系统分析研究了狮子沟地区储层特征及形成机制等，创造性地全面恢复出不同层位的构造形态图。可节约复杂地形下地震剖面100公里，合1000万元人民币。专家鉴定认为，该项研究整体处于国内领先水平，其中部分运用灰色建模预测理论恢复深部隐蔽构造形态的方法为国内外首创。1994 年，狮子沟地区原油年产只有几千吨，其后不断加大勘探开发力度。青海油田与斯伦贝谢公司合作开展狮子沟裂缝性油气藏研究，通过先进的成像测井、MX500 测井等方法，获得了不少新的进展。同时，在一定程度上也验证了徐凤银他们对狮子沟裂缝性油气藏的认识。青海油田采用修复老井，利用老井打定向井、水平井等措施，见到了较好成效。目前，原油年产已近 5 万吨。

1995 年 3 月，狮子沟项目通过鉴定后，他把目光盯住了另一个远大的目标——侏罗系，这是国内石油地质界的一个老大难问题。侏罗系地层在中国西部广泛分布，中国石油地质界对它历经数十年研究未获重大突破，认为没有生油层。这种观点曾一度困扰中国石油地质认识产生突破。柴达木盆地有没有侏罗系呢？有，但只是零星分布，只有小断陷，分布范围很有限。这是多年以来主宰柴达木盆地对侏罗系认识的旧观点，并已成为制约青海油田发展的理论及实践难题。他对柴达木盆地侏罗系展开了研究。他坚信柴达木盆地有侏罗系，不是零星，而是大片；坚信能在侏罗系找到大油田。因为，新疆吐哈盆地在侏罗系找到煤成油，发现了吐哈油田；陕甘宁盆地在侏罗系找到煤层气，发现了陕甘宁大气田，这更鼓舞了他。

柴达木盆地也能！他在心中锁定了这个目标。徐凤银最初研究的是煤炭，对柴达木盆地的地质情况还是有所了解。柴达木盆地大煤沟是中国侏罗系的典型剖面，大煤沟组就是以此命名，而且在柴达木北部地区已发现的煤矿和煤层就达

28 个之多。

青海油田的主要领导很欣赏他的胆识，批准由他负责承担"柴达木盆地北缘侏罗系石油地质综合研究及目标选择"的课题，并正式立项。这是青海油田有史以来第一个研究经费超 100 万元的重大课题。

他开始了对柴北缘侏罗系进行系统的研究。1995 年 6 至 8 月，徐凤银西至牛鼻子梁，东至德令哈，北上鱼卡，南抵纳赤台，一直在野外奔波，采集了大量岩石标本，以及煤样、油气样，测了 12 个露头剖面。在鱼卡，他数次冒着生命危险，钻进数家小煤窑，采集新鲜煤样，了解地质情况。

在 1995 年 10 月举行的青海柴达木盆地油气田勘探研讨会上，作为特邀专家，徐凤银宣读了浸透他心血的论文——《柴北缘地区侏罗系油气资源潜力及勘探方向》。他认为侏罗系在柴北缘广泛分布，而且有规律；全盆地大面积有规律广泛分布，具有丰富的油气资源。明确指出"南八仙在这 3 个地方（另两个地方为北陵丘、马海）中，虽然断层很多，但是当时沉积厚度比较大的地方，可能是最好的地方（指油气聚集）。"

后来，气龙从南八仙地下呼啸冲天，推论变成了现实。作为一个地质专家，有什么能比证明自己的推论而找到油气田而更兴奋的呢？

骏马遇伯乐。1996 年初，中国石油天然气集团公司咨询中心勘探部主任、中国工程院院士翟光明相中了徐凤银，他有幸成为翟院士的助手，调到了北京。

随着对柴达木盆地侏罗系的研究不断获得重大突破，1996 年 5 月，根据翟光明院士提议确定，我国石油界广泛关注的、当时世界海拔最高的一口科学探索井——冷科一井，在冷湖地区开钻，从而揭开了认识柴北缘侏罗系崭新的一页。

1996 年 8 月，他跟随翟光明院士再次来到青海油田调研，跑柴达木盆地现场，配合开展研究，协助撰写重要咨询报告。

1997 年 4 月，徐凤银协助翟光明院士完成的一份重要咨询报告——《重新认识柴达木盆地，力争油气勘探获得新突破》，发表在当年第二期的《石油学报》上，引起了我国石油界、学术界对柴达木盆地新一轮油气勘探的高度重视。

同年 7 月，徐凤银主动申请，要求调往柴达木盆地工作。放着北京大机关不待，非要上全国海拔最高、最艰苦的青海油田去干啥？在许多人的疑惑不解之中，徐凤银西行了。面对青海油田的领导，徐凤银明确表态："以前，青海油田是我做学问的主战场，我从柴达木石油人那里学到了不少东西，受到很大鼓舞；此次我来柴达木工作，可用 8 个字表达我的宗旨，'虚心学习，无私奉献'。"在井队、地震队，师傅们常对他的选择感到不可思议时，他总是说："只要能体现自身存在的价值，在哪儿干或干什么都值。"认识他的人，都知道他的一句口头禅："事业上永不满足，生活上永远满意。"

到青海油田上任，先在勘探处任总地质师，协助主管地质及随钻研究。他很少待在敦煌，一头扎进柴达木盆地。他利用自己的知识优势，积极参与油田决策，积极促进油田提高勘探管理水平。在大量现场调研的基础上，他起草了《探井井位地质论证规范（试行）》，并以文件形式下发，改变了青海油田以往没有统一井位论证标准的状况。由于他突出的表现，半年后，组织上任命他为局副总地质师，分管全局物探工作。针对勘探处，他提出了勘探项目管理的模式和可操作性实施意见；针对研究院，他提出了技术领导兼搞科研的一系列思想，均被油田采纳。特别是针对近期柴达木盆地勘探难题提交了《关于加快在柴达木盆地寻找大油气田步伐的几点意见》等6项建议，在油田实际工作中发挥了积极作用。

1998年，青海油田勘探捷报频传。冷科一井在侏罗系发现了1727米巨厚优质生油岩系，基本确认柴北缘侏罗系厚度超过800米的分布面积可达1万平方千米，初步估算石油资源量17.1亿吨、天然气资源量3000亿立方米，是5年以前估算的近70倍。柴北缘被中国石油天然气集团公司确定为全国十大亿吨级油气田勘探的重点目标之一。南八仙已探明的油气储量表明，该区已被证实为一个大型油气田。

来柴达木盆地工作已快2年了，他在野外就奔波了近300天。

1998年12月，青海油田确定徐凤银负责柴达木盆地2万公里老资料处理的招标工作。招标会8日开始，5日晚上，妻子从北京打电话说6岁的儿子已经发烧40度，3天不退，几家大医院都去了都无济于事。徐凤银一边安慰妻子想办法，一边在思索着自己该如何办，此次招标成功与否直接关系到柴达木盆地下一步的勘探部署。可儿子到底是什么病，妻子本身也在天天打针，她一人如何是好？两头都不能耽搁，于是半夜3点钟，他催妻子领儿子住进了医院，自己必须留下来。12月11日招标结束，12月14日才借参加中国石油天然气集团公司计划会议之际回到了北京。12月30日，儿子还没有出院，他又坐飞机赶回了敦煌。

1999年元旦，徐凤银又赶到柴达木盆地花土沟，他顶着刺骨的寒风，主持了狮子沟地震勘探项目的验收……徐凤银把自己融入了昆仑山下的茫茫八百里瀚海戈壁。为柴达木盆地的油气勘探更上一层楼，为石油工业"发展西部"的战略撑起一片天，那是他最大的心愿！

"边陲优秀儿女" 董国成

    1992 年 2 月，正是人们沉浸在春节喜庆气氛中、享受天伦之乐的时候。

    董国成的妻子风尘仆仆地从华北平原来到了青海油田，这是她第三次踏上柴达木盆地西部。董国成的同事、朋友都为他高兴，都认为这一回春节董国成再也不用像天涯孤客一样冷冷清清，可以好好地过一个团圆年了。这几年的春节，董国成都是在油田形影相吊、伴着电视机度过的。

    可外人哪里知道他妻子到来的个中底细呢？

    两人相见，四目相望，没有往日的温存缠绵，而是平平静静。对话简短明了。"再想想，是调回去呢？还是留在这里？""我离不开这里，我舍不得这块土地，这里需要我。"一切的重复和解释都成为多余。沉默，沉默，沉默之中两人都坚定了各自的决心。

    短暂的几天，在人们大惑不解和无比惊讶之中，他们已经协议办好了离婚手续。和以前一样，董国成为她送行，不过转眼之间已不是作为妻子，而是作为一个普通的朋友。临上车时，她哽咽着说："国成，你就在这里好好干吧！"她双眼噙满了泪水。董国成默默无语，雕像般伫立在凛冽的冬风中，目送车子消失在视野尽头。

"寻寻觅觅，冷冷清清，凄凄惨惨戚戚。"此景此情都随着萧瑟的寒风微微颤抖。

光阴荏苒，再回首，四顾茫然。10年前，董国成毕业实习来到了大港油田，几个月的朝夕相处，董国成和后来成为他妻子的她建立了深厚的感情，他们相恋相爱了。1987年，他们在甜蜜的憧憬之中结婚了。

1989年，董国成的妻子第一次来到柴达木盆地。高寒缺氧的环境、单调的文化生活，让她难以忍受，她第一次郑重地提出让董国成调回家乡，董国成摇了摇头。

1991年11月，董国成的妻子第二次来到了柴达木盆地，特地发出最后通牒。她给董国成指出了两条路：一是调回大港油田，夫妻团圆；二是留在柴达木，夫妻分离。

第三次……

董国成没有改变自己的初衷，他选择了高原油田，柴达木人为之挥汗洒血的这片土地。回顾自己在柴达木10年来走过的路，董国成谈出了两点体会："一是来柴达木的志向没有选错，只有当个人的追求与祖国的需要相一致时，人生才会有最大的收获；二是在柴达木工作，青春无悔，这里同样令年轻人大有作为。"这是他发自肺腑的话。

1982年，江汉石油学院毕业典礼现场的横幅上赫然写着："到基层去，到艰苦的地方去，到祖国最需要的地方去。"董国成热血沸腾。他的想法既简单又朴实，作为一名优秀毕业生，在接受祖国挑选的时候，应当到祖国最需要的地方去。他毫不犹豫地选择了青海油田——全国石油系统中条件最艰苦的地方。

皮肤干燥，口干唇裂，鼻血不止，饮食不思，这就是冷酷的柴达木送给他们的第一件见面礼。低矮破旧的土坯房，飘摇的帐篷，掘地而成的地窝子，构成了他们生活的环境。在外忙碌一天归来，鼻孔里黑黢黢的、脖子上黏糊糊的。董国成没有后悔，他在柴达木写的第一篇日记中就有一句话："甘做一名柴达木人！"掷地有声。他把自己的热情、理想融进了柴达木盆地。

一走上工作岗位，他就被分配到电测队当井口工。柴达木严寒的自然气候，让董国成领教了它的厉害，终生难忘。他在苏干湖测井的时候，天气太冷了，空气仿佛都凝固了。"奔驰"测井车每隔 5 分钟就得发动保温，不然，油气管线就会被冻裂。测井施工中，接卸仪器需要用手接线，冷风如刀，稍不小心，手就会沾在仪器上被撕掉一层皮。为了保证准确、迅速地接好线，他脱掉手套开始干了起来。透心的冰凉、针扎般的疼痛，使他牙齿都在颤抖，手一会儿就失去了知觉。当他们接声波仪器时，突然，从井架上掉下一个个小东西，砸在钻井平台上砰砰作响。他们吃惊不小，都以为是井架上的螺丝帽掉下来了，定睛一看，原来是一只只冻僵了的麻雀。

1983 年，青海石油局打了两口 5000 多米的深井，要获得测井资料，老仪器就显得不适应了。为此，测井总站引进了一套 FCS-801 型测井仪，新仪器、新技术、新难题，密如蛛网的电路图、闪烁不停的指示灯，显示着它的高深莫测和无比威严。董国成一心扑在了新仪器上，废寝忘食地啃书本、查资料，边研究，边摸索，边实践，新仪器被他驯服了。他逐步掌握了仪器的性能和操作要领，同时还发现了仪器在性能上的缺陷，在西安仪器制造厂的配合下，对一些部件进行了改进和更换，仪器性能更为优化。工人师傅们对这位新来的大学生伸出了大拇指。

1985 年，董国成担任了测井中队队长，率队驻扎在冷湖五号，担负柴达木东部地区探井的测井任务。当时他们要测的德参一井距离冷湖 400 多公里。每次去测井，一路上，测井车颠来倒去，左右晃荡，到了井场，有的仪器都被颠坏了，人也被颠得疲惫不堪。有时他最大的愿望就是躺下睡上一觉，哪怕是躺上一会儿也行。但他是一队之长，为了给钻井赢得时间，一到现场，就马不停蹄地奔向井场，摆放电缆，整理仪器。

1988 年 7 月，董国成接到家中来电："父病重速归。"他放下手中的工作，把电报压下了。后来，领导和同事得知了，在再三劝说下，他才赶了回去。他父亲患脑血栓、中风，右偏瘫躺卧在床，他妻子已怀孕 6 个月。卧病在床的老父、身怀六甲的妻子，他们是多么需要他在身边照顾啊！他完全有条件调回家乡附近的大港油田，那里也很需要他这样优秀的工程师、技术管理干部！在柴达木石油事业和家庭利益上，他再次倾向了前者，他洒泪西去。

回到油田后，他又专心致志地投入深井电缆对接技术的研究。他和其他同志组成深井电缆对接应用小组，进行实验应用。从前采用的对接电缆方法大都是软连接，这种方法虽简便易行，但存在许多弊病，首先在接头处要比原电缆直径粗5～15倍，过滑轮时易跳槽，测井曲线的深度误差大，电缆也无法盘整齐，很容易损伤其他部位的电缆，使用时间短，一口井要连接几次才行。董国成艰苦攻关，做了几百次试验，终于改进和创新出一种新的深井电缆装置。它用国产材料或其他废料代替进口料，经现场应用，显示出了极大的优越性，每年可为国家节约新购电缆费用近百万元。他还对JD-581多线电测仪进行了改进，使之成为数字采集系统。这一项目获青海石油局科技进步三等奖。

十年弹指一挥间。董国成在柴达木深深地扎下了根，在这片辽阔的土地上留下了一个又一个闪光的脚印。他当过井口工、操作员、分队长、中队长、指导员、计算站站长，现任地质测井处副处长。每一个岗位都记下了他奋斗的艰辛，每一个岗位都蕴藏了动人的故事。1984年被青海石油局评为"开发柴达木优秀青年知识分子"，1989年被石油局评为"高原油田十大新星"，1992年被青海石油局评为"十大杰出青年"……董国成朴实无华地说道："我听到一些青年朋友讲，在柴达木干不出什么名堂，对此，我不敢苟同。作为一名党和人民培养多年的青年知识分子，我在柴达木只是奉献出了一点点，建设现代化高原油田的宏伟事业，需要大家共同肩负重任，只争朝夕。"

是柴达木给他插上了腾飞的翅膀，给他展现了大有作为的广阔天地。

他永远忘不了那刻骨铭心的一幕。1985年6月，董国成作为柴达木优秀青年代表参加了由《中国青年》杂志、《解放军生活》编辑部会同边陲12家青年报刊联合发起的"为边陲优秀儿女挂奖章"活动授奖及报告会。在这次会上，共有100名边陲优秀儿女获得了金质奖，他是石油系统唯一获得金质奖的。余秋里等10位国家领导人接见了他们，向他们说道："辛苦了！"当时，他激动极了。随后，他又同其他9名同志被选在北京饭店与国家领导人进行了座谈，并被推荐作事迹报告。他的报告感动了大家，会场上不时响起雷鸣般的掌声。报告会后，著名诗人艾青激动地向他走来，在他的留言簿上写下了动人心扉的话语："向柴达木来的人致敬！"当他捧起留言簿时，他的眼睛有点湿润了，他作为一个柴达木人感到无比骄傲、自豪、光荣。那时，他觉得柴达木就在身边，很近，很近，因为他心中装着柴达木，无论走到哪都魂牵梦绕。

危难之时显身手

听赵元才侃摄影，你会进入一个黑白、彩色构成的艺术世界中。你的思绪会随着他描述的线条、光影、构图的变化，在尺幅万里的天地中自由飞翔驰骋。洋洋洒洒的谈吐，他的灵气行云流水般地从一双明亮有神、富于穿透力的眼睛中流泻出来。

他的作品摆在你面前，无限风光就会向你的眼底款款涌来。壮丽奇美的长江三峡、峻峭绝险的西岳华山……大漠金沙、雅丹土林、钻塔雄姿……

听他的侃侃而谈，看他的多姿多彩的照片，你会陶醉在一种美的享受之中。如果在你得知他是一位身披雄风走荒原的高级钻井工程师、一个技术精湛的青年知识分子时，你或许会在惊奇之余，平添几分钦佩和好奇。

当他从西南石油学院毕业，从锦绣如画的嘉陵江边，风风火火地来到柴达木盆地时，粗犷壮美的高原风光吸引了他的视线，他带着相机走进了井队。

有一幅题为《带火清障》的照片，真实地记录了柴达木盆地西部南翼山南七井抢险时的场面。画面上，烈火冲天，大地一片火光，一群抢险队员冒着生命危险，用血肉之躯在与烈火和钢铁作殊死的搏斗。

此片荣获中国石油文化大赛摄影类银奖。

一个"V"字形手势写尽了他们抢险胜利后的激动、喜悦，一组照片留下了永恒的英雄诗篇。

那时，作为抢险队员的赵元才，穿着石棉防火服，一身油泥地站在危险四伏的井场上。那时，他曾和几名抢险队员一道，浸泡在1米多深、烫人的油泥中，拼着性命抢装井口装置。有一本书的封底照片就再现了他们当年那惊心动魄的场面，照片上的赵元才全神贯注、目光坚毅，展露着视死如归的英雄气概！

一如咬定戈壁荒原不放松的红柳，在事业上，只要是赵元才认定的目标，他总是脚踏实地、不知疲倦地去追求。

赵元才曾多次被派往外地学习定向井、井控技术等，他的灵气也在各类学习进修中闪烁。在野外一线一身油泥、一身汗水锤炼出的经验和深入系统的理论学习相结合，使赵元才在定向井、井控等方面的技术非常出色，他给授课的教授、专家留下了深刻的印象。

给他多次授过课的中国石油天然气总公司井控专家，中国赴科威特灭火总指挥孙振纯比较喜欢这个纯朴踏实、肯于钻研、好学上进的小伙子。

在孙振纯分片区井控检查工作中，赵元才曾随他去四川、南阳、新疆等油田，一路上赵元才仔细观察、细心请教，处处做有心人。走了一路，学了一路，万里行程化作了学习的广阔课堂。孙振纯热情勉励这个来自戈壁滩上的小伙子，勤奋探索、不断攀登。

赵元才曾多次获青海石油局、中国石油天然气总公司科技进步奖，被评为青海石油局优秀科技工作者。

他在事业上那种执着的精神，你能联想到他在足球场上奔跑的英姿和不断进取的气势。

赵元才很喜欢踢足球，球踢得漂亮潇洒，盘带过人、闪转腾挪、气势如虹，几次都被列为局足球队的人选。

有一回局队在敦煌集训，他也被选调到了敦煌，不日即赴外地去比赛，这是他多年的夙愿。正当他沉浸在喜悦中的时候，一道命令，召他回西部，生产正忙。他看着球友们奔跑跳跃的身影，看着精灵般飘来飘去的花瓣足球，恋恋不舍地告别了绿茵场，踏上了西去的长途。

选择了井队，也就选择了荒原。赵元才在这种选择中演绎着自己的日日夜夜。上井队的日子，不在荒山秃岭，就在戈壁盐滩，常与荒凉、偏僻、寂寞、单调为伍，几天、几十天上井不回家是家常便饭。这每每让他细细咀嚼荒原的滋味。

贤惠的妻子也不记得有多少回了，饭做好了，凉了又热，热了又凉，总也不见他的身影。一个人默默地做，默默地吃，现在已成了她的习惯。每当她在深夜的梦乡中被惊醒时，赵元才刚刚一身疲倦地从井场归来；而有时，她在清晨睁开眼睛时，赵元才已不知在什么时候出门上班了。她在家形单影只的时候，赵元才正在井场热火朝天大干。

妻子生女儿时，赵元才正在狮子沟地区的 32 井上忙碌。回家后，他看着孱弱的妻子，看着嘴唇、脸庞发青的女儿，仅仅待了短短几天，在妻女最需要他的时候，他又匆匆上山打井去了。妻子、女儿、井队总关情。

女儿因先天性高原缺氧，不适宜在西部生活，赵元才请假送妻子、女儿到西宁他的父母家。又是短短几天，赵元才离开西宁，颠簸在西去的茫茫道路上时，正是西宁万家团圆、灯火辉煌欢度元宵佳节的时光。

1997 年 6 月 20 日凌晨 2 点左右，时任青海石油局 108 勘探开发公司总工程师的赵元才被电话铃声惊醒，青海油田总调下达指令通知他，立即出发，参加仙七井抢险。

原来，6 月 15 日，位于柴达木盆地腹地南八仙的仙七井发生强烈井喷，如果不能在短时间内控制井喷，将会给南八仙油气田的勘探开发造成不可估量的损失。

赵元才立马起床，叫来固定的小车司机胡军学，简要交代了一下，俩人迅速登车，两道雪亮的光柱刺破夜幕，小车怒吼着从花土沟开上了东去的征程。

夜色深沉，长路漫漫。赵元才的思绪随车轮一起飞转。

1987 年 11 月 13 日，柴达木南翼山南七井发生强烈井喷，为了早日制服井喷，青海油田总调成立了抢险突击队，赵元才就是其中的一员骁将。后来，还有大大小小多次井喷抢险他都参加了。他积累了丰富的经验，达到了较高的造诣，成为在柴达木盆地摔打出来的一位钻井专家。

他的心早已飞到了仙七井井场，一路上，他都在猜想着井喷的各种情况。

一路颠簸到达南八仙后，他征尘未洗，马不停蹄赶赴井场。他先在气雾弥漫的井场四周仔细观察，随后，冒着生命危险，在井架猛烈的抖动之中，向井架二层平台攀登，抵近审视，认真测量钻具。多年的磨炼使他在抢险中表现得镇定自若。一步一步，在危险四伏的井架上，挥洒着他的自信和沉稳。

6月21日晚，向制服井喷发起总攻的前夕，在井喷现场临时总调度室，召开了重要的战前部署动员会。成立了由30人组成的"敢死队"，每10人一组，分成3个梯队，赵元才、方进珠等任梯队长。

6月22日早晨8时30分，仙七井井场，一场生与死的较量气势磅礴地拉开了序幕。推土机、单斗挖掘机、拖拉机、水罐车……向指定地点浩荡进发。

赵元才等"敢死队"队员集结待命。他们身穿雨衣，头戴红色头盔，臂扎白色毛巾，热血澎湃、气宇轩昂。一声令下，他们每10人一队，坚定有力的步伐叩击着泥泞的场地，义无反顾地迈向井口。他们身后，消防车严阵以待，医护人员凝眸远望……

赵元才他们轮番上阵，起吊钻具、卸下钻盘、关全封、装采油树……每一个动作都是与死神的碰撞。最终，怒吼狂喷了8天的仙七井顿时哑然，冲天的天然气流瞬间消失，井场周围霎时安静了下来。

赵元才激动地紧握拳头，向空中挥舞，周围的人们立刻欢呼起来！

生活中的赵元才兴趣广泛、多才多艺、洒脱豪放。他能随着悠扬的舞曲在舞池中翩翩起舞，现在，他却很少有时间去舞厅一展漂亮的舞姿、潇洒走一回了。当别人在舞厅中挥洒激情活力的时候，他还在灯下继续工作。

就像他在摄影艺术中追求光与影的和谐一样，在生活中他也总是力求将自己的理想、热情、实干与事业统一起来，达到一种水乳交融的境界。事业是他的灵魂。因为他当初在走进这片大戈壁滩的时候，就誓志要干出一番事业，这是他的初衷，也是他的目标。多年来，他也正是以此为中心，描绘着自己的人生轨迹。

摄影时构图的喜悦、球场上驰骋的欢快、舞场上洒脱的身影……很多时候都成了美好的回忆。赵元才废寝忘食、聚精会神于设计书、设计方案、钻井工艺等构成的独特天地里遨游。

当他穿上工衣、戴上安全帽，又要走向荒原的时候，那远方的井架，不仅是摄影上美妙一瞬的定格，更是他永恒的追求！

奥运火炬手屈信忠

奥运圣火映照青藏高原古城"夏都"西宁。

2008 年 6 月 24 日 10 时 45 分，作为一名光荣的奥运火炬手，来自青海油田的代表屈信忠一路小跑踏上圣火传递的征程。他手持祥云火炬，迈着矫健的步伐，仅用短短的 30 秒钟，在"屈信忠加油！中国石油加油！北京奥运加油！"的声浪中，圆满完成了西宁段第 57 站第 290 棒传递。

交接完奥运火炬，屈信忠心潮澎湃，激动地说道："火炬传递虽然只有短短的 30 米，却是我人生中最幸福的时刻，能够成为倒数第二棒火炬手并且和倒数第一棒、奥运会奖牌获得者李春秀传递火炬，我非常光荣和自豪。火炬传递是我一生中最棒的一个瞬间。能够代表中国石油百万员工参加奥运火炬在高原古城西宁的传递，我非常激动和兴奋，感到无比的光荣和自豪，这将成为我人生中最美好的一段记忆。"

屈信忠，他把最美好的青春年华都奉献给了青海油田勘探开发事业。柴达木盆地的瀚海戈壁永远铭记下了一位地质高级工程师的选择。扎根大漠 20 载风雨的磨砺,将屈信忠献身青海石油科研的执着和忠信演绎得淋漓尽致。

1988 年,屈信忠从西南石油学院地质系毕业走进青海油田。他放弃留在二线科研单位,主动要求到生产一线花土沟采油厂从事油田开发地质工作。20 年间,他有无数次机会离开柴达木,进入外企,调到外地,但钟情于石油的他始终坚信柴达木盆地潜力巨大,大有用武之地。现任青海油田分公司勘探开发研究院副总地质师兼尕斯库勒油田开发项目部主任的屈信忠以对柴达木石油工业的热爱,创造了卓越的业绩。

屈信忠主要从事油气开发地质、油藏工程专业技术研究,先后完成科研项目 20 余项,获中国石油股份公司、青海省、青海油田等奖项 20 多次,2003 年荣膺全国"五一劳动奖章"。连续两届被青海油田聘为技术专家,2008 年获得青海油田"油田功臣"荣誉称号。

"工作是一件需要用生命去完成的事。"屈信忠默默地用自己的行动诠释着这句话的内涵,矢志不渝地践行"献身科研,不辱使命"的信条。作为尕斯库勒油田开发项目部主任,他深知肩上的重担,项目部承担着青海油田 70% 以上原油产量辖区的开发井地质设计、方案编制等科研任务。这里是青海油田赖以生存和发展的基础,它的开发水平直接影响青海油田原油产量和任务的完成。针对主力油田含水上升加快、层间矛盾加大、开发效果变差、老井产量递减等问题,他从地质基础研究入手,结合油藏工程、数值模拟等技术和方法，开展了尕斯库勒油田注采井网、细分层系、滚动扩边等一系列研究。先后完成了"尕斯库勒油田数值模拟研究""尕斯库勒油田调整 15 万吨产能建设方案"等研究课题。有些课题直接应用到生产中并取得了明显的效果。特别是由他主持完成的尕斯库勒油田中浅层油藏新建 5 万吨产能建设方案，结合地质特征进行研究，在油藏的西翼等大胆部署扩边评价井获得了成功，对砂西区块的地质储量有了重新的认识，实现了砂西区块的增储。依据他主持完成的《尕斯库勒油田中浅层油藏南区滚动开发方案》，研究部署的跃 974、976 等井均获得了初产达每天 40 吨的高水平。通过几年来的滚动扩边，使尕斯库勒油田中浅层油藏年产原油从调整前的 33 万吨上升到近 50 万吨。

他承担完成的"尕斯库勒油田高效开发及稳产增产再十年方案研究"获青海省 2004 年度科技进步一等奖。该项目针对油田老井递减加大、含水上升快等问题，系统开展了精细地质、数值模拟等方面的研究，为"十五"规划的编制提供了科学的依据，对老油田储量的突破和产量的上升发挥了重要的指导意义。尕斯库勒油田年产百万吨以上稳定了 12 年，其中尕斯库勒深层油藏稳产了 16 年，开创了全国陆上低渗透油藏开发的新水平，多次获得中国石油集团公司和中国石油股份公司"高效开发油田"和"控水稳油典型油田"奖。其中倾注了屈信忠的诸多心血和汗水。

花土沟油田是 20 世纪 50 年代末投入开发的老油田，到 1998 年，最高原油年产量达到 15 万吨。经重新评价和储量复算后，屈信忠与其他科研人员开始了开发研究，并主持完成了《花土沟油田年产细分层系调整方案》《花土沟油田年产 30 万吨产能建设方案》，花土沟油田年产原油由调整前的 15 万吨上升到 25 万吨，老油田又焕发出了青春活力，花土沟油田也荣获中国石油股份公司"高效开发老油田"称号。他主持完成了《跃进二号油田东高点油田开发方案》，使跃进二号油田年产原油由调整前的不足 20 万吨上升到目前的 30 万。2003 年，屈信忠加深了对构造、断裂分布、油水分布等的认识，使这两个油田含油面积、有效厚度进一步增加，新增探明石油地质储量 1408 万吨。

同事们说屈信忠是一个"爱办公室胜过爱家"的人，一个"以办公室为家"的人。放弃了多少休息日，加了多少班，熬了多少夜，屈信忠早已忘记了。屈信忠这种废寝忘食的工作精神和精益求精的工作作风也感染和带动了周围的人。他带领的尕斯油田开发项目部年年出色完成各项科研生产任务，多次被青海油田公司评为标杆单位、红旗基层单位。

他从不居功自傲，常说："没有大家的支持和配合，我不可能取得今天的成绩。在课题研究这个大舞台上，我有幸扮演了一个'主角'，大量的工作都是'配角'完成的，没有配角，一台好戏，靠我一个人的能力无论如何也演不好。"

2002 年，北京有家公司高薪聘请他去那里工作。为了能拥有这个难得的优秀人才，这家公司也给屈信忠的妻子安排了一份舒适的工作。公司经理多次打电话邀请他，并动员他的妻子说服他。一边是丰厚的物质待遇，一边是养育他的柴达木。屈信忠与柴达木日日夜夜的厮守，早已把个人与青海油田的油气开发事业融为一体，他又一次选择了让他魂牵梦萦的柴达木。有人说他"傻""不懂生活""不会享受"。他说："越是艰苦的地方越能磨炼人的意志，牺牲一份享受，就可以获得一份成功。"是呀！他离不开柴达木，无法割舍与柴达木的这段情缘，因为他的根在柴达木。

无悔的选择使屈信忠的石油人生丰富而充实。

钻塔上耀眼的一颗星

从钻工、副司钻、司钻、副队长到队长，从处劳模、局劳模、省劳模到全国劳模，仅具有高小文化程度的普通一兵，如何成为钻井行业的行家里手？如何成为基层带队伍的领军人物？仅仅 16 年光阴，青海油田钻井工程处的薛恩仁在钻井岗位上干出了极致，他身上蕴含了太多的启示。

坚实足迹走出的荣誉之路，折射出薛恩仁创业奋斗的风采。

在家务农抡过锄把子，在部队当兵扛过枪杆子，在井队干钻工握上了刹把子，薛恩仁在人生历程中变换着角色，每一次都变得精彩纷呈，每一行都搞得得心应手。到了井队才知道刹把为何物的薛恩仁，并没有被眼前现代工业的井架和机器这一大堆庞然大物所难住、吓倒，而是发扬在部队练就的"钉子"精神，苦钻、苦学，很快在钻工岗位上脱颖而出，这一切竟是在短短几年间水到渠成的。

井队是在沙漠戈壁、盐滩草原作业的野外基层单位，流动性、独立性强，劳动强度大，工作艰苦，一队之长是带好队伍的关键。打铁还须自身硬，从当上队长的那天起，他就给自己提出了严于律己、以身作则、率先垂范的要求。用他自己的话来说："干部只有时时处处为职工做表率、起带头作用，才能团结职工干好工作。"他给自己定下了这样的规矩——没有特殊情况不回家，每月驻井必须在25天以上，生产中遇到复杂和特殊情况时必须在现场。

可薛恩仁一再破了"没有特殊情况不回家的规矩"。他60多岁的老母亲已经七八年没有见过儿子了，儿子回不了家，她就不远千里从山东老家颠簸到花土沟，望眼欲穿地盼他回来看看。由于井队工作正紧张，他还是未能下花土沟来见一面。老母亲待了2个月，由于高原气候不适应，无奈之下带着未能见到儿子的遗憾离开花土沟，而老母亲返乡，还是媳妇托老乡送回去的。孩子生病住院了，媳妇在钻井调度电台喊他回来一趟，他脱不开身，那一会儿正忙，还朝媳妇摔了话筒……多年以后，他还记得儿子写的一篇作文，说好久没见上老爸了，就躺在父亲曾经睡过的被子里，或者拿上父亲穿过的衣服，闻闻父亲的气味。

那时井队在野外都住帐篷，夏天，帐篷里像蒸笼一样；冬天，帐篷里跟冰窖无异。有时一年要搬好几次家，薛恩仁一年就这样在荒原上漂荡！

有一年，在昆仑山下的切克里克草原打切一井，突然刮了一场沙尘暴，把进出井队的路给埋了，里面断水断粮，通信联系不上，出又出不来，只能等待救援。钻井调度发

图片4

头上青天一顶，脚下荒原一片。石油人挥手起风雷，进行钻进作业

现薛恩仁他们的井队几天没讯息，赶紧派车前往查看救援。沿途都是沙窝子，大车进不去，就改用越野吉普车去接应，一二十辆鱼贯开进去，才把他们八九十号人马给接出来。

每当遇到急难险重的时候，薛恩仁总是身先士卒、奋不顾身。井下严重遇卡的时候，他曾亲自手握刹把，一寸一寸地起钻具，一站就是20多个小时；他曾像铁人一样，一马当先跳进泥浆池，奋力搅拌冻结的泥浆；他曾在一次施工中穿着背心短裤下去，打捞螺旋管内的一截加力杠……

薛恩仁经常挂在嘴边的一句话是："钻井不仅靠钻头，更要靠人头。"他相信一个团结协作、创新进取的队领导班子才能带好一支思想、作风、技术过硬的职工队伍。他经常组织干部学习，不断提高思想认识，使班子每个成员心往一处想，劲往一处使。在工作中，队班子成员做到分工明确，各负其责，大事讲原则，小事讲理解。他严格执行队上规章制度，坚持队干部跟班制度，从而赢得了职工的信赖。

每当半夜晚班交接班时，薛恩仁坚持4点钟前起床，到现场查看情况，不然他睡觉会不踏实。有人曾跟薛恩仁开玩笑说，他睡觉也是睁一只眼的。晚上，只要一有敲门声，他就本能地从被窝里爬起来，直接往井上冲。薛恩仁心中想的是担责，一口井国家投资几百万、上千万，一出事故，那损失谁背得起啊！队上还有拖家带口一帮兄弟，万一出了伤亡事故，怎么办？一个人的安危就连着好多家人的幸福啊！

薛恩仁是钻井队赫赫有名的老队长了，带过32799、32892、32798等多支井队，他带的井队多次被评为局处标杆单位，32892 队还被中国石油天然气总公司评为陆上石油系统先进单位。薛恩仁善于带队伍，他曾向领导请求：把难度最大、最不好带的队伍交给我，我有信心带好队伍、打好井。他努力做到艰难困苦走在前面，把职工凝聚在一起，把队伍始终攥成一个坚强有力的"铁拳头"。

1995 年上半年，32798 队面临困难，人心散乱，领导把这副重担交给了他。他毅然离开了自己苦心经营了多年的老标杆 32892 队，到 32798 队上任。薛恩仁只用了半年时间，就把一个懒散瘫痪的井队治理得有模有样，生产不断出现起色，没到年底，32798 队已顺利地突破了万米进尺大关。

薛恩仁的心在井队，在队上那一帮子兄弟身上。一年四季他都穿着工衣，除了回基地开必需的生产会之外，基本就固守在井队上。队上有人病了，他嘘寒问暖；上不了班，他就自己顶班上。1993 年，工会分配给他一个疗养名额，让他出去好好疗养休息，可他默默地把名额让给了队上的兄弟。队上兄弟给他取了个外号，叫"民工队长"。

薛恩仁根据形势需要，经常性地组织开展"比速度、比干劲、赛质量、赛效益"等内容的劳动竞赛，全队上下形成了爱集体、争上游、创先进的良好风尚。在尕斯油田跃 144 井的施工中，班组间你追我赶，使这口井创下了青海石油钻井历史上 5 项纪录：历年浅井最短钻井周期，仅用 239 小时；历年浅井最短建井周期，仅用 488 小时；历年浅井最短钻机月，2058 米井深，仅用 0.54 个钻机月，创平均机械钻速为 13.28 米每小时的最高时效……

"他坐在房中听声音就知道什么时候接的单根，接了多少根；听声音就知道打了多少进尺，他报的数字和报表上数字的误差，一般不超过两米。"这是同事对他由衷的钦佩和夸赞。

薛恩仁始终不渝地坚持讲安全，保质量，拿进尺，向科技进步要效益，向管理要效益。1993 年，他率领的 32892 队的 4 口井都在尕斯北区。北区是易斜区域，是当时钻井工程处生产的难点。他和职工积极探索，迎难而上，根据易斜区的特点，设计了多种行之有效的方案。在跃 655 井施工中，他们优化钻具组合，在吊打的易斜区，顺利完成任务。从而为钻井在北区施工探索了新路子，积累了新经验。

他带的队从 1990 年起，连续 5 年钻进上万米。1993 年四开四完，进尺 11349 米，三大质量指标 100%，节约成本 190 余万元，名列同类型钻机前茅……就是在同一个地区作业，也比别的井队钻井周期短，提前了 10 多天。

1991 年到 1995 年，井队搞承包，他当上了承包人，带着八九十号兄弟，兢兢业业打井，安全高效完钻。他率队完成进尺 51800 多米，光节约成本就达 600 多万元。每当说到成绩的时候，他总是谦逊地说，首先感谢组织的关怀和培养，没有组织，自己有什么天大的本事啊！必须要感谢队上那一帮子朝夕相处的兄弟们的支持，成绩都是大伙一块齐心协力干出来的。

井架竖起了他的理想和目标，钻头凝聚了他的忠诚和信念。从一位钻井门外汉成长为一名全国劳模，薛恩仁成为闪耀在柴达木瀚海戈壁钻塔上耀眼的一颗星！

砥砺风雨见彩虹

从内蒙古苍苍草原到新疆茫茫戈壁，从青海湖畔茵茵绿地到玉树高原皑皑雪峰，青海油田修建的一条条公路在广袤大地上尽情地演绎和展示石油施工队伍的实力和魅力。

2000年起，青海油田内部市场严重萎缩。一向在内部修路架桥的青海油田路桥公司，顺应市场大潮，眼睛向外，开始走出去谋发展。他们秉承"以优质工程打造路桥品牌，以优质服务塑造企业形象"的经营宗旨，在青海省道路交通市场上，打出了品牌，树立了形象。

这支队伍中有一位开拓先锋杜海奇。

杜海奇作为油建路桥公司第一项目部试验室主任，干了一辈子路桥工作。最让杜海奇记忆深刻的是路桥公司在2000年首次走出油田揽活，在青海湖鸟岛施工的日子了。以前路桥都是在油田内部铺筑沙石路，即使铺筑沥青路，也是靠大锅烧料，靠铁锹撒料，属于手工时代。在鸟岛施工，那是路桥历史上第一次从手工时代向机械摊铺专业化施工的历史性转变。第一次建立正规的工地试验室，第一次使用摊铺机械设备，第一次接受第三方监理，第一次修筑等级公路。杜海奇他们硬是靠着一股子不服输、不怕苦的倔强劲头，挺了过来，而且首次一炮打响，鸟岛旅游道路工程被评为当年青海省交通厅优良工程。

作为试验室负责人的杜海奇在鸟岛 9 个月的时间里，白天奔波穿梭各标段施工现场，认真检验每道工序的施工质量；晚上就在帐篷里加班加点填写试验等工程资料，一般都是干到深夜一两点钟，有时甚至通宵达旦。他只有初中文化水平，很多东西仅靠摸索还是太费力，于是他虚心请教，自己掏腰包买上两条烟，夹在怀里，老老实实向监理请教。人家一看杜海奇都这把年纪了还那么认真地对待工作，毫不保留地予以指教。平时，捧着一本本词典样厚的标准规范自学。就这样他学到了真经，并在工程上带了 5 名徒弟，从现场取样到试验室化验、分析、统计数据，手把手再教给徒弟，短短几个月时间，徒弟都羽翼渐丰了。

2004 年，在青海玉树 G214 清水河至结古镇段二级公路改建工地施工。路段大部分在海拔 4500 多米的巴颜喀拉山上，号称"天路"。头几天，他脑袋就像灌了铅，死沉沉的，吃不下饭，睡不着觉，连走路都困难，去 50 米外的一条小河提一桶水回来要走半个小时。高原气候多变，有时一天要经历春夏秋冬 4 个季节，热的时候要穿上衬衣；有时突然一阵乌云翻滚，不是暴雨就是冰雹，穿上棉大衣还发冷。连一些靠劳力找生活的民工都受不了那份罪，趁月黑风高溜了。

图片 5

山道弯弯，青海油田路桥公司修建的青海互助北山十八盘旅游公路

工地上 90% 以上的人都经历过强烈的高原反应，得过雪盲眼疾、感冒肺炎等疾病，病情比较严重的就送回西宁住院治疗。

当时，对于年过半百的杜海奇来说，是一个严峻的考验。项目部经理征求他的意见时，他说："谁让咱是党员呢，共产党员不上谁上？"他不仅上去了，还动员和带领着试（化）检室的部分同志一块上去了。

杜海奇从 4 月初开始，就一直固定在第一项目部。他把化验室搬到了施工现场，带领化验室职工到现场取样，再一项一项、一个数据一个数据进行分析，以确定出科学合理的材料配比。他驻扎现场期间没有离开过工地达半年之久。

2002 年，路桥公司开赴青海湖鸟岛工地和互助县旅游道路工地。3 月的青海湖，依然寒风呼啸、冰天雪地。施工人员一进驻现场便认真做好开工前的各项准备工作。仅用 2 个多月时间，就完成了环湖西路 23 公里路面摊铺任务，保证了 7 月份环青海湖国际自行车赛的按期举行。承揽的 G315 国道 23 公里的路面制作任务，由于赶上雨季，有时一天下三到五场大雨，工地一片泥泞，施工难度极大。在这种情况下，不等不靠，与雨季展开拉锯战，雨下人歇，雨歇人战，硬是从雨缝里抢出被耽误近一个月的工期。

2003 年 2 月中旬，杜海奇他们就开赴互助工地，在春寒料峭的大山里安营扎寨，寻找料场，做好路基整形工作。4 月 1 日，正式摊铺水稳层。由于施工路段属于国际自行车拉力赛比赛路段，施工一直处于紧张状态。他组织打破常规作业，保质保量完成任务。在全线检查评比中名列第一，受到青海省交通厅追加"岗青"公路 28 公里施工任务。在省交通厅组织的"劳动竞赛"中，他领导的项目部又夺得"质量优胜流动红旗"奖金 2 万元。

从 2000 年鸟岛旅游道路工程起，青海油田路桥公司 3 年来，累计完成各类道路修筑 162 公里，创施工产值 8572 万元，赢得了新的生存和发展机会。

杜海奇连续 4 年被评为青海油田优秀共产党员，连续 3 年被青海油田评为劳动模范，2006 年被授予"油田功臣"。这就是一个共产党员的风采！

创业人生别样红

1995 年 4 月初的那些日子，在李洪海的心中留下了永远难以磨灭的印象。担忧、疑虑、恐慌、不安、无奈……种种不良的感觉都交织在一起，纠结在他的心头。

突然的一天，青海石油局运输处的领导带人来到三车队，开始封车、封库，职工也被暂停了上班。这是怎么了？出了什么大事？犯了什么大错？一个运转得好端端的三车队，怎么一下子就被整体封存了？作为三车队队长的李洪海不明白，三车队的全体职工也不明白。

李洪海去问处领导，处领导也不说原委，只要求三车队全体职工就地待命。

沉闷、落寞、难挨地过了 5 天，终于等来了确切的消息。三车队 168 名职工将要集体转行到建筑安装总公司，由驾修人员变身泥瓦工。这也是青海油田第一次大规模、整建制转行一个单位。

那些干了几年、十几年，甚至二十几年的运输职工，心理上没有任何准备，一时间无论如何也难以接受这样的现实。发牢骚的、倒苦水的、悲叹的、谩骂的……从得到消息后就没有消停过。

当时，局领导到花土沟现场办公，曾问李洪海："对转行有什么想法吗?"

他实事求是地说道："想法肯定有，作为党员服从组织决定，服从大局。"

怎么能没有想法呢? 李洪海 1978 年转业到青海油田后，一直在运输处工作，做过司机，担任过调度、副队长、队长，与运输结下了深厚的感情。

1994 年底，李洪海被运输处派到三车队当队长。曾经的钢铁运输之师——三车队，当时的情况却是，50 多辆老五十铃几乎瘫痪，市场运输量严重不足，职工收入偏少，士气低落，纪律松弛。有的女工发 60% 的工资，干一个月才能拿三四百元。职工上班出工不出力，上班打牌、下棋的干什么的都有。上任伊始，李洪海深入走访、调查，全面细致地了解情况，认真分析研究对策，推出了一系列行之有效的举措。仅仅过去了 3 个月，三车队的面貌就发生了翻天覆地的变化。车辆完好率达到 90% 多，出勤率达到 85%，职工收入也得到提高，拿上了奖金。

加快产业结构调整，实施多元开发，提高整体效益，是青海石油局党委审时度势作出的重大决定。三车队面临的一个严峻形势就是：油田整体运力过剩，内外市场不景气，大部分车辆老化，成本负担重。油田内部建筑行业是一个很广阔的市场，油田每年投入在这方面的费用动辄几千万元甚至上亿元。而油田却从来没有人敢涉足这一领域，肥水几乎全部外流。油田成立和发展建筑安装总公司就是顺应形势的要求。

接到命令，李洪海要与三车队 168 名职工一道启程，前往敦煌参加转业誓师大会。从花土沟出发的那一天，大轿车已经发动，汽笛已经鸣响，有的人还站在车下，迟迟不肯上车，相依为命的老单位实在难离啊！

职工思想很不稳定，偏激和怨愤的情绪很有可能一触即发，酿成失控的群体事件。168 名职工到达敦煌后，全部被安排进了昆仑大酒店。运输处公安科的 4 名保卫人员也随队伍一起住进了昆仑大酒店。李洪海召集党员、班组长、骨干开会，艰难地做思想转变工作。李洪海掏心掏肺地对大伙说，大会还没有开，今天我还是队长，组织还在，不管怎样都要服从组织的安排，如果党员闹事就开除党籍！

晚上吃饭时，餐厅里摆了 18 桌，大伙都没有心思吃饭，席间有人借机往地上摔啤酒瓶子，还有人蛊惑道："队长要不要掀桌子？"李洪海和队领导等忙前跑后进行化解、安抚。

誓师大会前，每人都要披红绶带、戴大红花，很多人都不情愿，与庄重、喜庆的气氛不相协调的是，很多人的脸阴沉着，没有笑容。当欢迎他们的鼓号声热烈响起的时候，很多人的泪水止不住扑簌簌地掉了下来。那时候，李洪海的心都快碎了。誓师大会上，李洪海以队长的身份和党员的姿态斩钉截铁地表态："坚决服从组织安排，在新单位建功立业!"

来到建筑安装总公司,新的工作和生活开始了,他们一切要从头学起。1995年5月到1996年5月,李洪海和三车队集体转业过来的人员全部走进了西北建工学院,学习跟建筑相关的知识和技能。视图、施工、质检、概预算,李洪海一门又一门地专心学了起来。一年的学习紧张而又忙碌,李洪海几乎每天都要学到深夜。

学习结业后,转业来的168人分到了建筑安装总公司的6个作业处,李洪海担任三处的主任,一个曾经的石油运输人,很快变身为盖房子的第一批石油建筑人,天天头戴安全帽钉在了建筑工地上。

1996年,盖油田监测中心大楼;

1997年,建油田首条商业步行街;

1998年,干油田第二水源,建安商贸大楼;

1999年,建体育公园、职工总院住院部大楼;

……

一座座崛起的建筑物见证了他所走过的施工之路。

一步一步,他渐渐地从一个门外汉,干成了一个行家里手,也从作业处主任、项目主任干到了生产科长、安装二公司经理。

2002年的冬天,47岁的李洪海接到了新的任务,担任建筑二公司经理,负责建筑安装公司在花土沟的业务。当时建筑二公司的生产经营遇到了困难,工作量急剧下降,公司全年的毛利润才30多万元,职工的工资都快发不出来了。

这对李洪海却无疑是一次最艰难的挑战。

第一次来到花土沟二公司，李洪海看到的是这样的情景：职工住在3间简陋得不能再简陋的房子里，窗关不紧，门合不严，连墙角也裂开了口子，刮风的时候寒气连着沙子一块往屋内涌，一会儿头上脸上就落满了灰尘。屋外风大的时候，里面的人都需要戴口罩。没有钱，烧不起暖气，只好自己盘炉子，烧火取暖。煤又不太好，经常是满屋子的煤烟，早上起床的时候冻得浑身打哆嗦。想要喝口开水，提起炉子上的水壶一看，壶把烧坏了，又买不起新的，只好用一根铁丝代替。最让人揪心的还是职工的情绪，工资不能按时发放，一拖就是半个多月，即便发了工资也只有50%，大家的思想开始混乱……

当时花土沟地区的建筑安装市场对外开放，建筑安装二公司很难找得到活。李洪海一连参加了3次招标，买标书花了6000元，却没有承包到1分钱的工作量。

上任第一仗，李洪海抓队伍建设，他认为困难虽然多，但信心不能丢，队伍不能垮，团队不能散。为此，他挨个找职工谈话。他坚持一手抓工程进度，一手抓工程质量。提出了"服务第一、质量第一"的理念，制定了"起步要好，管理要细，过程要稳，质量要优，效益要高"的20字方针。严抓基础管理工作，完善项目管理体制，狠抓成本控制。逐步改善职工的居住条件和生活条件。即使借钱，也要把职工的工资按时发到手。

李洪海带领公司脚踏实地开拓市场，向所有甲方郑重承诺，什么时间叫，就什么时间到。一天夜里，采油二厂的一条油管线发生泄漏，电话打到李洪海这里，他二话没说，立刻带领施工队赶到现场，及时焊接好了管线。

2002 年，建筑二公司以良好的信誉和工程质量赢得了甲方的赞誉。

闯市场初见成效，建筑安装二公司承揽到了一些建筑安装工程，但公司里的流动资金很少，没有买材料的钱，李洪海就动员职工集资，把家里的老底子拿出来搞生产。在李洪海的带动下，全公司职工集资 40 多万元，解了燃眉之急。2002 年到 2003 年，李洪海带领建筑二公司东征西战，先后参加了花土沟 30 万吨产能建设、50 万吨联合站建设等一系列工程，站稳了脚跟，也打了一个漂亮的翻身仗。2003 年建筑二公司产值达到 3000 多万元，实现净利润 158 万元，扭转了被动局面。

2008 年，采油二厂跃进油田联合站调整改造，工期滞后，眼看就要影响工程的按期投产，甲方向二公司求援，李洪海尽最大能力调集了 10 多台焊机抢工期。在那些日子里，他一门心思扑在抢工期上，早上 8 点钟就赶到工地，指挥、协调施工中的问题，半夜三四点钟安排完第二天的工作才回去休息。有时忙得错过了吃饭的时间，就泡一碗方便面。由于太过劳累，他得了重感冒，声音嘶哑得都说不出话来，但他连一天也没有休息，拔下吊针就赶到工地。就这样，原本需要一个月才能完成的工作任务，仅用了一个星期就完成了，保证了跃进油田联合站按期一次投产成功。

2008 年，李洪海带领建筑安装二公司实现产值 8750
万元。

李洪海做到了建一项工程，交一方朋友，拓一块市场，
树一座丰碑。

李洪海"油田功臣"的荣誉称号就是这样炼成的！

尕斯湖畔的石油羊倌

　　眼前的雪山、草原、羊群，在老孙眼中无疑是最美丽、最鲜活的风景了。这里是昆仑山下青海省柴达木盆地西部高天流云下广袤而神秘的一方原野。碧蓝的尕斯库勒湖、青绿的切克里克草原、清亮的阿拉尔河、金黄的红柳泉沙滩、银白的祁漫塔格雪峰……构成了一幅色彩丰富、层次分明的高原大美图画。

　　尕斯库勒湖畔，30 多年来，老孙在这片熟悉的土地上，赶着他的那群羊，逐水草而居，随季节迁徙，湖边河边、山里山外，他早已把自己的生命有机地融入这幅图画中了。

　　大江南北，长城内外，挥动鞭儿的羊倌数不胜数，而老孙可以说是独特的"这一个"。老孙名叫孙延云，是青海油田采油一厂的正式职工，是一名不折不扣的石油羊倌。老孙是在一个特殊的年代开始扬鞭策马走草原的。为了改善职工生活，青海油田于 20 世纪 70 年代在柴达木西部探区办起了一个牧队，专门养羊。老孙从甘肃武威农村应招来到了切克里克草原。光阴荏苒，单位更改，世事变迁，一年又一年，老孙掌管的一群羊却奇迹般地保存延续下来了。那是特殊年代特殊地区的石油企业的特殊行为。到了 21 世纪，现代化的石油企业再也不会孤零零地到深山里办一个牧队、放一群羊了。石油羊倌，老孙可谓"空前绝后"。

从一名临时工，转为正式工，从一个毛头小伙子，变成中年人，30 多年的光阴让老孙历尽了人生的沧桑，岁月的风刀霜剑在他的额上刻下了深深的沟壑，强烈的紫外线把他的脸颊染成了红彤彤的"高原风光"。在这片野性张扬的神奇土地上，老孙放牧着羊群，也放牧着自己的喜怒哀乐，感受着生活的酸甜苦辣……

老孙曾与狼周旋搏斗，曾遭野牦牛袭击，老孙的帐篷曾被狂风卷跑，裹着皮大衣与羊群在暴风雪中共度难眠长夜；老孙生儿育女也充满了传奇与艰辛，一双儿女都诞生在驼背上……

老孙把一生中最美好的时光默默地付予了现在依旧是苍凉、蛮荒的西天一隅。放羊，给羊接生，给羊看病，剪羊毛……这些既烦琐又单调的活，日复一日，年复一年，干了又歇，歇了又干，老孙不知疲倦，不知厌烦。很难说清老孙对这片土地千丝万缕的情感。30 多年倏忽而过，老孙的脑海中对当初进山的情景犹如播放碟片一样清晰。

1971 年，老孙来到昆仑山放羊，刚到时难处确实遇到不少。放羊的地方多在 3000～4000 米之间，海拔高，高原反应强烈，他吃不下饭，睡不好觉，头昏脑涨，有时还恶心呕吐。白天上山放羊，走不了多一会儿就上气不接下气，浑身酥软。碰上大雪封山，断粮断炊被困山中的事也常发生。遭蚊虫、野兽叮咬、袭击，受的罪也不少。这里特别寂寞，白天放羊还好，到了晚上既没有电视，也没有收音机，只好看看星星早点睡觉。还有住的、吃的、喝的等困难不少。真不是人待的地方！老孙也曾在心里嘀咕咒骂。时间一长，老孙慢慢也就适应了。

70年代末的一个腊月，快要过春节了，老孙和老婆在昆仑山中的帐篷里做饭，突然间，听到了大山倒塌般的可怕声音，帐篷剧烈颤抖。老孙知道大风暴来了，他对老婆喊，"赶紧扎牢帐篷"，话音刚落，"呼啦啦"，帐篷拔地而起，飞到了半空，就像降落伞一样，眼看着就飞远了。风暴一来，羊群也炸了窝，四处乱窜，他和老婆东奔西跑去撵羊。风暴过后，鹅毛大雪一团团铺天盖地下起来了，他们费了九牛二虎的力气，终于把羊群收拢住了。可他们的炊具、铺盖、面袋等却被沙石和雪堆埋没了。没有办法，当晚老孙和老婆只好裹着一件皮大衣和羊群拥挤在一起。

昆仑山野生动物特别多，老孙刚从老家出来进山时，看到一只奔跑的黄羊，两腿都吓得发抖，更别说成群的狼和野牦牛了。这里的野狼又凶残又狡猾，一到天黑，群狼嗥叫，非常吓人。有时候，一群狼远远地站在羊群对面的山坡上干嗥，摆出要攻击的架势，老孙只顾得山坡上的狼；而另一群狼早已潜伏到羊群里，有的用长嘴卡住羊脖子，用尾巴赶着羊走，有的把羊背在背上跑。等老孙发现，掉转马头准备回来驱赶这些狼时，山坡上的狼又嗥叫起来了。就这样吆喝，驱赶，鸣枪，有时一直要闹腾到天亮。这种事在夜里常常发生。昆仑山里最凶猛、最可怕的是野牦牛，它体格高大，性子暴烈，有时会主动攻击人。有一回，老孙从牧场回帐篷，走着走着，感觉背后“咚咚”直响，一股冷风吹来，凭经验，他马上意识到有野兽攻击，便立即扑倒在地。眨眼间，只听“呼”的一声，一头野牦牛从他身上窜了过去，野牦牛奔跑带起的石块砸在他的背上，后背肿了好多天，瘀血半个多月才下去。

老孙在昆仑山干了几年后，回到武威老家看望父母。母亲托人给找了个姑娘来家相看，老孙一见面就说行，当月就结了婚，他们从认识到结婚还不到 10 天。探亲期满，老孙就回青海了，媳妇也就跟他上昆仑山了，跟着一道风里来、雪里去放羊，在山上一待就是 10 多年。

老孙的一双儿女都诞生在驼背上。1982 年 2 月的一天，老孙的老婆在切克里克草原上放羊，突然肚子疼痛起来，怎么也止不住，他还拿出止疼片让她吃。老婆又好气又好笑，等老孙脑筋转过来，急忙跳下骆驼，想把妻子扶下来，没想到，老婆一侧身子，听得“哇”的一声啼哭，他的儿子来到了人世。1984 年 12 月，老孙到敦煌去看病，老婆离临产还有约 2 个月的时间，老婆嘱咐他早去早回。谁知元旦才过 20 天，老婆正骑着骆驼放羊，猛然觉得身下一阵又一阵的发热。她没在意，还坚持赶羊，不料肚子疼得越来越厉害，她就紧紧抓住骆驼脖子上的长毛，把头用力抵在驼峰上。善解人意的骆驼也仿佛明白主人发生了什么事，缓缓屈膝跪下。她挣扎着从骆驼身上下来，身子一移，一个血糊糊的婴儿呱呱坠地了。她自己强忍着疼痛，用牙咬断了脐带，脱下皮大衣把婴儿裹起来抱在怀里。那时，她才感到浑身无力，躺在了驼背上。骆驼也真通人性，小心翼翼地站起来，一步一步地走，把她送回了帐篷。两个小孩，生下来就和父母一起待在山里，直到四五岁才送回石油基地上幼儿园。

寂寞的牧羊人生。30 年风雪行程，老孙和这片土地结下了深厚的情缘。30 年里，老孙有 20 多个春节是在尕斯库勒湖畔的草原度过的，每年顶多回石油基地待上一两个月。在外人看来，这样的牧羊生活岂是一个苦字了得。而在老孙眼里，这没有什么，世界上的事，只要愿意干，习惯了就不觉得苦了。老孙也想回石油基地过春节，热热闹闹，但羊越冬困难更多，碰上积雪深厚的时候，羊连草都吃不上，他不忍心离开它们。老孙说，没有放过羊的人很难懂得人和羊的感情，人和羊长期待在一起，也会有感情的。牧羊人一旦离开他的羊会急出病来，羊离开它的主人也会整夜整夜地叫个不停。自从放上羊，老孙就再也舍不得丢下。这种感情外人很难理解。

老孙放牧着 1000 多只羊，在祁漫塔格雪山周遭的草原也算是不小的一群了。他每年给厂里职工供应四五百只活羊，每到冬季，厂里职工都能分到一半只羊。这绝对是最绿色的羊了，厂里的职工能吃到这样的羊都赞不绝口。每当听到职工夸赞说，我们吃的是老孙放的羊，好口福啊！此时的老孙心里别提有多高兴了，成就感满满。

老孙在尕斯库勒湖畔找到了乐趣。他闭上眼睛山里山外、坡上沟下的风景时常浮现在眼前。鲜嫩的绿草，艳丽的鲜花，冰凉的雪水，奔跑的野驴、黄羊，在老孙眼中是那样美好。他赶着羊群哪都可以去，哪都可以看，苦中有乐！这两年老孙的牧羊生活发生了很大的变化，厂里给他配了一辆"城市猎人"吉普车、一台太阳能发电机和电视机，电视虽然收不到节目，但可以看碟片。老孙很满足。

尕斯库勒湖畔，1000多只流动的羊群，蜿蜒起伏的草原，连绵不绝的雪山，还有那经年往返、走也走不完的风雪坎坷路，就是老孙的世界。最后的石油羊倌，年届半百的老孙信心满满，还要手握鞭儿继续放牧下去。

托起全国四大气区宏图

这是一个将永远载入青海油田发展史的伟大时刻！

1998年2月8日下午，北京，中国石油天然气总公司石油干部管理学院，国家油气储量评审会会场上，主持人震撼人心的声音响起："我宣布，青海油田申报新增探明天然气储量749.57亿立方米，经严格评审，获准通过。从今天起，柴达木盆地正式进入全国四大气区之列，青海油田将在国家天然气开发利用方面成为一个重要的砝码。"

40余年漫漫风雨勘探历程，这是青海油田一次性集中上交探明储量最多的一次，这是青海油田在全国天然气勘探中奠定重要地位的转折点。柴达木盆地累计探明天然气储量突破1500亿立方米，跻身全国四大气区，这是历史性的飞跃。

凝聚了几代青海石油人呕心沥血的追求，终于一朝梦想成真。

那攻坚啃硬的30多个日日夜夜是怎样度过的呢？参加

会战的每一个人不会忘记，青海油田也不会忘记!

1997年12月中旬，风景如画的广西北海市迎来了参加全国储量评审会的各路代表。青海油田引人关注，因为提交"新增探明天然气地质储量657.48亿立方米，新增天然气控制储量143.01亿立方米，新增天然气预测储量359.01亿立方米"。

面对青海油田在勘探上交探明储量历经多年低谷徘徊之后出现的第一个高峰，面对40余年来青海油田第一次集中上交数量最多的探明储量，国家储量委员会对青海油田给予了特别的重视。3天审查，青海油田上交天然气探明储量未获通过。

鉴于情况特殊，国家储委决定再给青海油田一次机会，但同时又硬邦邦地撂下一句话："重新准备材料，到2月初再次汇报，报告水平必须是一流的，过期不候。"

一个多月时间能行吗？青海油田每一个代表的心都被紧紧地揪起了。

1997年12月31日上午11点多，兰州飞往敦煌的班机平稳降落。一路风尘仆仆，参加汇报的代表们终于回到了家。下午3点，由青海石油局总地质师李建青、副总地质师范连顺、陈志勇院长召集并主持的部署动员会在研究院学术厅召开。

严峻的形势摆在面前：30天左右的时间，要完成气田的储量报告、油藏描述报告、四性关系报告、采收率研究等，涩北一、二号、台南共3个气田，将出15本报告，将要重新制作附图表 500 多幅。

如此繁重的工作量，如此快的速度，如此高的要求……这都是一个个让人惊叹的之最，在青海油田的历史上绝无仅有。这样特殊的任务，放在平时需要集中几十人，干一至两年。

怎么办？历史已把这个艰巨而光荣的任务交给研究院了，退路已经没有了。

陈志勇、张小京等一班院领导果断决定，全院总动员，调集精兵强将，打一场"战役"。一支临时组建的"特种部队"斗志昂扬地进军了。陈志勇院长被人称为这场"战役"的总策划，张小京总地质师被人称为总导演。

张小京睿智的目光透过明亮的镜片凝视着计算机显示屏，超短的时间与超负荷的工作量这一突出的矛盾如何解决？必须借助高科技，张小京果断决定——依靠计算机、软件!

"三湖"地区的各种资料在 20 世纪 90 年代以前的要占到 60% 多，许多资料不全，要想加速处理，必须依靠计算机、软件! 没有现成的软件怎么办？自己设计。张小京是位软件设计高手，他设计的许多软件，曾被其他兄弟油田买去，广泛应用于科研生产。

他一连干了 4 天，熬了 3 个通宵，香烟整整抽了一条。他眼睛血红，脸面浮肿。3 个高效实用的软件让上机操作人员啧啧称赞。细分层对比软件、气水关系图制作软件等，大显神通，实现了报告编写、图件制作、划分岩性剖面数据

图片 6

柴达木盆地勘探形势图挂在墙上，寻找大油气田的责任和重担扛在肩上

化，工效突飞猛进。就拿分层来说，原先一天分两口井，而现在计算机一天就可分 8 口井。

油描中心是会战的主攻单位。在那段时间里，有两件事，每天都要赶人。一是吃饭，喊一遍跟没喊一样，最初拖延有半个小时，后来拖延到两个小时。有一次从中午 1 点半，一直喊到下午 3 点半，才把人集中到吃饭的地点。二是睡觉，往回家赶，怎么也赶不走，能拖一分钟就拖一分钟，常常是把这个拽起来，那个又坐下了，喊得人口干舌燥。

谢丽参与编写四性报告，埋头苦干的她，把自己的全部心血都浸润在一页一页的报告纸上。一天晚上，加班至夜里 12 点后，实在有点疲乏，她想从椅子上站起来，活动活动，稍稍休息一下。刚一站起，突然眼前一黑，金星四散，她竟一下子重重摔在地上。复印室的李海莲在一个月的时间里，几乎快顶上她平时半年干的活了，仅初三那天，印图表、文字，复印用纸达 5000 来张，以至于刚做好晚饭，端起饭碗时，听说要加印，饭碗一搁，转身就奔向院里。

到年三十了，连续忙了 20 多个日日夜夜，怎么也得让大家回去过个团圆年。陈志勇、张小京、马达德等领导心里着急得火烧火燎。加班的人怎么喊、怎么劝，就是不肯回去。要求大家中午就回家，这不，到下午 5 点多了，还是没有回去的意思。陈志勇、张小京、马达德等商定，无论如何，下午 6 点半前，必须让大家离开院里。到了晚上 10 点多，还是有 10 多人又陆续来到了机房，守岁大干。

年过半百的高工周瑞年是这次直接会战人员中年龄最大

的。有一次，周瑞年与张小京、管志强讨论问题，管志强突然发现周瑞年呼吸急促，脸色乌青。管志强大惊，浑身无力的周瑞年用手指了指衣服口袋，管志强飞步过去，麻利地掏出了一包救心丹，拿出药，让他吃下。过了一阵儿，他才稍稍缓过劲来。随即，他们又开始了紧张的讨论。会战初期的 10 多天里，他每天加班到子夜一两点；后期的 10 多天里，每天加班到凌晨四五点；报告开始合成的时候，他连轴干了两个通宵。长时间超负荷的工作，压得他冠心病加重了，喘不上气；鼻窦炎又犯了，一吸气冲得脑门炸裂一般。常常是一觉醒来，浑身虚汗淋漓，被子、褥子、枕头都湿漉漉的。春节前，感冒又乘虚袭来，一连吃了七八天药，打了七八天针都未见起色，刚开始，他每天去医院打两针，后来每天打一针，最后干脆不打了，时间实在耽误不起，他豁出去了！

据不完全统计，管志强领导的东部项目组，1997 年一年就完成了相当于两年的工作量，完成各种工业图幅 270 多张，各种论证、设计 33 份，提供试气层位 15 个……全年累计加班 1300 多小时。

会战开始不久，重感冒就缠住了管志强。吃药收效不大，他就开始输液，每天两瓶，输完液就径直返回办公室干活。头晕眼花、咽喉肿痛、头重脚轻……他被淹没在计算机数据资料的海洋里。输液都一个多星期了，还未见好转，当他再一次迈着沉重的步子来到医院，大夫也惊讶，为什么不住院治疗？管志强干脆改变治疗方式请求加大药量，每针青霉素达 160 万单位。别人曾好言相劝，像这样打法，以后生病打青霉素就不管用了。他无暇去想那么多了，会战一刻值千金啊！

2 月 23 日早晨 9 点多，已熬夜加班 12 个小时的尹成明，揉了揉惺忪的眼睛继续盯着显示屏。

不知谁大声嚷了一句："尹成明明天要结婚了！"

"是吗?"在旁边的陈志勇院长关切地询问尹成明。尹成明点了点头。陈志勇果断下令："小尹，给你放假 3 天，好好办一下自己的事！"

这已是尹成明第二次推迟婚期了，原定于元月 18 日结婚，因为忙于业务一直抽不出空，后又推迟到元月 24 日。新房还没有准备好。2 月 3 日上午，尹成明所在的项目组来了几个人，他们一起帮尹成明收拾新房。

新房暂设在院计算中心的老招待所内，一间房子。两张简朴的单人床一并，从娘家拿来的被子，床单一铺，窗帘简单地一挂，两道彩花横空一拉，大红对联、喜字屋里门外一贴，一间新房就这样匆匆忙忙、朴朴素素地布置好了。

1 月 26 日，3 天的假期未到，他丢下新娘，来到了机房，开始新的加班。

张道伟、赵明君这一对年轻的夫妇同时加入会战的队伍之中。张道伟负责资料收集、参数计算，赵明君搞多媒体。他俩同时加班，有时连面都难见，你下班，她上班，就这样匆匆擦肩而过。张道伟的妹妹，1 月 26 日从兰州赶来敦煌家中，家里没准备年货，夫妇俩加班也没有时间陪她去玩，更没有时间给她做饭，他们俩有时轮流从饭店买上一两样菜带回去给她妹妹。

这短短的 30 多天……

正是这些敢打必胜的石油勘探开发研究人革命加拼命的大干，托起了柴达木全国四大气区的宏图。

荒原深处的探行者

青海油田天然气的发展世人有目共睹，它的艰难历程也是人所周知。

青海油田二次创业的号角嘹亮响起，当天然气开发公司挺进荒原的时候，注定要演绎出一个个惊心动魄、可歌可泣的荒原新故事。

1995年5月9号，赵国平开车拉着汪君臣、刁志刚前往台南。第一次开着崭新的丰田"牛头"越野车去征服荒原，他的心情是无比舒畅的。一路风驰电掣，车至一里坪，一离开315国道，"牛头"便开始接受严峻的考验。

风蚀残丘壁垒森严，盐碱土块坚硬如刀，黄土虚沙横无际涯，大坑小窝接二连三，四顾茫茫，哪里有路啊！一不小心，"牛头"就陷住了，边走边挖，走走停停，"牛头"不停地喘着粗气，声嘶力竭地吼叫，"沙漠王子"的风采黯然失色。下午5点钟，"牛头"才蹒跚着到达台五井，冷湖到台南才300多公里，越野性能最优良的"牛头"竟然跑了12

个多小时。

到达台南的最初日子，刁志刚、冯文学、董克新等充分品尝了野外艰辛的生活。住在低矮的小帐篷，有时干脆就和衣睡在车里。吃的就更糟糕了，咸菜就干饼子，一吃就是几天，喝的是储存在锈迹斑斑铁罐里的黄水。

油建工程处来慰问自己单位施工的职工，顺便给刁志刚他们送了一条猪大腿，他们喜出望外。怎么吃这一条猪大腿呢？大伙一合计，做红烧肉的方案一致通过。

香喷喷的红烧肉做了一大锅，那香气让他们闻了直咽口水。开饭时，谢光辉建议，每人舀一碗肉汤，大伙欢呼雀跃。每人一碗，顿觉精神振奋。等过了一会，大伙望着锅里的红烧肉还剩一大堆，却力不从心，无法下咽。原来，前面每人舀的一碗汤，其实是一碗猪油，肥腻腻的，可谁也没有感到它肥。这是他们人生中吃的最难忘的一顿红烧肉。

刁志刚多年以后还清晰地记得，一根火腿肠吃了7天，每顿只切一小块，咂摸一下滋味，过一下瘾而已；有一只鸡竟然连煮带炖吃了7天，最后鸡味是什么都没知觉了，一只鸡早已煮成了烂棉絮。或许是在野外长期吃火腿肠、榨菜、方便面太多，刁志刚、赵国平等人后来从不吃这些东西，一见就反胃，犯恶心。

就是在这样的情况下，他们清理好台五井井场，开始安装采气流程。当他们手持彩珠筒，看到喷出的火珠将台五井上放空火炬点燃时，在场的人全都欢呼起来。

月亮清冷的光寂静地流泻在荒原上，中秋本应是万家团圆、共赏明月的良辰吉日，可这群热血男儿，只能"举头望明月，低头思故乡"了。

燃烧的火炬下，彤红的火光映照着一张张坚毅的面庞——宗贻平、谢光辉、刁志刚、董克新、赵国平……没有美酒，没有佳肴，他们只是平静地聊着创业的岁月，聊着以前的欢乐时光，他们之中有的人已经几个月未能与亲人团聚了。不知谁提议，我们唱个歌吧，大伙同声相应，那就唱个《十五的月亮》吧，和着清风明月，"十五的月亮，照在家乡照在边关……"低沉而动情地回荡在空旷的荒原上，唱着，唱着，眼泪止不住地从他们的脸上流了下来。

1996 年 7 月下旬，格尔木地区普降了几十年未遇的大雨，一连几天，连绵不绝。工地频频告急：材料供应不上，生活水、粮食、蔬菜供应不上，有的单位已接近弹尽粮绝的境地。道路泥泞，车辆都陷在了路上，情况万分危急。

怎么办？宗贻平经理决定冒险救援，拟定方案后，他一马当先，率队艰难开进。"牛头"车引路，几辆拉水、拉粮、拉汽柴油的大车缓缓跟进。

公路上积水很深，路两边一片汪洋。汽车开下公路，走上便道以后，情况越来越严重。平素里稍一遇淡水就翻浆的盐碱地，此时完全成了稀泥汤，汽车在泥浆中踽踽蠕动。突然，"咕咚"一声，"牛头"掉进了一个大泥坑里，动弹不得，稀泥汤也一下子涌进了车中。宗贻平、赵国平赶紧下车。他们心急如焚，何时才能到达目的地呢？好不容易盼来了一辆履带拖拉机,将"牛头"拽了出来,慢慢地拖过了这一段最艰难的地段。到达涩北基地的时候,已是夜里10点多钟,人车俱乏。

涩北到南八仙仅有67公里,一半是雅丹地貌,一半是盐沼。为使仙翼管线和涩北气田连接,必须首先探通道路。

1997年4月的一天,冯文学一行几人驾着白色"巡洋舰",精神抖擞地从南八仙出发了。

一个山包连着一个山包,一片黄沙接着一片黄沙。他们还没有来得及观察一下四周的地貌,"巡洋舰"已抛锚在沙堆里了。下车就挖,挖了再走。不知不觉,日落西山,薄暮降临,只好中止了前进的念头,决定回返。这才发现,挥汗如雨地折腾了一整天,只向前推进了1公里多。一探涩南道,还没有开场,就草草结尾了。

第二次探路,他们做了充分的准备,组织了4辆BJ2020吉普车,抽调了6个精壮的小伙子,他们做了最坏的打算,万一车陷住了,就抬车。

冯文学开着一辆车上路了,车一窜进黄沙堆里,他就觉得车子像脱缰的野马一样。他紧握方向盘左扭右转,仿佛在与野马角力。一个山坡横亘在面前,他挂上加力,加足油门,吉普车喘着粗气向上冲。眼看就要冲过去了,又退了下来。车冲,人推,一连10多次,所有的努力都淹没在扬起的风尘里。冯文学所开的车前加力轴头被打掉了,失去了作用。

冯文学的左手打出了水泡,疼痛不已。

面对高低错落的山包和连绵不断的黄沙，他们又偃旗息鼓了。这一天，他们前进了 3 公里多。

第三次探路又出发了，时间是 6 月 28 日。

这次探路汲取了上两次的教训，采取了新的策略，兵分两路，从南八仙和涩北两头并进，轻装简从，徒步穿越，中间会合。

从涩北出发的一路人马由宗贻平经理率队，有冯文学等 6 人，开车北上。从南八仙开拔的一路人马由刁志刚负责，带李德龙、吴锡瑞，徒步南下。

刁志刚、李德龙、吴锡瑞每人带上 3 天的干粮，背上 12 瓶矿泉水及少许咸菜、咸鸭蛋；带上若干面小红旗、若干个小木桩，以作行路放线的标记；还带上了卫导仪、罗盘、望远镜、对讲机。

清晨 6 点，伴随着习习凉风，刁志刚他们出发了。

在奇形怪状的大小山包中间，千百年从戈壁吹来的黄沙全都厚厚地堆积在一块了。脚一踩上去，沙立马淹没鞋面，双脚绵软，有劲难使。沙子钻到鞋里，把脚磨得生疼。大步迈不了，只好慢慢地挪动。

荒原的气候一日多变。早晨出发时，凉意初透，为了防寒，刁志刚他们多穿了衣服。渐渐地，天气越来越热，到了中午，太阳当空，没遮没拦地照射下来，晒得人头皮发烫。穿行在雅丹地貌中间跟待在蒸笼里一样，便把衣服脱下来顶在头上。

干渴在折磨着每一个人，才到中午时分，李德龙、吴锡瑞就已喝完了 5 瓶水，这可是为 3 天的行程准备的水啊！看着地上扔着的空瓶子，刁志刚忧从心头起，这如何了得。

举目四周，除了黄沙、土包，还是黄沙、土包。翻越一个小沙包时，刁志刚的脚崴了，走一步，退一步，他发狠，手脚并用，艰难地爬了上去。

越往里走，人越疲惫，周围的土包也跟"克隆"的一样，没有什么特征。他们走进一个大沟槽里，转来转去，不知道走到哪里，打开卫导仪一看，才发觉已偏离预定的线路 3 公里多了。

他们边走边干活，描述地形地貌，记录土质情况。这些都是开展下一步工作的第一手宝贵资料，他们干得一丝不苟。

宗贻平他们从涩北进发，也是一路坎坷，走了一天，也才走到雅丹地貌的边上，暮色苍茫，他们心中焦急万分。他们举着望远镜不停地向远处眺望。绵延不绝的小山包，寂寥无声的荒滩，连只鸟也没有。他们一次次眺望，一次次失望。

突然，他们的望远镜中隐隐约约地发现有几个小黑点在蠕动。快，快去接应！大伙不约而同地欢呼起来。他们用对讲机呼喊，燃放彩珠筒，火球腾空。

一天的跋涉把刁志刚他们折腾得疲惫不堪，他们正准备寻找一个背风的凹地安营过夜，远方的空中一个个绽放的小火球，让他们眼前一亮。两路人马在夜幕下的荒原上会合了。这是胜利的会师！这是欢乐的重逢！他们忘情地拥抱、欢呼、歌唱。

　　他们在荒原上点起了一堆篝火。这时，刁志刚他们才感到又累又饿又渴，李德龙一口气就把一瓶矿泉水干了个底朝天。

　　篝火映照，又是一个让人难以忘怀的荒原之夜。

浩气奔涌柴达木

这里必将会谱写西部大开发历史的华彩乐章。

2001 年 5 月 18 日上午 11 时 30 分，涩北气田，青海油田分公司副总经理宗贻平激情澎湃地宣布：涩—宁—兰天然气管线供气庆典开始！

这标志着大规模开发利用柴达木天然气的帷幕已经拉开，我国"西气东输"工程的序曲已经奏响！

宗贻平思绪翻滚，涩北气田几十年的风雨历程如画册一样浮现在他眼前，每一页都是那样的清晰。

柴达木盆地东部涩聂湖以北，台吉乃尔湖之东，是一望无际的不毛之地。1957 年石油勘探队伍通过地震普查发现了涩北构造。1964 年钻探井 2 口，证实地下天然气藏，涩北气田标注在了柴达木盆地的版图。

1998 年 2 月 8 日，国家油气储量评审会宣布，从这天起，柴达木盆地正式进入全国四大气区之列。

1995 年 2 月 16 日，青海石油局天然气开发公司成立。

时任青海石油局安全处副处长的宗贻平受命担任天然气开发公司经理。一个衣箱、一个书箱、一个铺盖卷，宗贻平带着简单的行囊，翻越当金山，又走向了柴达木盆地，此后的几年他就与荒原为伍了。

2月18日，天然气开发公司在敦煌石油外招租借了两间房子，用来存放资料，有了第一个固定的地点。3月24日，迎着料峭的春寒，宗贻平、王文廉、谢光辉、陈得寿等人向盐湖气田进发了。当晚，他们住宿在锡铁山矿务局。第二天早晨继续向盐湖气田迈进，汽车开着开着就不动了。他们就拿着地图、罗盘、望远镜，步行寻找井位。从锡铁山矿务局到盐湖气田只有60多公里远，原想连去带回几个小时就足够了，没有带上水和干粮。但当他们找到盐21井时，饥渴交加，疲惫不堪，折腾了整整一天。

宗贻平率领的队伍既要摸清气田现状，又要踏勘管道线路，还要负责管道建设投运。每一项任务都像一座大山压在他身上。

1996年3月15日，涩北至格尔木的涩格管道正式打火组焊。局领导的嘱咐时常鸣响在他的耳旁："按期完成'涩格'线建设和气田试验开发工程建设，1996年8月31日，把气输送到格尔木，这是一项政治任务！"

反复踏勘荒原10多次，宗贻平他们用双脚走出了最佳路线，涩格管道较先期方案节省了3000多万元。涩格管道有数公里要穿越高比重的盐水，原设计方案要求用水泥块配重沉管，宗贻平反复计算、实验，就地用盐块配重，获得成功，此举节省 700 多万元。"涩格"线竣工后，工程概算 4.5 亿元，决算最终投资未超过 2.5 亿元……

宗贻平一心扑在了涩格管道施工上，风里来，雨里去，冒严寒，顶酷暑，患上了严重的胃病，他的身体开始消瘦，体质每况愈下。有职工偷偷给他妻子打了个电话，妻子匆匆从敦煌赶到格尔木来看他。此时，宗贻平还在 200 多公里外的涩北工地上忙碌。对着电台，宗贻平简单跟妻子说了几句，告诉她自己身体没事，工地上忙下不来，让她回敦煌。妻子叮嘱了几句，随后就默默坐车返回敦煌了。

冰封大地，寒风如刀。青海油田油建一支精悍的测量队伍悄悄开进了 1995 年柴达木盆地的严冬里。他们负责全长 189 公里涩格管线的全线测量。

队上一共有 5 名女测量工，有一位叫杨青丽的女测量工，在冻得瑟瑟发抖的板房中，用朴实无华的笔触，真实地记载下了那一段时间生活工作的情景。

那是 11 月中旬的几天。这是她日记中的几个片段：

> 我们 11 人乘坐"奔驰"翻斗车，带着行李、两幢板房和一顶帐篷及简单的炊具。第二天，天刚蒙蒙亮，担任接送班车的司机就起来发动车，直到 10 点多钟才发动着。由于天寒车结蜡，致使班车走走停停，直到 12 点才到测线起点。虽然穿的是棉工衣，戴的是棉手套，可是从车上走下来，还是冻得直打战。午饭是自己带的。凉馒头夹着冰凉的午餐肉，喝着白开水，吸着

露天的寒气吃完了午饭。晚上躺在被窝里，我们一伙儿女同胞，这个喊脚疼，那个嚷腿疼，这一夜睡得不那么好。

我们最怕早上起床。板房如同冰窖一般，水杯里的水结了冰碴，大家冻得哆哆嗦嗦。这一天，测量车进入翻浆地段，车陷进去了，人推、铺垫都没办法。带队的田经理担心天黑出现意外，当即决定步行返回驻地。从工地走到我们驻地大约 40 公里。在这漫长的 40 公里的路程中，还有 10 多公里的干翻浆路，一脚踩下去，全是白色的面土，每前走一步，要费全身的劲。几个小时过去了，还见不到驻地的踪影。最初是腿疼、脚疼、浑身无力，再后来，就觉着自己不存在了，只是凭着脚力，凭着一种生存意识，机械地挪动着沉重的步子。心里想着，只要能前进一步，就离驻地近一步，就离死亡远一步。我们 10 个人只有半暖瓶水和 3 个苹果。走了大半天路，谁不是口干舌燥！然而大家都很自觉，确实累得走不动了，就让他喝点水，提提精神。水没了，苹果也没了，有的人闭上眼睛从暖瓶底里控出残剩的滴滴水垢。就在这个时候，我才真正感到一滴水的重要，在这茫茫戈壁上，水就是我们的生命！晚上 11 点多钟，我们终于看到了驻地车的灯光。这个时候……我哭了，在场的人都哭了。

一个多月，我们走过了"冰刀"般的盐块地带，走过了白茫茫须穿雨靴方能越过的盐水滩，走过了遍地是能穿透汽车轮胎的骆驼刺地带，走过了比我们还高的芦苇灌木丛，然而我们没有被吓倒，以当年老一辈柴达木人的精神，战天寒，斗饥渴，终于完成了200公里的管道测量任务。我敢自豪地说，我们油建筑路公司的测量工是好样的！

姜赵惠确切地记得，她是1996年正月初八离开敦煌温馨的新房，出征涩北荒原的。那时她还未度完蜜月，新郎自然难以割舍，姜赵惠也是情意缠绵。但她也放不下千里之外的那条管道，那是全油田人的希望。她婉辞了丈夫要她休假的要求，当时焊工少，人手紧。她在甜蜜的回望中告别了新婚宴尔的丈夫，踏上了征途。

涩格线施工，姜赵惠每天都要完成五六条焊缝的组焊。跪、仰、趴、卧、俯等焊姿周而复始，双膝、双肘都曾磨破流血结痂。有时一天干下来，手臂都累肿了，甚至连筷子都拿不住，但她坚强地挺住了。

走上涩格线，披星戴月，她就没有了节假日的概念，把时间几乎都付给了这沉沉一线的管道。姜赵惠干完一天的活，回到帐篷里，偶尔问一句："今天星期几?""可能……大概……好像……"之类的模糊语，大家都难以清楚知道今天是星期几，光知道今天是几月几日。

9月1日下午，姜赵惠也按期组焊完了管线，圆满完成

图片 7

柴达木盆地跻身中国四大气区，涩北气田的滚滚气流浩荡东去

了任务。公司领导专门给她们放几天假，让去看看20多公里外的格尔木市，屈指一算，她100多个日夜没有离开施工的荒原了。

1996年8月31日上午，当涩格天然气末站的放空火炬被点燃，火焰随风翻卷，宗贻平再也抑制不住内心的冲动，热泪夺眶而出。

"仙敦"管线建设开始，天然气开发公司夜以继日地奔忙。一天，董克新与"5719"厂草签完合同之后，送到宗贻平那里审查，董克新就势往房中的床铺上一靠就睡着了。宗贻平正在聚精会神地审查，突然身后传来了香甜的鼾声。旁边的人准备叫醒他，宗贻平疼爱地说："让他睡吧。"他太不忍心打扰他、叫醒他了，为这条管线，他们都快熬干了心血。

"仙敦"线建设进入到后期，钢管生产厂家的钢管却供应不及了。驻厂监督的董克新心急如焚，他每天都亲自一根一根数完，看到一根根钢管装上车才放下心来。

管线建设最紧张的时候，钢管厂的生产原料也发生了断档，原先是两条生产线开足马力生产，后来只有一条生产线勉强维持生产。董克新发现这个情况后，径直找到总调度长据理力争，要求无论如何确保管线按时发货。总调度长说："你怎么知道生产紧张，只开一条生产线呢？"董克新答："我天天待在车间，守在现场，怎么不清楚呢？"该厂立即组织会战，加班加点生产。直到装完最后一车管线，监督运走，董克新才告别了蹲点3个多月的钢管厂。

1997 年 9 月中旬，"仙敦"线正式立项上马，11 月设计，1998 年 3 月施工，10 月投产，实现了"四个当年"（在一个年度里）。仙敦线全长 345.6 公里，它起自涩北气田向北翻越当金山到达甘肃敦煌。

　　浩气奔涌柴达木！涩北气田的开发是一首气势磅礴的交响曲，正是那一个个普通的石油人组成的一个个音符，才让旋律响遏行云！

挥手起风雷的峥嵘岁月

钻井是勘探开发的"龙头",舞龙靠的是钻井人的硬功夫!

昆仑山下、尕斯湖畔、赛什腾山旁、涩北盐滩上……一口口油井、气井,托起了高原百万吨油田,托起了全国四大气区。那"挥手起风雷,顽石要打穿"的钻井工人的气概,不知激荡了多少人的心扉!

王志文走进18156队的队部办公室,首先映入他眼帘的是墙上悬挂的铁人式钻井队锦旗和8项岗位责任制、全队人员动态牌。到了职工宿舍看到张贴的是毛主席语录、工业学大庆的一些关键词和经典句子。这给他留下了终生难忘的印象。

1978年12月25日,在油砂山下的一口井上夜班,王志文主要是起钻,那天夜里刮着大风,风声尖厉,刮在脸上就像刀割一样刺痛。不巧的是钻头水眼又被堵了,作业过程是起一根喷一根,满钻台流淌着厚厚的泥浆,脚下很滑,操作十分不便，而身上也喷满了泥浆，就这样一直坚持把钻具起完。下钻台时，两腿都不能打弯了，穿的棉裤成了泥浆浇的冰筒，司钻贺志平用工具一阵敲打除去泥冰，他才勉强走下钻台到值班房里取暖。

1979年11月，测井总站在跃110井进行中途电测，在起中子源测井仪器快到井口时，由于速度较快，中子源仪器与井口挂碰电缆折断，中子源仪器落入井里，几次打捞未果。再次研究打捞方案，生产科加工了一只内钢丝捞筒，送上井再次组织打捞。那天夜班，钻井公司有名刹把操作能手王魁章副指挥亲自操作刹把，王志文和张莫发分别负责井口内外钳操作。经过一夜精心的操作和密切配合，天亮时起完钻具，检查打捞筒发现，果然落井仪器被打捞出来了。如果仪器捞不出来，这口井将工程报废，放射源还会污染周边的环境。这口井完井后经试油求产，日产原油300多吨，是尕斯油田当时产量最高的一口井。

1979年除夕，邱禅兴所在的32108队正紧张地从干柴沟往跃进滩搬家。直到晚上7点多钟，才搭好了栖身的帐篷。晚上10点多，年夜饭终于做好端上来了。烤麸罐头、午餐肉罐头、油炸花生米……简单的几个菜，大伙儿吃得热火朝天。大年初一一大早，全队又开始忙碌起来了，直至初三，终于将家全部搬到了跃进滩上了。正月十五前，随着隆隆的钻机声，一口新井又开钻了。

在邱禅兴的记忆深处，1983年11月3日，跃深二井井喷和抢险时的场景永远难忘。那天，邱禅兴从花土沟基地返回队上，当固定车行至油砂山大下坡时，司机望着远处对邱禅兴说："指导员，谁家井上冒烟了？"邱禅兴定睛一看，转念一想，跃进滩上当时只有自己队上打到红层了，他断定是队上井喷了。正如他判断的一样，队上打的井喷了，钻机、泵房都被喷出的油泥淹没了。

花土沟前指、钻井工程处、队上迅速组织了抢险救援队伍、机具等。他们队承担了抬钻杆、套管、挖沟、引流、清理井场的重任。耳边是震耳欲聋的呼啸，眼前是模糊迷离的油雾，脚下是天崩地裂的颤抖。邱禅兴他们出生入死，硬是用自己的肩膀将3000多米钻杆、2000多米套管从井场抬了出来。邱禅兴等许多人的肩膀都被磨烂了。经过一个多月夜以继日的拼搏，终于排除了险情，制服了井喷。

在月牙山打井过程中，井架上的大绳断了。这一突发情况非同小可，耽误时间稍多，就有可能造成卡钻。等基地来人再维修来不及了，队上及时组织抢修。在大伙共同的努力下，大绳修好了。最紧要的就是用短节把钻具提直，取出坏吊卡，换上新吊卡，这是一个千钧一发的危险活。邱禅兴把钻工赶走，自己扶起了刹把。他的眼睛紧盯着指重表，表上指针从80吨、90吨，到130吨，机器喷出股股浓浓的黑烟，井架的支撑使大腿都在颤抖。终于，钻杆抖动了一下，卡钻消除了。整整12小时，邱禅兴一刻也没有离开过井场。

马忠义来到井队后被分配到了从未接触过的柴油机岗上。这个岗位技术性强，一字排开的几台机器是钻井的动力之源。他开始跟着师傅、捧着书本学习。他一字一句啃起了

图片 8

钻机高耸，欲与昆仑试比高，尽显石油人战天斗地的英雄气概

《柴油司机读本》《柴油机工作原理》等厚厚几大本书，白天看，晚上读，整本书都快背下来了。从乙助手、甲助手到司机，他仅用半年时间就完成了三级跳，而通常这一过程需要 2 年的时间。有一个纪录始终让他自豪。他所在的 32758 队装备了青海油田第一台大庆 130 钻机，在跃深六井首次启用，便钻深 3880 米，这是目前该机型打得最深的世界纪录。

张成弟于 1978 年 5 月初走进花土沟，到 18156 队当上了一名泥浆工。捞砂子、砸烧碱、加处理剂……他从泥浆工的基础工作一步一步做起，一边跟在师傅后面细心观察操作过程，虚心求教；一边钻研书本，《泥浆工艺流程》《钻井工人读本》等伴他度过了许许多多休息的时间。8 小时上班，都守在现场，几乎难得进一下值班房。正是凭着这一股子钻劲，张成弟两个月后就独立顶岗，半年就当上了泥浆大班。

有一回，钻井过程中卡钻了，大伙儿废寝忘食几天几夜奋战在井场上。张成弟他们测泥浆也加快了速度，加大了密度，由平时 1 小时测一次，变成了 10 分钟测一次，随时密切关注井下情况变化。在一次解卡过程中，他帮钻工打钳子，被掉下的吊钳砸中了脚，当时他愣是咬牙挺住了。晚上回到宿舍，脱下鞋子，袜子被鲜血浸染，脱掉袜子，发现大脚拇指已血肉模糊。

1978 年 5 月 12 号早晨 6 点，王有良等一行 40 多人，分乘两辆大卡车出发，天黑的时候，直接把他们拉到了井场，住进了帐篷。第二天，他们就冲上了加重的一线，一袋 25 公斤重的重晶石粉，他们少的扛上两三袋，多的扛上三四袋，一趟接一趟，来回奔波。王有良他们干得胸闷气短、口干唇裂、满脸尘灰，连续加了三天三夜的班。

1985 年的冬天，离春节还有一个星期，陈双喜他们队开始往南翼山搬家。在滴水成冰的时候，30 多辆车拉着物资设备出发了。途中一场突如其来的狂风沙暴袭击了车队，30 多辆车一溜儿全部趴倒。不能坐以待毙！陈双喜走了好几公里，找到了一个地震队，请求支援。他首先请求地震队拖出了伙房和居住的板房，天已经黑了，没有耽误开饭和睡觉。第二天开始救援剩余的车。大年三十，当千家万户准备过年的时候，他们在南翼山的荒原上开始了安装。大年初五安装结束，机器轰鸣，新一口钻井开始了。陈双喜他们队在油砂山打井的时候，经常卡钻。为了突破这个瓶颈，他们开始尝试运用大马力、高泵压、小水眼喷射钻井，日进尺达到千米以上。1989 年，陈双喜所在的井队进尺上万米，当时钻井有 16 支井队，只有 3 支上万米。1989 年，中国石油天然气总公司在中原油田召开钻井工程经验交流会，陈双喜代表高原钻井在会上发言。

张拉省深刻地体会到，钻井人用以苦为荣诠释着自己的人生观，钻井人用以苦为乐表白着自己的价值观。狮子沟山上，海拔 3000 多米，山高沟深钻井相当困难。继狮 20 井出油后，青海油田想在狮子沟裂缝中抱个"大金娃娃"。在狮 20 井的原井场上又部署了狮 32 井钻探。6055 队在该井后期钻探的一个多月时间中怕井喷，大家弦绷得很紧，一有大的响动，即便是深夜也是一骨碌爬起向井场的方向观望，担心井上出现问题。历尽艰辛，狮 32 井喷油了！当打开防喷管线原油伴气呼啸而出时，现场的钻工们欢呼雀跃，每个人脸上都挂满了疲倦的笑容。防喷管上栓的那个不大的红花，是张拉省扯下了钻工的红被面扎好绑上去的。

难忘峥嵘岁月稠！

没有花的花土沟

花土沟没有花。

花土沟是因石油地质队员发现这里的地貌五颜六色而命名的。这里曾经是青海油田采油厂采油的主要区域。

党叫干啥就干啥。何志峰在自己的工作历程中用实际行动为这句话作了很好的回答和诠释。

1978年，当分到青海石油局西部试采指挥部试油四队工作时，何志峰由一名玩电台的通信兵当上了试油工。平整场地、挖绷绳坑、抬油管……经受漠风油泥的洗礼，何志峰迅速成长，1980年1月，被任命为试油四队指导员。

1980年11月，组织上派他到西部试采指挥部农场当场长。他打起背包走入了距离花土沟基地30多公里的切克里克草原。农场耕种着500亩地，放牧有3000多只羊、50峰骆驼、50头牦牛和18匹马。他很快适应了昆仑山下的农牧生活。春耕、秋收、冬藏，他早出晚归，在田间地头奔波；夏草场、冬窝子，他暑来寒往，到昆仑山里外巡查。这一干就是整整 3 年。

1984 年 7 月，何志峰到采油二队当指导员，上任伊始面临的问题就非常棘手。全队有大大小小不良行为的人占到了一小半。如何改变这样的面貌？他一方面深入调查走访，详细了解职工的思想动态，帮助职工解决实际问题；一方面宣讲正面典型，大力弘扬正气；同时，率先垂范，身先士卒。仅到了年底，该队就进入了先进行列。

何志峰在政工岗位上干得时间较长，长期做思想工作积累了丰富的经验。"思想政治工作就是做人的工作。"他在工作生活中总是以职工为出发点，处理解职工、关心职工、帮助职工，善于带头实干，凝聚队伍士气，激发队伍活力。1993 年 8 月，花土沟遭遇了几十年不遇的洪水，他与干部职工一道奋战在抗洪抢险一线，24 小时就使花土沟油田恢复了生产。在花土沟采油综合大队当指导员时，根据新形势、新变化，注意从企业重组改制、职工分流转岗等重大变化中认真掌握职工思想动态，正确引导，做好职工思想工作。花土沟采油综合大队，多次获得厂、局、部级先进集体荣誉称号。

何志峰搞政工、做思想工作出类拔萃，抓生产管理也是行家里手。1994 年到花土沟综合大队后，刻苦钻研生产管理，为老油田稳产、上产，积极献计献策。他同技术干部深入井站，摸清每口井的情况。他深刻认识到，靠检泵和改变工作制度只是上产的短期行为，提出了"注水第一，采油第二"的工作思路。他在实践中摸索，总结出了从单纯抓地面管理转变到地面、地下一齐抓，从只抓油水井管理转变到油层分析上来，从单井动态分析转变到层组、区块分析上来的"三个转变"。他还大力提倡科技兴油，在花土沟油田推广多项新技术，进行过超声波解堵、地震采油、泡沫洗井、无管采油等试验，并取得了不同程度的效果。1996年至1998年，何志峰在花土沟综合大队一肩挑，既当大队长，又当教导员。原油产量逐年上升，从5万多吨跃至20万吨。

1978年4月，杨青春从部队转业到青海油田，分到西部指挥部大修队干起了修井工。那双在部队抡过铁锹、挥过勺把、握过理发推子的手，在拿起管钳、扳手、起子、榔头之后，很快在抽油机修理这一行上干出了名。

在干修井工的6年时间里，南山、北山、油砂山区域里，每口井都留下了他奔波的身影，只要是有油井出现问题，他就像一位大夫一样随时出诊。一次，大修队下达紧急任务，要求南1排26井的检修任务一天内完成。在当时的条件下，8小时里起下2吋半加厚的油管顶多也不过60~70根，但杨青春一班人凭着顽强的毅力，在原油畅喷不止、浇透全身的情况下，硬是起下油管130多根，不仅圆满完成了任务，而且创造了当时起下油管的新纪录。

1984年10月，杨青春被调到采油厂机修车间任抽修工，从事修理、安装抽油机。1993年4月，采油厂将回收冷湖油田物资的任务交了杨青春。当时，一些不法分子大肆破坏、盗窃油田物资。杨青春带领10多人迅速奔往冷湖，他清楚，早一分钟收回，就少一分损失。他们风餐露宿，跋

图片 9

花土沟上，抽油机不停起伏、不知疲倦，工业血液石油汩汩流淌

涉在油田的每一个角落，把物资一堆堆收集起来。他们的双手划伤了，红肿了，打起了水泡……2个多月过去，他们共回收抽油机、大罐、废钢铁等1000多吨。

1993年9月，吐哈油田上产鏖战告急。采油厂领导指派他领队奔赴吐哈油田突击安装抽油机，他立即组建了由12名技术过硬的同志组成的安装小队，披星戴月、东征西战在吐哈油田的各个井场上。每天冒着40摄氏度的酷暑，吃住在工地上，每天工作10多个小时，没有休息日。不到一个月时间，就圆满完成了30台抽油机的安装任务，为青海油田外闯市场赢得了荣誉。

1994年6月，采油厂进行机构改革，将当时的机修车间分解为3个车间，杨青春被安排到机泵车间任主任。在当时，整个油田上产过程中，所有新井投产的抽油机都是由杨青春带领的23人完成的。

张成沛说起当输油工的那些日子时感触极深。刚走进花三站时，眼前的一切对他来说，不但有些陌生，而且有些令人胆怯。看到密密麻麻的管线，不知从何处开始熟悉。从第一天开始，他主动和师傅接近，在三班倒的同时，利用休息时间跟在其他班里，三个班跟下来，不到一个月时间，就基本搞清了站上的工艺流程。

张成沛怎么也忘不掉第一次单独顶岗的那个夜晚。那天晚上，夜特别的黑，风出奇的大，他独自一人拿着手电筒在岗位上走来走去，在大罐上爬上爬下，夜色带来的恐惧可想而知，把采集到的数据往报表上填写时，手抖得写不上去。

他开始默默地练胆量，不知连续上了多少个夜班。

花三站当时的年集输量达到了7万立方米左右，每天平均要处理200立方米，工作量可想而知。每天首要任务是保养好4台泵，让其中2台始终处于正常的工作状态，2台备用。如果罐车拉运过来，工作量就更加繁重，有时候一天能过来30辆车，一辆解放车载重按4立方米计，每天的工作量就要120立方米。

计量是每天工作的重点，每天在5米高的大罐爬上爬下至少要3次，量油口不足70厘米，把油尺放到油面，人去看尺度，避免不了原油味呛人，时间长了，头发晕，双腿发软，身体难受，时常吃不下饭。每天填报表是雷打不动的一件事，进油量、出油量、设备运转情况都要真实地记录在案，如此往复的工作，张成沛干了一年多。

曹明金是花土沟南山沟采油一队的一名修井工。修井是指正常生产的某一口油井突然发生故障而不能正常工作，修井工接井后，将井内的管柱起出，排除故障，再将管柱下入，让井恢复工作。修井工就像是一名消防队员，一旦有"命令"，立即出发。曹明金工作的南山沟遍布着上百口生产油井，自从曹明金干上修井工起，他基本上就是干完一口接一口，不断地接，不断地干。

3年修井，让他难以忘记的是每天收工后的擦洗。每当油井需要大修起下管柱时，由于没有压井，常伴有大量的原油随管柱被带起。这些黏稠的原油随管柱的提升上升到一定的高度便下落，浇得曹明金他们从头到脚满身都是，有时候干脆把衣服脱去，只留下不能够再脱去的短裤。每当修完井后，曹明金整个人都变成了油人，为了清除掉工衣上厚厚的原油，他先是用铁片之类刮掉工衣上的大多数原油，然后用浸透汽油的棉纱，开始擦洗身体。在寒冷的冬天，用汽油擦洗，再用洗衣粉或肥皂洗。有时皮肤会生出一层小粉痘，疼痒难止，过后不久就脱皮。这样的清洗，在曹明金3年的修井工生涯中，不知经历和重复了多少次！

1984年，曹明金接到他爱人所在的天水市甘肃棉纺织厂发来的调令。拿到如此一份调令是多么的不易啊！当曹明金上交调令时，领导说："……留下来吧？要不把爱人调过来？"

曹明金说："给我点时间，我和她商量商量。"曹明金不知打了几次电话。过了3个月，曹明金的爱人带着6岁的孩子返调到了油田。许多人不解，曹明金的一句话"我们俩都是党员！"道出了答案。

没有花的花土沟里，采油人的故事却散发着花的芳香！

昆仑山下八百里路云和月

　　这条蜿蜒在世界屋脊柴达木盆地的钢铁油龙——全长435公里的花格原油长输管道,以其世界海拔最高的原油长输管道的响亮称号而睥睨天下。

　　昆仑山下石油管道施工队伍云集。1988年3月,来自石油部管道三公司、四川油建等全国各地20多个施工单位的4000多名建设者进入施工现场,5月7日,正式打火开焊,1989年6月30日全线焊接试压完毕。

　　1990年1月20日下午,花格管道投产进油剪彩,1月27日6时,油头顺利抵达格尔木,实现了投油一次成功。2月1日,青海石油管理局在花格输油管道格尔木末站举行"首列原油外运"剪彩仪式,中午12时许,一列满载着1500吨原油的专列缓缓驶出花格管道末站,翻开了青海石油管道输油事业的新篇章。

　　1988年元月,青海石油局成立了管道筹建处。3月,高勋调到了管道筹建处,住进一间不到20平方米的房子里,3

张上下床，住了6个人。暖气不正常，停电停水经常发生。

管道筹建处成立后，各种规章制度的建设迫在眉睫，高勋起早贪黑参与编制。查资料、翻图纸，努力学习管道输油的工艺及规范，参照青海油田及各单位现有的各种规章制度，学习消化兄弟输油单位的各种规章制度，创造性地开展工作，用最短的时间，初步建立了涵盖管道输油各方面工作的规章制度、操作规程，为投产奠定了良好的基础。培训是重要保障，而这种培训在油田史无前例，一无基础，二没经验。高勋他们采取多种行之有效的措施。送外培训，先后派人到北京、四川、河北等地学习长距离原油输送技术及规范、通信技术等；内部培训，认真制订培训计划，编写培训教材，严密组织。促使尽快熟练掌握管道输油工艺流程、技术规范、操作要领等；向解放军学习，军训提高组织纪律性和劳动纪律；向保产师傅学习，建立师徒关系。这些打基础的工作取得了显著的成效。

王仕松到管道输油处报到的时候，格尔木石化基地只有3栋楼房，那是1988年12月。3栋楼房里安排不下住宿，他就栖身在格尔木市商业局的一间平房里，房间里住三四个人。上下班坐单位的敞篷车，后来借了一辆自行车，每天颠簸在沙石路上。

调王仕松来是搞生活的。他上班的供应点在一间简易板房内，四处漏风，寒冷难当。他来后开始组建小卖部，搭建了3间板房，一个小卖部就因陋就简地开张了。里面有罐头、土豆、大白菜等常备菜和调料等，品种非常单调。当时基地处于建设时期，闲杂人员多，板房难以保证货物的安全，晚上他索性就睡在板房里值班。

为了丰富供应的品种，王仕松广开门路，积极走出去采购。上敦煌、张掖，下西宁、兰州，千方百计拓展副食、蔬菜、肉类货源，菜花、蒜薹、菠菜、韭黄、小青菜等细菜也购进来了，食堂伙食的花色品种也越来越多了。天冷天热菜都容易坏，王仕松到远处去购菜，基本上都是两天赶到。采购完后，常常连夜往回赶，以保持菜的新鲜。那时候一年长途奔波采购多达 20 多趟。采购回来，既要负责往各泵站调拨、运送，又要管基地食堂、小卖部的储存、售货。他的生活节奏完全随着采购、运送、售货转，根本没有节假日。

1992 年 4 月，王仕松主动请缨上野外泵站。由于种种原因，站上职工对食堂意见不少。王仕松毅然决然立下了军令状："给我一年时间，搞不好拿我是问！"军人的血性澎湃而出。他以管理员的身份来到了花格管道全线最高的泵站——大乌斯站。

进站伊始，王仕松深入调查研究，了解情况，收集意见和建议，王仕松制定了一系列针对性很强的措施，一场伙食革命悄然开始了。建议提高炊事员的奖金系数，亲自去花土沟采购，每天待在食堂，提前制定菜谱……大乌斯站在花格管道全线第一个早中晚三餐推出四菜一汤。仅仅一个多月，食堂伙食大有起色，职工交口称赞，一些人私下在自己房间做小灶的现象消失了，大乌斯站食堂发生了日新月异的变化。

图片 10

昆仑山下，尕斯湖畔，储油罐银光闪闪，管道首站将油流澎湃东输

随后，王仕松又开始了实施提高食堂饭菜质量更深层次的举措——建蔬菜大棚。王仕松带人垒墙、搭架子、装玻璃、蒙塑料布，给温室换土、拉羊粪、买化肥，一个像模像样的大棚就建好了。经过细心管理，嫩绿的黄瓜、红彤彤的西红柿、碧绿的小青菜、紫红的茄子……长势喜人，职工们终于吃到了现摘现做的蔬菜。

1992年12月，王仕松担任大乌斯站代理指导员。当时队伍纪律比较涣散，王仕松和站长一商量，确定了1993年的工作目标：打基础，抓管理，健全各种规章制度。他们全力在全站推行戒酒、戒赌，不管是谁，只要喝酒、赌博，严加处罚，不手软，不怕威胁，不怕报复。戒酒、戒赌立竿见影，并一直保持下去。

一年努力不寻常。1993年，大乌斯站不仅被评为处标杆单位，还荣膺"中国石油天然气总公司标杆泵站"称号，这在花格输油管道全线是破天荒的第一家。这一年，王仕松在格尔木的家中满打满算只待了一个月。家中做饭高压锅爆锅，把阳台框架都崩出去了，他没有回去；妻子得病住院，是工会派人去照顾的，他也没有回去。他一心扑在站上的工作里。

1989年9月，郑明岐从钻井32821队调到了托拉海站当指导员。当时他面对的是这样的局面：全站有50多人都是在很短的时间里，分别从局内多家单位或社会招工而来，构成比较复杂，内部打架、斗殴、酗酒经常发生，队伍纪律比较涣散。

刚到站上，就有人摆了一场酒宴。不喝吧，有脱离群众之嫌，他痛快地答应了。这场酒宴很特别，杯盏碗碟摆了一乒乓球桌，一圈人团团围定而坐，一瓶瓶酒被打开了盖子。一些人想借此探探虚实，看看新来站长的酒量和魄力。在井队摸爬滚打多年的郑明岐血气方刚、豪爽侠义，面对眼前的场景，他心中告诫自己，不喝就不是钻井人！绝不给钻井丢人！敬酒来者不拒，回敬毫不退缩。推杯换盏，你来我往。那一场大酒他足足喝了有 2 斤，尽管后来他醉了，但他在酒场上没有倒。大家也见识了他的酒量、胆量、豪气、爽气。

　　如何转变站风呢？郑明岐想了很多办法。和那些经常酗酒、打架，不好好上班的人开诚布公，将心比心交朋友；经常做思想工作，动之以情，晓之以理；力所能及地帮助他们解决一些困难。创造条件，营造氛围，制订每周一学习的计划，组织他们学习技术，雷打不动；订阅更多报刊，购买更多书籍，充实阅览室；请保产师傅和站上的技术员讲课，组织内部竞赛；等等。经过一年扎扎实实的工作，站风明显好转，在管道输油处组织的全线接站比武大赛上，托拉海站勇夺第一名。

　　1992 年底，管道输油处又调他去茫崖站。当时的茫崖站上，一些人酗酒、斗殴不断，连到站上来固定的医院大夫也遭到一小青年的殴打，站上还有胆小的，害怕挨打而悄悄跑回家去。他先从狠刹酗酒之风入手，白天晚上都坚持巡查，坚决从严治理酗酒的歪风。他要求大家做到的自己首先做到、做好；急难险重的活，他总是一马当先。一年后，站风面貌焕然一新。

1992 年 7 月 1 日，杨振民从钻井 18113 队调到了管道输油处维修队。维修队不仅担负着日常维修的工作，还承担着全处重大设备应急抢修的重任，每年都有一定时间要到野外泵站固定。

1992 年 10 月，他到茫崖站固定。一次，附近的大乌斯站柴油机发生了故障，一连 3 台发动不着，站上几经修理都没有修好。接到指令，杨振民赶到了大乌斯，经过了解情况和仔细观察、研究，他判断出柴油发电机发动不着的根本原因是电瓶时间长了，存电不足。他果断地将 4 台电瓶串联在一起，一试柴油发电机果然吼叫了起来。

在 1993 年花格管道解堵的时候，托拉海站急需柴油发电机，他拉着一台柴油发电机就上站了。他在短时间内就启动了柴油机，为此在现场坚守了 10 多天，保障柴油机正常运行。

在平凡的日子中，管道输油人默默奉献，创造了不平凡的业绩。

花格管道的抢险英雄

花土沟至格尔木长输管道横空出世，穿越茫茫瀚海。

1990年1月27日，花格管道一次投油成功。

1992年6月12日8时，花格管道中灶火站的输油压力骤然下降，管线发生了泄漏，出现重大险情！

紧急出动巡查漏点，6月13日8时45分，在中灶火站以东2.1公里处发现漏点。经过加温升压的原油从2米深的地方喷射而出，现场一片汪洋，烟雾弥漫，油味刺鼻。初步估算，每小时漏失原油40立方米左右。

紧急抢险的指令从敦煌、格尔木、花土沟一道道发出，抢险队伍从东西两个方向急如星火朝中灶火集结。

6月14日凌晨1时45分，第一次抢险堵漏作业开始。

现场的气氛庄严肃穆，管道输油处组织的抢险"敢死队"来了，灯光映照着一张张坚毅、果敢的面庞，辛长岭、马晓斌、李金良……60多摄氏度的高温，随时燃起熊熊大火的威胁，谁都明白，冲向油坑、扑向漏点就是与死神拥抱！

油坑内，挖沙刨土，清除管道保护层，打卡子一气呵成。尽管滚烫的原油刺得人心惊胆战、咧嘴皱眉，但抢险紧张有序。油雾呛人，呼吸困难。一个人摇摇晃晃倒在了原油中，坑外救护的人用绳子把他吊出，做人工呼吸，又一个个被熏倒了……第一梯队倒下了，第二梯队毫不犹豫地冲下去……第一梯队的人刚刚苏醒，又突破阻拦向油坑扑去……就这样前仆后继、视死如归。

6月15日14时，第二次抢险堵漏开始。

6月17日16时15分，第三次抢险堵漏进行。

只有高小文化程度、凭自己勤学苦练获得国家级焊工合格证并被聘为焊工技师的段留保同志坚守在现场。7月1日，现场指挥部在拖拉海站外的一片淤泥盐水中，进行试压检漏的准备工作。这地方地下水十分充沛，待傍晚清理出施工作业面时，坑里还有一尺多深的泥水抽不干净。况且，地下水还在不停地渗出。为了保证次日试压检漏顺利进行，急需焊工立刻下坑施焊，但前来协助抢险的施工队伍的焊工，一看坑内泥水距管线仅10厘米，望而生畏地说焊不成。这时，总指挥马力行问身边的段留保："老段，你下去，看看到底能焊不能焊，给青海局争口气！"段留保穿上雨裤，拿起焊枪，便趴在水里开始焊接。半个小时过去了，段留保才从泥水中直起腰来，摘下防护面罩说："焊好了！"马力行和在场的北京总公司有关负责同志到焊口处一检查，连忙竖起大拇指称赞段留保的焊技……马力行拍着他的肩膀说："你真不愧是'局宝'，可给青海局争回了脸面！"段留保不好意思："这是我应该干的，再说，我还是个党员呢！""局宝"的名声由此传开，再以后，花格管线只要出现了险情，每每总会看到他忙碌的身影。

辛长岭，一位敦厚、淳朴的汉子，是抢修大队的焊工，几乎每次抢险他都参加了，而且都是一马当先，争当"敢死队"队员，奋战在最危险的前沿。抢险堵漏，最终要靠焊枪说话。一把焊枪在他手中写下了许许多多令人铭刻在心的华章。

1992 年 6 月，中灶火站泄漏第二次抢险结束，辛长岭、黄德然等 5 人回到格尔木基地食堂吃完晚饭出来，天色已黑。他们没有直接回家，而是走进了一家理发馆。他们是来剃光头的，因为抢险战斗还没有结束，后面还有恶仗在等着呢。抢险这几天回到家，每次换工衣，头上的油污洗五六盆水，上面还漂着油花，弄得枕巾上到处是油迹。他们几个一商量，觉得剃光头好。女理发员问他们："听说给你们这些'敢死队'队员，每人发了好几千块钱，是不是真的？"辛长岭们听后，相互笑笑，没有吱声。

还有人不信，到处打问给"敢死队"队员发奖金一事。辛长岭这位直来直去的山东大汉回答得好："我如果不扛着共产党员这块牌子，也不是管道输油处一名职工，甩给我几万块钱，让我下坑，我都不去。光知道钱、钱、钱，你知道一条命值多少钱？"直冲得问话的人一个大红脸，悻悻离去。

现场抢险的人都记得辛长岭"水深火热"的故事。

1996 年 3 月 10 日晚上，茫崖站东抢险时，他从跳下作业坑，到干好出坑，待了 13 个小时。坑外是刺骨的寒风，坑内是高温的油气。他穿着防火服大干。油气积聚，焊枪一打，坑内就腾起一米多高的火焰。

他把自己的安危早已付给了狂风烈火。一边打焊，一边着火，他就这样边停边干，边着火边干，在烧烤之中完成了焊接。而此时他的双脚都已失去知觉，是别人把他拖出了坑外。

在中灶火站西 38 公里处抢险时，作业坑内地下水汩汩而淌，潜水泵抽不及，同时，还有泥沙在淤积。辛长岭跳下坑仰卧在坑中，迅速点焊，水把他的身体都淹没了，只有头露在水上。等到焊接好后，流动的泥沙竟然把他结结实实地埋住了，这时，他才感到呼吸有点困难了。他自己动弹不了，他挥了挥手，同伴们七手八脚地才把他从泥沙中拽了出来。

狂风呼啸，荒原似乎都在战栗，风裹挟着沙子仿佛要扫荡荒原上的一切东西。1998 年寒冬的一天晚上，当抢修队员赶到茫崖站东 25 公里处的现场时，就遇到这样的情景。

沙子打在车身上好像万枪攒射，响声"砰砰啪啪"，车漆被打得斑斑驳驳；沙子打在人脸上一阵阵疼、一阵阵麻。下了车，抢修队员各就各位，迅速开展抢修工作。

作业坑挖好了，辛长岭、陈有祥开始轮流下去施焊。照明车上强烈的光柱弥散在昏黄的空中，变得异常暗淡，现场能见度奇低。发怒的狂风逞强施暴，沙子像下雨一样倾泻入作业坑内，坑内无法作业。抢修队员急中生智，4 个人扯起一块大毛毡，站在坑边抵挡风沙。毛毡被吹得如鼓胀的满帆，人被吹得东摇西晃，一会儿，人就冻麻木了。4个人愣是咬紧牙关，拼尽气力，坚持挺住了。渐渐地，天空下了雪，而且越下越大。4个人身上一片银白。

作业坑内，辛长岭和陈有祥经受着冷与热的煎熬。迎面是泄漏点上滋出的高达 70 多摄氏度的原油，背后是如刀割的寒风和零下 20 多摄氏度的严寒，折磨得他们五脏六腑都要飞出来一样。落下的雪积在脖子上融化后结成了冰，衣领变成了"冰领"。他们一点点清理，认认真真施焊。待他们费了九牛二虎之力焊好，爬到坑外，脸上融化的雪水立时冻成了冰，变成了"冰面孔"。

早晨 8 点多，终于将漏点焊接完毕，他们才感到饥肠辘辘。头一天下午从格尔木出发时就没有来得及吃饭，这会儿，他们开始准备做饭了。把结冰的矿泉水放进小桶中，点着喷灯化冰烧水，水开了，往碗装方便面里一倒，拿上块饼子就狼吞虎咽起来。

2000 年元月 14 日，正好周末，拖拉海以东 16 公里发生爆管。接到险情命令后，抢修队迅速出发。作为抢修班班长的王维虎一马当先，冲锋在前。进入油坑作业，要穿防护衣，他块头高大，进油坑的下水衣穿不进去，他用一块塑料布往头上一裹，就冲进了危险四伏的现场。15 日的抢险中，喷出的油柱高达数米，为了抢装卡具，原油浸透了他的全身，看上去整个一油人，只有双眼闪烁着光芒，冷风一吹，冻成了冰雕。尽管手脚僵硬，他依然拖着沉重的身躯干了

10 多个小时，直到深夜。

2001 年的农历正月十三，抢修大队正常上班，邢成群、李学云组织队员进行舞龙训练，准备参加十五的社火。近几年，每到春节管道总要出点事。正当练得热火朝天的时候，紧急通知传来，茫崖站东 129 公里处发生泄漏，大伙立马放下长龙、锣鼓等，登车出发了。等抢险结束回到格尔木的时候，已是正月十六了。大伙相视一笑，这个春节还是在抢险中度过了！

从 1992 年 6 月 12 日中灶火以东 21 公里发生第一次爆管，到 2004 年共发生爆管泄漏 114 次，其中特大爆管泄漏 7 次，平均每年近 10 次，几乎每月 1 次。这在全国同类管道中绝无仅有，在世界上也属罕见。

抢险队员在血与火的交织中磨炼着坚强，在困难与险境的较量中锻炼着才智，在危险与拼搏的碰撞里升华着精神。当抢险的英雄们浑身原油从作业坑中走出，雕塑般傲立荒原的时候，输油魂便得到了朴素生动的注解。

无论骄阳似火，滴水成冰，无论沙尘疯狂，蚊虫肆虐；不管沼泽盐滩，河流山岗，不管草原沙丘、戈壁湿地，只要哪里发生险情，抢险队员就奋勇向前。

一次次顽强的征战、一次次艰苦的拼搏，无可辩驳地昭示着，这是一支特别能吃苦、特别能忍耐、特别能战斗，召之即来、来之能战、战之必胜的抢险队伍！

高原明珠之光

1993 年 9 月 28 日 6 时 10 分，格尔木炼油厂开厂成功，向全世界庄严宣告：世界海拔最高的百万吨炼油厂在巍巍昆仑山下横空出世。熊熊燃烧的火炬，凝聚着党和国家对青藏两省区人民的亲切关怀和巨大鼓舞，凝聚着青藏两省区人民的殷切期盼，凝聚着青海石油人和所有参加建设人员的心血、汗水和智慧。

格尔木炼油厂被誉为"高原明珠"。从它建设以来，许许多多的建设者、工作者甘于拼搏、甘于奉献，为高原明珠增光添彩！

1990 年 5 月 3 日，李守明到格尔木炼油厂报到，成为储油分厂的装油班班长。装油就是通过栈桥，把长输管道运来的原油装进一列列火车的大罐。这活是个苦差事。那时候设施比较落后，长长的装油鹤嘴，要手动用链子来回拉转；往罐里装油没有自动控制装置，需要人到罐口沿上探头查看液面到位没有；原油味刺鼻，戴着口罩也熏得人头昏脑涨。

一个人要看几个罐，不停地跑来跑去。报到当天，他就上岗装油了，一个班下来，李守明浑身上下都是原油，实实在在地领教了装油的脏苦累。不仅如此，李守明哪能想到火车还需要人去推呢？严峻的形势就是这样——当火车进站装油顶推不到位的时候，就组织人用撬杠撬、用手推。而且还不是偶一为之，有时几乎天天都要使出浑身解数推火车。

只要开始装油作业，上下班的时间往往就改变了，生活的节奏也被打乱了。因为装油的火车是整列进来的，不管下班上班都必须装满才能开出。加班加点连轴转也成了常态，家属送饭到栈桥旁早已不稀奇了。有时连喘口气的机会都没有，在等待下一列火车进来的间隙，李守明坐在板凳上就能睡着。

1993年的除夕，当大红灯笼高挂，喜庆鞭炮鸣响，家家户户团团圆圆共度佳节的时候，李守明他们依然于凛冽的寒风中奋战在列车油罐的上上下下。通宵达旦，他们一直干到大年初一11点多钟。从三十到初一，10多个小时里，他们装了4列火车，平均3个多小时一列。下班回家，别人正穿着五颜六色的新衣服，三五成群地结队拜年，李守明却穿着冻得像"锅巴"一样的油工衣，脸上挂着凝固的原油，只露着两只眼睛回到了家中。

格尔木炼油厂建设期间，固定电话依然是保持信息联系的主角。吴志杰1992年12月调到格尔木炼油厂调度室后，主要负责保障固定电话的畅通，这是他的强项。

当时，格尔木炼油厂北大门东区的通信线路全部不通，埋设在地下的线路互相缠绕，线序不一，施工方也一筹莫展。川建方面主管电气和通信的工程师刘嘉林找到了吴志杰，他说，你是调来搞通信的，你要是把电话弄通了，我佩服你。吴志杰心想，调来就是干通信的，干不了，那来做啥？

吴志杰深入现场一查看，发现了问题的所在。施工时没有严格按照规程，通信线路居然与高温蒸汽管线交错在一起，许多地方几条电话线被高温烫坏，粘接在一起，造成严重的混线，影响到通信的畅通。他一一测试，重新分离、连接。然后安装分线盒，保证线路有序延伸。经他调试、安装，通信有了保障。刘嘉林工程师还奖给了他几百元钱。

格尔木炼油厂建设期间，就他一个人搞电话，他背着脚扣、腰带电工配套工具、挎着查话机走遍了每一套装置、每一间厂房。装置上下、厂房里外，洒下了忙碌的汗水，付出了艰辛的心血。投产以后，也就他一个人搞通信维护。他从入厂到退休，没有休过一次假，也没有疗过一次养，实在走不开。

1993 年 3 月，格尔木炼油厂组建计量站，成立时只有站长一人，炼厂建设后期，大量设备开始安装种类繁多的仪表，急需懂仪表的专业人才。作为当时水电厂唯一的热工仪表检修技师，乔根锁被调到了格尔木炼油厂。

到了格尔木炼油厂，计量站没有固定的房子，而且检校的仪器都没有，临时从仪表车间借来了检校仪，开始工作，计量站就这样起步了。

图片 11

瀚海之上，世界海拔最高的百万吨炼油厂——格尔木炼油厂雄姿

乔根锁一接手就是 1000 多块仪表，经过长途颠簸而来，每一块都需要精心校验。校验好后，他还要把它们送到车间，进行安装调试，全厂风、水、汽的仪表都由他负责。那时，他推着一辆三轮车，拉着仪表，奔走在厂区的各个地方。跑得太多，连三轮车都用坏了。

　　热电阻电偶校验台进来后，谁都没有见过，乔根锁也没有接触过。以前校验此类仪表都要外送。为了能够尽快使用，发挥作用，乔根锁认真钻研说明书，查找相关资料，达到了能够正常使用的目标。他熟练使用后，再教给其他人。

　　乔根锁以前也没有侍弄过汽车衡。首台 30 吨汽车衡进厂后，领导将安装调试的任务交给了他。他仔细钻研汽车衡说明书和安装图，开始了艰难的安装。汽车衡的砝码大大小小，小的有几公斤，大的有几十公斤，每天都要把它们搬来搬去，一天搬运重量都达到两三吨。经过一个多月的调试，汽车衡正常投用了。

　　格尔木炼油厂开炼后，可燃有害气体也随之产生了。如何检测、标定可燃有害气体对计量鉴定站来说，又是一个挑战。可燃有害气体检测仪以前只听说过，从来没见过什么样子，既无标准设备，又无标准样器。乔根锁根据自己的经验，土法上马设计出罩子、皮袋、取样口等，自制了检测仪，解了燃眉之急。这些仪器放在全厂多个高处、拐角等处，多达几百个点。乔根锁每天都要巡走几个来回，每天都要走好几公里，去检查自制的仪器。使用实践证明，这些仪器灵敏、可靠，从未发生漏报，从未因此而发生安全事故。

1993 年 4 月 16 日，当动力车间指导员杨世炳风尘仆仆地从济南赶回格炼时，家中发生的一件事，使他遭到沉重的打击。六岁半的女儿，在与一名小孩玩耍时，被那个小孩用玻璃把右眼角膜划破了……望着出院后眼睛包了一层白纱布的小女儿，做父亲的杨世炳心在颤抖。

小女儿眼睛受伤已经是一星期前的事了，而当时的杨世炳正在济南焦灼地等待火车票，他要尽快把厂里请的动力开厂专家送到格炼。

杨世炳是 1993 年 3 月 27 日从格炼动身去济南的。当时他已经患了感冒，嗓子也沙哑了。31 日早晨，杨世炳到了济南，立即去找济南炼油厂动力车间联系请求援助开厂之事。从济南炼油厂出来后，又到了济南锅炉厂，联系有关业务，紧接着又到济南零配件总公司询问零配件价格。

春节到了，济南炼油厂放假一星期，食堂也停了火。杨世炳和大家吃了一星期方便面。4 月 17 日，是他把济南炼油厂动力保产专家请回厂的第二天，在深情地爱抚了受伤在家的小女儿后，一大早，杨世炳又一如既往地投入紧张的开厂准备工作中了……

给汽油加铅是个危险的活，却又是一个必不可少的关键工序，只有加了铅才能调和出合格的出厂油品。加铅随时都有生命危险，尽管白色的铅液具有苹果般的芳香。程贤林那时正好在油品车间担任单元长，每逢加铅的活，他总是一马当先，基本不让年轻人干。程贤林总是和老职工一道，把一桶 200 多斤的铅液倒进大锅，用泵抽。一打开盖子，苹果般芳香的气味扑鼻而来，而这也正是破坏大脑神经的致命杀手。作业时，要戴上厚厚的口罩，即使这样有时也难免被熏得鼻血直冒，干完活出来里里外外、浑身上下都被汗水湿透了。时间稍长人就会头重脚轻，或者脚就像踩在棉花上一样。有时身体稍差一点的，一出大罐就会一个跟头栽倒在地上。一听说加铅，就连民工也不愿意干。程贤林他们每个月最少要进行两次，最多时有五六次。

在207单元当单元长时，还有一个惊心动魄的活，就是检修厂内12个球罐上的安全阀。球罐有11米高，安全阀有60多厘米长、120多公斤重，每次检修都需要把它卸下拿到地面校验，每年校验一次。安全阀也比较娇气，不能碰撞、摔跌。球罐上的梯子呈S形，没法实施两个人扛抬作业。这时，程贤林就往肩膀上垫上一块棉布，费力地把安全阀扛到肩上，一手紧抓安全阀，一手扶着旋转扶梯，小心翼翼，缓慢上下，稍有闪失后果不堪设想，而程贤林一干就是4年。

巍巍昆仑铭记下了格尔木炼油厂建设期间、开炼之后一个个忙碌的身影、一幕幕感人的场景。

驼铃摇曳的青春之歌

　　自 2000 万年前欧亚板块与印度板块剧烈碰撞，青藏高原隆起，柴达木盆地诞生以后，高寒、荒凉、沉寂、空旷便是这方土地烘托出的主题，不知疲倦的漠风穿过了悠悠岁月。

　　正因为"古来白骨无人收""平沙莽莽黄入天""黄沙碛里本无春"的严酷自然环境，有史以来，人迹罕至，行者寥寥。

　　有据可考，北魏名僧宗云大师西天求法，曾横穿柴达木盆地进入新疆。宗云大师之后，寂寞了 1500 多年，其间竟考证不出再有人涉足此地。自 1872 年至 1906 年间，曾有沙俄探险家普热瓦尔斯基、地质学家奥勃鲁契夫、印度探险家辛格、瑞典探险家斯文赫定、德国探险家斯坦因等金发碧眼的外国人光顾。1947 年国民政府才组织了"甘青新边区及柴达木盆地工矿资源科学考察队"前来柴达木盆地。

　　毕竟深入柴达木盆地茫茫瀚海，谁也难以预料危险什么时候就会降临，干渴、饥饿、缺氧、疾患甚至死亡，无时不在威胁人的安全。

"到艰苦地方去，到祖国最需要的地方去！"这一凝聚人生理想、充满报国热情的呼唤，激荡得 20 世纪 50 年代的优秀儿女心潮澎湃，热血沸腾。他们挥挥手告别鸟语花香的校园，山明水秀的故乡，豪情满怀地奔向荒无人烟的戈壁……

　　　　是那山谷的风吹动着我们的红旗，
　　　　是那狂暴的雨洗刷着我们的帐篷。

　　一批又一批热血青年唱着这支豪迈奔放的歌，向着柴达木盆地茫茫瀚海挺进，去寻找埋藏在地下的石油宝藏。壮志凌云，青春西行。他们火热的生命很快融入戈壁、雪山、草原，千年沉睡的荒原焕发出了生机。

　　1954 年，柴达木石油地质大队在西安正式组建，有 101—105 编号的 5 个地质队，1 个重磁力队，1 个测量队，1 个手摇钻机队，大队长是石油师人郝清江，地质师张维亚，工程师佘植。1954 年春从西安出发。到达敦煌后，确定了前往柴达木盆地的线路，沿着南疆公路西行，从沙枣园、拉配泉、索尔库里、彩石岭进入柴达木盆地，到达阿拉尔，由敦煌骑兵三团一排护送。

　　探路队先遣出发，行至沙枣园，突遇狂风，飞沙走石，天昏地暗，四处寻找，发现一块洼地，大家组成人墙，围坐一起，一困就是 3 天。走到拉配泉，看见了清亮的泉水，他们欢呼着洗涤脸上、手上的尘土，舀起水大口喝了起来。没想到，喝起来痛快，喝下去难受，闹起了肚子，腹内剧痛，开始腹泻。持续走了 10 天，终于来到了柴达木盆地，昆仑雪峰、尕斯湖、阿拉尔草原迎接了他们。

1954 年踏勘柴达木盆地的第一个冬季，遇到了百年不见的严寒。柴达木石油地质大队长郝清江返回西安汇报工作，他刚离开，就下起了铺天盖地的大雪，一场接一场，深深的积雪覆盖了戈壁沙滩。大雪阻断了道路，隔绝了与外界的交通联系。运输生活物资的车辆进不来，数百名勘探队员生存受到严重威胁，忍受着饥寒交迫的煎熬。

加急电报发向了西安。

郝清江刚到西安，就被西安地质局领导紧急派赴北京求援。从燃料工业部、民航局到中央军委，郝清江马不停蹄地奔跑。中央决定空投食品。同时，地面由青海省组织的骆驼救援队，也在艰难开进。最终在柴达木盆地内外人员共同努力下，抢通了道路，解除了险情。

李若冰的《柴达木手记》中给我们留下了许多勘探者初进荒原的真实记录。

有一次，葛泰生和几个技术员去普查盆地一个偏远的地区。他们啃干馍，喝冷水，在大荒漠里走了几天，才摸索着找到了目的地。他们工作完以后，干馍和水都快用完了。当他们往回走的时候，骆驼受不住沙漠的饥寒，已经有好几条困死了。在大荒漠里，连乌孜别克族向导依沙阿吉都转了向，迷失了路。其实，哪来的路呢？就是有路，还不是我们勘探者踩踏出来的吗？他们怅惘、饥饿、寒冷、困倦，该向哪里走好啊！

这是李若冰《在柴达木盆地》中的一段。

郭诚在回忆当初进军柴达木盆地时说："本来日行千里的汽车，不是正式公路，如同牛步。困在沙窝，陷进河滩，几乎是常事。遇到这种情况，都得全体下车，一辆辆地推、挖，要么跑附近找盐碱块、戈壁死红柳根、兽骨等，一辆辆垫着、挖着行进。有时一天行不了几公里。饿了有大饼、咸菜、罐头，累了就躺下睡。"

谢展在一篇回忆文章中诠释了"当团长"的来历。"在这段时间里，在上无鸟、下无绿草的盐滩和戈壁上工作，交通又极为不便，野外常有人迷失方向，找不到营地，晚上只好找个避风处缩成一团过夜，大家风趣地把这叫'当团长'。"

荒原的故事总是这样相似。

顾树松踏上了西行柴达木之路，每当夜幕降临时，顾树松和同行的人在苍茫的戈壁滩上开始寻找避风的山坳，准备晚餐。就地找来3块石头，架起一口锅，点燃喷灯煮熟咸挂面就是大家的晚餐。饭后各自找一处较平坦且挡风的大地为床，搬上一适中平滑的砾石为枕，穿上老羊皮大衣当被子，以星星为灯，露宿于空旷的天空下。第二天一早，起床的哨声喊醒因寒冷而躯体麻木的年轻人，再次重复"三块石头一顶锅，吃饱肚子又上路"的生活旋律。到达茫崖基地的第二天，顾树松就出工了。

李佩然曾迷路4天，为了自救，喝过马尿。当同事们找到他的时候，他一口气就喝了 6 壶水。

早期，勘探队员中曾有这样一个顺口溜：

> 天上无飞鸟，遍地不长草。
> 四季少雨雪，风吹石头跑。
> 上面烈日晒，下面热沙烤。
> 冬天寒风吹，夏天蚊虫咬。
> 整月缺水喝，常年不洗澡。
> 指甲当汤勺，虱多用沙炒。
> ……

一天，给石油勘探队运送给养的驼运员范建民完成了任务，带着骆驼在就近的宿营点休息。半夜里，狂风骤起，有两峰骆驼被刮走，丢失了。不等天亮，他就追了出去。清早，宿营点人员发现范建民没有回来，大伙全体出动，四处奔走寻找。1 天、2 天、3 天……四顾茫茫，还是没有找到。范建民如石沉大海，消失在这片漫漫荒漠。一个月后，测量队在开特米里克发现了他，他早已精疲力竭地躺倒在那里，19 岁的生命风干了。那一天是 1955 年 6 月 4 日。范建民是为柴达木石油勘探开发事业献出宝贵生命的第一人，连墓碑也没有留下。

1957 年 8 月，又一位驼运员戴战玉，也是为了寻找一峰失踪的骆驼，走向荒原，一去再也没有回返，死时才 25 岁。

还有南八仙的传说，大凤、二凤的故事……

荒原因为他们而变得格外沉重，因为他们也更使人们了解什么是真正的荒原，走向荒原意味着什么。

这是一种精神，一种奉献！

大规模钻探在盆地全面开展，杨藩又多了一个新的工作领域。他和同伴们背上显微镜，深入现场开展随钻研究，这个工作量是惊人的。探井取样按 5 米一包算，一口井就是几百包。样品需要经过轧碎、洗煮、烘干，然后在镜下分析，他乐此不疲。

佘植、朱鸿、樊德仁等测量队员为了尽快在柴达木盆地建立起前所未有的坐标、高程系统，为石油地质勘探贡献自己的青春年华，他们下沼泽、穿戈壁、钻山沟、爬高坡，不辞辛苦。油泉子、油墩子、花土沟、跃进一号……这一系列充满油香的名字，正是他们征服荒原的写照。

沉寂的土地被唤醒了！

第一个坐标系统建立了，

第一条道路修建了，

第一条供水管线敷设了，

第一口油井喷油了，

第一座炼油厂投产了，

第一座基地帐篷城崛起了……

他们无不深刻地感受到、认识到，自己的青春和聪明才智，只有和祖国的需要紧密地联系在一起的时候，才会变得更加富有意义。他们是这样矢志不移地追求的，也是这样脚踏实地去行动的。为了这个目标，他们不惜牺牲自己的青春，甚至生命，毫不犹豫，无怨无悔。他们在苍茫大地上为柴达木石油事业谱写了壮丽的青春之歌！

大漠上永不褪色的军绿

人们不会忘记共和国石油发展史上闪耀的军魂。

新中国成立伊始，百废待兴。1952 年，毛泽东主席亲自签署命令，中国人民解放军原第十九军第五十七师转为石油工程第一师，投入新中国石油工业建设，为石油队伍输入了新鲜血液，他们为石油工业发展做出的伟大业绩和重要贡献名垂青史。

粉碎"四人帮"，拨乱反正，中国重新走上了正常的发展轨道。1978 年，改革大潮在神州大地涌动。为落实当时中央领导创建十来个"大庆油田"的指示，石油工业必须大规模全面展开勘探开发。为迅速扩大队伍，石油部把目光投向了中国人民解放军，向党中央、国务院申请复员退伍军人加盟石油队伍。

党中央、国务院审时度势，很快批准了石油部的申请。石油部根据党中央、国务院的指示，下发〔78〕油财劳字第24 号文，作出了部署安排："今年内把全国的大、中型钻井队伍发展到七八百个，并且相应配套好二线队伍，形成独立作战能力。所需劳力，业经国务院批准增加5万名复员退伍军人，中国人民解放军总参谋部对有关工作已作了安排……这次接收5万名复员退伍军人组建好钻井队、地震队、试油队等勘探队伍，关系到石油工业的全局和发展速度，各级领导一定要把这项任务当作一个硬仗来打，列入党委重要议事日程，主要领导亲自抓，并制订出组建培训队伍和装备配套的全面规划，排出进度，明确执行单位和人员，定期检查，及时解决存在问题。"

国务院、中央军委给石油工业部转业官兵5.1万人。

石油工业部分配青海石油局转业2610人，指令90%充实到勘探生产一线。

石油工业部要求青海石油局在1978年"七一"前组建：6支钻井队（每支75人）以及与钻井队相配套的钻前工程、搬迁安装、固井、泥浆、保温等6支队伍（每支约100人），4支地震队（每支104人），4支试油队（每支40人）。

青海石油局根据实际还整建制组建了油建工程指挥部，其余人员被分配到机修、运输、职工医院等单位。

1978年3月开始，青海油田发展史上接收转业军人来源范围最广的行动拉开了序幕。接到命令，来自兰州军区、北京军区、武汉军区、青海省军区、宁夏军区、新疆军区、西藏军区、基建工程兵等部队的2600多名转业军人，从陇原大地、关中平原，从青海湖畔、燕山脚下……出发，雷厉风行、昼夜兼程，向青藏高原柴达木盆地的青海石油局集结。

一时高原上的石油小城沸腾了。冷湖四号、五号、老基地、花土沟响起了热烈、欢快的锣鼓声，青海石油人张开热情的臂膀欢迎转业军人的到来。

1978年3月15日，李改忠现在依然准确地记得这个日子。那天，他摘下了帽徽、领章，告别了服役6年的兰州军区某部102工程团，踏上了前往甘肃柳园的火车。他们一行93人，也成了前来青海油田报到的第一批转业军人。3月17日，他们走下火车，当天被接到敦煌住宿。3月18日，翻越当金山到达冷湖，他分到了当时的基建连。3月22日，他坐在五十铃车槽子里上了花土沟。

从香日德到大柴旦仅数百公里，从青海省军区转业的井光武他们走了两天，乘坐的是军用卡车。到了物探处报到后，20多人住进了大会议室。

钟森清等一批人到老基地运输处报到后，被安排住进了空旷、高大的电影院。

1978年3月30日，张富贵所在的84532部队接到省军区命令，给50名复转军人指标，由各连队推荐选拔逐级报批，4月19日下午5点，部队首长宣布名单。4月20日早上7点，50名战友集体乘坐3辆大客车，从青海民和出发，4月23日傍晚6点50分，终于到达青海石油局总部所在地——冷湖四号石油基地。经过几天的学习集训后，5月1日早上7点30分，他们又乘坐3辆解放牌大卡车，用床板在卡车槽子上围起来，人坐在里面各自携带的行李卷上，从冷湖出发，晚上8点30分达到西部前线指挥部。下车后，大伙才发现，每人都是满面尘土，只露两个眼睛。

赶了一天路的马忠义在钻井调度室报到后，连花土沟是什么样都没有看清，就提着简单的行李坐着解放卡车上尕斯湖畔盐碱滩的 32758 队了。那里 20 多顶帐篷围成了一个四合院，10 多个人住一顶帐篷。

到 1978 年 5 月中旬，2600 多名转业军人到青海石油局集结完毕，在冷湖、花土沟、大柴旦，转业军人开始了他们的石油工作生涯。

到钻井队上班的薛恩仁住在帐篷里遭遇过这样的窘境。一天晚上狂风呼啸，飞沙走石，没曾料到帐篷被掀翻了，正在睡觉的他们暴露在弥漫的沙尘中，沙子覆盖了被窝。

一到花土沟油建就住帐篷的杜海奇对住帐篷的感受太深了。帐篷里冬天冷，夏天热，一年四季风不断。尤其冬天晚上要起来不停地加烧渣油的炉子，大白天水桶里也结着冰。

冬季物探野外施工住的是帐篷。在滴水成冰的日子里，为了抵御严寒，晚上井光武在睡觉的时候常常要戴上皮帽子。中午在施工点上吃饭，因陋就简，铁锨擦干净变成了装菜的盘，竹竿子一削当作了筷子，凉馒头一拿，工地午餐就开始了。

那时候，一顶帐篷通常要住 10 多个人，成家的人居住条件稍微好一点，一顶帐篷住 4 家，家与家之间用床单、竹帘子简单地隔开，4 家人就在一顶帐篷里开始了饮食起居的生活。

油建的穆跃贵结婚了，新娘子和他一起住进了帐篷，帐篷之中还有另外 3 家。4 家人在一顶帐篷里，一家占据一个帐篷角。中间支一只长方形烧渣油的钢板炉子，接一支钢管烟囱。1979 年，穆跃贵的儿子出生了，原本他们夫妻睡的那一张单人床就窄，3 个人更难了。队长给穆跃贵送来一张帆布做的可以折叠的行军床，他又找了两块修房时搭架子用的、报废的竹架板并铺到钢丝床紧靠帐篷墙皮的那一边，将床加宽。夜里，妻儿睡在钢丝床上，穆跃贵则卧在帆布行军床上。在这样的帐篷里，有的一住就是一两年甚至几年。

帐篷不够住，就另想办法。当时在油建机运队建材车间上班的徐恩昌长住石头山，野外风大沙猛，他开始挖简易的地窝子居住，住在里面避风挡沙，比帐篷强多了。在石头山的地窝子里他住了将近一年。后来，回到花土沟，他又挖了一个地窝子，又住了几年。

挖地窝子耗材少，省时间、盖起快，对急需改善居住条件的转业军人来说诱惑很大，因此很快流行。李庆和回忆，当时在组织的帮助下，扛上十字镐，拿上铁锹，在地下挖出一个长方形的大坑，上面盖上竹帘子，铺上竹席子，覆盖上土，一间间的地窝子就盖好了。一户户来盆地探亲的家属被安置下来，一个个小宝宝就降生在这简陋而温暖的地窝子里面。当年花土沟几百间地窝子成了一道独特的人居风景。

除了一些特殊的工种培训时间稍长以外，大部分转业军人报到以后，经过几天、十几天的入厂教育和培训，就正式走上了工作岗位，迅速进入角色。

住帐篷、地窝子，吃凉馒头……他们没有怕苦，面对狂风、恶沙、酷暑严寒……他们没有退缩。

部队大熔炉中锤炼出的铮铮铁骨在戈壁瀚海傲然挺立。部队一不怕苦、二不怕死的精神品质，以及三大纪律八项注意等优良传统作风，在新的形势和新的工作生活中得到了新的释放和体现。

翻阅他们的履历可以看到，他们中90%的人是党员，不少人立过功，是在部队里成长起来的优秀分子、先进分子、骨干分子、积极分子……

"我们将无愧于军人的称号！"他们当初到达柴达木盆地时的誓言好像至今仍在昆仑山下回响……

瀚海新南征北战

昆仑山下风起云涌。

1978 年，当新一轮勘探、开发热潮在柴达木盆地掀起后，青海石油局的基本建设也迎来了新的发展机遇。

青海石油局原有的基建大队扩建为油建工程指挥部，800 多名转业军人充实到了这里，一支生力军蓄势待发。

修筑公路，架设桥梁，开挖管道，建设场站……800 多名勇士从此开始了在柴达木盆地内外的新南征北战。

从冷湖到花土沟的公路蜿蜒在戈壁、盐滩、雅丹地貌、荒山秃岭之间，被誉为"搓板路""万墩路"。300 多公里的路，一路走下来往往是两头不见太阳。为了加快西部发展，青海石油人期盼早日修建一条宽阔、平坦、快捷的大道。

1979 年底，石油部从西德进口了一整套筑路设备到达口岸后，将这些设备一半分配给了长庆油田，一半分配给了青海油田。随着新设备的到来，青海油田油建工程指挥部以转业军人为主组建的筑路队也诞生了。

也正是从这个时候起，刚从土建二队借调到筑路队的穆跃贵开始了荒原上艰难的踏线。从大风山到冷湖四号，穆跃贵和筑路队的其他 6 位同志，用双脚丈量，寻找一条最佳途径。

每天清晨，昆特依盐湖荒原的地平线上，会映出一辆解放卡车和 6 条汉子的身影，这是这片沉睡了千万年的荒原上准时出现的移动的风景。他们脚下是风化了千万年的坚硬的盐碱壳，向风的一面，露出的是尖利得像刀一样的盐碱块。他们脚上的解放胶鞋，厚实的底子接触到地面时，脚底感觉到的是硬生生的痛。一周下来，鞋底被盐碱壳切割得支离破碎，袜子被磨出了蜂窝状大大小小的窟窿。那段时间，穆跃贵他们一帮铁血汉子，每人都走烂了几双解放鞋。脚底板先是打出了水泡，接着是磨破了水泡，鲜血将脚板和袜子粘到了一起。他们边走，边用测量仪测量，隔 500 米打一个桩。饿了，啃几口干饼子；渴了，喝两口行军壶里的凉开水；累了，他们席地而坐，稍息片刻。

傍晚，安营扎寨。他们用 3 块盐碱块支起钢精锅，从解放卡车上取出铁桶里的水，拿出麻袋里装的大白菜，放在一块小案板上，将大白菜切好，用喷灯烧开水，煮一锅菜汤，他们啃起了干饼子，这就是晚餐了。之后，他们爬上解放卡车，展开早晨捆好的帐篷皮，和衣卧下。就这样，整整 30 天，穆跃贵他们用他们厚实的双脚，在昆特依盐湖荒原上，踏出了一条希望之路。

筑路遇到的第一个"拦路虎"就是在硬如顽石的盐碱壳

上挖掘路基。美国造的大马力推土机也无可奈何，才几天，推土机铲刀被撞断30多片，一开工就遭遇了挫折。筑路队指导员徐恩昌等队领导分头召开党小组长和骨干会议，集思广益，确定了定向爆破的施工方案。工地没有凿岩机，就组织突击队用铁锤、钢钎打炮眼。阵阵爆破声传来，工程进度明显加快。承担打眼放炮的人员每天都要工作10多个小时，由于天天在盐碱壳上踏来踩去，一双翻毛皮工鞋，穿不上一个星期便脱帮掉底。他们想方设法用铁丝或爆破用过的火线，或者把旧内胎剪成细条，把鞋捆在脚上。1984年11月底，128公里的路基工程全线贯通。

1996年，涩格输气管道敷设全线启动。油建工程处安装二公司综合作业三班大班长蒋笃忠率队走进了工地。3月2日，他的班在末站以北50米处，率先打火组焊第一个焊口。第一战役的41公里中，最大的困难就是穿沼泽。沼泽地带，焊机进不去，他就带人采用人拉肩扛的办法，抬车、挖车，步步逼近。为了防止大风影响焊接质量，他们利用编织袋制作了活动式挡风棚。他们还承担了41公里近400个焊口的返修工作。4月17日，41公里管线全部焊完。

末站工艺安装，蒋笃忠主动请战，攻关这项复杂工艺。6月8日，蒋笃忠带领全班16名同志争分夺秒投入突击施工中。那时，格尔木正是蚊虫肆虐的季节，末站又恰好在草原的边上，蚊子更多。许多人的脸上、手上、脚上、脖子上被蚊子叮得肿起了一个个红包，疼痒难忍，但全班没有一个人退缩。班长蒋笃忠每天"锚"在工地上，合理调配机具人力，解决施工中出现的问题，进行技术指导。经过 1 个多月的紧张突击，3 台旋风分离器耸立起来了，5 条汇管，以及收发球装置和通球三通安装就位，各种管网连接完毕。7 月 25 日，主体安装工作全部完工，8 月 5 日，末站试压一次成功。

在兰州军区 139 工兵团警卫排测量班当战士的顾纪曲，到油建电器队后又干上了老本行——当测量工，驾轻就熟，他很快就进入了角色。

1980 年至 1981 年，青海油田要求测绘花土沟周边地形图，电器队组织了十七八个人成立了 2 个测量班，每个班分为 2 个测量组。配备了经纬仪、水准仪、绘图仪、标杆、标尺等，外出测绘的最大负担就是重 15 公斤的绘图仪和 8.5 公斤的经纬仪。

开始测绘后，每天早晨 8 点出发，晚上 10 点半收工，中午饭在野外解决——馒头、咸菜和一军用水壶的水。还要自带铁锨和洋镐。花土沟地区群山连绵、沟壑纵横，一天就是机械地重复上山下沟的步调，每天回到帐篷里都是精疲力竭。

1980 年 6 月一天的下午，一场沙尘暴突如其来袭击，刹那间，黑色的沙尘暴像一堵接天连地的高墙压了过来。他们正在半山腰上，迅速向山下撤退，找了一处背风的地方，躲藏起来。半个多小时后，风停了，沙落了，每个人都是满脸浮土，嘴里、耳朵里灌满了沙子。顾纪曲再一看，发现他戴的墨镜镜面被打毛了，像砂纸磨过一般。这时，他才从怀里掏出记录本，一看完好无损，测量的成果保住了。

历时 9 个月，建起了七八十个三角形测量点，花土沟周边地区 1∶5000 地形图测绘完成。顾纪曲个人付出的代价是，穿烂了 3 双翻毛大头皮鞋，换掉了 3 副墨镜，穿坏了 2 件工衣。与此同时，使用了 100 多个记录本，消耗了 10 多把中华 2B 铅笔，用掉了 300 多块橡皮擦。

1998 年初，安装一公司管焊工技师李显武到油建培训队担任焊工培训教员。仙敦输气工程开工后，他自己查阅资料，掌握了半自动焊接技术。并在仙敦管道焊接的初期，培训指导其他焊工掌握了这一新技术。跃进二号油田产能建设，急需高级焊工，李显武紧急赶赴现场，在长达 5 个多月的施工中，他焊接各种管径的焊口 1170 个，熔化焊条 42500 根，每天使用的焊条按长度计算达 87.5 米，累计达 12.75 公里。尤其在注水管线焊接中，焊口达 270 多个，每个焊口需焊 7 遍。要求每个焊工每天要焊 3~4 个焊口，他每天都焊 6~7 个，在他的带动下，其他焊工也提高到 6~7 个，焊口质量合格率 100%，优良率 90% 以上，达到甲方免检要求。班组的施工进度提高 1.8~2 倍，他个人的施工进度是其他焊工的 1.5 倍，管焊二班完成产值 450 万元，李显武个人完成产值 56.25 万元。

1998 年 6 月，李显武奉命到南翼山突击排除管道卡球事故，当切割被堵管段时，管道内的存气喷出燃烧，烈火把几米远的泥土烧得通红，气流将泥土冲出 10 多米深的沟槽。他冒着被烧伤的危险，在高压气流和熊熊烈火中，切割、焊接 5 个多小时，完成了带压带火解堵任务。

发扬革命传统，争取更大光荣。转业军人汇聚油建旗下，建成了一项又一项工程，树立了一座又一座丰碑。他们参与了尕斯油田百万吨产能建设，修筑了冷大公路、格茫公路等，建设了南花、涩格、仙敦、涩格复线、花格复线等油（气）长输管道。在开拓外部市场上，他们参建了 1995 年的格尔木 101 援藏工程，2000 年的涩宁兰输气管道，2004 年的中石化西南成品油管道、中石油陕京二线（输气管道），2005 年的冀宁联络线、双兰线，2008 年的西气东输二线和涩宁兰输气管道二线国家重点工程……他们为青海油田又好又快发展创下了卓著的功绩。

首探藏北石油的先锋

中国石油工业从 20 世纪 90 年代开始，加快推进实施"稳定东部，发展西部"的战略。中国石油天然气总公司瞄准"世界屋脊"青藏地区寻找新的战略后备基地，开始运筹帷幄，在西藏藏北高原安排油气勘探的具体工作。

那里是勘探的处女地、生命的禁区！

1996 年，高原物探雄师——青海石油局物探处信心满怀地参加了中国石油天然气总公司组织的藏北勘探项目招标。坐拥离探区最近的区位优势，凭借征战高原多年的丰富经验和不俗战绩，青海石油局物探处不负众望，一举中标藏北 300 千米二维勘探和 2.8 万平方千米的重力勘探项目。随即，青海石油局物探处乘势而上，快马加鞭，组织起了进藏队伍和设备。

巍巍耸峙、莽莽苍苍的藏北高原人迹罕至，冰雪寒风是这里的主宰，缺氧是这里永恒的主题。有资料显示：藏北平均海拔 5000 米，年无霜冻期不到 100 天，年平均气温零下 10 摄氏度，元月份最低气温可达零下 40 摄氏度，7 月份夜间也有霜冻现象。空气中的含氧量仅为内地的 50%，野外年施工期只有 4～5 个月。地表多被雪山、草甸、荒漠覆盖，河流、湖泊星罗棋布，交通十分不便，缺乏社会依托。仅在湖泊边和浅山有水源的地方散布着很少的游牧民。

物探处所承担的藏北合同分为两项：一为羌塘盆地东部二维地震野外采集满覆盖 300 千米工作量，由 294 队承担；二为措勤盆地西部重力普查，面积 2.8 万平方千米，野外采集 6935 个物理点，由 31 重力队施工。

这是世界石油勘探史上首次在海拔 5000 米的高原进行物探施工作业。青海石油物探人肩负重托，雄赳赳、气昂昂地走来了，他们要迎接一场前所未有的极限挑战！

1996 年 3 月 26 日凌晨，一辆辆汽车在凝重的夜色中悄然发动，驶离柴达木盆地重镇格尔木，沿 109 国道南下，向藏北出发了。越过昆仑山、风火山、唐古拉山……深夜 10 点多钟，队伍终于到达了藏北安多。第二天高原反应袭来，大部分人出现了头疼、头昏、胸闷、气促等现象，有的人甚至脸面浮肿。

王成是 294 队的发电工，历经了高原反应的折磨。他到达藏北的那曲休息了几天，便匆匆赶到海拔 5300 多米的工区了。每次出工，发电工都是先行兵，做饭、取暖、通信等都要用电。一到住地，王成就开始安营扎寨，安装发电机，分秒必争准备发电。刚上工地，顾不上身体极度难受，跑前奔后，超负荷运转，直到发电机启动并正常运行平稳。一连串强烈的高原反应和过度的疲劳，他的鼻子几次流血不止，终于病倒了。他没有因此动摇和退却，不肯下山治疗，只在队上输了两天液，便又投入保障发电的工作中。

到了高海拔地区，王成平常摆弄的 135 型发电机就像一匹没经驯服的野马，根本不好启动，必须靠喷灯加温，烧烤 2 个多小时，才能发动着；这里多雨雪雷电，光挖接地线的坑就深达 1 米多；发电机的功率至少损耗 30%。为了征服它，王成想方设法去了解它的习性，勤听音、勤检查、勤保养……他已记不清有多少个夜晚是和衣而睡的了。在几个月的时间里，他圆满地完成了保障发电的任务，虽然体重减轻了十几斤，脸也晒成了"黑包公"，但他心里却是甜甜的。

藏北地区冰雪消融后，水流漫无边际。工区内河网密布，沼泽连片，陷车的事情时常发生。高长新在土门地区不知道救援过多少被陷的车辆了，积累了丰富的经验。架设竹排、铺垫草袋是简单而又实用的好办法，但却要咬紧牙关，拼尽体力。那可不是一架两架竹排、一个两个草袋，有时一字排开就是 10 多架、几十个……大口喘着粗气、冒着虚汗干活，他早已适应了。到底铺了多少竹排，垫了多少草袋，救了多少车辆，他心中已难以计数。令人欣慰的是，最终没有因为车辆被陷"趴窝"而影响施工。

平日里队上同事都称他老史，他就是 294 队机修班的班长——史积勤。多年的机修工作练就了一身过硬、熟练的修理技巧。作为机修班班长，史积勤在西藏羌塘盆地二维地震勘探过程中带领班组人员爬坡过坎，深入施工现场，哪里有设备修理任务，他们就出现在哪里。

老史来到工地，几天后发生的一件事，竟让他百思不得其解。有一天，他晚上睡着了，怎么也没有想到，一醒来，竟然发现大夫坐在床边，自己身上挂着吊瓶，同事们都急切地围在他身边。他自己也不知道，这究竟是怎么了，昨天睡觉不还是好好的吗？

原来，老史睡着以后不久，同室的人发现他憋气、抽搐，还叫不醒，便赶紧叫来了医生，医生采取了紧急救治措施。

294队第二批人员刚到西藏那曲，从敦煌开上来的客车到那曲后变速箱发生了故障，如果不及时修理，将会影响后期工作的正常开展。老史得知这个情况后，立刻与司机到车上进行了认真细致的试车检查，很快判断出了故障原因。可是要修理这种车型的变速箱，更换齿轮需要把变速箱拆卸、吊下车来。当时是在那曲饭店，哪有吊变速箱的工具？史积勤就召集人员，用钢丝绳、靠人工，硬是将140东风车变速箱吊了下来。

干完活，老史就眩晕了，大伙将他扶到房间，有的给他铺床，有的安装氧气瓶，还请来了大夫。他笑着说："大伙儿不要担心，我吸一会氧就没事了。"

自第一次不知不觉睡着犯病半个多月以后，老史又一次犯了同上次一样的病。这回醒来后，老史看到了大夫苍虎就坐在身边。

5月上旬，294队测量、钻井、采集大班等班组，小搬家在一条测线南端，队上正在攻关实验段，时间紧、任务重。在这关键时刻，放线班的 245 东风越野卡车出现了故障，怎么办？当时外面下着大雪，刮着刺骨的西北风，放线班的同志们还在外面坚持工作，天也快黑了，如果不及时将车修好，将会影响放线班的安全。老史毫不犹豫地提起工具，迎风冒雪开始了修理。藏北高原 5 月份还是冰天雪地，车辆很多部位积雪很厚，很多螺丝上面都结了冰，工具接触不上，他就把冰一点点地打碎，一点点地拆卸，故障也一点点地排除了。这时候他浑身上下沾满了积水，脸被冻得通红，拿工具的手指也冻得像个红萝卜。他依然笑呵呵地说："车修好了，赶快出发去接放线班的同志们吧。"

史积勤爱环保是出了名的。一次，小搬家在一条测线中段期间，住在一眼泉水旁边，泉水池中经常有碎纸片落在里面，他就找了一根竹竿将池中的纸一片片地挑出来，保持泉水清洁，大伙都风趣地称他是"高原环境义务监督员"。

藏北高原施工圆满结束后回到敦煌，老史第三次犯了刚到西藏时的病。这一回醒来时，老史发现自己躺在了职工总医院内科的病床上。他的病最终诊断为脑缺氧引起的癫痫。

这也是藏北施工给他留下的硬伤和终生印记。

征战藏北，青海石油物探人取得了令人瞩目的成绩：填补了藏北勘探区块的空白，基本突破了勘探方法关；在较短的时间内圆满完成了合同工作量，施工质量全部达到合同指标要求，一次性通过了甲方验收……

青海石油物探人征服了藏北高原，打赢了藏北高原的极限挑战。

路上演绎的故事

高天流云、苍茫辽阔的柴达木盆地上，散落着石油基地、井场、泵站、采油区……熙来攘往驰骋的汽车是八百里瀚海上永远流动的风景。生产物资、建设物资、生活物资都需要汽车里里外外、来来回回运输。

从兰州拉运啤酒到花土沟，啤酒一瓶不碎；从西宁拉运坛子榨菜到花土沟，坛子一个不破；从张掖拉运鸡蛋到花土沟，鸡蛋一个不烂……谁能做到？钟森清。这位青海石油局运输处劳模、局劳模在当时崎岖坎坷、狭窄弯曲的道路上创造了一个又一个令人难以置信的奇迹！责任两个字在他心中扎根，在他的血液中流动。"我是一名司机，为用户拉货，就要为用户服好务。"钟森清朴朴素素的话语把一种责任和理念解释得淋漓尽致。

20世纪90年代初期，钟森清曾长期拉运生活物资，蔬菜、瓜果、副食等不一而足，这些东西都比较娇气，经不起长时间存放和剧烈颠簸，抢时间、赶速度就成了家常便饭。

一次，过节到兰州拉货，由于供货方耽误，直到节前放假的最后时刻才装上货。此时，花土沟一线的职工家属都在等待着节货的供应。他驱车驾驶，风驰电掣，星夜兼程。饿了，在车上啃点干粮；困了，在车上打个盹。终于，抢在节日头一天的晚上，安全行驶了 1600 多公里，将货物拉运到了花土沟，保证了市场的供应。

从张掖到花土沟 5 天一趟，从西宁到花土沟 6 天一趟，从兰州到花土沟 7 天一趟，钟森清倾力奔驰不言苦。因为他知道，蔬菜等夏天怕捂，冬天怕冻，只有马不停蹄奔波才能保鲜，才能不烂，才能让职工家属吃得放心、舒心。当然其中有他日积月累练就的一身过硬的驾驶技术。有感于他的责任和诚信，采油厂的一位行政科长曾感慨地说："就是费用再高，我们也要用他的车，放心！"

他爱车如命，常挂在嘴边的一句话就是："司机的车就像战士手中的枪一样，车辆是创造物质财富的工具。"熟悉他的人都知道，钟森清从不开"带病"车。他多年来始终做到，出车前自检，行驶中"三停四查"，收车后"三查"，严格按"十字"作业法进行维护保养。车辆有问题从不过夜。他妻子都说："车搞不好是他的心病，他就是不吃饭，不睡觉，也要把车搞好。"1992 年 11 月底的一天，钟森清从兰州返回冷湖已是晚上 12 点多，那天北风呼啸，格外寒冷。他在例行查车时发现，后钢板断了两片。如果第二天再换也属正常，可他一点不苟且，硬是打着手电把钢板换好才回家。

钟森清一心扑在了工作上。家中妻子生病无法照顾，孩子上学无暇顾及，节假日全家人很难在一块团聚。家中实在太忙，他把妹妹从老家接来帮助料理家务。队上司机中流传这样一句顺口溜：大庆有个王"铁人"，七队有个钟"铁人"。

且看钟"铁人"身上的一组数字：1992年，全年出勤355天，平均日行程400多公里；全年行驶16万车公里，完成运输周转量116万吨公里，完成计划的367%；车辆完好率达到97%，节约油料费用1.2万余元，创单车经济效益16万元。自1988年以来，连续5年以300%以上的好成绩超额完成下达的生产任务；驾驶的41-00322五十铃车，至1992年底，累计行驶170万公里，成为当时全局同类型车中行车里程最高，并且率先突破100万公里不换总成的车辆。

急难险重的任务中，也随处可见他的影子。南翼山南七井抢险，他每天往返两趟拉运各类物资，一口气跑了6个多月。远征西藏羊八井，他率领10辆车，在风雪弥漫的唐古拉山顶，曾经鏖战了10个小时，将人员和物资安全送到了目的地。

现在看来，伍分权当时总结出来的跑车顺口溜经验，仍不失为驾驶员的经典。"出车不开带病车，路经闹市不开英雄车，完成任务归来不开轻松车，执行紧急任务不开急躁车，车少路宽不开大意车，超车会车不开赌气车，夜间不开麻痹车，风雪天不开侥幸车，长途不开疲劳车，执行规定不开违章车，遵守制度不开自由车。"

作为一名油田功臣，他把这些原则和经验一丝不苟地践行到了自己跑车的行动之中。伍分权心中自有一本账，那就是每公升柴油等于 5 个吨公里，每公斤机油等于 22.5 个吨公里。为了节油，他从各个环节入手，宁可少睡几小时觉，多干几小时的活，也要把油省下来。

同事都说，伍分权是生命不息、跑车不止。1997 年仙七井发生井喷，原本拉运原油的他刚刚修好车，突然接到紧急通知，装运泥浆，前往现场。他连脸和手都没有顾得上洗，就迅速赶去装运泥浆奔赴井场，到凌晨两点才赶回来，连饭也没来得及吃上一口，又抢运了一趟。早晨 9 点多钟，他又从冷湖装上原油运往格尔木。至 1997 年，他获得优秀共产党员、先进工作者、铁人式好工人等各类荣誉称号达 62 次之多。

刘继汝从 1978 年转业到运输处后，从汽车驾驶员到车队调度员，从车队调度员到车队长，又从车队长到汽车驾驶员，不论在哪个岗位上都干得红红火火、轰轰烈烈。

1996 年公司化改造时，只有初中文化程度的刘继汝深深懂得知识在现代企业管理中的作用，他主动辞去了二车队队长的职务，成了一名普通司机。1998 年，青海油田内部压缩了大量的工程项目，原本疲软的运输市场更是雪上加霜。运输三公司为站稳保井这块市场，促进保井工作效率不断提高，成立了一个特殊的管理机构——保井班。刘继汝主动请缨，挑起了保井班班长这副额外的担子。他一头驾车完成自身单车的定额任务，另一头支撑起 20 部车对 5 个井队的保井工作。

朱恒远第一次领教沙尘暴是在 1979 年春天。

那一天，朱恒远开着大日野车拉了几个人，按照青海石油局后勤部门的指示，前往涩北去拉运烟筒。早晨从冷湖出发，走了七八十公里，突然遇上了沙尘暴。天空由蓝变黄，由黄变红，由红变黑，仿佛黑夜降临了。沙子铺天盖地扑来，震耳的声音宛如千万头狮虎在怒吼。朱恒远从来没有见过这阵势，真切地感到："车好像飘着，就像在空中驾驶一样。"他们只好停下来，把车摆在一处背风的小坡下。4 个人挤在驾驶室，里面风沙弥漫，呛得人昏头涨脑，朱恒远的耳朵里都灌满了沙子。等到北参三井的时候，夜幕降临了。饿了一天，他们开始吃饭。这一顿饭实在难以下咽，帆布口袋里装的馒头、大块榨菜全都沾上了沙子，吃起来牙碜。当晚 4 个人在车上挤了一夜。

第二天，他们像是从沙土堆里爬出来的一样，满脸尘灰，找到涩北看井的两个人后，开始装烟筒。每根烟筒七八十斤重，朱恒远也帮忙抬、扛，装了 80 多根，一直装到下午 2 点多钟，等返回冷湖天已经黑了。

1982 年 11 月，朱恒远到青海互助去拉菜。正装菜的时候，接到通知，24 小时内寒流要袭击西宁及其附近地区。朱恒远一听心里猛地一惊，他的油箱里加的是零号柴油，车上大桶内备的也是零号柴油。菜已经装得差不多了，如不及时回返，不仅菜要冻坏，可能零号柴油也要凝结，车也走不了。他赶紧催促众人快马加鞭装菜，晚上6点，他驱车风驰电掣地出发了。

从互助出发的时候，雪花已经飘飘洒洒了。过西宁，穿湟源，一路上雪花飞舞。离开青海湖后，道路基本上都是搓板路，大坑小窝不断。他的车装得超重，轮胎经不起剧烈的折腾，爆胎频频。天亮时分，他终于赶到了大柴旦，这里终于不下雪了。这时他才觉得筋疲力尽，昨天一夜，他居然扒了15条轮胎，每条轮胎有上百斤重啊！路上他一个人吃了2斤高粱饴糖、6个面包，喝了一壶水。在大柴旦，他稍事休息了一下，下午赶到了花土沟，后勤的人一看菜都没有冻坏，非常满意，连夸神奇。

柴达木的路上有很多故事，每一个都很精彩……

石油销售弄潮儿

我们把理想寄托于铁路的两条钢轨，
列车钢轮在圆周与直线交替中奔向远方，
一列列油龙划过辽远广阔的地平线，
油龙铿锵打破了戈壁的寂静与荒凉，
那是青海石油人奉献的工业血液，
是油田销售人演奏的现代工业交响……

这是销售人写的一段题记。

是啊，当一列列、一辆辆满载原油、汽油、柴油、甲醇、聚丙烯等产品的火车、汽车携带着青藏高原的雄风，从格尔木奔向大江南北、长城内外的时候，最终的效益又通过各种渠道，百川归海般汇聚到了青海油田。

正是：产品遍四海，销售揽效益。

从 1989 年 11 月调入油品经营销售处，到 2009 年 5 月离开岗位，陶林柏在青海油田销售战线奋战了近 20 年，亲历了计划经济向市场经济转型的过程，体验了销售的酸甜苦辣，见证了销售的艰辛岁月。

每当运销不畅导致憋库，便是考验销售工作的危急关头。1990年春季，"花格"输油管线投产出现意外凝管，导致外销原油重返柳园站。乌鲁木齐铁路局运力受限，对于突如其来的计划外大额运量不愿承担，实际上也难以承受。

险情陡生。柳园原油库憋满，无法接受卸油，从花土沟拉运原油来的上千辆原油罐车在柳园排起了数公里的"长龙"，一眼望不到边。在这紧急时刻，时任处长的张永泰派陶林柏到乌鲁木齐协调铁路运油事宜。临危受命，任务艰巨，责任重大，时间紧迫，形势逼人。再有拖延，油田将被迫关井。犹如听到了冲锋号，陶林柏军人的血性又一次沸腾，他果敢地接受了艰巨的任务和严峻的挑战。

在乌鲁木齐期间，陶林柏千方百计与乌铁局运输处沟通协调，想方设法与有关人员进行感情联络，几乎每天都守在运输处办公室软"磨"硬"泡"。在办公室里，他给他们打水、扫地、擦桌子……经过一个多月的努力，终于争取到了青海石油局所需的运油罐车计划，有效解决了憋罐问题。

截至2008年岁末，销售公司传来喜讯：10年前形成的历史欠款总额高达近4亿的成品油、液化气应收款，终于清收完毕，实现了"清零"的目标，最大限度地挽回和降低了企业的损失。10年来，清收欠款的"第一难"工作，让销售公司历任领导压力巨大，折磨得他们寝食难安。一时，无限感慨涌上陶林柏心头。

由于多种因素，油品经销中遗存了数以亿计的欠款，清收欠款这项艰巨任务自然落在了销售公司，而清欠的重压一直在陶林柏身上。因为从 1994 年开始，销售公司班子一把手换了三茬，而分工结果，清欠工作由陶林柏负责分管的状况却始终没变。

清欠出击，陶林柏就像战士受命去攻克前进途中的堡垒一样。他带领清欠小组的同志，坚持不懈，冲锋陷阵，每年完成清欠指标，确保了销售公司职工工资、奖金从未因此受罚。

陶林柏带领清欠组人员，与欠款方斗智斗勇，摸索出了一套切实可行的方法——

1998 年之前，基本方法是"跟踪追讨法"，即"盯住"债务人，及时派人或亲自登门追讨。

1999 年至 2002 年，主要采用"以物抵债法"和"利用公权力法"。2003 年至 2008 年，主要采用"法律手段清欠法"。这是清欠的攻坚阶段。起初应收款数尚有约 1.3 亿元，经分析相当一部分属"三无"项目，即无单位、无人员、无合同。对此，清欠办组织专门力量，收集证据，中介认定后上报上级，妥善核销；对其余有资产不还账的状况，采取强有力的法律手段进行清收，取得较好效果。

湖南衡阳华立液化气公司欠款一案被中国石油股份公司列为成功清欠的典型案例。

在该欠款案中，青海油田到衡阳中院起诉，因地方保护主义等因素，一审判决青海油田败诉，反倒要赔对方 300 万元人民币。显然，对方做了手脚，以致黑白颠倒。陶林柏率清欠人员走陕西、跑四川、下广东，历时两个月，详细搜集资料，掌握了充分的证据，以诈骗罪名义向格尔木公安局提起刑事诉讼。格尔木市公安局的干警们先后两次奔赴湖南实施抓捕行动，动用了青海省公安厅、湖南省公安厅的警力。"老板"也非等闲之辈，去抓捕时，在他家周围潜伏了一周，都没有发现他的踪迹。后来借助了"卫星跟踪定位"寻找手机的高科技手段，才搜寻到了"老板"刘某某，将其抓获。为避免节外生枝，他们马不停蹄地直奔机场，火速搭乘航班返回青海。

将债务人代表"老板"刘某某押至格尔木拘留所，在铁的事实面前，最终低头认罪还账，使青海油田不但减少了不合理的 300 万元赔偿，还追回了合计 150 万元的现金和资产。

1998 年 5 月，张军良从敦煌调到了销售公司。在 6 年的时间里，张军良最引以为豪的一件事就是，他所管辖以及具体负责的 6 个加油站的改造工程。他认为，那一段时间，心理压力最大、身体最疲劳、工作最辛苦，但效率最高、成就感也最强。

2001 年，他从销售公司党政办公室主任调到油料零售中心当主任。上任伊始，他对所属的 6 个加油站进行了认真的摸底调查，发现由于年长日久、很少维修，很多加油站管线都已严重腐蚀，原来的设计也不能适应油田发展的需要，所以就向上级打了维修改造报告。油田采纳了建议，同时提出要求，不能影响正常营业，特别是西部花土沟前线，要保证 24 小时加油。这项工作要求高，难度大，资金又少。正常情况下，都是乙方求甲方的比较多，而此次加油站的改造却是甲方去求乙方。

张军良找了甘肃山丹等好几家施工队，人家听了工程要求，做了预算后，都断然拒绝，不冷不热地说，你们花土沟等 4 个地区 6 个加油站总投资才 20 万，工作量虽然不大，但战线长、时间短，需要人员多，费力费时、不挣钱。但他最终说服了一家施工单位进行施工改造。

加油站是油田的重点防火单位，每个加油站需要动火时，张军良都亲自到现场，有时从格尔木连夜到花土沟或冷湖，一丝一毫都不敢马虎。最后终于保质保量按时完成了花土沟等 4 区 6 个加油站营业网点维修改造工作。

1995 年 7 月，郝向民走马上任油品销售公司副经理，主管经营工作。那时，格尔木炼油厂成品油、液化气还属于单罐运行，生产的余量一般只能维持 3 天左右。一旦受到价格因素、铁路车皮计划限制等影响，将直接导致憋罐。郝向民经常碰到要车皮计划、紧急协调铁路运输等情况，不论白天还是黑夜，只要接到电话，他都会放下手头的工作，全力以赴。

1995 年岁末的一次联欢会上，郝向民等几位处领导和科室长不约而同地唱起了《说句心里话》这首歌。同一首歌，在同一时刻被反复演唱数次，当时在场的一位《经济日报》记者颇感蹊跷。后来，当这位记者得知，这是常年奔波在外、无暇顾家的油品销售公司人的内心呼唤。郝向民曾经连续 7 个春节未能和家人在一起过，团圆的年夜饭已成为温馨的回忆。

1997 年秋天，轨道衡出了问题，计量不准，这个问题如不及时解决，将严重影响销售的效益。为了迅速发现查找问题，他带领 10 多个人，将一节重达几十吨的罐车，在轨道衡上来来回回推了 10 多次，累得人人精疲力竭、长吁短叹。谁说火车不是推的？郝向民他们做到了，而且一推就是 10 多次。事后，他和参加推车行动的人都感到遗憾，遗憾的是没有留下一张推火车的照片。

作为石油下游的终端销售，青海油田第一批销售人连年奔波征战柴达木盆地、青藏高原、大江南北，攻坚克难，摸索前行，在柴达木石油发展史上写下了浓墨重彩的一页。

戈壁石油家园守望者

　　漫漫丝绸路上，巍巍昆仑山下，崛起的敦煌、花土沟、格尔木 3 个基地仿佛 3 颗明珠在瀚海戈壁上放射出夺目的光彩。一条条笔直宽阔的马路、一幢幢高大整齐的楼房、一排排蓊郁苍翠的绿树、一个个亭台楼榭的公园，呈现出勃勃的朝气和盎然的生机。这是青海石油人美丽的家园。

　　多年来，许许多多的石油人为建设、维修、守护、管理自己的家园夙兴夜寐、不辞辛劳、继往开来地奋斗着。

　　1985 年 4 月，马忠义调到敦煌筹建处时，展现在他眼前的是荒凉一片的戈壁滩。那时，敦煌基地的一号楼刚开始打地基。正是在这虚沙砾石的土地上迈出了坚实的步伐，马忠义从施工员、施工管理科副科长、科长、矿建公司经理、房建管理公司主任、培训轮休基地社区中心主任，直到敦煌基地社区中心主任任上退休，一步步走过了 20 多年，把心血融进了敦煌基地的成长、发展、壮大。敦煌基地的一草一木、一砖一瓦，都凝结了他深厚的感情。

敦煌基地从1984年破土动工后，用了10年的时间，大致建起了基地的雏形，居民住宅、办公楼区、生产厂区、配套设施基本建起，局机关以及冷湖、大柴旦、花土沟的20多个厂处相继搬入，8000多户职工家属乔迁。

1995年"二次创业"拉开帷幕，搬迁增效工程大规模实施，敦煌基地建设又一次驶入快车道。为了确保各类工程建设快速、优质、高效，马忠义与领导班子始终坚持不懈地按照"围绕工程抓管理，围绕工期促进度，围绕质量管项目"的施工方式组织实施。有一组数字闪光夺目：1995年，完成建筑面积42.4万平方米；1996年，完成建筑面积15.95万平方米，建成实验中学、科技馆、职工活动中心等多个大型公共设施；1997年，完成建筑面积15.21万平方米；1998年，完成建筑面积4.23万平方米，建成投用敦煌基地天然气配气工程、东区石油广场；1999年，完成建筑面积1.41万平方米，建成体育公园……

5年的时间，保证了"搬迁增效"工程的顺利实施，柴达木盆地内的职工家属全迁敦煌的美好愿望圆满实现。

敦煌基地绿化、美化、亮化渐入佳境。基地绿树环抱、草坪衬托、鲜花点缀，入夜灯光璀璨，干净、整洁的环境，成了宜居的佳地。很难想象这是在昔日戈壁滩上建起的现代化石油城。

谈起敦煌基地，马忠义如数家珍。令马忠义欣慰的是，20多年来，建管了400多栋楼房，没有一栋产生裂缝，没有一栋发生严重质量问题。他也用自己的双脚丈量了每一间房子。

王俊青在矿建公司当施工科长的时候，科里有 30 多个人，那时正逢敦煌基地施工的高潮。1995 年，实施搬迁增效工程后，敦煌基地开工建筑量飙升，最多一年开工 40 多栋楼。尤其是民居工程，要求当年计划、当年设计、当年交工、当年入住。

　　当时，工期赶得太紧，不少程序都按超常规模式进行。1995 年 11 月份，开始供暖了，因为没有凉水，只能用空气吹扫、试压。一通暖后，问题全部暴露出来了，许多住户家里到处漏水，这可急坏了王俊青。施工科的人每人一栋楼盯着，每天早出晚归。民工队挨家挨户检查，王俊青跟着，楼上楼下跑着，大腿肌肉都拉伤了。为了检查屋面是否漏水，王俊青用时 2 个月，跑遍了每一栋楼的屋顶。

　　老区 35 吨锅炉房开工了，它是为老区住宅集中供热而建设的，1996 年正式动建，当年错过了工期，只能交蒸汽。王俊青无奈之下，只好把建设方、施工方、监督方叫到一起，同上锅炉房，共同烧锅炉。

　　1998 年，仙敦管道建设铺开，天然气入户工程也同时上马了。天然气入户工程涉及 1 万多户，敦煌基地的住户户型有 16 种，不同户型的走向都不一样。王俊青带着设计院的设计人员挨个户型跑。他还参加图纸会审，入户设计 20 多天就拿出来了。5 月份，施工正式开始。施工主要分为三部分，主干线、配气站和入户。入户工程包括打洞、安装、测试等程序。

　　入户前，王俊青率领居委会主任挨个单元贴通知；开工后，每周召开 2 次工程协调会。刚开始施工时，入户安装中有掉残渣、踩脏用户家里地板的现象，有些用户有意见。王俊青得知这些情况后，立即召开安装整改会。此后，施工人员入户安装都带上毛巾和擦布，安装结束后扫清残渣，擦干净走过的地板。他们用真诚的行动赢得了用户的理解和称赞。施工期间，王俊青从新区到老区，几乎走遍了每一家。在王俊青的主持下，制定了《用气卡片》《安全手册》《热水器说明》，正式通气前送到了每户手里。自 1998 年 11 月 15 日通气以后，从来没有发生过安全事故。

敦煌基地荣膺"全国绿化先进单位""全国物业管理示范住宅小区"等称号。

从走进花土沟基地到在花土沟基地退休，李改忠一干就是近 20 年。1989 年 4 月，他从油建来到了花土沟基地维修队管焊班。他先后干过管焊班长、维修队副队长、队长、市政队教导员。

李改忠首先要面对的是 153 幢楼房、310 排平房的供排水和采暖管网的维修，以及 6 条主干供水管线、6 条排污管线、1999 口排污井、63 座化粪池的疏通。李改忠恪尽职守，吃尽了千般苦。回顾在花土沟基地工作的日子，李改忠记忆犹新，工衣几乎没有脱过，节假日几乎没有正常度过。

1997 年 2 月 15 日晚 8 点 40 分，钻井一住户家跑水，李改忠放下电话，喊了 3 个人急忙赶到现场，一查看，原来是闸门冻裂。李改忠拿起管钳，毫不犹豫，顶着冰冷刺骨的水，准确、快速地开始操作，只听到李改忠有节奏的声音：

图片 12

敦煌石油基地家园，消夏广场文娱晚会盛大开演，一派祥和气象

"密封带、闸门、管钳……"不到 10 分钟，已更换好了破裂的闸门，堵住了泄漏点。李改忠则被从头到脚浇了一身的冷水，朔风劲吹，顿时变成冰人，冻得瑟瑟发抖，每走一步都听见冰屑摩擦的嘎吱声。回家不到两个小时，李改忠就感冒发烧了。

仅过了一天，李改忠又拖着病体，带领人马去南一区七号楼维修破裂的暖气闸门。在更换过程中，水温太高，李改忠手背上被烫起了水泡，他依然忍着剧痛，更换好了蒸汽闸门。

在高密度的维修期间，李改忠得了急性肠胃炎，上吐下泻，体温达 39.4 度，他悄悄去医院挂了点滴，医院刘院长看到他病情严重，劝他住院治疗，他婉言谢绝了。过了两天，李改忠的病情恶化了，水米不进，昏迷不醒，公司领导派人强行送他住院治疗。4 天后，身体还没有完全恢复，他就出院，投入春季维修工作中了。

1996 年元月 27 日，李改忠的家由花土沟搬到了敦煌，他只是简单地把搬来的家具摆了摆，元月 29 日，他又返回了花土沟。当天晚上，钻井平房大面积停水，李改忠立即带领留守的几位同志赶往出事的现场，一连几天几夜，干到 2 月 5 日晚上 9 点半，才彻底解决了漏点和断水问题。

李改忠还曾在污泥淹到脖子的化粪池中排险，浊气熏染，他晕倒在里面……

李改忠长期在基层带队伍，多年的摸爬滚打，多年的精心打造，他带出了一支支优秀的基层队伍。1996 年，花土沟基地维修大队被评为局标杆队。

李改忠还擅长带徒弟，总是毫无保留地把经验亲手传授给年轻人。他带出了两个高徒——一个是全国青年技术能手高海军，一个是中国石油天然气集团公司劳模韦性智。

1983年，当时还在油建上班的他就一举夺得过全局焊工第一名。职工都钦佩地说："只要李队长在，没有解决不了的问题。"这也正是对他多年来始终不渝坚持"一人脏换来万人洁，一人辛苦换来万家幸福"的充分肯定，也是对他多年来练就的过硬技术的赞许。

美丽的戈壁石油家园，正是有着这样一批默默奉献的守望者，才变得越来越迷人。

后　记

　　我是成长于柴达木盆地的"油二代"，父亲是 20 世纪 50 年代中期投身柴达木盆地找油的第一代石油人。柴达木石油勘探开发的历程和柴达木石油人的故事给我烙印了无法磨灭的记忆。

　　坐在石油子弟学校的课堂上，接受传统教育，听了许许多多柴达木石油人的故事，感人至深，在心中留下了深刻印象。1984 年，我从青海师范大学毕业后，又志愿回到石油子弟学校执教，在传道授业解惑的同时，继续宣讲石油传统、石油故事。

　　20 世纪 90 年代初，我走上了新闻工作岗位，做过《中国石油报》《青海日报》驻青海油田记者。为柴达木石油人树碑立传、讲好故事，也成为我矢志不渝的追求。

　　我一次次乐此不疲，穿戈壁、越草原、跨沙丘、蹚盐滩、过雅丹、爬高山、下深沟，到花土沟、油砂山、狮子沟、南翼山、老茫崖、阿拉尔、切克里克、乌图美仁、大乌斯、冷湖、大柴旦、南八仙、格尔木、涩北，走钻井队、采油厂、管道泵站、炼油厂区、井下作业现场、科研单位、石油社区。曾经顶风沙、冒严寒、睡帐篷、住板房、蜗居车内，和干部工人同吃同住、同行同干，采写了数百人。他们在这里淌过汗、流过血，他们在这里掏出过心、砥砺过志，他们的灵与肉早已和这片土地融为一体。一批又一批柴达木石油人，怀揣为国找石油的梦想，接续奋斗，创造了巨大的物质财富，打出了响亮的石油精神。我为他们而感动，我为他们而讴歌！

我陆续在报纸杂志，发表了大量有关油气开发的新闻、纪实作品。柴达木人、柴达木石油每每让我心潮澎湃、激情飞扬！

茫崖市郊的油砂山，是柴达木盆地石油宝藏的标志。这是石油人的图腾、石油人钟情的山、石油人向往的地方、石油人逐梦的方向！1947年初，国民政府资源委员会组建甘青新边区及柴达木工矿资源调查队，由周宗浚、吴永春等领队，对甘青新边区及柴达木盆地的地质、矿藏等进行系统的考察。调查队于1947年5月31日从兰州出发，7月份进入人迹罕至的柴达木盆地西部，进行测绘、采样、采集标本等。12月下旬，考察队员寻找油苗时，发现了一个大断层，登上断层崖头，用地质锤敲击崖面，取下了几块，里面呈黑褐色，闻之有浓郁的油味。把它们放在干红柳枝上，用火柴一点便迅即燃烧起来，火苗蹿起老高。他们丈量了油砂层露出地表的高度，测量了地层图和构造图。周宗浚在实测图上把此地起名为"油砂山"，从此，柴达木盆地地理版图上标注了"油砂山"这一地名。

1954 年 3 月，燃料工业部石油管理总局召开全国第五次石油勘探会议，决定派遣"柴达木地质大队"进盆地展开地质普查，油砂山就是明确方向和重点目标。4 月 18 日，从石油师转来的大队长郝清江，以及地质师张维亚等人率领，全大队 400 多人组成 5 个小队，分批从西安出发向柴达木进军。在被誉为"柴达木第一号尖兵"的乌孜别克族向导木买努斯·依沙阿吉带领下，地质勘探队员骑着骆驼于 5 月下旬陆续到达柴达木盆地西部油砂山一带。当年，勘探队发现了 19 个地质构造和 9 处油苗。从此，大规模勘探拉开序幕；从此，青海油田从无到有，从小到大，渐行渐壮，创业发展铸就辉煌！著名诗人李季、著名作家李若冰曾在此放歌；著名作家陈忠实、贾平凹曾在此抒怀……

进军柴达木盆地以来，多少柴达木石油人付出了辛勤的汗水和心血，献出了美好的青春年华，甚至牺牲了宝贵的生命！但他们义无反顾、前赴后继、无私奉献、无怨无悔！油砂山耸立着一座烈士纪念碑，纪念为勘探开发石油事业而牺牲的先烈。这里被青海省委和中国石油天然气集团公司命名为爱国主义和企业精神教育基地。青海油田勘探开发展展厅入口处，赫然摆放着一块采自油砂山的油砂，形态古拙、重达数吨，无声诉说着油砂山的前世今生。难忘峥嵘岁月稠！

让历史告诉未来。无论时光流逝，不管风吹沙打，油砂山默默见证了柴达木石油工业发展的历程，深深铭记了发生在这片广袤瀚海戈壁上那些朴实而崇高、平凡而伟大的人和事。这也是本书取名为《油砂山作证》的缘起和内蕴。

遥祝青海油田踔厉奋发，更上一层楼，早日建成高原千万吨油田；海西州在经济社会各方面不断取得新进展、新成就、新辉煌！

凌须斌

2022 年 3 月于海南海口

图书在版编目（CIP）数据

油砂山作证 / 凌须斌著. —北京：中国文史出版社，
2023.8
（柴达木文史丛书. 第六辑）
ISBN 978-7-5205-4208-1

Ⅰ.①油… Ⅱ.①凌… Ⅲ.①纪实文学－中国－当代
Ⅳ.①I25

中国国家版本馆 CIP 数据核字（2023）第 138208 号

责任编辑：李晓薇

出版发行：中国文史出版社
社　　　址：北京市海淀区西八里庄路 69 号　　　邮编：100142
电　　　话：010 - 81136606　81136602　81136603（发行部）
传　　　真：010 - 81136655
印　　　装：河北京平诚乾印刷有限公司
经　　　销：全国新华书店
开　　　本：880mm × 1230mm　1/32
总 印 张：53.125
总 字 数：1060 千字
版　　　次：2025 年 7 月北京第 1 版
印　　　次：2025 年 7 月第 1 次印刷
定　　　价：180.00 元（全六册）

柴达木文史丛书
柴达木认知读本 6

青海海西州政协教科文卫和学文委◎编
张珍连◎主编

MANGYA GONGYE SHU

茫崖工业书

青海海西州政协教科文卫和学文委◎编
张珍连◎主编

曹建川◎著

中国文史出版社

目录

柴达木意为"盐泽"。

"天上无飞鸟，地上不长草，风吹石头跑，氧气吸不饱"，气候恶劣，交通艰难，人迹罕至。地貌类似月球一般蛮荒，固有"地球上的月球"之说。

柴达木盆地平均海拔近3000米，是我国四大盆地中地势最高的盆地；加之地处青藏高原，素称"苦寒"之地。盆地四周被祁连山脉、昆仑山脉和阿尔金山脉所环抱，面积约25万平方千米，因盛产石油、盐、石棉、煤及多种矿藏，故誉为"聚宝盆"。

20世纪初，柴达木盆地发现有裸露的油砂，但因国力所限，止步于初探。新中国成立后，受国家之命，大批勘探队员骑着骆驼挺进瀚海戈壁，开始正规的石油及其他资源的勘探。

1955年，在油泉子钻探了泉一井，获得工业油流。

1958年，17把铁锹上茫崖，开创了"中国茫棉"。

1958年，第一代盐湖人在察尔汗开启了中国钾肥工业的序幕。

咬定荒原不放松，他们在柴达木这片土地扎下根基，并开始了半个多世纪艰苦卓绝的创业历程。可以说，青海石油和茫棉、钾肥的发展史就是一部青海工业文明的发展史。从这里，可以看见一个民族在工业化进程中自强不息的倔强身影。

柴达木盆地高屹云朵之上，是一个令人呼吸困难的高度，个别油井在 3500 米之上，被称之为世界海拔最高的油井。这个高度，是令人仰望的高度，是天际线之上的高度。

在天际线之上，一群中国工业人，他们扎根高原，用拥抱太阳的满腔热情，鏖战瀚海荒漠，基因代际传承，无私奉献青春和生命，用智慧和汗水浇铸了巍峨工业文明的丰碑。

他们，是书写英雄史诗的人，开创了英雄时代。

大地苍茫，丰碑永铸！

第一章　初探瀚海

大山十万、大水十万，还有大神十万
万山归一、万水归源、万神归宗
——昆仑——
主宰了华夏族群所有秘籍
对柴达木最先叩问的
肯定不是斯文·海定和斯坦因
苍茫大地埋藏了多少宝藏和秘密
在英雄岭上命名"油砂山"的人
已经连同油砂山被列入柴达木的英雄谱
他的名字叫周宗浚

史载： 1947 年初，国民政府资源委员会组织甘青新边区及柴达木工矿资源调查队，对甘青新边区及柴达木盆地地质、水文、土壤、植被、矿藏等情况进行系统的考察。5 月 31 日，以周宗浚为队长，由吴永春、关佐蜀和朱新德等地质人员组成的甘青新边区及柴达木工矿资源调查队，从甘肃省兰州出发，历时近半年，克服重重困难，历经千难万险，走戈壁，过瀚海，越过阿尔金，翻过金鸿山，挺进柴达木。调查队发现了裸露出地表厚达 150 多米的油砂层。周宗浚在实测图上把此地命名为"油砂山"。油砂山成为柴达木盆地新的地理坐标，这也是一个石油梦想的坐标。中央社为此电讯全国，"油砂山"随电波飞传名扬四海。

油砂山是柴达木盆地茫崖地区重要的地理坐标。

因为一个"油"字，也许，它是一个暗示，或者，它决定着一个关于石油的传奇。虽然油砂山所处的这个地理高地——青藏高原柴达木盆地，被工业化开发也就是近几十年的事，但在100年前，或者几千年以来，它早被一个个更替的王朝纳入眼帘。

如果将时间往前推演，我们便发觉最早对青藏高原柴达木盆地完成地理考察的，肯定不是李希霍芬。虽然这位德国地理学家、地质学家，是近代中国地学研究的先行者，1877年在其著作《中国》一书中，是他将中国与西方长达1000多年的商贸通道命名为"丝绸之路"。

当然也不是众所周知的斯文·海定和普尔热瓦尔斯基。1896年7月至11月，斯文·海定上了青藏高原，穿越可可西里和柴达木盆地。1872年春，普尔热瓦尔斯基穿过腾格里沙漠，越过祁连山，登上青藏高原，踏勘青海湖之后再进入柴达木盆地，之后折向南进入藏北高原。他们走过了柴达木，留下了考察日记，但也不是最早。

再往前推，在2000多年前的时空里，张骞的背影横空出世。

公元前138年，张骞受命出使西域，目的是联合西域大月氏一起抗击共同的敌人——北方匈奴。然而这一次并没有达到军事目的，反而无心插柳地开通了中国向西的一条商贸通道。在中国北方的高原上，黄尘荡荡，驼铃声声，西去的丝绸、茶叶、陶瓷和东来的珠宝、金银、玉石，在地球的北纬度完成华丽交响。这条路就是"一带一路"之陆上丝绸之路。

九死一生的张骞，越过了帕米尔高原抵达中亚，回归途中，为了避开匈奴的拦截，他选择沿塔里木盆地南缘进入柴达木盆地，绕道青海归国。但人算不如天算，在古鲜水海即今青海湖地区，他再次被匈奴捕获。一年后，趁匈奴内乱逃脱回到长安。张骞为了避乱而作出的线路抉择，又无意中凿开了丝绸之路的另一条要道，即丝绸之路青海道。

当江南的丝绸翻山越岭到了兰州，而河西走廊被战火关闭，裹满尘灰的丝绸不再犹豫，扭头就上了青藏高原。经湟水流域、青海湖，过柴达木盆地，在今茫崖地区的尕斯口，即今天的花土沟经过安检，再翻过阿尔金山，绕塔里木盆地南沿，过葱岭，入中亚。丝绸之路青海道就这样担负起东西方经济交通的重任，功不可没，其经济价值和军事、政治意义不亚于丝绸之路河西道。

所以，张骞的背影在柴达木的天空，雄奇而高巍。

凿通西域，将柴达木的路线图标注在汉帝国的地理版图上的先驱者，唯一能清晰地被指认者，就是张骞。自张骞之后的2000年时空里，柴达木的大道上商贾云集，西去东来，一条柔软的丝绸将东西方两个半球紧密相连。那是人类在北半球的一次大联欢。

西域诸国战火纷飞，丝绸之路早已是血染的风采。

丝绸之路河西道是这样，丝绸之路青海道也是这样。加之柴达木自然地理的严苛，也制约着丝绸一路坦途。关关停停，停停关关；断断续续，续续断断。历史的天空就这样阴晴圆缺。直到海上丝绸之路兴起，陆上丝绸之路就只能走向穷途末路。以至于 20 世纪初叶，当石油地质勘探者踏进柴达木这片土地的时候，丝绸之路青海道早已尘埃落定，尕斯口也只是一个古老的地名。而且这个地名都已经深埋在历史深处，并不为常人所知。

但，这毕竟是一条交通要道，历史已有定论，2000 多年来勤劳智慧的劳动人民，用经验告诉后来者，青海道是一条通天大道，它不仅仅被赋予丝绸柔软的要义，它还是一条政治的长手臂，一堵军事的防火墙。青海道通，西域通；青海道断，西域乱。这一点，自开通丝绸之路后 2000 多年来各朝各代的统治者们，都心知肚明。

于是，历史推演到 1946 年。

国民政府将目光垂幸到柴达木。

国民政府公路总局与青海省政府联合组成的青新公路踏勘队，从西宁到柴达木盆地西缘的扎哈泉及铁木里克一带，进行路线调查。他们的目的很明确，就是要打通被历史淤堵的要道。于是，时空轮换，柴达木的大事件被时间沉淀在我们面前。

时空沉寂。很久以来，柴达木这片土地似乎早已被人类遗忘；除了西方那些探险者们偶尔激情眷顾，留下星星点点的足迹之外，就是那世居的蒙古族和藏族同胞，他们被命运移植在这里，固化了脚步，深植了根魂，一代又一代在这里仰望高天流云，陪伴他们的是那诚实的骆驼和坚韧的牦牛，它们忠诚地与主人一道在荒原上地老天荒。

可以说，民国政府这次开凿通途之壮举，本意是衔接地理交通，开发柴达木矿产资源，但实则是续接历史，书写世纪辉煌。

虽然，最终工程乏善可陈。

正如前边所说，柴达木曾是古丝绸之路中原衔接西域的交通要道之一，它的沉寂是历史的自然翻篇，也是国运的终结。而 20 世纪 40 年代末修筑的这条"青新公路"，也是政府以国家之名在柴达木修筑的唯一一条公路。据考，这也是横贯柴达木的第一条公路。

"开发柴达木"，民国政府早在 30 年代就提出了这个横贯时空的伟大口号。因为在那时，中国已经看见了世界工业化的身影，它们迅疾而又矫健，带动着人类铿锵前行。而工业化就是寻找一条有别于传统农耕的大道，开矿、建厂，用机械替代农具，加速人类社会向新生的文明世界前行。那时中国工业的手臂虽然柔弱，但也看见了柴达木的"富有"。所以，开发柴达木就是中国向工业化挺进的跳板。也可以说，柴达木成了中国启动工业化的前哨。

要想富，先修路。开通交通大道，是启动工业化的首要条件。

直到抗日战争结束之后，政府才有能力将目光投放在这片西部高地。它的目的也很明确，就是在柴达木开矿，兴办实业，发展经济。当然也有很重要的政治和军事目的，因为柴达木地理位置比较重要，向西可扼新疆，向南可入西藏，乃咽喉之地。对一个国家来说，地缘就是政治，政治就是生命，倒也用不着遮遮掩掩。

1945年11月，民国政府指定朱绍良、马步芳、徐永昌、余大维、龚学隧等在重庆商议修路事宜。会议决定，在两年内打通倒淌河到红柳沟的道路，也就是从今天的青海湖畔到茫崖。可以说，茫崖这个千年前丝绸之路上重要的关隘——尕斯口，再次被国家以工业化的名义，纳入视野。

1946年4月1日，青新公路工程处在西宁成立，马步芳任处长。

4月28日，青新公路踏勘从西宁开始。当时勘探队员只有13人，而警卫人员就有140人，10多人保卫一个勘探队员，可见前路凶险，世间并不太平。即便如此，人们依然决意前行。

勘探队伍从西宁出发，经黑嘴子—湟源—倒淌河—察汗乌苏—诺木洪—脱利—灶火—甘森—茫崖—尕斯等共46站，踏勘线路达1300多公里，其中经过柴达木盆地的路线762公里，往返共计107天。这次踏勘对柴达木盆地的地质、气候、民情等作了较为详尽的调查。

可以肯定地说，这次踏勘是柴达木历史上的一次壮举，具有划时代的意义。曾经的丝绸之路青海道，尕斯口虽然贵为边疆口岸，乃经济和军事要塞，堪比丝绸之路河西道的阳关、玉门关，但那时青海道的商旅沿线多由少数民族政权把控，东方王朝的意志和权力很难抵达。

而这一次修路踏勘，可谓破天荒。

兵贵神速。马步芳组织修路宛若举兵作战。

1946 年 5 月至 10 月，不等踏线完毕，他就征调了 6300 多名各族民工，近 9000 头骆驼牛马，开始施工，当年就基本修通倒淌河至宗加一段的路基。1947 年 5 月继续施工，征招各族民工上万人，大车 6000 辆，工匠 700 人，又配备了一个工兵营，当年 9 月份就把道路修到了茫崖。茫崖到红柳沟的道路由新疆第六区公路工程管理局负责，因为受到干扰，到 1948 年才修通 186 公里的线路，而青新公路里程总计为 1257 公里。

马步芳接到前线捷报，立即举办通车典礼。

1947 年 9 月 15 日，在西宁小桥，4 辆车扎着红绸，载着试车委员、警卫等共计 39 人，从小桥出发，用车轮检验道路，中途趴窝两辆，剩余两辆于 9 月 24 日驶达茫崖，全程 1071 公里，历时 7 天，日均行驶 153 公里，车速每小时十五六公里。也就是说，比骡马的速度还是要快。

因道路质量太差，根本无法正常使用，试车后再没有通车，之后也再没有进行投资修缮，不到一年道路就隐形于荒原。

今日的"青新公路"早已非昔日同语。

众所周知的 315 国道，已经是中国版图上一条十分重要的交通大道，起点为青海西宁，途经湟源、海晏、刚察、天峻、乌兰、德令哈，穿大柴旦，过茫崖，翻越阿尔金山，在新疆境内绕塔里木盆地南沿，穿若羌、且末、民丰、于田直达喀什，全程 3000 多公里。

目前，青新铁路也即将开通。

茫崖，作为公路、铁路、航空三线立体汇聚的柴达木交通枢纽的态势，已经成型。柴达木，已经成为青海省工业化的重镇。多种矿产资源已经支撑起青海省的经济廊柱。特别是以石油、天然气和石棉、钾盐为主体的工业元素，已经成为柴达木工业文明的光艳名片。

当然，50 年代"青新公路"的修建，虽然仓促上马又潦草下课，但那也是当时人类以工业化为目的贯通柴达木的一次壮举。茫崖作为青新公路在青海的终点，也作为扼守边隘重要的口岸，它的地缘及政治、军事作用，已经被高度关注。那个年代，战火不断，硝烟不歇，民不聊生，启动工业化自然是一个天大的妄想，开凿千里大道也自然沦为笑话。但自那时起，柴达木和茫崖，就被国家惦念，且难以忘怀。

眺望历史河岸，山重水复处，他们已然出现。

就在那时，在柴达木的天空下，我们便清晰地看见了中国著名的石油地质专家孙健初、周宗浚、关佐蜀等人的身影。他们是孤独的求索者，也是柴达木荒原的播火者。这些地质专家构成了柴达木盆地新时代的凿空者，是他们，将柴达木换了昵称"聚宝盆"；是他们，让柴达木走上了中国工业化的舞台前沿。

谈起对柴达木的地质考察，首先要说到孙健初。

孙健初，中国著名的石油地质学家，早年从事区域地质矿产调查，发表了《绥远及察哈尔西南部地质志》等著作。他是第一个跨越祁连山的中国地质学家，发现了玉门油矿，建成了中国第一个石油工业基地，是中国石油地质的奠基人。他培养了中国第一批石油地质人才，对中国石油事业的筹划亦有很多贡献。

1897 年 8 月 18 日，孙健初生于河南省濮阳县后孙密城村，1952 年 11 月逝于北京，享年 55 岁。在他短暂的生命历程中，他只为石油地质勘探而生。55 载，对于他来说，虽然短暂，但绝对光耀。

我们可以翻阅一下孙健初的人生大事记——

1926 年毕业于山西大学采矿系，获工学学士学位。

1929 年入农矿部地质调查所工作。

1935 年调查祁连山地质，从青海穿越祁连山到达甘肃，是首次跨越祁连山的中国地质学家。

1937 年与美国专家合作到甘肃玉门考察石油。

1938 年再次去玉门勘测石油，发现了玉门油田。

1942—1944 年在美国路易斯安那、得克萨斯、俄克拉何马、南加利福尼亚等地油田和研究所实习石油地质。

1945 年在青海、甘肃进行石油地质调查。

1946 年任甘肃油矿局探勘处处长。

1950 年任中国石油管理总局探勘处处长、西北财政经

图片 1

车轮滚滚向瀚海，石油探采车队开进采油区茫崖

济委员会委员，并任中国地质工作计划指导委员会委员，兼任中国科学院专门委员。

这里重点梳理孙健初先生 1935 年的青海、祁连山之行。

1935 年 4 月，孙健初接到赴青海进行地质调查的任务后，即与周宗浚等西行，经湟源，过日月山到贵德，然后沿黄河继续向西，直到龙羊峡谷。山路崎岖，行走艰难，爬山、涉水、过沼泽，有时一天连一顿饭都吃不上。刚刚还太阳当空，忽然又风雪弥漫。他们沿青海湖考察，在布哈河一带作了地质调查和地形测绘。回到西宁稍事休整后，他们又开始了对祁连山的考察。

这次考察，是科学探秘青海高原的处女行。虽然在 19 世纪末，先后有 14 名外国学者到过祁连山考察，均有著作问世。有的山峰就是外国人给予的名字。给每一座山、每一条河取一个温暖的名字，是诗人的畅想，也是地质学家的梦寐以求。热血且激情的孙健初认为这是中国人的莫大耻辱，祖国的大山大河，竟然被外国人捷足先登。

现在想来或许不以为然，但在那时，苦难深重的中华民族正在觉醒、崛起，民族自尊心、自豪感正激荡着每个赤子的胸怀，地质工作者更不例外，他们背负的是整个中华民族的荣辱兴衰。正因为有那份责任感、使命感的激荡澎湃，所以那一代人的情怀灼烈而滚烫。在徒步勘察大地的艰苦行旅中，孙健初和周宗浚他们，是朝圣者，也是科学的布道者。

在祁连山中跋涉 2 个多月，他们多半时间行走在渺无人烟的崎岖山路上，饿了吃炒面，渴了喝山泉水。阳光炙烤，山风吹拂。他们经过努力，终于走到祁连山主峰之下，采集标本，测绘地质图，考察了地层情况及地层分界。又经过几天跋涉，翻过几个大坂，终于走出祁连山北麓的山口，到达甘肃地界的酒泉金佛寺。祁连大山里，烙上了勘探者的足迹。孙健初成为第一位跨越祁连山的中国地质学家。

这次祁连踏勘历时 8 个月，孙健初写了 3 篇重要的论著：《祁连山一带地质史纲要》《甘肃及青海之金矿》和《青海湖》。这些论著成为后来甘青两省地质科考的参照样本。因此，中国著名地质专家黄汲清说："在我的地质研究中，有关祁连山的论著，总喜欢和孙先生交谈；在我的印象中，他亲自深入祁连山考察所获得的资料是可靠的、权威的。"

赢得专家的首肯，那是莫大的荣誉。

孙健初成为祁连大地的地理代名词。

再考祁连，孙健初发现玉门油田。

1936 年，"中国煤油探矿公司筹备处"获准开采甘肃、青海、新疆三省石油，组成西北地质矿产试探队，并从美国请来 2 名地质学家：韦勒博士和萨顿工程师。因为前期的科考经验，中央地质调查所派孙健初参加了此项工作。

1937 年 10 月，中美两国地质专家组成的试探队来到玉门老君庙——这里注定将是中国大地最早的石油之源。他们在距离石油河 10 多里的地方看到一个很大的沥青堆，便在石油露头的周围仔细观察。从石油河岸边断层和两处干油泉周围的地层看，孙健初认为"玉门油泉一带地质颇不简单，地层多经变质，构造褶皱断层兼有之"，"这里是煤油将来之希望"。

他迫不及待地给资源委员会主任委员翁文灏详呈报告，希望早日钻探。由孙健初、韦勒、萨顿共同署名的《甘青两省石油地质调查报告》提出，玉门一带有希望找到储量可观的油田，因地处偏僻，交通不便，平时开采，经济上不合算；如战争急需，可考虑开采。为此，翁文灏两次召见孙健初，听取玉门石油地质情况的汇报，支持孙健初的建议，并作出进一步探察玉门石油的决定。

孙健初再次接受了去玉门详察的任务。他和助手靳锡庚在兰州招募了几名测量工人，再次前往玉门。1938年12月4日，到达酒泉，同行的还有新成立的甘肃油矿筹备处主任严爽。12月23日，孙健初、严爽、靳锡庚等人骑着骆驼，向老君庙出发。

1939年3月，经周恩来批准由陕甘宁边区借来的第一部钻机运抵老君庙，按孙健初所定井位钻进。3月27日，挖方井导洞至23米处遇到石油。8月11日，钻至115.51米探得一个油层，孙健初将它定名为K油层，每天可产油10吨……

玉门油田钻获石油，是对玉门油矿位列石油摇篮的戴冠之礼！

以上是最早的关于青甘地区的地质科考行动。

那么位于青海柴达木盆地之西的茫崖，也几乎是紧随其后被地质勘探者深度发掘而袒露真颜，但时间已经推移到 1946 年。地质专家李树勋等在青海柴达木科考中发现盆地西端中生代地层中颇有产油的可能，建议应进行详察和钻探。

1947 年初，行政院拨款 19 万元作为考察经费，由经济部组织地质勘探人员分两次进入柴达木盆地进行考察，并责成以经济部中央工业实验所西北分所、中央地质调查所西北分所为主，邀请资源委员会西北地质勘探处共同组成"甘青边区及柴达木盆地工矿资源科学考察队"，对塔里木盆地以东，青藏高原以西，腾格里盆地西部以南，包括祁连山西部、阿尔金山全部、柴达木盆地西部的广大地区，进行我国第一次大规模石油地质考察。

视野宏阔，甘青新三省区被纳入科考范畴。

是年元月 24 日，青海省政府派专人到兰州，在西北大厦邀请沈圻、王曰仑、戈福祥、吕炳祥、李树勋、朱新德、路岚、潘津生、梁勉、魏有道等 20 多位曾在西北工作多年的专家、科技人员，座谈讨论并听取他们对青海地质考察的意见和建议。

3 月初，"甘青新边区及柴达木盆地工矿资源科学考察队"组成。

资源委员会西北石油地质勘探处测绘专家周宗浚担任队长，中央工业实验所西北分所工程师吕炳祥、中央地质调查所西北分所地质师梁文郁为副队长，中央地质调查所西北分所地质师关佐蜀、戴天富，中央工业实验所西北分所工程师谷丕顺、李云阶、朱新德，资源委员会西北石油地质勘探处测绘专家吴永春等为考察队员，分别负责大地构造、岩石、矿物、土质、水源、牧草、矿产、工业原料、经济地理、社会人文、地形测绘等方面的考察。

5月30日，西北军政长官陶峙岳、甘肃省政府主席郭寄乔等在兰州先后设宴，为科学考察队举杯壮行。

考察队从兰州出发，经武威、张掖、酒泉、安西，于6月上旬到达敦煌。河西走廊的尽头敦煌，是西行柴达木最重要的补给站，告别沙漠绿洲敦煌，就是皑皑白雪的当金山，过了当金山，就是青藏高原。他们在敦煌补充营养，招募人马，做考察的准备工作。在当地雇骆驼55峰，雇向导、测工数人，沿党河逆流而上，翻越祁连山进入柴达木盆地。

那时青海柴达木还是由少数民族部落统领，他们挽弓射雕、占山为王、靠山吃山。但硬通货永远好使，勘探队员只得拿钱通行。有钱开路，有惊无险，勘探队走走停停，停停走走，涉险勘探，既刺激又有几分生死未卜的忧虑。科学考察，实质上成了大地探险。果不其然，正当全队向苏干湖方向考察时，电台收到了该地区发生民族武装冲突的消息，他们只好返回敦煌。在等待消息的几个月中，他们整理了考察的资料和标本。

战乱平息，考察队组织第二次出发。

因为有了不可预知的凶险，考察队从敦煌出发到达敦煌南湖时，内部出现了分歧。第一种是撤离派，认为进柴达木盆地有生命危险，主张立马收队回撤兰州；第二种是中间派，不甘中途折返，主张在附近及阿尔金山北麓考察，不必进柴达木盆地；第三种是挺进派，以周宗浚、吴永春等人为代表，坚持按原计划进柴达木盆地考察。

三派各持己见，互不退让，形成僵局。

兰州总部得知，派地调所副所长李树勋前往解决，也难以形成统一意见。最后决定，考察队分成三部分：一部分组成祁连山考察队，取道安西到玉门考察后回兰；一部分人乘车赴新疆若羌、米兰考察后回兰；其余仍以周宗浚为队长，以梁文郁、吴永春、关佐蜀、朱新德为主，带电台、向导、翻译及45峰骆驼，继续按原计划进盆地考察。

其时，西部地质科考已经成为热点。

就在这一年夏天，中国石油公司还与美、英共3家石油公司组成了甘青石油联合调查团。中国方面参加的有中国石油公司协理兼甘青分公司经理郭可铨、地质师陈贲、地球物理勘探师丛范滋。孙健初也参加了这次调查。外方有美孚公司地质专家伯特、物理专家肯特曼、采油专家诺特斯特等。他们的指向更加明确，就是石油。

调查团在玉门油田参观后，又到安西、敦煌等地参观考察，随后又到祁连山北麓的石油沟、干油泉、大红圈、青草湾、文殊山、永昌的青土井、皋兰河口，青海民和的马厂塬、药水沟等地区作了详察，历时50天。返回兰州进行多日研讨，在审阅了野外地质报告及采集的化石、岩石等标本后，一致建议对柴达木盆地进行考察。

柴达木，成为两支考察队指认的最终目标。

柴达木，沉寂千年之后被地质科考掀开了神秘的面纱。

周宗浚，给油砂山命名。

挺进派获得了兰州总部的支持。地质专家周宗浚志坚如铁，坚定地带着考察队向柴达木盆地进发。

他们经过沙枣园、南湖、阿克赛、长草沟和当金山口，折而向西，沿阿尔金山北麓至安南坝，进入广袤的无人区。实话说，与其说是科考，还不如说是探险。高寒、缺氧等严酷的自然条件，荒无人烟的茫茫戈壁，加之少数民族占山为王、据水为界，稍有不慎就有掉脑袋的危险。正是这般艰险，柴达木石油的出场才愈加珍贵。

考察队在甘肃敦煌地界耽误了几个月，等再次进发柴达木时，时令已是初冬。高原的冬季异常寒冷，队员们穿着皮衣皮裤，戴着狗皮帽子，还是冻得浑身发抖。夜晚，他们就靠在骆驼身上取暖；白天，燃驼粪做饭。一步一险，九死一生，他们克服了难以想象的困难，顽强挺进。他们是在冒险，在与运气做赌，成败皆英雄。

科考队的物资运输相当困难，虽然有几十峰骆驼组成了可观的运输队伍，但实则每峰骆驼驮载量有限，加之科考仪器、工具笨重，锅碗瓢盆等生活物资一应俱全，人畜本身消耗很大，往往满载的物资没几天就被消耗殆尽，断水断粮时时威胁着他们。当他们到达新疆索尔库里时，居然四五天骆驼无饲料，人员无饮水。那里是所谓的"生命禁区"，别说缺水断粮，就是在物资完全保障的情况下也危险重重，好几峰骆驼倒毙。他们靠着神助，才艰难地到达茫崖一个叫红柳泉的地方。

红柳泉的淡水，拯救了这支身心疲惫的考察队。

红柳泉，至今仍是青海油田中在产的老油田之一。

抵达红柳泉，他们就抵达了柴达木石油核心的边缘。在那里，他们一仰头就看见了油砂山，也似乎嗅到了石油的芬芳。

他们以严谨、科学、求实的态度，对每一座山、每一条河进行测绘、采样、绘图。他们以红柳泉为据点，向四周发散状考察，在索尔库里还测了一个天文点，又深入昆仑山考察了5天。从昆仑山回来后，又到阿拉尔、茫崖及尕斯库勒湖北岸考察。

站在尕斯湖岸，他们得到了神的指引。

几位地质队员义无反顾地向一座大山挺进。在一个山沟里，他们发现几块干沥青。拾起沥青一仰头，就发现了一个大断层，仔细辨认，剖面居然全是油砂。他们欣喜若狂，爬上断层的崖头，用地质锤一敲，掉下一块岩石，断面很快变黑，并散发出一股浓烈的油味。一不做，二不休，他们干脆敲下一大堆岩块，垒起一个大宝塔，底下架上红柳干枝，用火柴一点，立刻燃烧起来，火苗足有两米多高。

地质队员欢呼跳跃起来，以至于热泪长流。九死一生，渡过层层劫难，他们终于揭开了柴达木这只神秘的宝盒。队员们马上对其进行丈量，裸露地表的油砂层足有 150 米。他们在那里连续考察了 3 天，测量、绘制了地质图和构造图。地质学家周宗浚在实测图上，信手标上"油砂山"几个大字。从此，油砂山应运而生。

石油，以凝固于地表厚达百米的姿态，宣告了青海石油的激情开采和长达 60 多年的热血奉献。至今，青海油田的石油仍然以"油砂山"为轴心开采，最远辐射至不到百里的范围。而且可预知，这个"圈闭"还有好几十年的开采可期。

周宗浚认为柴达木这个地质构造与玉门老君庙构造相似，为一穹形背斜层，地质均为第三纪，面积广大，蕴藏应该丰富。在他的命名下，油砂山成为柴达木盆地新的地理坐标，这更是一个石油梦想的坐标。中央社为此电讯全国，"油砂山"名扬四海。

100 年，青海石油就在这个高点扬眉吐气。

100 年，柴达木石油就在这里塑造着辉煌。

挺进派获胜，柴达木石油自此身披霞光。

本想趁势再扩大战果，可时令已是 12 月下旬，天寒地冻，滴水成冰，许多人手脚冻裂、脸生疮，特别是到了晚上，零下 30 多摄氏度的严寒，更是让人无法入睡。物资保障本来就十分困难，要是大雪封山，更是命将不保。勘探队员们不得不忍痛割爱，返回敦煌。

进盆地，驼队整整走了一个月，返回也走了 23 天。返回敦煌，45 峰骆驼已死亡大半。他们在敦煌休整后，经玉门油矿，于 1948 年元月 25 日乘车返回兰州。

不久，考察队出具了《青新地区及柴达木地质矿产》《柴达木西部红柳泉、油砂山油田地质初探》《关于勘探开发柴达木盆地油气资源之建议》3 份重量级的科考报告。

柴达木盆地石油初探，周宗浚的名字注定永耀史册。

紧要关头，是周宗浚矢言不弃坚持挺进柴达木。在他的带领下，队员们克服了重重困难，赤脚踏遍柴达木西部的山山水水，发现并命名"油砂山"。他们用地质学家金子一般闪亮的品质缔结的科考报告，为后来的科考，特别是新中国成立后的 1954 年大部队挺进柴达木进行石油勘探和开发，提供了最珍贵的第一手资料。

周宗浚，是柴达木石油初探的功勋者。

周宗浚，籍贯山东，1904 年出生，1933 年毕业于北京大学地质系，曾任中央地质调查所技正、中国石油公司甘青分公司测绘室主任。新中国成立后，历任燃料工业部石油总局西安地质调查处、玉门石油局银川勘探处副处长，长庆石油勘探局西安办事处副主任、测绘总工程师、高级工程师。1933 年参与编绘 1∶300 万中国地形挂图和分省地图集（申报馆出版），并发表了华南九省经纬度测量报告和黄河中游 1∶40000 地形图。1947 年在我国首次发现柴达木盆地油砂山含油构造并绘制成图，对酒泉盆地、陕甘宁油区的地形、控制测量、航空测量等做出了重要贡献。

自此之后，戛然而止，关于周宗浚再无只言片语。

好在，他已经镌刻于柴达木的天空和大地。

前边介绍孙健初先生时，周宗浚的名字已然出现。

那是 1935 年，周宗浚随著名地质学家孙健初就来过青海，考察过民和盆地，并且经西宁、过湟源，越日月山，到达恰卜恰、青海湖，再到达柴达木盆地东部边缘的茶卡盐湖。周宗浚的专业是测绘，他除绘制了青海湖、茶卡盐湖的地形图和地质图外，还调查了都兰、乌兰、贵德一带的铅锌、沙金、硫黄、芒硝等矿床。之后，周宗浚随孙健初一行又横跨祁连，进入甘肃境内，对酒泉、玉门及祁连山一带的地质进行了考察。

甘青两地的早期地质科考，周宗浚功不可没。

当然还有很多闪亮的但又一晃而过的名字，他们都是柴达木耀眼的星辰。比如后边要写到的陈贲先生，他是早期考察柴达木的地质先驱者之一，然而命中注定，他最终长眠在了冷湖的黑戈壁之上。

柴达木早期地质勘探的重要意义有三：一是中国地质学家赤脚踏遍千里河山，摸清了地质概况，向外界发布了柴达木及西部富藏石油的信息，引起了国家乃至世界的关注；二是为后来盆地大规模的石油、天然气及煤炭、钾盐的开采提供了宝贵的第一手资料；三是展示了中国科学家以身报国的勇气和拯救中华于贫瘠的使命担当。

特别是第三点，这种探索求真、大无畏的牺牲和奉献精神，一直影响着前仆后继的高原石油人。那种精神是时代的编码，如基因一般储存在石油人的魂魄之中，历经半个多世纪依然熠熠生辉，那就是今天的柴达木精神和青海精神的源泉。那种精神，是石油的魂，它哺育了一个英雄辈出的时代，历练了一个英雄的团队。

油砂山，英雄岭的奇异山峰，已然成为高原不朽的图腾。

致敬，为这座不朽的高昂的山峰！

第二章　梦醒驼铃

是那山谷的风吹动了我们的红旗

是那狂暴的雨洗刷了我们的帐篷

我们用火焰般的热情战胜了一切疲劳和寒冷

背起了我们的行装攀上了层层的山峰

我们满怀无限的希望

为祖国寻找出丰富的矿藏

激情冉冉，踏歌而行

驼铃声声，戈壁沉醉

郝清江、张维亚、葛泰生这些先驱者们

他们开启了柴达木新的历史纪元

史载：1952 年 8 月 1 日，在古城汉中，中国人民解放军第十九军第五十七师接受了中央军委主席毛泽东的改编命令："我批准中国人民解放军第十九军第五十七师转为中国人民解放军石油工程第一师的改编计划，将光荣的祖国经济建设任务赋予你们。你们过去曾是久经锻炼的有高度组织性纪律性的战斗队，我相信你们将在生产建设的战线上，成为有熟练技术的建设突击队。你们将以英雄的榜样，为全国人民的，也就是你们的，未来的幸福生活，在新的战线上奋斗，并取得辉煌的胜利。"以师长张复振，政委张文彬为首的石油第一师从此成为新中国石油产业的一支生力军，先后参加了玉门油田、新疆油田、四川油田、青海油田、大庆油田等一系列油气田的开发建设，他们以自己的生命和血汗铸起了一座又一座丰碑，为新中国石油工业的发展立下了不可磨灭的功勋。

时间追溯到 68 年前，1954 年的早春三月。

北方的春天来得有些迟。3 月的河西走廊还是一片昏黄。

此时，一支地质勘探队伍坐着敞篷汽车，骑着马或骆驼，从渭水岸边的古城西安出发了。他们的目的地，是青藏高原柴达木盆地。

这条西行千里的漫漫长路，正是千年前横贯欧亚大陆的陆上大动脉——古丝绸之路。千年之前，这条大道上尘土飞扬，蹄掌翻飞，骡马嘶鸣，华丽的丝绸、闪亮的瓷器、印度的香料、波斯的织毯、西域的珠宝，在这条大道上演绎了近千年的精神文明和物质文明。因此，丝绸之路在人们记忆中总是一条金光闪闪的绸带。

青藏高原柴达木盆地的石油开拓者们，踩着这条早已沉寂了几百年的金光大道，再度逐梦西部。这一次，他们没有驮运丝绸，车载马驮的是勘探仪器；他们也没想换回珠宝和香料，而是心怀另一个大梦——为新中国工业建设攫取石油。

从古长安经千里河西大走廊，过阳关、玉门关，翻越祁连山和阿尔金山，进入柴达木盆地。石油勘探的先锋队，踏着这条尘土飞扬的古道，漠风吹拂，锐意前行。走过黄土高原，跨过黄河，沿祁连山北麓，用一个多月的时间到达了河西走廊的尽头敦煌。

在敦煌，他们停下了疲惫的脚步，短暂休养，招兵买马，屯粮积草，为后半段的高难度跋涉做准备。

对青海石油史来说，这是一次新纪元。

这次远征，石油人践行国家最高意志。

1952 年，中国人民解放军十九军第五十七师整体化转为石油师，被称为"石油工程第一师"。五十七师的大本营在陕西汉中。解甲归田，马放南山，从战场走上生产，这是一次革命。8000 多军人脱下了军装，穿上了工装，他们的血液里奔涌着激情和豪迈。

师长叫张复振，身经百战，肝胆铁血。

政委是张文彬，后任石油部副部长。

勘探大队大队长，名叫郝清江。

这是历史的抉择，也是命中注定。

间隔 43 年之后的 1997 年的夏天，我在徐州管道局面见了郝清江老先生。他已经退休，精神矍铄，满脸阳光。当完成采访一年后，郝清江老人突然仙逝，掐算年纪并不大，令人痛惜。

郝清江毅然走上历史潮头，担任柴达木石油勘探大队大队长，时年 23 岁，青春朝气，热血沸腾。一个毛头小伙子能够担当如此重任吗？西北地质局的领导没有怀疑，郝清江自己更是充满自信。他也深深地知道，虽然前方没有枪林弹雨，但考验一点也不比战场轻松。

关于郝清江还有一段传奇。

江苏徐州管道局。郝清江家客厅，他不紧不慢地为我复原了初进柴达木的那段历史，并讲述了他的人生传奇。殊不知，那一次，也是他最后一次向柴达木石油人讲述自己的传奇人生。

抗战时，他是村里的儿童团长，站岗放哨，为游击队通风报信。15岁时，他号召村里青壮年男人去参军，一点数30人，刚好一个排，于是他就当了排长。后来，他带领他的弟兄历经十几场大小战斗，把一脸稚气磨得刚硬如铁。等到新中国成立后，虽然年龄不大，但已经是一条铁打的汉子、带兵的人。

先锋队平均年龄不到23岁，有军人、地质学家，还有刚走出大中专院校的知识分子，既有钢铁般的意志，又有知识分子建设社会主义新中国的浪漫和热情。队伍里没有女的，女的进去不方便。勘探大队总共400多人，都是他挑兵挑将筛选出来的。先锋队或骑着骆驼，或坐着为数不多的几辆汽车，拉着设备仪器和生活给养，打着鲜艳的红旗，一路歌声往西而来。

在敦煌，队伍休整，招兵买马。

招兵主要招的是驼工，买马主要买的是骆驼。

前方是茫茫沙海，人和设备、给养都需要骆驼才能进去。他们在敦煌和阿克塞，招租了300多峰骆驼，这当然得到敦煌地方政府的大力支持。勘探队精锐满蓄，个别兴致盎然者还参观了敦煌莫高窟。那时，敦煌莫高窟的守护神常书鸿也刚刚到达不久，洞窟坍塌颓废，不忍目睹。他们在千年的艺术宝窟前，落寞而惆怅。

河西走廊在敦煌就缩了结，前方就是若羌古道。

黄沙漫漫，前路茫茫。没有路，人们边探路边前行。如今从敦煌到花土沟还不到一天的路程，他们却整整走了半个多月。他们用脚掌，用肉身，用生命，拓展开了柴达木石油半个世纪的辉煌大道。

当时若羌古道上还流窜着乌斯满的残匪。乌斯满早几年前就在当金山那边的花海子被活捉正法，但小股流匪还在那一带贼心不死，杀人越货。于是，酒泉军分区骑兵团派一支骑兵护送，荷枪实弹。土匪终归是土匪，他们望着正规军护送的勘探队伍，再不敢动刀动枪。

虽然防患未然，土匪没有骚扰，但他们经受的自然考验可谓前所未有。戈壁沙漠上，地老天荒，流云飞度，干燥缺氧，缺水断粮。每前行一步，几乎都是与死亡为伴。但他们没有恐惧死亡，心中激荡的是钢铁一般的信念：走，走进柴达木去；去，去寻找石油。

百废待兴的新中国，急需工业血液。

范建民，是倒在西行路上的第一座碑。

很多文章记叙过那段拓荒岁月的艰辛。虽然半个世纪已经过去，时空转换，文字也不乏冰冷拘谨，但读来依然令人毛孔乍开，感同身受。所以，柴达木石油人最怀旧，最继承传统，最弘扬荣光，铭记艰苦奋斗并代代相传。

小驼工范建民，牺牲时才18岁。

按照身份来说，范建民只是招募的一个驼工，不算真正的石油人，但是，他是为石油而牺牲的，在讲究身份的体制内，人们觉得他的身份不那么重要。柴达木石油开发史，宽容而庄严地接纳了他。有很多记忆他的文章，最有名的是作家肖复华的《骆驼赋》，该篇文章还被选入中学语文课本。范建民走进了中国严肃认真的教科书，这是柴达木石油的幸事、盛事。

肖复华是这样复原场景的：

　　31年前，我由北京去青海柴达木当一名石油工人时，便听说了这个故事，它足以让我终生难忘。

　　1954年，当第一支石油勘探队踏入这浩瀚的"生命禁区"时，运载物资、陪伴他们前行的只有"沙漠之舟"——骆驼。

　　一次，一个8个人的勘探小分队在大风中迷了路，他们走了6天，一峰饥渴难忍的骆驼猝然倒地，它张着大嘴，仰天长啸……

　　驼工向队长苦苦哀求："给它点水吧，救救它吧。"

　　队长姓葛，他望望乌孜别克族向导阿吉老人，老人望望仅剩下的两桶水，坚定地摇摇头。全队人都明白了，面向骆驼脱帽肃立。

　　队伍行进不足10米远时，那峰骆驼竟顽强地支撑起前蹄，毅然站立起来，迈着沉重的驼步，蹒跚着，一步一步向勘探队走来……

　　驼工再次跪倒在地，失声大哭："救救它吧……"

　　全队的人都被那驼步声和这嘶喊声震撼得落下了热泪，谁也不肯再向前走一步了。

　　葛队长急了，他仰天长叹一声，甩下一串热泪，从保卫人员肩上取下一支枪，冲天扫了一梭子子弹，大喊："我的权力是战胜死亡，全队立即出发！"他的声音在戈壁滩的上空回荡。

队伍出发了，谁也不敢回头再看一眼那峰骆驼。那峰不屈的骆驼站起来又倒下，倒下又站起来……

傍晚，队伍终于找到据点，驼工顾不上吃饭，灌了一桶水，刚要走。阿吉老人拦住了他："小伙子，不能去，会迷路的。"驼工说："不会，有月光，我顺着驼印走……"

驼工走了，再也没回来。

后来，勘探队在一个叫"开特米里克"的地方找到了他。在盐碱滩上，他仰天长卧，已成为不朽的人，上衣撕开，袒露的胸膛上留下无数条深深的血迹。上衣兜里，只有 5 元人民币。这钱是他第一个月留下的工资，准备寄给河北老家双目失明的老母亲。

"开特米里克"，蒙古语，意为"小山包"。队员们在这个小山包上安葬了这位 18 岁的年轻人。

"开特米里克"，这个沙砾堆就的金灿灿的小山包，深情地包容了这位在青海油田死亡档案里记载的倒在勘探路上的第一个人。他叫范建民。

今年秋天，我再次返回我在那里生活了 28 年的青海柴达木。当我站在"开特米里克"面前时，那峰骆驼又出现在我眼前，我也仿佛听见范建民说：我永远和骆驼同在了。

不远处，已建成百万吨的油田，钻塔林立，钻机轰鸣，现代化运输车队川流不息。油砂山下，耸立着一座纪念碑，上面书写着：为勘探和开发油砂山而献身的烈士永垂不朽！

　　我们来到纪念碑下，凝视着远方。远方，范建民牵着骆驼向我们走来。31年了，他和那峰骆驼一直走向我的心灵深处。

　　那一年，我在北京复华先生的家里做客。

　　他正在校阅他的最后一本书《柴达木笔记》。说到柴达木、柴达木石油，包括像范建民一样的柴达木人，他热泪盈眶，长歌当哭。比黄豆还大的泪珠簌簌滚落，淌过脸上那被柴达木风沙镂刻的层层沟壑，晶莹如玉。我是个极为克制的人，但也忍不住泪花闪烁。

　　我问他：为何如此？

　　他说：因为命运。

　　可惜，复华先生刚逾花甲，便在2011年的深冬匆然告别了这个令他愁肠百结的人世。他最后的遗言是：我走后，请将我的骨灰撒向戈壁，我愿在那里长梦不醒……

　　如今，路过开特米里克，满眼依然是隆起的黄褐色的山包。那山包像大海里的浪头，层层堆叠，连绵不尽，浪奔浪涌。驻足在黄色的浪头之间，想象着半个世纪前的那个月夜……我相信，其中有一个山包定是为范建民而生的，那是柴达木给予他的纪念碑。

一路上，郝清江他们经历了沙尘暴、流沙等大自然的恶虐。

沙尘暴挟沙裹石，铺天盖地，把人和骆驼吹得找不到方向。夜晚里的帐篷会被大风"连根拔起"，做了沙暴中飞舞的一片残帆。沙尘暴过去，汽车的绿漆被剥蚀得精光，钢板上满是黄豆大小的麻子坑。要是人脸遭遇这样的击打，后果可想而知。

他们也遭遇了断水、缺粮等攸关生命的临危考验，甚至还喝过自己的尿，还有骆驼的尿……最终，他们翻过了金鸿山（阿尔金山支脉）。站在金鸿山顶，他们看见了雪峰瓦蓝的昆仑山，和昆仑山下碧波荡漾的尕斯湖。

他们，走进了青海西部的一隅——柴达木之茫崖。

茫崖的荒漠戈壁，有人称作"生命禁区""无人区"，绝对不适合人类生存，但她宽广地拥抱了那些来自五湖四海的勘探队员。勘探队员也别无选择地深爱着这里，接受并感恩它的广阔和富足。甚至，石油人的血液里早已渗透了茫崖的粗粝和雄浑。

虽然，"苦难"二字如今再不是值得炫耀的名片和可作谈资的荣耀——因为，在有些人眼里，崇高已被解构，理想和信念的旗帜早已褪色。柴达木石油第三代、第四代的孩子们，有的虽然拥有柴达木户籍，但一次也没有踏上过柴达木那片土地。再次折服于命运回到这片土地的人，他们多少都有些无可奈何，而并非心悦诚服。

我无意怨言坚硬的现实和权力的刀案，事实本就如此。

柴达木也别无选择，偏安西天，离太阳最近，离人类最远。

好在，20世纪前的石油先驱者们，是胸怀伟大理想和革命荣光的，因此才能安心在这兔子不拉屎的瀚海戈壁，扎营安家，用青春和生命抒写洪荒岁月的石油开发史。

除了阿拉尔草原和少量以放牧为生的游牧民族外，基本就是地球亿万年来的岁月洪荒和千古孤寂。勘探队员们感慨，这一片不毛之地啊，胜似月球；也有人说他们每迈出的一步，就是为人类留下的一只脚印。交通不畅，信息闭塞，物资匮乏，加上高寒缺氧，生命随时受到威胁。

走下阿尔金山，最先迎接他们的是新疆军区派驻在阿拉尔草原的一支骑兵连。这支队伍驻扎在此的任务就是剿匪，保护草原平安。当时，乌斯满的流匪还活跃在铁木里克一带。这支骑兵连派驻在此已是好几个年头，连帐篷、军装都褪尽了颜色。当他们看见"口外"来人，激动得泪水奔夺，赶紧杀牛宰羊，盛情以待。

也巧，正好赶上新疆军区慰问团来慰问这支骑兵连，勘探队员和他们联欢了三天三夜。昆仑山下的阿拉尔草原，弥漫着节日的喜悦，尕斯湖的水鸟为之激情伴舞，草原的黄羊也奔走相告。

可惜的是，那支骑兵连战士在后续与土匪的战斗中死伤众多，他们很多人再没有走出柴达木，走出阿拉尔。很多战士的坟墓，至今还在阿拉尔草原荒芜的原野上随草木季季枯黄，面昆仑日日孤寂。要不是历史还有记忆，谁知道他们埋骨柴达木呢?

随之,地质勘探大队也将迎来生死考验。

初探工作的拦路虎就是缺水。各队几十个人的工作、生活用水,全靠几匹骆驼,每五六天送一次。正常情况下,每人每天只发一茶缸水,早晨用一口水漱口,其余用来洗脸。洗完脸,再把毛巾里的水挤入脸盆,放在一边沉淀,晚上收工回来再用沉淀过的水洗脸、洗脚。

每天在野外勘探测量,来回走10多公里山路,经常爬山越岭,脚汗很重,但没有水洗。于是,有人发明了一种"干洗法",在休息的时候,将袜子埋在被太阳晒烫的沙子里,让热沙子吸干脚汗,然后搓掉沙子,再把袜子穿上。衬衣就没有办法清洗了,只能任其让汗水湿了又干,干了再湿,最后衣衫硬得像一块帆布。

最担心的是在野外迷路,当随身带的水喝完了,就要用骆驼和自己的尿来急救。这样的事,在早期勘探中司空见惯。后来接触很多早期进盆地的老石油人,他们几乎都有喝过尿的历史。听他们轻描淡写的回忆,似乎那不是什么大不了的事。每每至此,我总是失语。

他们说,地质队在野外吃不上新鲜蔬菜,全是从内地运到的干菜、黄花、木耳、海带、粉条。即便是干菜,也是不远千里万里从内地运进来的,不好吃,但也不常有,还得节约吃。

为了搬家方便,几个人住一顶三角帐篷。

每人配备一床被子和一床褥子,席地而睡。睡觉时,最难过的是夏天的中午和冬天的晚上。夏天中午，帐篷外太阳烤得人流油，帐篷里闷得人汗流浃背，透不过气来。冬天，单帐篷挡不住严寒，早上起床，被窝里凉飕飕的，被头、帽檐全是哈气结出的白霜，以至于眉毛凝结成冰块，一掰就断。

遇到刮风下雪就更惨。几个人蜷缩在一起，下面铺两床被子，上面盖两床被子，身上穿着棉衣棉裤，头上戴着狗皮帽子，半卧半靠一直熬到天亮。有时，夜里会突然刮起八九级大风，狂风挟沙滚滚而来，把帐篷掀得老远。帐篷被大风所破，一部分人去追帐篷，一部分人去捡被风刮得四散的衣服和生活用品。

大家把帐篷和衣物找回来，天也快亮了。

于是，有人编了顺口溜：

天上无飞鸟，遍地不长草。

四季少雨雪，风吹石头跑。

上面烈日晒，下面热沙烤。

冬天寒风吹，夏天蚊虫咬。

整月缺水喝，常年不洗澡。

指甲当汤勺，虱多用沙炒。

拉屎往高爬，撒尿用棍敲。

脸蛋黑又红，对象不好找。

唯有油气多，大家都说好。

这个顺口溜至今还在柴达木广为流传。

就在那样艰难困苦的情况下，经过一年多的地质调查，地质大队核实了油砂山、干柴沟等地的砂层露头，发现了盆地西部第三系沉积岩厚度达三四千米，其中有很好的生油层。发现了油泉子、油砂山、油墩子、七个泉等18个可能储油构造和9处油苗。以事实为依据，柴达木盆地具有勘探面积大、沉积岩厚度大、背斜构造大、生油条件好等特点，勾画了油气勘探远景。

电波飞传。柴达木有油的喜讯，引起国家高度重视。

为了摸清柴达木盆地的石油地质条件、勘探开发远景和队伍生存条件，1954年9月，国家燃料工业部石油管理总局决定成立柴达木盆地石油考察队，由局长康世恩带队，石油地质专家张俊、王尚文、陈贲、沈晨、杨文彬、杨少华等，还有苏联石油地质专家特拉菲穆克、契雅契克夫、格罗斯、阿留辛、安德烈柯等，对柴达木盆地西北部的石油勘探开发进行实地考察，随行人员还有诗人李季、作家李若冰、新华社记者姚宗仪等，共60多人。

这次考察，对柴达木石油开发至关重要。

考察队从西安出发，途经玉门，到达敦煌。沿着柴达木地质勘探大队的行走路线，踏若羌古道，沿阿克塞、拉配泉、索尔库里，翻越阿尔金山进入柴达木盆地西北部。

考察队经20多天，详细考察了油砂山露出地面的油砂构造，油泉子和开特米里克的液体油苗，油墩子、七个泉等处暴露出地面的油层剖面、构造和圈闭，还考察了昆仑山下的淡水资源和野生动植物等资源情况。专家们对柴达木盆地油气勘探开发前景非常乐观！

他们一致认为，柴达木盆地含油地质条件好，昆仑山冰雪融化渗入地下的淡水资源也很丰富，并且以木买努斯·依沙阿吉老人一家在此养儿育女生活多年，证明人类可以在此长期生活，并建议组织地质勘探队伍进行规模勘探。根据专家们的意见，考察队向国务院、西北局和青海省呈报了关于勘探开发柴达木盆地油气资源的报告。

1954 年，柴达木盆地的石油地质普查得出结果。

1955 年，国家拍板对柴达木盆地进行石油勘探。

1955 年 6 月 1 日，燃料化学工业部石油管理总局决定撤销地质局、钻探局，以地质局机关、柴达木地质大队、柴达木勘探筹备处、民和地质区队为基础，抽调钻探局部分专业干部，组建青海石油勘探局。勘探局机关设在青海省西宁市，任命原地质局局长张俊为代理局长兼党委书记。

石油管理总局把陕西枣园、永坪、四郎庙与民和的钻探大队，以及陕西铜川转运站、东北石油八厂等单位，也一并划归青海石油勘探局。同时，从甘肃酒泉、新疆吐鲁番地质大队，甘肃玉门、陕西延长、广东茂名油矿调集职工，充实柴达木石油勘探队伍。年底，青海石油勘探局的地质队增加到 47 个，职工队伍达到 4750 余人。

国家地质部积极支持石油勘探，派出"632"柴达木石油普查大队，以及由中国科学院兰州地质研究所和南京古生物研究所组成的柴达木石油研究队进入柴达木盆地，与青海石油勘探局一起开展石油地质勘探工作。

柴达木盆地，由此拉开了大规模石油勘探开发的序幕。

郝清江回忆了勘探队伍在柴达木的第一个难挨的冬季。

他说，他随同考察队出盆地去西安汇报工作。勘探队员们在盆地迎来了第一个冬天。似乎，他们对这个冬天没有准备预案，当白花花的大雪覆盖了原野的时候，他们显然措手不及。刚好在盆地外的郝清江得知信息，打马上北京，找到国家计委、中央军委要求救援，最后通过青海省委指示海西州，在官保加州长率队驰援下，挽救了四五百人的生命。

1997年夏天，郝清江对我亲口叙述了他心急如焚跑救援的情景，老人眼里依然晃动着泪花……

在中国石油的史记里，有一张著名的照片出自柴达木。

那就是阿吉老人引导勘探队员进盆地的照片。那张照片来自中央新闻纪录电影制片厂的视频截图。虽然是视频截图，但被定格的瞬间已成经典，经典已成永恒，永恒已成历史。据考证，拍摄时间是1955年9月，国家燃料工业部石油管理总局成立的柴达木盆地石油考察队进盆地，拍摄者是中央新闻纪录电影制片厂的费龙先生。

照片是黑白色，画面里有四峰骆驼，三峰在前，一峰靠后。

左前第一位是木买努斯·依沙阿吉，棉袍、棉帽、白须，左手稳驼，右手遥指远方；中间驼峰上戴眼镜者叫张维亚，笑容满面，随着阿吉老人手指所向眺望远方；右边驼峰

图片 2

从新疆请来的向导阿吉老人带领勘探队员在进行勘察

上神色肃穆者叫葛泰生，亦举眉齐目望向阿吉老人手指处。右边角的后背景中一峰骆驼似乎正急速前来，队员面孔稍模糊，他叫马忠义。张维亚和葛泰生是清华大学校友，马忠义毕业于西北大学。

这一张被定格的纪实照片，非常珍贵。

这张照片，一是记录了阿吉老人作为向导鲜活的肢体语言，二是展示了勘探队员栉风沐雨挺进柴达木的精神风貌。这张照片已经深深烙印进石油人的记忆，成为无数专题片、宣传片，无数书籍、史记和纪念馆、陈列馆的开篇影像志。在敦煌七里镇石油基地陈列馆，一楼大厅正对门口的地方，按此照片做了一组雕像，栩栩如生，气势动人。这四人，也成为青海石油人的集体记忆。

最该隆重记忆的是那位少数民族老人。

他叫木买努斯·依沙阿吉。他是整个柴达木开发的向导，号称柴达木的"活地图"。人们惯常亲切地称他为"阿吉老人"。阿吉老人不仅仅是柴达木石油的功臣，也是中国石油的标志性符号，是他把勘探队伍引进了恍若月球般的圣殿，打开了柴达木的月光宝盒。

这是阿吉老人的女儿柴达木罕写给父亲的一首短诗：

> 有人说，老人，
> 像沙漠里的骆驼，
> 默默地奔走了一生。
> 脚踩着历史留给的沙漠，

背负着祖国交付的重托。

问足下路程何远?

风沙里月缺月圆日出日落。

来时,默默;

去时,默默,

脚印儿都被风沙抹。

在柴达木早期开发史上,阿吉老人有着特殊的至关重要的作用。勘探初期,阿吉老人作为向导,带领地质队员在柴达木盆地南征北战,东来西往,踏遍了漫漫沙海,攀爬了皑皑雪山。

阿拉尔的骑兵战士向勘探队员介绍了木买努斯·依沙阿吉。

阿吉听说要在柴达木找水找石油,二话不说,欣然带路。

在阿吉的指引下,地质队在茫崖找到了淡水水源。石油人在那里建了自流井,建了柴达木第一个石油基地——名扬全国的茫崖帐篷城。后来,阿吉还带着苏联的水文地质专家,在储油构造七个泉找到了无数个泉眼,为后来的大部队勘探开发解决了水源问题。

阿吉原本是穿越柴达木四海经商的商人。他记得曾路过一片乱山子,地上有闪着黑色油光的土块,可以点着火。他悄悄秘藏了这处宝地,因为他担心落到土匪的手里。他心中一盘算,那大概就是地质队员要找的石油了。于是,阿吉带着地质队员们向那片宝地走去。

为了节省水，他们日夜兼程。为了减少骆驼的体力消耗，骑行三天后他们开始步行。一直走到第七天深夜，阿吉才让大家停下来，把骆驼围成一个圈，人们在里面休息过夜。天刚蒙蒙亮，阿吉就叫醒地质队员，指着圈外说：出去看看吧！

勘探队员炸开了锅，惊呼道：石油！

地质队员惊喜地发现有两个完整的背斜构造。清华大学地质系毕业的地质队队长葛泰生爬上渗着黑油的山坡说，石油在这里会像泉水一样流出来，这里就叫"油泉子"吧。他又指着另一个山梁说，那就叫"沥青嘴"吧。他转身对阿吉老人说，这一大片山冈的石油是您找到的，您来命名吧！

阿吉说：开特米里克。

这是蒙古语，意思是：小山包。

勘探队员们为脚下的土地激情而诗意地命名。后来，柴达木的很多地名，例如甘森、那棱格勒、茫崖、冷湖、花土沟、涩北等，都是他们命名的。从此，中国的地图上便有了这些地理标注。有的是蒙古语音译，比如甘森就是"苦水"的地方，茫崖就是"额头前凸"的意思。想想能为脚下的土地命名，那是多么的神圣啊！

开特米里克，是地质勘探大队在柴达木发现的第一个储油构造。柴达木盆地的第一口探井，就是在油泉子开钻的，并钻获了工业油流。因此，青海石油勘探局才正式成立。

阿吉老人带领勘探队员几乎踏遍了所有油苗露头的地方。

一次在昆仑山南山脚下踏勘时，绵绵沙滩一望无际，汽车开不过去。大家都望着阿吉老人。阿吉神色自若地向前走，用脚板"敲"击着地上的沙子。阿吉"敲"着走着，一会儿直走，一会儿绕弯，沙地啪啪直响。他忽然转过身来对大伙笑着说，这儿行啦。汽车果然顺利地开了过去。两天多的踏勘，全是阿吉用脚"敲"出的路。

辽阔的戈壁荒漠看似无路，而路就在阿吉老人的脚下。

阿吉不仅奉献于石油勘探，他还带领调查队察看荒地建农场，走遍了 2000 多平方公里的尕斯草原，查明了 16 万亩的可耕种土地；修筑茫崖至马海的公路，他带领测量队穿过上百公里的雅丹地区；勘察铁路，他当向导穿戈壁跨盐泽；考察青藏高原动植物生长，他走在科考队伍的最前面，带着大家在昆仑山里钻冰川踏雪原……

短短几年时间，阿吉老人行程数万里，给石油、地质、公路、铁路、农业、科考等勘探队伍带路，足迹遍布柴达木盆地的每个角落。

茫崖工委成立时，上级要请他当茫崖工委名誉副主任，他赶忙找到工委书记说，我当个骆驼工就蛮好。临终时，他留给家人的遗嘱是：我死了之后，就安葬在柴达木，你们没有特殊情况也不要离开盆地，这里是我们的家……

1961 年 10 月 7 日，74 岁的阿吉老人病逝。

西部天空里的神鹰折翅安息。天空未留痕迹，但神鹰确已飞过。遵照他生前的愿望，石油人将他埋在柴达木西部的花土沟。每年清明节，石油人都要为他扫墓。柴达木人永远怀念他，他骑着骆驼带领地质队员找水找石油摇响的驼铃声，永远在柴达木天地间回响。

一度，他的墓被流沙和垃圾围盖。有位作家为此愤然，墓地又修缮一新。其实，再坚固的墓碑都会在时间里坍塌，唯有矗立在人心中的墓碑，才坚不可摧。

而对阿吉最好的纪念，就是柴达木日新月异的发展。

因死而生，阿吉这只雄鹰永远翱翔在柴达木的天空。

照片中间驼峰上满脸笑容者，叫张维亚。

张维亚，1919年生，陕西华阴人。

张维亚是1954年最早进入柴达木盆地的先驱者之一。初进盆地时，大队长是郝清江，副大队长是周继泉，地质师是张维亚，工会主席是王全福。也就是说，张维亚不仅是勘探大队的领导者之一，还是当时的地质权威之一。

张维亚早年就读于清华大学，抗战全面爆发时，北平城"安放不了一张平静的书桌"，学校迁往云南昆明，清华、北大、南开三校合称"西南联大"，闻一多、朱自清、李四光等都是他的老师。德国人米士是地质构造专家，也做过他的老师。因此他精通德文，又自修俄文，加之在学校学的是英文，于是精通德、俄、英三种文字，在当时是难得的外语人才。

他随勘探大队挺进柴达木，为柴达木盆地早期勘探做出了突出贡献。柴达木的山山水水，也成为他一生难以磨灭的记忆。1957年，张维亚从柴达木调往中国石油勘探开发研究院，当时院长是曾担任过青海石油勘探局局长的张俊。由于张维亚心细，在基层干过，又懂外语，成就突出，受到领导的高度重视并起用。

担任过石油部部长的康世恩和唐克同志不止一次地夸赞张维亚，说他是难得的人才，知识渊博而心细；画的地质剖面图，精准无误；主持制定的标准层，绝对准确可靠。

20世纪60年代，组织曾调他参与大港油田会战。当时担任石油研究院院长的翟光明得知后，非要让他立即调回来，说石油研究院离不开他。调回研究院后，他被安排在情报所工作，专门翻译、汇总国外石油科技图书资料。他翻译和收集了不少外文资料，填补了我国在石油发展方面的很多空白，为石油事业的发展做出了重要贡献。

张维亚的妻子张筱燕是音乐老师。1956年西安音乐学院缺钢琴教师，得知她有此专长，学院派人前来油田交涉，经青海勘探局局长张俊批准借调到该院任教，直到1958年才调回北京石油科学研究院。在西安音乐学院任教期间，张筱燕经常到张治中先生家中，为其女儿义务辅导钢琴。张筱燕曾在西安、兰州等地任过教，教出了不少好学生，曾任国务院副总理的吴仪就是她的学生之一。

离别柴达木，张维亚再没有回去过。

但在柴达木工作的那三年时间，那曾被风沙磨砺的岁月，是他生命记忆里最难以忘怀的珍贵记忆。每每回忆起阿吉老人，回忆起柴达木的老朋友、老战友，张维亚总是老泪纵横。他曾写了一篇名叫《驼铃声声路漫漫》的文章，详细回忆了当年柴达木石油勘探的艰苦岁月，对柴达木充满了深切的热爱。

2015年，96岁高龄的张维亚在北京去世。他的魂灵，终于可以回到西部高原，回到他魂牵梦绕的柴达木。

照片上神情肃穆者，叫葛泰生。

葛泰生祖籍江苏，1931年出生于山东济南，是张维亚清华大学的同窗，两人一起于50年代初期走进了柴达木。葛泰生在70年代支援辽河会战，石油部长康世恩亲自点名让他参战，担任辽河油田副总地质师。他曾连续三届担任辽河油田所在地盘锦市政协副主席，其间还当选为第六届全国人大代表。1998年退休。2019年11月，青海油田原文联副主席梁泽祥为茫崖建市搜集史料，专程到辽河油田采访葛泰生，年近90高龄的老人回忆柴达木往事，思路清晰，情真意切。

葛泰生从清华大学毕业后，被分配到玉门地质大队，任103队队长。当时作家李若冰正在该大队挂职锻炼，担任副大队长，作家李季也在玉门油田挂职担任宣传部副部长，他们没少写这个知识青年的先进事迹，后来他们成了无话不谈的好朋友。作家们的锦绣文章，让葛泰生早早引起组织重视。1954年，石油管理总局西北地质局号召进军柴达木，葛泰生毅然报名前往，成为首批进军柴达木的勘探队员。

葛泰生就是奔着一个"油"字去的，传说中的"油砂山"早已成了他心中的圣地。到了油砂山后，为了摸清各地情况，为大规模勘探做好前期准备工作，他和张维亚等在阿吉老人的带领下，由三位解放军战士护卫，日夜不停地奔走在戈壁大漠。

这也是那张著名照片被拍摄的由来。

初期踏勘，其艰辛可想而知。

小分队出发两三天，走到咸水泉，水桶被挤坏，所带的淡水流失，只得折返。经过几天休整后，葛泰生又带着原班人马上路。这次，他们连续在荒无人烟的野外工作了九天。他们的主要任务，一是熟悉地形、地貌，并做出标记；二是找水找路，绘制成明细图。帐幕围城，驼峰作舟，饿啃青稞馍，渴饮昆仑雪。他们坚韧不拔，彰显了大无畏的革命乐观主义精神。

山高坡陡，沟壑纵横，骆驼无法前行时就徒步，他们曾创下一天徒步几十公里的纪录。野外险象环生，从油砂山赶往红沟子时，有一只水桶在过沟时被挤坏，吃水遇到了危机，人畜缺水断粮，勘探队员不得不走下驼背艰难步行。年过六旬的阿吉老人也要坚持步行，考虑到他年龄已大，人们硬是把他扶上了驼背。

为了救命，人们只能用自己的尿液解渴求生。

到第六天，几峰骆驼也因极度饥渴而死。

到第九天，惊喜突然而至，疲惫不堪的骆驼突然来了精神，它们扬头狂奔起来。

阿吉老人大声道：我们有救了！

果然，不远处出现了一片水草！

绝处逢生，队员们欢呼着奔向水源……

经过荒野求生的实战，葛泰生和勘探队员们很快掌握了如何辨别方向、寻找水源等生存经验。在大批勘探队员进驻盆地全面开展工作后，为避免迷路造成重大人员伤亡事故，葛泰生要求队员们在驻地高山坡上插红旗，夜间悬挂马灯，出门必须做好地形特征记录，等等。这些野外求生经验很实用。

勘探初期，没有统一规划，各地质队自行其是，各构造、地质剖面的叫法都不统一，乱象丛生。地质师张维亚发现后，及时纠正，将合并归整任务交给葛泰生。为了统一构造及地质剖面的叫法，葛泰生又跑遍各个构造逐一落实，完成141个构造名称和标准层的命名：花土沟、狮子沟、红沟子、咸水泉、油墩子、油泉子……

为大地命名，这是一个地质工作者最高的荣誉。

这份荣誉，是柴达木早期的勘探者们以血汗乃至生命为代价换来的。被赋予了人类情感的大地，也以油气回报了勘探者的职业梦想。时光飞逝，距离那张照片拍摄已经过去了67个年头。阿吉老人、张维亚、葛泰生等第一代柴达木开拓者们也已经成为历史和回忆，但他们的生命之光将永远光耀于柴达木的天空和大地。

柴达木，永远为他们存档留念！

第三章　八仙安在

在流沙上也要扎牢脚跟
在盐碱上也要种出梦想
追逐茫崖之光，恍若西天之上的神话
还有那来自江南的八位地质队员
你们倒下的地方，成了柴达木新的地理指向
如今，每当人们走过那片土地
都会情不自禁地说：
在这里，有八位姑娘
哦，八位姑娘，你们是戈壁之花
是柴达木的美丽的神话

史载：雪域高原，自然严苛，生存艰难，但在柴达木早期勘探开发中，到处涌现出女性群体卓越的风采，她们是绽放在瀚海的戈壁之花，是天际线上一道特殊的风景线。在石油探区就有过女子地形测量队、女子地质队、女子水准测量队、马海探区女子试油队、向秀丽女子采油队等。巾帼不让须眉，也诞生了一批女性先进典型，比如1956年青海省勘探开发柴达木积极分子大会代表、女子测队队长林伟兰，1959年获全国先进生产者、采油女工刘秀娥等。之后又出现了女子采油班、女子修井班、女子炼油班、女子焊工班等等，涌现出了余招娣、张勤秀等这样优秀的采油女工。其他战线也女英雄辈出，如马崇煊、侯桂芳、秦淑娟等。她们身为柔弱女性，但勇闯荒原，铁血肝胆；她们是妻子，是母亲，但更是敢与男儿争雄的石油战士。

说起柴达木早期的女子勘探队员，似乎只得从"南八仙"这个地名开始。当然，这只能是一个传说。但传说久了，传的人多了，口口相传，心心相印，信以为真，就真以为是。比如柴达木最经典的传说——南八仙。南八仙，如今是柴达木盆地的一个地名；那里出产天然气，也叫南八仙气田。

从地理形态来看，南八仙是典型的雅丹地貌。

亿万年的漠风随意而又精心地雕刻出大漠奇观。远远望去，连绵不绝的山包弥漫在视野，大如楼房、小如蒙古包，都是浑圆的形状。夕阳下，金色的光芒普照，那些山头宛若神的杰作。那种美，只能天成，令人惊叹，令人陶醉。

在那美丽的色蕴里，也潜藏着巨大的杀机，她就是美丽的杀手。也就是说，当你迷路在这种魔幻般的美丽里，你就根本找不到坐标，找不到方向。一模一样的山头连着一模一样的山头，一天走不到尽头，两天走不到尽头，三天也依然如此。于是，你就会身陷囹圄，被这美丽的魔幻静悄悄地扼杀。

于是，南八仙的传说就此由来。

南八仙的传说目前主要有两个版本：一个在油田，说是八名女地质队员；一个在部队，说是八名女通信兵。当然，还有更坚决的论断：这两种都不是。但碍于现在没有任何准确的资料可考，我们只得理性地容许这两个版本任由其说。

这两个版本的传说者们，都理直气壮地捍卫着自己的情感，在传说中加以演绎，赋予感情，乃至某年某月，甚至连人名"张三李四"也能搬弄出来，有鼻子有眼，似乎不是真的都不可能。当然，也有人说，那是一些文人的杜撰，为了给那片土地增加魔幻色彩，为了让后人铭记当初创业的艰难。似乎，这也有道理。

于是，南八仙就成了真实的存在。似乎过多的怀疑，就是对那片土地的大不敬，对柴达木最初的创业者的大不敬，对倒在那片土地上的所有英灵的亵渎。最好的方式，你选择信了，这也是最正确的选项。

于是，我愿意在很多人演绎过的版本上，再次对南八仙进行文学艺术的推演，信不信是你的事，反正，我必须得信了。

南八仙，地处青藏高原柴达木盆地之北缘。若按严格的地理划分，南八仙属于大柴旦的地理版图，跟冷湖、跟茫崖只是情感毗邻。好在，它们都在柴达木盆地，而作为石油人的主要战场在冷湖、在茫崖，所以，从泛地理上讲，它们在传说中往往模糊掉了这样的边界。这里得特别说明，免生事端。

南八仙这片雅丹地貌，是7500万年前第三纪晚期和第四纪早期的湖泊沉积物，由于地质运动抬高而脱离水体，其间的盐和沙凝结地壳，被西风侵蚀雕塑而成。它们广布于柴达木西北部，是世界最大、最典型的雅丹景观之一，分布面积达千余平方公里。

地形奇特而生诡异。现实情况是，南八仙因其奇特怪诞的地貌、飘忽不定的狂风，再加上当地岩石富含铁质，地磁强大，常使罗盘失灵，导致无法辨别方向而迷路，被世人视为魔鬼城。

南八仙的雅丹，是迄今国内发现最大的风蚀土林群。

南八仙，是一个英雄的名字，并为后人所敬仰。特别是柴达木石油人，他们对这片土地怀有宗教般的虔诚，或者说，南八仙已经是一个石油人心灵的朝圣地。

让我们回溯到传说中的时间之岸……

1955 年，从全国各地逐梦而来的地质队员的铿锵脚步，震醒了这片亘古荒凉的土地，使它焕发了生机。其中，有八位南方来的女地质队员，从江南水乡来到这里，为热血石油绽放着青春的风采。

命运跟她们开了个玩笑。她们在迷宫般的风蚀残丘中跋涉测量，返回途中，铺天盖地的黄沙笼罩了荒漠。她们在"魔鬼城"的地形地貌中迷失了方向，仅有的标志也被风沙掩埋。

干渴，饥饿，恐惧，向她们袭来。

她们永远长眠在这片亘古的荒原。

她们用生命为大地命名。为了纪念八位女地质队员，人们将她们牺牲的地方标注为"南八仙"。

其实，以上都是传说。20 世纪 50 年代开发柴达木，历史资料相当细致齐备，假若真有八名地质队员牺牲，这也是天大的安全事故，史料会有详尽记载。但是，查阅至今，无任何文字可考。

再者，就按有些传说的版本，八名女地质队员牺牲后第三天是找到了遗体的。但是，遗体埋葬于何处，八名队员姓甚名谁，都没有只言片语的交代。也有版本说，八名女地质队员连遗体也没有找到，她们的坟茔就是那起伏连绵的山包。这种说法更是艺术化的文学修辞，当然就使其更具有传奇色彩。

细究传说版本，演绎得最真实的莫过于军旅作家王宗仁先生，他居然把南八仙传说中的八位女兵，演绎得更加有鼻子有眼。这就更印证了南八仙只是传说。也就是说，只要愿意，把"南八仙"的归属往哪里挪移都合乎情理。

王先生充满想象力的文字开放而多情，情节也逼真，还有他踏破铁鞋才找到的一位70多岁的哈萨克族牧人做证，居然还埋葬了八位女兵的遗体，这似乎真实得让人不能怀疑。正因为如此，这才是最文学的版本。埋葬了八位女兵不是一件小事情，必有墓和碑，必有死亡档案记录。但这些都没有。作为文学创作，是可以大胆假设和故事移植的，不为过。但是，基本的原则和逻辑还得要讲。

看过之后，付之一笑，不必当真。

目前，关于南八仙的文学书写有几十种版本。但凡我认识的本土作家或者从本土远离的作家们，都不会忘记将南八仙"打包带走"，丰富他们行走的"文囊"。这都无可厚非，何况，这故事本来就可以作万千演绎，因为本来就没有故事原型。但不管怎么说，文人们都是想通过这个故事来讴歌这片荒凉土地上不朽的人文精神，也对我们人类依附的大自然表达着神秘和恐惧，或许还有几分敬畏和哀怨。

对，必须得理解，南八仙的传说也是一份乡愁。

南八仙，从开始就被预设成了传说的伟大。

当然，细捋一下，关于南八仙传说的绝大多数版本，八位女子几乎都归类为地质队员，宗仁先生的"八位女兵"版本只是个案。也就是说，假若八位女性的惨烈故事是真实的，那么她们也只能是地质队员。当然，我们必须尊重宗仁先生给八位女性设置的另一种身份，那也是因为他对青藏交通线有着浓郁的军人情结。可见，八位女地质队员用生命留下的人间大义，已经超越了行业界限，已经升华为人类大美。

于此，宽容地说，是地质队员也好，是女兵也罢，她们都是这片土地的英雄儿女，值得人们记忆、纪念和传颂，并在心中竖碑。

我的主要目的不是来求证故事的真伪，说白了，我也想演绎这个凄美绝伦的传说。对早期柴达木石油开发来说，这是悲壮豪情里最浓重的一笔，绕都绕不过去。

我多次去过南八仙，也在那里过夜过。

那是90年代中期，油田派了一支筑路队伍，去打通涩北气田至马海的一条道路，其中就要穿越南八仙地界。

我去南八仙采访，在那里住宿了三个夜晚。

那是冬季，气温很低，风也很大，寒冷渗进了骨头。我和筑路工人挤在一顶帐篷里。帐篷里有一只炉火旺盛的铸铁炉子。为了避寒，人们得喝个半斤八两。我也喝。酒后，工人师傅们由于一天的劳累，挨上床板就鼾声如雷，惊天动地，但我怎么也睡不着。后夜里尿急，憋不住，溜出帐篷，遁入夜色深沉的南八仙。

南八仙的夜风出奇地恐怖。

大风在连绵的山包间迂回包抄，因此风声有些变腔变调，急促的呜咽声令人毛孔紧锁，感觉那是天地间最哀婉的呻吟。也可以叫鬼哭狼嚎。对，面对那声音，似乎没有过多的修饰词。

我壮着胆子，迎着一个山头撒了泡尿。

尿水在落地瞬间就改变了温度，虽然没有结成冰棒。

转身往回走，总感觉身子被什么力量拽着，那似乎不是风的力量，是一种很奇怪的力量。我不敢回头，死也不敢回头，用坚强的意念拽着自己的身子，拼命地往驻地逃。虽然夜里奇寒无比，但我浑身透汗。

于是我想到南八仙的传说。一想到这，腿就软了。

我连滚带爬进了帐篷，工人师傅们依旧鼾声如雷，但炉火已经熄灭。我不知道我在外边挣扎了多长时间，当我再次钻进被子里，感觉自己成了一根冰棒，手脚已经失去知觉。

后来我想，我宁愿相信这世界还有一个我们只能感觉而不能具象的隐秘空间，那里是生命体转化后的灵魂世界，在黑夜里我们睡去时他们醒来，看着人世的前半生。有了这样一个空间，人们才会产生敬畏，才会修正自己的道德和行为，而"活"的世界也才不那么平面，才有宽度和厚度，立体且充满弹性。

太阳升起，我找到夜尿的山包，长揖八个，并点燃八根香烟为祭。

我想，不管那八位女子抽不抽烟，那都是我的敬意。

关于柴达木女子地质队，是确有其人其事其编制的。

最先对油田女子地质队的直观印象来自油田的一本画册。那本硬皮黑色的画册相当厚重，画册里就有一张女子地质队的合影。黑白；两排，前坐，后站；12 人。杂色工棉衣，齐耳短发，情绪饱满，飒爽英姿。队员们保持有那个年代特有的精气神，很匹配当今人们对南八仙那八位女地质队员的精神意象和形象联想。

我曾久久地注视着那 12 位女地质队员。因为南八仙的传说，她们变得格外抽象，也格外伟大和崇高。她们不再是她们自己，她们成了一个时代一个特殊群体的精神画像，或者说是精神向度。我长久地对她们行着注目礼，并通过她们，传递给遥远的南八仙。

其实，女地质队员在 50 年代奔赴柴达木的不在少数。有的来自江南，有的来自天府之国，也有的是名校之花，也有的是科研院所的对口支援。有的确是牺牲在了远在天边的柴达木盆地。在那个年代，交通不便，通信不畅，加之严苛的地理自然条件，死人是经常发生的。不仅是女地质队员，男地质队员牺牲的也大有人在。当然，更多的，或者绝大多数的地质队都完成了地质勘探任务，挥师凯旋。

也有的就留在了柴达木盆地，加入了青海石油的勘探开发队伍，跟众多的石油人一样，在天际线之上奉献着青春、生命和子孙。

开天辟地者是时代的英豪，他们是一片大地的英魂。

他们的精神气质构成了这片土地的精神气质。他们都是逐梦者，都是怀着改天造地、建设新中国的豪情，告别家园志愿奔赴边疆柴达木来的。那些撼天动地的英豪，比如勘探队员，比如石油人，比如石棉人，比如铁路人，比如农场人，比如青藏线上的军人，他们都是具有独特精神气质的人类。

柴达木的精神气象，肝胆与天地，豪气撼昆仑。

他们的生死，皆悲壮。

当然，我们不能忘记一些以"女子"冠名的工作团队，这既是凸显性别的需要，也是一个时代让柔弱女人挺身向前的见证。更何况，那些女子们，是在天际线之上的"生命禁区"里，毫无保留地把自己拌和在共和国的一段历史里，都长成了风景！

在 50 年代，柴达木还有：女子地形测量队（407 地形测量队第三组）；125 女子地质队；402 女子水准测量队（1956 年）；马海探区女子试油队（1958 年）；向秀丽女子采油队（1959 年）。

这些以"女子"冠名的工作小队，巾帼不让须眉，展示的是妇女翻身得解放、女子能顶半边天的平等人格。那是难能可贵的，也是很难用词汇进行抒情渲染的。假如脱离开那

图片 3

20 世纪 50 年代柴达木女子勘探队员合影

个时代背景，再以今天的语境去解读，这些"女子"词条似乎总是串味。但假若把工作环境置换到青藏高原柴达木盆地，置换到生命禁区，那么，对这些"女子"的理解，你就会更容易找到根魂，找到精神的原点。

在这些"女子"小队里，女英雄辈出。比如在 1956 年青海省勘探开发柴达木积极分子大会上，受表彰的 402 女子测量队队长林伟兰，还有受表彰的 1959 年全国先进生产者采油女工刘秀娥等，她们都是鲜艳的高原之花。

到六七十年代，以"女子"冠名的班组队站更是层出不穷，比如女子采油班、女子修井班、女子炼油班等，优秀代表有余召娣、张勤秀，分别被评为青海省二次工业学大庆标兵、全国五届人大代表。

到八九十年代，这种以"女子"冠名的形式依然传承有序，比如油建的女子焊工班、南翼山的女子采油班等。这种命名方式既是对传统的继承，也是对性别的一种凸显和尊重，甚至说是对最早南八仙女子地质队的一种深切追寻和怀念。这就是柴达木人不忘根本的血脉相承，也是柴达木人可贵精神品质的延续。

女子们一旦走上前台，男人就徒生黯淡。

著名石油作家肖复华先生的报告文学《当金山的母亲》，写的就是石油女工侯桂芳一人值守当金山下运输处阿克塞食宿站的感人故事。一个弱女子以坚韧、宽广的胸怀温暖了千里石油运输线上劳命奔波的司助人员，温暖了一座白雪皑皑的大山，其事迹感天动地。侯桂芳因此荣幸地走进人民大会堂，接受了一个普通劳动者最高的奖励。

因为女人，高原之上阳光明媚。

按图索骥，我朝她们走去。

现实版的女子地质队员，也早已随岁月而去，如梦如幻。我试图力证柴达木一段风云际会的岁月，一段壮美的柴达木历史。

曾看见一组女子地质队的合影照。照片来自50年代的《人民画报》，摄影者是何世尧、邓永庆。可以说，这是迄今可考的关于柴达木女子地质队员工作和生活的最真实的镜头。组照是新闻纪实风格，但可见摄影师的纪实功力，在今天来看都相当不俗。

组照11张，配文字注解。此乃孤本，十分珍贵。

这11张图片记录了当年女子地质队员在柴达木盆地一段时间的工作状况。为了印证南八仙女子地质队只是传说，我将60年前这11张照片进行细解，权当去伪存真，立档存照。

第一张：10人蹲坐在山坡上。1人戴眼镜。3人扎长辫。3人穿花格衬衣，2人穿花格毛衣。1人闭眼，1人肃穆，其余皆笑脸。

原文图解：柴达木盆地地处昆仑山脉、阿尔金山脉和祁连山脉的怀抱之中，人迹罕至、高山、盐湖、风蚀丘陵、戈壁荒漠等多种地形地貌吸引着众多科学工作者前来考察。

1959年，新中国一支由10名女队员组成的地质队走进柴达木盆地进行考察、研究。这是当年地质小队的全体成员。

第二张：大山。白帐篷。样本箱，标尺，马扎。10人看书。记录，交谈，摆拍。

原文图解：这支女子地质队的任务是在方圆1400平方千里的赛什腾山区检查矿点并寻找新矿点，此次考察历时四个多月。位于冷湖镇的赛什腾山，海拔多在3500～4000米，山岭极为低缓，山脊多不连续，主要由古生代及更古老的岩系构成。这是地质队的营地。

第三张：大山。3顶白帐篷，1辆老式卡车。2人背对镜头走向后山，8人挥手向镜头，恰似开工小别。

原文图解：这支女子地质小队的队员，克服了难以想象的困难，她们穿行于古地的崇山峻岭间，认真勘查，按时、按质、按量地完成了找矿点的项目任务。

第四张：夜晚。帐篷里。马灯光下。小方桌。桌上2只搪瓷茶缸，1柄方镜，1只墨水瓶。10人围聚着一张地图，作探讨状。

原文图解：地质小队10名成员中有5名技术员、5名练习生。结束一天工作后，队长孟昭玺给姑娘们安排明天的工作。

第五张：晨曦。远景大山。3顶白帐篷。10人正在做第八套广播体操。伸展运动，腰后弯，手臂呈高扬状。

原文图解：地质队员的一天生活从晨练开始。

第六张：背景为大山。帐篷一角。6人面对小黑板，做试题状。小黑板角上挂有 3 只军用水壶。

原文图解：5 名技术员轮流给练习生上课，图为技术员陈素娥在讲结晶学。

第七张：远景大山。白色帐篷一角。4 人或蹲，或坐，或查看，或记录。2 只白色样袋。前景是一丛蓬勃的骆驼刺。

原文图解：女子地质小队通过实地考察，取得了第一手资料。这是刘凤绒、孟昭玺、姚雪诗、孟茨兰在整理矿石标本。

第八张：后景大山。4 人中景。2 人红格衬衣，2 人工装。4 人席地而坐，手拿炊饼，1 人遥指远方。4 人皆做惊喜状，唇开牙白。摆拍。

原文图解：出去考察时，姑娘们总是随身带着干粮，饿了啃几口。

第九张：远景大山。2 人特写。1 人用放大镜看样，1 人开本记录。戴白色地质圆帽，背军用水壶，穿大头皮鞋。

原文图解：柴达木盆地西北部发育有中生界和新生界地层，沉积岩分布广泛，种类繁多。这是地质队员邓茨兰和练习生萧开益正在检查矿点，研究矿石的性质。

第十张：2 人特写。1 人戴眼镜，1 人手握一石样，1 人拿羊角地质锤刮石。戴眼镜者手指刮痕处。神色十二分专注。

原文图解：练习生李雪如和姚诗雪已能独立工作。

第十一张：戴白帽的卡车司机。分发书信。8 名女子队员。笑口，白牙。接信，开封，读信。笑语如珠。

原文图解：在荒无人烟的地方收到远方亲人的来信，是姑娘们最开心的时刻。

不厌其烦地将这组照片进行细解，其目的前边已经说过。

我认为这是最鲜活的柴达木女地质队员。感谢那个黑白胶卷的时代，还有7张被人为地补了彩，更让人能从色彩上感知那个时代的活颜生鲜。不难看出，照片多是现场摆拍，但已经难能可贵，大可不必吹毛求疵。致敬60年前柴达木地质勘探的那个时代。

也致敬那个年代的新闻摄影人。

125女子地质队，是柴达木勘探的影照壁。

在众多被冠之以"女子"称谓的团体里，"125女子地质队"飒爽地走上前来。它是柴达木历史上可考的最早的一支女子地质队。它比之前不厌其详进行解读的那支纵横在赛什腾山的女子地质队更早。125女子地质队仅晚于南八仙那支传说的女子地质队。

125女子地质队于1956年3月成立。这支女队主要从事测量工作，又叫女子测量队。以"女子"冠名的这支队伍是清一色的女性，在当时不仅在柴达木是破天荒的第一次，就全国而言也是绝无仅有。

这支队伍有幸得到影像指认。从照片就看得出，她们一定是在工作期间遇上了摄影师，偶然被定格为伟大的瞬间。她们年龄有大有小，最大的24岁，最小的还不到18岁。这是正青春的年华，花朵一般的岁月，她们却将生命之花开放在瀚海戈壁。

125女子地质队成员来自上海、浙江、青岛、广东等7个省市，她们都是1955年或1956年进入盆地的中专生，也有大学毕业生，还有临时招来的季节工，有农民，还有牧民，是由不同的语言、不同的民族组建而成的大家庭。这支队伍是柴达木勘探开发的历史见证，也是青海石油人的骄傲。记录她们的文字并不多，我只能从仅有的文字里艰难地打捞出她们的生活片段。

从照片上看得出，她们直面柴达木的风沙，大风正掀开衣角，撩起短发，似乎那些饱满的青春的脸庞已经烙刻出高原的风痕。即便如此，她们每一张脸上都阳光明媚，绽放出内心深处的笑意和回旋在血液里的温暖。虽然，她们的短袄落满尘灰已成征衣，且久未洗涤。正是如此，才彰显出她们铁血之花在天际线之上傲然挺立并卓尔不群。

有人说，从这支女子地质队的照片中读懂了那个时代的魂魄，读懂了石油人的刚毅与豪迈，也读出了大自然的严苛与残忍。对一个时代的解读，最好的方式就是回归到那个时代。因为过度的抒情，脱离时代背景的不正确的情感泛滥，都将失之偏颇。

地质队的主要任务是测绘。测绘是石油资源勘探的基础性工作。1954年初进盆地的484人中就有三分之一是测绘人员。1956年柴达木盆地大地测量发展到最高峰，测量队伍由原来的二三百人发展到1700多人，测绘队编制达12

个。在地球物理勘探队中还配有专业测量组，可以说测量队伍遍及整个盆地。

测量工作从盆地西部开始，很快向盆地含油地带延伸，布设了大量的三角网锁与水准路线，并在各个石油地质构造上进行大规模的中、小比例尺地形测量。为了满足油田开发工程需要，在油砂山、南翼山、冷湖等油田上测绘了大比例尺地形图，配合地质、地球物理勘探，测设了数万公里的地质、物探测线，取得了显著的工作业绩。

天地不怀仁，女子尽须眉。

天当床，地当房。骑着骆驼走沙漠，戈壁深处帐营扎。渴饮昆仑雪，饿啃青稞馍。断水断粮时，常把尿来喝。九死一生，气壮山河。

以上这些句子就是她们工作生活的真实写照。那些年轻的女子地质队员们，赤脚踏遍柴达木万千河山，她们以标杆作尺，在大地绘图，将24万平方公里的柴达木盆地，等比例浓缩在怀抱大的纸张上。雄阔无边的柴达木瞬间有了形状，有了眉目，有了凸凹，有了边界，有了质感，有了可亲可敬的形象。这便是女子测绘队的功劳，简单点说，她们是给大地画像，给柴达木塑形。

万里河山，尽收眼底；苍茫大地，任我驰骋。

照片里飒爽英姿的女子们，她们是柴达木石油的开拓先锋，她们为柴达木石油勘探开发提供了路线图，她们是柴达木的女英雄，或者说，她们是柴达木的母亲。继她们之后，柴达木石油有了爱情，有了产床，有了家庭，有了一代又一代延续的根脉，有了柴达木的今天和未来。

她们，以满腔赤诚，孵化了柴达木！

女地质队员李庆媛，1953 年毕业于南京大学地质系，先是被分配在燃料工业部地质处的地质科任技术员，新婚丈夫杨少华 1954 年随郝清江大队长进盆地，是五个地质队队长之一。李庆媛也要求进盆地，但勘探大队拒绝女性入列，直到 1955 年才允许女性进盆地，她高兴极了，可是却发现自己已有身孕。她把这事悄悄瞒了下来。

有一天，测绘小队到了海拔 3600 多米的彩石岭，她突然感觉腹痛难忍，便弯腰蹲在地上，又怕引人怀疑，谎称是水土不服闹肚子。那时候条件艰苦，闹肚子司空见惯。直到 7 月份，身孕再也瞒不过众人眼睛。这事被副局长郭究圣知道了，大吃一惊，当即要李庆媛出盆地，并派小车将她送到了西宁。不久，李庆媛生下了一个女儿，取名杨青，后来第二个孩子出生，取名杨海，"青——海"，是那一代人对青海、对柴达木感情寄托的象征。

在女子地质队还有一位学徒工，名叫德尔木勒绒，是祁连大山里的一位藏族姑娘。1954 年，祁连山来了一支勘探队，勘探队里有男队员，也有女队员。这对一个生长在大山深处的姑娘来说，无疑充满了诱惑。她既好奇，又羡慕。她曾偷偷找到勘探队领导，要求当勘探队员。但由于她年龄偏小，组织没有同意。

1956 年，她去西宁探亲，正赶上勘探局招兵买马，大量要人。她找到石油勘探局，可她年龄仍然只有 17 岁。但她的执着劲儿感动了人事部门，最终她成了地质队里最年轻的一名队员。她文化程度低，但舍得吃苦，勤奋好学，不懂就问，很快就掌握了测量技术，成了一名合格的地质队员。

不管是大学生，还是普通的牧民，她们都是柴达木开发史上浓妆艳抹的风景。柴达木，会永远记住她们。

虽然如风而过，但有人已经记录下她们行走的风景。

一位柴达木的老作家、从事几十年记者工作的梁老先生说，现在她们大多数还健在，退休后遍布全国各地，但早已过了古稀，甚至耄耋之年。看照片，睹物思人，他遗憾的是没有和照片中的人作充分交谈，没有将她们的光辉岁月详尽地记述下来。

梁老先生曾对她们有过文字记述。他说，茫崖地区戈壁荒漠一片，不长草，没人烟，海拔高，风沙大，她们发扬艰苦奋斗精神，既当槽探工，又当测量工，哪里艰苦到哪里干。盆地最大的困难是缺水，每个小队配有七八峰骆驼负责驮水，因离水源远，施工区域广，水经常供应不上，有次断水三天，为了救命就喝了自己的尿。云云。

简短的不事修饰的甚至有些跳跃的文字，难有代入感。但只要用心用情去体味，那简单的文字里无不跳荡着最激越的情感。因为，情到深处去铅华。同样感谢梁老先生这样的记录者们，他们同样永载于史，堪称伟大。

那个时代的工作和生活是可想而知的，"艰苦"是共通的名词，战胜艰苦并享受艰苦，在艰苦里酿就生命之蜜，然后破茧成蝶，蝉蜕新生，终成柴达木的壮美风景。

有诗人说：柴达木，让女人走开！

然而，柴达木的女人却说：我们，从来不是传说！

有关125女子勘探队的文字史料真不多，我也不想再做文字的二道贩子，我只想说，大地有灵，柴达木盆地是她们最好的记忆磁盘，它刻录了所有用真情和信念在这片土地上走过的人。假若时光回旋，就会看见她们的身影，她们正款款向我们走来——林伟兰、李庆媛、钱杜凤、李淑芬、王秀兰、郑爱芳……

她们，是活着的八仙！

第四章　云端梦城

在天的那边——

云端之上有一座梦城

勘探队员们在戈壁上筑梦围城

将激情、理想、信念都种植在沙滩上

期盼一颗种子在天际线上发芽

随着滚烫的石油开花

可转眼间香消玉殒，沉沦天涯

那一万顶白色帆布的帐营啊

随流云隐身，还荒原如梦

残阳——如霞

史载： 2009 年国庆期间，在北京展览馆"新中国 60 周年成就展"的矿产资源展区上，中国地质博物馆提供了一个展品——柴达木之宝。这是 20 世纪 50 年代青海石油勘探局送给周恩来总理的，后来周总理办公室转送给了原地质部，地质部又送给中国地质博物馆永久保存。展品前面的天蓝色横牌上写着："1955 年，地质部 632 普查大队在青海柴达木盆地发现油田，献给周恩来同志的石油样品柴达木之宝。"这是透明岩盐制作的一尺多高的凸形小博物架，6 个格分别摆放着装有石油样品的玻璃小瓶，正中间下方是一块黑色地蜡。框架的右上方用红漆写着"将柴达木之宝献给敬爱的恩来"，框架左下侧写着"青海石油勘探局，一九五六·二"字样。又载：1955 年 12 月 12 日，柴达木第一口探井泉一井钻获油流，日产 2 吨多，轻质油含量高达 68%，不需炼制，加在拖拉机里就能发动开跑。又载：1956 年 9 月 5 日，《人民日报》发表了《支援克拉玛依和柴达木油区》的社论。

这个重大事件发生在 1956 年，也就是 64 年前的茫崖。

为了准确应对当今"茫崖"这一官方行政枢纽的地理指认，行文之始得将"茫崖"表述为"老茫崖"。一个"老"字的冠名似乎已经被指认，"老茫崖"是柴达木的"长子"。

反推柴达木石油的时间表，老茫崖的万人帐篷城前后仅存世 4 年时间。可能，这是人类史上最短命的一座城池，但它毫无疑问是青海省第一座工业化重镇，是柴达木盆地第一座现代化的城市。

如今，那里只是一片荒滩。

把荒原还给荒原，把时间还给时间。

我们在时间之内，也在时间之外，我们被时间抛弃，也曾一度抛弃时间。当时间暂停，在 20 世纪 90 年代中期的某个夏天，我站在老茫崖的废墟上，孤独地看着那一片荒滩，和荒滩上那一群六神无主的黄羊。于是，我打开了自己关于柴达木的序篇。

冥冥之中自有天意，偶然总是擦燃生命必然的轨迹。懵懂之中，老茫崖的地理段位一次又一次涌上心头，它似乎一直在给我暗示，并最终将我的笔尖引导进那段激情燃烧的岁月。

不用赘述，柴达木石油人挺进西部荒原最早扎下的营盘，在茫崖。那是地质勘探队在阿吉老人灵魂手指的指引下——对那片突兀的似额头的山头的定位。在那片山头下，巨大的斜坡舒缓地延伸着自己的身段，一直铺排到水草茂密的深处。距离那里不远处就有阿吉老人发现的淡水水源地——自流井。有水，那是安扎营盘最坚硬的理由。于是，西天流云之下，老茫崖扎营而生。

首先必须明确，老茫崖是青海油田在省城西宁成立之后进驻盆地的第一座局机关所在地，之后是冷湖，再之后是花土沟，最后是敦煌七里镇。其实机关驻扎还有一个地方，那就是大柴旦。不过，似乎大柴旦是"过渡性"机关，在盆地勘探形势不甚明朗的时期，时间很短，总是容易被忽略。

这当然不是大柴旦的错。大柴旦按其优渥的自然资源和丰富的地理资源，完全可以担当总部指挥枢纽的角色。只是，"既生瑜，何生亮"，总有那么一点点差池。好了，今人用不着替古人担忧，何况山川日月，自有它的命运和归属。

总之，眼下的老茫崖是彻彻底底地老了。

它回归到荒凉，缩进了历史深处。每每车从它身边疾驰而过，你要是不刻意对老茫崖保持警觉，那么它真的就一晃而过，就消失在那片砂砾深处，成为一个盲点。但这种擦肩而过的温暖，也在前几年油田开通了花土沟至敦煌的航班之后，变成了奢侈。当银鹰从流云之上飞过，老茫崖就真的被时代的发展抹擦得干干净净。

在万米高空，任凭你睁大眼睛，你要想定位老茫崖那巴掌大小的地理位置，绝对也是枉然。好在这种情感定位的人会越来越少，越来越稀有，也可以说，即便在油田，也很少有人知道"老茫崖"这个伟大的地理名词了，除了与柴达木历史产生过摩擦起火和快刀斩乱麻之后依然藕断丝连的人们，再没有谁刻意要在情感上指认它——老茫崖。

老茫崖，石油人记忆深处的精神故乡。

老茫崖事实上已经埋入了记忆的坟墓，锁进了柴达木石油人的情感博物馆。然而，我却一次又一次，在情感深处为它凭吊。

我曾在 90 年代初期的夏季，在老茫崖逗留了一段时间，大概一个月，一个人面对荒原，荒原里承载一个人。苍茫的天地之间，一个人磨蹭着记忆的脚步，与柴达木最早的石油史记对话，雄浑而孤独，凛冽又苍茫。那也是我人生首次对一片土地行以注目礼。

我对老茫崖那片现在跟柴达木任何一片都别无二致的戈壁荒原产生了浓厚的感情。这份情感真挚而灼烈，浪漫且抒情。我曾在记叙柴达木石油的长篇散文《三城记》里这样记叙：

> 半个多世纪以来，因为石油，柴达木石油人串联起几代人的脚步都没有能够走出这片土地。这叫宿命。上帝既安排了你的出生，也就安排了你的埋葬。一辈子，你逃脱不了命运的暗示。
>
> 在出生的摇篮，就能看见死后的墓地。
>
> 这不仅仅是悲切，也许跟悲切无关。很多生命的形式都是这样，生死之间也就是几步之遥，或者一辈子都没有走出一胯之距。死亡的墓地就在家园的隔壁，这叫

生死相依。

老茫崖也是一样，它是柴达木石油的指纹，也是柴达木石油的卵。

人与土地，是苗与土壤的关系。时光带着日月星辰在土地上飘荡，伴随着风沙和雨水、霜雪，人就一茬茬地被季节收割。人被收割后不是果实，只是记忆。记忆就潜藏在一代一代的基因里，并代代在血液里流传。

……

对，勘探队员从若羌古道逐梦而来，翻过阿尔金山，第一步就落脚在花土沟这边，在油泉子、红柳泉、七个泉、油砂山。帐篷扎下地钉，状若几朵浮云，便是流动的家。当老茫崖得到确认，这里便成了柴达木石油人第一个固定流浪脚步的营盘。

老茫崖，从荒原深处，逐渐浮出了地平线。

老茫崖那时很繁盛，万人集聚帐篷城。

具体说来，有两万多近三万人。两三万人都是职工，没有拖儿带女拖家带口，比现在的职工总数还要多近一倍。那个时节的老茫崖，真正算是柴达木盆地最大、最火热、最青春、最浪漫、最文明、最工业化的城市。

但是，老茫崖的寿期很短，短得要命。

一夜之间，老茫崖就消失了，连废墟也没有留下。

在老茫崖那片原址上，只有黄羊的蹄印和浅浅的芦苇。

图片 4

20 世纪 50 年代，茫崖开发建设者生活条件艰苦，图为老茫崖的矿区帐篷城

芦苇里潜伏着比蜻蜓还大的牛虻，叮一口，肿块比鸡蛋还要大，比蜜桃还红。

距今 27 年前的那个夏天，我在老茫崖的遗址上停留了一个月。那里有油田运输处的一个食宿站。过往司机都在那里打尖。开饭馆的是油田运输处的职工，浙江萧山人，姓成，一口浓浓的江浙话，很难听得懂。成老板是个干脆人，接纳了我在那里感受生活。

门前有一条公路，那条公路专为石油而生，飞驰的都是油田的大卡车、油罐车，极少有小车。当然还有茫崖石棉矿的运输车。石棉包垒得跟小山一样巍峨。远远看去，不像车在行驶，倒像是一座小山在慢慢移动。那可是茫崖石棉矿最红火的年份。

当然，很多年前，这需要将时间上推到大唐，这条路还没有铺沥青，路上跑的也不是内燃机车，而是骆驼。那时候，这条路就是古丝绸之路的"吐谷浑道"。每当丝绸之路河西道被战争和弯刀淤堵，这条丝绸辅道就驼铃声声，马蹄飞扬。丝绸、茶叶、瓷器、珠宝、玉石、香料，这些充满人间烟火的东西就是硬通货，超越硝烟而富丽堂皇。

丝绸之路已经远去，那个大唐王朝也已经远去。

眼下，这条路的名片是柴达木石油。石油的精神光芒万丈。

老板那杂乱的储藏室里堆满了老式玻璃瓶装的五粮液。老板儿子偶尔偷出一瓶，我们两人仰躺在戈壁上，极有耐心地忍受着蚊虫的叮咬，口对口喝着五粮液。现在想起来，那份奢侈是有些过分。

就在那年，我以偶然的形式，亲密接触了柴达木石油最早的城市遗址——老茫崖，并写下了一篇散文，叫《老茫崖散记》。那是我对柴达木的文学见面礼，有些句子至今记忆犹新。

偶然，总是诱导着必然。自那时起，我就跟苍茫的西部和高天流云下的柴达木，对接了灵魂和思想。那次对接，让我掌握了独特的认知山川大地和历史命运的密码。

我用这个密码，维护了我孤独的面相。

当然，老茫崖短暂的生命春秋，源自很多因素。

那时新中国刚刚成立，百废待兴，柴达木石油勘探一下铺那么大的摊子，国家受不了。中央领导认为，与其下那么大的成本搞不出石油，还不如先撤出来，等条件好了再上马。

一声令下，老茫崖就撤了。

撤掉的人马，去了之前他们来的地方，名叫老家；去了大庆，参加松辽会战；去了华北，也是会战；还去了该去和不该去的地方。留下的五六千人，号称"星星之火"，他们拔掉老茫崖帐篷城的地脚铁钉，翻身上驼，挥泪作别，去了冷湖。

当然在老茫崖扎城的理由基于两点，一是距离淡水资源自流井很近，二是在油泉子开钻了第一口油井。

有水，就保障了生活；有油，就有发展的理由。

这不得不说说柴达木的第一口油井。

1955 年 11 月 24 日，柴达木盆地第一口深探井——油泉子构造泉一井举行开钻典礼。

青海省委、省政府十分重视柴达木盆地的石油钻探工作。11 月 23 日，省委副书记朱侠夫、副省长马辅臣率青海省党政军慰问团赶赴油田，还带领青海省民族歌舞团到井场进行慰问演出。

可见，地方政府对第一口油井开钻的重视程度。

泉一井由油泉子钻探大队 3269 钻井队负责施工。12 月 12 日，钻至 650 米时，原油从井口溢出，日产 2 吨多，轻质油含量高达 68%。有人说，打出来的油又清又亮，加在拖拉机里就能发动开跑。

荒原上，人们的欢呼声，此起彼伏。

随即，勘探局进一步组织对油泉子构造进行钻探，证实了油泉子是一个浅藏油田，但也证明柴达木盆地有着丰富的石油矿藏。

喜讯飞传全国，引起党和国家以及社会各界的重视和关注。燃料工业部当即决定，对柴达木盆地的石油和天然气进行大规模勘探开发。

1955 年 12 月，青海石油勘探局改名为"石油工业部青海石油勘探局"。

1956 年 4 月，勘探局机关从西宁迁至柴达木盆地的老茫崖。

1956 年夏天，庆祝西藏自治区筹委会成立的中央代表团回返，路过格尔木时，专门派一分团到老茫崖油区进行慰问，称"柴达木石油工人是祖国最可爱的人"，并赠送纪念章和礼品。

代表团的团长是开国元帅陈毅，分团团长是乌兰夫。

柴达木人心向党，边塞与北京心相连。油泉子喷油后，柴达木勘探队员按捺不住喜悦，以独特的方式向党中央、向周总理汇报。这也是那个年代独特的报喜方式，如今，柴达木的石油在北京作证。

2009年国庆，在北京展览馆"新中国60周年成就展"的矿产资源展区上，中国地质博物馆提供了一个展品——柴达木之宝。这是50年代青海石油勘探局送给周恩来总理的柴达木之宝。后来周总理办公室转送给了原地质部，地质部又送给中国地质博物馆永久保存。从时间推算，"柴达木之宝"的油样，极有可能就是柴达木第一口油井的轻质油品。

柴达木，在那时被万众瞩目。

1956年9月5日，《人民日报》发表了《支援克拉玛依和柴达木油区》的社论。社论指出：

> 目前柴达木盆地在冷湖四号构造和茫崖的油泉子构造上，经浅井钻探喷出了原油，但这两个油田还需继续进行深井钻探来查明储油情况。柴达木的其他地区也正在扩展钻探。要完成上述钻探任务，钻探队的工程条件和生活条件都存在着不少困难。要求各有关方面给予必要的支援。

社论引起了党和国家以及社会各界的广泛关注。国家陆续从部队组织复转军人参加油田建设，从其他油田和厂矿抽调技术骨干支援勘探开发，从上海、山东等地招收社会青年和技术工人加入勘探队伍。于是，转业军人、大专院校学生、城市和农村青年，都把柴达木当成追梦的地方。全国各地，车站、码头、机关、学校，到处都是奔向柴达木的青春笑脸。

——在那西去列车的窗口，热血在沸腾，理想在燃烧!

短时间内，好几万人齐聚柴达木茫崖城。

茫崖城，被称为西部边陲拓荒者的乐园。

想想，50年代的茫崖跟80年代改革开放的深圳一样，具有强大的向心力。试想——

几百顶帐篷井然有序地扎在茫崖这片戈壁上。

戈壁上出现了城市的模样，还有城市的生机。

来自祖国四面八方的勘探队员，他们用火一样的热情点燃了这座高原深处的帐篷城市的激情和浪漫。

队员们唱着歌进进出出帐篷。

队员们席地而坐，对着一些岩石样本认真研究、讨论。

队员们对着一张地图，指点着柴达木的江山。

队员们给远方的家人和朋友写着最浪漫的书信。

队员们三三两两走在戈壁的旷野上，畅想着美好的未来。

队员们在小山头吹着口琴，畅叙心中的激越。

……

还有一支支年轻的队伍，打着红旗，背着背包，扛着行李，唱着歌走进帐篷城。

还有骑着骆驼、骑着马的队员，疾驰进他们的青春乐园。

还有一辆辆汽车，满载年轻的男女，鸣笛驶进帐篷院子。

那场景是何等的壮观。

至 1956 年底，柴达木盆地的地质勘探队伍由 46 个增至 106 个，职工人数由 4750 多人增至 14540 多人。还成立了女子地质队、女子测量队等。真是千军万马齐欢唱的壮阔景观。

1956 年，柴达木盆地石油勘探又有新的成果，通过在油泉子、油墩子、油砂山、茫崖等构造上进行钻探，初步发现了油砂山、南翼山等 5 个油气田。

1956 年 1 月，茫崖临时工委成立。

1956 年 4 月，青海石油勘探局机关由西宁迁至茫崖。

接着，钻井处、地质处、水电厂、机修厂、器材处、职工总医院等十几个单位相继在茫崖成立，成千上万的人开始涌向茫崖。

在茫崖的地理版图上石油人画上了新的标志。1956 年，茫崖聚居的石油人就达到 14549 人，茫崖也成了柴达木盆地人口最集中，经济、文化、科学最繁荣的地区，因此被冠以"帐篷城市"和"拓荒者的乐园"的称号而闻名全国。

当时，职工的住房条件十分简陋，除电影院、浴室、苏联专家室等装配的是铁皮木头结构房外，其余全部是帐篷。发电在帐篷里，修车在帐篷里，机床在帐篷里，器材在帐篷里，实验室在帐篷里，食堂在帐篷里，看病在帐篷里，商店在帐篷里，邮局也在帐篷里……

勘探局的招待所也是由十几顶帐篷围成的小院。局领导张俊、陈寿华、杨文彬等同志办公和住宿都在各自的帐篷里，前面三分之二办公桌，后面三分之一铺床睡觉。

勘探局机关工作人员办公、住宿也都是三四个人挤在一顶帐篷里，中间用帘子或报纸隔开，后面住人，前面当办公室。有的部门人多帐篷少，就七八个人挤在一起，晚上放下被子在床板上睡觉，白天卷起被子在床板上办公。

这是一座富有特色的"帐篷城市"。

白天，站在高坡上看，"城里"的帐篷就像草原上盛开的小白花，一朵挨着一朵，约3公里长，1公里宽，白茫茫的一大片，仿若花海。晚上站在远处看，千万盏电灯和星星一起闪烁，不仔细辨认，很难分清哪是天上，哪是人间。当时，有一句广为流传的顺口溜十分形象生动：

> 白天一层云，夜晚一片灯；
> 远观像沙丘，近观帐篷城。

还有文章作了更详尽的描述：

> 走进帐篷城里，可以看到宽阔的马路和整齐的路灯穿行于帐篷之间，东面是茫崖地区党政机关和贸易公司等服务单位，南面是水电厂等二级单位，西面和北面是

勘探局机关和各单位职工宿舍。

在帐篷里，到处都可以见到柴达木石油建设者们的豪言壮语："钻透戈壁千层土，踏遍昆仑万重山。""石油藏在哪里，我们就追到哪里，上天追到灵霄殿，下海追到龙王前，不生擒活捉，我们决不休战！"

就在这样形势一片大好的情况下，厄运突然而至，中央高层有了新的顶层设计，拍板叫停，先撤下人马。幸好，柴达木石油人偷偷留下一份预案，那就是留存五六千人做"星星之火"，期待某日可以燎原。这决策是英明的，不然，柴达木石油史就会重新开篇。

1955 年，著名作家李若冰先生再次来到柴达木，来到茫崖，来到这座生气勃勃的"帐篷城市"，他被柴达木盆地千军万马战犹酣的场面所感动，为成千上万朝气蓬勃的热血青年来柴达木为祖国献石油、参加社会主义建设而感动。

他的满腔感动在《茫崖——拓荒者的城市》里作了最深切的也近似白描式的记述。为了复原 65 年前那座梦幻城池，我不得不将李若冰的这篇文章剪贴如下：

当我乘车驶过大戈壁，翻过一座座沙丘，来到茫崖的时候，心里感到十分惊异、激动而又欢喜，出现在我面前的是一座怎样的城市呵！

广阔的大沙漠里，搭满了成千上万的帐房，这里没有高楼大厦，没有柏油马路，没有公园，也没有树和花，但是这里有人，成千上万的人，他们都是从全国各地来的拓荒者。他们为了征服戈壁，战胜沙漠，为了给祖国开辟一个崭新的大工业基地，来了，于是沙漠里不能住，也要住……拓荒者在大沙漠里搭起了帐房，安了家。青海石油勘探的总指挥部，在这里扎下了营盘，于是，在大沙漠里，就很自然地诞生了一座拓荒者的城市。

在这座城市里，我看见了青海石油勘探局的党委书记和局长们，他们有的打过几十年仗，有的搞过几十年政权工作，今天，他们面对着大沙漠，和千万石油勘探者一起，在和大自然斗争。他们和勘探队员一起，出没在荒山野谷，迎着暴烈的风，追寻着地下矿藏。他们那顶又办公又睡觉的帐房时常被暴风攻打，噼啪作响，摇摇欲倒，然而，他们都不在意，说"刮大风嘛，有什么了不起！"我也看见许多地质学家、钻井学家和刚从学院毕业的大学生们，他们在这里生活得很愉快，很称心。他们穿着野外工作服，脚蹬着翻毛皮鞋，由于多年的勘探生活，他们在思想、性格和脸面上也涂上了大戈壁和大沙漠的颜色，显得矫健、朴实和豪放。严格而又细致的科学研究活动，可不可以在大沙漠里进行呢？我走进了用活动房子盖成的实验室，房里分有十几个不同类型的工间，都安置着许多精密的仪器，室外狂风大作，飞沙走石，可是室内男女技术员们，却安静精心地在显微镜下，做着重矿物分析、介形虫鉴定。

而使我不能忘怀的，是这座城市的工人们，他们以大无畏的精神和酷热、严寒以及风沙决斗，在沙漠里兴建起了机械修配厂、汽车修理厂、水电厂、钻头厂、管子站，等等。不要以为这些都是容易修建的，一切都是用血汗换来的。这里的工人，他们的工服上除了涂满了油污之外，还沾满了沙土；他们的手脚经常冻裂了口子，流着血；而当炎夏来临的时候，他们汗流浃背，口干舌燥，还在被恶毒的蚊虫叮咬，有时竟昏倒在机床跟前。你在那些昼夜鏖战的工人们的眼睛里，可以看见血丝，但是，在他们寄给亲人和朋友的信里，却含有对大沙漠的深厚的感情。

　　我特别喜欢这里的两个小厂，钻头厂和管子站。

　　钻头厂，只有三四间活动房子，很简单，你在厂区沙滩走过，很难注意到它，但是你一走进工间，就被吸引住了，呵，好多的钻头！大的、小的，堆满了工间，好像一座座钻头山似的。小钻头，一个人可以拿动；大钻头，有一百多公斤，起码得几个人才能抬动哩。石油钻探工人们，正是使用着这些钻头，打入戈壁的深处，探寻着柴达木的油流。

　　两三个电焊工人，戴着面罩，一只脚跪在地上，正在吃力地焊着一些因打井磨损了的钻头，虽然，有些钻头磨损得很厉害，可是工人们仍然寻窍门，把它们焊修好，送上钻井前线去了。这样，可以给国家节约资金，也可以降低进尺成本。

管子站，也是三四间活动房子，很简单，可是你一走进去，就会吃惊的。在一大片沙漠上，搭着许多钢管架，排列着无数的钻杆管子，伸向远处，仿佛一条钻杆的河流似的。钻杆管子，有长有短，有粗有细，有重一百多公斤的，有重三百多公斤的。自然，一根钻杆管子，一个人是抬不动的，非得五六个人不可，看着这无数的钻杆管子，你不由想到，它们是怎么运进大沙漠里来的呢？你也不由不感谢柴达木运输公司的司机们，这是他们忍饥受寒，冲过大戈壁，翻过重重山，从玉门、敦煌运过来的。钻杆和钻头一样，是钻井的重要物件，缺一不可，它们紧扣在一起，打入地层，开发着柴达木的地下宝藏。

　　在一个工间里，我看到一个特别现象，工人们因为管子长，车床小，加工不便，他们就想出一个法子，在机床旁边的墙壁上，挖开了一个洞，几个人从外边把管子塞进来，安在车床上，加工。这时候，一个青年工人，正站在车床前面，给一根长管子车着丝扣呢。

　　我在这座城市里，还碰到许多老相识，总地质师王尚文同志，1953年我们就一起跑过陕北盆地。1954年，我们在酒泉盆地相遇，又一块儿到柴达木从事着区域地质勘探研究活动。他还是那么朴实、豪爽、生机勃勃，只是比过去长得更黑更胖了。这位地质专家跑得多，睡得少，三年来，他不停点地跑着，柴达木的哪一个探区、哪一座山、哪一条沟，是他不知道的呢？他不只是知道，而且能够非常清楚地告诉你一个探区的来历，一座山和一块石头的姓名、年龄和发育状况，以及长的样子、颜色。

我在茫崖遇到他的时候，他才从一个探区回来不久。他拍着标准布衣服上的沙土，快活地说："一跑出去，简直就不想回来！"要不是催着做第二个五年地质远景规划，还不知道什么时候才回来哩。在茫崖的几天里，我见他一会儿研究这，一会儿研究那，一天忙得不可开交，帐房里的电话还直叫个不停。晚上，他总是睡得很晚，即使遇到星期日，他也很少出去玩，一个人钻在帐房里，思考着什么，写着什么。他的帐房里，除了写字台和睡铺以外，不知从哪个画报杂志上剪下许多人物画、山水画、花鸟画，五颜六色，贴满了帐房，你说这是一位地质学家的帐房，还不如说是美术家的帐房合适呢。

······

我穿过茫崖市区，来到一个宝贝地方，名曰：自流井。这里离茫崖不远，一片沙滩上，长着芦苇、小草。中间钻有几口井。井旁横排着许多管道，沿着管道走过去，是地下室，开有小窗孔。当我从窗孔望进去的时候，禁不住喊起来，这里储藏着多清多亮的水，多香多甜的水呵！一池清水，逗得人心花怒放，在柴达木，在大沙漠里，水像珍珠似的，是活命水，被人们珍爱着。

由于钻出了自流井，茫崖设立了供水站，盖了一间房，里面安了两个水泵，给茫崖和各探区输送着食用水和工程用水。自流井、供应站，这简直，这简直是柴达木的宝井、宝站，简直是操纵着拓荒者生计的宝井、宝站！自流井还成为拓荒者乐游的地方，这里有芦苇，有小草，有水，有大雁和黄羊常来这里做客，那些相好的伙伴和爱恋着的人，也常来这里漫步、谈心。

黄昏来了，我在茫崖的大街小巷走着，那些用活动帐房搭起的百货、贸易公司挤满了人，新华书店、邮电所和文化官，也挤满了人……

为了尊重版权，我不能翻写，只能原文呈现。

也不需要再作任何旁白和解读，那个久远的茫崖帐篷城，那个天边的梦幻之城，就直逼眼前，生妥妥，活灵灵，带着沙尘的气息，带着劳动者的汗味，带着西部的苍雄气概，鲜活在你的视野，仿若正午的沙漠里出现的幻城——海市蜃楼。

对拓荒者的城市茫崖最精细的白描手卷，唯有李若冰先生的这篇散文《茫崖——拓荒者的城市》。后来很多人记述或者复原茫崖城的文字，都是以此为蓝本，绝无再版。这就是茫崖的孤本，它走过沾满岁月沉沙的长河，时间远去，河水下沉，露出孤峰，这便是茫崖。

著名的报告文学作家徐迟先生也在 1956 年到过茫崖。他留下了名字叫《茫崖》的一首短诗：

阳光照耀茫崖／一座帐篷城市／拓荒者居住在这

里 / 在美丽的理想中

　　千百个帐篷 / 像白色的羊群紧挨着 / 后面高耸雪峰 / 像白发苍苍的牧人

　　突然大风卷起砂石滚滚而来 / 震撼这城市 / 但是它早已经受考验

　　风沙遮去了雪峰、阳光 / 天昏地黑 / 却遮不去倏然点亮的几千盏电灯

　　我们冒风沙驰车回来 / 回到了家 / 饱餐一顿之后 / 热水淋浴洗掉风沙

　　浴罢 / 谈起计划中登昆仑山雪峰 / 猎野马，看地形 / 准备向它大进军

这首诗过度白描的手法让人怀疑它的诗性。

但好的是，它真实地记录了那个时代茫崖的特殊气质。

茫崖帐篷城，是柴达木盆地历史上第一个集勘探开发、科研生产、生活后勤于一体的石油基地，也是柴达木第一个新兴的工业城市。同时，她也是青海工业文明发轫的一个标志。

茫崖城昔日的辉煌，仍深深地烙印在柴达木石油人的记忆中。

当时茫崖的职工人数最多时达到 2 万余人，比现在追梦千万吨的职工总数还要多。在那个一颗钉子、一粒大米都要不远千里万里运输进去的时代，可想而知"盘子"之大，规

模之雄，负荷之重。

新手越来越多，管理和技术上的问题也开始出现，导致钻井事故增加，生产成本上升，勘探费用越来越高。其中，钻井单位成本最高时达全国平均成本的 3 倍以上。当时主管工业的国务院副总理邓小平听取青海石油勘探工作汇报，眉头越皱越紧，他说，如果成本降不下来，石油含量再大、再珍贵，我们也开采不起啊，也是要撤下来的。

消息传来，引起了全局震动。

柴达木石油面临抉择：要么降低生产成本坚持下去，要么撤摊子出去。

大家从四面八方汇集到柴达木盆地，克服了难以想象的困难，摸爬滚打了三四年，抱着一个共同的理想——我为祖国献石油，热血大义写春秋，才取得了一些成绩。要说撤摊子，谁也不乐意。

从已经取得的勘探资料看，柴达木盆地是一个很有希望的油田。加上油泉子炼油厂才刚刚上马，偌大的一个摊子，这样好的前景，撤，不仅对国家造成损失，就几年来跟柴达木盆地结下的感情，数万干部职工也难以接受。

1957 年 11 月，勘探局党委召开了第八次全委扩大会。

会议研究提出了"一个决心，十条措施"。

一个决心是：下决心把勘探成本降下来。

十条措施主要是：充分利用盆地资源，大办附属厂矿，力求自力更生；大闹技术革命，提高钻井速度，提高生产效率；调整职工工资；等等。这十条措施中，重点是提高钻井速度、调整职工工资。

1958 年初，经上级批准，勘探局进行了工资调整，盆地职工每月平均工资由 224.5 元调至 144 元，降低幅度为 35.9%。

同时，油田精简机构，建立健全各项制度，配备基层党支部书记，加强思想政治工作；开展以"减少事故、提高钻速、反对浪费"为主要内容的社会主义劳动竞赛。

1958 年底，全局勘探费用大幅度下降，盆地的勘探成果异常辉煌：

全局钻机月平均速度达 808 米，超出 1957 年 592 米；

钻井总进尺达 28.38 万米，是 1957 年的 3.9 倍；

有 36 个钻井队超过月上千进尺目标；

6 月 23 日，狮子沟花二井完钻后大量喷油，日产原油百吨以上；

9 月 13 日，冷湖地中四井在钻进中喷油，日喷原油 800 吨。

1958 年，盆地又新发现了冷湖、尖顶山等 10 个油田和盐湖等 3 个气田。特别是地中四井的喷油，它预示着冷湖大油田的诞生，也是柴达木石油继续坚守下来的坚强理由。

曾有幸采访过当时钻井处的副处长、冷湖钻探大队大队长胡振民。那是一条血性的汉子，就是他，在前几口井都不顺畅的情况下，憋着一口气，犟着性子戳开了冷湖地中四井的油窟窿。那是人与柴达木石油命运的一次较量。

关于地中四井，后边要着重交代。

在茫崖帐篷城，还有一个凄婉的爱情故事，但没有能走进柴达木石油的正史，只在人们的舌头上悲情传递。

当时有一对上海来的大学生，在荒原深处的茫崖恋爱了。

晚上，他们手拉手走出了帐篷城，漫步在无尽的旷野里，畅叙着人生理想，憧憬着未来的美好。谁知道两人最后竟然迷了路，再也没有回到帐篷城。等人们几天后找到他们时，他们年轻的生命和年轻的爱情都被瀚海里的流沙掩埋。但他们依然手拉手，怎么也分不开。有人说，算了，不要分开他们，合埋吧。至今，连一个坟头也找不着。

这个故事的主人没有留下名字，只剩下这段传说。

在这个爱情的传说里，云端上的茫崖，鲜活而沉重。

第五章　诗话盆地

辽阔的戈壁望不到边

云彩里挂着昆仑山

镶着银边的尕斯湖啊

湖水中映照着宝蓝的天

这样美丽的地方哪里有啊

我们的柴达木就像画一般

柴达木粗粝，且不乏沧桑

但自破天荒之始，它就衔接了文脉

65 年前诗人的描写和抒情至今温暖

恍若隔世，又近在眼前

史载： 1954 年 9 月，在玉门油田挂职宣传部副部长的李季和一同在玉门挂职酒泉石油大队副队长的李若冰这两位诗人、作家，跟随康世恩带队的柴达木石油勘探考察团走进了茫崖。随行的还有新华社记者姚宗仪。他们分别是柴达木走进的第一位诗人、作家和记者。李季写出了脍炙人口的名篇《柴达木小唱》，李若冰随后出版了名著《柴达木手记》。据统计，李季曾两次走进柴达木，第一次是 1954 年 9 月，第二次是 1958 年 9 月。李若冰一生六次来柴达木盆地采访，第一次是 1954 年 9 月；第二次是 1957 年；第三次是 1980 年；第四次是 1987 年；第五次是 1993 年；第六次是 2002 年。也有说 7 次，但无资料可考。对一片土地如此执着而痴情的作家实在少有。有人问，他们为什么对柴达木一往情深？答案只有一个：因为他们对这片土地爱得深沉！

在 20 世纪 50 年代中期，早已写出《王贵和李香香》著名诗篇的中国诗人李季随石油勘探考察团深入柴达木盆地，面对巍巍昆仑和梦幻般的尕斯湖，他诗情澎湃，激越唱响《柴达木小唱》。远在天边的柴达木，随着"小唱"走进人们的视野：神奇，迤逦，富饶。

所以说，一篇诗文往往能顶一万打标语。

远的不必说，就列举毗邻柴达木的甘肃敦煌的阳关、玉门关。"劝君更尽一杯酒，西出阳关无故人"，大诗人王维的一句劝酒词，令阳关千古；"羌笛何须怨杨柳，春风不度玉门关"，王之涣的戍边乡情，令玉门关万年永存。而悬挂在半天空的柴达木，在李季的激情渲染和李若冰先生的推波助澜下，也华彩溢章，永存于世。

写柴达木的诗篇的文人不少，讴歌柴达木山水的绚烂文章也很多，但唯有李季先生的《柴达木小唱》最响亮，唯有李若冰先生的《柴达木手记》最灼烈。当然不仅仅他们名贯中国当代诗坛，特别李季先生本身就是中国诗坛的扛把子，是中国作协的当家人，他的情感指向理所应当是点石成金，化柴达木为神奇。

李季、李若冰是柴达木文学的开天辟地者，是中国石油文学的扛旗者，也是中国工业文学的奠基者。他们用手中的笔，将柴达木推送到了当代中国工业文学的最前沿，这是茫崖莫大的荣誉。也因为他们播下了文学的火种，柴达木这片西天高地，才吸引了一代又一代文学人前赴后继，继往开来。他们秉承激情和豪迈的诗文特质，为这片苍凉、贫瘠的也是温暖、富饶的土地，留下了感天动地的篇章。

柴达木，是诗质的内核，也是文艺的风貌。

回望 65 年前的柴达木，追溯半个世纪前的茫崖，诗人李季随风而行，来到我们面前。

李季（1922 年 8 月 16 日—1980 年 3 月 8 日），男，河南唐河县祁仪镇人，原名李振鹏，现代著名诗人。

李季于 1938 年在延安抗日军政大学学习，毕业后赴太行山，在八路军曾任连政治指导员，联络参谋。1942 年冬至 1947 年，在陕北"三边"工作。1945 年底在《解放日报》刊登长篇叙事诗《王贵与李香香》，一诗成名，奠定了诗和人在中国现代文学史上的重要地位。

新中国成立后，李季出席了第一届全国文联代表大会后，赴武汉任中南文联编辑出版部部长，主编《长江文艺》。1952 年在北京开会，他遇到胡乔木，两人亲热地攀谈起来。胡乔木说："全国解放后，我们的作家还保持着革命战争时期的光荣传统，深入到工农兵当中去，但我们的作家大多来自农村和部队，因此深入农村和部队的多，真正深入到工业的很少、很少。"他的话让李季心中一动，认真地问："您再具体一点。"胡乔木说："石油工业那是我们中国人白手起家、自力更生的工业，眼下，我们搞建设，急需石油啊，深入到石油会有大文章可做啊。"李季心领神会，眼神一亮。

1952 年冬，李季携一家老小到玉门油矿深入生活，担任矿党委宣传部部长，创作长篇叙事诗《生活之歌》，短诗集《玉门诗抄》《玉门诗抄二集》《致以石油工人的敬礼》。1959 年出版小说散文集《戈壁旅伴》《心爱的柴达木》等。1963 年出版叙事长诗《向昆仑》、《剑歌》、《石油诗》（一、二集）。粉碎"四人帮"后，任中国作协《诗刊》的主编，发表了两部充满石油工人生活气息的长篇叙事诗《石油大哥》和《红卷》。

李季在新诗发展的道路上，勤于向民歌学习，不断探索人民喜闻乐见的民歌形式，为中国诗歌的发展做出了很大贡献。

在 65 年前的那个夏天，李季站在碧波荡漾的尕斯湖边。

那时，他内心肯定跟尕斯湖的波浪一般激越鼓荡，难以平静。高原明媚的阳光炙烤着他的脸庞，强劲的西北风掀起他风衣的下摆。尕斯湖水翻腾，他嗅到了湖水的清冽和甘甜。他抬起头，昆仑山刺破蓝天，雪峰如剑，威逼眼前。瞬间，他的眼睛湿润了，嘴唇抽动。那潜伏在心中的火热情感，立即化作滚烫的诗句铺排而出：

辽阔的戈壁望不到边

云彩里悬挂着昆仑山

镶着银边的尕斯湖啊

湖水中映照着宝蓝的天

这样美丽的地方哪里有啊

我们的柴达木就像画一般

……

时光回转，65年前的画面呈现在眼前——李季先生率先以文学的符号定格在柴达木，这是柴达木的荣幸，也是李季的荣誉，相辅相成，相得益彰。历史在一瞬间完成偶合。

其实，李季早在40年代就因长诗《王贵与李香香》蜚声国内外。文学巨匠郭沫若、茅盾、贺敬之对此都有点评。

郭沫若道：长诗《王贵与李香香》，我一律看出了天足的美，看出了文学的大翻身。茅盾点评它"是一个卓绝的创造"。贺敬之说：它标志着我国新诗发展史上一个重要的新阶段。

随之，李季先生折身一转，目光更向西去，越过了渭水河岸，跳过了黄河古道，飞驰过千里河西大走廊，径直上了青藏高原，进了柴达木盆地。也无可争辩，正如同李玉真女士所说：李季是第一个走进石油行业的著名诗人；是第一个用石油诗叫响行业诗并推动行业诗发展创新的引领者；是第一个把民歌用于工业诗篇且产生巨大社会影响的人民的诗人。

起先，他以挂职的身份，随地质勘探队伍走进了玉门油田。

从1953年初到1955年初，在玉门油矿挂职两年，他真切地感受到"谁想获得比黄金还要宝贵的石油，他就必须像作战一样进行艰苦的斗争"。他用诗人真善美的视角，发现"石油，这奇妙的液体，它本身就是优美的诗"。评论家张器友在《李季评传》里赞誉："这个发现，在新中国的诗人之中还是破天荒的第一次。"也因此，继陕北创作高峰之后，李季在石油工业迎来了文艺思想第二次高峰。

因为李季最早在玉门写作的以石油为题材的诗歌在社会上的深度影响，从此石油与诗歌结缘，中国诗歌里才有了"石油诗"这个称谓，石油诗成为中国文学丛林第一个站立并赫然醒目的行业诗。他的《玉门人》成为最早、最有影响的经典名句，流传至今：

> 苏联有巴库，中国有玉门；
>
> 凡有石油处，就有玉门人。

从 50 年代初到 70 年代末，李季追随石油工业发展的足迹，往返于甘肃玉门、柴达木、克拉玛依、四川、茂名、大庆、长庆、任丘、大港、胜利等油田。他穿着石油工人的服装，与满身黑油泥的石油人同甘共苦，与石油人结下深厚的友谊，生死相依。

李季后来还担任中国作家协会副主席、《人民文学》《诗刊》主编等职务，著述丰硕，出版关于石油的诗文集就有 10 多部，为石油工业留下了史诗性的文峰。

李季先生曾两次走进柴达木，走进茫崖。

第一次是 1954 年 9 月，第二次是 1958 年 9 月。

在 9 月的高原，诗人与柴达木深情相拥。李季的诗歌既有火热的战斗情绪，也有对自然山川的真诚颂扬，亦庄亦谐，干净自然。

对柴达木盆地的记忆，李季曾在 1959 年 4 月 1 日发表在《星星》第 4 期的《为石油和探采石油的人们而歌——诗集〈石油诗〉编后记》里写道："1954 年的后几个月，我感到难以抑止自己的感情……在不到半年的时间里，我利用业余空闲时间，写了近两千行诗。"

他的诗歌还具有火炬般的引领功能。他那激扬的诗文，曾激发了许多爱国有理想的年轻人奔赴柴达木，成为第一批青海石油工业的开拓者。因此，李季成为柴达木石油文学的奠基人，成为西部文学的播火者。在此，很有必要对李季先生两次深入柴达木的行踪文旅进行追述。

1954 年 9 月，李季第一次走进柴达木。

1954 年 3 月，燃料工业部石油管理总局第五次全国石油勘探会议确定，在全国第一个五年计划期间稳步地开展柴达木盆地的勘探工作。4 月，总局组织了第一支柴达木地质大队，484 人在大队长郝清江的带领下从西安出发，5 月中旬经敦煌挺进柴达木。同年 9 月中旬，由总局局长康世恩带队，由苏联专家和中国专家组成的柴达木考察队进入茫崖，历时近半个月。

从西安出发的考察队伍抵达玉门油矿休整了两天，等待从北京出发的由康世恩带领的主力队伍。在玉门油矿代职任宣传部副部长的李季申请要随考察队去柴达木，这时在酒泉石油大队挂职副大队长的青年作家李若冰也要求去柴达木。

两位作家的心，同时为一片高原跳荡。

青海柴达木在天际线之上，海拔高，风沙大，干旱缺氧。玉门油矿矿务局局长杨拯民（杨虎城将军的儿子）对李季说，你虽然年轻，但有心脏病，还是不要去吧。一位去过柴达木的石油工人也劝他，你去那里有生命危险。李季却不为所阻，依然执意前行。

一路戈壁大道，宽敞平坦。马达轰鸣，红旗招展。

李季后来在长诗《向昆仑》里写了这段路程：

轻车过玉门 / 星夜出阳关 / 跋涉三千里 / 直奔昆仑山 / 一条溜平的阳关大道 / 恰似北京长安街

车队当天就抵达敦煌县。

县委领导举行了盛大的招待会。县委书记、考察队负责人康世恩和专家组组长特拉菲穆克分别致祝酒词，并特邀文人李季致辞。宾客双方，斯文有礼，其乐融融。那晚，著名画家、敦煌文物研究所所长常书鸿安排考察队居住在千佛洞招待所。

次日，考察队招募了向导，储备了生活物资。

车队从敦煌出发，驶向辽阔的荒无人烟的西天戈壁。

循着当年5月郝清江带领的柴达木地质勘探大队走过的南疆公路进发，从东到西绕过阿尔金山脉向柴达木西部行驶，车队浩浩荡荡，沙尘滚滚。李季久久地凝视车窗外，诗句跳跃在心里：

大野滚滚望无尽，沙柳碎草都不见。

三个文人乘坐同一辆小吉普，李季十分活跃，时常满车笑语。

年久失修的戈壁公路虽然经过地质大队排沙简修，仍然坎坷不平。车队一路颠簸在月球似的蛮荒之地，午餐是石头搭灶、骆驼刺当柴的野炊。第一天走了 400 多公里。傍晚，戈壁滩上出现了一个残墙断壁的道班房。大家幽默地称它为"北京饭店"。一路上，苍凉，空旷，孤寂。经拉配泉、索尔库里、金鸿山，第四天翻上阿尔金山山顶，抵达茫崖西部的花土沟北高坡。

考察队全体人员惊喜万分，"到柴达木了！到柴达木了！"一阵热烈的呼声飘向柴达木。李季向南望去，白雪皑皑的莽昆仑横亘天边，那是一路向往的中华民族的雄伟高山。他心潮澎湃，无数个对话涌出心扉，便有了《我问昆仑山》：

翻越千山和万水 / 我从北京来找你 / 找你不为别的事 / 想问你石油在哪里？

我的好兄弟 / 请你坐下来 / 我的怀抱里油如海 / 单等勇敢的人来把门开。

油在哪架山？/ 油在哪个湾？/ 怎样才是勇敢的人？/ 要用什么钥匙把油门开？

遍山都是宝 / 地下油如泉 / 敢于胜利的就是勇敢的人 / 那钥匙就是一颗勇敢的心。

这种突然相遇的叩问，是诗人石油角色的责任担当。

下山之后，天就黑了。前期抵达的柴达木地质勘探大队的大队长郝清江等驾车到花土沟沟口迎接了他们，当晚他们歇息在山沟里一个地质小队的宿营地。柴达木日温差可达30摄氏度以上。9月的夜晚已如冬季，单帐篷挡不住早来的寒冷。夜里，郝清江以顺口溜的方式讲述了先期抵达柴达木的地质队员的生活状况，令李季辗转难眠，耳畔不停回响：

> 鸟雀不肯来，遍地不长草；四季少雨雪，风吹石头跑；头上烈日晒，脚下热沙烤；冬季寒风吹，夏季蚊虫咬；虱多用沙洗，指甲当汤勺；天天缺水喝，常年不洗澡……

李季感受到地质队员在这样的环境中为国家找石油的艰辛，决定要多写写这些普通的劳动者。

次日，考察队来到阿拉尔牧区，见到了尕斯湖。

尕斯湖是咸水湖，富含盐卤，湖中草虫鱼虾绝迹，湖边只有耐盐碱而生存的芦苇，所以湖水清澈透亮，在阳光照射下，湖水反射着结晶盐的光泽，亦或蓝，亦或绿，亦或蓝绿相间，梦幻十足，宛若闯进了珠宝圣殿，唤起人的视觉狂欢。加之，湖水里倒映着皑皑雪峰的昆仑山和蓝天上的白云朵朵，那景致无不令人惊叹。

当今，在尕斯湖周边的青海油田跃进油区，茫崖地区开始工业化开发钾盐，引尕斯湖水筑堤围堰，沉淀之后就是白花花的钾盐。那一片片围堰里，湖水沉静，在阳光的照射下，反射着或蓝或绿或蓝绿相间的宝石一样的光芒，辉映着远处的昆仑山的雪峰，倒映着近在咫尺的英雄岭的巉岩峭壁。这个被称为"翡翠湖"的人工盐湖，成为茫崖旅游网红打卡的必到之地。

65年前的那个秋天，这湖水还是那个颜色，还是那么迷幻。站在湖边的李季先生，高兴地与几位同伴留影。湖光水色，宛若仙境。他按捺不住涌动的诗情，口中念念有词：在那美丽如画的尕斯湖边，野生的芦苇筑成了天然的围堤，硝盐凝结成银色的薄冰，昆仑山的倒影斜照在湖里。

入夜，在帐篷里，奔波一天的人们已经入睡。疲惫的李季却拿起笔来，一位年轻的勘探队员为他点燃了蜡烛。在微弱的烛光下，李季以行军床为桌，俯身记下了来柴达木的第一首诗歌《在那美丽如画的尕斯湖边》（见李季诗集《玉门诗抄》）。

在阿拉尔有一支驻军，隶属于新疆军分区骑兵部队，他们驻扎在尕斯口的阿拉尔草原，主要任务就是剿匪，阻断匪徒翻过尕斯口进入南疆。谁知，这一驻扎就是三年。当他们看见勘探队员来到茫崖，来到花土沟，惊喜万分，喜极而泣，他们说"终于见到口外的人了"。为此，勘探队员与阿拉尔驻军联欢三天三夜。在之后的初探岁月里，阿拉尔驻军为勘探队员保障了安全。但他们也付出了惨重的代价，很多战士再也没能走出阿拉尔，他们的墓碑在荒草中屹立，坚挺。

李季了解情况后，感慨地写下了《写给阿拉尔革命烈士墓的话》：在一次昆仑山上的战斗中，"人没有干粮，马没有草料／人们连做梦都在摸着那早已干了三天的水壶／马呀，饿得回过头来咬自己的尾巴"。一些战士已英勇献身。"年轻的石油地质勘探队员啊／请把你最热情的短歌献给它……因为有一群我和你最亲爱的亲人……他们用鲜血灌溉了我们今天和明天的生活。"

考察队考察了阿拉尔周围的油泉子、狮子沟、切克里克、老茫崖、油砂山，最后几天驻扎在油砂山地质大队宿营地。

油砂山，那厚达 150 米的油砂露头是柴达木石油神灵一般的暗示，它的名字早已在中国地质界如雷贯耳。考察团当然不会错过这样的宝地。李季随考察团攀登海拔 3000 多米的油砂山看油层露头。为了让大家观赏油砂山的富有，一位地质队员用火柴引向一处油苗，嚯的一声，沉睡亿万年的原油噼噼啪啪地燃烧起来。随后，大家向另一个海拔 4500 米左右的山头攀登，寻找其他油层的踪迹。

从今天来看，那座山峰就是英雄岭的主峰。

英雄岭，是茫崖地区标志性的山脉，油砂山只是一座偎依在它胸怀的小山头，它的隆起决定了油砂山油田的丰度。半个多世纪以来，青海石油人都一直围绕着这座英雄岭在作"油文章"，且没有超过半径 100 公里的范围。只有在这片高地上奉献了青春、汗水和生命的石油人才知道这座被冠名为"英雄"的大山的厚重。是的，这是一座只有英雄才能攀登到顶的山峰，也是一座凝聚着勘探队员和石油人心血和智慧的山峰，所以，它匹配"英雄"的称谓。

李季先生感觉到心脏的抗议。柴达木空气稀薄，高寒缺氧，初来乍到的健康人攀登油砂山都感到吃力，何况他患有风湿性心脏病。人们只知道李季是个性格开朗、幽默的诗人，却不知他还是个病人。当李季往第二座悬崖攀登时，强烈的高山反应使他突然感到呼吸急促，心跳加快，喘不过气来。他悄悄从衣兜里掏出一片急救药片塞到嘴里，踩着山上疏松的砂石，走两步，滑一步，向山顶攀登。他在咀嚼"人生就是跋涉，人生就是开拓"的滋味。

人们终于攀上了山顶。苏联专家风趣地将这座光秃秃的陡山取名为"顽皮山"。李季和同志们一起欢呼、跳跃。他望着地质队员将一面小红旗插上山巅。李季和地质队员高唱着歌儿，返回驻地后，他很快将在油砂山涌动的诗句和美好的感觉记下来。

李季激情燃烧，在油砂山驻地创作了多篇诗文，其中便有《油砂山》：

> 有多少荒僻的乡村、山岗……它们都成了天下闻名的地方……我们的油砂山 / 就是这样的地方 / 连鸟兽都不栖落的山岗啊……他们把一面旗帜插在你的山顶上！油砂山就像一个娇美待嫁的少女 / 就像一颗珍珠遗落在路旁。

他在《柴达木一青年》中写道：

"在我们光辉灿烂的生活里 / 有着多少个黄金铸成的青年。

"他整天地携带着气压表和小罗盘 / 草绿色的背囊和他的那把小锄头 / 在睡觉时也没有离开过他的身边。

"艰苦的劳动最能把人的意志锻炼 / 支持着他的是为祖国寻找新油田的信念 / 他开始习惯了用沙子洗碗、洗脚的生活 / 也学会了几天不喝水，一根烟吸它三天。

"像匹野马似的在戈壁上睡了一夜晚 / 包围着他的是冰点以下的严寒 / 为了怕冻坏了宝贵的仪器 / 他从身上脱下棉衣把仪器包掩。"

李季笔下的那个"青年"就是千百个"石油人"。他希望自己也能成为一名勘探队员。为了体验迷路后找不到营地的饥渴无助，有一天，他与几个勘探队员一起，天当被子地当床，在戈壁荒野睡了一个晚上。

李季离开柴达木后，对柴达木依然魂牵梦绕。除了《向昆仑》，还有 1954 年冬在北京创作的《柴达木小唱》《我问昆仑山》《旗》《写给阿拉尔革命烈士墓的话》《柴达木一青年》等。特别是《柴达木小唱》流传最广，影响最大，多次被搬上舞台演唱，至今仍在油田和民间传唱和朗诵：

……

黄河长江发源在昆仑
柴达木井架密如林

油苗遍地似春草

风吹原油遍地香喷喷

这样富饶的地方哪里有啊

我们的柴达木是个聚宝盆

工业化的祖国要血液

无数的飞机汽车要食粮

愿把青春献给祖国的年轻人啊

柴达木正是大显身手的好战场

这样理想的地方哪里有

柴达木是我们光荣的家乡

　　执着而深情的礼赞，让我们远隔半个世纪的时空也能通过文字感受到那份滚烫的情怀。那是那一代人特有的情怀。以至于热情难消，四年之后，也就是 1958 年 9 月，诗人李季第二次走进柴达木。

　　其实，第一次进柴达木之后不久，李季就调离玉门油矿回到北京。1955 年初担任中国作家协会创作委员会常务副主任，在中国作家协会举行的第十次主席团会议中，被推举为青年创作委员会委员。

　　身在北京，心在瀚海。李季每次看见"玉门""柴达木"这几个字，就按捺不住激动的心。1957 年元旦，在北京的李季情不自禁地提笔写了一首《致柴达木的兄弟们》：

为了从千百公尺的地层深处 / 发掘出来的海河似的黑金 / 为了在那兽迹罕到的地方 / 建设起了一座座帐篷城镇 / 为了那日日夜夜不倦的劳动 / 给我们石油工人带来的光荣 / 为了使春天常驻柴达木 / 使荒凉的戈壁上飘荡歌声……今天是 1957 年元旦新春 / 节日里分外想念在盆地里的你们 / 请接受我一千倍的期望、感激吧 / 祖国的骄傲——我的亲人们！

李季赤子一般深深地爱着远在天边的柴达木。

1958 年 9 月 13 日，冷湖地中四井喷油，日产 800 吨，冷湖油田横空出世。这是柴达木给中国石油工业放的一颗"卫星"，这也是给徘徊不定的青海石油工业的一颗"定心丸"。本来，那时国家已经明确让柴达木石油勘探先缓下来，等有条件再上。

1958 年 9 月，李季正在兰州主持筹备创建《红旗手》月刊（《甘肃文艺》前身），听说冷湖喷油的喜讯，便疾驰冷湖。一路激动不已，"一听说冷湖喷了油 / 止不住心里好喜欢"这两句诗反复在脑海里翻涌。到了冷湖，那热火朝天的场面令他非常兴奋。冷湖掀起夺油会战，好一派热火朝天的景象。激情的石油让诗人的笔尖热流奔涌：

一听说冷湖喷了油 / 油柱滚滚冲向天 / 芳香原油流满地 / 沙滩转眼变海滩
一听说冷湖喷了油 / 柴达木盆地闹翻天 / 千顶帐篷

锣鼓响 / 万杆红旗飘山川

　　一听说冷湖喷了油 / 浑身流汗笑满脸 / 五年苦战未
白过 / 给祖国找到了一个大油田

李季迫不及待地奔向英雄地中四井，那情景令他震撼：

　　　过冷湖 / 抬头看 / 一根油柱喷向天 / 远看就像火山
口 / 近看好比大喷泉
　　　过冷湖 / 心喜欢 / 盆地面貌大改变 / 原油产量直线
升 / 翻它十万八千番
　　　过冷湖 / 锣鼓响 / 千车万人上井场 / 山南海北来支
援 / 开发冷湖大油矿……

　　冷湖喷油后，当年生产原油 24 万吨，约占全国原油产
量的 12%。1959 年达到 30 万吨，继玉门、克拉玛依、四
川之后位居全国四大油田之一。1959 年 9 月，国务院批准
冷湖为冷湖市。从此，冷湖这个地名出现在中国地图的西
北部。
　　二进柴达木，李季看冷湖，登昆仑，去了他思念的油砂
山、茫崖、阿拉尔等地。四年的变化太大了，他在《柴达
木》里由衷地写道：

　　　昆仑山下柴达木 / 四周丛山聚宝盆 / 踏遍盆地三千
里 / 处处石油处处金

1954 年的茫崖，茫茫戈壁上只有地质小队的十几顶帐篷。1956 年，茫崖已经成为名扬四方的"帐篷城市"，被誉为"拓荒者的乐园"。因为再往西，与新疆若羌县接壤的依吞布拉克山脚下，1958 年又开拓出一个石棉矿区，称为茫崖，所以后来石油人帐篷城市就被称为"老茫崖"。地中四井喷油后，石油人正在陆续搬迁冷湖。李季此时看到了"茫崖帐篷城"最后的容貌，他在《茫崖赞》里为我们记录了它的原貌：

走过的城市成千上万 / 却从来没有见过这样的城市 / 白色帐篷千万顶 / 找不到砖瓦一片 / 城市的居民是那些生龙活虎似的青年人 / 老年人在这儿也都成了青年 / 青春火焰赛长虹 / 一个个干劲冲天

李季特意去茫崖帐篷城看望阿吉老人。得知阿吉两年前喜得一女儿，特地买了一块花布当作礼物，听说还没有取名字，就说，那就叫柴达木吧。阿吉与李季心有灵犀，高兴地点头赞同。从此，阿吉的女儿就叫柴达木罕，就是柴达木花的意思。

一路向西，诗人再次来到油砂山，眺望昆仑山：

那一边是昆仑山 / 这一边是油砂山 / 蓝得透亮的尕斯湖啊 / 夹在两座山中间 / 侧影映在湖里边 / 昆仑山高过油砂山 / 油砂山低昆仑高 / 昆仑山把油砂山全遮掩 /

油砂山上立井架 / 千军万马上了山 / 白天欢腾一哇声 / 黑夜灯火照满山 / 湖中侧影变了样 / 油砂山高过昆仑山 / 不是油砂山长高了 / 石油工人的干劲冲破天

1958 年 9 月，李季在柴达木和昆仑山写了一系列诗歌，如《一听说冷湖喷了油》《昆仑山放歌》《登昆仑》《千军万马闹昆仑》《二进柴达木》《给一个地质勘探队员》《四川姑娘》《柴达木》《茫崖赞》《油砂山和昆仑山》《过冷湖》等。

李季的柴达木情怀深厚而辽阔，延绵不断，乃至在他 70 年代创作的一些石油诗作里，依然还有柴达木的影子。他在《二进柴达木》的诗篇最后寄予了美好愿望：

唯愿亲人再加劲 / 早日采油千万吨 / 柴达木人到处夸 / 喜报送上天安门

筑梦千万吨，是几代柴达木石油人的夙愿。油田油气当量已经连续 9 年稳定在 700 万吨以上。天际线上的石油人实现大梦指日可待！

说起诗歌的柴达木、文学的柴达木，当然还不能忘记跟李季先生同时代书写讴歌柴达木石油的中国著名散文作家李若冰先生。横越半个世纪的时空，李若冰在柴达木的背影，如山如虹。

李若冰（1926 年 10 月—2005 年 3 月），笔名沙驼铃，陕西泾阳人，中国当代著名作家、西部散文的代表人物、西部文学的拓荒者、"石油文学"奠基人之一。《柴达木手记》至今在石油人中享有盛誉。

李若冰 12 岁就加入八路军，1945 年毕业于鲁迅艺术文学院文学系，1938 年参加延安抗战剧团，后历任中央宣传部助理秘书、西北军区政治部秘书、陕西省委宣传部副部长、省文化文物厅厅长、省作协党组书记、陕西省文联主席等。1949 年开始发表作品，著有散文集《在勘探的道路上》、《柴达木手记》、《旅途集》、《红色的道路》、《山·湖·草原》、《神泉日出》、《爱的渴望》（合作）、《李若冰散文选》、《高原语丝》、《塔里木书简》、《满目绿树鲜花》等。

李若冰一生情系大漠，钟情勘探者、创业者，被誉为中国石油文学的拓荒人之一，为祖国石油工业竖起了一座丰碑。

1993 年，李若冰获青海石油文联突出贡献奖。

在青海石油文联成立之时，不忘根本的青海石油人将一尊奖杯敬奉给李若冰先生。这可能是李若冰先生领取的级别最低（局级）的奖杯，但他看得很重，在他文学的生命词条里，他专门名列而出，这是他对柴达木深切的怀念，也是他高尚人格的写照。

李若冰先生最著名的柴达木之书是《柴达木手记》。

这是一本柴达木人永远不能忘记也不会忘记的书，它曾是柴达木早期创业的一把号角，它鼓舞了新中国几代青年人建设柴达木的雄心壮志，许多年轻人就是怀揣着这本书，激情奔赴柴达木的，也因此为柴达木的开发建设，奉献了青春、热血乃至生命。可以说，《柴达木手记》是柴达木石油人心中的"红宝书"。

《柴达木手记》1959 年结集成书，经作家出版社出版发行，一时轰动全国。柴达木盆地成为拓荒者的梦想之地，柴达木人成为中国第二个"最可爱的人"，鼓舞了一大批人投身柴达木开发建设。

在书中可以看见李若冰先生足迹踏遍柴达木的山山水水，油砂山、冷湖、大柴旦、茶卡、格尔木、花土沟、茫崖、昆仑山、尕斯湖都是他笔下书写的地理词条。透过发黄的书页，仿佛看到了 65 年前一位英俊的青年作家，意气风发，气宇轩昂，或骑着骆驼，或坐着卡车，或徒步跋涉奔波在西部广袤无垠的戈壁上，与来自祖国四面八方的勘探者们拉家常，话离别，谈工作，畅想柴达木的锦绣未来。

令人感动的是，李若冰先生一生居然奔赴柴达木有七次之多，可以肯定地说，没有任何一个作家对一片土地有如此深情眷恋，没有任何一个作家能对一个群体有如此深情厚谊。假若可以，新成建的茫崖市应该为李若冰先生补颁"茫崖荣誉市民"的称谓，因为在茫崖的地理版图上，再没有像李若冰先生这样的书写者。他可以真正地说：我为什么对柴达木爱得如此执着，因为我为它洒过热泪！

柴达木的风，是他的信使。

柴达木的沙，是他的魂魄。

柴达木应该为他塑像，像"地中四"一样巍峨。

图片 5

李若冰在矿区采风留影

1954 年秋，李若冰随同李季参与了柴达木盆地地质考察团，他在《在柴达木盆地》里这样记述：

> 这座山，三千八百多米。你站在山冈上，瞭望远方，会再一次感觉到柴达木的辽阔和美。那尕斯库勒湖像玉带一般，和昆仑山间飞来的云雾一起，围绕着整个盆地流转。那重重叠叠的山岭，真是山山不断，岭岭相连……我们的勘探者，自从 1954 年春天进入柴达木，不知爬了多少山岭，走过了多少路程，尝受了多少艰辛，挖掘了多少岩石，鉴定了多少良好的储油构造啊！

猜想，李若冰先生那时也刚刚目睹油砂山的露头，内心激情飞扬，一抬眼就看见了对面的昆仑山，就看见了尕斯湖，特别是郝清江带领的首批勘探队员们，已经踏云涉雾开始了前期的初探工作，成果斐然。李若冰为柴达木这个宝库而感慨，也为地质队员们喝彩！

在他眼里，自然的山水是壮阔的、雄奇的、震撼人心灵的，而那些青春的地质队员们，他们战胜困难，以火一般的激情忘我工作，那种英雄的革命理想主义的人文画面，更是大美的风景。同样年轻的李若冰由衷地赞美"尝受了多少艰辛"的勘探队员的时候，却丝毫没有在意自己也身处高寒缺氧、干旱荒芜的生命禁区。他不畏烈风，不畏寒冷，甚至不顾缺氧导致的憋气喘息，执着地追随着勘探队的身影，记录着一件件事，一个个鲜活的人物：

在勘探时，呼吸困难了还坚持登上英雄岭的队长葛泰生；戈壁上暴雨里顶着一张油布度过一昼夜的刘承昌；为勘探队员背水使肩膀上的垫子磨烂了衣服也露出棉花的刘守彬；暴风撕裂了衣服，砂石刺破了脸和手，喝苦水拉肚子，把石头含在嘴里解渴的朱夏以及所有632地质队的尖兵……

李若冰感受到在地质队员的胸怀里，好像燃烧着一把火，有着永远使不完的精力。他情不自禁地为这些开拓者下了结论：在柴达木工作的人，是完全可以被信任的人。他们从事着一桩惊心动魄的事业，并且，他们一定会完成这桩事业的！因此，在柴达木艰苦环境里顽强拼搏的开拓者们也深深地打动了他，他不止一次由衷地写出赞美的句子：

> 我倾心于大沙漠，因为这里的人，他们的心灵，在和大自然的搏斗中，陶冶得纯净、美丽、热烈而富有感情。这时候，你怎么会不赞美油泉子，又怎么会不爱上这片沙漠呢！我不想隐瞒自己的喜悦，我爱着这里的一切！

李若冰深深地热爱柴达木这片土地。柴达木成了他除夕夜最思念的土地，那些地质勘探队员是他最思念的亲人。如今，很难有诗人作家有如此执着和炽烈的对一片土地的爱恋，这不是批评和诟病，而是那个激情燃烧、纯真至净的年代已经远去。除了昆仑山雪峰依然瓦蓝，尕斯湖水依旧清澈之外，很多东西都已经改变。这不是谁的错，更不是柴达木的错；柴达木已经足够偏僻且苟安，但它依然要改变，必须要改变。这是发展中的或者变形中的痛，谁也无法逃离，而且必须接受。所以，我更愿意在李若冰先生那久远的文字里，寻找心灵的安详。

为此，我打开《柴达木手记》那发黄的书页。

《柴达木手记》全书共有 2 辑，29 篇文章，近 20 万字。其中给人印象最深的是《在柴达木盆地》《冬夜情思》《冷湖的星塔》《油砂山之夜》《献给依斯阿吉老人》《茫崖，拓荒者的城市》等经典文章。在其名篇《在柴达木盆地》中，他这样写道：

> 通往西北方的道路是荒凉的。一个人也看不见。前面是一望无际的戈壁……有时候，突然，眼前会闪过去一群惊慌的黄羊儿，它们飞跑着，白色的尾巴像小流星似的。有时候，一群野骆驼横立在大道上，痴呆地了望着，当人要接近的时候，它们才摇摆着头，拖起步子，向山野迅速地却又笨拙地跑去了。

纪实的风格，亲切的叙述，大自然之美在简笔的勾勒中呈现出原始和自然的美感。然而作者笔锋一转，以物喻人，他眼前他记忆中的勘探队员们，就成了他笔下最美的风景。

再看这一段：

> 我们的勘探者，自从一九五四年春天进入了柴达木，不知爬过了多少山岭，走过多少路程，尝受了多少苦难，挖掘了多少岩石，鉴定了多少良好的储油构造啊！

李若冰是勘探队员的李若冰，是柴达木的李若冰，他更多时候把自己的情感和身份互换，把自己当作一个地质队员，一名柴达木的建设者，想得最多的是勘探，是柴达木的发展和未来，是每一位劳动者英勇无畏的奉献精神。得知勘探出成果，他比地质工作者还兴奋。

1957 年李若冰二进柴达木，当他再次踏上油砂山的时候，他难以掩饰内心的激动，在《油砂山之夜》里，他的神思灵动而飞翔：

> 如果说，我早已深深地迷上了油砂山，那么，这一阵，我真想长起翅膀，飞上油砂山的上空，跑遍油砂山的大小沟道，然后借着湖光山色，把油砂山赞美……

在万人帐篷城里，李若冰再次见到了阿吉老人。他跟这位柴达木石油的功勋人物结下了深厚的感情，他情不自禁地为老人献上华章《献给依斯阿吉老人》：

阿吉老人，可爱的老人啊！柴达木的勘探者，不论男女老少，哪一个不知道你，哪一个不尊敬你！你走到了哪里，哪里就有路。你指到了哪里，哪里就有水。你在哪里流过汗，哪里就有油田。你在哪里歇过脚，哪里就有金子！……你英勇的事迹，被人们当作神话传颂着。人们尊贵地称呼你是柴达木第一号尖兵！

　　李若冰作为见证者、采访者，真实地记录了阿吉老人的英雄事迹，使得阿吉老人的故事在探区广为传颂。

　　关于茫崖万人帐篷城，存迹史料极少。据考，帐篷城存史4年，1956年开建，1959年拆迁，时间不长，但它是柴达木第一座工业化城市，是天边的梦幻之地。因为年代久远，记述的文字不多，影像照片也罕见，匆匆而生，匆匆而隐，也恍若梦幻。但它确实存在过。其中记叙这座帐篷城最详尽的文字就来自李若冰，他的《茫崖，拓荒者的城市》，是茫崖之城的文字立档，是万人帐篷城的文学史记，是帐篷城活的拓片。

　　茫崖，因此而锦绣！

　　茫崖，因此而辉煌！

　　李若冰说，他写的这些地方都很荒凉，都是被中外探险家称为生命禁区的，然而越是荒凉越有宝贝，越有人们所需求的热源和稀有矿藏，越是荒凉越能显示人类的吃苦耐劳精神和创造的魄力。他正是从他们身上，真正领悟了人生的意义和生命的价值。

第一版《柴达木手记》，李若冰十分感慨地写道：

> 我是满怀着尊敬写这一切的：戈壁、沙漠、草原、石油、铅锌、金银、大路、狂风、湖泊、土屋和战斗在柴达木的可爱的人们。我酷爱大西北。

80 年代再版《柴达木手记》，他在前言中这样写道：

> 我无法背拗自己心底的要求，1957 年又到柴达木去了……在茫茫似海的大沙漠里，出现在我眼前的全是崭新的景物：这儿已有被唤醒的油矿、铁矿和稀有矿藏，有已被开发的盐湖、石棉和高原大路。一切是这样美不胜收，令我惊叹不已。这一切，都无不包含着一段艰苦卓绝的经历，无不凝结着开拓者的智慧，无不浸透着他们的血珠！我所看到的一切，都无法使自己安静。我就是在这种心境里写下了《柴达木手记》。

柴达木，以金子一般的至臻至纯的品格，给一个作家的灵魂下了蛊。这是一片土地的幸事，也是一个作家的光荣！李若冰第七次进入柴达木油田时已经 76 岁。谁也阻挡不了他，以民族精神为灵魂的柴达木石油人尤其理解他。

正如一个作家这样评说李若冰和《柴达木手记》：

一本书的诞生，如果融入深切的爱，她就有生命力。如果这种爱，是对祖国、对大自然、对为祖国为大自然而奋斗的人们，是由爱而凝练出的伟大的民族精神，那么，她的生命力就不会衰竭。

在《柴达木手记》最后一页，有一段作者对柴达木油田的美好祝福：

拓荒者啊，祖国的鹰，飞翔吧！愿你们在大沙漠里创造出更多更美的城市，愿你们在大戈壁上创造出更多更美的油田！

《柴达木手记》依然在青海油田传颂，很多"70后""80后"对这本书依然追星一般地抱有激情和珍藏。不用过多的语言，他们懂了，懂了这片土地的历史，更懂得面对未来将要肩负的大义。生生不息，薪火相传，这是人类最宝贵的基因，最珍贵的传承。永远不要过多忧虑未来。未来还没来，来了，他们自有新的形式和内涵。而且，他们更有解读历史语境的新的词条，说不定比历史更精彩！

面对诗质的柴达木，文艺的茫崖，假若可以，我只想说，在石油重镇花土沟的茫崖新城中心广场，该为李季、李若冰两位先生塑像。

他们，值当这种纪念！

第六章　冷湖长歌

地中四让冷湖油田绝地而生

因为冷湖，柴达木石油才星火燎原

冷湖是柴达木石油新的地理坐标

冷湖石油自 50 年代末到 90 年代初

近三十年的风雨兼程

木已成舟，家已成城

冷湖在中国石油版图竖起了两座雄碑

一座：地中四井——生得辉煌

一座：烈士陵园——死得悲壮

回望冷湖，那是一曲绝响的石油长歌

史载： 地中四井纪念碑铭文：英雄地中四，美名天下扬；东风浩荡时，油龙逐浪飞。地中四井是柴达木石油勘探重要的转折点。1955年，冷湖构造被地质部632地质队发现，随之进行了1∶100万比例尺的地质概查。1957年在冷湖四号构造上进行钻探，仅见少量油花。1958年9月13日，冷湖五号构造地中四井日喷原油800吨，标志着冷湖油田诞生。1959年冷湖油田原油年产量达到24万多吨，全局产量升至30.2万吨，青海油田成为继玉门、新疆、四川之后的全国第四大油田。1959年9月，国务院批准冷湖为冷湖市。从此，冷湖这个地名出现在中国地图的西北部。冷湖，是三代柴达木石油人的集体记忆。在冷湖公墓，还有一群为油牺牲多壮志的石油战士，他们是薛崇仁、王警民等，还有被称为"冷湖两座碑"的坚贞不屈的石油先烈黄先驯和陈贲。

茫崖帐篷城的辉煌很短，像一颗彗星擦过柴达木的天空。

因为它过早地终结，才诞生了另一个全国石油重镇：冷湖。

在20世纪60年代，冷湖名声响亮，它是中国早期四大油田之一。另外三个是玉门、克拉玛依和四川。冷湖的诞生主要源自一口油井，它的名字叫"地中四"。可以说，地中四决定了冷湖的命运。那时，盆地内严重减员，从两三万人锐减到五六千人。没有人就没有了人气，没有了人气也就没有了生气，油田万马齐喑。

减员主要有如下几点：

一是东北大庆油田上马，油田将最好的设备和最优秀的管理干部、技术人员、操作工人，无私支持大庆会战，一走就是7000多人；

二是非战斗减员，下放了一大批人回原籍，有的人感觉在油田生存无望，自行离开回老家重新热恋一亩三分地，老婆孩子热炕头；

三呢，还有在那个年代被莫须有地打倒了一批人。

总之，一个水池子四处开孔，哗啦啦就见了底。

留下的几千人怎么办？是等死还是坐望上帝拯救？

铁骨铮铮的柴达木石油人给出了一个响亮的回答：与其坐而待毙，不如起而振之。

其实，早在1955年，冷湖构造就被地质部632地质队发现了。随之进行了1:100万比例尺的地质概查。因冷湖四号构造有80米厚的油砂出露，故于1957年沿袭"构造加油苗"的方法，在冷湖四号构造上进行了钻探，结果在钻井过程中仅见到少量油花。

1958 年，青海石油勘探局在 632 地质队工作的基础上，一改"构造加油苗"的找油方法，在构造比较完整、高点部位没有油苗的冷湖五号构造进行钻探。

部署在构造高点上的就是地中四井。

地中四井的出油，使柴达木石油勘探工作出现了新转折。

说到地中四，就必须说到一个人，假若没有他，也就没有了地中四，而没有地中四也就没有了冷湖大油田，没有了冷湖，柴达木石油的命运又得重新洗牌。最起码，就很难有近 30 年的冷湖岁月。

他叫胡振民，是五十七师转业的石油师人。

1926 年，胡振民出生在黄土高坡的陕西省高陵县一个雇农家庭。全家 12 口人只有 4 亩山地，只好租种地主家的土地过活。胡振民 1 岁丧母，3 岁和 7 岁时两次因天灾绝收而踏上逃荒要饭的乞食之路。1934 年，已经成家的大哥让他跟他差不多大的两个侄子上学。后来，家里揭不开锅，大哥让两个儿子辍学，咬紧牙关仍然让胡振民继续读到初中。穷人的娃娃早当家，饱经生活之苦的胡振民在青少年期间就逐渐获得了许多做人的道理。

1942 年，学业未成的胡振民投笔从戎。与他一起去的学生有 24 人，他们在地下党的介绍下加入了国民党三十八军。该军是西北军的主力部队，是杨虎城将军的嫡系，名义上隶属于国军，其实是在共产党掌握下的一支革命武装，部队很多中下级军官都是共产党员。他在38军军士教导队第五期学习一年半，1944年5月毕业后，分配到三十八军十七师五十团二营六连任班长，在河南洛宁县陈家岭守阵地，与日本人打拉锯战。1945年7月，十七师起义，后划归晋冀鲁豫军区，直接受刘邓指挥。

随后，胡振民升任排长，参加了上党战役、柳城战斗、白晋线战役等10多场大小战斗。1947年8月24日晚，胡振民所在的50团强渡黄河参加大反攻，他随部队相继参加了两渡丹江和夜翻瓦穴子、西峡口及奔袭均县、黄龙滩、房竹等战斗，曾被评为"模范指导员"，记特等功一次。1949年5月1日，部队改编为十九军五十七师一七〇团，胡振民任一营教导员。他个人被评为十九军兵团功臣。

在部队，胡振民自硝烟中历练为一名优秀的军官。

转业后，就地转身，他又成了一名优秀的石油人。

1952年9月，近千人的钻井教导团在陕北枣园组成。整个团下编5个连队，西北石油管理局为教导团配备了技术干部和经验丰富的老工人，还配备了相应的设备和材料。一股争学技术的热潮蓬勃兴起。胡振民也不例外，他除了负责思想政治工作外，还要尽量多挤出时间学习钻井技术。三九寒冬和战士一样在露天课堂听课，手脚都冻肿、开裂了，他也满不在乎。由于他刻苦认真学习，很快掌握了石油钻井业务。1953年8月，教导团改为枣园钻探大队，胡振民任大队长。他身先士卒，带领石油工人，共打了20多口井，为陕北石油资源的开发做出了突出贡献。

1955 年，胡振民奉命开拔柴达木盆地。

他率领枣园钻探大队 40 多人，奔赴柴达木。早在青海石油勘探局筹备之际，副局长杨文彬、书记陈寿华就抽调胡振民做青海石油勘探局的筹备工作。郭究圣任筹备主任，胡振民任副主任。他的主要任务一是组织人员进盆地，二是筹备日常工作，三是考虑石油钻井工作。筹备工作一就绪，胡振民就奔赴茫崖探区，任钻井处副处长兼茫崖钻探大队大队长。

从此，胡振民便与柴达木石油工业紧密相连。

也可以说，柴达木石油工业也与他紧密相连。

就从地中四井的钻探来说，成功里蕴含着机遇与巧合，但更融进了智慧与胆略。而胡振民，更是用科学与底层对话，他粗中有细，倔强、坚韧的性格中又研精究微，充满智慧。

时间推移到 1958 年，柴达木石油形势不妙，前景堪忧。

胡振民所带的钻井队辗转到冷湖地区打井。偏偏上帝又给他开了一个比天还大的玩笑——打的地中八井突然失火。当然，在那个大干快上、粗放经营的年代，井队失火这样的事故层出不穷倒也司空见惯。但是地中八井意义重大，这是在队伍撤与不撤的关键时期布下的一口关键井。要是见油了，人们就有坚守的底气。勘探局也在赌，赌赢了，就为付出了心血的柴达木留下了"活口"。人们嘴上不说，但都心知肚明。可是，眼见冒油了，却一把大火把希望烧灭。真是天不给活路啊！

胡振民快气疯了，他是主要领导，也要负主要责任。但一看井场失火，他什么都来不及想，就抱起水龙头，只身冲进火海，奋不顾身地扑救。大家都跟着冲上去。这使他想到战争年代，抱着水龙头犹如抱着机关枪，心想打仗为革命，打井为建设，在柴达木打一口井多么的不容易，怎么也不能眼见它白白烧掉了啊！可是，一天过去，大火没灭；两天过去，大火没灭；直到三天过后，大火被扑灭了，井场也烧了个精光。胡振民三天三夜没合眼，扑通一声栽倒在地。

胡振民说，三天两夜的炙烤，烧红了他的眼睛；三天两夜的扑救，也是三天两夜的煎熬；三天两夜的拼搏，也是三天两夜的反思。心力交瘁，大火一灭，他就垮掉了身体，也因此得了跟随他一辈子的病——高血压。这病一直跟随他到大庆，从大庆油田又到中原油田，直到1997年我不远千里奔赴中原油田采访他老人家，早从副局长岗位退休下来，已70高龄的他说，每当病情加重，他就想起地中八井那场大火，心有余悸。那场大火，埋进了他的神经，注入了他的血液。

虽此，他背负了组织处分，降职，减发工资。

他说，可惜的是国家财产，自己那点损失又算得了什么呢？说不清胡振民是什么心情，斩不断，理还乱。但深深的愧疚一直跟随他变老，这是穿越时空的自责。自责，也是检验一个人良心的尺度。胡振民的良心，折磨着他。虽然随后的地中四井改写了柴达木石油的命运，但他也不能做到"猪羊抵消"。这是令人敬仰的伟大人格。

可他的老伴陈秀英说，家里孩子多，还要周济亲戚，负担重啊。

陈秀英，陕西汉中人，1951年2月参军，也在五十七师。在军政培训班学习后任文化教员，转业后，在教导团从事人事工作。进柴达木盆地后，也一直搞人事劳资工作。她兢兢业业地操持家务，在地中八井失火后，她不知偷偷流过多少眼泪。胡振民被下放劳动，挨斗受整时，她又隐忍了眼泪，变得坚强，拉扯一家老小，用60块钱的生活费养活一大家人。她坚信，春天总会到来。

地中八井失火，给整个冷湖钻探蒙上了阴影。

因此，冷湖钻探大队被大举压缩编制，9支钻井队一夜之间撤去了6支。冷湖，在命运的十字路口，找不到方向。

冷湖难道真的没油？

胡振民打死也不信。

他想证实——用最大胆的行动和方式。

他想较量——用科学与找油困境对话。

胡振民亲自组织赵光明地质师等一批技术员，反复查询各种资料，对地震图上的显示认真检查和分析，他要在冷湖五号构造一高点布一口探井。有人反对，有人迟疑，有人彷徨，只有胡振民是坚定的。他觉得他要跟命运搏一把。要是赌输掉了，就卷铺盖走人。

局领导没有支持，但沉默也是一种态度。这种态度暗合了胡振民的猜想，谁都不愿意让柴达木石油就此下马。赌一把，似乎是很多人没有说出口的想法。赌输了，心服口服；不赌，心不服口也不服。而胡振民抱着赎罪的决心，将目光坚定地锁定在五号构造的一处高坡上。冥冥之中他觉得，那里有戏。

钻机到位。胡振民把床铺搬到井场旁的一栋帐篷里，就像当年领兵打仗一样，他把指挥所安在最前沿。

井场定位。胡振民固执己见，他环顾四周的地形，三面山岭，形成一个簸箕形。他仿佛看见了一个油田，簸箕里盛满了黑色的原油。在关键时刻，绝不动摇，必须相信自己的直觉。他下令，把井位布在簸箕的尾部。他犟着牛性子，吹胡子瞪眼，在场的人谁也改变不了他。

定位。

井架安装。

开钻。

胡振民每天都和技术员工作在井场。他知道这一招定乾坤，不仅仅决定他胡振民的"死"，而是决定整个冷湖油田的"生"。

25天，整整25个日日夜夜。胡振民很少能安静地闭上眼睛休息一会儿。终于，苍天有眼，滚烫的黑色油流从地底下喷薄而出，冲上云霄，又飞流直下。日喷800吨。

地中四井出油了！

冷湖出油了！

柴达木沸腾了！

让我们记住这个伟大的日子：1958 年 8 月 21 日，由 1219 钻井队开钻，9 月 13 日当钻达 650 米后发生井涌，继而出现井喷，喷势异常猛烈！自此，冷湖在新中国石油版图上举足轻重，名声响亮。

原油连续畅喷三天三夜没有停歇！

人们笑了，而胡振民哭了。他为自己的坚持而哭，为冷湖将有一个崭新的未来而哭。而这哭，比笑更情绪饱满，更激情飞扬。胡振民没有观察错，这个簸箕就是一只装油的簸箕。为了不让原油损失，他擦干眼泪下达命令，堵住簸箕口，保住原油。

他率领职工用草袋子装沙土，抢筑堤埂。几千只草袋子用光了，就用麻袋，装面粉的布袋。他健步如飞，扛起沙袋，向大堤奔去。突然，他发现一处大堤决堤。决不能让原油从簸箕里溜出去，他二话不说，扔掉沙袋，扑通一声跳进油湖，用身体堵住决口。大家身缠布袋也跳了进去，二十几具血肉之躯严严实实堵住了决口，一番搏斗，咆哮的油流终于被牢牢锁住，他们保住了 2000 多吨石油。

原油汇集成湖。远处飞来的野鸭子误把油湖当作水塘，纷纷飞下寻食，却被原油粘住。野鸭子的牺牲换来大油湖的美丽传说。

地中四井，胡振民的名字应该镂刻入碑。

那耸立的地中四井纪念碑，浸透了柴达木石油人的心血，它不仅给后人以启迪，而且还带给人许多苦涩的想象和深切的回忆。1961 年，冷湖油田跨入中国四大油田行列之后，杨文彬带着 500 多名柴达木石油人参加大庆会战，从西北到东北，继续着我为祖国献石油。

其中，便有胡振民。

> 英雄地中四，美名天下扬；
> 东风浩荡时，油龙逐浪飞。

冷湖变成油湖。原油一车一车地拉运到玉门、兰州炼油厂。

由于冷湖油田的新发现，勘探局对全局勘探工作进行了新调整。"猛攻冷湖，拿下大油田"——石油部也发出响亮号召。

地中四井喷油以后，当时石油工业部部长余秋里、副部长康世恩先后来到冷湖探区，确定暂时收缩茫崖、马海地区的勘探力量，集中人力、物力加速冷湖地区的勘探。

此后半年时间内，相继探明了冷湖五号、四号、三号油田。

1959 年元旦，青海石油勘探局改为青海石油管理局，局机关从大柴旦迁到冷湖。

1960 年，试采原油 30 万吨。

冷湖油田，成为当时全国四大油田之一。

冷湖油田的发现和建设，使柴达木石油工业有了依托之地。

至此，柴达木盆地的石油勘探从无到有，从小到大，从

图片 6

冷湖镇附近的地中四井遗址，是柴达木工业史宣传教育基地

简易的地面地质调查，到地球物理、构造钻井等多工种联合勘探，终于在不毛之地立住了脚跟。在此后的长时期内，冷湖油田一直是柴达木的主要原油生产基地。

从冷湖生产的原油经过就地炼制加工，源源不断地供应到部队、工厂、矿山，对青藏地区的经济发展和国防建设做出了贡献。

有这么一个历史镜头，值得收藏。

1959年2月20日，是柴达木盆地原油首次外运的大喜日子。这一天，各地代表汇集冷湖，敲锣打鼓，热闹非凡。在冷湖五号构造刚刚落成的选油站场地上，举行了隆重的柴达木首批原油外运典礼。当大会主席宣布"首批原油外运典礼开始"时，人群中响起了雷鸣般的掌声。

局长李铁轮为首车原油外运剪彩。

插着彩旗、披红戴绿的油车徐徐开动。在汽车上高挂着大幅标语牌，写着11个醒目的大字：青海柴达木首次原油外运。

一辆又一辆的油罐车驶向远方，将原油源源不断地拉运到甘肃玉门、兰州进行炼制，供青海、西藏的发展和西南地区的安全之用。

欢聚的人们，有的敲锣打鼓，有的挥舞着手中的旗帜；有的欢呼，有的跳跃；有的不停地擦着脸上流淌着的行行热泪。

五年的跋涉。五年的奋战。五年的艰辛。

说不尽的困苦，道不完的艰难。成千上万石油工人，用血与汗，伤与泪，终于换来了累累果实，终于让柴达木盆地的原油千里东驰出祁连。

冷湖的名字，自此在中国石油史上有了重要地位。

冷湖油田这组数字值得记忆：

1960 年，完成原油生产任务 301910 吨；
1961 年，完成原油生产任务 177817 吨；
1962 年，完成原油生产任务 130481 吨；
1963 年，完成原油生产任务 100522 吨。

数字是客观的，也是冷峻的。1960 年原油产量突破 30 万吨，达到历史最高水平，也就是说冷湖油田走上了"人生的巅峰"，但那也是唯一的高峰。随后，断崖式下跌一发不可收，仅仅悬勒在 10 万吨左右。这与地中四井日喷 800 吨的预言可是大相径庭。一时间，人们都在疑问，冷湖又怎么了？你难道还要给柴达木人开一个玩笑？

这样的疑问是情理之中的，但搞石油得相信科学，而不是蛮干。正因为那年代的大干快上冲昏了人们的头脑，只知道一个劲地要产量，而忽略了地壳深处的自然规律。蛮干，总是要付出代价的。大地不说话，但大地有自己说话的方式。

不得不承认的事实是，冷湖地下构造复杂，加上缺乏科学的开发手段，多快好省，大干快上，破坏了地层，又使冷湖很快就"冷"了下去。像一个巨大的肥皂泡，瞬间膨胀壮大，又瞬间破灭。冷湖，难以支撑更大的场面，好在石油人并没有死盯冷湖不放松，而是将目光再次西撤，挪移到勘探队员最先到达柴达木的地方——油砂山。

石油人再次转场，回到所谓的西部。

虽然，冷湖油田"扛把子"那几年为青海经济建设，为西藏边疆保卫战，都做出了积极的贡献。那一滴滴滚烫的石油，温暖了大中华的胸膛。至今，青海油田的天然石油资源，都在为青藏国防提供不可替代的保障。边疆永固，柴达木石油人责无旁贷。

也许，这就是命运。石油人在最先落脚的地方——西部花土沟，经过几十年的建设，在 1991 年终于建成了百万吨油田，如今连续多年原油稳产在 220 万吨以上。目前，油田油气并举，两条腿走路，正在快马加鞭，向油气当量年产千万吨冲刺。

幽灵，还在冷湖那片废墟之上游弋，飘荡。

那些坍塌的四合院，那些拔去门窗掀掉屋顶的建筑，满目疮痍，凄凉而忧伤。冷湖曾经的历史，就藏在那些忧伤之后。

2012 年，中国著名作家肖复兴送弟弟石油作家肖复华的骨灰回到冷湖。睹物思人，他说，历史上很多古城都老在废墟里，比如庞贝、古罗马，还有中国的楼兰，那些都是文明的大消亡，而冷湖，是因为发展，因为新生。虽然悲壮，但充满力量和希望。

不得不承认，他的见解是穿透历史的。

在冷湖，我曾在《三城记》里这样叙述：

> 巨大的鹰翅在废墟上滑翔，黑影一闪而过。

废墟，在冷湖老基地、四号、五号赤裸横陈。四号、五号是根据地质构造而得名。那时的人们也懒得去取个诗情画意的名字，地质构造代号就成了地名。

当90年代初青海油田机关撤出冷湖，冷湖就真的冷了。

房顶被掀掉，门窗被拔去，墙体里的钢筋也被抽去，石油基地就成了破败的废墟。一年复一年的风沙停落在坍塌的家园上，那是岁月的掌纹。残垣断壁触目惊心。旷野里，白刺刺的阳光挥霍铺张。风沙潜藏在每一丝空气里，熟门熟道地走进你的肺叶，清新而又粗粝。

一次次从冷湖的废墟上走过，我都不由自主地加快脚步。一根烟的停留，都可以击穿你坚强的意志。

冷湖之城的落幕，是在70年代中后期。

柴达木石油战略西移，主战场去了如今的花土沟，他们叫"重上西部建家园"。冷湖最终的沉寂，是在90年代柴达木石油人走出高原，在甘肃敦煌七里镇建立了后方基地。有人说，七里镇是柴达木石油外挂的"氧气袋"。

面对冷湖的快速兴起和沉没，石油人心情是复杂的。

这种家园的破碎，跟如今城市建设的强拆家园不一样，跟汶川大地震毁灭家园的惨烈也不一样。这是前进中发展的脚步抛弃了家园，理性而又激情，温暖又有几分酸楚。

废墟，是石油人内心一道忧伤的弧线，一道深深的裂纹。

面对代表冷湖辉煌的地理坐标——地中四纪念碑，还有建设冷湖悲壮的地理坐标——冷湖烈士陵园纪念碑，我的心情也复杂起来。

理智和情感穿梭在两座碑的物理距离和时空之间。两座碑遥遥相望，从过去到现在，从现在到未来，日子灰飞烟灭；生与死，辉煌与悲壮，欢歌与血泪……逝去的，是烟云；凝固的，是历史。

从冷湖而过，岁月苍凉的手，以漠风的形式，抚摸额际、脖颈和胸膛。记忆已远去，辉煌与喧嚣，悲痛与壮烈，都遁入残垣断壁的废墟里，一张污纸，醉鬼一般在清冷空旷的大街上翻着跟斗。我们目睹了凄冷、惨淡。作为石油人，我们都演变成了过客，在曾经的家园里，我们心安而理得。但是那里有两座碑，我们不能忘记。

地中四，一个沸腾了冷湖石油的起搏器。

纪念碑高高地擎立在地中四，也撑立起了柴达木石油从此的辉煌。

陵园，是活者对死者情感的寄存处。

柴达木有很多故事，故事都是人制造的，多属于悲壮和血腥。悲壮也好，血腥也罢，一旦融于故事，用时间来传播，都化作了平淡和冷凝。黄土堆没有声音，它传播的只有气息。成群的黄土堆传播的又不仅仅是气息，它还有声音。

苍天不眠，长歌当哭，一代代石油人，走完了生的辉煌，活的激昂，静静地倒了下去。熟记了他们的名字，真知了他们的故事，然而，时空却把我们隔得很远。

陵园的路，是留给后人去走的。

陵园的碑，是留给后人去读的。

走上陵园的路，心是沉的，腿是重的。层层叠叠的黄土堆羊群一般涌来，高高矮矮的墓碑争先恐后地跳跃，猩红的夕阳从墓碑深处透过来，漠风丝网一般粘在脸上，感觉是检阅斯年后自己的家园。人们在表示纪念，周祭，清明，培土，扫尘；红领巾，青年团，他们在这里学史，宣誓，抖擞着青春的血液，激昂慷慨。

无字的教科书，人类有几本？

冷湖有两座碑，一座是"地中四"，一座是烈士陵园。

两座碑遥遥相望。一座说：我站着，是为了创业者作昭示。一座说：我站着，是因为倒下者的伟大。两座碑无语了，因为他们正共同托着柴达木石油负重的今天。只要有人的地方，就会有碑。

面对这两座碑，我愿意这样直接抒情。记忆自此种植，我们都告别了冷湖，冷湖成了黑戈壁上冉冉升起的金色记忆。

把眼泪交给废墟的时候，须得掉头走进冷湖烈士陵园。

说实话，陵园里有了我的牵挂。

25年前，在烈士陵园，我完成了成人礼。我在肖复华老师的带领下，以文学的方式，祭奠了中国地质学家黄先驯和陈贲两位先生。8年前，在陵园，我完成送别礼，我将复华老师最后一捧骨灰埋在黄先驯和陈贲两座墓碑之间。

在陵园，有两座碑，一座是黄先驯，一座是陈贲。

黄先驯和陈贲，他们两位是中国石油界的翘楚，曾为捍卫学术真理而冠之以"陈黄联盟"一起被逐放边地，黄先驯去了北大荒，陈贲来了大西北；然而，20多年后两人又神奇地"肩并肩"葬于冷湖烈士陵园。两座墓碑同样高耸于西部高天流云之下，生与死，辉煌与悲壮，欢歌与血泪……逝去的是烟云，凝固的是历史。

2012年的夏天，长风，烈日。两位银发老人静默在冷湖烈士陵园两座碑前：一位是黄先驯之女黄嘉明，一位是陈贲之女陈烨。

历史的默契总是令人惊愕。黄嘉明一遍遍追问，是谁将她的父亲跟陈贲伯伯并列埋在一起的。我仅有的柴达木史记回答不了她的问题。她语重心长，说，你帮我打听打听，这真是一个有心人。后来我检索了那段时间的柴达木，没有找到答案；况且，正史也不会记载。这就是命。生前，黄先驯和陈贲是中国石油界的一对"硬骨头"，而最终陈贲在冷湖了结了生命，黄先驯也不远万里将魂灵安放在冷湖。这，就是命运对两人的安置，妥帖，似有神灵相助。

历史，就以这样的方式完成交割和传承。

如今，在柴达木石油的史记里，黄先驯和陈贲都是巨影。他们作为早期中国石油专家，为中国石油勘探，也为柴达木石油开发，做出了重要贡献。他们的后代，两位银发老人已逾古稀之年，脸上刻满了岁月的风痕。她们面对比自己年龄还小就已完成生命定格的父亲，万千感慨，唯有泪水紧裹风沙和烈日，长歌当哭。

黄先驯是湖北鄂城人，少时在武汉外商专属俱乐部里当经营主管，在那时凭个人才华就可以赚大钱，但帝国列强对中国的恶行令这位青年胸中燃烧起救国救民的激情，他毅然辞职自学石油地质，自此走上地质专家的行列。从那时就看得出，黄先驯是一个爱国、充满理想，具有责任和担当的人。但是，对真理的坚持往往是要付出代价的。

在延长油矿，他跟苏联援华专家展开针锋相对的争论。对地质认识是否准确关系到一个油田的命运。苏联专家莫西耶夫坚持一种观点，黄先驯坚持另一种观点。那时的风向标就是唯外国专家马首是瞻，没有人敢陈异见。但黄先驯敢说不。他坚定认为延长油矿就是裂缝构造，因此赢得"黄裂缝"的外号，有人嗤之以鼻。黄先驯本是热血男儿，愤怒之下要抱起炸药包，炸掉一口井为自己的观点取证。真理就是真理，几十年后，现场见证者访问俄罗斯时有幸见到莫西耶夫。老莫惭愧地说，当时你们中国专家的见解已经超越了我们。

随行的马镇说，他有莫西耶夫承认事实的手稿，可惜没带过来。

黄嘉明说，要是影印一份烧给父亲，那是对他最好的证明。

1957 年，黄先驯正收拾行李准备去令他魂牵梦绕的柴达木。他坚定认为柴达木是个大油田。临出发时被通知去开会，只好退了票。这一退，他便走上人生不归路。就在那个会上，他被"右派"了，一起被"右派"的还有陈贲，他们一起被打成"陈黄联盟"。

　　黄先驯先是被下放到北大荒劳动改造。1961 年，他被移交到山西一家煤矿。就在他用污黑的汗水"洗涤灵魂"的时候，又在 1965 年被打成"反革命"。在那条黑暗的矿道里，黄先驯已经看不见未来。1980 年，他被昭雪。黄先驯的青春和热血几乎被无情地消磨殆尽，但他要去柴达木的梦想一直还鲜活在心中。

　　黄嘉明到山西接回父亲，人没有回家就直接去了医院。晴天霹雳，黄先驯直肠癌晚期，癌细胞已经转移。生命最后一刻，他依然说要去柴达木，生没有去成，死也要去。组织上满足了他的愿望，派人将他的骨灰送到了柴达木，埋在了冷湖烈士陵园。黄嘉明说，让父亲的灵魂在柴达木忙碌吧，只有如此，他才会是快乐的。也非常感谢青海油田给了他父亲一个石油战士的身份。老人说罢，泪水满盈。

　　黄先驯的墓碑，是一种理想主义的化身，高洁而又坚挺。

　　跟黄先驯墓碑比邻的是陈贲之墓。生前，他们是联盟；死后，他们依然是"肩并肩""手挽手"的"联盟"。这是坚持真理的联盟，是捍卫学术的联盟，是自由思想和高尚人格的联盟。冷湖，这片远离红尘喧嚣的大戈壁以无比宽广的胸怀，承载了这份荣光。

陈贲长女陈烨深情地说，父亲跟黄伯伯，以坚持科学的精神，建立了金子般的高质量的友谊。这次来，陈烨特地带了一个骨灰盒，她说她母亲 98 岁高龄了，想把父亲请回去跟母亲合葬，但想到父亲跟柴达木石油有缘，又有黄伯伯陪伴，于心不忍，就让他们彼此陪伴在柴达木这片土地上吧，唯有这样，他们才是快乐的，也是幸福的。陈烨在父亲的坟头捧了几捧黄沙装进骨灰盒，说，权当父亲回家吧。

斯时斯刻，冷湖陵园格外静谧，静得时间似乎都已经死去。

陈贲，湖南长沙人，清华大学地学系毕业后去美国进修三年，之后回国从事石油地质勘探，曾任石油部地质司副总地质师，是陆相生油理论奠基人之一。1958 年来冷湖，1966 年在冷湖去世。1959 年，他主持完成了青海油田开发方案，提出了冷湖侏罗系生油的观点和断块油气藏的富集规律。陈烨说，真感谢青海油田能让他父亲继续工作，那是给了他又一次生命啊！

冷湖不冷，荒凉的冷湖给了陈贲应有的尊严。

陈烨站在父亲的墓前，长时间地轻声细语，她似乎想把一辈子没有来得及跟父亲说的话全部说完。那是穿越时空的灵魂私语。她说，这是 70 年来她跟父亲最长的一次对话。在记忆里，父亲总是奔波在全国各大油田，在北京的家很少停留。对父亲的工作，她知之甚少，但她永远记得跟父亲的最后一别。那是那年那个夏天，13 岁的陈烨跟母亲一道将父亲送到汽车站。陈烨快乐地向父亲挥挥手，转身就跑向学校。可她不知，这次忽然的生离，就是死别。

这是黄嘉明和陈烨两位老人对父亲的记忆，也是对中国石油的记忆，对共和国一段曲折历史的记忆。时间作旧，但记忆日新。

没有了"父亲"的两个家庭，日子恓惶。但是，他们的精神里已经被植入了父亲们坚强的基因，他们以弱小之躯战胜了难以想象的生活苦难，自强不息，浴火而新生。

黄嘉明以第一名的成绩考进中央戏剧学院导演系，1966年毕业，1969年分配到中国评剧戏院当导演，1978年再次考进北京电影学院师资系，后来进入中国电影家协会搞理论研究。陈烨1958年下半年从西安去北京，跟随爷爷奶奶在北京上学，1963年考上北京农机学院，毕业后到江西赣州劳动锻炼，就地参加工作任教，后调往江汉石油学院任教，直到1986年才回到北京，一生从事教育工作。

黄嘉明是第二次来到冷湖，第一次是1997年，那时她跟随一个作家团走遍了柴达木的山山水水，因此深深爱上西部这片高天厚土。陈烨也是第二次来，第一次是1999年，是为追寻父亲的墓碑而来。每来一次，她们对柴达木的理解无论是感性还是理性都渐递深刻，以至于也把自己当作柴达木石油人，来冷湖叫回家。

父亲长眠的地方，就是故乡；父亲精神鲜活的地方，就是家！

在敦煌基地青海石油史展厅，两位老人看见父亲的照片位列柴达木石油功勋人物榜，顿时泪水飞扬，欣然提笔留言。黄嘉明写道："向为柴达木石油事业做出贡献的青海油田人学习，致敬！永远爱你们！"陈烨留言："为中国石油工业做出贡献的先辈们值得我们永远怀念。"

两位老人的肺腑之言是对柴达木石油、柴达木石油人的敬意。柴达木石油人值得这样的敬意。因为柴达木石油人身上有一种特殊的质地，那就是信念淬火的坚不可摧的精神，那是历经苦难而不言悔的执着信念，这种精神能使人强大，这种信念能使一个民族强大。黄嘉明深思道：当民族精神饥渴的时候，就会有人来寻找这种民族之魂！

墓碑高耸，我伫立在碑前，感到躯体被压缩般疼痛，泪涌了出来。两座碑无言，陵园里几百座墓碑都默默无言，它们都是精神和信念的化身。它们默默地高耸于西部天际线之上，共同托举着柴达木石油负重的历史，也高擎着柴达木石油美好的未来。

有人的地方，就会有碑。

从墓碑高耸的陵园出来，就看见冷湖石油基地巨大的废墟。

废墟，对石油人是一道禁忌；但废墟，又是冷湖最真实的面孔。躲是躲不开的，那么，我们就敞开胸怀拥抱它。废墟，也能温暖游子，也能暗度相思。或者说，废墟，也是另一种生命的本相。

对冷湖具有强烈情感的石油人，是不大愿意走进老基地、冷湖四号五号的废墟的。他们生怕那些坍塌的断墙所埋藏的记忆，会猛然惊悚地耸立起来，会让人措手不及，会让人情感四分五裂。

所以，走过冷湖的石油人都有些怕，怕记忆的疼痛和情感的伤痛。他们宁愿口头回忆，虽然空洞、缥缈，但是亲切，还有温度。

为此，我在一篇《关于柴达木石油的另类叙述》的文章里对冷湖的历史曾这样表述：

这个世界不容许现代化的部落，或部落式的现代化。

一个评论家说，以五六十年代拓荒西部石油开采为题材的大批散文中，当散文作家们把"拓荒期"作为写作对象时，那段历史就成了既是英雄壮歌，更是如今西部开发的"醒世恒言"。

评论家的视距是恰切的。

虽然，我只是在轻轻叙述、轻轻抚摸我的石油、我的冷湖。但在西部，以能源为主题建设的城市很多，命运都随能源的兴盛和枯竭而潮起潮落。甘肃的白银、玉门，内蒙古的包头、鄂尔多斯，青海的龙羊峡，还有近在咫尺的青海茫崖石棉矿，都有这样的宿命。

好在，石油人翻过了当金山。

他们在七里镇的沙漠绿洲里安歇了脚步，栽种了钻天白杨和花样年华；还在西去几百公里的花土沟，开拓了柴达木石油的鼎盛模样，正在向千万吨级大油田进军。这是冷湖石油人，一代拓荒者于心的欣慰。

冷湖，在赛什腾山下，平地生辉。

冷湖，只要人在情在，它就不冷。

面对今日的冷湖石油废墟，青海诗人阿甲这样凭吊——

没有回声的领地——

塌陷早已从细微的裂痕开始：

光之裂隙。时之裂隙。心之裂隙。

缓慢锈蚀的天空，一片殷红

锋利的荒，溃散而去——

那些：青春。血液。变形的骨骼。老去的身架。

那些：生息。春光。炉膛里的炭火。孤寂的门窗。

那些：异域。回途。劈成两半的天空。边界上的角力。

那些：风化的脸庞。脸庞上不息的爱火。

那些：不曾垮塌的雄心。

那些：飘摇的步痕。

那些：大写的人。

第七章　西部壮行

折头向西
这是一次美丽的回眸
自此顾盼之后
花土沟替代了冷湖
当石油的号角回旋在西部的天空
柴达木石油迎来了中生代
油砂山北山南翼山，山山有油
七个泉红柳泉咸水泉，泉泉满贯
石油改写了花土沟的容颜
天之茫崖，地之圣殿

史载： 1968 年 12 月，石油工业部召开抓革命、促生产会议，确定柴达木盆地重点勘探开发花土沟油田。1969 年 3 月，青海石油管理局召开"战戈壁，睡沙滩，重返西部建家园"誓师动员大会，开始花土沟油田勘探开发会战。1970—1974 年，累计钻开发井上百口，平均年产原油 2 万多吨，累计生产原油 13 万多吨，占到全局产量的 25%。1977 年 10 月 3 日，局 3288 钻井队在尕斯库勒湖畔钻探跃参一井，喜获高产油流，发现跃进一号油田。1978 年 2 月 8 日，跃深一井在试油过程中喷油，后经钻探和扩边滚动勘探开发，锁定尕斯库勒油田石油地质储量超过 1 亿吨，探明尕斯库勒油田是一个高产油田，这是继发现冷湖油田 20 年之后柴达木盆地的又一重大发现，标志着盆地诞生了首个亿吨级规模储量的油田。1979 年 3 月 20 日，中国石油部组织"甘青藏石油大会战"。自此，柴达木开启了以"花土沟"为石油代名词的高光时代。

当冷湖难以为继的时候，石油人早已按捺不住内心的向往，那便是折头向西，越过老茫崖的荒原，再向西，直抵达昆仑山下、尕斯湖畔。本来，油砂山的露头早就是暗示，只是人们脚步太匆忙，大踏步地越过了它，让这神示一般的地理坐标，荒废了23年。

一切都还好。20多年前，石油人这一路东去，他们在老茫崖制造了第一个轰动全国的神话，"万人帐篷城"和"拓荒者的城市"这梦幻之城，让整个中国的青年热血沸腾，逐梦边关。四年相守相依，四年情意绵长，无可奈何花落去，石油人含泪打整行囊，架上驼背，一路向东到冷湖。地中四井的激情喷油，将冷湖送至中国石油的云端。那是柴达木石油人缔造的第二次神话。

两次神话之后，石油人有些迷茫，但还有些心不甘。

于是，他们再次想起那厚达150米的油砂露头，那是大地最直接的明示，为何开初没有慢下脚步，细心打量？这擦肩而过的失误，让石油人错失了上天垂幸的机遇。没有假若，历史从来没法假设。所以，只能说这就是发展的路线图，寻寻觅觅千百度，蓦然回首，它却依然在灯火阑珊处。石油人在油砂山仿佛看见了第三次梦想，于是，在20世纪70年代中期，人们喊出来憋在胸腔的雄浑之气：

重返西部建家园！

花土沟，开启了柴达木石油中生代的盛世。

当然，在花土沟能扎下脚跟不是靠喊喊口号，而是需要科学求证。其中，尕斯库勒油田的发现，就是铁证。也因此，花土沟才理直气壮，且跨越了世纪，至今拥有 40 多年的辉煌。

跃参一井，开启了柴达木石油的新时代。

在昆仑山下，尕斯库勒湖畔，石油人甩开膀子大干。

跃参一井是尕斯库勒油田（跃进一号构造）的发现井。该井设计井深 3200 米，1977 年 6 月 27 日开钻，同年 10 月 3 日完钻。在钻至 2069.19～2747.96 米时，多次发现良好的油气显示，钻至 2751 米时提前完钻。

该井从 1977 年 10 月进行试油，用 3 毫米的油嘴求产，日产原油 16.8 立方米，天然气 474 立方米。但间歇性自喷不能维持正常生产，到 1977 年 12 月开始转抽试采，历时 3 个月。试采期间日产原油 33.12 立方米，天然气 1145 立方米。试采累计液量 1102.48 立方米，其中原油 1083 立方米，水 19.48 立方米，天然气 20378 立方米。

跃参一井的钻探成功，发现了柴达木盆地的主力油田——尕斯库勒油田，为青海油田建成百万吨级油田奠定了基础。尕斯库勒油田连续多年稳产百万吨，为青海油田的发展做出了突出贡献，多次被中石油评为"高效开发油田"。

尕斯库勒油田品相相当完好，底气十足，中气有力，在柴达木盆地绝无仅有，在整个中国也少有。尕斯库勒油田就在油砂山脚下，跟油砂山油田是同一地质构造。以油砂山为轴心、100 公里为半径的区域，至今都是青海油田原油生产的核心区，是年产 220 多万吨原油重要的支撑点。

也怪，石油人在 20 多万平方公里的柴达木盆地翻来覆去做了几十年的工作，开启了涩北大气田，但就是找不到油。即便有，也不多，也只是帮衬，成为不了主力。找来找去，收缩寻找的半径，还得回到油砂山这个轴点，以百公里为半径画圆，在这个圈圈里做文章。

当然，文章做得还比较见效。比如，以英雄岭山脉为带状的持续开采，就建成了英东油田、英西油田等。但它们也依然在以油砂山为轴心、以百公里为半径的区域内。出了这个圈闭，有气，无油。

这似乎被神所诅咒，人们无能为力。柴达木石油人似乎不得不认命，油砂山，是他们唯一的希望高光。高光点之外，浪子远去，也必须回头，在花土沟登岸。

这就是宿命，生死天定。

好在，以花土沟为柴达木石油形象代言的时代，是青海油田迈上百万吨、200 万吨、400 万吨、600 万吨、700 万吨行稳致远的关键时期。因为有了花土沟的底气，柴达木石油才有了把蛋糕做大的梦想。所以，花土沟决定了柴达木石油的气象。

柴达木石油人不等不靠，实现二次飞跃谱新篇。

1977 年，这是一个突破困境的关键年份。5 月，管理局发出"调整勘探部署，工作重点西移"的号召。6 月 1 日，成立了青海石油管理局西部前线指挥部。

1977 年 7 月 25 日，32108 钻井队所钻的狮子沟构造花79 井，钻至井深 3103.62 米时喷出高产油流。这还是柴达木盆地 3000 米以下见工业油流的第一口井，是深层钻探的重大突破。

6 月 27 日，2188 钻井队在尕斯库勒湖东畔的跃进一号构造上的跃参一开钻，钻获成功。随后，又钻跃深一井，钻至井深 3073 米时发生井喷。1978 年 2 月 8 日，继续钻至井深 3253 米，再次发生井喷，畅喷日产油达 800 余吨，用 14 毫米油嘴试油日产 405 吨。跃参一井、跃深一井相继获得高产油流，预示了尕斯库勒油田的美好前景。

这无疑是给柴达木石油的一颗定心丸，向西，将大有作为。

1977 年 7 月 31 日，也就是柴达木狮子沟构造花 79 井喜喷高产油流的第六天，石油化学工业部部长宋振民到花土沟视察，对狮子沟构造深部油藏给予很大希望，要求集中力量勘探狮子沟构造，并对柴达木地区开展石油会战作了重要指示。

甘青藏石油会战拉响警笛。

1978 年 2 月 20 日，中共中央副主席李先念在一份《国内动态清样》上批示：我冒昧说一句，柴达木盆地可不是半个大庆，而是一个大庆，如何？请商酌。

遵照这一批示，石油部开始酝酿组织甘青藏石油会战。

1979 年 2 月 5 日至 12 日，石油部召集青海石油管理局、胜利油田、玉门石油管理局、石油部运输公司开会，讨论研究组织青海柴达木盆地石油会战的问题。

会上明确：柴达木西部2万多平方公里的地区，是一个有利的找油地区。特别是去年在跃进一号构造深层获得较高产的油井，进一步展示了找油找气的有利前景。部里决定，由胜利油田、玉门石油管理局、石油部运输公司等单位派出队伍，会同青海石油管理局在柴达木西部地区开展石油会战。尽快提供后备储量，增加石油产量。

对参加会战的单位，实行统一领导，采用分战区包任务的方法。由胜利油田组建一支4000人左右的队伍；由玉门油田组建一支2000人左右的队伍；石油部运输公司组织400台车辆，担负会战所需材料和设备的长途运输任务。

1979年3月20日，石油部甘青藏石油勘探开发会战指挥部在冷湖成立。石油部党组决定，石油工业部副部长、总地质师闫敦实兼任指挥。青海油田尹克升、蒋一鸣、杨秀东、税为群、孟令章等15人担任副指挥。成立"中共甘青藏石油勘探开发会战指挥部工作委员会"，闫敦实兼任工委书记，薛纪元、尹克升等5人任工委副书记。

根据石油部确定的"广探柴西，解剖西南，详探跃进"的方针，会战指挥部共布置8条重点地震剖面、30口重点探井。27个钻井队、21个地震队，在2万平方公里的范围内的16个构造上展开勘探。

柴达木，被石油部端上了桌面。

万人挥师花土沟，西部战犹酣。

1981 年，根据中央、石油部关于调整的方针，玉门的 3 个钻井队、4 个地震队及其辅助生产单位 1300 人陆续撤离；胜利油田的地震队未变，钻井队由 7 个减少到 5 个，试油队由 2 个减少到 1 个，人员减少到 2208 人；运输三分公司的汽车由 400 部减少到 50 部。

1982 年 7 月，胜利油田 5 个钻井队、2 个地震队、1 个试油队也陆续撤离。

会战取得了一定效果。

1980 年 2 月 4 日，《石油工业简报》增刊（11）上刊登《柴达木发现储量丰富的新油田》。紧接着，新华社 2 月 14 日发出消息，《人民日报》2 月 15 日在头版重要位置刊登出《柴达木发现储量丰富的新油田》的新闻，指出：油田的底层压力高，原油比重轻，产量比较高。随后，国家将青海油田的勘探建设列入第六个五年计划中 5 亿元以上投资的 93 个项目之一。

会战探明：跃进一号油田含油面积 37.4 平方公里，地质储量 7239 万吨；探明砂西油田含油面积 6.3 平方公里，地质储量 482 万吨；探明乌兰油田含油面积 26.4 平方公里，地质储量 805 万吨。

大会战探明的三个油田，至今仍是青海油田的主力油田。以国家意志的大手笔，青海油田在石油人挥师西部之后找到了明确的方向，吃下了定心丸。集中力量办大事，似乎在青海油田得到了很好的印证。从此，柴达木石油在西部的天空下，开始稳扎稳打，逐梦千万。

当然，在会战的时候，还引进了当时的高科技，在钻井上采用新设备、新技术、新工艺，使深井钻井技术不断发展，物质力量不断加强，钻井水平不断提高。钻深超过3000米的深井达96口，超过4000米的达17口，超过5000米的达6口。其中红旱旱二井，设计井深6000米，实际井深6018米，打成了柴达木盆地最深的具有战略意义的一口井。

会战期间，在地震勘探方面与美国地球资源公司（HGS公司）合作。美国专家及雇员达44人，中方配合540人。1981年油田为此专门成立了外事办。美国公司在敦格公路以西至阿尔金山、茶茫公路以西至昆仑山约4万平方公里的范围内，完成了1万平方公里的地震测线，取得了基岩以上各反射层的地震资料。1982年，该地震队采用数字地震和可控震源技术，创可控震源队全国最高纪录。通过与美国的合作，搞清楚了柴达木盆地地基底骨架形态，扭转了地震被动局面。

1980年5月31日，会战期间，中共中央总书记胡耀邦同志在格尔木视察时接见了指挥部负责同志，并指出：要加快勘探速度，首先而且最重要的一条，是要把广大干部群众的积极性充分调动起来。你们要努力工作，掌握先进技术，抓好石油勘探这件大事，加快速度把柴达木石油搞上去。

两万多人云集西部，会战你追我赶，气氛热烈。

6059钻井队工人写诗道：

谁说会战苦，我说最幸福；
日日捷报传，越干越舒服。

6058 钻井队工人回应道：

> 干，千军万马齐会战；
> 立誓言，拿下大油田。
> 干，祖国高原宏图现；
> 钻机鸣，油龙见青天。
> 干，艰苦奋斗不畏难；
> 为四化，奋力做贡献。

青海油田在大会战的催化下，实现了勘探和生产大突破，短短几年时间，在资金、人员、技术、设备都到位的情况下，几万人合力孵化了柴达木石油崭新的未来。柴达木石油重返西部之后，石油部举力驰援，兄弟油田全力支持，使柴达木石油驶入了发展快车道。

石油人革命加拼命，将满戈壁的地窝子、土坯房的花土沟，建设成为现代化气息浓厚且工业气质明显的石油小镇。花土沟，成为柴达木石油的地理坐标，也成为中国石油的西部新星。一代崭新的石油人，在浓郁的工业化氛围里快速成长。谁也未曾想到，那在花土沟高高的北山之上，一位将汗珠子摔八瓣的石油工人，会在 90 年代中叶走上全国最耀眼的镁光灯下，成为引领中国精神时尚的明星。

他就是秦文贵，花土沟的石油之子。

秦文贵曾在世界海拔最高的油井摔打。

花土沟北山狮 20 井海拔 3430.09 米，是目前世界海拔之最。该井 1983 年 10 月 12 日开钻，1984 年 11 月 14 日完钻，完钻井深 4564.58 米，喷量日产 1000 方以上。

40 多年过去，这口井仍在生产。

秦文贵站得高，看得远，因此也走得远。他的人生巅峰走上了全国最顶端的风景线。全国首届"五四青年奖章"、当代青年榜样、感动中国"双百"人物，他悉数收入囊中。

在为社会创造价值的奋斗中实现自身价值。

越是艰苦，越要奋斗，越要奉献。

这震撼西部天空的豪言壮语就出自这位石油之子秦文贵之口。

秦文贵，河北人，1961 年 9 月出生，1982 年从华东石油学院［现为中国石油大学（华东）］钻井工程专业毕业，主动申请到我国海拔最高、条件最艰苦的青海油田工作。

1992 年，秦文贵在加拿大卡尔加里大学学习，谢绝了国外公司的高薪聘请，毅然决然地回到了柴达木。2000 年 1 月，秦文贵赴美国得州农业和机械大学商学院攻读 MBA，2002 年 6 月以优异成绩完成全部学业，按期回国报效祖国。

秦文贵在不平凡的人生经历中实践着自己的理想信念，在远在天边的花土沟的天空下，走出了一条当代青年知识分子在苦干、实干中锻炼成长的闪光之路，集中体现了当代青年知识分子的优秀品质。

在花土沟这片戈壁荒漠里，秦文贵一干就是20多年。在工作中，秦文贵以科学和热血，战胜了一个个常人难以想象的困难，攻克了一系列技术难关，推广应用了10多项新技术、新工艺，为青海油田的开发和建设做出了突出贡献。

平凡中育惊雷。1997年，秦文贵获得首届"中国青年五四奖章""中国石油天然气集团公司特等劳动模范"等荣誉，任第九届全国青联副主席，受到了党和国家领导人的接见。

秦文贵初到井队，队长让他从最细小的事情做起——扫钻台、擦机器、收工具、打吊钳……白天忙了一天，晚上却睡不着觉，还总流鼻血。别人告诉他，这叫高原反应。

两个月后的一天深夜，大地被惊醒。井喷了！不一会儿，井口压力已上升到了200多个大气压，而放喷管线又被结晶盐堵死，若不立即处理，将会抬翻井口，造成井毁人亡的严重后果。

秦文贵看到睡梦中惊醒的钻工们连安全帽都没来得及戴，甚至光着膀子就跳进齐腰深的泥浆中。在巨大的地层压力作用下，数千米深的盐水泥浆如狂龙般喷涌而出，暴虐地扑向靠近它的每一个人。但是，没有一个人退缩。

秦文贵感到热血在往上涌。愣怔片刻，他把外衣一脱，跳进泥浆中，加入抢修管线的人群。天亮时分，井喷终于被制服了。为了洗掉身上的泥浆和油污，他学着师傅们的样子，先用汽油一遍又一遍地擦，再用肥皂一次又一次地搓，浑身被蜇得火辣辣的，硬生生脱掉一层皮。

经受了盐水泥浆的"洗礼"，秦文贵意识到，来柴达木需要勇气，而为柴达木献身更需要一种崇高的精神。秦文贵从身边同事的身上，看到了柴达木英烈们的影子。精神上受到洗礼，秦文贵觉得，在如此艰苦的地方，就更要做出一番事业来。

渐渐地，大漠的风沙吹粗了他的皮肤，高原强烈的紫外线晒黑了他的面庞。在全队掰腕子比赛中，他已排名第二。打钳子、甩钻杆、扶刹把、下套管……钻井的每一道工序，他都了如指掌。

闯过了生存关的秦文贵，实现了人生的第一次跨越。

他彻悟到，只有为社会创造价值的人，人生才有价值。

秦文贵在最艰苦的井队一干就是5年，历练了他浑身肝胆。

扛重晶石粉，高价雇来的民工刚扛了两袋就不干了，卷起铺盖就要走人，说这哪里是人干的活啊！秦文贵就和师傅们一起扛。6袋重晶石粉压在他身上，鼻血浸透了胸前的工服，他仍一步一步向井架挪去。生活，将他摔打成一个铁汉子。

在苦难之中，秦文贵开始思考。他发现柴达木盆地恶劣的自然条件和油田相对落后的技术装备严重阻碍了油田的进一步发展。要改变现状，出路只有一条，那就是用知识来改变油田命运。一种强烈的责任心、紧迫感促使他努力学习、刻苦钻研。

工余，他开始学英语。

用英语打开了世界之窗，他广泛学习外国先进钻井经验。

1992 年 2 月，经过严格的考试，秦文贵被选派到加拿大卡尔加里大学学习，为期 13 个月。临行前，他来到冷湖四号烈士公墓。在烈士墓前，他站了很久、很久。最后，他用一块白色的方巾裹了一把沙土装在衣兜里，他要让这带着油香的沙土陪他远行。

在加拿大学习的日子里，秦文贵上午在大学学习，下午则到 AK ITA 石油公司跟班作业。一有空闲，他就泡在图书馆，研读专业书刊，了解钻井新工艺。在跟班实际操作中，他处处留心，事事观察，凡是觉得有启发、有价值的东西都一点不漏地详细记录下来。

肩负责任和使命，带着荣誉和担当，秦文贵学成归来，为青海油田钻井提供了技术支持。古老的油田，正在焕发新春。

科技兴油，二次创业，被青海油田提上头案。这激发了秦文贵和所有青海石油人的干劲和热情。在浩瀚的尕斯库勒湖畔，在高高的狮子山头，到处都留下了秦文贵匆匆的脚步。

1998 年 3 月，秦文贵担任了钻井处处长。

他开始在自己的专业领域大施拳脚，确定了新的工作思路——增加技术含量，提高钻井效益，降低钻井成本，增强作战能力。为此，他常常与技术人员深入生产第一线，哪里需要就出现在哪里。他常挂在嘴边的一句话是，"学钻井的，就注定要以荒山戈壁为家。"

青海油田钻井总进尺增加了 2 万多米，钻井生产时效提高了 8%，钻井综合成本大幅度下降。这饱含了秦文贵的汗水和心血。

秦文贵主持"尕斯油田深井简化技术套管程序"研究，经过半年的苦心钻研，他和课题组完成了可行性论证，并成功地打出了 4 口深开发井。每口井节约技术套管 2500 米，4 口井节约综合钻井成本近 700 万元。半年时间，34 岁的秦文贵一头黑发飘雪。

秦文贵，这个在花土沟大山戈壁里成长起来的，并享誉整个中国的工业明星——

1997 年，他获得"中国青年五四奖章"。

1999 年，人民大会堂举行"当代青年的榜样"秦文贵先进事迹报告会。

2009 年，与王进喜、王启民等中国石油 3 名英模当选"100 位新中国成立以来感动中国人物"。

2019 年 9 月，获得"最美奋斗者"荣誉称号。

一箭冲天。秦文贵的人生并不是神话，他只是为神话的出现提前付出了超过常人的心血和智慧。他给花土沟争得了莫大荣誉，他不愧为西部天空最闪亮的星辰。同时，他也给我们深刻启示：

只有树立远大理想和坚定信念，把自己的命运和祖国和人民的命运紧紧相连，把个人的理想追求融入党和人民的事业，自觉投身建设有中国特色社会主义的伟大实践，立足岗位，脚踏实地，艰苦创业，拼搏奉献，才能实现自己的人生价值，才能肩负起历史赋予的崇高使命。

再一次认为，假若茫崖市花土沟中心广场要塑以群雕的话，除了之前的李季、李若冰，还应该加上秦文贵。

他是花土沟大地上人文风景里的精神坐标。

从人文角度研判，花土沟的气质是冷峻的。

花土沟首先是工业脸谱。工业化是程序的、规范的、组织的、纪律的、集体的、统一的群体或群团，是万众化一。加之花土沟偏安柴达木西部一隅，远离外界红尘，一个企业就是一个王国，一个王国就是一个单位，很少有外来文化的侵扰，即便有也很快被融合，因此注定它是封闭的、沉郁的、保守的，也是孤傲的。

冷色调，这很匹配工业化城镇的气质，特别是孤岛一般的花土沟，更是推波助澜，将这种气质维护得更加完整、坚固，或许叫顽固。其实，冷色的花土沟还跟外边的工业化城市大不相同——外边的融于大城市的石油人，本身固有的色彩就比较少，他们绝大多数融入了现代化的氛围，并在那种氛围里长成了公共的城市脸谱。

花土沟脸谱具有很高的辨识度。但凡从花土沟出去的人，在人海茫茫中一眼就看得出其孤独的脸相，那份孤独里还带有几分"自以为是"的偏狭和傲慢。于是，他们想念花土沟，只要脚踏戈壁，他们就找到了魂灵里的"地气"，朝沙滩里撒泡尿，刺激起的都是家的味道。于是，他们祖祖辈辈都习惯于这种安逸，不受打扰，自娱自乐也心安理得。

地域，决定了花土沟的生命像。

是的，我一直在说一片土地或一个城镇的气象问题。气象，就是这个城镇的人文素质、精神状态和物质基础等的综合涅槃。我打开花土沟的气象，并不止一次，我也乐于在此再次打开。

眼下，花土沟是当下柴达木石油的代名词。

我曾在《三城记》里这样定性花土沟：

> 你想疯狂吗？那么你去花土沟；你想绝望吗？那么你去花土沟。但当你将生命锁定在花土沟时，当疯狂和绝望都消解之后，你的生命意识和生命形态，都将回归到一个词：孤独。

这就是花土沟。这就是柴达木石油的状态。

20世纪70年代，柴达木石油重心移向花土沟。这是一次无奈的抉择，好比草原上牧人的转场。因为冷湖的激情太有限，大场面没有指望上。幸好花土沟做了备用战场，不然，谁也不能预料柴达木石油的未来。

搞石油是门科学，但也看运气。

图片 7

磕头抽油机遍布的花土沟油区，是青海油田的主力生产区

科学也需要运气作支撑。比如，油砂山的油砂露头，50年代早在阿吉老人给地质队员当向导时就发现了的，那就是上天给石油人最大的暗示。但老一辈石油人还是绕了一个大圈子，绕了20多年，才再次回到这里，找到了油砂山油田。

之后，他们发现了油砂山油田、狮子沟油田、尕斯油田、跃进油田。现在，还发现了昆北油田、英东油田。

其实，这些后发现的油田都有前人走过的足迹、抛洒过的汗水。经过几代人、几十年做工作，才最终拍板定论，石油才喷薄而出。

石油大军风云聚会花土沟，是在70年代早中期。

那时花土沟只是一个地名，其余什么都没有。要解决人的问题，首先是衣食住行。虽然口号是先生产再生活。盖房子，连块砖也没有，掘地为屋，造地窝子。人住在地下，爬上爬下，像一群鼹鼠。地窝子没有房顶，房顶就是地平线，唯一能证明它是房屋的就是平地支棱起的一根根铁皮烟囱。每当生火做饭时，满花土沟的烟囱就冒出浓黑的烟雾，缠绕，缠绕，再缠绕。那就是早期花土沟石油人的生活。

在花土沟没有住过地窝子的人，不算真正的花土沟人。

住地窝子也有很多乐趣，虽然是被逼无奈。比如，孩子们在房顶游戏，动不动就踩塌了谁家的屋顶。一群羊走过，屋顶就会下起沙雨，婆婆娑娑。要是一头牛走过，说不定牛腿就陷进了谁家的卧室，还得找人把牛腿给拔出去，再用泥巴补上多灾多难的天窗。这样的事很多花土沟人家都遭遇过，不足为奇。

一个朋友说，童年的花土沟很是无聊，他家住在钻井的"寡妇村"。寡妇村不是真正的寡妇村，男人们都上井了，剩下的只有女人和孩子。没有男人的村落自然就叫寡妇村。

　　孩子们的玩具就是垃圾堆。

　　在垃圾堆里模拟打仗，藏猫猫。垃圾堆里不仅有孩子，还有谁家养的猪。猪在垃圾堆里不仅游玩，还顺便可以找点吃的。孩子们就追着猪玩，把猪当成了马，骑在猪背上，扯着猪耳朵。但猪毕竟不是马，它没有马的灵性。所以，满垃圾场都是猪很不配合的抗议声。

　　朋友说，他3岁随母亲从四川来到花土沟，等再回四川已经是七八年之后了。没得办法，穷。四川多遥远啊，去来路上都要半个月时间，坐完火车坐汽车，坐完汽车还要走山路，才能回到自己的老家。

　　干脆，父亲在哪里家就在哪里算了。于是，母亲一狠心，七八年没有回去。等再回去时，母亲又多了一个孩子，也七八岁了。很多花土沟人都是这样的。那年代穷，都一样穷，谁也不脸红、不害羞。不像现在时时处处都是对比和攀比。

　　花土沟的孩子就是这样成长起来的。

　　后来，有了学校，有了医院，有了电影院，有了楼房，有了商场，有了地方政府，有了菜市场，有了饭馆，还有了舞厅。再到后来，该有的都有了，甚至外边没有的这里也有。

　　于是，花土沟就从地窝子的村落演变成了一个城市：花土沟城。

花土沟城起先是石油的城,它的性别和气质都是石油的,它的个性和表情也是石油的。石油,是它的内核和本质。

花土沟也是在 90 年代中后期进行了格局大调整。领导者具有长远的眼光,那眼光叫战略。那些石油的辅助产品或附属品都搬到了低海拔的甘肃敦煌七里镇。七里镇成了柴达木石油的大后方和指挥中心,花土沟只剩下赤裸裸的石油,和跟石油紧密关联的家伙。家,撤出了高原,老婆孩子可以呼吸到高浓度的氧气,吃到当地新鲜瓜果和蔬菜,受到良好的学校教育。

从此,花土沟就更加孤独了。

孤独的花土沟因石油而孤独。

花土沟孤独在季节里。七里镇距离花土沟 500 多公里,是柴达木石油一个前方、一个后方的概念,但差距颇大。

河西走廊的七里镇本就晚了内地一个季节,但花土沟还比七里镇迟到一个季节。从敦煌到花土沟,不仅仅要倒时差,还要倒季节。5 月份的敦煌该绿的都绿了,春天勃勃生机,人也生机勃勃。可一到花土沟,人们还要立马套上厚重的毛衣,把心情置换成与花土沟相匹配的心态。因为,花土沟仅有的几棵树告诉你,这里的春天还潜伏在冬季。

红柳没有醒过来,骆驼刺没有醒过来,尕斯湖边的芦苇也还没有醒过来。要保持足够的耐心等到 6 月中旬,仅有的几棵树才艰难地吐出吝啬的绿芽,告诉花土沟:春天我来到了。

花土沟人对季节的迟到已经习惯,习惯久了就麻木,或者也从来没有在乎过。季节之交替只停留在心里。心里有了，就什么都有了。

假若命运把你扔在花土沟，心态也就只能如此。

花土沟不仅仅被孤立在季节之外。

花土沟的形态也很孤立，要不是有石油，鬼也想不起要到那里去吓人。只要人们走出高原、走出石油，花土沟就成了一个模糊的镜像，被风沙打磨成毛玻璃一样的记忆。或者，又仅仅还原成一个地名而已。

抑或，连地名也不存在。

从进疆的 315 国道经过，就看见花土沟城斜缓地、慵懒地躺在戈壁滩上。它的后边是一圈山，那是阿尔金山。山像奔腾的黄河巨浪一下被神灵定格了一样，波浪依然是波浪，谷峰依然是谷峰，势而不动，蓄势待发。这些山叫北山南山，叫狮子沟，叫油砂山，叫英雄岭，叫南翼山，叫尖顶山。这些山都跟石油有关，山里储藏的都是石油。

花土沟对面是昆仑山，雄赳赳气昂昂的样子，气势逼迫得花土沟都有些喘息困难。但因为这一截昆仑山，花土沟也雄性了一些，花土沟的人们也就更加处于荷尔蒙状态。这是人的借势。这也叫风水。

有风必有水，才能叫风水。

水就在昆仑山脚下，就是那个油气缭绕的叫尕斯的湖。

湖里装着昆仑山的倒影，像一个妩媚的女子怀里抱着叱咤风云后疲惫的男人。男人一旦躺进女人的怀里，再大的男人就都成了小孩。所以，尕斯湖柔化了昆仑山的刚硬和威猛，使昆仑山具备了人文情感。

尕斯湖里不长鱼，只长盐。

湖边滋生出并不茂盛的芦苇，还有一些耐盐的植物，和同样耐盐的水鸟、牛羊。牧放牛羊的是蒙古族，听说是和硕特部固始汗自新疆南下青藏高原时留下的后裔。他们还在固执地生根发芽、开花结果，在一些有草有水的地方，默读着他们祖先驰骋在马背上的日记。

那么，花土沟的石油人是谁遗留在这里的种子呢？

没有人去设问过这个问题。我也不想解释。通俗一点的话，就是命运遗留在戈壁滩上的种子。这些种子一代又一代艰难而又坚强地生长着，踩着石油的脚印，义无反顾，又别无选择。所以，柴达木就有一句响亮但不动听的语录：

献了青春献终身，献了终身献子孙。

子子孙孙，前赴后继，悲切而又悲壮。

悲壮的石油，这是花土沟城孤独的特质。

因为除了石油，花土沟就一无所有，就只剩下一沟的黄沙和卵石。鸟不会来，连乌鸦也不会来。所以，在花土沟，必须说石油，也只能说石油。记得很多年前，我在花土沟的夜晚里认识一个石油女工，虽然早已忘记姓氏，或者当时就没有索要姓氏。姓氏不重要。

那是一位个性很张扬的石油女工。她的衣着跟内地年轻人一样前卫，该染的都染了，该露的都露了，实在没办法露的也在仅有的布料里蠢蠢欲动、跃跃欲试。她抽着烟，喝着酒，狂放而又目空一切。

她说：她逃跑过，恨死了花土沟。

她说：在深圳打拼了很长一段时间，还是不能进入内地人的圈子，丢枪卸甲回来了。

她说：虽然回来了，但还是融入不了花土沟。

她说：心还是在外边的世界流浪。

她说：我为什么投胎在了花土沟呢？

她说：青春的绝望模式，就是结婚。

她说：结了跟没有结一个样，因为她在婚姻里没有投放爱情的虾苗，所以也没有奢望收获婚姻里的大鱼大虾。

我真的想抚摸她的孤独。我能说些什么呢。

我很礼貌地说：喝吧，醉了今夜不想家。

我敬她一杯。啤酒杯硕大，翻卷着泡沫。她硬挺挺地一气灌进喉咙。喉咙里咕嘟咕嘟冒出一串回响，嘴角挂着一溜白沫……

但花土沟依然是花土沟。花土沟沉默地包容了一切。

花土沟的主题叫石油。解构石油本身，它就是用一种生命的死亡置换出另一种生命的新生。生与死，构成轮回，这叫生死相依。生就依着死亡的肩膀。无论生亦或死，都是生命的悲壮。

距离花土沟二三十公里的地方有个地方叫七个泉。七个泉油田早在 50 年代就被发现。石油老前辈们骑着骆驼走到这里，发现了它。当初阿拉尔剿匪，那些手握钢枪保边疆的战士们掘地为屋的窑洞还在，远远看去，像一排饥饿的洞开的无牙大嘴。走进去，冰凉的、陈腐的气息席卷而来。窑洞里有 1957 年的《人民日报》，有干瘪的翻毛大头皮鞋，有动物的或者人类的骨头，有煤灯熏黑的墙壁，有一排生锈的铁钉，还有一张张泥台土炕……

这里，活跃着老一辈花土沟人的青春，还有他们的热血理想。

七个泉油田至今还在生产。石油人为祖国找石油，担承着国家责任，磅礴而又艰巨。他们因此义无反顾，哪怕抛头颅洒热血。有些人，将生命埋葬在戈壁。有些人，将子孙后代繁衍在沙漠。风沙殷勤地湮没了人类的足迹。那几口窑洞穿越半个多世纪，就张弛在我的眼前，具体而又明确，让人感受到生存的气息和人类生活过的体温。

那些气息尖锐地蹿进我的身体，不寒而栗。

当然，如今的奉献也是一个与时俱进的词汇。奉献不再简单地锁定艰苦的生活和艰难困苦的环境。发展和幸福二字紧密捆绑。发展的目的就是要让人民过得更加幸福，这是国家的本意。生活环境得到了天翻地覆的改变，就连偏远的小站，也绝对是三星级模样和三星级待遇。

在海拔 3000 多米的阿尔金山顶上，有一个南翼山气田。偏远的南翼山气田小站，是个连鸟儿也不会光临的地方，但互联网已经通达，地球已成家园。在昆仑山下的昆北油田，联合站的蔬菜大棚是星级构建，里边黄瓜茄子辣椒西红柿时时刻刻能享受到滴灌和春天般的温暖。以脏苦累闻名的井下工人，晚上回到基地也能享受到热水淋浴。花土沟基地的几个硕大的职工食堂，每个食堂都有四五百人就餐，餐餐都有几十道菜品，刺激着你跳跃的味蕾。

还有那能聚居上千人的集体公寓，温暖而又温馨。

石油工人，正在或者已经改变了生存和生活的模样。

他们跟石油一样，具有了强烈的温度。

改变，会让人充满希望。

比如说很多年轻的石油人，他们不再对自己的职业东张西望。

他们从祖辈父辈的基因里得知，稳定压倒一切。这是一份稳定的工作，也享受着一份稳定的待遇。不高，但也不低。以至于很多年轻的石油孩子，在外边世界里东折西腾后最终还是回到花土沟，这也许不乏父母们强加的意志。但不出三五年，他们就跟父辈们一样被自然修正成花土沟石油的模样，沉默而又孤傲。

还有那些上过大学的石油子弟们，也热衷在就业中心站队排列等待着招工，也不愿意在外边开疆拓土，寻求新的生命价值。在石油宾馆、餐厅拖地端盘子，还有在石油小站上巡井的年轻小伙姑娘，本来这样的工作跟知识和专业毫不沾边，但他们还是乐此不疲，任劳任怨。于是，你不得不怀疑知识究竟是个什么东西。

别无选择。就业的残酷性已经让这一代人的父母们提前熬白了头发，苦却了心智。也许，有这么一个差强人意的就业选择已属不易。所以，低到尘埃里的生活让人不再高看知识，不再仰望尊严。这不是花土沟的罪过，社会上很多地方很多人都是如此病相。

花土沟的石油因孤独而繁盛。花土沟石油是一朵开在戈壁滩上自我微笑、自我陶醉的花。这种微笑是强大的生命的微笑。

无论在花土沟基地，还是在边远的采油小站，无论是年过半百的石油汉子，还是刚参加工作的小伙姑娘，他们都是戈壁旷野里生长的最灿烂的花朵，为石油而生长的生命之花。

依然会有人认为，天际线之上的柴达木，连鸟儿也不会自愿光顾。但扎根在云朵之上的青海石油人，他们已然服从了别无选择的选择，服从了命运的偶然和必然。他们身上更多的是一种基因的传承，责任的承揽，使命的担当；虽然，面对生活、家庭、爱情、亲情，谁都有一肚子苦水和祈求，但他们只能坦然面对，且毫无怨言。

像戈壁上的沙砾一样沉默。沉默，本身就是高调的姿态。

第八章　高原明珠

尕斯库勒百万吨产能

格尔木百万吨炼厂和花格输油管线

开启了柴达木"石油三项工程"新篇

上游采油，下游炼

花格管线，连两端

尕斯库勒稳产百万，格尔木炼厂百万稳炼

花格管线托举起上下游的春天

甘森不甘，苦尽甘来

格炼宛如璀璨的明珠

被石油人托举在昆仑之巅

史载： 中共中央总书记胡耀邦曾三赴柴达木：第一次是 1980 年 5 月，在格尔木他了解了柴达木石油勘探开发情况，并给予希望；第二次是 1983 年 7 月，在大柴旦他继续关心石油勘探有关情况；第三次是 1986 年 8 月 19—30 日，他专门听取了青海油田三项工程的情况汇报，并于 8 月 29 日亲临格尔木炼油厂厂址查看，要求"七五"期间建设好三项工程，并为青海油田题词：一定要开发柴达木油田。1986 年 11 月 11 日，国家计委正式批准三项工程项目建议书。三项工程：尕斯油田 120 万吨产能建设于 1986—1991 年开展，累计建成产能 110 万吨，成为世界海拔最高的百万吨级油田；花土沟至格尔木 100 万吨 / 年输油管道于 1988 年开工，1990 年元月工程全线建成并一次投油成功；格尔木炼油厂于 1991 年开工，1994 年 9 月 4 日正式投产。三项工程建设标志着柴达木盆地的石油工业具备了产、运、炼、销的配套生产能力，开始进入一个崭新的发展时期。

党的十一届三中全会后，柴达木石油勘探开发事业迎来了明媚的春天。石油部发动的由胜利油田、玉门油田、石油长运公司和青海油田联合组成的甘青藏石油勘探大会战，加速了勘探，储备了资源，提高了科技，推动了油田各项事业蓬勃发展。

经过几代柴达木石油人的继往开来，英勇拼搏，终于在这西部的旷野上，绽开了一朵朵芬芳的石油花。"冷大"公路建成，缩短并畅通了冷湖基地和一线指挥部花土沟之间的通途。敦煌七里镇石油基地的建设，减轻了一线负担，解除了职工拖家带口之苦，也给石油人降低了生命海拔，提高了生活质量。前线更精干，后方更稳定，柴达木石油迎来了撸起袖子加油干的大好时代。

尕斯库勒油田建成百万吨产能。

格尔木炼油厂建成超百万吨炼制能力。

花格输油管道以430公里的输距保障着上下油两端的通畅。

柴达木石油再不能原地踏步或小步慢跑，年产10万吨或者二三十万吨的"小家子"状况，很快将会被改革开放的"春风脚步"甩开，或被彻底淘汰出局。坐而待毙从来都不是高原石油人的个性，在50年代精简下马的时候，人们苦苦留下的"星星之火"，等待的就是这一天到来。领导高瞻远瞩，职工摩拳擦掌，一场以"油"为主题的"石油三项工程"被青海油田高高地端上桌面，并得到石油部和青海省的大力支持。

1985 年 3 月，国务委员康世恩在京同青海省领导谈话时指出：柴达木石油勘探已经 30 多年，现已从勘探阶段发展到开发阶段。同月，石油部副部长李敬到青海油田现场办公，指出：柴达木西部南区探明石油地质储量相对集中，可以建成年 150 万吨原油产能。青海省委书记尹克升对柴达木油田开发建设也十分关心，多次要求省政府有关部门立即为油田三项工程做好前期工作。

　　同年 5 月，石油部正式下达了编制《尕斯库勒地区 150 万吨 / 年油田开发建设及 100 万吨 / 年炼油厂工程可行性研究报告》的通知。6 月，青海油田成立了三项工程领导小组。点兵点将，各负其责。三项工程正式拉开序幕。

　　三项工程，就是将油田开发、输油管道、炼油厂等几项工程作为一个有机整体，按原有采、输、炼一条龙进行生产的系统工程，大体经过了前期工作、建设、生产三个阶段。

　　前期可研论证先后进行了两次，历时 43 天，行程 3000 多公里，分别奔赴油田各地区、格尔木和拉萨等地现场踏勘、调研。特别是青藏地区民用燃料极端匮乏，农牧民、机关、团体、部队都只好砍伐树木、红柳做燃料，然终破坏了自然生态。测算 100 万吨炼厂建成，可年产液化气 4 万吨，加上局内已有 9000 吨年产，按照每户平均 200 公斤计算，可满足 25 万户、100 万至 200 万人的生活燃料需要，意义十分重大。

　　1985 年 12 月 29 日报告定稿。

　　1986 年 1 月 1 日到北京面呈石油部。

1986 年 1 月 3 日通过，上报国家计委。

1986 年 11 月国家正式立项。

青海油田石油三项工程建设得到胡耀邦同志关怀。1986
年 8 月 25 日，在西宁，省委书记和石油部有关领导向总书
记汇报了青海油田的勘探开发工作。28 日，胡耀邦乘火车
到格尔木，视察了拟建的格炼厂址。30 日，胡耀邦题词：
一定要开发柴达木油田。

1987 年 6 月，国家计委正式批复，同意三项工程开建。

柴达木石油走过了 40 多年的艰难历程，终于将高原油田
摆进了党中央、国务院关于石油工业"稳定东部、发展西部"
的战略轨道上来。柴达木石油工业自此翻开了新的一页。

三项工程奠定了青海油田大发展格局，柴达木荒原托起
了高原明珠。经过几年时间的拼搏努力，三项工程如期或提
前建成。

1986 年至 1991 年，尕斯库勒油田累计建成产能 110 万
吨，成为世界海拔最高的百万吨级油田。

1988 年至 1990 年元月，建成花土沟至格尔木全长近
430 公里 100 万吨 / 年输油管道工程，一次投油成功。

1991 年至 1994 年 9 月 4 日，格尔木炼油厂正式投产。

三项工程建设期间，石油部还批准投建了总投资 1.8 亿
元、建筑规模 55 万平方米的青海油田敦煌基地。

三项工程的建成，标志着柴达木盆地的石油工业具备了
产、运、炼、销的配套生产能力，开始进入一个崭新的发展
时期。这彻底打开了柴达木石油的生命格局，油气资源为青

藏两省区的经济和边防建设提供了坚强保障。柴达木石油人，理当担负大义、大责。

尕斯库勒油田，大漠深处的传奇。

尕斯库勒湖是咸水湖，蒙古语尕斯库勒意为"白玉圈子"，这是因为湖水微波荡漾，不断把盐结晶体推向岸边，并在岸边集结，宛如给湖水镶嵌了一条白玉边。尕斯库勒湖为荒芜的花土沟添加了无穷的魅力。

建成120万吨原油产能，可不是一帆风顺。

1979年3月，石油工业部甘青藏会战指挥部在冷湖正式成立。参加会战的21个地震队，27个钻井队，400多辆汽车以及两万多名职工，队伍汇聚在尕斯库勒湖畔，拉开了会战的序幕。一直持续到1983年底，参战的兄弟油田陆续撤离，会战画上圆满的句号。

会战收获无疑是丰厚的，总投资12亿多元，累计钻成3000米以上的深井96口，是油田前20年总和的2倍多；累计探明石油地质储量8500多万吨，其中探明了储量最大的尕斯库勒油田含油面积37.4平方公里，石油地质储量7239万吨；探明砂西油田含油面积6.3平方公里，石油地质储量482万吨；探明乌南油田含油面积26.4平方公里，石油地质储量805万吨。会战所采用的新技术，还大大提高了油田的钻井水平。

1980年2月15日，人民日报在头版重要位置刊登《柴达木发现储量丰富的新油田》消息。随后，国家将柴达木盆地的石油勘探列入了国家"六五"计划重点项目。

其实，早在 1958 年勘探人员就发现尕斯库勒东侧是一个地下潜伏构造，当时称作"跃进一号"构造。在这个构造上，当初曾钻过一口浅井，由于地层严重塌陷，未能成功。1977 年 3 月，攻克了技术难关的 3288 钻井队，确定了跃参一井的井位，顺利钻穿了 100 多米厚的盐壳层。当钻至井深 2547 米时，见到很好的油气显示，钻达 2751 米时又不断出现井涌。完井试油，日产原油 60 多吨。跃参一井也就成为尕斯库勒的发现井。

为探明尕斯库勒构造的高产油层，接着，又钻了跃深一井。这口井于 1978 年 2 月完钻，射开油层后，喷势猛烈，估算日产原油 807 吨。跃参一井和跃深一井的喷油，是继发现冷湖油田后，经过 20 年不断探索的又一重大发现。随后，青海石油管理局以跃深一井为中心，向外围继续扩边钻探，证实了尕斯库勒构造是一个丰厚的高产油田，从而诞生了亿吨级尕斯库勒油田。

1985 年，柴达木盆地累计探明石油地质储量 1.8 亿多吨，已经具备进行整体开发的基础和条件。当三项工程将尕斯库勒油田端上桌面时，它已经是一道成熟的大菜。

1987 年，尕斯库勒 120 万吨产能建设拉开了帷幕。

时任石油部部长王涛为此专门指示：青海油田的三项工程一定要抓紧，三项工程要同步进行，尽快形成生产能力。石油部还组织成立了青海油田"三项工程"建设现场服务组，并抽调部机关和大庆、江汉的专家、技术人员到现场进行指导。这一年，尕斯库勒湖畔马达轰鸣，机声隆隆，热闹非凡。很快，集油管网、计量站、集油站、联合站、处理厂等产能配套工程相继出现在大漠上。

1991 年，尕斯库勒形成 110 万吨生产能力，成为世界上海拔最高的百万吨级油田。青海油田原油产量首次突破 100 万吨。

历经艰辛和万苦，石油人不乏惨烈的记忆。

南七井抢险，被记忆的海浪推上前来。

1987 年 11 月，6057 钻井队正在南翼山构造南七井钻进。钻至井深 2977 米后开始起钻。起钻中间，发现井口泥浆外溢，当班司钻立即停止起钻，关井进行观察。不一会儿，突然一声巨响，井口防喷器被井下强大的油气流掀到了一边。井下喷出的油气流像脱缰的野马，裹挟着油水和泥沙，直冲井架和天车。

队长见状，急忙指挥当班工人从井口迅速撤退。

刚刚撤出，又听到砰的一声，井下的沙石伴随强大的油气流击打在井架上，火花四射，又引燃了喷涌的油气流。井场顿时火焰冲天，形成范围达 100 多平方米、60 多米高的一片火海。40 多米高的钢铁井架仅六七分钟，就被烈火烧得像面条一样瘫软在井口边上，接着，钻机也在熊熊的烈火中成为一堆废铁。

抢险！抢险！

石油工业部和四川石油局的灭火专家匆匆赶来。打定向斜井封堵制服井喷，均因为井下喷势太强而宣告失败。冲天的火柱在南七井整整持续了半年多时间。

最终，决定采用"带火井口清障，整体吊装井口"的抢险方法。

15名抢险突击队员舍生忘死。6台大型吊车、推土机、拖拉机，投入了紧张的战斗。推土机、拖拉机在前面开道，抢险队员冒着熊熊烈火向井场逼近。推土机在油水、泥浆里轰鸣，肆虐的火舌围着设备打转，驾驶室被烈火烤得噼啪直响。抢险队员头顶着用水浇湿的棉被、毛毡，肩扛几十米长、几百公斤重的钢丝绳套，踏着没膝的泥浆，在推土机、拖拉机的掩护下，朝井口障碍物挺进。

肉身与烈火的较量十分惨烈。

一次，两次，三次……

最后，转盘和井架底座也被拖出来了，井口畅喷了。

由于畅喷造成井口周围一时出现真空，大火竟然熄灭了。

抢险队试图将一个10多公斤重的铁球投向井口，制止井喷。结果铁球在井口就被强大的气流抛向空中，居然不知去向。只得人工抢装井口装置，彻底制服井喷，事不宜迟。随后，用爆破办法清理了井口。现场指挥的一声哨音，吊车迅速转动吊臂，将10多吨重的装置缓缓向井口气流移去。当距离井口只有十几厘米的时候，井下强大的气流发出巨大吼声，油水和泥沙顶着法兰盘向四周喷射。

抢险队员们像猛虎一样扑向井口。

随着井口装置手轮的转动，井下喷出的强大气流渐渐减弱，抢险大功告成。南七井保住了，南翼山油气田保住了。这是血肉之躯在西部大地上谱写的一曲英雄赞歌。

1983 年 6 月，采油厂成立。

其成立就是专门针对高效开发尕斯库勒油田。尕斯库勒油田从 1993 年进入百万吨产能，稳产到 2008 年，长达 16 年；到 2019 年累计产油 3228.9 万吨。

采油厂是青海油田采油长子。通过近 40 年的创业发展，逐步形成了集原油开采、油气集输、油气水处理、油田维护、产能建设、科技攻关为一体的油田开发管理体系。采油厂推广油藏精细开发、增注稳产、水质优化处理、水井调剖调驱、自动化功图求产、油水井压裂酸化等一大批新工艺、新技术，使老油田稳住阵脚，力扛重任。

近年来，采油一厂诞生了中国石油界的采油新星。

他叫史昆，是从采油岗位成长起来的全国劳动模范、全国技术能手、青海省技术状元。2014 年 4 月由青海油田公司工会授牌，正式挂牌成立"史昆职工技术创新工作室"，这是油田历史上绝无仅有的案例。他以工作室为载体，解决了生产技术关键问题。

技术创新方面，他带领工作室团队发明了防冻取样放空阀、抽油机悬绳器、光杆扶正压板、柱塞泵拔缸器、HSE 采油工岗位操作卡、抽油机电机顶丝调整专用扳手、井口清洁润滑装置、偏心井口转动扳手等，多次获得油田公司及厂处级科技创新奖。

国家专利方面，他们团队发明的抽油机盘根盒辅助调整工具、抽油机刹车中间座的座轴结构、一种便携式数字万用表等，分别获得中华人民共和国国家知识产权局授权。

论文发表方面，他个人撰写的《青海油田水套炉燃烧器的使用和故障处理》《尕斯北区 N1-N21 油藏的抽油机系统效率分析及提高措施》《体积压裂在尕斯库勒油田 E32 油藏的应用分析》等，分别发表在国际级论文期刊上。

人才培养方面，他全心为岗位员工教业务、传技能，编制了《HSE 采油工岗位操作卡》以指导岗位操作，所带多名学徒通过考核取得了青海油田采油高级技师及技师资格，或被聘任为自动化工程师。

史昆作为采油一厂尕斯第一采油作业区计注一站班长，他与油井、戈壁、荒漠朝夕相伴，怀着对油田、对岗位的热爱，用坚忍不拔的意志，在平凡的岗位书写了不平凡的人生。用他自己的话说：

> 和抽油机相处久了，它们渐渐成了我生命中的一部分；我，也成了它们的一部分。

花格输油管道是柴达木石油的生命线。

为了建造和驻守这条生命线，管道人付出了血汗。

尕斯库勒油田建成后，原油要出盆地，只有一条道，就是汽车拉运翻越当金山，千里加急到柳园，改火车运往兰炼。八百里瀚海的柴达木曾出现过蔚为壮观的一幕，上千辆油罐车排成绵延数公里的长龙，沙尘漫天，蜿蜒前行。当时，尕斯油田年生产的 25 万吨原油，其中有 17 万吨都是用汽车一罐罐送上火车的。那壮观的景象里暗含了石油人多少无奈啊。

必须解决原油运输问题。花土沟至格尔木的输油管道，应急而生。

1989 年 8 月 26 日，青海石油管理局管道输油处正式成立。从此，青海油田又添了一个新的名词"花格管道"，它将随"三项工程"载入青海油田的发展史册。

总投资 4.8 亿元的"花格管道"迎来全国 20 多个施工队，4000 多名建设者在这里打响了建造长输油管道的非凡战役。在绵延近千里的战线上，各路大军挖管沟、铺管道、建泵站，机器轰鸣，焊花飞溅。施工人员克服了水土不服，高原缺氧等困难，仅仅用了一年零七个月，就完成了长达 435.6 公里管道的焊接试压。

1990 年 1 月 20 日，在尕斯湖畔的首站，锣鼓喧天，黑色的原油缓缓流入输油管道，带着青海石油人的希望和祝福，一路欢歌，依次顺利通过大乌斯站、茫崖站、甘森站、乌图美仁站、中灶火站、拖拉海站，最后抵达格尔木站。花土沟至格尔木输油管道一次投油成功，彻底改写了青海油田依靠汽车运送原油的历史。

维护管道的正常运营，是管道人的天职。

花格输油管道是世界上海拔最高、落差最大、原油凝固点最高、自然环境最恶劣、生活条件最艰苦的输油管道。管

图片 8

　　茫崖开采的原油，通过花格管道输往格尔木炼油厂，进行提炼加工。图为炼油厂

道途经的地区多为戈壁荒漠、日光强烈、雨水稀少，一年四季的很多日子，要么黄沙弥漫，要么冰天雪地，昼夜温差达到 30 摄氏度。而且，这条管道从设计到施工都存在许多问题和缺陷，先天不足，带病运行。爆管，抢险，又成了早期的家常便饭。

说来就来。1992 年 3 月 1 日，高原冰封的大地刚刚苏醒，中灶火站突然传来灾难性的消息，在距离中灶火站 2 公里的荒滩上，爆管漏油。黑色原油喷泉般从爆管的裂缝汩汩涌出，迅速浸染了周围的沙地，刺鼻的油气味四处弥漫。

抢险！抢险！抢险！

抢险队伍火速从敦煌、格尔木、花土沟奔向事故地点。

油田领导带着哭腔说：柴达木找油不易啊，在这里泄漏的不仅是原油，而且是钻井、采油和全局职工的血汗，我们不能让它就这样白白地流掉啊！

清淤—找漏点—剥离防腐层—打卡—焊接漏点。

面对滚烫的原油，每一步操作都冒着生命危险。

现场立刻组成了"敢死队"。敢死队就是敢死，视死如归。一声令下，敢死队就纷纷跳下油坑。油坑里油污翻滚、油气呛人。突然，一个抢险队员摇摇晃晃倒下了，坑外的救护人员赶紧用绳子吊上来，紧急人工呼吸，刚刚苏醒，又跳了下去……

第一梯队倒下去，第二梯队又冲了上去。

滚烫的原油，炙热的烧烤。没有一个人退缩，他们无数次地被熏倒，又无数次地爬起来。由于抢险难度大，抢险战斗持续了几天。有一个年仅 21 岁的小队员，参加了抢险的第三梯队，当他全副武装准备下坑时，突然要求在场的机关人员给他照张相，他没说一句话，但其舍生取义的悲壮已经不言而喻。

按下快门，照相机后面的眼睛已经泪流满面……

这样的抢险，在管道运营的十几年里，几乎每年都会有。在青海石油人的耳朵里，抢险二字似乎跟管道如影随形。而且，管道途经之地穿越了一条季节河，夏季水患也是管道另一道灾难。山洪像发怒的兽群狂奔而下，顷刻间就冲垮中灶火站东面和乌图美仁东面的伴行公路防洪坝，30 米长的管道裸露出地面，有的地方半悬在空中。

抗洪！抗洪！抗洪！

抗洪成了管道抢险另一个代名词。有关资料统计，自 1992 年发生首次泄漏到 2000 年，花格管道因爆管、泄漏，共抢险 104 次。这在全国同类管道中绝无仅有，在世界上也属罕见。从 1999 年到 2001 年管道开始大修，在 210 公里的总长度里，焊接套袖 5530 多付，补板 2460 多块，点焊 53800 多处。通过对全线内检，发现和证实了 3468 个腐蚀点。改扩建管道，势在必行。

2002 年 10 月 11 日，中石油正式批复了"花土沟—格尔木输油管道改扩建工程"建设项目。新建管道总投资 6 亿元。有了修建"花格"管道的经验，经受了 10 多年腐蚀、泄漏、抢险的磨难，务必将花格管道建成放心管道。

2003 年 3 月 15 日，花格输油管道改扩建工程开工。

2004 年 8 月 1 日，一条全长 439 千米的新管道正式亮相。干线采用 355.6 毫米管径，设计年输量 200 万～300 万吨。全线共设有花土沟、大乌斯、甘森、中灶火、格尔木 5个站。改扩建后的花格管道确保了上游原油的安全输运，成为名副其实的高原油田生命线。

在这条线上，甘森站像浮在荒原上的一个"孤岛"。

甘森是蒙古语，苦水的意思，海拔 2900 余米，周围是广袤的荒原，也是无人区。孤寂，是它的代名词，大风，是它的绝对主宰。

因为地处盐碱地，水的含碱量超标，许多职工到甘森站不久就出现了脱发、指甲下凹等症状。前不着村后不着店，生活物资全部从格尔木输入。管道伴行的砂石公路十分颠簸，200 多公里需要奔跑大半天时间，等车到甘森，鸡蛋、西红柿早已支离破碎。

条件艰苦，生活单调，年轻职工情绪低落，下班后打发时间的方式主要是喝酒，因此事故频发。戒酒之后，远在天边的遥远小站学起了"海尔经验"，按章下图，一年一个台阶，走出了一条符合输油小站生产实际、符合野外泵站作业特点、在艰苦中创造卓越的管理发展之路，一举成为油田公司精细管理工作的典范。

如今的甘森站是现代化管理的一座明星站。

"高原高高不过凌云壮志，甘森苦苦不倒管道英雄！"是荒原小站的豪言壮语，也是支撑他们屹立于天际线之上的精神支柱。他们实行的人性化管理，温情守候了这座小站的春夏秋冬。自己搭建的蔬菜大棚，一年四季菜蔬不停歇。红玛瑙似的西红柿，甘甜的口味享誉整个高原，很多知情人路过甘森，都要提前给宋代勇站长打电话私兑，目的就是观赏并品尝那生长在极限条件下的绿色果实。

其实，吃已经不重要，重要的是小站人也乐于将他们的胜利果实，让客人唇齿流芳并口口相传，温暖整个高原。

把头昂向沙漠中的天空 / 雕一缕笔直的孤烟 / 那也是一道风景

岁月在日出日落间悄然而逝 / 输油工失去的青春 / 在炉体上留下了清晰的痕迹 / 于是 / 加热炉成了输油工的雕像……

这是管道输油工的诗句，它坚硬，但它自成风景。

1991 年 8 月 1 日，青藏高原第一座年产百万吨的炼油厂开工投建。这是青藏高原造福于民的一件幸事，并荣载史册。

格尔木炼油厂是国家扶贫重点建设项目，也是青海油田三项工程的最后一个项目。建成之后，它将标志着青海油田 2 万多名职工经过 37 年艰苦奋斗，结束了单一的油田勘探模式而跨入勘探、开发并举的发展新时期。

回溯历史，青海油田历经了 5 个炼油厂。

1957 年，建成油泉子炼油厂。

1958 年，建成油砂山炼油厂，年加工能力 3 万吨。

1959 年，建成冷湖炼油厂，年加工能力 30 万吨。

1972 年，建成花土沟小炼厂，仅用时 75 天。

1990 年，新花炼油厂正式竣工投产，属于现代化炼厂。

5 个小炼油厂，印证了柴达木石油艰辛的发展历程。然而，格尔木炼油厂将彻底改写前 5 座小炼厂的命运，全面提升格局，集约当代最前沿的科技，让格炼之光闪耀昆仑。

3000 多名建设大军驻扎格尔木。来自四川油建、青海省一建、二建以及格尔木市建安分公司等 15 家建筑公司，分别承担了格炼建设的任务。总工程师曾说：格炼工艺要求最新，仅各类图纸就有 27 吨重；格炼的生活条件最差，但建设速度却最快。

格尔木炼油厂核心设备——催裂化装置是由四川油建承担施工的，百万吨级的炼油厂，对他们来说也是头一次。但他们认真学习国内同行先进经验，首次应用微机对施工方案进行计算，择优并模拟显示整个吊装过程；首次研制并使用无线指挥监控系统指挥大型吊车；首次将国产埋弧自动焊运用于高原现场大型压力容器阻焊，确保了焊口、射线探伤一次合格率超过 98%，刷新了全国石油基建战线炼化施工的新水平。

参展队伍战严寒、斗酷暑，加快施工进度，仅仅用了两年时间便完成了常规 4～5 年的工程量，一期工程提前一年竣工投产，创造了具有高原特点的"深圳速度"。

格炼一期工程，主要以燃料加工为主，包括 100 万吨常压蒸馏、60万吨催裂化加工装置等。二期工程于1997年9月投产，具备了高标号汽油的生产能力。20世纪90年代末，随着天然气的大规模开发利用，青海油田根据市场需求的变化，对格尔木炼油厂实施升级改造，相继建成了10万吨气体分馏、10万吨甲醇、2万吨聚丙烯等装置，结束了不能生产化工产品的历史。

2003年，临氢降凝装置建成投产，具备生产35号柴油能力。

2006年，新建30万吨甲醇装置投产，使格尔木炼油厂形成了年加工原油100万吨、生产甲醇40万吨、聚丙烯2万吨的综合生产能力，进一步提升了格炼的油品质量和深加工能力。

2008年，升级改造。升级改造的5套装置全部一次性投运成功，使炼厂生产装置由原来的8套增加到19套，产品品种由5种增加到18种，生产规模达到150万吨。

2010年，格炼97号产品质量符合国Ⅲ汽油标准。

2011年，再次完成产品质量升级改造工程。项目建成后，格炼原油加工能力将由每年100万吨提高到150万吨，汽、柴油产品质量指标达到国Ⅲ标准，汽油产量由每年31.5万吨提高到34.8万吨，柴油产量由47.5万吨提高到79.1万吨。

2017年，加工原油150万吨，成品油143万吨。

2018年，加工原油140万吨，成品油107万吨。

2019年，加工原油154万吨，成品油118万吨。

一粒沙里看世界，一滴油里见人生。

格炼职工杨永磊苦砺工匠精神，从一名普通焊工成为全国"五一劳动奖章"获得者，他以自己的勤奋和智慧，走出了普通工人的成长、成才之路。

1991年，杨永磊刚满16岁，招工到格尔木炼油厂机修车间当焊工。当学徒时他就显示出"拼命三郎"的特色，在师傅刚刚教授了引弧技巧之后，他连着两个星期没眨眼地练习，把眼睛都烤肿了。到最后每看到焊枪，他就像打了鸡血似的来了精神。他起早贪黑，找来废料练手，每天都要用掉几公斤焊条。哪怕是焊一个凳子，他都争取做到精益求精。天长日久，他成了师傅眼中的"好学生"。

他是个勤快人，只要有活便跑得飞快，用他的话说，这叫不放过任何一次学习的机会。别的师傅干活儿的时候，只要有空，他总是喜欢帮师傅们拿工具、打下手，师傅们看他是个勤快娃，也愿意教他一些小技巧，就是那些小技巧对他的成长至关重要。他胳膊上满是伤疤，他能清楚地记得哪一块疤是在哪一次干活的时候留下的。

那些伤疤，有他心酸的记忆，更有他无悔的追求。

学有所成，杨永磊在炼厂的维修中大显身手。

1994年初，抢修催化装置，当时要从沉降器的14层下到8层，在容器里面更换分布环。这次作业令他记忆深刻。作业空间狭小，只能容纳两个人背靠背站着，保持一个姿势作业，那简直是个痛苦的过程。当时去了好几个年轻人都受不了这个苦，而他一干就是36个小时。除了吃饭、取工具出来了几次，他一直在里面忙碌。等干完活儿出来后，他躺在平台上就睡着了。同事这才发现他全身都是乌黑的催化剂，只剩下眨动的眼睛和洁白的牙齿。

同事们说，杨永磊脾气倔，一般人干活，干好了就行了，他可不是，他非要干出个一二三来，非得把问题研究透了才罢休。杨永磊自己却说，我的眼里揉不得沙子，要干，就干得最好。

他还坚持创新。每次作业后他都要想，这样焊接，会不会有可能再次开裂，或者怎样改进才能避免类似情况的出现。2008年12月，30万吨/年甲醇装置E形蒸汽联箱多次泄漏，作业空间十分狭小，再加上是马鞍口焊缝边缘，给堵漏带来很大的难度。他呆呆地看着那炉管之间的漏点，心里想了十万个为什么。最后经过与技术人员分析讨论，想出了"双层引流技术"，一次堵漏成功。"双层引流技术"也因此获得国家专利。

他在工作中勤思考，多发问，多练习，创新项目越来越多，"空冷清洗器"也便在琢磨中发明出来。针对他的工作特点，油田公司专门成立了"杨永磊技术创新工作室"。如今，经过技术创新爱好者的共同努力，杨永磊工作室现已发展成18人的"创新团队"，平均年龄38岁，有工程师、技能专家、高级技师、技师，还有优秀技能型人才，炼油厂的"能工巧匠"也日渐增多。

在杨永磊创新团队的共同努力下，围绕炼化生产共研究课题60余项，有12项取得国家实用新型专利证书，7项投入生产获得经济效益约 40 万元；编写的多项焊接方案在修复大型设备方面发挥了重要作用，获得经济效益约 500 万元；有 16 篇论文在国家期刊发表。

2009 年，杨永磊被评为"青海油田公司技能专家"，2012 年被青海省授予"工人技术明星"称号，2014 年荣获"海西好人"称号，2015 年被评为"中国石油集团公司技能专家"。以他名字命名的"杨永磊职工技术创新工作室"成为青海油田首批命名的职工技术创新工作室，2015 年被认定为中国石油集团公司"设备维修技能专家工作室"。

杨永磊，成了石油工人中的明星。

在格尔木炼油厂这座熔炉里，炼就的还有人间好人。

她叫赵婷，被誉为撒播爱的人间天使。

赵婷从 21 岁开始就资助希望工程，以结对子的形式帮助 5 名失学儿童重返校园；2007 年开始每年义务献血两次；2011 年又成为骨髓无偿捐献志愿者；2012 年成功为一名 7 岁白血病儿童捐献造血干细胞，让身患绝症的孩子重获新生。25 年来她累计向慈善机构捐款总额达 34 万元。2012 年至 2013 年，赵婷荣获首届"青海好人""海西好人""感动格尔木十大人物"，并在 2013 年 9 月、12 月分别获得第四届全国道德模范提名奖和"中央企业道德模范"荣誉称号，2014 年 5 月获得"青海省优秀志愿者"等称号。

时间得追溯到 1994 年初春的一天。

那天，赵婷一如往常下了夜班回到宿舍，打算洗漱一番就睡觉，这时收音机里传来了一条消息：一个山区里的孩子，为了凑八块四毛钱的学费到十几里外的砖厂去搬砖，摸黑回家的路上坠落山崖，家人赶到时，他早已没有了呼吸……赵婷当时怔住了，已经捧起的洗脸水从手心里一串串滑落，溅湿了衣襟。

那一夜，她失眠了，闭上眼，脑中始终挥之不去的是那悲惨的一幕，泪水滂沱，打湿了被角。她暗下决心，到了帮助别人的时候了。

1994年8月，在中国青少年发展基金会的安排下，她以一对一结对子的方式资助了第一名贫困山区失学的孩子——四川大凉山的彝族男孩孟家彬，从小学一年级一直资助到高中毕业。

这是一条爱心启航之路，从格尔木炼油厂到市中心邮局步行大约3公里，这一走就是整整25年。她以这种方式先后资助了5名因家庭贫困的失学儿童重返校园。2014年她又资助了3名品学兼优、却因家庭贫困面临失学的青海省循化撒拉族自治县的藏族孩子。

2007年，赵婷开始无偿献血，每年定期献血1~2次，十几年下来共无偿献血3000毫升。2011年，赵婷成为一名骨髓捐献志愿者。

2012年4月的一天，赵婷突然接到骨髓捐献中心打来的电话，说他与一名7岁的白血病小男孩配型成功。但骨髓捐献毕竟不像献血那样方便快捷，要承担一定的风险，要是妈妈不同意怎么办？她说服妈妈亲自陪自己去到医院。当妈妈见到那名 6 岁的小男孩时，流着泪默许了。

手术前的那个晚上，她最害怕也最感动。那一夜，她整夜没睡。一边在担心手术的事情，一边看着同事们不断发来的鼓励短信。

"赵姐，你很勇敢。你是我们的榜样和骄傲。"

"我们为你们祈福，你俩都会平安的!"

"等待你归来!"

她的眼睛一次次被湿润，她的心一遍遍被温暖。

2012 年 8 月 6 日早晨 8 时许，手术如期进行，她进入了全麻的状态。医生的"救命"针管扎向她的第七节脊椎骨缝中，随即 10 克透明液体从她的身体里抽出，又缓缓进入了小男孩的体内……

一个月后，受捐赠的小男孩渐渐恢复。他高兴地告诉赵婷：谢谢你，好心的阿姨。我终于可以去外面看看太阳，看看大树、看看小草了。阿姨，我也能上学了。虚弱的她听到 7 岁的孩子说出这样的话，突然觉得既心酸又幸福，觉得付出是那么的值得。

但不少人也在疑问，你过得并不富裕，怎么一直在帮助他人？其实无须解释，一个弱女子勇敢的担承已经是对人性的最好的诠释。大爱亦大勇。其实，她的想法很简单，帮助他人，自己快乐!

杨永磊立足岗位，胸有大梦。赵婷心似天使，爱洒人间。

他们虽然普通，但也无不英雄。

第九章　气啸涩北

涩北不缺精神，涩北就是精神
涩北不缺姿态，涩北就是姿态
气在人在，气旺人旺
因为气中有血所以才血气方刚
注定也是为了那口气
才在那片盐碱滩上把生命像种子一样种下
火气，也是因为气里藏火
所以大地之血气何止方刚
束火燃薪，点灯照天
播火者展示的是精神，挺立的是姿态

史载： 1964 年 12 月 1 日，3278 钻井队承钻的北参三井钻获气流，发现涩北一号气田。1974 年 4 月，1270 钻井队在盐湖气田连续钻井 9 口，查清了盐湖构造的天然气藏。1975 年 8 月 23 日，1270 钻井队在涩北二号构造高点钻探涩中一井，发现涩北二号气田。1976 年 3 月，青海石油管理局在涩北一号、二号和驼峰山构造开展钻探会战，探明涩北构造天然气储量 490 多亿立方米，涩北气田诞生。1987 年 11 月 24 日，32869 钻井队承钻台南中一井，发现台南气田。1995 年 3 月 5 日，青海油田成立天然气开发公司。1996 年 3 月，油田上千名建设者挥师涩北，拉开开发涩北气田的序幕，首建涩北至格尔木天然气管道。随后，南—花、仙—敦、仙—花、涩—宁—兰天然气管道相继建成，全面开启了青海油田"油气并举"新时代。柴达木的绿色能源天然气造福青、甘、藏等省区，促进了地区经济发展和生态建设。

血色，是柴达木盆地天然气最纯正的颜色。

它呼啸燃烧的不仅仅是甲烷，还有几代人的青春和生命。

虽然，天然气那蔚蓝色的火焰已经成为人们生活中最习惯的颜色。天然气，也已经成为城市居民赖以生存的最佳燃料，相比煤炭或者柴薪，它开启了天然气时代。然而，开采它、输送它，石油人殚精竭虑，流过许多汗，也流过许多血。

涩北，在柴达木盆地中部涩聂湖以北，所以称之为涩北。涩北20世纪60年代就已经进驻青海油田的地理大辞典，然而，让它一枝独秀并傲然占据油田产能多半个江山，是在90年代中期以后。涩北，在青海油田进行"二次创业"、实现"三个翻番"的伟大征程中，过分闪亮夺目，最终气龙呼啸出盆地，并联中国西气东输的大网络，成为西部高原一个十分重要的气源所在地。

涩北，构成了油田一个新时代。

这个时代，就是天然气的时代。

1964年，刚刚作了调整的青海油田东部勘探处，把两部大钻、一部中钻和两部小钻都摆在了东部战场。3278队被安排在达布逊，在打完达参一井后，又马不停蹄地奔赴涩北，接受打北参三井的任务。

3278队政治、业务素质较高，是一支特别能吃苦、特别能战斗的英雄集体。那时经济条件刚刚好转，生活供应还比较紧张，职工的劳动强度很大，路要自己修，井场要自己平。尤其是涩北，盐碱沼泽，夏季多雨，地面翻浆严重，加之车辆状况差，道路泥泞经常陷车，工作非常困难。但

3278 队发扬"两不怕"精神，拼命大干。7 月份开钻，只用了 59 天就钻完井深 3200 米的北参三井，创造了当时建井周期最短的新纪录。

钻进顺利，但钻到 3058 米时泥浆严重气侵，井口外溢，经测井解释为气层。当时主要是找油，对气的认识还不到位，结果钻达目的层后就裸眼完井，只在表层套管上装了个简易井口装置，人就撤离。谁知由于地层压力过大，井筒泥浆被严重气侵，又由于井口有装置使气流受阻，强大的压力通过裸眼的地层裂缝串了出来。裂缝正好通到钻井队驻地的帐篷里。井队留守人员已发现异常，采取了防范措施，但炉火未曾全灭，那条裂缝又偏偏通到了火炉上，引起了 1 公里多长的火龙，火焰高达 100 米，火势猛烈，响声震耳，火焰波及远达千米。

格尔木还以为是草原失火，派出飞机侦察。

几番灭火战斗都未能奏效，北参三井的大火持续燃烧到 1998 年，整整燃烧了 34 年。但是大火也让人们看到了希望，那就是涩北将是一个储量非常丰富的天然气田。它是一块巨大的奶酪，动用它只是时间问题。

由此，北参三井成为涩北气田的发现井。

1974 年，石油化学工业部和青海省政府要求青海油田进一步查清天然气储量。油田调整部署，抽调钻井队，重新展开了对涩北地区天然气的勘探。很快，1270 钻井队在柴达木盆地东部的盐湖地区，连续钻了 9 口井，初步探明了这一地区的天然气储量。

1975年，1270钻井队在涩北二号构造钻探涩中一井、涩中二井，均获得工业气流，发现了涩北二号气田。其后，1270队又上钻涩北一号构造，钻探了涩中四号。气田的相继发现，让青海油田决策层心中有数，也增添了底气。

1976年3月，油田决定组织涩北天然气勘探会战，成立了指挥部，调集7个地震队，5个钻井队，3个试气队，一个运输队，还有1400多名职工齐聚涩北，吹响了涩北天然气大会战的号角。

涩北地处柴达木盆地的盐泽地带，方圆几十公里没有生命迹象，大风挟带着盐碱的粉尘，将皮肤蜇得非常难受。饮用的淡水需要到几百公里以外的地方去拉，新鲜蔬菜和水果的面根本见不到。全体会战人员就这样忍受着夏季骄阳和冬天冰寒，住着帐篷，吃着干菜。与天斗，与地斗，与人斗，凭借钢铁般的意志书写比钢铁还坚硬的柴达木石油精神。

会战成果颇为骄人。累计钻井38口，进尺5.39万米，探明了涩北构造天然气储量为480多亿立方米，同时还发现了驼峰山气田。为了获取这枚果实，石油人也付出了令人痛惜的代价。

1976年6月27日，32109钻井队在涩北二号构造涩深一井钻至1681米时，遇到强烈井喷。天然气突然从井口冲天而起，将井架上的照明电灯撞碎，引起钻台起火。顿时，一条火龙腾空跃起，高达200米，火势之猛，触目惊心，百里之外都能看见熊熊火光。

井喷吼声震天，井场一片火海。

5分钟后，40多米高的井架在火海中慢慢坍塌。

10分钟后，钻机眼看着被烧成一堆废铁。

然而，风火弥漫的井场根本无法靠近。大家站在井场周围，用棉球堵住耳朵，靠打手势和在地上写字交流意见。涩深一井井喷着火的消息很快从涩北传开。西宁市、德令哈、格尔木的消防车飞驰而至。甘肃省的消防救援队伍来了。石油部领导组织公安部、四川局的灭火专家也日夜兼程赶到了涩北。一场抢险会战激烈打响。

抢险方案很快敲定：带火清障。

最佳措施：空中爆炸灭火。

谁都知道，这是一个极其危险的任务。组建爆破作业队，在场的领导一声喊：是共产党员的，跟我上！哗啦啦，钻井队的职工齐刷刷地站了出来。豪迈而又悲壮。当爆破队员将上百斤重的炸药包沿着悬在空中的钢丝绳移到井场火舌上方时，随着轰隆一声巨响，烟尘腾空而起，炸起的碎石噼里啪啦地覆盖而下，瞬间隔绝了空气，火舌被扑灭。

这次事故，给油田造成直接经济损失120多万元。

悲剧接踵而至，涩北荒原被鲜血染红。柴达木石油人在这片土地上递交了惨痛的答卷，自此之后，涩北荒原复归宁静，成了石油人最难以回首的伤心地。在冷湖油田产能低迷难以养活数万人口的时候，全局上下就指望涩北能接替能源，给柴达木石油提振信心和勇气，谁知道，几把大火燎原之后，涩北却成了一块伤心地。

图片 9

石油员工在爱国主义教育基地涩深 15 井前进行入党宣誓

时令已至冬季。涩深一井的抢险刚刚过去几个月，11月4日，试油二队在涩北一号构造涩深15井进行试气求产作业。油田会战指挥部领导薛崇仁、钻井处领导王警民亲临现场指导，试油二队指导员陈家良亲自组织施工。这是一场没有预演的常规作业，但就是这一次再平常不过的作业，让涩北的天然气蕴染了浓重的血色，以至于涩北气田的开发再一次沉寂下来。

　　有很多回忆文章纪念过那血色惨淡的一幕。

　　1976年11月4日那天，青海油田副局长薛崇仁的轨迹是这样的：

　　他在西部前指固定。3日下午去了驼峰山，连夜返回到基地已是4日的凌晨。休息片刻，他又到钻井前指，到生活后勤，最后到了涩深15井，想看看放喷的情景，也好顺便带回涩深15井喷气的喜讯。

　　4日18时05分，夕阳西垂，他到了现场。

　　一切准备就绪。涩深15井现场的采油树和放喷管线已提前安装好，已完成作业的射孔车和送炮车还没有离去。应急的消防车停放在50米之外警戒。现场肃穆以待，就等那地下憋闷了亿万年的强大气流，在刹那间呼啸喷薄。

　　指挥人员一声令下，两名工人飞快地跑到采油树旁开动闸门。强大的气流咆哮着冲出井口，喷出防喷管线。就在此时，意想不到的事情发生了。当时四条防喷管线只装了一边，由于固定不牢和不平衡，被强大的气流反弹横扫过来，正在井口的薛崇仁、副处长王警民、指导员陈忠良、技术员李松安、大班司钻张忠生、大班司机徐寅福、当班司钻陈海潮七人还来不及反应，顿时倒在血泊中……

管理局立即向北京和西宁等地求救。

青海省派来了外科专家，兰州军区赶来了骨科专家，倒下的七人中只有一人得救。

六位烈士，永远将他们的英魂留在了涩北气田。如今，涩北气田荒原上耸立着纪念六位烈士的巨型浮雕，大漠明灿的阳光将"浩气长存"四个金字染镀得格外醒目。

涩北血色凝重，时间似乎停滞。

直到1996年，又有神示的手指指向了涩北气田。这之间，近20年时光已经匆匆而过。历史，将再次倔强地掉过头来。

其间，石油三项工程已经完成。尕斯库勒油田形成110万吨生产能力，1991年青海油田原油产量首次突破100万吨。花土沟至格尔木输油管道已经建成投产，格尔木炼油厂也已经开炼。中国石油工业已经进入一个突飞猛进的新时代，而青海油田也即将进入油气田开发、石油化工综合利用发展的新阶段。

1991年3月，中国石油天然气总公司总经理王涛一行到青海油田现场办公，再次提出：青海油田要在全国"稳定东部，发展西部"的战略格局中，走出一条"油气并举"的发展之路。随即，青海油田开始了轰轰烈烈的"二次创业"，实现储量、产量和效益"三个翻番"。最重要的一条就是"油气并举"，把翻番的"重宝"押在了天然气的勘探开发上，提出"以气补油"促进发展。

涩北气田，再一次被端上桌面。

1995 年 2 月 16 日，青海油田天然气开发公司成立。

首要任务就是将涩北的天然气输送到格尔木。青海油田第一条输气管线"涩格"输气管线开建在即，而且必须在 1996 年 8 月 31 日把天然气输送到格尔木。

这是一项经济任务，但似乎更是一项政治任务！

天然气公司 7 名创始人来到涩聂湖畔，茫茫的盐碱滩在他们眼前无际地展开，扑面而来的漠风凛冽而坚硬。他们两手空空，没有经验，没有设施，甚至缺少交通工具。一切都得从零开始，这是创业者必须接受的挑战。

当时的条件非常简陋，办公室是卧室，床板也是办公桌。基础资料全部靠跑野外现场勘察，常常一连几天吃饭是干硬的饼子就冰凉的矿泉水，睡觉就蜷缩在车上。很多地方车进不去，他们就徒步。有一次在返回格尔木的路上，汽车抛了锚。在荒无人烟的戈壁滩上，他们和外界失去了联系。有人徒步走了几十公里去求援！

1996 年 3 月 14 日，本应春归春暖，可柴达木盆地仍在冬眠。然而，寒风呼啸的大地上已经开始了闹春，"涩—格天然气长输管道工程"开工典礼后，冰封的盐碱大地立刻焊花绽放，热火朝天。广大施工人员只有一个信念：快！再快！

美国一家著名石油公司的专家来涩北考察后得出的结

论是：这个工程至少需要两年时间，投资需要4亿多元人民币。然而，令这个美国专家没有想到的是，奇迹却在中国石油人身上发生了。从打火开焊到输气，仅仅用了5个月13天，花费也才2.5亿元人民币。这是青藏高原上第一条世界海拔最高的天然气长输管道，这也是发现涩北气田40年来柴达木石油人为自己建造的一条争气管道、希望管道！

涩格输气管道要穿越察尔汗盐湖。当沉重的钢管被放到盐水里，居然沉不下去。按原设计方案，要求用水泥配重块来加重沉管。需要7000多吨水泥预制块，单预制费、运费就需要多花1000多万元。这笔钱实在让人觉得心疼。人们在现场考察、取样、分析、计算，经过反复试验，就地取材用盐块装袋沉管，也能达到原设计要求。仅这一项他们就为国家节约资金数百万元。

1996年8月31日，柴达木盆地首条天然气长输管道——涩北一号气田至格尔木的天然气长输管道举行了投运典礼。管道全长189公里，管径377毫米，输气能力8亿立方米。

这标志着涩北天然气正式开发。

为了涩北这口气，几代人付出了心血乃至生命。

听说涩格管道建成投产，很多石油人流泪了。那是悲怆的泪，也是幸福的泪，更是寄予希望的激动的泪。

这一年，涩北气田建成产能2.37亿立方米，生产天然气871万立方米。涩北的天然气首次管输外运，格尔木炼油厂、石化基地的职工家属成为涩北气田的第一批用户。

从那时起，涩北变了容颜。

继涩格管线后，南八仙—敦煌、南八仙—南翼山、涩北—西宁—兰州，4条天然气长输管道的建设，激活了气田生产密码，给涩北气田大发展开了天窗，把储量优势直接转化成了经济效益，反过来又为气田更大规模的发展提供了可靠的资金保证。

1998年3月，青海油田开工建设"仙—敦"输气管道。

管道南起南八仙气田，穿过戈壁，翻越当金山，途经阿克塞，北至丝路名城敦煌，全长345.6公里，年输气能力4亿立方米。柴达木的天然气第一次走出盆地，使甘肃阿克塞成为第一个告别柴草和牛粪、实现气化的少数民族自治县；使青海油田敦煌基地和敦煌市的数万户家庭告别了煤炉子、气瓶子，用上了清洁高效的天然气。

这个"仙—敦"的"仙"，就是前文所写的南八仙。

那八位女地质队员的故事虽为传说，但久而久之人们信以为真，当然那是一份情感寄托。作为在涩北这片土地上舍生忘死的石油人来说，他们也更需要这么一座精神的图腾，以寄托哀思，以弘扬精神，以彪炳史册。所以，知道了石油人的内心情感，你就明白为什么石油人对那个传说是那么在乎，那么情真意切。与其说是他们在维护一个传说，还不如说他们是在维护自身的一种传统，一种血脉基因。就在那片倒下八位女地质队员的土地上，天然气喷薄而出，翻山越岭气化了甘肃敦煌和石油基地。

这，就是冥冥之中的精神延续，生死相依。

荒原迎春，大潮涌动，涩北天然气走进了新时代。

1998年2月，从国家油气储量评审会上传来好消息：青海油田申报新增探明天然气749.57储量亿立方米，经严格评审，获准通过。从今天起，柴达木盆地正式进入全国四大气区之列，青海油田将在国家天然气开发利用方面成为一个重要的砝码。

1998年12月，青海油田提前实现"三个翻番"。随后，油田又提出实施"5355"工程的战略目标。这个目标中的"3"即探明天然气储量3000亿立方米，其中的一个"5"即年产天然气50亿立方米，预示着天然气将成为青海油田的半壁江山。

自此，一条天然气管线会将涩北—西宁—兰州串联起来，它的名字叫"涩宁兰"输气管道。

涩北天然气储量的迅猛增长引起了国务院、集团公司、青海省委、省政府的高度重视。1999年10月26日，国务院总理朱镕基及有关部委负责人在西宁听取青海省政府及青海油田的工作汇报，同意涩北—西宁—兰州天然气长输管道立项。要求青海油田积极做好前期准备工作，加快柴达木盆地石油天然气的开发利用，解决兰州、西宁的污染问题。

其实，为了这一天，青海石油人早已做了充分的准备。

从20世纪90年代初开始，油田就开始调集专门力量，开始了"涩宁兰"管道立项的前期准备工作。从 1996 年 10 月起，天然气开发公司及其他相关单位，已实地踏线 8 次，掌握了大量的第一手宝贵资料。在管道预可研的基础上，完成了可研报告的编制以及管道沿线环境影响评价等；完成了管道的初步设计，工程地质及测量工作；完成了涩北气田开发实施方案的编制。

2001 年 5 月 18 日上午 11 时 30 分，涩北荒原上再次鼓乐喧天——"涩宁兰"天然气管道供气庆典开始！

这项被众多媒体称之为西气东输第一座丰碑的标志性工程，年输气能力 20 亿～30 亿立方米，使管道沿线的 15 个市、县、区和西宁、兰州两个省会城市开始使用柴达木的清洁能源，大大改善了西宁、兰州的燃料结构，让西宁和兰州的天越来越蓝，让众多企业和数百万人受益。

据有关资料显示，天然气的进驻，使西宁市的空气质量的优良率由 2000 年的 42% 上升到 84%，兰州市仅 2005 年就节约 40 多万吨标准煤，减少二氧化碳排放量 30 余万吨。据 2008 年全国"两会"期间的新闻报道：2007 年，兰州市这个重污染地区超额完成了治污减排任务指标。柴达木天然气功不可没。

青海油田油建工程公司组建了"涩宁兰"项目部，参加了自首站开始 50 公里的管道建设任务。我曾固定在涩北荒原跟踪这支建设队伍，以第一视角全程记录了参战队伍的动态，《青海石油报》开辟专栏连续发布现场通讯，题曰《涩宁兰日记》，被当年青海油田评为好新闻一等奖。至今庆幸那次"固定",让我的石油生命获得了深度而快速的成长。就在工程告竣之际,在一个深夜,我从涩北返回格尔木途中,行至鱼水河地段翻车,造成内脏挤压。为争取工伤抗争了三年,至今,内脏移位仍然严重影响着我的健康。

"涩宁兰",像一枚钉子,揳进了我的身体,我的记忆。

"涩宁兰"管道建成之后,油田再次投建了一条南八仙通往南翼山的输气管道,名曰"仙花"。管道全长 260.8 公里,管径 273 毫米,南八仙的气输至南翼山,对接"南花"管道,直通花土沟,年输气能力 2 亿立方米。此项工程从挖沟焊接到竣工投产,仅用了 130 天时间,是石油人在柴达木戈壁大漠中创造的又一个奇迹。

至此,以涩北气田为中心,通往东西南北、横跨青甘两省的天然气输运网络正式形成。柴达木盆地天然气开发,竖起了一座全新的里程碑。

斗转星移,时间推移到 2007 年。

中国石油对青海油田作出重要决定:青海油田要抓住机遇,加快发展,涩北气田用 3 年时间建成 100 亿立方米的天然气年生产能力,为建设中国石油综合性国际能源公司和富裕文明和谐新青海做出新贡献、大贡献。

2008 年,青海油田第一次提出全面建设和发展千万吨高原油气田的宏伟目标,并对涩北气田 100 亿方天然气产能建设再次作出了明确部署。

2009 年 11 月 20 日,涩北气田向刚建成的"涩宁兰"

管道复线涩北至西宁段供气，使涩北气田的天然气日产量突破 2000 万立方米大关，及时缓解了下游客户用气紧张的矛盾。而且，一个曾经的梦想正在浮出水面，那就是在世界屋脊上修建输气管道，直抵圣城拉萨。

2011 年 10 月 26 日，拉萨市经济开发区彩旗招展，青海油田承建的拉萨第一座天然气站工程建成投产。

这一工程的建成投运，开启了西藏使用天然气的先河，填补了西藏天然气发展的空白，对西藏自治区优化能源结构、保护生态环境、促进自治区经济社会发展、造福人民群众意义重大。

西藏城市燃气工程是一个系统工程，就是将柴达木涩北气田的天然气在格尔木液化工厂冷却至零下 162 度，变成液体后装入专用罐车，经 1143 公里运到拉萨天然气站，再汽化后供用户使用。目前配套的格尔木液化天然气工厂规模为每天 35 万立方米，已稳定地为拉萨市的出租车和工业建设提供用气。

拉萨天然气站工程的建设，是青海油田认真贯彻中央第五次西藏工作座谈会精神，加大投资力度，支持西藏长治久安、跨越式发展的重要举措。中国石油按下了"气化西藏"的启动键。拉萨天然气站的建成，是"气化西藏"战略迈出的第一步。除拉萨以外，中石油还将把清洁能源天然气送到山南、那曲、日喀则、林芝、昌都等其他地区，未来天然气将覆盖整个西藏高原。

西藏的"牛粪时代"将被清洁的"天然气时代"所取

代。到那时候，圣城将天空更透明，空气更洁净，净土更清净。

2011 年 12 月，中国石油青海油田液化天然气进藏成为中央电视台"雪域冬行"物资进藏的重点报道内容之一。整个进藏直播活动历时 10 余天，行程 5000 多公里，现场直播 8 场次，较好地宣传了中国石油履行政治、经济、社会三大责任，树立了忠诚、放心、受尊重的中国石油新形象。

回溯到勘探队员初进柴达木盆地的 50 年代，那时候他们心怀天下的己任，就是担负青藏地区的能源供给安全。如今，65 年弹指而过，不忘初心的柴达木石油人，正在将梦想一步一步实现。

柴达木盆地蕴藏着丰富的油气资源。中国石油第四次油气资源评价表明，盆地油气资源总量达 70.2 亿吨，石油探明率 17.2%，天然气探明率 12.2%，具备巨大的发展潜力和优势。

经过 65 年的勘探开发，拥有天然气总资源量达 3.2 万亿立方米的柴达木盆地，已经发现了涩北、东坪、尖北 3 个主要气田和南八仙、牛东、乌南、南翼山、英东 5 个油气田，探明天然气地质储量 3905.3 亿立方米，其中涩北三大气田的探明储量占到约 73.7%，是青海油田主力气田。

截至目前，青海油田已发现油田 23 个、气田 14 个，累计探明油气地质储量 10 亿吨以上。

如今，涩北虽然依然是荒原、盐碱、不毛之地的自然地表，但它已经发生了深刻人文的变化，曾经的荒原上矗立起一座产、输、销一体功能齐全的现代天然气小镇，成为气化甘、青、藏乃至贯通西气东输网的重要的不可替代的西部担当，成为中国石油重要的地理坐标。

涩北，隆起在荒原。

涩北，改写了荒原。

保卫涩北，至今记忆犹新。

但对于长期管理、维护涩北气田的石油人来说，他们操了天大的心。仅2010年那次洪灾，就足以震撼我的记忆。我曾以《大气脉》为题，也在那场洪水中浸泡了一个星期，记录了抗洪抢险的天然气人。他们那红色闪亮的工衣，至今刺得我的双眼酸涩。

攻坚战一打响，达布逊沸腾了。

5家施工队伍，600多号人马，100多台装载机，200多辆运输卡车，人影、机声，在30多公里湖面上、6个施工作业点同时展开。彩旗招展、机器轰鸣、人影交织、车轮滚滚、洪流滔滔……百机大战，创造了柴达木历史上未有的抗洪抢险大场面。

早晨，天光未开，寒风紧锁，施工人员惊醒了沉睡的达布逊。越野车、皮卡车已经在预热，排气管吐出霜色浓重的白烟。简单的早餐之后，抢险队员们跳上车，急速奔赴施工点。

施工点的装沙袋人员早已整齐到位。他们必须在第一丝曙光撕开天幕之前，备齐能够满足装载机第一车的沙袋。装载机一次能装载四五吨重的沙袋。此时的寒冷，能肢解很多坚强的意志。他们并非不惧怕寒冷，他们只是麻木了知觉，让疼痛暂时远离了自己。

全线 9 个施工作业点，100 多台装载机，同时吼声如雷，将坚硬的盐碱大地也震动得微微发颤。装载机振奋精神，斗志昂扬，吼着粗嗓子，旋转着大轱辘，大大咧咧将达布逊的湖面碾碎，搅起白浪滔滔，抢险自此进入战斗的序目。

湖水中，管线逶迤。

施工人员穿着齐胸口的水裤，在装载机调整好机位后，灵活机敏地在机斗和管线上跳跃飞腾，几个人配合，将 150 斤左右的沙袋从料斗里卸出，丈量好管墩位置和尺寸，在水下面打好地基，然后层层码垒。大的管墩每个需要 2000 多只沙袋，每只沙袋重约 80 斤，每个管墩重约 16 吨。装沙袋的每人每天过手沙子总重量在 5000 斤以上，码累管墩的更在 1 万斤以上。

最大的困难是在水中作业，最大的危害是湖水有毒，最大的考验是劳动强度很大。作业地段湖水平均深达七八十厘米，最深处达一米三四，水深浪高困难大。湖水属于高浓度卤水，富含多种矿物质及放射性元素，腐蚀性极强，轻则伤及皮肤，重则损害肌肉组织。施工人员每天逐浪盐湖，工作超过 12 个小时，超强度负荷考验着全体参战人员。

危险不可避免，抢险工作就是直面危险而来，考验人胆魄和意志无处不在无时不有，然而，他们早已将危险置之度外，并且随时接受着考验。现场 500 多名将士精诚团结，以大无畏的精神激情高歌抗洪进行曲。

湖水中，人们在竞赛。

把施工当竞赛，把竞赛当常态。

此时，若改变视觉，将视线跳跃出 30 多公里的湖面，就可以揽括千军激战的大场面。上百辆大卡车从 100 多公里外的锡铁山料场向达布逊飞奔，一车车砂石料被卸载到各个作业点。数百人挥舞铁锹，用塑料袋、麻袋将砂石料分袋、装车。上百台装载机在湖水中劈波斩浪，搅得水浪滔天。在水中作业的工人任却湖水飞溅，灵敏的身子在管线管墩和装载机料斗之间飞跃腾挪，人拉肩扛，你卸他压，10 多分钟就快速卸掉一车麻袋。卸空的装载机赶紧腾空车位，另一辆装载机又紧随到位。水中作业的工人身上、脸上、眉毛、胡子都挂满白盐，苦涩的盐水随着汗水一起滚落，已经分辨不清哪是盐水、哪是汗水。

汗水里渗进了盐水，盐水里也溶进了汗水。本来，汗水里就有盐的味道，盐里也饱含汗水的艰辛，苦涩和艰辛密不可分，是命运的孪生体。

然而，人员和设备都出现告急。

人——人手告急，格尔木民工现荒，刚从玉树地震灾区移民下来的藏族群众，也成了各施工单位抢手的香饽饽，平时七八十元的日工资上涨到 100、150、200 元，还要包吃包喝，天天见肉，工钱现开现结。格尔木找不到工人的，就深入青海门源、湟源、湟中、大通、民和，有的还在甘肃、陕西、河南等地搬兵救急。

机——机械告急，格尔木地区装载机几乎被腾空，有的远去西宁、兰州搬设备。抢险现场几乎囊括了中国所有牌子的装载机，中国柳工、山东临工、中国龙工、江苏徐工、山东青州、岩石王等，应有尽有。几乎每天都有垂头丧气撤退的机械，每天又有斗志昂扬开进的设备。来来往往，轰轰烈烈，蔚为壮观。

11月25日，涩格管线按照预期完成抢险沉管任务。

11月27日，涩格复线的应急攻坚任务又紧急展开。

指挥部决定，必须用20多天的时间，即在12月22日也就是温泉水库泄洪的7月22日之后的5个月，给抗洪抢险画上句号。时间虽然有些漫长，但是谁解其中艰辛？

从抗洪抢险现场来看，主要存在的客观不利条件，一是气候寒冷，夜里最低气温达到零下20摄氏度，白天也保持在零下十来度，寒风能穿透棉衣，渗进骨头和血液，基本不能让人保持正常的生活和工作；二是作业环境恶劣，湖面上风大浪高，水位每天还继续保持着不间断上涨的势头，作业处最深水位可达一米五，平均在80厘米，极不利于机械和人员的操作；三是水面之下地形复杂，以前是坚硬的盐碱地壳，但在湖水稀释的作用下，盐壳溶化，出现大小不等的溶洞，小则陷人，大则吞车，下过水的抢险队员基本上都被溶洞戏弄过，惊出一身冷汗，吓昏半天脑袋，很多装载机都是因为被溶洞吞噬过而破了胆，随之逃之夭夭。

但是，现场所有人员都有一副坚挺的脊梁，克服了难以想象的困难。那些平凡并不伟大的抢险队员们，那些为生而战也同样是为油而战的最底层百姓们，他们凡身肉体并不熠熠生辉，但是从他们身上体现出的抗洪精神却永放光芒。

抗洪激战，总有最朴实的劳动者发出最闪亮的光芒。

之一：外协施工单位曹老板的大红标语

在抢险驻地，四栋活动板房和一排彩钢板房围成一个小小的四合院。板房顶部插着三面旗帜，正中间是党旗，旁边是青年突击队和工人先锋号旗帜。院子外边墙壁上还有一条火红的标语——"同甘共苦、风雨同舟、不辱使命"。这条标语是施工单位打出来的。

曹老板说，这样的条件，这么艰苦的活，我能耐再大也吞不下天，还是需要大家齐伙干。先期在格尔木找工人，人工紧俏，单日工资都往上涨，想想滴水成冰的季节，咱全应了。多年来在格尔木干活，与回民队伍也打交道，咱讲信誉，一份工钱不拖欠，把把清，所以拉队伍特别快。但是现场更复杂，比想象中还艰苦，为了稳住队伍，尽快把活干完，就允诺汉民天天有猪肉吃，回民天天有羊肉吃，而且，突击作战还得打破常规思维，一天100元的工钱，全往上涨，都涨到一天200元了。装载机司机一天还得一包芙蓉王牌烟。重赏之下必有勇夫，在水最深、最难干的地段，河南的防腐队伍最齐整，场面最壮观，机声隆隆，战旗飘飘，宛若千军万马战犹酣。

之二：李老板的眼泪

李老板一头卷曲凌乱的略微黄色的头发，在冷风中摇曳。

李老板说，那天下午，一辆装载机下水，不熟悉水路，哐当一声掉溶洞里了，四只大轱辘就剩一只翘在外边，幸好用装载机斗子撑住，才没有全车陷落。可那司机吓得晕死过去，半天才喘过气来。几辆装载机齐使力，才把机器给湿乎隆咚地拖出来。一帮司机一看，这活没法干了，要人命呢，晚上暗号一交流，把柴油加得满满当当，天不亮就溜了。本有 24 台装载机，只剩下 6 台。六七十个人，跑得也只剩下十几个。他一再说，要是自己在现场就好了，绝对不会出现这种情况。

之三：民工老吉的生活账本

老吉是海北门源县泉口镇的，这次村子里来了一百二三十人。冬天里农村也没有事，闲着晒太阳，出来挣点钱也好，能补贴家用。在现场五六百人的队伍中，老吉只是被海盗帽子捂着的一个。老吉说，他们每天早上 5：30 就起床了，那时是人最困乏、气温最寒冷的时候，要不是这抢险啊，打死也不想起床。可是哨子一响，又都起床了。6 点钟吃完早饭，立马就到现场装沙袋，直到晚上 6 点再收工。按照理论计算，现场每人每天过手的沙子重量达到 5000 斤。他们干的是包工制，十几个人包一辆装载机，每天按照正常运转能码两个管墩，一个管墩 1200 块钱，算下来一天能挣一两百块钱，加上老板包吃住，干吃净落。但还是感觉装载机满足不了装沙袋，主要是进出湖水时间长，一个往返大概要一个小时，所以并没有完全展示出劳动力的价值。

之四：有个司机叫小张

小张就是装载机司机中的一员。开了3年装载机，这年才19岁。在现场开装载机的司机都很年轻，没有超过25岁的。小张说，只有年轻人能扛得住，头一天哪怕颠散架，休息一晚上，第二天照样生龙活虎，年纪大的人会受不了。说起地上的溶洞，他说，湖水里都是探好了路的，还插了标志旗的，一般没有大问题，只要自己小心点就是了，即便是遇上溶洞，也不至于连车带人给吞了。他自己也被溶洞吞过一次，没有吓得尿裤子，拖出来就是了。天然气公司安全工作做得好，而且大家都互相帮助，不碍事。小张一路咳嗽一路聊嗑，手脚利索，车子虽然在湖水里摇过来摆过去，但神态轻松自然。

之五：小李遭遇的一场未遂暴动

小李名叫李杰林，西北大学学地质专业的，西宁湟中人。话语不多，还带有几分书生气，眼里特别有活。中午吃完午饭去工地，队长遇到工段的领班人，领班人打包票说质量没有问题，湖里风大，你们就别进去了。小李一听就明白其中有诈，转身爬上一辆装载机就发现进了水，果然查出施工队伍趁他回去吃饭就大干快上，弄虚作假，整装的沙袋子里面掺着散沙子。他坚决要求推倒重来。民工不干了，大冷的天、一米多深的水，即使是弄虚作假也不容易啊，你睁只眼闭只眼不就过去了嘛，况且就那么几个管墩没有按照规矩来，也不至于影响全盘啊。一帮子人就不干了，准备收拾这个小毛孩。幸好一个青海老乡看出名堂，赶紧拦住一辆车，叫他三十六计走为上。李杰林说，即使被打我也要继续，这是我的责任。

之六：监理宋磊被推迟婚礼

现场两个监理，年龄都不大，一个刚准备结婚，一个才在谈恋爱。马上要结婚的是个高个子，叫宋磊；正在谈恋爱的是个小个子，叫小张。原本以为监理的活计很轻松，宋磊说，这就是隔行如隔山。他说他工作六个年头了，有五年半都是在野外。每年只要基建一开工，他们监理就得开赴现场了，冬天施工单位收工后他们才能够收工。施工单位回去后可以冬休、调整，他们回去后只能休息一天，第三天就开始正规全勤上班了。因为那些码成小山样的资料还等待着他们一张张核实数据，做资料。

宋磊说，他必须得回去了，不回去就对不起人了。问对不起谁，他说对不起媳妇。原来，他和女朋友年初就领了结婚证，但没办酒席，他一出工，就把婚期一拖再拖，从上半年拖到下半年，从国庆又拖到元旦。结婚的新房都是妻子一手装修的，自己还不知道新房是什么模样呢。说起这，他很是愧疚。小个子监理开玩笑说，还愧疚呢，偷着乐吧，回去就住现成的了。宋磊说，一定要给领导最后通牒，新郎不回去，新娘就跑了。第二天，宋磊说，领导同意了。

小监理说，哎，他一走，我就没戏了，刚谈了一个女朋友，这一年里难见一个面，悬啊！听那语气，他心里很不踏实。

但是，这就是生活，石油人的生活。

荒原上的大水已经远去，唯一留下的痕迹就是那场大水之后，南八仙雅丹地界积水成湖，湖水汪洋，居然改变了亿万年来南八仙雅丹的生态，成了"水上雅丹"。如今，水上雅丹已经成为摄影发烧友心仪神往的天堂……

大水，我不能将你遗忘。

大水，你又记住了什么？

第十章　筑梦千万

石油的根魂无所不在

千万吨梦想如影随形

四代人瀚海甘洒热血英勇大义

几万人油田义结金兰赤诚前行

一步一莲，步步为禅

只因为心中的夙愿梦想花开

昆仑山托起希望，英雄岭再铸辉煌

继往开来，薪火相传

长梦未醒，大梦欲晓

且歌且行……

史载：柴达木盆地油气资源总量达 70.2 亿吨，石油探明率 19%，天然气探明率 13%，具备巨大的发展潜力和后发优势。已发现油田 23 个、气田 10 个，累计探明油气地质储量 10 亿吨以上。年原油生产能力 230 万吨、天然气生产能力 64 亿立方米、原油加工能力 150 万吨。青海油田建成 7 条输油气管线，年输油能力 300 万吨、输气能力 101 亿立方米，天然气远输到了西宁、兰州、银川、北京等地；建成花土沟原油生产基地、格尔木天然气和炼油化工基地、敦煌科研教育生活基地；连续 23 年保持青海省第一利税大户和财政支柱企业地位；培育了"柴达木石油精神"这张高原名片，累计 10 人获得"全国劳动模范"，13 人获得"全国五一劳动奖章"，17 人获得"全国先进生产者"荣誉称号。目前油田上下正凝心聚力，加速建设千万吨规模综合能源新高地。

柴达木石油的未来究竟如何？几代人梦寐以求的千万吨大梦是否可以实现？眼下的勘探、开发又究竟是一个什么状况？带着这些疑问，我们必须对柴达木石油的当下进行透析。

首先，石油在哪里？

外国地质学家说："首先找到石油的地方是在人们的脑海里。"

中国地质学家说：头脑里要有油。

因此，如何用发展的眼光看问题，就成为勘探工作能否取得新突破的关键环节。多年来的勘探实践说明，任何一个老探区的勘探工作要取得新的突破，必须有新的思路，使用新的方法和新的技术……只有通过反复的实践和认识，思维才能不断创新，对地下的认识程度才能不断提高。

因此，在基本成藏条件具备、有储层、有油源、有构造背景的地方，油气不在构造圈闭中就在岩性圈闭里边。实践表明，许多大的发现都是精细工作的结果，甚至有相当一部分50年以前的老勘探家认为石油地质条件好，但是却久攻不克的地区，随着技术进步、认识深化和精细的工作，才找到了油气。

大规模的油气勘探工作已经搞了40多年，但对地下情况的认识还差得很远，许多认识远没有到位。所以勘探没有止境，认识也没有止境。尤其是昆北和英东两大油田的重大发现，就有力证明了"石油就在脑海里"的科学论断。

油气勘探是一个高投资、高技术、高风险的行业，石油的勘探开发，涵盖着极其复杂的理论和工艺，也是多学科的综合实践。新技术、新工艺的运用是提升勘探开发手段的必需要件，所以，石油就在脚下，但需要你点石成金。

柴达木蕴藏着丰富的矿产资源，是我国陆上七大含油气盆地之一，勘探面积达 12 万平方公里，勘探领域十分广阔。但经过几代石油人 65 年的勘探，除尕斯库勒油田、涩北气田外，始终未发现新的整装油气田。这与共发现和落实 140 多个地面构造、油气资源量达 46.5 亿吨的柴达木盆地来说，似乎不太相称。

20 世纪 80 年代中期开始，也就是石油三项工程全面启动之后，柴达木盆地就进入了勘探开发阶段。1991 年原油产量迈上 100 万吨台阶；2000 年突破 200 万吨大关；2002 年油气产量超过 300 万吨，2004 年达到 400 万吨。但随着开发步伐的不断加快，青海油田面临的勘探压力也越来越大。后备储量的不足，尤其是优质储量的缺乏，将严重制约柴达木石油天然气开发的可持续发展。

自茫崖尕斯库勒油田发现以来，青海油田的勘探多年都处于低谷徘徊的局面，储量虽有增长但多属于老区扩边挖潜，滚动增长，没有形成真正意义上的突破。几任领导班子都在给自己制定宏伟目标，因为没有油气增产，油田就谈不上发展。发展是解决勘探开发瓶颈的唯一手段，也是做大蛋糕的必要条件。

咬定勘探不放松，这是唯一的硬道理。

2007年，是一个里程碑式的年份。

油田在地质认识和勘探技术方面取得系列进展，相继发现了昆北、英东、东坪、扎哈泉、英西五大油（气）田，迎来了最大的储量增长高峰，油田步入发展快车道，为地方经济社会发展做出了重要贡献。

2007年，中国石油专家手指所向：柴西南（柴达木盆地西南部）！

点石成金，一字千钧。油田马上对应了相应的勘探思路，一是把烃源岩作为研究对象，二是对沉积相进行研究，三是深化古构造研究，四是加强岩性油气藏认识。敲定昆北（昆仑山北部）断阶带、狮子沟—油砂山构造带、马北（马海北部）隆起区为近期油气勘探的重点区带。

恍然间，柴达木石油勘探仿若开启了一扇天窗。

青海油田也及时提出了"23311"储量增长工程8年不变的勘探目标，即每年探明石油地质储量2000万吨、控制石油地质储量3000万吨、预测石油地质储量3000万吨，每年控制天然气地质储量100亿立方米、预测天然气地质储量100亿立方米。

这一年冬季，在昆北断阶带发现了切六号构造圈闭，随后在该构造钻探切六井。11月8日，时令虽已天寒地冻，但切六井场一片热闹繁忙的施工景象。经试油射开该井段顶部六米层段，一股巨大的气鸣声从井底呼啸而上，紧接着一条黑色的油龙冲天而起，油雨覆盖了整个井场，在场的石油工人一片欢腾。

昆北油田从此诞生。

昆北油田的发现，为青海油田的发展注入了强心剂。切六号构造物性非常好，具备良好的生油、储油条件。青海油田谋求大突破、寻找大场面，在昆北跃升起新的希望。

2009 年，再探切 12 井。

7 月 23 日，切 12 井射孔试油，日产原油 33.4 立方米。

7 月 27 日，抽吸求产，两段合试日产达到 40.32 立方米。

快马加鞭，施工人员立马转战切 11 井。

8 月 3 日，日产 40.7 立方米的高产油。

8 月 8 日，再次试油，日产原油 25.24 立方米。

10 月 19 日，切 16 井完钻，电测解释出油层 15.8 米。

昆北，被石油人掀开了神秘面纱，露出了花容。2009年 11 月，在新疆克拉玛依召开的中国石油 2009 年度勘探年会上，昆北油田得到了集团公司、股份公司领导的高度评价和与会领导、专家的高度赞扬，并获得了股份公司 2009 年度油气勘探成果一等奖。

中石油股份公司评价：昆北断阶带整装优质储量的发现，是青海油田近 30 年来最大的发现，其储量规模达亿吨级，在青海油田的油气发现史上具有里程碑的意义。

英雄岭，实现光荣与梦想。

英雄岭，不算是茫崖地区的高山大岭，但它的名号绝对超过柴达木盆地所有的高山大川。说它是岭，似乎并不恰切，太小；说它是山，也不恰切，似乎太孤；确切一点说，应该是山脉。

英雄岭横亘在尕斯库勒湖畔北部，东西绵延有 40 多公里，主峰海拔 3800 多米，山脉群峰耸峙，巍峨冷峻。山体不见一草一木，通体呈黄褐色，宛如一条腾云黄龙，气势雄浑苍劲。山体沟壑深涧纵横，皱褶密布，如波如浪，似奔似腾，亦幻亦实，动感非凡，活灵活现，乃花土沟天空下的一大胜景。

英雄岭大小数十座山峰，有根有源，但大多无名无姓，正应了历史是无名英雄书写的。当然，它也涵盖了油砂山这座神示的山。油砂山是它的长子，它是油砂山的母亲，两者相依相偎，根脉相通，神情相似，眉目传情，情深意厚。当勘探者将那裸露的岩层命名为"油砂山"之后，人们打赌谁先爬上这山脉的顶峰，谁就是"英雄"。推而衍之，此山便为"英雄岭"。

英雄岭是石油人心中的神山圣岭。

它不仅仅是石油人精神抒怀的地方，也是柴达木石油半个多世纪以来的核心区域，至于石油，假若以油砂山为核心，没有超过百公里的半径。寻寻觅觅，踏破铁鞋无觅处，蓦然回首英雄岭，已经是五十载光阴远去。2011 年，当石油人深耕细作，发现亿吨级储量的昆北油田之后，发现者的目光便紧紧锁定在英雄岭。

难道是石油人的迟到？

不，一切都是刚刚好。

2011 年春天，砂 37、砂 40 井的油气显示见好，英东

102 井测试有谱。英东构造储量得到进一步落实。以科学为依据，不争的事实摆在眼前——英东油气田诞生了！

瀚海扬春风，戈壁传喜讯，柴达木石油人心欢畅。

要找大油田，就上英雄岭。这是几代柴达木石油人勘探所向。

英东地区位于柴西中部，受晚喜山运动强烈影响，构造隆升较高，受后期的强烈剥蚀，现今地表地形起伏大，沟壑纵横。近 60 年来，青海油田始终把该区作为油气勘探的重点，但由于表层结构和地下地质结构复杂，长期以来资料信噪比低，难以成像，探勘受阻。自 20 世纪 50 年代以来，探勘者们在这里"四下五上"，多轮次的勘探均未获得突破性进展。复杂的地表结构，障蔽了发现者的眼睛。

"十五"前期，仅有少量的二维山地地震资料，而且资料品质较差，仅根据地面资料，在英东地区钻探了砂 19、砂 20 井，但没有取得突破，勘探一度停滞。随后，油田又在大乌斯地区部署地震测线 306 公里，初步落实了局部构造圈闭，钻探了砂 33、砂新 1、砂新 2 井，结果油气显示都不是很好，勘探再度受挫。

2009 年 12 月，一群人冒着刺骨的寒风登上了英雄岭，当他们站在英雄岭上极目远望时，领队的地质学家大声地说：你们看，山下正前方是乌南油田，右前方是跃进和尕斯油区，西侧是油砂山油田，从我们脚下这片地区的地面构造结合成藏特征来看，该区是油气勘探的有利目标区。这不是信口雌黄，而是心中有数。

图片 10

英雄岭地表复杂、高寒缺氧，是青海石油探采作业比较艰苦的油区。图为新时代英雄岭勘探场景

变不利为有利，普遍中找特殊。

勘探思路必须重新调码聚焦。研究人员对英雄岭地区地质、构造特征、成藏条件及老井钻探情况进行了认真讨论和分析。立即组织精兵强将对早期钻探的砂新 1、砂新 2、砂 33、砂 34 井等老井进行详细的复查研究，摸清了该区地质结构特征和成藏特点。通过二维地震资料的精细处理解释，进一步证实英东中浅层构造发育，圈闭保存完整。

以学科求证为依据，油田决定在英东一号部署砂 37 井。

钻探取芯，发现岩性以灰色粉砂岩、细砂岩、含砾砂岩为主，储层物性好。鉴于该井油气显示十分活跃，于井深 1251 米处提前完钻。该井测井解释油层 171.5 米，单层最厚达 10 米。根据测井解释情况，选择不同类型 6 个层组自下而上进行试油，对第一个层组厚 2.5 米的油层射孔试油，8 毫米油嘴自喷，日产油 24 立方米，日产气 1402 立方米。

英东油田华丽诞生，这是继昆北油田发现后又一重大发现。

2010 年，英东发现井获得中石油勘探重大发现一等奖。

2011 年，青海油田针对该区的地质特点，有针对性地制定了"突出中浅层系，强化地震攻关，加快评价英东，甩开预探两侧"的勘探思路，快速落实英东一号油田。

快速部署钻探的 18 口井均获得成功，单井测井解释平均油气层厚度 203 米，其中单井最大油气层厚度 478.4 米。完成试油后，英东 105 井单井最高日产油 100.3 立方米，砂

40井单井最高日产气51763立方米，平均单层油层日产油19.7立方米，气层日产气22931立方米。

英东油田获得重大发现后得到集团公司的高度评价，公司指出：英东油田是中石油近年来发现的品质最好、丰度最高的油田，不是一个油田，而是一个"油桶"。

英东一号油藏具有埋藏浅、储层物性好、油层厚度大、含油井段长、油气产量较高、油质轻等特点，纵向上具有多个油气单元，油气分异明显，顶、底气层发育，中部油层富集，该油气藏向外扩展的潜力较大。柴达木盆地石油勘探取得了又一次重大突破，英东地区基本上形成了亿吨级石油储量规模。

狮子沟—英东构造带，是一条希望的光带，通过进一步山地地震攻关落实圈闭，可望达到2亿~3亿吨的油气储量规模。

英东勘探实现大突破，勘探职工们多少个日日夜夜废寝忘食，挑灯夜战，用"五加二""白加黑"的工作方式，牺牲了无数的节假日，才获取了来之不易的丰硕成果。为了大家，牺牲小家，有怨无悔，碧血丹心，英东会记住那些默默奉献的英雄们。

发现昆北、英东两个油田，从发现到探明虽时间较短，但过程艰辛。柴达木盆地自然环境恶劣，条件艰苦，在长期的石油勘探工作中形成了极具特色的柴达木石油精神，是昆北、英东油田勘探成功的精神动力。甚至形成了新时期的柴达木石油精神内涵：

越是艰苦，越要奋斗奉献，越要创造价值。

没有一蹴而就的成功，也没有伸手可触的收获，更没有坐享其成的幸福，一切都要靠创造。付出心血，方得始终。

为全面落实集团公司和股份公司关于加快青海油田发展和英东油田建设的指示和要求，确保实现加快建成千万吨高原油气田的总体部署和发展目标，2011年4月20日，英东油田勘探开发一体化项目部揭牌成立，标志着英东油田的规模开发正式拉开帷幕。英东油田勘探开发一体化项目部的成立，是青海石油史上树立的一座新的丰碑。

找油也需要直觉和运气。油田一个老地质工作者说，他曾两次跟随某地质专家去花土沟和昆北，途经英雄岭那片开阔的地方，地质专家都要求下车，他用脚在地上画着一个圈，反复念叨"我总觉得这地方有油"。很快，他们就在那个圈里钻了一口探井，果然成功了。而这口探井，距离先前没有油气显示的那口井，仅仅1.3公里。

虽一步之遥，却天壤之别。

截至2019年，昆北油田累计生产原油60.64万吨；英东油田累计生产原油70.64万吨。两个新生油田的生产能力超过除尕斯库勒油田之外的所有油田。它们是青海油田"油板块"的有力支撑。

时间飞驰，接踵而至的是2020年。

60年一个甲子，猪鼠更替，重新洗牌。

这是一个"换代"的时间节点，时令重要，规划也很重要。

盘点 2019 年，正在千万吨大道上栉风沐雨、奋勇向前的柴达木石油人，顿步屈指，可圈可点：

这一年，继往开来、奋发大干，成果丰硕，有关勘探生产的亮点一是原油产量刷新纪录，全年生产原油 228 万吨，同比净增 13 万吨，创历年新高；二是主力气田稳产有力，生产天然气 64 亿方，其中涩北气田产气 54.3 亿方，连续 10 年保持 50 亿方以上稳产；三是炼化业务再创佳绩，加工原油 154 万吨、同比增加 14 万吨。

油气勘探成果丰硕，柴西北新领域获新突破，柴西南新凹陷获新发现，具备了探明 1 亿吨优质储量、建产百万吨的前景。英雄岭构造带获新进展，英中地区落实高产稳产富集区，狮新 58 井日产超百吨，累计产油 3.9 万吨、天然气 1600 万方。阿尔金山前展现新场面，首次在埋深 6000 米以下发现有效碎屑岩储层，展现出千亿方储量前景。

青海油田作为青甘藏地区重要的能源化工基地，是集团公司推进实施"深化东部、发展西部"战略的重要依靠力量，也是青海省建设国家清洁能源示范省的重要支撑力量。重要力量要发挥重要作用，就是要建设千万吨规模的高原油气田。这既是油田的发展定位，更是政治站位，需要每一名干部员工保持定力接力跑。

建设千万吨，依然是当今油田的主旋律、正能量。

建设千万吨，既是任务书，也是路线图和时间表。

油田上下咬定"高质量推进千万吨规模高原油气田建设"的目标不放松，统筹好两大战场，一是统筹油气资源开发利用，推动柴西北、柴西南成为原油"快上产强基础"主战场；二是统筹好三湖、柴北缘成为天然气"硬稳产谋突破"主战场。重点抓好英雄岭、英西、切克里克等新区上产，强化尕斯、花土沟等老油田精细挖潜和基础管理，做精涩北气田持续稳产，谋求祁连山前带、昆特依等区块新突破，力争五年累计探明石油地质储量 1.5 亿吨，天然气地质储量 2200 亿方，实现原油产量 300 万吨、天然气产量 90 亿方的阶段目标。

建成千万吨，脚下是长征路。建成千万吨，曾经被决策者欣慰地锁定在"十二五"，后来改成"十三五"，现在调焦"十四五"。外行所见路线图越来越长，时间表越推越后，只有内行才知道在柴达木盆地建成千万吨大型油气田的困难有多大。我相信，每一次调校时间表，都是针对现实情况不可逾越的障碍，合理而科学的对接。

勘探，从来不是想当然。

找油，历来都要讲科学。

假若只是要业绩，再次大跃进，也可以短时间之内爬上千万吨的高峰，获得喝彩和掌声，取得荣耀和加冕。但是，支撑千万吨稳产的依据和内力不够充分的话，爬上山头就会往下溜。上的姿势好看，下的姿势就不雅。油田上下充分认识到这一点，不冒进，讲实际，稳扎稳打，才能筑牢千万吨江山的基石，才能筑牢百年油田的根魂。

"稳"字当头,"稳"中求进,依然是发展方略。

2020年,股份公司下达任务:完成油气三级地质储量1.25亿吨,探明石油地质储量2000万吨。生产原油235万吨、天然气64亿方、加工原油150万吨。油田自我加压,预计完成原油238万吨、天然气64亿方、加工原油155万吨。

分解目标,制定方案,落实行动。油田将坚持油气并举求突破,提升规模增储能力。突出高效勘探,围绕柴西北、柴西南、英雄岭、阿尔金山前和盆地腹部构造带,落实油气储量。油田将高效率推进天然气勘探,高质量推进石油勘探,高标准推进风险勘探,高水平推进综合勘探。勘探增储,再由储上产,夯实千万吨发展步伐。

登高望远,千万吨目标在望。

柴达木石油,在艰难中浴火涅槃。

关于石油,当下依然是一个热议话题。

特别是当新能源还在概念和孵化阶段,或者说传统能源依然还不会一夜之间退出历史舞台的时候,石油文化就依然会坚挺。

对,得理性而客观地说说石油。

众所周知,石油是生命衍化而成的一种能量。

这种能量深刻地推动着人类社会进步,并促使人类将内燃机水平和内燃机文化推演到极致,它深刻影响着当代人类的思维、生活方式,财富的积累及货币支付方式,乃至战争与和平的态势。

人类大规模开发利用石油这种能源的时间并不长，如果从 1853 年第一个现代油矿开始算的话，就是 160 年的历史；若从 1910 年开始工业化开发石油算起，也就 110 年左右。

这 100 多年，人类发展铁血高歌。这铁血，就是石油。

中国大规模使用石油的时间不算长，以 1949 年断代的话，才 70 年，这当然是不准确的，只能算一个情感断代。再确切点说，就是改革开放大规模启动工业化进程以来，也就区区 40 年时间。

也可以说，对石油使用的滞后，严重影响了中国发展思维，限制了中国发展速度，制约了中国发展质量。或者说，因此滞后了或者阻碍了中国进入工业化俱乐部的步伐。

当然，中国人的聪明从来都不是装出来的，中国人似乎更适合后起直追和弯道超车，因此在当今开发和使用石油的规模和深度上，中国已经跻身世界最前沿的石油俱乐部。

当石油深刻介入日常生活的时候，人们的行为和思想也就发生深刻的变化，而这种变化随之所固化的形态或者模式，就是石油文化。

石油文化是东方国家的新生代文化。

中国滞后于世界大规模使用石油的步伐，不是哪个人的错，也不是哪个朝代的错。有些所谓的不应时不应景，其实都是命中注定。

中国人长期乐于对脚下土地表示深情厚爱，因此农耕文化繁荣昌盛。温情浪漫的田园牧歌式的农耕文明，决定了人们不习惯对一亩三分地之外的世界感兴趣，似乎更不需要坐地日行八万里风驰电掣地周游列国，鸟瞰世界。

所以说，对石油的认识和使用，近似一场天翻地覆的思想革命和生活方式的变革。对于变革，中国人自古以来都表现得温文尔雅，含蓄内敛，大家的心思都是少折腾，能过且过，不能过也凑合过。

还是在众所周知的 1949 年，中国政治完成变革之后，人们开始推窗看世界，也因此看见了石油文化和工业文明在世界各地的魅影。这种魅影首先是军事的。二战大规模钢铁化作战方式，让大刀加长矛、小米加步枪的中国人发现，原来人类的屠杀也可以那般海陆空三位一体无死角完成。

为了跟上世界前进的马蹄，中国人开始对石油表示出独一无二的眷恋。石油文化点燃了中国工业文化的火种，并在 1978 年改革开放后高歌猛进。中国因此诀别了农耕文化的长袍马褂，开始了对西装革履的工业文明的追逐。

工业文明是一种全新的思维方式和生活方式。庆幸的是中国赶上了这趟已经疾驰的世界列车，并从车尾追赶到了车头。

仅从追赶石油的脚步来说，作为西部边陲且自然条件相对恶劣的内陆青海，似乎并不晚于内地，甚至还起步在前列。

且不说早在西域各类史记中便有对石油这种矿物近乎天外来客般的科幻描述，就在 1949 年之前，就有地质专家进入柴达木盆地进行科考。带头人是周宗俊和关佐蜀，著作是《柴达木地质概要》。

我认为，那是一次破天荒之行，相当于张骞凿空西域。

他们发现了青海茫崖地区高达150米的裸露在地表的油砂。那种地表厚积足可震惊世界。财富外露，极不低调。至今柴达木石油都还在围绕那座油砂山转圈圈，且没有超过100公里的半径。

这有些魔幻，但事实确实如此。

也就是说，65年前有人在那里画了一个圈，65年以来人们就一直在那个圈圈里转悠。这是很无奈的事。这就是所谓的命运天注定。

1954年，青海柴达木石油的勘探和开发被确立为国家意志。

那个年代被称之为一穷二白，被称之为百废待兴。也就在那个衣衫褴褛的年代，新中国以举国之力向青海柴达木要石油。那是国家最早投入的一次大手笔。

一声令下，石油人挺进西部，进入柴达木，其艰其辛不亚于将人类送上月球。当然，这有点夸张，但假若可以合理修辞的话，似乎也不为过。因为，自那次之后，人们开始把柴达木称之为"地球上的月球"。对遥远的地理想象，那时的人们也仅限于月球之远。

掐指一算，石油人在柴达木盆地这恍若月球般的地貌里摸爬滚打已有了65个年头。这个时间对于地球来说一瞬都算不上，对于人类来说，也就是一瞬间。但对于个体的人来说，就是一辈子，就是几代人。这个时间足以让人们回顾并抒情。

我不想过分地抒情，我只想说一些客观的公允的也许还是结论式的话。是的，65年，足可以得出论断——

　　石油给青海工业文明播下了火种。没有早过石油作为一种工业行为奠定了青海省工业文明的发轫。且，也再没有哪种工业行为能抗衡和替代石油对青海工业文明的支撑。石油，首当其冲。

　　石油富集了青海工业文化的内涵。作为规模化、集团化的现代生产方式，作为科技化、知识化的生产手段，石油的开掘和炼化发展，都在相当程度上代表了青海省工业文化前沿。石油，集约科技。

　　石油扛鼎青海省利税第一大户。之前是，现在是，或许还在相当长一段时间内都会是青海省利税第一大户或者利税大户。石油对青海省社会经济发展举足轻重，不可或缺。石油，位列长子。

　　对于65年之后的青海石油，不做畅想式的描摹。

　　未来未曾来，来了再由后人说。

　　关于书写石油的感想也有这么几点。

　　只要有人的地方就会有史，只要有史的地方，就会有人记录；不管这种记录是请命还是自发，都是对人类行走的立案存档。要是有区别的话，钦命的书写可能规矩一些，自发的书写要活泼自由一些。

　　对石油的书写就是对石油的审视、观察、总结和提示。不管是柴达木石油文学第一代书写者李季、李若冰的石油纪实主义和革命浪漫主义的双重腔调，还是第二代肖复华、李玉真的忠于报告的激情主义的口吻，还是当下拉开了对石油母体的视距，提升了文学性书写的第三代文学人，他们虽然文字腔调各异，但都忠于石油的本质和核心要义。

那就是，用文字给石油量体温。

他们记录了各个时代石油的体温，也就记录了石油的成长和石油的风情。就像三叶草在岩石里的形态，它们最终会交给历史，留给未来去考证。

至于石油的未来，这不可捉摸。它也许还有一段或相当长一段时间的辉煌，也许转眼之间就江河日下、日薄西山。

必须承认，石油是一种有限的不可复制也不可再生的资源。作为能源采掘企业来说，也是有寿命的。百年石油，似乎是一个比较长远的概念。现在柴达木石油已经 65 年，是中年，或许中年之后了。好在是，柴达木石油各种指标都还箭头向上，而且依然还在筑梦千万吨。

石油也背负了各种骂名。但是，石油推动了人类社会百年的快速发展，甚至在相当长一段时间内，石油还会担当重要的能源角色。新能源此起彼伏，但它们还不能当家作主，都只是配角。因此石油，依然会构建或固化我们这一代人甚至后两代人的思维方式和行为方式。

石油构成了这个时代的客观，构成了这个世界的客观。

很确幸，我们生活在石油的时代，而不是别的草莽时代。因此我们可以长车远驾，也可以乘船远洋，还可以飞翔天宇。当然我不能幻想未来不用石油做能源的时代是一个什么模样，我只能想象当代之前那个没有石油的时代——

那时候，祖先在丛林与猴共舞，他们人兽同形也不乏可爱；或在马背上称王称霸，挥舞大刀长矛也不乏骁勇凛冽，但我，还是喜爱眼下这个石油的时代、内燃机轰鸣的时代。

因为，石油的时代，是我的时代，也是我们的时代。因为石油，我们气味相投，气质相近；也因为石油，我们表情雷同，也情感趋同。在当代，作为人类的我们，我们表现的是石油衍生的具有较高层位的人类文化——石油文化！

这种文化是一个群体以英雄的面相呈现。

这种文化是生命的能量集束。

正如高原诗人昌耀先生诗云：

> 心源有火，肉体不燃自焚
> 留下一颗不化的颅骨
> 红尘落地
> 大漠深处纵驰一匹白马

苍茫。雄浑。悲壮。

这是在高原魂魄落定的诗人对高原生命的诗化指认。

柴达木石油人，在天际线之上，以英雄的姿态认领。

第十一章　天边茫崖

17把铁锹，7把洋镐，17条麻袋

不管三七二十一

23条汉子，23位英雄

从老茫崖出发，披荆向西

在尕斯口外掘开了阿尔金这座大山

——芝麻开门——

掘山者志比山高撼天动地

矿里筛石，石里找棉，棉里抽丝

几代茫棉人掘地三千丈用生命淘棉

将"中国茫棉"推向世界

史载： 茫崖石棉矿位于青海省柴达木盆地西北部，西邻新疆若羌，始建于1958年11月，石棉储量4454万吨，是世界储量排名第二、质量排名第一的超大型石棉矿床。三代茫棉人经过艰苦努力，将茫棉推向全中国，并走向全世界。因其品质优良，1993年被国家非金属矿制品质量监督检验中心评定为免检产品，打造了"中国茫棉"优质品牌，产品畅销日本、印度、韩国、泰国等十几个国家和地区。2001年3月，茫崖石棉矿由中央直属企业下放到青海省管理，是省属国有独资企业。2008年11月，改制更名为青海创安有限公司，主要经营温石棉开采、矿物纤维、无机防火保温产品等业务。茫棉人殚精竭虑开辟的"中国茫棉"时代，是茫崖工业不可回避的高光时刻。特别是一大批"茫棉人"筚路蓝缕缔结的"茫棉精神"，是柴达木精神的源头之一，是天际线上永不褪色的精神焰火。

1958 年 11 月 20 日，柴达木盆地天寒料峭。

张守义率领王振谦、刘明耀、刘绍祖、李凡玉、董献珍等23 名工人为先遣队，奔赴荒无人烟的柴达木盆地西北边陲石棉矿山，用 17 把铁锹，7 把洋镐，17 条麻袋，开始了最早的"中国茫棉"创业神话。后来有人说，那是 17 把铁锹闹革命。

但历史证明，那 23 位勇士是石棉矿山的播火者，是 23 位英雄。

是他们，书写了半个多世纪以来"中国茫棉"的英雄史卷的序言。

但似乎命中注定，茫棉命运多舛。

1959 年 7 月 19 日，茫崖石棉矿成立。

1960 年 4 月，由建筑工程部接管为直属企业。

1971 年，中央企业下放交给青海省基建局，实行双层管理。

1982 年 1 月，收归国家建筑材料工业局。

2001 年，移交青海省国资委管理。

有点折腾，但这一点也没阻碍茫棉加快发展的步伐。

截至 2008 年，50 年来，茫崖石棉矿累计完成矿山剥离2746 万立方米，完成矿石量 4354 万吨，生产成品棉 133 万吨，销售产品 111 万吨，实现工业总产值 19 亿元，上缴利税 1.93 亿元，实现利润 886 万元。

也在 2008 年，茫崖石棉矿年产销售量超过 13 万吨，年营业额达 1.5 亿多元，拥有固定资产 2.4 亿元，职工 1700 多人，是中国石棉行业的大型骨干企业。产品远销除西藏、台湾以外的各省、自治区、直辖市，与国内 180 多个石棉制品厂家有业务来往。积极开拓国际市场，累计出口石棉 10 余万吨，创汇 4000 多万美元。

同时，茫崖石棉矿在全国同行业中创造了 7 个第一：

石棉储量全国第一（工业储量 2073 万吨，远景储量 7437 万吨）

石棉产量全国第一（年产 13 万吨）

石棉质量全国第一（88 年全国行检第一）

检测技术全国第一（唯一有湿检设备的矿山）

包装水平全国第一（引进压缩包装机投入生产）

石棉销售量全国第一（年销售 13 万吨以上，系唯一出口创汇企业）

石棉选矿技术第一（3 万吨／年选矿厂采取电器化集中控制）

他们用质量、信誉创造的"中国茫棉"商标品牌，一度成为中国的"金字招牌"，享誉全国。从这些数字回溯 60 多年的茫棉成长，其艰且辛的创业历程，让人感动，目前结局也让人叹嘘。

而就在 2008 年，也是 11 月份，整整五十大寿知天命之际，茫崖石棉矿这个名字自此消失，它被改制更名为：青海省创安公司。

茫崖石棉矿位于柴达木盆地西北边缘，隶属茫崖市茫崖镇。

石棉矿山属于青海、新疆交界的阿尔金山南支，金鸿山—阿哈山系。矿区为低山丘陵，北依群峰叠呈的阿尔金山，南仰白雪皑皑的昆仑山脉。

茫崖矿区海拔 3000 多米，早期机关及生活区毗邻矿区，污染极大。后来将机关和生活区搬离到 18 公里之外的新区。

青新公路横贯矿区全境。由茫崖向东到省会西宁，全长 1267 公里；由茫崖向西入疆到乌鲁木齐，全长 1203 公里。茫当公路由茫崖向东到当金山口，经敦煌到柳园火车站，全长 720 公里。茫崖自建矿以来，茫当公路是进出物资的主要运输干线，而柳园火车站，则是最重要的物资转运站之一。

解放前夕，原新疆且末乌孜别克族老人木买努斯·依沙，带领着全家翻越阿尔金山，来到柴达木盆地的阿拉尔、老茫崖、乌图美仁一带放牧，过着半原始的游牧生活。他发现了一些奇怪的现象：某地石缝里长着一种类似羊毛或棉花的绒状物，可以捻搓成绳索……

1958 年，国家开始对柴达木盆地进行资源普查和地质勘探，地质部青海石油普查大队（632 地质队）所属地质九分队，在分队长刘志刚的率领下，以木买努斯·依沙阿吉为向导，从老茫崖出发，沿着阿尔金山南麓向西挺进。历尽千辛万苦，他们在阿尔金山下找到石棉矿区。

在阿尔金山群峰叠嶂中，有一座逶迤 10 余公里的带着淡淡绿色岩体的山脉，队员们登上山峰，看见石棉已出露地表，随手就能抓到一把风蚀而成绒状的石棉。这有点像油砂山的石油露头，它们已经从地底下冒出头来。

地质队员们用地质锤、探矿镐，敲开了沉睡在地上亿万年的石棉宝库，初探该矿储量在 300 万吨以上，远景储量在 1000 万吨以上。从此，在中国的行政区域图上，增添了一座新城镇——茫崖镇。

为了进一步探明石棉矿的储藏量，1959 年春，632 地质队以九分队为基础，组成第四勘探工区，采取山地工程与钻探工程相结合的手段，开始对矿山进行储量等级勘探。经过 3 年勘探，提交储量达 2000 多万吨。

1981 年，国家建材局委托西北地质公司，对茫崖石棉矿矿藏储量作进一步的生产性勘探。陕、甘、青、新 4 个建材地质队 240 余人、5 台钻机汇集于茫崖矿山，探明石棉地质储量总计为 529.7 万吨。经过先后四次对茫崖石棉矿山的勘探，确认茫崖石棉资源埋藏稳定，覆盖面薄，采掘方便，属于特大型露天石棉矿床。

茫崖石棉矿所生产的石棉，属于超基性岩型横纤维蛇纹石温石棉。这种石棉呈现蓝绿、金黄和灰白的色泽；纤维柔韧微细，属于半硬结构纤维。具有隔热、绝缘、耐酸、耐碱、耐摩擦等性能。

国内利用石棉纤维做原料的制品已达 3000 多种，其中用于纺织制品的有 100 多种，用于制动制品的有 1600 种，用于橡胶制品的有 1600 多种。茫崖石棉几乎覆盖了全国所有石棉制品市场。

石棉纺织制品：如石棉绳、石棉布、石棉盘根等，主要用于化工、炼钢、发电、机械等工业及机车、船舶、发动机、排气管等设备的隔热、绝缘、封闭材料。

石棉橡胶制品：主要用于各种工业管道接头、气缸垫等机件垫塞，还用于密封防泄的高压、中压、低压、耐油 4 个品种的橡胶石棉板。

石棉传动、制动制品：如石棉刹车带、刹车片、离合器片，分别用于汽车、拖拉机、工程机械和火车的制动。

石棉保温制品：石棉板、石棉纸、石棉砖、石棉管、石棉粉等产品，广泛用于热能设备和管道保温或用于隔热、绝电的衬垫材料。

石棉水泥制品：石棉水泥管、石棉水泥板、石棉水泥瓦等。

石棉电器材料：用于做开关把手、配电盘、配电板、仪表板等。

石棉沥青制品：石棉沥青板、石棉沥青布、石棉沥青纸、石棉沥青砖、液态石棉漆及水泥路面的嵌填材料和膨胀缝用的油灰等。

对石棉的发现和利用，在我国已有 2000 多年的历史。

古代先民根据石棉的特性，称石棉为"石麻""石羢"或"不灰木"；利用石棉织成的布帛，则叫"火氄"或"火浣布"。"浣之必投于火，布则火色，垢则布色，出火而振之，皓然疑乎雪。"由此可见，中国古代先民发现和利用石棉矿物纤维，比极盛时期的古罗马人于公元前 60 年在塞浦路斯岛发现石棉要早出 9 个世纪。

确证，中国是世界上发现和利用石棉最早的国家。

然而，时间推延到 1958 年，中国才工业化开采柴达木的石棉。

张守义率领的 23 人乘坐一辆旧卡车，从老茫崖出发，冒着寒风，向西北方向进发。黄沙漫漫，沟壑纵横，汽车颠颠簸簸，艰难爬行。150 公里的路程整整走了一天，在日暮之时抵达依吞布拉格山下。人们在薄暮之中迅速搭起帐篷，安营扎寨，垒炉搭灶，点火做饭。

于是，亘古洪荒的茫崖边地上，燃起人类炊烟。

第二天，23 人扛着铁锹、洋镐等简陋的生产工具，登上了矿山的东山坡，在一条出露地表的富矿带，甩开膀子，开始了最早的石棉开采，开始了石棉英雄神话的书写。

昆仑山中发现乌斯曼残匪。当时在昆仑山开采水晶石矿的 18 人撤回到老茫崖后，旋即被派往石棉矿，使石棉矿工人增至 41 人。12 月份又陆续调入一些工人，到 1958 年底，达到 202 人，初步形成了茫崖石棉矿的矿山职工队伍。

紧接着，阿拉尔牧场、柴达木交通局、茫崖工委工交队、柴达木军分区、鱼卡煤矿、柴达木公路养路段以及新疆生产建设兵团、新疆若羌县等 11 个单位先后派人到茫崖石棉矿开采石棉，矿工猛增至 2000 多人。

眼见队伍是拉起来了，但山头众多，各自为政，争夺山头，采富弃贫，采而不剥，乱象丛生。为合理开发矿山资源，1959 年 5 月，茫崖工委批准成立中共茫崖石棉矿联合党总支部。以矿区联合党总支委员会为核心，成立茫崖石棉矿矿区管理委员会，行使对矿山的统一领导。

随后，为便于统筹规划、统一领导，将原"茫崖工委石棉矿"和"柴达木交通局石棉矿"等单位合并，称为"青海省柴达木地方国营茫崖石棉矿"。后来，将23位工人进矿之日的1958年11月20日，作为茫崖石棉矿的建矿之日。

1959年7月，合并后的茫崖石棉矿拥有职工1003人，其中包括原茫崖工委石棉矿480人，原柴达木交通局石棉矿的523人。成立5个独立的生产单位，即5个生产队，分别在矿区东、西两大石棉采剥区，进行石棉开采。至1959年底，矿职工人数发展到1261名。

1960年4月，茫崖石棉矿交由中央建筑工程部领导，隶属央企。

建矿初期，生产工具简陋，如洋镐、铁锹、筛子、簸箕等，进行原始性的石棉开采。由于工具的简陋和仅仅凭借手工及自然风力除砂和除尘，所以生产的石棉砂石和粉尘含量很大。

最早为手工拣棉阶段。利用洋镐挖开山皮，用铁锹铲走石块，用手拣拾块状棉，随拣随即装入麻袋，然后过磅缝合。这种生产方式持续了约半年。

接着进入人工爆破，剥离选棉阶段。用钢钎、大锤打炮眼约1米深，装进管状TNT炸药、雷管、导火线，爆破后，用铁锹将开采场面和场地上的石头铲到山下。大石头则用绳子捆上，由几个或十几个人喊着号子慢慢地拉到场地边沿滚下山去。在开采面斜坡上，用铁锹自上而下将石块慢慢往下赶，斜坡上留存下来的即称之为"料子"。

如果开采面距场地外沿较近，可用铁锹直接把石子扔下山；如果开采面距场地外沿远，工人们则用绳子拴住麻袋四角当筐子装入石头，用扁担抬到场地边沿倒下山。将斜坡上的料子刮到场地上堆积，用竹簸箕将蚕豆大的石子簸去，即可装袋外运。或者用铁锹将料子抛向空中，石头落在原地，而石棉则借风下飘，再集中装袋缝合即可。

1960年下半年成立加工队，专门将各生产队所生产的混合棉（即料子），用长方形的筛子装上，由两个人抬着两端，来回晃动。筛去粉尘和砂粒，即为成品棉。

这是非常原始的工业开采，粗放且劳动艰苦。虽然成立了生产班组，可以结合为大小不一的劳动群体，也可以一人一锹、一筛、一条麻袋，个体独立地完成采选石棉。

当时成品棉采取人工计量。每天下午由统计员扛着大杆秤上山，巡回到各生产班过秤。班长扶秤杆，两名工人抬秤，统计员登记数字。

在运输上，曾用过索道运棉的方式，把一包包石棉运下山去。在东山东侧曾由山顶到山下架设了两条35毫米粗的钢丝绳空中索道，钢丝绳上悬着两副吊架，工人们将缝好的棉包放在架子上，往山下溜去，而山下已经卸去棉包的空货架被带上来。如此往返。

原始简单的开采方式，对矿石的需求量并不大。

1966年，年产6000吨的石棉生产车间投产，矿石的需求量也随之增加。

为了更好地配合选矿车间的生产，1968年7月成立了矿山机械队，配置了清一色的"解放"牌汽车，进行矿石运输和成品棉运送。1972年后，进口自卸车到矿，成立了采矿车间、剥采车间，从事矿石的运输、废石的排放。

1983年，年产12000吨石棉选矿厂投产，标志着石棉开采走上现代化。成立矿山处，承担矿山剥离、矿石运输以及选矿厂尾矿的排放。下设穿爆、运行、采掘、修理、后勤5个工段和技术科等职能部门。

2003年1月，矿山处更名为矿山公司，下设经营、生产、技术、维修4个职能部门，从事生产指挥、经营和设备维修的对口管理。是一支活跃在生产一线的生力军。

南矿带，是茫崖矿山的主要含棉岩体。由于该区的石棉纤维较长且呈金黄色，又称为长棉区或黄棉区。南矿带分东、西两山，两山之间相距数百米。首批进矿的23人是在东山开始最早的石棉开采。后来随着矿工增加，东、西两山同时开采。到2007年50年间，矿石主要是这两个采场提供。

一采场，即东山采场。

1958—1982年，水平开采的矿石品位为8%~15%，纤维长度4~8毫米，选矿厂60%的料源由一采场提供。按测方数据，1981年至1989年间，共提供矿石180万吨。由于矿石品位高、中、长纤维比例重，产品又适合市场的需求，一采场是茫棉矿中、长纤维料源的主要供应基地。1992—2003年间，共提供矿石124万吨。2004年停止开采。

二采场，即西山采场，与东山相距 600 米左右。

1967—1970 年间，二采场承担 60% 矿石供应。在此期间，新疆若羌县石棉矿和新疆生产建设兵团所属的农二师 36 团石棉矿先后到该采场采矿，争夺矿点，给矿山造成一定的混乱。后经中央主管部门出面，他们才迁到 22 线以西进行开采。1990—1997 年共开采矿石 487 万吨。1998 年年产 3 万吨的选矿厂正式投产运行，到 2007 年共提供矿石 119 万吨。

22 线以西，原属新疆若羌石棉矿，与茫棉矿达成租赁协议后，该段的两个采坑开始向茫棉矿供矿。截至 2007 年，提供矿石 60 万吨。

凿岩爆破，前期经过半年手工拣棉以后，1959 年 7 月，矿山开始了爆破作业。当时采用的是人工打浅眼和裸露爆破的方法。最早是在山坡上放冲天小炮进行爆破，后发展为用钢钎、大锤打出深 1 米左右的炮眼，填装 TNT 炸药爆破，但威力不大。

1970 年，进行硐室爆破。投资少，成本低，施工简单，爆破量大，但工人劳动强度大，岩石块度大。1972 年 11 月改用风钻打眼，加快了硐室掘进速度，为硐室爆破在石棉矿山的大量运用打下了基础。1995 年以前，硐室爆破承担着茫崖石棉矿矿山爆破总量的 70%。最大的硐室爆破是 1988 年 11 月，直硐 65 米，横硐 24 米，炸药总量 175 吨，爆破岩石方量约为 236900 立方米。

1975 年 10 月投入潜孔钻生产。1988 年 8 月购进牙轮钻机。钻孔效率明显优于潜孔钻，90 年代又购进两台。1997

年因 3 万吨 / 年选矿厂建成投产，矿山的穿爆能力已明显不足。2006 年购置牙轮钻机，牙轮钻机爆堆占茫崖石棉矿爆破总量的 70%。到 2007 年，爆破方量约为 460 万立方米，年采掘岩石 390 多万吨。

建矿初期，矿山的运输一律凭借人力。后来发展到用架子车推、拉。1968 年 7 月成立矿山机械队，购置了清一色的"解放"牌汽车。后来陆续增加国内外自卸车七八十辆，基本保证了矿山的正常运输。

石棉选矿是一个重要的工序，直接关系到产品质量。

选矿是将矿山开采出来的含石棉纤维矿石进行选别加工，使脉石与石棉纤维分离，再加工出适合石棉制品或用户使用要求的石棉纤维原料的生产过程。经过手工选棉过渡到机选棉。精选分为中碎、细碎、筛分、吸棉、脱尘、除砂、净化、分级、检验、包装、称重等工序。

1966 年投产选矿厂，年生产能力达 6000 吨。当年生产标准棉 10242 吨，工业产值 1041 万元，创利税 802 万元。后再建三千吨选矿厂。

1977 年，国家建材总局同意新建 1.2 万吨选矿厂。1979 年破土动工，1981 年完成土建，1982 年进行设备安装，1983 年 7 月开始调试、试产，1984 年 9 月试产结束，验收合格。1998 年 12 月停产封闭，2001 年 7 月恢复生产运行，即第三选矿厂。

进入 20 世纪 90 年代，因发展形势所需，石棉矿决定上马 3 万吨选矿厂。1993 年 10 月国家正式立项，成为国家

"八五"计划重点工程项目之一，历时 3 年，于 1996 年完成土建任务，1997 年 5 月完成设备安装，1999 年 1 月试生产。最高日产 172 吨、班产 74 吨，产品达标。

"3 万吨 / 年生产能力扩建工程"是新中国成立以来我国非金属行业投资最大的一项工程，无论从工艺设计到设备选型，都体现了新建工程应具有的技术先导性，也是未来石棉工业的发展方向。

1990 年，茫崖石棉矿依法正式注册"中国茫棉"商标。

"中国茫棉"是几代茫矿人精心打造的知名品牌，在激烈的市场竞争中已被广大消费者接受并认可，是受到一致好评的优质产品，享有较高的声誉。

"中国茫棉"在国内是优质产品的代表，在国际上代表中国石棉。

茫棉产品被中国非金属制品质量检验中心评定为免检产品，被海西州工商局授予"知名商标"称号。2004 年，被国家工商行政管理总局授予"守合同、重信用"企业，2007 年荣获建材行业"知名企业"称号，同时，茫棉牌石棉纤维荣获"知名品牌"称号。

为了保护"中国茫棉"商标不遭侵权，茫崖石棉矿做了大量工作：一是坚持高标准生产，二是坚决打击盗用、仿冒、伪造者，维护自身合法权益。

市场决定生存。营销工作也体现了中国茫棉艰辛的发展历程。

图片 11

20 世纪 60 年代茫崖石棉矿生产现场

建矿初期，产品销售并不是直接销售给厂家，而是按照指令计划，由国家统筹安排、统购统销。这期间企业虽有一定的自销权，但在整个销售份额中所占的比重非常小，并且无自主定价权。

1985年中央经济工作会议结束后，国企转换经营机制，国家逐步减少指令，扩大企业自主经营权。茫矿逐渐由生产型企业向生产经营型企业过渡，企业工作的重心转移到营销。

之前，茫矿销售工作采用的是传统方式，建立办事处，先后建有柳园办事处（1961年）、西宁办事处（1959年）、上海采购站（1975年）、北京办事处（1971年）和敦煌办事处（1960年）、德令哈转运站、成都办事处等。从1990年开始，在稳定国内销售市场的同时，积极开拓国际市场。通过中国非金属矿业进出口公司，先后将产品出口到日本、韩国、泰国、马来西亚、伊朗、新加坡、越南、印度尼西亚、中国香港等十几个国家和地区，年出口量最高时占年产量的30%。

90年代中期，受国内经济形势影响，同时由于石棉制品市场供大于求，大量产品滞销，导致国内石棉销售市场急剧萎缩。此间俄罗斯和加拿大石棉大量涌入，打破了原有的市场平衡。茫矿在短短的一年时间里东北市场丧失殆尽，华中、华北、华南、西南等区域市场被鲸吞蚕食，石棉销售掉入谷底，库存积压2万余吨，企业压力剧增，资金周转困难，生产停滞、人心浮动，茫矿面临着十分严峻的考验。

面对这种不利局面，茫矿营销工作开辟了两条战线：

一是寻求政策支持，二是建立起与形势相适应的销售模式，重新打开销售渠道，销售量呈不断攀升之势，市场占有率不断提高。

1998年，销售体制实行重大改革，首次向全国十几个重要区域派出驻外销售经理，实行崭新的网络式营销模式，在江、浙、豫、粤、滇、皖、川等地设立了11个国内茫棉代销处，到2000年茫矿初步建成了现代营销网络，产品销售网点逐步增多，销售网络逐步扩大，销售量和回款额屡创历史新高。2004年销售量首次突破10万吨大关，茫矿人的理想终于变成了现实。

茫崖石棉矿建矿50年来，三代茫棉人缔结的茫矿精神，是茫矿的灵魂。

20世纪50年代，第一批茫矿人满怀激情和梦想，带着简单的生活用品和简陋的生产工具，来到了这片天上无飞鸟、地上不长草、风吹石头跑的亘古荒原。23个年轻人，23条硬汉，脚踏荒原，头顶蓝天，风餐露宿，白手起家，以坚忍不拔的毅力和艰苦卓绝、一往无前的意志，进行着伟大的创业。

六七十年代，国家经历了三年困难时期，经历了十年动乱，经历了拨乱反正，迎来了改革开放。这一时期，茫矿人在极其恶劣的自然环境中，在极端匮乏的物质生活条件下，以坚定不移的信念、吃苦耐劳的品质、热情忘我的工作态度，战风沙、斗严寒，在茫茫戈壁滩上建立了一座中国石棉城。

八九十年代，茫矿是机遇与挑战并存。借改革开放东风加快企业发展，生产能力逐渐扩大，产值利税年年提高，生产和生活设施发生了翻天覆地的变化。企业也曾历经几度沉浮，濒临破产危机。在艰难时刻，茫棉人激流勇进，认准一个方向、坚定一个信念、完成一种使命，最终自己拯救了自己。

在一大批负重前行的群像中，有一个瘦小的汉子拔地而起，巍峨云端。他就是矿长张居安。他铁肩担道义，缔造了茫棉矿一个崭新的时代。说到张居安，还得从茫棉矿早期的历史说起。

1958 年靠 23 个人肩扛 17 把铁锹起家的茫崖石棉矿，注定一路不会平坦。发展磕磕绊绊，起起落落，企业曾一度难以为继，大有闭灶关门之险。这个"孤舟企业"究竟该怎么办？出路在何方？

治乱需重拳。企业能否转危为安？张居安挺立在了时代潮头。

点兵点将。国家建材部领导瞄准了瘦小的上海人张居安。推脱不过，张居安领命向西，出任茫崖石棉矿"一把手"。

改革！改革！改革！

必须向顽固的旧思想动手，向不适合现代生产的管理的旧制度动手，向盘根错节的旧官僚体制动手。

几板斧下来，地动山摇。

从偏僻的茫崖石棉矿雪花一般飞出的告状信飞向州、

省、建材部。工作组火速进入现场。审查的最终结果是,张居安不但风清气正老百姓交口称赞,而且铁血肝胆挽救了石棉矿。拿他自己的话说,"作为个人,我真愿被撤职,但从茫崖矿8000人要吃饭来说,我只想运用权力办实事,让大家活下来,活得好一点!"

由此,我们看见了多面的张居安。

"独裁者张居安"。他改革管理,统一账号,集中财力,各单位小金库统统取消。对外开放,对内高度集权,集零为整,集约高效走规模化发展道路,把有限的资金全用到生产上,对各单位化小核算单位,严格执行合同,严考核硬兑现。他说一不二,断掉了很多人的财路。以后来"邯钢经验"证明,茫崖石棉矿走在前列。

"土皇帝张居安"。这个庞大而虚弱的企业在当时吃饭都是严峻的问题,中央如涨工资政策无法立即执行,劳动法规定的每周休息两天、每天工作不超过7小时也无法执行。全矿各级领导几年来没有工休,每天工作十几小时,全力扑到生产效益上。身为正局级干部,按国家工资标准,他自己工资首先差着一大截。这条法律红线,他拧着脑袋踩定了,并且以身作则带头顶着干。

"铁公鸡张居安"。他抠门、吝啬从茫崖到建材部都是出了名的。经他手建的18多万平方米的职工住宅群,1平方米成本仅300多元。砖,自己烧,锅炉供暖系统自己设计安装,给建筑公司的施工费也是一分一角地抠。他出差,坐硬卧,住三人间。在北京要项目,三年多没打过一次出租车,全是挤公交车。矿上开职代会，一律没有伙食补贴，都回家吃饭。他大也抠，小也抠，真是抠到了家。

"独具魅力的张居安"。他常年披一件褪色的棉袄，走路有点晃，甚至肩有点歪斜，坐火车老是被列车员怀疑逃票，可他人正、心正，威望高。他的报告从来都是自己写。一线工人兑现的奖金比矿长高十几倍。人们都说茫崖矿多亏他了，不然茫崖人不死也得脱层皮！

"不择手段的张居安"。为争取工程项目，张居安碰到一位以权谋私者，从不送礼的他在百般刁难之下也只能咬牙送礼赔笑。但送出的礼依然石沉大海，热血上头，他居然恶从胆边生，拿出西北狼的架势拍桌子骂娘，并要打架，吓得对方赶紧批项目。

"有人情味的张居安"。矿上有两个神经不对路的"傻子"，没有依靠，张居安亲自给他俩安排清洁工作，一个月150元，并按月交保险金，以保证病、老时都有生活来源。两个"傻子"每天晚饭后都去看望再生父母张居安。只要有空，张居安就领着两个傻青年散步，一路有说有笑。大爱人间，居安且暖。

茫棉矿就在这样一个独具特色的领导下浴火重生，石棉产量从1.6万吨扩展到5万吨，产品畅销到27个省市85个单位，年出口欧、亚、非7000吨以上，企业的储量、产量、质量、销售、选矿技术、测量技术、包装水平7个全国第一。工人们搬新楼，领奖金，涨工资，满面笑容……

身披豪气，内藏肝胆。张居安及张居安等一代茫棉人，为了企业的生存和发展，披荆斩棘，书写了辉耀昆仑的茫棉精神。这种精神，是民族崛起之钙。

风雨兼程路，激荡五十年。

茫矿经过五十年艰苦奋斗培育了自己的企业精神，体现在以下四个方面：不畏艰险、艰苦创业精神；艰苦奋斗、无私奉献精神；自强不息、敢于拼搏精神；求真务实、开拓进取精神。

茫崖石棉矿地处柴达木盆地西北部的茫茫戈壁滩上，这里远离城市和乡村，形成一个类似于"孤岛"的聚落。这种"孤岛"式环境只能建设自己的特色文化。1963年矿区兴建了大礼堂，1976年盖起了工人俱乐部，1986年盖起新的工人俱乐部；此外，体育馆、青年活动中心、歌舞厅等相继建成投用。

为了培养职工文化修养，成立了青年文学社，创办了《茫棉报》《茫棉青年报》《选矿工》《烛光》等内部文学刊物。广泛开展职工读书活动，并坚持举办群众性的美术、摄影、书法展览。1989年还创办了《主人》月刊、《政工通讯》周刊。矿中学主办的《春风》月刊，活跃了校园文化。

对茫崖这片荒原上孤岛的情感解读，只有在这片土地上让生命瓜熟蒂落的茫棉人才最有抒情的权利。于是，在厚厚的资料卷里择选出如下一些文字。

青海电视台《戈壁魂》解说词片段：

就在那一年的冬天，茫崖的风依然刺骨，茫崖的太阳依旧歹毒，一辆解放牌汽车的轰鸣和十七把铁锹的铿锵声，震醒了依吞布拉格的亘古迷梦。

……

采掘石棉的劳动十分艰辛，在没有机械化设备之前，全靠点炮开山，肩推矿车，簸箕簸棉，手筛选棉。在这块土地上，劳作所付出的代价，也是令人难以想象的。

……

活着，并且奋斗，坚忍不拔地奋斗，这便是茫崖人的生命的全部信条。茫崖人是用生命加倍消耗作代价，为祖国创造财富，也为自己创造生活。

中国建材报记者赵捷通讯《大西北的魂魄》片段：

在茫崖，我们见到了17把铁锹的创业者之一的董献珍同志，他脸上的皱纹刻满了岁月的痕迹。回忆起当时的情景，他滔滔不绝，感慨地说："当时的困难，是今天无法想象的。由于环境异常艰苦，我们感到十分寂寞。一本小说翻烂了，还在传看。写家信和盼望家信成了一种希望和满足。那时，我们常常站在高高的山上，盼望着有车捎来家信。有许多次，把远处的沙尘当成是来了汽车而欢呼雀跃。逢年过节，思乡之情就更重了。我还清楚地记得，有一年三十，一个小伙子，在空荡荡的帐篷里哭了一夜。"

有人说，人在这里，能够生存下来就是奇迹。

的确，奇迹也只有在这里才能诞生。

杨捷散文《茫崖的风》片段：

阿尔金山山脉连绵起伏，这铜墙铁壁似的大屏障却给狂暴的西北风留下一个大风口，茫崖就偏偏在这风口之下。

风是茫崖世袭的主宰。

……

低矮的窑洞顶上抹半尺泥，还得在门边修筑挡风墙；

为防风沙、棉尘，采选工人头裹白纱巾捂着大口罩，只留双眼，活像巴勒斯坦游击队员，不辨男女；

一对"洞房花烛夜"的小两口，被无情的狂风掀飞了房顶；

一个6岁的男童被狂风"绑架"，旷野回荡着父母的哭叫；

一位劳资员姑娘取工资途中，阵风袭来卷得万元钞票满天飞散……

风，粗犷遒劲；风，放荡猖獗，矿工们喘不过气，迷住了眼，能不能停工歇息？不，倘要等无风或微风天才干活，一年只剩下三分之一的工作日了。

……

大风中，飘起一帜茫崖精神之幡；

大风中，屹立一座瑰丽的石棉城……

晓维散文诗《哦，石头花》片段：

那一年，第一代茫崖人这样讲述着：风刺骨，太阳的紫外线灼烤着大地，驼铃叮咚叩醒了沉睡的蒙达力克。一位传奇式的老人，人们亲切地称他为阿吉老人，引导着地质人员第一次踏上了这方从未接受过人类的土地——八百里瀚海的依吞布拉格。于是，他们惊喜地发现了石棉，那随风飘舞的石棉纤维，似雪，似雾，似飞扬的精灵。不知是谁喊了一声——"石头花！"哦，石头花，你诱引了几代茫崖人不倦的追求、无私的奉献和倾心的爱恋……

李坤诗歌《茫崖，我为你放飞梦想》摘录：

茫崖，我为你放飞梦想

五十年前起，几辈人开始漂泊异乡

那红柳枝绽开的笑脸

吹过了多少茫崖人梦的国度

直到风干了爱的翅膀

才发觉生命的真实原本是一块方寸的土壤

无须再对这些文字作过多评说。选摘出它们来，就表达了我的态度。或者说，对茫崖的抒情，是茫棉人的版权。

这些文字是茫棉人的心灵史，也是照亮他们回家的灯。

荒原，也能构成群落的精神向度。

时间到了 2019 年的冬天。

驱车到茫崖。茫崖在这个深冬季节里，静悄悄的，以为它已经在冬休里安眠，其实，不是。他们正在经历阵痛，期待重生。

茫棉矿办公室的两位正副部长陪同我们进了矿山。他说，他们整个办公室系统只有他们三个人。我相当吃惊。但他们在高原的阳光下，笑容依旧明媚。他们不想多说什么，只说，你看，那一排排"风车"多壮观，也许，今后我们也要加入风车发电的俱乐部了。

我说，多好啊，清洁能源。

安静得出奇的矿山，总是压迫着胸腔。在这荒原上，本来就缺氧，呼吸空气都得张大嘴巴，伸直喉咙。在主人热情的介绍下，我看见了一块重达几十吨的矿石标本，以及矿石上长达十几厘米的天然石棉。我还看见了那开挖 60 多年来的矿坑，巨大、空洞、苍茫。

我知道，这个巨大的深坑以前是一座高山，削平高山再掘地为坑，就在这个深坑里，出产过全国最优质的石棉，为中国工业建设做出过巨大贡献；也是这个深坑，四代石棉人深埋了青春、热血和理想；也是这个深坑，塑造了可歌可泣的茫崖精神和文化；也是这个深坑，埋葬了一个甲子的太阳、月亮、山风和浮尘……

同行的朋友突然指向远处一面山坡下，说，要过去看一眼。

他说，那里是茫崖最早的墓地，70年代父亲因工去世埋在了那里。2018年，在四川养老的母亲心心念念，想念父亲，于是他和大妹包车从西宁奔茫崖，连夜起走了父亲的遗骸，在格尔木火化后将骨灰盒送到母亲身边。千里归乡，叶落归根，这是中国人的传统。他尽了一个儿子的天职，埋葬父亲。

山坡下，他父亲安眠了40多年的茫崖土地，成了一个坑。他给空荡荡的墓坑点了3支烟，肃穆静默了5分钟，自己也抽了3支烟，然后，掉头向我们走来。我从他脸上看见深沉的悲切。良久，他说，等明年，把弟弟妹妹都带来，再看一眼茫崖。

这个茫棉第二代荒原人，退休已经3年。

第十二章　盐泽苍茫

柴达木，蒙古语意为"盐泽"

因为亚欧板块的激烈碰撞

青藏高原兀地隆起

沧海变桑田，大海成盆地

海水还没有来得及退去

就在阳光的炙烤下结晶成盐

盐是大海的馈赠，盐是生命的必需

盐也是柴达木人生存的况味

掘盐为食，以盐为命

他们说：盐是咸的

史载：柴达木盆地盐矿储量乃世界之最，被称为"盐的世界"。探明食盐储量达 600 多亿吨，其中：钠盐探明储量 530 多亿吨；氯化钾探明储量 2 亿多吨，占全国总储量的97%；硼探明储量 1100 多万吨，占全国总储量的一半；氯化镁探明储量约 20 亿吨。1958 年，国家决定建立钾肥生产基地，5000 多名热血青年奔赴柴达木盆地，开始以盐为业。经过几十年艰苦奋战，建成国内最大的钾肥生产基地。1996年，创建青海盐湖钾肥股份有限公司，成功发行"盐湖钾肥"A 类股票。2002 年，青海钾肥 100 万吨项目开工建设，2004 年投产实现年产量 100 万吨，使盆地年产总量达 200 万吨，钾肥三分之一实现国内自给。2016 年 8 月 22 日，习近平总书记亲临盐湖视察时指出：盐湖是青海最重要的资源，要制定正确的资源战略，加强顶层设计，搞好开发利用。

盐，是柴达木的灵魂。

在茫崖这片土地上，除了说到石油和石棉之外，还必须得说到盐。盐，是柴达木盆地最表象的矿物资源。石油、煤炭等矿产资源深埋地下，而盐就赤裸裸地袒露在大地之上，白花花的，在阳光下，雪沃原野，格外壮美。初来者都以为是大雪刚过，其实，那就是盐。

盐，那裸露在大地之上的精灵，它的本质是咸的。

因为柴达木这片土地从不遮掩自己的本来面目，它一点也不婀娜，一点也不娇柔，一点也不造作，它就是那赤裸脊梁的古铜肤色的汉子，汗珠摔八瓣，瓣瓣如花，瓣瓣苦咸。

当然，名声广布在外的大盐田就是格尔木盐湖。

格尔木素有"盐湖城"之称，位于柴达木盆地，隶属于海西蒙古族藏族自治州，是中国战略资源要地。"柴达木"是蒙古语，意思是"盐泽"，也就是"盐的世界"。

柴达木盆地因盐而名、因盐而兴。盆地内现有大小不等的盐湖 33 个，目前已发现盐湖矿床 70 多处，面积 3 万多平方公里，累计探明储量约 4000 亿吨。

柴达木盆地内矿产资源具有储量大、品位高、类型全、组合好等特点。现已发现矿产 111 种，查明有资源储量的矿产 90 种，矿产地 711 个，其中，钾盐、镁盐、锂盐、锶盐等资源储量居中国首位。

柴达木盆地，担得起"聚宝盆"之美名。

一甲子"沧海桑田"，几代人盐湖筑梦。

1958 年，第一代盐湖人在察尔汗用拉耙子洗涤法实现了中国钾肥零的突破，开启了中国钾肥工业的序幕。作为察尔汗盐湖的主要开发企业，青海盐湖工业股份有限公司目前已建成氯化钾产能 500 万吨、硝酸钾产能 40 万吨、氢氧化钾产能 50 万吨、碳酸钾产能 7.2 万吨，分别位居世界第四、亚洲第一、世界第二和世界第一。

作为国家战略性资源，柴达木盆地盐湖资源综合开发利用关乎我国的粮食安全，关系到国家未来资源接替及新材料、新能源等多个重要产业在全球的战略竞争力。海西州、格尔木市成为我国向世界钾盐钾肥事业发展贡献力量的先行区、主阵地。

60 年来，钾肥生产从无到有，并建成了盐湖股份、新疆罗钾、藏格控股等大型钾肥生产企业。到 2017 年，全国钾肥产量（折纯）近 600 万吨，成为世界第四大钾肥生产国，钾肥的自给率也上升至 58%。目前，青海盐湖在钾盐钾肥的开发上取得了显著成绩。

目前，盐湖的镁、锂、钠、硼等资源综合利用方面取得重大突破，碳酸锂、高纯氢氧化镁、金属镁、纯碱等一批工业化项目相继建成投产，初步形成了以钾资源开发为龙头，锂、镁、钠、硼等资源梯级开发综合利用的工业体系。

植根盐湖，必须大打盐牌。

一是坚持以钾资源开发为龙头。二是大力开发锂资源，助力新能源发展。三是合理利用镁资源。力图把格尔木打造成为镁锂钾之都。

盐里淘金，盐里开花。

柴达木高举盐牌，走向了世界。

2017 年举办的世界钾盐钾肥大会吸引了来自俄罗斯、白俄罗斯、美国、加拿大、澳大利亚、德国、挪威、以色列、约旦、智利、巴西、老挝、泰国、刚果布等 16 个国家和地区的专家、学者近 1500 人与会。

格尔木，成为中国的"盐湖城"。

察尔汗盐湖，是柴达木盆地"盐泽"的长子。

在格尔木最大的盐湖上，还有一条闻名世界的"万丈盐桥"。

万丈盐桥位于柴达木盆地南部察尔汗盐湖之上，南距格尔木约 60 公里，北距锡铁山约 30 公里，盐桥全长为 32 公里，折合达万丈，素称"万丈盐桥"。它是举世罕见的一种路桥，也是柴达木盆地的一大奇观。桥漂浮在盐卤水之上，平滑光洁，坦荡笔直，令人惊叹不已。

以盐做桥，为此仅有。

原因是察尔汗盐湖蒸发量比降水量要大 140 多倍，由于长期蒸发，湖水已浓缩成一层坚硬的盐盖。在几十厘米至一米多厚的盐盖下面，是深一二十米的结晶盐和晶间卤水，公路实际上就像一座桥浮在卤水上面，"万丈盐桥"由此而来。

最早修筑万丈盐桥的，是 1954 年修建青藏公路的慕生忠将军的筑路大军。是彭德怀司令员给慕生忠下达了任务，打通青藏线后再修通敦煌到格尔木的"敦格"公路。慕将军点兵点将，选定齐天然。

齐天然原是国民党胡宗南部队的一名少将师长，解放战争后率部起义。他自 1951 年起就跟随慕生忠进藏修路，做后勤采购，工作非常出色，深受慕生忠信任。齐天然立下军令状：就是刀山火海，我也要闯一闯，决不拖青藏公路的后腿，拼死拼活坚决完成"敦格"公路。

齐天然带上 4 个人、1 部车，经西宁、兰州绕道到达敦煌。他们又从当地雇了 40 多名民工，于 1954 年 11 月初开始边探、边修。他们一路披荆斩棘，铲坡填沟，闯进了察尔汗盐湖，被溶洞拦住了去路。齐天然想方设法，脑洞大开，就地取材，因盐就桥，用一块块大盐盖，垫起了一条盐盖路基，汽车居然能安全开过。

齐天然带领 40 多人，只用了 14 天的时间就把 600 多公里的敦格公路探通了。正在青藏公路前沿工地指挥修路的慕生忠得知喜讯，立即回电齐天然表示祝贺：你们修通敦格公路，扩大了青藏公路的胜利，特予嘉奖。

1957 年 12 月 9 日，毛主席在中南海接见了慕生忠，详细询问了青藏公路和敦格公路的修建情况。慕生忠特别谈到敦格公路有 31 公里建在察尔汗盐湖上，人称"万丈盐桥"。毛主席非常高兴，还特意留他吃了一碗鸡丝面。

万丈盐桥，串联了大青藏的公路交通网络。

2020 年，敦格铁路即将开通。甘肃河西走廊与青藏高原并联形成了西部今日之"一带一路"。

关于茫崖这片土地上的盐化产业，历史也相当悠久。

茫崖境内地下矿藏丰富，已发现的矿种有煤、石油、天然气、铁、铜、铅、锌、金、银、锂、锶、钾、镁、盐、芒硝、石棉、滑石、石膏、石灰岩、水晶、云母等 26 种，产地 77 处。其中石棉、锶盐是我国目前储量最大、质量最优的矿藏。

茫崖境内形成工业化开采的煤矿有：柴水沟煤矿（东山煤矿）、西山煤矿（原湖东煤矿）、金鸿山煤矿、狮子沟东煤矿。铁矿有：巴音郭勒河铁床、巴音郭勒河北铁床。金银矿：柴水沟金银矿。锶矿：大风山锶矿田、大风山天青石矿田、尖顶山锶矿床。

还有建筑材料矿藏：茫崖石棉矿、一道沟石灰岩矿、云居撒依石灰岩矿、莲花石石灰岩矿、滑石矿、石膏黏土云母水晶矿等。

主要有化工原料非金属矿产：大浪滩钾矿田、上林沟石盐矿、大浪滩盐矿、尕斯湖盐矿、开特米力里特硼矿、尕斯湖伴生硼矿、察汗斯拉图芒硝矿、一里沟芒硝矿、南翼山黄瓜梁红沟子咸水泉芒硝矿。

在冷湖区域上，曾有 7 个以盐为业的开采企业，它们是昆特依盐厂、冷湖芒硝矿、冷湖钾肥厂、冷湖盐化厂、冷湖化工总厂、冷湖综合盐化厂（锂厂）、海西州盐湖化学工业公司。这些盐化企业曾为茫崖经济建设和社会发展做出过特殊贡献。

据《冷湖镇志》记载：

昆特依盐厂：1957 年建厂到 1990 年，33 年累计生产昆盐 100 余万吨，销售 78 万吨，上缴利润 6000 多万元。

冷湖芒硝矿：1971 年 3 月建厂至 1981 年，建厂 9 年，累计生产芒硝 32963.9 吨，创产值 230.11 万元。

冷湖钾肥厂：1974 年建厂至 1981 年，7 年间生产钾肥 5290.78 万吨，创产值 197.8 万元。

冷湖盐化厂：1981 年建厂到 1984 年，转并。

冷湖化工总厂：1984 年成立，到 1990 年 7 年间，生产氯化钾 9481 吨，钾肥 4583 吨，元明粉 11240 吨，芒硝 25013 吨，创产值 1225.51 万元。

冷湖综合盐化厂（锂厂）：1986 年建厂至 1990 年，共生产钾肥 4600 吨，氯化镁 5000 吨，芒硝 10000 吨，创利润 65 万元。

海西州盐湖化学工业公司：1990 年建厂，当年生产元明粉 10000 吨，芒硝 10625 吨。

从冷湖盐的开发上看，因为种种原因，成绩乏善可陈。而绝大多数盐企业都在 20 世纪 90 年代消失于史书记载中。也许，那些盐企完成了苦渡和涅槃，已经华丽转身，成了柴达木盐家族闪亮的新星吧。

当然，似乎 1990 年是冷湖的一个断代史，因为从那一年开始，冷湖石油开始大规模搬迁，机关、后勤、学校以及辅助单位撤离冷湖，翻越祁连山来到敦煌休养生息。而生产单位，更加西去，到了花土沟，在尕斯库勒湖畔战天斗地，奉献石油。冷湖，就冷了下来。

冷了的冷湖，寒战一般波及冷湖体量弱小的企业。失去地理依托，他们也就失去了坚守的理由。撤离，一转眼之间，都作别了冷湖。

冷湖，就成了那一片废墟的模样。

时间推移到 2008 年。

冷湖，不再是石油的代名词，它还有另一张洁白的面孔，那就是钾盐。

早期的地质工作者在冷湖就找到了深层卤水资源，并有望成为柴达木盆地中又一个新的钾肥生产基地。业内人士曾预言，只要加大找矿投入，这里将再造一个察尔汗盐湖。其中，昆特依盐湖日出水量超过 6000 立方米，氧化钾品位 0.47%，含水层厚度达 805 米，是一个含钾十分丰富的盐矿。

中国，缺钾。

据粗略统计，我国已探明氯化钾地质储量占世界储量的比例不足 3%，绝大部分分布在青海省柴达木盆地和新疆罗布泊几个现代盐湖。依靠这两处的钾资源，我国相继建立了察尔汗和罗布泊钾肥生产基地。即便如此，钾肥生产仍满足不了国内需求，对外依存度居高不下。更让人忧虑的是，两大钾肥基地后备资源不足的问题也日渐凸显。

以察尔汗盐湖为例，经过 20 多年大规模开采，卤水矿层变薄、品位降低的趋势日渐明显。目前，察尔汗盐湖矿层平均厚度比大规模开采前降低了 2.54 米，氯化钾平均品位降低了 0.38%，晶间卤水资源枯竭、贫化的现象比较突出。

浅部矿快采完了，深部有没有矿呢？

2008 年，在青藏高原地质矿产调查与评价专项的支持下，在柴达木盆地西北部大浪滩凹地，初探证实了深层孔隙卤水的存在，并提交了一定的资源量。

2013 年，中央投资 4490 万元，设立"青海省茫崖镇大浪滩东北部深层卤水钾盐普查""昆特依矿区深部卤水钾盐预查"两个项目，打响了柴达木盆地中深部找钾攻坚战。

短短两年时间，大浪滩、昆特依 2 个矿区深部卤水找矿就取得重大突破，新发现平均厚度 581.74～681.11 米的巨厚砂砾石型孔隙卤水矿层，卤水中氯化钾平均品位 0.30%～0.48%，单井涌水量最高超过 6000 立方米，预计可提交氯化钾资源量超过 2 亿吨。

2008 年到 2013 年底，柴达木盆地深层卤水找矿资金累计投入达 1.68 亿元。2014 年，深层卤水找矿进入普查阶段后，又投入资金近 1 亿元。资金形成拳头，换来的是令人振奋的成果：

大浪滩项目含孔隙卤水矿层厚度最大达 762.37 米，单井最大日出水量超过 7000 立方米，氧化钾平均品位 0.41%。

昆特依项目昆 ZK01 孔隙卤水含矿层厚 805 米，昆 ZK09 厚达 582.7 米，日出水量最高达 6500 立方米，氯化钾品位达 0.47%。2 个项目预计提交 2 亿吨以上的深层含钾卤水资源。

冷湖，掀起了钾肥开发热潮。

立足冷湖，放眼柴达木还会发现，盆地西北部将掀起一

图片 12

中国五矿集团属下的盐湖公司在一里坪进行盐湖综合开发，其中提锂的碳酸锂生产规模已位列国内盐湖第二

系列钾肥开发高潮。在柴达木盆地北缘地带，还分布有尕斯库勒、察汗斯拉图、马海等多个第四系凹地，这些凹地总面积累计超过 1 万平方公里，深部均存在与大浪滩—黑北、昆特依凹地深部类似的孔隙卤水层。而且，前人在第四系浅部盐类矿勘查时施工的零星中深孔内，已发现有深层孔隙卤水。

在柴达木盆地背斜构造区同样具有寻找裂隙孔隙水的良好前景。青海油田 2009 年在该地钻进 630 米左右时发生井喷，高压自喷水中氯化钾含量为 0.65%；油中 13 井日出水量 316.31 立方米，卤水中氯化钾含量为 0.3%，达到经济可采标准。

目前，以大浪滩、昆特依两个项目的成果推测，整个柴达木盆地中的第四系凹地、背斜构造区内的潜在钾资源量不会低于 10 亿吨。10 亿吨是什么规模呢？目前柴达木盆地钾盐主要分布于以察尔汗盐湖为主的 11 个现代盐湖中，累计探明地质钾储量 9 亿吨，占全国探明储量的 70% 以上。也就是说，在柴达木盆地深部，还有一个比察尔汗盐湖规模更大的钾盐矿。

再造出一个察尔汗盐湖，指日可待。

精神，是物化的外在反映。

早期的艰苦创业，历练出了一种特有的精神。这种精神就是柴达木精神，是柴达木盆地各民族、各行业共创、共享的精神之塔。

1989 年下半年，海西州委开始进行柴达木精神的前期调研论证，通过对柴达木精神的汇集、提炼、凝聚和传承，20 多年来，如今这种精神依然是新时期高原精神的内核。

追本溯源，以冷湖的石油、盐化工及茫崖的石棉三支队伍所展现的精神风貌和创业风采，是柴达木精神的主要内核。当时更有柴达木盆地西部是振兴海西的希望所在，看希望到西部，看发展到西部，看精神也要到西部之说。当然，这一点也不为过。

艰苦创业，是柴达木精神的主体、主轴，也是柴达木精神确立的第一要义。但是，吃苦不是柴达木精神的归宿，而是创造财富通往幸福之途，苦要苦得有价值，苦要苦出一番事业。在新的历史条件下，顺应改革开放的需要，开拓进取，勇于创新，是时代精神的集中体现，所以开拓进取的创新精神是新一代柴达木人的精神风范，这也赋予柴达木精神新的时代内涵。综合历史与现状各种因素的考量，汇总各方面的建议、意见，最终形成以"艰苦创业、无私奉献、勇于创新、团结奋斗、科学务实" 20 字为特定内涵的柴达木精神。

这种精神，支撑着茫崖半个多世纪的艰难发展。

这种精神，历练出的产业工人永远充满着阳光。

这种精神，将激励一代又一代茫崖人执着向前。

翡翠湖横空出世花土沟，实在令人惊诧。

虽然，石油人一直在盐泽里钻井采油。油是很值钱的家伙，叫黑色的金子，液体黄金。人们眼里有了金子，其余东西都不入法眼了。

所以，在尕斯库勒湖畔，人们对那白色的结晶盐有点熟视无睹，除了厌烦，还是厌烦。那些浓度极高的卤水，腐蚀输油管线，腐蚀储油大罐，还腐蚀汽车的轮胎，腐蚀人脸，是不招人喜欢的。那些颜色明丽的盐卤水虽然像宝石蓝一样诱惑人的眼眸，但人们还是对它冷眼相待，或者，不待见。

石油人只看见石油，心无旁骛。

花土沟人说起花土沟，也只说石油。

直到"大美青海"的旅游解说词响彻全中国，东部的人们看厌了翠绿的山山水水，于是驾长车，逐边塞，欣赏大漠奇观，涉猎荒凉美，成了另一种消遣和体验之后，从来都有些抬不起头来的柴达木旅游，在茶卡"天空之境"抢夺全国驴友眼球和霸占相机 DF 卡之后，荒凉的柴达木成了驴友们青睐的自由天堂。

打马而去有些远，驾车驰骋刚刚好。

于是，柴达木荒凉的景色，成了茶卡"天空之境"的延续风光。2009 年格尔木一场大洪水，天造了大柴旦南八仙的"水上雅丹"。再往前，冷湖俄博梁雅丹成了科幻之景。再往西，一不小心就拐过阿尔金山进了新疆之南。于是，在花土沟，这个新茫崖市的驻镇，翡翠湖被摄影师和驴友们心照不宣地刻意渲染，成了新茫崖的主打风景区。

很多年以来，从英雄岭下的 315 国道飞驰而过，跃进二号油田那片盐碱滩在眼里一闪而过，不留伏笔。那些钻塔、油罐、磕头机和输油管线，因为都太熟悉，以至于忽视。但真没有理由正视。

在那片盐碱滩里，我刚参加工作当学徒时，跟着一支队伍修建了一条从输油首站到切克里克的油田简易道路。路是有的，只是年久失修，坑坑洼洼，车跑在上面，即使20码，也像球拍在颠球。修路一是填补原路上的盐溶洞，那也是在盐湖之上修路，还有就是加固道路的堤埂。用草袋子装填盐碱土，填筑到盐水里，帮衬稳固路基。

我和一个女实习生为伴，每天装填150袋，每袋150斤。一铲一铲装进草袋子，封口，再两人抬着扔到盐水里。砰的一声，沙土袋砸进盐水，溅起飞天的盐水花。水花飞溅过头顶，再扑簌簌下坠，盐水里仿佛下了一阵细雨。一天到晚8个小时，回到宿舍，将工衣工裤往墙角一扔，第二天再穿，那衣裤就直杠杠的，烟囱一样直立在墙角。一拽，嘎吱吱脆响。听着那响声，眼泪就出来了。

眼泪流罢，我就发誓要离开花土沟。

所以，之后的日子从英雄岭下走过，我都拒绝对跃进二号油田那片白花花的盐碱地做附带感情的眺望。多看一眼，都是在对记忆抹盐。

嘿嘿，还是因为盐，如今跃进二号油田这片盐碱滩有了一个梦幻般的名字——翡翠湖。早先听花土沟的摄影人说，我都内心鄙视，不以为然。心想，就那片盐碱地也能生出"翡翠湖"？我的鄙视毫不留情面，但也有好朋友说，有机会上去看看吧。

我知道，那是最无奈的对"翡翠湖"的情感维护。

直到 2019 年的冬天，我来到了花土沟。

说实话，很久没有上过花土沟了，以至于这次上来身体都有直接抗议。也不怪身体抗议，几十年的高原生活，以前在油田基层单位，即便在机关当干事，也要年年跑野外，甚至跟施工队伍驻扎现场；之后在筑路单位，更是跑遍了青海的山山水水，甚至整个中国北方高原。不可抗拒的事实是，血压高了，心脏坏了。之后到了机关，从事了专业的文艺工作，安歇下来，心如止水。

说实话，上花土沟成了对身体的挑战。

这次上来，主要就是奔新茫崖建市。

见到了早有耳闻的张珍连先生，也见到了对新茫崖爱得都有些喘不过气的唐拓华先生。唐拓华原来是花土沟带枪的头——刑警队长。新茫崖建市，他自愿枪支入库，立地成佛，做了文广局局长，人们都叫他唐局。唐局的脸色绝对是高原色，猜想血压不低，心脏也不是那么好，脸色酱紫。但他胸腔里好像装有一台涡轮发动机，双脚不停，开会，还是开会。一有空余时间，就驾车去翡翠湖。

对打造翡翠湖景点，他热爱得有些过分。

对花土沟翡翠湖的来由，他也如数家珍。

翡翠湖位于柴达木盆地西部边沿的茫崖地区，离茫崖行委驻地花土沟 23 公里，是典型的硫酸镁亚型盐湖，面积达 26 平方公里，奇怪的是湖水会随着时间、角度、天气的变化而变化，所以是名副其实的变化湖。因此，湖水变幻莫测，光怪陆离，美轮美奂，令人叹为观止。此景只应天上有，为何人间遗留它？

因此，它也是茶卡"天空之镜"续接的另一超过"天空之镜"的盐水湖。这些盐水无一例外富含多种矿物质，是柴达木盆地盐泽的另一出口，是整个柴达木盐泽的一部分。20世纪70年代以来，这片盐碱地是尕斯库勒油田的发现地，也是柴达木石油深耕的主要油田之一。在井架林立、磕头机起伏的岁月里，盐碱水是直接遭蔑视的。

还是前些年，当柴达木盐资源引起世界广泛关注，成为政府举力开发的新兴资源的时候，那些满地流淌的盐卤水、那些盐泽，被承包商筑埂作堤、围堰蓄水、晒水捞盐的时候，无心插柳，这些人工的卤水池子，盐还没有结晶，在人人都是摄影师的年代，它那如梦如幻的美景，首先通过网络名号响彻了整个世界。

平心而论，从镜头呈现的美景里，它胜过了"天空之镜"。

有网友这样在网上晒照片和对翡翠湖的心得：

绝世秘境，独家首发！

茫崖本是一个默默无闻的边远小城，坐拥丰富的旅游资源却不为世人所知。谁也不曾想到，这里竟然有一个如此绝美的"天空之境"！

"翡翠湖"属硫酸镁亚型盐湖，是海西州第三大人工湖，出产品质好的钾、镁、锂等多种元素。由于盐床由淡青、翠绿以及深蓝的湖水辉映交替、晶莹剔透，当地人称之为"翡翠湖"。

无论是从飞机上俯瞰，还是从 315 国道和格库铁路上远观，它都如"翡"似"翠"，像镶嵌在戈壁中的宝玉，衬托着瀚海明珠茫崖。

艳阳下的翡翠湖犹如带滤镜的镜片镶嵌在祁漫塔格山下，焕发着祖母绿的宝石光。行走在翡翠池盐路，一边倒映着雅丹魔鬼城，一边倒映着昆仑雪山，魔镜和仙境在此交汇。

茫崖翡翠湖之美，是一处上天赐予的瑰丽璀璨的宝镜荟萃；是西部之西最魔幻的画册。

它才是中国真正的天空之镜。

网友或者摄友的由衷赞美，我都是欣慰的。

作为一个户籍在茫崖的中国石油人，我为那曾经被我一度恶意忽视的盐卤水表示虔诚的愧疚。今天的美景，确实超出了情感预期。

唐局带着我在镜水旁的盐池堤埂上飞驰。他摇下车窗，拍着视频，瞬间上传了网络。看着身边的美景，再看着网络上的直播，我仿若穿越了时空，不知今夕何年，我又非我。

翡翠湖来了挂"沪 A"牌照的房车。一队 6 辆，外加两辆保障后勤的猛禽皮卡，蔚为壮观。唐局看了一眼，就说，这是他们今年第二次来了。这是上海专门做旅游的一个公司的车队。他们驱车穿越多半个中国，从长江尾来到长江头，来柴达木之花土沟之翡翠湖，似乎成了他们的"必修课"。这是一种伟大的地理指引。

天边的茫崖，成了上海的牵挂。

唐局很认真地给我介绍湖水里倒映的褐黄色的奔腾状的连绵山脉，那边是石油人心中的神山圣岭——英雄岭。在没有水的映衬下，英雄岭因为满身的褶皱状若豹纹，本身就具有灵动之感、飞翔之感。如今，它投影在蓝宝石一般的湖水里，便更加活灵活现，动感十足。车走，它撵；车停，它动。一时半会儿真搞不清是车在带着它走，还是它在带着车走。恍惚间，人脑就晕了，加上宝蓝色的湖水映衬，真以为远离了喧嚣的红尘人世，进了圣境天堂。

这时，唐局打开了他的手机，播放了应景应情的一首歌曲。

这歌词是他亲自操刀的。他嘿嘿一笑，朴实的笑意里满是温暖。

听说青海深处是瀚海 / 瀚的天边是茫崖 / 这片梦想最远的天籁 / 是流传的火星地带 / 雅丹成城起伏着豪迈 / 宝蓝的天悬挂着巍峨山脉 / 星塔和星辰在表白 / 天边的星海啊是茫崖 / 苍茫大地，这是寂寞神秘的星海呵 / 聚宝盆地，这是富饶的盐湖油海呵 / 天边的星海啊是茫崖围堰晒盐，盐田成了美景，而盐似乎被抢去风头。

如今，盐化工产业在茫崖再次蓬勃振兴，成为继石油天然气之外的朝阳产业、支柱产业。

茫崖，建立市制，相望于 1956 年最早盘亘在老茫崖的时间，已经过去 64 年。其间，茫崖是以工行委的建制存在。

茫崖市囊括了原茫崖行委和冷湖行委所辖的地域及一切无形资产。如今，冷湖以开发区的时代新名词存在于茫崖。冷湖的冷，不可逆转。茫崖的新生，正应时应景。花土沟是古丝绸之路青海道柴达木盆地交割新疆的最后一个关隘，地理位置非常重要，汉代曾以"尕斯口"为边塞口岸，既交易商贸，又驻军以卫疆域。

如今，茫崖市正顺应"一带一路"倡议而再生。

如今，国道、高速公路、铁路、航空等构成的立体交通网已经覆盖茫崖市。茫崖市不仅仅是以石油为主体的单一守候者，它顺应时代的日新月异，开辟了盐化工、旅游观光等新型的绿色产业，吸引着海内外商旅的目光。特别是大漠观光旅游，是茫崖独有的资源。

天边的茫崖自有天上的风景。在南昆仑、北祁连、西部阿尔金山环绕的八百里瀚海，在油井林立、盐湖荡漾、雅丹广袤的聚宝盆，是于 2018 年 12 月 27 日诞生的全国第 375 个、青海第 4 个县级市——茫崖市。它的诞生，对扼守藏北、南疆还有着重要的军事意义。

网红打卡。茫崖市刚一成立，便在网络上以抖音短视频的方式红了半边天。在摄影人眼中，这里更是被美誉为"丝路油画"。

油井攀丹霞，星塔照昆仑。一路上可探神奇雅丹、望火星小镇、览众生千佛、赏翡翠湖景、游雪域昆仑、观东方肯尼亚和天边的尕斯湖。飞驰"丝路油画"，打卡"苍茫之崖、冷湖不冷"，开启天文科幻、丝路驿站、雪山圣湖之旅，苍茫、深邃，宁静且致远。

在世界行走，在茫崖停留。

唯此穿行，不枉一生。

我站在高高的赛什腾山上。

赛什腾山，是冷湖的地理坐标。

从敦煌出来，站在祁连山脉的一个垭口——当金山，远远地就看见赛什腾山黑黝黝的面孔，向着瀚海，也面着苍穹。

说实话，在青藏高原上，它不挺拔，也不算巍峨。甚至拉开一点视距看，它就像冷湖盆地的一个盆景。它有点秀，也有点媚，特别是当雨过天晴，你看看那黑色的山体如黛，半山腰之下便是国画山水，墨韵蕴染，层次分明，又含烟带雾，水墨脂气，直叫人如痴如醉，好半天缓不过神来。若是在车窗边，你会随着车驰而不断地回转脖颈，直至颈骨锁死移动的角度为止。

当然，这是赛什腾最临近冷湖、靠岸苏干湖的这边。

这一边石油人喜欢叫它"冷湖黑山"。因为它的山体黝黑，有时候是墨绿的颜色，有时候是焦黑的煤炭颜色，总之是黑色。而真正到达赛什腾主峰，得从冷湖穿过五号往马海方向走，有四五十公里，车头往左边一拐，走过漫长的戈壁大坂，然后直接昂头向上，头顶上就是赛什腾山的顶峰。

赛什腾山，地理上称为祁连山脉西段支脉。它位于柴达木盆地北部，西北起于冷湖，东南至敦（煌）格（尔木）公路，东侧与吐尔根达坂山相接，呈西北—东南走向，长100公里，最高峰海拔4576米。

2019年的冬天，从花土沟采访过来，唐局安排冷湖负责文体广工作的董斌先生带路。看不出来董斌也是警察出身，他说，当过交警，在当金山的卡子上执勤很多年。看不出来他有执法的狠劲，倒是斯斯文文，不事张扬。他带路，叫冷湖新市民毛学华驾车。毛学华我习惯叫他毛毛，是很多年前在七里镇开饭馆的老朋友，不见外。毛毛开着他的别克SUV，寻寻觅觅往山巅而去。

路还没有修好，形状有了，路面还是坑坑洼洼，想快也快不了。一路上毛毛给我们讲去年他跟冷湖田让才书记探路的情景，光膀子赤脚从山沟里往山顶上爬，就是为在山顶安装射电望远镜踩点。他说，他还给山顶的邓理才等科学家们送过饭，坐的是直升机。

说罢，毛毛嘿嘿直乐。

车到山间，就感觉大山有了埋伏，远看似乎是单一的一个面，只有进了山，才发现山里藏乾坤，沟壑相连，峰回路转，走了好半天，一看，山巅还在远方。当然，路也确实难走，坡陡，多断层，地表起伏大。山体岩石林立，植被稀少，空气稀薄。

都感觉心脏扑通到了嗓子眼儿，只好用口水硬把它压下去。生命抵达了极致，遭遇了洪荒。正在怀疑这大山与生命决绝之时，眼尖的董斌说，看，一只山羊。毛毛猛地一踩刹车，车横在路中间，我们连滚带爬地下车，用手机镜头搜索着跟灰褐的山体颜色相近的活宝。等找到了，它已经越过一条深涧，到了另一个山峰，漫不经心地回过头来，淡漠地看着我们这些好奇的人类。

我们三人立即变成了傻瓜。

董斌说：不急，还有。

我问：为什么？

他说：有一只，就会有一群。

我说：真的？

他说：经验。

果不其然，车又在拼命往上拱的时候，他又喊开了，说有3只。这一次我们不紧不慢看了个真真切切。那3只山羊是一个小家庭——父母加一个孩子。山羊父母对人类稍微有些警觉，可那只小一点的山羊，压根就没把我们当异类，慢腾腾地，站在半山坡上，让我们看个够。要不是山羊父母用肢体语言警醒它，我看小山羊都想走下山坡，跟我们一道玩儿去。

快到主峰的时候，我们发现更大的一群山羊，正溯山沟而上，有12只。毛毛脚下加油，车哼哧着急促向上。那群山羊早明白我们人类的意图，爬山如履平地，轻松快捷地就到了山垭口。等我们开车追到跟前，只见羊尾巴刚好擦过山坡往另一边而下。急速下车，翻过山梁，只见山坡势若笔直，早不见了羊们的影子。心想，刚才明明看见的羊呢？怎么转瞬之间就消遁无形了呢？

我想到了世间万物，都是有形，也都无形。

一转头，看见山顶的两座光学望远镜。这是国家天文台落户冷湖的一个科研项目。山顶被削平，架起两座钢架。钢架上架着两个球形物体。球形外罩里边就是光学仪器，就是常人所说的射电望远镜。它的视力超好，能看见太空很远很远的地方，与外太空过眼。

为什么选址在这里呢？只因为冷湖干扰少，太空干净。

山顶冷风呼啸，刀片一般割着面颊。这是站在赛什腾最高山峰迎接的天地罡气，这也是我第一次爬上高高的赛什腾之巅。以前，我都是仰望它的巍峨，幻想它的不可侵犯，如今，我站在了它的顶端，我借它放远了视线。环顾四野，蓦然明白盆地的概念。以前在盆地里穿行，根本感觉不到盆地的存在。如今，当站在半空，盆地的边际线就格外明显，左昆仑，后祁连，右边就是阿尔金。柴达木的大凹陷就在脚下，刚好是一个"盆"。

远处，就是那被网络爆炒的俄博梁魔鬼城。

大戈壁里孕育出了 2 万多平方公里的雅丹地貌，形成了当今世界最大的风蚀林类火星环境，是自驾探险者的天堂。俄博梁雅丹，槽垄、烽燧、拱背、龟背、城堡等造型多样，天造奇景，给人以神秘莫测、奇幻瑰丽之感。近期，在大风山地区发现十分独特的"土星环"雅丹盐貌，如同聚宝盆古老质朴的纹饰，成为最像星空环境的又一处地标。

依托巧夺天工的地貌，中国首个火星模拟基地"火星营地"已经在俄博梁雅丹落地运行，具有研学、科技、旅行、教育等功能。走近冷湖火星小镇——置身于地球上最不像地球的地方，按科幻作家刘慈欣的话说：毫不怀疑自己真的置身于火星的环境中！

视野里，白茫茫的，有刚落下的薄雪，也有那翻涌出地表的结晶的盐碱。盐，是柴达木盆地特有的容颜和内涵。新中国成立之后，举国向聚宝盆柴达木要资源的时候，一批一批踏着工业钢音的拓荒者们，在盐里淘金，苦里酿蜜，穿越了咸的轨迹，书写了咸的事业。

咸的人生，因此厚重！

盐，是英雄的体味。

后　记

　　得承认，书写茫崖这片土地上的工业发展史，主干和灵魂都是石油。主要是石油工业化开发最早，1947年地质专家就在油砂山锁定了圈闭，1954年石油勘探队伍就驻扎到盆地，1955年第一口油井就钻获石油，至今已有65年的历史，而且各项指标都是箭头向上，还在迎着太阳走，比如连续8年稳产在油气当量700万吨以上，连续20多年是青海省第一利税大户，还在逐梦千万吨，这都证明将柴达木石油挺在前边是正确的抉择。但除了石油，还有石棉，1958年开发，也比较早，虽然石棉企业现在存活比较艰难，正在转型期，但早期也是央企，目前是省属企业。还有盐化工，开发也早，都是20世纪50年代启幕，目前更是呈遍地开花的态势，也是迎着太阳走的朝阳产业。

　　茫崖要谈工业，主要就这三块。

　　我比较熟悉石油，有28年的石油工龄，一不小心也是老石油了。而且自参加工作就在油田基层单位搞宣传，吃饭工具是笔杆。2012年调到油田宣传部，进入了大宣传。2017年专门从事油田文联工作，带着油田好几百文艺分子搞文艺。其实，中国的文艺也是宣传，或者说是宣传的一种形式。也就是说，一直在折腾石油的大宣传工作，对柴达木石油65年的历史真不陌生，大的历史节点，每个节点的历史背景、主要人物，甚至生产数据等都脉络清晰，历历在目，要是开讲座，不需要提示器，就可以滔滔不绝地口述柴达木石油的历史。再加上刚参加工作，就跟石油作家肖复华老师一起写石油的人物史记，油田档案馆前前后后进过三次，捋过三遍，死亡档案都翻过，油田的大事小情都烂熟于心。陌生一点的是石棉和盐化工。所以，写茫崖的工业发展应该问题不大。关键是，怎么写。

就这么一点事，翻来覆去被很多人写过；也就那么几个人，也翻来覆去被不断包装。有些典型的人和事，都已经在人们的脑海里固化了，你再写也写不出新意，而且你要变个法子写，写出一点新鲜感，说不定还会被人说脱离了历史原貌，搞不好还会臭批你一顿，说在戏说历史。所以，怎么写确实是一个问题。而且对我来说，很多90年代以前的油田大事记和人物记，我都没有接触过，只能查阅资料，翻炒前人的剩饭。我没法做新饭，只能做文字的二道贩子。当然，很多自以为原创的人，其实也都是二道贩子，甚至是三道贩子、四道贩子，都是挑拣挑拣，裁剪裁剪，加点油盐，撒点葱花，以大厨的身份端出来。怎么说呢？没法说。因为后人写历史，大多是这个吃相，只不过有人吃得文雅，有人吃相粗俗。吃得文雅点的，会消化，也会感念前人，或承认自己是中途的贩子；吃得粗鲁的，就直接将别人的打包带走，贴上自己的标签，还美其名曰第一手资料云云，这都是扯淡。你的手伸不到历史深处去，就得承认自己的手短。拿人手短，要有勇气承认。

写这本书，我首先得承认我的手短。

我要不在前人的文字里翻翻拣拣，我写啥啊？

因为是报告历史，以史带人，以人托史，不可能面面俱到，也不能斤斤计较，只能呈现大体的框架和粗粝的线条，所以细节不细，甚至有很多英雄都没能入书，没进英雄谱，这是我的视觉偏执，也是时时考虑"手短"所致。总觉得很多光鲜的人物已经被前人打磨得十分精致，已经固化为历史，我就不好再动手动脚破了他们的真气。想想，干脆不要惊扰，也不要去拿来主义，免得玷污了光辉。当然，我必须感谢创造柴达木工业史记的先辈们，给他们镶金镀银都不为过，给他们描粉涂彩也都是应该的——他们太辛苦，也太伟大，他们用青春和生命架构了半个多世纪的柴达木工业史，气壮山河，撼天动地。他们开创了一个时代，英雄时代。他们理所应当是英雄。作为后来者书写他们，我每时每刻点燃心香，虔诚并端正。我不能说大话，也不能瞎说话，不然对不起先烈，也愧对这片土地。

真心感谢以下这些文字工作者，在我心里，你们都堪称伟大，比如：李季、李若冰、昌耀、肖复华、梁泽祥、李玉真、唐涓等，还得感谢唐拓华、任雪峰、董斌、毛学华在花土沟和冷湖提供的采访支持，感谢李庆霞对本书的勘误以及蒲勇给予的资料。没有你们第一手、第二手、第三手的文字，没有你们的心力接续，我肯定是瞎掰。

　　当然，还得祝贺茫崖市的成立，你对接两千多年前西汉之远的"尕斯口"历史，你沐 2018 年时代之光而新生，你会走过地老天荒，在天际线之上，在天边之远，恰接"新丝路"之祥云，走向世界。

曹建川

2022 年 2 月于甘肃敦煌

图书在版编目（CIP）数据

茫崖工业书 / 曹建川著. —北京：中国文史出版社，
2023.8

（柴达木文史丛书 . 第六辑）

ISBN 978-7-5205-4208-1

Ⅰ. ①茫… Ⅱ. ①曹… Ⅲ. ①纪实文学—中国—当代
Ⅳ. ①I25

中国国家版本馆 CIP 数据核字（2023）第 138204 号

责任编辑：李晓薇

出版发行：中国文史出版社

社　　址：北京市海淀区西八里庄路 69 号　　邮编：100142

电　　话：010 - 81136606　81136602　81136603（发行部）

传　　真：010 - 81136655

印　　装：河北京平诚乾印刷有限公司

经　　销：全国新华书店

开　　本：880mm×1230mm　1/32

总 印 张：53.125

总 字 数：1060 千字

版　　次：2025 年 7 月北京第 1 版

印　　次：2025 年 7 月第 1 次印刷

定　　价：180.00 元（全六册）